러시아 문학의
넓이와 깊이

러시아 문학의 넓이와 깊이

주제로 읽는 새로운 러시아 문학사

초판 1쇄 인쇄 2023년 2월 17일
초판 1쇄 발행 2023년 2월 24일

–

지은이 조주관
펴낸이 이방원
책임편집 정우경 **책임디자인** 양혜진
마케팅 최성수 · 김 준 **경영지원** 이병은 · 이석원

–

펴낸곳 세창출판사
신고번호 제1990-000013호 **주소** 03736 서울시 서대문구 경기대로 58 경기빌딩 602호
전화 02-723-8660 **팩스** 02-720-4579 **이메일** edit@sechangpub.co.kr **홈페이지** http://www.sechangpub.co.kr
블로그 blog.naver.com/scpc1992 **페이스북** fb.me/Sechangofficial **인스타그램** @sechang_official

–

ISBN 979-11-6684-148-4 94890
978-89-8411-629-0 (세트)

러시아 문학의 넓이와 깊이

Необъятность и глубина русской литературы

The Breadth and Depth of Russian Literature

주제로 읽는 새로운 러시아 문학사

학문의 역사 4

조주관 지음

세창출판사

:: **일러두기**

외국어 인명과 지명 표기는 외래어표기법에 따르되, 필요한 경우 일반과 학계에서 통용되는 표기를 따랐다.

머리말

이 책은 주제로 읽는 러시아 문학사라고 할 수 있다. 문학 텍스트 중심으로 만들어졌기 때문에 본 저술은 작가에 대한 설명보다는 주제 중심의 텍스트 분석으로 이루어져 있다. 필자는 문학 이론에서 벗어나 문학 텍스트의 내적·외적 특성 분석에 집중했다. 그리고 기존의 러시아 문학사에서 등한시되었던 희곡 장르를 적극적으로 소개했다. 특히 러시아 드라마 발전에 공헌한 극작가들의 작품을 집중적으로 다루었다. 문학이 언어의 예술이라는 사실을 중시하는 필자는 언어학 지식을 문학 텍스트 분석에 활용하기도 했다. 작가들의 작품에서 제시되는 장르 문제, 객관적 사실성, 시간과 공간 의식, 언어와 대화의 사용법, 러시아의 민족성, 주인공의 사상과 감정, 그리고 지성과 영성을 논하면서 그들의 문학적 특성과 문예사조를 연구 분석했다. 마지막으로 러시아 문학의 키워드를 중심으로 소제목을 만들어 가독성을 높이는 데 최선을 다했다.

러시아 문학은 고대 동슬라브족의 연대기에서 시작하여 중세를 거쳐 점진적으로 발전해 왔지만, 이 책에서 다루는 시기는 18세기부터 20세기 말까지이다. 18세기 계몽기에는 미하일 로모노소프, 데니스 폰비진, 가브릴라 데르자빈, 니콜라이 카람진 등이 등장하여 러시아 문학계를 이끌었다. 19세기에 러시아 문학은 문학사에서 최고의 절정기로 황금시대를 맞는다. 알렉산드르 푸시킨과 함께 미하일 레르몬토프, 니콜라이 고골, 이반 투르게네프, 알렉산드르 오스트롭스키, 레프 톨스토이, 표도르 도스토옙스키, 안톤 체호프 등이 활동하며 러시아 문학의 정수를 빛냈다. 특히 도스토옙스키는 인간 존재의 심연을 파고들어 인류의 구원을 모색했고, 체호프는 근대 황혼기의 평범한 일상을 희곡 장르로 담담하게 보여 주었다. 20세기에는 이반 부닌, 막심 고리키, 예브게니 자마틴, 보리스 파스테르나크, 미하일 불가코프, 알렉산드르 솔제니친, 미하일 숄로호프, 블라디미르 나보코프 등이 세계적으로 이름을 떨쳤다. 여기 소개한 작가들은 모두 각 시대의 자손들이고, 그 시대의 인간상을 집약했다고 할 수 있다. 당연히 그들의 문학 속에는 작품이 탄생하던 시대의 정신과 흔적(생활상, 역사, 문화, 예술, 철학 등)이 고스란히 담겨 있다. 그리하여 러시아 문학은 '언어의 보고'로서, '체험과 역사의 보고'로서, '철학과 사상의 보고'로서 인문학적 가치를 충분히 발휘하고 있다.

필자는 나름대로 러시아 문학에 대한 사색과 해석의 공간을 넓히고 싶었다. 그래서 문학 텍스트의 새로운 해석과 객관적 평가를 위한 연구 작업의 하나로 이 책을 구상했다. 또한, 작가 위주의 문학사에서 벗어나 텍스트 분석 위주의 문학사에 대한 요구에도 부응하고자 했다. 결국, 이 책은 러시아 문학의 넓이(необъятность)와 깊이(глубина)를 알아보는 탐구서라 할 수 있다. 다양한 스펙트럼의 러시아 문학에 뜻을 두고 연구해 온 지 오랜 시간이 흘렀지만, 그렇다고 바람만큼의 책을 쓴 것은 아니다. 그래도 문학비평에 필요한 간결한 분석, 준엄한 논리, 냉정한 비판을 염두에 두고 러시아 문학 텍스트를 꾸준히, 천천히, 열심히 읽고 분석하여 한 권의 책으로 정리하니 마음만은 홀가분해진다.

우리나라에 러시아 문학이 소개된 지도 이제 110년이 넘었다. 1909년 최남선이 『소년』지에 톨스토이를 처음 소개한 이래 일제강점기의 러시아 문학은 새로운 사상과 유행의 고전으로 우리나라 대중의 인기를 끌어모았다. 당시에 러시아 문학은 시대의 현실을 조명해 주는 거울이자 지식인들의 꿈을 키워 주는 계몽서였다. 그래서인지 젊어서 러시아 문학에 끌리지 않는 사람은 이념과 시대정신을 모르는 아둔한 사람으로 취급되었다. 러시아 문학은 한국인들의 마음에 깊이 스며드는 강렬한 힘으로 다양한 삶의 지혜를 제공해 왔다. 이제 러시아 문학작품은 세계문학의 정전이 되었을 뿐만 아니라, 문학의 기준과 한계를 스스로 설정하기에까지 이르렀다. 그래서 21세기를 살아가는 필자 역시 러시아 문학작품에서 헤어나지 못하고 있다. 세상에서 가장 넓고 가장 깊은 인간 세계를 보여 주는 러시아 문학에 대한 필자의 독서 경험은 감동의 수사 그 이상이다.

러시아 문학에 경도되어 그 배움에 즐거워하며 살아온 지 벌써 반세기이다. 읽고 쓰는 일이 하루의 일과가 된 필자에게 러시아 문학은 삶의 지혜를 넓고 깊게 해 주는 에너지원이 되었다. 사실 글쓰기는 그 자체가 시간의 감옥이자 언어의 감옥이다. 원고지를 출판사에 넘겨주니 이제야 글쓰기의 감옥에서 해방된 느낌이다. 그동안 원고지를 열심히 읽어 준 백용식 교수와 김동호 박사에게 감사드린다. 후학들의 영원한 사표이자, 러시아 문학에 깊은 관심을 보이시며 격려해 주셨던 고 정명환 선생님께도 감사드린다. 아울러 책의 출간을 허락해 주신 원당희 편집위원님과 좋은 책을 만들기 위해 열심히 일해 주신 정우경 님께도 감사드린다.

2023년 2월

서로(書露) 조 주 관

차례

I

18세기 러시아 문학

1. 로모노소프의 고전주의 시학

표트르 대제의 개혁은 러시아 문화와 문학의 근대화와 세속화를 가속화했다. 개혁 과정에서 서구문화에 친숙해진 작가들과 비평가들은 유럽의 미적 기준과 예술적 사고를 기초로 한 고전주의를 받아들였다. 러시아 고전주의는 프랑스의 신고전주의에 큰 영향을 받았다. 르네상스 문학이 고전에서 인간 정신의 자유분방한 표현을 강조한다면, 신고전주의는 일반적으로 자연의 보편성, 조화, 균형, 합리성을 따른다. 신고전주의는 인간의 제한성이나 불완전성을 강조하고 비합리적 열광의 위험성을 이성으로 제재할 것을 요구했다. 이에 따라 신고전주의는 문학의 법칙을 강요했다. 특히 모든 문학은 정확히 장르의 구별이 있으며, 모든 장르는 그에 해당하는 규범이 있어서, 그 규범을 운용하는 법을 철저히 익히지 않으면 작품을 만들 수 없다고 했다.

로모노소프는 러시아 문학의 규범을 만드는 학자였다. 로모노소프 이전의 교회슬라브어는 세속의 문학어로 사용되지 않았기 때문에 러시아 문학은 법칙이 없는 혼란한 상태였다. 그래서 그는 문학어의 표준을 정하고 새로운 작시법을 소개했다. 그의 작시법은 여전히 러시아 시에 적용된다. 로모노소프 이후의 러시아 작시법은 그가 만든 규범에서 벗어나려는 혁명적인 시도라 할 수 있다. 로모노소프의 임무는 새로운 문학어에 최종적인 형태를 부여하는 것이었다. 그는 자신이 만든 규범을 자신의 예술텍스트에 적용하기도 했다. 대표적인 규범서로 『수사학』, 『러시아 문법』, 『러시아어로 된 종교 서적의 사용에 관하여』 등이 있다. 그의 언어개혁은 자신의 작품 안에 고스란히 녹아 있다. 시인이자 산문작가로서 로모노소프는 자신이 만든 규범을 실제로 자신의 작품에 구현한 것이라 할 수 있다.

로모노소프

삶과 문학 미하일 바실리예비치 로모노소프(1711-1765)는 러시아 최초의 위대한 언어개혁가, 시인, 과학자, 그리고 문법학자이다. 자연과학에도 크게 공헌했고, 상트페테르부르크 왕립 과학 아카데미를 개편했으며, 모스크바에 대학을 세웠다. 그는 1711년 아르한겔스크 항구 부근의 드비나강 어귀에 있는 쿠로스트로프섬에서 가난한 어부의 아들로 태어났다. 10살 때 아버지를 따라 어부 일을 시작했으나 지식에 대한 갈망이 컸다. 일찍이 비범한 학문적 재능을 보여주었으며, 그의 야망은 독학으로 공부하여 지식인이 되는 것이었다. 1730년 고향을 떠나 모스크바로 간 로모노소프는 모스크바에 도착하자마자 슬라브어·그리스어·라틴어 아카데미에 들어가기 위해 자신의 비천한 태생을 숨겨야 했다. 아카데미가 농노나 농부의 자식들에게는 입학을 허가하지 않았기 때문에, 그는 자신을 '귀족의 아들'이라 칭하며 자신의 신임장을 위조해야만 했다. 학과과정을 성공적으로 이수한 후 열한 명의 다른 학생들과 함께 상트페테르부르크로 갈 수 있었다. 1736년에 상트페테르부르크 아카데미의 학생이 되었고, 7개월 뒤에 독일로 떠나 마르부르크대학에서 공부했다. 1739년에는 프라이베르크에서 채광과 야금 및 유리 제조 기술을 공부했다. 또한, 당시의 시인들과도 친하게 지내면서 어린 시절 신약성서의 「시편』을 읽을 때 느꼈던 시에 대한 사랑을 마음껏 탐닉하기도 했다. 옐리자베타 여제에게 바친 『송가』와 『러시아 작시법의 규칙에 관한 편지』는 러시아 궁정에 상당히 깊은 인상을 주었다. 1741년에 상트페테르부르크로 돌아왔으나, 외국인과 무능한 귀족들이 이끄는 상트페테르부르크 아카데미는 로모노소프에게 어울리는 자리를 제공하지 않았다. 격한 기질과 강직함 때문에 로모노소프는 부당한 대우에 반발하기 일쑤였고, 이따금 정도가 지나치기도 하여 1743년에는 결국 감옥에 갇히고 말았다. 그러나 여제에게 바친 두 편의 송시 덕분에 석방되었을 뿐 아니라 아카데미에서 시인으로서 명성을 얻기도 했다. 여제의 명령으로 로모노소프는 『러시아어 문법』과 『간추린 러시아 연대기』를 썼고, 교육제도를 개편하는 작업에도 노력했다. 그는 검소하고 부지런한 생활을 이어 갔으며, 아카데미에 갈 때를 제외하고는 줄곧 집이나 정원의 작업실에서 시간을 보냈다. 말년에는 상당한 명성도 얻을 수 있었다. 그의 과학적 업적과 아카데미에서의 역할은 해외에도 널리 알려져 스웨덴 왕립 과학 아카데미와 볼로냐 과학 아카데미의 회원이 되기도 했다. 1762년에 옐리자베타 여제가 죽은 뒤에는 그에 대한 박해가 심해졌다. 그로 인해 몸이 극도로 쇠약해져 1765년에 세상을 떠났다. 예카테리나 여제는 이 애국적인 학자를 위해 성대한 장례식을 치러 주었지만, 인도주의 사상이 담겨 있는 저서들은 모조리 압수했다. 그의 저서가 출판될 때, 농노제도에 위협이 되는 내용, 특히 유물론 및 인도주의 사상과 관련된 것들은 완전히 삭제하도록 했다.

『수사학』 로모노소프의 『수사학』(1744)은 잘 정리된 문학 법칙의 법전일 뿐만 아니라 러시아 고전주의 이론의 기념비적인 작품이다. 일반적으로 로모노소프의 고전주의는 의(擬)고전주의(pseudo-classicism)라고도 불린다. 로모노소프의 비평적 유산은 『수사학』에 고이 간직되어 있다. 그는 문체에 등급을 매겨 '삼문체론(теория трех штилей)'을 주장한다. '삼문체'는 시학의 주요한 틀로서 장르 규정에 없어서는 안 되는 필수요소이다. 문체의 어원은 원래 라틴어 'stilus(첨필)'에서 유래했다. 문체론이란 표현 방법의 특징적인 모양이나 특징적인 말 사용을 의미한다. 여기서 삼문체란 '상문체(high style)', '중문체(middle style)', '하문체(low style)'를 말한다. 그들의 차이는 어휘의 비율, 정확하게는 교회슬라브어와 러시아어의 비율에 달려 있다. 즉 교회슬라브어의 양에 따라 문체가 나누어진다고 할 수 있다. '상문체'는 교회슬라브어가 반드시 들어가야 하고, 송시, 비극, 종교적 의전어, 영웅서사시 같은 장르에 사용된다. '중문체'는 교회슬라브어와 러시아어의 혼합으로 풍자, 전원시, 운문 서한, 비가 같은 장르에 사용된다. '하문체'는 일상적인 러시아어 요소를 바탕으로 코미디(희극), 노래, 즐거운 경구, 산문 서한 같은 장르에 사용된다. 이러한 문체의 규정은 고전주의의 규범에 잘 어울린다. 그러나 위대한 작가들은 끊임없이 그러한 인위적인 규범을 위반했다. 대표적인 인물로 18세기 시인 데르자빈이 있다.

로모노소프의 수사학은 소비에트 문학에서 부활한다. 그의 수사학적 법칙들이 소비에트의 시나 소설들에서 재현된다. 판에 박힌 형용사, 과장된

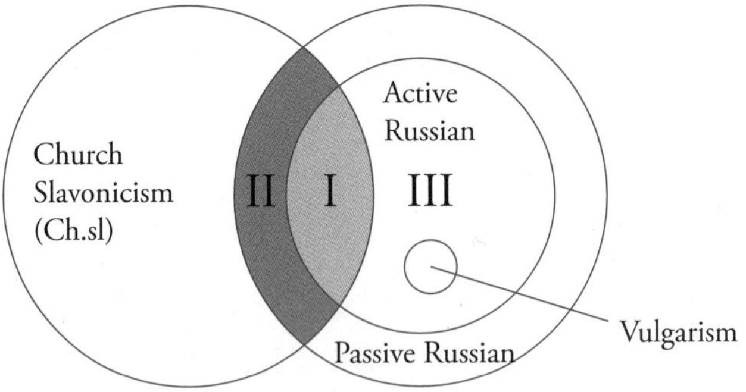

• High style(II): Slavicized Russian(=not ch.sl)

• Middle style(I) • Low style(III)

삼문체론

격식과 예법, 민족주의와 진부한 찬사들, 부자연스러운 언어, 단순한 명사·형용사·동사들을 나열한 부자연스러운 표현법 등이 사용된다. 19세기 러시아 고전주의와 20세기 소비에트 문학 사이의 유사성은 흥미로운 현상으로 지적된다. 혁명적이고 새로운 프롤레타리아 문학이라고 주장한 소비에트 문학에서 과거 고전주의 시대의 수사학이 부활한 것이다.

바로크 시학 로모노소프의 『수사학』은 '고전주의 시학'뿐만 아니라 '바로크 시학'을 반영하고 있다. '바로크'라는 용어는 뵐플린이 그의 저서인 『르네상스와 바로크』(1888)에서 문학에 최초로 사용한 이래, 문학사에서 가장 논란을 불러일으킨 용어들 가운데 하나이다. 러시아 문학사에서 드미트리 치젭스키는 1640년에서 1740년 사이를 바로크 시대로 지정한다. 독일의 바로크 문학(1600-1680)보다 약간 늦었지만, 더 오랫동안 지속된 것이다. 치젭스키는 합리적인 고전주의 시학에서 이탈한 요소들이 로모노소프의 『수사학』에 나타나고 있음을 지적했다. 로모노소프는 전형적인 바로크 문학의 요소인 정열과 격정을 강조했을 뿐만 아니라 화려한 장식과 장려하고 윤택한 표현을 선호한다. 『수사학』의 가장 바로크적인 특징은 '이상하고 유별나게 부자연스러운' 방법으로 나열된 단어들을 포함한다.

송시(頌詩) 로모노소프 시의 대표적인 장르는 송시이다. 송시는 주제가 진지하며 문체가 장중하고, 연 구조가 정교한 긴 서정시를 말한다. 송시는 서양에서 오드(ode)라 부른다. 정확히 말해 동양에서는 '사람의 공덕이나 미덕을 칭송'하는 것을 '송(頌)'이라 하고, '사물의 형태와 성격을 묘사'하는 것을 '부(賦)'라 한다. 오드의 원형은 그리스 시인 핀다로스에 의해 확립되었다. 오드에는 핀다로스풍 오드(Pindaric ode)와 호라티우스풍 오드(Horatian ode)가 있다. 핀다로스풍 오드는 주로 어떤 인물을 찬양하고 그에게 영광을 돌리기 위해 쓰였다. 이것은 노래라는 의미가 함축되어 있었다. 그리스인들 사이에서 오드는 특별한 장르를 지시하는 것이 아니라, '낭송되는 서사시나 악기를 수반한 비가와 구별해 부르는 시' 정도를 의미했다. 호라티우스풍 오드는 원래 로마인 호라티우스의 오드 내용과 어조, 형식을 본뜬 것이었다. 핀다로스의 오드에 담긴 정열과 환상의 대담성과는 대조적으로, 호라티우스의 오드는 침착하고 명상적이며 억제되어 있다. 그러한 그리스와 로마의 송시들이 프랑스의 고전주의와 더불어 러시아에 소개되었고 프랑스 고전주의의 영향 아래 송시의 성격은 규범의 엄격성과 웅장함이 더 강해졌다. 러시아에서도 송시는 '의무적이고 고상한 내용과 장엄하고 고양된 문체적 표현을 가진 영웅적·시민적 서정시 장르'로 규정된다.

송시는 러시아 고전주의의 중요한 장르 가운데 하나이다. 러시아 문학사에서 송시 장르를 본격적으로 정착시킨 시인은 로모노소프이다. 그의 송시에 나타나는 특징들은 러시아 송시의 규범이 되었다. 그의 송시는 장엄하고 애국적인 스타일, 과장된 묘사, 우주적인 비유, 상문체, 장엄한 단어, 풍부한 교회슬라브어 사용을 특징으로 한다. 단순함, 명료성, 회화성도 주요 특징으로 간주된다. 로모노소프의 송시는 18세기 전반에 창작되는 송시의 전범이 되었다.

송시의 전통과 부활 국가와 지도자의 위대성을 찬양하기 위해 존재하던 송시는 19세기 문학에서는 거의 사라졌다. 그런데 흥미롭게도 송시 장르가 20세기 초 시인들의 관심을 끌기 시작했다. 물론, 송시가 18세기만큼 역사적 의미를 가지거나 시적 주도성을 확보하지는 못했다. 송시는 18세기 당시의 강력함과 생명력을 이미 잃은 상태였다. 20세기 초 혁명과 조국 전쟁 같은 거대한 역사적 변혁의 시기를 마주하면서 송시는 다시 한번 웅장함과 장엄함으로 시인들의 관심을 끌게 된다. 국가의 번영을 찬양하고 권력자의 업적을 칭송하는 데 가장 적합한 장르로서의 송시는 소비에트 혁명과 더불어 도래한 새로운 세계를 찬양하는 데에도 가장 적합한 예술적 수단이기 때문이었다. 혁명 이후 새로운 문학 창조에 앞장선 미래주의 시인 마야콥스키는 「혁명의 송시」를 썼다. 그의 송시는 새로운 혁명 정부의 승리를 찬양한다. 위대한 혁명은 가진 자들을 위한 것이 아니라, 고통받고 학대받는 민중들이 주인이 되는 과정이기에, 사나운 야수와 같으며 때로는 어린아이와 같다는 그의 송시는 새로운 시대에 걸맞은 새로운 예술에 대한 찬양으로 마무리된다. 마야콥스키의 송시에는 고답적인 문체도, 고상하고 화려한 단어도 없다. 대신 거리의 언어와 욕설, 노골적이고 직설적인 표현이 넘친다.

2. 데르자빈의 시학

러시아 문학사에서 18세기에 대한 평가는 학자들에 따라 큰 차이가 있다. 러시아 학자들은 일반적으로 18세기 전체를 고전주의 시대로 간주하나, 서구 학자들은 신고전주의(neo-classicism)나 의고전주의(pseudo-classicism)라는 용어를 선호한다. 신고전주의라는 용어는 부알로에 의해 확립된 프랑스 고전주의 영향 아래 생겨난 말이고, 의고전주의라는 용어는 서구의 고전주의와 유사한 문예사조라 하여 붙여진 이름이다. 18세기를 좀 더 세분하여 바로크 시대(17세기 후반-1740), 고전주의 시대(1740-1770), 전(前) 낭만주의 시대(1770-1800)로 구분하는 학자들도 있다. 그러나 18세기의 모든 작가를 연도별로 도식화시켜 명확하게 구분할 수 있는 것은 아니다. 왜냐하면, 그 시대의 작가들 가운데에는 다양한 문예사조의 특성이 동시에 나타나는 인물이 많기 때문이다. 대표적인 작가가 바로 18세기 최대의 시인이라고 할 수 있는 G. R. 데르자빈이다. 그의 시 텍스트를 분석해 보면 바로크 요소와 고전주의 요소가 혼재되어 있음을 알 수 있다. 시인의 문학적 상상력을 하나의 틀 안에 넣어 설명하는 일은 복수 코드화가 특징인 데르자빈의 시에는 어울리지 않는다. 실제로 데르자빈의 시 텍스트의 경우 고전주의의 시학으로는 설명하기 힘든 것들이 많다. 그의 시 작품 속에는 고전주의 규범 시학에서 벗어난 바로크적 세계관(감수성과 상상력)과 형식적 요소들이 풍부하게 나타나 있기 때문이다.

삶과 시 문학 가브릴라 로마노비치 데르자빈(1743-1816)은 러시아의 시인이자 정치가로 '러시아 시의 아버지'로 칭송된다. 1743년 7월 14일(구력 7월 3일) 카잔 지방에서 몰락한 소지주의 아들로 태어나 1816년 7월 20일(구력 7월 8일) 노브고로드 지방의 즈반카에서 죽었다. 그는 카잔의 김나지움을 마치고 1762년에 사병으로 입대했고, 1772년 장교로 임관되었다. 1773년 푸가초프의 난이 일어나자 볼가강 연안에 주둔한 그의 소속 부대는 반란군 진압 작전에 참여했다. 이 사건 이후 1777년 상트페테르부르크에서 내무부 관리로 공직생활을 시작했다. 공직생활 26년 동안 올로네츠와 탐보프의 지방 장관과 상원의원, 그리고 법무부 장관을 지냈다. 그는 군 복무와 관료 활동 중에도 시 쓰기를 멈추지 않았다. 예카테리나 여제 통치 시기에 데르자빈은 정부의 주요 관료 중 한 사람이었을 뿐만 아니라 당대의 위대한 시인으로서 영광을 누렸다.

데르자빈

데르자빈은 18세기 러시아 시인으로서 독창적인 서정시와 송시를 많이 남겼다. 그가 시인으로서 명성을 얻기 시작한 것은 예카테리나 대제에게 바치는 송시 「펠리차」(1782)를 발표하면서부터이다. 「펠리차」는 전체가 260행으로 구성된 송시로서 한편으로는 계몽 군주로서의 예카테리나 여제를 칭송하였으나, 다른 한편으로는 신하들의 아첨과 위선을 신랄하게 풍자하고 있다. 그는 예카테리나 대제에게 그 송시를 바쳐 총애를 받았고, 계관시인이 되는 명예를 얻기까지 했다. 한동안 여황제의 개인비서로 일하기도 했다. 그러나 자유주의적인 정치성향 때문에 1803년 공직에서 물러나 노브고로드 지방의 즈반카에 있는 영지로 돌아와 생활했다. 이곳에서 그는 시와 산문, 드라마와 회고록을 쓰면서 만년을 조용히 지냈다.

데르자빈의 다양한 시들은 크게 송시와 아나크레온풍의 시로 구분된다. 데르자빈의 시 작품들 가운데 가장 특징적인 것은 말년에 집중적으로 창작한 아나크레온풍의 시들이다.

러시아 시의 아버지 19세기 평론가 V. G. 벨린스키는 데르자빈을 '러시아 시의 아버지'라고 칭했다. 데르자빈의 시들은 대부분 서정적이다. 그의 서정시는 일상의 행복과 자연에 대한 예찬을 주요 주제로 다루고 있다. 시인은 신의 존재를 믿지만, 신을 아주 냉정하게 바라보면서 찬미했다. 그의 시에 나타난 낙천주의적 세계관은 그를 향락주의자(epicurean) 또는 쾌락주의자(hedonist)로 간주하게 만든다. 그는 덧없는 인생을 살아가면서도 삶의 기쁨을 만끽하는 시인이다. 그는 인생을 철저히 즐기려는 확고한 의지가 있었다. 그리고 인생의 쾌락에 감사하며 죽음까지도 즐겁게 받아들인다. 한편으로 그는 '노블레스 오블리주(noblesse oblige)'의 참뜻을 알고 있는 시인이다. 그는 자신의 시 작품을 통해서 사회에 대한 귀족들의 책임과 의무를 강조하고 있다.

푸시킨의 스승 1815년 1월 당시 가장 존경받았던 시인 데르자빈은 푸시킨이 공부하고 있던 황제마을 기숙학교에 시험 감독으로 초빙되었다. 그때 학생이었던 푸시킨은 자신의 시 「황제마을에서의 회상」을 낭송했다. 데르자빈은 푸시킨의 시 낭송이 끝나자, 어린 천재 시인에게 매료된 나머지 그를 안아 보기 위해 달려갔지만, 어린 푸시킨은 당대의 가장 위대한 시인이었던 그의 손을 뿌리치고 달아났다는 일화가 있다. 후에 푸시킨은 이 사건에 대해 『예브게니 오네긴』에서 이렇게 기술하고 있다. "늙은 데르자빈이 우리를 알아보았고, 관에 들어가기 전에 우리를 축복해 주었다." 어린 푸시킨은 데

레핀, 〈시인 데르자빈 앞에서 시를 낭송하는 소년 푸시킨〉

르자빈의 시를 읽으며 영감을 받았을 뿐만 아니라, 그의 시를 모방하거나 변주하면서 자신의 시적 지평을 넓혀 나갔다.

고전주의의 삼문체론 탈피 데르자빈은 로모노소프의 '삼문체론(상문체 · 중문체 · 하문체)'에서 탈피하고자 노력하며 자신의 예술세계를 구축했다. 특히, 로모노소프풍의 송시가 지닌 고도의 장엄함에서 벗어나려는 경향을 보였다. 그는 시인 리보프가 소개한 아나크레온풍의 시에 매료되어 그와 같은 형태의 시를 쓰고자 했다. 아나크레온의 시들은 그가 고전주의 전통에서 벗어나 새롭고 독창적인 시를 쓸 수 있는 계기를 마련해 주었다. 「메셰르스키 공의 죽음」(1779), 「북방 황세자의 탄생에 바친 시」(1779) 등에서 데르자빈은 엄격한 고전주의 규범인 '삼문체론'을 탈피하여 상문체와 하문체의 혼합으로 이루어진 새로운 형식의 송시를 시도했다. 이들 시에서 데르자빈은 개인적 감정을 솔직하고 일상적인 어휘로 자유롭게 노래했다. 그는 황제나 귀족을 칭송하는 송시를 지으며 경쟁하는 동시에 시인 개인의 내면을 자유롭게 표현하기 시작했다.

혼합 송시 데르자빈 시의 대표적인 장르는 송시이다. 송시는 18세기 러시아 문학의 중요한 장르 가운데 하나이다. 18세기 후반 데르자빈의 등장과 더불어 송시의 표현 기법이 변화를 겪는데, 고상한 상문체로 영웅적 주제를 표현하는 것에서 시적 영감에 의해 창조되며 인간의 열정과 감정을 노래하는 것으로 바뀐다. 로모노소프의 송시는 서정적 표현이 절제되어 있는 데 반해 데르자빈의 송시는 서정시적 분위기가 충만해 있다. 그리하여 로모노소프의 송시는 '고상한 송시(высокая ода)'라 불리고, 데르자빈의 송시는 '혼합 송시(смешанная ода)'라 불린다. 데르자빈의 송시와 서정시에 대해 비평가들은 다음과 같이 말한다. "먼지로부터 생겨났으나 우주의 기적에 매혹된 인간은 자신의 기쁨과 놀라움과 감사의 첫 목소리를 서정적 외침으로 내야 한다. 태양, 달, 별, 바다, 산, 숲, 강은 살아 있는 감정으로 인간을 취하게 했고, 그의 목소리를 빼앗았다. 여기에 송시의 진정한 시작이 있다. 송시는 단지 자연에 대한 모방이 아니라, 자연에 의한 영감이며, 이로 인해 단순한 시와는 구별된다. 그것은 학문이 아니라, 불이며 열기이고 감정이다."

데르자빈의 송시는 러시아의 전통적인 송시에 나타난 장중함과 엄숙함을 그대로 지니고 있었지만, 여러 가지 제약에서 벗어나 좀 더 자유로운 시 형식을 발전시켰다. 그 주제와 어조를 서정시에 가깝도록 변모시킨 것이다. 또한, 그의 송시는 웅대한 이미지를 개성 있는 시적 표현으로 형상화한 것으로도 유명하다. 그는 송시 이외에도 여러 장르의 시를 썼다. 고결하고 이상주의적인 도덕주의와 생명에 대한 강렬하고 관능적인 인식을 모두 표현한 그의 작품은 고전주의 시가 얽매였던 규범을 깨뜨리는 데 공헌했다. 비평가들은 고전주의 규범을 일탈한 데르자빈의 시적 대담성을 높게 평가한다. 대표적인 송시로는 「메셰르스키 공의 죽음」, 「신」, 「폭포」, 「권력자들과 재판관들에게」 등이 있다. 그의 송시들은 대다수가 국가적인 사건이나 이념 또는 고위관료나 귀족들에 대한 찬양, 아니면 그들에 대한 비판을 내용으로 한다.

데르자빈의 송시 「권력자들과 재판관들에게」는 '상류사회, 즉 귀족계급의 도덕적 의무와 책임감'을 뜻하는 '노블레스 오블리주'라는 주제를 보여 준다. 시인은 통치계급의 의무를 강조하고 있다. 그는 의무를 소홀히 하면서 지상의 신으로 군림하는 권력자들과 판관들을 비판하고 있다. 시인은 군주와 귀족들에게 그들의 의무를 소홀히 하지 말 것을 강조한다. "당신의 의무는 법을 지키고, 강자를 편애하지 않고, 고아나 과부들을 아무런 도움 없이, 무방비로 남겨 놓지 않는 일. 당신의 의무는 죄 없는 가난한 자들을, 불행한 자들을, 약자를, 강자와 속박으로부터 구해 주는 일."

시인은 군주의 임무를 명백하게 규정하고 있다. 그의 임무는 가난한 자, 불행한 자, 약자들을 보호하고, 가난과 속박과 불행으로부터 그들을 구해 주는 일이다. 법 앞에서는 모든 사람이 평등하다. 군주도 예외가 될 수 없다. 군주라도 절대 권력을 행사할 수 없다. 시 텍스트에서 법이란 인간이 만든 법뿐만 아니라 신의 세계에서 나오는 법으로 확장된다. 신의 관점에서 볼 때, 군주 역시 하나의 인간에 불과하다. 시인은 군주이건 민중이건 모두 죽음 앞에서 평등한 존재임을 강조한다. 운명의 신 앞에서 존재의 평등과 군주의 무력함이 동시에 나타난다. "황제들이여! 당신들은 권력의 신 아닌가. 아무도 당신들을 재판하지 못한다 해도, 그러나 당신도 정열의 노예로 나처럼 죽을 운명. 시든 잎이 나무에서 떨어지듯 당신도 똑같아! 당신의 마지막 노예가 죽을 운명이듯 당신도 그렇게!"

사실 당대 군주의 권력은 하늘 높은 줄 모를 정도로 절대적이었다. 그는 인간 세상을 지배하는 절대적인 권력을 가진 자이기에, 인신(人神)으로까지 추앙받았다. 그러나 황제는 재판관도 신도 아니다. 국가의 최고 권력자인 황제 역시 죽음 앞에선 최저 신분의 노예와 같다. 시 「권력자들과 재판관들에게」는 불멸의 절대자인 신 앞에선 황제도 노예에 불과하다고 한다. 시인은 황제를 죽음 앞에 선 보통 사람으로 표현하고 있다. 인간이 법을 지키듯이, 황제도 신의 법에 따라야 함을 특별히 강조하고 있다. "신이여, 부활하소서! 정의의 신이여! 그들의 기도를 들어주시오. 오셔서, 사악한 자들을 재판하고 벌하소서. 지상의 유일한 왕이 되어 주소서!"

시인은 사악한 자들을 징벌하고, 지상에 정의를 실현할 수 있는 자는 황제가 아니라 신이라고 말한다. 황제의 절대 권력을 향한 직접적인 도전으로 해석할 수 있는 시인의 주장은 당시로서는 파격적이었다. 절대 권력을 가진 통치자와 재판관들의 도덕적 의무와 책임감을 강조한 급진적인 사상은 이후 19세기 자유주의 사상가들에게 직접적인 영향을 미쳤다.

아나크레온풍 시 데르자빈의 창작 활동 후반기에 가면 시풍이 바뀌게 된다. 그는 말년에 아나크레온풍의 시를 발표한다. 그의 시들은 즐겁고 감각적인 관능뿐만 아니라 온갖 유형의 삶에 대한 사랑으로 고취되어 있다. 실제로 데르자빈은 『아나크레온풍의 노래』(1804)라는 제목으로 아나크레온풍의 시 모음집을 출판했다. 벨린스키는 『아나크레온풍의 노래』를 "러시아 서정시의 진주"라 평하면서, 그 시집의 독창성과 민중성에 주목했다. 러시아 시사에서 아나크레온풍의 시 도입은 역사적 사건이었다. 아나크레온풍 시란 기원전 6세기의 그리스 시인 아나크레온이 쓴 시를 모방한 것이다. 일반적으로 술과 여자와 노래, 그리고 에피쿠로스적인 쾌락을 찬양하는 오드를 말한다. 1554년에 스테파누스에 의해 처음으로 편집된 『아나크레온풍의 시』는 약 60여 편의 짧은 서정시로 구성되어 있다. 이 시들은 르네상스와 후세 유럽 시인들에게 크게 영향을 미쳤다. 아나크레온풍의 시에서 특징적인 것은 연(stanza)의 각운 형식이 남성운과 여성운이 교체되는 'abab'로 구성되어 있다는 점이다. 대표적인 아나크레온풍의 서정시로는 「포도주」, 「황제마을에서의 산책」, 「리라에게」, 「러시아 처녀들」, 「명상」 등이 있다.

「포도주」는 인생의 향락을 주제로 한 아나크레온풍의 시로서 술과 여자를 소재로 하고 있다. 인생은 다양한 형태의 기쁨으로 가득 차 있으며, 그중에서 술과 여자와 키스가 삶에 최고의 쾌락이 될 수 있다는 것이다. 여기서 쾌락이란 자연적으로 도취된 기분을 지칭한다. 삶의 다양성은 다양한 포도주와 여성의 피부나 머릿결의 색채 그리고 여인의 입술 색 변화를 통해서 보여 주고 있다. 포도주의 종류는 붉은 얼굴의 여인(붉은 입술의 키스), 검은 살결의 여인(새빨간 입술의 키스), 백발 미인(아름다운 입술의 키스), 그리고 부드러운 여인(사랑스러운 입술의 키스)만큼 다양하다. 다양한 포도주의 색은 여인들의 피부색이나 머리카락 색깔, 입술 색과 조화를 이루어 변화한다. 포도주 색의 변화만큼 여인들의 색채도 다양하다. 이 시에는 에피쿠로스적(향락주의적) 쾌락이 아니라 헤도니스트적(쾌락주의적) 기쁨이 잘 나타나 있다. 여기서 포도주와 여인에 대한 좋은 느낌과 긍정적인 마음은 활기 넘치는 생활의 반영이다. 「꿈속의 나이팅게일」에도 인생을 즐기고자 하는 시적 화자의 염원이 잘 나타나 있다. 시적 화자는 끝없는 꿈속에 빠져 행복과 즐거움을 추구한다. “나는 삶을 즐기고 / 애인에게 자주 키스하며 / 나이팅게일의 노래를 들을 거다.”

데르자빈은 많은 시에서 인생을 철저히 즐기려는 확고한 의식을 보여 주고 있다. 그가 추구하는 쾌락은 개인주의의 소산에서 나온 것이 아니라 타인에 대한 배려에서 나온 것이다. 사회에 대한 도덕적 의무와 책임을 모두 수행하면서 인생을 즐기는 것이 바로 그의 쾌락인 것이다. 「철학자들: 술 취한 사람과 안 취한 사람」에서 시인은 처음으로 시민적 책임감 대 개인적 만족이라는 문제를 직접 언급하고 있다. 사회에 환멸을 느낀 술 취한 철학자는 위안의 수단으로 쾌락적 삶을 추구하며, 술 취하지 않은 상대 철학자에게 명예라는 짐승의 독을 견디느니 차라리 포도주의 향연을 즐기라고 주장한다.

바로크 예술의 문제 18세기의 문학사조를 논할 때 고전주의와 바로크를 문예사조의 양대 축으로 간주하는 입장은 문학사적으로 볼 때 비교적 생소하다. 19세기 말에서 20세기 초에 걸쳐 부르크하르트, 뵐플린, 에우헤니오 도르스 등의 미학자들을 중심으로 일어나는 바로크 재평가 운동이 기여하는 바는 크다. 이들은 문예사조로 볼 때 바로크 미학이 르네상스 혹은 매너리즘과 로코코를 연결하는 특정한 시공간의 예술 경향이지만, 고전주의와 정반대되는 성격 때문에 시대를 관통하는 상수가 될 수 있다는 점을 시사하고 있다. 일반적으로 균형, 질서, 그리고 명증성을 중시하는 고전주의적 예술 성향에 반하여 바로크는 부조화, 애매모호, 과장, 그리고 무질서 등으로 특징지어진다. 이 때문에 특히 18세기 신고전주의 운동 이후 바로크는 오랫동안 서구예술에서 '악취미(mal gusto)'로 폄하되어 잊혔으며, 오늘날에도 '바로크적이다'라는 말은 어딘지 어지럽고 기이하다는 경멸적 의미를 담고 있는 것이 사실이다. 그러나 앞에서 언급한 유럽의 미학자들은 바로크를 일회적이고 저속한 미학이 아니라 예술사조를 통해 고전주의와 어깨를 나란히 하면서 항존하는 보편적인 예술적 상수로 간주한다. 아놀드 하우저는 바로크 고전주의라는 용어를 사용하여 바로크의 중요성을 인정했다. "고전주의적 경향과 바로크적 경향의 기이한 병렬과 혼합이 이루어지고, 이 결과 그 자체가 하나의 모순이라고 할 수 있는 양식인 바로크 고전주의가 생겨난 것이다." 이로써 바로크는 본질적으로 좀 더 동질적인 성격을 띠면서도 유럽 각 문화권에서 제각기 다른 형태로 나타난 세계관의 표현이 된다.

러시아 문학 연구에서 바로크 개념은 1937년 L. V. 품판스키에 의해 처음으로 도입되었고, 1961년 헝가리의 안쟐에 의해 본격적으로 연구되었다. 안쟐의 견해를 확대 해석한 모로조프는 17세기 후반부터 18세기 전반까지의 문학을 모두 바로크로 규정했다. I. L. 예료민은 바로크라는 개념 자체를 시대의 흐름이라 전제하면서 러시아 바로크는 "새로운 문학의 형성 과정을 촉진하였고, 문학으로 하여금 새로운 주제, 소재, 묘사 방법을 찾도록 했으며, 알려지지 않은 새로운 장르인 시와 희곡을 태동시켰다"라고 주장했다. 그러나 그의 주장은 러시아의 D. S. 리하초프와 V. 벨코프에 의해 부분적으로 비판을 받는다. 리하초프는 러시아 바로크를 서구 르네상스의 대체물로 간주하는 예료민의 견해에 반대한다. 러시아 바로크는 중세로의 회귀가 아니라 중세로부터의 이탈이라는 것이다. 르네상스가 인간 정신의 부활이라면, 바로크는 인간의 미적 계몽의 성격을 갖기 때문이다. 러시아 바로크 시대 연구가들 가운데 예료민과 리하초프는 데르자빈의 시학 연구에 아주 흥미로운 계기를 마련해 준다. 러시아에서 바로크라는 것은 고전주의의 질서와 균형이 잡히고 조화와 논리성이 강조된 예술에, 우연과 자유분방과 때로는 기괴한 양상까지 섞인 결과로 생긴 예술 양식을 말한다. 바로크는 단순한 자유분방과 불균형이 아니고, 최소한의 질서와 논리의 테두리를 벗어나지 않기 때문에 강한 힘이 느껴진다. 특히 데르자빈의 바로크는 전통적인 표현방식과 자의식적인 자신의 시학을 융합시켜 새로운 효과를 창출하고 있다.

비평가들의 평가 데르자빈에 대한 러시아 비평가들의 견해는 제각각이다. D. D. 블라고이는 데르자빈의 시가 고전주의 해안으로부터 상당히 멀리 떨어져 있음을 지적하고 있다. 즉 그의 시는 18세기 고전주의 규범으로부터 일탈해 있다는 것이다. G. R. 구콥스키는 데르자빈을 러시아 고전주의의 상속자일 뿐만 아니라 전낭만주의의 기초자로 평가했다. I. Z. 세르만은 데르자빈을 계몽주의 시인이며 18세기 미학과 철학의 발견자로서 간주했다. 클로드 바크비스와 D. 치젭스키는 데르자빈을 바로크의 장식적 스타일의 대가로 평가했다. Yu. 로트만은 데르자빈 시학의 특성인 과감성을 금지의 파기에서 찾고 있다. "데르자빈의 예술체계는 당시에 들어 보지 못한 과감성으로 그가 파기한 금기와 관련하여서만 의미가 있다. 그러므로 그의 시 체계는 고전주의를 파괴했을 뿐만 아니라, 그 규범에 대한 인식을 새롭게 했다. 그러한 규범이 없다면 데르자빈의 과감한 개혁은 의미가 없다. 데르자빈은 반전을 배경으로 새로운 규범과 체계를 의미 있게 했다."

토포이의 미학 데르자빈의 시학 연구를 위해 무엇보다도 먼저 문학비평 용어 토포이(topoi, topos의 복수형)란 무엇인지 알아볼 필요가 있다. '판에 박힌 표현'이라는 의미의 토포이는 고전 수사학에서 '로키 코무네스(loci communes, 문학적 상투어구나 관례)'를 나타낸다. 아리스토텔레스는 '토포스(topos)'를 웅변가가 설득력 있는 주장을 펼 수 있도록 도와주는 중요한 기법으로 간주했다. 그리하여 일부 학자들은 토포스를 은유의 확장으로 간주하기도 한다. E. R. 쿠르티우스의 말에 따르면 중세와 바로크 시대에 토포스는 '진부한 주제나 상투적인 문구'를 말했다. 쿠르티우스의 말을 받아들인다면, 유럽 문화의 영향하에 있는 러시아 작가들이 바로크 시대에 유행했던 토포이를 자연스럽게 수용했음을 알 수 있다. 그래서 어떤 학자들은 토포이를 바로크 시대의 세계관과 관련짓는다. 예를 들면 예술사가 아놀드 하우저는 바로크 예술이 본질적으로 '설득을 위한 예술'이라고 말한다. 이들 학자의 의견을 종합해 보면 바로크 시대의 토포이가 설득을 위한 표현 양식 가운데 하나임을 부정할 수 없다. 그러한 토포이가 데르자빈의 시에 반영되어 나타나는 것을 볼 때, 데르자빈과 바로크적 세계관과의 연관성은 자연스럽게 드러난다. 데르자빈의 시학에 나타난 바로크 미학의 부활은 이미 비평가 끌로드 바끄비스가 지적한 바 있다. 바로크적 상상력과 관계를 맺고 있는 데르자빈의 시들을 토포이의 관점에서 분류하여 집약해 볼 수 있다. 외관상으로 볼 때 데르자빈 시의 다양성에도 불구하고 시의 소재나 주제는 한정되어 있음을 알 수 있다. 데르자빈의 시에 나타난 대표적인 바로크적 토포이로는 ① 카르페 디엠(carpe diem), ② 메멘토 모리(memento mori)와 바도 모리(vado mori), ③ 우비 순트(ubi sunt), ④ 브레비타스 비타이(brevitas vitae)와 바니타스(vanitas)가 있다. 데르자빈의 시 텍스트에서는 이러한 토포이가 개별적 모티프로 나타나거나 아니면 융합되어 주제가 되기도 한다.

첫째로 '카르페 디엠(현재를 즐겨라)'의 모티프나 주제는 삶에 대한 긍정적인 세계관을 주로 다루었던 데르자빈의 초기 시뿐만 아니라, 삶에 대한 또 다른 세계관을 보여 주는 후기 시에서도 계속해서 나타난다. 그러한 토포이가 나타나는 대표적인 데르자빈의 시들은 「첫 이웃에게」, 「저녁 초대」, 「침묵」, 「예브게니에게. 즈반카의 삶」, 「황제마을에서의 산책」 등이 있다.

둘째로 '메멘토 모리(죽음을 기억하라)'와 '바도 모리(죽음을 향해 간다)'의 토포이는 천상의 문법을 중시하는 신앙인들의 변함없는 토포스이다. 죽음에 대한 기억은 삶에 대한 새로운 인식이라 할 수 있다. 한편으로 내일의 죽음이 있기에 지상의 쾌락이 유효한 것이고, 다른 한편으로 신앙인에게 지상의 쾌락은 천상계에서 심판의 원인이 된다. 데르자빈의 시에서 지상세계와 천상세계의 대립을 나타내는 모든 표현은 물론 안티테제 위에 구성된 것이다. 대표적인 시들로는 「저녁 초대」, 「권력자들과 재판관들에게」, 「비비코프의 죽음」, 「메셰르스키 공의 죽음」, 「폭포」, 「백작 부인 루만쏘바의 죽음」, 「카테리나 야코블레브나의 죽음」, 「백작 알렉산드르 바실레비치의 죽음」 등이 있다.

셋째로 '우비 순트(어디 있는가?)'라는 모티프는 중세 라틴어 시에 크게 번졌던 토포이라 할 수 있다. 더 나아가 '우비 순트'는 바로크 시대정신의 요체로서 중심이 부재하는 '빈 공간에 대한 공포'를 반영하기도 한다. 데르자빈의 시에는 죽고 없는 사람들의 이름이 열거된다. 주로 영웅, 유명한 귀족, 그리고 미인의 이름이 거명되는데 이는 삶의 덧없음과 아름다움의 속절없음을 나타내는 것이다. 이런 토포이는 추도시나 만가, 또는 송시에 단골로 등장한다. 그의 시에는 인생의 빠른 흐름뿐만 아니라 삶의 덧없음에 대한 표현이 반복적으로 계속된다.

넷째로 '브레비타스 비타이(인생은 짧다)'와 '바니타스(인생은 꿈이다)'라는 토포이는 인간의 존재가 부분적으로 환상적이라는 개념이다. 결국, 꿈같은 삶 속에서 일시적으로 존재하는 인간의 덧없음을 말한다. 이들 토포이는 시간과 공간에서 유한한 삶을 살아가는 인간 삶의 허망함을 의미한다. 이들 모티프가 나타나는 대표적인 시들로는 「시간」, 「희망」, 「무상」, 「허무한 지상의 영광」, 「카테리나 야코블레브나의 죽음」, 「예브게니에게. 즈반카의 삶」 등이 있다.

맺는 말 우리는 데르자빈의 시에서 새로운 미학적 감수성의 탄생을 목격하고 있으며, 그의 시학이 현대 시학에도 커다란 공헌을 하고 있음을 알 수 있다. 러시아 문학사에서 데르자빈의 바로크적 세계관과 토포이는 낭만주의나 상징주의(신낭만주의)로 전승되면서 새로운 시의 시대를 열었다. 그러한 의미에서 그는 독창적인 미적 사유 형식으로 러시아 시의 황금시대와 은시대를 예고해 준 미적 계몽주의자라고 할 수 있다. 20세기 초는 예술사적으로뿐만 아니라, 예술 창작 측면에서도 바로크 문학이 부활하는 시기이다. 바로크의 부활은 곧 현대 예술의 출발을 의미한다. 서구 현대시의 시조로 간주되는 보들레르와 베를렌 등의 프랑스 상징주의 시인들은 우연한 기회에 파리에서 스페인의 대표적인 바로크 시인들을 만나고 그들의 현대적인 감각에 매료된다. 마찬가지로 러시아 현대 시인들이 프랑스 상징주의 시인들에게 커다란 영향을 받은 것은 잘 알려진 사실이다. 비단 문학에서뿐만 아니라 전체 예술의 범주에서 볼 때 바로크가 인상주의, 표현주의, 창조주의 등 19세기 말과 20세기 초의 아방가르드 예술에 자양분을 공급했다는 사실은 이미 잘 알려져 있다. 현대 시학에서 재조명되는 바로크의 문제는 러시아 문학사에서 수면 아래 잠겨 있던 데르자빈의 시학을 재인식하고 재평가할 기회를 제공한다.

페테르부르크의 데르자빈 박물관
Author: Ninara (CC BY 2.0)
https://commons.wikimedia.org/wiki/File:Derzhavin_Palace_Garden_in_Saint_Petersburg,_Russia_(48456756322).jpg

3. 18세기 러시아 연극 이해

러시아 연극 발전 과정 러시아에서 연극은 황실과 대중 연극이 교차하면서 발전해 왔다. 사실 러시아 연극의 기원이 되는 서구 연극은 크게 두 가지 줄기에서 진화했다고 볼 수 있다. 하나는 유랑 극단으로 대표되는 전문극장, 다른 하나는 처음에는 교회가, 나중에는 학교나 황실이 후원한 공연으로 대표되는 비(非)전문극장이다. 러시아에서 이 두 줄기는 공존하면서 뒤섞이게 된다. 전문극장은 정부와의 연관성 때문에 성장에 한계가 있었지만, 비전문극장은 개혁을 통해 점진적으로 발전했다.

러시아 정교회는 교리에 따라 공식적으로 연극을 금지했다. 16세기에 짧은 기간 동안 관할구역 안에서 공연된 연극만을 묵인하는 정도였다. 그래서 비전문극장은 황실의 후원 아래 공연할 수 있었는데, 주제는 주로 성경에서 가져왔지만, 전체적인 분위기는 세속적이었다. 비전문극장이라는 용어 자체가 교훈이나 교리를 전하려는 목적보다 유흥적인 요소가 지배적이었음을 암시한다. 보리스 고두노프(재위 1598-1605)의 황실에는 '오락을 위한 연회장'이 마련되어 있어 음악이나 희극을 즐겼다. 로마노프 왕조의 두 번째 황제이자 표트르 대제의 아버지인 알렉세이 미하일로비치 로마노프(재위 1645-1676)는 1648년 스코모로흐[1]를 '악마가 보낸 예인(藝人)'으로 취급해 공연을 금

1 '스코모로흐(скоморох)'는 우리말로 '광대, 남사당패, 유랑 악사, 배우, 익살꾼' 등으로 번역된다. 그리스어로 '웃는 왕'이라는 의미가 있다. '스코모로흐들'은 유럽풍의 의복을 입고 연주

지했다. 그러나 오랜 시간 후에 알렉세이 황제는 궁정극장을 세워 교회로부터 간섭을 막으며 세속적인 연극까지도 가능하게 했다.

1672년 황제는 루터파 교회의 목사인 요한 고트프리트 그레고리를 설득하여 연극을 공연하도록 했다. 이 연극을 위해 황제는 프레오브라젠스코예 궁전에 목조 극장을 설립하기까지 했다. 이때 상연한 것이 독일어로 쓴 『아하수에로 극』이었다. 독일인 감독과 60여 명의 배우가 합작해 만든 이 연극은 러시아 역사에 기록된 최초의 연극이었다. 알렉세이 1세 통치 기간에 극장 사업을 담당한 그레고리 목사는 주로 성서를 주제로 희곡을 썼다. 하지만 그것은 어디까지나 이야기의 큰 줄기에서만 그러했다. 그의 희곡들은 성서적 주제를 다루면서도 세속적이고 우스운 요소들을 많이 포함하고 있었다. 이는 당시 유럽 연극을 주도하던 '영국 희극'에서 영향을 받은 결과였다. 그레고리 목사는 러시아 연극의 방향을 교훈극(敎訓劇)에서 세속극(世俗劇)으로 전환하고자 했다. 그의 희곡이 어느 정도 교훈적인 측면을 가지고 있으면서도 세속적인 사랑이라는 주제를 다루고 있는 것은 그러한 이유에서였다. 하지만 이 궁정극장은 어디까지나 황제와 황실과 관련된 인물들만을 위한 것이었다. 결국, 황실만을 위한 궁정극장은 알렉세이 1세의 사망과 함께 사라지지만, 연극공연은 황실에 친화적이게 된다. 그레고리의 연극이 공연된 기간은 매우 짧았다. 그러나 그레고리 극장은 추후 세속(대중)극장의 부흥을 위한 중요한 초석이 되었다.

극장 사업 부활은 한 세대가 지나 표트르 대제(1세, 재위 1682-1725) 시기에

에 맞추어 춤을 추며 관객을 즐겁게 한다. 그들은 곰과 개를 데리고 전국을 유랑하며 춤과 노래, 연극을 보여 주던 떠돌이 예능인으로서 민중의 혼례식과 장례식, 주연이나 이교 축제에 참여하여 흥을 돋우었다. 그러나 16세기가 되자 60-70명씩 도당을 결성하여 민가에 침입하고 약탈을 자행하기도 했다. 스코모로흐의 집단 약탈이 심해지자 17세기에는 '신이 사제를 파견하고, 악마는 예인을 보냈다'라는 소문이 나돌았다. 1648년 알렉세이 황제는 예인의 활동을 전면 금지했다.

가서야 이루어진다. 그는 행정조직부터 일상의 생활 양식에 이르기까지 모든 영역에서 러시아를 바꾸어 버렸다. 대중극장의 부흥은 러시아의 서구화를 서둘렀던 표트르 대제가 1701년 요한 쿤스트(Kunst)가 이끄는 독일 극단을 러시아에 데려오면서 시작되었다. 표트르 대제는 자신의 통치 이념을 전파하기 위해 극장 역할이 중요하다는 것을 깨달았다. 그는 황궁에 있던 황실극장을 지금의 붉은 광장 자리로 옮겼다. 1702년 붉은 광장 자리에 극장이 설립된다. 표트르 대제는 러시아 후진성의 근원을 비잔틴 전통으로 보았고, 이를 근절하기 위해 쿤스트로 하여금 당시 유럽에서 공연되었던 최신 연극들을 무대에 올리도록 했다. 전제군주였던 표트르 대제가 진정으로 원한 것은 유럽의 바로크 행렬을 모방한 화려한 야외극과 불꽃놀이로 그의 전승을 축하하는 것이었다. 이후 표트르 대제는 모스크바에서 상트페테르부르크로 수도를 옮긴다. 이와 함께 붉은 광장의 극장도 페테르부르크로 옮겨 갔다. 그러나 이어지는 전쟁과 새로운 수도 건설에 집착한 나머지 표트르 대제는 연극 사업에 큰 관심을 쏟지 못했고, 페테르부르크 극단 역시 크게 번성하지 못했다.

표트르 대제

표트르 대제가 사망한 뒤 연극은 주로 궁정 안에서만 공연되었다. 표트르 대제의 후계자인 안나 이바노브나(재위 1730-1740) 황제의 대관식에 폴란드 왕은 '코메디아 델아르테' 극단을 보냈다. 이 극단의 성공적인 공연은 다른 서구 연극에 대한 수요로 이어졌다. 1731년에는 이탈리아 그룹이 공연했다. 1735년에 나폴리의 오페라 극작가인 프란체스코 아라이아를, 1738년에 프랑스의 무용 전문가이자 러시아 발레의 선구자인 장 바티스트 랑데를 초청했다. 1740년에 노이버 극단을 상트페테르부르크에 초대했지만, 그들의 공연은 안나 황제의 사망으로 중단되었다.

1750년까지 러시아 궁정은 오페라, 무용, 연극에서 서구의 최신 경향을 의식하고 있었다. 간단히 말해 황제 안나 이바노브나와 엘리자베타 페트로브나(재위 1741-1762) 통치 시기에 궁정 배우들의 공연이 처음으로 시작되었지만, 이후에 독일·이탈리아·프랑스에서 데려온 전문배우와 음악가들의 공연이 황실극장에서 이루어지면서 연극의 흐름을 가까이하고 있었다. 외국 공연은 오페라, 발레, 무대 건축과 디자인, 수사적인 낭독에 신고전주의 양식을 도입했다. 엘리자베타 여제 통치 시 이탈리아와 프랑스 극단은 궁정 연극에서 서로 우위를 차지하려고 다투었다. 결과적으로 프랑스 극단은 일주일에 두 번 공연하도록 허용되었고, 이탈리아 극단은 오페라 공연을 지속했다. 황실이 외국 극단의 공연을 선호하면서 러시아인들의 공연 육성은 지연될 수밖에 없었다. 이때까지만 해도 궁정 연극에서 대중적이거나 러시아 토착의 레퍼토리는 전혀 다뤄지지 않았다. 그러나 러시아 배우들은 무대 공연을 통해 장르의 경계를 넘어설 수 있는 다양한 연기 훈련을 종합적으로 받을 수 있었다.

러시아 연극사에서 커다란 발전과 변혁이 일어난 것은 1750년대 중반기에 들어서였다. 1756년 8월 30일 황제 엘리자베타는 '러시아 극장 설립'을 법령으로 공식화했다. 그러나 이 법령을 반드시 러시아 극장의 시작으로 볼 필요는 없다. 엘리자베타의 실제 목적은 표도르 볼코프[2] 극단 출신의 배우

2 F. G. 볼코프(1729-1763)는 러시아 전문극단의 창시자로 간주된다. 상인의 아들로 태어났지만, 외국 극단들의 공연을 본 뒤 감동하여 가족들과 친구들을 모아 극단을 만들었다. 엘리자베타 1세는 그들의 작품에 감동하여 그들에게 일반 대중을 위한 공연을 허락해 주었다. 오스카 G. 브로켓·프랭클린 J. 힐디, 『연극의 역사 I』, 전준택·홍창수 옮김, 연극과인간, 2005, 505쪽.

들을 더 훈련시키려는 의도였고, 그들을 귀족 아카데미에 보냄으로써 두 줄기의 전통을 엮어 대중 앞에서 공연하고자 하는 것이었다. 야로슬라블 지역 출신 상인의 아들인 볼코프는 아마추어로 시작해서 전문극장을 창설했다. 러시아 전문극단의 창시자가 된 것이다. 수도인 페테르부르크로 온 볼코프의 배우들은 기교 면(기교의 과장)에서 연기에 한계를 드러냈다. 그들은 다시 연기 훈련을 받아야 했다. 이러한 훈련을 통해 러시아 연극은 나름대로 형식을 갖추기 시작했다. 하지만 러시아 연극계는 여전히 신고전주의 규범을 요구하는 상황이었다. 예카테리나 여제 영향 아래서는 프랑스의 문화적 요소가 번성했다. 연출가 뒤클로(Duclos)는 궁정에서 표트르 표도로비치와 예카테리나의 결혼을 축하하는 공연을 했으며, 러시아에 몰리에르의 코미디를 소개했다. 그는 10년 정도 페테르부르크에 머물면서 러시아 연극계를 주도했다.

재능 있는 극작가 알렉산드르 수마로코프(1717-1777)는 러시아적인 주제로 희곡을 썼으나, 형식은 프랑스 신고전주의를 따랐다. 그의 비극과 풍자 희극은 러시아 신고전주의의 시초가 되었다. 그는 자신의 사명이 유럽의 새롭고 근대적인 사조를 받아들여 뒤떨어진 러시아 문학의 기반을 다지는 것이라고 믿었다. 그리하여 교회슬라브적인 전통에서 벗어나 프랑스 신고전주의 형식의 글을 썼다. 1749년 '귀족 아카데미' 생도들은 수마로코프의 첫 번째 희곡 『호레프』를 성공적으로 공연했고, 이에 힘입어 그의 다른 작품들도 공연했다. 1756년 황제 엘리자베타가 러시아 연극을 위해 국립극장을 설립했을 때, 수마로코프는 '러시아 극장' 총감독으로 임명되었고, 주로 볼코프의 배우들로 구성된 국립극단(러시아 극장)의 연출을 맡았다. 당시 러시아 극단은 5천 루블의 보조금을 받았다. 반면에 프랑스 극단은 2만 루블, 이탈리아 오페라 극단 역시 2만 루블의 보조금을 받았다. 외국 극단에 비해 러시아 극단의 보수는 상대적으로 적었다고 할 수 있다. 궁정이 자비를 베풀듯 보조금을 지급한 러시아 연극은 주로 중산층이 관람했다. 수마로코프의 작품은 참칭자 드미트리의 왕권 쟁탈전과 같은 역사적 사건에 기반을 둔 내용이었으나, 형식은 고전주의 규범을 따랐다. 바실리 카프니스트와 데니스 폰비진의 풍자극 역시 유행을 추구하는 '프랑스 심취광(gallomania)'들을 공격하고 있었지만 프랑스나 덴마크 연극 모델에서 아직 벗어나지 못했다. 여기에는 러시아어가 제대로 정립되지 않은 탓도 있었지만, 매우 발달한 유럽 극장에 대한 국가적 열등감이 더 큰 원인으로 작용했다.

예카테리나 여제(재위 1762-1796)의 통치 아래 연극은 러시아의 여러 지역으로 확대되었다. 극작가들은 늘어났지만, 다수가 지속적인 명성을 얻지는 못했다. 수마로코프의 명성은 그의 사위인 야코프 크냐지닌에게 넘어갔다. 그는 1769년 이후 신고전주의 양식으로 7편의 비극과 많은 희극을 쓰기도 했다. 그러나 18세기의 가장 위대한 러시아 극작가는 데니스 폰비진이었다. 그는 1761년 창작을 시작하였고, 1766년 신흥 부자와 서구 유럽의 모든 것을 칭찬하고 러시아의 모든 것을 경멸하는 풍조를 풍자한 『여단장』으로 최초의 의미 있는 성공을 거두었다. 그리고 교양 없는 시골 유지를 풍자적으로 묘사한 『미성년』(1781)은 그의 명성을 지속시켜 주었다. 그러나 당시 공연 레퍼토리의 대다수는 번역본이었고, 1760년대 이후에는 디드로, 메르시에, 레싱의 작품들이 수입되면서 가정비극과 감상희극이 가장 인기 있는 극형식이 되었다. 발라드 오페라 또는 오페라 코미크 방식의 음악극도 굉장한 호응을 얻었다. 예카테리나 여제의 통치 아래 정부는 연극에 대한 통제를 계속해 나갔다.

예카테리나 여제

모든 연극은 엄격한 검열을 받았고, 궁정과 정부의 보조를 받는 극단들은 황제가 정해 놓은 규범 아래 활동하였다. 황제와 귀족들이 꾸준히 선호한 공연의 형식은 오페라였다. 1776년부터 극단에는 연금제도가 시행되어 경제적인 상황도 안정되어 갔다. 1798년 이후 극단들은 매년 네 차례의 기부공연을 허락받았으며, 배우들은 그 수입을 모두 나누어 가졌다. 1799년에는 연기 학교가 설립되었다. 1790년대에는 페테르부르크에 제2의 국립극장이 개관되기도 했다.

18세기 후반 러시아 극장에서 연극공연과 배우가 늘어나면서, 외국의 영향은 최고조에 달한다. 경찰이 관리하는 소위 '민중 극장'에서도 대부분 몰리에르를 공연했다. 표트르 플라빌시코프[3]와 블라디미르 루킨, 그리고 소수의 사람이 러시아인들의 비참한 현실을 무대화하자고 주장했지만, 대개 희극이었던 연극들은 실제 러시아인의 삶에 큰 관심을 두지 않았다.[4] 지주들은 자기 영지에 농노로 구성된 극장을 세웠고, 주로 이탈리아 오페라, 프랑스 희극 오페라, 웃음을 자아내는 코미디, 또는 이와 유사한 작품들을 레퍼토리로 선택했다. 이와 같은 대중적인 오락을 통해 '농노 인텔리겐치아'가 출현했다고 강조한 학자들도 있었다. 그러나 실제로는 훈련된 농노들도 고전주의 스타일을 모방했고, 많은 연습에도 불구하고 연기를 쇄신할 기회는 없었다. 정부가 레퍼토리를 규제했지만, 연극 무대는 자극적 소재 일색이었다. 이는 연극 무대에서 보여 주는 것이 예술성 추구라기보다 지주의 권력과 권위에 대한 선전이었기 때문이다. 하지만 적어도 173개 현장에서 행해진 실제 공연들은 지방에서 극장 나들이를 취미로 양성하는 데 기여했다.[5]

3 P. A. 플라빌시코프(1760-1812)는 18세기에 활동한 러시아 극작가이자 배우다. 1779년에 모스크바대학을 졸업한 뒤 상트페테르부르크 극장 단원이 되었다가 뒤에 모스크바 극장으로 자리를 옮겼다. 폰비진의 코미디 『미성년』에서 프라브딘 역할을 한 배우였지만, 비극 드라마 작가로 더 잘 알려져 있다. 루킨의 민중 극장에 대한 호소를 지지했다.

4 니콜라스 르제프스키 엮음, 『러시아 문화사 강의』, 최진석 외 옮김, 그린비, 2011, 433쪽.

관객들 대다수는 화려함을 좋아하고 유럽적인 유행을 좇는 귀족이나 지주 계급이었다. 러시아 극장이 중산층의 취향을 반영하기에는 아직 성숙하지 못했다. 사상의 자유를 두려워하던 예카테리나 여제는 모스크바와 페테르부르크의 극장들을 국가기관으로 통합했다. 결국, 이는 나중에 국가 독점이라는 경직된 상황으로 귀결되었다. 배우들과 음악가들은 공무원으로 등록되어 예술만큼이나 의전을 중시하는 행정기관의 관리와 감독을 받았다. 행동과 미학에 대한 엄격한 규범을 강제로 준수하게 되면서, 모스크바와 페테르부르크의 극장들은 민족적 목소리를 찾아내는 데 어려움을 겪었다. 지방에서는 독립적인 후원자들이 경찰의 관리 아래 극장 운영을 허락받았으나, 관객의 성격, 그리고 유랑 배우들과 지방 비전문배우들의 미흡한 예술적 재능이 혁신의 장애가 되었다.[6]

고전주의 연극 시학 18세기 러시아는 일반적으로 표트르 대제가 통치한 전반기와 예카테리나 2세가 통치한 후반기로 나뉜다.[7] 표트르 대제와 예카테리나 여제 시대에 관한 역사 연구는 상당히 축적되어 있는 편이다. 두 황제는 역사와 문학에서 자주 언급되거나 작중인물로 등장한다. 표트르 대제는 '개혁 군주, 서구주의자, 페테르부르크 건설자, 관료제도 도입자' 등으로 이야기되고, 예카테리나 여제는 '계몽 군주, 표트르 업적의 계승자' 등으로 이야기된다. 그들이 통치한 시기 러시아 문학은 어떠한 예술사조와 관련

5 위의 책, 433쪽.

6 위의 책, 434쪽.

7 일반적인 시대구분과 달리 18세기 연구가 Yu. V. 스텐니크는 18세기 러시아 문학을 세 시기로 구분하였다. 첫 시기는 1700년부터 1730년까지이고, 두 번째 시기는 1730년부터 1780년, 그리고 세 번째 시기는 18세기의 마지막 20년이다. 첫 번째 시기는 표트르 대제의 재위 기간과 대체로 겹치면서 근대 문학의 도입기라 할 수 있다. 두 번째 시기는 본격적으로 고전주의가 위세를 떨치면서 전성기를 누렸던 시기이다. 마지막 세 번째 시기는 고전주의의 역동성이 누그러들고, 그 자리를 감상주의 문학이 대체하던 시기이다.

될까?

18세기 러시아 예술 문화의 지배적인 성향은 고전주의였다. 러시아 고전주의는 서유럽, 특히 프랑스 고전주의보다 상당히 늦게 형성되었다. 고전주의는 1730-1750년대 러시아 문학에서 처음 나타나기 시작했다. 러시아 고전주의는 장르 규정에 따르는 규범주의의 특성과 고전에 대한 명확한 표현에 관심을 두고 있었다.[8] 고대 그리스·로마의 작가들, 특히 아나크레온에 대한 번역 서적은 큰 인기를 끌었다. 고대 그리스와 로마에서 다루던 주제들이 시, 드라마,[9] 회화에도 폭넓게 사용되었다. 계몽주의 철학의 합리주의에 근거한 고전주의 미학은 예술에 국가와 사회의 중요한 문제에 대한 해답을 제시할 것을 요구했고, 예술에 대한 시민의 높은 열정을 반영했다. 고전주의 문학의 일반적인 특징은 이성 존중, 균형 중시, 철학 중시, 그리고 그리스·로마 고전 찬미에서 비롯한 일정 규범에 대한 준수에 있지만, 이러한 문학의 성립은 안정된 사회, 계층 질서, 국가 권력 체제 등과 밀접하게 관련되어 있다. 서유럽에서 고전주의가 발달하게 된 것도 영국과 프랑스에서 절대군주 체제가 전형화했기 때문이다. 그리하여 문학은 곧 궁정 문학 성격을 갖출 수밖에 없었다.

서유럽 고전주의와 달리 러시아 고전주의의 특징은 계몽사상과 깊은 관련을 맺고 있다. 계몽주의는 고전주의에 민주주의 사상과 사회적 의무에 대

8 아리스토텔레스의 본질 모방론, 이른바 핍진성 문제와 그에 입각한 '삼일치법칙'을 말한다. 첫째, 무대상에서 재현되는 것들은 플롯의 핵심이어야 하며 20시간 혹은 24시간 만에 적절히 집중될 수 있어야 한다(시간의 일치). 둘째, 오직 한 장소만이 극의 모든 장면에 사용될 수 있다(장소의 일치). 마지막으로 하나의 중요한 행위는 다른 부차적인 플롯이나 무관한 에피소드와 혼동되어서는 안 된다(사건 혹은 행위의 일치). 또 무대에서 일어나는 일들은 대화나 선언이지 결코 행위가 아니다. 만일 전투나 결투, 자살 혹은 그와 같은 것들이 플롯에 관여하게 된다면 그것은 보고 방식을 통해 가능하다.

9 연극 대본을 의미하는 '드라마'는 '행위(하다)'라는 뜻을 가진 그리스어 'dran'에서 유래했다. 연극에서 행위는 일차로 문자 언어 중심인 서사시에 대비되는 개념에서 출발했지만, 장르 규범에 따르면 '숭고함'과 '깊이'를 가진 위대한 행위를 주로 일컫는다.

한 이해를 덧붙였다. 실제로 당시 많은 예술작품에는 착취당해 불행한 운명에 빠진 농노들에 대한 동정과 비판, 숱한 사회적 불행에서 벗어나기 위한 수단으로서 계몽의 힘에 대한 확신과 이에 대한 묘사를 찾아볼 수 있다.[10]

고전주의 시대에 발전한 새로운 예술 문학 장르로는 송시, 애가, 우화, 비극, 희극, 소설 등을 들 수 있다. 푸시킨의 말대로 '새로운 문학은 새롭게 교육받은 사회의 열매'였다. 러시아에서 새로운 연극이론의 창시자는 시인이자 러시아 최초 비극작가이며 희극작가였고, 페테르부르크에 있는 러시아 극장 총책임자였던 수마로코프였다. 그의 작품들은 인간성은 물론 도덕과 명예를 고양하는 데 많은 도움을 주었다. 그는 농노제 지지자였지만, 농노제의 극단적인 모습에 대해서는 비판했다. 18세기 드라마의 주요 관심은 무제한의 군주제와 사회의 행복은 양립할 수 없다는 문제였다. 이러한 이해는 사회의식이 전반적으로 발전했음을 말해 주는 지표였다. 러시아 작가들은 자신들의 작품을 통해 첨예한 사회정치 문제들에 관한 관심을 드러냈다. 대표작으로는 크냐지닌의 『노브고로드의 바딤』, 폰비진의 『미성년』 등을 들 수 있다. 폰비진의 작품은 무지와 지주들의 횡포를 폭로하고 고발하는 이야기로 러시아 문학의 사실주의적 경향의 토대가 되었다.

맺는 말 지금까지 러시아 문학사에서 18세기 러시아 문학은 다른 시기에 비해 상대적으로 주목받지 못했다. 연구자들 역시 18세기 문학에 대해 다양한 평가를 하고 있다. 리하초프는 18세기를 러시아 문학사에서 '암흑기' 혹은 '휴지기'라고 주장한다. 반면에 로트만은 표트르 대제의 등장과 더불어 18세기에 이르러서야 비로소 이후 러시아인들의 의식구조를 결정짓는 새로운 러시아가 탄생했다고 주장한다. 로트만은 18세기 문학에 관한 철저한 연구 없이는 러시아 문학사의 흐름을 온전히 이해할 수 없다고 말한다. W. E.

10 블라지미르 슐긴 외, 『러시아 문화사』, 김정훈 외 옮김, 후마니타스, 2002, 164쪽.

브라운이나 H. 세겔 역시 리하초프와는 달리 18세기를 문학사의 흐름 속에서 파악해야 한다고 주장한다. 필자는 로트만의 주장에 동감하면서 연구가들의 주장과 상관없이 미개척 분야에 관한 연구는 언제나 필요할 뿐만 아니라 더 강조해야 한다고 생각한다. 18세기 러시아 드라마에 관한 연구는 세계 어디에서나 상당히 열악한 상황이다. 특히 18세기 러시아 드라마는 우리나라에서 대부분 번역조차 이루어지지 못했다. 18세기 번역작업을 시작으로 우리나라에서도 18세기 러시아 드라마 작가와 작품에 관한 훌륭한 연구와 분석이 나오기를 기대한다.

4. 프랑스풍 숭배에 대한 풍자: 폰비진의 『여단장』

폰비진은 18세기 최대의 풍자작가이다. 풍자하는 사람은 풍자의 대상에 대하여 우월한 태도를 유지한다. 도덕적 우월성이 가장 흔한 풍자의 태도이지만, 그 외에도 지능, 판단력, 사상의 우월성도 풍자를 뒷받침한다. 예로부터 풍자가는 도덕적으로나 지적으로 모자라는 사람들을 우습게 보이도록 제시함으로써 독자들에게 교훈을 주고자 한다. 풍자가는 우월한 입장에서 못난 자들을 비판할 자격이 있다고 자처한다. 풍자가는 자신의 도덕적 또는 지적 표준을 작품 자체 내에서 명확하게 밝히지 않는다. 열등한 도덕적, 지적 상태를 공격하기 때문에 그의 도덕적, 지적 표준은 간접적으로 암시될 뿐이다. 따라서 『여단장』에 나타난 풍자의 대상을 알아보고, 폰비진의 풍자가 갖는 특징을 알아볼 필요가 있다.

폰비진의 삶과 문학 18세기 러시아 문학사에서 가장 중요한 희곡 작가는 데니스 이바노비치 폰비진(1745-1792)이다. 폰비진은 허세와 특권의식에 가득 찬 귀족계층에 대한 풍자극으로 18세기 러시아 최고의 극작가로 평가받았다. 일찍부터 그는 문필생활과 관직생활을 병행했다. 외국의 희곡작품을 번역하는 것으로 문학 활동을 시작했지만, 큰 부자였던 폰비진은 직업작가라기보다는 예술애호가로서 작품 활동을 했다. 폰비진의 본업은 외교관이었다. 모스크바대학에서 교육을 받은 후 정부에 들어가면서 재치 있는 말솜씨와 프랑스 및 독일 고전에 대한 높은 소양으로 일찍부터 궁정 주요 인사들의 주목을 받았다.

폰비진의 아버지는 이반 4세(뇌제) 시절 리보니아 전쟁 때, 포로로 잡혀 와 러시아의 발틱 해안에 정착한 독일계 후손이었다. 폰비진이라는 성은 독일어 '폰 비젠(von Wiesen, 비젠 가문)'에서 유래했다. 1745년 모스크바의 명문 귀족 가문에서 태어난 폰비진은 10살 때 형 파벨과 함께 모스크바의 김나지움에 입학했다. 폰비진은 외국어(라틴어, 독일어, 프랑스어)에 탁월한 재능을 보였고, 16살의 학생 신분으로 덴마크 희극작가 루드비그 홀베르(Ludvig Holberg)의 우화 『교훈 우화집』을 번역 출간하여 문단의 호평을 받았다. 그는 페테르부르크를 방문했을 때, 홀베르의 『헨리크와 페르닐레(Henrik and Pernille)』 공연을 보고 무대공연에 심취하게 되었다. 하지만 폰비진은 그 시대에 널리 퍼진 관행에 따라 경호연대에 들어갈 수밖에 없었다. 제대 전에 좋은 성적을 받아 하사관으로 승진한 그는 1762년 군대생활을 마친 후 능통한 외국어 실력 덕분에 외무부에서 근무할 수 있었다. 그때쯤 볼테르의 유명한 『알지르(Alzire)』의 번역을 시작하였고, 아베 테라송(Abbe Terrason)의 고전적인 정치소설 『이집트 군주 세토스의 일대기, 또는 영웅의 미덕』을 번역했다. 사실 아베 테라송의 소설은 이상적인 계몽 군주에 대한 찬가였다. 아마도 폰비진은 자신의 문학 활동을 정치적인 것으로 생각했는지도 모른다. 왜냐하면, 문학적인 명성을 얻기 전까지 폰비진이 관심을 가지고 전념했던 것은 국가 시책과 사업에 관한 것이었기 때문이다. 외무부 근무 시기에 그가 번역했거나 작성한 글

폰비진

들의 주제는 주로 왕의 절대권을 제한하거나 귀족들의 참정권을 강화함으로써 러시아를 근대국가 형태에 접근시키는 것이었다. 예컨대 1766년 폰비진의 글에는 이러한 내용이 들어 있다. “군(軍) 귀족에 반대되는 상업 귀족이나 국가의 복지가 상업을 통해 이루어지는가?” 자유주의자인 작가는 상업적인 귀족사회가 국가이익에 도움을 줄 것으로 판단했다. 나아가 다음처럼 썼다. “러시아에는 완전히 자유로운 계급과 완전히 자유롭게 방임된 3계급, 그리고 비록 완전히 자유롭지는 않지만 적어도 그렇게 되리라는 희망으로 농업에 종사하는 민중이 있어야 한다.” 말하자면, 이것은 국부 증진을 위해 첫째로 귀족은 무조건 자유로워야 하고, 둘째로 제3신분은 노예화될 수 없으며, 셋째로 민중은 자유에 대한 희망으로 농업에 종사하도록 독려되어야 한다는 것을 의미한다. 사실 그의 글은 러시아 계몽주의의 특징인 자유에 대한 강한 애정을 표현하는 정도였다. 그가 주장하는 제3신분의 해방이라는 명제는 혁명 이전에 프랑스의 제3신분 계층이 내걸었던 주장에 불과하다. 그리고 그가 주장한 귀족의 자유 역시 표트르 대제가 죽자마자 “귀족계급의 해방”이라고 알려진 점진적인 과정에서 자연스럽게 보장되었다. 이로 인해 귀족계급은 국가에 봉사해야 하는 의무가 없어지게 되었다. 안나 여제는 1736년에 귀족계급의 봉사 의무를 면제해 주도록 합법화했다. 표트르 대제 이후 왕위계승의 불확실성과 잦은 궁정 반란(근위대 반란)은 귀족계급의 위상을 높여 주는 계기가 되었다. 표트르 대제의 계승자들은 왕권을 취할 힘이 거의 없었으며, 귀족계급에 맞설 지위도 가지지 못했다. 1762년 표트르 3세의 한 법령은 귀족계급의 봉사 의무를 철폐했다. 그리고 그해에 귀족계급과의 합의하에 이루어진 쿠데타 성공과 더불어 예카테리나 2세는 귀족의 의무 봉직(25년)을 완전히 철폐했다. 국가에 대한 강제의무가 사라지면서 귀족은 새로운 시대의 자유를 대변하는 계층으로 인식되었다. 폰비진은 니키타 파닌을 중심으로 하는 진보적인 자유주의 진영의 모임에 참여했지만 농노제 폐지와 같은 과격한 주장을 하지는 않았고, 귀족 계몽주의자를 자임하는 데

만족했다. 폰비진은 F. A. 코슬롭스키가 이끄는 젊은 지성인 그룹과 가깝게 지냈고, 연극 애호가인 궁정 고관 I. P. 엘라긴(1725-1793)과도 인연을 맺었다. 엘라긴은 폰비진을 적극적으로 지지했는데, 엘라긴 서클은 러시아를 주제로 한 연극의 필요성을 느끼고 있었다. 왜냐하면, 수마로코프의 고전 코미디는 러시아의 실제 생활과는 거리가 멀다고 여겨졌기 때문이다. 엘라긴 서클은 알려진 프랑스 연극을 러시아식 패션, 이름, 장소, 형태로 바꾸는 데 주력했다.

폰비진의 활동 시기는 대략 예카테리나 2세의 치세기와 일치한다. 문학에 큰 관심을 보인 폰비진은 군역에는 별 관심을 두지 못한 채 1762년 대학을 졸업하자마자 새 정부의 외무부에서 일하게 된다. 극작가로서의 출발은 19살에 쓴 최초의 운문 희극 『코리온』(1764)이었다. 이 작품은 외국 플롯을 러시아 상황으로 각색한 코미디였다. 원작은 프랑스의 시인이며 극작가인 J. L. 그레세(1709-1777)의 『시드니』(1745)이다. 비평가인 G. P. 마코고넨코는 "무엇보다도 그레세의 감상적 희곡이 폰비진에 의해 가벼운 코미디로 바뀌었다"라고 주장한다. 모스크바 근처 시골 마을에서 주인공 코리온은 연인 제노비아의 배신으로 고민을 하게 된다. 제1막에서 코리온이 메난데르에게 편지를 보낸다. 제2막은 코리온과 메난데르의 논쟁에 관한 이야기이다. 제3막에서는 코리온이 독약을 먹었다고 독백으로 털어놓자, 제노비아가 등장한다. 그들은 서로의 사랑을 확인한다. 마지막 순간 안드레이가 나타나 독약을 바꿔치기했다고 말한다. 희극은 행복한 결말로 끝난다. 이 작품은 교훈을 강조한다는 점이 약점이 될 수도 있지만, 나름대로 잘 만들어진 '눈물의 코미디'였다.

풍자문학의 성격 풍자에 대한 일반적 정의는 다음과 같다. "어떤 대상을 우스꽝스럽게 만들고 그것에 대해 재미있어하는 태도나, 경멸이나 분노나 조소의 태도를 불러일으킴으로써 그 대상을 깎아내리는 문학상의 기법이다. 풍자와 코믹의 차이를 살펴보자면, 후자는 웃음을 자아내는 것 자체가 주목적인 데 반해 전자는 조롱의 의미가 함축되어 있다는 점이다. 즉 풍자는 웃음을 하나의 무기로, 그것도 작품 자체 외부에 존재하는 목표물을 공격하는 무기로 사용한다. 그 목표물은 개인일 수 있고, 어떤 인간형이나, 어떤 계급이나, 어떤 제도나 어떤 국가나 심지어는 전 인류일 수도 있다."[11] 풍자는 한 장르의 이름이었으나, 18세기 이후에는 모든 장르에 나타날 수 있는 특수한 태도 또는 어조를 뜻하게 되었다. 다른 것에 빗대어 재치 있게 비판하는 풍자는 "여유 있는 우월한 태도에서 상대방을 우습게 만들어 버릴 만한 방법을 다 동원한다. 역설, 아이러니, 과장, 축소 등 모든 웃기는 방법이나 해학과 기지 같은 웃기는 말투가 다 포함된다. 그런 까닭에 풍자는 희극과 잘 어울리지만, 순수한 희극이 웃음을 위한 웃음을 목적으로 하고, 웃음의 대상이 희극작품 자체에 포함되어 있는 것에 반해 풍자는 도덕적·지적 열등생들을 경멸적 웃음의 대상으로 삼고, 그 열등생들은 작품 속 인물이라기보다는 현실 사회에 살아 있는 부류라는 점에서 변별된다."[12]

5막의 풍자극 폰비진의 『여단장』은 5막으로 구성된 풍자극으로 총 여덟 명의 인물이 등장한다. 여단장, 여단장의 아내(아쿨리나 티모페브나), 여단장의 아들(이반, 이바누시카), 고문관, 고문관의 아내(아브도티야 파타피에브나), 고문관의 딸(소피아), 도브롤류보프, 고문관의 하인이다. 이 작품은 두 가족에 관한 이야기이다. 여단장 가족과 고문관 가족은 아들과 딸의 혼사 문제로 만나게 된다. 이 작품에서 모든 갈등은 부적절한 사랑의 문제에서 비롯된다.

이 연극의 제1막은 여단장의 아들 이반과 고문관의 딸 소피아의 결혼 문제로 시작한다. 코미디의 전통적인 기법에서 결혼은 항상 경제적인 문제와

11 이명섭, 『세계 문학비평용어 사전』, 을유문화사, 1987, 493쪽.
12 이상섭, 『문학비평 용어사전』, 민음사, 2001, 359쪽.

관련되어 있는데, 이반과 소피아의 결혼 역시 재정적인 문제와 결부되어 있다. 이반은 부잣집 아들이고, 반면에 소피아는 상대적으로 풍족하지 않은 집의 딸이다. 여기서 문제가 발생한다. 다른 남자를 사랑하고 있는 소피아는 이반과의 결혼을 원하지 않는다. 『여단장』에서 등장인물들 사이의 갈등은 어긋난 사랑 때문에 일어난다. 등장인물들 모두가 사랑에 빠져 있는데, 그 모든 사랑이 비도덕적이며 어긋나는 것이다. 이반은 장차 장모가 될 고문관의 아내를 사랑하고, 고문관은 장차 사돈이 되는 여단장의 아내에게 빠져 있다. 제1막 5장에 나오는 소피아와 도브롤류보프의 대화는 이를 뒷받침한다. "여단장 아내만을 제외하고 여기 있는 사람들은 모두 사랑에 빠져 있군요." "사실입니다. 다른 점이 있다면, 그들의 사랑이 혼잡스럽다는 거죠." 이 연극 속 불화는 제2막에서 고문관이 여단장의 아내에게 구애하고, 이반이 이를 목격하면서 시작된다. 그다음 여단장이 고문관의 아내를 사랑한다는 것이 폭로되며 분규가 증진된다. 설상가상으로 여단장은 고문관의 아내를 놓고 아들과 경쟁한다. 6장에서 이반은 아버지가 고문관의 아내를 사랑한다는 이야기에 분노한다. "그가 나의 경쟁자 맞죠?" "아니 내 사랑, 당신 아버지와 싸울 셈이에요?" 제3막에서 여단장의 분노는 최고조에 이르며 절정으로 치닫는다. 여단장과 그의 아들 이반과의 사이가 험악해져 가며 두 인물 사이에 긴장감이 고조된다. 연극의 종결(파국)은 제4막과 제5막에서 서서히 이루어진다. 제4막에서 여단장과 고문관은 상대방의 아내를 높여 주며 자기 아내를 깎아내린다. 여단장의 아내는 신세타령을 하면서 자신의 슬픔을 이야기한다. 제5막에서는 모든 선행 사건들로 인한 피할 수 없는 파국을 맞이하게 된다. 여단장과 고문관은 이반과 고문관의 아내가 내통하는 장면을 목격한다. 그리고 등장인물들의 모든 부적절한 관계가 폭로된다. 고문관의 아내와 이반의 내통, 고문관의 아내를 향한 여단장의 마음, 여단장의 아내를 향한 고문관의 마음이 모두 드러난다. 그리고 마지막 장에서는 긍정적인 인물들인 소피아와 도브롤류보프의 행복한 결말로 순식간에 극이 끝난다. 모든 부적절한 사랑의 복잡한 관계가 폭로되면서 서로의 결혼을 방해하는 사람들은 부끄러움을 느끼게 된다.

러시아식 고전주의의 틀 러시아 작가로서 폰비진의 명성은 1783년에 출판된 두 작품 『여단장』과 『미성년』에서 시작되었다. 이 두 희극작품에서 작가는 사실주의 기법을 동원해 당시 귀족계층의 허세와 비도덕성을 폭로하여 큰 반향을 일으켰다. 같은 해에 그는 정치개혁에 관한 소책자를 발간하였는데 귀족 정치체제를 비판했다는 이유로 황제의 총애를 잃었다. 이후 그의 작품은 금서로 규정되었다.

폰비진의 극은 고전주의의 '삼일치법칙'을 준수하면서도 러시아 사회의 여러 전형적인 인간을 등장인물로 내세운다. 『여단장』은 1766-1769년에 쓰이고 1783년에 출판된 폰비진의 첫 희극작품이다. 이 작품은 프랑스의 풍습과 언어를 맹목적으로 추종하여, 엉터리로 흉내 내기에 바빴던 상류계층의 풍습과 언어생활을 사실적으로 묘사함으로써 당시의 유행을 풍자하고 있다. 1769년에 상연된 『여단장』의 성공은 한 단계 발전된 러시아식 고전주의의 틀을 마련하였다. 작가는 『여단장』에서 등장인물들이 실제로 있을 만한 자유로운 대화를 사용하도록 한다. 여단장 부인 아쿨리나와 프랑스풍에 물든 아들 이바누시카는 당시 지주 귀족들의 전형이자, 그러한 인물들의 대명사로 통용되기도 했다.

풍자극의 역사 러시아 문학사에서 풍자문학의 공식적인 등장은 17세기였다. 17세기 러시아 문학의 성격을 규정하는 데 노력해 온 연구가들의 견해는 크게 두 가지로 나뉜다. 하나는 텍스트의 이데올로기적 성격을 강조하는 것이고, 다른 하나는 텍스트의 예술적인 성격을 강조하는 것이다. 소비에트 시대의 학자들은 볼셰비키 혁명을 일으킨 러시아인들의 민중의식의 뿌리가 역사적으로 17세기까지 거슬러 올라간다는 것을 강조하며 작품의 민중성과 혁명성을 과대 선전했다. 그들은 서구 문학의 영향 아래 생겨난 풍자문학에 대한 담론에 반감을 갖고 러시아의 고유한 풍자가 가진 성격을 강조했다. 이런 관점을 지닌 대표적인 소비에트 학자는 아드리아노바-페렛츠다. 그는 시대적 배경과 사회적 맥락을 파악해 17세기 문학 중 일부를 '민주풍자(демократическая сатира)'로 규정했다. '민주풍자'라는 개념이 문학사의 용어로 도입되자, 그것은 논쟁의 대상이 되었다. 아드리아노바-페렛츠의 말에 의하면 16세기 말에서 18세기 초에 이르는 러시아 역사의 대혼란과 격랑 속에서 세대 간의 갈등, 빈부의 격차, 지배세력의 윤리관을 풍자하고 조롱하는 작품들이 많이 나오게 되었다는 것이다. 일반적으로 인간의 어리석음과 악덕을 수정하려는 목적으로 사용된 러시아 풍자문학은 패러디나 그로테스크 그리고 과장을 형식적 기법으로 사용했다. 따라서 아드리아노바-페렛츠는 민주풍자 문학이 러시아인들의 유머와 풍자에 대한 의식을 보여 주는 대표적인 장르로서, 더 나아가 민중의 민주성과 혁명성을 보여 주는 문학임을 입증하고자 했다. 그가 주장하는 민주풍자의 민주성, 민중성, 그리고 풍자성에 대한 문제는 지금도 여전히 찬(pro)과 반(contra)의 문제로 남아 있다.[13] 민주풍자 작품의 생산과 수용 주체는 당대의 민중들이었고, 그들의 세계관이 작품에 반영되었다는 점에서 민중성의 문제는 나름대로 의의가 있다고 할 수 있다. 그러나 민주성과 풍자성에 대한 언급은 강한 이데올로기적 색채를 함축하고 있기 때문에 예술적인 관점만으로는 이해하기 어렵다.

17세기 문학작품들의 성격을 문예학적인 개념으로 파악하고자 하는 연구가들은 '민주풍자' 대신에 '웃음문학(смеховая литература)', 또는 '민중적 웃

13 N. K. 군지도 아드리아노바-페렛츠의 견해를 그대로 받아들여 풍자문학을 논하고 있다. "역사 발전과 계급투쟁의 과정을 통해서 17세기 모스크바를 중심으로 한 러시아 민주 세력이 낡은 제도들과 견해를 가진 권력층으로부터 해방됨으로써 당연하게 풍자와 패러디가 발전하게 되었다. 그 내용은 러시아가 공식적으로 지배층에 의해 유지되고 있고, 권리가 없는 도시민과 농민을 경제적·정치적으로 착취한다는 것이다."

음문학(народная смеховая литература)'이라는 용어를 사용한다. 대표적인 학자들로는 바흐친, 리하초프, 그리고 판첸코 등이 있다. '웃음문학'에 대한 정의가 정확하게 규명된 것은 아니지만 '웃음문학'은 민주풍자 작품들의 본질과 성격을 규명하는 데 상당히 진보된 개념이라 할 수 있다. 그들이 제기한 '웃음문학'이란 간단히 말해 웃음문화의 바탕에서 자라난 독자들을 웃기기 위한 문학이다. 전통적으로 17세기 러시아의 웃음문학은 공식문화와 공식적인 장르에 대한 패러디이다. 다수의 작품이 성경이나 종교의식을 패러디하고 있다. 웃음문학에서 패러디는 무엇보다도 독자의 웃음을 불러일으키는 것을 일차 목표로 삼고 있다. 바흐친은 문화를 공식문화와 민중문화로 나눈다. 그에 따르면 민중문화는 공식문화의 패러디와 뒤집기로 만들어지며, 민중의 웃음문화는 상위 문화인 공식문화를 뒤집어 희화화하는 문화다. 바흐친의 민중문화론을 기초로 17세기 웃음문학에 대한 새로운 접근을 시도한 리하초프와 판첸코는 공식적인 장르에 대한 패러디를 주장했다. '웃음문학'은 결과적으로 항상 '웃는 자들 자신을 향한 웃음'과 '자기 아이러니'를 동반한다. 한편 아드리아노바-페렛츠의 민주풍자에 대한 비판은 마셜에 의해서 계속된다. 마셜은 민주풍자라는 용어의 불합리성을 지적한다. 그는 민주풍자 문학이 작가나 제작 연대, 그리고 창작 배경이 분명하지 않은 작품들을 한 시대의 산물로 보는 과정에서 생겨났다고 주장한다. 특히 역사적인 고증과 소비에트의 정치적인 이데올로기의 개입이 크다는 문제점을 지적했다. 마셜의 말에 따르면 17세기 러시아 문학의 특징은 가벼운 풍자성과 유머이며, 풍자는 하나의 장르가 아니라 창작의 기본적인 태도라는 것이다. 이런 점에서 소비에트 학자들이 풍자에 대한 정의와 구분에 오류를 범하고 있다고 지적한다. 결국, 마셜은 17세기 작품들을 '민주풍자'보다는 '웃음문학'으로 정의하는 것이 타당하다고 본다.

종합적으로 정리하자면 러시아 17세기는 풍자문학과 웃음문학의 시대라 할 수 있다. 모든 풍자 작품이 웃음을 유발하는 것은 아니지만, 다수의 풍자는 웃음문학의 특징을 공유하고 있다. 특히 웃음을 자아내는 풍자문학은 시대의 세속화(통속화)와 맞물려 가장 인기 있는 장르로 급격히 부상했다. 판첸코에 따르면 전반적으로 17세기는 "웃음에 대한 중세 문화적 금지의 철폐와 웃음의 폭발적인 해방" 시기로 특징지어진다. 이 시대에 풍자문학과 웃음문학은 새로운 시대를 맞이한 민중들의 새로운 가치관을 보여 주는 문학으로 자리를 잡게 된다. 17세기부터 시작된 풍자문학은 18세기에 작가 폰비진에 의해서 러시아적 독창성을 획득하게 되었다.

폰비진 풍자극의 성격과 특성 첫째로 『여단장』은 프랑스풍에 심취한 러시아인들에 대한 풍자이다. 폰비진은 프랑스의 풍습과 언어를 맹목적으로 모방하는, 그것도 엉터리로 흉내를 내는 당시 귀족들의 유행을 비웃고 있다. 여기서 주인공의 역할은 프랑스어와 프랑스 문화에 대한 맹목적이고 피상적인 모방과 흉내를 보여 주는 일이다. 사실 희곡에서 이러한 주제는 그렇게 새로운 것은 아니다. 왜냐하면, 많은 러시아 작품들이 유사한 주제를 이미 보여 주었기 때문이다. 표트르 대제와 예카테리나 여제 시기에 이미 서구문화 흉내 내기, 특히 프랑스 문화 따라 하기가 시작되었기 때문이다. 그 당시 러시아 상류사회에서 프랑스어는 특권층의 우월성뿐만 아니라 교육의 우월성을 보여 주는 지표라 할 수 있었다. 『여단장』에서 이반은 프랑스 문화에 심취한 인물로 등장한다. 이반은 말할 때마다 계속해서 프랑스어를 섞어 쓰고, 그가 파리에 가 보았다는 것과 프랑스어로 말을 할 줄 안다는 것을 의식적으로 강조한다. 그는 프랑스적인 모든 것을 모방할 준비가 되어 있고, 심지어 아버지와 결투할 준비까지도 되어 있다. 왜냐하면, 이반이 읽은 어느 프랑스 책에서 누군가가 아버지와 결투를 벌이기 때문이다. 제2막 6장에 이 내용이 나온다.

왜 아니겠어요? 나는 책에서 읽었어요. 제목이 뭐더라… 잊어 먹었네(le nom

m'est èchappe). 『현대의 우둔한 짓거리들(Les sottises du temps)』이라는 책에서 한 아들이 파리에서 결투하겠다고 아버지를 불렀어요. 하지만 나는 한 번 정도 그런 경우가 있었지만, 파리에서 있었던 것을 모방할 만큼 그런 짐승 같은 사람은 아니에요.

이반은 프랑스적인 모든 것을 어리석을 정도로 사랑한다. 예를 들면, 이반이 고문관의 부인에게 "내 불행은 단지 당신이 러시아인이라는 거예요"라고 말할 때, 이반이 얼마나 얼간이인지 알 수 있다. 이반은 고문관의 아내가 프랑스 여성이었다면, 그가 그녀를 거리낌 없이 사랑했을 거라고 말한다. 이반은 소피아와의 결혼도 똑같은 이유로 거절한다. "난 러시아 여성과 결혼시키려는 것을 어느 정도 참으면서 듣고 있다."

폰비진의 작품에서 이반의 '프랑스광'에 대한 러시아 비평가들의 평가에 공감할 수 있지만, 부분적으로 모순을 느낄 수도 있다. 이반이 말하는 문구들에서 프랑스에 대한 작가의 긍정적인 태도가 느껴지기도 한다. 예를 들면, 제1막 1장에서 고문관은 다음과 같이 말한다. "신이 결합한 것은 인간이 끊지 못한다는 것이오." 이반도 이에 대답한다. "과연 러시아에서 신이 그러한 일에 간섭할까요. 적어도 프랑스에서는 사랑하고, 변절하고, 결혼하고, 헤어지는 것이 일반적인 일이죠." 프랑스에서 풍속의 자유는 분명히 긍정적 현상으로 검토된다.

둘째로 『여단장』은 당시 교육제도의 병폐를 풍자하고자 했다. 귀족의 아들 이반은 프랑스에 대한 자신의 특별한 탐닉 때문에 우둔한 자로 양육된다. 이반의 이미지가 흑백의 문제로 제시되지는 않는다. 일반적으로 말해서 이반은 처음에 느껴지는 것과 같이 그런 정도로 우둔한 인물은 아니다. 그는 교육받은 인물이고 프랑스어를 능숙하게 구사한다. 『미성년』의 주인공 미트로판처럼 완전한 얼간이는 아니다. 또한, 이반은 아버지에게 의존하지도 않는다. 그는 아버지가 지닌 전통적인 가치체계에 반대하고, 아버지가 선택해 준 배필도 거부한다. 여기서 이반은 정체성의 위기를 경험하는 인간의 좋은 예로 제시된다고 볼 수 있다. 그는 그가 러시아인도 프랑스인도 아니라는 것을 의식하고 있다. "내 몸은 러시아에서 태어났으나, 이것은 사실이다, 그러나 내 영혼은 프랑스에 속해 있다." 희극의 끝에 이반은 프랑스 마부를 알게 된 후 프랑스를 사랑하게 되었다고 말한다.

셋째로 『여단장』은 러시아 최초의 '풍속(세태) 코미디(комедия нравов)'이다. 즉 주인공의 성격이 선천적으로 정해진 것이 아니라, 당시 사회의 영향 아래 만들어지고 고려되었다는 것이다. 우리는 이반의 답변을 기억한다. "젊은 사람은 밀랍과도 같습니다. 만약 내가 불행하게도 조국을 사랑하는 러시아인을 만났더라면, 난 지금과 전혀 다른 모습이었겠지요." 이런 식으로 여기서 이반의 성격은 그의 환경에 기인한다는 사실을 강조하고 있다. 환경 강조는 '풍속 코미디'의 기초적인 원칙이다.

넷째로 『여단장』에서는 인물의 독창적인 성격화가 나타난다. 작가는 작품에 등장하는 인물의 내적 속성을 지속적으로 드러냄으로써 그 인물의 성격을 창조한다. 이 작품에서 소피아와 도브롤류보프 같은 긍정적인 인물들은 평범하고 단순한 성격으로 일관되고, 대조적으로 여단장의 아내와 아들 이반과 같은 부정적인 인물들은 그들의 성격, 행동, 말에 있어 각각의 개성을 고수한다. 특히 비도덕성과 무식의 화신으로 불리는 부정적인 인물들의 대화는 쓴웃음뿐만 아니라 불쌍히 여겨지는 마음까지도 생기게 한다. 프랑스풍에 심취한 여단장의 아들 이반의 성격화는 이후에 나온 『미성년』의 주인공 미트로판의 성격화로 이어진다. 두 작품에서 이반이나 미트로판 모두 희화화된다.

『여단장』은 부정적인 성격의 인물들을 통해서 진정한 사회적 풍자라는 성격을 갖게 된다. 이 작품은 19세기 러시아의 '비판적 리얼리즘'을 주도한 작가들에게 커다란 영향을 주었다는 데 문학사적 의의가 있다. 오늘날 러시아 무대 연극의 상연 목록에서 종종 소개되는 작품이기도 하다.

다섯째로 흥미로운 것은 『여단장』에 보조 인물들이 거의 등장하지 않는다는 점이다. 일반적으로 전통 코미디에는 주요 인물들 외에 하인이나 유모 또는 가정교사 같은 이차적인 보조 인물들이 많이 나온다. 예로 폰비진의 다른 희극 『미성년』에서는 하인, 유모, 가정교사, 관리 등 많은 보조 인물들이 등장한다. 그러한 보조적인 인물들이 『여단장』에는 거의 없는 편이다. 소피아가 사랑하는 도브롤류보프와 고문관의 하인이 보조 인물로 등장하는 정도이다. 이 작품에서 모든 사건은 예외적으로 주요 인물들 사이에서 일어난다고 볼 수 있다. 그리고 귀족의 관습에 대한 묘사가 작품의 주요 부분이라 할 수 있다. 『여단장』에서 작가는 주인공 이반과 미래의 장모가 될 고문관 아내의 목소리를 통해 그 당시 러시아의 '프랑스풍 숭배'를 풍자하고 있다. 이는 당시 유행했던 귀족들의 어정쩡한 프랑스식 교육에 관한 풍자라 할 수 있다. 그리하여 이 작품은 프랑스 계몽주의를 맹목적으로 추종하는 예카테리나 2세에 대한 간접적인 풍자로도 볼 수 있다.

웃음의 시학 풍자는 상대방을 재치 있게 비판하는 방법을 모두 동원한다. 역설, 아이러니, 과장, 축소 등 모든 웃기는 방법이나 해학과 기지 같은 웃기는 말투가 다 사용된다. 그런 이유로 풍자는 희극과 잘 어울린다. 하지만 순수한 희극은 웃음을 위한 웃음을 목적으로 하고 웃음의 대상이 희극작품 자체에 포함되어 있다. 반면에 풍자는 도덕적, 지적 열등생들을 웃음의 대상으로 삼는다. 그 대상들은 현실에 존재한다.

폰비진의 『여단장』에는 웃음의 장면이 많다. 등장인물들 거의 모두 자기 행동에 대해 부끄러워할 줄 모른다. 포프는 "아무것도 부끄러워할 줄 모르는 자들은 그렇기 때문에 우스꽝스럽다"라고 말했다. 웃음 중에서 특히 가장 나쁜 비웃음(냉소)의 장면이 유독 많은 편이다. 레싱은 『함부르크 희곡』에서 웃는 것과 비웃는 것은 절대로 같은 것이 아니라고 말한다. 웃음에는 여러 유형이 있지만 『여단장』에서 두드러지는 웃음은 바로 비웃음이다. 이것은 블라디미르 프롭이 "비웃음만이 희극적인 것의 범주와 견고하게 연결되어 있다"라고 언급한 것과 일치한다. 이 극작품에서 여단장, 고문관, 고문관의 아내, 이반에게는 존경·감탄·뿌듯함의 미소나 웃음을 보낼 수가 없다. 이들은 작품 바깥에 있는 독자들로부터 비웃음을 받을 뿐만 아니라, 작품 내에서도 서로를 비웃는다. 『여단장』에 나타나는 다양한 비웃음들의 미묘한 의미를 알아보자.

① **부정적인 인물에 대한 비웃음**: 이반은 '갈로마니아(gallomania, 프랑스풍 숭배)' 현상의 대표적인 인물이다. 그는 프랑스어를 구사할 줄 아나, 프랑스와 관련된 모든 것에 깊은 지식이나 정보는 거의 없다. 그러함에도 이반은 프랑스와 러시아를 비교해 가며 프랑스를 찬양한다. 프랑스를 찬양하지만, 프랑스에 대해 아는 것이 거의 없기 때문에 이 찬양과 무지의 간극은 웃음을 유발한다. 고문관의 아내 역시 이반과 같은 부류의 인물이다. 그녀는 프랑스어를 구사할 줄도 모를 뿐만 아니라, 프랑스에 가 본 경험이 없음에도 불구하고 프랑스와 관련된 모든 것을 동경한다. 이반을 좋아하는 이유도 그가 프랑스와 조금이나마 관련되기 때문이다. 폰비진은 이반과 고문관의 아내가 보여 주는 당시 귀족계층에 만연했던 프랑스 심취광 현상을 비판하고자 했다. 당시 러시아 귀족들은 그들의 통치자, 즉 예카테리나 2세의 영향을 받아 프랑스를 찬양했다.

예카테리나 2세는 통치 초기에 자신이 유럽에서 가장 진보적인 지성인들 가운데 한 사람임을 자랑했다. 그녀는 볼테르, 디드로와 계속 편지를 주고받으며, 서구 사상을 대표하는 철학자들의 눈에 계몽 군주로 보이기 위해 최선을 다했다. 그런데 그녀의 자유주의 사상은 푸가초프 봉기의 영향을 받아 크게 약화되었다. 게다가 통치 말기에 그녀는 프랑스 혁명의 영향을 받아 모든 자유주의적 입장을 포기하고 공공연한 반동주의자가 되었다. 예카테리나 2세는 계몽 군주라는 명성을 얻기 위해 법을 개정하는 작업에도 착수했다. 1767년에 그녀는 입법위원회를 소집했으며, 몽테스키외와 베싸리아의 저서에서 차용한 형식을 나름대로 적용하여 자신이 직접 위원회에 지침을 하달했다. 그녀는 “입법 조치가 완료되면 이 세상에서 러시아보다 더 공정하게 통치되고 더 부유하게 발전될 나라는 하나도 없게 될 것이다. 만약에 우리의 입법 의지가 구현되지 않는다면 나는 더 이상 살아서 그러한 불행을 보려 하지 않을 것이다”라고 선언했다. 그러나 예카테리나 2세가 외국 독자들을 위하여 자신의 지침을 수 개 국어로 번역하여 호화 장정으로 출판하면서도, 국내보급을 금지했다는 사실은 그녀의 진실성에 의문을 던지게 한다. 그녀는 진정으로 자유주의를 받아들이고 이를 행동에 옮기고자 한 것이 아니라 자유주의자인 척한 것이다. 푸시킨은 예카테리나 2세의 위원회가 ‘무례한 광대극 놀이’에 지나지 않는다고 했다. 이반과 고문관 아내가 프랑스를 무비판적, 무조건적으로 찬양하는 모습에서 예카테리나 2세의 모습을 엿볼 수 있다.

② **동물의 형상을 한 인간에 대한 비웃음**: 인간을 동물에 비유한다고 무조건 우스꽝스러운 모습이 연출되는 것은 아니다. 친밀하고 다정한 사이에서 주고받는 애정 표현 중에 동물들과 연관된 것들이 긍정적인 표현들도 있다. 문제는 동물과 연관된 부정적인 면이다. 인간 내면의 부정적인 면을 동물과 연관하여 외면화할 때 비웃음을 자아내게 되는 것이다. 프롭은 저서 『희극성과 웃음』의 제9장에서 다음과 같이 말하고 있다. “유머나 풍자문학에서, 그리고 조형예술에서도 사람이 동물이나 물체에 비교되는 경우가 자주 있는데 이는 웃음을 불러일으킨다. 사람을 동물과 가깝게 만들거나 동물과 비교하는 것이 항상 웃음을 불러일으키는 것은 결코 아니며 일정한 조건 아래서만 그렇다는 것은 쉽게 알 수 있다. 그 외양이 인간의 몇몇 부정적인 면을 떠올리게 하는 동물들이 있다. 그렇기에 인간을 돼지나 원숭이, 까마귀, 곰의 형상으로 표현하는 것은 이러한 표현에 합당한 인간의 부정적인 면들을 보여 주는 것이다. … 여기에서 유머가 있고 풍자적인 대비를 하기 위해서는 부정적인 면들이 있다고 생각되는 동물들을 사람에게도 사용해야만 한

다는 결론이 나온다." 『여단장』 제1막 1장에서 이반은 자신의 부모를 짐승에 비유하고, 고문관의 아내는 이웃들을 가축과 돼지에 비유한다.

> 이반: 당신은 내가 아주 불행하다는 것을 아시는군요. 벌써 20년을 살았어요. 그리고 아직은 아버지, 어머니와 함께 있어요. 당신은 아버지와 사는 기분을 아실 테죠. 하지만 저는, 제기랄, 짐승들과 살고 있는 셈이에요.
>
> 고문관의 아내: 나도 역시 고생하고 있어요. 내 남편은 고지식해요. 나는 여기 시골에서 몇 년을 그와 함께 살았지요. 그리고 맹세하는데 지금까지의 복수하고 싶은 마음은 이젠 다 흐지부지해졌어요. 모든 이웃 사람들은 무지하고, 마치 집에서 아내를 껴안고 있는 가축 같지요. 그리고 그들의 아내들은 ―하하하!― 지금까지도 이것이 실내복인지 모르고, 마치 손님을 맞을 때 입는 평상복인 줄 알고 있어요. 그들은 식사 규정에 대한 것 말고는 아무것도 생각하지 않는다니까요. 규칙적인 돼지처럼.

이반과 고문관의 아내가 사용하고 있는 '짐승들, 가축, 돼지'라는 단어는 더럽고, 질서가 잡혀 있지 않으며 무지몽매한 존재들을 가리키고 있다. 여기서 웃음이 발생하는 이유는, 이반과 고문관의 아내가 동물에 빗대어 부정적인 존재로 가리키고 있는 이들이 다름 아닌 이반 자신의 부모이고, 고문관 아내 자신의 남편이기 때문이다. 그런데 이반과 고문관의 아내가 자기 가족을 조롱할 입장에 설 만큼 '짐승들, 가축, 돼지'보다 나은 처지가 아니기에 이반과 고문관의 아내를 향한 비웃음이 한 번 더 발생하게 된다.

속물성의 시학 속물성은 러시아 문학작품에 자주 등장하는 인간의 부정적인 속성이다. 폰비진의 희극 『여단장』은 인간의 속물성에 대한 강한 풍자이다. 이 희극의 대다수 등장인물이 속물이다. 속물(пошляк)이란 무엇인가? 그것은 일상적인 사리사욕에 가득 차 있고, 집단과 시대의 고정관념에 사로

잡혀 있는 인간을 가리킨다. 속물은 천박한 인간과 유사한 말이지만 천박한 인간은 하나의 전형이라기보다는 천박한 성격의 족속이라 할 수 있다. 머릿속이 텅 비어 있는 상태의 인간인 속물은 근엄하면서 천박한 인간이다.

부정적이고 경멸적인 의미가 강한 '속물성(пошлость, snobbism)'은 어느 사회에서나 쉽게 찾아볼 수 있는 현상이다. 속물성은 거짓 재능, 거짓 매력, 거짓 아름다움, 거짓 소중함, 한마디로 거짓의 극치이다. 그것에는 상투적 표현, 상투적 이미지 활용, 특정 문구, 진부하고 오래된 단어를 사용하는 것뿐만 아니라 단순히 고정관념도 포함된다. 이 모든 사소하고 하찮은 것들의 종합체가 바로 진짜 속물이다. 속물은 도덕적 비난과 미적 심판의 대상이다. 정직하거나 진정성 있는 사람은 결코 속물성과 관계가 없다. 속물은 문명이나 문화라는 허울을 전제로 한다. 그렇기에 단순하고 교육을 받지 못한 사람은 속물이 될 수 없다. 러시아 문화에서 속물성은 기본적으로 저속한 것의 속성일 뿐만 아니라 저속한 세태풍속, 저속한 행위, 저속한 표현을 의미한다. 그리고 속물성은 타인의 시선에 대한 강한 집착뿐만 아니라 타인의 욕망을 욕망하는 것도 관련된다.

폰비진은 저질스러운 속물성을 흥미롭게 폭로했다. 주변에 잘 적응하는 체제 순응주의자이면서 사이비 이성주의, 사이비 지식, 사이비 동정으로 가득 찬 사기꾼은 진짜 속물에 가장 가깝다. 속물들이 당당하게 강조하는 '정의, 양심, 사랑, 자연, 진실, 아름다움' 같은 위대한 단어들은 가면이 되고 탐욕이 된다. 그들은 감동을 주고받기를 좋아하기 때문에, 그 내면과 그를 둘러싼 주변은 온통 사기와 서로에 대한 기만으로 가득하다. 속물은 두 가지 욕망 사이에서 갈등한다. 하나는 다른 사람들처럼 행동하고, 감탄하고, 다른 사람들이 가지고 있는 것이라면 자신도 소유하고픈 욕망이다. 다른 하나는 특별한 사람으로 특별한 대접을 받으며 귀빈들과 나란히 앉아서 담화를 즐기고픈 욕망이다. 속물은 때로 부와 지위에 현혹되어 그들의 문화와 유행을 맹목적으로 받아들이는 허영을 즐긴다. 속물은 예술과 문학에 대해서는 문외한이고, 천성적으로 반예술적인 기질을 타고났다. 하지만 세속적인 정보에 대한 욕구를 충족시키기 위해 잡지를 보면서, 거기에 등장하는 인물들과 자신을 동일시한다. 속물은 물욕이 강하여 물질적인 것을 선호하는 생활양식을 보이기 때문에 표적이 되기 쉽다. 이러한 속물은 전 세계적 현상으로 어느 나라에나 존재한다. 모든 나라, 모든 계급에서 발견된다. 우리는 모두 어떻게 보면 상투성에서 벗어나지 못한다는 점을 인정해야 한다.

인간의 속물성을 반드시 도덕적 범주로 이해할 필요는 없다. 속물성은 자주 웃음과 혐오를 유발하지만, 그 웃음과 혐오는 그들이 윤리적으로 사악하여 나타나는 것은 아니다. 폰비진은 자기 인물들의 속물성이 곧 그들의 도덕적 악과 등가로 인정되어서는 안 된다고 생각했다. 그들은 악한들이 아니다. 속물성을 미학적 가치 평가의 범주에서 살펴볼 필요가 있다. 속물성은 상투적 생각, 즉 자신의 독자적인 내면적 지향을 지니지 못한 인물들의 특징이다. 그것은 창조성과 무관하며 일반적이고 상투적인 생각의 모음일 뿐만 아니라 진부한 표현과 속물적 언어의 사용으로 나타난다. 속물은 기본적으로 교양이 없으며 식견이 좁고, 세속적 이익에 치중한다. 속물적 인간들은 추상적이거나 형이상학적인 주제에 대해서는 철저하게 무관심하다. 그들의 주요 관심은 세속적인 욕망에 관한 것을 넘어서지 못한다. 주로 물욕에만 관심을 두고 진부한 표현과 속물적 언어를 구사하는 주인공들인 여단장, 이반, 고문관, 그리고 고문관의 아내는 대표적인 속물성의 소유자라 할 수 있다.

폰비진이 이야기하는 속물성은 단순히 도덕적이며 인간적인 결함을 지시하는 것이 아니다. 그것은 어떠한 창조성도 결여한 채 그 사회의 가장 저열한 정신만을 모방하고 있는 자의 속성이다. 프랑스에 대한 맹목적인 찬사와 추종에는 어떠한 인간적 자각도, 독자적 개성도 내재하지 않는다. 『여단장』에서는 소피아를 제외한 모든 인물이 속물이다. 인간의 속물성을 과장함으로써 희극성을 창출하고 있다. 특히 고문관과 여단장 아내의 속물성이 과장되게 나타난다. 여단장의 아내는 무엇이든지 돈과 관련하여 상황을 이해하려는 경향이 있다. 제1막 1장, 제4막 4장에 다음과 같은 대사가 나온다.

> 그런 대화는 너무 지루하군요. 거기에는 아무런 이득 볼 것이 없어요. (고문관 아내에게) 소재를 바꿔 봅시다. 자, 어서 말해 보세요. 당신에게는 사람들이 식사하러 옵니까, 아니면 돈을 빌리러 옵니까? 테이블에 있는 것을 먹습니까, 아니면 돈으로 사 온 것을 먹습니까? 말들이 귀리를 먹습니까, 아니면 사 온 사료를 먹습니까? (제1막 1장)

> 물론, 문법은 불필요해요. 그런데 문법을 가르치는 것보다 아직은 그것을 사는 게 필요하지 않을까요? 그것을 위해 은화 8냥을 지불하지요. 그러면 배우든지 다 못 배우든지 신이 알겠죠. (제1막 1장)

> 거짓말에는 세금이 없다는 것에 감사해야겠군요. (제4막 4장)

고문관의 속물성은 소피아의 혼사 문제를 다룰 때 드러난다. 고문관은 도브롤류보프의 재산이 적고 지위가 낮다는 이유로 소피아를 이반과 결혼시키려 한다. 그런데 제5막에서 고문관은 이반과 자기 아내와의 내연관계가 드러난 뒤에 갑자기 입장을 바꾸어 맨 마지막 장에서는 소피아와 도브롤류보프의 결혼을 허락한다.

고문관과 여단장 아내의 속물성 외에 여단장의 폭력성도 드러난다. 제3막 2장에서 여단장이 이반에게 건네는 대사를 통해 그의 폭력성을 알 수 있다. "이반, 나를 화나게 하지 마라. 내가 너에게서 한 번에 늑골 두 개를 잡아 뺄 수 있다는 걸 알지 않니." 제4막 2장의 여단장 아내의 대사를 통해서도 여단장의 폭력성을 알 수 있다.

여단장의 아내: 그는 힘이 세요. 언젠가, 아시잖아요. 장난삼아 그가 내 가슴을 밀었잖아요. 믿기지 않았지만, 나는 간신히 숨을 쉴 수 있었어요. 눈은 거의 감기고, 나는 빛을 못 볼 뻔했지요.

소피아: 이것도 역시 장난이었을 거예요.

여단장의 아내: 간신히 숨 쉴 수 있었어요. 내 남편은 허허 웃고 기뻐했어요.

폰비진의 계몽주의 세계관 계몽주의 사상, 혹은 계몽주의적 정신의 공통된 특징은 "현실과 인생의 문제를 해결하고 본질적 규범을 확립하는 데 있어 인간 이성의 절대적 존중, 과학적이고 합리적인 세계관의 모색, 인간을 억압해 온 여러 조건들(잘못된 전통과 관습, 미신과 편견)의 타파를 통한 인간이 가진 천부적 권리의 회복 등으로 요약될 수 있다. 영국의 계몽주의 전통은 경험적 사실들에서 진리를 구하고자 하는 베이컨에서 출발하여 로크를 거쳐 윌리엄 고드윈에 이르러 정착된다. 프랑스 계몽주의는 데카르트에서 출발하여 볼테르와 루소를 거쳐 디드로를 중심으로 한 '백과전서파'에 의해 완성되며, 독일의 계몽주의는 라이프니츠에서 시작하여 흔히 계몽주의 최고의 산물이라 지칭되는 이마누엘 칸트의 『비판철학』에서 절정을 형성한다."[14] 칸트는 그의 유명한 논문 「계몽주의란 무엇인가」(1874)에서 "인류 스스로 만들어 낸 미성년 상태로부터 인류를 해방하려는 노력이며, 다른 사람의 도움을 받지 않고 자기 오성을 사용하려는 결의와 용기"라고 계몽주의를 정의한 바 있다.

러시아 계몽운동의 기원은 로모노소프에게서 찾아볼 수 있다. 그는 반(反)교권주의(교회나 성직자들의 권위주의에 반대하는 기독교 사상)에서 인문학의 문제, 농민 문제에 이르기까지 폭넓은 문제들을 제기했다. 러시아에서 계몽운동은 최초의 반봉건적 이데올로기였다. 계몽사상가들에게 반봉건적인 세계관

14 한용환, 『소설학 사전』, 문예출판사, 2004, 39쪽.

이 형성되었을 때, 정부도 농민 문제에 깊은 관심을 기울였다는 점을 언급할 필요가 있다. 1766년 예카테리나 2세의 주도로 농민들의 소유 문제를 논의하기 위한 모임이 이루어졌다. 푸가초프의 농민반란을 진압한 후에 농민 문제에 대한 사상적 논쟁은 심화되었다. 풍자문학의 출판물, 특히 노비코프의 잡지는 농노제를 사회악으로 보고 공격했으며, 농노제의 잔인성을 폭로했다. 그러나 당시에 농노제 폐지에 대한 문제는 미처 제기되지 않았으며, 이는 러시아 사회에서 부르주아적 발전의 불완전한 수준을 말해 주는 것이었다. 이러한 상황이 러시아의 계몽운동을 반영해 주었으며, 노비코프, 폰비진, 크릴로프 등 계몽사상의 대표자들은 농노제의 폐지가 아니라 지주의 횡포를 제한하는 사상을 주장했다. 도브롤류보프가 정확하게 지적했듯이, 노비코프의 잡지는 "악의 근원과 원리를 공격한 것이 아니라, 그것(농노)에 대한 악용을 공격한 것이었으며, 우리의 이해로는 이것 또한 악이다"라고 적고 있다. 폰비진은 특히 『미성년』에서 지주의 횡포와 무지를 신랄하게 폭로했다.

18세기 후반, 러시아 사회의 지적 영역은 더욱 복잡해지고 분화되었다. 사회정치사상은 통일된 관제 이데올로기의 틀을 벗어나기 시작했다. 18세기 초 영국에서 발생한 종교·윤리 운동인 프리메이슨(масонство, 비밀공제조합)은 러시아의 사회·문화 영역에서 새로운 현상이 되었다. 러시아 최초의 프리메이슨 지부는 1730년대에 생겨났다. 1822년 정부가 프리메이슨 지부를 폐지하기까지 공식적으로 존재했고, 이후에는 1830년대까지 비밀조직으로 존재했다. 합리주의와 사회주의적 색채를 가진 영국과 프랑스의 조직과는 달리, 18세기 후반 러시아에서의 프리메이슨은 상징적이며 신비주의적인 특색을 가진 형태로 확산했다. 일반적으로 러시아에서 확산된 하급수준의 프리메이슨은 사회사업과 종교·교육 활동을 폭넓게 전개했으며, 인간의 도덕적 자기완성을 강조했다. 점진적인 방법의 교육을 통한 인격의 자기완성이라는 프리메이슨의 도덕철학은 데카브리스트를 비롯한 노비코프, 카람진,

헤라스코프, 라디셰프, 수보로프, 쿠투조프, 스페란스키 등 수많은 러시아의 문화활동가, 정치평론가, 정치가들에게 영향을 주었다.

18세기 국가 권력의 문제는 여전히 사회정치사상의 근본적인 문제로 존재했다. 그러나 이러한 문제에 대한 사회적 의미가 변화되기 시작했다. 합리주의와 계몽주의 사상의 영향으로 역사적 과정에서 국가 권력의 역할에 대한 이론이 형성되어 갔다. 계몽사상은 국가의 봉건적 형태를 비판하는 무기가 되었으며, 전제권력을 제한하는 사상적 토대가 되었다. 표트르 대제 시대에 진보주의적 사상가들의 의도는 정부의 정책이나 계획과 일치했으며, 양자 간 대립적 모순은 존재하지 않았다. 그러나 18세기 후반에 이러한 모순이 나타나기 시작했으며, 일련의 사건들에서 모순과 대립은 첨예하게 표현되었다.

예카테리나 2세 시대에 정치사상으로 형성된 계몽절대주의 이데올로기는 국가를 현명한 법으로 통치하고, 신하들과 국민의 전체 행복을 위해 노력하는 현명한 여제에 대한 믿음을 기초로 한 것이었다. 이러한 이데올로기는 허용된 범위 안에서 군주에게 통치하는 방법을 가르치고, 황제에게 진실을 알리려는 대다수 러시아 지식인들의 시민적 입장을 정의해 준 것이다. 하지만, 이러한 이데올로기는 수마로코프나 셰르바토프와 같은 보수주의적 귀족 사상가들과 노비코프와 폰비진과 같은 계몽사상의 지지자들에 의해 양분되었다. 그들은 표트르 대제를 이상적인 군주로 간주하였고, 특히 그의 활동과 업적이 가져온 국가의 이익을 강조했다. 그들은 이처럼 전제주의를 합리적인 법에 근거하여 움직이는 정치 권력으로 이해했다. 그러나 당시 라디셰프와 같은 계몽사상가는 전제주의를 '인간의 자연 상태와 가장 대립하는 사상'으로 주장했다. 이러한 그의 사상은 전제주의에 대한 비판과 철폐주장으로까지 이어졌다. 예카테리나 여제의 계몽주의는 구호의 남발 그 이상도 이하도 아니었다. 계몽 군주를 자처했지만, 여제의 현실 정치는 계몽주의의 이상과 현실을 잘 보여 주었다. 민중반란 진압과정이나 노비코프와의 논쟁에서 보여 준 여제의 태도는 계몽 군주와는 거리가 멀었다. 폰비진은 그러한 현실을 『여단장』을 비롯한 자신의 작품에 녹여 내고자 했다. 그리하여 그의 작품 속에서 계몽사상을 바탕으로 한 속물의 등장과 풍자는 쓴웃음을 불러일으킨다. 그리고 우리 독자는 풍자를 표방한 이야기에서 진실을 엿보게 된다.

5. 농노제와 교육제도에 대한 풍자: 폰비진의 『미성년』

폰비진 희극의 등장과 더불어 18세기 러시아 희극의 전환점이 이루어졌다. 그의 희극은 형식상 고전주의 연극의 일반적인 틀을 벗어나지 않았으나, 내용상 러시아적인 독창성을 갖기도 한다. 그의 희극은 강한 풍자성이 특징적이다. 폰비진은 절대군주하에서 농노제로 인해 생긴 악덕과 비인도주의(anti-humanism)의 극치를 직접 비판했다. 그의 공공연한 풍자 정신을 통해 러시아 문학 최초의 사회적·정치적 풍자 희극인 『미성년』이 탄생하게 된다. 이 작품에서 풍자대상은 무지한 지주 귀족과 당대의 사회제도인 농노제이다. 여기서 폰비진은 농노제와 교육 문제를 정면으로 풍자하고 웃음거리로 만들었다. 심층적으로는 예카테리나 여제(2세)도 포함된다. 우리는 『미성년』을 통해 18세기 러시아는 정치·사회·교육 그리고 가정 등 모든 분야에서 성숙한 단계가 아니라, 미성년의 단계를 벗어나지 못하고 있음을 알 수 있다.

권선징악 이야기 폰비진의 『미성년』은 전형적인 권선징악의 이야기이다. 이 작품은 시골 영지를 무대로 한다. 시골 지주 프로스타코프 가족의 삶이 소개된다. 남편 프로스타코프는 우유부단한 성격에 부인에게 쥐어사는 무능력자로 묘사된다. 그는 가정의 기둥 노릇을 못 하는 경처가로서 아내의 눈치만 보는 인물이다. 그의 아내 프로스타코바는 사악하고 얼렁뚱땅하는 기질이 강한 부정적인 인물이다. 그녀는 맹목적인 아들 사랑에 빠진 인물로 등장한다. 그들의 아들 미트로판은 바보 같은 인물로서 부모의 과잉보호로 삐뚤어져 있는 미숙아이다. 그는 집안의 소황제로서 자기 욕심대로 살아가는 못난 아이다. 프로스타코바의 남동생 스코티닌은 성격이 급하고 모든 일을 폭력으로 해결하고자 하는 인물이다. 그들은 모두 집안에 소속된 하인과 농노들을 착취하며, 자기들의 욕심만 채우며 살아간다. 프로스타코바 가족은 오랫동안 행불되었던 스타로둠의 조카딸 소피야를 양녀로 들여놓고 그녀를 학대한다. 소피야를 신붓감으로 점찍은 스코티닌이 결혼하려는 순간에 스타로둠이 큰돈을 벌어 귀향한다는 소문이 들린다. 갑자기 재물에 욕심이 난 프로스타코바 여사는 자기 아들 미트로판을 소피야와 맺어 주고자 음모를 꾸민다. 그러던 중 마을에 주둔한 군대의 장교 밀론이 찾아오게 된다. 밀론은 정직한 관리 프라브딘의 도움으로 프로스타코바 여사의 음모를 막고자 한다. 스타로둠에게 막대한 지참금을 받아 내려던 프로스타코바 여사의 음모는 밝혀지고, 그녀는 정직하고 용감한 관리와 군인에 의해 처벌받는다. 이 작품에서도 역시 악인은 반드시 처벌받아야 한다는 권선징악이 잘 구현되어 나타난다.

이 희극의 결말은 상당히 교훈적이다. 용서를 비는 악당들에게 스타로둠과 소피야는 기꺼이 자비를 베푼다. 프로스타코프 가문의 갑작스러운 몰락으로 극 중의 모든 관계가 정리된다. 사랑하는 자기 자식에게 버림받은 프로스타코바 부인에게 돌려지는 스타로둠의 말 한마디가 이 작품의 모든 메시지를 요약한다. "이게 바로 악덕의 정당한 결과로다!" 그 당시의 '악덕(злонравие)'은 도덕적 타락뿐만 아니라, 사회적 신분에 따라 의무를 수행하는 데 실패한 것을 의미한다. 특히 '열매, 과실, 결과, 그리고 성과'라는 의미의 러시아어 '플로디(плоды)'는 18세기 계몽주의와 연관된 글에서 자주 발견되는 단어이다. 예카테리나 여제 시대에 진보적인 사상가들은 특히 귀족계층의 사회적 양심과 점진적 발전에 관심이 많았다. 여기서 폰비진은 은밀하게 악덕과 부도덕은 예카테리나 여제에게도 해당하고, 타락은 여제가 행한 나쁜 행위의 결과(열매)임을 암시한다.

주제와 인물의 성격화 『미성년』은 당시 교육제도의 병폐를 풍자하고자 했다. 당시 러시아에서 표트르 대제의 법(명령)에 따라 귀족의 아들은 그가 국가의 시험에 통과할 때까지 국가에 대한 의무도 수행하지 못했고 결혼도 하지 못했다. 이들이 바로 '미성년(недоросль)'[15]이다. 세 명의 가정교사에게서 가르침을 받고 있음에도 불구하고 미트로판은 아무것도 배운 것이 없어 계속 교육할 가치가 있을지 의심받게 된다. 『미성년』의 주제가 교육에 관한 것이기는 하지만, 그것은 또한 농노제라는 당시의 전반적인 사회악을 폭로하는 역할도 하고 있다. 작가는 절대 왕권의 차르 체제 아래 농노제에서 기인한 지주들의 비인도적인 악행을 비판하고 있으며, 당국의 반성과 사회정의의 회복을 강조하고 있다. 이와 같은 교훈적인 주제를 관객에게 전달하는 역할은 주로 스타로둠을 중심으로 한 긍정적인 인물들에게 맡겨진다. 하지만, 긍정적인 인물들의 성격 묘사는 부정적인 인물들의 생생하고 재미있는 성격 묘사를 능가하지 못한다. 부정적인 성격의 인물들을 통해서 『미성년』은 진정한 사회적 풍자라는 성격을 갖게 된다. 『미성년』의 문학사적 의의는 19세기 러시아에서 '비판적 사실주의'를 주도한 작가들의 창작에 커다란 영

15 표트르 대제는 1714년의 명령서를 통해 모든 귀족의 자제들은 국방 의무나 시민의 의무를 수행하도록 지시했다. 정부는 귀족의 자식들에게 교육의 의무를 강제로 부여하면서 교육받지 못한 귀족의 자제들은 불이익을 받게 했다. 그들은 교육증명서 없이 공직에 진출할 수 없었다. '교육증명서를 받지 못한 어린 귀족 자제들'을 공식적으로 일컫는 말이 '미성년'이다. 이 말은 두 가지 의미가 있다. 하나는 '18세기 국가 공직에 근무할 나이가 안 된 소년'이고, 다른 하나는 '어떤 것도 감당할 수 없는 우둔한 젊은이'이다. 그리하여 당대의 러시아가 처해 있던 미숙함의 상태를 희화적으로 표현할 수 있는 적절한 단어가 '미숙아'라는 함축의미가 내포된 '미성년'이었던 것이다. 그러한 의미를 알지 못하면, '미성년'이라는 제목은 우리말 어감상 약간 어색한 번역이라 할 수 있다.

향을 미친 것에 있다. 오늘날에도 『미성년』은 러시아 무대 연극의 상연 목록에서 빠지지 않는 작품이기도 하다.

『미성년』은 인물의 성격화에도 상당히 성공하고 있다. 인물들은 모두 자신의 독창적이고 고정된 성격을 부여받은 채, 전혀 발전된 모습을 보여 주지 못한다. 고전극의 전형성에도 불구하고 『미성년』이 좋은 평가를 받을 수 있는 것은 인물의 성격화가 뛰어나기 때문이다. 긍정적인 인물들(스타로둠, 프라브딘, 소피야, 밀론)과는 대조적으로 부정적 인물들인 프로스타코바 여사, 스코티닌, 미트로판은 그들의 성격, 행동, 말에 있어서 전혀 색다른 모습들을 보여 주고 있다. 부정적인 인물들은 시골 지주 귀족의 일가로서 무지와 비도덕성의 화신이며, 그들의 대화는 웃음을 자아내게 한다. 인물의 재미난 성격화가 실제로 이 작품을 이끌어 가는 동력이 되며, 인물의 독특한 성격이 모든 사건의 원인이자 긍정적 인물들의 반응을 유도해 내는 계기를 마련해 주고 있다. 이들의 성격화는 이후 러시아 문학 전통에서 사회희극의 전형이 되었다.

교육제도의 풍자 18세기 중반 귀족계층에게 교육은 하나의 유행이었다. 귀족계층의 교육 열풍은 대단히 컸다. 지주들은 개인 교사들을 가정에 초빙하여 자녀들에게 다양한 학문을 가르쳤다. 그러나 교사들 대다수는 뛰어나지 못했고, 그 숫자도 상당히 제한되어 있었다. 이 당시 러시아의 교육과 문자 해독 능력은 수준이 높지 않았으며, 주로 사회의 특권층에게만 국한되었다. 1767-1768년 법사위원회에서 처음으로 교육 문제에 대한 공개적인 토의가 이루어졌으며, 표트르 대제 시대에 시작된 러시아 중등 교육기관의 장점들이 언급되었다. 당시 초등학교는 사실상 없었고, 평민 교육을 위한 가장 기본적인 형태의 문자 해독 학교가 있었다. 이러한 학교는 문자 해독 능력을 갖춘 사제나 개인들에 의해 세워졌다. 이곳에서 교육은 주로 기도문과 「시편」을 읽는 것이었으며, 몇몇 세속적인 내용을 담은 교과서들이 전부였다.

폰비진의 『미성년』 제2막 2장에서 등장인물 소피야, 프라브딘, 그리고 밀론의 대화는 당시 교사들과 지주들의 교육 수준을 잘 말해 준다.

> 소피야: 그 모든 것을 상상할 순 없어요. 그는 비록 열여섯 살이지만 벌써 다 커서 더 이상 성장할 순 없지요.
>
> 프라브딘: 더 이상 성장할 수 없다니요? 그가 『기도서』를 다 배웠다면, 다음에는 「시편」을 공부해야 되지 않을까요?
>
> 밀론: 정말, 그런 자가 내 연적이야! 아, 사랑하는 소피야! 왜 농담으로 날 괴롭히는 거요? 정열적인 사람은 사소한 의심으로도 괴로워하는 걸 당신도 알지 않소. 그 여자에게 뭐라고 대답했는지 말해 주오.

당시 미성년들을 교육할 때, 성경의 『기도서』가 기초 자료로 이용되었다. 『기도서』가 다 끝나면, 다음 단계로 성경의 「시편」을 공부하게 된다. 그런데 『기도서』나 「시편」 모두 기초단계의 텍스트를 뜻한다. 그들의 대화는 기초단계에서 벗어나지 못한 지주 귀족 자식들의 무능과 교육 병폐를 밝혀 주고 있다. 미트로판은 외삼촌이나 어머니한테 욕을 하며 대든다. 18세기에 귀족들은 어린 시절을 어른이 되는 준비단계로 보았다. 어린 시절은 가급적 빨리 극복해야 할 단계였으며 폰비진의 『미성년』에 나오는 미트로판처럼 이런 극복이 지연되는 아이들은 바보로 여겨졌다. 상류사회의 아이들은 '작은 어른들'처럼 행동하도록 기대되었으며 어린 나이부터 사회의 구성원이 될 준비를 했다.

들추어내기 기법 작가는 종종 자신의 목소리를 등장인물을 통해 전한다. 이러한 기법을 '들추어내기 기법(unmasking device)'이라고 한다. 폰비진이 작품을 구상하고 집필한 의도는 당대 사회에 어떤 오락을 제공하려던 것이 아니었다. 오히려 그는 미덕을 전파하기 위해 작품을 썼노라고 공언했다. 『미성년』에서 긍정적 주인공들은 고결하고 인격화된 미덕 그 자체를 그들의 언행에서 보여 주었다. 작가의 목소리는 특히 등장인물 스타로둠의 말을 통해 독자에게 전달된다. 제5막 1장에서 스타로둠은 군주의 의무와 농노들에 대한 지주의 의무에 대해 장광설을 늘어놓는다.

> 고맙게도, 인간성을 지킬 수 있겠네요! 정말입니다. 군주가 자신의 진정한 명예가 무엇인지 안다면, 사람들은 자기 권리를 찾을 수 있지요. 그렇게 된다면 사람들은 곧 모두 자신의 이익과 행복을 합법적으로 추구해야 하고, 타인을 노예처럼 억압한다는 것이 비합법적이란 것도 알게 될 것입니다.

표트르 시대의 관료였던 스타로둠은 이성적이고 정의로운 국가와 군주에 대한 믿음을 포기하지 않았다. 그는 특히 군주의 임무에 대해 자신의 목소리를 낸다.

> 여보게, 위대한 군주가 바로 현명한 군주지요. 그의 의무는 사람들에게 진짜 복리가 무엇인지 제시하는 것이오. 군주의 현명함에 대한 명성은 사람들을 어떻게 통치하는가에서 나옵니다. 우상이 되어 통치하는 건 현명함이 아니기 때문입니다. 가축을 지키는 데엔 많은 지혜가 필요 없기 때문에 마을에서 가장 우둔한 농부가 보통 가축을 방목하지요. 그러나 왕관을 쓸 자격이 있는 군주는 국민의 영혼을 고양하도록 노력해야 합니다. 우리는 이것을 두 눈으로 확인할 수 있습니다.

스타로둠은 학문과 교육의 목적이 무엇인지에 대해서도 자신의 목소리를 들려준다.

그건 사실이오. 그러나 모든 학문에서 인간 지식의 주요 목적은 모두 미덕에 있음을 잊지 말아야 합니다. 타락한 인간에게 학문은 악을 행하는 강한 무기만 될 뿐이지요. 그래서 교육(계몽)은 고결한 영혼을 고양해야 합니다. 예를 들어 아이들을 가르치는 선생은 가령 역사에서 두 가지를 지적해 줘야 합니다. 그 하나는 위대한 사람들이 자기 조국의 복지를 위해 무엇을 했느냐고, 또 다른 하나는 훌륭하지 못한 귀족이 자신의 믿음과 힘을 오용하여 어떻게 자신의 명예를 경멸과 치욕의 구렁으로 밀쳐 넣었는가입니다.

스타로둠은 장광설을 통해 의무를 강조한다. 그가 강조하는 귀족의 의무는 국가에 대한 봉사의 의무, 불쌍한 농노들을 보살펴 주어야 할 지주의 의무, 부모에 대한 자식의 순종(복종) 의무로 요약될 수 있다. 국가에 대한 봉사의 의무는 군인과 관료의 의무에 해당한다고 할 수 있다. 스타로둠은 밀론과 프라브딘과의 대화에서 군인의 의무와 관료의 의무가 무엇인지 말한다. 그런 점에서 군인인 밀론과 관리인 프라브딘이 악덕 지주 프로스타코프 집안을 징벌하는 것은 사적인 감정에 의한 것이 아니라, 오직 국가에 대한 의무를 다하기 위해서이다. 작가는 귀족들 각자가 자신의 신분에 맞는 의무를 수행할 때 비로소 정의가 실현된다는 점을 강조한다. 스타로둠은 프라브딘과 밀론에게 자신의 미덕론과 의무론을 강요한다. 특히 밀론의 경우 스타로둠의 이성을 그가 직접 끄집어내서 관객들 앞에 밝히는 적극성을 보여 준다. 밀론은 군 복무의 모범에 대한 스타로둠의 칭찬에 겸손할 줄도 알고, 이를 즉각적으로 의무에 대한 관념과 연계시킨다. "전 의무를 실행했을 뿐입니다"(제4막 6장). 관료의 의무는 프라브딘에 의해 수행된다. "부인, 당신이 저지른 범죄는 법에 따라 엄격히 처벌받을 것이오. 공민의 평화를 파괴한 자로서 부인을 법정에 소환하겠소"(제5막 3장). 사실 인간 사회의 자의적인 폭력과 무질서를 바로잡을 수 있는 것은 법밖에 없다. 이때 법의 최고 주권자는 군주 개인이 아니라 국가의 이성이 된다. 그것은 권력 장치의 기제가 어느 특정인에게로 돌려질 수 없다는 점에서 추상적이지만, 사적 관계를 넘어서 공평하고 빠짐없이 법 집행을 단행한다는 점에서 가장 구체적이다. 그래서 법 집행의 무효화를 간청하는 프로스타코바 여사에 대한 프라브딘의 대답은 이미 그 자신의 것이 아닌, 국가(이성)의 목소리인 것이다. "나는 의무를 저버릴 수 없소이다"(제5막 5장). 작가는 프로스타코프 가문 출신들의 부도덕한 막장 행동을 통해 지주의 의무와 순종의 의무가 무엇인지를 보여 주었다. 여기서 그들의 신분과 계급을 망각한 행동(행패)은 그들의 파멸과 직결된다.

그리고 작가는 용기를 최고의 미덕으로 강조한다. 용기란 알고 있는 것만으로 그치는 것이 아니라 부당한 것을 고치고 정의를 실현하는 과감한 행동이다. 불의를 알고도 맞서지 않는 것은 비겁이다. 사악한 프로스타코바에게 이리저리 휘둘린 채 갈피를 못 잡는 소피야에게 부족한 것도 용기요, 악행을 목격하고도 결단을 못 내리는 밀론이나 프라브딘에게 부족한 것도 용기였다. 밀론이 자신의 나이나 관등에 비해 모자란다고 생각한 것은 '진정한 용기'였다. 소피야는 용기가 무엇인지를 스타로둠을 통해 알게 되지만, 밀론은 진정한 용기가 무엇인지 스스로 체득하여 알게 된다. 밀론은 용기라는 미덕이 영혼에 있음을 곧바로 직시한다. "제 생각을 감히 말해 본다면, 진정한 용기는 가슴(마음)이 아니라 정신에 있다고 봅니다"(제4막 6장). 그러한 용기는 국가에 대한 충성과 희생을 통하여 증명될 수 있다. "그러나 더 중요한 것은 조국을 위해 자신의 명예를 버릴 수 있어야 한다는 겁니다. 그 용기는 자신의 목숨을 경시해서 함부로 내놓는 것이 아니라 희생할 수 있다는 데 있습니다"(제4막 6장). 사실 용기나 선행은 모두 영혼에서 나온 미덕으로 서로 구분할 필요가 없다. 군인의 미덕은 용기로 발휘되지만, 다른 신분의 사람에게 용기는 선행의 형태로 나타난다. 선행은 스타로둠이 소피야에게 부여한 미덕의 자질이다. 요컨대 용기를 갖는 일과 미덕의 실행은 별개의 것이 아니다. 그러한 영혼의 용기란 삶에서 입증된다.

스타로둠: 옳은 말이야. 그런데 진정한 용기를 군의 지휘관에게만 적용하는 군. 다른 계층 사람에게도 가능할까?

밀론: 그것은 선행입니다. 따라서 군이 구별할 필요는 없다고 봅니다. 용감한 마음은 전투에서 나타나지만, 정신의 용기는 모든 경험, 모든 생활에서 나타나기 때문이지요.

이성의 화신인 스타로둠은 밀론을 인정하기에 이른다. "자네에게서 계몽된 이성으로 치장된 선행을 알아볼 수 있네." 그리고 이성에 의해 중재된 선행과 용기는 서로 일치됨을 선포한다. "너희 둘은 서로에게 합당하다." 폰비진은 스타로둠의 목소리를 통해 잘못된 교육에 질타를 가하고, 지주들의 부당한 행동에 맞서는 용기를 가질 것을 권하고자 했다.

마지막으로 폰비진은 스타로둠의 기독교적 행동 원칙에서 러시아 미덕을 찾았다. 스타로둠은 "마음을 가져라, 영혼을 가져라. 그러면 언제나 인간일 수 있을 것이다. 다른 모든 것은 유행이다"라고 충고한다. 페테르부르크 사회의 이국적 관습에 의해 러시아적 영혼이 감추어지고 억압되면서, 진정한 러시아적 자아에 대한 생각이 유행하게 되었다. 그리고 폰비진에게 러시아의 미덕은 수수한 시골의 전통 속에 보존되어 있었다.

국민연극의 효시 『여단장』의 성공 이후 1782년에 상연된 『미성년』은 고전주의 연극의 틀을 벗어난 러시아적인 국민연극의 효시로 평가된다. 총 5막 40장으로 구성된 『미성년』은 희극적이면서도 그로테스크한 인물들을 부정적이거나 긍정적으로 도식화하여 그려 내는 것이 아니라, 현실적인 삶 속의 형상들로 묘사한다. 시골 귀족 지주 일가의 무지와 등장인물들의 도덕성이 대화를 통해 생생하게 구현된다. 『미성년』이 처음 공연되었을 때, 상트페테르부르크의 극장들은 연일 만원사례를 이루었다고 전해진다. 믿기지 않겠지만 관객들은 스타로둠의 장광설을 외우며 따라 할 정도였다고 한다. 그의 말은 관객들이 가장 좋아하는 유행어가 되기도 했다. 18세기 관객의 기호가 도덕적 설교에 상당히 호의적이었음을 알 수 있다. 18세기 문학비평가 브라운(Brown)에 의하면 당시 관객들은 스타로둠의 미덕(美德) 강론에 열광적인 박수를 보냈으며, 폰비진은 자신의 연극 성공이 스타로둠이라는 인물에게 전적으로 의존했다고 확신했다. 물론 폰비진 시대의 관객과 오늘날 관객의 취향(기호)이나 미적 감수성은 다를 수 있다. 오늘날에는 스타로둠의 지나치게 따분한 설교, 단순한 플롯, 그리고 사건 없는 무대 때문에 18세기 같은 관중들의 호응을 기대하긴 어려울 것이다. 그러나 현대적 관점에서 볼 때, 『미성년』의 진정한 주인공은 선행을 강조하는 긍정적인 인물이 아니라 개성 있는 성격을 지닌 부정적인 인물이라, 역설적으로 오늘날 관객의 감수성을 자극할 수도 있을 것이다.

캐릭토님 기법 옛날부터 러시아 작가들이 선호하는 기법들 가운데 아직도 사용되는 전통적인 기법이 있다. 그 가운데 하나가 '캐릭토님(charactonym)' 기법이다. '캐릭토님'이란 간단히 말해서 작가가 등장인물에게 붙여 준 이름을 의미한다. 작가는 작중인물의 외모나 성격 또는 직업에 잘 맞는, 그 나름으로 의미를 지닌 이름을 사용한다. 아리스토텔레스는 '캐릭토님'을 '의도적인 이름(ou ta tuchonta onomata)'이라 칭했으며, 다른 말로 '어울리는 이름(aptronym)'이라 불렀다. '언어적 산물'로서의 문학작품의 인물, 특히 인물의 이름에 관심을 보인 토마솁스키 역시 '캐릭토님'을 '마스크 기법'으로 설명하고 있다. 작가들의 캐릭토님 선호 현상이 반드시 러시아 작가들에게만 한정된 것은 아니지만, 그들은 친자식의 이름만큼이나 작중인물의 '이름 짓기'에 남다른 노력을 기울인다. 등장인물의 이름이 갖는 함축의미는 종종 그 인물의 전체적인 이미지와 성격을 이해하는 데 상당한 도움을 준다. 그리하여 어떤 이름은 가볍게 느껴지고, 어떤 이름은 우습거나 아이러니하게 느껴진다.

러시아 작가들은 자신의 등장인물에 의미 있는 '캐릭토님'을 의도적으로 사용함으로써 이름 효과를 극대화한다. 어떤 작가는 등장인물의 이름을 극대화할 때, 이름 그 자체를 창조력으로 승부하는 애니메이션 과정으로 생각하는 듯하다. 작가의 상상력을 무한대로 열어 놓은 애니메이션은 작가들의 가장 매력적인 기법 가운데 하나라고 할 수 있다. 어떤 작가는 작중인물들의 그로테스크 효과를 강조하기 위해 독특한 이름을 창안해 낸다. 이런 경우 이름만 들어도 웃음을 자아낼 수 있을 정도로 작중인물들의 우스꽝스럽고, 괴상하고, 기형적인 행동을 상상할 수 있다. 어떤 작가는 역사적, 심리적 의미를 지닌 이름을 사용하여 작중인물이 풍기는 함축적 의미를 더 심오하게 한다. 러시아 작가들이 사용하는 캐릭토님에는 몇 가지 유형이 더 있다. 운문이나 산문에서 유포니 효과를 내기 위해 사용되는 이름의 유형이 있고, 작중인물의 성격이나 외적 이미지를 잘 묘사해 주는 이름이 있으며, 직업을 암시하는 이름도 있다. 이렇게 다양한 특성을 갖는 이름은 러시아인들 사이에 일반적으로 통용되는 흔한 이름이 아니라 작가의 의도가 들어간 이름이다. 정신적 깊이가 있는 예술작품을 만드는 러시아 작가들은 '캐릭토님'을 사용하여 자기 나라의 문학적 전통 위에 모든 사람이 공감할 수 있는 상상력의 공간을 창출한다고 할 수 있다. 폰비진은 『미성년』에서 캐릭토님 기법을 의도적으로 사용하고 있다. 이로써 등장인물이 어떤 유형의 인물인가에 대한 개략적인 통찰을 독자에게 제공하고 있다.

동물 만화나 애니메이션의 효과 폰비진은 주요 등장인물을 두 진영으로 구별하고 있다. 네 명의 부정적인 인물로 프로스타코프 부부, 스코티닌과 미트로판이 있고, 네 명의 긍정적인 인물로 프라브딘, 밀론, 소피야와 스타로둠이 있다. 그의 분류는 긍정과 부정이라는 도식적인 분류가 아니라, 현실적인 삶 속의 형상들을 대비시킨 것이라 할 수 있다. 폰비진은 이러한 균형에 맞는 세 명의 가정교사를 등장시킨다. 한 사람은 좋고, 다른 사람은 나쁘며, 또 다른 사람은 긍정적인 특성과 부정적인 특성을 함께 갖는 인물로 나온다. 폰비진의 작품에서는 긍정적인 인물보다는 부정적인 인물이 좀 더 살아 있고 생생한 느낌으로 다가온다. 특히 부정적인 인물의 묘사는 흔히 볼 수 있는 동물 만화나 애니메이션과도 유사하다. 작가는 상상력을 총동원하여 작중인물을 동물에 비유하면서 이름 효과를 극대화한다.

우리는 인물들 각자의 역할과 이름들을 하나하나 분석하면서 등장인물들을 검토해 볼 수 있다. 이 작품의 특징은 등장인물들이 대화 속에서 자신의 성격을 직접 표출한다는 것이다. 여기서는 주로 작가가 인물의 성격 묘사를 위해 사용한 대화를 선택하여 집중적으로 분석할 것이기 때문에, 부분적으로는 언어 분석, 특히 의미론 분석에 관심을 둘 것이다.

제1막 3장에서 프로스타코프는 아들 미트로판의 새 옷을 나쁘게 말한 것에 대한 아내의 잔소리가 무서워 다음과 같이 말한다. “그래 맞아, 여보. 나도 당신이 그렇게 생각할 줄 알았어.” 계속되는 아내의 구박에 눈치를 보며 대응하는 프로스타코프의 말에는 그의 성격이 반영된다. “부인, 이번 일에 나는 당신의 말을 믿었고, 앞으로도 믿을 것이오.” 바보나 숙맥을 의미하는 러시아어 ‘프로스타크(простак)’에서 나온 ‘프로스타코프’는 자기 재산과 가족을 관리할 줄 모르는 나약하고 소심한 인간 그 자체를 가리킨다. 더욱이 그는 건방지고 횡포가 심한 아내의 위세 아래 옴짝달싹도 못 하는 전형적인 공처가형이다. 그의 아내는 남편을 때리기까지 한다. 이러한 장면을 목격한 아들 미트로판은 다음처럼 말한다. “잠이 들려고 하면, 엄마가 아빠를 막 때리는 것 같은 모습이 어른거려.” 작가는 대화를 통해 인물의 성격을 나타낼 뿐만 아니라 동물 이미지를 차용하여 인물을 희화화하고 있다. 프로스타코프 가족 전체가 하나의 동물농장에 비유된다. ‘스코티닌(Скотинин)’이란 이름은 ‘가축’을 의미하는 ‘스코트(скот)’라는 단어에서 유래한 말이다. 그는 가축 가운데 특히 돼지를 연상케 하는데, 동물 만화의 주인공과 흡사할 정도로 희화화된 인물이다. 프로스타코프는 유순하고 멍청한 송아지에 비유되고, 그의 아내와 처남 스코티닌은 모두 같은 혈통으로서 돼지에 비유된다. 실제로 작품에서 돼지라는 단어가 자주 언급된다. 프로스타코바는 남편의 단점을 불평하면서 그를 짐승에 비유한다. "내 남편은 송아지 같아서요, 나리. 그래서 그런지 이 집의 모든 것이 버릇없어졌어요. 사실 남편에겐 집에서 엄격하게 한다거나 잘못을 벌할 생각이 전혀 없어요, 나리. 내가 직접 모든 것을 관리합니다, 나리. 아침부터 저녁까지 소리쳐 대면서 욕질하고, 매질하고, 그렇게 집을 관리하죠"(제2막 5장). 스코티닌은 이야기할 때 언제나 돼지 이야기로 시작하여 돼지 이야기로 끝낸다. "이름과 부칭(父稱)을 더 물어봐도 될까요? 아, 그리고 사시는 마을엔 돼지가 있어요?"(제1막 7장) 제1막 5장에서 소개되는 스코티닌과 프로스타코프와의 대화는 돼지에 대한 재미난 이야기를 전개한다.

스코티닌: 누나, 난 돼지를 좋아해요. 이 주변 마을의 돼지들이 얼마나 큰지. 그놈들 중 어느 것이나 뒷발로 일으켜 세우면 우리보다 머리통 하나는 더 클 거요.

프로스타코프: 친척끼리 이렇게 닮을 수 있다니 정말 신기한 일이야, 처남! 우리 미트로파누시카는 외삼촌과 꼭 닮았어. 그 애도 자네처럼 어릴 때부터 돼지를 무척 좋아했지. 세 살 때인가 돼지를 보더니 기뻐서 몸을 다 떨더라고.

스코티닌: 정말로 놀라운 일이네요! 내 조카이기 때문에 돼지를 좋아할 겁니다. 가족적 특징이 있는 거죠. 그런데 나는 왜 그렇게 돼지를 좋아하지?

프로스타코프: 그것 역시 가족의 특성일 거야. 난 그렇게 생각해.

스코티닌은 행동이 거칠고 짐승 같은 인물이다. 그는 자신이 인정하고 있듯이 사람들 사이보다도 돼지들 가운데 있을 때 더 아늑함을 느낀다. 작품 전체에 반복되는 그의 이미지를 통해 우리는 스코티닌이 돼지와 거의 비슷하다는 것을 알 수 있다. 이 작품에서 돼지라는 단어는 20번 이상 계속해서 반복된다. 사실 그가 소피야와 결혼하고자 하는 주요 동기는 그녀의 마을에 있는 아주 훌륭한 돼지 때문이다. 제2막 3장에서 스타로둠은 소피야가 만 루블을 상속받게 되면 그 돈으로 돼지를 키울 상상을 한다.

> 스코티닌: … 그 돈으로 난 온 세상의 돼지를 다 살 거요. 듣고 있겠지요, 난 모든 사람에게 소문을 낼 거요. 그곳엔 돼지들만 살고 있다고.
>
> 프라브딘: 당신은 짐승들만 있어도 행복하겠지만, 당신과 그 짐승들 때문에 아내는 불편하겠지.
>
> 스코티닌: 불편하다니요! 허, 허, 허! 우리 집에 밝고 깨끗한 방이 없을 것 같소? 그녀가 혼자 쓸 수 있는, 난로 위 침대가 있는 구석방을 줄 겁니다. 소중한 내 친구여! 난 돈이 없지만, 돼지 한 마리 한 마리마다 특별한 돼지우리를 줄 거요. 아내에게도 밝고 깨끗한 방을 줄 거요.
>
> 밀론: 참으로 비교도 저질스럽군!
>
> 프라브딘: (스코티닌에게) 스코티닌 씨! 그런 일은 없을 거요. 솔직히 말해, 당신 누나는 그녀를 자기 아들과 결혼시키려 하더군.
>
> 스코티닌: (분노하며) 뭐라고! 조카가 외삼촌 것을 가로채겠다고! 이 자식, 좋아, 만나기만 해 봐라. 개처럼 때려 줄 거다. 내가 소피야의 남편이 되지 않거나, 미트로판이 불구가 되지 않는다면, 난 돼지 새끼다.

스코티닌과 조카 미트로판의 싸움은 만화영화에서나 볼 수 있는 돼지들의 싸움이라 할 수 있다. 스코티닌은 조카 미트로판에게 욕을 해 댄다. "이 저주받을 돼지 같은 놈!" 간단히 말해서 스코티닌은 이기주의자이고 제대로 교육받지 못한 무식한 돼지 같은, 인간이라기보다는 짐승에 더 가까운 인물이다. 제3막 1장에서 스타로둠이 "영혼 없는 무식쟁이는 짐승이다"라고 말했을 때, 이는 작가가 스코티닌을 염두에 두고 행한 언술이라고 할 수 있다. '타라스'라는 스코티닌의 중간 이름은 '혼란케 하다'라는 의미의 그리스어 '타라소(tarasso)'에서 나온 말이며, 그의 정신 상태에 아주 잘 어울리는 이름이라 할 수 있다. 제3막 7장에서 등장인물들의 대화는 인간이 짐승과 유사하다는 것을 아주 흥미롭게 보여 준다. 사실 등장인물 쿠테이킨과 미트로판의 대화는 "나는 벌레요, 사람이 아니라 사람의 훼방거리요, 백성의 조롱거리이다"라는 「시편」 22장 6절의 모방과 변주이다.

쿠테이킨: … 나는 벌레다. …

미트로판: 나도 벌레다.

쿠테이킨: 벌레는 짐승이고, 달리 말해서 가축이다. 달리 말하자면 "나는 개새끼다."

미트로판: 나는 짐승(가축, 개새끼)이다.

쿠테이킨: (위엄 있는 목소리로) 인간이 아니다.

미트로판: 인간이 아니다.

쿠테이킨: 인간들의 수치다.

미트로판: 인간들의 수치다.

프로스타코바 부인의 결혼 전 원래 성은 스코티닌이고, 그녀가 자신과 동생 스코티닌이 똑같이 '포묘트(помёт, 짐승의 똥)'에서 나온 종족임을 스스로 인정하고 있다는 사실을 간과해서는 안 된다. "그래요, 선생님. 사실 저도 스코티닌 가문 출생입니다. 고인이 되신 아버지는 프리플로드 가문 출신의 돌아가신 어머니와 결혼했지요. 그분들은 아이를 18명이나 낳았어요. 그런데 저와 제 동생을 빼곤 다 죽어 버렸어요. 다 하느님의 뜻이지요. 어떤 애들은 목욕탕에서 죽었고, 세 명은 놋쇠 그릇으로 우유를 마시다 죽었고, 두 명은 성(聖) 주간에 종탑에서 떨어져 죽었고, 또 나머지는 태어나자마자 죽었습니다"(제3막 5장). 그런 식으로 그녀는 동물 계통의 속성을 표출한다. 그녀는 잔인하고 표독스러워 남편이나 하인들에게 욕설을 퍼붓는다. 간단히 말해 그녀는 자기보다 약하거나 열등하다고 생각되는 사람들을 가차 없이 학대하고 가혹하게 대한다. 그녀의 외아들인 미트로판만이 그녀의 거친 성질을 당해 낼 수 있는 유일한 인물이라 할 수 있다. 그녀는 아들의 비위를 맞추기 위해 온갖 노력을 하며 그의 말이라면 어쩔 줄 모른다. 자기 아들을 위해서라면 그녀는 어떠한 모험이라도 감수할 준비가 되어 있다. 그리하여 소피야가 거대한 재산의 상속녀라는 사실을 알게 되었을 때, 그녀는 자기 아들과 소피야를 결혼시키고자 필사적으로 노력한다. 결국에 가서는 그녀를 유괴하게 된다.

제1막 4장에서 미트로판에 대한 자기 아버지의 표현은 상당히 시사적이다. 프로스타코프는 자기 아들에 대해 "그 애가 내 아들이라는 사실이, 나 자신도 믿기지 않아"라고 말한다. 프로스타코프와 스코티닌 여사의 합작품으로 만들어진 열매인 미트로판은 야망이 없는 것 빼고는 자기 아버지한테 물려받은 형질이 아무것도 없다. 작가는 미트로판이 사실 스코티닌이라는 사실을 명백하게 한다. 그의 이름은 '어머니'라는 의미의 그리스어 '메테르(meter)'와 '나타나다'라는 의미의 그리스어 '파이노(phaino)'를 기초로 만들어진 단어이다. 사실 그는 짐승 같은 어머니의 차세대 주자이다. 그 역시 돼지를 좋아한다는 면에서는 외삼촌과 유사하다. 프로스타코프 역시 친인척 사이의 유사성에 놀란다. 세 명이나 되는 가정교사가 3년에 걸쳐 미트로판을 공부시켜 왔음에도 불구하고, 그에게는 실제로 아무런 학업 성과가 나타나지 않았다. 이러한 일련의 상황을 고려해 보면, 미트로판뿐만 아니라 스코티닌 가문 사람들은 모두 다 학문(공부)을 아주 싫어한다는 것을 알 수 있다. 이 모든 상황으로 보아 미트로판이 16살이라면 이미 정신적 발육단계에서 정점에 이를 수 있는 나이라고 말한 소피야의 지적은 옳고 아주 신랄하다.

부정적 이미지의 등장인물 이름처럼 긍정적 이미지의 등장인물 이름 역시 상징적인 함축의미를 지닌다. 소피야의 이름은 제4막 1장의 "양심이 깨끗하면, 마음도 편안하겠지! 덕(德)의 원칙들을 따라가지 않을 수 없어. 그것이 행복을 향한 길이지"라는 구문과 연관된다. 소피야는 '덕'이라는 함축의미가 있는 이름이다. '지혜'라는 의미의 그리스어에서 유래한다. 그녀는 나이에 비해 지혜롭고 덕망 있는 젊은 여성의 실질적 초상화이다. 그녀는 고아로서 프로스타코프 집안에 들어오게 되고, 그들의 부당한 취급에 고통받는다. 물론 그녀는 이러한 고통을 작게 생각하고 조용히 참고 살아왔다. 그리고 그녀가 상속자가 되어 유리한 위치에 있다는 사실이 밝혀졌음에도 불구하고 복수를 원하지 않는다. 그녀는 젊은 장교인 밀론과 사랑을 하게 된다. 제2막 1장에서 밀론은 프라브딘에게 말한다. "사랑하는 친구여, 당신에게 내 마음의 비밀을 털어놓겠네! 난 사랑에 빠져 버렸어. 나는 사랑을 받아 행복하다네." 밀론의 이름은 우리말로 '친절하고 훌륭한'이란 의미의 러시아어 '밀리(милый)'에서 나왔다. 그는 소피야에게 구혼한 사람 가운데 가장 착하고 멋진 사람이다. 그리하여 다른 나쁜 마음의 구혼자인 스코티닌이나 미트로판과는 대조적이다. 밀론은 소피야와 동일한 덕목을 소유하고 있다.

제2막 1장에서 나온 프라브딘의 다음 말을 염두에 둘 필요가 있다. "이 구역을 순찰하라는 명령을 받았네. 게다가 본래의 공적 임무에서 볼 때, 자기 집안사람들에게 완전한 힘을 행사하면서 힘을 비인간적으로 나쁘게 이용하는 그렇게 나쁜 무식쟁이(간악한 자)를 질책하지 않고 남겨 놓을 수 없다네." 프라브딘이라는 이름도 역시 '진실, 진리'를 의미하는 러시아어 '프라브다(правда)'에서 나온 말이다. 물론 이 러시아어는 '정의, 공평, 올바름'이라는 함축의미가 있다. 희곡에서 프라브딘은 프로스타코프 집안이 인과응보에 따라 나쁜 벌을 받게끔 하는 데 견인차 역할을 한다.

스타로둠의 캐릭토님은 제3막 1장에서 "내 부친은 당시 방식대로 나를 교육하셨고, 난 그걸 바꿀 필요를 못 느꼈어요"라는 대사를 통해 살펴볼 수 있다. 스타로둠은 소피야의 아저씨이며 은인이고, 이 작품에서 도덕적으로 중심이 되는 이성적인 인물이다. 그의 이름은 '늙은, 낡은, 오래된, 옛날의'를 의미하는 러시아어 '스타르(стар-)'와 '사고, 사상, 지혜'를 의미하는 '둠(дум)'을 합친 복합어이다. 즉 '오래된 지혜', 또는 '낡은 사고나 사상'이라는 함축의미를 내포한다. 스타로둠은 이성의 화신(현현)으로 행동한다. 그는 러시아의 전통적 미덕인 보수주의, 바른 예절, 명예, 자연에 대한 존경심, 미풍양속을 몰아내는 외국 사상의 조심스러운 수용을 실제로 경험한 인물이다. 제4막 2장에서 그는 미신을 타파하기 위해 많은 일을 한다. 또한 스타로둠은 도덕적인 장광설로 작가의 목소리를 담아내는 인물이다.[16] 그는 다른 인물들과 교류 없이 몇 마디의 경구를 이야기하거나 아주 지혜로운 말을 할 때만 입을 연다. 그리하여 그는 실제 등장인물이라기보다는 작가의 목소리를 대변해 주는 설교자에 가깝다. 주제의 직접적 설교는 18세기 극문학의 대표적인 기법 중 하나이다. 따라서 『미성년』에서 설교는 작가의 창조력에 있어서나 관객의 수용력에 있어서나 모두 수긍할 만한 것이었다. 그러나 이후 비평가들은 설교에 관해 부정적인 태도를 보인다. 벨린스키는 1837년 『미성년』에 대해 다음과 같이 논평한다. "그것은 예술작품이 아니라 도덕에 대한 훌륭한 풍자이다. 등장인물들은 두 부류인데, 바보와 현인들이 그들이다. 바보들은 대단히 사랑스럽다 할 수 있지만, 현인들은 평범하기 그지없다. 전자는 대단한 재능으로 만들어진 희화화인 데 반해, 후자는 설교가로서 당신들을 경구에 질리게 할 것이다."

세 명의 다른 보조적인 등장인물들도 언급할 필요가 있다. 이들 세 명은 다름 아닌 치피르킨(Цыфиркин), 쿠테이킨(Кутейкин), 그리고 브랄만(Вральман)이다. 그들의 이름은 각자의 역할을 나타내고 있다. 먼저 수학 가정교사로 등장하는 치피르킨의 이름은 그 어근이 아라비아어인 '시프르(sifr)'에서 나온 '사이퍼(cipher)'이며 숫자라는 의미를 지닌다. 그의 이름은 숫자와

16 긍정적인 인물로 등장하는 스타로둠(폰비진의 아버지를 모델로 함)은 장광설로 유명하다. 그는 적절한 교육은 지성을 훈련하는 것이 아니라, 도덕적 가치를 가르치는 것이라고 말한다. 더욱이 국가는 덕망 있는 사람들이 물질적 보상을 받을 수 있도록 해야 한다고 역설한다. 폰비진은 스타로둠이나 프라브딘을 통해 작품 가운데 자신의 목소리를 담는다. 이 책에서는 작중인물을 통해 작가 자신의 목소리를 드러내는 기법을 '들추어내기 기법'이라 부른다.

관련된 의미의 고리를 갖는 셈이다. "그럭저럭 살아갑니다, 나리! 셈을 좀 할 줄 알아서 시내 근처에서 관청의 회계 일을 하면서 삽니다. 하느님은 누구에게나 학문을 열어 놓지는 못하죠. 셈을 못하는 사람이 저에게 계산서를 맡기면 제가 정리해 줍니다. 그렇게 먹고삽니다. 전 빈둥거리며 사는 걸 별로 좋아하지 않습니다. 여가시간에는 아이들을 가르칩니다. 여기에선 3년째 이 집 자제분과 분수를 가지고 씨름해 보지만 잘되지 않습니다. 하긴 사람은 서로 다르니까요"(제2막 5장). 숫자와 관련이 깊은 치피르킨은 다른 과목이 아닌 수학을 가르치며 관청에서도 회계 일을 맡고 있음을 알 수 있다. 게다가 계산, 숫자 이해에 빠른 그는 미트로판이 자신에게서 배운 것이 없음을 알고 자신의 가정교사 보수를 거절하기도 한다. 두 번째 가정교사인 쿠테이킨은 문법과 읽기를 가르치는 전직 세미나 전문가이다. 그의 이름은 '성직자의 아들'을 모욕적으로 경멸하는 말인 '쿠테이니크(кутейник)'에서 나온 것이다. 가정교사로서 누리는 편안한 생활과 학문을 대하는 불성실한 태도를 빗댄 것이다. 이름 자체에 욕설이 담겨 있기에 그의 부정적인 행동이나 일상을 짐작해 볼 수 있다. 쿠테이킨은 가정교사로서 편안한 생활을 누리지만, 이에 반해 학문을 대하는 자세는 불성실해 이름과 함께 부정적인 인물로 각인될 수밖에 없다. 세 번째 가정교사인 독일인 브랄만은 불어와 과학 과목을 담당한다. 그의 이름은 '거짓말쟁이'를 의미하는 러시아어 '브랄만(вральман)'에서 나왔다. 브랄만이 주인 여자인 프로스타코바 여사에게 하는 말은 웃음을 자아내는 아주 흥미로운 거짓말이다. "아들이 너무 유식하면 아리스토텔레스처럼 죽습니다"(제3막 8장). 그는 거짓과 아첨으로 프로스타코바를 속인 인물로, 전직이 스타로둠의 무식한 마부였다는 사실이 밝혀진다. 이름에서부터 그의 거짓을 짐작해 볼 수 있다. 우리는 그의 흥미로운 설교조 말투가 스타로둠의 그것처럼 그럴듯하게 들리는 거짓이라는 것을 알기에 웃음을 지을 수밖에 없게 된다. 그가 가정교사라는 그 자체가 이름 때문에 웃음으로 승화될 수도 있을 것이다. 또한, 작가는 외국인을 모두 부정적인 인물로 등장시킨다. 외국인에 대한 이러한 견해는 이 작품에서 외국인 혐오증으로 발전된다.

부정적인 모든 등장인물은 결국 하나같이 무능력과 도덕적 타락의 화신이다. 마지막 장면에서 아들 미트로판이 어머니에게 달려드는데, 잘못된 아들 교육의 절정을 보여 주는 장면이다.

> 미트로판: 엄마! 날 귀찮게 따라다니며 상관하지 마, 시팔….
>
> 프로스타코바 여사: 네가! 너마저 날 저버리는구나! 아! (기절한다.)
>
> 소피야: (그녀에게 달려가서) 오, 하느님! 의식을 잃었어요.
>
> 스타로둠: (소피야에게) 어서 도와드려라. (소피야와 에레메예브나가 돌본다.)
>
> 프라브딘: (미트로판에게) 망나니 같은 놈! 어머니한테 그렇게 무례하게 굴다니? 네놈에 대한 맹목적인 사랑이 결국 엄마만 불행하게 만들었군.
>
> 미트로판: 내 알 바 아닌데요.
>
> 프라브딘: 못된 놈!

『미성년』에서 등장인물들은 그들의 이름이 가진 의미의 한계성을 넘어서지 못한다. 작가는 그들의 운명과 행동 범위가 이름에서 풍기는 이미지의 범위를 넘지 못하게 제한한다. 그리고 캐릭토님의 특성에 맞는 애니메이션 같은 작업을 통해 인물의 성격을 쉽게 전달한다. 그들의 독특한 특징이나 도덕적 입장은 그들의 언행으로 강화되는데 그 언행 역시 동물 애니메이션의 효과에서만 극대화될 수 있는 것들이다. 폰비진의 인물들은 말 그대로 드라마적 인물이 아니라, 독특한 만화에서나 나올 수 있는 악덕과 미덕의 대행인들이다. 그들은 자기들 이름의 운명에 따라 선악의 특징 가운데 어느 하나의 모티프가 될 뿐이다.

맺는 말 여기서 작가는 농노제도에서 기인한 지주들의 비인도적인 악행을 비판하고 있을 뿐만 아니라 당국의 반성과 사회정의의 회복을 강조하고 있다. 교육 문제를 정면으로 풍자한 『미성년』은 고골의 『검찰관』과 같은 풍자 작품들에도 큰 영향을 주었다.

그리고 폰비진 이래로 러시아 작가들은 자신의 특성에 맞추어 캐릭토님 기법을 즐겨 써 왔다. 폰비진은 『미성년』에서 애매하지 않은 직접적인 수준의 이름 짓기를 좋아했고, 고골은 『검찰관』에서 은밀하고 익살스러운 캐리커처 기법을 사용했다. 도스토옙스키는 미묘한 알레고리적 이름을 좋아했다. 그러나 이 작가들 사이에는 공통적인 끈이 있다. 앞서 언급한 대로, 후대 예술가들의 작품은 선조들의 영향을 받는다. 그리하여 폰비진의 원형적인 인물들은 이후의 작품에서도 인지될 수 있다. 학대하고, 착취적이고 교묘한 기술로 농간하는 스코티나-프로스타코바는 『검찰관』에서 시장으로 나타나고, 차갑고 오만한 외형으로 볼 때 『죄와 벌』에서는 표트르 표트로비치 루진으로 변형되어 나타난다. 관능주의자 스코티닌은 판사 랴프킨-차프킨으로, 유혹자 스비드리가일로프로 발전된다. 좋은 성격의 바보 같은 프로스타코프는 후에 고골의 작품에서 보브친스키나 도브친스키로, 도스토옙스키의 작품에서는 술주정꾼 마르멜라도프로 변형된다. 고골이 『검찰관』에 긍정적인 인물을 소개하지 않은 것과는 별개로, 폰비진의 프라브딘처럼 타락하지 않은 관리들의 존재는 시민들을 깜짝 놀라게 할 수 있다. 그리하여 프라브딘은 진짜 검찰관으로서 드라마의 후반에 간접적으로 나타난다. 라주미힌의 단순하고 직선적인 성실성은 프라브딘의 솔직한 명예를 존중하는 성질이 유전되었다고 할 수 있다. 비슷하게 포르피리 표트로비치에게서 나타난 비잔티움의 미덕과 서구 계몽주의의 조화는 보수적이고 열심히 일하는 스타로둠의 특징을 생각나게 한다. 끝으로 『미성년』에서 의미심장하게 나온 소피야란 인물은 도스토옙스키 작품의 소냐와 두냐에게서 거의 변하지 않은 채로 보존된다. 두 소피야가 동일한 이름을 갖는 것은 우연이 아니다. 긍정적인 여주인공에게 이러한 이름을 붙이는 작가가 폰비진뿐만이 아니며,

도스토옙스키가 마지막이 아니라는 사실이 중요하다. 이후에 다른 작가들도 캐릭토님 기법을 즐겨 사용한다.

러시아 작가들이 캐릭토님을 사용하는 방식이 서로 다르다고 할지라도, 유사성이 있다는 사실이 더 중요하다. 폰비진의 직접적인 이름과 고골의 우스운 이름, 도스토옙스키의 심리적인 깊이가 배어 있는 도덕적인 목소리의 이름은 하나의 전통을 만들어 내고 있다. 이 모든 작가는 그들의 주요 등장인물들에게 적절한 캐릭토님을 붙여 주고 있다. 그처럼 이름은 작품의 결을 약화하거나 변경시키지 않고는 바꿀 수 없는 중요한 요소이다. 이전의 작가가 사용한 캐릭토님이 이후의 작가들에 의해 변형되고 발전하는 것 또한 러시아 문학이 만들어 낸 하나의 전통이라 할 수 있다.

6. 감상주의 문학의 대표작: 카람진의 『가련한 리자』

예나 지금이나 문학작품의 가장 인기 있는 주제는 사랑이다. 우리의 삶에서 사랑은 영원히 마르지 않는 이야기 샘이다. 특히 첫사랑은 개개인에게 소중한 추억이며, 그 가치는 어떤 것보다도 위대하고 고결하며 숭고하기까지 하다. 사랑은 가슴 설레는 행복의 약속으로 아름다운 동경과 호기심을 자극한다. 그런데 인간 감정의 수수께끼 중 하나도 사랑이다. 사랑이란 이별로 이어지는 눈물의 샘이 될 수도 있고, 복수로 이어지는 증오의 화로가 될 수도 있으며, 더 나아가 자살로 이어지는 불행의 원인이 될 수도 있다. 눈물이나 증오나 죽음의 씨앗이 되는 사랑은 아름다움이 아니라 비극이다. 카람진의 『가련한 리자』는 대표적인 감상주의 소설로 한 시골 처녀의 첫사랑에 대한 슬픈 이야기이다.

언어개혁 언어 문화적 차원에서 러시아어는 카람진에 의해 시민들의 실질적인 문화 표현 도구가 될 수 있었다. 니콜라이 미하일로비치 카람진(1766-1826)은 지방 귀족이라 할 수 있는 퇴역 장교의 둘째 아들로 볼가강 중류에서 태어났다. 중등 교육을 받은 후 프리메이슨 회원인 I. P. 투르게네프를 만나고 인생의 커다란 변화를 겪는다. 투르게네프를 통해 프리메이슨의 지도자이자 계몽사상가인 노비코프를 알게 되었고, 그와 함께 『모스크바 잡지』(1791-1792)를 발행한다. 해외여행을 다녀온 뒤 서간체 형식의 여행기 『러시아인 여행자의 편지』(1792)를 써서 문학계에 중요한 위치를 차지하게 된다.[17] 카람진은 교회슬라브어(OCS)[18]의 무거운 짐으로부터 러시아어를 해방시킨 언어 개혁자요 사상가였으며, 『러시아 국사(國史)』(1818)를 집필한 역사가이자 감상주의의 주창자였다. 그의 언문일치 운동은 로모노소프의 '삼문체론'을 극복할 수 있는 운동이었다. 카람진의 언어개혁이 민속어를 수용하지 못하고, 일상회화체를 무시하고 우아한 스타일만을 추구하는 한계성을

카람진

17 18세기 폰비진의 여행기와 카람진의 여행기가 자주 비교된다. 왜냐하면, 두 작가 모두 파리를 방문하고 여행기를 내놓았으나, 여행기 스타일은 완전히 달랐기 때문이다. 폰비진은 프랑스에 대해 부정적인 견해를 밝혔으나, 카람진은 긍정적인 견해를 보여 주었다. 도스토옙스키 역시 파리를 방문하고 난 후 부정적인 여행기를 쓴 것으로 유명하다.

18 19세기 초 '러시아 말사랑회'라는 단체가 있었다. 한때 교육부 장관을 지냈던 시시코프(1754-1841) 장군이 이 단체를 만들었다. 그는 러시아 문학의 미래를 표트르 개혁 이전의 과거에서 찾고자 했다. 그리하여 프랑스어, 영어, 독일어 등의 외국어를 배격하고 러시아어의 근원인 교회슬라브어(old church slavonic)로 관심을 돌렸다. 그는 지극히 민족주의적인 시각을 갖고 러시아 문학은 오로지 고대 러시아 민담만을 수용해야 한다고 주장했다. 시시코프는 1803년 러시아어 보호를 내세우며 프랑스어 반대 운동을 주도했다. 그는 카람진 추종자들과 오랜 논쟁을 벌이며 프랑스어식 표현인 살롱 문체를 공격했다. 시시코프는 문학적 러시아어가 고대 교회슬라브어 어원으로 되돌아가기를 원했다. 시시코프는 프랑스의 영향으로 정교 신앙과 구 총대주교의 도덕규범이 타락했다고 생각했다. 서구의 문화적 침략으로 러시아의 생활 방식이 손상되었다는 것이다. 그의 주장은 언어적 국수주의 현상의 대표적인 사례이다. 카람진 학파와 시시코프 학파의 논쟁은 신구(新舊) 논쟁이요, '우리 것(свое)'과 '남의 것(чужое)'의 논쟁이요, 아(我)와 비아(非我)의 논쟁이었다. 시시코프는 교회슬라브어를 표준어로 사용할 것을 주장했고, 카람진은 교회슬라브어보다는 일상어를 문어에서도 사용할 것을 주장했다. 시시코프는 교회슬라브어를 '우리 것'으로 간주했고, 카람진이 주장하는 외래어를 포함하여 일상회화를 타자의 것으로 배척했다. 이 논쟁에서 시시코프는 완패했다.

보여 주었음에도 불구하고, 주콥스키와 푸시킨은 그의 언어개혁을 수용했다. 카람진은 '달콤한 감성'을 선호하는 감상주의자들에게 열광적으로 받아들여진 소설 『가련한 리자』(1792)를 출간하여, 산문 소설을 본격문학으로 격상시켰다. 그는 산문 소설에 예술적 세련미를 부여한 러시아 최초의 작가로서 '성격'[19]에 대한 이론적 틀을 제공했다. 그에게 '성격'은 단순한 인간의 정신조직이 아니라 이해의 대립으로 이루어진 복잡한 정신의 특징을 말한다. 푸시킨에 이르러 작가들은 러시아어로 사유하고 러시아어로 글을 쓰게 된다. 그것들은 간단하게 말해서 생활어로서의 러시아어였다.

리자의 운명 소설의 주인공인 15살의 리자는 시골 농사꾼의 딸로서 아버지가 돌아가신 후 홀로된 나약한 어머니를 도와 여러 가지 일을 했다. 리자는 어머니를 도와 베를 짜고, 봄이면 꽃을 꺾고 여름에는 산딸기를 따서 모스크바 시내에 내다 팔아 생계를 이어 갔다. 어느 화창한 봄날, 은방울꽃을 팔러 가던 리자는 길에서 한 신사 에라스트를 만났다. 그 신사는 후한 값으로 꽃을 사 주었다. 이를 계기로 두 사람은 자주 만나게 되었고 서로 사랑하게 되었다. 에라스트는 착한 마음씨를 가진 귀족 청년이었지만 나약하고 경박한 생활을 하고 있었다. 세속적인 일에서 위안을 찾고자 했으나 곧 권태를 느껴 자신의 운명에 불평하고 있었을 때, 에라스트는 리자를 보자마자 화려한 사교계에서 느낄 수 없는 신선한 행복감에 젖었다. 리자는 에라스트가 "농부나 목동이었으면 얼마나 좋을까"라고 생각하며, 서로 다른 두 사람의

19 카람진은 비평 개념에서 '성격(характер)'과 상호 관련된 '기질(темперамент)'을 구분하고 있다. "기질이란 우리의 정신적 존재의 기초이지만, 성격은 기질의 한 형식이다. 기질은 태어날 때부터 갖고 나오는 것이지만, 성격은 타고난 것이 아니라 외부적인 인상들로부터 조금씩 점진적으로 형성되는 것이다. 물론 성격은 기질을 바탕으로 하고 있지만, 우리에게 영향을 미치는 대상에 오직 부분적으로만 의존하는 특별한 능력은 기질이다. 이러한 인상들이 정신적 존재에 주는 형식은 성격이다."

키프렌스키, 〈가련한 리자〉

신분 차이에 안타까움과 불안을 느꼈다. 에라스트는 강가에서 뱃놀이하며 사랑을 맹세하지만, 어머니에게 알리지 말 것을 부탁했다. 두 연인은 백 년 묵은 떡갈나무 아래서 밀애를 즐기며 몇 주를 보냈다. 그러던 어느 날 에라스트는 소속 연대가 출정한다는 소식에 그녀와 작별인사를 나누었다. 그녀는 눈물을 흘리며 몸부림쳐 보았지만, 결국 재회를 기약하며 떠나보내야만 했다. 사랑이 깊으면 외로움도 깊다. 늘 떡갈나무 아래서 그를 애타게 기다리던 리자는 늙은 어머니의 눈을 치료할 약을 사러 모스크바에 가게 되었다. 그녀는 전쟁에 나간 줄 알았던 에라스트를 큰 거리에서 우연히 마주쳤다. 에라스트는 리자를 집으로 데려가 100루블을 주머니에 넣어 주며 자신은 결혼이 예정되어 있으니 잊어 달라고 부탁했다. 에라스트는 그 나름대로 사연이 있었다. 그는 전쟁에 참여했으나, 도박(카드놀이)으로 영지를 다 날려 버리고 큰 빚더미 위에 앉게 되었다. 그리고 나이 많은 과부와의 정략결혼으로 위기 상황을 해결하고자 했다. 에라스트는 리자가 정신을 차리기 전에 하인을 시켜 그녀를 밖으로 쫓아 보냈다. 그 뒤 리자는 하늘이 무너지는 절망 속에서 떡갈나무의 그림자가 드리워진 호수에 몸을 던져 자살했다.

감상적 사랑 이 소설은 앞에서 언급한 대로 감상주의(sentimentalism)의 대표적인 작품이다. 감상주의 문학의 특징은 소설적 구성보다는 상투적인 이야기 전개로 일관하고 있다는 것이다. 더욱이 작가는 독자의 눈물을 자아내기 위한 상투적인 최루 언어를 남발하고 있다. 감상적인 사랑 이야기가 늘 그러하듯이 이 소설에서도 미천한 신분의 여자와 귀족 청년의 사랑을 다룬다. 필연적으로 수반되는 예측 가능한 남자의 배신, 여자의 좌절과 자살은 감상적 사랑의 비극이라 할 수 있다. 비극적인 사랑과 운명, 나약한 인간에 대한 슬픔만 강조될 뿐, 사회 비판적인 시각이 크게 드러나지 않는다. 리자와 에라스트는 그들 사랑의 방해물을 농민과 귀족이라는 신분 차이나 사회 제도에서 찾고 있지 않다. 따라서 이 두 사람은 계급적인 대립 관계의 차원보다는 남성과 여성이라는 감상적이고 낭만적인 사랑의 차원에서 조명되고 있다. 리자가 에라스트가 자신과 같은 신분이었으면 얼마나 좋을까 생각하는 장면이 있으나 그건 계급 비판과는 거리가 먼 것이다. 또 두 사람의 성격 역시 감상적 수준에 머무르고 있다. 에라스트의 배반은 다른 이성에 대한 관심보다는 전쟁이라는 피할 수 없는 큰 운명과 분별없이 도박을 즐기는 그의 인간됨에 기인한다. 결말에서 에라스트는 리자의 죽음에 가슴 아파하며, 평생 불운하게 살아감으로써 그 역시 피해자임을 호소한다. 따라서 독자는 에라스트에게 리자의 죽음을 책할 수 없으며, 단지 모호한 운명의 가혹함을 탓하며 거대한 운명 앞에서 나약할 수밖에 없는 인간의 슬픔에 빠지게 되는 것이다.

감상적 문체(스타일) 이 작품의 감상주의적 특성을 더욱 두드러지게 하는 것은 감상적 스타일의 문체이다. 카람진의 소설 『가련한 리자』는 막연한 눈물을 자극하는 감상적인 어조로 시작된다.

> 음울한 가을날에도 자연과 함께 슬픔을 나누러 그곳을 찾아가곤 한다. 텅 빈 수도원의 담벼락 안, 커다란 풀이 무성한 묘비들 사이, 그리고 승방들 사이에 나 있는 어두운 복도에서는 바람이 무시무시한 소리를 낸다. 나는 그곳 황폐한 묘비에 기대서서 과거의 심연이 삼켜 버린 시간의 희미한 신음 소

리에 귀를 기울인다. 그 신음에 나의 심장은 두근거리며 몸부림친다. … 여기서 그리스도의 수난상 앞에 무릎을 꿇고 속세의 삶을 빨리 마감할 수 있도록 기도하는 백발노인을 본다. 삶에 대한 만족감은 모두 사라지고, 질병과 약한 감정 외에 다른 감정은 전부 죽어 버렸으니 그럴 만도 하다. 그곳에는 창백한 얼굴에 힘없는 시선의 젊은 수도사가 있다. 그는 공기의 바다에서 자유롭게 날아다니는 즐거운 새들을 보고 있다. 자연을 바라보는 눈에서 쓰라린 눈물이 흘러내린다. 그는 기력을 잃고 시들고 야위어 간다. 음울한 종소리가 그의 갑작스러운 죽음을 내게 알린다.

감상주의는 애상감이나 비애감 등의 정서를 인간성의 사실적 표현으로서가 아니라, 그런 정서에 빠져 있는 상태를 즐기기 위한 것으로서 인위적으로 조장할 때가 많다. 인간의 정서인 비애감을 조장하기 위해서는 적절한 상황이 마련되어야 하고 적절한 말씨가 선택되어야 한다. 그리하여 최루성 어조의 감상적인 단어들이 남발된다. 작가는 슬픔, 텅 빈 수도원, 무덤, 비석, 신음 소리, 질병, 나약한 감정, 창백한 얼굴, 눈물 같은 단어들을 반복적으로 사용하여 감상적 분위기를 조장한다. 작가는 자연 묘사에서부터 행동 묘사에 이르기까지 감상적인 말투를 사용하여 과장된 감정을 반영시키고 분위기를 띄운다. 이것은 종종 감상주의가 대중성과 관계있음을 암시하기도 한다.

감상적 자연관 작가는 사랑의 테마를 자연과 연관시킨다. 즉 주인공 리자의 심리를 자연에 투영해 묘사함으로써 감상성을 세련되게 했다. 도시의 귀족인 에라스트에 대비되는 리자는 자연 속의 인간 혹은 자연 그 자체의 이미지로 묘사된다. 사교계에 염증을 느끼던 에라스트는 자연과 리자의 순수성과 유사성에 이끌리고 그녀에게 안식을 얻는다. 일반적으로 도시는 인위적이며 이성적이고 현실적인 데 반해, 자연은 좀 더 감성의 영역에 가까우며 여성적이고 몽상적이다. 이 작품 역시 이러한 도식을 크게 벗어나는 것은 아니다. 따라서 시골에 사는 리자는 자연과 동일시되며, 에라스트는 리자의 세계인 자연에서 사랑을 나누다가 현실과 허위의 세계인 도시와 전쟁에 나가서는 분별없고 이기적이며 나약한 인간성을 드러낸다. 결국 그는 리자를 버리고 불행하게 여생을 보내게 된다. 리자가 에라스트와 이별하는 순간 자연도 '침묵을 지킴'으로써 리자의 슬픔을 대변하며, 리자와 함께 반응하고 그녀의 슬픔에 따라서 "자연의 모든 활기에 찬 것들이 사라진다." 자연과 동일시되고 자연과 함께 슬픔과 기쁨을 공명하던 리자는 허위의 세계인 도시에서 에라스트의 배신을 깨닫는다. 가혹한 운명에 상처받고 더 이상 예전처럼 자연과 더불어 살며 안식을 얻을 수도, 자연과 공감할 수도 없게 된다. "아아, 하늘이 내 위로 무너져 버렸으면! 땅이 가엾은 나를 삼켜 버렸으면! 아니야. 하늘도 무너지지 않고, 땅도 흔들리지 않는다! 나 혼자만 슬픔에 빠진 거다!" 실연의 아픔을 견디지 못한 리자가 사랑의 기쁨을 나누던 장소인 떡갈나무 앞에서 자살하자, 오두막집 주변의 자연은 거칠고 황량한 모습이 되어 버린다. 이 작품 전체의 시작과 끝을 이끌어 가는 익명의 화자는 시모노프 수도원의 을씨년스럽고 황폐한 자연을 보고 비참하게 살았던 가련한 리자의 이야기를 머리에 떠올리며 독자들에게 전한다. 이처럼 이 소설에서 자연은 작품의 배경 역할을 할 뿐만 아니라 동시에 시종일관 리자의 심리를 표현한다.

감상주의 시학 감상주의 소설에서는 개인의 감정이 중요시된다. 카람진의 소설 이전까지만 해도 문학작품에서 감성보다는 이성이 더 중시되었고, 개인의 감정 표시는 무시되었다. 더욱이 하층민의 감정은 완전히 무시되었다. 이 소설에서는 리자가 비록 하층민일지라도 귀족처럼 희로애락의 감정이 있음을 보여 준다. 농부의 딸 리자의 낭만적인 경험과 감상적 심리에 대한 묘사는 당시의 소설로서 흔치 않은 것이었다. 리자에게 사랑은 헤어 나올 수 없는 절망의 덫이었다. 소설의 마지막 부분에서 작가가 이야기하고 있듯이 사랑은 동등한 관계에서 성립한다. "농사짓는 아가씨도 사랑할 줄 안다"라는 카람진의 아포리아는 인간의 평등을 강조한 말이다. 카람진은 '인간은 모두 평등하고 동일한 관심의 대상'이라고 주장하면서 사회적 평등에 주목했다.

신파조의 토포스 카람진의 『가련한 리자』는 19세기의 작품들처럼 웅장하고 심오한 철학이나 사상을 담고 있지는 않지만, 수려한 문체와 표현, 섬세한 자연 묘사, 그리고 이에 투영된 주인공의 심리와 사랑의 갈등, 비극적인 운명이 전해 주는 감상성을 매끄럽게 담아내고 있다는 점에서 대표적인 감상주의 소설이다. 이 소설은 어떤 면에서 우리나라의 신파극과 비슷하다. 신파극에서나 들을 수 있는 토포스(상투적 표현)를 발견할 수 있다. 상황이 약간 다르지만 『장한몽』의 이수일과 심순애 이야기처럼 분위기를 고조시켜 억지로 눈물을 자아내게 하려는 신파적 요소가 다분히 내포되어 있다. 예를 들면, "지금 당신 없는 생활은 삶이 아니고 슬픔과 권태일 뿐이에요. 당신의 눈이 없으면 밝은 달도 어둡고, 당신의 목소리가 없으면 노래 부르는 꾀꼬리도 심심하고, 당신의 숨결이 없다면 산들바람도 저에게는 기분 나빠요!"와 같은 묘사이다. 에라스트가 리자의 호주머니에 돈을 넣어 주며 밖으로 쫓아낼 때, 화자는 『장한몽』의 변사처럼 분노와 슬픔을 고조시킨다. "이 순간 나의 심장에 피가 몰려든다. 에라스트는 더 이상 인간이 아니다. 그를 저주하고 싶으나 혀가 움직이지 않는다. 하늘을 바라보니 눈물만 얼굴을 따라 굴러떨어질 뿐이다. 아아! 어째서 장편소설을 쓰지 않고 이런 슬픈 이야기를 쓰는 것일까?" 눈물을 강조하는 상투성의 변주는 미학적 가치의 문제를 낳을 수 있다. 상투성의 가치에 대해서는 비판의 여지가 남아 있지만, 감정에 대한 상투적 호소는 나름대로 대중적 기호를 불러일으키기도 한다.

감상주의의 의의 카람진 문학의 서정적 감성의 바탕 위에서 싹튼 감상성과 낭만성은 현실적, 비판적 요소가 가미되면서 이후 러시아 낭만주의나 사실주의 문학의 토대가 되었으므로 그 의의가 크다고 할 수 있다.

주지하다시피 카람진은 19세기 러시아 문학을 시작하는 길목에서 감상주의를 주도했다. 러시아의 감상주의는 시민계급의 출현과 맞물려 있다. 시민계급의 출현으로 새로운 진보적 도덕관과 새로운 미학 원칙이 탄생했고, 예술작품에서 귀족이 아닌 일반 민중의 내면세계에 관심을 두기 시작했다. 민중의 개인 감정과 기분을 표현하기 시작한 것이다. 감상주의 미학은 고전주의 미학에 저항하는 것이었다. '차가운 이성은 감정의 시체'일 뿐이었다. 개인의 감정이 이성 및 지성과 동등한 인식력으로 인정되었다. 고전주의가 이성을 강조하고 민족적, 애국적 이념을 옹호하는 절대이념을 표현하는 것이라면, 감상주의는 인간의 내적 속성인 '성격'을 중요시하고 최고의 가치로 부각했다. 이런 인간 성격에 대한 관심으로, 인간의 존엄성이 사회적 지위에 따라 평가되던 고전주의와는 달리 감상주의에서는 인간의 내적 자질들로 가치를 평가하게 되었다. 이러한 감상주의 이데올로기와 미학은 예술적 특성을 결정하게 되는바, 이성의 신비화보다는 감성의 신비화를 주장하고 있다.

II

19세기 러시아 문학

1. 러시아 낭만주의의 심미적 혁명

러시아 문학사에서 19세기 전반기는 개인의 상상력과 감성을 중시하는 낭만주의 시대라 할 수 있고, 후반기는 사회 현실의 반영에 중점을 두는 사실주의 시대라 할 수 있다. 그러나 러시아에서 낭만주의와 사실주의를 구분하는 것은 종종 무의미하다고 할 수 있다. 왜냐하면, 특정한 역사적 조건 속에서 현실을 인식하는 러시아 작가들의 세계관, 가치관, 그리고 이것과 연결된 예술관이 어떤 면에 있어서 서로 유사성을 갖기 때문이다. 러시아 작가들은 유달리 조국에 대한 문학의 책임을 강조하며 사명의식이 투철하다. 또한 민중을 사회제도의 억압과 고통으로부터 해방시키려는 열망과 자유에 대한 희구로 고양되어 있다. 그리하여 19세기 러시아 작가들의 정신은 인류의 예술적 발전에 커다란 역할을 했다.

시대적 배경 러시아 낭만주의는 서구 낭만주의의 영향 아래 영국, 독일과 프랑스보다는 다소 늦게 발전되었다. 서구 낭만주의는 고전주의가 쇠퇴하기 시작한 18세기 후반부터 사회적, 문화적 현상으로 나타나기 시작했다. 사실 낭만주의는 유럽사에서 혁명의 시대와 맞물려 있다. 원래 서구 유럽에서 부르주아 혁명의 결과로 생겨난 낭만주의는 여러 사회계층에서 나타난 현실에 대한 불만을 반영하는 복합적인 사상을 바탕으로 이루어진 문학 현상이다.

근대 서구미학에 커다란 변화를 가져다준 것은 무엇보다도 프랑스 혁명이라는 정치적 혁명이었으며, 따라서 문학은 명시적, 묵시적 차원에서 그 사건과 적지 않게 관계해 왔다. 흥미로운 현상은 프랑스 혁명 후 바로 그 정치적인 혁명이 '심미적인 혁명'으로 대체되었다는 것이다. 이때 심미적인 혁명은 도덕적이고도 정신적인 차원에서의 변화를 뜻한다. 당시 프랑스의 정치적 혁명을 외부에서 관찰했던 문인들은 한편으로 혁명의 의미를 수용했지만, 다른 한편으로 물리적인 혁명과는 거리를 취하면서 도덕적, 정신적 혁명을 상상하게 되었다. 여기서 도덕적, 정신적 혁명의 주체는 다름 아닌 문학이었으며, 그런 의미에서 예술가들은 그 상상력으로 실현된 혁명을 '심미적 혁명'이라고 명시했다. 예술가들의 '심미적 혁명'은 자연적으로 낭만주의 예술사조와 연결된다.

1789년 프랑스 대혁명을 중심으로 크고 작은 혁명들이 이 시기에 집중적으로 몰려 있기 때문에 지배적 사조로서 낭만주의는 이러한 혁명들과 연관되지 않을 수 없다. 러시아 낭만주의는 1812년 '조국 전쟁(나폴레옹과의 전쟁)' 후 러시아 지식인들의 각성이라는 역사적 사건을 배경으로 하고 있다. 전쟁이란 언제나 인간의 사고에 커다란 영향을 미치고 문학을 비롯하여 그 시대의 문화 양상을 가늠하는 결정적 모티프가 된다. 프랑스 혁명이 민중의식을 자각시킨 것처럼 조국 전쟁은 러시아 민중의 해방의식을 고양했다. 조국 전쟁 시 파리까지 입성했던 군인과 관료들은 서구 민주주의 사상에 눈을 뜨고 러시아 사회 현실에 대해 비판의식을 갖게 되었다. 조국에 돌아온 이들은 1825년에 12월당(데카브리스트)이라는 비밀 결사를 조직하여 민중의식을 고무시키고 부패한 사회 현실을 개혁하자는 혁명적 자유주의 이데올로기를 고취했다. 그들은 과거 구제도에 대한 반성과 새로운 사상에 관심을 두게 되었다. 자연적으로 그들은 새로운 사회와 사상을 표현할 수 있는 새로운 형태의 문학을 요구하게 되었다. 낭만주의는 그러한 시대적 요청에 부응한 문예사조라 할 수 있다.

러시아 낭만주의 러시아 문학사에서 낭만주의에 대한 문제는 오랫동안 논쟁거리였다. 러시아 문학계의 학자들은 일반적으로 낭만주의 문학을 사실주의 문학에 비해 열등한 것으로 평가 절하하면서 낭만주의의 문학사적 의의를 주로 사실주의로의 이행기 혹은 과도기에서 찾았다. 러시아 과학 아카데미에서 출간된 『러시아 낭만주의 문학사』(1979)에서는 러시아 낭만주의를 1790년에서 1840년에 이르는 약 반세기에 걸친 문학사조로 인정하고 있다. 영미권의 학자들도 러시아 낭만주의 시대 구분은 러시아 학자들과 의견을 같이한다. 케임브리지대학에서 출간된 『러시아 문학사』(2008)에 따르면, 1790년에서 1820년까지가 감상주의와 전기낭만주의 시대이며, 1820년에서 1840년까지의 기간이 진정한 낭만주의 시대에 해당한다. 이때 낭만주의의 기점을 이루는 작품은 푸시킨의 『루슬란과 류드밀라』(1820)이다. 그러나 일반적으로 학자들은 낭만주의의 독자적인 의의에 대해서 인색한 편이다. 낭만주의의 전기와 후기를 가름하는 1825년 데카브리스트 운동 이후에 러시아 문학은 현실에 더 밀착한 문제의식을 바탕으로 사실주의로 이행해 갔다고 간주하는 것이 일반적 관점이다. 러시아에서 낭만주의는 바깥으로부터 들어온 미성숙의 사조로, 사실주의는 성숙의 사조로 보는 경향이 일반적이다.

낭만주의 해석 방법 낭만주의를 설명하는 다양한 방법이 있다. 첫째로 B. 크로체는 낭만주의를 유럽 문학의 특정 시기를 가리키는 것으로 간주하고, 초기 낭만주의, 후기 낭만주의, 쇠퇴기 낭만주의로 구분한다. 둘째로 낭만주의를 18세기 말경 유럽의 감성에서 비롯되어 현재에 이르기까지 문학과 예술에 대한 어떤 특정한 태도와 관련된 복잡한 문화적 현상으로 보는 태도도 있다. 이 시기의 문학과 예술은 자유분방한 정신과 자유로운 문학 형식을 강조한다. 셋째로 낭만주의를 정신사나 사상사 및 문학 심리학 등에서 발생한 것으로 간주하기도 한다. 이때 낭만주의는 시간과 장소에 상관없이 슐레겔의 '고전적'과 '낭만적'이라는 분류와 니체의 '아폴론적인 것'과 '디오니소스적인 것'이라는 양극 사이에서 왕복운동을 하는 것이다.

낭만주의의 다양한 정의에 대해 간략한 정리가 필요하다. 낭만주의는 첫째로 고전주의의 반동과 계몽주의에 대한 반발로 등장한 정신운동을 말한다. 둘째로 창조의 자유와 자발성과 몰입을 절대적으로 강조한다. 셋째로 이성에 대한 감성의 우위를 옹호하면서 신비한 통찰력의 빛을 이성적 경험의 우위에 두는 독자적인 미학을 갖고 있다. 넷째로 환상에 대한 탐닉과 몰입을 보여 준다. 환상은 낭만주의의 정신적 구조에서 결정적인 역할을 담당하며 낭만주의 세계관과 예술의 성격을 지배하게 된다. 다섯째로 낭만주의 사상의 주축을 이루는 것은 환상을 좇는 인간형과 환상의 형이상학적 의미에 대한 믿음이다.

대표적인 작가 러시아 낭만주의의 대표적인 작가로는 푸시킨, 레르몬토프, 그리고 고골이 있다. 푸시킨은 유럽 문화를 온몸으로 체현하여 그것을 국민문화로 바꾸어 놓았다. 그는 낭만주의 운동의 선구자요 민중의 자유와 권리를 위해 싸운 작가이다. 후대의 비평가들은 그를 '위대한 국민시인'이라 부르고 '러시아 문학의 창시자'라 칭송했다. 푸시킨은 러시아 문학의 초석을 다진 작가로서 고리키의 말대로 '시작(始作)의 시작'이었다. 비단 일반 독자들뿐만 아니라 다른 작가들조차 푸시킨을 '나의 푸시킨'이라 부르며, 자신들의 '모든 것'이라고 말한다. 이는 푸시킨에 이르러 비로소 러시아 문학이 성립했기 때문이다. 러시아 작가들은 저마다 푸시킨과 연관을 지어 자신을 표현하기 때문에 러시아 문학 전체를 종종 '푸시킨 하우스'라 부르거나, 푸시킨 작품의 독자로 한데 묶인 러시아 사람들을 '푸시킨 공동체'라 부르기도 한다. 그리하여 푸시킨은 러시아 문화의 우상이며 러시아 문학의 아이콘(상징)이라 할 수 있다. 실제로 푸시킨은 러시아의 신화가 되었다. 푸시킨의 신화는 소비에트 시대에도 시들지 않았다. 그리고 푸시킨이 러시아 문학어(표준어)의 창안자로서 '언어로써 인간의 가슴에 불을 지피는' 예언자적 혜안을 가진 작가였기 때문에, 아무도 푸시킨의 위대함을 부정하지 않는다. 그러나 러시아인이 아닌 독자의 눈에는 다소 낯설다. 푸시킨의 신화는 왠지 모르게 '진실의 가장 큰 적(敵)은 거짓이 아니라 신화'라는 말을 떠올리게 한다.

푸시킨

러시아 문학은 푸시킨에 의하여 비로소 민족 문학으로서 주체를 확립할 수 있었고, 더불어 세계문학의 수준으로 발돋움할 수 있는 계기가 마련되었다. 그의 작품은 러시아 민족의식을 가장 완벽하게 표현하면서도 민족성의 한계를 뛰어넘었다는 평가를 받고 있다. 그의 작품에 나타난 인간애·민중성·사상성·저항성·낭만성과 비판 정신은 낭만주의 작가들뿐만 아니라 사실주의 작가들에게도 귀감이 되었다. 그는 긍정적이고 미래 지향적인 성향의 작가였다. 그의 작품에는 삶을 긍정하는 활력이 넘치고, 이성이 편견을 이기고 빛이 어둠을 이기며 인간애가 노예근성과 압제를 이길 것이라는 확신이 침윤되어 있다.

반면에 레르몬토프는 푸시킨에 의해 시작된 낭만주의를 완성한 작가라 할 수 있다. 레르몬토프는 겨우 27살이라는 젊은 나이로 죽었지만, 그는 실로 재능 있는 사상가요 시인, 소설가이고 극작가였다. 자유를 향한 열정으로 가득 찬 청년이었으며, 자기 능력을 어떻게 사용할 것인가를 늘 고민하고 사색하였다. 또한 혁명운동과 투쟁을 열광적으로 호소하는 영웅주의자였다. 레르몬토프는 회의적이고 자기중심적인 성향이 강한 작가였다. 그는 악의 형이상학을 피력했다. 그의 사상은 사색적이며 염세주의적인 것이 특징이다. 그는 부정적인 세계관으로 주변의 대상과 사회를 보았다. 인간 내면

세계를 관찰하고 분석하는 데 남다른 천재성을 보여 주기도 했다. 레르몬토프는 니콜라이 1세의 통치 시기에 데카브리스트 운동의 좌절로 절망에 빠진 지식인들의 억압되고 암울한 정신과 마음 상태를 표현했다.

푸시킨과 레르몬토프가 시와 산문 두 장르에서 낭만주의 사유체계를 보여 준 데 반하여 고골은 소설 장르를 통해 환상문학에 관심을 쏟았다. 고골의 초기 작품들은 대다수가 낭만주의 계통의 작품이다. 특히 우크라이나 민속을 바탕으로 만들어진 소설들은 대다수가 낭만적인 이야기라 할 수 있다. 그의 많은 소설이 주로 초자연적인 현상인 꿈과 환상을 기초로 이루어졌다. 그가 표현하는 세계는 꿈과 현실이 상호 간의 경계선을 무시한 채 뒤섞여 있는 세계이다. 그리하여 정상적인 현실 세계라기보다는 뒤집힌 반(反)세계가 다루어진다. 그의 역사 이야기에서도 역시 인간 개인의 자유와 갈망이 솔직하게 표현된다. 고골은 '인류의 역사는 자유로운 영혼을 지키는 투쟁의 역사'임을 확신하고 있었다. 개인의 자유로운 영혼에 대한 고골의 강조는 결국 민중을 억압하는 모든 제도와 인습에 대한 비판으로 이어진다.

낭만주의 문학 코드로 본 공통과 차이 '낭만적(romantic)'이란 개념 자체가 상당히 주관적인 것처럼 낭만주의는 정의하기가 어려운 개념이다. 푸시킨과 레르몬토프의 낭만주의적 작품에 나타나는 공통적 특성을 개관해 볼 수 있다. 그들의 낭만주의는 영감의 원천에 대한 관점의 개혁이요, 새로운 것에 대한 동경이며, 그리고 정신의 새로운 패러다임의 요구라 할 수 있다. 좀 더 구체적으로 낭만주의의 특징을 열거하자면, 합리적 이성과 구별되는 감성의 복권, 이상에 대한 강렬한 동경과 자유로운 문학적 형식의 실험 및 추구, 파토스에 대한 옹호 등을 들 수 있다.

첫째로 그들은 인간 개인의 자유와 감정을 중시한다. 감정은 고전주의 시대의 이성을 대치하는 인간 본성의 가장 중요한 특징이다. 자유는 모든 억압과 구속으로부터의 해방을 말한다. 낭만주의 문학은 본질적으로 개인의 감정과 감각이 자유롭게 표현되는 문학이라 할 수 있다. 그리고 자유로운 감성은 자연과 유기적 관계를 맺고 있다. 푸시킨과 레르몬토프에게 자연은 단순한 대상이 아니라 인간과의 교감이 가능한 존재이자 스스로 호흡하고 활동하는 살아 숨 쉬는 생명체이다. 그들의 소설에서 주인공들은 종종 도시 생활에서 벗어나 바다나 산, 시골로 떠난다. 그러한 사고의 전개는 루소의 자연관에서 시작된다. 루소는 인간과 자연이 서로 유리되어 있다는 인식에서 자연으로 돌아갈 것을 주장했다. 이것은 인간과 자연이 원래 유기적 관계가 있는 것으로 생각하여 그 관계의 회복이 현재의 결렬 상태를 치유하는 방법이라고 보았기 때문이다. 이 관계의 회복은 이성에 의해서가 아니라 감성의 교감을 통해서 가능한 것이었다.

둘째로 푸시킨과 레르몬토프의 작품들이 공통으로 지닌 정신적 기조는 새로운 것에 대한 무한한 동경이다. 동경은 인간의 끝없는 소유욕(욕망)에서 출발한다. 낭만적 주인공은 그 대상이 무엇이든지 만족할 줄 모르고, 충족되어 정체할 줄 모르며, 계속해서 새로운 대상을 추구한다. 낭만적 인간에게 '주체는 결핍이요 욕망은 환유'일 뿐이다. 인간은 늘 결핍을 느끼는 존재이며 그 부족함을 메우기 위해 욕망이 끝없이 생겨난다. 욕망이 허망임을 알면서도 이름을 달리해서 나타나는 욕망을 추구할 수밖에 없다. 욕망은 허망이면서 삶의 에너지이기에 욕망 없이는 삶을 유지할 수 없다. 그리하여 인간은 완성에 이르지 못하고 동경에서 영원히 벗어나지 못한다. 현실의 삶에 대한 혐오감 때문에 어디에도 머무르지 못하고 방황하는 낭만적 주인공은 새로운 환상을 만들고 평범한 것에 신비성을 부여한다. 그리하여 푸시킨과 레르몬토프의 문학은 '동경의 문학'이라고 표현할 수 있다.

예술의 자유와 사명 러시아 낭만주의는 개인의 내적 자유를 표현하는 사조로서 '예술의 자유'를 표방할 뿐만 아니라, 인간의 외적 자유를 추구하는 데 있어 사회적이고 인도적인 측면의 각성을 촉구하는 '예술의 사회적 사명'

을 표방하고 있다. 그것은 인간의 본질적인 자유를 추구하는 문학 형식으로서의 낭만주의가 기존의 권위와 제약에 대한 반발로서의 민족적, 사회적 사명을 반영하는 문학 형태로 발전해 나간 것이다. 러시아 낭만주의자들이 지향하는 가장 큰 정열은 세계에 대한 반항이며, 현실을 개혁하고자 하는 무한한 정열이다. 인간과 사회를 개혁하려는 러시아 낭만주의는 차르 정부의 탄압 때문에 성숙하여 만개할 겨를도 없이 발생하자마자 소멸했지만, 개혁 정신과 정열은 러시아 사실주의 작가들에게 계승되었다.

2. 단편소설의 초석: 푸시킨의 『벨킨 이야기』

『고(故) 이반 페트로비치 벨킨의 이야기』(약칭 『벨킨 이야기』)는 푸시킨이 가장 활발한 창작 활동을 하던 1830년 가을에 발표된 작품이다. 이 작품은 다섯 편의 짧은 이야기인 「장의사」, 「역참지기」, 「귀족 아가씨-농사꾼 처녀」, 「총알 한 발」, 「눈보라」로 구성되어 있다.[1] 이 작품들은 19세기 러시아 단편소설과 사실주의의 단초가 되는 소설로 평가받고 있다. 주로 장교, 귀족, 지주, 점원, 하급관리, 농사꾼 처녀의 생활을 묘사하는 짧은 이야기들은 새로운 주인공으로 당대의 현실을 담아내고 있기에 그 시대의 전형적인 사실주의 문학의 초석으로 평가되고 있다. 그러나 이들 작품에는 이야기에 따라 감상주의 요소뿐만 아니라 낭만주의적 세계관과 사실주의적 세계관이 혼재되어 있다. 한 가지 특징적인 것은 이야기 다섯 편 모두가 사건과 행동 중심으로 전개되어 흥미를 끈다는 사실이다.

벨킨은 누구인가 알렉산드르 세르게예비치 푸시킨(1799-1837)은 이 소설을 자신의 작품이 아니라 가공의 인물(화자)인 이반 페트로비치 벨킨의 작품으로 제시한다. 작가 자신은 겸손하고 몽상가적 성격인 벨킨이 겪은 일화를 정리하여 소개한 사람에 불과할 뿐이라는 것을 강조한다. 작가가 직접 나서

1 작품이 쓰인 시기순으로 정리하면 다음과 같다. 「장의사」(1830. 9. 9.), 「역참지기」(1830. 9. 14.), 「귀족 아가씨-농사꾼 처녀」(1830. 9. 20.), 「총알 한 발」(1830. 10. 14.), 「눈보라」(1830. 10. 20.).

지 않고 제3의 인물을 작가로 등장시켜 소개하는 기법은 노비코프나 고골 같은 작가의 작품에서도 자주 나타난다. 푸시킨이 이러한 사칭(詐稱) 기법이나 마스크 기법이라고 불리는 방법을 사용한 데에는 몇 가지 이유가 있다.[2]

첫째로 작가는 검열을 피하기 위한 수단으로 벨킨의 이름을 사용했다. 1720년 정부의 칙령과 1721년 교회가 제정한 검열제도는 러시아 문학의 발전에 상당한 손실을 입혔다. 많은 작품이 검열관에 의해 수정되어 출판되었기 때문에 작가의 의도가 종종 왜곡되었다. 작가들은 검열제도와 부단히 싸우는 과정에서 그들 나름대로 다양한 기법을 사용했다.

둘째로 운문이 보편화되어 있던 당시 문학 풍토에서 작가는 산문 소설의 시도에 대한 독자와 비평가들의 반응을 확신할 수 없었기 때문에 직접적인 책임을 회피하고자 타자의 이름을 사용했다고 할 수 있다. 실험적인 성격이 강하게 풍기는 작품이기에 작가는 그만큼 조심스러울 수밖에 없었고, 실제로 푸시킨은 『벨킨 이야기』를 실험적인 작품으로 구성했다. 물론 그 실험은 성공적이지 못했다. 그의 실험 소설은 동시대인들에게 잘 이해되지 않았다. 이 작품이 처음 나왔을 때나 나중에 『스페이드 여왕』과 함께 동시에 출판됐을 때도 비평가들은 이 소설을 무시하거나 비난했다. 그리하여 당시 주요 저널인 『모스크바 통신』에서도 주목받지 못한 실패한 소설로 평가되었다. 당시 최고의 비평가였던 벨린스키 역시 이 작품의 중요성을 인정하지 않았다. 이 작품의 미적 가치에 대해서는 오늘날까지도 반신반의하는 정도다. 빅토르 테라스는 푸시킨이 썼기 때문에 그 소설에 관심이 갈 뿐이라고 말할 정도다. 반면에 러시아 학자들은 실제로 이 작품을 상당히 높게 평가하거나

2 고골 역시 푸시킨과 동일한 '마스크 기법'을 사용하고 있다. 그의 소설 『디칸카 부근 농가에서의 밤』에는 '벌치기 루드이 판코가 엮은 이야기책'이라는 부제가 달려 있다. 작품 서문에 루드이 판코라는 화자가 등장하여 이 책의 편성에 대한 장황한 설명을 늘어놓는다. 화자는 양봉업자로서 '붉은 머리털의 귀족'이라는 뜻의 '루드이 판코'라는 별명을 가지고 있다. 물론 여기서 제시된 루드이 판코는 실제 인물이 아니라 작가 고골이 창조한 전체 화자이다.

과장하는 경향이 있다.

셋째로 작가가 일정한 거리를 두고 현실을 객관적으로 보기 위해 타자의 이름을 이용했다. 작가가 문학적 상상력으로 지어낸 작품이 아니라, 다른 사람에게 직접 들은 이야기라 할 때 그 이야기의 핍진성이 더 두드러진다고 할 수 있다.

넷째로 훌륭한 이야기꾼 벨킨이라는 인물을 내세워 서술자의 순수성과 단순성을 강조하기 위함이었다. 일반적으로 단순성은 화자가 갖추어야 할 덕목이다. 어쨌든 벨킨의 정체성에 대한 문제는 오늘날까지 자주 이야기되고 있다.

러시아 문학사에서 『벨킨 이야기』는 러시아 단편소설의 토대를 닦아 놓은 소설로 평가받고 있다. 18세기 러시아 문학은 주로 시가 지배적인 위치를 차지했고, 산문은 있다 해도 별로 관심을 끌지 못했다. 물론 18세기 후반기에 카람진의 감상주의 소설이 있었으나 주로 주제가 사랑 문제에 제한되어 있고 단편소설로서의 구성 요건을 갖추지 못했기 때문에 단편소설사에서 잘 다루어지지 않고 있다. 『벨킨 이야기』는 시에서 산문으로 넘어가는 과도기에 나타난 새로운 형식의 단편소설이라는 점에서 그 의의가 크다.

일그러진 영웅들의 자존심과 두려움, 「총알 한 발」 러시아 문학작품에는 결투[3]를 소재로 한 소설이 많은 편이다. 많은 작가가 결투의 심리와 원인을 다각적으로 관찰하고 있다. 결투는 궁극적으로 죽음으로 이어지기 때문에 인간의 삶에서 중요한 분수령(climax)이다. 그렇기에 독자들은 언제나 결투에 남다른 흥미를 느낀다. 결투의 정당성과 부당성은 이미 어떤 사회 자체의

3 당시 러시아 사회는 '명예'를 높은 가치로 평가하였고, 명예 훼손은 곧 결투(дуэль, поединок)로 이어졌다. 명예의 상징적 가치가 육체의 손상과 상실이라는 구체적 가치보다 더 존중되었다. 권총 결투의 경우 서구에서는 24-35걸음, 러시아에서는 15-20걸음을 사이에 두고 이루어졌다.

문화가 짊어진 문젯거리였다. 푸시킨의 「총알 한 발」은 주인공 실비오와 백작의 결투 이야기를 신비롭고 박진감 있게 전개하고 있다. 세 사람의 화자라 할 수 있는 I. L. P. 중령과 실비오, 백작이 결투의 분위기와 낭만주의적 심리를 잘 드러내고 있다.

작가는 이야기의 진행을 흥미롭게 하려고 수수께끼(일명 신비주의) 기법을 사용하고 있다. 주인공 실비오의 정체를 아는 사람이 없도록 하여 그를 에워싼 신비스러운 분위기를 고조시킨다. 이야기는 특별한 사건이나 사교 생활의 즐거움이 거의 없는 연대 장교들의 생활을 소개하는 것으로 시작한다. 청년 장교인 화자만이 실비오의 특이한 성격과 행동에 관심을 둔다. 장교들 속 유일한 민간인인 실비오는 러시아인의 외모에 외국식 이름을 가진 가난하지만 배짱이 두둑한 사나이였다. 실비오는 낭만주의 작품에 자주 등장하는 악마적인 인물로, 비밀에 휩싸인 바이런적 주인공의 이미지를 갖고 있다. 검은 옷을 입고 음울하고 창백한 얼굴에 빛나는 눈을 가진 실비오는 백발백중의 사격 솜씨를 가진 자로서 자신의 과거에 대해 침묵으로 일관한다. 독자들은 이 악마적인 인물이 무서운 사건을 일으킬 것이라고 예감하지만 그는 연대에 새로 부임한 젊은 장교의 모욕을 참아 내며 결투를 자제한다. 마침내 실비오는 B 백작과의 미루어진 결투, 남겨 둔 총알 한 발에 관한 이야기를 들려준다.

실비오는 극단적으로 상반된 성격의 소유자이다. 화자가 보기에 실비오는 기사도적인 명예심, 오만한 자존심, 악마적인 복수심과 원한, 질투, 삶에 대한 냉소를 두루 갖춘 낭만적 주인공이다. 실비오는 낭만주의자가 아닌 듯 원수의 목숨을 살려 준다. 실비오는 카드를 멀리서 명중시키고 벽에 앉은 파리를 그대로 벽 속에 처박아 버리는 사격 솜씨의 소유자임에도 불구하고 자신을 모욕한 젊은 장교와 결투를 하지 않는다. 백작과의 재결투에서 사용할 남은 총알 한 발을 아껴 둘 필요가 있었기 때문이다. 그러나 실비오는 당시 결투의 관습상 모욕당한 쪽이 무기 선택권을 갖기 때문에 자기 생명의 위험을 느낄 필요가 없었다. 실비오는 백작과의 결투에서나 젊은 장교와의 다툼에서 모두 이상하리만큼 초인적인 인내성을 보여 준다. 그 인내는 관대함이 될 수도 있고 위기 상황을 지연시키는 악마적 복수욕이 될 수도 있다. 백작 역시 실비오와 결투 시 죽음을 불사할 정도의 오만과 가공할 만한 재력으로 군대에서 최고의 인기를 가진 자였다. 어떤 면에서 실비오와 백작은 둘 다 삶에 대한 냉소적인 경멸을 보여 주는 낭만적인 인물들이다. 죽음 앞에서도 느긋한 백작의 여유는 젊음의 치기 이상이었다. 다만 실비오가 가난하면서도 흥청망청 베푸는 낭만주의자이며 사람을 쏘지 못하는 악마라면, 백작은 귀족답게 행복을 구가하며 살아가는 낭만주의적 악마성의 소유자라는 점이 다를 뿐이다. 실비오와 백작 두 사람에게는 모두 악마의 침묵과 신비성이 내재되어 있다. 두 사람은 자존심의 대결을 벌이지만 궁극적으로는 인간의 약점과 한계성을 인정하게 된다. 실비오는 백작이 최고로 행복한 순간에 나타나 죽음의 저승사자 역할을 담당하고자 한다. 행복한 결혼 생활을 유지하던 백작은 실비오에게 초조하고 불안한 모습을 보이게 되고, 사랑하는 아내 앞에서 인간적 약점을 들키고 만다. 실비오는 행복 앞에서 불안과 초조함을 보인 백작의 인간적 약점에 미소를 짓는다. 악마적인 실비오는 죽음에 대한 공포는 행복의 순간에 일어난다는 사실을 알고 있었다. 독자들은 사격의 명수인 실비오의 낭만적이고 악마적인 복수를 기대했겠으나 실비오는 인간적 갈등을 느끼는 보통 사람이었을 뿐이다. 결투의 에피소드는 실비오의 실체가 드러나면서 독자의 기대와는 달리 낯설게 끝난다.

자연과 인간의 운명, 「눈보라」 자연은 인간의 삶에 커다란 영향을 미친다. 푸시킨이 묘사하는 자연은 소설 배경 이상의 독특한 특성을 갖는다. 그의 작품에서는 자연이 전경화되어 나타난다고 할 수 있다. 그는 자연을 역동적 존재로 묘사한다. 자연은 정태적인 배경이 아니라 역동적인 동작을 통해 작중인물들과 호흡을 같이한다. 특히 「눈보라」에서는 자연현상이라 생각할 수 있는 눈보라가 인간 운명의 조정자가 된다. 러시아 문학작품에서 겨울의 눈보라는 특히 인간 운명과 깊은 관계를 맺고 있는 경우가 많다. 예로 고골의 「외투」 속 주인공 아카키 아카키예비치는 눈보라 속에서 외투를 강탈당한 후 결국 죽게 되고, 톨스토이의 『안나 카레니나』에서 안나와 브론스키는 눈보라가 몰아치는 기차 위에서 불타오르는 사랑의 회오리를 맞게 된다. 러시아의 눈보라는 인간의 운명을 바꾸어 놓을 수 있을 정도의 힘을 가진 운명의 여신(Moira)이다. 환상소설 「눈보라」는 어느 겨울밤 결혼식장에서 신랑이 뒤바뀐다는 환상적이며 낭만적인 사랑에 관한 이야기이다.

이 작품은 우연과 운명이라는 전형적인 낭만주의적 사랑의 모티프를 사용하고 있다. 상대방의 정체성에 대한 착각과 오해를 중심으로 전개되는 사랑의 에피소드는 말도 안 되는 것처럼 보이기도 하나, 사실주의의 서술 방식은 분위기를 무겁게 한다. 신랑과 신부를 다시 만나게 하고 그들에게 운명의 아이러니를 느끼게 만든 것은 분명히 낭만주의적 유희이다. 이 작품에서 운명의 여신은 분명히 자연이다. 즉 운명이든 우연이든, 사건을 이끌어 가는 중요한 힘의 하나가 인간이 아니라 자연력인 눈보라이다. 러시아의 '블리자드(blizzard)'는 사람도 넘어뜨리는 강풍을 동반한 눈 폭풍으로 화이트아웃(whiteout) 현상을 불러일으켜 어디가 땅이고 어디가 하늘인지 구별할 수 없게 한다. 알지 못할 비밀스러운 힘의 충동에 이끌려 한밤중 심한 눈 폭풍 속으로 말을 달리게 한 부르민은 눈보라로 구체화된 운명의 도구이다. 부르민(Бурмин)이라는 이름은 '눈보라'를 의미하는 '부랴(буря)'에서 유래하였을 정도로 자연과 무관하지 않다.

부유한 집안의 딸 마리야 가브릴로브나와 가난한 육군 소위보 블라디미르는 연인 사이로 서로 편지를 주고받으며 영원한 사랑을 맹세했다. 그러나 마리야의 부모는 그들의 결혼을 허락하지 않았다. 마침내 마리야와 블라디미르는 어느 날 밤 교회에서 부모 몰래 결혼하기로 했다. 그들의 영웅적인 행동은 부모를 감동시킬 것이고, 부모는 결국 그들의 결혼을 인정해 주리라 생각했다. 그러나 마리야는 어두운 밤 교회 안의 흐릿한 불빛 아래 신랑으로 오인한 부르민과 결혼식을 마쳤다. 블라디미르는 눈보라 때문에 길을 잃고 이미 결혼식이 끝난 다음에야 교회에 도착했으나 교회는 이미 문이 닫혀 있었다. 눈보라 때문에 부르민과 마리야와 블라디미르의 운명이 바뀌게 된 것이었다. 마리야의 부모한테 평소 냉대를 받던 블라디미르는 마리야를 찾아가지 못하고, 자신을 잊어 달라는 최후의 편지만 남긴 채 부대로 돌아갔다. 마리야는 결혼식에서 뒤바뀐 신랑 문제로 열병을 앓고, 블라디미르는 1812년 대(對)나폴레옹 전쟁에서 전사하게 된다. 전쟁이 끝난 후 마리야는 막대한 재산의 상속녀로서 그녀 주위에는 구혼자들이 무리를 이루고 있었다. 그녀는 부상당한 경기병 대령 부르민을 사랑하고 있었다. 부르민은 마리야에게 과거 자신의 운명적인 결혼 에피소드를 들려준다. 그것은 눈보라 치던 날 우연히 교회에 들렀다가 신랑을 기다리던 가련한 처녀와 본의 아니게 결혼식을 올리게 된 사연이었다. 두 사람은 자기들 기억의 비밀 속에 감추어져 있던 신랑 신부였다. 운명의 힘은 다시 이들을 환상에서가 아니라 현실에서 실제로 결합하도록 만들었다.

이 작품에서 작가는 낭만주의 작품의 흔한 모티프인 운명과 초자연적인 힘을 사용했다. 마리야와 부르민의 성격 또한 운명의 힘과 더불어 그들을 이미 서로 짝지어진 청춘남녀로 만들었다. 부르민은 전혀 모르는 신부의 아름다운 얼굴을 보았을 때 낭만적 바람기를 느낀다. 낭만적 바람기는 마리야의 성격에도 있다. 죽은 블라디미르를 기리며 정절을 지키던 마리야가 부르민의 출현에 냉정함을 잃고 그의 마음을 얻기 위해 노력하는 것을 보면 그녀의 낭만적 성격을 추측할 수 있다. 마리야와 부르민의 사랑 이야기는 눈보라와 바람 그 자체와도 같은 사랑의 에피소드였다.

죽음의 무도회, 「장의사」 우리는 언제나 두 가지 세계 속에서 살아간다. 하나는 과학, 논리, 이성, 합리적 법칙을 신봉하며 사회적 활동으로 살아가는 깨어 있는 시간의 세계이고, 다른 하나는 잠이라는 베일 속에서 여전히 신비에 싸여 있는 모호한 꿈의 세계이다. 꿈의 세계에서는 환상적인 사건을 경험하며 과학이나 논리로는 도저히 설명되지 않는 별난 일들이 늘 일어난다. 푸시킨은 종종 꿈과 현실을 통해 환상의 실재성을 보여 준다. 꿈의 세계에서는 깨어 있을 때보다도 더 강렬한 감정이나 공상적인 통찰을 경험하는 경우가 많다. 꿈은 자기 자신과의 대화이다. 즉 정신의 의식층과 무의식층 사이에서 이루어지는 대화가 바로 꿈이다. 「장의사」는 꿈과 현실을 흥미롭게 대비시킨, 『벨킨 이야기』 가운데 가장 짧은 이야기이다. 이 작품에서 꿈은 단순히 현실과의 대비에 머무르지 않고, 잠재된 욕망이 모두 실현되는 현실의 지속이자 반영으로서 기능한다.

장의사 아드리안 프로호로프는 전부터 마음에 두고 있었던 누런 색깔의 작은 집을 마련하여 이사 가게 되었다. 새집은 전에 살던 오두막집처럼 잘 정돈되었다. 성상함, 찬장, 탁자, 소파, 그리고 침대들이 각각 안방에 제자리를 잡았고, 부엌과 손님방은 장의사가 만든 다양한 크기와 색깔의 관들과 장례용 모자와 망토로 잘 정돈되었다. 아드리안이 창가에 앉아 사모바르를 준비하고 있을 때 이웃에 사는 독일인 제화공이 찾아와 자신의 은혼식에 참석해 달라며 초대한다. 그 파티의 손님들은 주로 도시의 수공업자라 할 수 있는 장의사나 제화공 그리고 제빵공 같은 장인들이었고, 낮은 직위의 순경도 있었다. 망자들을 위해 건배하자는 순경 유르코의 제안에 기분을 망친 장의사 아드리안은 술에 잔뜩 취해 집으로 돌아온다. 그는 술김에 새집의 집들이에 망자들을 부르겠다는 말을 하게 된다. 장의사는 잠자리에 들자마자 코를 골기 시작한다. 꿈속에서 그는 자기 집 집들이에 참석하여 방 안을 가득 메운 망자들을 보고 놀란다. 망자들은 모두 현실 세계에서 장의사의 손님들이었다. 그들 가운데에는 얼마 전에 매장한 여단장, 누더기 차림의 가난뱅이, 여자 송장, 죽은 관리, 상인들, 그리고 퇴역 중사 등이 있었다. 퇴역 중사 쿠릴킨이 뼈뿐인 팔을 벌리고 아드리안을 포옹하려 했다. 아드리안이 비명을 지르면서 필사적으로 그를 떠밀자 그는 나자빠지면서 산산조각이 나 버렸다. 이 광경을 목격한 망자들은 분개하였고, 동료의 명예를 위해 욕설과 협박을 가하면서 아드리안에게 달려들었다. 아드리안은 망자들의 고함치는 소리에 정신을 잃고 퇴역 중사의 뼈 위에 쓰러져 기절한다. 마침내 꿈에서 깨어난 아드리안은 다시 기뻐하며 일상적 현실로 돌아간다.

플롯은 꿈과 현실의 절묘한 대비를 바탕으로 이루어진다. 꿈은 현실과 분리된 것이 아니라 현실의 지속이며 반영이다. 꿈은 항상 영적 공명(spiritual resonance)이 일어나는 경계선의 공간이다. 꿈에서는 산 자와 망자가 만나고, 현실 세계의 모순이 특별한 방식으로 용인된다. 장의사는 타인의 죽음으로 자신의 삶을 영위하는 직업이다. 즉 장의사는 고객들의 죽음 덕분에 살아간다는 역설이 아주 흥미롭다. 관 장사로 돈을 벌어 새집으로 이사한 장의사 아드리안은 삶과 죽음의 영역을 구별하지 못하는 인물이다. 그는 고객의 죽음을 기뻐하며 돈을 벌기 때문인지 늘 침울하게 살아간다. 망자들에게 관이 집인 것처럼, 새집은 아드리안에게 관과 같은 것이었다. 집은 폐쇄된 공간으로, 죽음의 공간이요 공포의 공간이기도 하다. 현실 공간에서 제화공의 은혼식에는 주로 이교도로 표현되는 독일인과 핀란드인이 손님으로 참석했고, 꿈이라는 환상 공간에서 이루어진 장의사의 집들이에는 주로 정교도 망자들이 참석했다. 망자들을 위한 집들이는 직업 모욕에 대한 복수이며, 성공한 상인으로서 고객에게 베푸는 사은 행사이기도 했다. 그러나 망자들의 집들이는 망자를 살해하는 사건으로 끝나게 된다. 집들이는 한바탕 스캔들로 끝나지만, 독자들은 삶과 죽음이 얼마나 근접해 있고 섞여 있는가를 알게 된다. 망자들의 파티인 죽음(좀비들)의 무도회에서 도망쳐 나온 장의사는 삶의 기쁨과 은혜를 깨닫게 되고, 삶이 얼마나 값진 것인가를 알게 된다. 타인의 죽음으로 자신의 삶을 살아가는 인물인 장의사는 삶과 죽음의 경계선에 서 있는 존재라 할 수 있다. 장의사 아드리안에게 삶의 의미는 언제나 죽음과 맞닿아 있다. 그는 타자의 죽음을 통해 삶의 현실과 고마움을 알게 된다.

사랑과 희생, 「역참지기」 인간은 누구나 서로 사랑하면서 행복을 누리고 싶어 한다. 사랑과 행복의 문제는 사람마다 입장과 여건의 차이가 너무 크기 때문에 일반화시켜 말할 수 있는 것이 못 된다. 우리는 살아가면서 만인의 행복을 원하지만, 우리 사회는 행복을 고르게 분배하지 않는다. 한 사람의 행복은 다른 사람의 고통과 불행이 될 수 있다. 사랑의 고통과 행복이 가족의 문제가 되었을 때 우리는 어떻게 행동할까. 사람들은 삶에 늘 속아 살지만 삶을 사랑하지 않을 수 없다. 「역참지기」는 사랑하는 딸 두냐를 둔 14등관의 말단 관리인 늙은 역참지기 삼손 브이린의 불행과 파멸에 관한 이야기이다.

늙은 삼손은 14살의 어린 딸 두냐와 함께 살고 있다. 그는 역원으로서 여행객들에게 인간쓰레기 취급을 당하기도 하지만 밝고 명랑하게 살아가는 딸에게 의지하며 그 나름대로 행복한 생활을 한다. 두냐는 모든 여행객의 사랑을 받는 명랑한 성격의 소녀다. 그녀는 화가 난 여행자들을 능수능란하게 다룰 줄 알고 애교가 철철 넘치기 때문에 모든 사람이 그녀를 좋아한다. 그러던 어느 날 젊고 부유한 기병 사관 민스키가 나타나면서 아버지와 딸의 작은 행복은 깨진다. 민스키는 어린 두냐를 보자마자 연정을 느끼고 꾀병으로 그녀의 환심을 산 뒤에 그녀와 함께 페테르부르크로 달아난다. 딸을 잃어버린, 아니 늑대 민스키에게 딸을 빼앗긴 역참지기는 온갖 공상을 하며 딸을 찾아 헤맨다. 페테르부르크에서 역참지기는 마침내 민스키의 저택을 찾아내고 그와 함께 행복하게 살아가는 딸의 모습을 본다. 사랑과 행복을 다짐하는 민스키의 약속에도 불구하고 역참지기는 딸의 앞날을 파멸과 연관지어 생각할 뿐이다. 집으로 돌아온 역참지기는 불행하게 살다가 초라하게 죽는다.

이 소설은 아버지와 딸 중 누구의 관점에서 생각하느냐에 따라 평가와 입장이 다양하게 나타난다. 우스펜스키의 비평 이론을 적용하면, 푸시킨의 구조 시학은 다면적 시점의 문제가 특징적이라 할 수 있다. 푸시킨은 다양한 시점에서 다층적으로 인물이나 사건을 평가하고 있다. 즉 푸시킨 소설 시학의 특징은 등장인물을 다면적 성격화로 조명한다는 점이다.

첫째로 전통적인 비평가들의 입장은 가난한 말단 관리의 삶에 초점을 맞추고 있다. 화자에 말에 따르면 그는 불쌍한 아버지요, 수난을 받는 역참지기요, 가정과 사회에서 소외된 불행한 인간이다. 역참지기의 불행과 죽음은 사회적 억압과 가난 때문이었다. 그는 자기 딸이 타락하여 페테르부르크를 쏘다니는 모습을 상상하며 차라리 딸이 죽어 버리기를 원한다. 사회적 상황이 한 인간을 불행으로 몰고 갔다고 할 수 있다. 역참지기는 러시아 문학사에서 자주 소개되는 소시민, 즉 '작은 인간'이다.

둘째로 삶의 의미를 찾기 위한 투쟁의 관점에서 볼 때, 아버지로서의 무능과 현실 인식 능력의 부족이 역참지기를 불행으로 몰고 갔다는 입장이다. 역참지기는 현실을 부정적으로만 생각하는 인물이다. 그는 의식적으로 자기 딸과 민스키가 사랑하고 있다는 현실을 인정하려 하지 않는다. 그는 아버지로서 언제나 딸의 보호자요 감시자일 뿐 딸의 행복을 인정하지 않았고, 딸을 이기적으로 사랑할 줄만 알았다. 그는 딸의 진정한 행복을 위한 자기희생 정신이 부족했다. 그는 달아난 딸을 용서할 수도, 그녀의 행복을 인정할 수도 없었기 때문에 더욱 불행한 인물이 된다. 이기적인 아버지가 딸의 독립을 방해하는, 사춘기 소녀의 이야기로 볼 수도 있다. 자립은 사춘기의 전형적인 문제이고, 딸이 옛날이야기의 왕자와도 같은 민스키를 만남으로써 이 사춘기의 전형적인 문제를 행복하게 해결한다. 아버지는 이 문제를 외적인 사회 문제로 생각하지만, 심리적으로는 아버지의 분리불안 문제라고 할 수 있다. 역참지기는 분리불안에서 벗어나지 못하고 딸에게 끝까지 집착하다가 존재의 불안과 어려움을 겪으며, 고독감과 소외감 등의 자포자기적 감정에 휘말려 죽게 된다.

셋째로 두냐를 상황 판단이 빠르고 독립성이 강한 인물로 볼 수 있다. 그녀는 유혹자 민스키의 청을 받아들여 영원히 반복될 가난과 수난의 굴레에서 벗어나 자기의 행복을 찾는다. 모든 일에서 판단력이 부족한 아버지에 비해 그녀는 눈치가 빠르고 상황에 대처하는 능력이 뛰어나다. 두냐는 성격이나 행동에서 대도시의 사교계 삶에 어울리는 인물로 그려지고 있다. 삶을 긍정적으로 보는 두냐의 미래는 밝다고 할 수 있다. 민스키 역시 난폭한 성격의 간교한 늑대로 부각될 수 있으나, 두냐를 쾌락의 대상으로만 여기지 않고 유혹자에서 구원자로 변신했다. 여기서 두냐는 부조화적인 요소까지 포함하여 다면적인 성격화를 가능하게 하는 인물이다.

이 소설은 『벨킨 이야기』 가운데 가장 잘 알려진 작품이다. 여행자인 화자의 입을 통해 전달되는 말만으로는 이 작품의 진정한 함축의미와 중요성을 파악하기 힘들다. 화자와 작가의 시각(시점)에는 커다란 차이가 난다. 화자가 너무 관습적이고 감상주의적인 서술자의 시각을 유지하는 반면, 작가는 낭만주의적이면서도 사실주의적인 시각으로 현실을 냉엄하게 바라보고 있다. 그러므로 푸시킨의 구조 시학을 이해하기 위해서는 화자와 작가, 그리고 등장인물의 시점을 모두 파악하여 다면적(다층적) 시점으로 작품을 파악해야 한다.

러시아식 사랑 이야기, 「귀족 아가씨-농사꾼 처녀」 인생의 묘미는 비극이 희극으로 전환될 때 생겨난다. 이 소설은 귀족 아가씨가 농사꾼 처녀로 변장하여 이웃 마을의 지주 아들과 사랑하고 결혼한다는 이야기이다. 흥미로운 것은 대립적인 두 귀족 집안의 아들과 딸이 서로 사랑을 한다는 사실이다.

어느 지방에 서로 사이가 좋지 않은 앙숙 관계의 두 지주 집안이 있었다. 한 지주는 러시아식을 좋아하는 이반 베레스토프로서 그는 농촌으로 귀향하여 영지를 직접 관리하고 공장을 경영해 부자가 된 사람이었다. 오만한 성격이 흠이라고 할 수 있지만, 이웃 지주들은 그를 좋아하는 편이었다. 그는 러시아의 생활 풍습과 러시아식 경영을 좋아했고, 모든 것을 러시아식으로 해결하고자 했다. 이반은 전형적인 러시아식의 인물이다. 그러나 그와 사이가 좋지 않은 그리고리 무롬스키는 진짜 귀족의 후예로서 재산 대부분을 모스크바에서 탕진하고 홀아비가 되어 시골 영지로 귀향한 지주였다. 시골 영지에다 영국식 정원을 만들고 영국인 가정교사에게 딸을 맡겨 교육하며, 마부들에게는 영국식 경마 기수의 복장을 입힐 정도로 영국 중독자였다. 그리고리는 전형적인 외국식(영국식) 인물이다.

두 지주는 사사건건 대립하고 서로 비난하는 관계였기 때문에 서로와의 만남을 회피할 정도였다. 공교롭게도 두 지주에게는 각각 훌륭한 외아들과 멋진 외동딸이 있었다. 마침 베레스토프의 아들 알렉세이가 시골집으로 돌아왔다. 젊은 청년 알렉세이는 신분을 초월하여 사람을 인격적으로 대우해주는 훌륭한 청년이자 사교적인 성격에 사냥을 좋아하는 활달한 미남이라 시골 처녀들에게 인기가 좋았다. 무롬스키의 딸 리자는 개성이 강한 열일곱 살 처녀로서 공상 많고 호기심 많은 가무잡잡한 얼굴의 미녀이다. 말괄량이 아가씨 리자는 치밀한 계획으로 알렉세이를 유혹한다. 그녀는 루바시카와 사라판을 입은 농촌 아가씨로 변장하여 알렉세이가 자주 가는 사냥터 길목에서 버섯을 따는 척하며 그를 기다린다. 리자는 이름을 아쿨리나로 속이고 알렉세이와 데이트를 즐긴다. 알렉세이는 순수하며 매력적인 아쿨리나와 사랑에 빠져 진실한 정열의 언어로 이야기한다.

두 사람 다 현재의 사랑에 취해 장래에 대해서는 거의 생각하지 않는다. 그러던 중 갑자기 두 집안의 관계에 중대한 사건이 벌어진다. 어느 날 아침 이반은 사냥을 나갔다가 우연히 꼬리가 짧은 암말을 타고 사냥 나온 그리고리를 만나게 된다. 그런데 사냥 경험이 없던 그리고리의 겁 많은 말이 사고를 치는 바람에 그는 말에서 떨어져 타박상을 입는다. 이 광경을 목격한 이반은 그리고리를 도와준다. 이 일로 두 사람은 화해하고 사이가 갑자기 좋아지게 된다. 양쪽 집안은 이제 서로 저녁 식사를 함께할 정도가 되었고 두 사람의 관계는 우정으로 발전했다. 그리하여 두 사람은 자기의 아들과 딸을 서로 결혼시키고자 한다. 그러나 알렉세이는 멋진 농촌 아가씨 아쿨리나와의 약속 때문에 고민하게 된다. 그는 그리고리에게 결혼을 할 수 없는 이유를 해명하기 위해 그의 집을 방문하고 거기서 리자, 아니 사랑하는 아쿨리나를 만나게 된다. 그는 리자가 곧 아쿨리나임을 알게 되고 소설은 두 사람이 기뻐하는 것으로 끝난다.

이 소설의 첫 부분을 읽을 때 독자들은 두 집안의 전형적인 낭만주의적 비극을 예상하게 된다. 그러나 사랑하는 청춘남녀가 부모들의 앙숙 관계 때문에 비극적으로 헤어지는 기존 낭만주의 작품의 전형적인 사건 구조와는 달리, 이 소설에서 부모들의 적대 관계와 자식들의 사랑은 해피엔딩으로 끝난다. 작가는 뒤집기(반전)와 모순어법을 사용하여 흥미를 유발하고 있다. 이 작품에서는 이야기가 독자의 기대를 뒤집어 비극적 갈등이 웃음으로 끝나고, 부유한 귀족 신분에도 불구하고 노동으로 살 수 있으며, 농사꾼 처녀와도 결혼할 수 있고 앙숙도 친구가 될 수 있다. 또 복잡한 갈등이 간단한 일에서 해결되기 때문에 기존의 문학 전통이 곧잘 뒤집어진다.

이 작품은 '귀족 아가씨-농사꾼 처녀'라는 제목에서부터 모순어법을 사용하고 있다. 인간 사회에서 대립이 화합과 합일로 끝날 가능성을 이 제목은 함축하고 있다. 인물들의 이름도 기존의 캐릭토님 성격과는 반대되는 현상을 보여 준다. 카람진의 리자는 불행한 운명의 수동적인 소녀인데, 반대로 푸시킨의 리자는 행복한 운명의 능동적인 아가씨이다. 리자의 아버지는 영국 중독자인데도 불구하고 무롬 지방의 사람이라는 함축의미가 있는 무롬스키라는 성을 지니고 있고, 알렉세이의 아버지 베레스토프는 일종의 쇼비니스트적 성격의 소유자로서 외국 혐오주의자인데, 그 성은 아주 이국적 분위기를 풍긴다. 알렉세이가 주변 사람들과의 사귐에서 귀족과 평민을 구별하지 않고 동등한 인격체로 대우해 주고 같이 놀 때, 그의 성격과 행동은 종종 전형적인 귀족에서 벗어난 것이다. 리자가 사랑하는 사람은 시골 처녀들을 유혹하여 욕심만을 채우는 유혹자가 아니라 여자의 꽁무니를 좇아다니지만 순수한 장난기 많은 젊은이요, 아버지의 명에 따르지 않는 반항적인 성격의 인물이다. 알렉세이가 사랑하는 리자도 귀족 아가씨로서 농사꾼 처녀의 역을 감쪽같이 수행하는 인물이다. 이 작품에서는 대립 가능한 모든 것들이 화합과 통일의 함축의미가 있다.

3. 사랑의 문법: 푸시킨의 『예브게니 오네긴』

예나 지금이나 시공을 초월해 가장 흥미로운 주제 가운데 하나는 사랑이다. 사랑은 남녀의 만남에서 시작되며, 기쁨과 고통으로 빚어지는 이중주라 할 수 있다. 그러나 사랑하는 사람을 만났다가 헤어지는 것은 짧은 기쁨에서 긴 고통으로의 여행과 같다. 사랑의 상처는 세월이 흘러 없어지는 게 아니라 새 사랑을 맞아 대체되는 것이다. 진정한 사랑으로 이어지는 만남이란 어떤 만남일까? 사랑하는 사람들은 마치 줄다리기를 하듯이 밀고 당기며 참을 수 없는 정신적 고통의 용광로를 거치게 된다. 사랑은 씻어 낼 수 없는 추억을 만들고 이별의 아픔을 통해 인간 성숙의 계기를 마련해 준다. 사랑은 삶의 힘이요, 삶의 가장 중요한 가치이다. 푸시킨의 『예브게니 오네긴』은 두 청춘남녀 오네긴과 타티야나의 만남과 이별을 통해 독선이나 아집과 구별되는 진정한 사랑이 무엇인가를 찾고 있다.

운문소설 푸시킨의 『예브게니 오네긴』은 8장으로 된 '시로 된 소설(운문소설)'이다. 이 소설의 작품 경향에 대해서는 두 가지 견해가 공존한다. 하나는 낭만주의 관점에서의 해석이요, 다른 하나는 사실주의 관점에서의 해석이다. 낭만주의 소설이라는 평가는 이 작품을 쓰게 된 동기와 바이런적인 주인공의 행동에서 유래된다. 처음에 작가는 바이런의 대표적인 낭만주의 작품 『돈 주안』 같은 장시를 쓰고자 했다. 푸시킨 소설의 바이런적인 주인공은 전통적인 사회적 규약에 오만하게 도전하는 반항아이며, 무의미하게 보이는 세계에서 자기 나름대로 독창적인 삶을 열망하는 유형자 또는 추방자이다. 주인공은 비상한 능력이 있는 개인주의자로서 파괴적인 행동으로 여러 가지 죄악에 빠지게 된다. 그리하여 그는 홀로 방황하며 자기 속에 있는 악마적인 자기 파괴성을 씻어 내고자 한다. 그의 도덕적인 죄에도 불구하고 그는 잉여인간으로서 여전히 동정심을 자아낸다. 사실주의 소설이라는 관점은 이 소설이 바이런의 작품과는 전혀 다른 유형의 작품이라는 것이다. 문학비평가 비사리온 벨린스키는 『예브게니 오네긴』이 '러시아적 생활의 백과사전'이라고 말했다. 이 작품은 무엇보다도 러시아 사회와 민중들의 삶을 다양하고 진실되게 반영한 작품이라는 것이다. 특히 주인공은 어디 진공 상태에서 생겨난 인물이 아니라 사회적 산물이며, 그리하여 이 작품은 러시아의 구체적인 현실을 있는 그대로 객관적으로 보여 주었다는 것이다. 이 소설에 대한 두 가지 관점인 낭만주의 관점이나 사실주의 관점 모두 그 나름대로 타당성을 지닌다. 그러나 각각의 관점마다 그 나름의 한계점도 있다. 문학작품은 단 하나의 의미만 있는 것이 아니라 다양한 의미가 있기 때문에 총체적으로 이해하는 것이 더 좋다.

『예브게니 오네긴』은 연애소설로, 성장소설로, 사회소설로, 시대소설로, 교훈소설로, 패러디 소설로, '소설에 대한 소설'로 독자의 취향에 따라 다양하게 읽을 수 있다. 푸시킨은 처음부터 『예브게니 오네긴』을 '시로 쓴 소설'로 규정했다.[4] 소설 텍스트의 1장 60연에서 "주인공의 이름과 형식은 이미 정해졌고"라고 말할 때, 푸시킨은 이미 가장 주요한 형식을 규정했다. 당시 러시아 문학은 시의 시대였고, 산문소설은 서구로부터 막 유입되어 유행하기 시작하던 단계였다. '시로 쓴 소설'이라는 표현은 시에서 소설로 이행 중

4 『예브게니 오네긴』의 지배적인 시 형식은 4음보 약강격 운율과 고정된 각운 패턴의 14행 소네트 형식[일명 '오네긴 연(聯)'으로 통칭]이다. 이 운문소설(роман в стихах)은 5,500행의 시구, 8개의 장을 가지며 각 장은 40-60개의 연으로 구성되어 있다.

소콜로프, 〈오네긴과 타티야나〉

인 성장 진행형 문학에 대한 표식으로, 이러한 과도기에 내재된 역동성과 혼돈을 푸시킨은 뚜렷이 의식했던 것으로 보인다.[5] 그가 친구에게 보내는 편지에서 '시로 된 소설'을 쓰고 있다고 밝힌 것으로 보아 이 소설의 특이한 형식에 상당히 신경을 쓰고 있었음을 알 수 있다. 이 운문소설은 푸시킨의 서사적 재능이 시적 형식으로 표현된 작품이다. '시로 쓴 소설'이라는 작품의 부제는 다양한 함축의미를 담고 있다. 시의 몰락을 예감한 푸시킨이 과거의 문학 장르인 시에 작별을 고하고, 미래의 문학 장르인 소설을 환영하는 비유가 함축되어 있다.

평론가들의 평가 주인공 오네긴의 이름 어원을 오네가 호수에서 찾은 비평가 벨린스키는 오네긴을 교육과 사교계의 생활에 지쳐 버린 인물로 평가했다. 게르첸은 오네긴을 "미소를 띠고 인생에 첫발을 내딛은 뒤, 점점 음울해지고 공허감에 사로잡혀 아무런 흔적이나 사상도 남기지 못한 채 사라져 버린 존재"로 규정했다. 도브롤류보프는 「오블로모프시나란 무엇인가」라는 논문에서 오네긴을 러시아 문학에 나타나기 시작한 대표적인 잉여인간으로 자리매김시켰다. 알렉산드르 1세의 치세 기간에 오네긴은 진보적 세계관을 지니고 있으나 사회에서 할 일을 찾지 못한, 시대의 뛰어난 인물의 전형으로 묘사된다. 오네긴은 시대에 대한 작가의 낙관주의를 보여 주는 대표적인 인

5 김진영, 「애도의 문학, 위안의 문학: 푸슈킨의 『예브게니 오네긴』에 대하여」, 정영미 엮음, 『근원과 풍경에 대한 사유』, 연세대학교출판부, 2011, 171쪽.

물이라 할 수 있다.

고골은 『예브게니 오네긴』을 '러시아 영혼의 가장 탁월한 표현'이라고 했고, 나보코프는 '언어가 보여 줄 수 있는 최고의 시적 멜로디'라고 극찬했다. 문학이론가 시클롭스키는 『예브게니 오네긴』을 가리켜 '문학의 패러디이자 패러디문학'이라고 했다. 알다시피 패러디란 다른 사람의 작품을 여러 가지 의도에서 우스꽝스럽게 개작하는 것을 말한다. 이 작품은 서구에서 들어온 모든 문학의 요소들을 패러디했다. 푸시킨은 문화적인 정체성을 위해 주인공을 패러디 인물로 설정했다. 도스토옙스키는 푸시킨의 작품 세계를 '모든 것을 포용하는 보편성'으로 설명했다. 그의 보편성에는 다양한 문학사조(고전주의, 낭만주의, 그리고 사실주의)를 수용하는 힘뿐만 아니라 러시아적인 것과 외래적인 것의 절묘한 혼합이 들어 있다.

삶의 백과사전 『예브게니 오네긴』은 1823년부터 1831년까지 약 8년에 걸쳐 완성된 푸시킨의 대표적인 작품이다. 19세기 귀족사회를 배경으로 마치 밀고 당기는 댄스를 하듯이 사랑과 거절을 주고받으며, 당대의 문학, 역사, 철학, 사회상에 대한 온갖 논평과 경험담을 곁들인 작품이다. 러시아 수도 페테르부르크의 귀족 사교계와 한적한 시골, 그리고 다시 화려한 도시 모스크바로 작품의 배경을 이동시키면서 19세기 초 러시아인들의 일상생활[6]과 다양한 삶을 보여 주는 이 작품은 러시아 문화의 백과사전이라 할 수 있다.

작품의 기본적인 줄거리는 네바강 가에서 태어난 귀족 청년 예브게니 오네긴과 시골 마을의 순박한 처녀 타티야나의 어긋난 사랑 이야기이다. 운명적으로 만났다 헤어지는 이 비극적 사랑 이야기는 두 청춘남녀가 시대가 주는 아픔과 고통을 겪으며 어떻게 자기의 길을 걸어가는가를 잘 보여 준다.

이 소설의 전반부에는 순박한 시골 처녀 타티야나의 실연 이야기가 소개

6 일상생활(быт)은 의식주(물질적이고 구체적인 삶)와 정신적인 삶을 합친 총체라 할 수 있다.

되고, 후반부에는 오네긴이 겪는 사랑의 좌절과 실패 이야기가 전개된다. 오네긴은 귀족 출신으로 프랑스인과 독일인 가정교사로부터 교육을 받으며 가식과 위선으로 가득 찬 귀족사회에서 성장한다. 그는 페테르부르크 상류사회의 사교계를 드나들며 호화로운 생활을 한다. 아침부터 오네긴은 저녁에는 어디로 갈까 궁리하느라 정신이 없다. 오락과 사치를 즐기는 사교계의 신사 오네긴은 점심에 식사하면서 무도회의 초대장을 천천히 읽는다. 어떤 날에는 세 집으로부터 동시에 초대장을 받기도 한다. 하나는 무도회, 다른 하나는 생일 파티, 그리고 마지막은 연회의 초대장이다. 낮에는 레스토랑에서 밤에는 무도회에서 시간을 보내는 오네긴은 상류사회의 일상성에서 벗어나지 못한 채 무료함과 권태를 느끼며 살아간다. 마침내 그는 삶에 지친 바이런주의자의 흉내를 내고 주변 사회에 환멸을 느낀다. 사교계에서 그가 만나거나 교제하는 사람들은 하나같이 인간의 본질적인 순수를 추구하기보다는 유럽의 새로운 유행만을 좇고 감각적인 사랑에 몰두하며 물질적으로나 정신적으로나 허영에 들떠 있는 타락한 인물들뿐이다. 겉보기에 화려하지만, 정신적으로 병들어 있는 그들의 사랑에는 진정한 애정과 열정이 없다.

도시 사교계의 생활에 환멸을 느끼고 있을 때, 오네긴은 아저씨로부터 시골 영지를 상속받게 된다. 오네긴은 자신의 영지에서 여름을 보내기 위해 시골에 내려온다. 첫 몇 주 동안에는 새로운 농업 경영법을 도입하고 농노들의 부담을 줄여 주기 위해 여러 가지로 시도해 본다. 그러나 도시의 화려한 사교계 생활도, 농노를 거느린 바쁜 지주 생활도 그에게 싫증 나고 재미없기는 마찬가지이다. 그러던 차에 그는 타티야나와 올가라는 두 딸을 가진 이웃의 라린 가족과 독일에서 온 지 얼마 안 된 젊은 지주 블라디미르 렌스키를 사귀게 된다. 타티야나는 지적이며 생각이 깊은 시적인 소녀로서 무의미한 생활보다는 무언가 더 나은 삶을 향한 열망을 가슴속 깊이 간직한 매력적인 처녀다. 그녀는 오네긴을 보자마자 깊은 인상을 받고 사랑을 느낀다.

사랑은 홍역과 같이 그녀에게 갑자기 들이닥친 것이다. 그녀의 사랑은 도시풍의 가식적이고 경박한 사랑과는 전혀 다르다. 오히려 그것이 그녀에겐 불행이었다. 마침내 그녀는 오네긴에게 장문의 편지로 사랑을 고백하기에 이른다.[7] 그러나 상류사회의 사교계에 젖어 있던 오네긴은 시골 처녀의 순수한 사랑이 얼마나 진실되며 가치가 있는지 모른다. 그녀의 순수한 사랑 고백에는 아무런 관심도 없다. 오히려 그는 어른이 아이를 다루듯 훈계와 설교조로 시골 처녀를 달래며 자신은 결혼에 아무런 흥미를 느끼지 못한다고 말한다. 며칠 후 타티야나의 여동생 올가의 명명일[8]에 초대받은 오네긴은 자신을 보고 당황하는 타티야나를 보게 된다. 시골 파티에서의 권태와 무료함을 달래기 위해 오네긴은 렌스키의 약혼자인 올가에게 접근하여 추근거리기 시작한다. 올가가 사교계의 탕아 오네긴에게 매력을 느끼게 되자, 렌스키는 모욕을 느끼고 질투와 분노로 어쩔 줄 모른다. 마침내 이상적이고 감상적인 낭만주의자 렌스키는 자신과 약혼녀의 명예를 지키기 위하여 오네긴에게 결투를 신청한다. 당시 서구의 귀족들과 마찬가지로 러시아 귀족들에게도 명예는 가장 중요한 가치였다. 그들의 삶에서 명예는 다른 어떤 가치 기준보다도 우월한 당위성과 우선권을 갖는 것이었다. 오네긴은 결투에서 자기의 친구인 렌스키를 살해하고 만다. 렌스키의 죽음은 오네긴뿐만 아니라 시골의 모든 사람에게 충격적인 사건이었다. 오네긴은 친구의 초라

7 편지는 그 자체로 문학이라 할 수 있다. 편지가 지닌 문학성은 아주 독특하다. 단 한 명의 독자를 위해 쓴 가장 정직하고 열정적인 문학이다. 쓴 시기의 감정 상태와 갈등구조가 그대로 드러난다. 특히 연애편지는 타티야나 삶의 가장 황홀한 순간의 기억이다. 오네긴도 타티야나의 편지에 대한 기억을 간직한 채 그녀를 찾아가 옛 기억을 되살리며 사랑 고백을 하게 된다.

8 '명명일'은 이름을 받은 날을 기념하여 축하하는 날이다. 제정러시아는 러시아 정교회를 국교로 인정하였으므로, 모든 신생아는 정교회 성당에 가서 세례명을 받았다. 그리고 그 세례명과 같은 이름의 성자의 제일을 명명일(영명축일)이라 하여 매년 생일처럼 특별히 기념했다.

한 묘지를 찾은 후 시골 영지를 떠난다. 작가는 렌스키의 “잡초만 무성한 무덤”을 소개하며 그의 죽음의 무가치성을 비유적으로 표현했다. 젊은 낭만주의자는 사랑이 영원하리라 생각했다. 처음에 슬퍼해 주는 듯했던 올가는 창기병을 사랑하여 시집간다.

오네긴이 떠난 후 짝사랑으로 고통의 나날을 보내던 타티야나는 사랑하는 귀족 청년 오네긴의 서재에 들러 그가 읽었던 책을 보고 막연하게나마 낭만주의에 물든 오네긴이 어떤 인물인지 그 실체를 느끼게 된다. 그녀는 자신이 잠시 사랑에 빠졌던 인물은 진실한 인물이 아니라 허구적이며 피상적인 서구문화의 패러디(모방)[9]라는 것을 깨닫는다. 그 후 타티야나는 어머니의 설득에 못 이겨 모스크바로 떠난다. 그녀는 이 화려한 도시에서 나폴레옹 전쟁의 영웅인 훌륭한 늙은 장군에게 시집을 가게 된다. 페테르부르크에서 결혼 생활을 시작한 타티야나는 궁중 사교계에서 아름답고 고상한 매력을 지닌 귀족 부인으로 두각을 나타낸다. 오랜 세월이 지난 후 페테르부르크에 다시 나타난 오네긴은 사교계의 여왕으로 군림하는 옛날의 시골 처녀 타티야나를 알아보지 못한다. 그는 한눈에 반한 나머지 그녀에게 구애의 편지를 수없이 보낸다. 이제 그들은 운명적으로 서로의 위치가 뒤바뀐 것이다. 이번에는 오네긴이 타티야나에게 열렬한 사랑의 편지를 보낸다. 마침내 타티야나는 자신을 직접 만나러 온 오네긴에게 과거의 일을 회상시켜 주며 따끔한 훈계와 설교를 들려준다. 사실 타티야나 역시 오랜 세월 동안 오네긴을 사모해 왔으나 현재 장군의 아내로서 과거 감정의 노예가 될 수 없다고

9 패러디란 한 작가의 말이나 사상이나 문체를 약간 변형함으로써 새로운 목적이나 엉뚱한 주제에 적용하는 것 또는 문체의 특징을 우스꽝스럽게 보이도록 모방하거나 과장하는 것으로 정의된다. 패러디는 말장난이나 인유처럼 두 개의 다른 평면 사이에 작용하는 긴장을 이용한다. 즉 작품의 현시적 평면 아래에 흉내의 모델이 되는 기존 작품의 평면이 존재하며 이것이 단어나 구에 그치지 않고 상당한 길이로 연장되면서 설화적 단위로 다루어질 때 패러디가 나오게 된다.

말한다. "그렇게 저는 결혼했어요. 진심으로 부탁하는데, 제 곁을 떠나 주세요. 당신의 가슴속에 자존심과 강직한 명예심도 있다는 것을 잘 알아요. … 그러나 저는 다른 남자에게 속한 몸, 영원히 그에게 충실할 겁니다." 여기서 그녀는 남편과 자신의 명예를 지키기 위하여 오네긴의 사랑을 단호하게 거절하는 정숙한 여인의 모습을 보여 주고 있다. 뒤늦게 찾아온 사랑했던 사람을 떠나보내는 타티야나의 모습에서 사랑의 의미가 무엇인지 되새기게 된다. 오네긴과 타티야나의 사랑은 "시간의 마디가 어긋나 있다"라는 『햄릿』의 대사를 연상시킨다.

인간의 유형 이 작품에서 작가는 대비되는 두 인간의 유형을 제시하고 있다. 하나는 부정적인 형상의 남자 주인공 오네긴이고 다른 하나는 긍정적인 형상의 여자 주인공 타티야나이다. 작가는 오네긴을 통하여 그 당시 귀족 가문의 젊은이들이 취하는 일반적인 삶의 태도를 묘사하고 있다. 오네긴은 19세기 러시아 문학에 자주 등장하는 잉여인간의 대표적인 인물이라 할 수 있다. 잉여인간이란 귀족으로 태어나 좋은 교육을 받았으나 사회에 적응하지 못하고 방황하는 인물이라 할 수 있다.[10] 잉여인간은 고뇌하는 이기주의자이며 개인적으로 볼 때 영리하지만 사회적으로는 불필요한 존재이다. 잉여인간으로서의 오네긴은 항상 불안과 회의, 그리고 권태에 젖어 방탕한 생활을 즐긴다. 그는 조국의 현실에 대해 아무것도 느끼지 못한다. 그의 눈에 비친 이 세계란 도시의 떠들썩함에서 느껴지는 환멸의 공간이요, 시골이

10 '잉여인간'은 훌륭한 교육을 받고 사회정치 문제에 날카로운 비판 정신을 가졌으나, 실제 현실에서는 권태와 무기력 속에 살면서 인생을 허비하는 인간이다. '잉여인간'의 계보는 그리보예도프의 차츠키, 푸시킨의 오네긴, 곤차로프의 오블로모프, 그리고 투르게네프의 바자로프 등으로 계승된다. '잉여인간'은 '작은 인간'과 더불어 19세기 사실주의 문학의 대표적인 인간형으로 분류된다. '잉여인간'을 이해하는 데 소설가 아널드 베넷의 말이 도움이 된다. "진정한 비극의 주인공은 살면서 일생일대의 분투를 준비하지 않는 사람, 자기 능력을 발휘하지 않는 사람, 자신의 한계에 맞서지 않는 사람이다."

란 무료함에 길들여진 권태의 장소였다. 그는 사회를 위해 무엇을 해야 할지 모르고, 자기 집에서도 마치 손님으로 와 있는 기분으로 살아간다. 봉건적 예속에 얽매여 헤어 나오지 못하는 조국 러시아를 보면서도 무능한 이방인처럼 현실을 살아가는 오네긴의 형상 속에는 미래가 보이지 않는 러시아 귀족 청년들의 불안과 고뇌가 그대로 반영되어 나타난다. 그는 책을 비롯한 그 무엇에서도 자신이 갈구하는 바를 얻을 수 없게 되자 허무와 무기력에 빠진다. 이 허무와 무기력은 삶에 대한 절망과 비관을 낳고, 이는 오네긴에게 자기 부정과 비하와 자책만을 증가시키고 그의 삐뚤어진 성격의 토대를 이룬다. 오네긴의 부정적인 성격은 사랑에서도 마찬가지이다. 그에게 주변의 여자란 환락과 유희의 대상일 뿐이다. 그의 열정이란 불길처럼 일어났다가 얼음처럼 순식간에 싸늘하게 식어 버리는 그런 것이었다. 그는 윤리적인 책임이나 죄책감을 느끼지 않았으며, 언제나 무책임하고 분별없는 감정의 과잉 상태만을 유지하고 살아간다. 사랑에는 막중한 책임이 따르는 것을 모르는 오네긴에게 사랑이란 유치한 장난과 같은 것이었다. 끝까지 성숙하거나 발전하지 못하는 인간으로서 오네긴은 미숙아일 뿐이다.

그러나 오네긴과는 대조적으로 여주인공 타티야나는 미래에 대한 낙관적 전망을 보여 주는 긍정적인 인물이다. 오네긴은 타티야나를 만나면서부터 그 자신의 무기력이 폭로되고 부정적인 이미지가 더욱 부각된다. 그녀는 오네긴과는 달리 자기의 현실 기반 위에 굳건히 서 있는 인물이다. 그녀는 오네긴보다 생각이 깊고 현명하다. 그녀의 현명함은 그녀가 서 있는 현실적인 기반에서 기인하며, 이는 바로 러시아 현실에 대한 올바른 인식에서 나온 것이다. 작가는 오네긴의 부정적인 이미지를 타티야나의 긍정적인 이미지와 대비시키면서 당시 러시아의 귀족을 비판하고 있다. 오네긴의 방황은 도덕성을 상실한 러시아의 방황이라 할 수 있다. 그는 주변의 모든 사람을 희생시켜 가며 자신의 순간적인 감정만을 만족시킨다. 조국의 현실은 그러한 젊은이들로 가득 차 있다는 것이다. 그러나 타티야나는 오네긴보다 도덕적으로 우월하다. 그녀는 상징적으로 방황하는 인간의 구원자이며 러시아의 구원자이다. 청춘남녀의 사랑도 순간적인 감정을 기반으로 하는 것이 아니라 합리적인 이성과 풍부한 감성이 결합된 감성적 이성 위에서 이루어져야 한다는 것이다.

오네긴의 삶이 부정적이고 정체된 미숙아(미성숙인)의 삶이라면, 여주인공 타티야나의 삶은 인간이 성숙해 가는 과정이라 할 수 있다. 1840년대 비평을 주도했던 벨린스키는 "푸시킨이 『예브게니 오네긴』의 타티야나의 모습을 통해 최초로 러시아 여성상을 구현해 냈다"라고 주장했다. 벨린스키에 따르면 푸시킨은 타티야나의 형상을 통해 '러시아의 정수'를 보여 주었고, '불꽃 같은 열정, 진실하고 순수한 감정의 진지함, 청아하고 신성하게 일어나는 고결한 정서'를 보여 주었다. 푸시킨은 이 모든 것이 그녀의 내면에 존재한다고 생각했다. 타티야나의 긍정적인 특성을 열거하면 다음과 같다.

첫째로 타티야나는 지혜로운 여인으로 성숙한다. 그녀는 원래 내성적이고 공상을 좋아하며 소설에 심취한, 별로 매력이 없는 촌스럽고 수수한 시골 소녀였다. 그러나 오네긴이 결투에서 렌스키를 죽이고 시골 영지를 떠날 무렵, 실연의 아픔을 경험한 그녀는 비약적으로 성숙하게 된다. 순수한 소녀의 상태에서 완전한 여인으로 변한 것이다. 촌스럽고 보잘것없던 아가씨가 뛰어난 기품과 이지적인 모습을 갖춘 여인, 즉 모스크바 사교계의 여왕으로 질적인 변화를 이룬다. 그녀는 장군 부인으로서 이제 자신의 감정을 완전히 절제할 줄 알고 현실에 대처해 나갈 수 있는 지혜로운 여인이 된다.

둘째로 타티야나는 정신적으로 건전하게 성숙해 가는 여성이다. 시골 마을에서 살았을 때 타티야나는 실연과 동생 올가의 불행이 가져다준 운명의 그늘에서 벗어나지 못했다. 그녀는 외국 연애소설의 탐독자로서 소설을 너무 많이 읽은 아가씨로 추정된다. 그녀는 소설 속 여주인공과의 자기 동일시에 빠져 있었다. 그때 그녀의 삶 속에는 오네긴이 가져다준 인생에 대한 회의와 냉소주의의 여운이 남아 있었다. 그러나 그녀는 어리숙한 소녀에서 삶의 현실과 양상을 이해하고 깨달아 가는 하나의 인간으로 성숙한다.

셋째로 타티야나는 사랑관(觀)에서도 성숙한 면모를 보여 준다. 그녀는 오네긴에 대한 열렬한 사랑과 참혹한 실연을 통해 아픈 만큼 성숙하게 된다. 타티야나의 사랑관 변화는 이 작품의 정점이라 할 수 있다. 시골에 살던 그녀는 어느 날 갑자기 들이닥친 사랑의 감정 때문에 놀라서 어쩔 줄 모르고 당황하는 어리고 순수한 소녀였다. 그녀는 사랑에 모든 것을 희생할 각오가 되어 있었다. 그러나 실연이라는 깊은 슬픔을 거쳐 거듭난 타티야나는 그전과는 달리 상당히 변화된 모습을 보여 준다. 마음 한구석에 불씨로 남아 있던 옛사랑이 갑자기 다시 등장한 재회의 순간에도 그녀는 태연한 모습을 보인다. 오네긴의 새삼스러운 구애에도 냉담하고 성숙한 모습을 드러낸다. 물론 그녀의 이러한 차가운 반응은 진심과는 거리가 있으며 마음 한구석에서는 지금도 여전히 그를 사랑하고 있다. 스쳐 지나간 사랑에도 우주만 한 큰 인연이 있는 것이 인간의 만남과 이별이기에 그녀의 가슴에는 옛사랑의 그림자가 드리워져 있었다. 박인환의 시 「세월이 가면」에 나오는 시행, "사랑은 가도, 옛날은 남는 것"과 같다. 그러나 그녀는 오네긴의 구애를 받아들여 오랫동안 원했던 사랑을 이루는 대신 그 사랑을 물리치고 남편과 자신의 명예를 지키는 쪽을 선택한다. 그녀는 이제 사랑만을 알던 소녀에서 사회의 윤리와 운명의 예정된 방향을 깨달을 정도의 어른으로 성숙한 것이다.

낭만이냐 윤리냐 『예브게니 오네긴』은 당시 사회의 독특한 분위기와 현실(귀족들의 일상생활)을 반영하면서, 서로 다른 운명과 이상을 가진 두 청춘남녀의 어긋난 사랑 이야기를 담고 있는 고전적인 이야기이다. 오네긴의 일생이 자기 파멸적이며 미성숙한 삶의 여로인 반면에 타티야나의 삶은 낙관적 전망과 도덕적 우월감을 보여 주는 성숙한 삶의 여로인 것이다. 소녀 시절의 사랑은 한 편의 시로 남을 수 있지만, 중년 여인의 사랑은 윤리와 철학으로 바뀐다는 사실을 타티야나는 경험으로 체득했다. 작가의 위대함은 비관적이며 무기력한 잉여인간의 초상으로서 오네긴을 그리면서도, 그 부정적 형상을 극복할 수 있는 대안으로 타티야나라는 인물 형상을 창조하여 러시아를 구원해 줄 수 있는 인물로 만들었다는 데에 있다. 러시아인들에게 그녀는 그 자체로 존재의 기쁨이자 긍정적 표현이다. 오네긴이 타락한 귀족사회의 상징적 초상인 반면에 타티야나는 혼탁한 세상 속에서 개인의 욕망보다는 도덕과 명예를 택한 진실한 여성으로서 러시아 미래를 상징한다고 할 수 있다. 두 젊은이가 겪는 애정의 문제는 현재를 살아가는 우리 젊은이들의 문제이기도 하다. 모순된 사회 속에서 고통과 불행을 경험하는 사람이 오네긴과 타티야나만은 아니었다. 그러나 타티야나는 불행을 행복으로 성숙시키는 지혜로운 여성으로 발전하는 반면에 오네긴은 인생이 주는 교훈에 둔감한 미성숙의 남성으로 남았다. 사회적 모순도 개인의 노력에 따라 타파될 수 있는 것이며, 인간의 성숙은 고통을 견딘 인내의 열매라 할 수 있다. 타티야나는 오늘날까지도 끝없는 연구 대상으로서 '불멸의 지평선'과 같은 여성이다. 타티야나와 오네긴의 관계는 러시아 애정소설의 모델이 되었다.

상실의 애가인가 위안인가 『예브게니 오네긴』은 지나가거나 사라져 가는 것들에 대한 회상을 불러일으킨다. "푸시킨은 모든 지나가 버린 것, 자기 것이 되기 전에 사라져 버린 것, 다시 돌아오지 않는 것을 향한 한 편의 긴 애가와 같다."[11] 이 소설은 사라진 극장의 미녀들, 사라진 젊은 날의 행복, 사라진 그녀, 사라진 사랑, 사라진 유행과 취향과 꿈, 사라진 과거의 슬픔 등을 열거하고 있다. 모든 사라지는 것들에 대한 슬픔을 다음과 같이 노래한다.

이제 다른 욕망의 목소리를 들었으며

11 김진영, 앞의 글, 174쪽.

새로운 슬픔을 나 알게 되었나니.
나의 새 욕망에는 희망이 없고
과거의 슬픔은 가엾을 따름이다.
꿈이여, 꿈이여! 네 달콤함은 어디 있는가?
그 영원한 메아리인 '젊음'은 어디 있는가?

『예브게니 오네긴』이 반드시 사라져 가는 것들에 대한 슬픔을 노래한 애가만은 아니다. 그 텍스트에는 인간 삶의 고통과 슬픔에 대한 위로와 위안의 테마가 숨어 있다. 작품의 최종 연에서 푸시킨은 위로의 말을 찾는다.

몇몇은 이미 없고 몇몇은 멀리 있어,
그들 없이 오네긴은 완성됐노라.
그리고 타티야나,
사랑스러운 전형인 그녀….
오, 운명은 많고 많은 것들을 앗아 갔느니!
가득 찬 술잔을 비우지 못한 채
인생의 축제를 일찌감치 떠나간 자,
내가 지금 오네긴과 헤어지듯
인생의 소설을 다 읽기 전에
돌연히 작별을 고할 수 있었던 자,
행복하여라.

푸시킨의 문학은 사라지는 것들에 바치는 최선의 위안을 일생 내내 찾고 있었다. 그의 운문소설 『예브게니 오네긴』의 주요 주제 가운데 하나가 이미 우리 한국인들이 가장 좋아하는 그의 시, 「삶이 그대를 속일지라도」에 나와 있다. "마음은 미래에 사는 것 / 오늘은 언제나 슬프다. / 모든 것 순간에 지나가고 / 지나간 일은 사랑스러우리라." 이것은 어긋난 사랑에 괴로워하고 슬퍼했던 청춘남녀 오네긴과 타티야나에게 바쳐진 아름다운 위로의 시인 것이다. 살면서 부닥치는 슬픔도 고통도 기쁨도 순간이며, 이 모든 것 다 지나가리라 믿으며 사는 것이 인생이다.

4. 환상과 현실: 푸시킨의 『스페이드 여왕』

인간의 욕망은 끝이 있을까? 욕망은 수평선과 같아서 그 수평선에 다가서면 또 다른 욕망의 수평선이 생긴다. 인간에게 욕망은 종종 신기루처럼 생겨났다가 허망하게 사라진다. 그러나 인간은 그 욕망의 사슬에서 해방되지 못한다. 해방되지 못한 욕망은 희생물을 요구하지만, 궁극적으로는 자기 파멸로 끝난다. 1834년에 발표된 『스페이드 여왕』은 푸시킨의 작품 가운데 인기가 높은 소설이다. 이 작품은 도박으로 벼락부자가 되겠다는 한 인간의 탐욕과 강박관념을 다루었으며, 환상적인 예술의 최고봉이라 할 수 있다. 환상은 톰스키가 이야기하는 백작 부인의 세 장의 카드에 대한 비밀과 그것을 믿는 게르만의 행동에 의해 형성된다.

도박은 아무나 하나 젊은 공병 사관 게르만은 태어나서 한 번도 카드를 손에 잡아 본 적이 없는 기인이다. 그는 마음속으로 도박을 좋아하지만 '여분의 돈을 따려고 늘 필요한 돈을 노름으로 희생시킬 만한 처지'는 못 되었다. 그는 밤새도록 카드놀이가 벌어지는 도박장에 버티고 앉아 노름의 변화무쌍한 형세를 열병에 걸린 사람처럼 가슴을 떨면서 지켜보기를 좋아한다. 게르만은 '낭만적인 인물로서 옆모습은 나폴레옹이고, 마음은 메피스토펠레스'이다. 어느 날 우연히 도박판에서 노름꾼 톰스키의 할머니 안나 페도토브나 백작 부인의 전설적인 이야기를 듣는다. 한창때 '모스크바의 비너스'로 유명했던, 화려한 이력의 백작 부인 할머니는 돈을 딸 수 있는 세 장 카드의 비밀을 알고 있었다. 이 이야기를 들은 게르만은 물질적 부로 사회적 인정을 받고자 하는 수직적 상승 욕망을 갖게 된다. 고독한 욕망의 추구자 게르만은 겉으로는 도박의 허황함을 조소하는 금욕주의자이지만 내심 그의 영혼은 돈과 권력에 대한 욕망으로 뜨겁게 달아오른다. 마침내 게르만은 욕망의 노예가 되어 인간성을 상실하게 된다. 그는 사랑이라는 무기를 이용하여 백작 부인의 하녀인 리자를 유혹하고 우롱한다. 수단과 방법을 가리지 않고 돈을 벌겠다는 게르만의 야심은 살인으로 이어진다. 리자의 도움으로 몰래 백작 부인의 침실에 침입한 게르만은 백작 부인을 달래고 위협하면서 세 장 카드의 비밀을 알려 달라고 애걸한다. 백작 부인은 놀라 죽게 되었고, 그녀의 양녀 리자는 자신의 은인인 노부인을 살해한 강도 게르만의 눈먼 보조자 노릇을 한다. 백작 부인의 장례식에 나타난 게르만은 양심의 가책을 받았으나 아랑곳하지 않고 관에 누워 있는 백작 부인을 본다. 그는 죽은 백작 부인이 그를 비웃는 듯이 쳐다보면서 한쪽 눈을 깜박한 것처럼 느꼈다. 그날 꿈속에서 백작 부인이 나타나 카드의 비밀 '3, 7, 1(에이스)'을 알려 주고 앞으로는 평생 노름에 손을 대지 말라고 당부하며 양딸 리자와 결혼할 것을 부탁한다. 그는 도박장에 나가 카드의 비밀을 이용해 연거푸 두 번이나 돈을 딴다. 그러나 세 번째 게임에서 '스페이드 여왕'을 에이스로 착각하는 바람에 땄던 돈을 모두 잃고 말았다. 그 후 게르만은 미쳐 버렸으며 '삼, 칠, 일! 삼, 칠, 퀸!'을 중얼거릴 뿐이었다.

우연과의 싸움 네덜란드의 문화사가 요한 하위징아는 인류의 문화와 놀이 사이의 밀접한 관계를 통사적으로 살피고, 인간을 '놀이하는 존재'로 규정했다. 그는 문명이 놀이 속에서 발전해 왔고, 진정한 문명은 놀이 요소가 없는 곳에서는 존재할 수 없음을 수미일관하게 주장했다. 그는 '(합리적으로) 생각하는 인간'이란 뜻의 '호모 사피엔스(homo sapiens)'도, '(물건을) 제작하는 인간'이라는 뜻의 '호모 파베르(homo faber)'도 인간을 제대로 규정하기에는 미흡하다고 지적했다. 그리하여 그는 호모 파베르 옆에, 호모 사피엔스와 같은 수준으로, '호모 루덴스(homo ludens)'를 인류 지칭 용어의 리스트에 등재하고자 했다. 그에 따르면 놀이의 본질적 특성 가운데 하나는 '경쟁'이다. 그 경쟁의 성격을 가장 확실하게 보여 준 것이 고대 그리스인들의 삶이었다. 어떤 점에서 보면 그리스인들의 생활 전체가 그들에게는 놀이, 곧 경쟁으로서의 놀이였다고 하위징아는 말한다. 경쟁을 나타내는 그리스어가 '아곤(agon)'이다. 그리스 사람들은 경쟁의 성격을 지닌 것을 모두 경기, 곧 아곤으로 만들었다. 이와 비슷한 놀이문화는 오늘날 나라마다 다양한 형태로 발전되어 나타난다.

『스페이드 여왕』의 올바른 이해를 위해서는 러시아인의 문화 코드를 알아야 한다. 당시 러시아인들의 삶은 이항대립적인 문화 코드로 수렴된다. 페테르부르크 문화에는 규칙과 예측이 강조되는 퍼레이드 문화와 불규칙과 비예측성과 우연이 지배하는 놀이문화가 있었다. 여기서 우리의 관심은 놀이문화이다. 놀이 중에서 가장 인기 있는 것은 카드와 서양장기(체스)였다. 장기가 법칙성과 예측성을 기초로 한다면, 카드는 비법칙성과 비예측성을 기초로 한다. 19세기 전반에 유행했던 두 놀이의 공통적 특징은 '열광적 몰입(азарт)'이다. 카드게임이라는 광적 놀이의 특징은 아무런 정보 없이 결정해야 한다는 점이므로, 카드놀이는 결국 도박이다. 그 도박은 결국 상대방과의 싸움이 아니라 우연과의 싸움이다. 우연과의 싸움이란 알 수 없는 요소들과의 투쟁이다. 『스페이드 여왕』에 나타나는 카드게임이 바로 그러한 놀이이다. 우연이 지배하는 놀이에서 우연성의 철학과 신비주의가 게르만의 삶을 사로잡은 것이다.

게르만은 우연의 비밀, 즉 비예측성의 비밀을 알고자 했다. 그 비밀은 무질서한 것에 질서를 부여하려는 게르만의 욕망을 부추긴다. 마치 카오스에서 질서의 법칙을 알고 싶은 사람들처럼 말이다. 노름꾼들은 도박의 결과를 예측하기 위해, 즉 비예측성의 비밀을 규명하기 위해 기상천외한 수학 법칙과 신비주의를 동원했다. 피타고라스의 수학적 신비주의가 그들 속에 다시 살아난 듯했다. 카드의 비예측성을 예측 가능한 것으로 만들고자 하는 노름꾼들의 열망은 특별한 노력으로 이어졌다. 한편 도박자는 어려운 상황에서도 이성을 잃지 않는 능력이 있어야 하고, 자제심과 용기와 냉정함을 가져야 한다. 이러한 점에서 카드놀이는 결투와 유사하다. 게르만은 결투처럼 전 존재를 걸고 도박을 하게 된다. 당시 놀이문화의 보편적 특성으로 볼 때 도박은 결투와 같다. 도박꾼들은 우연과 싸움을 즐기는 자들이다. 예측 불가능한 운명과도 같은 한 판의 도박에서, 우연과의 결투에서 게르만은 패배한 것이다. 과연 우연과의 싸움에서 승리할 수 있는 자 누구인가.

기호들의 놀이 편집병 환자인 게르만은 숫자와 관련하여 흥미로운 상상을 한다. 숫자와 몸과의 유사성을 중심으로 연상의 유희를 즐긴다. 미래의 행복을 약속해 주는 카드의 '3, 7, 1'을 보자. 도덕적 존재의 본성과는 거리가 먼 게르만의 상상에서 '3'은 젊은 처녀의 'S 라인'을 연상시킨다. 또 여성의 가슴을 연상시킨다. "젊은 처녀를 보면 그는 '아, 얼마나 날씬한가! 진짜 하트 3이다'라고 말했다." '3'은 더 나아가 활짝 피어난 '흐드러진 꽃'으로 묘사된다. '7'은 고딕 양식의 '문'으로 여성의 문을 연상시킨다. '1'은 뚱보를 연상시킨다. "모든 뚱뚱한 남자들은 그에게 1을 연상시켰다." '1'은 뚱보에서 거대한 '거미'로 확대되어 나타난다. '3, 7, 1'의 숫자조합은 게르만의 무의식적 연상에서 재산의 증식으로 나타난다. 재산이 '3배'로, '7배'로 늘어나 최고의 '일(1)인자'가 될 수 있다는 식의 연상이다.

집착과 광증 도박자들의 보편적인 행동 양식은 열광적인 집착에서 나오는 광증이다. 집착은 광증과 유사한 상태다. 게르만이 '비밀의 숫자'에 대한 집착을 보일 때부터 광증의 단계가 시작된 것이다. 그 전까지 광적인 도박열은 억압된 상태에 있었다. 예를 들어 화자는 게르만이 "강렬한 열정과 불같은 상상력의 소유자였지만 굳건한 의지의 힘으로 보통 청년들이 겪는 방종을 피해 갈 수 있었다. 예를 들어 그는 타고난 노름꾼이면서도 절대로 카드를 손에 잡지 않았다. … 그러면서도 밤새도록 노름판에 둘러앉아 열병에 걸린 사람처럼 부들부들 떨며 노름의 다양한 형국을 지켜보았다"라고 쓰고 있다. 게르만의 도박열은 처음에 억압되어 있다가, 비밀의 카드에 관한 이야기를 듣고 억압된 도박병이 폭발하여 분별력이 약화되었다. 일반적으로 광적인 집착은 유연성과 판단력을 상실하게 만든다. 게르만은 도박에 대한 집착으로 진위, 선악, 그리고 미추를 판단하는 능력을 상실한 것이다. 게르만에게 카드게임은 칼 없는 싸움이요, 총 없는 전쟁이다. 그에게 카드게임은 삶의 게임인 것이다. 게임에서 승자가 되는 것만이 최대의 목표다.

주체는 결핍이요 욕망은 환유 인간을 살아가게 하는 힘은 무엇일까. 삶이 인간을 속일지라도 인간은 삶의 이상과 꿈을 버리지 못한다. 이상과 꿈이 허상임을 알면서도, 인간은 그러한 것들을 실현하고자 하는 목적이 없으면 살 수 없다. 목적을 달성하면 인간의 욕망은 없어질까? 그렇지 않다. 욕망이 이루어지는 순간 새로운 욕망이 일어난다. 지평선이나 수평선이 끝인 줄 알고 다가가면 새로운 선들이 나타나듯이 말이다. 욕망이론은 수평선 이론이다. 얻고 싶은 대상을 쥐는 순간 욕망의 대상은 저만큼 물러난다. 돈, 권력, 성, 학문의 추구도 이런 맥락에서 이해될 수 있다. 대상은 욕망을 충족시킬 수 없고 조금씩 상승하여 신기루처럼 끝없이 전개되기에 허상이다. 대상은 허상이기에 욕망은 남고 욕망이 있는 한 인간은 살아간다. 욕망은 인간을 살아가게 하는 힘이다. 프로이트의 말처럼 욕망을 완전히 충족시켜 주는 대상은 죽음뿐이다. 인간은 살아 있는 한 대상이 허상임을 알면서도 그것을 향한 집착에서 벗어날 수 없다.

주인공 게르만은 돈에 대한 강한 욕망이 있다. 즉 그는 주체로서 부의 결핍 환자이다. 돈이 자신의 결핍을 완전히 메워 줄 것이라 믿는다. 도박으로 돈만 딴다면 그의 욕망은 채워질 것이라 생각한다. 게르만은 카드의 비밀을 이용하여 대규모 도박에 참여해 연거푸 두 번이나 거액의 돈을 딴다. 그러나 그의 욕망은 멈추지 않는다. 세 번째 판에서 '스페이드 여왕'을 '에이스'로 착각하는 바람에 그동안 땄던 돈을 몽땅 잃어버리고 미쳐 버린다. 돈에 대한 끝없는 욕망이 게르만을 파멸로 이끈 것이다.

보는 자와 아는 자의 슬픔 게르만은 처음부터 끝까지 사물을 잘못 보는 자로 등장한다. 그의 눈은 사물과 사건을 잘못 판단한다. 작가는 눈으로 보는 것의 확실성을 늘 반전시킨다. 확실성의 세계에서 불확실성의 세계로의 전이는 많은 것을 생각하게 한다. 스페이드 여왕의 웃는 눈 역시 눈의 의미를 곱씹게 한다.

> 체칼린스키가 패를 나누기 시작했다. 그의 손은 떨리고 있었다. 오른쪽에는 여왕이, 왼쪽에는 에이스가 나왔다.
>
> "에이스가 이겼소!"
>
> 게르만이 자기 카드를 내보이며 말했다.
>
> "당신의 여왕이 졌소."
>
> 체칼린스키가 상냥하게 말했다.
>
> 게르만은 몸을 떨었다. 실제로 그가 보인 것은 에이스가 아니라 스페이드 여왕이었다. 그는 자기의 눈을 믿을 수가 없었다. 자기가 어쩌다가 패를 잘못 뽑았는지 이해할 수가 없었다.
>
> 바로 그때 스페이드 여왕이 눈을 가느스름하게 뜨며, 히쭉 웃는 것처럼 보였다.

인간의 몸 가운데 눈은 아주 중요한 기호이다. 작가들은 눈에 대해 특별히 신경을 쓰고 있다. 대표적인 작가로 고골과 톨스토이가 있으나, 푸시킨도 예외가 아니다. 눈은 인간의 의식을 바꾸어 놓을 수 있는 모든 시각적인 힘의 근원이기 때문이다. 눈이 가진 함축의미를 파악할 필요가 있다.

인간은 눈으로 보기 시작하면서 새로운 세계에 대한 인식을 달리한다. 보고 나선 안다고 생각한다. 어느 나라에서나 일반적으로 '본다'라는 말은 '안다'라는 말과 일맥상통하는 경우가 많다. 동양사상(도교나 불교)에서도 '본다[見]'는 것을 '안다[識]'는 것의 기초로 간주한다. 그리고 안다고 생각하면 원래의 인식에서 떨쳐 나가게 된다. 처음에 생각한 통일된 하나의 세계에서 분열된 새로운 세계가 생겨난다. 새로운 세계는 새로운 인식체계를 요구하게 된다. 안다는 생각을 시작하면서 인간들은 자기들만의 무수한 사유세계로 빠져든다. 우리에게 잘 알려진 오이디푸스 왕의 이름도 그리스어로 '본다'라는 동사의 과거형에서 유래되었다. 그의 이름에서 본다는 것의 무서움을 다시 보게 된다. 아버지를 죽이고 어머니를 아내로 맞이한 오이디푸스는 자신의 실수를 알게 된 후 두 눈을 빼 버리고 봉사가 되어 떠돈다.[12] '봄[見]'의 중요성은 게르만의 행동 양식에서도 잘 나타난다. 게르만의 경우 도박은 좋아하지만, 필요 없는 여분의 돈을 바라지 않는 금욕 생활을 하던 청년이다. 주위 사람들에게 기인 취급을 받지만 언제나 도박판에서 구경꾼으로만 참여한다. "태어나서 한 번도 카드를 잡아 본 적이 없고 파롤리(카드놀이의 일종) 한

12 원자론을 주장한 데모크리토스는 원자가 세상의 시초라고 생각했다. 그리고 인간 정신은 가장 정묘한 원자로 이루어졌다고 주장했다. 그래서 그는 원자, 즉 진리를 찾아 세상의 반을 여행했다. 하지만 감각이 자신을 속인다는 것을 알고는 스스로 자기 눈을 파 시력을 제거했다. 플라톤의 '동굴의 비유'도 이와 흡사하다. 동굴에 인간들이 갇혀 있다. 의자에 묶인 인간은 자기 앞에 있는 동굴의 벽 이외에는 볼 수가 없다. 뒤에는 커다란 모닥불이 타고 있고, 모닥불과 인간 사이의 공간에는 묶이지 않은 인간들이 여러 가지 물건을 들고 움직인다. 그러자 벽에 그 인간들과 물건들의 그림자가 비친다. 물론 그때의 그림자는 모닥불에 의해 만들어진 것이다. 묶인 인간이 끈을 풀고, 밖으로 나간다. 태양 빛을 보게 된 그는 동굴 안으로 돌아와 밖에 진짜 빛(진리)이 있으며 그동안 동굴 안에서 그들이 보았던 것은 그림자일 뿐이라고 이야기한다. 하지만 아무도 그것을 믿지 않는다. 그러자 그는 스스로 자기 눈을 뽑는다.

번 해 본 적이 없었는데도 새벽 다섯 시까지 우리랑 앉아서 노름하는 것을 구경하다니." 그가 도박 세계를 볼 때 비극은 잉태되고 있었다. 그는 주변 세계를 보면서 물질적 부가 사회적 인정과 명성, 즉 권력을 가져온다는 사실을 알게 된다. 구경꾼으로서 보게 된 도박의 세계는 그에게 숨겨진 욕망을 서서히 들추어내게 한다. 억제되었던 욕망이 점점 강박관념으로 변한다. 욕망이라는 이름의 전차는 결국 게르만을 살인자로, 자기 파괴자로 몰고 간다.

게르만과 리자는 대화보다는 바라보기와 보여 주기를 통해서 서로의 욕망을 교환한다. "리자베타 이바노브나는 창가에 앉아 수를 놓다가 문득 창밖을 바라보았다. 그랬더니 어느 젊은 공병 장교가 꼼짝 않고 서서 그녀의 창 쪽을 뚫어지게 바라보는 것이 아닌가. 그녀는 고개를 숙이고 다시 수를 놓다가 5분쯤 후에 다시 창밖을 보았다. 젊은 공병은 아직도 그 자리에 서 있었다. … 이틀쯤 후 백작 부인과 함께 마차를 타러 나가다가 그녀는 다시 그를 보았다. 그는 비버털 깃으로 얼굴을 가리고서 바로 현관 앞에 서 있었는데 모자 아래에서 검은 눈동자가 번쩍거리고 있었다. 리자베타 이바노브나는 왠지 모르게 섬뜩해져서 형언할 수 없는 전율을 느끼며 마차에 올랐다. … 그녀는 자기들의 시선이 마주칠 때마다 그의 창백한 두 뺨에 빠르게 홍조가 덮이는 것을 처녀의 예리한 눈으로 간파했다. 일주일이 지나자 그녀는 그에게 미소를 보냈다." 게르만은 알지 못하는 어떤 힘에 이끌려 리자의 집으로 가게 되고, 걸음을 멈추어 창문을 본다. 창문은 집의 눈이다. 러시아어에서 '창(окно)'이라는 말은 원래 '눈'을 의미하는 '오코(oko)'라는 말에서 유래되었다. 그들의 운명은 바라보기를 통해 결정된 것이다. "그는 걸음을 멈추고 창문을 바라보기 시작했다. 창문 하나에 검은 머리의 여자가 책이거나 바느질감인 듯싶은 것에 고개를 숙이고 있는 것이 보였다. 그녀가 고개를 들었다. 게르만의 눈에 작고 싱그러운 얼굴과 검은 눈동자가 들어왔다. 이 순간 그의 운명은 결정되었다."

농담이었어 게르만의 어리석음은 백작 부인이 장난으로 한 말의 의미를 제대로 파악하지 못한 데서 나온다. 이길 수 있는 카드를 알려 달라는 게르만의 요구에 백작 부인은 "그건 농담이었어. 맹세코! 그건 농담이었어!"라고 대답한다. 게르만의 거듭된 질문에 대한 그녀의 대답인 '농담'이라는 말의 힘은 무섭다. 농담이 야기한 결과는 섬뜩한 공포이다. 실없이 한 우스갯소리를 진담으로 알아듣고 자신의 모든 삶을 내걸은 데 문제가 있다. 작가는 게르만에게 거짓된 생각을 불어넣고 미혹하여 그를 파멸시킨다. 욕망에 사로잡힌 인간은 농담과 진담을 구분하지 못하고 근거 없는 일에 지나친 확신을 갖고 빠져들게 된다.

미성숙성 빌헬름 스테켈이라는 정신분석학자가 쓴 재미있는 글이 있다. "미성숙한 인간의 특징은 어떤 이유를 위해 고귀하게 죽기를 바라는 경향이 있다는 것이다. 반면 성숙한 인간의 특징은 동일한 상황에서 묵묵히 살아가기를 원한다는 것이다." 게르만은 '대박'을 위해 죽음이나 살인을 두려워하지 않는다. 일확천금을 노리고 한 건의 도박에 전 인생을 거는 무모함은 그 자체가 그대로 미성숙함의 전형이다. 게르만의 성격적 특성에 나타나는 미성숙의 다른 징후도 간과할 수 없다. 그의 미성숙을 보여 주는 기호들이 있다. 나폴레옹과 메피스토펠레스 흉내 내기, 유모에 대한 잠재의식, 노파의 놀림을 받는 어린애다움, 특히 도박에 빠지기 전의 절제와 근면을 내세운 모범생 같은 행동, 농담을 구별하지 못하는 미숙함 등은 모두 게르만의 어린애 같은 단순성과 미성숙성을 암시한다고 할 수 있다.

게르만은 대다수의 혈기 왕성한 청춘남녀처럼 역시 열정과 야망으로 가득 차 있는 인물이다. 특히 그는 사랑이나 명예, 그 외 다른 어떤 것보다 물질에 대한 욕망이 강렬하다. 물질적 성공을 위해 리자와의 사랑을 기만하는 것은 물론, 죄의식마저도 내팽개쳐 버린다. 그의 가난한 유년 시절의 성장배경은 분명 욕망을 부채질하는 요소가 되었을 테지만, 무엇보다도 도박판에서 친구들이 나누는 대화를 엿듣고 '필승의 카드'에 대한 허황된 확신을 품게 된 것이 가장 큰 요인이다.

낭만주의의 패러디(모방) 패러디란 특정 작품의 진지한 소재와 태도, 또는 특정 작가의 고유한 문체를 모방하여 그것을 저급하거나 매우 걸맞지 않은 주제에 적용해 희화화하는 것을 말한다. 무엇보다도 게르만은 독일식 이름이다. 처음에 그는 러시아로 귀화한 독일인의 아들로 소개된다. 그다음 그는 "나폴레옹의 얼굴과 메피스토펠레스의 영혼"을 가진 "대단히 낭만적인 인물"이라고 묘사되었다. 당시 유럽 낭만주의자들에게 나폴레옹의 뾰로통한 표정은 매우 인기가 높았다고 한다. 그리하여 그들은 이러한 표정을 즐겨 모방하곤 했다. 메피스토펠레스는 독일 문호 괴테의 작품 『파우스트』에 나오는 전설적인 악마이다. 게르만은 악마에게 영혼을 팔아넘긴 파우스트와 유사하다. 파우스트는 종국에 구원을 받지만, 게르만은 구원을 받을 수 없는 기회주의적이고 야비한 악당이다. 게르만은 독일 소설을 베껴 쓴 연애편지를 리자에게 보낸다. 이러한 모든 것들을 참작한다면 작가의 숨은 의도 속에서 게르만은 유럽 문학의 패러디라고 할 수 있다. 작가는 게르만을 통해 낭만주의와 독일 문학을 희화화하고 있는 셈이다.

이 소설에 문학적 패러디만 있는 것은 아니다. 푸시킨은 여성 편력으로 유명하다. 그의 여성 편력을 소재로 한 『비밀일기』라는 책이 등장했을 정도이다. 『예브게니 오네긴』이 작가 형상의 패러디인 것처럼, 게르만과 리자의 이야기는 여성 편력에 대한 작가 자신의 패러디라 할 수 있다. 푸시킨은 현실을 사실적으로 묘사하기보다는 패러디하는 것을 즐겼다.

거울 이미지 게르만은 마음을 좀처럼 털어놓지 않는 성격에다가 기회주의적인 야심가였고, 강렬한 열정과 불같은 상상력의 소유자였다. 야심적이고 탐욕적인 인간으로서 근거 없이 낙관적이기에 그는 도박에 빠지기 쉬운 성격의 사람인 것이다. 게르만은 도박자들의 전형적인 특성이 가장 잘 구현된 인물 가운데 하나이다. 도박은 좋아하지만 "여분의 돈을 따기 위해 꼭 필요한 희생을 치를 수는 없다"라고 생각하여 도박판에서 언제나 구경만 한다. 우연히 톰스키의 유혹적인 말을 듣고 일확천금을 얻기 위해 수단과 방법을 가리지 않는다. 그는 거짓 사랑의 고백으로 리자를 끌어들여 백작 부인에게 접근할 정도로 야비하다. 게르만에게 사랑이란 리자를 농락하는 도구에 불과하며 하나의 싸구려 단어로 아무 의미 없는 껍데기다. 그래도 사랑이라는 소리는 마술적인 힘을 발휘하여 리자의 마음을 움직인다. 리자는 거부할 수 없는 위력적인 사랑의 포로가 된 것이다.

리자는 표면상 게르만의 유혹에 넘어간 가난하고 순진한 여자지만, 사실상 게르만의 제2 자아(alter ego), 즉 거울 이미지(mirror image)이다. 그들은 둘 다 집도 돈도 부모도 없다. 리자는 늘 늙은 백작 부인에게서 벗어나고자 했다. 게르만이 돈을 따기 위해 리자에게 접근하듯이, 리자 역시 현실적인 이유에서 돈 많은 관리와 결혼한다. 소설 속에서 희생양으로 설정된 게르만은 백작 부인의 죽음으로 아무것도 얻지 못한다. 이에 반해 리자는 실속 있게 모든 것을 다 챙긴 셈이다. 그녀는 가난에 복수라도 하듯이 과거 백작 부인에게 당한 수모를 회복하기 위해 친척 집 딸을 데려다가 키운다. 두 사람은 서로를 반영해 주는 거울 이미지를 가진 분신 관계에 있다고 할 수 있다.

어울리지 않는 만남 그로테스크라는 말은 우스꽝스럽고, 괴상하고, 엉뚱하고, 기형적이고, 부자연스러운 것을 지시하는 데 사용된다. 간단히 말해 조화, 균형, 부분과 전체와의 올바른 관계라는 바람직한 규범들로부터의 일탈을 가리킨다. 야심가 게르만의 행동은 그로테스크하다고 할 수 있다. 그는 강박관념에 사로잡혀 아이러니하면서도 그로테스크한 장면을 연출한다. 게르만은 페테르부르크의 거리를 쏘다니며 "그 노파에게 접근해서 환심을 사든가 아예 정부 노릇을 하면 어떨까?"라고 생각한다. 그리고 이런저런 궁리를 하며 걷다가 마침내 결행하게 된다. 어두운 나선형 계단을 올라가면 아름다운 처녀가 기다리는 상황에서 게르만은 마치 연인처럼 가슴을 설레며 백작 부인의 침실로 몰래 들어간다. 거의 산송장과 같은 여든일곱 살의 노파에게 그는 마치 연인처럼 다가가 돈을 구걸한다. 20대 청년과 80대 노파의 어울리지 않는 만남은 쓴웃음을 자아내고 그로테스크한 효과를 일으킨다. 희극적인 것과 비극적인 것이 혼합된 그로테스크의 훌륭한 예이다. 이런 장면은 바흐친이 이야기하는 메니푸스 풍자에서나 볼 수 있다.

불확실한 게임 인생은 자주 도박에 비유되기도 한다. 삶과 도박의 공통점은 어떤 공식이나 논리를 사용할 수 없고, 그 미래가 불확실하다는 데에 있다. 불확실성 속의 삶이기에 미래에 대한 기대와 희망을 안고 살 수 있다. 오늘 우리가 내일의 운명을 알 수 있다면 인생은 재미가 없을 것이다. 도박 역시 논리나 공식으로 풀 수 없는, 즉 예측할 수 없는 불확실한 게임이다. 카드놀이에서 뒷장의 패가 무엇인지를 안다면 그것은 도박이 아니다. 도박이란 그저 운명에 맡겨진 카오스 게임이다. 작가의 비밀 코드 가운데 하나는 인간 삶의 일면은 도박과도 같다는 내포적 의미이다. 확률 없는 게임에 무모한 도전을 하는 자는 도박자이다. 작가는 게르만의 운명을 놓고 독자와 게임을 즐긴다. 도박에 뛰어드는 게르만의 낭만적 행동으로 독자의 기대감을 극대화했다가 그를 파멸시켜 함정에 빠뜨린다. 작가는 종종 독자를 속이는 즐거운 놀이에 빠진다. 게임(말놀이)의 천재인 푸시킨은 독자의 긴장감을 늦추지 않는 글쓰기를 즐기는 것이다.

기대감의 테마 푸시킨은 인간의 기대감을 절묘하게 이용하고 있다. 그는 아이러니한 에필로그에서 좌절된 기대감을 그려 낸다. 소설의 시작부터 독자와 등장인물들 모두 기대감에 차 있다. 게르만의 부(富)에 대한 희망, 리자의 사랑에 대한 기대감, 백작 부인의 영원한 젊음에 대한 기대감은 모두 한

결같이 좌절과 실패로 이어진다. 등장인물들뿐만 아니라 독자 역시 기대감에서 벗어날 수 없다. 그들의 기대감과 그 성취의 불일치에서 우리는 삶의 아이러니를 볼 수 있다.

주요 인물들은 삶의 기대감에 따라 자기의 이야기를 쓰고자 하는 욕망을 나타낸다. 푸시킨은 그들 각자에게 맞는 대본을 제공하는 셈이다. 그 대본은 넓은 의미로 캐릭터의 현실 인식과 세계관을 반영하는 장르이다. 리자의 이야기의 장르는 동화(마법 이야기)를 연상시킨다. 동화에서 리자는 포로가 된 공주이고, 게르만은 그녀의 구원자이며, 백작 부인은 리자를 노예로 부리는 간교한 마녀이다. 리자는 언제나 자신을 구원해 줄 구원자를 기다리고 있다. 그러나 리자는 다른 장르인 감상주의 소설에서의 주인공 역할도 생각나게 한다. 그녀의 이름과 불행한 상황은 카람진의 소설 『가련한 리자』를 연상시킨다. 이 소설에서 에라스트는 리자의 구원자가 아니라 파괴자이다. 푸시킨은 리자의 구원자가 카람진의 소설에서처럼 그녀에게 해로운 파괴자가 될 수 있음을 암시하고 있다. 러시아 문학의 독자는 리자의 낭만적 대본이 감상주의적 대본과 충돌하고 있음을 즉시 알게 된다. 리자에 대한 기대감은 우리가 그녀의 이름을 듣는 순간부터 좌절된다. 리자의 이야기는 사교계 이야기 장르로 변한다. 그녀는 포로가 된 공주도, 운명 지워진 '가련한 리자'도 아니다. 백작 부인처럼 경험 많은 사교계 부인들이 그렇듯, 그녀는 사랑하는 연인과 함께 밤에 은밀한 일을 즐기고자 한 보통 여성이다. 여기서 리자는 백작 부인을 희생양으로 삼는다. 그녀는 현실을 너무 잘 알고 있었고 그런 이유에서 돈 많은 관리와 결혼한다. 그녀는 대본에 나오는 동화 속의 공주나 가련한 리자가 아니라 신분과 돈이 우상화되는 현실을 아는 여자이다. 리자를 범주화시키려고 시도한 독자는 기대감이 좌절될 수밖에 없다.

죽음에 이르는 병 게르만이 즐긴 카드게임은 파라온(Faraon)이라는 도박이다. 파라온 게임에서는 물주(은행)를 맡은 사람과 카드를 거는 사람들이 있다. 물주와 거는 사람은 새 카드 두 묶음을 각각 한 묶음씩 나누어 갖는다. 물주를 맡은 사람이 카드 묶음을 뜯어 자기 양옆으로 늘어놓는다. 물주를 맡은 사람이 볼 때, 건 사람이 가운데에 내놓은 카드가 물주의 왼쪽 카드와 일치하면 건 사람이 이기고, 물주의 오른쪽 것과 일치하면 물주가 이긴다.

일확천금을 노리는 도박은 끝내 범죄 행위로 이어진다. 자기 파멸의 길로 이끄는 무서운 병이자 죽음에 이르는 병인 것이다. 정신과에서는 도박중독을 병적 도박(pathologic gambling)이란 용어로 정의해 충동 조절 장애의 하나로 보고 있다. 도박자들은 경쟁적이며 개인적이고, 자신이 하는 일에 지나친 확신을 가진다는 특성이 있다. 근거 없이 낙관적인 성격을 가진 사람이 도박중독증에 빠지기 쉽다. 이 소설의 등장인물들은 거의 다 도박자로, 백작부인과 그의 네 아들 모두 지독한 노름꾼들이다. 게르만은 도박자들의 전형적인 특성이 가장 잘 구현된 인물이다. 차플리츠키 역시 열렬한 도박꾼으로 수백만을 탕진하고 결국 가난하게 죽었다.

낭만적 사실주의 사실 이 작품은 사실과 환상이 적절히 혼합된 낭만적 사실주의 소설이다. 19세기 초 페테르부르크 상류사회의 생활에 대한 구체적이고 사실적인 묘사는 푸시킨의 소설에 나타나기 시작한 사실주의의 새로운 전망을 보여 주고 있다. 한편으로 현실과 비현실이 뒤섞여 작중인물이나 독자를 망설이게 한다는 점에서는 분명히 환상소설의 장르적 관점으로 이야기할 수 있다. 죽은 백작 부인이 관에 누워 눈을 깜박거리는 일, 한밤중에 나타나는 유령, 카드 판에서 싱긋 웃어 보이는 듯한 스페이드 여왕 등 모든 환상적인 요소가 이 소설을 낭만적 사실주의 소설로 자리매김시킨다.

상호텍스트성 상호텍스트성이란 한 텍스트가 다른 텍스트와 맺고 있는 상호 관련성을 말한다. 이 용어는 공개적인 또는 은밀한 인용이나 인유, 혹은 패러디에 의해서 이전의 텍스트가 지닌 특성을 이후의 텍스트가 흡수하는 것을 말한다. 또한 공통의 문학적 규약들과 관례들에 단순히 참여함으로써 어떤 하나의 문학 텍스트가 다른 텍스트들의 메아리가 되거나 그 텍스트들과 불가피하게 연결되는 여러 가지 방법들을 가리키는 데도 쓰이고 있다.

러시아 문학은 푸시킨의 『스페이드 여왕』에서 나왔다고 할 수 있다. 게르만은 문제적 개인으로서 러시아 문학 최초의 근대적 주인공이라 할 수 있다. 이 소설에서 모티프로 다루어지고 있는 범죄, 광기, 도박, 유령, 운명과 재앙의 문제는 러시아 문학에 커다란 영향을 주었다. 이 작품에서 제기한 여러 가지 문제들이 이후 다른 작가들의 소설에서 반복되고 있다. 게르만의 욕망과 사상은 도스토옙스키의 『죄와 벌』에 나오는 라스콜니코프의 운명으로 유전되고, 게르만이 보여 주는 나폴레옹의 모습은 라스콜니코프의 비범인의 철학, 즉 나폴레옹 숭배 사상으로 이어지며, 게르만의 도박의 열정은 『도박자』의 주인공에게로 이어진다. 『미성년』의 주인공 아르카디 돌고루키와 솔로구프의 『작은 악마』의 주인공 페레도노프 역시 게르만의 후신이라고 할 수 있다. 안드레이 벨리의 소설 『페테르부르크』 역시 푸시킨의 영향에서 벗어나지 못하고 있다. 문학 연구가들은 상호텍스트성의 용어로 이 텍스트들 사이의 영향과 원천의 문제를 천착해 볼 필요가 있다.

원작과 오페라의 차이 차이콥스키의 오페라 「스페이드 여왕」을 푸시킨의 소설과 비교했을 때 여주인공 리자 역의 설정 변화가 가장 두드러진다. 푸시킨의 작품에서 리자는 가난한 고아로서 백작 부인의 양녀로 자라며 그녀의 시중과 집안일을 도맡아 한다. 특별한 혈연관계가 없기 때문에 리자는 백작 부인이 죽고 나면 아무것도 보장받을 것이 없다. 시간이 갈수록 신경질을 부리는 백작 부인과 함께 살면서 리자는 자연스럽게 '탈출'과 '해방', '일탈'을 꿈꾼다. 이때 접근하는 게르만의 존재는 리자에게 단순한 사랑 이상의 의미가 있다. 원작에서 리자는 게르만이 백작 부인을 죽이고 자신의 사랑을 기만했다는 사실을 깨닫는다. 그 후 리자는 안정된 재력을 가진 관리와 결혼하여 가정을 꾸리는 행복한 결말을 맞게 된다. 그녀가 진실로 갈구했던 것 역시, 게르만과의 사랑이었다기보다는 자신을 구제해 줄 '수단으로서의 사랑'이었기 때문이다. 작품의 주요 인물들 가운데 백작 부인은 죽음을 맞이하였고, 게르만은 미쳐서 정신병원에 수용되었다는 사실과 대비되어 그녀의 그런 행복은 더욱 도드라져 보인다.

오페라에서는 리자가 백작 부인의 손녀로 등장한다. 이는 게르만의 모든 기만과 악행을 깨달은 후, 그녀가 네바강에 몸을 던져 비극적인 죽음을 맞이하는 데 큰 영향을 끼친다. 그녀는 혈육인 할머니의 죽음에 일조했다는 사실 때문에 양심의 가책을 심하게 느낀다. 또 게르만에게 모든 영혼을 바쳤지만, 그마저 사랑을 기만하고 이용했다는 사실을 깨닫게 되자 죄책감과 절망감 때문에 더 이상 살아갈 이유가 없어졌다고 느꼈던 것이다. 이처럼 오페라에서는 리자를 포함한 주요 등장인물 모두가 '파멸'을 맞이함으로써, '광적인 물욕'이 불러일으킬 수 있는 위험과 비극을 원작소설보다 더욱 극명하게 전달하고 있다. "인생이란 도박이며, 선악은 꿈, 행복은 미신"이라고 부르짖으며 허황된 물욕에 빠져 사랑을 기만하던 게르만이 "죽음만이 진실일 뿐"이라고 외치며 권총으로 자살하는 충격적인 결말은 이러한 의도가 가장 잘 드러난 장면이라고 할 수 있을 것이다.

5. 예술창조의 비밀: 푸시킨의 『모차르트와 살리에리』

위대한 예술작품이 인간적인 능력(장인정신)의 산물이냐 아니면 영감이나 광기 같은 신비스럽고 초인간적인 능력(신의 영감)의 산물이냐에 따라 미적 가치의 차이가 복잡하게 나타난다. 천재의 예술은 시대와 사회의 한계성을 초월한 특성을 갖는다. 일반적으로 천재란 어떤 교육이나 훈련을 통해 만들어지는 존재가 아니라 특별한 재능을 갖고 태어난 존재로 간주된다. 그리하여 인간적 한계를 뛰어넘은 자로서의 천재는 인간보다는 신에 가까운 존재라는 논리가 성립한다. 천재의 작품은 종종 위대한 예술의 모범으로 인정될 뿐만 아니라 예술 원리와 형식의 전형으로 간주된다. 푸시킨의 『모차르트와 살리에리』는 두 예술가의 목소리를 통해 음악 예술혼의 문제, 특히 '신의 소리(vox Dei)'냐 '인간의 소리(vox populi)'냐에 대해 다루고 있다.

작은 비극 푸시킨의 '작은 비극'은 네 편의 희곡작품인 『역병 시대의 향연』, 『모차르트와 살리에리』, 『인색한 기사』, 『초대받은 석상』을 일컫는다. 이들 작품 가운데 그의 독창적 예술성이 가장 돋보이는 대표작 『모차르트와 살리에리』(1830)는 미하일롭스코예에서 구상되어 볼디노에서 완성되었다. 이 작품은 모차르트의 죽음에 관련된 의혹을 기초로 쓰였다. 재미있는 것은 푸시킨이 살리에리가 모차르트를 독살했다는 확인되지 않은 의혹을 사실로 믿고 있었다는 것이다. 모차르트의 「돈 조반니」가 상연되던 날 살리에리가 질투로 야유했다는 말을 전해 들은 푸시킨은 "「돈 조반니」에 야유를 퍼부을 수 있는 사람이라면 얼마든지 사람을 죽일 수 있다"라고 말할 정도였다. 모차르트의 죽음에 대해서는 여러 가지 말이 있다. 1791년 늦가을 모차르트의 건강이 극도로 악화되었고, 갑작스러운 죽음은 독살되었다는 소문으로 이어졌다. 그러나 모차르트는 이미 어린 시절 류머티즘열로 심장에 무리가 갔었으며, 1791년 12월 같은 병으로 인한 심장의 충격과 과다한 출혈로 사망했다. 요즈음 살리에리의 음악이 우수한 음악으로 재평가되면서, 많은 사람들이 독살도 사실과는 거리가 먼 꾸며 낸 이야기에 불과한 것으로 보고 있다. 여기서 중요한 것은 그러한 사건이 실제 일어났는가라기보다 작가가 그러한 사건을 어떻게 이야기로 꾸며 냈는가이다.

이 희곡작품은 동시대를 대표하는 두 음악가 모차르트와 살리에리를 대립시켜 그들의 극적 대화와 독백을 통해 예술과 인간의 문제를 예리하게 다루고 있다. 그들의 성격 묘사와 심리 묘사가 특히 뛰어나다. 2장 231행으로 구성된 짧은 작품에서 다루는 예술창조의 본질과 근원에 대한 문제는 작가의 예술관을 그대로 드러낸다.

신의 소리냐 인간의 소리냐 이 작품은 안토니오 살리에리 한 사람의 독백으로 시작된다. 웅변적인 그의 독백은 음악을 향한 자신의 헌신적인 사랑에 대한 절규요 토로다. "사람들은 지상에 정의가 없다고 말한다. 그러나 천상에도 정의는 없다"로 시작하는 살리에리의 긴 독백은 철학적 의미를 함축하고 있다. 모차르트가 나타나기 전까지 살리에리는 당시 가장 유명한 궁정 음악가로 황제를 보필하면서, 음악가로서 모든 영광과 기쁨을 누려 왔다. 그렇게 세상 사람들의 마음속에서 자신의 예술 창작에 대한 찬사를 발견할 수 있어 행복했던 살리에리는 언제부턴가 "뭇사람의 발길에 짓밟히면서도 죽지 않고 살아남아 힘없이 모래나 티끌에 입을 틀어막고 있는 뱀처럼 천하기 짝이 없는" 질투심에 사로잡히게 된다. 모차르트의 음악이 내뿜는 신비스러운 마력에 살리에리는 이성을 잃은 것이다. 살리에리는 이미 열여섯 살 때부터 음악을 통해 신을 찬미하면서 자기의 전 생애를 신에게 바칠 것을 맹세하고 그 대가로 신의 소리를 담아낼 수 있는 재능을 부여받고자 했다. 그러나 애초부터 그는 한순간의 영감을 받아 신의 소리를 작품으로 형상화해 낼 수 있는 그런 예술가는 아니었다. "음악에의 첫걸음은 고통스러운 것이었고, 처음 밟는 그 길은 우울하기조차 했다." 만약 신이 살리에리를 선택했다면, 음악은 그에게 다시없는 행복을 주었을 것이다. 그러나 음악이 어린 살리에리에게 준 것은 고통뿐이었다. 신의 선택을 받지 못한 살리에리에게 남겨진 길은 이제 단 하나뿐이었다. 장인정신이야말로 예술의 근본이라고 생각한 살리에리는 철저한 장인이 되기 위해 처절한 노력을 한다.

> 장인 기질, 즉 명인다운 재주야말로 예술의 근본이라고 생각하고, 나는 철저하게 장인이 되었다. 손가락에는 마음먹은 대로 움직이는 무미건조한 속도를 부여했고, 귀에는 정확성을 부여했다. 숨을 죽여 음악을 마치 시체처럼 해부하기도 했고, 화음을 수학적으로 분석하기도 했다.

그러나 살리에리가 만들어 낸 선율은 신의 영역에는 미칠 수 없는 지극히 인간적인 소리였다. 영감이 가져다주는 환희와 감동은 살리에리의 몫이 아니었다. 결국, 장인정신이 만들어 낸 선율은 신이 부여한 영감이라고는 찾아볼 수 없이 인간이 만들어 낸 기교로 가득 찬 소리에 불과할 뿐이었다. 갈고닦아 만들어 낸 인간의 소리에는 도저히 만족할 수 없어 자신의 작품을 불태워 없애 버리기까지 하는 살리에리 앞에 모차르트가 나타난다. 신은 살리에리에게 음악을 들을 줄 아는 귀와 음악에 대한 뜨거운 열정과 사랑은 주었으나 뛰어난 음악적 재능은 주지 않았다. 신의 소리를 음악으로 표현해 내는 위대한 예술혼은 오직 모차르트에게만 주어진 것이었다. 자신의 한계를 너무도 잘 알고 있었던 살리에리는 경박한 천재 모차르트에게 질투심을 품는다. 모차르트는 노력보다는 천재적 영감에 의존하는 음악가로, 많은 시간을 여인들과 난잡하게 어울리고 폭언을 일삼으며 살아간다.

> 아아, 이게 대체 무슨 일이란 말인가? 도대체 정의라는 것은 어디에 있는가? 만약 성스러운 천성이나 불멸의 천재성이 불타는 사랑, 자기희생, 노고, 그리고 열정과 기도에 대한 보답으로 부여되는 것이 아니고, 사리판단도 못 하는 철없고 게으른 방탕아의 머리에 후광을 빛나게 하는 것이라면…. 아아, 모차르트! 모차르트!

경박한 천재 모차르트의 음악은 어떠한가? 살리에리는 모차르트가 며칠 전 잠이 오지 않아 이리저리 뒤척거리다 몇 가지 떠오른 대로 적어 본 곡을 듣고 말한다. "그것 참 깊이가 있군그래. 그 대담한 선율, 조화된 화음, 아주 잘됐네. 모차르트, 자네는 신이야. 그러나 자네 자신은 그걸 모르고 있군. 나는 잘 알지." 1장 중간에 모차르트가 직접 연주하는 이 피아노곡은 극적 긴장감과 긴박감을 고조시키며 극의 발전에 중요한 역할을 한다. 지금까지 질투의 불길에 사로잡혀 자신의 영혼을 조금씩 갉아먹고 있던 살리에리는 모차르트의 새 음악을 듣고 그를 독살하려는 결심을 굳히게 된다. 이렇듯 모차르트의 음악은 살리에리의 영혼을 갉아먹는 질투심의 근원이자, 용서받지 못할 음모를 꾸미게 하는 자극제로 작용한다.

창조성과 장인정신 위대한 예술성은 노력으로 이루어진다고 확신하는 살리에리는 유독 철없고 게으른 방탕아에게만 창조의 영감을 내려 준 신을 영원한 적으로 삼는다. 그리하여 그는 신의 총애를 받는 모차르트를 통하여 신에게 도전하게 된다. 천재성은 장인정신에 의해서 얻어져야만 한다고 생각한 살리에리는 자기 자신을 "음악을 섬기는 제주이며 신하인 우리 모두"의 멸망을 막기 위해 신의 부당함과 불공평함에 대항하여 싸우는 전사로 끌어올린다. 그러나 이것은 자신의 간교한 계획을 합리화시키는 것일 뿐이다. 모차르트를 술집의 별실로 초대한 살리에리는 몰래 모차르트의 술잔에 독약을 넣는다. 독약이 온몸에 퍼지는 것도 모르고 레퀴엠으로 백조의 노래를 연주하는 모차르트를 보며 살리에리는 눈물을 흘린다. 비록 살리에리 자신은 이 눈물의 의미를 밝히지 않고 있으나, 모차르트의 레퀴엠은 살리에리가 흘리는 눈물의 함축의미를 상징적으로 전해 준다. 레퀴엠이라는 하나의 미사곡으로 상징되는, 도저히 다다를 수 없는 위대한 예술세계에 대한 동경과 질투가 하나로 어우러지며 살리에리의 영혼에 타격을 입힌 것이다.

질투의 심리 『모차르트와 살리에리』의 원래 제목은 『질투』였다. 천재에 대한 질투 때문에 고통을 받고 있는 살리에리의 심리는 아주 흥미롭다. 작가는 살리에리를 복잡하고 심리적인 인물로 만들고 있다. 그에게 남은 것은 무엇일까? 그것은 자신에 대한 회의와 불신이었다. 그는 자신을 구속하고 있는 질투를 없애기 위해 그 질투의 대상을 제거하였고 이로써 자유를 얻고자 했다. 그러나 그가 얻은 것은 자유가 아니라 자신의 존재를 송두리째 흔드는 의혹과 회의였으며, 자신이 보잘것없는 인간이라는 뼈저린 인식이었다. 그것은 고뇌로 전달되는 신의 벌이었으며 살리에리의 비극이었다. 살리에리는 예술의 가치라는 이름으로 끝없이 이어지는 고뇌 섞인 변명 속에서 정당성을 찾고자 했으나 헛된 망상일 뿐이었다. 그는 천재의 재능을 질투하여 살인을 저지른 비열한 악당일 뿐이다. 그의 고뇌조차 살인자의 위선적인 고통일 뿐이며, 예술을 위해 살인을 한다는 그의 주장은 비열한 변명이다.

『모차르트와 살리에리』는 심리적 사실주의 작품이다. 살리에리의 성격화에서 인간 심리가 잘 묘사되어 있다. 살리에리는 하나의 사상에 의해 살아가는, 자기 생각에 도취된 광신자(열광자)이다. 살리에리는 '더 높은 조화'를 거절하고 '천상의 실수'를 고쳐 주고 싶은 무신론자이다. 도스토옙스키의 작품에 등장하는 라스콜니코프나 이반처럼 살리에리는 살인자라는 주제에 최고로 복잡한 철학적 사상을 부여한 범죄자이다. 푸시킨 텍스트의 심층 분석에서 우리는 푸시킨의 이중적 정체성을 파악할 수 있다. "적어도 예술에 있어서 푸시킨 자신은 모차르트였고, 그는 그 사실을 알고 있었다. 그러나 다른 모든 것에서 그는 살리에리였다. 그 자신도 이것을 알고 있었다. 매일매일의 고통스러운 경험을 통해 알고 있었다. 왜냐하면, 그의 삶은 이후 어려웠기 때문이다." 여기서 밀턴의 주제에 대한 낭만적 반응으로 이 작품을 평가한다면 살리에리는 사탄으로 간주될 수도 있다.

재능과 인간성 예술 활동은 예술가 자신의 창조적 재능을 실현하는 과정이다. 동시에 인간성의 완전함과 위대성을 작품을 통해 객관화함으로써 자신과 타인들과의 의사소통 수단을 새롭게 확립하는 과정이기도 하다. 창조적 재능과 인간성은 같이 가는 것이지 따로 구별되는 것이 아니다. "천재와 악행은 양립할 수 없다"라는 모차르트의 말은 살리에리의 인간성과 재능을 폭로해 주는 결정적인 말이다. 두 사람의 대립은 다양한 차원에서 비교된다. 첫째로 삶의 차원에서 두 사람은 다르다. 모차르트는 빈둥대며 놀지만, 인류를 감동시킬 수 있는 음악을 창조하는 위대한 예술가이다. 그는 음악에 관한 진지한 토론을 하는 것도 아니고, 기껏해야 장님 악사에게 수고비를 주거나 기다리는 아내에게 연락해 주는 일, 아이와 놀아 주는 일 같은 사소한 것에 관심을 둔다. 반면에 살리에리는 늘 예술의 미래를 걱정하며 고뇌에 차 있지만 자기모순적 화두에 빠져 헤어 나오지 못하는 질투하는 예술가이다. 둘째로 성격의 차원에서 다르다. 모차르트는 자유스럽고 자연스러운 성격의 소유자인 반면에 살리에리는 의식적이며 부자연스러운 성격의 소유자이다. 다른 사람들에 대한 모차르트의 태도에서 나타나듯이 천재는 '소박'하고 '명랑'하고 '정직'하다. 작가의 생각에 천재성의 위대한 특성은 '자유스러움'과 '자연스러움'이라 할 수 있다. 모차르트는 삶을 사랑하고 농담을 즐기는 경쾌한 천재이다. 셋째로 언어와 수사학의 차원에서 다르다. 모차르트가 경박하고 가벼운 언어와 행동으로 일상적 구어를 사용하는 데 반해, 살리에리는 무겁고 고뇌에 찬 언행으로 고상한 시어를 사용한다. 살리에리는 유창한 말로 설득시키려는 언변가이다. 반면에 모차르트는 말이 필요 없이 음악 그 자체로써 위대한 예술을 입증했다. 살리에리의 구차한 변명은 모차르트가 연주하는 음악 그 자체에 묻혀 버린다. 푸시킨은 위대한 예술가는 위대한 인간성을 바탕으로 한다는 것을 다차원적으로 계속 보여 주고 있다.

예술창조의 문제 푸시킨은 한 시대를 풍미하던 대표적인 두 음악가 살리에리와 모차르트 사이에 숨겨진 이야기를 다루며 예술창조의 문제를 깊게 성찰했다. 예술창조의 문제는 자연히 천재와 범인, 영감과 장인정신의 관계로 이어진다. 장인정신을 바탕으로 하는 노력파 음악인 살리에리와 신의 은총을 받은 천재 음악가 모차르트 사이의 갈등에는 끝없이 언급되는 예술정신의 문제가 해결되지 않은 채로 남아 있을 뿐이다. 낭만주의자들이 이야기하는 것처럼 예술이란 인간의 노력으로 성취할 수 없는 것일까? 성취할 수 있다면 얼마나 가능한가? 모차르트의 천재성을 지켜보면서 신을 원망하는 살리에리의 말은 그 나름대로 한계성에 노출된 보통 사람들의 절규로 남는다. 그러나 여기서 푸시킨이 이야기하고자 하는 것은 단순히 장인정신과 천재적 영감의 대비가 아니다. 그의 위대성은 예술성과 인간성을 분리하지 않고 하나의 통합체로 보고 있다는 데에 있다. 작가의 궁극적 관심은 인간이며, 인간애를 바탕으로 한 예술만이 위대하다는 것이다. 질투의 예술은 예술로서 그 가치를 잃고, 질투하는 예술가는 예술가로서의 생명을 잃는다.

천재론 칸트는 『판단력 비판』에서 "천재는 예술에 규칙을 부여하는 재능이다"라고 총괄적으로 정의하고 있다. 칸트는 천재의 네 가지 특징을 흥미롭게 설명한다. 첫 번째 특징은 독창성이다. 그에 따르면 천재란 어떠한 특정 규칙, 즉 기존에 존재했던 경험적 보편성이나 법칙을 탈피하는 작품을 생산하는 사람이나 그 재능을 말한다. 다시 말해 기존의 규칙에 따라서 작품을 생산하는 것이 아니라, 그러한 규칙들을 넘어서는 독창성을 발휘한다는 의미이다. 둘째로 천재의 작품은 동시대의 모범이자 전형이어야 한다. 천재의 독창성은 무의미한 독창성이 아니라 다른 천재가 계승, 발전시킬 수 있는 전형을 만들어 내는 것이다. 셋째로 천재는 생득적인 재능이다. 칸트는 "천재란 생득적인 마음의 소질(창의력)이요, 이것을 통해서 자연이 예술에 규칙을 부여한다"라고 주장한다. 여기서 언급되는 자연은 물론 감각적인 자연과 대비되는 초감각적인 자연을 의미한다. 자연이 천재에게 재능을 부여하는 것은 논리적인 전개에 따라서 설명될 수 있는 것이 아니다. 넷째로 천재는 반드시 예술가이어야만 한다. 천재가 매개하는 신, 자연의 목소리는 학문적인 것이 아니라 예술적인 것이다.

러시아인들은 푸시킨을 천재 시인으로 칭송한다. 푸시킨은 700여 편의 서정시, 『루슬란과 류드밀라』와 『폴타바』, 희곡 『보리스 고두노프』, 장편소설 『대위의 딸』, 운문소설 『예브게니 오네긴』 등으로 모든 장르에서 최고의 작가로 자리매김되었다. 고골은 푸시킨을 "우리보다 200년을 앞서간 작가"라고 칭송했다. 고리키는 푸시킨을 "시작의 시작"이라고 했다. 러시아에는 모차르트의 천재성에 대한 용어 모차르트주의(моцартианство)가 생겨났다. 왜 그럴까? 생각해 볼 문제이다. 일반적으로 천재라 하면 환희에 가득 찬 영감의 순간을 경험하는 치열한 예술혼을 가진 사람이나, 일반 대중과는 고립되어 있는 고통스럽고 고독한 존재가 떠오른다. 『모차르트와 살리에리』에서 푸시킨은 은근히 자신을 모차르트와 같은 천재로 간주했는데, 모차르트는 살리에리와 달리 질투의 예술이 아니라 진정성의 예술을 추구했다. 모차르트는 예술 앞에서 행복하고 밝으며 열정이 발휘된다. 푸시킨의 예술작품은 모차르트의 음악과 다음의 유사점을 갖는다. 첫째로 세상 사람들이 누구나 쉽게 즐길 수 있다. 그리하여 푸시킨의 작품은 일반인의 성정에 맞는 보편성을 갖는다. 둘째로 푸시킨은 당대 사회상을 현실성 있게 그려 내면서도 남녀 간의 사랑을 무겁게 다루지 않는다.

푸시킨이 위대한 열 가지 이유 러시아인들이 가장 사랑하는 작가는 푸시킨이다. 한국 독자들은 도스토옙스키나 톨스토이와 같은 세계적인 작가가 있는데 러시아인들이 푸시킨을 러시아 문학의 대표적인 작가로 칭송하는 이유가 생소할 것이다. 『러시아 포커스』에 게재된 예카테리나 알레예바의 특별기고 '푸시킨이 위대한 열 가지 이유'는 아주 흥미롭다. 이 기사를 중심으로 열 가지 이유를 정리해 보자.

첫째로 러시아 표준어(문학어)의 창시자이다. 언어가 인간 진화의 꽃임을 잘 알고 있는 푸시킨은 유럽어와 러시아 민중의 언어, 교회에서 사용되었던 교회슬라브어를 하나로 통합한 표준어를 만들어 냈다. 또한 고전주의 규범을 깨 버리고 문어와 구어의 경계를 극복했다. 그전까지만 해도 주로 황제나 귀족에게 바치는 송시(頌詩)에서 사용되던 고전주의 규범과 '삼문체설'의 엄격한 적용 문제로 러시아어는 복잡하고 과장되어 있었다. 푸시킨은 이를 타파하고 생생하게 살아 숨 쉬는 민중의 구어를 문학작품에 그대로 사용했다. 그의 작품들에서 사용된 언어는 지금까지 러시아인들이 그대로 사용하는 언어가 되었다. 그리하여 러시아인들은 그를 현대 러시아어의 창시자라 부른다. 러시아의 6월 6일은 위대한 시인 알렉산드르 푸시킨의 생일이자 러시아어의 날이다.

둘째로 다양한 장르의 개척자이다. 푸시킨의 창작 장르의 스펙트럼은 넓고 방대하다. 푸시킨은 고전주의 송시, 낭만주의 시, 연애와 세속을 다룬 서정시, 운문소설, 역사소설, 사실주의 산문, 중편, 단편, 동화, 여행기 등을 남겼다. 그의 예술작품은 해당 장르의 영역에서 오늘날까지도 전범이 될 만큼 완벽한 예술적 가치를 지닌다. 그는 시대를 앞서가는 작가의 실험 정신으로 장르의 경계선을 파괴하면서 새로운 장르, 새로운 도전 정신을 보여 주었다.

셋째로 짧은 생애에 '모든 것'을 써낸 작가이다. 푸시킨은 '소시민(작은 인간)'의 고통, 사회에 적응하지 못하는 비범한 주인공, 개인의 행복과 의무 사이 선택의 괴로움, 체제에 대항하는 소수의 반란 등 19세기는 물론이고 이후 20세기에도 작가들이 고심하던 중심 주제들을 작품 속에서 다루었다. 푸시킨이 처음 다룬 이러한 주제들은 이후 도스토옙스키, 톨스토이, 체호프, 부닌과 같은 다른 위대한 러시아 작가들의 작품 속에서 다시 등장한다. 그의 작품은 모든 주제와 형식을 두루 섭렵한 천재성과 장인정신의 종합이었다.

넷째로 '러시아적 삶의 백과사전'이라 할 수 있는 작품을 썼다. 푸시킨의 운문소설 『예브게니 오네긴』은 그 시대 러시아인의 삶과 문화 전반이 고스란히 묘사되어 있어 19세기 중반 '러시아적 삶의 백과사전'이라고 불린다. 운문소설 전체에 깔려 있는 푸시킨의 해박한 문화적 지식이 돋보인다. 푸시킨이 8년(1823-1831)에 걸쳐 집필한 이 작품은 작가 자신과 시대의 변화상을 잘 반영했다. 전 세계에서 오페라, 발레, 연극으로 제작·상연되고 있으며 덕분에 그의 명성은 더욱 높아졌다.

다섯째로 복잡한 것을 단순하기 말하는 예술적 재능이다. 외견상의 단순함은 푸시킨의 작품이 대중적 인기를 누린 또 다른 이유다. 작가에 의해 세심하게 선택된 간명한 표현들은 마치 단숨에 써 내려간 것 같은 인상을 준다. 하지만 푸시킨의 초고를 보면 그가 작품의 한 줄 한 줄을 위해 얼마나 고심했는지를 알 수 있다. 그에게는 불과 몇 개의 단어로 마치 눈앞에 보는 듯 또렷한 인상을 독자의 머릿속에 각인시켜 주는 능력이 있었다. 그는 "단순함이 진리(simplex signum veri)"라는 말의 실천자이다. 푸시킨 작품의 간결함과 보편성은 그의 문학이 지닌 미덕이며 토대이다.

여섯째로 대담한 익살꾼이며 풍자작가이다. 사후에 푸시킨은 러시아 문학에서 아주 특별한 위치를 차지하게 됐지만, 생전에 그는 진지한 작가라든가 예언자의 이미지와는 아주 거리가 멀었다. 섬세하고 세련된 유머 감각의 소유자였던 푸시킨은 자신의 시에 비속어를 즐겨 사용했으며, 고관대작들을 겨냥한 독설이 담긴 풍자시를 쓰기도 했다.

일곱째로 진리를 추구하는 고행자이다. 푸시킨은 「자유의 찬가」라는 시 때문에 몇 년간 유형 생활을 했다. 이 시에는 "사악한 독재자여, 너와 너의 왕좌를 증오한다. 너의 파멸, 네 아이의 죽음을 잔인한 미소로 나는 본다"라는 구절이 포함되어 있다. 이 시를 읽고 격노한 알렉산드르 1세는 시인을 러시아 남부 지방으로 유배시켰다가 나중에 시인의 영지인 미하일롭스코예에서만 활동하도록 가택연금형에 처한다. 푸시킨은 데카브리스트들(1825년 12월 헌법과 시민의 자유를 요구하며 봉기를 일으킨 귀족 혁명가들)과도 친분이 있었다. 만약 유배 중이지 않았다면 1825년 12월 페테르부르크에서 일어난 데카브리스트의 난(亂)에도 참가했을지 모를 일이다. 푸시킨은 차르 체제의 전복을 주장하지는 않았다. 그는 개인의 자유와 사생활의 보장을 원했고 당국의 검열에 맞서 싸웠다. 그는 러시아인이 끝없이 추구해 온 지향점을 이렇게 정의했다. "세상에 행복이란 없다. 하지만 평안과 자유는 있다."

여덟째로 러시아의 '돈 주안'으로서 아름다운 연애시로 유명하다. 푸시킨은 여성의 아름다움을 칭송하며 사랑했다. 그에게는 '돈 주안'이라는 별명이 따라다녔다. 러시아 시 역사상 가장 유명한 연애시도 그의 작품이다. 러시아인들은 푸시킨이 만든 사랑의 담론을 회자하며 즐긴다. 이후 러시아 시인들도 푸시킨이 창조한 사랑의 수사학에 관한 모방과 변주를 즐겼다.

아홉째로 위대한 작가들의 논쟁 대상이 된 작가이다. 작가들 대다수가 푸시킨의 위대함을 인정했다. 도스토옙스키는 1880년에 열린 러시아 문학 애호가 협회 회의에서 푸시킨의 재능을 칭송하는 장문의 연설을 했다. 그 연설의 한 대목은 이렇다. "세계에 대한 공감 능력과 타민족의 천재로 완벽하게 변신하는 능력, 거의 완전한 변신 능력이야말로 푸시킨을 특징짓는 대표적인 예술적 천재성이자 다른 어느 곳, 다른 누구에게서도 발견할 수 없는 재능이다." 그런가 하면 투르게네프는 모스크바 푸시킨 동상 제막식 연설에서 "푸시킨의 시에는 러시아 민족의 특성과 본질이 담겨 있다"라고 말했다.

문학 영역에서 푸시킨의 신화화는 계속되었다.

열째로 푸시킨은 러시아인들의 숭배 대상이 되었다. 소비에트 시기에 전국의 초중고 문학수업 교실은 물론이고 집마다 프토피닌이나 키프렌스키가 그린 푸시킨의 초상화 복제판이 걸려 있을 정도였다. 1937년에 이미 푸시킨 서거 100주년을 기념하는 행사가 거행됐고, 이후 탄생 150주년 기념식도 전국에서 치러졌다. 푸시킨 기념일에 맞춰 푸시킨 기념품, 담배, 성냥, 우표, 식기, 비누, 향수 등 그의 얼굴이 그려진 다양한 상품들이 쏟아져 나왔다. 소비에트 시기부터 현재에 이르기까지 푸시킨은 국가적 상징이 되었다.

천재 시인 푸시킨이 존재했다는 사실은 러시아 민족과 러시아 문학의 가장 큰 행복이다. 러시아 문학의 태양인 알렉산드르 푸시킨 이후, 작가는 러시아에서 특별한 위상을 가졌다. 작가는 사회의 양심이요 민중의 스승으로 존경받았을 뿐만 아니라 예언자 역할도 했다. 작가는 자유·정의·진리를 위해 탄압을 받으면서도, 학대받고 고통받는 민중을 대변하고 전제정치를 비판하며 사회 변혁에 앞장섰다. 따라서 작가들에 대한 숭배와 신화화도 자연스럽게 이루어졌다. 작가들의 특성은 러시아 문학에 잘 반영되어 나타나는데, 러시아 문학은 러시아 민족의 고유한 특성을 보여 줄 뿐만 아니라 인류의 보편성을 보여 준다.

6. 왕관을 쓴 자여, 그 무게를 견뎌라: 푸시킨의 『보리스 고두노프』

러시아인에게 '혼란(동란)의 시대'는 특별한 역사의 한 장이었다. 푸시킨의 『보리스 고두노프』는 '혼란의 시대'를 배경으로 한 역사드라마이다. 역사는 사실을 바탕으로 과거에 일어난 일을 기록하지만, 역사드라마는 역사적 사실에 허구적인 이야기를 덧붙인다. 또한 역사는 민족이나 집단의 운명을 추적하지만, 드라마는 역사적 인물의 개인적 운명을 추적한다. 역사와 드라마의 보편적 특성을 고려하여 정의해 본다면, 역사드라마는 객관적 사실과 주관적 상상력의 통합이라 할 수 있다. 피로 얼룩진 고난의 역사를 체험한 러시아인들에게 역사는 개인의 의지로 좌우할 수 없는 객관적 사실을 의미했다. 개개인의 러시아인, 나아가 러시아 민족에게 있어 역사는 인간의 삶을 제약하는 외적 조건이요, 불가항력적인 힘이었다. 푸시킨의 『보리스 고두노프』는 러시아적 현상, 또는 러시아적 질병이라고 할 수 있는 참칭(僭稱)의 문제에 천착하여 '혼란의 시대'에 왕관을 쓰려는 참칭자들의 권력투쟁을 흥미롭게 묘사하고 있는 작품이다. 이 드라마에 나타난 푸시킨의 역사의식과 참칭의 메커니즘을 잘 이해한다면 새로운 지평을 볼 수 있을 것이다.

역사적 배경으로서의 '혼란의 시대' 이 작품의 배경이 된 '혼란의 시대(смутное время)'에 대한 역사적 사실을 살펴보자. 러시아 역사에서 참칭자 그리고리 오트레피예프가 나타난 1604년부터 미하일 로마노프가 새로운 황제로 등극한 1613년까지 약 10년간을 '혼란의 시대'라 한다. 이 시기에 심한 기근, 모스크바 통치권의 계승 문제, 사회적 무질서로 인한 내란, 참칭자의 등장, 외국의 간섭 등으로 백성들의 삶은 황폐해졌고, 국가는 그야말로 풍전등화의 위기에 처해 있었다.[13] 참칭자가 출현하고 미하일 로마노프가 새 황제로 선출되는 과정에서 러시아 황제 자리를 둘러싼 암투는 절정에 이르렀다. 『보리스 고두노프』는 1598년 이반 뇌제의 아들 표도르가 죽는 시점에서 시작하여 1605년 가짜 드미트리가 제위에 오르고 보리스의 아내와 아들이 살해되는 시점에서 끝난다. 러시아 역사에서 대귀족(보야르)들 간의 치열한 권력투쟁을 보여 준 '혼란의 시대'에 대해 알렉산드르 솔제니친은 "한때 그토록 막강한 힘으로 충만했던 러시아가 어쩌다가 그렇게 깊은 나락으로 떨어지게 되었을까?"라고 언급한다. 이와 관련하여 『보리스 고두노프』의 시대적 배경이 된 '혼란의 시대'에 대한 역사적 사실을 좀 더 구체적으로 알아보자.

1584년 황제 이반 4세(재위 1530-1584, 뇌제 또는 폭군)가 죽은 후 러시아에는 그를 계승할 만한 마땅한 후계자가 없었다. 이반이라는 총명한 황태자(1554-1581)가 있었지만, 광적인 생활을 하던 이반 뇌제는 불행하게도 자신의 쇠 지팡이로 그 아들을 내리쳐 죽이고 말았다. 그에게는 두 아들 표도르와 드미트리가 더 있었으나 표도르는 심신이 매우 병약했고, 드미트리는 태어난 지 6개월밖에 되지 않은 어린애였을 뿐 아니라 일곱 번째 아내에게서 태어났으므로 왕위 계승권이 없었다. 당시 교회법은 세 번의 결혼만을 인정했기 때문이었다. 그러니 병약하지만, 첫 번째 아내에게서 태어난 표도르가 황제 자리를 계승하는 것은 당연한 일이었다. 황제가 된 표도르는 기도하거나 교

13 사회현상뿐만 아니라 국가의 흥망성쇠에 적용 가능한 법칙은 '하인리히 법칙'이다. "왕조가 멸망할 때는 흉년이 들고 민심이 흉흉하며 도적 떼들이 들끓고 탐관오리들이 가렴주구를 일삼을 뿐만 아니라, 왕과 귀족들은 향락에 젖어 정사를 게을리했다는 공통점이 발견된다." 재앙에는 수많은 징후와 경고가 있다는, 즉 "위기는 갑자기 찾아오지 않는다"라는 하인리히 법칙의 기본취지는 류리크 왕조에도 적용된다.

레핀, 〈폭군 이반이 아들을 죽이다〉

회 종소리를 듣는 데 시간의 대부분을 보냈다. 사실 이 황제는 나라 안팎의 정사에 전혀 관심이 없었을 뿐만 아니라, 국정을 이해할 만한 능력도 없었다. 무능력한 황제가 국정 운영에 실패한 것은 당연한 결말이었다.

이반 4세 때부터 불안해지기 시작했던 국내 정치 상황과 황제의 무능력은 국력을 크게 약화시켰다. 신분이나 계급과 관련 없이 모든 국민의 불만은 점점 커지고 있었다. 그중에서도 특히 농민들은 늘어나는 부채 부담과 극심한 중노동에서 벗어나기 위해 그들의 거주 지역으로부터 이탈하기 시작했다. 작은 토지를 분배받아 생활하던 귀족들의 불평도 점점 심해져 갔다. 이처럼 생활환경이 나빠지자 농사짓는 농민의 수가 점점 줄어들면서 기름진 땅들도 자연스럽게 그 가치가 떨어졌다. 상인과 기술자들도 정부가 거두어들이는 무거운 세금을 감당할 수 없었기 때문에 변경 지대로 이주했다.

15년이 채 안 되는 표도르의 통치기간 동안 러시아 중심 지역의 인구는 급격히 줄어들었다. 국가 질서가 전반적으로 혼란에 빠지자 그늘 속에 가려졌던 귀족계급이 다시 힘을 얻기 시작하여 독재정치에 대항하는 세력으로 부활하기 시작했다. 가장 강력한 힘을 갖게 된 사람은 타타르의 후예인 보리스 고두노프[14]였다. 보리스의 누이 일리나 고두노바는 마음이 약한 표도르와 결혼했다. 그리하여 보리스는 아직 어리고 병약한 황제 대신 매형으로서 섭정하게 된다. 고두노프는 학문적 지식은 별로 없었지만, 정치적인 처세술이 뛰어나 주변에 강력한 힘을 구축함으로써 당시 가장 위력적인 존재로 등장했다. 사실상 보리스 고두노프가 실질적 황제로서 국가 권력을 휘두르게 된 것이다. 공식문서에서 그는 "위대한 군주의 매형이자 러시아의 지배자"로 호칭되었다.

이반 뇌제의 둘째 아들 드미트리는 고두노프의 명령에 따라 모스크바 북방에 있는 작은 마을 우글리치에서 호위병의 경호를 받으며 어머니와 함께 살았다. 그러던 어느 날 예기치 않은 사건이 발생했다. 1591년, 8살밖에 안 된 어린 드미트리 황태자가 목에 칼을 맞아 죽은 채로 발견된 것이다. 고두노프는 즉시 바실리 슈이스키를 대표로 삼은 진상조사단을 우글리치로 보냈고, 얼마 후 그 조사단은 드미트리가 조그마한 손칼을 가지고 놀다가 갑자기 간질병 발작을 일으켜 자신도 모르게 그 칼로 목을 찔러 죽게 되었다고 보고했다. 드미트리의 죽음을 단순 사고사로 결론 내린 것이다. 사건은 이러한 보고 내용을 그대로 인정하여 마무리되었으나, 의문의 여지는 여전히 남아 있었다. 드미트리가 고두노프가 보낸 자객에 의해 살해되었다는 소문이 계속 나돌았기 때문이었다. 그 소문은 고두노프에게 그리 커다란 영향을 미치지는 못했다. 하지만 고두노프의 반대자들은 계속해서 그가 제위에 오르기 위해 드미트리를 살해했다고 주장했다.

1598년 황제 표도르가 사망하자, 고두노프는 국민회의의 선출을 통해 황제의 자리에 올랐다. 고두노프는 비록 섭정을 통해 권력을 잡고 제위에 올랐지만 나름대로 능력이 있는 인물이었다. 그는 통치자로서 용기와 애국심을 갖고 러시아 발전을 위해 노력했다. 그러나 여러 해 동안 계속된 대기근

14 고두노프라는 이름은 '어리석은 사람'이라는 의미의 몽골어 '교돈(gödön)'에서 파생되었다.

고두노프

으로 10만 명 이상의 국민이 사망하자 민심은 흔들렸고, 이와 때를 같이하여 대귀족들 역시 반감을 갖고 그의 권좌를 흔들기 시작했다. 이러한 상황에서 스스로 죽은 드미트리 황태자라고 부르는 젊은 가짜 드미트리가 나타났다. 그는 자기가 자객들을 피해 살아남은 진짜 황태자라고 주장했으나, 사실은 추도프 수도원에서 도망 나온 수도사 그리고리 오트레피예프였다. 당시 고두노프를 시기하던 귀족들은 오트레피예프로 하여금 그가 드미트리라는 소문을 퍼뜨리게 한 다음 폴란드 귀족들에게 소개하여 폴란드 왕 지그문트 3세를 만나게 했다. 참칭자는 폴란드 왕과 귀족에게 도움을 청하며, 만일 자기가 러시아 황제가 되면 러시아 영토를 양도하고 개종하겠다고 약속했다. 결국 그는 러시아 남부 지역의 일부를 넘겨주고 러시아를 동방정교회에서 가톨릭으로 개종시키겠다는 약속의 대가로 폴란드의 병력지원을 받았다. 『보리스 고두노프』의 11장에서 참칭자는 개종을 다음과 같이 약속한다. “제가 보증하건대 2년 안에 모든 러시아 백성과 북방 교회 전체가 표도르의 대리인, 가톨릭 교황의 권력을 인정할 겁니다.” 러시아가 폴란드와 대격돌을 하게 된 원인은 무엇일까? 첫째 원인은 우선 교황의 권력욕이었다. 교황은 동방정교를 자신에게 종속시키고자 했다. 둘째 원인은 예수회의 활동이었다. 예수회 회원들은 교묘한 활동으로 폴란드와 러시아가 충돌하게 만들었다. 셋째 원인은 폴란드 정부의 세력 강화였다. 폴란드 정부는 러시아를 정치적으로 약화시키고, 교황권에 종속시키기 위해 참칭자를 도와주었다.

『보리스 고두노프』에는 16세기의 역사적인 인물 쿠릅스키 공이 등장한다. 이반 뇌제의 친구였던 안드레이 쿠릅스키는 이반 뇌제의 횡포를 견디다 못해 폴란드로 망명을 떠난다. 두 사람 사이의 관계는『안드레이 쿠릅스키 공과 이반 뇌제와의 왕복 서한』에 잘 나와 있다. 이들의 관계는 이후 권력의 대비 편에서 상세히 다루도록 하겠다.

1604년 오트레피예프는 폴란드 군대와 함께 모스크바로 진격했다. 그의 군대는 농민과 도시민들의 열렬한 환영과 지지를 받았다. 더욱이 지방관리들까지 합세하니 그가 이끄는 군대의 사기는 하늘을 찌를 듯했다. 설상가상으로 1605년 보리스 고두노프는 갑자기 사망하였고, 그의 아들 표도르 2세가 제위에 올랐다. 대세가 기우는 것을 알아차린 모스크바 귀족들은 고두노프의 가문을 전복시키기 위해 참칭자의 편에 가담했다. 마침내 모스크바에 입성한 오트레피예프는 황태자 드미트리의 죽음을 조사했던 슈이스키에게 진상을 발표하게 했다. 슈이스키는 붉은 광장에 모여든 사람들에게 당시 상황을 이렇게 진술했다. "고두노프가 보낸 자객이 죽인 사람은 드미트리가 아니고 한 수도사의 아들이었소." 이에 격분한 군중들은 크렘린궁으로 몰려갔고, 고두노프 일가는 황궁을 버리고 다른 집으로 피신했다. 참칭자의 지지자들은 고두노프의 일가친척들을 살해한 후 음독자살했다고 발표했다. 이렇게 해서 가짜 드미트리는 당당하게 크렘린궁에 입성했고, 황제의 자리에 오른 가짜 드미트리의 통치가 시작되었다. 그는 약속한 대로 정부의 주요 관직을 폴란드 귀족에게 내주고, 호화주택과 금은보화를 주었으며 자기에게 협력한 병사들에게도 국고를 나누어 주었다. 국가 질서가 무너졌고, 오트레피예프의 부하들은 세상 무서운 줄 모르고 약탈을 일삼았다. 자신들이 곧 법인 세상에서, 그들은 물건은 물론 여자들까지도 마음대로 빼앗아 갔다. 참칭자 오트레피예프는 자기를 도와준 폴란드 귀족 므니세크의 딸 마리나에게 청혼을 하는 한편, 고두노프의 딸 크세니아에게도 추파를 던졌다. 마리나 므니세크가 모스크바에 와서 결혼식을 마친 후 향연은 연일 계속되었다.

사회 전체가 무법천지로 변하자 국민의 원성이 터져 나오기 시작했다. 사태의 심각성을 감지한 교활한 간신 슈이스키는 모반을 도모했다. 그는 국민의 원성을 이용하여 참칭 정부를 무너뜨리고 자신이 직접 권좌에 앉아 통치하고자 했다. 국민과 대귀족들은 참칭자에 대한 누적된 반감을 일시에 폭발시켜 참칭자와 그의 측근들을 무자비하게 살해했다. 슈이스키의 계획은 성공을 거두었다. 귀족들의 변혁을 주도했던 바실리 슈이스키가 새로운 시대의 인물로서 황제의 자리에 오르게 된 것이다. 이반 4세가 죽은 지 22년 만에 옛 귀족계급이 다시 모스크바 대공국의 주인이 된 셈이었다.

그러나 머지않아 슈이스키를 따르는 무리와 반대하는 무리가 나누어져 대립하기 시작했고, 때맞춰 제2의 참칭자가 키예프 동북부에 있는 도시 푸치불에 등장했다. 그는 자기가 황제 드미트리라고 주장하며 전국을 민중봉기의 소용돌이 속으로 몰아넣었다. 사실 이 두 번째 가짜 드미트리의 이름은 이사예비치 볼로트니코프였다. 그는 카자크인으로서 전쟁 포로였고, 지혜롭고 경험이 풍부한 인물이었다. 차르를 참칭한 그가 도시에 나타나자 끊임없이 내란에 시달리던 러시아 농민들과 일부 카자크인들이 그의 편에 가담했다. 카자크인들로 구성되었던 소규모 부대들과 러시아 정부의 압제에 못 이겨 도망갔던 농민, 상인, 노예 등이 그를 환영했다. 그리하여 그는 쉽게 수만 명에 이르는 군대를 모집할 수 있었다. 볼로트니코프의 군대는 100일도 채 안 돼 모스크바에 접근했다. 그들은 슈이스키의 정부군과 치열한 공방전을 치른 후 소강상태에 빠졌다. 이 혼란이 수습되는 과정에서 다시금 폴란드의 간섭이 이루어졌다. 폴란드의 지원을 받은 두 번째 가짜 드미트리는 이번에도 자기가 귀족 반란 중에 기적적으로 살아남았다는 소문을 유포시켰으며, 새로 구축한 진지에서 첫 번째 참칭자의 미망인 마리나와 결혼까지 했다. 이 가짜 드미트리 2세는 이후 계속해서 모스크바 점령을 시도하였으나 실패한다. 그는 국경 부근에 본영을 세워 러시아 정부를 계속 협박하다가 결국 그해 말에 동료에 의해 살해되었다.

이러한 가짜 참칭자의 등장과 그에 따른 혼란 속에서, 슈이스키는 상황을 타개하기 위해 외세를 이용하고자 스웨덴과 군사동맹을 맺는다. 그러나 이 동맹은 엉뚱한 결과를 낳고 말았다. 슈이스키를 지원하기 위해 러시아에 상륙한 스웨덴군이 노브고로드를 점령해 버린 것이다. 그 와중에 황제 슈이스키가 그의 조카이자 총사령관인 미하일 스코빈 슈이스키를 독살하는 사건이 일어났다. 이 사실을 알게 된 귀족들은 귀족 회의를 소집하여 슈이스키를 퇴위시켜 버렸다. 러시아는 또다시 통치자가 없는 상태에 놓이게 된 것이었다. 설상가상으로 폴란드군과 스웨덴군이 주인 행세를 하며 러시아 국민과 피비린내 나는 전쟁을 되풀이하고 있었다. 이러한 상황은 러시아 전 국민이 외세에 강하게 저항하는 계기가 될 수밖에 없었다. 마침내 러시아군은 폴란드군에게 승리를 거두었고, 1613년에 미하일 로마노프가 제위에 올랐다. 역사의 시간은 기다려 주지 않는다. 이로써 오랜 '혼란의 시대'가 막을 내리고 로마노프 왕조가 시작되었다.

왕관의 무게 "왕관을 쓴 자여, 그 무게를 견뎌라"라는 셰익스피어의 유명한 말이 있다. 통치자의 숙명을 상징하는 말이다. 인물이나 사건 중심으로 역사를 다룬 사극에서 흔히 볼 수 있는 말이자, 정치인에서부터 재벌(상속자)에 이르기까지 세속적 권력의 정점에 있는 사람들에게 잘 어울리는 말이기도 하다. 사실 어느 국가의 역사에서나 왕좌는 쉽고 편한 자리가 아니었다. 통치자들은 권력투쟁에서 살아남기 위해 치열하게 싸워야 했기 때문이다. 푸시킨의 『보리스 고두노프』에서 황제의 지위에 오른 고두노프는 호시탐탐 그 자리를 노리는 사람들로 인해 마음의 평안 없는 나날을 보낸다. 고두노프는 왕관의 무게에 대해 다음과 같은 진정성 있는 말을 입에 담기도 한다.

아, 괴롭다! 숨을 돌리자. 온몸의 피가 얼굴로 솟구쳐 올랐다가 무겁게 내려오는 느낌이다…. 누가 나를 해치려는 거지? 이름 없는 유령일 뿐이야. 아니, 정말로 유령이 내 용포를 빼앗으려는 걸까? 아니면 한갓 환청이 내 자식의 제위를 빼앗겠는가? 나도 참 어리석구나! 도대체 무엇 때문에 겁이 나는 걸까? 불면 없어져 버릴 환영 같은 거다. 그렇게 해결하면 되는 거야. 공포심을 드러내지 말자. 그러나 어느 것도 무시해서는 안 돼…. 오, 황제의 왕관이란 참으로 무겁구나!

이는 우여곡절 끝에 어렵게 왕관을 쓴 보리스 고두노프가 그 왕관의 무거움을 견디는 것이 얼마나 어려운지를 실토하는 고백이다. 왕관의 무게를 견디기 위해서는 용기와 지혜와 책임감이 필요하다. 강력한 힘으로 밀어붙여 최고의 자리에 오른 보리스 고두노프는 황제가 되어서도 타타르의 후예로서 러시아 왕의 정통성 문제에 직면해야 했을 뿐만 아니라, 국가의 명운을 걸고 힘겨운 싸움을 해야 했다. 그는 시해의 두려움과 긴장, 실패의 두려움, 미래의 불안감과 우울, 압박감과 중압감 등 갖가지 정서적 고통을 견뎌 내야만 했다. 고두노프는 "오, 황제의 왕관이란 참으로 무겁구나!"라고 말하면서도 끝내 자신의 죽음을 대비하지 못했다. "모든 사람이 죽는다는 것을 알고도 한 사람도 제 죽을 것을 믿는 사람은 없다"라는 힌두교 경전의 경구가 떠오르는 대목이다. 결국, 고두노프는 그 왕관의 무게를 견디지 못하고 아무런 대비책 없이 일찍 죽게 되었다. 실제 러시아 역사에서 그의 뒤를 이어 왕관을 쓴 참칭자들 모두 그 무게를 견디지 못하고 권력투쟁의 제물이 되어 사라져 버린다. 『보리스 고두노프』에서 왕관의 무게는 역사의 무거움이면서 권력의 무게이기도 하다.

창작 과정 푸시킨의 창작 단계를 시기별로 구분하면 일곱 시기로 나눌 수 있다. 첫째로 황실 귀족학교 리체이 시절(1813-1816), 둘째로 페테르부르크 시절(1817-1820), 셋째로 남부 지방 유형 시기(1820-1824), 넷째로 미하일롭스코예 유형 시기(1824-1826), 다섯째로 20년대 후반 창작 시기(1826-1830), 여섯째로 볼디노의 가을 창작 시기(1830), 일곱째로 30년대 창작 시기(1831-1837)이다. 푸시킨은 어머니의 영지인 미하일롭스코예에 2년간 머물면서 창작 시야를 넓혀 역사드라마[史劇]를 구상했다.

역사 문제를 다룰 때는 지식과 기술이 필요하다. 역사는 해당 주제에 관해 글을 쓴 역사가와 여러 사람의 해석을 포함한다. 역사를 다루는 기술이란 역사적 사실과 해석을 조합하여 과거 이야기를 꾸미는 솜씨를 가리킨다. 역사가의 이야기는 '인간의 과거에 관한 일정하고 일관성 있으며 진실을 지향하는 이야기'이다. 그러나 역사 연구에서 '진실'은 실상 복잡하고 모순적일 뿐 아니라 모호한 경우가 많다. 과거 사건의 증거는 불완전하고 단편적일 수밖에 없다. 사라진 증거도 많고 희미해지거나 왜곡된 증거도 있다. 푸시킨이 이러한 역사 기술의 한계를 극복하기 위해 선택한 길잡이는 카람진의 역사서 『러시아 국사』(전 12권, 1816-1829)였다. 이 역사서를 읽으면서 푸시킨은 러시아 역사상 가장 어려운 시기라 할 수 있는 '혼란의 시대'에 대해 커다란 관심을 두게 되었다. 『보리스 고두노프』는 카람진의 역사서 『러시아 국사』 제10권과 11권을 기초로 한 작품이다. 『러시아 국사』의 첫 페이지에는 "질서를 세우고 사람들의 이익을 조화시키며 그들에게 지상에서 가능한 행복을 선사하기 위해" 역사를 아는 것이 필수적이라는 서술이 등장한다. 전제정치와 농노제를 옹호한 작가이자 역사가 카람진은 보리스 고두노프에 대해 "합리적인 정치와 계몽에 대한 사랑, 진정한 국부가 되려는 열정으로 당대 유럽에서 상당한 칭송을 받던 현명한 통치자"라고 썼다. 나아가 카람진은 고두노프를 비극적인 인물, 과거 때문에 고통을 받는 진보적인 통치자, 막강한 권력을 가졌으나 정치적 필요와 양심 사이의 괴리 때문에 파멸하는 인간의 나약함을 보여 준 인물로 묘사한다. 이러한 사실은 비평가들이 푸시킨에 대해 역사성과 사실성에 집착하여 작가적 상상력을 충분히 발휘하지 못했다고 평가하는 근거가 되었다. 그러나 푸시킨은 『보리스 고두노프』가 카람진의 『러시아 국사』에 빚을 지고 있음을 공공연하게 밝히면서도 카람진과는 다른 시각에서 역사를 파악하고 있음을 분명히 했다.

> 보리스의 성격에 대한 카람진의 주석이 고맙다. 상당히 도움이 되었다. 나는 그를 정치적인 관점에서 보았고, 그의 시적인 측면은 신경 쓰지 않았다. 나는 그에게 복음서를 쥐고 헤롯왕 이야기를 읽게 할 것이다.

푸시킨은 뱌젬스키에게 보내는 편지에서 보리스에게 '헤롯왕 이야기'[15]를 읽게 할 것이라고 밝혔다. 푸시킨이 성경에 나오는 무자비한 왕 헤롯을 왜 언급했을까? 그것은 푸시킨이 카람진보다 냉정한 눈으로 보리스를 보았다는 사실을 의미한다. 푸시킨은 보리스의 드미트리 살해를 헤롯의 영아 살해와 동일시했고, 그를 무겁게 단죄한 것이다.

역사가는 증거의 조각들을 최대한 조심스레 맞추지만, 그것으로 만들어 낸 그림에는 아무래도 빈틈이 있게 마련이다. 우리가 역사로 알고 있는 것이 과거의 정확한 모사라고 확신할 수는 없다. 역사 지식이란 항상 가변적이므로 푸시킨은 카람진의 역사서를 일차자료로 하여 역사가가 보지 못한 틈을 드라마로 완성했다. 그로써 푸시킨은 좋은 글쓰기를 해낼 수 있었다. 역사적 인물이 실제로 한 일과 했을 것 같은 일 사이의 긴장은 역사에 새로운 흥미를 부여한다. 역사철학자인 허버트 버터필드는 이렇게 말했다. "역사는 인간 생활의 드라마를 마치 자의식, 지성, 자유를 가진 개인의 일처럼 다룬다." 드라마처럼 과거의 모든 부분은 고유한 특질을 갖는다. 푸시킨은 작가로서 과거에 살았던 사람들의 마음속에 파고들어 그들과 같은 방식으

15 성경에 나오는 유대인 왕 헤롯의 무자비한 유아 대학살에 관한 이야기이다. 헤롯은 장차 유대인의 왕이 될 아기가 베들레헴에서 태어났다는 예언을 듣고, 자신의 왕위를 지키기 위해 베들레헴과 인근 지역에서 태어난 만 2살 이하의 모든 아기를 죽였다고 전해진다.

로 생각했다.

『보리스 고두노프』는 1831년 초판본의 제목이다. 그 이전인 1825년에 쓴 초고의 제목은 『황제 보리스와 그리슈카 오트레피예프에 대한 희극』이었다. 완결된 초고는 25장이었으나 초판본은 두 장(6장과 14장)이 빠져 23장으로 되어 있다. 초판본에는 초고와 비교하여 빠지거나 덧붙여진 부분들이 약간 존재한다. 초고가 출판되지 못한 것은 황제의 검열을 통과하지 못했기 때문이다. 황제의 허락을 받아 출판할 당시에 푸시킨은 이 작품이 무대에서 공연될 것을 기대하지 않았다고 한다. 아마도 작가는 독자에게 '읽히는' 희곡의 기능을 고려했다고 할 수 있다.

예술 창작의 특성 푸시킨 예술 창작의 특성은 과감한 예술적 실험을 이끈 혁신적인 도전 정신이다. 그의 도전 정신은 후배 작가들에게 많은 영향을 주었다. 그의 예술작품은 19세기의 기념비로만 남아 있는 것이 아니라, 오늘날의 현대 작가들에게도 무한한 창작의 영감을 제공하고 있다. 푸시킨의 『보리스 고두노프』에 나타난 다양한 특성은 다음과 같다.

첫째로 눈에 띄는 것은 『보리스 고두노프』의 형식적 특성이다. 이 작품은 전통적인 희곡과는 달리 연극에서 내용의 큰 단락을 세는 단위인 막(幕, act)의 구별 없이, 총 23장(場, scene)으로 된 희곡이다. 오늘날의 어떤 희곡은 막으로 구분되지 않고 일련의 장 또는 에피소드의 연속으로 구성되기도 한다. 그러나 19세기에 막과 장의 구별이 없는 희곡은 거의 없었다. 또한 『보리스 고두노프』는 당대의 형식적 특성이라 할 수 있는 고전주의의 삼일치법칙(시간·장소·행위의 일치)에서 벗어난다. 작가가 실험적인 형식을 사용한 것이다. 전통적 규범에 불만을 느껴 새로운 시도를 하는 것은 늘 존재해 온 일임에도 사실 결코 쉬운 일이 아니다. 그럼에도 현대적 관점에서 조명할 때 푸시킨의 새로운 형식 시도는 매우 성공적이다. 그런가 하면 이 작품은 각운이 없는 무운시(無韻詩)로서 약강5보격을 사용하고 있다(강약8보격, 산문으로 된 장면들도 있다). 이러한 형식은 러시아 민속 시에서 유래했으며, 이후 블록이나 안나 아흐마토바의 시에서도 자주 나타난다.

둘째로 『보리스 고두노프』는 읽기 위한 희곡이다. 전통적 희극은 공연을 전제로 한 것이지만, 『보리스 고두노프』는 그렇지 않았다. 이 작품은 무대 공연을 위한 것이라기보다는 읽을거리로 쓴 '서재극(書齋劇)' 또는 '클로짓 드라마(closet drama, closet play)'로 볼 수 있다. 공연보다는 문학작품으로 읽히는 것을 목적으로 쓰인 희곡은 '레제드라마(Lesedrama)'라고도 일컬어진다. 레제드라마는 문학적 요소만을 강조한 형식으로 읽기 위한 희곡이라 할 수 있다. 이것은 공연을 전제로 하는 일반 희곡과는 달리 독서를 전제로 쓰인 희곡이기 때문에 사상적이고 문학적인 요소가 더 중시된다. 우선 책으로 출판해 두고 훗날 상연할 계획으로 창작된 희곡은 '부흐드라마(Buchdrama)'라 불리기도 한다. 연극성보다는 문학성을 더 중시하는 이러한 작품의 예로는 괴테의 『파우스트』가 대표적이다.

셋째로 『보리스 고두노프』는 독특한 언어적 특성이 있다. 러시아 문학사에서 푸시킨은 근대 러시아어 규범을 확립하는 동시에 완성했다. 푸시킨은 지배계층의 언어와 민중어를 적절하게 사용하여 당대 표준어의 실례를 보여 주었다. 여기서 지배계급의 언어란 교회슬라브어와 프랑스어를 말하고, 민중어는 일반 국민이 사용하는 보통 언어를 말한다. 『보리스 고두노프』에서는 다양한 신분과 계급을 다루는 작가의 언어 감각이 잘 드러난다. 슈이스키와 보리스 고두노프는 상류층의 언어를 사용하고, 성바보(바보 성자, 유로디비)는 대화 속에서 성경의 언어를 구사하며, 민중과 아낙네들은 자기들의 특성에 따라 민중어를 사용한다. 수도사들의 어투도 역시 특징적이다. 리투아니아 국경의 선술집에서 보여 주는 수도사들의 거친 언어는 매우 흥미롭다. 드미트리도 호칭(그리고리, 가짜 드미트리, 참칭자)의 변화와 성격의 발전 상태가 밀접한 관계를 맺는다.

넷째로 『보리스 고두노프』는 장르적 특성을 보여 준다. 푸시킨은 근대 러시아 문학의 장르적 기틀을 세우고 완성한 작가로 평가받는다. 그의 창작열은 언제나 새로운 형식과 장르 실험으로 나타났다. 그의 장르에 대한 실험 역시 '시작의 시작'이었다. 이 작품은 비극, 그중에서도 낭만주의적 비극으로 간주된다. 흥미로운 것은 1825년 쓰인 이 작품의 초고 『황제 보리스와 그리슈카 오트레피예프에 대한 희극』이 제목을 통해 '희극'이라는 단서를 내포하고 있는 것과 달리, 1831년 최초로 출판된 『보리스 고두노프』에는 '비극'이라는 부제가 붙어 있었다는 점이다. 같은 내용의 작품을 두고 푸시킨이 희극에서 비극으로 장르를 변경했다는 점은 주목할 만하다.

다섯째로 『보리스 고두노프』는 낭만주의 예술사조의 특성을 갖는다. 비평가들의 말에 따르면 푸시킨의 작품은 비극적 요소와 희극적 요소가 공존하는 낭만주의 작품이다. 귀족들은 비극적 요소를 보여 주고, 민중들은 희극적 요소를 보여 준다. 예술사조로서 문학적 낭만주의는 러시아 문학에서 특별한 의미가 있다. 낭만주의는 러시아 민족의 민족적 자각과 연결되어 있기 때문이다. 낭만주의는 러시아인들이 자기 민족의 역사적 운명과 사명에 대하여 숙고하고 역사철학에 몰두하게끔 이끌었다. 『보리스 고두노프』에서 민중은 주체로 등장하여 민족 및 종교적 각성과 대립을 이끌었다. 러시아 민족과 폴란드 민족의 대립, 정교회와 가톨릭의 대립은 작품에 나타난 갈등의 근본적인 문제로 부각한다. 참칭자들과 교활한 귀족들은 외세를 끌어들여 자신들의 사리사욕에만 몰두한다. 폴란드는 대표적인 외부 세력으로서 러시아 내정에 깊게 관여한다. 가짜 드미트리는 폴란드 왕에게 정교회에서 가톨릭으로 종교 개정까지 약속한다. 『보리스 고두노프』의 11장에서 참칭자는 가톨릭 교황의 권력에 대해 언급한다.

> 제가 보증하는데 2년 안에
> 모든 러시아 백성과 북방 교회 전체가
> 표도르의 대리인, 가톨릭 교황의 권력을 인정할 겁니다.

여섯째로 이 작품은 심리주의 드라마로도 평가된다. 특히 작품에는 보리스의 심리적 분열이 잘 나타나 있다. 역사의 한 시대를 살았던 인물들이 경험했을 심리적 실존의 모습을 충실히 보여 줌으로써 그 당시의 시대적 상황을 좀 더 그럴듯하게 알려 주고 있다. 이 역사드라마는 역사적 사건의 전말과 더불어 역사적 순간을 살았던 인간의 내면에 대한 깊이 있는 통찰도 함께 제공한다. 일반적으로 역사소설이나 역사드라마는 역사적 사실을 존중해야 하기에 작가의 자유로운 상상력이 마음껏 발휘되기가 매우 어려운 장르다. 특정한 실존 인물을 주인공으로 하여 작품을 쓸 경우, 그의 삶이 이미 역사적으로 분명하게 규명되어 있는 까닭에 그 일대기를 쓰려는 소설가는 그만큼 이야기 선택의 폭이 좁아질 수밖에 없다. 하지만 푸시킨의 『보리스 고두노프』는 역사 문헌에 등장하는 실존 인물들의 삶을 그리면서도 역사적으로 드러난 그들의 행적만큼이나 그들의 내면에 초점을 맞추고 있다. 말하자면 역사적 결정을 앞둔 상태에서 그들이 겪는 인간적 고뇌라든가, 사회적 역할과 개인적 인간관계 사이에서 느끼는 갈등 같은 것이 푸시킨의 드라마에 아주 깊이 있게 그려져 있다. 이로써 우리가 이미 알고 있던 역사적 인물들은 더욱 인간적이고 친숙한 모습으로 우리에게 다가온다.

일곱째로 이 작품은 셰익스피어풍의 드라마이다. 푸시킨은 특히 셰익스피어의 작품을 좋아했다. 셰익스피어의 역사극에는 생동감 넘치는 삶, 투쟁, 정열, 개성 있는 강한 인물이 넘쳐 난다. 푸시킨은 그의 역사극을 읽으며 "셰익스피어 때문에 정신을 차릴 수가 없다"라고 소리 높여 말할 정도였다. 셰익스피어의 역사극은 푸시킨이 러시아의 역사적 비극을 쓰도록 몰아갔다. 1824년 카람진은 보리스 고두노프 시대와 혼란기를 다룬 『러시아 국사』 제10권과 11권을 출판했다. 살인자, 현명한 통치자이자 야심가, 권력을 잡기 위해 범죄를 저지르는 인물인 고두노프의 형상은 푸시킨에게 셰익스피어풍 주인공으로서 손색이 없어 보였다. 푸시킨은 고두노프에게서 맥베스의 음울한 위대성을 보았고, 러시아의 암흑기인 동란의 시기 역시 셰익스피어

피어의 역사극만큼이나 극적이라고 생각했다. 푸시킨은 다음과 같은 메모를 남겼다. "셰익스피어와 카람진, 그리고 러시아 연대기를 통해 나는 우리나라의 가장 드라마틱한 시대 중 하나를 극적 형태로 표현해 낼 수 있었다. 셰익스피어는 내가 자유롭고 폭넓게 인물을 묘사할 수 있게 했을 뿐만 아니라 독특하고 간명한 인물 유형을 구성하는 데 도움을 주었다. 카람진에게서 나는 사건의 전개 방향을 배울 수 있었고, 연대기는 당시의 사고와 언어 사용 모습을 읽을 수 있게 해 주었다."

한편 어떤 비평가들은 이 작품을 구체적인 역사적 사실에 기초한 사실주의 작품이라고 간주하기도 한다. 작품의 핍진성(박진성)에 대한 푸시킨의 견해에 따르면 드라마는 실제적 리얼리티를 추구해야 한다는 것이다. 피멘 역시 사실주의적 요소를 다분히 제공하고 있다. 푸시킨은 19세기 러시아 사실주의를 정초한 작가로 간주되고, 그의 영향을 받은 고골, 투르게네프, 톨스토이, 도스토옙스키는 러시아 사실주의 소설을 완성한 작가들로 평가된다.

평가와 영향 푸시킨 전문가들은 그의 첫 희곡작품 『보리스 고두노프』에 대해 어떻게 이해하고 분석하고 있을까? 소비에트의 대다수 비평가는 이 작품에 나타난 민중성과 역사성의 문제 연구에만 치중했었다. 반면, 서구 비평가들은 셰익스피어 모티프나 희곡의 형식적 특성의 분석에 지면을 할애했다. 일반적으로 서구 평론에 따라 『보리스 고두노프』에는 당시까지 유행하던 프랑스풍의 희곡과는 다른 셰익스피어풍의 낭만적 비극이라는 평가가 따라다닌다. 어쨌든 푸시킨은 동시대 유럽 문학의 진수를 재빠르게 파악해서 러시아 문학으로 재창조했을 뿐만 아니라, 셰익스피어를 필두로 하는 유럽 문학의 전통을 러시아 문학 속에서 되살려 냈다. 문학사가 드미트리 치젭스키는 『슬라브 문학사』에서 『보리스 고두노프』를 낭만주의 시기의 대표적인 드라마로 설명하고 있다.

> 드라마 문학은 일부 셰익스피어 스타일로 구성되어 있다. 드라마는 막으로 나누어지지 않는 경우가 빈번했다. 여러 조역, 그중에서도 하류층 출신의 사람들을 등장시켰다. 고전주의 드라마의 시간과 장소의 일치와는 반대로 이 낭만주의 드라마는 사건의 장소를 바꾸고 사건의 진행시간을 늘렸다. 무엇보다도 진지한 장면과 우스운 장면을 섞은 점들은 고전주의 시학에 대한 근본적인 반발이었다.

고전주의의 삼일치법칙에서 탈피하고, 막 없이 25장으로 구성된 이 작품의 형식적 특성은 푸시킨의 새로운 실험 정신에서 비롯되었다. 비평사를 살펴보면 이 작품의 형식적 독창성에 대해서는 19세기나 20세기 비평에서도 일반적으로 공감하는 분위기를 발견할 수 있다. 전통적인 희곡과는 달리 형식적으로 실험적인 작품이라는 데에는 많은 비평가가 동의하고 있다.

한편 푸시킨의 경우, 동료들이 이 작품의 성공을 예상할 때조차도 그는 그들의 말을 믿지 않았다. 그는 독자들이나 관객들이 자신의 작품을 제대로 이해하기 어려울 거라고 말했는데 이후 그의 말은 사실로 밝혀졌다. 그의 동료 카테닌은 『보리스 고두노프』를 극단적으로 혹평하며 이 희곡은 드라마가 아닐뿐더러 미적 요소가 전혀 없는 습작 수준의 작품으로서 무가치한 글이라고 비난했다. 다른 비평가들 역시 『보리스 고두노프』는 통일성이 없고, 역사적인 장면들만 산만하게 나열되어 있는 결점이 많은 작품이라고 평했다. 벨린스키 역시 양가적인 비평을 남겼다. 『보리스 고두노프』는 탁월한 예술성을 보여 주는 동시에, 여러 가지 결점들을 드러내는 작품이라는 것이었다. 푸시킨의 천재성에 비해 결정적으로 실패한 작품이라는 것이 그의 논조였다. I. 키레옙스키는 『보리스 고두노프』를 '관념 드라마' 또는 '철학적 비극'으로 간주하였고, 그 작품의 형식적 특성을 인정하였으나 장면들 사이에 연결성이 없음을 지적했다. D. 블라고이는 『보리스 고두노프』의 건축적 구성을 연구 분석하고, 고두노프와 참칭자를 양 날개로 한 구조적 대칭성을 강조했다. 미르스키는 이 작품을 '서재극'으로 분류했다. 그의 말에 따르면 이 작품은 연극으로 상연되기보다는 읽기에 더 훌륭한 희곡이다. 왜냐하면, 극적인 행동보다 서술체적인 대화가 많기 때문이다. 물론 모든 당대의 비평가들이 부정적인 견해를 보여 준 것은 아니었다. 소수의 비평가는 이 작품을 옹호했다. N. 나데쥬딘은 보리스 고두노프가 중간에 죽게 된 것이 통일성을 해치는 것이 아니라, 그가 역사적 존재라는 것을 강조해 줄 뿐이라고 평했다. 『보리스 고두노프』에 대한 찬과 반의 논쟁적 담론은 현재까지도 계속되고 있다. 혹자는 『보리스 고두노프』를 심리 드라마로 평가한다. 혹자는 브레히트의 역사극과 연관시키거나 영화의 몽타주 이론으로 분석을 시도하기도 한다. 아직도 『보리스 고두노프』에 나타난 푸시킨의 코드를 완벽하게 풀지 못하는 것을 보면 푸시킨은 그야말로 무한한 가능성이 있는 러시아의 미래임에 틀림없다.

한편 공연예술가들은 『보리스 고두노프』를 어떻게 무대에 올리고 평가할까? 이 희곡작품은 발표된 지 40년이나 지난 1870년에 알렉산드린스키 극장에서 최초로 공연되었다. 펠드만의 평가에 따르면 그 공연은 가장 심각한 모순을 노출시킨 어리석은 시도 중 하나였다. 그 후 메이예르홀트가 1924년에 『보리스 고두노프』 공연을 구상하였고, 1937년에 푸시킨 서거 100주년을 맞아 무대에 올리고자 했으나 성공하지 못했다. 메이예르홀트는 푸시킨이 보리스를 교활하고 약삭빠르며 흥분을 잘하는 '타타르인'이나 '사냥꾼'으로 만들고 싶어 했다고 생각했다. 그는 푸시킨이 보리스에게 선뜻 애정을 주지 않는 이유가 보리스의 위선 때문이라 여겼다. 권력에 대한 보리스의 무서운 욕망이 그를 위선자로 만들었으며, 보리스를 동정하는 것은 배심원들이 살인자를 동정하는 것만큼이나 끔찍하다는 것이었다. 네미로비치단첸코 역시 1930년대에 『보리스 고두노프』를 무대에 올렸으나 성공하지 못했다. 『보리스 고두노프』는 아무리 문학성이 탁월한 희곡작품이라 하더라도 문학성과 공연성(연극성)은 다른 것임을 알게 해 주는 작품인 셈이다.

참칭(사칭)의 문제 러시아 역사와 문학에서 참칭과 사칭의 문제는 끊임없이 제기되어 왔다. 우리말로 참칭(僭稱) 또는 사칭(詐稱)으로 번역되는 러시아어 '사모즈반스트보(самозванство)'는 '스스로가 자기 자신을 왕이라고 일컬음'을 뜻하며 '왕이나 정부를 참칭하다'와 같은 문장에서 사용한다. 역사적으로 참칭은 거짓 왕이나 거짓 정부를 지칭할 때 쓰인다. 사칭이라는 말은 '이름이나 직업 따위를 거짓으로 속여 말하는 것'을 의미하며 주로 개인에게 붙인다. 참칭과 사칭은 같은 뜻이나 일반적으로 상황에 따라 다르게 사용된다.

앞에서 우리는 황제를 참칭하는 가짜 드미트리가 출현하게 된 역사적 배경을 알아보았다. 16세기 혼란의 시대에 일어난 가짜 드미트리 1세와 2세의 출현은 러시아 역사의 어두운 측면이었다. 두 사람의 가짜 드미트리가 다수의 지지를 받고 일시적이나마 성공할 수 있었던 배경에는 러시아에 대한 침입과 간섭을 계획한 폴란드의 야망과 더불어, 농노제를 강화하고 귀족 우대 정책을 취한 고두노프 정권에 대한 귀족의 일시적 호응이 있었다. 그러나 전통적으로 러시아 백성이 황제에게 기대하는 것은 혈통과 도덕성이었다. 황제는 태어날 때부터 거룩한 피가 몸속에 흐르는 성스러운 존재이다. 그리하여 황제는 도덕적으로 흠결이 없어야 한다. 왕조의 피가 섞이지 않았을 뿐 아니라 왕조의 계승자를 살해한 고두노프는 황제가 될 수 없는 '가짜' 황제다. 백성은 '가짜 황제'의 통치를 수용하는 척할지 모르지만, 그에게 사랑과 신뢰를 주지 않는다. 귀족과 백성의 신임을 받지 못한 고두노프가 최고 권력을 쥐고 있음에도 불구하고 불행한 이유다.

이러한 역사적 배경에 힘입어 참칭의 문제는 문학에서도 작가들이 좋아하는 모티프로 자리 잡았다. 18세기 극작가 수마로코프의 비극 『참칭자 드미트리』, 푸시킨의 『보리스 고두노프』와 『대위의 딸』, 고골의 『검찰관』 모두 참칭의 문제를 다루고 있다. 특히 『보리스 고두노프』는 이후 역사드라마의 지류를 형성한 근원지로 평가된다. "17세기 초부터 19세기 중반까지 러시아에서 새로운 참칭자의 출현 없이 2, 30년이 지나간 적은 없다"라는 A. O. 러브조이의 말처럼 참칭의 문제는 푸시킨과 고골이 활동하던 시대의 현실이었다. 푸시킨의 드라마투르기 형성 과정에서도 참칭은 대단히 중요한 의미가 있다. 작품을 통해 푸시킨은 의도적으로 참칭의 문제를 부각하는 것이다.

첫째로 『보리스 고두노프』에서 오트레피예프의 참칭 연기는 러시아뿐만 아니라 폴란드에서도 탁월하게 인정을 받는다. 추도프 수도원의 수도사 오트레피예프는 피멘의 모범적인 제자였다. 그는 수도사 제복을 입고 금욕하며 살아가기엔 너무 젊고 의욕에 넘친다. 그리하여 그는 수도사로서의 고통을 호소하며 참칭의 뜻을 품게 된다. 많은 정보를 갖고 있었던 그는 결국 참칭자로서의 새로운 삶에 대한 꿈을 실행에 옮긴다. 폴란드 귀족들 앞에서 수도사가 아닌 러시아 황족의 피를 가진 자로서 연기하고, 마리나 앞에서는 열정적인 애인의 모습을 보여 준다. 그의 연기가 절정에 이르는 것은 위기 상황에서다. 그는 리투아니아 국경의 선술집에서 자신의 인상착의가 적힌 수배 전단지를 마주한 순간 자신의 인상을 바꾸며 바를라암인 듯 연기한다. 그러고는 정체가 탄로 나자 순식간에 칼을 든 난폭한 폭도로 변한다. 그의 연기력은 흘레스타코프처럼 천재적인 대담성과 즉흥성에서 비롯된다. 참칭자로서 그의 연기는 역사와 정치에 나타나는 참칭의 전형적인 특징을 잘 나타낼 정도로 탁월하다.

둘째로 푸시킨은 참칭자의 특성을 호칭 변주를 통한 정체성의 전환으로 다루고 있다. 푸시킨은 오트레피예프에게 붙여진 다양한 이름을 통해 참칭의 속성을 잘 드러낸다. 오트레피예프는 처음 등장하는 추도프 수도원과 그 다음 리투아니아 국경지대 선술집에서 그리고리라는 이름으로 등장한다. 그의 세 번째 등장이 이루어지는 비슈네베츠키의 집에서 그는 참칭자로 바꾸어 불리며, 군사적인 승리를 거두고 지도력을 획득한 노브고로드 평원에서는 잠시 드미트리로 불린다. 세브스크의 패배 이후 숲 장면에서는 가짜 드미트리와 참칭자라는 명칭으로 동시에 불린다.

푸시킨은 등장인물들의 이름 변주를 통해 참칭자의 특성을 극대화시킨다. 참칭자의 이름은 그리고리, 참칭자, 드미트리, 가짜 드미트리, 황태자 등으로 다양하다. 이러한 이름 변주를 통해 주인공의 정체성은 더욱 모호해진다. 누가 진짜인지 무엇이 본래의 모습인지 알기 어려워지는 것이다. 작품의 제목은 '보리스 고두노프'이지만 정작 보리스 고두노프는 등장 장면이 많지 않은 데다 심지어는 갑자기 죽음을 맞이하여 극에서 사라지기까지 한다. 대신 『보리스 고두노프』를 채우고 있는 것은 슈이스키를 비롯한 귀족들, 전혀 성직자 같지 않은 수도사들, 참칭자로 나선 그리고리, 그리고 백성들이다. 보리스 고두노프를 제외한 나머지 인간 군상들이 고두노프를 참칭하고 있는 듯 느껴질 정도이다.

셋째로 푸시킨은 정치에서 참칭이 이루어지는 과정을 잘 보여 주고 있다. 첫 번째 장면에서부터 네 번째 장면에 이르기까지 보리스 고두노프는 황제 등극을 사양하다가 마침내 내키지 않는 듯한 제스처를 취하며 이를 수락한다. 그러나 이러한 가짜 연기는 황제의 자리를 공고히 하고 대귀족(보야르)과 백성들의 믿음을 얻어 내기 위한 정치적 쇼에 불과한 것이다. 귀족 슈이스키는 사기꾼들이 쓰는 전형적인 수법을 잘 표현하고 있다.

> 어떻게 끝나겠냐고? 그거야 뻔하지 않소.
> 백성들은 비탄에 잠기다가 더 울어 댈 거고,
> 술잔을 앞에 둔 술꾼처럼 보리스는 약간 얼굴을 찡그리다가
> 결국에는 마지못한 척하며 공손하게 제위를 수락하겠지.
> 그러고는 예전처럼 우리를 다스리겠지.

넷째로 푸시킨은 귀족들 누구나 황제가 되려는 욕망이 있음을 보여 준다. 물론 그러한 욕망은 보리스 고두노프의 황제 찬탈 행위에서 기인한다. 귀족들은 정치적 연기의 전형을 보여 준다. 그들은 현재의 기득권을 지키기 위해 보리스에게 복종하는 척 연기를 하거나, 잃어버린 대귀족 집단의 권리를

되찾기 위해 구국의 명분을 내세워 외세와의 결탁을 정당화한다. 대귀족 출신의 슈이스키는 탁월한 권모술수로 참칭을 하는 인물로 등장한다. 그의 행동은 처음부터 끝까지 거짓으로 일관된다. 뇌제의 아들 드미트리가 8살 때 의문의 죽임을 당했을 때, 바실리 슈이스키를 대표로 우글리치로 파견된 진상조사단은 그의 죽음을 단순 사고사로 처리한다. 슈이스키는 누구보다도 진실을 잘 알고 있음에도 불구하고 보리스 고두노프를 도와준 것이다. 한편으로 기회주의자 슈이스키는 언제나 모반을 일으켜 보리스를 내칠 기회만을 엿보고 있기도 했다. 그 기회를 잡고자 보리스의 생각을 꿰뚫으려 애쓰는 슈이스키의 비겁한 열정은 희곡 텍스트에 보이는 몇 번의 방백 속에 잘 드러난다.

보리스 고두노프가 갑자기 사망하자 슈이스키는 고두노프의 가문을 전복시키기 위해 참칭자의 편에 가담한다. 황태자의 죽음을 조사했던 슈이스키가 이번에는 가짜 드미트리의 편을 들어 우글리치에서 죽은 사람은 드미트리가 아니라 사제의 아들이었노라고 진술한 것이다. 이에 격분한 군중들은 크렘린궁으로 몰려갔고, 고두노프 일가는 황궁을 버리고 다른 집으로 피신하지만 결국 참칭자 진영의 손에 죽음을 맞는다. 이렇게 해서 슈이스키는 가짜 드미트리의 크렘린 입성에 일등 공신이 된다. 그 후 슈이스키는 자신이 황제로 만든 가짜 드미트리마저 저버리고서 직접 황제의 자리에 오르지만, 또 다른 참칭자의 등장과 외세의 간섭 끝에 결국 황위를 잃는다. 러시아 참칭의 역사에서 슈이스키는 짧은 기간이지만 황제가 되었으므로 참칭자로서 자기 욕망을 실현한 귀족을 대표하는 인물이라 할 수 있다. 슈이스키의 모반 음모는 그의 조상이 황제의 총애를 잃은 것과 역사적으로 연관되고, 폴란드에 망명 중인 안드레이 쿠릅스키의 드미트리에 대한 충성심은 그의 아버지가 보리스에게 총살당한 것과 연관된다.

다섯째로 폴란드 귀족의 딸 마리나의 행동에서 사칭(참칭)의 특성을 발견하게 된다. 차가운 미녀인 마리나는 다이아몬드 왕관으로 치장을 하고, 사랑과는 관계없이 황후가 되는 데에만 집착한다. 그녀의 행동은 죽은 약혼자에 대한 그리움 때문에 그의 초상화를 들여다보며 슬퍼하는 보리스 딸의 행동과는 대조된다. 희곡의 13장에서 참칭자는 마리나에게 사랑을 고백하며 자신의 정체성을 솔직하게 말한다.

> 내가 누군지 당신은 알고 싶겠지요? 좋소, 말해 주겠소. 나는 가난한 수도사요. 지긋지긋한 수도원 생활의 구속에서 나는 수도사의 두건을 쓰고서 대담한 음모를 꾸몄소. 세상에 기적을 보여 주기 위해 수도원에서 도망쳐 우크라인들에게 갔소…. 그러고 나서 당신에게 드미트리라는 이름으로 나타난 거요. 우둔한 폴란드인들을 속인 거지요.

이러한 고백을 통해 참칭자의 정체성을 파악한 후에도 마리나는 드미트리에게 정체성의 비밀을 계속 지켜 주도록 부탁한다. "당신은 적어도 성공할 만한 자격이 있는 겁니다. 그리고 당신의 대담한 사기를 심오하고 영원한 비밀로 굳게 지키시오." 참칭자 역시 이후로 비밀을 지킬 것을 마리나에게 약속한다. 둘 다 진실을 알면서도 계속해서 거짓 행동을 하기로 합의를 본 것이다.

이항 대립 이항 대립은 구조주의 방법론의 기본적인 특징이다. 그것은 문학의 복합성에 접근하는 보조수단이며 무기이다. 이원항, 이분법, 병렬주의, 대립의 원리, 양극성 등의 개념들은 이항 대립의 다른 표현들이다. 이항 대립은 의미 생성의 기초가 된다. 어떤 텍스트에서 이항 대립 쌍들이 발견되는 한 그 텍스트는 의미가 있는 것이다.

① 보리스 대 그리고리: 문학 텍스트 분석에서 인물과 성격은 유사어이지만, 좀 더 정확히 말해 인물은 외부에서의 관찰의 대상이고, 성격은 그 인물의 내적 속성이다. 『보리스 고두노프』의 주인공은 보리스와 그리고리이며

이들은 이 희곡을 지탱해 주는 두 개의 축이라 할 수 있다. 그들의 동질성과 이질성에 대한 비교 작업은 매우 흥미로운 결과를 보여 준다. 그들은 모두 위선자이며 거짓과 사칭을 통해 정통성을 주장하는 인물들이다. 그러나 그들의 성격과 행동은 서로 다르다. 보리스가 자신의 힘으로 권력을 찬탈하는 반면, 그리고리는 외부 세력을 끌어들여 권력을 장악한다. 보리스가 아폴론적인 성격으로 이성적이고 신중하며, 분석적이고 조직적이라면, 그리고리는 디오니소스적 성격으로 감성적이고 유혹에 약하며 즉흥적이다. 그리고리가 사랑을 고백하는 장면이나 피멘의 이야기에 즉시 유혹되는 장면에서 충분히 그러한 성격을 감지할 수 있다. 또 보리스가 귀족이라면, 그리고리는 일반 민중에 속하는 인물이다. 보리스가 궁전이라는 제한된 장소를 떠나지 못한다면, 그리고리는 열린 장소에서 역동적으로 공간이동을 하고 다닌다. 보리스는 정통성에 대한 두려움과 거짓을 기반으로 하는 위선자이지만, 그리고리는 자신의 정체성을 속이는 사칭자로서 현재의 권력을 즐기는 기회주의자이다.

② **과거와 현재**: 보리스가 과거에 집착하는 인물이라면, 그리고리는 현재에 집착하는 인물이다. 텍스트에서 보리스의 과거는 우글리치에서 벌어진 드미트리 황태자의 죽음과 연결되어 있다. 이 과거는 보리스가 황제로서 통치하고 있는 현재의 시점에서도 항상 그를 따라다니며 괴롭힌다. 민중의 여론과 참칭자의 출현은 그의 고뇌를 심화시킨다. 보리스는 과거에 의해 만들어진 인물이다. 그의 과거는 항상 그의 운신의 폭을 제한하며 그를 쩔쩔매게 한다. 참칭자 드미트리가 나타났다는 슈이스키의 보고에 창백해지는 모습이나, 많은 이들이 죽은 드미트리 황태자의 무덤에서 병을 고치는 기적을 얻었다는 말을 듣고 두려워하는 모습은 보리스의 이러한 처지를 잘 보여 준다.

반대로 참칭자 그리고리의 시간에는 과거가 거의 없다. 그의 과거는 모호하게 그려지며 그에게는 언제나 현재만이 있을 뿐이다. 그에게 주어진 과거는 단지 갈리치아 지방의 귀족인 오트레피예프 가문이라는 것과 어릴 때부터 수도원을 떠돌아다녔다는 것뿐이다. 그래서 그의 성격은 즉흥성을 갖게 된다. 텍스트는 작가인 피멘의 이야기를 듣고 난 그가 참칭의 유혹을 느끼고 이를 결심하는 장면에서부터 그의 충동적이고 즉흥적인 성격을 잘 보여준다. 리투아니아 변방의 선술집에서 초소병들의 검문을 벗어나는 사건은 그의 성격이 잘 드러나는 훌륭한 예이다. 이러한 충동적이고 임기응변적인 성격은 그가 따르는 사람들을 다루는 방법에서도 드러난다. 그는 폴란드 성직자, 모스크바에서 추방된 귀족, 카자크인, 시인 등을 대할 때도 적당한 언어와 태도를 찾는 임기응변적 모습을 보인다. 분수에서 마리나 므니세크와 만나는 밤의 밀회 장면에서도 역시 미리 외워 놓은 내용을 제치고 사랑을 고백하는 젊은이의 심정을 즉흥적으로, 생각나는 대로 이야기한다. 그가 참칭자라는 사실이 드러나 위기에 봉착한 후에도 그는 다시금 그 위기에서 벗어나기 위한 천재적 기지를 선보인다.

③ **공간의 대비**: 다양한 공간에서 출몰하는 그리고리와는 달리 보리스의 행보는 궁전이라는 한 공간에 제한된다. 장소의 폐쇄성은 보리스의 폐쇄적인 성격과도 연결된다. 황제는 제한된 공간에서 활동할 수밖에 없다. 즉 황제의 자리는 자유보다는 구속이다. 이러한 그리고리와 보리스의 대비는 낭만주의적 사고와 연관된 것이다. 그런 점에서 이 작품은 어느 정도 낭만주의적 시간과 공간 개념에 전도되어 있다고 볼 수 있다.

총 23개의 장에서 보리스가 등장하는 장은 여섯 장이며, 그중 다섯 장은 모두 궁전이라는 공간으로 제한되어 있다. 한 장에서만 미사 후 성당 밖으로 나오는데 그가 등장하는 것은 아주 짧은 순간에 지나지 않는다. 장소가 제한되면 사람은 한 가지 생각에 집착하는 경향을 보이기 마련이다. 보리스 역시 현재 자신이 처한 위치, 즉 황제로서 궁전에서의 권위를 지키는 데만 관심을 둘 뿐이다. 이러한 장소에 대한 집착은 그가 죽고 난 후에도 아들 표도르 2세에게 탄탄한 왕위를 물려주려는 소망으로 이어진다. 황제의 지위에 대한 보리스의 생각은 아들 표도르와의 대화에서 잘 나타난다. 러시아의 지도를 잘 그려 놓은 아들을 칭찬하며 "너는 곧 이 나라를 통치하게 될 것"이라고 말한다. 또한, 보리스는 어떤 면에서 자기 죽음에 대해 초연하다고 할 수 있다. 중요한 것은 그의 삶이 아니라 황제라는 지위이며, 그것만이 목숨 걸고 지켜야 할 대상인 것이다. 그리하여 그의 삶은 고통으로 일그러지고 공포로 물든다.

반면에 참칭자 그리고리가 움직이는 공간은 아주 다양하다. 그는 총 23개 장 중 여덟 장에 나타난다. 5장에서 처음으로 그리고리의 추도프 수도원 생활이 소개된다. 여기서 그는 피멘과의 대화를 통해 황태자 시해 사건을 상세히 알게 된다. 죽은 황태자와 동년배였던 그리고리는 드미트리라는 이름으로 음모를 꿈꾼다. 8장에서는 수도원에서 도망친 그리고리가 리투아니아 국경지대의 선술집에 나타난다. 떠돌이 수도사들과 만나 대화를 나누던 중 국경수비대 순찰 요원들과 만나고, 그의 신분이 발각된다. 11장에서 그리고리는 이미 참칭자가 되어 폴란드인들과 어울리며 모스크바 진군을 다짐한다. 13장에서는 약혼자인 폴란드 귀족의 딸 마리나와의 대화에서 자신의 정체성을 밝히고 사랑의 대화를 원한다. 여기서 작가는 등장인물 참칭자의 이름을 드미트리로 바꾼다. 14장에서는 참칭자가 리투아니아 국경에서 이반 뇌제에게 반기를 들고 폴란드로 망명한 쿠릅스키 공후의 아들과 함께 모스크바로 진격하게 된다. 16장에서 드미트리는 전투의 승리를 선언한다. 18장에서는 세브스크의 참칭자가 측근들에게 둘러싸여 포로들을 심문한다. 19장 숲 장면에서 작가는 참칭자를 가짜 드미트리라는 명칭과 대치하여 사용한다. 작품 속에서 참칭자가 움직인 경로를 연결하면 수도원에서 국경의 선술집을 거쳐 폴란드로, 다시 세브스크와 모스크바로 이어진다. 등장인물의 동선을 문학에서는 은유적으로 위상공간(topology)이라고 부른다. 주인공의 공간이동은 다른 인물들과의 접촉인 동시에 하나의 사건으로서 전개된다. 이 사건은 종종 하나의 모험이 되기도 한다. 주인공은 모험을 통해 정신적 성숙과 새로운 삶을 체험하게 된다.

④ **권력의 대비**: 작가는 『보리스 고두노프』에서 권력의 대비를 통해 국가의 운명과 비극을 보여 주고 있다. 텍스트에 나타나는 외적 상황은 보리스 대 그리고리, 즉 참칭자들의 대비이다. 그러나 그 이면에는 절대왕권(monocracy) 대 귀족주의(aristocracy)의 대결이 내재되어 있다. 이것은 『안드레이 쿠릅스키 공과 이반 뇌제와의 왕복 서한』으로도 유명한 황제 이반 4세와 귀족 쿠릅스키 공의 대결에 대한 후속편이기도 하다. 두 사람이 각각 왕권과 귀족 권력의 상징적 대표이듯이, 이 작품에서도 귀족들을 견제하려는 보리스 고두노프의 정책과 귀족들의 황제에 대한 불만을 여러 곳에서 엿볼 수 있다. 이반 4세 시기부터 박해를 받아 해외로 쫓겨난 귀족들은 참칭자 그리고리에게 붙는다. 그 대표적인 인물이 쿠릅스키이다. 『보리스 고두노프』에서 쿠릅스키의 아들은 부친의 명예를 회복하기 위하여 그리고리의 편에 가담하는 용사로 등장한다. 귀족들은 보리스가 '성 유리의 날'을 폐지한 것에 대해 불평한다. 예전에는 '성 유리의 날'에 농노들을 다른 지방으로 옮길 수 있었으나, 이제는 그날이 없어짐으로써 게으른 농노도 거두어야 하는 상황을 한탄하는 것이다. 사실상 '성 유리의 날'의 폐지는 농노제 중앙 집권화의 기반을 공고하게 했다.

역사가들은 보리스의 치적 중 하나로서 문벌제도의 타파를 높이 산다. 모스크바 공국 시대에는 귀족들이 가문의 권력과 조상들 관직의 고하에 따라 관직에 올랐다. 보리스는 그리고리를 잘 막아 내지 못한 세습 귀족 출신의 장군들을 비난하면서 문벌제도를 폐지하고 신분이 아니라 능력과 지혜에 따라 장군에 임명한다고 공언했다. 이로써 세습 귀족이 아닌 바스마노프는 즐거워하며 그에게 충성을 다할 것을 결심한다. 반면에 세습 귀족인 슈이스키는 권모술수의 달인으로, 황제의 권위에 도전하는 권력자로 등장한다. 슈이스키는 결국 혼란을 틈타 황제의 권좌에 등극하였으나 곧 귀족 회의에서 퇴출당한다.

민중의 문제 역사에서 개인의 운명과 국가와의 관계를 이어 주는 것은 무엇일까? 바로 민중이다. 민중이 배제된 상태에서 이야기가 전개된다면 이는 역사적 사실을 배경으로 한 영웅들의 이야기에 지나지 않을 것이다. 그러므로 이 이야기는 드미트리를 살해하여 왕위에 오른 영웅 보리스와 그 왕위를 참칭이라는 교묘한 술수로 빼앗으려는 악한 그리고리 두 인물 간의 대결로 축소될 것이다. 그러나 『보리스 고두노프』는 영웅들의 이야기가 아니다. 이 작품에서 민중은 역사의 주체일까 아니면 역사의 객체일까?

민중의 속성을 좀 더 세밀하게 분석해 보자. 계급 갈등에서 민중은 항상 이중적이다. 민중은 일반적으로 강자의 논리에 지배되는 수동적인 보통 사람들인 한편 더없이 능동적인 사람들이기도 하다. 이 작품에서 민중은 하나의 세력이자 역사의 주체로 등장한다. 이야기는 민중을 중심으로 진행되며, 민중은 바다(파도)로 비유된다. 민중의 능동적인 힘은 웃음이나 침묵으로 나타난다. 특히 카니발화된 민중은 공식문화(권력기관이나 정부)의 목소리를 비웃는다. 바흐친은 그의 책 끝에서 『보리스 고두노프』를 인용하는데, 민중들이 권력을 찬탈한 보리스를 비웃는 것으로 책의 결론을 내린다. 여기서 웃는 민중은 역사의 힘으로 나타난다. 민중의 웃음은 내적으로 공감대를 형성시키는 기호이기도 하며, 이 기호는 광장에 모인 사람들을 통해 커다란 힘으로 발전한다. 민심은 일반적으로 약자의 편이다. 이 작품의 마지막에서 민중의 침묵은 새로운 힘이자 최고의 힘으로서 제시된다. 역사가 니콜라이 코스토마로프는 민중을 역사의 원동력으로 보았다. 그는 『혼란의 시대』(1866)라는 작품에서 이주 농노들이 보리스 고두노프에 반대하여 가짜 드미트리에게 합류하는 과정을 묘사하고 있다.

> 그들은 보리스에 대한 반란을 이끌고 더 나은 삶을 약속하는 사람이라면 누구에게라도 기꺼이 헌신할 준비가 되어 있었다. 어떤 특정 정치적 혹은 사회적 질서를 갈망하고 있는 것은 아니었다. 고통받는 많은 사람은 새로운

질서가 과거의 것보다는 더 나으리라는 기대 속에서 쉽사리 새로운 인물을 추종했다.

사실 러시아 민중은 언제나 고통받고 억압당해 파괴적이고 충동적인 폭력으로 충만했다. 그들은 자신의 운명을 통제할 수도 억제할 수도 없었다. 반란이나 혁명에 참여하는 민중의 역사의식이란 그러한 상황과 밀접히 관련된 것이었다. 민중은 차르의 정통성 여부와 관계없이 궁극적으로 민중들과의 약속을 저버리지 않는 통치자의 출현을 갈망한다. 민중의 지지를 받지 못한 권력은 필연적으로 파멸에 이른다.

그런가 하면 한편으로는 민중을 부정적으로 해석하는 학자들도 있다. 희곡 『보리스 고두노프』에서 민중은 역사적으로 능동적인 역할을 하지 못하고 있다는 주장이다. 이들에 따르면 이 드라마가 끝나는 부분의 "민중은 침묵하고 있었다"라는 구절은 민중의 수동성을 잘 드러내고 있다. 푸시킨의 텍스트를 따랐던 무소륵스키도 오페라 초판에서 러시아 민중을 구(舊)러시아의 관습과 믿음에 빠진 암울하고 수동적인 세력으로 묘사하고 있다. 보리스가 무릎을 꿇고 탄원하며 움직이지 않는 장면이나, 성바보가 '헤롯왕'을 위해 기도하지 않을 것이라고 말하는 장면에서도 민중은 흩어져 버릴 뿐이다. 이에 따라 반란의 신호로 간주할 수 있는 것조차 그저 흘려보내진다. 성바보는 민중의 지도자가 아니라 양심의 목소리이며 보리스가 느끼는 양심의 가책으로 나타날 뿐이다. 이러한 시선에 따른다면 푸시킨의 텍스트건, 무소륵스키의 오페라 초판이건, 모두 민중은 세력화되지 못한 수동적인 존재임을 보여 준다고 할 수 있다.

양심의 주제 푸시킨은 무르익은 재능에 기반하여 『보리스 고두노프』를 정열적으로 완성했다. 민중과 함께하며 러시아의 과거 역사를 그려 낸 푸시킨은 가히 민족 시인이었다. 그는 동료들에게 편지를 썼다. "나는 만족한다.

그리고 나의 영혼이 충만한 느낌을 받는다. 나는 뭐든지 써낼 수 있을 것 같다." 『보리스 고두노프』는 '양심의 가책'이라는 주제를 다룬 비극이다. 보리스 고두노프는 '강력한 혼'과 '명석한 이성'을 지닌 무한한 에너지의 소유자이다. 그는 '성스럽고 경건한', '민중을 풍요와 영광으로 달래 주는' 차르가 되고자 한다. 그는 지혜로운 통치자이자 자상한 아버지이다. 죽기 직전 그는 참회하기보다는 아들과 이야기를 나눈다. 왜냐하면, 보리스는 자신의 영혼이 구제받는 것보다 아들이 더 귀하다고 여기기 때문이다. 그는 민중의 사랑을 "자비를 베풀어 얻어 낼 수 있다"고 생각했고, 대귀족에게서 지지를 받고 가족에게서 위안을 얻으려 했다. 그러나 결국은 모두 소용없는 일이었다. 막연한 불만, 불신, 적의가 눈덩이 불어나듯 그의 왕좌를 에워싸며 커져 갔다. 보리스는 안락과 평온을 찾을 수 없었고, 어떠한 영예와 선행으로도 씻을 수 없는 악행의 기억이 그의 마음속 깊숙이 자리 잡고 있었다. 드미트리 살해의 기억이었다. 제왕의 기풍을 가지고 태어난 보리스에게, 왕좌의 적통을 잇는 황태자 드미트리는 치명적인 걸림돌이었다. 결국 보리스는 황태자를 제거하기로 한다. 그가 이루려고 하는 위대하고 영광스러운 치세와 비교하였을 때 병든 아이의 목숨은 얼마나 가치를 지닌 것인가? 과연 러시아를 강대하게 하고 백성을 행복하게 만드는 것으로 죄가 사라지는 것인가? 결국 모든 것은 파멸로 이어진다. 보리스는 외적을 물리치고 내부의 반란을 진압해 내며 자연재해(화재와 기아)와 싸웠지만, 양심의 오점은 그를 무력하게 만들었다. 최고의 권력을 손에 쥔 고두노프가 『보리스 고두노프』의 7장 '황궁'에서 자신의 패배를 인정하며 읊는 유명한 독백을 상기해 보자.

아! 마음속의 세상 근심을
어떤 것으로도 진정시킬 수가 없어.
어떤 것으로도, 어떤 것으로도….
단지 양심만이 진정시킬 수 있겠지.

그래, 건강한 양심은 악을 이기고
악의적인 비방을 이겨 내지.
그러나 만약 양심에 얼룩이 하나라도 있다면
우연히 단 하나의 오점이라도 생긴다면
그때는 큰일이다!
마음은 전염병처럼 타들어 가고
심장에선 독이 넘쳐흐르고
비난의 소리는 망치처럼 귀를 때리고
항상 구역질이 나고, 머리가 어지럽다.
피투성이가 된 아이가 눈앞에 어른거리고….
도망가고 싶지만 갈 곳이 없다…. 무섭다!
그렇다. 양심이 깨끗하지 못한 자는 불쌍하다.

연대기 기록자이자 은둔자인 피멘은 어두운 수도원의 방에서 불행한 어린 황태자 드미트리의 살해를 밀고하는 글을 쓴다. 신의 은총으로 영감을 받은 피멘은 보리스 고두노프의 죄악이 바로 러시아 모든 백성의 죄악이나 다름없다는 것을 느낀다. 하느님의 심판은 민중의 양심으로 나타난다. 보리스 고두노프는 그러한 심판에서 벗어나지 못한다. 백성은 황제의 죄로 인하여 고통을 받는다. 살해된 황태자의 유령은 참칭자의 몸과 영혼을 통해 되살아난다. 백성은 어렴풋이 신의 복수를 꾀하는 참칭자의 영혼을 느끼고 그 뒤를 따른다. 경박하고 방탕한 수도사 그리고리 오트레피예프는 하찮은 인간이지만, 하느님의 무기가 된 그는 양심을 잃은 황제의 예복을 찢어 버린다. 피멘 같은 수도사를 통해 현현하는 민중적 진리는 권세가나 통치자의 오만을 이겨 낸다. 민중의 침묵 속에서도 신의 진리가 드러난다. 역사는 신의 심판이다. 참칭자는 보리스를 다음과 같이 위협한다. "하느님의 심판을 피할 수 없듯이, 이 세상의 심판도 피할 수 없을 것이다." 보리스는 결국 역사의 하느님 심판을 피할 수 없었다.

무소륵스키의 오페라 「보리스 고두노프」 푸시킨의 희곡에 기반을 둔 모데스트 무소륵스키(1839-1881)의 「보리스 고두노프」는 러시아 오페라 중 가장 많이 공연되는 대표적인 작품이다. 이 작품이 세계적으로 알려지게 된 것은 오페라를 통해서이다. 이는 원작인 푸시킨의 희곡이 오랫동안 공연성을 의심받아 온 것과는 대조적인 현상이다. 오페라는 말, 소리, 동작, 공간, 빛 등이 한데 어우러진 종합예술이다. 또한, 오페라는 언제나 그 시대의 생생한 목소리를 담아내는 현재극이기도 하다. 여기서 우리는 원작과 오페라 사이의 차이점에 주목하게 된다. 첫째로 주목할 만한 차이점은 '민중'에 대한 해석이다. 푸시킨의 희곡에서 민중은 권력자들을 냉담하게 구경하고 자신들의 역할을 유희적으로 수행했다. 오페라에서는 민중의 비중이 늘어나고 권력층과 구체적인 갈등을 빚는 존재로 등장한다. 작곡가는 합창에 주안점을 두고 의도적으로 오페라의 처음과 마지막 장면에 민중을 배치했다. 둘째로 여성 배역의 문제이다. 원작에는 여성 배역이 있다. 무소륵스키의 오페라는 여성 배역이 없다는 이유로 1866년까지 공연허가를 받지 못했다. 그리하여 작곡가는 개작에서 여성 배역을 추가하였고, 공연성을 강화했다. 셋째로 작곡가는 원작의 상당수 장면을 삭제하고 통합함으로써 장면 변화를 줄이고 주인공에게 집중하는 구조를 만들어 냈다. 이는 인물의 주관적 측면에 집중하는 오페라의 장르적 특성에 기인한 것이다.

푸시킨의 여러 판본과 카람진의 역사책을 모두 참고한 무소륵스키의 오페라는 개정을 통해 완성판이 만들어졌다. 이후 그의 오페라는 다른 작곡가들에 의해 일부 변형되기도 했으며, 상연 때마다 다양한 연출로 여러 평가를 받았다. 무소륵스키의 「보리스 고두노프」는 내용과 형식에서 전혀 새로운 경지를 보여 준다. 자연스러운 화법을 지향하면서도 권력과 전횡에 대한 탁월한 분석과 광기로 빠져드는 황제에 대한 섬세한 인물 탐구를 보여 준다.

무소륵스키에게 텍스트는 권력자의 상승과 몰락에 관한 이야기이고, 음악은 덧없음, 광기, 죽음에 대한 멜로디이다. 오페라 「보리스 고두노프」의 초판은 총 4부 7장으로 구성되어 있다. 제1부는 민중, 제2부는 역사, 제3부는 광기, 제4부는 양심이 주요 주제가 된다. 상트페테르부르크의 황실극장 공연을 거부당한 초판에서 보리스의 상승, 광기, 죽음에 대한 모노드라마가 중심에 서 있다면, 무소륵스키가 1871년에서 1874년 사이에 개정한 리브레토(오페라 대본) 「보리스 고두노프」의 완결판에서는 보리스와 황태자 드미트리를 참칭하는 그리고리 사이의 권력투쟁이 전면에 부각된다. 오페라 속에서 두 인물의 이야기는 서로 완전히 독립적인 줄거리를 형성하며 전개된다.

몽타주 기법 푸시킨의 『보리스 고두노프』는 당대에 역사적 사실의 짜깁기라는 혹평을 받은 작품이다. 특히 내적 연결성이 없는 파편성이 그 희곡의 특징이라는 것이다. 당시의 이러한 평가와 시각은 이 작품의 구성적 특성을 이해하지 못한 견해이다. 문학작품의 분석에서 새롭게 조명되는 몽타주라는 개념을 사용하면, 우리는 작품 이해의 지평을 확대할 수 있다.

몽타주(montage)는 주로 영화에서 사용하는 용어로 숏(shot)과 숏을 이어서 의미를 창출하는 것을 뜻한다. 이 말은 본래 프랑스어로 '부분품 조립'을 뜻하는 용어로, 좀 더 설명하면 부분들을 조립하여 하나의 완성품을 만드는 것을 의미한다. 몽타주의 개념은 모든 예술의 핵심이자 본질이다. 그러한 점을 미리 간파한 사람이 바로 아리스토텔레스였다. 그는 『시학』에서 연극을 비롯한 모든 예술의 근원이 '구성'에 있다고 주장했다. 그에 따르면 예술은 부분과 부분을 잘 엮어서 의도하는 효과를 만들어 내는 것이다. 예컨대 음악은 음과 음의 배열을 기본으로 하며, 회화는 대상물들의 배치를 중시한다. 이러한 작업을 음악에서는 작곡이라 하고, 회화에서는 구도라고 부른다. 예술 장르마다 다르게 사용하는 구성, 작곡, 구도는 모두 콤포지션(composition)이라 불린다. 마찬가지로 우리는 연극적 구성을 플롯이라는 특별한 용어로 부른다. 여기서 플롯은 단편적인 사건이나 액션들을 잘 구축하여 이야기를 만들어 내는 것이다. 이렇듯 구성은 모든 예술의 기본이다. 우리는 궁극적으로 영화의 몽타주를 예술적인 구성 원리로 이해해야 한다. 이러한 관점에서 몽타주의 역사는 영화가 탄생하기 이전에 이미 시작되었다고 할 수 있다. 영화의 몽타주 이론은 기존의 예술이 갖고 있던 창작 비결을 흡수함으로써 발전하게 된 것이다.

다양한 창작 비결 가운데 몽타주 이론이 가장 중점을 둔 것은 이야기 예술에 관한 것이었다. 푸시킨의 『보리스 고두노프』에 드러난 몽타주 기법의 연구 또한 영화의 몽타주 기법에 관한 연구와 결을 같이하는 듯 보인다. 아리스토텔레스는 이야기를 구성하는 방법을 극적 구성과 서사적 구성으로 구분했다. 극적 구성은 다양한 사건들이 그럴듯한 인과관계로 엮여 있는 것이고, 서사적 구성은 치밀한 인과율에 매달리지 않는 것을 특징으로 한다. 『보리스 고두노프』에 나타난 푸시킨의 파편적인 이야기의 결합은 서사적 구성 방법이다. 푸시킨의 몽타주는 기계적인 법칙이 아닌 예술적 창의력을 바탕으로 이루어진 것이다. 그는 기계적인 삼일치법칙에 따르지 않고 드라마의 장르적 제한을 깨뜨리면서 그 당시로는 파격적인 요소를 도입했다. 『보리스 고두노프』는 막이 없으며 막 대신 시간과 배경을 소제목으로 사용하고 있다. 앞 장의 이야기는 그다음 장의 이야기와 직접 연관되지 않으며, 앞 장의 장소는 그다음 장의 장소와 일치한 적이 없다. 이러한 단편성은 당시의 고전적인 연극 기법에서 크게 벗어난 것이었다. 세르게이 에이젠슈테인은 푸시킨이 영화의 몽타주 기법에 대한 혜안을 갖고 있다고 말했다.

이러한 장면의 병치는 너무나 뜻밖이어서 비평가들은 푸시킨이 영화의 몽타주 원칙을 드라마투르기에 전개시킨 것으로 믿고 있다. 에이젠슈테인은 푸시킨의 영화적 상상이나 필름 속의 이미지를 언급할 때 그러한 특성을 염두에 두고 있었다. 아주 최근에 세르게이 본다르추크는 푸시킨의 보리스를 소재로 한 다가올 텔레비전 작품에 대해 논의하면서 "푸시킨의 천재성은 영화예술의 미래를 예견했다"라고 주장했다. 몽타주란 본질적으로 조립법(앙상블)과 병치법을 통한 창조적 만남이기에, 어쩔 수 없이 흐로노토프(시공간)에 의존하고 있다. 전통적인 역사희곡과 전기체(傳記體) 서술의 흐로노토프와는 완전히 다르다.

시간에 있어서도 짧게는 낮과 밤이 여러 번 교차하고, 길게는 1598년부터 1604년이라는 기간이 설정되어 있다. 바로 이러한 측면들이 바흐친이 제시하는 흐로노토프라는 개념의 본질을 유추해 볼 수 있는 실마리를 제공해 주기도 한다. 에이젠슈테인은 원래 문학이 단편적인 단어들의 다양한 결합을 통해 다른 뉘앙스를 초래하므로 몽타주 원리를 사용하고 있다고 생각했다. 영화를 비롯한 모든 예술과 문학의 원리는 몽타주에 있음을 주장하는 에이젠슈테인이 푸시킨에게서 몽타주 이론을 언급하는 것은 너무도 자연스럽고 당연한 일이다.

푸시킨의 몽타주 기법은 역사적인 이야기를 효과적으로 전달하기 위해 모든 예술적 요소들을 배열, 결합하고 있다. 그는 극을 수많은 단편적인 에피소드로 분할하고 편집했다. 그에게 막으로 따분하게 나눈 작품은 더 이상 받아들일 수 없는 정적인 연극에 가까웠다. 그리하여 푸시킨은 막을 무시하고 몽타주 기법에 따라 23개의 장으로 구성된 『보리스 고두노프』를 만든 것이다.

역사학자들은 역사드라마에 의해 재현되는 과거가 왜곡될 가능성이 크다고 이야기한다. 역사적 사실보다 문학적 상상력의 비중이 훨씬 크다고 보기 때문이다. 역사드라마가 실제 역사와 인물을 다루기 때문에 진실성을 중요하게 생각한다면, 역사드라마의 역사 왜곡을 심각하게 받아들이는 것은 당연하다. 독자들은 역사드라마를 읽거나 보고 그것이 곧 역사적 사실이라고 생각하고는 한다. 이런 기준으로 보면 어떤 역사드라마도 비판을 면하기 어렵다. 역사드라마는 분명히 사실과 역사적 상상력을 기초로 재구성된 이야기인 까닭이다.

푸시킨은 『보리스 고두노프』에서 역사상의 인물들을 예술적으로 형상화하여 새롭게 탄생시킨다. 푸시킨의 작품 속에서 인물들은 역사서의 영역을 벗어나 불멸의 문학적 삶을 얻는다. 급변하는 역사의 움직임을 직접 눈으로 보고 겪었던 푸시킨은 작품을 통해 역사의 소용돌이에 휩쓸려 살아가는 황제, 귀족, 백성, 여성 등 다양한 사람들의 운명과 국가의 운명에 대한 자신만의 역사의식을 드러낸다. 역사가는 있는 그대로의 사실을 기록하지만, 예술가는 그 이면에 담긴 진실을 발견하여 작품을 쓰기 때문에 그의 글은 국가의 공식적인 기록보다 더 값진 역사를 간직한다.

7. 사실보다 더 진실한 역사소설: 푸시킨의 『대위의 딸』

역사란 인간들이 남긴 삶의 흔적을 살펴보면서 인간과 사회를 이해하는 것이라고 한다. 이 말은 문학에도 그대로 적용된다. 차이가 있다면 역사가는 있는 그대로의 사실을 기록하려 하지만, 소설가는 사실 이면에 담긴 진실을 이야기하려 한다는 것이다. 역사라는 이름의 커다란 사건은 중요하게 받아들여지는 것이 일반적이지만, 역사의 현장에 함께한 평범한 사람의 모습에서 때로는 공식적인 역사의 기록보다 더 생생하게 그 순간을 포착해 낼 수 있다. 그리하여 작가의 기록은 더 값진 역사를 보여 주기도 한다. 푸시킨의 『대위의 딸』은 평범한 인간들의 위대함을 통해 사실보다 더한 진실의 역사를 보여 준다. 이 소설은 핍진성 넘치는 묘사로 객관적 현실을 보여 주는 것이 아니라, 그 현실 안에 담긴 예술적 진실을 보여 주고 있다. 이 소설을 통해 푸시킨은 공식적인 역사서에 없는 진실한 역사 읽기를 시도한다. 그러한 새로운 관점에서 푸시킨은 러시아 역사상 최대의 농민반란에 관해 이야기한다. 그는 거대한 역사적 사건을 가족사나 낭만적인 연애 이야기의 관점에서 이야기할 뿐만 아니라 역사와 일상의 사건들을 잘 융합하여 이야기를 흥미롭게 끌고 간다. 『대위의 딸』은 푸시킨의 역사에 대한 해박한 지식과 작가적 상상력이 절묘하게 융합되어 탄생한 대표적인 팩션 소설이다.

작품 집필 동기 러시아 근대문학의 창시자 푸시킨은 언제나 새로운 형식과 실험으로 창작열을 불태웠다. 그는 1830년대부터 새로운 장르인 산문의 창작에 몰두하게 된다. 운문에서 산문으로, 즉 시에서 소설로 창작의 방향을 바꾼 것은 장차 러시아 문학계에 불어닥칠 소설의 시대를 직감한 것이라고도 볼 수 있다. 그가 산문작가로 첫발을 내디딘 것은 미완성 소설 『표트르 대제의 흑인』을 쓴 1827년으로 거슬러 올라간다. 이 작품은 외증조부 한니발 장군을 주인공으로 하는 역사소설이다. 사실 당시 유럽에서는 소설가 월터 스콧의 역사소설이 인기를 끌고 있었다. 1829년 푸시킨 역시 꾸며 낸 이야기인 소설 가운데서도 역사소설이 당대 소설계의 주류였음을 알고 있었다. 미완성으로 그쳤지만, 이 첫 습작 소설은 산문작가로서 푸시킨을 예고하는 이정표가 되었다. 푸시킨은 1834년에 『푸가초프 반란의 역사』(원래는 『푸가초프사』라는 제목이었으나 황제의 명령에 따라 제목을 바꿈)를 저술했다. 이 역사서를 통해 푸시킨은 푸가초프 농민반란의 주요한 원인이 사회·정치·경제적 불만과 억압이라고 밝혔다. 2년 후인 1836년에 비로소 『대위의 딸』을 잡지 『현대인』에 발표했다. 『대위의 딸』은 푸시킨의 마지막 유작 소설로서 1833년부터 1836년까지 4년간 창작된 작품이다. 발표 당시 이 소설은 철 지난 스콧풍의 역사소설로 받아들여졌다. 독자와 비평가들은 찬사는 고사하고 무관심으로 일관했다. 그러나 고골은 『대위의 딸』을 "가장 뛰어난 러시아 산문문학"이자, "사실보다 더 사실적이고, 진실보다 더 진실한" 명작이라고 평가했다.

역사란 과거 사실에 관한 이야기이다. 사람들은 왜 역사적 사실에 관심을 가질까? 과거의 역사적 사실은 항상 현재와 미래에 대한 나침반이기 때문이다. 1830년대 초 러시아 정세는 국내외적으로 불안했다. 프랑스 혁명, 폴란드 봉기, 콜레라 창궐, 농민 소요 등 나라 안팎의 불안한 정세는 작가가 역사에 관심을 두게 된 외적인 요인이기도 했다. 푸시킨은 18세기 러시아 역사에 관한 연구를 시작했다. 국가 고문서를 뒤지면서 표트르 대제에 관한 연구를 시작했으나 그에 관한 연구는 워낙 방대한 작업이었기에 저술로 이어져 완성을 보지 못했다. 대신 푸시킨은 고문서를 통해 우연히 알게 된 귀족 청년의 이야기에 관심을 보였다. 예카테리나 시대의 푸가초프 반란군에 가담하여 활동한 젊은 귀족의 행적이 눈길을 끈 것이다. 이것이 극심한 농민혁명 속 혼란한 18세기 러시아를 배경으로 한 소설 『대위의 딸』의 단초가 되었다. 물론 소설이 완성되기까지 많은 수정이 이루어졌다.

농민 반란자 에멜리얀 푸가초프에 대한 작가의 관심은 1824년 미하일롭스코예 시절까지 거슬러 올라간다. 영지 미하일롭스코예에 있을 때 그는 남동생에게 푸가초프에 관한 서적을 보내 달라고 부탁한다. 서적 탐독을 마친 푸시킨은 1833년 여름에 2개월 동안 푸가초프 반란과 여러 농민 폭동이 일어났던 볼가강 유역과 우랄 지방을 직접 여행하면서 각종 역사적 자료들을 수집하고, 반란에 가담했던 생존자들의 증언을 수집하기도 했다. 당시 역사서에서는 예카테리나 여제의 치적을 열거하거나 여제의 영광을 낭만적 애국심으로 칭송하였고, 푸가초프의 난에 대해서는 무시될 정도의 개략적인 언급만 했다. 푸가초프가 처형된 지 60년이 지난 1836년 푸시킨은 이 사건을 소재로 소설을 완성했다. 이 작품은 오늘날까지도 역사가들의 관심을 받고 있다. 이러한 이유로 역사가 클류쳅스키가 말한 "『푸가초프사(史)』보다 『대위의 딸』이 더 역사적"이라는 역설이 가능해진다. 러시아 문학사에서 『대위의 딸』은 근대 장편소설의 첫 출발이자, 톨스토이의 역사소설 『전쟁과 평화』뿐만 아니라 숄로호프의 『고요한 돈강』으로 이어지는 대하 역사소설의 단초를 제공한 소설로 평가된다.

농민반란의 줄거리 『대위의 딸』은 변방 요새에 파견된 청년 장교 표트르 안드레비치 그리뇨프가 경험한 푸가초프 반란을 묘사한 소설이다. 그리뇨프는 벨로고르스크 요새로 가는 도중 심한 눈보라를 만나 길을 잃고 방황한다. 이때 우연히 만난 농부가 길을 안내해 준다. 이에 대한 답례로 그리뇨프는 농부에게 토끼 가죽 외투와 포도주 한 잔을 선사한다. 나중에 밝혀지지만, 이 농부가 바로 푸가초프이다. 요새에 도착한 그리뇨프는 지역 사령관인 미로노프 대위의 가족과 친해지고, 대위의 딸인 마리야(마샤)와 사랑에 빠진다. 그러나 마리야를 사랑하고 있었던 선임 장교 시바브린은 질투심에 사로잡혀 이들의 연애를 방해한다. 두 사람은 결투까지 벌인다. 시바브린은 사사건건 그리뇨프를 위험에 빠뜨리고 결국 평생의 원수가 된다. 그러던 중 러시아 전국을 공포 속에 몰아넣은 에멜리얀 푸가초프의 반란이 일어난다. 그 반란군이 요새를 함락하고 사령관 부부를 처형한다. 시바브린은 푸가초프 반란군 편에 서고, 그리뇨프는 포로가 되고 마리야는 고아가 된다. 그리뇨프는 길을 안내한 농부가 푸가초프였음을 알게 되고, 그를 알아본 푸가초프 역시 그의 은혜에 대한 답례로 목숨을 살려 준다. 반란군과 진압군의 팽팽한 접전 중에 그리뇨프는 푸가초프의 도움으로 연인의 목숨도 구하고 무사히 집으로 돌아가게 되지만, 동료였던 시바브린의 밀고로 반역자라는 모함을 받아 끌려가게 된다. 마리야는 페테르부르크로 가서 예카테리나 여제에게 그리뇨프의 사면을 탄원한다. 여제의 특사로 풀려난 그리뇨프는 마리야와 결혼하여 행복하게 산다.

소설의 구조 이 소설의 구조는 대칭적이다. 역사적 사건에서는 농민반란의 주동자인 푸가초프와 예카테리나 여제가 대립된다. 푸가초프는 농노들의 왕을 참칭하는 자이고, 예카테리나 여제는 참칭자가 이끄는 반란군을 진압하는 공식적인 황제이다. 두 인물은 서로 적대적이지만, 그들의 성격과 역할은 유사하다. 주인공 그리뇨프의 입장에서 보면, 푸가초프나 예카테리나 여제 모두 자비를 베풀어 그의 목숨을 구해 준 사실에서는 똑같다. 농민반란의 지도자 푸가초프에게서 인간적 매력을 발견한 푸시킨은 푸가초프의 인상을 호의적으로 묘사했다. 작가는 두 사람을 모두 자비롭고 현명한 판단력을 지닌 인물로 묘사했는데, 당시 상황에서 두 사람을 동격으로 둔 소설을 쓴다는 것은 쉽지 않은 결정이었으리라 생각된다. 그러한 면에서 푸시킨은 정치사상에 급진적인 면을 보여 주는 작가라 할 수 있다. 예카테리나 여제는 쿠데타로 무능한 남편 표트르 3세를 폐위하고 직접 왕위에 오른 인물이다. 반면에 푸가초프는 살해당한 여제의 남편인 표트르 3세를 참칭하고 러시아 전역에서 농민봉기를 이끌었다. 그는 '민중의 황제'로서의 모습을 보여 준다. 예카테리나는 계몽 군주라는 이름으로 통치에 성공했지만, 자칭 계몽 군주라는 말에는 여제 역시 참칭자라는 숨은 의미가 내포되어 있다. 소설 속에 묘사된 두 인물 모두 왕좌의 게임에서 자신의 힘으로 황제의 모습을 보여 주었다. 또한 예카테리나 여제와 푸가초프의 형상은 일반 역사서에서보다 더 사실적으로 묘사되어 이들은 소설을 통해 불멸의 역사적 인물이 되었다.

일상적 사건이라 할 수 있는 연애사에서 그리뇨프와 시바브린도 대립된다. 그들은 동료 사이에서 연적이 되어 서로 싸우는 관계다. 주인공 그리뇨프는 지역 사령관인 대위의 딸 마리야와 사랑에 빠진다. 그러나 선임 장교인 시바브린 역시 그녀를 사랑하고 있었기 때문에 두 사람은 결투까지 벌인다. 이러한 이유로 시바브린은 그리뇨프를 위험에 빠뜨리며 원수가 된다. 그들의 성격도 대비된다. 그리뇨프는 인성이 착한 인물로 어리숙한 편이다. 그는 러시아 민담에 자주 등장하는 바보 이반과 같은 인물로서 매사에 운명에 순응하는 듯한 소극적인 태도를 보인다. 이에 반해 시바브린은 영리하고 뛰어난 지략을 자랑하는 인물이다. 이해타산에 밝은 인물로, 부도덕한 품성의 소유자로 평가된다. 눈앞에 닥친 기회를 놓치지 않는 이기적인 인물이기도 하다. 이러한 성격 때문에 시바브린은 푸가초프의 반란군에 가담하게 된다. 결국, 시바브린은 자신의 이기적 성격과 냉소주의로 인해 파멸한다.

농민반란의 이유 1762년부터 1775년 사이 러시아에 농민반란만 50번 이상 일어났지만, 그 가운데 가장 큰 반란은 푸가초프 반란(1773-1775)이었다. 농민들은 왜 반란을 일으켰을까? 러시아인들은 여러 사회계급으로 구분되었다. 그들은 일반적으로 귀족(세습 귀족과 비세습 귀족으로 분류), 성직자, 농민계급으로 나뉘었고, 신분에 따른 법률적 의무가 있었다. 18-19세기까지도 러시아 농민들은 여전히 농노의 신분에서 벗어나지 못했다. 농노는 노예와 자유민의 중간 형태로, 신분적으로나 경제적으로나 지주 귀족에게 완전히 종속된 농민을 가리킨다. 도시 거주자들은 시민, 상인, 장인, 소시민으로 구별되기도 했다. 계급 간 또는 집단 간의 경계가 항상 명백한 것은 아니었다. 한 신분의 집단에 속해 있다고 하여 다른 신분의 집단에서 배제되는 것도 아니었다. 특히 장교들은 귀족의 일원이기도 하지만, 관례적으로 군인 신분에 속했다. 관료들 역시 귀족 신분이면서 자기의 직책을 유지했다. 자세히 살펴보면 러시아 제국의 사회계층은 비체계적임을 알 수 있다. 아이들은 부모의 사회적 지위를 그대로 물려받았다. 또한 성직자는 국가 차원에서 전체적으로 통제를 받았다. 그 이유는 전체 성직자들이 신성 종교회의 관할 아래 있었기 때문이다. 귀족과 성직자는 특권층으로 간주되었는데, 귀족과 성직자들이 향유한 세 가지 자유는 징집으로부터의 자유, 육체적 형벌로부터의 자유, 개인세로부터의 자유였다.

신분의 법적 지위는 상황에 따라 유동적이었다. 어느 정도 신분 간의 이동은 있었던 것이다. 예를 들어 많은 돈을 소유한 자가 상인 신분에 귀속되었던 것처럼, 고위직 군인이나 문관계급 역시 자동으로 귀족 신분에 귀속되었다. 신분의 규모는 코발렙스키의 통계를 통해서 다음과 같이 확인된다. 19세기 말 전체 인구에서 농민은 81.5%, 도시 거주자는 9%, 군인은 9%였고, 귀족과 성직자는 1% 미만이었다. 농민들은 러시아 제국 국민의 80% 이상을 차지할 정도로 절대다수였다. 그런데 대다수의 러시아 농민들은 읽고 쓸 줄 모르는 문맹이었다. 1897년 말엽에 실시한 통계에 따르면 9세에서 49세 사이 시골 인구의 22%만이 읽고 쓸 줄 알았다.

농노제 시기 농민의 지위에 대해서도 상세히 언급할 필요가 있다. 1861년 농노해방이 이루어질 무렵에 농민은 약 5천만 명에 이르렀다. 이 중에서 절반에 약간 못 미치는 수가 개별지주에게 속한 농노였다. 여기서 농노라는

페로프, 〈푸가초프의 재판〉

말은 국가가 소유하고 관리하는 국유지를 부쳐 먹고살았던 농민들에게도 적용된다. 국가 농노의 숫자는 사유 농노 숫자보다 많았다. 황실 소유의 땅을 부쳐 먹고살았던 황실 농노들도 있었다. 가장 나쁜 조건에서 고통을 당했던 부류는 지주에 귀속된 농노들이었다. 특히 시골 지주의 집에서 가사를 돌보는 가내 농노들은 항상 주인의 감시 밑에 있었다. 농노해방 시에도 그들은 토지의 배분 없이 해방되었다.

농민반란은 대다수가 농노제에 대한 불만으로 일어났다. 농노제 가운데 특히 바르시나(барщина, 부역)는 농민들의 불만과 분노를 일으키는 제도였다. 농노들은 바르시나 제도 때문에 일주일에 3일(또는 6일) 동안 무보수로 지주 귀족의 땅을 경작해 주었고, 그 이상의 무보수 노동을 강요당했다. 귀족들은 농노들을 극심하게 착취했을 뿐만 아니라 재판권까지 마음대로 행사했다. 말 그대로 귀족들은 농노에 대한 생사여탈권을 갖고 있었다. 농노제가 낳은 최악의 폐해를 줄이기 위한 정부의 노력에도 불구하고 지주들은 실제로 마음대로 농노들을 처분했다. 정부의 노력이 미미했다고 볼 수밖에 없다. 지주들은 농노들을 저당 잡히고, 농노들과 가족을 격리하고, 도박에서 농노를 잃고, 농노들을 25년간 군대로 쫓아 보내고, 농노들을 매질까지 했다. 선량한 지주들은 바르시나 제도를 오브로크(оброк, 소작료) 제도로 바꾸어 농민들의 고통을 덜어 주기도 했다. 『대위의 딸』 제7장의 서문에 나오는 러시아 민요는 농노제의 실상을 잘 묘사한다. "대갈통아, 내 대갈통아, 죽도록 일만 한 내 대갈통아! 33년을 꼬박 군대에서 고생만 했구나. 아, 대갈통이 얻은 건 돈도 아니고 기쁨도 아니네. 한마디 칭찬도 아니고, 높은 지위도 아니네. 대갈통에게 돌아간 건, 높이 솟은 나무 기둥 두 개 사이를 가로지른 단풍나무 들보에 비단 실로 만든 올가미라네."

러시아 농민은 오랫동안 권위에 복종하고 정치적으로 수동적인 것처럼 보였다. 그러나 한계점에 달하면 복종하던 온순한 농민도 권위와 권력에 대항하고 지주 귀족에게 대들며, 수동적이었던 농민도 적극성을 보이면서 세상을 뒤집어엎고자 한다. 특히 농민반란과 폭동에는 이유가 있다. 농민들은 인내심의 한계에 도달할 때 폭동을 일으킨다. 폭동은 모두 러시아의 불안정성과 불평등 그리고 변화에 대한 열망을 반영한다. 평화스러운 발전이 존속할 수 없을 때는 혁명이 불가피하다. 폭동의 역사에서 종종 이유 없는 파괴와 무자비함이 동반된다.

1861년 농노해방 이후에도 농민들은 여전히 자유롭지 못했으며, 지나칠 정도로 무거운 세금을 내야만 했다. 농민들의 의식주는 비참할 정도였으나, 차르를 향한 마음은 여전히 헌신적이었다. 농노해방의 허울은 좋았지만, 농민들은 선량함과 잔인함의 양극단에 빠져들 수밖에 없었다. 그리고 그것은 폭동과 약탈로 이어져, 시골 지주의 재산은 방화당하기 일쑤였고, 지주 가족들은 목숨을 부지하기도 힘겨웠다. 여기서 언급되는 '귀족(дворянин)'과 '지주(помещик)'는 겹쳐지는 개념이다. 농노해방 이전에는 귀족계급 이외에 누구도 자신의 농노를 소유할 수 없다고 하는 법조문이 있었다. 18세기 예카테리나 여제의 시대는 지주들의 황금시대였다. 그녀는 자신을 따르는 지주들에게 막대한 국유지를 하사했다. 여제는 농노제를 계속해서 강화했으며 그 대가로 귀족들의 충성을 받아 내고자 했다. 귀족은 여제에게 의무적으로 군사적인 봉사를 해야 했고 문무 관직을 맡아야 했다. 관직이야 귀족들도 원하는 것이었고, 그들은 이러한 봉사의 대가로 막대한 토지를 하사받았다. 러시아의 전제군주정은 토지를 하사받은 지주 귀족들에 의해 운영되었다고 할 수 있다. 러시아 차르들은 귀족계급을 혁명에 반대하고 현 상황을 지지하는 세력으로 간주했다. 니콜라이 1세 치하의 경찰 총수였던 두벨트는 귀족계급의 입장을 다음과 같이 요약했다. "지주는 군주의 가장 신뢰할 만한 보루이다. … 만약 지주의 권력이 무너진다면 인민들은 홍수처럼 될 것이고, 그러면 차르 자신도 곧 위험에 처할 것이다. … 지주는 가장 충성스럽고 밤을 지새우며 국가를 지키는 감시인이다. 지주는 타고난 경찰재판소 판사이다."[16] 차르에 대한 충성심을 담보로 지주들은 채찍질, 군대 징집, 개인세에서 면제되었다. 대신에 그들은 농노제도 아래 농부들이 내는 인두세를 거두어들이고 농부들을 징발해 군대로 보내며 마을의 사법행정을 관리할 책임이 있었다. 지주들의 사법적 기능은 1861년 이후 마을공동체 회의로 이관되었다. 지주 귀족들은 병역과 세금이 면제됐지만, 농노들은 점점 더 힘들어졌다. 지배계층인 귀족의 권력과 부가 커지면서 민중과의 거리는 점점 커졌다. 시간이 지날수록 농노들의 상황은 호전되는 것이 아니라 오히려 악화되었다.

가혹한 전제정치하에서 농노제도는 늦게까지 존속하여 근대화를 가로막는 요인이 되었다. 특히 1853-1856년 크림전쟁에서의 패배와 국내 혁명 정세의 격화는 농노해방의 필요성을 절감하게 했다. 알렉산드르 2세도 농노해방을 국가 발전의 가장 시급한 과제로 여기고 해방령의 제정을 서둘러,

16 R. 힝글리, 『러시아의 작가와 사회』, 이항재 옮김, 푸른산, 1989, 131쪽.

1861년 3월 3일에 이를 공포했다. 이에 따라 농노는 인격적 자유를 얻었으나, 이 해방령은 모든 토지가 지주의 재산이라는 전제하에 이루어졌기 때문에 농노들은 많은 배상금을 지불해야만 토지의 소유를 인정받을 수 있었다. 더욱이 농노가 차지한 토지는 종래 경작한 땅의 절반 정도에 지나지 않아서, 결국 다시 지주 밑에서 소작인이 되거나, 토지를 떠나 노동자가 되거나 하는 수밖에 없었으므로 농민의 생활 빈곤은 여전했다. 그러나 이 개혁으로 농노제의 속박이 완화되고, 다수의 노동자가 생겨남으로써 러시아의 자본주의 발달이 촉진되었다.

푸가초프는 누구인가 에멜리얀 이바노비치 푸가초프(1742-1775)는 돈 카자크 출신의 문맹 농민으로서 러시아군에 복무하며 여러 전쟁에 참전했던 인물이다. 17세부터 이미 프로이센과 튀르키예 전쟁에 참전했으며 많은 용맹을 떨쳐 순식간에 초급장교까지 승진하게 되었다. 그러나 참전 중 부상을 입고 고향에 돌아왔다가 몸이 회복되자 3년 동안 여러 지역을 여행하며 떠돌아다녔다. 이때 1772년에 일어난 카자크 반란과 그에 대한 잔혹한 진압과정을 직접 목격한다. 그러던 중 세 명의 카자크인이 탈옥을 시도한 사건에 연루되어 범법자 아닌 범법자 신세가 된다. 결국, 여행 중에 군대 탈영죄로 체포되어 시베리아 유형을 선고받았으나, 탈출한 후 마침내 1773년 6월 볼가강 동쪽 초원 지대에서 반란을 도모하게 된다. 당시 많은 백성이 처한 어렵고 힘든 상황을 직접 목격한 푸가초프는 어려운 현실을 타개하겠다는 결심을 하게 된다. 그리하여 온갖 착취를 일삼는 지주와의 투쟁을 계획한다. 푸가초프는 농노제도 폐지, 신분상의 자유, 그리고 농지분배를 약속하며 반란군을 모았다. 그는 자신이 억울하게 폐위되었다가 암살된 것으로 알려진 표트르 3세라고 주장했다. 마침내 카자크인들의 적극적 지원으로 푸가초프 반란이 일어났고, 때를 같이하여 봉기한 농민들과 우랄 지방 노동자들의 부대가 합세했다. 이뿐만 아니라 반란의 주도 세력인 바르시키 민족의 지도자

푸가초프

이자 민족시인 실리바트 율라에프도 대규모 기병 부대를 이끌고 도착했다. 푸가초프 군대는 순식간에 대부대로 변했고, 1774년 초에는 그 숫자가 5만 명 이상이 되었다. 병력이 확보되자 푸가초프는 먼저 여러 지방에 자신의 성명서를 보내 몇 가지 약속을 했다. 농민에게는 토지 및 목초지와 어장을 확보해 주고 영원한 자유를 보장해 주며, 카자크인들에게는 현금으로 봉급을 주고 화약과 충분한 식량을 주겠다는 약속이었다. 또한 바르시키인들에게는 민족의 자유를 보장해 주고, 구교도들에게도 옛날부터 지켜 온 관습인 턱수염을 허락하고 성호를 그을 때 두 손가락을 사용할 수 있도록 했다. 푸가초프는 확보된 병력을 조직적으로 편성했다. 전반적인 체계가 형성되자 푸가초프는 규칙적인 군사 훈련을 하고, 우랄과 볼가강 중하류의 광활한 지역에서 활동했다. 총감독자로는 전직 병사이자 우랄 지역의 노동자였던 벨로도르도프를 임명했다. 이 반란으로 남부 러시아 전역이 혼란에 휩싸였다. 반란의 여파는 러시아 제국 전역에 확대되어 농민들이 푸가초프를 환영할 준비를 하는 위험한 사태가 벌어졌다. 그는 볼가강 유역의 카잔을 시작으로 여러 많은 도시를 점령해 나갔다. 주력 부대는 오렌부르크를 포위하는 지경에 이르렀다. 이에 당황한 예카테리나 2세는 튀르키예와의 전쟁을 중단하고, 경험 있는 장군들과 많은 병력을 동원하여 푸가초프 반란군을 격파할 수 있도록 했다.

『대위의 딸』에서 군 지휘부가 지역 사령관 격인 미로노프 대위에게 보낸 편지는 푸가초프의 정체성에 대한 여러 가지 정보를 상세하게 알려 주고 있다. "돈 카자크이자 분리파 교도인 에멜리얀 푸가초프가 감시망을 뚫고 도주했다. 이자는 붕어하신 표트르 3세 황제 폐하를 참칭하는 극악무도한 만행을 저지르며 악당의 무리를 규합하여 야이크 촌락에서 반란을 일으켰고, 곳곳에서 약탈과 잔악한 살인을 일삼으며 벌써 요새 몇 곳을 점령하고 파괴했다. 이 통신문을 받는 즉시 귀관 미로노프 대위는 상기 참칭자인 역적을 격퇴시킬 적절한 조치를 할 것이며, 이자가 귀관의 통솔 아래 있는 요새를 습격할 경우 섬멸시켜도 좋다."

여기서 우리는 푸가초프에 대한 몇 가지 정보를 획득할 수 있다. 그가 돈 카자크이고, 분리파 신자이며, 표트르 3세의 참칭자이고, 야이크 지역에서 반란을 일으킨 자라는 것이다. 13세기 가난과 폭정에 시달리는 영국 국민의 자유를 위해 왕권에 반기를 든 로빈 후드처럼, 푸가초프 역시 세상을 뒤엎고 새로운 세상을 만들어 보겠다며 반란을 획책한 전설적인 인물임을 알 수 있다.

첫째로 푸가초프는 카자크인이다. 러시아 문학에 자주 등장하는 카자크인들은 별개의 민족이 아니다. 그들은 주로 농노제도와 세금, 종교적 박해를 피해 변방으로 달아난 정교 신앙을 가진 농부들의 자손이었다. 또한 대다수가 이교도적인 요소를 받아들인 러시아인이나 우크라이나인들이었다. 카자크는 '자유인' 또는 '전사'를 뜻하는 튀르키예어 '카자크(kazak)'에서 유래했다.[17] 그들의 초기 공동체는 약탈이나 사냥, 고기잡이로 생계를 유지하며

17 '카자크'라는 단어의 어원에 대해서는 다양한 설이 있다. 사전 편찬자인 V. 달리는 '카자크'라는 단어가 '방랑하다', '떠돌아다니다'를 의미하는 '카즈마크'에서 유래했다고 생각한다. 유목생활을 했던 중앙아시아의 키르기스인들은 스스로를 '카즈마크'라고 불렀다고 한다. 러시아 사학자 V. 클류쳅스키와 N. 코스토마로프는 이 단어가 러시아인들과 우크라이나인들이 러시아의 남쪽과 남동쪽을 집중적으로 식민지화했던 14-15세기에 타타르인들로부터 차용되었다고 생각한다. 사학자 P. 골루봅스키는 폴로베츠인들 사이에서 '수호자', '경비원'으로 사용되었던 '카자크'란 단어가 러시아어로 옮겨 왔다고 생각한다. 20세기 초에는 기존

튀르키예와 타타르에 대항하여 게릴라전을 펼치던 자치조직체였다. 16세기경 그들은 드네프르강, 돈강, 그리고 우랄 지역(당시는 야이크)에서 들고일어났다. 17세기에 들어와서 그들은 농업으로 전환하여 생계를 유지했다. 그 시기에 '스텐카 라진의 난'(1670)이 일어났으며, 백 년 후인 1773년에 '푸가초프 난'이 이어진다. 이들의 반란에 참여한 사람들은 주로 카자크였다. 가장 유명한 카자크는 고골의 『타라스 불바』에 나오는 드네프르강 하류에 있는 자포로제 카자크로서 그들의 본영은 세치에 있었다. 본영은 1775년 예카테리나 여제에 의해 함락되었으며, 아타만(атаман, 카자크 지도자)인 칼니셉스키는 솔로베츠키 수도원에 감금되었다. 18세기 러시아 정부는 카자크인들을 단호하게 억압했고, 그들을 정규 국경부대로 배치하여 활용했다. 카자크인들은 중앙정부에 의해 북부 캅카스와 아스트라한, 오렌부르크 지역, 그리고 시베리아에 배치되었다. 그리고 한때 대중 집회에서 선출했던 카자크 지도자들과 원로 관리들은 차르에 의해 재임명되었다. 그들은 토지를 소유한 귀족이 되었다. 카자크는 20세기 초 평화 시에는 35개 카자크 연대 가운데 17개 연대를 러시아 군대에 제공했으며 카자크인들은 국가의 기둥으로서 차르의 가장 충성스러운 군인이 되었다. 주로 그들은 정치적 소요와 노동자들의 반란 진압에 투입되었다. 하지만, 그 같은 병역의무에도 불구하고 자신의 말과 장비는 각자 스스로 마련해야 했다. 그 대가로 세금 면제를 비롯한 각종 특혜를 받기도 했다.

둘째로 푸가초프는 분리파 신자(раскольник, 구교도)이다. 17세기 중엽의 러시아는 정교 역사상 대분열을 겪는다. 정교의 분열은 하나의 고통스러운 사건이었다. 그 종교적 분열을 러시아어로 '라스콜(раскол)'이라 한다. 1439년

의 견해들을 뭉뚱그려 '카자크'란 단어가 몽골어 '코(갑옷)'와 '자흐(경계, 국경)'에서 나왔고, 그 의미는 '국경의 수호자'라는 의견이 제시되었다. R. 힝글리는 '카자크'가 '자유인' 또는 '전사'를 뜻하는 튀르키예어 '카자크'에서 유래했다고 주장한다. 대다수의 역사서와 인터넷에는 힝글리의 의견과 유사한 의미로 소개되어 있다.

에 비잔틴 제국은 로마 가톨릭교회와 협의하여 이루어 낸 플로렌스 종교통합을 받아들였다. 그러나 모스크바 공국은 그 통합을 정교에 대한 배신으로 간주하여 단호히 거부했다. 1453년 동로마제국의 수도 콘스탄티노플이 튀르키예에 넘어가자, 러시아인들은 그것을 정교를 배반한 그리스도인들에게 내려진 벌로서 간주했다. 당시 러시아 공국은 전 세계의 교회가 러시아 토착 교회를 전적으로 인정하고 있으며, 구원을 위해 더 이상 배울 것이 없다고 생각했다. 그리하여 민족적 토속 교회의 구습이 기독교적 진리의 척도가 되었다. 아버지와 할아버지가 기도했던 것처럼 러시아인들은 모두 그렇게 기도하고 예배를 드려야 했다. 그들의 교회의식은 당연히 신성한 것이라는 믿음이 강화되었다. 신앙 문제에 이성을 개입시켜 말하는 것은 오만하고 의심스러운 행동으로 치부되었다. 비잔틴 제국이 붕괴된 후 자비를 구하여 모스크바로 온 그리스 정교회의 고위성직자들은 러시아 교회에 나타난 의식상의 차이를 발견하게 되었다. 러시아 성직자들은 그 차이를 "그리스의 정교 신앙이 이교도의 압제 아래 타락했다"라는 말로 설명했다. 그러나 대주교 니콘은 그리스어의 번역본에서 오류를 직접 발견하게 되자, 교회 서적의 불가피한 수정을 인정했다. 그는 이를 위해 키예프 신학자들을 초빙했다. 그러나 모스크바인들은 키예프 수도사들이 라틴교회의 영향을 받았다는 이유로 그들을 불신했다. 그러한 상황에서 당연히 교회 서적의 수정을 반대하는 자들이 출현하게 된 것이다. 그들 가운데 가장 대표적인 인물이 사제장 아바쿰이었다. 그는 "교회의 성부들에 의해 전해져 내려온 것은 모두 성스럽고 결점이 없는 것이다. 옛날 그대로 영원히 내버려 둬라. 러시아인들이 그리스인들에게 배워야 하는 것이 아니라, 그리스인들이 러시아인들에게 배워야 한다"라고 말했다. 니콘 주교 시대의 쟁점은 두 가지였다. 하나는 교회 서적의 수정이었고, 다른 하나는 그리스 교회의식에 따른 의식의 개정이었다. 예를 들면, 두 손가락으로 성호를 긋는 대신에 세 손가락으로 성호를 긋는다든지, 할렐루야를 두 번 할 것을 세 번 한다는 것과 같은 것이다. 그러나 새로운 제도에 대한 증오로 판단력을 상실한 반대자들은 권위주의적인 대주교 니콘의 개혁에 반대하여 결국 이단으로 몰리게 되었다. 니콘주의자나 아바쿰 추종자들은 서로 이단이라고 주장했다.

박해를 받은 구교도들은 교회는 물론 황제의 권력도 반그리스도적인 신앙에 빠져 있다고 확신하고, 황제뿐만 아니라 표트르 대제까지 반그리스도라고 간주하기 시작했다. 구교도들은 박해를 피하여 숲속이나 볼가강 건너편 지역에 은신처를 마련했다. 정부는 그곳까지 쫓아가 그들을 탄압했다. 그리하여 광적인 구교도들은 분신 자살이라는 수단으로 호소하기 시작했다. "불은 모든 죄를 정화한다"라는 믿음을 갖고 분실 자살을 한 사람들의 수가 약 2,500여 명에 이르렀다. 정교회 분열은 러시아 신앙생활의 슬픈 드라마가 된 것이다.

여기서 우리는 구교도주의가 러시아 민족의 근본적인 성격 가운데 하나라는 것에 주목할 필요가 있다. 그들의 깊은 신앙심에는 놀랄 정도의 광적인 경향과 극단주의를 초래하는 감정과 의지가 결합되어 있다. 권력의 온갖 박해에도 불구하고 구교도들은 자신의 믿음을 위하여 투쟁하는 영혼의 자유 투사 같은 기질이 있었다. 그들은 교회생활에서도 율리우스력을 그레고리력으로 바꾸려 하지 않고, 종교 예식에서도 극단적인 보수주의로 일관했다. 일상생활에서도 구교도들은 보수주의와 고립주의로 일관했다. 그들의 행동 규범은 명백하다. "콧수염을 깎은 자, 애연가, 삼지주의자(세 손가락으로 성호를 긋는 사람), 면도한 자들은 사귀지도 말고, 기도하지도 말고, 나무라지도 말라."[18] 그들은 담배를 피우지도 않았고, 면도하지도 않았고, 자기 그릇만 사용하면서 절제된 생활을 했다. 그들이 사는 집은 모범이 될 정도로 깨끗했다. 『대위의 딸』에서 푸가초프는 분리파 교도로서 자신의 신념을 바꾸지 않고 행동했던 종교적 지도자 아바쿰과 같은 인물이라 할 수 있다.

18 N. O. 로스키, 『러시아인의 민족성』, 임홍수 옮김, 조선대학교출판부, 2004, 174쪽.

셋째로 푸가초프는 농노들의 황제를 자처한 '참칭자'이다. 그가 참칭한 표트르 3세는 누구인가? 표트르 3세는 표트르 대제의 손자이자 예카테리나 여제의 남편으로 1762년 1월부터 7월까지 제위에 있었다. 그의 아내 예카테리나는 쿠데타를 일으켜 무능력한 남편 표트르 3세를 폐위하고 직접 왕위에 올랐다. 표트르 3세는 아내의 총신에 의해 1762년 7월 28일에 살해되었다.

넷째로 푸가초프가 난을 일으킨 지방은 오렌부르크현에 있는 야이크강 유역이다. 야이크강은 푸가초프 난 이후 우랄강으로 개명됐다. "광활하고 풍요로운 이 지역에는 러시아 황제의 통치권을 인정한 지 얼마 되지 않은, 야만인과 진배없는 여러 민족이 살고 있었다. 계속되는 그들의 분규, 법치와 문명을 따르지 않는 생활, 무모함과 잔인성, 이 모든 것들을 진압하기 위해 정부 측에서는 감시를 계속해야만 했다. 적당한 요지마다 요새를 세우고, 야이크강 가에서 대대로 살았던 상당수의 카자크를 그곳으로 이주시켜 요새 수비를 맡겼다. 그러나 정작 변경의 안전과 안정을 유지해야 할 야이크 카자크인들은 언제부터인가 정부를 불안하게 하고 위협하는 존재가 되어 갔다." 독립적인 조직을 갖추고 있던 카자크 군대는 18세기 초엽부터 점진적으로 자치권을 상실하게 되는데 이곳의 카자크 군대 역시 1771년 러시아 군무성에 편입된다. 자유를 구속당한 카자크인들은 1772년 겨울 폭동을 일으켰으나 반년 뒤 가혹하게 진압되었다. "폭동의 원인은 군대의 기강을 바로잡기 위해 트라우벤베르크 지역 사령관이 도입한 엄격한 조치 때문이었다. 그 결과 그 지역 사령관은 무참하게 살해되었고, 행정체계는 제멋대로 바뀌었으며 급기야 폭동은 총격과 잔혹한 처벌로 진압되었다." 반란군은 우랄 지역의 상공업 중심지인 오렌부르크를 포위 공격했고, 카잔을 불태웠으며, 사라토프를 장악하고 지금의 볼고그라드인 차리친을 포위했다. 그러나 푸가초프는 1774년 수보로프 장군에게 패했고, 야이크 카자크인의 배신으로 야이크 촌락에서 체포되었다. 그는 철제 우리에 갇혀 모스크바로 호송되었다. 푸가초프와 반란군들의 처형식은 1775년 1월 10일에 거행되었다.

푸가초프 반란은 농민들의 생활을 근본적으로 바꿔 놓지 못한 채 실패로 끝났지만, 러시아 전제국가의 봉건제도를 뿌리까지 흔들어 놓았다. 봉건제도의 부패가 표면에 드러난 거대한 역사적 사건이었다. 이 사건으로 정부는 농민들의 고통스러운 삶에 대해 각성하고 개선책을 마련하게 된다. 예카테리나 여제는 무엇보다도 농민반란을 '푸가초프시나(Пугачёвщина)'로 부르면서 매우 두려워했다.

맺는 말 『대위의 딸』은 역사소설의 시초로 평가받는다. 역사에 관한 이야기를 소설로 담아냄으로써 역사의 진실에 대한 문제를 예술적으로 풀어냈다고 볼 수 있다. 이 작품 역시 푸가초프와 예카테리나 여제의 형상에 대해서 역사서보다도 더 사실적으로 묘사하고 있다. 또한 승자의 기록이라 할 수 있는 공식적인 역사서보다 내면적 진실의 문제에 더 유연하게 다가가 사실적으로 묘사하고 있음은 말할 필요가 없다. 『대위의 딸』이 갖는 진정성은 역사적 사건의 소용돌이 속에서 살아가는 개개인의 평범한 삶이 거짓 없이 진솔하게 전해진다는 데에 있다. 푸시킨은 역사에서도 진정한 휴머니즘의 정신을 찾고자 한다. 그는 개개인의 인간성을 기준으로 세상을 바라본다. 허점과 약점이 많은 그리뇨프와 마리야가 역사적 혼란 속에서도 순수함과 고결함을 잃지 않고 성숙한 인간으로 성장할 수 있는 것은 그들의 타고난 인성이나 도덕성 덕분이었다. 그 덕분에 소설은 행복한 결말로 마무리된다. 그리고 우리는 역사를 균형 있게 바라보게 된다.

8. 지(知)의 슬픔: 그리보예도프의 『지혜의 슬픔』

19세기 러시아 문학에서 자주 등장하는 인물들 가운데 어느 곳에도 완전한 소속감을 느끼지 못하고 누구에게도 절실히 필요한 존재가 되지 못하는 인간들이 있다. 그들은 한결같이 모두 부유한 귀족 집안 태생으로서 높은 수준의 지식과 교양을 갖추고 있으며 매우 강한 자존심과 세련된 취향을 지니고 있다. 진보적인 성향으로 많은 새로운 지식을 알지만, 그들은 주변 사람들에게 공감을 얻지 못한다. 그렇다고 그들을 선하다 혹은 악하다라는 말로 평가할 수도 없다. 안타까운 것은 그들이 주변의 사람들과 좋은 관계를 맺을 수 있는 정신적 능력이 부족하다는 점이다. 그들은 주변 사람들과 소통하지 못하고 왕따를 당한다. 그러한 사람들 가운데 하나가 『지혜의 슬픔』에 등장하는 주인공 차츠키이다. 그는 지식 때문에 불행해지는 인물이다. 지식이 풍부한 사람이 반드시 지혜로운 사람은 아니다. 지식은 종종 인간 삶에서 불협화음의 원인이 되기도 한다.

작가의 삶과 작품 러시아 희곡의 최고 걸작 중 하나로 꼽히는 『지혜의 슬픔』을 쓴 극작가는 알렉산드르 세르게예비치 그리보예도프(1795-1829)이다. 아버지가 근위대 장교로 근무할 당시 모스크바에서 태어난 그리보예도프는 11살에 모스크바대학 문학부에 입학하여 2년 후에 졸업했다. 그 후 1812년 나폴레옹 군대와의 조국 전쟁 시 지원병으로 입대하여 1816년까지 군에서 복무했다. 전쟁 시 벨라루스에서 복무했고, 이후에는 외교관으로 활동하는 등

그리보예도프

파란만장한 생활을 했다. 군 복무를 마치고 상트페테르부르크에서 외교업무를 시작한 그리보예도프는 니콜라이 1세에게 반기를 든 데카브리스트 봉기에 동조했다는 의혹으로 체포되었지만, 주위 사람들의 노력으로 이내 석방되었다. 1828년 페르시아의 수도인 테헤란 주재 러시아 대사가 되었고, 이런 와중에도 8월에는 조지아(옛 그루지야)의 수도 티플리스에서 오랜 친구 사이인 조지아 시인의 딸 니나와 결혼을 했다. 1829년 대사관을 공격한 페르시아의 군중(이슬람교도들)에 의해 살해되었다. 34세라는 젊은 나이에 생을 마감한 그리보예도프의 시신은 현재 티플리스 산등성이에 있는 수도원에 안치되어 있다.

1815년에 그리보예도프는 프랑스 희극을 번안한 『젊은 부부』를 발표한다. 이후 1817년부터 외무성에 근무하면서 친구와 함께 희극 『학생』을 썼다. 여기서 그는 문체 개혁을 주장하는 카람진 학파인 '아르자마스 문학회'의 시인들을 풍자했다. 그리보예도프는 새로운 문체 사용을 주장한 카람진 학파에 반대하는 수구파 시시코프 그룹에서 고전주의 문학 전통을 옹호했던 것으로 알려져 있다. 그에게 명성을 가져다준 결정적인 작품은 희곡 『지혜의 슬픔』(1822-1824)이었다. 이 명작 하나로 그의 이름은 러시아 문학사에 남게 되었다. 귀족사회의 부패상을 폭로하는 통렬한 사회풍자극인 이 작품은 1831년 초연되었고 1833년에 간행되었다. 검열로 인하여 그가 죽은 훨씬 뒤에야 원본의 공연이 가능해졌지만, 세간에 유통되었던 작품의 필사본은 많은 사람에게 인기를 얻었다. 러시아인들이 고골의 『검찰관』만큼 중요시하는 이 희곡은 문체가 간결하고 대화체를 훌륭하게 사용했으며 재치가 넘친다. 여기에 쓰인 많은 문구는 일종의 격언이 되어 널리 알려졌다. 작가는 주인공 차츠키를 포함한 여러 독특한 인물들을 창조하여 봉건적인 러시아 사회를 비판하고자 했다. 차츠키는 푸시킨이 창조한 인물 예브게니 오네긴과 더불어 후에 비평가들 사이에 논란을 일으킨 '잉여인간[無用者]'의 첫 인물이 되었다. 고전주의, 낭만주의, 사실주의의 요소들을 모두 포함하고 있는 '운문 희극' 『지혜의 슬픔』은 러시아 문학의 영원한 고전으로 자리하고 있다.

장르의 문제성 그리보예도프의 『지혜의 슬픔』은 '운문으로 된 4막 희극'이다. 작가가 '희극'이라고 명명한 『지혜의 슬픔』의 장르 문제는 비평가들 사이에 여러 가지 견해가 상충한다. 비평가 프롤로프와 쿨레쇼프는 작가와 마찬가지로 작품의 장르를 '희극'으로 설정하나, 레뱌킨은 이를 사회정치적 '희비극'으로 간주하고, 다닐로프는 '풍자 희극'이라 이야기한다. 프롤로프는 희극이냐 비극이냐를 놓고 다음과 같이 말한다.

> 이 작품은 비극이기도 하지만 무엇보다도 희극이다. 비록 긍정적인 형상인 차츠키가 희극의 행위를 인도하고 있음에도 불구하고 말이다. 차츠키는 희극의 주인공이다. 그는 비극의 주인공이 될 수도 있었다. … 차츠키는 파무소프의 세계에서 희극적인 삶이 질식되는 듯하다. 희극적으로 구축된 세계의 어리석음과 우둔함 때문에 생기는 지혜의 비극. … 바로 여기에 이 놀라운 창조의 비밀이 있다. 패러독스, 뒤집힌 진실, 얽히고설킨 우스꽝스러운 사건의 황당함, … 바로 이것이 이 작품을 위대한 희극으로 만들고 있지 않는가?

이 작품은 고전주의에서 강조되는 '삼일치법칙'을 충실하게 준수하고 있다. 첫째로 장소의 일치가 준수된다. 장소는 모스크바에 있는 파무소프의 집이다. 둘째로 시간의 일치가 준수된다. 모든 행위와 사건이 24시간 안에 일어난다. 셋째로 행동의 일치가 준수된다. 차츠키의 귀환과 갈등, 환멸과 각성 등 행위의 일치가 지켜진다. 다닐로프는 고전주의 양식의 준수뿐만 아니라 현실 묘사에 대해 다음과 같이 언급한다. "외견상 『지혜의 슬픔』은 고전주의 시학의 '삼일치법칙'을 준수하고 있다. … 그러나 그리보예도프에게 이것은 고전주의 규범의 조건이 아니라, 현실의 전형적인 모습을 전달하기 위한 하나의 방법으로 사용된다. 모스크바 귀족 집의 삶 가운데 하루를 한 걸음 한 걸음 추적하고, 끝없는 손님들의 행렬 속에서 주위 환경을 눈에 보이듯 제시하면서 그리보예도프는 다양한 사회관계의 결과로서 개인적인 상호관계의 문제를 특별히 첨예하게 제기하고 있다."

『지혜의 슬픔』은 고전주의의 양식을 따르지만, 한편으로 당시의 관습이나 전통과 구별되는 특징을 갖고 있다. 일례로 고전주의 전통에서 일반적으로 비극은 운문, 희극은 산문으로 되어 있고, 러시아 초기 연극사에서 비극보다는 희극이 훨씬 발달해 있었다는 점에서, '운문 희극' 『지혜의 슬픔』은 매우 예외적인 작품이었다. 또한 이 작품에는 다른 고전주의 희곡과 비교해 훨씬 많은 수의 인물이 등장한다. 고전주의 극문학에서는 일반적으로 10-12명의 인물이 등장하나, 이 작품에서는 무려 25명이나 등장한다. 그리보예도프도 극작가 카테닌에게 보내는 편지에서 다음과 같이 지적했다. "내 희극에는 한 삶의 상식적인 인간을 위하여 25명의 바보가 등장한다." 많은 수의 등장인물에 대해 문학비평가 프리들렌제르는 다음과 같이 지적한다. "동시대인들은 이 희극에 등장하는 각각의 인물들에게서 당대 모스크바 사회의 두드러진 인물 하나하나에 대한 믿을 만하고도 초상화와 같은 묘사를 보려고 했다."

『지혜의 슬픔』은 구성의 문제점이 지적된다. 희곡의 장면들이 고전주의의 극 구성 원리를 무시한 채 '제멋대로 연결되어 있음'을 비판하는 카테닌의 편지에 대한 답장에서 그리보예도프는 다음과 같이 말하고 있다. "나는 내가 살아가는 것처럼 자유롭게, 자유롭게 쓸 뿐이다." 작품이 출판되기도 전에 모스크바와 페테르부르크를 떠들썩하게 만든 이 작품에 대해 구성의 문제를 제기한 것은 의고주의자 카테닌만이 아니었다. 당시 유배지 미하일롭스코예에서 『지혜의 슬픔』을 읽은 푸시킨 역시 처음에는 작품의 구성에 문제를 제기했다. 주인공 차츠키가 등장하기에 앞서 여주인공 소피야는 차츠키가 아닌 몰찰린과 밤을 새우며, 이를 아버지 파무소프에게 속이고 자신의 사랑을 유리하게 만들기 위해 거짓말로 꿈을 꾸며 내기까지 한다. 주인공 차츠키가 등장하기도 전에 당시 관객들에게 익숙한 희극의 주요 사건이 모두 일어난 것이다. 부모의 간섭에서 벗어난 자유연애를 갈구한 소피야였지만, 왜 그녀는 차츠키가 아닌 몰찰린을 선택했는가? 부모를 속이는 것을 도와주었던 하녀 리자는 어떤 인물인가? 차츠키가 드라마의 전개를 위해 주체적으로 수행한 행위가 있었는가? 이러한 질문들은 전에 없던 새로운 유형의 인물들을 창조한 작가의 당연한 몫이었다.

제목에 대한 소고 『지혜의 슬픔』의 러시아어 제목은 'Горе от ума'이다. 제목에서 러시아어 '고레(горе)'는 '슬픔, 비애, 아픔, 고통, 불행'을 뜻하고, '움(ум)'은 '지혜, 앎, 이성, 지식'을 의미한다. 제목을 그대로 번역하면 '지(知)로부터 나오는 슬픔(불행)'이 된다. 『지혜의 슬픔』이라는 희곡의 제목과 문제의식은 17세기의 기념비적인 문학작품 중 하나인 『슬픔과 불행 이야기』와 비슷하다. 이 작품은 이름 없는 젊은이의 슬픈 운명을 동정하는 이야기이다. 그 젊은이는 낯선 세상을 경험하면서 많은 것을 알게 되자 교만해지고 자기자랑을 일삼다가 결국에는 불행과 슬픔을 겪게 된다.

『지혜의 슬픔』의 주인공 차츠키는 당시 평균적인 러시아 귀족들보다 견문이 넓고 지식이 풍부한 인물로서 지혜롭고 진보적이며 비판적이다. 이 때문에 그는 귀족사회에서 배척당하고 고통을 당한다. 즉 차츠키는 많이 알아서 고통을 당하는 사람이다. 파무소프는 차츠키가 미쳤다는 소문을 듣고 이렇게 말한다. "바로 그겁니다! 이 얼마나 큰 불행입니까? 남자가 필요 이상으로 술을 마시다니! 배움, 그게 전염병입니다. 박식, 그게 원인이었던 거예요. 요즘 들어 부쩍 미친 사람, 미친 일들, 미친 생각들이 많아지지 않았나요?" 파무소프는 차츠키가 미친 것은 그가 배움(학문)이 크고 박학다식하기 때문이라고 주장한다. 즉 차츠키의 지식은 스스로를 남을 무시하는 오만한 인간으로 만들었다. 파무소프에게 차츠키는 작품의 제목만큼이나 '아는 것이 병'인 인물이었던 것이다.

그러나 이 작품에서 '지식 있는 자'가 차츠키만을 가리키지는 않는다. 제목의 '움'이 총명하거나 두뇌가 명석한 사람을 가리키는 것뿐만 아니라, 그것에서 파생된 '움니크(умник)'가 '영리한(잘난) 체하는 사람'이라는 의미로도 사용된다는 점, '움'이라는 말 속에는 부분적으로 '교활한'이라는 의미도 있다는 점 등에서 작품 속 인물들은 모두 '움'의 범주에 포함될 수 있다. 예로 사회 현실을 무시하고 자기 주장을 굽히지 않는 차츠키와는 달리 리자는 현실에 재빠르게 대처해 나간다. 리자는 사람들의 마음과 숨은 의도를 잘 파악하고 있다. 그녀는 차츠키에 대해 정당하게 평가할 뿐만 아니라, 주인어른의 성적 희롱, 몰찰린과 소피야의 마음을 꿰뚫고 있다. 소피야 역시 입만 살아 있는 차츠키나 아버지 파무소프가 좋아하는 스칼로주프 대령이 아닌 파무소프의 비서 몰찰린과의 연애를 즐김으로써 부모의 강요에 의한 연애가 아니라, 자신이 선택한 사람과의 연애를 즐긴다. 소피야의 사랑을 받았던 바람둥이 몰찰린은 문자 그대로 '간교한' 인물이라고 할 수 있다. 그는 재력과 권력을 가진 주인의 딸 소피야를 출세의 목적으로 이용한다. 리자에게 노골적으로 마음을 내비치고, 한편으로 소피야에게 거짓 사랑을 고백하는 몰찰린은 복잡한 상황을 이용해 실리만을 추구하는 유형의 인물이다. 파무소프 또한 자신의 판단이 가장 지혜로운 판단이라 믿고 딸이 스칼로주프와 결혼하기를 바란다. 스칼로주프는 군대에서 배운 자신의 지식에 자부심이 있고, 모든 일에 군대의 규칙을 부여하고자 한다. 차츠키의 친구 레페틸로프는 그의 아내 나탈리야에게 있어 언제나 가장 똑똑한 사람으로 평가받는다.

줄거리(파불라) 『지혜의 슬픔』은 귀족사회의 현실에 절망하는 주인공 차츠키에 대한 이야기이다. 3년 만에 외국 생활을 마치고 모스크바로 돌아온 청년 차츠키는 파무소프의 집을 방문한다. 그 집에는 그가 사랑하는 아가씨 소피야가 있었지만, 그녀는 차츠키에게 냉담하다. 그녀는 이미 아버지의 비서 몰찰린을 사랑하고 있기 때문이다. 한편 몰찰린이 좋아하는 사람은 하녀 리자이다. 소피야와의 관계는 주인 딸에 대한 의무감에 지나지 않았다. 오랜만의 무도회에서 차츠키가 목격한 것은 옛날이나 다름없이 허위와 위선에 찬 사교계였다. 차츠키는 독설과 야유로 주위 귀족들의 삶을 신랄하게 비판한다. 이런 비판으로 인해 차츠키는 가공할 만한 무신론자이자 자유주의자로 간주되고 급기야 미친놈으로 불린다. 차츠키는 이러한 소문을 낸 장본인이 소피야임을 알게 되고, 그녀와 몰찰린의 밀회까지 목격하게 된다. 귀족사회에 절망한 차츠키는 다시 모스크바를 떠난다.

4막으로 된 희극 『지혜의 슬픔』의 이야기 자체는 그리 복잡하지 않지만, 각각의 막들에 제시된 내용을 간략하게 정리할 필요가 있다. ① **제1막**: 소피야는 아버지 파무소프의 비서인 몰찰린과 밤새도록 밀회를 즐긴다. 하녀 리자는 소피야를 위해 망을 본다. 소피야와 몰찰린이 방에서 나왔을 때, 파무소프가 그들을 발견한다. 의심하는 파무소프에게 소피야는 몰찰린과 함께 있게 된 것은 우연이며, 자신이 나온 것은 무서운 꿈을 꾸었기 때문이라며 둘러댄다. 한편 외국을 떠돌다 3년 만에 모스크바로 돌아온 차츠키는 아침 일찍 사랑하는 소피야를 만나기 위해 파무소프의 집을 찾아온다. 제1막의 1장에서 6장까지는 소피야와 몰찰린의 이야기를 상세하게 서술하며 파무소프 가정의 실상을 보여 준다. 이것은 앞으로 갈등이 생겨나는 배경이 된다. 소피야는 몰찰린을 사랑하나 그를 사위로 맞아들이기를 원치 않을 아버지에게 그 사실을 숨긴다. 차츠키의 도착이 묘사된 7장에서 9장까지는 사랑에 빠진 차츠키와 그를 차갑게 대하는 소피야의 모습이 나타난다. 작가는 여기에 더하여 차츠키와 파무소프의 대화를 통해 앞으로 이어질 신세대와 구세대 간의 갈등을 예고하고 있다. ② **제2막**: 차츠키는 소피야에게 청혼하고 싶다고 말하며 파무소프의 의견을 묻는다. 이에 대해 파무소프는 고집부리지 말 것, 영지관리를 잘할 것, 국가에 봉사할 것이라는 세 가지 조건을 제시한다. 차츠키는 국가에 봉사는 하겠지만 아부는 하지 않겠다고 대답하여 파무소프를 화나게 만든다. 둘은 귀족들의 태도와 행동 양식에 대해 서로 다른 입장과 견해로 논쟁을 벌인다. 이때 몰찰린은 말을 타다 떨어져 다치게 되고 소피야는 놀라 기절한다. 깨어난 소피야는 몰찰린을 돌보고, 그런 소피야를 보며 차츠키는 실망감을 느낀다. 소피야는 몰찰린에게 "하느님은 왜 차츠키를 이리로 보내셨을까!"라며 불평을 늘어놓는다. 그러나 몰찰린은 하녀 리자와 자신만 남게 되자 리자를 유혹하는 이중적인 모습을 보인다. 그는 리자에게 소피야는 직무상 좋아하는 것이고, 진정한 사랑은 리자라고 말한다. 2장에서 드러나는 차츠키의 독백은 갈등을 확장하고 이야기의 긴장감을 고조시킨다는 점에서 특히 중요하다. 그는 파무소프로 대표되는 세계가 어떠한 자유 사상이나 혁명가들도 너그럽게 받아들이지 않고 있음을 지적한다. 차츠키는 독백을 통해 국가행정, 농노제도, 민중 교육, 귀족들의 외국 모방 풍조, 민족적 전통 등에 대한 견해를 제시한다. ③ **제3막**: 희극의 갈등은 최고조에 이른다. 차츠키는 소피야와의 대화를 통해 그녀가 사랑하는 사람을 밝혀내고자 한다. 여기서 차츠키는 소피야에게 자신의 사랑을 한 번 더 고백하지만 소피야는 그의 독설과 위협적인 시선, 신랄한 어조 때문에 그를 싫어하게 되었다고 말하며 도리어 몰찰린과의 관계를 폭로한다. 그날 저녁 파무소프의 집에서 무도회가 열리고, 많은 귀족이 그의 집을 방문한다. 차츠키는 결혼한 옛 군대 동료 플라톤 미하일로비치를 만나고, 결혼 후 무기력하게 변한 그의 모습에 실망한다. 차츠키와 다시 한번 언쟁을 벌인 소피야는 무도회에 참석한 N 씨에게 차츠키가 제정신이 아니라고 말하는데, 잠시 후 차츠키가 미쳤다는 소문이 무도회 참석자들 사이로 퍼져 나가게 된다. 소문은 그를 주변 사람들과 철저히 분리한다. 차츠키는 사람들에게 자신의 의견을 설파하려 하지만 모든 사람은 왈츠를 추며 그의 말을 무시한다. ④ **제4막**: 무도회가 끝난 후 차츠키는 사람들이 자신을 미쳤다고 말하는 것을 알게 된다. 차츠키는 기둥 뒤에서, 소피야는 2층에서 몰찰린이 리자에게 수작 부리는 것을 엿듣는다. 몰찰린은 리자에게 차츠키가 소피야에게 버려진 것처럼 자신 또한 언젠가 버려질 것이며, 그런 자신은 리자만을 사랑한다고 말한다. 몰찰린은 이를 듣고 분노한 소피야에게 무릎을 꿇고 사죄하지만, 그녀는 그를 파멸시키겠다고 답한다. 여기서 '차츠키는 미쳤다'라는 소문의 진원지가 소피야라는 것을 알게 된 차츠키는 모스크바를 떠나겠다고 선언하고 파무소프의 집을 떠난다.

차츠키는 현실의 문제와 싸우는 대신에 그로부터 도피한다. 차츠키의 도착으로 야기된 질서의 교란은 그가 모스크바를 떠남으로써 회복된다. 파무소프에게 승리가 돌아가고 차츠키는 절망하여 수도에서 달아났다는 점이 작품의 사실주의를 돋보이게 한다. 결국 작가는 이러한 결말을 통해 데카브리스트의 정치적 패배를 예상했다. 작품의 결말은 전통적인 희극의 행복한 모습이 아니라 눈물을 흘리는 소피야, 모스크바를 떠나는 차츠키, 역정을 내는 파무소프의 모습으로 끝난다.

인물 성격 분석 ① **차츠키**: 희곡의 주인공 차츠키는 시대의 현실을 자각한 지식인이다. 이성과 지성은 발달되어 있으나 감성이 떨어지는 인물이다. 사람들은 그를 독설가, 몽상가, 자유주의자, 진보주의자, 데카브리스트, 그리고 잉여인간의 선조로 평가한다. 등장인물 가운데 리자만이 차츠키의 진면목을 알아보고 그를 다음과 같이 묘사한다(제1막 5장). 여기서는 소피야 또한 그녀의 생각에 동의를 표시한다.

리자: 알렉산드르 안드레이치 차츠키만큼 다감하고 유쾌하고 예리한 사람이 또 있겠어요? 아가씨를 혼란하게 하려고 말하는 게 아니에요. 다 지나간 일이잖아요, 돌이킬 수 없는 일이고. 그저 생각이 나서….

소피야: 날카롭고 지혜로운 달변가였지. 친구들하고 있을 때 제일 행복해했어. 그때마다 늘 자기가 최고라고 생각했으니까.

지식에 대한 모든 회의적인 분위기에도 불구하고 차츠키는 차가운 냉소주의자도 아니며, 사변적인 선행의 금욕적인 수호자도 아니다. 그의 본성은 열정적이고 매력적이다. 그리보예도프 이전 러시아 희극의 그 어떤 주인공도 차츠키만큼 드라마적 파토스가 높지 않았다.

소피야가 말하는 차츠키는 어떤 인물인가? "그래 사실이야, 난 차츠키와 함께 자랐어. 매일 같이 지내던 습관이 우리를 철없는 우정으로 묶어 놓았지. 하지만 그리고 그가 떠났어. 그 사람은 우리 집이 지겨웠던 거야. 그 후론 거의 우리 집을 찾아오지도 않았어. 그러다간 또 사랑에 빠지기라도 한 사람처럼 까다롭게 굴고 괴로운 척하고! … 결국 방랑의 욕망이 그를 사로잡고 말았지. 아! 정말로 누군가를 사랑하고 있다면 왜 그렇게 멀리 떠나 지혜를 찾아야 하지?"(제1막 5장) 차츠키는 심리적으로 인정받고 싶은 욕구가 남다르게 강한 인물이다. 그의 말에는 항상 '인정 투쟁(남의 감탄)'의 욕구가 넘쳐 난다.

차츠키는 소피야와의 대사를 통해 똑똑하고 달변이지만, 까다롭고 비판적이며 우월감을 가진 방랑벽이 있는 사람으로 묘사된다. 그는 황제에 대한 충성과 명예와 존경이 있던 시대를 찬양하는 파무소프를 비판한다. "그렇게 굽실거리던 자가 명성을 떨치고, 전쟁도 아닌 평화로운 시기에 온몸을 바쳐 이마로 바닥을 두들기고 있었다니 말입니다! 먼지 구덩이를 기는 자들의 오만, 그 고매하신 분들의 속이 뻔히 들여다보이는 아첨이 무슨 소용입니까. 언제나 황제에 대한 충성이라는 가면을 쓰고 있지만, 그건 말 그대로 굴종과 공포의 시대였을 뿐입니다"(제2막 2장). 차츠키는 파무소프에게 황제에 대한 충성은 굴종과 아부라며 비판한다. 차츠키는 구세대의 문화와 세태를 비판하면서 자유와 진보를 옹호하는 젊은 세대를 대표하는 인물이다.

② **몰찰린**: 몰찰린은 기회주의자이며 아첨꾼으로서 전형적인 속물이다. 몰찰린은 파무소프의 집사로 일하며 소피야의 사랑을 받는다. 그렇지만 그가 진실로 사랑하는 대상은 리자이다. 그는 자신의 표리부동한 행동이 탄로 나자 소피야의 발밑에 무릎을 꿇고 용서를 빈다. 참회나 인식의 변화에서 비롯된 것이 아닌 현재의 삶을 지속시키기 위한 것이라고 할 수 있다. 현재의 삶을 지속시키는 데에만 모든 노력을 쏟아붓는 몰찰린은 일상성에서 탈피하지 못하는 인물 유형이라고 할 수 있다. 그는 아버지의 유언에 따라 처세술로 세상을 살아간다. "아버지가 내게 유언을 하셨지. 첫째, 모든 사람의 마음에 들도록 행동해라. 내가 들어가 살게 될 집의 주인은 물론이고, 내가 모시고 일하게 될 책임자, 그의 옷을 세탁하는 하인, 문지기, 정원사, 화를 피하기 위해서라면 정원사의 개도 꼬리를 치도록 만들어야 하지"(제4막 12장). 몰찰린은 소피야의 감정을 교묘하게 이용하여 세습 귀족의 반열에 오른다. 몰찰린은 차츠키에게 자신의 처세 철학을 설파하고자 한다. 그는 한 번도 파무소프의 말을 거역해 본 일이 없다. 그는 감언과 아부로 주위의 환심을 사고, 그 대가로 안락한 삶을 추구해 나가는 속물적인 인간형이다. 귀족이자 고위관리인 파무소프에게 고용된 몰찰린은 자신의 한계를 분명히 인식하고 있다. 그가 강조하는 절제와 면밀함은 귀족에 대한 복종과 섬김이다.

③ **소피야**: 소피야는 자유연애주의자로서 거짓말쟁이이다. 소피야는 차츠키와 스칼로주프의 구애를 거절하고 집안의 하인 겸 사무장인 몰찰린을 사랑한다. 하지만 그에게 배반당한다. 그녀는 기존의 전통적인 수동적 인물 유형과 달리 아버지에 의해 강요된 사랑을 거부하는 주체 의식을 가진 인물이라 할 수 있다. 한편 그녀는 몰찰린을 비롯한 주변의 모든 것을 냉소적으로 대하는 차츠키의 독선적인 모습을 비판하는 인물이기도 하다. "솔직하게

말하겠어요. 당신은 왜 그렇게 말을 함부로 하는 거죠? 그렇게 노골적으로 사람을 경멸해도 되나요? 온순하기 그지없는 사람까지 무자비하게… 이유가 뭐예요? 누가 우연히 그의 이름을 대기라도 하면 당신은 조롱과 욕설을 마구 퍼부어 대지요. 그래요! 평생을 조롱해도! 당신은 만족하지 못할 거예요!"(제3막 1장)

④ **파무소프**: 파무소프는 애국자이며 보수주의자로서 모스크바 지주 귀족의 수장이다. 자유주의 사상과 진보주의에 반기를 드는 계몽의 적이자 구세대를 대표하는 가부장적인 인물로 출세지상주의자이기도 하다. 차츠키와의 갈등이 가장 첨예하게 드러나는 고위관리이다. 파무소프는 소피야의 신랑 후보자인 스칼로주프 대령에게 다음과 같이 말한다. "우리의 젊은이들을 한번 보십시오. 청년들, 아들과 손자들을 말입니다. … 열다섯 살짜리가 선생들을 가르치려 드는 겁니다! 그러니 우리 노인네들에겐 어떻겠습니까? 잔뜩 흥분해서는 모든 일을 심판하고, 그 말 한마디가 곧 선고인 겁니다. 하나같이 뼈대 있는 집 자손이라고 남의 말엔 콧방귀도 뀌지 않지요. 어떤 때는 정부에 대해서도 그런 식이라니까요. 누가 그걸 듣기라도 했다면… 끔찍한 일입니다! 그들이 새로운 문물을 들여왔다고요? 천만에요, 당치도 않습니다! 아닙니다. 이것저것 트집을 잡지만, 사실 그것도 다 별것도 아닌 일들 아닙니까? 논쟁하고 소란을 피우고… 뿔뿔이 흩어지는 겁니다"(제2막 5장). 파무소프의 말에 등장하는 '젊은이'는 귀족 청년 세대를 비롯한 신세대를 가리킨다. 구세대는 신세대의 무례, 오만, 새로운 취향, 논쟁 등을 비판한다. 소피야를 감시하러 온 파무소프와 그녀를 위해 보초를 서는 리자의 대화는 세대 간의 갈등을 예고한다고 할 수 있다.

플롯 구성 『지혜의 슬픔』에서 작가는 세 가지 주제를 하나의 커다란 플롯으로 종합시켜 나가는 기법을 사용하고 있다. 첫 번째 주제는 주인공 차츠키의 개인적인 갈등을 수반한 사랑이다. 두 번째는 차츠키가 비판하고자 했던 사회 문제이다. 세 번째는 세대 간의 갈등에 대한 것이다. 작품 속에는 이 세 가지 주제가 하나의 잘 짜인 플롯에 의해 자연스럽게 융해되어 있다.

① **사랑의 주제**: 이 희곡의 형식구조에 나타난, 사랑을 중심으로 대립되는 내적 구조를 간과할 수 없다. 내적 구조는 주로 자기중심적 성격이냐 아니냐에 따라 대비되지만, 이는 사랑을 잃은 자들이냐 아니냐에 따라 대비되기도 한다. 이 작품에서 전개되는 사랑의 주제는 이루어질 수 없는 사랑을 주된 특징으로 하고 있다. 차츠키는 소피야를, 소피야는 몰찰린을, 몰찰린은 리자를, 리자는 페투루시카를 사랑한다. 이러한 관계는 기존의 작품들에 나타나는 삼각관계가 아니다. 그들의 애정 관계는 일직선적인 사랑, 즉 매듭이 이루어지지 않는 사랑의 관계라고 할 수 있다. 등장인물들 모두 소통되지 않는 응답 없는 사랑으로 상처를 입는다. 차츠키는 소피야를 사랑했으나, 그녀와 몰찰린과의 관계를 알고 나서 자신의 믿음에 대한 환멸을 느낀다. 소피야는 아버지의 비서로서 자신에게 고분고분한 몰찰린의 태도를 '양보, 공손, 조용, 친절'로 해석한다. 소피야에게 몰찰린은 차츠키와 반대되는 바람직한 유형이다. 그러나 소피야에 대한 몰찰린의 태도는 작품 전반의 몰찰린의 대사에서 드러나는 것처럼 사랑이 아닌 주인에 대한 예의와 복종일 뿐이었다. 이 모든 것을 알게 된 소피야는 몰찰린이 리자에게 사랑을 속삭이는 것을 발견하고 치욕을 느낀다. 그녀는 몰찰린에게 다음 날 새벽까지 자신의 집을 떠날 것을 명령한다.

② **사회적 주제**: 이 작품에서 그리보예도프는 러시아 사회의 낙후성을 신랄하게 비판하고 있다. 그는 온갖 문제를 일으키는 러시아 사회의 모순점을 해결하지 않고서는 러시아의 발전을 기대할 수 없음을 강하게 주장한다. 조금 더 구체적으로는 어제를 오늘처럼, 내일을 오늘처럼 살아가는 일상성에 갇힌 모스크바 사회, 외국 문화 사대주의에 빠져 주체적인 교육이 이루어지지 못하는 당시의 교육 상황, 그리고 러시아 귀족계층의 국적 불명 언어생활 등이 작품에 나타나는 대표적인 문제들이라 할 수 있다.

작가는 차츠키로 대표되는 진보주의 인물과 파무소프, 스칼로주프로 대표되는 구시대의 귀족 관리 집단 간의 대립을 통해 그러한 문제의식을 드러내고 있다. 차츠키와 파무소프는 사회적 모순을 둘러싼 적대적인 두 사회계층을 대표하는 인물이다. 파무소프로 대표되는 귀족 관료 세력은 이기적이고 위선적이며, 농민과 하인들을 함부로 대하며, 교육 수준이 낮고 프랑스 문화를 맹목적으로 추종하는 모습으로 그려진다. 파무소프, 스칼로주프, 몰찰린이 대표적이다. 이에 대항하는 차츠키로 대표되는 귀족 혁명 세력은 러시아 민중에 대한 사랑, 농노제에 대한 증오, 노동의 욕구, 체면치레의 거부, 참된 문화와 계몽, 불공정한 사회와의 타협 거부 등을 특징으로 하고 있다.

레뱌킨은 작품의 사회적 주제를 다음과 같이 설명한다. "그리보예도프가 파무소프와 그를 둘러싸고 있는 환경의 비문화적인 이데올로기의 변화를 자신의 과제로 생각했을까? 그리보예도프의 목적은 삶에서 발생하여 형성되고 있는 진보적이고 자유를 사랑하는 개인의 형상을 당대의 지배 귀족과 대립시키면서 그것의 부정적인 본질을 들춰내는 일이다. 그는 파무소프와 같은 자들이 아니라, 그 당시의 광범한 독자층에 대한 영향력을 고려했다." 차츠키는 부조리한 사회에 맞서 저항하나, 자신의 한계에 절망하고 도피한다. 그는 러시아 귀족문화와 낭만주의의 유산인 '잉여인간'이라 할 수 있다. 작가는 사회의 무지와 편견에 절망하고 도피하는 '잉여인간'을 주인공으로 다루면서 19세기 초 모스크바 귀족사회의 몽매와 보수성, 편견과 위선을 풍자적으로 드러내고 있다.

1825년 12월 데카브리스트 봉기를 일으키게 될 미래의 '12월 당원들'은 『지혜의 슬픔』을 자신들의 사상을 대변하는 작품으로 간주했다. 아부와 굴종이 가득한 정실주의, 외국문물에 대한 무분별한 모방과 숭배, 관직에 대한 끝없는 추구를 통렬히 비판하는 차츠키의 형상에서 당시의 혁명적 인텔리겐치아들은 자신들의 모습을 발견했다.

③ **세대 간의 갈등 주제**: 신세대와 구세대의 갈등은 영원한 주제이다. 신구

세대의 싸움은 진보와 보수라는 원칙의 싸움이다. 구세대는 과거에 연연하여 새로운 변화를 싫어하지만, 신세대는 새로운 사상으로 보수주의를 타파하고자 한다. 그러나 분명한 것은 삶의 진실성을 무시한 이론이나 사상은 언제나 비극적 운명의 길을 걷지 않을 수 없다는 것이다. 신구세대의 대표자들은 모든 것을 자기중심적으로 해석하는 인물들이다. 세대 간의 갈등은 신세대를 대표하는 차츠키와 구세대를 대표하는 파무소프의 사이에 발생한다. 그들의 대화는 세대 간의 갈등을 적나라하게 보여 준다(제2막 5장).

파무소프: (차츠키에게) 이봐, 벌써 잊어버렸나? 내가 잠자코 있으라고 했지? 그게 그렇게 어려운가? 하려고만 들면 제법 유능한 사람인데. 그저 안타까울 뿐이네. 영리한 젊은이이지. 글도 번역도 아주 훌륭하고. 유감스럽지 않을 수가 없네, 이런 머리로.

차츠키: 누구 다른 사람 걱정하실 수는 없나요? 제겐 아저씨의 칭찬도 듣기 거북하군요.

파무소프: 나뿐이 아니라네, 모두 그렇게 말하고 있어.

차츠키: 대체 그 판관이 누굽니까? 오랜 세월이 지나도 자유로운 삶에 대한 비난은 멈추지 않아요. 그 판단이라는 것들도 크림을 정복하던 오차코프 시절의 케케묵은 신문에서 끄집어낸 것들 아닙니까? 언제나 잔소리할 태세를 갖추고 늘 똑같은 노래만 불러 대지요. 그런데 나이가 들수록 점점 고약해지는 자신들의 모습은 보지 못합니다. 가르쳐 주십시오. 우리가 모범으로 삼아야 할 조국의 아버지들은 어디에 있습니까? 약탈로 부자가 된 자들은 아닙니까? 친구, 친척에게서 재판의 보호를 구하는 자들, 호화로운 저택을 지어 놓고, 끊임없는 주연과 낭비에 모든 걸 쏟아붓는 자들은 아닙니까? … 술 취한 주인이 싸움을 벌이면 하인들은 전력을 다해 주인의 명예와 목숨을 구해 주지요. 그런데 갑자기 그가 그 하인들을 세 마리의 보르조이 개와 바꿔 버린 겁니다! 또 있습니다. 심심풀이로 농노 발레단을 만들겠다며 어머

니와 아버지에게서 빼앗은 아이들을 수많은 수레로 끌어모은 자는 어떻습니까! … 자, 지금 여기 우리 젊은 사람들 가운데 하나가 있다고 합시다. 아첨의 원수 말입니다. 그는 높은 지위나, 관등도 바라지 않고 오로지 지식을 갈망하며 학문에만 몰두할 것입니다. 어쩌면 신께서 그의 영혼에 창조적이고 고상한, 예술에 대한 아름다운 열정을 불어넣을 것입니다. 그들은 바로 소리를 지르겠죠, 강도다! 불이야! 그러고는 몽상가, 위험한 자로 낙인찍어 버리는 겁니다! 제복! 오로지 제복뿐입니다! 언젠가 그들의 과거에서 자신들의 비겁함과 분별없음을 가려 주었던, 화려하게 수놓인 아름다운 제복 말입니다. 행복의 길로 가려면 우리도 그 뒤를 따라야겠죠! 아내도 딸도 제복에 대한 한결같은 열정! 저도 한땐 그에 대한 미련을 버리지 못했으니! 이제 결코 그 철없는 시절로 돌아가진 않겠습니다.

차츠키는 구세대의 탐욕과 사치, 농노에 대한 전횡과 농노제도에 기생하는 삶을 신랄하게 비판하며 제복으로 대표되는 구세대의 권력에 대한 추종을 꼬집어 지적하고 있다.

잉여인간 19세기 러시아 문학을 이해하기 위해 알아 두어야 할 개념들 가운데 하나가 '잉여인간'이다. 잉여인간은 귀족문화의 바탕에서 발생하여 전제정치 체제 아래 더 확대되었다. 무용자나 쓸모없는 인간을 의미하는 잉여인간은 사회 현실에 참여하지 못하고 헤매던 당시의 귀족 청년들을 가리킨다. 러시아 귀족사회의 천박함, 공허함, 허위의식과 위선에 불만이 컸지만, 그러한 문제를 극복하지 못한 채 무기력과 무위, 권태와 우울함에 빠져 있던 세대가 바로 잉여인간 세대라 할 수 있다. 러시아의 귀족제도는 귀족 청년들을 유럽 최고의 지성과 지식으로 교육했으나, 그들은 현실에서 무기력한 청년들로 전락했다.

'잉여인간'의 원인은 다양하다. 먼저 농노제도에 기초한 귀족제도가 있다.

그들은 교양과 지식이 있지만, 그 속에는 독립성과 자주성, 실천력과 인내가 결핍되어 있었다. 또 다른 원인으로는 폭압적 전제정치에 의한 젊은 세대의 무력화가 자리하고 있었다. 그러한 환경 속에서 19세기 러시아 문학은 차츠키, 오네긴, 페초린, 오블로모프 등 잉여인간이라는 특수한 인물형을 창조하며 하나의 계보를 형성한다. 그리보예도프의 희곡 『지혜의 슬픔』은 최초의 잉여인간을 탄생시킨 문학작품으로도 유명하다.

'잉여인간'이라는 말은 원래 이반 투르게네프의 단편소설 『잉여인간의 일기』(1850)가 출간되면서 널리 유행하게 되었다. 투르게네프의 주인공 대부분이 이 유형에 속하지만, 그가 이 유형을 처음 창조한 것은 아니었다. 알렉산드르 푸시킨은 이미 『예브게니 오네긴』(1833)에서 같은 유형의 인물을 소개한 바 있는데, 인생을 헛되이 보내는 바이런풍의 한 청년이 자신을 사랑하는 소녀가 다른 사람과 결혼하도록 방관하고 결투에서는 가장 친한 벗을 살해하기에 이른다. 잉여인간의 가장 극단적인 예는 이반 곤차로프의 『오블로모프』(1859) 속 주인공이다. 그는 게으른 몽상가 귀족으로, 한 번도 직접 방문한 적이 없는 영지의 수입으로 살아간다. 그는 온종일 침대에 누워 언제 일어날까, 그리고 일어난다면 무엇을 할까 궁리하며 시간을 보낸다. 급진적인 비평가 니콜라이 A. 도브롤류보프는 잉여인간을 러시아의 특수한 문제이자 농노제의 부산물로 파악했다. 19세기 전반과 20세기 초까지 계속해서 잉여인간은 러시아 문학작품 속 흥미를 끄는 매력적인 인물로 자주 등장했다. 레프 톨스토이의 『전쟁과 평화』(1865-1869)에 나오는 피에르 베주호프, 표도르 도스토옙스키의 『백치』(1868-1869)에서의 미시킨 공작, 그리고 안톤 체호프가 창조한 무수한 인물들이 이에 속한다.

지식인에 대한 모함 사건 『지혜의 슬픔』이 발표되고 약 10년이 지난 뒤 소설의 내용과 유사한 사건이 현실에서 실제로 발생한다. 러시아의 사상가 차다예프가 『철학서한』(1836)을 발표하자 정부가 공식적으로 그를 '정신병자'

라 규정한 것이다. 당시 니콜라이 1세는 차다예프를 '미친 사람'으로 치부해 버리고, 그를 집에 감금하고 계속 감시했다. 『지혜의 슬픔』은 사회의 반발을 유발하는 '사유하는 인물'을 작품에서 구현하고 있는데, 이 작품이 한 지성인의 운명까지도 예측할 수 있었던 점은 그리보예도프가 현실을 직접 지켜보고 체험한 결과에서 나온 것이기 때문이다.

이 작품의 주요 주제인 차츠키에 대한 사회의 '모함'은 작가의 실제적 경험에서 비롯되었다. 그리보예도프는 문학 논쟁으로부터 시작하여 외교관 활동에 이르기까지 삶의 여러 현장에서 '모함'을 목격했다. '모함'은 작가의 주요 관심사가 되었다. 1819년에 그는 신문 『조국의 아들』에 게재한 "『조국의 아들』 편집장에게 보내는 편지"에서 신문 『러시아 노약자』가 잘못된 출처의 허위 정보를 실었다고 지적한다.

> 말해 보세요, 우리가 잘 알고 있는 민중 속에서 발생한 것이든, 그만큼이나 중요한 다른 사건이든 그것에 대한 정보를 우리(러시아)가 외국 소식통으로부터 쉽게 입수하고는 조금도 의심하지 않고 진실인 것처럼 내놓는 것은 슬픈 일이에요. 아무리 지적해도 의심을 하지 않아요. 이것이 어떠한 근거도 없는 터무니없는 소문이라는 것을 생각해 봐야 할 텐데 말이죠.

그리보예도프의 지적에서 알 수 있듯이 사실성이 증명되지 않는 소문과 모함은 당시 러시아 사회에서 만연하던 현실이었다. 그리보예도프 본인 역시 모함을 피해 갈 순 없었다. 1817년 그는 페테르부르크 전체를 놀라게 한 네 명의 젊은이들(자바돕스키, 셰레메티예프, 야쿠보비치, 그리보예도프)이 겨룬 결투에 참여했었다. 이 과정에서 결투의 이유가 된 유명 발레리나의 애인이었던 셰레메티예프가 치명상을 입고 죽게 된다. 그리고 이 결투 후 자바돕스키는 영국으로 가고 야쿠보비치는 캅카스로 파견되었으며 그리보예도프 혼자 도시에 남게 된다. 이 유명한 사건을 책임질 죄인을 원했던 페테르부르크 귀족사회는 도시에 혼자 남은, 그리고 결투에 대해 열정적으로 떠벌리고 다녔던 다른 참가자들에 비해 침묵을 지켰던 그리보예도프에게 모든 죄를 물었다. 이때 겪은 그의 경험이 주인공 차츠키의 서정적 독백에 반영되었다(제4막 10장).

> 차츠키: 이건 또 뭐야? 분명 내 귀로 들은 건가? 농담이 아니라 명백한 악의야. 놀라지 않을 수 없군. 어떤 마법을 걸었기에 모두들 이구동성으로 그런 터무니없는 소리를 떠들어 대는 거지? 어떤 자들은 마치 큰 승리라도 거둔 듯, 어떤 자들은 마치 동정이라도 하듯…. 오! 인간을 이해하는 이가 있다면 대답해 주시오, 그들의 무엇이 더 사악한 거요? 마음이요, 아니면 혀? 대체 누가 그따위 소리를 지어냈을까! 멍청이들이 그대로 믿고 다른 사람들에게 전한 거야. 노인네들은 부랴부랴 경보를 울려 대고, 그러면 바로 사회적 의견이 되는 거지!

이 사건에 대한 조사에서 그리보예도프는 결투에 참여한 사실을 부정했다. 이것 때문에 페테르부르크 사람들은 그리보예도프가 비겁한 인간이라고 단정해 버리면서 그에 대해 부정적인 시각을 갖게 되었다. 그러나 그리보예도프 자신은 비극으로 끝난 결투에 양심의 가책은 느꼈지만, 그 당시 귀족사회가 중요시했던 고상한 명예에 대한 의식이 없었다. 국가를 위해 희생하고 봉사하는 것을 최고의 명예라고 여겼던 귀족들의 전통적인 사고방식을 더 이상 당시의 젊은이들에게서 찾아볼 수는 없었다. 말하자면, 젊은이들을 향한 페테르부르크 사회의 비난이 낭만주의적 인물들을 탄생시킨 것이다.

지성의 역설 『지혜의 슬픔』은 1825년 데카브리스트 혁명이 일어나기 전인 1824년에 세상에 나왔다. 작품이 발표되자마자 데카브리스트 혁명이 일어났고, 정부는 30여 년 동안 작품의 출판, 배포를 금지했다. 그리보예도프에 대해 다시 언급하기 시작한 시기는 1850년대 후반 알렉산드르 2세의 개혁을 앞둔 때였다. 혁명 정신으로 무장했던 60년대 인텔리겐치아는 그리보예도프의 작품 속에서 자신의 이상을 보았다. 차츠키 형상에서 드러나는 비판적인 사고방식은 데카브리스트들의 정신세계를 대변했고, 60년대 혁명가들은 그리보예도프와 12월 혁명가들이라는 주제로 수많은 논의를 진행했다.

카르도프스키, 『지혜의 슬픔』 삽화

그리보예도프는 결투 사건 때문에 1818년 페테르부르크를 떠나기 전 여러 명의 데카브리스트 혁명가들과 알고 지냈다. 그 자신도 한때 프리메이슨 비밀단체 '친구 연합'에 가담했다는 이유로 조사를 받기도 했다. 그는 다른 글에서 차츠키를 러시아 문학에서 가장 영웅주의적인 인물이라고 칭송했다.

그렇지만 이처럼 차츠키를 '지성'을 대표하는 인물, 영웅적인 인물로 규정짓기에는 『지혜의 슬픔』의 문학적 의미가 너무 크다. 도스토옙스키가 지적했듯이, 모스크바 사회를 떠난 차츠키가 향한 곳이 60년대 지식인들이 추켜세웠던 민중이 있는 곳은 아닐 것이기 때문이다. 푸시킨은 러시아 12월 혁명가들과 60년대 지식인들이 찬양하는 차츠키 형상의 모순성을 지적한다.

> 이 매력적인 희극의 노련한 요소들 가운데 차츠키가 몰찰린에 대한 소피야의 사랑을 불신하는 대목이 훌륭하다! 매우 자연스럽다! 바로 이 대목을 중심으로 희극을 전개해야 했지만, 아무래도 그리보예도프는 그러고 싶지 않았던 모양이군. 그의 마음에 달린 거겠지.

이 작품에서 온전한 '움(ум)'을 가진 자는 없다. 차츠키는 그가 미쳤다는 소문을 믿는 모스크바 귀족들의 어리석음을 멸시하면서, 정작 그 자신은 소피야가 몰찰린을 좋아한다는 명백한 사실을 믿지 않고 계속해서 의심한다. 차츠키는 소피야의 말을 농담으로 흘려듣는다(제3막 1장).

소피야: 결국 그는 가장 훌륭한 성품을 가지고 있는 거예요. 양보할 줄 알고 공손하고 조용해요. 얼굴엔 불안의 기색도 없고 마음엔 어떤 과오도 없고, 남에게 함부로 욕하지도 않아요. 그래요, 바로 이런 점들 때문에 나는 그를 사랑해요.
차츠키: (방백) 장난을 치는 거야. 그를 사랑하지 않아.

그는 작품 끝에서 소피야와 몰찰린이 만나는 것을 직접 눈으로 확인하고서야 둘의 관계를 인정한다. 차츠키의 '움'은 비판적 사고력 측면에서 월등했지만, 삶의 현실적인 문제에 대해서는 분별력을 발휘하지 못했다. 차츠키에 대한 소문을 퍼뜨린 장본인인 소피야 또한 프랑스 소설에서 얻은 공상으로 몰찰린이 자신을 사랑한다고 믿고 있었지만, 사실상 그는 그녀를 사랑한 적이 한 번도 없었다. 몰찰린은 자신의 이름대로 소피야 앞에서 늘 말없이 그녀가 공상하는 대상이 되어 주었을 뿐이다. 작품에서 차츠키는 이에 대해 언급한다(제3막 1장).

차츠키: … 하지만 그 속에 무슨 비밀이 숨어 있는지 누가 알겠소? 당신이 그에 대해 무슨 생각을 하고 있는지, 그의 머리는 한 번도, 그 무엇으로도 채워지지 않았다는 것도 아무도 모를 거요. 당신이 푹 빠져 있는 그의 수많은 장점도 어쩌면 당신 자신이 그에게 부여한 것일지도 모르오. 그렇다면 그에겐 아무 죄도 없소, 당신이 수백 배 더 큰 죄를 짓는 거요.

이 작품의 비극성은 바로 이 '움'의 기만에 있는 것이다. 역설적으로 제대로 된 '움'을 소유한 자는 바로 모스크바 사회일 것이다. 차츠키의 '움'과 대립하면서 마치 어리석음의 대표자처럼 보이는 귀족들은 차츠키가 정말로 미쳤다고 생각한 것은 아니었다. 그러니까 이것은 순수한 믿음의 문제가 아니다. 그들은 니콜라이 1세가 차다예프에게 했던 것처럼, 자신의 관습과 질서에 어긋나는 주인공을 그냥 '미친 사람'으로 정리했을 뿐이다. 즉 그들의 행위야말로 세속적인 의미에서 가장 이성적이고, 분별력 있는 행위였다.

푸시킨의 『작은 비극들』(1830)의 중요한 주제가 바로 '움'이었다. 『인색한 기사』, 『석상 손님』, 『모차르트와 살리에리』의 주인공 모두 '움'에 반대되는 '우둔한 인물들'이었으며, 주변 인물들로부터 인정받지 못한 자들이었다. 푸시킨이 『작은 비극들』을 통해서 말하고자 하는 '움'이란 외부적 진리나 판단의 기준점에 반항하는 의식이었다. 그러한 '자유 정신'은 외부의 세계와 필연적으로 충돌하는 것이었고, 그것을 가진 인물들은 언제나 비극을 맞이하게 된다.

『지혜의 슬픔』에서 파무소프, 소피야, 차츠키는 '움'에 의해서 자가당착에 빠져 기만당한다. 소피야는 몰찰린에게 속았고, 차츠키는 모스크바 사회와 소피야로부터 배척당했으며, 파무소프는 차츠키와 소피야가 연인 관계라고 오해한다. 여기서 유일한 승자는 모스크바 사회이다. 소피야는 모스크바 사회를 대표하는 상징적인 인물이지만, 차츠키를 '미친 사람'으로 몰아갔던 그녀의 자만적인 '움'은 그녀의 인생에 아무런 도움이 되지 못했다. 그녀의 '움'은 그녀의 개인 인생을 파국으로 몰아간 것이다. 이는 사회적 현상에 대한 예리한 시각을 가졌지만 정작 삶의 현실적인 문제에 대해서는 무지했던 차츠키도 마찬가지였다.

그리보예도프가 생각한 '움'의 비극성은 작품의 제목이 변화하는 과정에서 찾을 수 있다. 그는 작품의 제목을 여러 번 바꾸었는데, 1823년에 『지성은 슬프다(Горе уму)』라고 했다가, 1824년에 『슬픔과 지성의 결여(Горе и нет ума)』로 바꾸었고, 결국에는 『지혜의 슬픔(Горе от ума)』으로 결정했다. 제목의 변화 과정을 따르면 처음에는 '앎'이 슬펐고, 다음 단계에서는 '앎'의 부재에서 슬픔이 오며, 마지막에는 '앎'이 슬픔의 이유가 된다. 즉 비극의 주체였던 '앎'은 비극의 이유가 되어 버린다.

이 작품은 '오해'로부터 시작해서 '오해'로 끝이 난다. 각각의 인물은 자신의 편견이나 관점에 사로잡혀 실제로 눈앞에 있는 현실을 제대로 인식하지 못한다. 주변 인물들이 눈앞에 있는 차츠키의 모습보다 출처가 불분명한 소문을 쉽게 믿어 버리는 대목이나, 몰찰린이 자신을 사랑한다고 믿는 소피야, 몰찰린에 대한 소피야의 사랑을 믿지 못하는 차츠키의 모습처럼 말이다. 그들은 두 눈으로 현실을 보는 것이 아니라 '앎'으로, 즉 특정한 논리로 세상을 해석하는 것이다. 이는 곧 인간은 끝까지 객관적인 진실을 알 수 없다는 것을 의미한다. 어쩌면 객관적인 진실이 존재하지 않는 것일지도 모른다. 명백한 것은 각자에게는 그 자신의 '앎'이 인정하는 진실만 존재한다는 사실이다. 바로 이 점에서 '앎'은 비극의 이유가 된다. 『지혜의 슬픔』은 '알고 있다고 생각하는 것', 즉 '오해'에 의한 비극이자 희극이라고 할 수 있다.

프랑스 문화 비판 프랑스로 대표되는 서유럽 귀족문화의 영향으로 러시아 귀족층에서는 프랑스어를 선호하거나 서유럽의 예술이나 철학, 행동 양식과 의상을 추종하는 현상이 나타나게 된다. 같은 시기에 서유럽의 진보적인 사상이 러시아로 수입되기도 했다. 그 영향을 받은 차츠키는 프랑스 문화를 추종하는 러시아 귀족들을 다음과 같이 비판한다(제3막 22장).

> 차츠키: 저 방에서 아무 의미 없는 만남이 있었소. 보르도에서 온 프랑스인이 목이 터져라 떠들어 대며 제 주위에 사람들을 불러 모았지. 그러고는 이야기를 시작했소. 두려움과 눈물 속에 어떻게 이 러시아로, 야만인들에게로 오게 되었는지. 도착해선 끝도 없는 친절을 받았다고 하더군. 마치 친구

들과 고국, 자기 고향에 있는 것처럼, 러시아어 한마디도 러시아의 얼굴 하나도 만나지 못했다는 거요. 그랬겠지. 저녁마다 그는 여기서 소(小)군주라도 된 것 같았을 거요. 부인네들은 똑같은 식의, 똑같은 복장들…. 그는 기쁘다지만, 우리는 기쁠 수가 없소. 그가 말을 마치자 사방에서 애처로움, 감탄, 신음이 들리는 거요. 아! 프랑스여! 세상에 너보다 훌륭한 곳은 없도다!

작가의 자유 정신과 초상화 같은 성격 묘사 『지혜의 슬픔』을 사회풍자극의 측면에서만 바라볼 때 간과되는 것이 있다. 그것은 차츠키 스스로 본인이 가진 '지식'으로 인해 겪게 되는 슬픔의 측면이다. 이 작품의 구성에 문제를 제기했던 푸시킨은 후에 "극작가는 극작가 자신이 인정하는 법칙에 따라 판단해야 한다"라고 말하며 그리보예도프의 자유로운 정신의 천재성을 재평가한다.

이 작품에서 그리보예도프 자신이 설정한 법칙은 '초상화와 같은 성격 묘사'라고 말할 수 있다. 작가는 바로 이와 같은 성격 묘사를 통해서야말로 '다른 많은 사람, 어쩌면 인류 전체에 고유한 특징'을 그려 낼 수 있다고 생각했다. 작가가 그린 초상화는 세밀하지만, 한눈에 들어오는 일정하고 분명한 형상으로 규정될 수는 없다. 이는 차츠키와 소피야의 형상이 이 작품을 사랑하는 수많은 작가와 비평가들의 분석에도 불구하고 여전히 그 수수께끼가 다 풀리지 않은 채 남아 있다는 사실에서도 확인된다. 『지혜의 슬픔』의 주인공들은 파무소프로 대표되는 봉건 러시아 사회와 대립하는 동시에 복잡하고 모순적인 내면을 지니고 살아가는 인물들이다. 이 작품 속 주인공들이 겪는 개인적인 비극은 이후 오스트롭스키, 체호프와 같은 작가들에 의해 계승되는 '우울한 희극'의 새로운 전통을 창조한다.

9. 우리 세대의 초상: 레르몬토프의 『우리 시대의 영웅』

어느 시대 어느 사회를 막론하고 방황하는 젊은이들이 있다. 그들의 방황에는 여러 가지 이유가 있다. 현실에 대한 불만과 권태, 막연한 동경, 이유 없는 반항, 이상 실현의 한계, 정열의 과잉, 잉여쾌락 등 다양하다. 왜냐하면 젊은이들은 합리적인 이성보다는 원초적 감성에 따라 행동하며 자유로운 삶에 더 큰 가치를 두기 때문이다. 방황은 개인의 성격 때문에 나타날 수도 있고 사회적·역사적 현실에서 기인할 수도 있다. 러시아 문학사에서 낭만주의의 전형으로 평가받는 페초린은 근대적 인간의 불안한 자의식을 처음으로 보여 주었다. 레르몬토프는 시대 전체의 비극과 개인의 비극이 무엇인가를 젊은 페초린을 통해 탐구하고 있다.

레르몬토프

낭만주의 시인의 삶 러시아 낭만주의 작가 미하일 유리예비치 레르몬토프(1814-1841)는 모스크바에서 몰락한 귀족 가문 출신 퇴역군인의 아들로 태어났다. 아버지는 장교

출신으로 스코틀랜드 용병의 후손이었다. 어릴 때 어머니가 사망하여 레르몬토프는 부유한 외할머니의 손에서 양육되었다. 외할머니는 사랑하는 외손자를 정성껏 보살피고 함께 여행도 즐겼다. 그녀는 외손자와 함께 러시아 최대의 휴양지인 캅카스 온천장에 가기도 했다. 캅카스의 뛰어난 자연경관, 산악원주민들의 인상적인 생활, 그리고 러시아 군인들과 원주민과의 전투는 어린 소년의 마음에 커다란 영향을 주었다. 캅카스 여행에서 받은 깊은 인상은 그의 작품 여러 곳에 반영되어 나타난다. 대표적인 작품으로는 『캅카스의 포로』, 『악마』, 『가면무도회』, 『우리 시대의 영웅』 등이 있다. 레르몬토프의 작품 세계는 낭만주의의 영향 아래 발전된 것이다. 그는 십대 때부터 시 습작을 했다. 특히, 낭만주의 시인 바이런에 심취하여 시인이 되겠다는 결심을 했다. 절대 고독의 시인으로 평가되는 레르몬토프는 푸시킨과 데카브리스트(12월당), 그리고 바이런의 작품을 통해 낭만주의적 유산을 그대로 물려받은 작가였다. 전체적으로 볼 때 레르몬토프의 낭만주의 정신은 사회 비판적 요소가 지배적이다. 그의 문학적 주제는 낭만주의의 최고 가치인 자유와 고독이다. 그가 지향하는 최고의 자유는 러시아 현실 세계에 대한 반항이며 러시아를 개혁하고자 하는 무한한 정열이다. 여러 면에서 그는 가장 순수한 낭만주의의 전형을 보여 주는 시인이라 할 수 있다.

1830년 레르몬토프는 모스크바대학에 입학하지만 자퇴하고 기병사관학교에 들어간다. 그는 사관학교에 잘 적응한 후 졸업해서 기병 장교가 된다. 1837년 푸시킨이 결투로 사망하게 되자 레르몬토프는 「시인의 죽음」을 발표한다. 이 시의 발표는 러시아 사회에 큰 파장을 일으켰다. "시인이 죽었다! 명예의 노예. 헛소문과 비방으로 쓰러졌다. 가슴에 총을 맞아 복수의 한을 품은 채. 당당한 머리를 숙이고 쓰러졌다! 시인의 영혼은 사소한 모욕의 불명예를 참지 못하고, 그는 세상의 소문에 대항해 일어섰다. 살해되었다! 살해당했다! 지금 슬퍼한들 무슨 소용인가?" 이 시를 통해 레르몬토프는 젊은이들의 분노와 울분을 완벽하게 대변해 주었다. 푸시킨이 러시아 상류사회와 궁정의 계략으로 치밀한 각본에 따라 죽었다는 것이었다. 그로 인해 레르몬토프는 체포되어 직위를 박탈당하고 캅카스로 추방된다. 후에 복권되어 페테르부르크로 돌아왔지만, 프랑스 외교관 아들과 결투를 벌였다가 다시 추방된다. 그리고 1841년에 사관학교 동창인 마르티노프 소령의 아내와 염문을 뿌리다가 결투 끝에 사망한다. 천재 시인 레르몬토프는 27살이라는 젊은 나이에 생을 마감했지만, 그의 문학적 성취는 러시아 문학사에 한 획을 그을 정도로 컸다. 특히, 그의 작품에 나타난 인간의 내면과 자의식에 대한 묘사는 도스토옙스키에게로 계승되어 발전되었다고 할 수 있다.

구성의 시학 작가의 의도적인 서술구조를 이해할 수 있을 때, 우리는 작품을 좀 더 확실하게 이해할 수 있다. 서사 이론에서 '파불라(фабула)'와 '슈제트(сюжет)'의 구별은 아주 중요하다. 인과관계로 연결된 아주 작은 사건들, 즉 모티프의 총체를 파불라라 하고, 이러한 모티프의 총체를 예술적으로 배열하여 만든 것을 슈제트라 한다. 다시 말해 파불라는 영어의 '스토리' 개념에 가장 가까운 의미로 '사건의 인과관계에 따른 연대기적 서술'인 반면에, 슈제트는 영어의 '플롯'이나 '서술구조'와 유사한 말로 의미론적 재료가 주어진 텍스트 내에서 전개되는 방식이다. 말하자면 '스토리'는 사건을 시간(연대기적) 순서로 배치한 구성이고, '슈제트'는 순서를 바꿔서 배치한 구성을 말한다.

『우리 시대의 영웅』에 실린 총 다섯 편의 이야기는 1, 2부로 구분되어 있다. 1부는 「벨라」, 「막심 막시미치」, 그리고 「타만」으로 되어 있고, 2부는 「공작의 딸 메리」와 「운명론자」로 되어 있다. 1부에 포함된 「페초린 일기의 서문」은 소설 구성에서 별로 중요하지 않으며 나머지 다섯 편의 이야기가 주요한 내용이다. 이 작품의 다섯 단편은 사건이 일어난 시간 순서대로 배열되지 않고 주인공 페초린의 내면에 점점 더 다가가는 기법을 바탕으로 순서가 구성되어 있다. 즉 이 작품의 서술구조(슈제트)는 각각의 이야기가 시간의 흐름에 따라 배열된 것이 아니다. 작가는 극적 효과를 높이기 위해 시간적 순서를 바꾸었다. 각각의 이야기를 사건이 일어난 시간적 순서에 따라 배열하면 「타만」(1830), 「공작의 딸 메리」(1832), 「운명론자」(1832-1833 겨울), 「벨라」(1833 봄), 「막심 막시미치」(1837) 순이다. 이처럼 이 소설에서 연대기적 시간과 소설의 구성 순서가 어긋나는 이유는 페초린의 전기적 시간과 작가의 미학적 시간의 불일치 때문이다. 작가는 페초린의 본질에 다가가는 효과를 내도록 의도적으로 이야기들을 배열하고 있다.

『우리 시대의 영웅』은 전체적으로 일인칭 화자의 시점에서 서술되고 있는 '연작소설'이다. 연작소설은 1830년대 러시아 문학계에 유행했던 글쓰기의 흐름이었다. 「벨라」, 「막심 막시미치」, 「페초린 일기의 서문」은 여행자-화자에 의해 서술되고, 「타만」, 「공작의 딸 메리」, 「운명론자」는 페초린에 의해 서술되며, 작품 전체에 붙은 「서문」(1841년 재판을 찍을 때 삽입)에서야 작품을 창작한 작가의 목소리가 나타나게 된다. 좀 더 세분해서 시점에 따라 재정리해 보면 「타만」은 일인칭 관찰자 시점, 「공작의 딸 메리」는 일인칭 주인공 시점, 「운명론자」는 두 개의 종합과 비슷하지만 전체적으로 일인칭 관찰자 시점을 취하고 있다. 우리 개념으로 일종의 '모음집'에 해당하는 이 연작소설에서 작가는 다양한 장르를 시도하기도 한다. 「벨라」는 단편소설로, 「막심 막시미치」는 여행기로, 「타만」과 「운명론자」는 수기로, 「공작의 딸 메리」는 일기이자 사교계 소설로 구성된다.

페초린의 모험 이 작품은 주인공 페초린에 관한 이야기다. 서술자는 여행하면서 여러 여행자들로부터 듣게 된 페초린에 대한 이야기를 들려준다. 젊은 장교 페초린은 수도 페테르부르크에서 모종의 실수로 징계를 받아 캅카스로 전출을 가게 된다. 부대를 찾아가는 도중에 흑해의 외딴 항구인 타만에 머무르게 되고, 거기서 밀수꾼들의 삶과 모험을 목격한다. 타만은 러시아의 해안 도시 가운데 가장 추악한 밀수 도시라 할 수 있다. 페초린은 이 타만의 해안에 있는 한 오두막에 잠시 거처하면서 장님 소년의 수상스러운 행동을 보게 된다. 장님 소년은 도둑놈이었고 밀수꾼 얀코와 내통하는 사이였다. 그리고 얀코의 애인인 야생마 같은 시골 처녀는 밀수하는 현장을 목격한 페초린을 바다로 유혹하여 배에서 죽이려고 시도한다. 겨우 죽음을 모면하고 해안으로 나온 페초린은 밀수꾼 얀코와 그녀의 밀회를 다시 목격하면서 자유분방한 그들의 삶에 놀란다. 페초린은 부대와 합류하여 산악원주민 토벌전에 참가한다. 이후 요양하러 찾아간 온천장에서 공작의 딸 메리와 옛 애인 베라를 만나게 된다. 온천장에서 주인공은 두 여인 사이를 몰래 오가며 사귄다. 하지만 페초린은 메리를 좋아하는 옛 군대 친구인 그루시니츠키와 삼각관계에 빠지게 된다. 결국, 페초린은 결투에서 옛 친구를 죽이고, 이 일로 막심 막시미치 대위가 지휘하는 요새로 전출을 가게 된다. 그 요새에 근무하면서 페초린은 체르케스 부족의 처녀 벨라를 납치한다. 페초린이 벨라를 납치하게 된 동기는 그의 낭만적 모험심을 충족하기 위한 것이었다. 사교계 미인들과의 사랑에 권태를 느낀 페초린에게는 야만인 여자와의 사랑이 더 호기심을 자극했던 것이다. 페초린은 그녀의 환심과 사랑을 얻어내는 데 성공하나, 이내 그러한 사랑놀이에 싫증을 느낀다. 페초린은 체르케스의 전사 카즈비치가 벨라를 납치해 도망가는 것을 보고 추격하지만, 질투에 사로잡힌 카즈비치는 벨라를 단검으로 살해한다. 단검에 찔린 상처로 벨라가 죽어 가며 괴로워하는 모습을 보고도 페초린은 눈물은커녕 아무런 감정을 보이지 않는다. 페초린과 벨라의 결말에 관한 이야기에서는 페초린의 악마적인 속성이 잘 드러난다. 러시아 장교와 원주민 처녀와의 사랑 역시 비극으로 끝난 셈이다. 요새 근무 중 페초린은 운명론자 불리치 소위의 의미 없는 죽음을 목격한다. 불리치 소위는 자신의 운명을 시험한다는 명목으로 친구들 앞에서 위험한 러시안룰렛 게임을 하게 된다. 불리치는 실탄 한 발을 장전한 권총을 머리에 대고 방아쇠를 당겼으나 불발되어 간신히 목숨을 건지고 돈을 딴다. 그러나 그는 집에 돌아가던 중 길 위에서 우연히 만난 술 취한 카자크 병사에게 아무런 이유 없이 칼에 맞아 죽는다. 이러한 불리치의 죽음은 운명적으로 예정된 것이었다. 페초린은 모든 희망을 잃고 군대를 떠나 여행길에 오른다. 삶의 공허함을 메우기 위해 여행을 떠난 페초린은 페르시아에서 돌아오는 도중에 젊은 나이로 죽는다.

이 작품에서는 주인공 페초린을 중심으로 일어나는 낭만적 모험, 러시아 사회의 암시, 그리고 인간 심리의 깊은 분석이 아주 흥미롭다. 또 주인공의 삶뿐만 아니라 산악원주민들의 삶 역시 매우 흥미롭게 묘사되어 있다. 캅카스의 아름다운 전경뿐만 아니라 원주민들의 삶이 소설의 재미를 배가하고 있다.

주인공의 성격 주인공 페초린은 어떤 인물인가? 일반적으로 페초린의 출현 현상을 세 가지 관점에서 파악한다. 첫째는 페초린의 성격을 사회적 의미를 강조하여 해석하는 관점이며, 둘째는 인간 정신 속에 나타나는 내면적인 심리적 특성을 강조하여 인간의 보편성과 특수성의 측면에서 해석하는 관점이다. 셋째는 낭만주의적 관점에서 페초린의 성격을 종합적으로 해석한다.

① **사회적 성격**: 첫째로 페초린의 사회적 의미이다. 페초린은 19세기 러시아 문학에 자주 등장하는 잉여인간의 전형이다. 잉여인간이란 보통 사람들보다 뛰어난 재능이나 지성을 가졌으나 일찍부터 인생에 싫증을 느낀 나머지 자신의 재능을 사회를 위해 유익하게 사용하지 못하고 무료하게 인생을 허비하는 당시 귀족 청년들의 전형적인 모습을 일컫는 말이다. 그리하여 잉여인간이란 시대적 환경의 산물이다. 당시 러시아 현실의 제반 모순과 사회환경의 미성숙이 잉여인간이라는 유형을 초래했다.

페초린이라는 인물을 통해 반영되는 시대 전체의 비극은 사실 1825년 데카브리스트 운동과도 연관된다. 그 운동이 실패한 후 지식인들은 무력감에 빠져서 민중과 사회를 위해 일해 보겠다는 의지를 상실한 채 개인의 욕망만을 분출시키는 운명론자들이 되었다. 레르몬토프는 당시 데카브리스트들이 겪고 있던 시대의 모순과 비극을 페초린을 통해 나타낸 것이다. 페초린은 1830년대 니콜라이 1세 시기의 역사적인 침체기에 방황하고 고뇌하는 지식인의 형상이라 할 수 있다. 페초린을 통해 우리는 실천적 지표를 상실한 채 좌절하고 흔들리는 당대 지식인의 우수와 절망의 모습을 충분히 느낄 수 있다. 페초린은 사르트르가 말하는 참지식인의 초상인 것이다.

브루벨, 〈페초린과 그루시니츠키의 결투〉

② **심리적 성격**: 둘째로 페초린은 인간 성격의 독특한 심리적 현상의 산물이다. 페초린의 내면세계는 이 작품의 「공작의 딸 메리」 편에 잘 묘사되어 있다. 일기 형식의 글은 인물의 형상을 파악하는 데 있어 가장 중요한 열쇠가 될 수 있다. 페초린은 다른 누구보다도 자기 분석적인 인물이다. 그는 자기 삶 속에 나타나는 일련의 비극적인 실패가 자신의 타고난 반항적인 악마적 성격 때문이라는 사실을 알고 있다. 그의 자기 파괴적 본능은 타인과 자신에 대한 증오로 나타난다. 타인을 파괴하는 본능은 악마성으로, 이것은 특히 여성들과 관련하여 잔인하게 나타난다. 그의 고백 일기에는 모든 여성은 배신할 거라고 쓰여 있다. 그는 여자관계에서 철저한 이기주의자이다. 그는 언제나 자기만족과 자존심의 충족을 위해 사랑을 추구할 뿐이지 상대방의 행복을 위해 자신을 희생하는 인물은 아니다. 페초린은 옛 애인 베라와 공작의 딸 메리를 만나 이중연애 관계를 지속하며 쾌락과 만족만을 추구한다. 베라가 그를 배반하지 않을 유일한 여성이요 메리보다 더 자신을 사

랑하고 있음을 알면서도 페초린은 결혼하지도 않을 여성인 메리에게 집착하여 친구 그루시니츠키까지 죽이는 악마성을 보여 준다. 그는 행복을 자존심의 충족으로 생각한다. 그래서 공작의 딸 메리는 페초린을 "이상한 사람", "살인자보다 더 나쁜 인간"으로까지 묘사한다. 페초린은 자신의 악마성을 공작의 딸 메리에게 솔직하게 고백한다.

> 마음 깊은 곳에서 나는 선과 악을 확실히 느끼고 있었다. 그러나 사람들은 나를 모욕하고 아무도 다정하게 대해 주지 않았다. 그래서 난 원한을 품기 시작했다. 다른 애들이 명랑하게 수다를 떠는 동안 나는 우울했다. 나 스스로는 누구보다도 우수하다고 여겼으나 사람들은 나를 그 반대로 취급했다. 난 시기심이 많아졌다. 나는 온 세계를 사랑할 준비가 되었지만 아무도 나를 이해해 주지 않았다. 그래서 난 증오를 배웠다. 내 청춘은 꽃 한번 피우지 못한 채 자신과 사회와의 싸움 속에서 지나가 버렸다. 나는 사람들의 비웃음이 두려워 선한 감정을 가슴 깊이 묻어 버렸고, 그 감정들은 여기서 죽어 버렸다. 내가 진실을 말할 때 아무도 믿어 주지 않았다. 난 속이기 시작했다.

페초린의 고백은 순진한 여성의 마음을 사로잡기 위한 전형적인 수법이기도 하다. 그의 고백은 종종 여성의 마음에 연민의 정을 일으키고 궁극적으로는 사랑의 감정을 유발한다. 페초린은 선악에 대한 잠재성과 모순을 예리하게 파악하고 있을 정도로 자기 탐구와 분석력이 뛰어난 인물이다. 타인의 희망을 파괴하는 것을 소명으로 생각하는 페초린은 순수한 영혼의 소유자 메리에게 사랑하지 않는다고 고백하여 마지막 희망의 불꽃을 꺼 버린다. 그의 파괴적인 악마성은 벨라와의 관계에서 분명하게 나타난다. 벨라가 카즈비치의 단검에 찔린 상처로 괴로워할 때 페초린은 아무런 감정의 동요를 나타내지 않는다. 페초린이 사경을 헤매는 벨라를 방에 두고 나와 웃는 모습은 그의 악마성의 방증이다. 인간이 죽어 가는 데도 감정의 동요 없이 웃어 버리는 페초린의 비인간적인 악마성은 소름이 끼칠 정도이다.

③ **낭만주의적 성격**: 셋째로 페초린은 낭만주의적 인물이다. 그는 '권태-환멸'이라는 낭만주의적 변증법(또는 공식)에 기초한 '연애 놀이'를 즐기는 인간이다. 작가는 낭만주의 소설의 주인공이 추구하는 자유, 권태, 꿈과 환멸을 페초린에게서 찾고 있다. 낭만주의 사상에 젖어 있는 페초린은 모든 구속에서 벗어나 진정한 자유를 누리고자 한다. 자유를 위해 그는 결혼도 하지 않는다. 결혼을 하면 자유를 포기해야 하기 때문이다. 대신 그는 자유로운 여행자로서 낭만주의적 모험에만 몰두한다. 페초린의 지배적인 분위기는 권태이다. 삶에 대한 열정을 상실해 버린 그는 권태를 느끼며 세상으로부터 점차 멀어진다. 그에게 삶은 지루한 나날의 연속일 뿐이다. 삶에서 어떤 의미나 가치를 찾지 못한 채 방황만 한다. 모든 인류의 행위가 목적도 없고 공허하게만 보일 뿐이다. 결국, 그는 자기 인생을 인위적인 흥분으로 채우고자 한다. 그에게 인생이란 이미 읽어 버린 책과 같은 것이다. 그리하여 그는 적을 만들고 위험을 자초하며 사랑을 하는 척 행동하는 것이다. 한편으로 페초린의 권태는 그의 예언적 능력에서 나오기도 한다. 그는 사랑의 삼각관계에서 인간의 심리적 반응을 잘 알고 있다. 공작의 딸 메리가 자신의 충고에 어떻게 반응할지를, 그루시니츠키를 어떻게 취급해야 하는지를 미리 알고 있다. 인간과 인생의 비밀을 조금이라도 미리 안다는 것은 삶의 권태로 이어질 수밖에 없다. 자유에 대한 참을 수 없는 열망, 삶에 대한 권태, 예언적 능력, 이 모든 것들은 페초린을 운명적으로 파멸시킨다.

페초린은 도덕성과도 거리가 먼 주인공이다. 그의 세계관은 타인을 자신의 자유의지에 굴복시키는 것이다. 그는 자기 힘의 과시와 타인의 굴복을 삶의 행복으로 간주한다. 페초린의 가치관과 세계관은 「공작의 딸 메리」에 잘 드러난다.

나는 다른 사람들의 고통과 기쁨을 오직 나 자신과 연관해서만 본다. 그것들은 내 영혼의 힘을 지탱해 주는 양식과도 같다. 나는 이제 더 이상 열정에 끌려 광기 어린 행동을 할 수 없는 사람이 되었다. 주변 환경에 의해 억눌렸던 나의 야망은 다른 형태로 변형되었다. 결국 야망이란 권력욕이기 때문이다. 나에게 첫 번째 기쁨이란 내 주위의 모든 것을 내 의지에 굴복시키는 데 있다. 자신에 대한 사랑과 충성과 공포의 감정을 불러일으키는 것, 이것이야말로 권력의 주요 상징이자 가장 위대한 승리가 아니라면 무엇이겠는가? … 그럼 대체 행복이란 무엇인가? 최대로 충족된 오만함이다. 나 자신이 이 세상 누구보다도 뛰어나고 힘이 세다고 생각한다면, 행복해질 것이다.

페초린은 권력을 최고의 가치로 여긴다. 그의 권력욕은 사랑과 우정에서도 극대화되어 나타난다. 페초린은 최고의 만족은 자신의 주변에 있는 모든 것을 자신의 의지에 복종시키는 것이라고 말하며, 행복이란 포만된 자존심이 아니겠냐고 반문한다. 결국 페초린은 자신의 인생 목표와 의미를 알지 못한 채, 타인 인생의 배신자와 사형 집행인의 역할을 하며, 아무것도 믿지 않고 오직 피할 수 없는 죽음만을 향해 세상을 방랑한다.

잉여인간의 형상 푸시킨의 오네긴과 더불어 레르몬토프의 페초린은 대표적인 '잉여인간'이다.[19] 잉여인간의 형상은 러시아 문학의 전통에서 하나의 사상적 흐름 역할을 한다. 잉여인간은 당시 세대의 귀족 청년들의 초상이라는 사회적 의미와 더불어 독특한 개성을 지닌 특수한 인간이라 할 수 있다. 그러나 잉여인간을 반드시 부정적인 시각으로 볼 필요는 없다. 페초린은 시대적 형상인 동시에 부분적으로 보편성을 갖는 복잡한 성격의 인물이기도

19 러시아 북서부에는 오네가강과 오네가호수가 있다. 그 강과 호수의 이름에서 오네긴이라는 이름이 나왔다. 페초린이라는 이름은 북극해로 흘러가는 페초라강의 이름에서 따온 것이다.

하다. 젊은이들이 시대를 초월하여 이상과 현실의 부조화라는 낭만주의적 이중세계를 경험하는 것으로 볼 때, 페초린의 형상이 특수한 것만은 아니다. 그는 추상적이고 도덕적인 회의 때문에 괴로워하지만 순수한 어린 시절로 돌아가기를 갈망하는 인간이다. 그는 자의식이 강하며 스스로 선악에 대한 잠재력과 모순을 예리하게 알고 있다. 그러한 인간의 전형은 다른 작가들의 주인공 형상에 많은 영향을 준다. 특히 페초린의 자기 분석적인 요소는 훗날 도스토옙스키의 작품에 등장하는 비극적 주인공들의 정신적 특성으로 발전한다.

가치체계와 시점 지금까지 우리는 당시 비평가들의 시점에서 이야기되는 잉여인간의 문제를 다루었다. 그러나 인간에 대한 평가가 그렇게 단순한 것만은 아니다. 사실 잉여인간의 문제는 텍스트를 읽는 독자(비평가)의 시점에서 이야기되는 페초린에 대한 평가이다. 어떤 대상(객체)에 대한 평가는 작가 자신의 평가일 수 있고, 작가와 구별되는 화자의 평가일 수도 있으며, 작중인물 가운데 한 명의 평가일 수도 있고, 독자의 평가일 수도 있다. 물론 그들의 평가는 같을 수도 있고 다를 수도 있다. 우리의 관심은 말하는 사람의 심리적, 시공간적, 또는 어법 수준의 시점이 아니라 관념적(평가적) 수준의 시점이다. 관념적 수준의 시점은 말하는 사람의 가치체계에 따라 인물(객체)의 의미와 평가가 달라질 수 있다. 누구의 시점을 상정하는가에 따라 관념적 시점은 달라진다. 평가받는 대상은 서로 다른 가치체계를 갖는 작가, 화자, 작중인물, 독자의 평가에 따라 다양하게 이야기될 수 있다.

『우리 시대의 영웅』에서 서사의 대상을 구성하는 사건들과 인물들은 서로 다른 세계관에 따라 제시되어 있다. 이 소설에는 어떤 대상에 대한 몇 가지 관념적 시점이 있음을 알 수 있다. 주인공 페초린은 그 자신의 가치체계로 우리에게 제시될 뿐만 아니라, 작중인물 가운데 한 명인 퇴역 대위 막심 막시미치 같은 인물의 시점으로부터 제시된다. 그루시니츠키 같은 인물은 페초린의 시점과 그 밖에 다른 인물들의 시점으로 제시된다. 인물들의 시점은 섞일 수도 있고, 서로 반대될 수도 있다. 막심 막시미치는 평균적 상식과 시선을 대표하는 단순한 인물로서 페초린과는 반대되지만 본질적으로는 캅카스 사람들의 입장과 일치하는 세계관을 가진 자로서 기능한다. 페초린의 가치체계는 그의 친구인 의사 베르네르의 가치체계와 많은 점에서 공통점을 갖는다. 대부분 상황에서 두 사람의 관념적 태도는 동일하다. 더 나아가 페초린 자신의 평가체계로 볼 때 그루시니츠키는 그 자신과 대립하지만, 막심 막시미치의 평가체계에서는 페초린과 그루시니츠키는 서로 닮은 것으로 제시된다. 이 소설에서 이렇게 다른 평가체계들은 서로에 대하여 일정한 관계의 망을 이루어 가면서 대립과 동일화라는 하나의 복합적인 밑그림을 형성한다. 즉 다양한 시점들이 동시에 공존하며, 그들의 정체성은 타자의 시점을 통해서 확립되기도 하고, 상황에 따라 어떤 시점들은 일치하기도 하고 서로 엇갈리기도 하고 대립하기도 한다.

소설 속에서 페초린은 사건의 상황에 따라 자기 탐구자, 낭만주의자, 영웅주의자, 유혹자, 향락주의자, 우스운 이방인, 무용자(잉여인간), 방랑자, 냉소주의자, 운명론자, 신비주의자, 미성숙자, 모험주의자, 권태자, 참칭자, 패러디스트, 방해자, 타락자, 파괴자, 살인자, 악마, 엿듣는 자, 반(反)주인공, 정신적 불구자 등으로 평가된다. 잉여인간으로서의 페초린은 그의 정체성을 부분적으로 설명해 주는 평가들 가운데 하나이다. 페초린은 잉여인간을 넘어서 근대적 인간의 자의식을 보여 주는 인물로도 평가된다.

동기화의 문제 보리스 토마솁스키는 동기화를 모티프들의 체계가 예술적 통일성을 가질 수 있도록 만드는 기법이라고 규정했다. 그의 시학에서 동기화는 구성적, 사실적, 예술적 동기화로 구분된다. 첫째로 구성적 동기화란 복선이나 모티프 제시도 사건을 암시하도록 동기를 부여하는 것이다. 둘째로 사실적 동기화는 현실성과 개연성이 있다는 느낌을 수반하도록 하는 것이다. 셋째로 예술적 동기화는 예술적 구성의 요구에 따라 익숙한 것을 새롭고 이상한 것으로, 혹은 낯선 것을 대단히 익숙하고 그럴듯한 것으로 제시하는 일종의 '낯설게하기' 기법과 관련되는 것이다.

『우리 시대의 영웅』은 사실적 동기화에 철저한 작품이다. 여행자 화자가 막심 막시미치를 만난 과정, 페초린을 만난 과정, 막심 막시미치로부터 그의 수기를 얻게 되는 과정, 페초린의 죽음에 대한 소식과 그의 수기의 출판을 결심하게 되는 이유까지 모두 그럴듯하게 연결된다. 그리고 이러한 동기화의 틀 속에서 페초린의 외모와 내적 심리 묘사는 일관되게 지속된다.

엿듣기 모티프 『우리 시대의 영웅』에는 '엿듣기' 모티프가 자주 등장한다. 「벨라」에서는 엿듣기의 장면이 두드러진다. 여기서 사건의 발생은 막심 막시미치가 아자마트와 카즈비치의 대화를 엿듣는 것으로부터 시작한다. 「타만」에서도 사건의 시작은 페초린이 밀수꾼 소녀와 맹인 소년의 대화를 엿들음으로써 이루어진다. 「공작의 딸 메리」에서도 엿듣기는 직간접으로 이루어진다. 페초린과 베르네르는 유사한 성격으로서 그들 모두 인간의 속물적인 내면세계를 경멸하며 운명이라는 이름의 불합리한 세계 질서에 만족하지 못하는 인물들이다. '엿듣기' 모티프는 분신과도 같은 두 사람의 관계를 이어 준다. 페초린보다는 약간 성숙된 버전인 베르네르는 "바이런처럼 한쪽 다리가 다른 쪽 다리보다 짧고, 젊은이들 사이에서 메피스토펠레스라고 불리는" 인물이다. 페초린의 심리를 정확하게 간파해 내는 능력의 소유자이다. 그러한 베르네르는 페초린에 대한 음모가 벌어지고 있다는 사실을 우연히 엿듣고 전해 준다. 페초린은 그 정보를 이용해 메리를 두고 라이벌 구도를 형성했던 그루시니츠키를 죽인다. 생사를 좌우하는 정보가 페초린의 손에 들어가고 이는 페초린과 상대방의 운명을 결정하게 된 것이다. 이렇게 타인으로부터 전해 들은 정보로 페초린은 죽음의 운명을 피해 갈 수 있었다. 하지만 흥미롭게도 페초린은 엿들은 정보를 이용해 타인의 운명을 결정짓는 가해자(집행자)이자 동시에 피해자 역할을 하며 자신의 이미지를 구축한다.

운명의 테마 인간을 지배하는 초인간적인 힘, '운명(судьба)'은 하나의 거대한 테마로 이 소설 전체를 아우른다. 소설 초반에는 간헐적으로 언급되던 '운명'이 후반으로 갈수록 빈도나 비중에서 점진적으로 높아진다. 「벨라」와 「막심 막시미치」에서 '운명'이라는 단어가 각각 한 번씩 언급되지만, 「타만」에서 페초린은 '운명'이라는 이름으로 아이러니한 경험을 하게 된다. 「공작의 딸 메리」에서는 '운명'이라는 단어가 여덟 번이나 반복되며 전체 이야기의 주제로 부각된다. 「운명론자」는 제목 그대로 '운명'이라는 주제에 바쳐진 이야기이다. 이 다섯 편의 이야기를 통해 우리는 페초린의 의식이 얼마나 '운명'에 깊숙이 침윤되어 있는지 알 수 있다.

「벨라」에서 페초린은 벨라를 '운명'이 보내 준 천사로 생각한다. "내가 집에서 벨라를 처음 보았을 때, … 바보 같은 나는 그녀를 운명이 나를 불쌍히 여겨 보내 준 천사라고 생각했다." 「타만」에서 페초린은 자신을 돌멩이에 비유하며 "어째서 운명은 나를 이 진솔한 밀수꾼들의 평화로운 무리 속으로 던져 넣었던 것일까?"라고 탄식한다. 여기서 그가 언급하는 운명이란 바로 자신이 조절 불가능한 불쾌한 사건이 일어나는 경우를 말한다. 「공작의 딸 메리」에서 페초린은 자신의 운명 이야기를 길게 늘어놓는다.

> 그래요. 아주 어린 시절부터 시작된 나의 운명은 그러했다! 모든 사람이 내 얼굴에서 사악한 본성의 징조를 읽었다. 사실 그런 건 있지도 않았지만, 사람들이 있다고 생각했기 때문에 정말로 생겨나는 것 같았다. 나는 겸손했지만, 사람들은 내가 교활하다고 비난했다. 그래서 나는 마음을 터놓지 않게 되었다. … 내가 진실을 말할 때 아무도 믿어 주지 않았다. 난 속이기 시작했다.

어린 시절에 페초린은 선과 악을 구별할 수 있었고, 온 세계를 사랑할 준비가 되어 있었다. 하지만 아무도 그를 이해해 주지 않았다. 그래서 그는 증오를 배워 사회와 싸움하면서 살았다. 그는 사람들의 비웃음이 두려워 선한 감정을 가슴 깊이 묻어 버렸다. 그 후 운명에 대한 페초린의 태도는 운명과의 전쟁이었다. 자신의 명령에 따라 움직이도록 강요하는 존재가 운명이란 이름으로 그의 진로를 가로막는다면, 그는 언제든지 운명과 투쟁할 준비가 되어 있었다.

「운명론자」에서 작가는 운명 자체를 테마로 삼고 있다. "인간의 운명은 하늘에 써 있는 것 같다는 이슬람의 미신은 우리, 기독교인들 사이에서도 많은 추종자가 있다." 여기서는 운명이 인간의 삶에 개입되어 확대된다. 「운명론자」에서 불리치는 페초린과 비교된다. 페초린에게서 '운명에 대한 저항'이란 특징이 발견된다면, 불리치에게서는 '운명에 대한 순종'이라는 특징이 드러난다. 불리치는 운명의 존재를 믿을 뿐만 아니라 언제든지 그 운명의 명령에 복종할 준비가 되어 있다. 러시안룰렛 게임에서 불리치는 목숨을 건지지만 길 위에서 우연히 칼에 맞아 죽는다. 불리치의 죽음은 운명적으로 예정된 것이었다. 운명에 대한 불리치의 순종적인 태도는 페초린의 운명에 관한 생각을 더 숙고하게 만든다. 이 작품을 통틀어 누구보다도 운명에 집착하는 인물은 페초린이다. 그는 계속해서 운명을 말하며 자신의 삶을 운명과 연계시켜 낭만적으로 채색한다. 페초린은 주위 사람들의 심리를 해부하고 자신의 의도에 따라 운명을 만들어 간다. 그는 자신의 운명을 선택하거나 타인의 운명을 결정짓는다. 페초린은 타인의 운명을 예언하며 간섭하기도 하고, 결투를 만들어 자신의 운명을 시험하기도 한다. 이 운명의 시험대에서 페초린은 운명의 집행자를 자처하며 방황하는 불행한 초상이다. 『우리 시대의 영웅』에서 작가는 자기 내면세계의 고통뿐만 아니라 타인의 영혼까지 이해하려고 노력할 때만이 인간은 운명을 개선하고 창조해 나갈 수 있음을 강조한다.

우리 세대의 초상 이 작품의 「서문」(1841)은 페초린 같은 악랄한 인물이 왜 '우리 시대의 영웅'인가에 대한 사유서이다. 이 서문은 페초린이 당시 러시아의 사회적, 정치적 분위기가 만든 초상임을 설명하고 있다. 니콜라이 1세는 강권 통치를 통해 자유 사상을 탄압함으로써 사회가 정신적으로 성숙하고 발전할 수 있는 기회를 박탈했다. 그리하여 니콜라이 1세 치하의 억압과 타락한 사회가 재능 있는 인간들을 타락시킨다는 것이다. 작가 역시 한 개인의 초상화가 아니라 시대의 모든 악덕이 발현되어 나타난 '자기 세대의 초상'을 그리겠다고 말한다.

> 여러분, 『우리 시대의 영웅』은 분명히 하나의 초상이지만, 한 인간의 초상은 아니다. 이것은 우리 세대의 완전히 발전된 형태의 악덕들로 형성된 초상이다. 그럼 당신들은 다시 물을 것이다. 어떤 사람이 이렇게 악할 수 있겠냐고. 그렇다면 이렇게 답하겠다. 지금까지 그토록 많은 비극과 낭만주의 악당들의 존재를 믿어 왔으면서, 도대체 왜 페초린의 실제만은 믿을 수 없단 말인가? … 여러분은 여기서 도덕성을 찾아볼 수 없다고 했는데? 미안하다. 사람들은 단맛에 물릴 만큼 충분히 먹었고, 이제는 소화마저 안 될 정도로 망가졌다. 그들에게 지금 필요한 것은 더 쓴 약, 독한 진실이다. 그러나 이런 말을 한다고 해서, 이 책의 저자가 인류의 악덕을 고치려는 오만한 꿈을 꾸고 있다는 생각은 하지 말기 바란다. 신이시여, 그러한 무지몽매에서 그를 구해 주시기를! 작가는 단지 그가 이해하는 방식대로 동시대인을 그려 보는 것이 재미있었을 뿐이다. 여러분에게는 미안한 일이지만, 이러한 종류의 인간은 아주 자주 만날 수 있다. 이 병을 진단해 알리는 것만으로도 충분하다. 이 병을 어떻게 치료해야 할지는 신만이 알리라!

이 서문에서 작가는 자기 시대, 자기 세대의 병을 진단해서 알리고자 한다. 병에 걸린 대표적인 환자가 바로 페초린이다. 그의 질병은 그 한 사람의 질병이 아니라 그 세대의 질병인 것이다. 『우리 시대의 영웅』은 한 세대의 초상인 페초린의 질병이 무엇인가를 알아보는 소설이다. 여기서 페초린은 자신의 영혼이 타락한 것은 자기의 책임이 아니라 사회의 책임이라고 고백한다. 니콜라이 1세의 억압 정치가 배태한 인물이 바로 페초린이다. 그의 병증은 '불행한 의식'이다. 그의 '불행한 의식'은 일종의 '병적인 자의식'이다. 페초린은 자신뿐만 아니라 주변에 있는 모든 사람을 다 불행하게 만든다. 그는 자신의 '불행한 의식'을 잘 알고 있다. "나의 영혼은 사교계 때문에 망가졌고, 상상력은 불안하고 마음은 포만감을 모른다. 나는 늘 뭔가 부족하다. 나의 삶은 나날이 황폐해지고 있다. 이제 한 가지 수단만 남았다. 여행하는 것이다." 여행은 페초린이 받은 일종의 역마살 형벌이다. 사회에 대한 환멸과 욕구불만으로 어느 한 곳에 발을 붙이지 못하는 영원한 방랑자인 페초린은 막심 막시미치에게 자신의 성격을 밝힌다.

> 나는 참으로 불행한 성격을 가졌습니다. 교육이 날 그렇게 만들었는지 하느님이 그렇게 창조했는지 모르겠습니다. 한 가지 불행한 것은 내가 타인의 불행을 초래했다고 해서 나 자신이 그들보다 덜 불행한 것은 결코 아니라는 것입니다. 젊었을 때 부모 곁을 떠나 돈으로 취할 수 있는 향락은 모두 맛보았죠. 그런데 이내 역겨워졌습니다. 그래서 사교계로 갔습니다. 또 곧 지겨워졌습니다. 미인들과 사랑에 빠져 보았지만, 그녀들의 사랑은 나의 상상력과 자존심만 자극했을 뿐 가슴은 여전히 허전했습니다. 내가 바보인지 악한인지 모르겠습니다. 나의 영혼은 세상에 물들어 버렸고 상상력은 안정을 모르고 마음은 채워지지 않습니다. 나의 인생은 하루가 멀다 할 정도로 공허해집니다. 내가 할 수 있는 건 여행을 떠나는 겁니다. 그러곤 여행하다가 어딘가에서 죽겠지요.

페초린은 악덕의 상징으로서 만나는 모든 사람을 불행하게 만든다. 그가 만나는 여자들 모두 불행하게 된다. 메리도 그렇고, 벨라도 그러하다. 「공작의 딸 메리」와 「벨라」에는 페초린의 불행한 성격이 잘 드러나기도 한다. 친구들도 불행하게 된다. 결투로 친구 그루시니츠키를 죽인 후 페초린은 "코미디는 끝났다"라고 한다. 그는 '영웅'이라는 낭만적 가면을 쓰고 광대의 역할을 담당한 것이다. 페초린은 자기도 불행하면서 주변의 모든 사람마저 불행하게 만드는, 같은 시대를 살아가는 '세대의 초상'이다. 삶의 끝에서 그를 기다리는 것은 죽음뿐이다. 페초린의 담론 속에는 인생의 허망에 대한 교훈이 함축되어 있다. 허망을 배운 사람은 이미 지옥을 보아 버린 사람이나 마찬가지이다. 그 허망을 뚫고 찾아낸 진실만이 지옥을 견디며 살 수 있는 유일한 방편이다. 그러나 페초린은 허망을 보았지만, 그 진실을 찾아내지는 못한다.

캅카스와 군인들 여러 면에서 『우리 시대의 영웅』은 작가의 자전적 소설이라 할 수 있다. 작가인 레르몬토프 자신도 좌천된 장교로 캅카스(지금의 조지아)에 배속되었다. 그는 직업군인으로서 기병 소위의 자리에서 퇴역하고자 했지만, 황제는 번번이 그의 퇴역 신청을 거절하고, 그를 정복 전쟁이 벌어지고 있는 체첸 지역의 최전방으로 보내 버렸다. 군인으로서도 우수했던 레르몬토프는 많은 전공을 세웠지만, 번번이 포상, 승진, 그리고 퇴역에서 제외되었다. 황제 니콜라이 1세의 의지는 그를 전쟁에서 죽게 하는 것이었다. 마지막으로 퇴역 허가를 받아 내고자 페테르부르크에 들렀던 레르몬토프는 다시 전장으로 돌아가던 길에 캅카스의 휴양 도시 퍄티고르스크에 머물게 되었다. 그곳에서 그는 기병학교 시절 친구였던 마르티노프와 결투를 벌여 사망했다. 그의 사망 소식을 들은 니콜라이 1세는 "개 같은 자에게는 개 같은 죽음이"라는 말로 자신의 증오심을 표현했다고 한다. 이러한 작가의 경험이 이 소설에 고스란히 담겨 있다.

『우리 시대의 영웅』은 캅카스 지역에 주둔했던 러시아 군인들의 이야기이다. 러시아 제국의 정복 전쟁에 파견된 군인들이 현지인들을 만나 경험했던 이야기가 주를 이룬다. 주요 등장인물인 페초린, 막심 막시미치, 그루시니츠키, 그리고 여행객-화자는 모두 군대 문화에 젖어 있는 러시아 제국의 하급 장교들이다. 그들은 점령지인 캅카스 지역에서 살아가는 타타르인, 체첸인, 체르케스인, 카바르다인과 같은 다양한 소수민족들을 만나 여러 사건에 휩싸이게 된다. 자신들의 고유한 문화를 형성해 민족 정체성을 잃지 않고 살아가는 소수민족과의 교류에서 갈등과 분란은 불가피하다.

막심 막시미치는 수송 장교(이등 대위)로 캅카스 현지의 새로운 문화에 가장 잘 적응해 살아가는 인물이다. 작가에 따르면 막심 막시미치는 반쪽은 러시아인이고 반쪽은 아시아인이지만 진정한 캅카스인이다. 페초린은 보급부대의 일원으로 25살의 젊은 신참 장교이다. 그루시니츠키 역시 사관생도의 생활을 마친 신참 장교이다. 그는 페테르부르크 출신의 서구화된 러시아인으로 유럽인의 관점에 젖어 반(反)캅카스 성향이지만 우수한 군인으로 평가된다. '나'로 등장하는 화자 역시 장교 출신이다. 캅카스에 주둔한 이 장교들의 공통점은 좌천되거나 진급이 되지 않은 하급 장교라는 사실이다.

『우리 시대의 영웅』은 러시아 제국주의의 야만성뿐만 아니라 군대 문화의 야만성을 드러내기도 한다. 제국주의 논리에서 드러나는 야만성은 무엇보다도 먼저 여성에 대한 군인들의 태도에서 나타난다. 현지의 여성은 식민지배의 새로운 대상이라는 군인들의 태도가 소설에 잘 드러난다. 러시아 파견 군인들의 회고담(여행기)에서 빼놓을 수 없는 이야기가 현지 여성들과의 낭만적인 연애담이다. 소설의 첫 이야기 「벨라」에서처럼 캅카스 지역의 여성은 정복의 대상일 뿐이었다. 캅카스 요새에 근무하면서 페초린은 체르케스 부족의 처녀 벨라를 납치하여 자신의 노예로 만든다. 페초린이 벨라를 납치하게 된 동기는 야만인 여성에 대한 그의 악마적인 호기심을 충족하기 위한 것이었다. 그루시니츠키도 이국적인 여성에 대한 동경을 갖고 캅카스 근무를 지원했다. 그리고 선배 장교들처럼 캅카스 지역 여성들을 정복의 대상으로만 생각한 그루시니츠키는 본인 스스로 군대 문화의 희생물이 되어 버렸다. 낭만적 연애담이나 결투담으로 위장된 러시아 군인들의 이야기 속에는 제국주의 이데올로기가 내포되어 있다.

현대의 영웅과 주인공 레르몬토프의 『우리 시대의 영웅』은 종종 '현대의 영웅'으로 번역된다. 소설의 제목에 나타난 '영웅(герой)'과 '현대'를 어떻게 해석할 것인가에 대한 문제가 제기된다. 사전적 의미로 단어 '게로이(герой)'는 자기희생이나 용기가 특별히 뛰어난 사람, 또는 예술작품의 주인공, 또는 한 시대와 환경의 성격들을 대표하는 사람으로서의 의미를 지닌다. 다의적인 이 단어를 우리말로 번역한다면 '영웅', '주인공', '초상'이 될 수 있다. 이 소설의 주요 인물들인 페초린, 그루시니츠키, 그리고 불리치는 모두 영웅주의에 사로잡혀 있는 인물들로 그려진다. 페초린은 '영웅'이라는 낭만적 가면을 쓰고 광대와 악마의 역할을 한다. 그루시니츠키는 "소설의 주인공이 되고자 하는" 욕망을 가진 우스꽝스러운 영웅으로 서술된다. 불리치는 주변의 동료들에게 카리스마를 발휘하며 신화 속의 영웅처럼 행동한다. 알다시피 영웅에게 최고의 가치는 불멸의 명성이다. 그러한 명성을 얻으려면 하나뿐인 목숨을 걸고 위대하게 혹은 멋지게 전사해야 한다. 하지만 영웅주의에 사로잡힌 인물들은 모두 의미 없이 우습게 죽는다. 그루시니츠키는 결투로 죽고, 불리치는 귀갓길에 술 취한 카자크인에게 어이없이 살해되며, 페초린은 삶의 공허함을 메우기 위해 여행을 갔다가 페르시아에서 돌아오는 도중에 죽는다. 결국, 그들의 죽음에는 전설이나 역사에 나오는 영웅의 죽음과 같은 상황이 벌어지지 않는다. 이런 식으로 레르몬토프는 그들의 영웅주의를 희화화하고 있다.

하지만 이러한 인물들 가운데 영웅보다는 '현대의 초상'이 될 수 있는 주인공이 있다. 페초린은 오늘날의 독자들도 수긍할 수 있을 정도로 현대적이다. 그는 '현대의 영웅'은 아니지만 '현대의 주인공'은 될 수 있다. 독자들은 '현대의 영웅'이 아닌 '현대의 주인공'을 찾는다. 작가와 독자 모두 영웅의 삶이 아니라, 주인공의 자의식에 주목하고자 한다. 우리는 낭만적 인간으로 간주되는 페초린이라는 문제적 개인의 형상에서 현대인의 모습을 찾아볼 수 있다. 그의 자의식은 현대인들의 자의식과 상통한다. 페초린의 내면세계에 대한 심층 묘사는 현대 인간의 자의식을 그대로 보여 주는 듯하다. 페초린을 통해 현대인들의 치욕스러운 내면세계가 거침없이 발가벗겨진다. 페초린은 스스로를 "정신적 불구자"로 정의할 만큼 분열된 인간이다. 러시아 현대문학에서 자주 보이는 정신분열증 환자들의 증상을 보는 듯하다. 도스토옙스키의 문학에 나타난 현대성이 바로 레르몬토프의 작품에도 그대로 나타난다. 허무와 절망에 빠진 페초린은 불쌍한 현대인 중 하나이다. 소설의 서문에서 작가가 언급했듯이 페초린은 "우리 세대의 완전히 발전된 형태의 악덕들로 형성된 초상"인 것이다. 레르몬토프는 현대인의 초상인 페초린의 영혼을 발가벗겨 러시아 심리주의 소설의 문을 연다.

10. 자연파에서 사실주의로

러시아 문학의 황금시대라 할 수 있는 19세기는 낭만주의에서 시작하여 자연파와 사실주의를 거쳐 세기말의 상징주의로 넘어가는 시기이다. 다양한 문학사조가 꽃을 피운 시기이지만 일반적으로 19세기를 사실주의 시대라 통칭하기도 한다. 그만큼 사실주의는 19세기의 지배적인 문학예술 사조인 것이 분명하다. 그러나 러시아 사실주의를 이해하기 위해 반드시 짚고 가야 할 사조가 하나 있다. 자연파에 관한 이야기를 하지 않고 사실주의를 이야기할 수는 없다.

자연파의 형성과 발전 러시아 문학사에서 1830-1840년대는 운문에서 산문으로 장르의 교체가 일어나면서 산문 장르의 초석이 마련되는 시기이다. 지배적인 사조 또한 낭만주의에서 사실주의로 이행한다. 시에서 소설로의 이행단계에서 산문의 발전을 위해 주도적인 역할을 한 작가가 고골이다. 고골의 출현과 더불어 러시아 소설은 세계문학사에서 새로운 위상을 차지하게 된다. 이때 벨린스키가 고골에 의해 러시아 문학의 새로운 시대가 열렸다고 한 것은 많은 점을 시사해 준다.

> 고골은 우리 문학에 새로운 요소를 가져다주었고 수많은 모방자를 낳았으며, 소설의 역할이 무엇인지를 새롭게 보여 주었다. 러시아 문학의 새로운 시대는 고골에서 시작한다.

러시아 문단은 고골과 벨린스키를 중심으로 자연파를 형성하면서 문학의 새로운 흐름을 만들어 간다. 자연파란 무엇인가. 일반적으로 현실을 미화하지 않고 있는 그대로 지나칠 정도로 상세하게 묘사하는 작가군을 말한다. 그러나 지금까지 자연파에 대한 정의가 이론적으로 명확하게 규명되지는 않고 있다. 그 이유는 자연파의 시간적 경계, 발전단계, 창작 방법, 문체의 특징이 규명되지 않았을 뿐만 아니라 작가들 사이의 예술 원칙이 일치하지 않기 때문이다. F. I. 불가린은 『페테르부르크 모음집』을 검토한 후 『북방의 꿀벌』(1846)이라는 잡지의 비평란에서 '자연파'라는 용어를 처음 사용했다. '자연파'는 '이상세계'보다는 대도시의 '속물성'을 묘사하는 데 더 많은 관심을 보이는 고골 같은 젊은 작가들을 야유하기 위해 붙인 부정적인 의미의 명칭이다. 불가린은 하층계급의 인간만을 묘사하는 문학적 경향을 자연파라 비난했다. 반면에 벨린스키는 이 용어를 그대로 받아들여 '현실을 미화하지 않고 있는 그대로 묘사하는 자연적인 유파'라는 긍정적인 의미로 사용했다. 그에게 자연파는 러시아 문학이 거쳐 온 모든 발전의 결과였다. 무엇보다 벨린스키는 특히 고골의 작품에서 앞으로 러시아 소설의 방향에 큰 영향을 줄 자연파의 강령을 이끌어 낸 것이다. 자연파의 존재 시기는 일반적으로 1840년대를 가리키며, 좀 더 세분하면 1840-44년을 형성기, 1845-48년을 개화기, 1848-50년을 쇠퇴기로 간주한다. 자연파는 러시아 사실주의가 정착할 때까지 사실주의 형성기를 대표하는 문예 운동의 중심축이 된 것이다. 그리하여 자연파를 '전(前) 사실주의'

고골

로 부르기도 한다.

장르와 서술 양식 러시아 자연파 작가들이 즐기는 장르는 오체르크(스케치), 단편, 중편, 장편소설이다. 그중에서도 자연파의 대표적인 주요 장르는 '생리학적 스케치'이다. '생리학적 스케치'란 사회를 분석 가능한 하나의 유기체로 보고 개별적인 유형들로 분류하여 그 유형들의 특징을 상세하게 묘사하는 장르다. 사실 러시아의 자연파는 프랑스의 '에콜 프레네티크'와 그 주변 작가들의 '생리학적 스케치'라는 사회병리를 분석하는 풍속 묘사의 표현 기법을 모방하여 사용했다. 여기서 '오체르크' 장르의 변별적 특징을 살펴볼 필요가 있다. 첫째로 오체르크 작가의 기술 능력이다. 이들은 문학적 소재를 체계적으로 묘사하거나 기술하는 능력이 뛰어나다. 둘째로 인물의 성격 발전이나 갈등이 거의 없이 환경 묘사나 전형 묘사에 집중한다. 셋째로 오체르크 장르에서는 갈등구조가 필요 없기 때문에 슈제트(플롯)가 없는 대신 성격과 환경에 대한 지나칠 정도로 상세한 기술이 지배적이다. 네 번째로 화자의 독특한 역할과 특징적인 모습이 변별적 기준으로 제시된다. 환경, 성격, 통계적 사실 같은 소재는 보통 일인칭으로 등장하는 화자의 시점에 의해 조직되고 화자는 상황의 목격자가 된다. 물론 자연파는 '오체르크' 외의 다른 장르에서도 일상적이고 더러운 세계에 관심을 두고 그러한 세계를 구역질 날 정도로 과장되고 어두운 색채로 묘사하여 더 나은 이상세계를 동경하거나 고무시키려 했다.

자연파의 작품에 나타나는 주요 특징을 정리할 필요가 있다. 첫째로 주인공을 격하시킨다. 즉 주인공을 끌어내려 비천하게 만드는 것이다. 교육받지 못하고 착취당하는 하류층에 속하는 주인공들(하급관리, 수공업자와 하층민)의 어색하고 어눌한 언어를 통해 바닥 생활의 구체적인 모습을 보여 준다. 둘째로 인간 비하와 멸시에 중점을 둔다. 인간을 동물이나 식물에 비유하는 경향이 있다. 그리하여 인간의 추한 면을 과감하게 폭로한다. 셋째로 현실의 밑바닥을 과장한다. 즉 현실의 더러운 면들만을 의도적으로 과장하거나 강조한다. 넷째로 일상생활의 생리적 현상을 강조한다. 일상생활에서 자연적으로 나타나는 인간 개개인의 기계적인 행위(보통 인간들의 습관적인 행동)를 두드러지게 그려 낸다. 자연파 작가들은 먹거나 마시거나 담배 피우거나 배설하거나 코를 풀거나 코 고는 행동들, 즉 인간의 무의식적이거나 무의미한 행동을 과장하여 표현한다. 다섯째로 더러운 풍경을 강조한다. 더럽혀진 자연과 도시의 풍경을 묘사한다. 안개, 비, 먼지, 흙탕물, 오물, 진창, 회색 건물로 더러워진 도시 페테르부르크의 거리가 묘사된다. 도시 '페테르부르크의 생리학'과 더불어 가난한 '작은 인간들'을 다루는 '고골의 생리학'은 문학사적 관점에서 상통한다고 할 수 있다. 여섯째로 장식품의 묘사에 관심이 크다. 인간 자체보다는 옷이나 가구 같은 인간을 둘러싼 장식품에 더 많은 관심을 보인다.

자연파 작가들과 작품들 자연파의 대표적인 작가와 작품은 어떤 것들이 있는가. 달리의 『페테르부르크의 문지기』, 그리고로비치의 『페테르부르크 풍금 장수』와 『가난한 농군』, 네크라소프의 『페테르부르크 골목』, 투르게네프의 『호리와 칼리니치』, 고골의 「외투」와 『죽은 혼』, 도스토옙스키의 『가난한 사람들』과 『분신』 및 『프로하르친』 등이 있다. 문학 연구자들은 자신들의 견해에 따라 고골을 낭만주의 작가, 자연파 작가, 낭만적 사실주의자, 비판적 사실주의자로 평가하기도 한다. 도스토옙스키의 초기 소설 역시 자연파 미학의 요소가 남아 있는 작품이라거나 낭만적 사실주의의 작품으로 분류하기도 한다.

고골의 영향 전체적으로 러시아 사실주의가 고골의 자연파와는 공통점이 별로 없지만, 고골의 영향을 부정할 수만은 없다. 고골의 영향을 요약하면 다음과 같다. 첫째로 러시아 사실주의는 세부묘사에서 고골의 영향을 많이 받았다. 둘째로 러시아 사실주의는 당시 작가들에게 금지된 저속하고 비열한 삶의 단면을 묘사한 고골의 자유로운 서사에 영향을 받았다. 셋째로 러시아 사실주의는 현존하는 삶에 대한 고골의 풍자적 태도를 계승, 발전시켰다. 19세기 러시아 작가들은 일반적으로 무위도식하는 삶과 사회적 악습과 구습에 대한 풍자적 태도를 좋아하는 편이었다. 넷째로 러시아 사실주의자들은 성격, 즉 자기 분석에 관심을 쏟았다. 다섯째로 러시아 사실주의 작가들은 예술적 단순성, 평범하고 일관된 문체를 선호했다. 그들은 아름다운 글쓰기를 피하고, 묘사 대상이나 현실에 부합되는 산문을 좋아했다. 여섯째로 러시아 작가들은 동시대 러시아 현실에서 주제를 선택하는 것이 자기들의 의무라 생각했다. 작가들은 국민의 실제 생활에 민감하고 진지한 반응을 보여야만 했다. 실제 생활에 대한 작가들의 관심은 러시아 소설에 저널리즘적 성격을 부여했다. 일곱 번째로 문학에 대한 정부의 가혹한 검열 때문에 소설은 사회사상의 중요한 대변자가 되었다. 당시 평론가(대다수가 시민비평가)들은 사회적 관점에서 소설을 평가했기 때문에 소설은 분석할 만한 가치가 있는 내용을 담아야 한다고 주장했다. 19세기 유럽 소설과 비교하여 볼 때, 러시아 문학은 시민적, 사회적 색채가 농후했다.

사실주의 시대 러시아 사실주의 문학은 서구 문학의 영향을 수용하면서 자연파 문학을 계승, 발전시켰다. 그것은 러시아 문학이 사회적 요구에 부응하면서 독자적인 행보를 시작했다는 것을 의미한다. 러시아 문학에서 사실주의 시대는 일반적으로 자연파가 쇠퇴하는 1850년대에 시작하여 1880년경에 마무리된다. 대표적인 작가들로는 투르게네프, 곤차로프, 살티코프-셰드린, 톨스토이, 도스토옙스키 등이 있다.

사실주의란 인간을 둘러싼 '현실(실재)'을 있는 그대로 묘사하는 문학사조를 말한다. 사실주의 작가들은 우주나 자연 또는 삶의 현실을 있는 그대로 객관적으로 모방하거나 반영하는 것을 중요한 예술적 목표로 삼고 있다. 다시 말해 사실주의의 기본 정신은 모방 이론에 근거한 재현성이다. 현실 반영이란 관점은 문학이 단순히 상상력의 산물이 아니라 구체적인 현실에서 출발한다는 것이고, 문학작품의 이해가 현실의 여러 모습이나 시대, 나아가서는 역사에 대한 이해를 넓힐 수 있다는 점에서 큰 의의가 있다.

러시아 사실주의는 고골의 자연파와는 조금 다르다. 고골의 자연파는 가장 저속하고 그로테스크한 양상 속에 있는 인간성의 비속한 측면들을 제시했다. 그러나 사실주의는 인간성의 측면성(일면성)에서 벗어나 삶의 추한 면뿐만 아니라 삶 전체를 묘사했다. 사실주의자들은 인간의 희화화보다는 평범한 인간을 묘사하기 위한 만족할 만한 사실주의적 형식을 발견하고자 했다. 그들은 조르주 상드나 디킨스의 작품에 잘 나타나 있는 감상적 형식의 박애주의와 고골 작품에 잘 나타난 풍자에서 벗어나기를 원했다. 러시아 사실주의의 주요 특징은 인간에 대한 동정적 시선이었다. 사실 보통 사람들은 선하지도 악하지도 않을 뿐만 아니라 조금씩 불행하기에 충분히 동정을 받을 가치가 있다. 러시아 작가들의 인간에 대한 연민의 정은 세계문학사에서 인류에게 주는 메시지로 받아들여졌다.

현실비판 의식 19세기 러시아는 현실에 대한 불만을 토로할 수 있는 적절한 제도를 갖추고 있지 않았다. 당시 러시아에는 여론을 형성하고 사회 개혁을 이끌고 나갈 수 있는 합법적인 제도가 없었다. 그리하여 그러한 역할을 담당한 것이 바로 문학이었다. 일찍이 시민사회를 형성한 유럽의 여러 나라와는 달리, 러시아에서는 문학이 철학, 신학, 사회학, 경제학을 대변하고 더 나아가 정치적인 견해를 밝히는 역할을 담당한 것이다. 문학은 그러한 모든 분야에서 인생의 교사이기를 강요당한 셈이다. 문학은 사회와 현실의 결함을 지적하고, 사회가 나아갈 길을 제시하고, 여론을 선동하거나 설교를 하는 역할을 담당했다. 빅토르 에로페예프가 말한 대로 러시아 문학은 '윤리 문학(moralism literature)'이며 '과장된 윤리학(hyper-moralism)'이었다. 러시아 문학은 본질상 현실비판의 문학이며 반체제문학이라 할 수 있다. 그리하여 19세기를 '비판적 사실주의' 시대라 부르기도 한다.

그런 식으로 문학의 도덕적·윤리적·사회적 기능을 강조하는 것이 19세기 사실주의 문학의 특징이다. 러시아의 사실주의 문학은 시대의 어둠에서 형성되었다. 전제정치와 농노제도는 19세기 러시아의 몸에 난 사악한 종기로서 국가 발전을 막고 있었다. 러시아 위정자들은 그러한 제도의 부당함을 바로잡을 노력을 하지 않았다. 그리하여 러시아 지식인들은 농노제도를 기반으로 하는 차르의 전제정치를 타파하고 농노제를 폐지할 것을 강력히 주장했다. 주로 귀족이나 '잡계급(하급관리, 통역관, 교사, 사제의 자제, 신학생, 상인, 예술가 등 다양한 계층의 인텔리겐치아)' 출신의 지식인들이었던 작가들은 자신들의 신분에도 불구하고 현실에 대한 높은 비판의식을 갖추고 있었다. 이들은 러시아 발전을 저해하는 농노제와 지배계급의 문화와 생활 양식을 철저하게 비판했다. 이러한 현실비판 원칙은 고골의 작품 『죽은 혼』이나 『검찰관』에서 분명하게 나타난다. 고골은 가난한 하급관리와 민중에 대한 연민과 동정, 농노제와 관료제도에 대한 항의와 증오를 나타낸다. 러시아 리얼리스트들은 고골로부터 현존하는 삶의 형태에 대한 풍자적 태도를 계승했다. 일반적으로 무위도식적인 삶과 사회적인 나쁜 관례에 대한 풍자적 태도가 19세기 러시아 소설에 고루 퍼져 있다. 고골은 자학에 가깝다고 생각될 정도로 러시아 현실을 낱낱이 응시하는 용기를 보여 주었다.

우리는 러시아 작가들에게서 '하이퍼리얼리즘'의 비극을 볼 수 있다. 『죽은 혼』에서 농노제도 때문에 사회의 기생충과 같은 존재가 된 지주들의 세계를 그린 고골은 이상적인 러시아의 모습을 그려야 한다는 강박관념 때문에, 현실과 이상의 차이로 인하여 정신분열을 일으키고 미쳐 버렸다. 톨스토이는 문학이란 사회에 비도덕만을 만연시킬 뿐이라는 생각에 정신적 위기를 겪은 후 문학을 포기하고 농민 생활을 하기도 했다. 체호프는 자신의 작품 속 도덕성의 존재 여부를 고민하다가 생명을 담보로 사할린으로 여행을 떠났다.

사실주의 미학 사실주의의 개념에서부터 미학에 대한 논쟁은 아직도 끝나지 않고 있다. 러시아 사실주의에서는 무엇보다도 현실의 올바른 재현 여부가 예술성의 주된 판단 기준이 된다. 사실주의 작가들은 마치 거울이 사물을 비추어 내듯이 그렇게 삶의 모습을 그대로 모방하거나 재현시키고자 노력한다. 그리하여 사실주의는 현실의 세부묘사에 특별한 관심을 쏟는다. 그것은 외부 사물에 대한 세부묘사일 뿐만 아니라, 한 인물의 모습과 행동에 대한 세부묘사이다. 현실 묘사는 추상적이고 상징적 성격을 벗어나며, 동시에 자연주의의 지나친 세부묘사를 배제한다. 사실주의의 세부묘사는 생생한 현실성을 가지고 문학적 주인공을 현실의 인간처럼 이야기할 수 있어야 한다. 세부묘사의 진실성은 인물과 대상의 상세하고 뚜렷한 묘사, 사건이 일어나는 구체적 장소의 묘사, 역사적이고 시대적인 사실에 관한 서술, 생활습관과 세태풍속, 그리고 방언의 특징, 특정 직업에 종사하는 사람들의 특징을 확실하게 재현하는 데 있다. 사실주의는 세부묘사의 진실성 이외에도 당대 현실의 전형적 상황 아래 전형적 인물을 그려 내는 것이다.

19세기 러시아 작가들은 인간의 구체적인 운명을 인간의 본성, 사회관계의 본질, 그리고 삶의 의미에 대한 문제와 예술적으로 조화롭게 연결하고 있다. 그리하여 개인의 삶은 인간의 보편적인 문제로까지 발전해 간다. 사실주의 작품에서 주인공들의 내면세계와 행동은 어쩔 수 없이 시대의 흔적을 반영하고 있다. 작가는 자주 주인공들의 세계관이 당대 사회의 조건에 직접 의존하고 있음을 보여 주거나 시대의 사회적 배경에 특별한 관심을 보인다. 작가는 환경이 성격에 미치는 영향을 밝히고 인간의 정신생활을 구성하는 모든 것을 묘사한다. 그리고 러시아 사실주의 문학은 작가와 독자 사이의 특별한 관계를 기초로 한다. 공적 경험과 개인적 경험, 외적 실재와 내적 실재가 하나라고 믿었던 러시아 작가들은 독자들에게 자신들과 똑같은 경험을 공유하고 있다는 사실을 받아들이도록 요구한다.

민중성 러시아 사실주의 문학의 기본적 전통 중 하나는 민중성에 대한 강조이다. 예술의 가장 기본적인 범주인 민중성이라는 개념은 역사적으로나 사회적으로 아주 복잡한 개념이다. 간단히 설명해서 문학의 민중성이란 '민중의 사상과 정서의 형상'을 그리는 것으로, 민중 누구나 이해할 수 있도록 민중을 위해 단순하고 명료하게 쓴 것을 말한다.

19세기 러시아 문학은 민중성의 토대를 만드는 데 커다란 역할을 했다. 그 당시 러시아의 암담한 현실에서 문학은 민중의 꿈을 반영하는 중요한 형식이었으며 러시아 역사의 전망을 모색하는 사회적 형식이었다. 문학은 민중의 사회의식을 고취했다. 러시아 문학의 민중성에 대한 문제는 농노제와 전제정치에 반대하여 황제에게 반기를 들었던 귀족 혁명가 12월 당원들로부터 시작되었다. 문학의 민중성이라는 개념의 토대를 마련한 사람은 푸시킨이고, 민중성의 개념을 소설로 직접 체현한 작가는 고골이었다. 고골이 말하는 '진정한 민중성'이란 민중의 겉모습을 보여 주는 것이 아니라 민중의 내면세계를 이해하고 솔직하게 담아내는 것이었다. 러시아 작가들은 언제나 민중의 삶 가운데 가장 중요한 문제인 '누가 죄인인가?', '무엇을 할 것인가?'라는 질문에 대답하고자 노력했다.

사상성 러시아 사실주의 문학에 나타나는 특징 가운데 하나는 사상성의 부각이다. 19세기 러시아의 암울한 정치적 상황 속에서 작가들은 자신의 사상적 발언을 문학에 의지할 수밖에 없었다. 이러한 상황은 러시아 문학을 사상성이 높은 문학으로 만들었다. 따라서 문학작품은 당시 현실을 이끌었던 사회·정치·철학사상을 논쟁적으로 반영하는 담론의 장이었다. 특히 투르게네프의 소설 『아버지와 아들』의 주인공 바자로프의 허무주의 사상, 도스토옙스키의 장편소설 『죄와 벌』의 주인공 라스콜니코프의 초인사상, 톨스토이의 대작 『전쟁과 평화』에 나타난 민중사상과 역사철학 등 19세기의 논쟁적 사상들이 작품의 중심이 되었다. 그리고 러시아 작가들은 인도주의 사상을 전 인류에게 보내는 메시지로 간주했다. 그들의 작품은 모든 인간을 평등하고 동등하게 묘사하고 있다. 소설은 중요한 사회사상의 대변자가 되었고, 평론가들은 당시 사회적 문제의 관점에서 분석할 만한 가치가 있고 숙고할 만한 가치가 있는 내용을 담은 소설을 써야 한다고 주장했다. 작가들은 그러한 의무를 잘 수행했다.

11. 러시아 문학이 고골의 「외투」에서 나온 이유

러시아 문학사에서 고골의 출현은 위대한 현상이며 사건이었다. 푸시킨이 시로 러시아 문학의 기초를 닦아 놓았다면 고골은 소설로 러시아 문학을 세계문학 수준으로 올려놓았다고 할 수 있다. 그래서 고골은 러시아 소설 문학의 횃불로 칭송된다. 고골은 천재적인 언어조각가일 뿐만 아니라 문학적 상상력이 뛰어난 작가이다. 푸시킨의 산문이 3차원적이라면 고골의 산문은 적어도 4차원적이다. 그의 독창적인 예술세계를 창조성 하나만 가지고 평가한다면 러시아에서 가장 위대한 작가라 할 수 있다. 라블레나 셰익스피어와 비교해도 손색이 없다. 분출하는 화산처럼 그의 창조적인 폭발력은 문학계를 강타했다. 고골의 창조력을 간파한 러시아 비평가들은 러시아 문학의 기원을 그의 「외투」에서 찾고 있다.

제목의 기원 「외투」는 1839년 유럽 중부의 마리엔바트에서 구상하여 1841년 로마에서 완성한 작품이다. 고골은 우연히 친지로부터 주말 사냥을 좋아하는 하급관리(가난한 장교)의 일화를 듣게 되었다. 어느 날 하급관리는 돈을 절약하여 모은 전 재산으로 비싼 고급 사냥총을 장만했다. 그러나 오리 사냥을 나간 첫날 배에서 졸다가 그 사냥총을 물속에 빠뜨리게 되었다. 이 불행한 사나이는 매우 화가 난 나머지 집에 돌아오자 심한 열병에 걸려 자리에 눕게 되었다. 이를 불쌍하게 여긴 직장 동료들이 돈을 모아 새로운 총을 사 주었다. 그리하여 그 관리는 다시 생기를 되찾게 되었지만, 그때 잃어버린 총을 아쉬워했다는 것이다. 그 이야기가 나올 때마다 관리는 흥분하여 백지장처럼 얼굴이 창백해지곤 했다. 사람들은 이 일화를 박장대소하며 즐겼다고 한다. 안넨코프의 회상에 따르면 이 일화가 고골이 「외투」를 쓰게 된 주요 동기가 되었다는 것이다. 고골이 사냥총 대신 외투를 소재로 이용하게 된 또 다른 이유도 있다. 고골의 편지(1830년 4월 2일)에는 외투 구매에 관한 내용이 상세히 적혀 있었다. 고골은 돈이 없어서 겨울에 꼭 필요한 외투를 살 수 없는 자신의 처지를 한탄했다. 그리하여 그는 겨울 외투 대신 여름 외투를 80루블을 주고 구입한 뒤 간신히 겨울을 날 수 있었다. 작가 자신의 실제 경험과 전해 들은 에피소드가 교묘히 어우러져 이루어진 작품이 바로 「외투」이다. 그러므로 이 제목의 기원에는 가난한 인간의 애절함에 대한 경험이 함축되어 있음을 알 수 있다.

「외투」

아카키의 삶과 죽음 페테르부르크의 어느 관청에 9급 공무원 한 사람이 근무하고 있었다. 그 말단 관리는 작은 키에, 곰보 얼굴에, 불그스레한 머리칼, 근시 눈에 대머리였다. 양쪽 뺨은 쭈글쭈글하였고 안색은 치질을 앓고 있는 듯했다. 이 하급 공무원의 성은 바시마치킨(반장화를 의미하는 바시마크에서 유래)이었고, 그의 이름은 아버지의 이름과 똑같이 아카키였다. 이 이상한 성과 이름은 한마디로 그가 하찮은 사람임을 잘 보여 주고 있다.

물론 관청에서도 그를 존중하는 사람은 아무도 없었다. 수위들은 그가 들어와도 자리에서 일어날 생각은커녕 마치 대합실에 날아다니는 파리를 보듯이 거들떠보지도 않았다. 젊은 문관들도 그를 비웃거나 조롱하기가 일쑤였다. 그러나 아카키 아카키예비치는 문서를 베껴 쓰는 일에만 열중하는 사람이었다.[20] 다른 일을 할 수 있는 능력은 없지만 정서하는 일에 대한 애착과 성실성은 유별났다. 한 자의 오자도 내지 않고 정서를 했다. 주변 동료들은 그를 재미 삼아 놀렸다. 그들의 장난이 지나쳐 도저히 참을 수 없을 때, 겨우 한다는 말이 "왜 나를 못살게 구는 거요? 날 좀 내버려 둬요!" 정도였다. 그 소리는 종종 인간적인 연민을 불러일으켰다.

그러나 자기 운명에 만족하며 평온하게 살아가던 그 아카키에게 뜻밖의 사건이 일어났다. 러시아의 혹독한 겨울 추위가 그의 삶을 바꾸어 놓고 말았다. 그는 너무 오래된 낡은 외투로 겨울의 지독한 추위를 견뎌 낼 수 없게 되었다. 사실 그가 입고 있는 외투는 천이 얼마나 닳아빠졌는지 속이 훤히 비칠 정도였고 안감은 너덜너덜했다. 그것은 '외투'라고 부르기보다는 '누더기'라고 불러야 할 정도였다.

이 외투를 수선해 입는 것이 불가능하다는 재봉사의 말을 들은 아카키는 새 외투를 장만하기 위해 눈물겨운 금욕 생활을 시작하게 되었다. 150루블이나 하는 외투를 마련하기 위해 단돈 일 코페이카라도 아껴 쓰기로 했다. 그의 근검절약은 피눈물 나는 것이었다. 밤마다 마시던 차도 마시지 않고, 밤에 촛불을 켜지 않기 위해 꼭 해야 할 일이 있으면 하숙집 주인 여자의 방에 가서 했다. 거리를 걸을 때면 신발 뒤축이 닳지 않도록 뒤꿈치를 들고 다닐 정도였다.

사실 처음에는 무척 힘이 들었지만, 익숙해지면서 그런대로 견딜 만했다.

20 도스토옙스키는 『지하에서 쓴 수기』에 다음처럼 썼다. "기록하는 것은 실제로 일과 같다. 사람들은 일 때문에 선해지고 정직해진다고 말한다. 적어도 그런 가능성이 있는 것이다."

나중에는 저녁 식사를 굶는 데도 익숙해졌다. 그 대신 아카키의 마음은 머지않아 갖게 될 외투에 대한 희망으로 가득 차 있었다. 그의 삶은 궁핍했음에도 불구하고 새 외투에 대한 강한 희망 때문인지 어쩐지 뭔가 풍요로워진 것 같은 느낌이 들기도 했다. 삶의 반려자가 생긴 듯한 착각까지 들 정도였다.

마침내 아카키가 새 외투를 장만하여 처음 입고 출근하는 날이 왔다. 정말이지 이날만큼은 잊을 수 없는 가장 장엄한 축제 날이었다. 오랫동안 꿈속에 그리던 신부를 얻은 신랑과 같은 마음이었다. 직장 동료들은 새 외투를 입은 아카키를 신기해하며 과장의 집에서 착복식을 해 주기로 했다. 그는 매우 행복한 기분이 되어 집으로 돌아와 황홀한 눈으로 외투를 바라보았다. 그날 밤 불행한 사건이 발생했다. 과장의 생일 파티에 참석하고 돌아오는 길에 인적이 드문 거리를 지나게 되었다. 새 외투를 입은 아카키는 새로운 세상을 보는 듯한 느낌으로 거리를 걷고 있었다. 그런데 어두컴컴한 거리에서 갑자기 아카키 앞에 수염을 기른 강도가 나타나 벽력같은 소리로 말했다. "이건 내 외투야." 아카키는 완전히 얼이 빠졌다. 몇 번 주먹에 맞았다고 생각한 후 정신을 차리고 보니 이미 외투는 사라지고 없었다.

새 외투를 강탈당한 아카키는 다음 날 바로 경찰서장의 집으로 찾아갔으나, 외투를 찾으려는 그의 소원은 경찰서의 권위 앞에서 맥없이 묵살되고 말았다. 사람들은 어느 유력인사를 찾아가 진정하는 수밖에 없다고 충고했다. 유력인사를 어렵게 만난 아카키는 외투를 다시 찾게 해 달라고 간청했으나, 고관은 아카키의 청이 너무 무례하다는 생각이 들어서 이렇게 말했다.

> 여보게, 일에는 순서가 있다는 걸 모르나? 여기가 어딘 줄 아나, 응? 그런 것은 먼저 사무과에 신청서를 제출하고 그 진정서가 과장과 국장을 거쳐서 비서관에게 가야 하는 거야. 그러면 그 비서가 검토한 후에야 나한테 넘어오는 거지. 자네는 지금 누구하고 얘기하고 있는 줄이나 아나? 내가 누군 줄이나 아냔 말이야, 엉?

아카키는 완전히 당황한 나머지 유력인사의 방을 빠져나왔다. 정신이 나간 아카키는 집에 간신히 돌아왔으나 절망 끝에 심한 열병을 앓게 되었다. 결국, 불쌍한 아카키는 숨을 거두고 말았다. 페테르부르크의 거리는 아카키라는 인간이 언제 존재라도 한 적이 있었느냐는 것처럼 아무런 변화가 없었다. 그러나 아카키의 이야기는 이것으로 끝나지 않는다. 그가 죽은 후, 페테르부르크 거리에 밤마다 말단 관리의 모습을 한 유령이 나타나 외투를 찾아 헤매고 있다는 소문이 돌았다. 그 유령은 외투 모양을 한 것이라면 닥치는 대로 빼앗아 간다고 사람들은 말했다. 어느 날 그 유력인사는 마차를 타고 가다가 유령을 만나게 되었다. 썩은 시체 냄새를 풍기던 그 유령이 "드디어 네놈을 만났구나. 네 외투가 필요해!" 하고 소리 지르는 바람에 완전히 겁에 질린 유력인사는 외투를 벗어 던지고 집으로 도망치고 말았다. 그 사건 이후로 유령에 대한 소동은 진정되었지만, 사람들은 아직도 페테르부르크에 유령이 돌아다닌다고 수군댔다.

고골의 「외투」는 모음집 『페테르부르크 이야기』에 나오는 다섯 편 가운데 가장 늦게 쓰인 작품이지만 러시아 문학사에 가장 인기 있는 담론의 장을 만들어 놓았다. 고골 작품을 일정한 문학 전통(고전주의, 낭만주의, 자연주의, 사실주의)과 연계시키려는 노력이 있었고, 정신분석학적 방법론으로 해석하려는 견해도 있었다. 또한, 형식주의나 구조주의 이론으로 해석하려는 경향도 있었으며, 주제적인 측면에서 민속문학 및 종교문학(성자전 등)과도 연결하려는 시도가 있었다. 이와 같은 다양한 담론은 고골 작품에 대한 해석의 지평을 넓혔다. 어쨌든 우리는 이 작품에 대한 다양한 비평과 평론을 통해 작품을 더 재미있게 읽을 수 있다.

인간의 존엄성과 가치 러시아 문학사에서는 오늘날까지 고골을 관례적으로 자연파 작가나 사실주의 작가라고 서술하고 있다. 이는 「외투」가 갖는 사실성에 주목하여 이야기하는 고전적 시각의 해석에서 나온 말이다. "우리는 모두 고골의 「외투」에서 나왔다"라고 한 도스토옙스키의 말은 19세기의 고전적 시각을 보여 준다고 할 수 있다. 고전적 시각에서 「외투」는 사회적 관심이 강하게 나타나는 문학의 시발점으로 간주된다. 다시 말해 모욕받고 상처 입은 자들에 대한 문제의식을 담고 있는 문학의 출발을 「외투」라고 본다.

비평가들 대다수는 주로 '인도주의적 표현(humane passage)'에서 고골의 의도를 찾고 있다. 동료들이 심한 장난을 쳐서 도저히 참을 수 없을 때, 겨우 "왜 나를 못살게 구는 거요? 날 좀 내버려 둬요!" 하고 말하는 아카키의 목소리에는 어쩐지 인간적인 동정과 연민의 정을 불러일으키는 무엇인가가 있다는 것이다. 아카키의 호소는 인간의 존엄성과 가치에 관한 개인의 마지막 항변이다. 비평가들은 아카키를 불쌍한 존재로 평가하고 그의 가혹한 운명에 동정을 보낸다. "나도 당신의 형제가 아닌가"라는 아카키의 말은 연민의 정을 불러일으킨다. 비록 아카키가 하찮은 존재일지라도, 그 역시 존엄과 가치를 지닌 인간이라는 것이다. 말하자면, 이 '인도주의적 표현'이라는 문구에는 우리가 모두 형제라는 함축의미가 들어 있다. 여기서 작가는 수직적인 계급사회보다는 수평적인 '형제애'에 희망을 건다. 더 중요한 것은 '형제애'는 이웃 사랑의 '인류애'로까지 발전할 수 있다는 점이다. 작가는 아카키의 말을 통해 피가 섞이지 않은 타인에게도 진정한 기독교적 '형제애(인류애)'를 발휘해 줄 것을 호소한다. 고골은 '형제애'에서 인간 구원의 희망을 찾고 있다.

엄청난 희생을 치른 끝에 외투를 마련했으나 불쌍하게 죽어 버리는 소심하고 자폐적인 하급관리 아카키는 당시의 '작은 인간(소시민)'의 전형이었다. 고골은 눈에 띄지 않게 고통을 받고 사회적 불공정 속에 던져진 온순하고 유약한 희생자들인 '작은 인간'의 세계, 가난하고 초라하고 비참하며 '학대를 받고 모욕을 당하는' 영혼들의 세계를 그리며 러시아 문학의 새로운 지평을 열었다. 이러한 '작은 인간'의 형상은 문학적 전형이 되어 고골 이후 많은 작가의 모델이 되기도 했다. '작은 인간'에 대한 고골의 관심은 투르게네프, 도스토옙스키, 네크라소프, 톨스토이, 그리고 부닌의 반향을 불러일으켰다. 고골 이후 러시아 문학이 천대받고 불행한 사람들의 영혼에 대한 애착과 사랑, 그리고 가난한 형제에 대한 박애와 사랑을 표현하기 시작한 것이다. 그리고 러시아 문학은 인간의 존엄성과 가치를 위한 투쟁에 나선다. 바로 이 점이 그의 위대한 공적인 것이다.

고골의 작품에는 소란스럽고 유쾌한 분위기의 뒷면에 절망과 파멸의 느낌이 숨어 있다. 그는 어둠의 힘이 지배하는 세상을 바라본 것이다. 그는 "우리의 삶을 에워싸고 있으나 무심한 눈에는 보이지 않는 매우 강렬한 인상을 주는 사소함의 극치와, 자잘하고 무심한 평범한 인물들의 속마음 등 숨겨진 모든 것을 밖으로 드러내는 데" 탁월한 능력을 지니고 있었다.

형식과 구조 「외투」의 형식과 구조에 대한 담론을 이야기할 수 있다. 대표적인 것은 러시아 형식주의자들의 연구이다. 예이헨바움은 「외투」의 구성적 특성을 잘 지적했다. 그는 그로테스크가 소재나 슈제트에 의해서가 아니라 화자의 언어유희로 나타난다고 했다. 화자는 러시아 특유의 스카즈(сказ, 구연서술)라는 서술기법으로 이야기를 전개한다는 것이다. 화자는 동음이의어로 언어의 유희를 즐긴다. 고골의 정교한 언어의 조탁과 현란한 재담은 잘 알려져 있다. 그의 작품을 제대로 이해하려면 미묘한 행간의 함의를 파악해야 한다. 치젭스키는 「외투」에서 자주 사용하고 있는 단어 '조차(даже)'(73번 등장)에 대한 관심을 보여 주었다. 이 단어는 작품 전체 구성에 있어 중요한 의미 형성을 위해 의도적으로 사용된 것이다. 이 소설의 구조는 주인공의 죽음을 경계로 두 부분, 즉 '사실적인' 시작과 '환상적인' 결론 부분으로 이루어진다. 두 번째 부분에서 환상적인 요소의 나열은 이 작품의 사실성에 대한 문제의 설정을 망설이게 만든다.

관료제도와 서열제도 18세기부터 19세기 초반의 러시아는 표트르 대제(재위 1682-1725)가 단행한 개혁으로 급격한 변화를 겪는다. 1722년 표트르 대제는 국가의 기강을 세우고 체제의 일반 원칙을 실현하기 위해 관등표를 작성하여 공표했다. 관등표는 문벌(혈통과 유명세)에 따라 직위를 부여하던 과거의 관행에 종지부를 찍었다. 사실 과거의 복잡하고 혼란스러운 관행은 수많은 불화와 소동과 재판을 야기하곤 했다. 표트르 대제의 이상은 규범이 지배하는, 다시 말해 법으로 통치되는 국가의 건설이었다. 그 안에서는 모든 삶이 법제화되고, 법에 의해 지배되며, 기하학적인 균형에 따라 배열된다. 또한 정확하고 일사불란한 관계로 정비되고, 모든 것이 조사되어 근거를 갖게 된다. 그러나 그의 이상은 러시아적 삶의 주된 악덕이자 기본 특성 가운데 하나인 심각한 관료주의를 초래했다. 관료제도는 표트르 대제 시대의 삶의 문화, 즉 페테르부르크적인 삶의 형태를 낳았다.

관등표란 무엇인가? 입법자의 기본적인 생각은 전체적으로 보아 매우 건전한 것이었다. 표트르의 본래 의도는 직무와 명예가 서로 상응하도록 하는 것이었다. 직무는 혈통의 고귀함이 아니라 국가에 대한 공헌과 능력에 따라 결정되어야 했다. 즉 사람은 누구나 자신의 능력과 업무에 대한 실제적 공헌도에 따라 직위를 차지해야 한다는 것이었다. 관등표는 봉직상의 위계에서 개인이 차지하는 자리에 따라 사회적 지위를 결정했다. 관직에서 그가 차지하는 자리는 이상적으로 볼 때 차르와 조국에 대한 그의 공로에 상응하는 것이어야 했다. 표트르 대제는 관등에 따라 '경의 표현'의 정도가 결정된다는 원칙을 확립했다.

> 관등이 높은 자일수록 그에 합당한 명예를 요구할 수 있다. 자신의 관등에 주어지는 것 이상으로 경의 표현을 요구하는 자나 수여받은 관등보다 높은 자리를 제멋대로 차지한 자에게는 각각의 경우마다 두 달 지급료에 해당하는 벌금을 물린다.

관등표는 모든 공직을 무관, 문관, 궁정관의 세 부류로 구분했다. 무관의 경우 다시 육군과 해군으로 나누었다. 여기서 근위대는 별개였다. 모든 직위가 14관등으로 나누어졌는데, 그중 상위 다섯 관등은 장성급에 해당되었다. 육군의 5등관은 준장급이었으나 나중에 폐지되었다. 6-8등관은 영관급이었고, 9-14등관은 위관급이었다. 모든 관직에 해당하는 등급을 표시하는 관리등급표는 다음과 같다. 이 관등표는 1917년 볼셰비키 혁명 때까지 변동 없이 시행되었다.

〈표 1〉 러시아 관등표

	일반 관리	군인	호칭
1등관	재상(국무총리)	총사령관	각하
2등관	장관급	대장	각하
3등관	차관급	중장	각하
4등관	국장급	소장	각하
5등관	5급 문관	—	각하
6등관	6급 문관	대령	(최고) 귀하
7등관	7급 문관	중령	(최고) 귀하
8등관	8급 문관	소령	(최고) 귀하
9등관	9급 문관	대위	귀하
10등관	10급 문관	중위	귀하
11등관	11급 문관	—	귀하
12등관	12급	소위	귀하
13등관	13급	—	귀하
14등관	14급	—	귀하

'관등표'는 무관의 직무를 특권적인 것으로 만들었다. 이것은 무관의 경우 14등관 모두에게 세습 귀족의 권리가 부여되는 반면, 문관의 경우 세습권은 8등관부터 주어졌다는 사실에서 알 수 있다. 즉 무관 중에서 가장 낮은 관등

인 위관도 후손에게 귀족의 권리를 물려줄 수 있었던 반면, 문관이 그렇게 하기 위해서는 8등관이나 7등관으로 올라갈 때까지 계속해서 복무해야 했다. 이에 대해서 관등표 관련 법안 제15조는 다음과 같이 말하고 있다.

> 무관직으로 위관의 직위에 오른 자가 귀족이 아닌 경우, 해당 지위를 얻은 시점에서 본인은 귀족이 되고 그 후에 태어난 자식도 귀족이다. 반대로 복무 기간 중에 태어나지 않았거나 그 이전에 출생한 자식들의 경우에는 부친이 요청한 한 명의 아들에게만 귀족 신분을 부여한다. 기타직에 관해서는 문관이든 궁정관이든 관등표상의 귀족이 아닌 자는 그 자식도 귀족이 될 수 없다.[21]

관등표의 단서조항은 무관직을 중시하는 태도를 보여 준다. "무관이든 문관이든 궁내관이든 간에 모든 관리에 대한 관등표는, 관리의 순위를 정하는 데 있어, 동일한 등급에 속하는 자의 경우는 관등을 받은 시기의 선후에 따라 그 순위를 정한다. 하지만 서로 다른 관직 부분일 경우는, 취임 시기에 상관없이 무관에게 우선한다." 또 다른 사실 역시 특징적이다. "표트르는 무관에게는 1등관을 수여한 반면(육군의 경우는 육군 원수, 해군의 경우는 해군 대장), 문관과 궁정관의 경우에는 제1등관의 자리를 비워 두었다. 후에 원로원은 그 같은 조치로 인해 러시아의 외교관들이 외국 궁정관과의 교섭에서 지위상 불균형을 초래할 수 있다고 염려를 표시함으로써 문관의 경우에도 제1등관이 필요함을 설득했다. 그리하여 최고 문관이 생겨나게 되었다. 궁정관의 경우 계속 최고관등이 없는 채로 남아 있었다." 무관직은 진정한 귀족적 직무로 여겨졌다. 반면, 문관은 고상한 복무로 여겨지지 않았다. 문관직은 '관

21 유리 M. 로트만, 『러시아 문화에 관한 담론: 러시아 귀족의 일상생활과 전통』, 김성일·방일권 옮김, 나남, 2011, 52쪽.

청 서기 보좌관'이라고도 불렸으며, 항상 '잡계급' 출신이 많았다. 따라서 문관직을 기피하는 경향이 있었다. 외교관직은 예외여서 고상한 직업으로 여겨졌다. 알렉산드르 1세와 니콜라이 1세의 시대에 가서야 문관은 어느 정도 장교와 비슷한 사회적 존경을 받기 시작했다. 그럼에도 불구하고 페테르부르크 시대가 끝나 가는 시기까지도 당국은 정직한 행정가나 전문가보다는 근위대 장교를 선호하는 경향이 있었다.

문관보다 무관이 더 존중받는 데에는 또 다른 중요한 이유가 있었다. 관등표는 국가통치에 필요한 군사적 성격의 관료기구를 만들어 냈다. 국가의 권력은 장교와 관리, 이 두 부류의 인물들을 기반으로 했다. 그러나 이 두 기둥의 사회문화적 특성은 서로 달랐다. '관리(чиновник)'는 그 명칭 자체가 '관등(чин)'을 어근으로 하고 있다. 관등은 중세 러시아어로 '질서'를 의미했다. 비록 관등이 표트르 대제의 의도와는 달리 매우 급속하게 실제 인간의 복무와 유리되어 거의 비밀스러운 관료사회의 허식으로 변질되어 버렸지만, 그 허식은 동시에 매우 실제적인 의미도 있었다. 관리는 급료를 받는 사람으로서 그의 안녕은 국가의 안위와 직접 연결되어 있었다. 그는 통치국가에 종속되어 있었다. 급료와 관등에 종속되어 있는 관리는 러시아에서 가장 믿음직한 국가의 종이 될 수밖에 없다.

표트르 대제는 혈통보다는 직위와 직책에 따라 귀족의 서열을 구분하고, 일반인에게도 국가에 대한 봉사의 대가로 귀족의 지위를 부여하는 서열제도를 제정했다. 서열제도는 14등급으로 구분된다. 귀족들의 위계질서는 군대처럼 엄격했고, 그들의 생활 방식에 깊고 지속적인 영향을 미쳤다. 귀족들은 서열에 대한 강박관념을 갖고 있었다. 서열마다 고유의 제복이 있었다. 흰 바지에서 검은 바지로, 붉은 리본에서 푸른 리본으로, 은실에서 금실로 바꾸거나, 혹은 단순히 줄무늬를 추가하는 것 같은 승격은 위계질서가 잘 확립되어 있는 귀족들의 생활에서 중요한 의미를 부여했다. 그리고 서열마다 고유한 칭호와 호칭 방식을 갖고 있었다. 즉 정점에 있는 1등관과 2등관의 귀족에겐 '최고 각하', 3등관과 4등관 서열의 귀족에겐 '각하'라는 칭호를 붙였다. 또한 각 서열의 귀족들은 자신보다 늙거나 젊은 사람들을 어떻게 불러야 하는지를 구분해 놓은 엄격하고 정교한 예법을 따랐다. 나이 든 귀족이 젊은 귀족에게 편지를 쓸 때는 단순히 성(姓)으로 서명할 수 있었지만, 답장을 쓰는 젊은 귀족은 성에 직함과 서열을 명기해야만 했다. 그렇게 하지 않을 경우, 스캔들이나 모욕으로 생각하여 결투로 이어졌다. 서열에 따른 예법은 공직에 있는 귀족이 종교 축일은 물론 명명일(이름기념일)과 가족 생일에도 자신보다 높은 공직자의 가정에 존경을 표시할 것을 요구하고 있다. 무도회와 공식행사에서 연장자가 서 있는데, 젊은 사람이 앉아 있는 것은 큰 잘못으로 받아들여졌다. 따라서 극장에서 하급공직자들은 공연 중에 상급자가 들어오는 경우 좁은 좌석에서 기립해야 했기 때문에 모든 공직자는 늘 근무 중이라는 말들이 전해졌다. 서열은 상당한 물질적 특권도 수반했다. 역참에서 말은 여행자의 신분에 따라 엄격히 차등 배정됐다. 연회에서 음식 역시 서열에 따라 배분되었다. 높은 서열의 손님에게 음식을 접대한 후 더 낮은 서열에게 제공하기 때문에 아래쪽 끝에는 음식이 전혀 제공되지 않는 경우도 생겼다. 그런 식으로 당시의 사회적 위계질서는 서열에 따라 구분되었다. 그리하여 벨린스키 이래의 사회학적 역사주의 비평가들은 19세기 초 러시아 사회 상황을 고발하는 비판적 사실주의 입장에서 고골의 「외투」를 설명하고 있다.

'작은 인간'이라고 불리는 소시민들을 나약하고 소외되고 무력한 존재로 만든 것은 19세기 관료제도였다. 고골이 바라본 러시아 사회는 관등의 세계였다. 19세기의 관등은 사실주의적 관점에서 빠지지 않고 거론되는 중요한 담론이었다. 관등은 이 소설의 지배소(доминанта)로서 소재이자 테마로 등장한다. 고골의 주인공들에 대한 소개는 관등으로 시작한다. 그들의 성격은 마치 관등의 성격과 일치하는 것처럼 소개된다. 소설 전체를 통해서 성격과 관등의 위치를 끊임없이 연결하고 있는데, 이로써 관등의 문제가 외적 계급

차원의 문제가 아니라 인간 내면의 문제와도 긴밀하게 연관되어 있음을 알 수 있다. 거리를 지나가는 것은 사람이 아닌 마치 7급이나 9급 또는 14급 인생인 것처럼 느껴진다. 관등을 나타내는 숫자는 이미 생명 있는 것의 생명을 없애고, 그 자신이 하나의 생명을 획득한다. 관등은 인간을 지배하는 유일한 활동체가 된 것이다. 관등 숫자의 날줄과 씨줄로 잘 짜인 빈틈없는 공간, 그 막힌 도시 공간에 인간들이 갇혀 있다. 사람과 사람 사이의 관계 설정을 관등으로써 하고 있는 것이다. 인간은 관등의 노예로 전락한다. 관등의 세계에서 인간은 이미 죽었다. 살아 있는 것은 인간들이 입고 있는, 관등을 나타내는 옷이다. 고골의 시선은 바로 이러한 관등이 지배하는 세상에 그 초점이 맞춰져 있다. 현실에서 유력한 인사는 가해자로, 9급 관리인 주인공은 피해자로 등장한다. 그러나 초현실(환상)에서는 가해자와 피해자가 역전된다. 아카키의 불쌍한 삶은 관료제도로 특징지어지는 당대의 지배구조가 만들어 낸 것이다. 그리하여 「외투」는 관료주의가 만들어 낸 속물근성에 대한 폭로이기도 하다. 관등에 대한 비판적 리얼리즘의 시각이 「외투」 속에 잘 나타나 있다. 관등에 대한 비판과 풍자는 결국 사회제도에 대한 비판이며 풍자이다.

현실과 환상의 미학 고골은 현실과 환상을 교묘하게 결합하여 새로운 의미를 창출한다. 가난, 관등, 기후 등과 같은 현실적 사건은 끝에 가서 유령의 등장으로 새로운 국면에 부딪히게 된다. 아카키는 죽어서 잘못된 것을 바로잡기 위해 귀신으로 되돌아온다. 이런 결론은 낭만적인 귀신 이야기나 성자전에 비해 매끄럽지 못하다. 외투를 강탈하는 유령은 주민들을 공포로 몰아넣는다. 아카키는 죽음을 통해서 비로소 삶 속에서의 무능과 순진성을 극복한다. 고전적 관점에서 볼 때 「외투」는 인도주의적 성향의 사실적이고 비극적인 소설이다. 그 안에 환상적인 요소를 지닌 것은 사실이나 그런 요소가 작품의 진면목을 이해하는 데에는 별로 도움이 안 된다. 러시아 비평가 로

자노프도 19세기 급진적인 비평가들의 사실주의적 해석을 부정했다. 그에 의하면 고골은 사실을 묘사하는 것이 아니라 사실을 무한정으로 확대하거나 제거해 버린다는 것이다. 당시의 문학 풍토로 볼 때 로자노프의 견해는 획기적인 것이었다. 하지만, 20세기에 이르러 나보코프는 고골을 높이 평가하여 '고골의 4차원의 산문에 비하면 푸시킨의 산문은 3차원'이라고 주장하면서 고골의 작품에 비(非)유클리드 기하학의 개념을 적용했다. 정형화된 비평적 시각을 거부하는 나보코프의 견해는 아주 독창적인 관점을 제시했다. 그는 「외투」를 아카키라는 인물이 원래의 정체였던 유령으로 회귀해 가는 과정에 관한 이야기라고 해석했다. 그가 외투를 착용하면서 그의 정체성이 해체되어 가는 것으로 본 나보코프의 견해는 인간과 유령의 존재에 대한 기발한 분석이다. 그의 말에 의하면 아카키는 우연히 불쌍한 관리로 변장하게 된 유령인데, 이를 모든 사람이 알아차리지 못하고 있다는 것이다. 그는 이 이야기가 우연히 인간의 몸 안으로 들어온 유령이 끝에 가서 인간의 육체를 벗어나 자신의 유령 세계로 다시 돌아가는 과정이라고 해석한다. 아카키의 모든 행동이 유령의 그것과 유사하기 때문이다.

고골은 현실을 사실주의적으로 묘사하면서도, 동시에 지극히 환상적이며 비현실적으로 묘사한다. 「외투」에서 마지막 유령 장면을 제외한다면 고골의 사실주의에는 아무런 문제가 없다. 그러나 외투가 한 인간을 죽음으로 몰아넣고 그가 유령이 되어 나타난다는 이야기를 사실적이라고 하기에는 한계가 있다. 그것은 이미 환상적 사실주의의 차원으로 전이된 세계인 것이다. 「외투」의 유령, 「코」와 「초상화」의 초현실적인 사건, 그리고 「넵스키 거리」와 「광인일기」의 정신 이상 등은 실제로 존재하는 현실 세계의 재현이 아니다. 그것들은 실제 현실 세계의 이면을 들여다보기 위해 비현실적이거나 초현실적인 모티프를 즐겨 사용하는 고골의 독창적 세계이다. 「외투」의 마지막에서 아카키의 유령이 출몰하는 부분은 푸시킨의 『스페이드 여왕』이나 「장의사」를 떠올리게 한다. 이러한 환상 세계는 물론 E. T. A. 호프만 등의 독일 낭만주의와 우크라이나 민담의 영향도 관련이 있지만, 고골의 그로테스크하고 독창적인 상상력의 산물이라 할 수 있다.

욕망의 시학 고골의 텍스트에 대해 정신분석학은 작품 속 인간의 내면세계를 분석하려고 한다. 카를린스키와 예르마코프는 프로이트의 심리주의 분석 방법론으로 고골의 정신세계를 탐구했다. 이들은 고골의 세계를 욕망과 열정이라는 주제로 언급하며 외투를 여성성과 연관시켰다. 외투를 성적인 것과 연관 지어 생각하면, '외투(шинель)'는 여성명사로서 아카키의 애인이나 아내로 치환될 수 있다. 아카키는 외투를 마련하면서 다양한 변화를 보여 준다. 마치 그는 배우자를 얻은 양 존재 자체의 충만감을 느끼면서 일상성과 망설임에서 탈피하기 시작하고 삶의 목표가 뚜렷해진 사람으로 변한다. 한편으로 자기 일에 게으름을 부리기 시작하고 다른 한편으로는 성욕을 느끼기 시작한다. 무의식 속에 잠재되어 있던 욕망이 발현한 것이다. 아카키는 파티에 가던 도중 등불이 휘황찬란한 상점 진열장의 포스터를 호기심에 가득 찬 눈으로 바라본다. 거기에는 구두를 벗으려고 날씬한 다리를 허벅지까지 드러내 보이는 미녀와 그것을 훔쳐보고 있는 한 사내의 모습이 그려져 있었다. 그 그림을 본 아카키는 고개를 끄떡이며 피식 웃었다. 화자는 아카키가 어떤 감정이었는지 모른다고 회피하지만 이후 파티에서 나와 한 여자를 쫓아가려던 아카키의 행동은 분명히 성욕에 눈뜬 모습이었다. 외투를 마련하고자 하는 욕망은 여성에 대한 욕망과 거의 흡사하며, 외투 매입 과정은 예쁘고 따뜻한 아내와의 결혼과정과 같다고 할 수 있다. 낡은 외투와 새 외투는 하숙집 노파와 거리에서 만난 여자와 비교된다. 노파는 아카키에게 낡은 외투와 같은 존재로 묘사되기도 한다. 아카키의 외투를 강탈해 간 강도는 그의 연적으로 해석될 수 있다. 유령이 유력인사의 외투를 빼앗자 그 인사는 겁에 질려 애인에게 가려던 계획을 취소한다. 여성에 대한 욕망이 이루어지지 않자 유령이 되어 유명인사의 애인을 빼앗은 결과가 된다.

심리 층위에서 아카키는 직장생활에서의 굴욕보다도 더 큰 어떤 것을 경험하자마자 죽음에 이른다. 외투로 대변되는 여성에 대한 그의 욕망은 이전에는 없던 자의식을 경험하게 하였고, 자의식의 지속적인 발전을 보장했다. 그리고 결국 성적 욕망이 그의 죽음으로 이어진 것이다.

인간의 욕망은 성적 욕망만 있는 것은 아니다. 고골의 작품에서 욕망은 다양하게 나타난다. 욕망을 가진 등장인물들은 자신의 신분과 직분에서 벗어나 더 높은 사회적 지위나 숭고한 가치를 욕망하다가 파멸하게 된다. 아카키가 개인 존재의 인간으로서의 숭고한 가치를 유지하고자 하는 최소한의 욕망으로 파멸에 이르게 될 때 우리는 욕망의 공포를 다시 느끼게 된다. 욕망이 두려운 이유는 그것이 주체를 떠나서도 존재하기 때문이다. 사람은 죽어도 욕망은 죽지 않는다. 아카키의 유령은 새로운 욕망의 주체로 나타났다. 「외투」는 죽은 아카키의 유령이 자신의 외투를 찾기 위해 배회하다가 고위층 인사의 외투를 강탈해 간다는 내용으로 마무리된다. 그런 점에서 이 작품은 피할 수 없는 욕망의 섬뜩한 공포까지도 느끼게 만든다. 결코, 충족될 수 없는 것이 욕망인 만큼 욕망의 세계에선 구원이란 없다. 고골은 당대의 하이퍼 모럴리즘 안에서 욕망을 비판했지만, 욕망으로부터의 해방이나 구원의 메시지까지는 구현하지 못했다.

종교문학과의 상호텍스트성 이 작품의 주제가 열정과 욕망이라고 할 때, 이는 종교와 도덕적인 문제와 깊게 연관되어 있다. 인간 존재의 원칙은 물질이 아닌 영원한 세계의 원칙에 기반을 두어야 한다. 영원한 세계의 중심은 신(神)이다. 인간은 현세적 세계의 물질에 존재의 기반을 두어서는 안 되고 오로지 신에게만 그 존재의 기반을 두어야 한다는 것이다. 이러한 테마는 중세적이고 새로울 것이 없는 교훈적 메시지이다. 그의 작품에서는 욕망 자체가 신에 반한다는 의미에서 문제시되는 것이 아니다. 모든 의미 있다고 평가되는 욕망조차도 가장 비천한 욕망과 차이를 갖지 못하며, 모두 신

앞에서는 덧없고 무의미한 것으로 나타난다는 욕망의 무차별성이 강조되고 있다.

「외투」는 중세적인 종교문학과 긴밀하게 연관되어 있다. 이 작품에는 중세 종교문학에서 특징적인 성자전의 양식들(형식적인 측면과 윤리적인 측면)이 보존되어 있다. 고골은 중세 성자전의 찬양조 서술 양식과 형식 규범(canon)을 자신의 작품 속에 교묘하게 패러디하고 있다. 성자전의 일반적 구조는 ① 가족의 기원과 탄생, ② 어린 시절의 행위, ③ 금욕 생활과 악마의 유혹, ④ 죽음, ⑤ 유품과 관련된 기적, ⑥ 찬사이다. 「외투」에서 고골은 조상의 주제와 주인공의 이름과 관련한 어원의 주제를 결합하여 서술한다. 어원의 문제와 명명 과정이 그리 중요한 것은 아니나 장황하게 설명된다. 정서하는 서기의 역할은 성자전에서 유사한 역할을 하는 수도승의 생활과 연결된다. 주인공의 피나는 금욕 생활과 성(性)의 유혹은 악마의 유혹과 유사하다. 아카키의 죽음은 여러 면에서 성자의 죽음과 변별되지만, 형식 면에서는 유사하다. 죽은 후 둘 다 초자연적인 어떤 힘에 의해 지배된다. 성자는 성령에 의해 인도되고 그의 삶은 신이 보상한다. 성자는 죽은 후에도 사람들의 기억에 오래 남는다. 그러나 아카키는 죽은 후 유령이 되어 복수의 화신으로서 사람들을 공포로 몰아넣는다. 성자전 모티프들이 끊임없이 패러디되는 과정에서 웃음과 조소가 일어난다. 다양한 성스러운 이야기들이 뒤틀린 메아리의 형태로 나타나고 가장 성스러운 것과 신성 모독적인 것이 공존하게 된다.

독일 학자 F. C. 드리센은 16세기 정교회 성자의 전설적인 이야기에서 아카키의 기원을 찾고 있다. 전설에 따르면 성자 아카키는 9년 동안 어떤 장로의 학대를 받다가 죽었다는 것이다. 그 장로는 죄의식에 사로잡혀 아카키가 계속해서 살아 있다는 생각에서 벗어나지 못한다. 어느 날 그는 아카키의 무덤을 방문하게 되었는데 거기서 그의 목소리를 듣게 된다. "복종만 하다가 죽은 사람은 죽을 수 없기 때문에 나는 죽지 않았다!" 아카키의 아버지 이름이 아카키라는 사실은 종종 성자에 대한 전설적 이야기에 힘을 실어 준다. 「외투」에 대한 종교적인 해석은 P. 티르겐의 논문 「고골의 외투와 산상수훈」에서도 나타난다. 그는 산상 교훈, 마가복음, 아우구스티누스의 종교론을 기초로 텍스트를 해석했다. 주인공 아카키는 세속적 욕망에 집착하여 원수를 사랑하라는 그리스도의 가르침을 저버림으로서 몰락하게 되는 비기독교인의 한 유형이다.

사실 고골은 생의 막바지에 이르러 종교적 진리의 탐색에 온 힘을 기울였다. 생애 마지막 10년 동안 집필된 고골의 종교적인 작품들 가운데 「친구와의 왕복 서한」은 유명하다. 말년에 두드러지게 나타난 그의 설교 성향과 광신적 기독교 사상은 주로 그 서한에 잘 나타나 있다. 고골의 서한은 '종교적, 도덕적 이데올로기가 잘 조화된 완결된 시스템'이라 할 수 있다.

악마성의 제문제 고골의 「외투」에서 악마는 인간을 사로잡기 위해 여러 곳에 산재해 있다. 악마는 눈에 확연히 드러나는 것은 아니지만 은밀하게 존재하고 있다. 고골은 여러 민담과 종교 서적 그리고 언어의 미묘한 사용을 통해 악마를 숨기고 위장시켰다. 고골의 언어 그림 속에서 우리는 숨은 악마와 악마적 영혼의 존재를 발견할 수 있다. 고골 작품에 나타나는 악마성은 주로 상징주의자들에 의해 연구되어 왔다. 그들에 의하면 「외투」라는 소설은 아카키라는 소심한 관리가 악마에 의해 외투라는 욕망을 갖게 되고 결국 그 욕망으로 인해 파멸하게 된다는 내용이다. 작품의 배후에 숨어 있는 악마가 주인공의 운명을 파멸로 몰아간다는 것이다. 악마성은 다양하게 나타난다. 고골의 초기 작품에서는 악마라는 초자연적 존재가 작품의 서술 안에 하나의 실재하는 객체로 존재하나 후기 작품에서 악마는 일상의 세계와 인간의 영혼 속에 숨어 있는 것으로 그려진다. 악마는 기후, 연기, 인간의 욕망, 재봉사 등 다양한 기호로 나타난다. 여성에 대한 욕망을 상징하는 외투는 악마에 의해 던져진 유혹의 미끼인 것이다. 우리는 교활한 재봉사인 페트로비치에게서 악마적 모습을 볼 수 있다. 그의 외모는 악마의 모습과 흡사하다. 민담에 의하면 악마는 눈과 귀와 같이 인체에서 중요한 부분이 없다. 페트로비치의 애꾸눈, 보기 흉한 발톱, 술주정뱅이의 이미지에서 악마적 모습을 볼 수 있다. 이 작품에서는 악마의 숫자라 할 수 있는 '4(четыре)'가 등장한다. 4라는 숫자는 페트로비치에 대한 말에서, 코담뱃갑의 뚜껑에 그려진 얼굴 없는 장군에게서, 돈에 관한 이야기에서, 날씨와 주인공의 마지막 운명에서 언급된다. 4의 러시아어 발음 '체티레(четыре)'는 '악마'라는 의미의 러시아어 '쵸르트(чёрт)'와 연관되며, 그 말은 '검은'을 뜻하는 '쵸르니(чёрный)'와도 연결된다. 4라는 숫자는 돈과 결부되어 다시 나타난다. 예를 들어 아카키의 연봉은 400루블이며, 그가 외투를 사기 위해 가진 돈이 40루블이다.

고골은 자연현상, 즉 페테르부르크의 기후를 또 다른 악마성의 코드로 사용하고 있다. 그 도시의 불순한 기후는 러시아 문학작품에서 추위, 안개, 눈보라, 바람, 그리고 홍수처럼 인간을 불행하게 만드는 역동적인 힘으로 작용한다. 이 작품에서 혹한이라는 자연현상은 소설이 시작할 때 지배적이던, 단조롭고 정태적이며 평화로운 일상을 깨뜨리는 플롯 장치의 역할을 하면서 초자연적인 힘으로 나타난다. 페테르부르크에서는 자연이야말로 악마적인 힘이다. 혹한은 주인공에게 최대의 강적이며 궁극적으로 그를 불행하게 만드는 직접적인 요인으로 등장한다. 강추위(мороз)는 아카키에게 새 외투의 필요성을 절감하게 만든다. 그는 어렵게 외투를 구매하고 잠시나마 행복에 빠진다. 그러나 눈보라가 몰아치는 혹한 속에서 아카키는 새 외투를 강탈당해 목숨을 잃게 되고, 유력인사는 유령에 의해 외투를 강탈당한다. 도시의 악마적인 추위는 현실인 동시에 환상이다. 사실 고골의 자연관은 민담을 기초로 하고 있다. 민담에서 겨울의 혹한, 매서운 바람, 눈보라와 폭풍은 악마의 영혼으로 나타난다.

웃음의 미학 인간은 어떠한 존재인가? 인간과 동물은 과연 무엇이 다른 것일까? 이러한 질문은 끝없이 되풀이되어 왔고, 그에 대한 대답 역시 다양하다. 인간과 동물의 차이성을 부각하여 확립시킨 용어들로는 호모 사피엔스, 호모 파베르, 호모 루덴스, 호모 렐리기우스, 호모 폴리티쿠스, 호모 에코노미쿠스, 호모 로퀜스, 호모 그라마티쿠스, 호모 비아토르, 호모 심비우스, 호모 시네마티쿠스, 호모 엑세쿠탄스 등이 있다. 인간이 동물과 다른 점은 이 외에도 얼마든지 많지만 가장 대표적인 것들로서 아리스토텔레스는 인간을 웃는 동물로, 벤저민 프랭클린은 인간을 도구를 사용할 줄 아는 존재로, 에드먼드 버크는 인간을 종교를 갖는 동물로 간주했다. 인간의 다양한 특성을 한마디로 표현하기는 어렵다. 재미있는 정의 가운데 하나가 웃음의 개념을 사용하는 것이다. 17세기 영국의 의학자 토머스 윌리스는 인간이란 유일하게 웃을 줄 아는 동물이라고 했다.

웃음에 관심을 가졌던 사람들은 옛날에도 많았다. 의학의 아버지라 불리는 히포크라테스는 웃음을 치료적 관점에서 파악했다. 유쾌한 웃음은 환자의 질병을 치료하는 데 상당한 효과가 있음을 간과하지 않았다. 서양 속담에 "웃음은 내면의 조깅"이라는 말이 있다. 그만큼 웃음이 정신 건강에 좋다는 말이다. "웃음은 최고의 마케팅"이라는 말도 있다. 웃는 얼굴이 사회생활에서 얼마나 유용한지를 압축적으로 표현한 말이다. 웃음의 전염성을 이야기한 말도 있다. "내가 웃으니 가족이 웃고 세상도 웃어요." 아리스토텔레스 역시 인간을 웃을 수 있는 유일한 존재로 간주했다. 웃음을 척도로 인간을 다른 동물과 구별한 아리스토텔레스는 웃음이야말로 인간이 신으로부터 부여받은 최고의 특권이라고 파악했다. 그의 말에 의하면 어린아이는 태어난 지 14일째부터 웃기 시작하며, 따라서 그는 14일이 되어서야 비로소 인간이 된다. 배화교의 창시자 조로아스터는 이 세상에 태어나자마자 웃기 시작한 유일한 사람이다. 그의 신성은 웃는 능력에서 발견되었다고 할 수 있다. 고대 희랍의 풍자작가 루키아노스는 웃음의 의미를 독특한 상황에서 찾고 있다. 루키아노스는 『죽은 사람들의 대화』와 같은 풍자 작품에서 지옥을 방문한 메니푸스의 이미지를 묘사하는데, 메니푸스는 왕이나 부자와 같은 지상의 왕이나 권세가들이 지옥에서는 그 역할이 전도되어 있는 것을 보고 웃음을 터트린다. 뒤집힌 세계에서의 웃음을 우리는 카니발 웃음이라 한다. 바흐친의 웃음학과 연관 지어 고골 작품의 웃음을 카니발 웃음으로 간주하기도 한다. 고골의 세계에선 웃음만이 '유일하게 긍정적인 주인공'이라 할 수 있다. 프랑스 철학자 앙리 베르그송은 웃음의 속성을 좀 더 정밀하게 관찰하고, 인간을 "비웃는 동물"이라고 했다. 순수하고 맑은 웃음보다는 비웃음이 많은 현대 사회의 실상을 냉철하게 지적한 것이라고 할 수 있다. 고골의 웃음 가운데 가장 자주 볼 수 있는 웃음 역시 비웃음이다. 고골은 인간이든 사회든 조소한다.

니체는 웃음을 삶과 사유의 동력으로 간주했다.[22] 웃음은 고골 문학의 창조적 힘이며 비밀이다. 그는 누구보다도 웃음이 인간 고유의 특성임을 간파했다. 인간이 인간적임은 그에게 웃음이 있기 때문이다. 인간의 본질을 웃음이라고 정의할 때, 그것은 인간 그 자신에 대한 정의도 된다. 그의 소설은 웃음을 떠나 말할 수 없고, 모든 것은 희극적으로 재구성된다. 물론 고골의 웃음은 희극적 상황에서만 생겨나는 것은 아니다. 비극적 상황으로 인식될 수 있는 자리에서도 웃음은 여전히 유지되며 더 빛을 발한다. 그의 작품에선 언제나 불안과 고뇌의 그림자가 점점 짙게 드리워지는 것을 쉽게 볼 수 있다. 그러나 이 비관적 전망에도 고골은 웃음을 잃지 않고 있다. 웃음은 영혼 그 자체, 영혼의 소리인 것이다.

고골의 웃음은 여러 층위에서 각기 다른 울림으로 발산된다. 고답적인 웃

22 니체는 '순진무구한 웃음'을 예찬한 철학자이다. 그는 웃음의 맞은편에 악마가 있다고 상상했다. 니체에 따르면, 이 악마는 항상 엄숙하고 심각하며, 심오하고 당당했다. 웃을 줄 모르는 이 악마가 '중력의 악령'이다. 사물을 나락으로 떨어지게 하는 이 '중력의 악령'들 때문에 인간은 춤과 웃음을 잃는다. 매사에 엄숙, 심각, 심오한 태도는 웃음의 불능을 초래한다.

음, 냉소적인 웃음, 풍자적 웃음, 마법적 웃음, 유혹의 웃음, 음흉한 웃음, 악마의 웃음, 비극을 동반하는 슬픈 웃음, 카니발 웃음, 모나리자의 미소, 염화시중의 미소, 쓴웃음[苦笑], 헛웃음[失笑], 찬웃음[冷笑], 아첨웃음[諂笑], 건성웃음[乾笑], 가가대소(呵呵大笑), 파안대소(破顔大笑), 앙천대소(仰天大笑), 만당홍소(滿堂哄笑) 등이 그러하다. 다시 말해 웃음은 같은 웃음이라 해도 사랑의 미소와 배신의 미소로 구분될 수 있고, 그것은 웃음의 깊이와 넓이를 새롭게 정의한다.

고골의 웃음이 갖는 비밀을 밝혀내려면 이 모든 것에서 찾아야 한다. 특히 「외투」에서 보여 준 웃음은 '눈물로 가려진 웃음(смех сквозь слёзы)'이라고 할 수 있다. '눈물로 가려진 웃음'은 소란스러운 웃음의 뒷면에 숨겨진 절망과 파멸의 느낌을 강조하고 있다. 고골의 웃음은 성경의 잠 22장에 나오는 "웃고 있지만, 눈물이 난다"를 생각나게 한다. 그리고 고골의 웃음에는 언제나 "누굴 비웃는 것은 자신을 비웃는 것이다"라는 메시지가 담겨 있다. 고골의 비웃음은 억지웃음을 동반한 경우가 많다. 사람들은 살아가면서 억지로 웃어야 하는 순간이 참으로 많다. 흔한 예로서 어떤 자리에 외국인이나 지위 높은 사람이 끼면 평소보다 웃음이 많아지는 것을 느낄 수 있다. 외국인이 입을 열면 여기저기서 웃음이 터져 나오고, 높은 사람의 썰렁한 농담 한 마디에도 박장대소가 터진다. 대뇌가 '외국어를 알아들은 것처럼 웃어라' 또는 '안 웃으면 윗사람에게 찍힌다'라고 웃음 중추에 명령한 결과다. 그 억지웃음을 굳이 구별하자면 외국인의 경우는 '건성웃음'이고, 윗사람의 경우는 '아첨웃음'이다. 사회생활에서 우리는 '웃는 얼굴이 무기'임을 너무도 잘 알고 있다. 웃음의 스펙트럼 가운데 '아첨웃음'은 고골 작품의 특징이기도 하다.

인간은 직장에서나 인간관계에서 타인들과 일체감을 느끼지 못한 채 하루하루를 불안하게 살아가는 경우가 많다. 계급과 질서가 우선시되는 관료사회에서 작은 인간들의 삶은 더욱 불안하다. 「외투」는 이처럼 소외와 불안

속에서 살아가는 가련하고 힘없는 사람들의 절망을 날카롭게 파헤치는 동시에 당대 사회의 어두운 이면을 폭로하고 있다. 대도시의 현란함 뒤에 숨어 있는 폭력성과 인간 상실이 여실히 드러난다. 고골은 출구 없는 가난의 덫에 걸린 하급관리(작은 인간)의 현실을 눈물과 웃음의 이야기로 보여 주고 있다.

12. 제유적 상상력: 고골의 「코」를 중심으로

동양화에서는 꽃이 피는 나뭇가지 하나로 봄이 오는 분위기를 창조한다. 예술은 동양화처럼 간결한 표현을 통해 다양한 연상을 일으킨다. 부분에서 전체로 이어지는 연상은 제유법과 무관하지 않다. 좀 더 구체적으로 설명하면 제유는 부분으로써 전체를, 전체로써 부분을, 특수로써 일반을 나타내는 표현법을 말한다. '인접의 비유'라는 점에서 제유는 환유의 한 유형으로 간주되기도 한다. 제유와 환유는 모두 보조관념만이 표면으로 드러나고, 원관념, 상이성, 유사성은 모두 은폐된다. 부분으로써 전체를 나타내는 제유는 '확대 지칭 원리'에 따른 것이다. '확대 지칭 원리'란 사물이나 사람의 한 특징이 사물이나 사람에 포섭되는 원리를 말한다. 제유법에서는 인간의 신체에 관련된 것이 의외로 많다. 고골은 몸의 일부인 코를 이용하여 인간 세계의 불완전성과 비논리성을 폭로하고 있다.

고골의 「코」는 대표적인 환상소설로서 현실과 환상의 만남이 가장 잘 나타나는 작품이다. 몸 일부가 서사적 글쓰기의 대상과 동기가 된다는 것은 고골의 천재적 상상력이 아니면 가능하지 않다. 사람의 코가 어느 날 갑자기 떨어져 나와 '허위와 환영의 도시 페테르부르크'에서 관리의 행세를 하다가 다시 코로 되돌아온다는 이야기는 19세기 소설이라고 믿기 어려울 정도로 혁명적이며 현대적이다. 고골은 '코'를 어떤 미화도 없이 소설화할 수 있었던 러시아 최초의 작가이다. 고전 소설이 모두 인과성을 중시하는 데 반해, 「코」에서 이야기의 인과성은 무시된다. 즉 원인과 결과가 자연스럽게 이어지는 전통적인 소설의 구성방식에서 벗어난다. 전통적 서사구조가 안갯속으로 사라지고 반(反)서사적인 구성으로 파괴되는 것이다.

변신 이야기 페테르부르크에서 참으로 기묘한 사건이 일어났다. 이발사 이반 야코블레비치는 아침에 일어나 식사를 하기 위해 식탁에 앉았다. 먼저 빵을 두 조각으로 자르고 나서 빵 속을 들여다보았더니 놀랍게도 뭔가 하얀 것이 보였다. 조심스럽게 나이프로 그것을 끄집어내어 만져 보았다. "도대체 이게 뭐지? 코가 아닌가! 사람의 코!" 틀림없는 코였다. 게다가 어디서 많이 본 듯한 코였다. 이발사는 어떻게 해서 코가 빵에 들어가 있는지, 그것도 전혀 구워져 있지 않은 채 빵 속에 끼여 있는지 알 수가 없었다. 하는 수 없이 코를 조심스럽게 싸서 거리로 나왔다.

이발사는 이사키옙스키 다리에 이르러 주위를 둘러보았다. 물고기가 많은지 어쩐지 보려고 다리 아래를 내려다보는 척하며 난간 위로 몸을 기대고는, 코를 싼 천을 슬쩍 다리 아래로 집어 던졌다. 이로써 그는 무거운 짐을 내려놓은 듯했다. 하지만 다리 아래에 있던 경찰이 그것을 보고 있었다. 여기서 이야기는 갑자기 안갯속으로 사라진다.

팔등 문관 코발료프는 여느 때처럼 아침에 일어나 천천히 거울을 보았다. 어젯밤 코 위에 돋아난 여드름을 살펴보고 싶었다. 그런데 놀랍게도 코가 있던 자리가 완전히 평평하게 되어 있지 않은가! 놀란 그는 눈을 비비고 다시 보았으나 분명히 코가 있어야 할 자리에 없었다. 서둘러 옷을 입고 경찰국장을 방문하러 집을 나섰다. 가는 길에 손수건으로 얼굴을 가려야만 했다. 먼저 과자점에 들어가 조심스럽게 거울을 들여다보았다. 이젠 코가 돌아와 있겠거니 하고 생각했지만, 역시 아무것도 없었다. "이런 빌어먹을, 코 대신에 아무거라도 있어야 할 게 아닌가!" 하고 소리쳤다. 그는 화가 나서 입술을 깨물며 과자점을 나왔다. 어느 집 문 앞에서 그는 갑자기 멈춰 섰다. 도무지 믿을 수 없는 광경을 목격한 것이다. 코발료프의 눈앞에서 마차에 막

오르고 있던 신사가 바로 자기의 코였다. 이 놀라운 광경을 본 코발료프는 모든 것이 뒤죽박죽되어 혼란에 빠졌다. 온몸이 열병에라도 걸린 듯 부들부들 떨렸다. 더더욱 놀라운 것은 그 코가 코발료프보다 높은 5급 문관의 제복을 입고 있었다는 사실이었다.

코발료프는 코를 따라가 조용히 말했다. "저는 8급 공무원 소령이기 때문에, 코가 없으면 곤란합니다." 코는 영문을 모르겠다는 표정으로 되물었다. "그래서요? 그게 무슨 말씀이시죠?" "글쎄요, 당신이야말로 무슨 말씀을 하시는지…. 당신은, 제 코란 말입니다." 코는 코발료프를 바라보고 얼굴을 약간 찡그렸다. "뭔가 착각을 하고 계시는군요. 나는 그저 나 자신일 뿐예요." 코발료프는 완전히 절망에 빠져 버렸다. 그는 생각 끝에 경찰국장 집으로 달려갔으나, 국장은 자리에 없었다. 다음으로 코발료프가 찾아간 곳은 신문사였다. 신문사에 가서 광고를 낼 참이었던 것이다.

"이름은요?" 하고 신문사 광고국 직원이 물었다.

"아니 이름은 왜요? 이름은 밝힐 수 없어요. 난 아는 사람들이 많기 때문에…. 고관 부인들이 당장 알아 버릴 수 있으니까, 그건 안 돼요. 그냥, 8급 공무원이라든가, 계급이 소령이라고만 쓰시오. 어처구니없는 사기를 당했기 때문에 이 사기꾼을 잡아 주는 사람에게 사례하겠다는 광고를 하려는 거요."

"그 사기꾼은 당신 하인인가요?"

"아니, 그놈은, 바로 내 '코'란 말이오."

"음, 이름이 재미있군요. 그럼 미스터 '코'가 당신 돈을 훔쳐 갔군요?"

"아니, 코라는 건 이름이 아니라, 그건, 바로 내 코란 말이오. 내 진짜 코!"

"아아, 그런 장난 광고는 낼 수가 없습니다."

코발료프는 완전히 절망하였다. 경찰국장에게도 다시 찾아가 보았지만, 뇌물 없이 빈손으로 갔기 때문에 상담도 못 해 보고 거절당하였다. 집에 돌아온 코발료프에게 이사키옙스키 다리에서 이발사를 보았던 경찰이 찾아왔다. 어찌 된 일인지 경찰은 코발료프의 코를 가져와 돌려주었다. 코발료프는 순간 기뻐했으나 문제가 아직 끝나지 않았다. 코를 제자리에 붙일 수가 없었다. 그는 의사를 부르고 할 수 있는 모든 일을 해 보았으나 허사였다.

그동안 코발료프의 코에 관한 소문은 온 도시에 다 퍼져 버리고 말았다. 오후 3시만 되면 사람들은 넵스키 거리를 돌아다닌다는 그 코를 보기 위해 모여들었다. 그런데 사건은 여기서 다시 안갯속으로 빠져 버린다. 어느 날 아침 코발료프의 코가 거짓말처럼 다시 제자리에 돌아와 있었던 것이다. 이 이야기는 어이없을 정도로 이상하고 불가사의한 것이어서 작가도 잘 이해하지 못한다. 하지만 뭔가 생각해 볼 수도 있는 이야기이다. 세상에는 설명하기 어려운 황당무계한 일들이 종종 일어난다.

부조리의 세계 고골은 부조리한 세계와 인간의 소외를 독특한 방식으로 조형한 선구적인 작가이지만, 그의 작품 세계의 실체는 잘 드러나지 않는다. 이 소설은 시작부터 코가 아침 식탁의 빵 속에 익지 않은 채로 들어 있다느니, 코가 걸어 다니느니 하는 황당한 이야기가 아무런 설명도 없이 불쑥 나타난다. 현실에서 일어난 사건들의 인과성을 중시하는 19세기 소설에서는 좀처럼 볼 수 없는 기이한 이야기라 할 수 있다. 게리 솔 모슨은 "코의 모험은 초자연적인 사건이나 환영도 아니다. 그것은 어떤 방식으로도 설명할 수 없고, 어떤 대안적인 논리조차 뛰어넘었다"라고 말한다. 독자는 코의 변신을 어떻게 받아들여야 할지 고민하지 않을 수 없다. 당연해 보였던 것이 의심스러워지는 그 순간 상상력이 잉태되고 창조가 일어난다. 어쨌든 이 작품은 주인공의 현실 세계와 코의 초현실적인 세계를 동시에 그리며 인간의 현실이 얼마나 환상적이며 불안한가를 보여 주는 실험적인 작품이다. 그러므로 고골의 「코」는 믿어지지 않을 정도로 현대적인 작품이다. 카프카의 「변신」(1915)보다도 약 한 세기가 앞선다. 그러므로 이 작품을 읽는 독자는 충격을 받지 않을 수 없다. 지금까지 이 소설은 학자들에 의해 다양하게 해석되었고 독자들로부터도 다채로운 관심을 끌었다. 더 재미있게 읽기 위해서 알아 두어야 할 담론을 정리할 필요가 있다.

제목의 시학 고골은 작품 제목에 남다른 신경을 쓰는 작가였다. 1832-1836년 사이에 쓰인 이 소설의 첫 제목은 「코(Нос)」가 아닌 「꿈(Сон)」이었다. 초판 소설은 주인공의 꿈을 전체 주제로 삼고자 하였다. "여기에 묘사된 모든 것은 주인공 코발료프 소령의 꿈이다. 잠에서 깨어났을 때, 그는 즐거움을 느끼게 될 것이다." 그러나 고골은 본래의 제목을 새롭게 '코'로 변경했다. 꿈이라는 주제는 남아 있지만, 초판에서처럼 꿈이 두드러지게 다뤄지지는 않는다. 코를 뜻하는 러시아어 제목 'нос[nos]'를 거꾸로 읽으면 '꿈'이라는 뜻의 'сон[son]'이 된다. 코에 관한 이야기이지만, 한편으로 주인공의 꿈 이야기이기도 하다. 그런 식으로 제목은 이중적인 함축의미가 있으며 '코'와 '꿈'은 등가의 역할을 한다. 코와 꿈이 등가임을 증명해 주는 말들은 「광인일기」에도 나온다. "코는 볼 수 없으며, 코는 꿈이다. 코는 달에 있고, 코는 지구에서 뭉개져 버릴 위험에 처한 존재이다." 이반이 빵에서 코를 발견한 것이 3월 25일(구력, 율리우스력)이고 코발료프가 코를 되찾은 날은 4월 7일(신력, 그레고리력)이다. 그러나 이날은 똑같은 날이다. 여기서 고골은 구력과 신력이 13(또는 12)일간의 차이가 나는 점을 이용하고 있으나 실제로는 같은 날에 일어난 하룻밤의 꿈이라 할 수 있다. 잠시 러시아의 역법 체계를 알아볼 필요가 있다. 표트르 대제는 1700년에 서구의 역법을 도입한다. 하지만 러시아는 1918년까지 계속해서 율리우스력을 고수한다. 율리우스력에 해당하는 교회력은 세상이 창조된 공상적인 해인 기원전 5509년부터 햇수를 계산한다. 율리우스력은 다른 유럽 국가에서 사용하는 그레고리력보다 13일이 늦다. 시간의 관점에서 러시아 제국은 늘 그렇게 서유럽에 뒤처져 있었다.

꿈은 인간의 상상력을 기초로 해석되는 분야이다. 꿈의 역사를 출발시킨 사람은 프랑스 아날학파의 대가인 자크 르 고프로, 1970년대 초 사회학자들과 인류학자들의 꿈에 관한 연구에서 영감을 받아 꿈을 역사연구의 대상으로 검토하기 시작했다. 그는 고대와 중세의 문헌에 꿈에 대한 기록이 많이 남아 있음을 주목했다. 중세 초기에는 고대 그리스-로마 텍스트 속 꿈에 대한 철학적 내용이 발췌되어 언급되었지만, 시간이 흐르면서 성서에 나타나는 꿈의 비중이 높아지게 된다. 르 고프는 꿈에 대한 중세 사람들의 생각은 얼핏 보면 복잡하기만 하고 체계가 없어 보이지만 그래도 좋은 꿈과 나쁜 꿈에 대한 일반적인 개념이 분명히 존재했다고 주장했다. 13세기가 되면 꿈의 유형학에 있어 인체와 관련된 것들이 훨씬 더 많아지는 경향을 보인다. 이런 현상들을 두고 그는 과거에 꿈은 신성성이나 선과 악의 개념을 주로 투영했지만 13세기부터는 사회 전반에서 인간의 개인에 대한 관심사가 더 커지기 때문에 철저하게 개인의 영역인 몸과 관련된 꿈이 많아지게 되었다고 해석했다.[23]

「코」에서 꿈은 '데자뷔(déjà vu, 기시감)' 현상과도 연결된다. 데자뷔는 기시현상(旣視現像)으로 '언젠가 체험한 듯한 느낌'을 말한다. 데자뷔는 꿈의 일종으로 볼 수 있으며, 전생의 기억이 작용하는 것으로도 볼 수 있다. 언젠가 이미 경험한 것처럼 느끼는 기시감 현상은 어른이나 어린아이 할 것 없이 흔히 겪는 일이다. 현실 세계에서 어떤 사건을 체험하게 되었을 때, 그것에 대해 꿈을 꾸었던 기억이 떠올라서 마치 자기 자신이 직접 경험한 것처럼 느껴진다. 소설에서는 주인공의 꿈이 현실에서 다시 실현되는 것이고 등장인물들은 그것을 마치 현실처럼 받아들인다.

최근에 러시아에서 아주 재미있는 일이 일어났다. 고골의 단편소설 「코」를 기념하여 페테르부르크에 전시된 대형 코 조각상이 소설의 내용처럼 갑

23 Jacques Le Goff, "Dreams in the Culture and Collective Psychology of the Medieval West," *Time, Work and Culture in the Middle Ages*, Chicago: University of Chicago Press, 1980, pp. 201-204.

자기 없어지는 일이 발생했다고 한다. 100킬로그램짜리 대리석 코 작품이 감쪽같이 사라졌다는 것이다. 소설과 현실에서 코의 사라짐은 많은 문제를 일으킬 수 있음을 보여 준다.

언어유희 언어에 대한 예술가의 거대한 작업은 궁극적으로 그것을 극복하는 일이다. 예술가는 지금까지 없던 수단을 발휘하여, 그 언어를 극복해야 한다. 고골은 언어유희의 대가라 할 수 있다. 고골 언어의 신비스러운 힘에 대해서는 이미 많이 논의되어 왔고, 고골에게 따라붙는 수식어도 다양하다. "언어 궁전의 건축가"(비노그라도프), "비대칭형의 바로크 건축가"(벨리), "관료언어의 대가" 등등이 있다. 고골이 편지에서 "보이지 않는 누군가가 나의 필봉을 강하게 휘두르게 한다"라고 한 부분은 스스로도 자신의 문학적 언어가 신들린 것 같다고 여기고 있음을 보여 준다. 블라디미르 나보코프는 고골의 단어와 문장에 대해 마법에 걸린 듯한 불가사의한 힘을 강조했다. "고골 작품을 읽음으로써 눈은 고골화될 수 있고, 사람들은 생각하지 않은 장소에서 그 세계의 단편을 볼 수 있게 된다." 고골 문학의 언어는 암소에서 나오는 농도가 가장 짙은 우유에 비유할 수 있다. 그만큼 고골의 단어는 풍부하고 많은 사상을 담고 있다.

언어의 유희는 이 소설의 제목뿐만 아니라 등장인물들의 이름(캐릭토님)에도 잘 나타나 있다. 주인공 이름 '코발료프(Ковалёв)'는 '대장장이'라는 의미의 '코발(коваль)'에서 유래되었고, '수캐'라는 의미의 '코벨(кобель)'이라는 단어를 연상시킨다. 실제로 코발료프는 개처럼 이리저리 여성의 뒤를 좇아다니며 기회를 살피는 행동을 한다. 좀 더 상세하게 이름을 분석하면 소리상 '코발료프'는 고골의 우크라이나 발음인 '고골료프(Гоголёв)'와도 비슷하다. 또한 고골의 이름 니콜라이의 애칭인 '콜랴'와도 발음상 연결된다. 제목과 이름에서 묻어나는 함축의미만 살펴보아도 고골의 언어 감각이 얼마나 대단한가를 알 수 있다.

가장 일관되게 나타나는 고골 문체의 주요 특징은 언어의 깊고 넓은 의미이다. 첫째로 고골은 독자의 귀에 호소하는 청각효과가 아니라 낭송자의 음성기관에 미치는 감각효과를 극대화한다. 둘째로 그의 산문은 시적인 수사와 그로테스크한 익살로 구성되어 있다. 셋째로 구어체의 억양을 살려 정교하게 리듬을 맞춘다. 넷째로 그는 독특한 언어적 울림을 나타내는 문체를 사용한다. 결론적으로 그는 결코 단순하게 글을 쓰지 않았다.

환상문학 「코」는 환상문학의 대표작이다. 고골은 이 작품 끝에서 직접 "현실이 환상보다 더 환상적일 수 있다"라고 말하고 있다. 이 작품은 도입부부터 환상적 사건으로 시작한다. 흥미로운 것은 고골의 환상문학에서는 환상이 그 자체로만 머무는 것이 아니라 현실과 부단하게 교류하고 있다는 사실이다. 그의 환상은 비현실적인 상황이나 사건을 통해 독자들에게 공포감이나 신비감을 심어 주기보다는 오히려 현실감을 제공한다. 소설 내의 인물들뿐만 아니라 독자들까지 환상을 환상으로서가 아니라 현실의 또 다른 측면으로 받아들인다. 그들의 끝없는 망설임은 환상문학의 본질을 설명해 주고 있다. 독자들은 고골의 인물들과 자아 동일성을 느끼기 때문에 정신없이 웃다가도 그 인물에 대한 동정심을 느낀다. 「외투」에서 환상성이 공포와 그로테스크한 분위기를 자아냈다면, 「코」의 환상성은 유머와 풍자, 그리고 인간의 내재된 욕망의 표출로 표현되고 있다. 출세욕과 여성에 대한 숨겨진 욕망에 빠져 살아가는 코발료프는 오늘날까지도 욕망의 자화상이라 할 수 있다. 인간 삶의 역설적인 표현이다.

사실 고골 작품의 환상성은 유리 만이나 토도로프 등에 의해서 상당히 깊게 연구되어 왔다. 유리 만은 환상성을 설명하면서 반드시 낭만주의에서 이야기되는 초자연적 현상 자체에서 환상성의 요체를 설정하는 것이 아니라 현실성과의 관련을 통해서 사실주의 예술체계 속 환상이 차지하는 위치를 가늠하였다. 그는 환상문학에서 나타나는 환상과 현실의 공존 관계를 분석한다.

소설 곳곳에 환상성을 암시하는 코드들이 많다. 작품의 제목을 거꾸로 읽으면 꿈(сон)인 것처럼 소설 전체가 마치 꿈처럼 이해된다. 이발사 이반 야코블레비치가 빵 속에서 발견한 코발료프의 코를 강에 던지다가 경찰에 들키고 그 후 갑자기 사건이 미궁에 빠진 것뿐만 아니라, 코발료프의 코에 대한 무성한 소문이 갑자기 안갯속으로 사라져 버린 것도 환상적이다. 이 외에도 환상성은 코의 모습에 대한 코발료프의 희미한 기억에서도 잘 드러나 있다. 코발료프는 5등관 관료임을 나타내는 깃털 달린 신사 모자와 금자수가 놓인 제복을 확실하게 기억하지만, 그의 외투 모양이나 마차의 색깔, 하인이 있었는지는 전혀 기억해 내지 못한다. 그러므로 코에 대한 기억은 코발료프의 의식에서 탄생한 환상의 산물이라 할 수 있다.

상징체계 많은 문학 연구가들이 고골 문학이 이루어 낸 상징주의적인 성과를 연구하며 해석의 지평을 확대해 왔다. 그리하여 코의 상징체계에 대한 다양한 담론을 정리해 볼 필요가 있다. 상징은 은유와 달라서 끝내 심상의 틀을 명쾌하게 드러내지 않는다는 것이 가장 중요한 특징이다. 어떻게 보면 상징은 확장된 은유이며 그 반복 형태라고도 볼 수 있다. 고골은 자신의 텍스트 속에서 전통적 상징을 개인적 상징으로 만들어 가기도 한다. 그의 텍스트 속에서 코는 ① 미(美), ② 남근, ③ 무(無)영혼, ④ 자존심, ⑤ 욕망(권력욕과 명예욕), ⑥ 신분, ⑦ 명예, ⑧ 탐욕, ⑨ 허영, ⑩ 텅 빈 세계 등을 상징한다. 따라서 코에 문제가 생긴다는 것은 곧 코가 상징하고 있는 모든 것에 문제가 생긴다는 것이다. 동서고금을 막론하고 코는 그 돌출한 외적 특징 때문에 자주 남자의 성기(phallus)에 비유된다. 이는 '남근중심주의(phallocentrism)'나 '남근숭배(phallicism)'와도 연관되어 있다. 푸시킨의 시에서 남근의 상징이 뱀의 형태로 나타나는 것과 달리, 고골의 이야기에서는 코로 나타난다. 코는 남성의 성기를 상징할 뿐만 아니라 배설행위를 상징하기도 한다. 코의 상실은 남성성의 상실을 상징한다. 이 소설에 등장하는 남자들은 모두 성적 콤플렉스나 '거세 콤플렉스(castration complex)'를 갖는 사람들로서 남성적 매력의 상실에 대한 두려움과 공포를 느낀다. 코발료프는 자신의 이상적인 남성의 이미지를 코를 통해 발견하게 된다. 코가 없어 진 뒤에 그가 제일 먼저 걱정하는 것은 여성들과 만나지 못하는 일이다. 성당에서 만난 아름다운 여성, 신문사에 광고를 내러 갔다가 포스터에서 본 예쁜 여배우, 자기가 자랑하고 다녔던 고관 댁 부인들을 만나지 못하는 것을 가장 걱정한다. 5급 공무원이 된 미스터 코의 의상 역시 커다랗게 세운 칼라와 긴 칼 등으로 대표된다. 옷의 모양에서 우리는 세워져 긴장한 성기의 모습을 쉽게 연상해 볼 수 있다.

프로이트 정신분석에서 거세 콤플렉스라는 용어는 남녀의 성이 해부학적으로 다르다는 사실에 직면한 아이의 반응 속에 나타나는 일군의 무의식적 표상을 가리킨다. 남녀가 다른 성의 해부학적 차이를 아이는 여성의 남근이 잘렸다는 가설로 이해한다. 거세 콤플렉스의 구조와 결과는 남녀에게서 다르게 나타난다. 남자아이는 거세를 자신의 성적 활동에 대한 아버지의 반응이라고 보고 거세 공포를 느낀다. 이 '거세불안(castration anxiety)'은 그의 정신생활에 일생 내내 따라다니는 특징이 되고, 오이디푸스 콤플렉스로서 신체에 대한 위협의 상징이 된다. 반면에 여자아이는 남근의 부재를 고통스럽게 여겨 남근선망의 감정을 갖게 된다. 그 부재는 부정되거나 아니면 남근을 자기 내부에 획득함으로써, 즉 아이를 낳음으로써 극복된다. 프로이트에 따르면 여성은 남성보다 '거세불안'을 희박하게 경험하고, 오이디푸스 콤플렉스도 남성만큼 강하지 않다고 한다.

사물 기호의 세계 고골의 작품에 나타난 사물 기호들 가운데 하나인 칼의 상징적 의미에 대해 의미 지평을 확대할 필요가 있다. 우리는 칼로 사람을 죽일 수도 있고, 칼을 갈거나 부러트리거나, 박물관의 진열장에 전시할 수도 있다. 이러한 경우는 칼을 사물로서 사용하는 것이라 할 수 있다. 그런데 귀족들이 허리에 차고 다니는 칼은 자유로운 인간을 상징하는 '자유의 기호'가 된다. 18세기와 19세기 러시아와 유럽의 귀족들은 가볍고 가느다란 의장용 장검을 허리에 차고 다녔다. 사실상 이 칼은 무기의 기능을 상실했지만, 그 칼 주인은 특권층 계급임을 나타냈다. 귀족계급에 속한다는 것은 일정한 행동 양식과 명예 원칙을 따라야 할 의무가 있고, 예의를 갖춘 복장을 착용해야 할 의무가 있음을 뜻한다. 귀족은 신분계층에 맞추어 예의범절에 어울리는 옷차림을 해야 했다. 이를 어기는 귀족들은 정치경찰이나 황제에게 불안감을 주는 대상으로 전락할 수 있었다. 무기로서의 칼, 복장 일부로서의 칼, 상징으로서의 칼 등 모든 의미를 포괄하는, 다시 말해 귀족계급의 기호로서의 칼은 러시아의 전형적인 귀족문화의 상징이었다.

관등과 계급 문제 사회적 코드인 관등의 문제를 언급하지 않을 수 없다. 이 작품에서는 소령의 관등에 대한 존경심과 고골 자신의 관등에 대한 조롱을 동시에 느낄 수 있다. 인간의 존엄과 가치가 관등에 의해 정해지는 사회는 정상적인 사회가 아니다. 인간의 가치에 대한 평가의 문제를 언급하고자 이 작품에서는 인간 몸의 일부인 코가 사용되고 있다. 여기서 코는 소령 자신보다 몇 계급 높은 상급자로 판명된다. 코는 5급 공무원의 모습을 하고 있었으며 코발료프는 소령으로서 상관을 맞이하는 상황에 처한다. 이러한 상황설정은 관등의 가치를 암시적으로 이야기하고자 하는 것이다. 관등은 존경심, 자부심의 대상이 될 수도 있지만, 반면에 뒤바뀐 상하관계 속에서 조롱의 대상이 될 수도 있다. 고골은 세속적 야망의 산물인 소령이 관등에 어떻게 이끌려 가고 있는지 보여 준다는 점에서 씁쓸한 즐거움을 제공하고 있다. 고골은 소령의 코를 통해 5등 문관의 코를 꼬집고, 더 나아가 관등의 차이가 자기 자신에게조차 당당할 수 없는 자아의 소외와 열등감 콤플렉스를 일으킬 수 있음을 지적한다. 8급 공무원에 알맞은 지위를 확보하기 위해 수도로 진출한 코발료프에게 계급상승은 하나의 강박관념이 되었으며, 특히 나 5등 문관에 대한 그의 관심은 대단한 집착이었다고 할 수 있다. 결국 그의 강박관념은 5등 문관으로 변신한 코로 형상화된다. 코는 코발료프의 관등과 계급에 대한 욕망의 화신이다.

악마성 악마성의 문제를 논할 필요가 있다. 고골의 초기 작품에서부터 후기 작품에 이르기까지 악마성이란 빠짐없이 등장하는 개념이자 이미지이다. 소설 「코」에서는 카오스 자체가 악마성을 부여한다. 괴테의 『파우스트』에서 파우스트 박사가 메피스토펠레스를 보고 "이 혼돈의 아들아"라고 부르는 것을 보면, 카오스와 악마와의 관계성은 쉽게 이해된다. 「코」에서는 처음부터 모든 것이 혼돈으로부터 시작된다. 작중인물들은 상황이 현실인지 꿈인지 구분하지 못한다. 또한 등장인물들 모두가 악마성과 연관되어 있다. 이발사 이반, 신문광고계 직원, 경찰국장, 의사와 경찰관, 여자들 모두가 악마의 꼭두각시들처럼 비논리적, 비합리적으로 행동한다. 고골이 강조하는 것은 비논리성이 결국에는 환상으로 변하며 환상은 언제나 악마적인 것으로 귀결된다는 점이다. 고골의 세계에서 환상의 세계는 결국 악마의 세계인 것이다.

속물성 속물(俗物, пошляк)이란 무엇인가? 속물은 교육을 받았으면서도 세속의 가치를 비판하지 않고 그대로 따르는 천박한 사람이다. 일반적으로 속물은 일상적인 사리사욕에 가득 차 있고, 집단과 시대의 고정관념에 사로잡혀 있는 어른을 가리킨다. 속물은 천박한 인간과 유사한 말이지만 천박한 인간은 하나의 전형이라기보다는 천박한 성격의 족속이라 할 수 있다. 머릿속이 텅 비어 있는 상태의 인간은 의기양양한 속물로서 근엄하면서 천박한 인간이다.

고골 문학의 핵심어인 '속물성'[24]에 대해 구체적으로 살펴보자. 세속적인 가치를 따르는 못난 성질인 속물성은 저질의 극치이자 거짓 소중함, 거짓 아름다움, 거짓 재능, 거짓 매력의 총체이다. 그것은 단순히 고정관념뿐만 아니라 특정 문구, 상투적 표현, 진부하고 오래된 단어를 사용하는 것도 포함된다. 진짜 속물은 이 모든 사소하고 하찮은 것들의 결정체이다. 이 단어에 해당하는 인물은 도덕적 비난과 미적 심판의 대상이다. 정직하거나 진정성 있는 것은 결코 속물성과 관계가 없다. 단순하고 교육을 받지 못한 사람은 의기양양한 속물이 될 수 없다. 왜냐하면, 그것은 문명이나 문화라는 허울(가식)을 전제로 하기 때문이다. 표트르 대제 시절부터 본격화된 유럽 문화에 대한 모방 욕망이 러시아인들의 속물성을 부추긴 점도 있다. 고골이 간파한 러시아인들의 속물성은 다층적이다. 속물성은 농촌보다는 도시에서 더 많이 나타난다. 농부가 비속한 속물이 되기 위해서는 도시인으로 변신을 해야 한다.

고골은 단순한 진리를 탐구하면서 저질스러운 사이비 통찰력과 속물성을 완벽하게 폭로하였다. 주변에 잘 적응하는 체제 순응주의자이면서 사이비 이성주의, 사이비 동정, 사이비 지식으로 가득 찬 전형인 사기꾼은 진정한 속물에 가장 가깝다. 의기양양한 속물이 강조하는 '아름다움, 사랑, 자연, 진실, 정의, 양심' 같은 위대한 단어들은 가면이 되고 탐욕이 된다. 속물들은 감동을 주고받기를 좋아하기 때문에 그 내면과 그를 둘러싼 주변은 온통 사기와 서로에 대한 기만으로 싸여 있다. 속물은 두 가지 욕망 사이에서 갈등한다. 하나는 다른 모든 사람처럼 행동하고, 감탄하고, 다른 사람들이 가지고 있는 것이라면 자신도 같이 소유하고픈 욕망이다. 다른 하나는 특별한 사람들, 조직, 클럽의 일원으로 호텔 특실에 묵고, 환상적인 음식을 대접받

24 '속물성'으로 번역되는 러시아어 'пошлость'는 영어의 'snobbism'이나 'snobbery'에 해당한다. 다른 영어 'banality'보다는 더 평범하거나 진부하고, 'vulgarity'보다는 덜 저속한 개념으로 생각하면 된다.

으며, 귀빈들과 나란히 앉아서 담화를 즐기고픈 욕망이다. 속물은 때로 부와 지위에 현혹되어 그들의 문화를 맹목적으로 받아들이는 허영을 즐긴다. 속물은 예술과 문학에 대해서는 문외한이고 천성적으로 반예술적인 기질을 타고났다. 하지만 정보에 대한 욕구를 충족시키기 위해 잡지를 보면서 거기에 등장하는 인물들과 자신을 동일시한다. 속물은 물욕이 강하여 유용한 것, 물질적인 것을 선호하는 생활 패턴 때문에 광고업계의 표적이 되기 쉽다. 고골이 보여 주는 속물은 전 세계적 현상으로 어느 나라에나 존재한다. 어떻게 보면 우리는 모두 속물성에서 자유롭지 않다는 점을 인정해야 한다. 우리의 속물성은 지상적인 삶의 굴레에 매여 살아가는 인간의 근원적 한계라 할 수 있다.

인간의 속물성을 반드시 도덕적 범주에서만 파악할 필요는 없다. 속물성은 자주 웃음과 혐오를 유발하지만, 그 웃음과 혐오는 그들이 윤리적으로 속악하기 때문에 나타나는 것은 아니다. 고골은 자기 인물들의 속물성이 곧 그들의 도덕적 악과 등가로 인정되어서는 안 된다고 생각하였다. 그들은 악한들이 아니다. 미학적 가치 평가의 범주에서 속물성은 일종의 성격일 뿐이다. 속물성은 상투적 생각, 즉 자신의 독자적인 내면적 지향을 지니지 못한 인물들의 특징이다. 그것은 창조성과 무관하며 일반적이며 상투적인 생각의 모음일 뿐만 아니라 진부한 표현과 속물적 언어의 사용으로 나타난다. 속물성은 중간계급의 보편적 산물이며 순응주의자들의 속성이다. 집단적 성격을 반영하고 모든 게 가짜다. 속물적 인간들은 추상적이거나 형이상학적인 테마에 대해서는 철저하게 무관심하다. 자연파적인 글쓰기가 재현하는 이들의 속물적 일상성은 세계에 대한 주체적 인식과 적극적인 발언의 자리를 마련하지 않는다. 속물적 인간들의 주요 관심은 주로 세속적인 욕망으로 의(衣), 식(食), 주(住), 성(性), 부(富), 명예, 승진을 넘어서지 못한다. 그러한 물욕에만 관심을 두고 진부한 표현과 속물적 언어를 구사하는 주인공 코발료프는 대표적인 속물성의 소유자라 할 수 있다.

고골의 『페테르부르크 이야기』에 나타난 공통 주제는 인간의 속물성과 탐욕이다. 「초상화」의 악마는 그 자체가 인간의 물질적 욕망, 혹은 악마적 탐욕에 대한 은유가 된다. 「코」의 환상적 사건은 코발료프의 속물적인 인간성을 여실히 드러내는 기제이며, 그의 속물성은 「넵스키 거리」의 피로고프 중위나 「광인일기」의 포프리신, 「외투」의 '유력인사' 등이 공유하는 것과 다르지 않다. 그러나 이 속물성은 단순히 도덕적이며 인간적인 결함을 지시하는 것이 아니다. 그것은 어떠한 창조성도 결여한 채 그 사회의 가장 저열한 정신만을 모방하고 있는 자의 속성이다. 권력욕이나 물질(돈)에 대한 탐욕에는 어떠한 인간적 자각도 독자적 개성도 내재하지 않는다.

분신 테마 소설 분신 테마 소설은 어떤 인물의 자아를 복제시켜 '분신(doppelganger)', '거울 이미지', '제2 자아'를 만들어 내거나, 아니면 선과 악의 내적 투쟁을 객관화시켜 한 인물을 두 개의 독특하고, 흔히 상반되는 인물로 분리하는 기법을 사용한다. 분신의 성격을 두 가지로 나누어 내적 분신과 외적 분신으로 이야기하기도 하고, 세 가지로 나누어 형식적 분신, 테마적 또는 이데올로기적 분신, 그리고 전기적 분신으로 구분하기도 한다. 내적 분신은 심리적, 초자연적 성격을 가지고 있는 분신, 즉 그들이 실제로 존재하는 인물인지 불확실한 경우를 의미하는 것으로서 오히려 환상이라고 보는 것이 타당하다. 반면에 외적 분신이란 주인공에게 이상한 방식으로 반응하는 외부의 다른 인물들의 경우이며, 이들의 존재성은 의심할 필요 없이 확실하다. 형식적 분신이란 작품의 테마를 표현하기 위하여 작가가 이 분신 기법을 의식적으로 사용하는 범주의 분신을 말한다. 테마적 분신이나 이데올로기적 분신이란 분리된 인격들을 통해 자기 소외에 관한 철학적 견해를 증명하는 것을 말한다. 전기적 분신이란 작가 자신의 무의식적 분열을 드러내는 것을 말한다. 그러나 이러한 분신의 범주화는 서로 상호 배타적이 아니라 단지 형식적인 데 불과하다.

낭만주의에서 인간을 이중으로 표현하는 오래된 개념은 두 가지 동기에서 나온다. 하나는 의식의 분열로서 선악으로 분리된 자아가 영혼 상실을 야기시키는 심리적 동기이다. E. T. A. 호프만, 에드거 앨런 포, 로버트 루이스 스티븐슨과 같은 작가들의 작품에 흔히 나타나는 분신이다. 다른 하나는 고골이나 도스토옙스키의 작품에 자주 나타나는 사회적 동기이다. 두 가지 유형 모두 리얼리즘 서사 양식이 지배한 19세기에 특징적이었던 피상적인 동기들이다.

문학에서 분신의 개념은 다양한 기법으로 제시된다. 작가와 내포 작가, 서술자와 주인공, 독자와 내포 독자, 작가와 독자라는 다양한 관계도 역시 분신 개념으로 이야기될 수 있다. 문학은 이중 서사 시학과 자기 노출을 감추기 위하여 서사 복제를 드러내는 방식을 생산해 낸다. 궁극적으로 작가는 누구나 문학적 선조와 관련하여 분신이 된다. 우리가 논의하고 분석하는 분신은 자기 분열 방법에 있어 심원하다. 이는 마치 SF영화에서 외계인들이 살아남기 위해 다양한 기법으로 자기 복제와 분열을 시도하여 분신을 만들어 내는 것과 같다. 고골의 '코'는 내적 분신의 형태로 코발료프의 욕망을 대신 실현하는 역할을 하고 있다. '코'는 분신의 지위를 획득함으로써 주체성까지도 부여받는다. 이후, 환상적 성격의 분신은 도스토옙스키의 작품에서 이어진다. 이는 도스토옙스키 소설의 중요한 주제 가운데 하나가 된다.

거울 이미지 고골의 '거울 이미지'를 살펴볼 필요가 있다. '거울 이미지'는 분신기법의 일종이지만 그와는 다른 차원, 즉 실제 거울에 비친 이미지를 분석할 필요가 있다. 고골은 인간 얼굴의 다양한 이미지를 연구한 골상학(관상학)의 대가이다. 인간의 얼굴은 많은 것을 반영해 주는 거울과 같은 것이다. 고골은 『검찰관』의 에피그라프에서 "네 얼굴이 비뚤어졌다고 거울을 탓하지 말라"라고 표현하였다. 이 말은 현대 사회를 살아가는 인간 얼굴에 적용된다. 고골은 모든 얼굴은 다 기형이며 비뚤어져 있다고 말한다. 여기서 고골의 거울은 외적 기형이 주인공의 내적 불구에 의해 더욱 비뚤어지게 보이도록 한다. 고골의 얼굴 묘사는 세 단계의 전개 양상을 보여 준다. 첫 단계에서는 인간 얼굴을 가리키는 많은 언어적 표현 속에서 인간, 동물, 악마의 얼굴 표현을 동일하게 한다. 두 번째 단계에서는 악마가 환상적인 행동의 원인이나 주체로서 더 이상 등장하지 않는다. 환상성은 하나의 스타일이 되어 버리면서 일상, 사물, 인간들의 행동과 사고하고 말하는 방법 속으로 사라진다. 세 번째 단계에서는 인간의 얼굴이 있어야 할 자리에서 완전히 사라져 버리고 얼굴 대신 구멍만 남는다. 이것은 인간 얼굴의 신성함에 가해진 폭력이기도 하다. 보차로프에 의하면 선과 악의 싸움은 인간의 얼굴에 바로 반영된다. 즉 인간의 얼굴이 선악의 표현 공간이 되는 것이다. 그리고 고골의 작품 세계에서 얼굴은 인간의 신성함이 가장 훼손된 부분이라 할 수 있다.

고골의 천재성 상상력에 관한 한 고골은 적어도 4차원의 작가이다. 그의 문학은 기존의 가치에서 벗어나 초인적 상상 속에 있다. 나보코프의 주장처럼 고골의 세계는 현대 물리학적 개념과 비슷하다. 고골은 유클리드 기하학을 반박했던 수학자 로바쳅스키와 견줄 수 있다. 로바쳅스키는 아인슈타인이 발전시킨 수많은 이론을 한 세기 전에 발견한 비유클리드 기하학의 창시자이다. 두 평행선이 서로 만나지 않는 것은 만날 수 없기 때문이 아니라 다른 할 일이 있기 때문이다. 「코」에서 드러난 고골의 예술은 만날 수도 있고, 괴이하게 꼬일 수도 있는 평행선을 제시한다. 물 표면에 비친 두 개의 기둥이 잔잔한 물결만 있어 주면, 제멋대로 떨리고 뒤틀릴 수 있는 것과 같다. 고골의 천재성은 그 잔물결과 같다. '2×2'가 5가 될 수도, 5 제곱근이 될 수도 있다. 엄밀하게 말해서 어떤 이성적 수학도, 어떤 사이비 물리학적 정의도 존재하지 않는 고골의 세계에서는 모든 것이 자연스럽다. 이런 식으로 고골은 러시아 문학의 지형도를 바꾸어 놓은 천재적인 작가가 되었다.

13. 영혼 부재의 도시: 고골의 「넵스키 거리」

넵스키 거리는 페테르부르크에서 가장 번화한 곳이자, 가장 아름다운 곳이다. 이 거리의 아름다움은 악마의 농간으로 빚어진 것처럼 유혹적이다. 또한, 많은 사람이 오고 가는 곳인 만큼 사건도 비일비재하다. 그렇기에 넵스키 거리는 환상적이다. 아름다움과 추악함이 공존하는 이 거리는 인간에게도 영향을 미친다. 그와 같은 거리의 실체를 목격한 고골은 인간의 '몸'과 '영혼'을 대비시키며 이 거리의 인간들을 날카롭게 분석한다. 여기서 '영혼(душа)'이란 단순한 '정신(дух)'과는 구별된다. 정신이 '나 자신을 위한 나'라고 한다면, 영혼은 거기에서 더 나아가 '타인과 신을 위하는 성숙한 정신'이라고 할 수 있다. 고골의 인물들은 대다수가 영혼을 갖지 못하고 단지 정신만을 갖는다. 그리하여 인간다운 진정한 인간은 없다. 소설의 등장인물 피스카료프는 몽상적이며 소심하고 온순한 화가인 데 반해 그의 친구 피로고프 중위는 허영심 많은 속물적인 장교이다. 이들이 거리의 정체를 밝혀 준다.

환상의 거리 넵스키 이 이야기는 당시 러시아 수도에서 가장 유명한 거리의 묘사로부터 시작된다. 넵스키 거리는 페테르부르크 도시의 꽃으로서 신분 고하를 막론하고 모든 사람이 사랑하는 거리이다. 이 거리에 들어서면 멋진 프록코트를 입은 청년에서부터 대머리 노인에 이르기까지 모두가 유쾌한 기분에 젖어 들면서 산책하는 기분을 만끽하게 된다. 어느 날 이 거리를 걸어가던 화가 피스카료프와 피로고프 중위는 우연히 길에서 목격한 두

파테르센,
〈넵스키 대로〉

여자에 관해 이야기한다.

"이봐, 저 검은 머리의… 저 눈을 좀 보게나! 아아, 어쩌면 저리도 고운가! 몸매하며, 모습이며, 얼굴 생김새며 정말 멋있지?"

"아니, 내가 말하는 건 금발 머리 여잘세. 저 여자 뒤로 해서 저쪽으로 걸어간 여자 말일세. 그런데 자넨 그 검은 머리의 여자가 그렇게 마음에 든다면서 왜 뒤를 따르지 않나?"

그리하여 중위와 화가는 자기들 생각에 이상적인 각기 다른 여자들을 따라가기로 하고 헤어졌다. 화가는 자신의 영감을 불태워 줄 여인을 사귀고 싶었다. 연미복과 망토를 입고 있던 화가는 황홀한 마음으로 여자를 따라갔다. 너무나 순진한 화가는 천사 같은 그녀의 집이 보고 싶었다. 지나다니는 행인들이 점점 줄어들었다. 아름다운 여인이 문득 뒤돌아보며 미소를 지은 것으로 여긴 화가는 가슴이 곧 터져 버릴 것만 같았다. 그러나 화가가 다다른 곳은 놀랍게도 창녀들의 집이었다. 화가는 그 여자가 그런 곳에 살리라고는 전혀 생각하지 못했다. 그는 정신없이 그곳을 뛰쳐나와 집으로 달려갔다. 실의에 빠진 그가 선택할 수 있는 방법은 꿈을 통해 자신의 이상적 여인을 만나는 것뿐이었다. 화가는 가슴이 터질 듯한 연민의 정을 느끼며 가물거리는 촛불 앞에 꼼짝 않고 앉아 꿈도 아니고 현실도 아닌 몽롱한 상태로 천천히 잠에 빠져들었다. 잠 속에서 그는 어느새 그녀의 집에 있었다. 멋진 무도회가 열렸고, 그녀가 곁에 있었다. 그녀는 가장 아름답고 훌륭하며, 마치 여왕과도 같았다. 화가는 이 모든 것이 꿈임을 알았다. 왜 꿈은 이렇게 허망하게 끝나는가. 현실이란 얼마나 혐오스러운 것인가. 화가는 그녀가 보고 싶어 다시 꿈을 꾸려고 했다. 그래서 침대에 누워 잠을 청했으나, 그녀는 다시 나타나지 않았다. 불쌍한 화가는 모든 것을 잊고 다만 꿈 한 가지만을 생각하기 시작했다. 그의 머리는 온통 꿈으로만 가득 차 고통스러웠으며, 그는 모든 것을 버리고 방구석에만 틀어박혔다. 꿈은 생활이 되어 버렸고, 그의 삶은 이상하게 변했다. 아편을 복용하기 시작했고, 이제 더 이상 현실과 환상을 구분하지 못하게 되었다. 마침내 화가는 그녀를 직접 만나, 그 아름다운 여자를 사창가에서 구해 주기로 결심했다. 드디어 화가는 꿈속에서가 아니라 실제로 그녀를 직접 찾아가 간신히 결혼 신청을 했다. 물론 그 여자는 커다란 소리로 그를 비웃었다. 화가는 절망에 빠져 아무런 말도 못 한 채, 사창가를 뛰쳐나왔다. 밤새도록 헤매다가 집으로 돌아온 화가는 문을 잠근 채 다시는 세상에 나오지 않았다. 그의 정신과 몸은 허물어졌다. 그녀를 구출하여 결혼하겠다는 그의 다짐은 그녀의 웃음거리밖에 되지 못했다. 사람들이 일주일 후 그의 방문을 열었을 때, 거기에는 자살한 화가의 시신이 있었다. 화가는 결국 자살이라는 비참한 결말을 선택하게 된 것이다.

다른 한편으로 예전에 화가와 헤어져 다른 여자를 따라갔던 중위는 어떻게 되었을까? 중위는 화가와는 반대로 허영심 많은 속물적인 장교였다. 그가 따라갔던 금발의 여자는 독일인 직공 실러의 아내였다. 중위가 금발 미인을 따라 어느 집으로 들어갔을 때, 거기에서는 술에 만취한 실러가 친구인 호프만과 함께 주정을 부리고 있었다. 중위는 다음 날 오리라고 생각하고 그곳을 떠났다. 다음 날 중위가 실러의 일터에 들르자, 예의 그 금발 미녀가 퉁명스럽게 그를 맞았다. 중위는 구두에 박차를 박으러 왔다고 둘러대고, 박차가 완성된 다음에는 단검에 보석을 박아 달라며 실러의 집에 시도 때도 없이 드나들기 시작했다. 중위는 어느 날 실러가 없는 틈을 타 금발 미녀에게 댄스를 제의하고, 드디어 그녀에게 키스하려고 달려들었다. 그러나 바로 그때 술에 취한 실러와 그의 친구들이 들이닥쳤다. 그들은 중위를 호되게 때려 내쫓아 중위의 분노는 극에 달할 수밖에 없었다. 그러나 이 사건은 이상하게 마무리된다. 중위는 그들을 고소하러 경찰서에 가던 도중에 과자점에 들러 파이 두 개를 먹고 잡지를 보고 나온다. 그러자 갑자기 유쾌한 느낌이 들어 고소 따위는 모두 잊고 말았다. 넵스키 거리는 이토록 이상한 장소다. 그 거리에서 일어나는 사건들은 아무것도 믿어서는 안 되는 것이다.

몸 기호와 사물 기호의 세계　고골이 애용하는 비유법 가운데 하나는 '제유법(synecdoche)'이다. 고골은 제유법을 통해 단어와 사물을 부활시킨다. 그의 작품에서 시공간은 제유적으로 아주 자연스럽게 설정될 뿐만 아니라 인물과 사물도 제유법으로 묘사된다. 부분으로 전체를 대표하거나 전체가 해체되어 새로운 부분으로 재현된다. 살아 있는 생명체를 전체로 파악하는 것이 아니라 부분으로 해체시켜 사물화하고 그것이 결국은 전체인 양 살아 움직이는 것을 볼 수 있다. 우리는 가치가 전도된 그러한 세계를 반(反)세계라 이름 지을 수 있다.

무엇보다도 먼저 이 작품의 제목에서부터 제유법이 보인다. '넵스키 거리'는 당시 러시아의 수도 페테르부르크에서 가장 호사스러운 장소로 등장한다. 이 거리는 남녀노소를 불문하고 온갖 계층과 계급의 사람들이 모여드는 신흥 도시의 거리로, 수도 시민들의 다양한 삶의 양태를 보여 주는 전람회장이기도 하다. 페테르부르크는 서구 유럽의 문명을 급속하게 수용하기 위해 만들어진 인공도시로 "유럽으로 난 창"으로 불린다. 그래서 이 도시에는 오랜 세월 이어져 온 민족정신으로서의 영혼은 들어설 자리가 없다. 서구의 앞선 물질문명을 배우고 익혀 그 대열에 합류하려는 현실적 욕망만이 자리 잡는다. 사회적 명예와 권력이라는 욕망을 충족시키기 위해서는 계급적 서열이 중시되는 관등제도만 중요할 뿐이다. 그렇게 넵스키 거리에는 물질적 가치에만 집착하는 속물성이 만연해진다. 그리고 그것은 넵스키 거리를 영혼 부재의 공간으로 만들어 버린다. 영혼이 거세되어 버린 밀랍 인형 같은 인간들이 거리를 배회할 뿐이다.

넵스키 거리의 사람들은 몸의 부분이나 집착하는 물질로만 형상화되어 나타난다. 그래서 눈, 코, 구레나룻, 모자, 옷 등과 같은 몸 기호와 사물 기호들만이 활개 치는 거리가 된다.

> 이 오후 두 시부터 세 시까지, 넵스키 거리가 가장 활기를 띠는 화려한 이 시간에는 인간의 모든 아름다운 작품 전람회가 열린다. 어떤 사람은 고급 물개 깃이 달린 멋진 코트를 보여 주고, 어떤 사람은 그리스풍의 코를 구경시켜 주며, 세 번째 사람은 훌륭한 구레나룻을, 네 번째 사람은 매혹적인 두 눈과 훌륭한 모자를, 다섯 번째 사람은 귀엽게 생긴 새끼손가락의 반지를, 여섯 번째 사람은 멋진 구두를 신은 작은 발을, 일곱 번째 사람은 놀랄 만한 넥타이를, 여덟 번째 사람은 놀라 입이 벌어질 만한 턱수염을 구경시켜 준다. 그러나 세 시를 치면 그 전람회는 끝이 나고, 떼를 지어 오고 가던 사람들의 그림자도 뜸해진다.

고골의 텍스트 속 인간의 육체적 특징이나 외형적 장식물들에서도 제유법이 나타난다. 그리하여 거리를 배회하고 있는 것은 인물들이 아니라 옷과 구두와 넥타이 등 정교하고 화려하게 꾸며진 외형적 장식물들이다. 인간들은 자신의 가치나 풍모를 드러내기 위해 자신의 영혼이나 정신이 아닌, 시각적으로 바로 인식되는 외적 사물에 기대고 있다. 인간을 꾸미는 외적 장식물은 반드시 외부 사물일 필요가 없다. 육체적 특징으로서의 코, 수염, 발, 등 신체의 일부로 표현되기도 한다. 결국, 이처럼 육체적 특징이 외투나 모자와 같은 하나의 기성품처럼 인간의 신체에 부착되어 있는 사물이 되어 버린다. 그럼으로써 신체 일부나 사물이 인간의 신분이나 계급을 상징하는 기호로서 등장인물을 수행하게 된다.

구레나룻과 턱수염도 관리들의 직무와 연결된다. 문관들 가운데 외교부 관리는 구레나룻으로, 나머지 관리는 턱수염으로 대표된다. 통상 구레나룻은 남자다운 성적 매력을 강조하며 멋쟁이 남성의 외관을 대표하는 한 요소가 된다. 화자는 남성적 미를 외교부 관리에게만 부여하고 있다. 그것은 외교부 업무가 여러 사람을 만나는 사교적이고 화려한 직종이라는 것과 직접적으로 연결된다. 물론 실제 외교적 업무란 치밀한 사전 작업과 고도의 지적 능력을 요구하는 것이지만, 어떤 일의 실체를 모르고 피상적으로 접근하는 사람들에게는 외적인 모습만 부각되기 마련이다. 고골은 화자를 통해 러시아 관료사회가 얼마나 내실이 없는 속 빈 강정같이 유지되고 있는가를 비웃는 것이다. 반면에 턱수염은 흐트러짐이 없고 빈틈없는 고위관료의 모습을 대변한다. 독일 황제 빌헬름 2세의 양쪽 끝이 위로 굽어 올라간 수염에서 유래한 카이저수염은 냉혹하고 권위적인 지배자를 상기시켜 준다. 그런 의미에서 민중 위에 군림하는 딱딱한 관료사회의 구성원에게 이러한 턱수염을 연결한 것은 적절해 보인다. 턱수염을 통해 자연스럽게 고위관료가 연상된다. 이런 의미에서 턱수염에 집착하는 관료들의 우스꽝스러운 노력을 화자는 다음과 같은 미묘한 찬사로 비웃고 있다.

> 그것이 있음으로 해서 아름다운 여성이 더욱 빛난다는 듯한, 밤낮없이 쉬는 시간조차도 없을 정도로 신경을 쏟는 턱수염! 지극히 고귀한 마음조차도 녹아날 듯한 향수를 바르고 보통 사람은 손에 넣기조차 힘든 갖가지 향유를 바른 턱수염! 밤새껏 얇은 천으로 모양을 잡은 턱수염! 그 소유자의 지극한 애착심이 곁들여져서 지나가는 사람의 부러움을 살 만한 턱수염 등도 만나게 되리라.

이런 의미에서 이 작품 속에 등장하는 눈, 코, 구레나룻, 대검, 모자, 옷 등은 그것을 소유한 인간들의 물질적 욕망을 반영하는 제유가 되는 것이다. 더 나아가 그러한 인물들이 구성하고 있는 현세적 삶 속에 뿌리 깊게 자리한 세속적 욕망의 도시인 페테르부르크를 반영하는 제유가 된다고 볼 수 있다. 이처럼 고골은 사물에 대한 기억을 부활시킨다.

서사물과 몸 고골의 서사물에서는 몸이 중심 테마가 되는 경우가 많다. 그는 몸의 기호화를 통해 새로운 의미를 모색한다. 그에게 몸은 의미의 원천인 동시에 중심 요소인 것이다. 정신분석에 있어서 몸은 나르시시즘의 일차적 대상이 되지만, 종교적 금욕주의자에게는 정신적 완성의 위험한 적으로 간주된다. 이처럼 몸은 양극단 사이에 위치해 불안정하다. 제어할 수 없는 고통의 주체가 되기도 하지만, 동시에 죽음의 매개체에서 벗어날 수 없다. 그 때문에 육체는 항상 호기심의 대상이며, 영원히 그치지 않는 탐구대상이다.

「넵스키 거리」에서 몸은 고통의 대상인 동시에 주체이다. 검은 머리와 금발 머리로 불리는 여성들은 모두 이상적인 몸을 가진 인물들이다. 화가 피스카료프는 거리에서 검은 머리에 아름다운 몸매의 여성을 따라나선다. 그녀의 육체는 너무 매혹적이어서 화가의 정신력과 의지를 파괴한다. 육체의 아름다움에 매혹된 그는 그녀의 정신적 타락을 인정하지 않는다. 타자의 몸에 이성을 잃은 화가는 결국 자기 몸에 고통을 가하고 비극적 죽음을 맞는다. 피로고프 중위 역시 금발 머리 여성의 몸에 매혹을 느껴 따라가게 된다. 그러나 그녀를 유혹하려다가 남편에게 죽도록 맞고 쫓겨난다. 두 남자 모두 텅 빈 몸의 유혹을 물리치지 못하고 수난을 당한다. 육체는 고골을 통해 생명을 부여받고 주체로 활동한다. 하지만 고골의 서사에서 육체는 본질적으로 텅 빈 기호에 불과할 뿐이라는 것이 강조된다.

꿈의 모티프 일반적으로 꿈은 비현실의 세계로 간주된다. 그러나 꿈은 환상과 허구의 세계만을 그리는 것이 아니라 현실 세계와 부단히 대화하고 있다. 다시 말해 꿈은 인간 의식과 무의식의 대화 공간이다. 꿈은 허락된 욕망의 공간이요 현실과 환상의 경계라 할 수 있다. 그리하여 사람들은 꿈을 가볍게 넘기지 않는다. 작가들은 작품 속에서 끝없이 꿈을 이용한다. 꿈은 미래의 결과를 예시해 주는 기능을 갖기도 하고, 과거의 기억을 종합하여 반추해 주는 기능도 하며, 현실에서 이루지 못한 것을 치유해 주는 기능을 갖기도 한다. 꿈은 언제나 환상적 이미지를 벗어나지 못하며 현실을 있는 그대로 반영하기보다는 굴절시켜 표현한다. 그래서 꿈에서 우리는 내적 자아가 현실에서 이루고 싶은 욕망을 확인할 수 있다.

고골의 소설에서 꿈은 다양한 기능을 수행한다. 「초상화」에서 주인공의 꿈은 다분히 암시적 기능과 환상적 기능을 갖지만 「넵스키 거리」에서 주인공의 꿈은 허락된 욕망의 공간으로 기능한다. 화가 피스카료프는 현실 세계와 반대되는 이상적 공간을 창출하여 그 속에 자신을 가두어 버린다. 화가는 거리에서 창녀를 보고 순식간에 사랑에 빠져 버린다. 생애 처음으로 완벽한 이상형의 여자를 만났지만, 그녀가 창녀라는 사실에 절망하게 된다. 그는 현실에서 이룰 수 없는 사랑을 비관하며, 이상과 현실의 괴리감에 고민한다. 그러나 꿈속에서 그녀는 현실과 반대의 모습으로 등장한다. 그녀는 더 이상 창녀가 아니라 귀부인으로 나타나기도 하고 전원의 소박한 여성으로 나타나기도 하며 화가의 아내가 되기도 한다. 그는 그녀와 달콤한 사랑에 빠져 행복한 시간을 갖게 된다. 정신분석학에서 꿈이 무의식적 소망의 달성으로 이야기되는 것을 상기한다면 그의 꿈은 현실의 보상으로서 설정된 것이라 할 수 있다. 꿈에서 깨고 나면 그녀는 여전히 창녀였으며 달라진 것은 아무것도 없었다. 현실과 꿈의 경계선은 무너지고 그가 선택한 자살은 그를 영원한 환상의 세계로 인도한다.

페테르부르크 신화 문화적 상징체계에서 도시는 중요한 위치를 차지한다. 도시의 상징은 두 가지 중요 영역으로 구분된다. 하나는 상징적 공간으로서의 도시요 다른 하나는 상징적 이름으로서의 도시이다. 도시는 국가와 구조 동일성을 나타낼 뿐만 아니라 국가를 의인화할 수 있다. 도시는 복잡한 기호학적 메커니즘이고, 문화 생성의 코드이며, 텍스트들과 코드들의 도가니이다. 기호학적 공간에서 도시는 나름대로 독특한 이미지의 구현체이다.

러시아인들은 처음부터 페테르부르크를 신화로 받아들였다. 그들은 표트르 대제가 하늘에서 도시를 만든 다음 거대한 모형처럼 그것을 땅으로 내려오게 했다고 말했다. 이것이 모래 위에 도시를 건설한 사실을 설명할 수 있는 유일한 방법이었다. 러시아의 문학과 예술에 큰 영감을 불어넣은 페테르부르크 신화는 대지에 토대를 두지 않은 수도라는 사실에서 시작되었다. 신화 속에서 페테르부르크는 초자연적인 환상의 땅이자 유령들의 영역인 비실재적인 도시이며 묵시록적인 이국적 왕국이었다. 그것은 고뇌에 시달리는 몽상가들의 고향이었다.

러시아의 수도 페테르부르크는 안개, 눈보라, 홍수, 네바강 등으로 유명하다. 인공적인 이 도시는 자연에 대한 도전으로 건설되어 그것과 투쟁하며 성장해 결과적으로 자연의 힘에 대한 이성의 승리, 또는 자연적 질서의 전도로 해석된다. 종말론적 신화들은 이 도시의 몰락, 운명적 예언에 집중하였고, 자연적 힘의 승리마저 이 도시의 신화 일부로 만들어 버린 것이다.

페테르부르크는 도시 이상의 의미가 있다. 페테르부르크는 러시아인을 유럽인으로 개조하기 위한 거의 유토피아적인 방대한 문화 공학 프로젝트였다. 도스토옙스키의 말처럼 페테르부르크는 "전 세계에서 가장 추상적이고 계획적인 도시"인 것이다. 그 도시는 모든 것이 시각적인 측면에서 창조되었기 때문에 하나의 예술작품이었다. 때로는 거대한 무대로 만들어진 것처럼 보였다. 유럽인들은 종종 무대와도 같은 페테르부르크의 기이한 비자연적 아름다움과 조화에 충격을 받기도 했다.

페테르부르크의 숨겨진 의도는 문화적 측면에서 17세기의 구(舊)모스크바를 부정하려는 것이었다. 구모스크바는 동방정교회의 정신적 전통에 뿌리를 둔 문명이었다. 그래서 페테르부르크의 시민이 된다는 것은 모스크바의 유산이라 할 수 있는 무지와 후진적 관습을 버리고 유럽식 러시아인의 진보적이고 계몽된 근대 서구세계에 동참하는 일이었다.

페테르부르크 문화는 인공적이며 비현실적이다. 여기서부터 도시 문화의 초자연성과 연극성이 나온다. 페테르부르크는 기초 없이 공중에 만들어진 도시이다. 그래서 고골의 작품 속에서 페테르부르크는 비정상적인 환상적 도시로 묘사된다. 페테르부르크는 기존의 러시아 전통에서 벗어나 서구주의자들에 의해 세워진 인공도시일 뿐만 아니라 새로운 관료사회를 탄생시킨 곳이다. 현실과 비현실이 대립하는 곳으로 인간의 존엄성과 가치가 무시되는 공간이다. 고골의 넵스키 거리는 모든 것이 환영에 불과하고, 이 거리에서 보는 것은 허위와 환영으로 가득 차 있으며 진실성은 이미 사라진 상태이다. 넵스키 거리는 페테르부르크 세계의 알레고리로 읽힌다. 피스카료프가 아름다운 창녀를 보고 첫눈에 사랑에 빠진 것 자체도 도시의 환영 속에 빠진 불쌍한 인간의 처절한 결과에 불과한 것이다. 그의 영혼은 이미 순수성을 구분할 능력을 상실했다. 고골은 도시인들의 정신적 분열의 원인을 도시의 악마성과 연결한다.

> 이 넵스키 거리는 해가 뜨건 지건 곧잘 사람들을 속인다. 특히 저녁놀이 무겁게 거리의 구석구석까지 들이치고 집들의 흰 벽을 드러나게 할 무렵이나, 도시가 요란하게 울리는 소리와 반짝이는 불빛으로 넘쳐흐를 때가 그렇다. 그리고 무수한 마차가 다리 쪽에서 몰려와서 마부가 고함을 치며 말 위에서 뛰어내릴 때, 또는 악마가 모든 것들에서 제 나름의 모습을 보여 주기를 거부하며 스스로 램프의 불을 당길 무렵이 되면 더욱더 심해질 것이다.

고골은 넵스키 거리를 악의 공간으로 보고 있다. 이 거리의 아름다움은 악마의 농간에 의한 것이고 그 속에서 소통은 항상 결렬된다. 그곳은 기만이 넘쳐흐르는 곳이며, 순수의 영혼은 이미 사라지고 없는 곳이다. 따라서 순수함의 추구는 현실이 아닌 공상이나 환상 속에서만 가능하게 된다. 피스카료프가 자신의 꿈속에서 이상적인 여인을 발견할 수 있었던 것도 바로 이 때문이다. 고골에게 있어 도시의 이미지는 영혼이 부재한 곳으로서 악마에 의해 모든 것이 조율되는 환상의 공간인 것이다. 이 넵스키 거리의 사람들은 한결같이 욕망과 물질적 가치에, 악마에 홀린 듯이 살아가는 영혼 부재의 인간들인 것이다. 이 거리가 허위와 환영의 카오스 공간임이 소설의 마지막에서 확인된다.

> 우리의 운명이란 것은 얼마나 기묘하게 우리를 희롱하고 있는 것일까! 그러나 가장 기묘한 것은 넵스키 거리에서 일어나는 사건들이다. 아아, 이 넵스키 거리를 꿈에도 믿지 말지어다! 모든 게 허위이며, 모든 게 환영이며, 모든 게 보기와는 다른 것이다!

타락한 여인의 테마 영혼 부재의 도시는 종종 타락한 인간, 즉 영혼 부재의 존재를 만들어 내는 퇴폐적 공간이 된다. 고골은 남성뿐만 아니라 타락한 여성을 영혼 부재의 인물로 소설에 등장시킨다. 사실 매춘부를 영혼 부재의 인물로 등장시킨 최초의 작가는 18세기 소설가 출코프였다. 그는 소설 『미모의 요리사, 타락한 여성의 모험』(1770)에서 어쩔 수 없는 운명과 환경에 의해 타락하게 된 여성을 다루고 있다. 반면에 고골은 운명이나 환경으로 인해 변화하는 여성의 영혼보다는 근원적으로 부재하는 여성의 영혼에 관해 이야기하고자 한다. 영혼이 부재한 여성은 작품 속에서 긍정적으로 나타나지 못한다.

앞에서 언급한 것처럼 「넵스키 거리」에서는 정서와 취향이 서로 다른 두 친구가 거리에서 만난 두 명의 여자를 따라나선다. 피로고프 중위는 호색적 취미가 발동되어 매력적인 금발 여인을 따라갔다가 모욕을 당하고 강제로 옷이 벗겨지는 수모를 당한다. 한편 화가 피스카료프는 기사도적 사랑의 환상에서 벗어나지 못하며 늘 쉽게 흥분하는 인물이다. 그의 상상력은 미지의 여인에 대한 플라톤적인 욕망에 불타오른다. "세속적인 생각은 아무것도 떠오르지 않았다. 속된 정욕으로 불타오르지도 않았다. 그러나 이 순간 끝없는 정신적 사랑의 욕구를 느끼는 순결한 청년과 같이 깨끗하고 청순했다." 여기서 고골은 타락한 여성의 두 가지 특성을 강조한다. 하나는 타락한 여자의 낭만적 아름다움이요, 다른 하나는 타락한 여자의 사악한 뻔뻔스러움이다. 피스카료프는 매력적이고 유혹적인 매춘부를 신화적 모델로 삼고자 했다. 매춘부의 신화적 모델이란 매춘부가 정신적으로 갱생하고 부활하여 가정적으로 존경받는 여성이 되는 것이다. 그러나 매춘부는 오히려 화가를 비웃고 경멸한다. 피스카료프는 매춘부의 신화 창조에 실패한 셈이다. 사실 고골의 소설에는 '여성은 곧 영혼 부재의 존재'라는 등식이 함축되어 있기에 '타락한 여인의 신화 창조'는 기대하기 어렵다.

바토스(bathos)의 문학 '바토스'란 개념은 나보코프의 『러시아 문학 강의』에서 찾아볼 수 있다. 그는 고골 문학의 특이한 정서를 '바토스'란 말로 표현했다. '돈강법' 또는 '급락법'이라고 옮겨지는 바토스는 '점차로 끌어올린 장중한 어조를 갑자기 익살스럽게 떨어뜨리기'란 (음악) 기법을 뜻한다. 숭고하고 고양된 표현에서 갑자기 경박하고 해학적인 표현으로 반전하는 수사법을 말한다. 넓은 의미에서는 점강법(漸降法)의 한 갈래로 볼 수 있지만, 의미가 서서히 바뀌는 것이 아니라 갑자기 바뀐다는 점에서 점강법과 다르다. 점층법(漸層法)이나 점강법이 어떤 현상이나 사실을 논리적으로 이해하는 데 도움을 주는 수사법이라고 한다면, 급락법은 갑작스레 웃음을 유발하고자 하는 수사법이라 할 수 있다. 그렇기에 수사학자들은 될 수 있으면 급락법을 사용하지 말 것을 권하지만 적절히 사용하면 그 나름대로 수사적 효과를 거둘 수 있다. '파토스(pathos)'에 상응하는 뜻으로 폭넓게 보면, 바토스는 고양된 정념과 익살의 혼종을 뜻하게 된다.

도스토옙스키는 『백치』에서 그리스도의 '고상함'과 돈키호테의 '우스꽝스러움'을 한 인물의 모습에서 동시에 구현하고자 했다. 그러한 비유는 세계문학사에서 아마 유례가 드물다. 웃음에 대한 기독교적 중세의 태도를 설명하기 위해 자주 인용되는 요안 즐라토우스트의 '그리스도는 웃지 않는다'라는 명제에서부터 출발하여 아리스토텔레스의 '희극적인 것'에서 고상함과 우스움에 대한 담론은 계속해서 반복되지만, 한 인물 속 두 전형의 공존은 구현해 내기 어려운 일이다. 하지만 러시아 문학에서 도스토옙스키와 고골은 이러한 인물을 창조해 냈다. 사실 세르반테스의 돈키호테 자체가 진지함과 우스꽝스러움의 결합체이긴 하다. 그런 의미에서 고골은 세르반테스 이래의 산문문학 전통을 계승하고 있기도 하다. 그러한 전통을 '파토스의 문학'에 견주어 '바토스의 문학'이라고 부를 수 있다. 그리고 세르반테스에서 고골로, 도스토옙스키로 이어져 오는 바로 그러한 '바토스의 문학'은 러시아의 새로운 전통이라 할 수 있다.

화가 피스카료프가 이상적으로 생각하는 검은 머리의 여인이 갑자기 창녀로 밝혀지고, 피로고프 중위의 이상적인 금발 미인은 갑자기 독일인 실러의 아내로 밝혀진다. 화가는 따라간 여자와 그 동료들의 비아냥거리는 웃음을 받으며 도망치고, 중위는 금발 미인의 남편인 실러와 동료 호프만에게 구타를 당한 후 쫓겨난다. 그러면서도 중위는 결국 웃음으로 그 일을 잊어버린다. 숭고한 이상이 갑자기 웃음을 자아내는 경박하고 해학적인 장면으로 끝을 맺는다. 이러한 장면은 '바토스'의 전형적인 예라고 할 수 있다.

14. 욕망의 공포: 고골의 「광인일기」

인간의 자기 정체성은 타인과의 상호관계나 대화를 통해 형성된다. 바흐친의 말대로 "타자가 없으면 내가 될 수 없고, 나 자신 속에서 타자를 발견하듯 타자 안에서 나를 발견해야만 한다." 그런데 자기만족이라는 속물성에 빠진 인물들은 타인의 가치, 더 나아가 타인의 존재 자체를 거부한다. 극도로 병적인 경우에 타인과의 교류에 대한 거부는 한 인간을 '격리된 사고의 위험 상태', 즉 유아기적이거나 미친 상태로 이끌 수 있다. 대화를 거부하며 미쳐 버린 인물의 극단적인 예로서 도스토옙스키의 골랴드킨과 고골의 포프리신을 들 수 있다. 골랴드킨에게는 타인을 피하며 오직 자기만을 내세우는 편집병적 욕망만 남아 있다. 골랴드킨의 문학적 선조는 고골의 「광인일기」 속 주인공 포프리신이다. 그는 사회적 열등감과 신분 상승에 대한 욕망 때문에 정신분열을 일으키고 끝내 정신병원에 갇히는 비극적 결과를 맞이한다. 이 작품은 피할 수 없는 욕망의 공포를 보여 준다. 우리는 「광인일기」에서 정신착란에 빠진 주인공이 화자가 되어 풀어놓은 20편의 일기를 읽어 가며 지극히 혼란스러운 주인공의 정신세계를 직접 대면해 볼 수 있다.

주인공의 일기 10월 3일. 오늘은 이상한 날이다. 비가 억수같이 쏟아졌다. 낡은 외투를 걸치고 우산을 들고 나가다 가게 앞에서 국장님의 마차를 보았다. 사랑하는 소피 아가씨가 아버지 마차를 빌려 타고 나왔다. 아가씨가 강아지 메치를 문가에 두고 상점에 들어갔을 때, 이상한 소리가 들려왔다. "안녕, 메치." 누가 강아지 메치에게 말하는지 돌아보았더니, 그건 즈베르코프의 강아지 피델이었다. "난 말이야, 멍! 멍! 나, 심한 병에 걸렸어, 피델!" 하고 메치가 말했다. 개가 개에게 사람처럼 말을 걸다니. "피델! 편지를 썼는데, 우리 집 볼칸이 내 편지를 보내지 않은 모양이야!" 참으로 놀라운 일이다. 한평생 개가 편지를 쓴다는 말을 들어 본 적이 없다. 이런 식으로 최근에 아무도 겪어 보지 못한 일들을 가끔 경험하고 있다.

10월 6일. 과장이 험악한 얼굴로 화를 냈다. "자네 대체 무슨 짓을 하고 있는지 아나. 자넨 벌써 나이 40이 넘은 데다 가난뱅이 아닌가. 거울에 얼굴을 한번 비춰 보게. 그 상판으로 국장 따님을 쫓아다닌다니 무슨 짓인가, 응?" 아아, 내가 관등이 좀 높았어도 저런 식으로 얘기할까.

11월 12일. 오늘은 무슨 일이 있어도 강아지 피델을 만나서 소피 아가씨의 강아지 메치와 교환한 편지를 찾아보아야겠다. 소피 아가씨에 대해서는 뭐든지 알아야 한다. 즈베르코프의 집에 들어갔을 때, 바로 그 강아지가 짖으며 달려들었다. 하마터면 코를 물릴 뻔했다. 그때 궤짝으로 된 개집을 찾았고, 개집을 뒤져 종이 뭉치를 가지고 나왔다. 개는 영리한 동물이라 정치나 국장에 관련된 것들이 쓰여 있을 거라고 생각했다.

11월 13일. 개들이 주고받은 편지를 뜯어보았다. 하지만 내용이란 게 전부 개 같다. 쓸 만한 게 없다. 국장님이 무슨 훈장 같은 것을 받으려고 안달이라는 둥 그런 것밖에 없군. 아, 소피 아가씨에 관한 얘기가 있다. "우리 소피 아가씨는 정신이 없어요. 갈색 머리의 시종 무관을 사랑하고 계시기 때문이지요. 그 시종 무관이 찾아오는 날만 되면 나를 안고 기뻐 어쩔 줄 모르는걸요. 그 사람은 국장 나리의 서재에 앉아 있는 그 시시껄렁한 관리와는 비교가 안 돼요." 이 빌어먹을 개새끼. 소피 아가씨가 시종 무관에게 빠져 있다는 말도 안 되는 얘기를 하다가 이젠 나를 놀리고 있다. "소피 아가씨는 그 못생긴 관리를 볼 때마다 웃음이 나는 것을 참지 못해요." 이런 망할 놈! 이따위 거짓말이나 늘어놓다니!

12월 3일. 이럴 수가. 있을 수 없는 엉터리다. 소피 아가씨가 그 시종 무관과 결혼식을 올린다니. 말도 안 돼! 그 남자가 시종 무관이라는 이유만으로, 단지 관등이 높다는 이유만으로! 이게 될 말인가! 난 9급 공무원으로 남아 있을 수 없다.

12월 5일. 오늘 아침 내내 신문을 읽었다. 스페인에서 이상한 일이 일어났다. 왕의 자리가 비었는데도 후계자가 나타나지 않아 신하들이 곤경에 처했다는 것이다. 나라에 왕이 없다니. 그런 일은 있을 수 없다. 어딘가에 몸을 숨기고 있을 뿐일 거야.

2000년 4월 43일. 오늘은 경사스러운 날이다! 스페인의 왕이 나타났다. 왕을 찾아낸 것이다. 그 왕이 바로 나다. 오늘에야 비로소 이 사실을 알게 된 것이다. 번개처럼 갑자기 생각이 떠올랐다. 지금까지 난 왜 9급 공무원이라고 생각하고 있었을까. 그동안 참으로 어리석었다. 이제 모든 일이 다 밝혀졌다. 사람들은 내가 스페인의 왕이라는 걸 알면 놀랄 거다. 이젠 더 이상 관청의 서류 정리 따윈 안 할 거다.

30월 86일 낮과 밤 사이. 이미 3주일 동안 관청에 나가지 않았다. 오늘은 국장 댁에 들렀다. 바로 내실로 들어가 거울 앞에 앉아 있던 소피 아가씨를 보았다. 그녀는 나를 보자 벌떡 일어나 뒷걸음쳤다. 내가 스페인 왕이라는 사실은 그녀에게 밝히지 않았으나 우리는 결국 부부가 될 거라고 말해 주었다. 여자란 참으로 간사하다. 악마에게 잘 홀린다. 악마란 훈장을 단 사내들이다.

날짜가 없는 날. 내가 스페인 왕이라는 걸 조금도 내색하지 않았다. 아직 스페인 왕의 예복을 준비하지 못했다. 손수 예복을 만들기로 하고 외투를 가위로 토막토막 잘라 냈다. 스페인 왕의 옷까지 다 준비해 놓았는데도 사절이 오지 않고 있다. 나를 모시러 올 스페인의 사절을 기다리고 있다.

마드리드에서 2월 30일. 드디어 스페인에 왔다. 사절단은 오늘 아침에 급히 도착하더니 30분 만에 나를 이곳으로 데려왔다. 스페인이 이렇게 가까운 줄 몰랐다. 그런데 스페인이라는 나라는 이상한 곳이다. 사람들이 작은 방 안으로 나를 밀어 넣었다. "거기 앉아. 만일 네가 페르디난드왕이라고 사칭하면, 정신 차리게 때려 줄 거다"라고 말하는 것이 아닌가. 총리대신이 몽둥이로 후려갈겨 대니 무지하게 아팠다. 그러나 이런 시련을 참고 이겨 나갈 생각이다.

349년 2월 34일. 이제 더 이상 참을 수 없다. 머리통에 냉수를 퍼붓고 나 같은 가난뱅이에게 무엇인가를 빼앗으려 한다. 눈앞에 하늘이 날아오르고 멀리서 별이 반짝인다. 창가에 어머니가 보인다. 어머니! 이 가엾은 아들을 살려 줘요!

이 소설은 광인의 일기이다. 소설에서 미치광이 포프리신은 국장의 딸을 사랑하나 자신의 관직으로는 이룰 수 없는 불운한 사랑이다. 그는 사랑에 미쳐 개의 편지를 훔치게 되고 국장의 딸이 자기를 사랑하기는커녕 오히려 조소하고 있다는 것을 알고 실망한다. 이 충격으로 그는 완전히 미쳐 버리고 정신병원에 들어가게 된다. 거기서 스스로 스페인의 페르디난드왕이라고 생각한 광인은 고문을 스페인 왕의 대관식이라고 생각하며 온갖 고통을 감내한다.

작품 구성 이 작품은 크게 두 부분으로 구성되어 있다. 첫 부분은 주인공 포프리신이 미쳐 가는 과정을 점진적으로 보여 주고 있다. 즉 분열 양상의 원인이 제시된다. 주인공 자신의 처지와 주변 환경에 대하여 불만이 있지만, 아직 자신의 사회적 신분을 스스로 인정하는 단계이다. 이 부분은 10월 3일부터 12월 8일까지의 일기로 날짜의 순서가 정상적이다. 두 번째 부분에서 주인공은 현재 자신의 신분을 전면적으로 거부하고, 자신을 스페인 왕으로 생각하기 시작한다. 이때부터 일기의 날짜는 상식적으로 이해할 수 없는 황당한 숫자로 기록된다.

첫 부분에서 주인공은 사회적 평가와 인정을 갈망하지만 순조롭지 못하자, 자신의 무능한 처지와 신분에 대해 강한 불만을 나타낸다. 9급 공무원이라는 말단 관리이지만 일반 장사치나 마부들과는 다른 점잖은 관리 신분임을 강하게 의식하고 있다. 그는 허영심과 자의식이 강한 인물이다. 그러나 관리라는 강한 계급적 의식에도 불구하고 관리로서 내적 자긍심은 없다. 여기서부터 주인공의 정신분열 양상이 시작된다. 관료사회가 관리들의 내적인 고상함까지 보장하지는 않았다. 자존심을 유지하려는 강한 열망에도 불구하고 관리들은 도덕적으로도 심리적으로도 혼란을 겪었다. 주인공이 국장에게서 진정으로 부러워하는 것은 그의 사회적 지위를 암시하는 외적인 사물과 기호이다. 주인공은 이해할 수 없는 독어나 프랑스어 원서로 장식된 국장의 서재에 심리적으로 위축된다. 주인공의 사회적 신분 상승에 대한 강한 의지는 사물뿐만 아니라 여성에 대한 성적 욕구와 결합하여 증폭된다. 특히 국장의 딸인 소피에 대한 에로틱한 상상과 관심이 강해진다. 그의 성적 의지는 남의 사생활을 들여다보는 '관음증(voyeurism)'이란 이상성욕으로 나타난다. 주인공의 관음증은 제일 먼저 동물 세계를 몰래 훔쳐보는 것으로 나타난다. 여기서 개들은 철저히 인간의 사유 방식과 의식을 보여 준다. 그러면서 동물 세계와 인간 세계의 구분이 없어진다. 소피라는 여성을 둘러싼 고위관료들의 사생활이 적나라하게 폭로되고 강아지 메치가 피델에게 보내는 편지를 통해 소피의 사생활이 적나라하게 탄로 난다. 주인공은 메치의 편지로 소피와 시종 무관의 결혼 사실을 알게 되고, 소피가 자신을

레핀, 〈포프리신〉

어떻게 평가하고 있는가도 알게 된다. 주인공은 자신에 대한 소피의 냉소와 조소를 알아차린 후 사회적 신분 상승의 욕망이 더 강해진다. 그 욕망은 스페인 왕의 부재를 단초로 하여 광기로 이어진다.

두 번째 부분에서 주인공은 자신을 공석이 된 스페인 왕으로 여기기 시작한다. 스페인 왕이 바로 자신임을 선언하면서 주인공의 광기가 본격적으로 드러난다. 일기의 날짜도 혼돈 그 자체이다. "서기 2000년 4월 43일"이라는 기이한 날짜로부터 시작되며 "30월 86일 낮과 밤 사이", "며칠도 아니다. 날짜에 들지 않는 날", "날짜도 기억나지 않는다. 달도 역시 없다. 무슨 영문인지 모르겠다", "349년 2월 34일" 등 이상한 날들의 연속이다. 주인공의 실질적인 광기는 정신병동에 수용되기 전까지 다양하게 나타난다. 그의 광기를 보고 깜짝 놀라는 하녀의 심리적 충격과 광인의 비논리적인 언술들은 「광인일기」의 백미이다. 여기서 스페인은 주인공의 실현 불가능한 욕망이 가능한 허구의 세계요 가상 현실이다. 그래서 '글쓰기'의 오류도 함께 나타난다.

광인의 세계인식 고골의 「광인일기」에서 광인의 비정상적인 생각과 인식들은 비논리적인 현상들을 통해 나타난다. 이런 비논리성은 동물들에 대한 광인의 상상 속에서 구체화된다. 포프리신은 사람을 개와 돼지 그리고 당나귀와 동일시하고 있다. 그는 자신을 "자루 속에 든 거북"이라 정의 내리고 있으며, "물고기와 소도 말을 할 줄 안다"라고 주장한다. 따라서 그는 강아지 메치와 피델이 말을 하는 것을 당연하다고 생각한다. 그는 개가 사람보다 더 현명하다고 생각하는 사람이다. 여기서 특징적인 것은 동물들 가운데 새에 대한 언급이 많다는 점이다. 포프리신은 과장을 일컬어 '왜가리'라고 부르고, 다른 동료를 '황새'와 닮았다고 말한다. 국장의 딸을 '카나리아'에 비유하고, 그녀의 옷은 '백조'로 비유하고 있다. 고골은 왜 새에게 초점을 맞추었을까? 포프리신은 국장의 깃펜을 깎는 일을 맡고 있다. 여기서 우리는 깃털을 통해 자연스럽게 새를 연상해 볼 수 있다. 더욱이 그는 국장 딸의 깃펜을

네 자루나 깎아 주었고, 소설의 끝에 다음과 같이 말한다. “모든 수탉은 그들의 날개 속에 스페인을 숨기고 있다.” 작가는 새와 주인공의 직업을 연관시키며 문학적 상상력을 끝없이 펼친다.

인간을 동물이나 사물에 비유하는 고골의 수사법은 인간의 존엄성과 가치에 대해 새로운 인식체계를 부여한다. 동물이나 사물로의 전환은 인간을 의미의 가치체계가 아니라 무의미의 가치체계로 전락시킨다. 포프리신은 강아지들끼리 주고받는 대화를 엿듣는다. 포프리신의 정신이 이상한 것도 있지만, 그의 위상은 강아지 수준이라는 말도 된다. 그의 수준은 동물급으로 전락한다. 동물이나 사물에 비유되는 삶은 무의미하다.

고골의 여성관 성(性)에 대한 호기심이야말로 모든 지적 행위의 근원이 된다. 성이란 단순한 육체만의 문제가 아니다. 성은 인간의 정체성을 결정하는 데 큰 역할을 하는 환상과 상징의 복합물로서 만족과 상실의 유아적 환상에 의해 주도된다. 고골은 성적 존재로서의 자아 개념에 관심이 많다. 그의 소설에서 성은 모든 호기심의 원동력이다.

고골에게 여성이란 매혹적이지만 접근하기 어려운 무시무시한 환상이었다. 그의 상상 속 여성들은 신비스럽고 비인간적인 환상이거나 완전히 남성화되고 심지어는 인간성이 박탈된, 희화화된 여성들이었다. 그래서 고골의 주인공들은 대부분 여성을 두려워한다. 여성에 비해 매우 소심하고 기가 죽어 있는 주인공들을 사디즘이나 마조히즘이라는 성적 이상심리의 사례로 연구한 비평가들도 적지 않다. 더 나아가 그들은 고골을 성적 이상심리자로 간주한다. 비평가들의 말에 따르면 고골의 성적 심리는 어린 시절 부모와의 관계에서 유래한다는 것이다. 지배욕이 강한 성격의 어머니와 유약한 성격의 아버지 사이에서 성장한 관계로 여성의 억압심리가 고골의 작품에 나타난다고 한다. 그러나 고골의 주인공들 가운데 여성을 두려워하지 않는 경우도 있다. 『검찰관』의 흘레스타코프나 「코」의 피로고프는 여성들 앞에서 자신만만해하며, 여성을 유혹하는 데 능수능란하다. 이런 측면에서 볼 때 고골 자신이 아직 완전한 성인 남성으로 충분히 발달하지 못한 유아기적 성적 욕망을 지닌다는 비평가들의 견해는 작가에 대한 부당한 억측이라 할 수 있다.

그러나 실제로 고골 작품 속에서는 남편에게 호통치는 마누라, 남자의 순수한 연정을 몰라주는 냉정하고 도도한 여자, 자기 고집대로 변덕을 부리거나 수다스러운 여자 등 '강한 여자'들이, 아내의 기에 눌려 사는 공처가로서의 남편, 반향 없는 짝사랑에 절망하는 남자, 의지박약한 남자 등 '약한 남자'들에 비해 주로 등장하고 있는 것 또한 사실이다. 그런데 여기서 우리는 고골 작품이 작가 자신의 현실 세계를 그대로 반영하는 것만은 아니라는 것을 전제로 할 필요가 있다. 고골의 세계는 작가 자신이 충분히 스스로를 자각하고 의식하고 있는 상상력의 허구 세계이다. 그러나 이 허구 세계를 구축하는 데 있어, 고골이 주변 현실로부터 자기가 느끼고 주목했던 몇 가지 사실들을 원용했음을 충분히 짐작해 볼 수 있다.

고골의 작품 세계 속에 '강한 여자, 약한 남자'의 남녀 관계 틀이 기본적으로 짜여 있다고 하여 작가 자신이 스스로 세상의 남녀 관계를 그런 식으로 파악하고 있었다고 단정하기는 어렵다. 고골에게도 역시 이러한 관계 이외에 당대의 약한 여자들, 강한 남자들이 충분히 눈에 들어왔을 것이다. 폭군처럼 힘을 발하는 강압적이고 무정한, 즉 사물화되어 버린 여성을 그리기는 했지만, 평생 결혼을 하지 않고 지낸 고골에게도 알렉산드라 스미르노바라는 억세지 않은 '정신적인 여자 친구'가 있었다. 이 여성은 명문 귀족 태생으로 17세 때 궁정 시녀가 되었으며, 푸시킨, 주콥스키, 레르몬토프, 고골 등 당대 문단의 명사들과 교류했던 교양 있는 여성이었다.

이런 전기적 사실로 미루어 볼 때, 고골은 인간 세상의 긍정적인 모습보다는 부정적인 양상의 서술과 묘사에 탁월한 재능을 발하였고, 이러한 문학적 특성으로 인해 그의 작품 속에서는 남성과 여성의 모습이 한 가지 측면으로만 극단적으로 희화화되고 풍자되는 것으로 추정해 볼 수 있다. 그런 의미에서 여성에 대한 부정적인 묘사는 이미 고골 자신의 이상적인 여인상을 전제로 한다. 자기가 좋아하는 여성의 완벽한 무시와 조롱을 뒤늦게 깨달은 「광인일기」의 포프리신이 광기의 상태에서 '여성의 정체'에 대하여 쏟아 내는 말을 들어 보자.

> 아, 여자 이상으로 간사한 존재가 또 있으랴! 나는 이제 여자의 정체를 완전히 알아냈소. 오늘날까지 여자가 홀딱 반할 만한 사람이 누군지 알아낸 사람은 아무도 없었소. 내가 처음으로 그것을 발견한 것이오. 여자가 홀딱 반하는 상대는 다름 아닌 악마요. 아니, 절대 농담이 아니오. 학자들은 이러쿵저러쿵 부질없는 소리를 늘어놓고 있지만, 여자가 반하는 것은 오직 악마뿐이오. 저길 좀 보시오. 저 첫째 줄 특별석에서 한 여자가 쌍안경을 들이대고 있지 않소? 저 여자가 훈장을 단 뚱뚱보를 보고 있을 거라 생각하시오? 천만의 말씀, 여자는 뚱뚱보 뒤에 바싹 붙어 서 있는 악마를 보고 있는 거요. 아니, 악마는 그 사나이의 훈장 속에 숨어 버렸지. 보시오. 저기서 손가락을 까닥여 여자를 부르고 있어! 그리하여 여자는 그 녀석의 아내가 되고 마는 것이오.

여기서 포프리신의 말을 통해 고골은 남성과의 진정한 사랑을 갈구하지 않고 단지 세속의 부와 명성만을 취하려 하는 여성들의 현세적이고 물질적인 가치 추구와 사랑을 질타하고 있다. "뚱뚱보 뒤에 바싹 붙어 서 있는 악마"란 그 뚱뚱보 남자의 행위를 조종하는 부정적 힘의 근원이다. 말하자면, 여성들은 남성의 참된 개인적 특성과 인격에는 전혀 관심을 두지 않으면서, 영혼을 박탈당한 기계인형처럼 세속적 욕망에 따라 움직이는 악마적 모습만을 가치 있는 것으로 인정한다.

바로 이런 점 때문에 고골 작품 속의 여성을 반드시 성적 메커니즘과 연관하여 해석할 필요가 없다. 여성은 발기 부전이나 거세 콤플렉스에 시달리는 '작은 남성'을 위협하는 존재가 아니다. 고골의 부정적인 이미지의 여성들은 남성적 가치를 참된 영혼으로부터 얼마나 많은 거리를 두고 물질적 욕망을 실현해 왔는가 하는 현세적 결과에서만 찾는다. 그리하여 이들은 영혼을 갖춘 이상적 인간으로 존재하는 것, 즉 인간적 가치를 실현하려 하는 것을 방해하는 유혹자, 그릇된 안내자의 역할을 하게 되는 것이다. 바로 이런 맥락에서 보면 고골의 이상적 여성상은 자연스럽게 도출된다. 그의 이상적인 여인이란 남성에게 '영혼'을 되찾아 주는 여성, 정신적 가치를 남성의 내면에 새롭게 북돋아 주는, 지식과 교양을 갖춘 지혜로운 여성이 될 것이다.

동일시 현상의 세계 우리 사회에서 종종 자기 직위나 신분이 변변치 못한 사람들이 출세한 유명인사나 세도가의 이름을 내세워 자기와의 관계성을 설정하고 동일시하는 경우를 보게 된다. 그럴 때마다 인간의 세속적 욕망은 타자를 통한 자기 동일시 현상으로 재현됨을 알 수 있다. 고골의 「광인일기」는 동일시 현상을 구체적으로 표현해 준다. 마흔두 살의 빈털터리 하급관리 포프리신은 몽상적인 일기를 쓰는 이 소설의 화자인데 상관의 딸을 사모하다가 자신의 한계성을 깨닫고 미쳐 간다. 그는 결국 자신과 스페인 왕을 동일시하며 완전히 미쳐 버린다.

작가 자신도 실제로 미쳐서 죽는다. 고골은 죽기 전 얼마 동안 종교에 사로잡혀 자신의 모든 문학을 부정해 버린다. 「광인일기」는 아이러니하게도 자신의 비극적 운명을 예언해 주는 소설이 되어 버렸다.

신의 언어와 인간의 문법 고골은 신의 언어와 인간의 문법 사이에서 고민했다. 그는 자신의 언어를 하늘의 의지에 맞추려고 노력하였으며, 실제로 "보이지 않는 누군가가 나의 필봉을 강하게 휘두르게 한다"라고 말했다. 고골이 사용한 풍부한 언어적 비유는 인간의 한계를 넘어선다 할 정도로 탁월했다. 말년에 그가 자신의 관심을 미학이 아닌 종교로 옮기면서, 문학의 전반적인 방향은 풍자나 비판에서 메시아적 사상으로 변해 갔다. 그 결과 비평가들의 온갖 비난을 피할 수 없었던 고골은 한편으로 문학의 순교자라 할 수 있다.

15. 예술가의 욕망: 고골의 「초상화」

우리의 삶에 있어서 어떤 욕구나 욕망을 품는다는 것은 필연적이다. 왜냐하면, 욕구나 욕망이란 삶을 유지해 주는 가장 원초적이고도 지속적인 원동력이 되기 때문이다. 인간 삶을 행복하고 유익하게 하려는 노력과 욕망 실현은 기본적 욕구 이상의 것이다. 그러므로 욕망이 인간의 안정된 삶과 행복 증진을 위하여 필요한 것임은 틀림없다. 그러나 인간의 욕망이란 절도(節度)가 없을 때 돌이킬 수 없는 문제를 일으킨다. 오늘날 인간 사회에서 벌어지는 온갖 타락 현상들의 근본에는 욕망의 무절제라는 문제가 내재되어 있다. 인간이면 누구나 추구하는 행복이란, 근본적으로 인간의 내면에서 솟아나는 욕망이나 의지 등과 밀접한 관련을 맺고 있다. 고골은 「초상화」에서 한 예술가의 삶과 욕망을 환상적 차원과 종교적 차원으로 승화시켜 이야기하고 있다.

개정판 고골의 「초상화」는 단편집 『아라베스키(Арабески)』(1835)에 수록되어 있었다. 그러나 1848년에 작가는 「초상화」를 개작하여 다시 출판하였다. 초판과 개정판 사이에는 상당한 차이점이 있다. 초판에서 주인공의 이름은 체르트코프(Чертков)였으나, 개정판에서는 차르트코프(Чартков)로 바뀌었다. 개정판은 초판의 환상적인 요소를 삭제하고 사실적인 요소를 많이 가미하였다. 소설의 에필로그 부분에서 초상화가 그냥 사라지는 것이 아니라 도난당한 것으로 개정되었다. 그 밖의 환상적이고 신비적인 내용도 종교, 천벌,

속죄의 내용으로 변경되었다. 고골은 생애 후반기에 종교에 심취하면서 모든 비평의 기준을 기독교에 두었다. 고골은 주인공 차르트코프를 운명적 유혹에 굴복한 사람으로서 작가인 자신을 지칭하는 것으로 간주하였다. 그리고 고골은 초상화에서 돈을 취한 차르트코프의 독선적 행동에서 자신의 모습을 보게 된다.

성화와 초상화 러시아인들의 종교 생활 중심에는 성화가 자리 잡고 있다. 성화는 창조적 예술작품만큼이나 일상적 의식의 문화 유물이다. 성화는 교회와 가정은 물론 상점과 사무실 등 곳곳에서 찾아볼 수 있다. 성화가 기독교 수용과 함께 시작된 것과는 달리, 초상화는 1650년대 말이 되어서야 나타난다. 17세기 말 러시아 성상 화가들이 비잔틴의 엄격한 중세 성화 화풍을 버리고 서구 바로크 양식의 고전주의 기법과 관능성을 받아들이기 시작하면서 세속적인 초상화도 나타난다. 하지만 초기의 초상화들은 여전히 성화 양식에서 크게 벗어나지 못하며 노골적으로 성화를 모방하는 경향이 있었다. 차르 알렉세이 시대에 들어서야 성과 속으로 구별되는 성화와 초상화의 양식상 차이가 분명해진다. 「초상화」에서 악마의 영혼이 깃든 초상화를 그린 화가도 성상 화가였다. 이 소설에서 고골은 종교적 영향에서 벗어나지 못했다.

악마의 영혼이 깃든 초상화 「초상화」는 어느 화가의 이야기로 시작된다. 페테르부르크의 가난한 화가 차르트코프는 어느 날 미술상 앞을 지나다가 낡은 초상화 한 점을 사게 되었다. 그것은 광대뼈가 튀어나오고 여위었으며 청동빛 얼굴을 한 노인의 초상화였다. 노인의 얼굴에는 힘이 넘치고 있었으며, 타는 듯한 두 눈은 기괴한 생기를 내뿜고 있었다. 초상화를 본 사람들이 뒷걸음칠 정도로, 노려보는 듯 무서운 눈이었다.

화가는 노인의 무서운 눈 때문에 꺼림칙한 마음을 떨칠 수 없었다. 그런데 그날 밤 화가가 침대에 누웠을 때였다. 초상화의 노인이 살아 있는 듯 화가를 똑바로 노려보는 게 아닌가. 그는 심장의 고동이 멎는 듯했다. 그때, 그림 속의 노인이 조금씩 움직이더니, 액자 속에서 걸어 나왔다. 그는 옷 주름 아래서 금화가 가득 담긴 꾸러미들을 꺼냈다. 화가는 공포 속에서도 꾸러미 중 하나를 꽉 움켜쥐었다. 노인은 나머지 꾸러미들을 집어 다시 액자 속으로 돌아갔다.

눈을 뜬 화가는 무서운 꿈이라고 생각했으나, 곧 노인이 두고 간 금화 꾸러미를 발견하고 그것이 단순한 꿈이 아니라는 것을 깨달았다. 엄청난 돈을 손에 넣은 화가는 당장 호화로운 방을 구하고 값비싼 화구들을 구입했다. 게다가 화가로서 명성을 얻고 싶은 욕심이 들어, 유명한 신문사 발행인에게 뇌물을 주고 자기 기사를 싣도록 청탁했다.

차르트코프는 곧 유명한 화가가 되었다. 여기저기서 인터뷰를 요청하고, 수많은 귀부인이 초상화를 그려 달라고 했다. 그는 실물보다 훨씬 더 예쁘게 그림을 그려 주면서 온 도시에 명성을 얻게 되었다. 물론 그의 그림에는 어떠한 예술적 고상함도, 예술적 감흥도 남지 않게 되었다.

그러던 어느 날 차르트코프는 어느 전시회에서 진정으로 아름답고 숭고한 그림을 보게 되었다. 그 그림 앞에서 한없이 초라한 자신을 발견한 화가는 그때부터 명화라고 하는 명화는 몽땅 사들여 광포하게 찢어 버리기 시작했다. 그러다 초상화의 노인이 남긴 돈주머니 때문에 자신이 파멸했다는 것을 깨닫게 된다. 그는 거의 발작적인 상태에서 초상화의 환상만을 보게 되었다. 결국 그는 무서운 고통과 절망 속에 숨을 거두었으며, 막대한 재산은 모두 사라지고 말았다.

초상화의 내력이 밝혀진 것은 어느 그림 경매장에서였다. 그 이상한 그림 앞에서 사람들이 뭔가 기분 나쁜 느낌을 받고 있을 때, 한 사내가 그림에 관해 설명하기 시작했다. "여러분도 아시다시피, 이곳에는 콜롬나라고 하는 지역이 있습니다. 그곳에 한 고리대금업자가 살고 있었습니다. 그런데 그자에게 돈을 빌린 사람은 모두 이상한 운명을 맞는 것이었습니다. 모두가 다 불행하게 죽었다는 것이지요. 그것도 착한 사람이 갑자기 사악해지고 탐욕스러워진 끝에 처참한 죽음을 맞게 된 사례들이 많이 있습니다. 이제 사람들은 고리대금업자를 보면 '악마다, 틀림없는 악마다!' 하고 소리치지 않을 수 없었습니다. 그런데 화가였던 제 아버지 앞에 바로 그 고리대금업자가 나타나 초상화를 그려 달라고 했던 것입니다. 제 아버지는 무척이나 마음이 곧고 선량한 분이셨습니다. 그런데 그 고리대금업자의 초상화를 그리기 시작하면서 무서운 느낌이 들게 되었습니다. 고리대금업자는 그 후 곧 죽었으나, 그 악마의 영혼이 깃들어 있는 초상화를 소유한 사람들이 비참한 죽음을 맞게 되었던 것입니다." 경매장에서 15년 전에 사라진 그 초상화를 발견한 사내는 그에 얽힌 이야기를 멈추고 다시 그 이상한 그림으로 눈을 돌렸다. 그런데 초상화는 이미 거기에 없었다. 사람들이 이야기를 듣고 있는 동안에 그 악마의 초상화는 다시 도난당한 것이다.

등장인물의 분류 등장인물을 세 가지 격(格)으로 나누어 설명하면 흥미롭다. 첫째로 인격(人格)이다. 인격이란 인간이 원래 갖고 사는 격이다. 둘째로 생격(生格)이다. 생격이란 신이 준 격으로 '죽어 있는 삶'이 아니라 '살아 있는 삶'을 뜻한다. 셋째로 사격(死格)이다. 사격이란 악마가 주는 격이다. 인격에 성령이 임하면 생격으로 변하고, 반면에 악령이 들어오면 사격으로 변한다. 인격은 항상 악령의 유혹과 시험에 들기가 쉽다. 악령의 유혹으로 죄를 지으면 궁극적으로는 사격으로 변하게 된다. 사격의 인간이 인격을 가진 인간으로 변하는 경우도 많다. 인격이 사격으로 변하는 것을 변질되었다고 한다면, 반면에 사격이 인격으로 변하는 것은 변화되었다고 한다. 「초상화」에서 차르트코프는 처음에 인격을 갖춘 예술가였다. 그러나 악마의 유혹으로 그의 인격은 사격으로 변질된다. 반면에 성상 화가는 악령의 유혹으로 사격으로 살아가다가 결국 하느님이 주신 성령으로 변화되며 새로운 삶을 살게 된다.

고골의 예술관과 모방의 문제 고골의 「초상화」는 실패한 예술가라는 진부한 주제를 기초로 하고 있다. 고골이 생각하는 예술이란 무엇인가? 예술은 인간의 상호 교류 수단 중 하나이다. 톨스토이에 의하면 예술이란 인간 삶과 깊게 연결되어 있다. 진정한 예술은 예술가가 체험한 진실한 감정을 타인에게 전달한다. 어느 민족이든 민족 공통의 종교적 자각에서 흘러나온 감정을 전달하는 예술은 좋은 예술이며 참예술이다. 그러나 개인의 감정을 혼돈으로 이끄는 예술은 좋은 예술이 아니라 나쁜 예술이며 위선의 예술이다. 톨스토이는 특히 '예술을 위한 예술'을 싫어했고, 그러한 예술은 이해하기 어렵기에 비평가의 설명을 요구한다고 했다. 예술은 단순해야 하고 소통이 가능해야 하므로 농노들이 이해할 수 없는 복잡하고 어려운 예술은 소용없다는 것이다. 예술은 감정의 독창성, 단순성, 성실성에 따라 감염성(전염성)의 크기가 달라진다. 감염성이 가장 큰 예술은 단순성과 성실성을 기본으로 한 민중예술과 종교예술이다. 톨스토이의 감염성[25]에 대한 문제는 고골의 「초상화」에 그대로 적용된다. 여기서 악마의 눈에 사로잡힌 사람들은 누구나 악마의 바이러스에 감염되어 파멸하고 만다. 그리고 톨스토이는 종교성을 기준으로 참예술과 거짓 예술을 구분하고 있다. 특히 기독교 인생관은 상극(相剋)이 아니라 상생(相生)의 예술로서 신과 인간의 결합 그리고 인간 상호 간의 화합을 이끄는 예술을 만들어 낸다. 고골은 톨스토이와 유사한 예술관을 보여 준다. 「초상화」의 끝에 나오는 어느 종교 화가의 글을 보자.

> 예술에 모든 것을 바치고 정열을 다하여 예술을 사랑하라. 속세의 정욕으로 숨 쉬는 정열로서가 아니라 조용한 하늘의 정열로 사랑해라. 이 정열이 없

25 프랑스 철학자 알랭은 감정이 전염성이 강하다고 주장하면서 웃음의 전염성을 예로 들었다. 철학사에서 감정의 전염성을 처음 말한 사람은 스피노자이다. 그는 감정의 전염성을 '정서의 모방(affectum imitatio)'이라는 말로 표현했다. 이 정서적 모방은 상상의 차원에서 일어난다. 감정의 모방은 동류의식을 느끼는 사람들 사이에서 일어난다.

으면 인간은 지상에서 날아 올라갈 수 없고, 기적적인 평화의 소실도 줄 수 없다. 왜냐하면, 숭고한 예술작품은 만인의 평화와 화해를 위해 하늘에서 세상으로 강림한 것이기 때문이다. 숭고한 예술은 마음에 불평을 품게 하지 않고, 울려 퍼지는 기도가 되어 하느님을 향하여 영원히 나아간다.

고골이 생각하는 좋은 예술이란 톨스토이와 마찬가지로 종교적 색채를 띠고 인간 마음에 사랑으로 감동을 주는 것이다. 고골은 화가가 갖추어야 할 덕목으로 '순수한 영혼'을 들고 있다. 세속적 욕망의 유혹에 빠지지 않고 하늘의 이치와 사물의 이치를 파악할 수 있는 예술가는 '영혼의 순수한 눈'을 가진 자이다. 고골의 눈은 진화된 인간의 눈이다. 진정한 예술가는 순수한 영혼을 바탕으로 천하고 악한 것도 아름답고 선한 것으로 승화시킬 수 있는 재능이 있어야 한다. 그러나 순수한 영혼이 부족한 사람은 언제나 악마의 유혹에서 벗어날 수 없다. 주인공 차르트코프는 천부적인 재능을 가진 화가였다. 그러나 그는 악마의 유혹에 자신의 예술정신을 팔아 버렸으며, 예술혼을 팔아 버린 그에게 남아 있는 것은 영혼의 공허감과 열등감밖에 없었다. 물질적 욕망과 사회적 명예에 대한 환상으로 가득 찬 차르트코프는 유행 화가로 전락하여 부귀영화를 누리면서 가난한 화가들을 조소하였다. 고골의 예술관에서 모방은 개성 없는 대량생산이며 환영(幻影)의 환영을 만들어 내는 것일 뿐이다. 모방은 인간의 속물성이나 부와 긴밀하게 연관되어 있다. 자신의 예술혼을 물질적 욕망에 넘겨 버리고 세속적인 삶을 즐기게 됨으로써 차르트코프의 예술은 자기 과시의 예술이 되어 버렸다. 궁극적으로 이 소설에서 고골이 강조한 것은 예술창조의 숭고함과 진실한 예술가가 갖추어야 할 덕목이었다. 그 덕목은 종교예술에서 나온 것이다. 돈과 명예의 유혹을 받고 파멸한다는 이야기는 고골의 초기 작품에서부터 일관되게 나타나는 서사구조라 할 수 있다. 파멸의 유혹에서 해방되기 위해서 예술가는 종교적 신념을 가져야 한다. 고골은 종교적 기반을 두지 않은 예술가는 악마의 유혹에서 벗어나기 힘들다고 주장한다.

고골은 『친구와의 서신교환선』에서 인간의 성숙과정을 지성과 이성, 그리고 지혜의 세 단계로 나누고 마지막 단계인 지혜를 그리스도만이 줄 수 있는 최고의 덕목으로 꼽는다. 이성은 욕망을 이겨 내야 얻을 수 있는 고귀한 것으로 지혜의 아래 단계이며, 지성은 이성과 지혜에 이르기 위한 인간의 가장 기본적인 가치가 된다. 고골은 언제나 최고의 지혜를 종교 세계에서 찾았으며, 따라서 그의 예술관은 궁극적으로 톨스토이와 마찬가지로 종교예술에 기초한 것이라 할 수 있다.

고골의 예술관에 나타나는 세 가지 진리를 살펴볼 수 있다. 첫째로 예술가의 삶은 고통이다. 둘째로 예술의 기원과 고통의 원인은 욕망이다. 셋째로 욕망을 제거함으로써 고통을 제거할 수 있다. 이는 곧 예술가의 삶=욕망=고통이라는 등식으로 설명할 수 있다. 욕망이란 결코 충족될 수 없고, 특히 예술가는 채워지지 않는 욕망으로 고통스러워한다. 고통으로부터 해방을 원할 때 언제나 악마는 유혹의 손길을 뻗고 의지 약한 예술가는 자신의 예술혼을 팔게 되며 궁극적으로 파멸의 길을 갈 수밖에 없다. 예술가도 세속적 욕망으로 이끄는 악마의 유혹에서 해방되려면 성자들처럼 굳건한 신념을 가져야만 한다. 예술혼을 강조하는 고골의 미학은 종교학이나 윤리학의 동의어이다.

환상과 현실 고골의 환상문학 작품을 분석할 때 사건이 '과거'에 일어난 것인지, 혹은 '현재'에 일어난 것인지를 구별하는 것이 중요하다. '과거'의 이야기를 다루는 작품에 나타나는 환상성은 일정한 특징을 갖는다. 어떤 강한 초현실적인 힘이 노골적으로 드러난다. 이는 대부분 악마 또는 그와 손을 잡은 인간의 형태로 나타난다. 그리고 환상적인 사건들은 작가-화자나 등장인물들에 의해 밝혀진다. '과거'가 아닌 '현재'의 시간과 공간을 다룬 이야기에서는 환상성이 우회적으로 애매하게 나타난다. '현재'를 다루고 있는 작품의 환상성은 과거의 시간적, 공간적 배경이 갖는 이상한 사건에 의해 구체화되는 것이다. 따라서 환상성은 현재가 아닌 과거를 통해서만 명백하게 된다. '과거'를 다룬 환상문학에서 인물들에게 나타나는 환상성은 주로 악마성과 연관되어 있다.

「초상화」에서 예술가의 아들이 말한 후반부 이야기는 환상성의 전사(前史)이다. 여기서 환상적인 사건은 소문의 형식으로 알려진다. 우리는 소문을 통해 악마적인 탐욕의 화신 고리대금업자가 초상화로 부활한 것을 알게 되며 이는 소설 앞부분, 즉 현재의 시점에서 발생하는 환상성에 대한 단초를 제공해 준다. 이와 달리 '현재'를 다루고 있는 부분에서는 의인화된 환상적 이미지는 사라지게 되며 모든 것이 불명확하다. 여기서는 주로 꿈을 통해 악마성이 나타난다. 이처럼 '현재'를 다루고 있는 환상문학에서는 환상과 현실이 애매하게 공존한다. 환상성은 베일에 가려진 채 주인공 차르트코프가 예술적인 성공을 즐기는 현실적인 이야기와 병행한다. 그런 식으로 고골에게 악마, 마녀, 혹은 악마에 사로잡힌 인간들의 환상적 이미지와 의인화된 초자연적인 힘은 '현재'가 아닌 '과거'에서만 나타난다.

고골의 환상문학에서는 신과 악마 또는 선과 악이 대칭적 구조로 나타나지만 결국에는 악마성만 남게 된다. 고골에게 선한 환상성은 존재하지 않는다. 고골의 환상성은 악마적 환상성에 그 기초를 두고 있다. 그의 악마성은 단순히 사악한 것만이 아니라, '자연의 혼란'이나 '비논리적인 것'을 수반한다. 고골의 개념에서 신적인 것은 자연적인 것이며 규칙성이 존재하는 세계를 의미한다. 반면에 악마성은 초자연적인 것이며 규칙성에서 일탈한 세계를 의미한다. 그의 소설 세계에서 비논리성과 카오스는 언제나 명백하게 악마적인 힘과 관련되어 있다.

악마의 이미지와 죽음 고골은 페테르부르크에서 배우들을 상대로 돈을 빌려주는 고리대금업자와 구릿빛 얼굴에 기이한 눈을 가진 배우 한 사람을 알고 있었다. 비평가들에 의하면 두 사람의 이미지를 결합하여 초상화 악마의 모습을 창안해 냈다고 한다. 그러나 고골이 그리고 있는 악마의 특징적 이미지는 여러 가지 면에서 민담에 나오는 불사의 악마 코셰이(Кощей)와 유사하다. 코셰이는 인색하고 부자인 불사의 노인으로 키가 크고 피골이 상접한 모습을 하고 있다. 그 노인을 만나면 사람들은 불행해진다. 또한, 코셰이의 죽음의 영(靈)은 그의 육체에 있는 것이 아니라, 바다 한가운데 섬의 거대한 참나무 뿌리 밑에 있는 상자 속 오리알에 숨겨져 있는데, 이는 고골의 악마가 자신의 영을 초상화에 남긴 것과 다르지 않은 형태이다.

고골은 죽음을 존재의 소멸로 보지 않는다. 그는 죽음을 세 가지 형태로 구분한다. 첫째는 육체의 죽음이다. 이것은 육체와 영혼이 분리되어 육체가 파괴되는 것을 말한다. 인간과 악마 역시 육체의 죽음을 거친다. 둘째는 영적인 죽음이다. 악마의 유혹에 넘어간 사람들은 영적으로 타락하게 된다. 이것은 하느님과의 친밀한 교제로부터 단절되는 것이다. 악마를 그린 화가나 악마의 초상화를 소유한 사람들은 누구나 영적인 죽음을 경험하게 된다. 셋째는 영원한 죽음이다. 이 죽음의 특징은 끝없는 고통 속에 처하면서 다시 회복될 수 없다는 것이다. 차르트코프는 결국 영원한 죽음을 자초한 것이다.

눈[眼]의 미학 고대에서부터 오늘날까지 많은 사람이 인간의 눈에 관심을 가져 왔다. 특히 예술가들은 특별히 눈에 주목한다. 고야나 미로 같은 화가들의 그림뿐만 아니라 언어예술 대가들의 작품에 나타난 천태만상의 눈은 예술작품에서 눈의 묘사가 얼마나 중요한가를 자연스럽게 느끼게 해 준다. 눈은 인간의 희로애락과 온갖 감정을 나타낼 뿐만 아니라 인간의 성격과 인품까지도 가늠하게 해 준다. 성스러운 눈, 사랑의 눈, 순수의 눈, 유혹의 눈, 욕망의 눈, 저주의 눈, 슬픔의 눈, 희망의 눈, 절망의 눈, 공포에 질린 눈, 간교한 눈, 분노의 눈, 죽음의 눈, 멍청한 눈, 거절의 눈, 체념의 눈, 호기심의 눈, 비난의 눈 등 다양한 눈이 있다. 눈은 인간 얼굴의 한 부분이지만 그 중요성은 아무리 강조해도 지나치지 않다. 눈의 중요성을 강조한 말들도 많다. 점안식, 화룡점정 등이 그것이다.

눈은 외부세계와 내부세계를 연결해 주는 교량 역할을 할 뿐만 아니라 그 자체로도 여러 가지 함축의미를 갖는다. 눈은 몸 기호의 하나일 뿐만 아니라 인간 정신을 표현해 주는 코드이기도 하다. 프랑스 철학자 M. 메를로퐁티의 말처럼 "마음은 눈을 통해 밖으로 나와 대상들 속에서 방황한다." 러시아 작가들 가운데 눈에 대해 유달리 많은 관심을 보인 작가로는 톨스토이와 고골이 있다. 톨스토이는 눈을 욕망의 창으로 묘사하고, 반면에 고골은 눈을 영혼의 창으로 간주하였다. 고골은 작가 특유의 상상력으로 초상화의 눈을 통해 물질적 욕망에 사로잡힌 한 예술가의 비극적 종말에 관해 이야기하고 있다.

눈과 악마성의 문제 악마성은 고골의 전 작품에 지배소로서 나타난다. 초기 우크라이나 작품에서는 초자연적 현상의 악마가 출현하여 하나의 등장인물 역할을 하는 경우가 많았으나, 후기 페테르부르크 작품에서는 인간 본질 내면 깊숙이 숨겨진 악마성이 초자연적 현상을 유발하는 경우가 많았다. 「초상화」에서 악마성은 현실과 환상의 기묘한 혼합 속에서 탐욕적인 이미지로 나타난다. 악마성은 그것을 창조한 사람이나 받아들이는 사람 모두에게 일정한 영향을 미친다. 고골은 초상화라는 특수한 예술 장르를 통해 인간들에게 내재되어 있는 악마성을 은유적으로 표출시킨다. 특히 초상화의 눈은 '악마의 눈'을 연상시킨다. 여기서 고골은 안드레이 루블료프가 자신의 성화에서 사용한 '역투시화법(역원근법)'을 사용하고 있다. 인간이 신을 바라보는 것이 아니라 신이 인간을 바라보는 시각에서 그려진 성화의 원근법은 일반 그림의 원근법이 아니라 역원근법이다. 고골의 「초상화」에서도 감상자가 그림을 쳐다보는 것이 아니라, 그림 속의 인물이 감상자를 쳐다보는 듯한 느낌을 준다.

일반적으로 눈은 이중적 성격을 갖는다. 우선 눈은 마음의 창으로 보이는 모든 현상과 인간의 본질을 꿰뚫어 보는 혜안이 될 수 있다. 이런 면에서 눈은 진실을 가려내는 영혼의 한 긍정적인 측면으로 작용한다. 다른 한편으로 눈은 인간의 의식을 현혹하고 매혹적이고 현상적인 세계로 이끌기도 한다. 이 소설에서 초상화의 눈은 인간의 의식을 현혹하는 창이 되며 주인공의 악마성을 일깨운다. 초상화의 눈은 처음부터 아름답기보다는 위협적인 이미지로 묘사된다.

> 초상화는 미완성품인 것 같았으나 그 화법만큼은 놀라웠다. 특히 돋보이는 것은 눈이었다. 이것을 그린 화가는 자신의 화법과 모든 정력을 눈의 묘사에 몽땅 쏟았을 것이라는 생각이 들었다. 눈길은 앞을 주시하고 있었으나, 묘한 기운을 내뿜고 있어서 마치 조화를 깨뜨리는 듯했다. 초상화를 출입문 쪽으로 옮겨서 다시 들여다보니 그 눈은 더욱 강렬하게 빛났다. 주위에 모여 있던 사람들도 그와 비슷한 인상을 받은 것 같았다. 차르트코프의 뒤에서 있던 여자는 "노려본다, 노려본다"라고 소리치며 뒷걸음쳤다. 차르트코프 자신도 어떤 불쾌한 감정을 느끼고 초상화를 땅에 내려놓았다.

'악마의 눈'은 언제나 인간들의 추악한 면을 꿰뚫으며 영향력을 행사한다. 그리하여 초상화의 '악마의 눈'에 관통된 사람들은 대부분 그 눈을 닮아 간다. 주인공의 눈 역시 '악마의 눈'으로 변해 간 것이다. 문제의 초상화를 소유하게 된 이들은 하나같이 파멸해 가면서 그림 속 '악마의 눈'을 닮아 간다. 이러한 악마의 자기 복제성은 주인공이 미쳐 가는 과정에서 더 뚜렷하게 나타난다.

> 그의 눈에는 자기의 침상에 둘러서 있는 사람들 모두가 그 무서운 초상화로

보이는 것이었다. 초상화는 그의 눈에 두 배로 보이거나 네 배로 확대되었다. 사방의 벽에 초상화가 걸려 살아 있는 그 눈들이 자기를 뚫어지게 노려보고 있는 것 같았다. 무서운 초상화가 천장에서도 방바닥에서도 그를 노려보았고, 방이 무한히 넓어지고 길어져서 응시하며 움직이지 않는 눈의 수도 그만큼 늘어 가는 것이었다.

그러면 초상화 속 악마성의 정체는 무엇일까? 악마성이란 인간 마음속에 숨어 있는 욕망이다. 이 악마성은 주인공의 외부에 존재하고 있던 것이 아니라, 그의 마음속에 잠재하고 있던 범속성이었다. 그의 욕망은 예술가로서 지니지 못한 순수한 영혼과 영감에 대한 강한 질투라는 불길 속에서 그 악마적 본질을 숨김없이 드러낸 것이다. 결국, 그는 악마의 눈의 유혹을 이겨 내지 못하고 그 악마의 눈이 시키는 대로 파멸의 길을 따라간다. 악마란 외부의 어둡고 불가사의한 초자연적인 힘을 의미하는 것이 아니다. 그것은 인간이 양심을 저버렸을 때 불가항력적인 힘으로 그를 정신적 파멸로 이끌어 가는, 인간의 내면에 살아 있는 존재인 것이다. 악마성은 인간이 어떤 가치를 추구하느냐에 따라 수십 배로 확대되어 나타날 수도 있고, 아니면 악마가 발붙일 공간이 없을 정도로 극복 가능한 존재가 되기도 한다.

언어로 구현된 욕망의 변증법 고골은 인간의 욕망이 영혼을 어떻게 점진적으로 타락시키고 파멸시키는가에 대한 흥미로운 언어예술을 보여 주고 있다. 그의 모든 작품에서 욕망은 상당히 부정적으로 취급된다. 욕망을 가진 주인공들은 대다수가 파멸하는 것으로 끝난다. 일반적으로 사람들은 살아가면서 길에 떨어져 있는 명성의 부스러기라도 얻기를 바라지만, 대부분은 일생을 이름 없이 살아간다. 차르트코프나 초상화의 화가 역시 예외는 아니었다. 사실 인간은 누구나 주변 사람들로부터 인정을 받고 싶은 기본적인 욕구가 있다. 자신의 가치를 인정받고 싶은 욕구는 그 자체가 나쁜 것은 아니다. 성취욕이 악은 아니다. 그러나 지나친 욕구는 일그러진 욕망으로 변하고 왜곡된 행위로 나타난다. 자존심이 부패하여 교만이 되고 물질적 안정을 추구하는 마음이 지나쳐 탐심이 되며, 개인적 친교를 바라는 바람이 타락하여 욕정이 된다. 고통은 분노가 되고 굶주림은 과식으로 바뀐다. 숭배하고 존경하는 마음이 질투가 되고 휴식을 바라는 마음이 게으름으로 탈바꿈한다. 돈과 명성을 추구한 화가들의 욕망은 결국 악행으로 변하여 자기 파멸의 길로 치닫는다. 성서에서 죄악은 인간의 일곱 가지 욕망(탐식, 탐욕, 나태, 음란, 교만, 질투, 분노)에서 나온다고 한다. 차르트코프는 주변의 충고와 비판이 있었지만, 구원의 길을 택하지 않았다. 반면 고리대금업자의 초상화를 그린 화가는 처음에 명성을 추구하고 제자를 질투하였으나, 자기 성찰을 통해 성스러운 삶을 영위하였다. 그 역시 차르트코프처럼 타락의 길로 들어설 위기에 봉착하였으나, 자기 성찰의 내면에서 우러나오는 소리에 귀를 기울이고 수도와 정진을 통해서 악의 힘을 물리쳤다.

프랑스의 정신분석학자 자크 라캉과 그의 후속 연구자들은 현대의 정신분석에 욕망이라는 개념을 적용한다. 이것은 인간의 동기를 생물학적 환원주의의 속박에서 벗어나 이해하려는 시도이다. 간단히 말해서 라캉주의자들은 특정 대상을 획득함으로써 충족되는 욕구(need)와 타자에게 대응하여 상호작용을 추구하는 요구(demand)를 구별한다. 욕구가 궁극적으로 생물학적인 것인데 반하여 요구는 현상학적인 헤겔적 사상에서 연유한 것이다. 욕망은 이러한 비교적 단순한 두 개념을 수반할지라도 그 어느 하나로 환원되지 않는다. 욕망은 오히려 세계 속에서 만족스러운 대상을 향한 끝없는 탐구를 지배하는 환상적 구축물을 향해 있다. 이론가 개개인의 경험에 따라 이 욕망의 소진되지 않는 성질은 때로는 찬양되기도 하고 때로는 인간 존재의 유한성의 상징으로 제시되기도 한다. 고골은 특히 욕망이 만들어 내는 계급 · 권력 · 명예 · 물질 등에 매달리는 인간의 어리석음을 통렬하게 비판한다. 욕망이 만들어 내는 삶은 다 부질없는 허깨비놀음이라는 것이다.

소유와 생명 사람에게는 누구나 소유욕이 있다. 인간에게서 가장 강한 욕망이 소유욕이다. 누구에게나 이것은 공통적인 본능이다. 아름다운 것, 귀한 것, 선한 것을 갖고 싶은 마음은 결코 죄가 아니다. 타고난 본능을 모두 죄로 이야기할 수 없다. 그러나 그 욕망이 지나칠 때 탐심이 된다. 탐심이란 분수를 넘어선, 경계선을 넘어선 것을 의미한다. 바로 이 탐심이 죄를 낳게 된다. 마지막 숫자가 없듯이 인간의 마지막 욕망이란 없다. 소유에 대한 올바른 가치관을 갖지 못한 인간들의 미래는 죽음밖에 없다. 소유를 생명보다도 더 크게 보는 사람들의 미래는 비극이다. 정신적 가치(종교, 도덕, 양심, 윤리)보다 소유물의 축적에 관심이 더 큰 자들의 결과는 비극으로 귀결된다. 「초상화」를 통해 우리는 부도 명예도 모두 무의미하게 사라져 버린다는 것을 알 수 있다.

환상적·심리적·미학적 요소의 결합 고골은 「초상화」의 초고를 쓸 당시 예술과 현실의 연관성이라는 미학의 주제를 염두에 두면서 초자연적인 힘의 역할을 강조하였다. 그러나 그는 두 번째 원고에서 미학적 측면을 더 강조한다. 그렇다고 여기서 고골이 초자연적인 힘의 역할을 완전히 포기한 것은 아니었다. 오히려 초자연적인 요소를 미학적, 심리적인 드라마 속으로 통합시켰다. 푸시킨처럼 환상 플롯을 미학적 효과를 위해 사용한 것이었다. 그리하여 고골은 악마적인 초상화를 만들어 적그리스도를 우리들의 세계로 끌어들인 주체가 어떤 초자연적인 힘인지 아니면 화가의 미학적 실패인지 애매하게 만들었다. 궁극적으로 이 작품에서 고골은 환상적·미학적·심리적 요소들이 상호작용하게 만들었다.

초상화를 그린 화가나 본 사람에게 닥치는 재앙은 니체의 에피그램으로 표현할 수 있다. "네가 오랫동안 심연 속을 주시할 때면, 그 심연 또한 너를 주시하고 있으리라." 고골의 경우 '보는 행위'는 사물을 모방하고 싶은 강한 열망으로 이어진다. 이는 미학적 관점에서 바로 자연파와 연결된다. 미세한 세부 사항까지 묘사하고 싶은 열망에서 고리대금업자의 눈을 주시하던 화가는 이 남자의 눈이 오히려 최면을 걸듯 자신의 눈을 바라보고 있다는 것을 깨닫게 된다. 고리대금업자의 살아 있는 듯한 모습을 그리려는 화가의 노력은 결국 그 자신을 '악마의 눈'의 포로가 되도록 만들어 버렸다. 오히려 그 자신이 심리적인 위기 상황을 경험하게 된 것이다.

화가 차르트코프는 소설의 도입부부터 혼란스러운 감정을 느끼며 우울함과 허무감에 빠져 악마적인 기운을 경험하게 된다. 화가의 마음에는 이미 악마적인 힘이 도사리고 있었다. 음산한 달빛 속에서 차르트코프는 다시 한 번 그림을 바라보면서 초상화의 눈빛에 두려움을 느꼈다. "이것은 더 이상 자연의 모방이 아니라, 무덤에서 살아 나온 사자(死者)의 얼굴을 상기시키는 기묘한 생명체와도 같았다." 초상화를 보는 화가는 예술작품을 통해 감흥을 받는 것이 아니라 어떤 불안과 공포에 휩싸였다. 인간을 동요시키는 '기묘한 감정'은 일반적으로 광기의 순간이나 내적 혼란 상태에서 경험하는 감정이다. 이 소설에서 초자연적인 힘과 잘못된 미학, 인간의 탐욕은 바로 예술가의 정신적 혼란과 절망, 그리고 도덕적 분열을 유발하는 기제로서 작용하는 것이다. 이는 고골 자신이 현실과 예술의 딜레마 속에 빠져 고뇌하는 모습이라 할 수 있다.

고골의 작품에서 미학의 경계를 넘어서는 행위는 도덕의 경계나 영혼의 경계를 넘는 것과 같다. 즉 미학적으로 초자연현상을 받아들일 때 고골의 세계는 신비롭고 초자연적인 형태의 악마와 조우하고 있음을 알 수 있다. 다시 말해 인간의 영혼은 악마를 향해, 죽은 자들의 세계를 향해, 그리고 초자연이라고 부르는 상상력의 세계를 향해 열려 있다. 예술, 인간 본성, 세계의 카오스는 모두 영혼의 카오스를 통해 완성되는 것이다. 고골은 이 작품에서 인간의 영혼 깊은 곳에 숨어 있는 악마를 깨어나게 하는 예술과 정신과 심리의 영역을 내적으로 치밀하게 연결하고 있다. 그러므로 인간의 광기는 초상화의 악마적인 힘이기도 하고 초자연적인 힘이기도 한 것이다.

고골과 시각예술 고골은 어린 시절부터 시각예술, 특히 회화에 깊은 관심을 보였다. 로마로 이주한 이후에는 회화 수업을 받으며 그림을 그리기도 했다. 그는 러시아와 유럽의 각종 시각예술, 즉 회화, 건축, 조각 등에 조예가 깊었고, 비평 에세이를 남기기도 했다. 고골은 회화를 천상의 지혜를 지상에 전달하는 데 가장 적합한 예술 장르로 간주하였다. 이러한 인연으로 그는 자신의 작품에도 회화의 요소들을 다양하게 도입한다. 고골은 미술 작품과 화가를 작품의 주요 소재 및 모티프로 삼아 작가로서의 자신의 소명을 성찰하고, 동시에 시각적 구성과 언어 기법들을 자신의 작품에 다양하게 적용한다.

고골이 시각예술에 남다른 관심을 가지게 된 것은 러시아의 종교문화와도 관련이 있다. 알려진 사실로 러시아 문화는 '이콘(icon, икона)'을 관조와 직관적인 깨달음의 대상으로 삼았다. 이콘은 '이미지'를 뜻하는 그리스어 'eikon'에서 유래되었다. 그래서 러시아인들은 이콘을 단순히 '상(像, образ)'이라 부르기도 한다. 거룩한 존재, 보이지 않는 존재를 인간의 눈으로 인지할 수 있도록 해 주는 형상인 것이다. 동방정교회의 이콘은 신의 모습이 드러난 종교화(성화)이자 성물로 예수와 성모, 천사의 모습을 담고 있다. 부연해서 이콘은 색으로 말해지는 '색채 신학'이라 정의되기도 한다. 러시아 정교회는 초창기부터 이콘에 대해 특별한 공경을 표했다. 그리하여 고골은 회화를 기독교 정신과 연관시키는 것을 당연시했다. 회화를 매개로 한 예술에 대한 자아 반성은 고골의 예술관이 단지 감정 표현이 아니라 삶을 변형시키는 종교적인 목적에 토대를 두고 있었기 때문에 이루어졌다.

고골이 미술을 이용하여 인간의 운명을 재단하듯이 요즈음 영화도 미술의 이용이 많아졌다. 홍상수 감독의 『밤과 낮』(2007)은 귀스타브 쿠르베의 『세상의 기원』(1866)을 이용했다. 이 그림은 다리를 벌리고 누워 있는 여성의 성기를 묘사한 악명 높은 누드화이다. 그림을 이용하여 캐릭터를 설명하고 관객에게 영화 자체에 계속 질문을 던지도록 하는 효과는 김기덕 감독이 자주 이용했다. 그의 영화에는 에곤 실레의 그림이 자주 나타난다. 『파란 대문』(1998)과 『나쁜 남자』(2002)의 주인공들은 모두 에곤 실레의 여성 누드화에 매혹된 여성들이다. 초상화 속의 비쩍 마르고 남루한 소녀들에게 마음이 빼긴 영화 속의 여성들은 결국 그녀들처럼 착취당하고 병들어 간다.

예술가 소설 '예술가 소설(Künstlerroman)'이란 예술가가 주인공으로 나오거나 관찰자로 등장하는 소설 전반을 가리키는 개념을 말한다. 화가나 시인, 소설가, 음악가들이 등장하는 소설들이 이 범주에 든다고 할 수 있다. 일반적으로 문학은 진실탐구의 여정이며, 이 여정에서 작가란 항상 자신의 잃어버린 영혼을 추구한다고 볼 때, 산문문학에서 '예술가 소설'은 가장 본질적인 부분을 차지한다. 일반적으로 예술가의 운명을 다루는 예술가 소설은 삶의 여정에서 전개되는 주인공의 예술 활동의 흔적을 담고 있는데, 일종의 통속소설로서 예술가의 생애를 다루는 것 외에 예술가 자신의 예술적 사명의 문제, 사회에 관한 예술가의 입장 그리고 예술창조의 본질에 대한 문제를 주제로 삼는 더 고급스러운 형태도 있다. 산문문학에서 예술가 소설이 갖는 본질성은 그것이 삶과 예술의 변증법적 관계 속에서 "예술이란 —삶과의 관계에서— 언제나 '그럼에도 불구하고'이다"라는 사실을 끊임없이 확인시켜 주는 데에 있다.

예술가 소설인 「초상화」의 기본 축은 예술혼과 속물성의 충돌이다. 주인공 차르트코프는 예술혼을 추구하는 화가로서 속물성과의 대결을 피할 수 없다. 화가에게 현실이란 든든한 토양이기도 하지만 위협적인 적이기도 하다. 예술가는 창작자로서 현실을 재구성하기도 하지만, 인간으로서 현실 삶의 제반 형식들 속으로 내던져지기도 한다. 차르트코프는 삶의 형식에 의무감을 지닌 채, 그 속에서 자아성취를 추구한다. 화가로서 그의 내면에는 이상과 그것의 실현에 대한 형이상학적인 동경이 도사리고 있다. 그러나 현실에서 이상 실현의 불가능성을 인식한 화가는 현실 삶의 제반 형식들에 내재된 공허함과 통속성을 통찰한다. 그리고 이러한 인식은 차르트코프에게 삶의 형식에로의 순응을 강요하며 궁극적으로는 자아실현을 어렵게 만든다. 그러나 그에게 위임된 사명은 이러한 분열적 상황에서 빠져나와야만 하는 것이다. 차르트코프는 그러한 상황에서 벗어나지 못했지만, 성상 화가는 새로운 삶의 형식을 투쟁적으로 획득하며 진정한 화가로 거듭난다.

이 소설에서 고골의 강압적인 명제는 예술혼을 위해서는 속물성에서 완전히 자유로워야 한다는 사실이다. 화가로서 재능을 인정받은 차르트코프는 예술혼을 온전히 지키지 못하고 속물성의 유혹에 넘어가 버렸다. 고골은 「초상화」에서 자신이 좋아하는 화가들의 이름을 직접 열거하고, 화가나 예술에 관한 신랄한 의견을 털어놓는다. 그가 언급하는 대표적인 화가들로는 라파엘로, 다빈치, 미켈란젤로, 코레조, 귀도, 티치아노, 테니르스, 브률로프, 플랑드르파 등이 있다. 라파엘로의 심오함과 신성성, 미켈란젤로의 해부학적 지식, 귀도의 자유분방한 화법, 코레조의 흠잡을 데 없는 화필의 완벽성, 티치아노의 초상화에 대한 언급은 예술가 소설로서의 가치를 보여 준다. 그들은 모두 예술혼을 지켜 미술사에 이름을 남긴 위대한 예술가들이다. 이 소설에서 고골은 예술혼을 통해 예술가의 사명이 무엇인가를 보여 주고 있다.

카를 브률로프의 모티프 고골은 예술가 소설 「초상화」에서 자신의 친구인 화가 카를 브률로프(1799-1852)를 염두에 두고 상당히 긴 에피소드를 소개한다. 소설의 주인공 차르트코프는 세속적 욕망 때문에 예술가로서 실패하지만, 그의 친구는 어려운 여건 속에서도 외국에 나가 화가로 성공하여 돌아온다. 세속적 출세로 삶의 나태와 권태 속에서 시들어 가던 차르트코프와는 달리 이탈리아에서 미술 유학을 마친 옛 친구는 전람회에서 새롭게 촉망받는 화가로 평가된다. 그 친구는 자기가 그토록 열망했던 젊은 예술혼을 여전히 지니면서 영감을 발휘하고 있었다. 또한 라파엘로와 코레조를 연구하

브률로프, 〈자화상〉

여 화필의 완벽성뿐만 아니라 화가 자신의 영혼에 숨어 있는 창조력을 보여 주며 예술혼을 온전히 발현시키는 참예술가가 되어 있었다. 참 예술에 대한 정열의 불꽃을 꺼뜨리고 청춘을 탕진해 버린 차르트코프는 후회의 눈물을 흘린다.

이 소설에서 차르트코프의 친구로 등장하는 화가가 바로 카를 브률로프이다. 카를 브률로프는 19세기 전반기 러시아 아카데미 미술을 대표하는 화가이다. 페테르부르크에서 태어난 브률로프는 어려서부터 그림에 천부적인 재능을 발휘했다. 다섯 살 때부터 그림공부를 시작한 브률로프는 아홉 살 때 미술 아카데미에 입학하여 수석으로 졸업했다. 졸업 후 1822년 장학금을 받아 이탈리아로 유학을 가 로마와 밀라노 등지에서 활동했다. 이탈리아에서 일하는 동안 아카데미 성격이 강한 〈폼페이 최후의 날〉 등의 역사화와 초상화로 유럽 전역에서 명성을 얻었다. 카를 브률로프는 국제적으로 높은 평가를 받은 최초의 러시아 화가라 할 수 있다. 그가 얼마나 유명했는지는 당시 작가들이나 비평가들이 남겨 놓은 기록을 보면 알 수 있다. 푸시킨, 고골, 벨린스키 등 당대의 문학가들이 이구동성으로 그의 그림을 극찬했다. 비평가 벨린스키는 그의 그림을 만져 보고 싶다고까지 하였다.

어느 날 그가 자기 책상 위를 보니 편지 한 통이 놓여 있었다. 그것은 미술학교에서 온 것이었는데, 이탈리아에서 공부 중인 러시아 화가(브률로프)가 그곳에서 새로 보내온 작품에 대해, 존경하는 교우의 한 사람으로 오셔서 의견을 제시해 달라는 내용이었다. 화가는 그의 옛 친구였는데 일찍부터 미술에

브률로프, 〈폼페이 최후의 날〉

열정을 바친 성실하고 부지런한 사람이었다. 그는 불같은 영혼으로 온 정신을 미술에 쏟아 친구도, 가족도, 몸에 밴 습관도 내동댕이치고 아름다운 하늘 아래서 장엄한 미술 동산이 무르익는 곳, 그 이름만 들어도 화가의 불타는 마음이 넘칠 정도로 심하게 물결치는 기적의 로마로 서둘러 떠났다. 그곳에서 그는 은둔자처럼 일에 몰두하고, 한눈팔지 않고 공부에만 열중했다. 남과의 사교성이 떨어진다는 둥, 예의범절을 지키지 않는다는 둥, 허름하고 촌스러운 옷차림으로 화가의 체면을 손상시킨다는 둥 남이 뭐라 하든 상관하지 않았다. 그는 아무것에도 개의치 않고 모든 것을 미술에 바쳤다. 지칠 줄 모르고 미술관에 다니면서 거장들의 작품 앞에 몇 시간씩 버티고 서서 훌륭한 화필을 포착하여 자기의 것으로 만들려고 애썼다. 그는 자기 작품을 몇 번씩이나 위대한 스승의 작품과 비교, 검토해 보고 그 창작품 속에서 무언의 의미심장한 충고를 읽을 때까지는 아무것도 끝내지 않았고, 어떤 경우에도 만족하지 않았다. 그는 떠들썩한 담화나 논쟁에 끼어드는 일이 없었고, 결벽주의자들을 두둔하지도 반대하지도 않았다. 그는 모두 다 공정하게 보고 나름대로 충분히 경의를 표하며 뛰어난 점만을 유익하게 썼다. 하지만 결국 자기가 스승으로 존경하는 사람은 화성 라파엘로밖에 없다고 마음속으로 다짐했다.

이탈리아의 미술평론가들은 젊은 브률로프를 루벤스와 렘브란트에 비교하며 호평을 아끼지 않았다. 1836년 러시아로 돌아와 상트페테르부르크에 머물면서 미술 아카데미 학생들을 가르치는 동안 브률로프는 신고전주의적 단순함과 낭만적인 경향을 결합한 초상화 스타일을 개발했고, 자신의 심리적 사실주의 화풍에도 만족했다. 인간 심리에 중점을 둔 그의 초상화는 러시아 미술사에서 초상화 전통의 기초를 닦아 주었다. 고전주의 화풍의 최고봉인 브률로프는 낭만주의 기법으로 그린 대표작 〈폼페이 최후의 날〉에서 러시아 미술사상 최초로 민중을 주인공으로 표현하였다. 브률로프의 명성이 러시아뿐만 아니라 전 유럽으로 퍼져 나가는 데 크게 공헌한 작품이 바로 〈폼페이 최후의 날〉이다. 19세기 소설가들은 러시아의 수도 페테르부르크 역시 폼페이와 같이 재난의 위험성을 안고 있다고 생각하였다. 러시아 작가들은 상상력을 발휘하여 모든 것을 파괴하는 '홍수'를 문학적 소재로 사용하였다. 19세기 중엽까지 홍수 개념은 페테르부르크의 태생적 운명에 필연적이어서 브률로프의 유명한 그림 〈폼페이 최후의 날〉조차도 데자뷔처럼 도시 페테르부르크에 대한 경고로 보였다. 고골 같은 슬라브주의자들은 이 그림의 내용이 서구의 부패에 대한 신의 징벌이라 생각했다. 고골은 네바강의 도시가 끊임없이 유사한 재난의 위험 속에 있다는 사실을 강조하였다. 게르첸 같은 서구주의자 역시 "폼페이는 페테르부르크의 뮤즈다!"라고 나쁜 의미로 비교하였다. 그런 식으로 타락한 도시의 최후는 러시아인들에게 자극이 되었고, 브률로프의 그림은 러시아 문인들에게 커다란 영감을 불러일으키기도 했다.

욕구와 욕망을 구분하는 삶의 지혜 화가 차르트코프는 욕구와 욕망을 구별하는 지혜가 부족했다. 인간의 욕망이란 보기에 따라서 개인적 산물일 수도 있고, '타인들을 따르는 욕망'으로서 사회적 산물일 수도 있다. 문제는 욕망이 종종 우리를 파멸로 몰아가는 폭군이라는 데에 있다. 그래서 철학자들은 인간의 요구를 욕구와 욕망으로 구분하였다. 예컨대 배를 채우기 위해 음식을 먹으려는 것은 욕구이지만, 즐기기 위해 진귀한 음식을 찾는 것은 욕망이다. 더위나 추위를 피하기 위해 옷을 입으려는 것은 욕구이지만, 사치하기 위해 화려한 옷을 찾는 것은 욕망이다. 이처럼 욕구는 '생리적 요구'로서 노력하면 어떻게든 만족에 도달할 수 있다. 그러나 욕망은 '정신적 요구'로서 노력해도 만족에 이르지 못한다. 예술가 차르트코프는 욕구를 채우려 한 것이 아니라 욕망을 채우려 했기 때문에 파멸했다. 그럼 어떻게 해야 할까? 고대 로마의 수사학자이며 스토아학파의 철학자인 세네카의 교훈적인 말로 정리해 볼 수 있다. "만약 너 자신에게 상을 주기를 원한다면, 육신의 욕망에서 정신을 자유롭게 하는 것을 첫째로 삼아라. 무엇을 위해 저잣거리를 헤매는가? 삶이란 그다지 많은 것도 아니고 긴 것도 아니다." 세네카의 말은 차르트코프가 들어야 할 말이기도 하다.

욕구와 욕망을 구별하는 철학자의 구분법은 일반인들에겐 형식논리일 뿐이다. 고골은 사람에게는 선을 좋아하고 악을 싫어하는 특징이 있으며, 노력에 따라 후천적으로 얻어지는 것이 도덕이라고 보았다. 고골은 타고난 기질에 따라 선한 사람과 악한 사람이 갈라진다고 보는 견해에 반대한다. 만일 날 때부터 선악이 정해진다면 훌륭한 사람들은 노력할 필요가 없고, 포악한 사람들은 아무리 열심히 수양해도 어쩔 수 없게 된다는 것이다. 이는 화가 차르트코프나 고리대금업자의 초상화를 그린 성상 화가가 증명해 주었다. 물론 사람에게는 생리적 욕구가 있기 때문에 착한 일보다 나쁜 일을 하기 쉽다. 하지만 고골은 착한 일을 좋아하고 나쁜 일을 부끄러워하는 지적 능력이 있기에 선을 택할 수 있으며, 이처럼 선을 택하려는 욕구 또한 물이 아래로 흐르듯이 자연스러운 것이라고 보았다. 따라서 고골은 욕구를 긍정하는 쪽에 서 있다. 사람에게 몸이 있는 한 욕구가 없을 수 없고, 욕구가 없으면 그 실천의 결과인 선악도 없을뿐더러 아무 일도 못 하는 쓸모없는 존재가 되어 버린다. 고골에게 욕구는 구체적인 삶의 원동력이다. 그에게 욕구는 삶의 힘이었다.

소설가 박경리의 시 「마음」 속 인간의 욕망을 질타하는 시구가 감동으로 다가온다. "마음 바르게 서면 / 세상이 다 보인다. / 빨아서 풀 먹인 모시 적삼같이 / 사물은 싱그럽다. // 마음이 욕망으로 일그러졌을 때 / 진실은 눈멀고 / 해와 달이 없는 벌판 / 세상은 캄캄해질 것이다. // 먹어도 먹어도 배가 고픈 욕망 / 무간지옥이 따로 있는가 / 권세와 명리와 재물을 좇는 자 / 세상은 그래서 피비린내가 난다." 성경의 「야고보서」를 보면 욕심이 죄를 낳고 죄가 장성해 즉 사망에 이른다는 구절이 있다. 차르트코프의 위기와 죽음도 인간의 욕심과 욕망에서 출발한다. 욕심 때문에 그는 남이 잘되는 것을 질투만 했지, 진심으로 기뻐할 수 없었다. 그의 욕심은 죄를 낳고 더 나아가 사망에 이르게 했다. 원인은 내게 있는 것이지, 타자에게 있는 것이 아니다.

16. 웃음으로 가려진 눈물의 세계: 고골의 『죽은 혼』

작가는 문학적 형상 속에 현실을 구체적으로 드러내려는 사명감이 있다. 그들은 문학작품을 통해 현실을 올바르게 반영하기에 앞서 현실의 본질을 파악해야 한다. 작가가 관찰한 현실의 한 부분은 전체 현실의 유기적 일부이다. 그러므로 작가는 그 일부를 매개로 하여 현실 전체의 모습을 드러낸다. 19세기 러시아 현실을 날카롭게 비판하고 풍자하여 사실주의 문학의 발전에 기여한 작가는 고골이다. 사실 풍자가란 거짓을 폭로하는 사람, 거짓의 가면을 벗기는 사람, 즉 그동안 거짓에 의해 감추어져 온 자신들과 사물의 동일성을 회복시켜 주는 사람이다. 그는 『죽은 혼』이라는 장편소설을 통해 시대 현실의 문제점을 지적하고 있다. 그가 관찰한 러시아는 농노제도 때문에 몰락해 가는 무질서의 세계였으며, 눈물의 세계였다. 예리한 그의 시야에 포착된 당시 러시아 농민들의 비참한 삶의 실상이 현실비판과 고발 형태로 폭로된다.

고골 예술의 특징 고골은 러시아 남쪽에 있는 우크라이나 지방에서 태어났다. 러시아 문학이 외국에 널리 알려지게 된 것은 고골에게서 비롯되었다고 해도 과언이 아니다. 「외투」, 『검찰관』, 『타라스 불바』 등으로 러시아 문학사뿐만 아니라 세계문학사에서 독보적인 위치를 차지한 이유는 그가 언어의 마술사로서 러시아 문학의 사실주의를 확립한 데 있다. 현실 풍자소설 그리고 리얼리즘 소설의 전형으로 간주되는 『죽은 혼』은 농노제도에 의해 인간의 존엄성이 어떻게 파괴되어 가는가를 보여 주고 있으며, 고골의 온갖 예술적 특징이 집대성되어 있는 작품이다. 고골 예술의 특징 가운데 하나는 '웃음으로 가려진 눈물의 세계'의 표현이다. 이 표현은 처음에 단편 작품 「외투」의 평론에서 나왔다. 「외투」의 주인공인 가난한 하급관리 아카키 바시마트킨의 처절한 삶에 대한 은유적인 표현이 바로 '웃음으로 가려진 눈물의 세계'인 것이다. 주변 동료들과 냉혹한 사회의 몰인정은 그 가난한 말단 관리를 죽음으로 몰고 간다. 동료들은 짓궂은 행동으로 그 관리를 못살게 굴고 놀려 대면서 냉소와 웃음을 자아내게 하지만 한 인간은 죽음으로 치닫게 된다. 『검찰관』과 『죽은 혼』에서도 러시아 사회현상의 온갖 병폐와 부정이 주인공 흘레스타코프와 치치코프에 의해 희극적으로 고발되고 비판된다. 그러나 작가가 조소하는 악행과 타락과 결점으로 비판받는 제정러시아 사회는 '웃음으로 가려진 눈물의 세계'일 뿐이다. 사실 농노제는 인간의 존엄과 가치를 부정한, 민중의 눈물을 요구하는 비극적인 제도이다.

창작 과정 고골은 단테의 서사시 『신곡』을 모델로 하여 『죽은 혼』을 삼부작으로 기획했다. 단테의 『신곡』은 제1부 「지옥」, 제2부 「연옥」, 제3부 「천국」으로 구성되어 있다. 이 구성에 따라 고골 역시 1842년에 『죽은 혼』의 제1부(지옥편)를 출판했다. 그러나 이후 10년이 지나도록 제2부(연옥편)를 집필하는 데 아무런 진척이 없었다. 그는 제2부에서는 제1부의 부정적인 인간들 대신 긍정적인 인간을 통해 러시아 미래의 전망을 훌륭하게 제시하고 싶었다. 그러나 글쓰기의 한계에 부닥친 고골은 원고지를 불태우고 메시아 콤플렉스(messiah complex)에 사로잡혀 단식하다가 죽는다. 연옥편과 천국편을 제대로 쓰지 못하고 죽은 것이다. 비열하고 불합리한 것을 묘사하는 고골의 재능은 천재적이나, 고결한 인물을 그리는 재능은 부족했다. 고골의 죽음으로 『죽은 혼』은 초기의 의도와는 달리 미완성으로 끝난다. 그럼에도 『죽은 혼』은 작가의 사명감과 문제의식, 무엇보다 농노제의 실상을 잘 드러낸 소설이다. 소설에서 긍정적인 인물을 그릴 수 없었던 고골은 국민에게 호소하는 편지글 모음집 『친구와의 서신교환선』을 출판했다. 이전까지만 해도 고골은 진보적이고 사회 비판적인 작가로 평가를 받았으나, 『친구와의 서신교환선』에서는 러시아 정교, 전제주의, 농노제를 옹호했다. 벨린스키는 고골의 종교적, 정치적 신념을 강하게 비판했다.

피카레스크 소설 1842년에 출간된 미완성 소설 『죽은 혼』은 러시아의 여러 지방을 순회하는 사기꾼 파벨 이바노비치 치치코프의 여행기라고 할 수 있다. 피카레스크 소설(악한소설)[26]의 형식을 취하고 있는 이 여행기에서 치치코프는 물질적 행복과 향락을 이상으로 삼고 있는 6등관의 관리이며 야심 많은 건달로서 수단과 방법을 가리지 않고 사기행각을 벌인다. 언젠가는 대부호가 되겠다며 원대한 사업을 계획한 치치코프는 러시아 지방을 돌아다니면서 이미 죽었으나 아직 호적에서 제적되지 않은 농노들을 지주로부터 공짜 아니면 헐값으로 사 모은다. 그런 후에 농노를 저당 잡혀 은행으로부터 큰돈을 빌리고 많은 토지를 구입하여 단번에 대지주가 되고자 한다.

농노제 러시아 농노제도의 실상을 알아야 치치코프의 사기행각을 이해할 수 있다. 농노제는 러시아의 후진성과 전근대성을 나타내 주는 가장 대표적인 제도로서 러시아 제국이 짊어진 가장 오래되고 무거운 짐이며, 러시아의 근대화를 가로막고 있는 걸림돌이었다. 농노는 지주와 세습농지에 예속되어 있던 소작 농민을 말한다. 따라서 농노들은 지주나 국가의 재산으로 분류되어 있었다. 농노 소유자의 권리는 제한을 받지 않는다. 반면에 농노에게는 어떠한 자유도 허용되지 않았다. 지주는 농노를 사고팔 수 있는 권

26 17세기에 스페인에서 성행한, 악한들의 모험을 내용으로 한 소설, 또는 그러한 경향의 소설을 말한다.

리가 있었다. 전체 인구의 70% 이상을 차지하는 농노들은 토지에 묶여 마음대로 다른 도시로 이사 갈 수도 없었다. 그리고 당시 러시아에서 농노의 인구조사는 7-10년마다 실시되었고, 그사이에 죽은 농노에 대해서는 살아 있는 농노처럼 인두세가 부과되었다. 따라서 실제로 죽은 농노라도 호적에는 살아 있는 농노로 기록되어 있었고, 이 때문에 누구든지 이 죽은 농노들을 사고팔 수 있었다. 농노를 파는 지주로서는 세의 부담이 없어지고 게다가 얼마간의 돈을 받을 수 있었으므로 구매하는 사람이 왜 사는지 그 이유를 알기만 하면 흔쾌히 팔았다. 이러한 농노제의 허점을 이용하여 치치코프가 사기행각을 벌인 것이다. 나보코프는 치치코프의 죄는 관습상의 죄일 뿐 소설 어디에서도 '사실'을 발견할 수 없다고 강조한다. 주인공의 사기행각과 더불어 자동으로 드러나는 러시아의 현실은 비참하고 암담하기만 하다.

농노의 신분과 대우 사람들은 종종 농노들이 러시아 제국을 짊어졌다고 말한다. 러시아 국민의 절대다수를 차지한 농노들의 실상은 어떠했을까. 농노해방이 이루어질 무렵에 농민은 약 5천만 명에 달했다. 이 중에서 약 절반은 개별지주에 귀속된 존재로서의 농노였다. 농노라는 말은 국가가 소유하고 관리하는 국유지를 부쳐 먹고살았던 농민들에게도 해당한다. 황실 소유의 재산을 부쳐 먹고사는 속령 농노도 있었다. 최악의 조건 속에서 고통을 당했던 부류는 지주에 귀속된 농노들이었다. 특히 시골 지주의 집에서 가사를 돌보는 농노들은 항상 주인의 감시 아래 있었다. 농노들이 분란을 일으킨 원인 중 하나는 '바르시나(барщина, 부역노동)' 제도 때문이다. 농노들은 일주일에 3일씩 지주들에게 무보수로 부역노동을 제공해야 했다.

19세기에는 농노들에 대한 지주들의 권한이 너무 컸다. 예카테리나 대제가 디드로에게 보내는 편지를 보면 지주의 권한이 어느 정도인지 가늠해 볼 수 있다. "영지에서 지주는 농노들에게 극형을 가하는 것을 제외하고 자기에게 이득이 될 수 있는 것은 무엇이든지 한다. 극형은 금지되어 있다." 그러나 극형 금지 조항도 종종 농노들이 맞아 죽는 일이 있었기 때문에 유명무실했다. 농노들에 대한 지주의 폭력은 채찍질, 시베리아 추방, 처녀 농노 매매, 농노의 결혼 방해, 돈 강탈, 징집 등의 형태로 나타났다. 지주의 잔혹한 폭행은 아무런 양심의 가책 없이 가해졌다. 다시 말해 지주들은 농노들을 저당 잡히고, 농노들과 가족을 격리하고, 도박에서 농노들을 잃고, 25년 동안 농노들을 군대로 쫓아 보냈다. 사실 『죽은 혼』은 러시아 농노들의 비참한 실상들 가운데 부분만을 드러낼 뿐이다.

고골은 『죽은 혼』에서 농노제도의 비극적 실제를 가감 없이 묘사하고 있다. 물론 이전에도 농노제하 농민의 비참한 삶을 묘사하면서 사회 개혁의 필요를 역설한 작가가 있었다. 라디셰프는 『페테르부르크에서 모스크바로의 여행』(1790)이라는 저서를 통해 농노제도의 부당성을 고발했다. 그의 전통을 계승, 발전시킨 고골에서부터 20세기 스탈린 체제를 고발한 솔제니친의 『수용소 군도』(1973-1978)에 이르기까지 러시아 문학은 한결같이 현실비판을 기조로 하고 있다. 그리하여 러시아 문학의 본질은 현실비판을 통한 반체제문학이라 할 수 있다.

치치코프의 여행 이 소설은 미남이라고 할 수는 없지만 특별히 못생기지도 않았으며, 살이 찐 것도 아니고 그렇다고 마른 것도 아닌, 게다가 너무 늙은 것도 너무 젊은 것도 아닌 신사 치치코프가 마차를 타고 지방의 현에 도착하는 것으로 시작한다. 그 신사는 마부 셀리판과 하인 페트루시카와 함께 N. N.읍의 여관에 여장을 푼 다음 현의 관리들을 찾아다니기 시작한다. 그는 주지사, 부지사, 검사, 재판소장, 경찰부장, 전매품 독점 관리인, 관영공장 감독관 등 지방의 유력인사들을 방문하여 겸손한 행동과 온갖 아부로 그들의 호감을 산다. 관리들은 이 새로운 인물의 출현을 반겼다. 지사는 그를 온건한 인물이라고 평했으며, 검사는 유능한 인물이라고 칭찬했다. 재판소장은 치치코프가 박식하고 존경할 만한 인물이라고 말했으며, 경찰부장은 더없이 친절하고 상냥한 사람이라고 소개했다. 이 신사에 대한 호의적인 소문은 곧 읍내 전체에 퍼졌다. 그러나 그의 정체를 완전히 파악한 사람은 아무도 없었다.

관리들과 친교를 맺으면서 그 지방에 익숙해진 치치코프는 읍 바깥으로 관심을 돌려 주변 지방의 지주들을 방문하기로 마음먹었다. 죽은 농노들을 사들이기 위해서였다. 본격적인 실무 작업에 들어간 치치코프는 다섯 명의 특별한 지주들인 마닐로프, 코로보치카, 노즈드료프, 소바케비치, 그리고 플류시킨을 차례로 만나게 된다. 이들은 모두 고골의 갤러리를 장식하는 인물들이다. 여기서 지주들의 비인간적인 만행과 농노들의 비참한 생활이 자연스럽게 폭로된다. 치치코프 정신세계의 일면이기도 한 지주들의 속물적 근성이 백일하에 드러난다.

주인공 치치코프가 제일 먼저 방문하는 곳은 지주 마닐로프의 영지이다. 이미 각종 모임에서 안면이 있는 지주 마닐로프는 매우 상냥하고 예의 바르게 손님을 맞아 주었다. 마닐로프는 공허하고 감상적이며 매너리즘에 빠져 있는 나태한 호인으로서 영지 경영에는 거의 무관심한 한량이었다. 그는 젊은 날의 예의 바른 치치코프를 연상시켰다. 마닐로프는 아직 젊은 나이로 설탕처럼 달콤한 눈초리를 하고 있었다. 사실 아첨에 능한 그런 인물은 쉽게 파악하기 어려운 성격의 소유자이다. 첫인상은 선량하나 다음 순간에는 정체를 파악하기 점점 어려워진다. 치치코프는 즐거운 담소를 나눈 뒤 마침내 용건을 말했다. "혹시 당신의 농노 중에 죽은 사람이 얼마나 있습니까?" 마닐로프는 관리인을 불러 죽은 농노의 숫자를 알아보도록 지시했다. 치치코프가 원하는 것은 실제로는 살아 있지 않지만, 법률상으로는 아직 살아 있는 농노였다. 좀 더 정확하게 말해 그 죽은 농노에 대한 등기증서를 원했던 것이다. 치치코프는 의지할 데 없는 과부나 불쌍한 고아들을 구원하기 위해 죽은 농노를 구입한다고 거짓말을 하여 마닐로프의 환심을 샀다. 무사안일로 자신의 행복만을 추구하고 농노들을 돌보지 않는 마닐로프는 치치코프의 말에 넘어가 죽은 농노를 공짜로 넘겨주기로 했다.

치치코프가 두 번째로 방문하는 곳은 길을 잘못 들어 우연히 방문한 미망인 코로보치카의 저택이다. 불면증에 시달리는 과부 코로보치카는 폐쇄적인 성격의 지주로서 닭장 같은 집에서 산다. 그녀의 이름은 '상자'를 의미하는 러시아어 '코로브(короб)'와 관련되어 치치코프의 여행용 상자를 연상시킨다. 치치코프는 무엇이든지 작은 상자에 넣어 두는 버릇이 있었다. 인색하며 교활한 여지주 코로보치카는 원래 이해타산에 밝고 통찰력 있는 인물이다. 죽은 농노를 한 번도 팔아 본 적이 없는 그 노파는 치치코프를 계속해서 의심한다. 치치코프는 죽은 농노를 사기 위해 온갖 정성을 다해 그녀를 설득하나 실패한다. 그녀는 여전히 이상하다는 표정만 지을 뿐이었다. "실은 처음 있는 일이라서 뭔가 손해라도 보는 것 같아 걱정입니다. 혹시 당신은 날 속이려는 건 아니겠지요? 사실 죽은 농노를 더 비싼 값에 팔 수 있는데, 싼값에 넘기게 되는 건 아닙니까?" 화가 난 치치코프는 "아니, 죽은 농노라는 것은 쓰레기 같은 것이며, 도대체 아무 쓸모도 없는 것에 지나지 않아요"라고 설득해 보았지만 속수무책이었다. 노파를 끈질기게 설득한 치치코프는 15루블에 농노 등기증서를 양도받기로 겨우 합의를 보았다. 여기에는 그녀의 영지에서 생산하는 보리와 메밀, 그리고 밀과 가축을 나중에 구입해 주기로 한 조건이 있었다. 어쨌든 의심 많은 그녀는 노즈드료프와 더불어 치치코프의 정체를 폭로하는 데 결정적인 역할을 한다. 코로보치카는 완고한 구시대의 인물로서 개선과 발전을 전혀 기대할 수 없는, 앞뒤가 꽉 막힌 인물 유형이다. 정체된 사회에서 흔히 볼 수 있는 유형의 지주인 것이다.

치치코프가 세 번째로 만나는 지주는 노즈드료프이다. 그는 코로보치카의 집을 나와 길을 가는 도중에 잠시 주막에 들르는데 거기서 괴상한 지주 노즈드료프를 만나게 된다. 노즈드료프는 구제 불능의 낯 두꺼운 거짓말쟁이며 물불을 가리지 않는 대담한 성격의 사기꾼이자 노름꾼이다. 두 아이를 가진 35살의 홀아비인 그는 아이들은 돌보지 않고 10대 청소년들처럼 놀기만 한다. 그의 예민한 코는 수십 킬로미터 떨어진 곳의 일까지 느껴서 그는 어디서 장이 서고, 집회와 무도회가 열리는가를 알아내고는 이내 그 자리에 나타나 도박판에 끼어들어 말다툼하고 소동을 일으킨다. 온갖 속임수와 잔재주를 동원하는 그의 트럼프 놀이는 지저분하고 저속하다. 그는 어떤 의미에서 괴상한 짓을 좋아하는 비상한 인간이기도 하다. 그가 나타난 회합은 무슨 일이 일어나지 않고는 끝나지 않는다. 남의 혼사나 상거래를 망쳐 놓고도 절대로 자신은 상대방에게 나쁜 짓을 하고 있다고 생각하지 않는다. 그는 자기가 한 행동이 남의 웃음거리가 되건 조소의 대상이 되건 전혀 개의치 않는다. 싸움을 하고 나서는 이내 화해하는 종잡을 수 없는 인물이다. 고골은 노즈드료프 같은 성격의 사람이 이 세상 어디에서나 발견될 수 있음을 강조한다. "노즈드료프 같은 인간은 앞으로 오랫동안 이 세상에서 없어지지 않을 것이다. 그는 어디서나 우리들 사이에 있으며, 다만 다른 옷을 입고 걸어 다니고 있을 뿐이다." 사실 노즈드료프의 성격은 콧구멍, 콧김, 황소, 그리고 깡패를 의미하는 그의 이름에서도 나타난다. 이는 전성기 시대의 사기꾼 치치코프의 형상이기도 하다. 그의 코 푸는 소리는 마치 나팔 소리와 같다. 요란스럽게 코를 푸는 치치코프의 습관은 코와 관련하여 노즈드료프를 연상시킨다. 치치코프는 죽은 농노를 매입하는 이유를 거짓투성이의 허풍쟁이 노즈드료프에게 털어놓고 나서 곧 후회하게 된다. 거짓말을 하고, 과장해서 말하고, 생각지도 못한 말을 퍼뜨리는 노즈드료프를 인간쓰레기라 생각한 치치코프는 그의 집을 떠난다. 노즈드료프는 절망적인 거짓말쟁이며 사기꾼 같은 지주의 유형을 대표한다고 할 수 있다.

치치코프가 네 번째로 만나는 소바케비치는 성(姓) 그대로 개 같은 인간이자 커다란 곰의 이미지가 있다. 부유하면서도 인색하기 짝이 없는 인물이다. 그의 뚱뚱한 아내와 육중한 가구는 모두 그의 이미지를 보충해 준다. 그는 치치코프의 염세주의와 인간혐오를 반영한다. 소바케비치가 입고 있는 연미복은 꼭 곰과 같은 색깔이며, 소매와 바지는 길고, 게다가 발을 비스듬히 구부리고 걸으면서 계속 남의 발을 밟아 대니 영락없는 곰이다. 이름마저 미하일 소바케비치이고 보면 이상하리만큼 곰과 닮은 것도 무리는 아니다(러시아인들은 곰을 일반적으로 미하일의 애칭인 미샤로 부른다). 그의 방 안에 있는 모든 가구가 주인을 닮았다. "모든 것이 더없이 튼튼하고, 모양이 흉하고 이 집주인을 이상하게도 닮았다. 객실 구석에는 몹시 볼꼴 사나운, 배가 툭 튀어나온 호두나무로 만든 사각 책상이 놓여 있었는데, 그 모습은 곰과 똑같았다. 테이블이며 안락의자며 걸상이며 모두가 육중하고 안정성이 있는 것들이었고, 한마디로 말해서 의자를 포함한 모든 가구가 '나도 소바케비치를 닮았다!'라고 말하고 있는 것만 같았다." 소바케비치는 부유하면서도 남을 돕는 데 인색한 지주의 유형이다.

치치코프가 다섯 번째로 만나는 지주 플류시킨의 첫인상은 인색하고 괴기스럽다. 플류시킨은 비정상적인 수전노로서 이미 인간이라기보다는 인간 쓰레기의 수준으로 전락해 있는 늙은 지주이다. 그는 잡초의 이미지를 갖는다. 그의 이름은 '잡초'를 의미하는 러시아어 '플류시카(плюшка)'라는 말에서 나왔다. 이름처럼 그의 집 안은 온통 쓸데없는 잡동사니와 잡초로 가득 차 있다. 그의 농노들은 굶어 죽어 가나 창고와 헛간의 곡식은 썩어 들어간다. 그는 자신의 구두쇠 기질 때문에 파멸하는 지주이다. 앞서 만난 코로보치카의 영혼은 타락한 구두쇠요 탐욕스러운 플류시킨의 일면을 반영하기도 한다. 플류시킨의 집은 관리가 잘되지 않아 비참할 정도로 망가졌다. 한때 대규모의 농업 경영을 했던 지주의 대저택이 이제는 완전히 폐허가 되어, 울타리와 문에는 푸른 이끼가 끼어 있었다. 거지꼴을 한 지주 플류시킨은 한때 천 명 이상의 농노를 가지고 있었고, 그만큼 많은 곡물과 광, 헛간과 건초장, 무두질한 양가죽, 말린 생선과 온갖 야채와 버섯을 가진 지주가 없을 정도였다. 그의 저택 뒤뜰에는 온갖 나무 조각과 한 번도 쓰지 않은 그릇들이 많이 쌓여 있었다. 마치 모스크바의 목공구 시장 같았다. 그러나 지금 플류시킨은 이 모든 것들을 썩히고 있었다. 플류시킨은 용서받지 못할 수전노를 대표하는 지주이다. 치치코프는 여기서 죽은 농노뿐만 아니라 도망간 농노까지 합쳐 200명이 넘는 많은 농노를 사게 된다. 뜻하지 않은 수확에 즐거워진 치치코프는 행복감에 도취되어 읍내로 돌아온다.

주인공을 비롯해 모든 지주와 관리들은 인간의 존엄성을 상실한 괴물 같은 인간들이다. 그들은 인간을 상품화시켜 사고파는 행위에 아무런 죄책감을 느끼지 못할뿐더러 이러한 조국의 암담한 현실에 반응할 줄 모른다. 지주들의 세계는 러시아의 후진성과 낙후성을 단적으로 드러내 주는 눈물의 세계일 뿐이다. 여행을 마친 후 읍내로 돌아온 치치코프는 죽은 농노들의 등기 수속을 정식으로 마친다. 읍내의 민사 재판소에서 10만 루블을 지불하고 농노 매입에 대한 서류 수속을 마친 치치코프는 새로운 매력적인 인물로 부상한다. 치치코프의 농노 구입은 읍내의 화젯거리가 되었다. 그가 백만장자라는 소문이 삽시간에 전 읍내에 퍼지게 된다. 치치코프가 무도회에 나타나자 소동이 벌어질 정도로 그의 주변으로 사람들이 모여들었다. 특히 그는 부인들의 인기를 독차지했다. 치치코프를 위한 주지사의 만찬이 베풀어지고, 읍내의 선남선녀들이 새로 나타난 명사 치치코프와 사귀고 싶어 하는 데서 그의 인기는 절정에 이른다. 그러나 주지사의 저녁 파티에서 불청객 노즈드료프의 느닷없는 출현으로 치치코프의 비정상적인 사업내용이 만천하에 폭로된다. 노즈드료프는 치치코프가 살아 있는 농노가 아니라 죽은 농노를 매입하여 사기행각을 벌인다고 폭로한다. 치치코프는 삽시간에 스캔들의 주인공이 된다. 이 과정에서 주지사를 비롯하여 관리들과 부인들의 카멜레온처럼 변하는 태도가 적나라하게 그려진다. 비밀이 폭로된 치치코프는 몸 둘 바를 모르다가 마침내 도망친다. 그는 트로이카 마차를 타고 그 지방을 간신히 빠져나와 러시아 평원을 달린다.

작가는 『죽은 혼』에서 러시아 붕괴가 어떻게 일어나고 있는가를 지방의 지주들과 관리들의 생활을 통해서 보여 주고 있다. 무엇보다도 부패하고 부도덕한 지주와 관리의 세계가 생생하게 전개된다. 다섯 지주의 생활은 러시아의 비극적인 삶을 그대로 재현한 것이다. 특히 지주들에 대한 날카로운 비판과 몰락해 가는 지주들의 형상을 볼 수 있다. 다섯 명의 지주는 그들이 소유한 부와 지주로서의 사회적 신분과는 관계없이 인간으로서의 본질적인 가치를 잃고 점점 더 인격의 천박한 실상을 보여 준다. 치치코프가 보여 주는 사기행각은 웃음을 야기하나 그러한 웃음의 뒤에는 슬픈 눈물로 가려진 러시아 농민들의 비참한 생활이 있다. 여기에 등장하는 감상적인 태만자 마닐로프, 비정상적인 수전노 플류시킨, 사기행각으로 자기 행복만을 추구하는 치치코프 등은 러시아 문학에 길이 남는 불후의 형상들인 것이다. 고골은 이 작품에서 러시아 지주 귀족들을 통해 인간의 끝없는 추한 욕망을 묘사하고 있다.

제목의 시학 주제를 달리해서 이 작품을 이해하는 데 필요한 담론의 지평을 확대할 수 있다. 작품의 제목에 관한 이야기는 재미난 담론 가운데 하나이다. '죽은 혼(Мертвые души)'이라는 제목에서 'души'는 '영혼'뿐만 아니라 '농노'를 의미한다. 그리하여 그것은 '죽은 농노'를 의미하기도 하고, '죽은 영혼'을 뜻하기도 한다. 그래서 이 소설은 역자의 기호에 따라 '죽은 혼'이나 '죽은 농노'로 번역된다. 주인공이 지주들을 만나 죽은 농노를 사들이는 이야기인지라 '죽은 농노'가 맞는 제목이지만 제목에 들어 있는 함축적인 의미를 간과해서는 안 된다. 이 서사시의 제목에는 모티프와 주제가 동시에 함축되어 있다. '죽은 농노'가 모티프라면 '죽은 혼'은 테마라 할 수 있다. 작가가 강조하고 싶어 했던 것은 어떤 면에서 '죽은 농노'들에 대한 이야기보다도 러시아의 '죽은 영혼'에 대한 것이었다. 고골은 궁극적으로 러시아의 죽은 영혼들을 구원하여 부활시키고자 한 것이다. 작품 속에 등장하는 인물 하나하나가 이미 살아 있는 인간으로서의 참된 영혼을 지니지 못했다는 의미이다. 참된 영혼을 갖지 못한 군상들로 채워진 러시아는 진실로 '웃음으로 가려진 눈물의 세계'인 것이다.

풍자적 웃음 풍자, 유머, 위트, 그리고 코믹이라는 문학 용어에 대한 정의는 학자들에 따라 다르다. 이 모든 용어의 유사한 성격 때문인지 구별하기가 쉽지 않다. 어떤 경우에는 코믹이라는 용어에 이 모든 개념이 부분 집합으로 수용되기도 하지만 그 의미를 구분하여 사용할 필요가 있다.

코믹은 미소나 웃음을 자아낼 수 있는 텍스트의 요소이다. 다시 말해 작가나 독자의 시각에서 전반적인 무드나 태도나 다른 조건들이 미소나 웃음을 방해하지 않는 한 코믹은 텍스트의 한 요소이다. 풍자는 문학의 장르로서 그 목표는 사회의 악을 지적하고 정화하는 일이다. 현대의 풍자 작품에서 코믹 요소는 늘 어느 정도까지는 제시되나 반드시 필요한 것은 아니다. 유머 역시 문학 장르로서 인간 본성의 결점이나 모순을 드러낸다. 이것은 작가가 어쩔 수 없다고 받아들이는 인간의 치유 불가능한 속성으로 보인다. 이러한 결핍을 제거하려는 시도가 작가에 의해 무익한 것으로 간주된다. 위트는 말과 생각의 영역에서 패러독스의 발견이다. 순수한 형식으로서 위트는 종종 풍자와 유머를 연상시키지만 이데올로기적으로 중립이다.

고골의 풍자는 유머, 위트, 코믹, 그리고 웃음을 늘 겸비하고 나타난다. 고골의 대다수 작품은 언제나 웃음을 동반한다. 웃음은 코믹 요소에 대한 생리적 반응이다. 웃음은 그 목적과 상황에 따라 미소에서부터 떠들썩한 웃음에 이르기까지 그리고 좋은 의도의 웃음에서부터 악의적인 웃음에 이르기까지 아주 다양하다. 치치코프의 사기행각 및 지주들의 모습과 행동은 모두가 다 웃음거리이다.

고골의 웃음은 일반적으로 풍자적 웃음이다. 고골은 위대한 풍자가이다. 풍자가는 모순의 법칙을 자양분으로 삼아 살아갈 뿐만 아니라, 그것을 매우 사랑한다. 사실 풍자가란 거짓을 폭로하는 사람, 즉 거짓의 가면을 벗기는 사람으로서 그동안 거짓에 의해 감추어져 온 사실들을 드러내 준다. 그의 웃음은 풍자의 날카로운 힘으로 러시아 차르 제국의 허위와 위선을 드러낸다. 고골은 풍자가의 임무가 흰색은 정말로 흰색이고, 검은색은 정말로 검은색이라는 사실을 다른 사람들에게 증명해 주는 것이라고 했다. 그는 풍자가로서 솔직하게 직언하여 사물을 그것의 진정한 이름으로 못 박아 둔다.

17. 역사인가 신화인가: 고골의 『타라스 불바』

동서양을 막론하고 역사는 '이야기' 또는 '옛날이야기'와 동일시되어 왔다. 이야기는 역사가들에 의해 사용되는 전형적인 담론의 한 유형이다. 역사가가 이야기라는 수단과 형식에 의존할 때, 역사는 문학과 많은 공통점을 갖게 된다. 역사와 문학의 공통점은 인간 삶의 이야기라는 점이다. 헤로도토스나 투키디데스와 같은 고대 그리스 역사가들은 역사학을 예술의 영역에 소속시켰다. 그들은 역사학을 기억할 만한 사건과 인물들에 대한 예술적 이야기로 이해했다. 그들에게 역사가의 임무는 예술가처럼 미적 즐거움과 도덕적 교훈을 독자들에게 전하는 것이었다. 과거의 사실이 역사가에 의해 재구성될 때 역사는 역사적 서술로 바뀌며 문학성을 갖게 된다. 이는 소설가가 과거의 역사적 사실을 기초로 하여 역사소설을 썼을 때와 별로 차이점이 없다. 역사가와 소설가 중 누가 더 치열한 역사의식을 갖고 작품을 완성했느냐에 따라 역사적 실제 사건이 상상적인 허구가 되느냐 아니면 사실적인 역사가 되느냐 하는 차이점만 있을 뿐이다. 광활한 우크라이나 초원 지대를 배경으로 한 고골의 소설 『타라스 불바(Тарас Бульба)』(1835, 1842)는 카자크의 삶을 기초로 하여 만들어진 역사소설이다. 소설가로서 고골은 카자크인들의 삶을 어떻게 조명하고 이야기할까?

카자크의 유래 과거의 사실이 햇빛을 받으면 역사가 되고, 달빛을 받으면 신화가 된다고 한다. 이 말은 러시아 문학과 역사에 자주 등장하는 카자

레핀, 〈튀르키예의 술탄 메메드 4세에게 보내는 자포로제 카자크인의 회신〉

크족에게도 적용된다고 할 수 있다. 카자크의 역사와 신화를 알아야 『타라스 불바』를 제대로 이해할 수 있다. 카자크는 별개의 민족이 아니라 주로 농노제와 세금, 그리고 종교적 박해를 피해 변방으로 달아난 농부의 자손들이다. 15-16세기경 귀족이나 지주들의 억압과 폭력을 견디다 못한 농노들이 탈출해서 남쪽 변방으로 갔다. 거기서 촌락을 만들어 농사를 지으며 살다가 외부의 침입이 있으면 병사가 되어 싸웠다. 변방에 살기 때문에 외부의 침입을 막아 내야 살 수 있었다. 그리하여 그들은 전투에 능한 농민 병사가 되었다. 이들이 농민공동체이자 군사공동체라 할 수 있는 카자크이다.

'카자크(казак)'라는 명칭은 15세기에 드네프르강 유역에서 형성된 반(半)자치집단인 유목민을 가리켰다. 15세기 말에는 농노 신분에서 벗어나기 위해 폴란드, 리투아니아, 모스크바 공국에서 드네프르강과 돈강 유역으로 달아나 자유로운 성격의 군사 조직을 만든 농민들도 포함하게 되었다. 카자크라는 말은 원래 '독립적인' 또는 '자유로운'이라는 의미를 지닌 튀르키예어에서 유래했다. 그리하여 카자크인들은 스스로를 자유인이라 불렀다. 16세기에는 그레벤(캅카스 지방), 야이크(우랄강 중류), 자포로제, 돈강, 볼가강, 드네프르강 등 6개의 주요 지역에 카자크인들이 모여 살았다. 그들 대다수가 대(大)러시아인들 아니면 우크라이나인들로 구성되었다. 그들은 폴란드로부터 종교적 억압과 민족적 핍박을 받았고, 세금 착취와 군사적 위협을 당하고 있었다. 이교도적인 요소가 가미된 러시아 정교를 믿었던 그들은 초기에 어업과 수렵에 종사했지만, 일부는 튀르키예, 크리미아, 페르시아 등지의 해안에서 주로 약탈을 했다. 17세기 이후 그들의 생업은 농업으로 전환되었다. 그들의 사회 구조는 전통적으로 평등과 토지 공동 소유를 바탕으로 형성되었다.

카자크인들은 독특한 머리 모양을 하고 헐렁헐렁한 바지를 입고 다녔기 때문에 다른 종족과 확연하게 차이가 났다. 그들은 제각각 조그만 정착지를 중심으로 느슨한 권력 구조의 공동체를 이루며 살았다. 그들의 정착지는 마치 독립된 하나의 도시와 같은 자급자족적 경제공동체였을 뿐만 아니라, 신병의 모집과 훈련 등도 함께하는 군사공동체였다. 가을걷이가 끝나면 주기적으로 군사 훈련을 하는 카자크인들은 자유 선거를 통해 '게트만(гетман)'이라고 부르는 총대장과 '아타만(атаман)'이라는 우두머리(대장)를 선출했다. 카자크 공동체에서 모든 구성원은 평등했기 때문에 누구나 자유롭게 자신의 의사를 밝힐 수 있었고, 선출된 총대장이나 대장이 제구실과 역할을 하지 못한다고 여겨질 때는 바로 탄핵할 수도 있었다. 하지만 전시에 게트만의 권한은 절대적이어서 자신의 명령에 불복종하는 사람을 즉결 처분할 수도 있었다. 뛰어난 기마술과 전투술로 유명한 카자크는 돈강 유역을 근거지로 하여 동쪽으로 세력권을 넓혀 나갔다.

17세기와 18세기에는 카자크인들이 반란을 일으키기도 했다. 카자크인들을 중심으로 일어난 대표적인 반란 사건으로는 '스텐카 라진의 반란'(1670)과 '푸가초프의 난'(1773)이 있다. 그러나 18세기 말 에카테리나 여제에 의해 완전히 평정된 후 러시아는 카자크인을 국경수비대로 이용했으며, 나중에는 러시아 제국의 영토 확장을 위한 전위대로 활용했다. 1812년 나폴레옹 군대의 러시아 원정을 최선두에서 막아 낸 것도, 모스크바에서 후퇴하는 나폴레옹 군대를 끝까지 쫓아가며 괴롭힌 것도 카자크 기병대였다. 눈 속에 깊숙이 빠져 탈진한 프랑스 군인들이 항복할 의사를 밝혔음에도 불구하고 그들은 인정사정 보지 않고 처단했다. 이후에 벌어진 크림 전쟁과 제1차 세계대전까지 카자크 부대는 러시아군의 최정예 부대로 명성을 날렸다. 제정러시아 말기 카자크 부대는 각종 폭동을 진압하는 데 동원되었다. 그리하여 카자크 부대는 민중들에게 차르 정치체제의 상징처럼 느껴졌다. 1917년 러시아 혁명 후 내전 중에는 구체제를 수호하려는 백군(白軍)의 중심 세력을 이루기도 했다. 세르게이 에이젠슈테인의 유명한 무성 영화 〈전함 포템킨〉에 나오는 오데사 계단의 학살 장면에서 잔인한 학살자의 모습으로 그려진 것도 카자크 부대였다. 카자크인들의 용맹성과 잔학성은 과거 유럽을 공포에 떨게 했던 훈족과 몽골 민족을 생각나게 한다. 카자크를 소재로 한 작품으로는 푸시킨의 『대위의 딸』, 고골의 『타라스 불바』, 톨스토이의 『카자크 사람들』, 바벨의 『기병대』, 숄로호프의 『고요한 돈강』 등이 있다.

고골의 『타라스 불바』는 카자크족의 신화 형성에도 공헌했다. 러시아 카자크를 성스러운 러시아 조국의 수호자로서뿐만 아니라, 러시아 영혼의 수호자로서 형상화하여 독특한 신화를 만들어 냈다. 『타라스 불바』는 1835년 판본과 1842년 판본 두 가지가 있다. 특히 1842년 두 번째 판본에서는 러시아 영혼의 수호자로서 카자크가 강조되었다. 사실 『미르고로드』(1835)에 수록된 첫 판본은 러시아의 아이콘으로서 카자크 이미지와는 거리가 멀다. 성격상 첫 판본이 우크라이나에 관한 이야기라면, 두 번째 판본은 러시아적 영혼을 강조한 이야기라 할 수 있다.

소설의 줄거리 제1장에서 타라스 불바는 두 아들 오스타프와 안드리가 키예프 아카데미의 신학교를 졸업하고 돌아오자, 이제 지루한 공부는 그만하고 진짜 카자크가 되어야 한다고 말한다. 이웃 카자크인들을 집으로 초대하여 거나하게 술을 마신 불바는 두 아들을 데리고 진정한 카자크인들이 모여 있는 곳인 자포로제로 가겠다고 선포한다. 불바의 아내는 두 아들을 보자마자 다시 전쟁터로 보낼 생각에 한숨도 못 자고 하염없이 눈물만 흘린다. 날이 밝자 불바는 두 아들을 데리고 자포로제로 떠난다. 제2장에서 타라스 불바 일행은 사람의 발길이 거의 닿지 않은 아름다운 숲을 헤쳐 나가며 사흘 동안 대초원을 건넌다. 두 아들은 묵묵히 말을 달리며 이제는 과거가 되어버린 종교 아카데미에서의 생활을 떠올려 본다. 세치에 도착하자 자포로제 카자크인들은 특유의 홍취를 돋우며 춤을 추고 있었다. 제3장에 이르러 세치에서는 연일 술판이 벌어지는데, 호전적인 타라스 불바는 이런 분위기가 영 못마땅하다. 전쟁을 종용해 보지만, 카자크 총대장이 움직이지 않자 불바는 대중을 선동해 새로운 총대장을 뽑는다.

제4장에서 새로운 총대장의 지시 아래 작은 전쟁을 준비하던 카자크들은 어떤 지방에서 유대인들이 교회를 점령하고 정교도들을 능멸하고 있다는 소식을 듣는다. 그들은 분노에 휩싸여 각오를 다지고 전열을 가다듬어 출정한다. 제5장에서 타라스의 두 아들이 맹활약하는 가운데 자포로제 카자크인들은 마을을 남김없이 불태웠고, 폴란드인들은 두려움에 떨며 피신하기에 바빴다. 다만 두브노 도시는 저항이 완강했기에, 카자크인들은 도시를 완전히 포위해 버림으로써 그들을 고립시켜 죽음으로 내몰 작정이었다. 포위망을 쳐 놓고 숙영하던 어느 날 밤, 안드리는 키예프에서 만나 사랑했던 여인이 포위된 도시 안에서 굶어 죽어 가고 있다는 소식을 듣게 된다. 제6장에서 안드리는 식량을 싸 들고 군영을 탈출해 토굴을 따라 두브노로 간다. 굶어 죽은 사람들로 마을의 모습은 참혹했다. 결국, 안드리는 뜨거운 마음으로 그녀와 재회하게 되고, 때마침 황폐한 두브노 시내에 지원군이 도착한다.

제7장에서 자포로제 카자크 군대와 폴란드 군대가 전투를 시작한다. 카자크인들은 맹렬한 기세로 폴란드 군대를 짓밟았고 살아남은 폴란드 군사들은 결국 성문 안으로 퇴각했다. 그러는 동안 타라스는 안드리가 사랑 때

문에 조국과 신앙을 버리고 폴란드로 투항했다는 것을 알게 되고 분노한다. 한편, 오스타프는 병영 대장이 되어 전투에서 기지를 발휘한다. 제8장에서 카자크가 출정한 틈을 타서 타타르인들이 세치를 급습했다는 것이 알려지자, 자포로제 카자크 군대는 즉각 복수하러 가기로 결의한다. 그러나 폴란드에 잡혀간 아군 포로를 구출해야 했기에, 군대를 둘로 나눠 움직이기로 한다. 카자크 총대장은 세치로 떠나는 군대를 지휘하기로 하고, 두브노에 남은 진영의 대장으로는 타라스가 추대된다.

제9장에서 폴란드와의 전쟁이 험난하게 전개된다. 전세는 엎치락뒤치락하면서 계속 뒤바뀌었고, 자포로제 군대는 많은 카자크인을 잃었다. 그 와중에 타라스는 적군 선두로 출정한 안드리를 보고는 숲으로 유인해 직접 죽여 버린다. 그는 다시 전쟁에 가담하기 위해 아들을 심판할 수밖에 없었던 것이다. 이윽고 마음을 달래며 숲에서 나오려 하지만, 숲은 이미 많은 적군으로 포위되어 있었다. 제10장에서 폴란드 군대와의 싸움으로 부상당했다가 동료 카자크인들의 간호로 가까스로 살아난 타라스는 정신을 차리자마자 아들 오스타프가 포로가 된 것을 기억하고 찾아가려고 한다. 그는 수완이 좋은 유대인 얀켈을 찾아가 자신을 바르샤바로 데려가 달라고 부탁한다. 결국, 그는 벽돌 나르는 수레에 몸을 숨겨 폴란드로 들어간다.

제11장에서 얀켈을 따라 바르샤바에 잠입한 타라스는 카자크인들에 대한 사형이 곧 집행된다는 소식을 듣는다. 그는 몸을 숨기고 광장으로 나가 제일 먼저 형을 받게 된 아들 오스타프를 발견한다. 타라스는 죽는 순간에도 카자크의 명예를 지키는 아들을 소리 내어 칭찬하다가 결국 발각된다. 제12장에서 타라스와 함께 분노한 카자크인들은 온 힘을 모아 다시 출격한다. 이들은 거칠 것 없이 폴란드 전역을 공격했다. 그러나 기력이 다한 타라스는 결국 붙잡혀 화형대에서 최후를 맞는다.

사랑이냐 조국이냐 러시아 문학사에서 이 작품은 독특한 위치를 차지한다. 이 작품은 16세기 말 우크라이나 카자크인들의 호전적인 삶을 소재로 한 역사소설이다. 그럼에도 불구하고 사실의 정확성을 그다지 중시하고 있지는 않다. 그렇지만 옛 카자크인들의 용맹과 기개가 잘 묘사되어 있다. 그들의 신앙심과 민족애에 관한 이야기 역시 흥미롭게 전개된다. 그들의 전투 장면은 『일리아드』를 생각나게 한다.

타라스 불바와 그의 두 아들 오스타프와 안드리가 작품의 중심인물로 등장하는데, 용감하고 낙천적이며 엄격한 타라스, 준엄하고 호전적인 오스타프, 낭만적 사랑에 빠져 버린 열정의 사나이 안드리가 카자크 삶과 정서의 다양한 스펙트럼을 보여 준다. 야성적인 힘과 저돌적인 정열로 가득 찬 카자크인들은 평범한 보통 사람들이 아니었다. 카자크 군대의 연대장급 지휘관인 타라스 불바는 자유분방하고 강직하며 완고하고 용감무쌍한 성격으로 전형적인 카자크라 할 수 있다. 그의 몸은 전쟁을 위하여 만들어진 것 같았고, 그 성품은 강직하기 짝이 없었다. 그는 당시 상류층 카자크인들의 관행에 따라 두 아들을 키예프 아카데미로 유학 보낸다. 그리고 학교를 졸업한 두 아들을 패기만만하고 용맹한 카자크인으로 만들기 위해 그들이 귀향하자마자 다음 날 우크라이나 카자크 자치조직의 병영들이 있는 세치로 떠난다. 세치는 훌륭한 카자크 전사가 되기 위해서 꼭 거쳐야만 하는 매력적인 지역으로 수많은 병영이 주둔하고 있는 곳이다. 온갖 사람들이 모여드는 세치에서 두 아들은 카자크의 독특한 생활 방식과 작은 전투를 통해 군인으로서의 늠름한 기상을 닦아 나간다. 세치에서의 생활은 폭음과 난행의 연속이었지만 그 나름대로 엄격한 질서가 있었다.

그러나 타라스 불바는 실전이 최고의 훈련임을 알기에, 두 아들을 실전에 투입하기 위해 교묘한 선동과 술책으로 전쟁을 일으킨다. 변방에 폴란드군이 침공한 것을 빌미로 세치의 모든 병력을 출동시킨다. 출정 명분은 러시아 정교 신앙을 이교도 국가 폴란드로부터 보호하고 해방시킨다는 것이었다. 카자크 군대는 폴란드와 인접해 있는 우크라이나 서북부 지방을 휩쓸며 여러 전투에서 승리를 거두었으나, 두브노 도시에 도착하여 처음으로 강력한 저항에 부딪쳤다. 카자크군은 폴란드인들과 장기전을 펼칠 전략을 세우고, 도시를 포위해 대치 상태에 들어간다. 그동안 오스타프와 안드리는 실전을 통해 당당한 군인으로 성장하여 아버지의 인정을 받았다. 그러나 여기서 예기치 못한 사건이 발생한다. 안드리가 키예프 아카데미에 다닐 때 좋아했던 여인이 포위된 성의 폴란드 지역 사령관 딸이었던 것이다. 안드리는 평소에도 종종 그녀를 생각하며 낭만적인 꿈에 젖고는 했다. 성안의 폴란드인들은 식량이 고갈되어 기아에 시달리고 있었다. 아사 직전에 처했던 적장의 딸은 망루에서 안드리를 확인하고 그를 비밀리에 만나게 된다. 그들의 만남은 하녀의 도움을 받아 극적으로 이루어진다. 전보다 더 아름다워진 사령관의 딸을 보고 다시 사랑에 빠진 안드리는 모든 것을 포기하고 그녀와 생사고락을 함께하기로 맹세한다.

> 나의 여왕이시여! 무엇이 필요하신가요? 명령만 내리십시오! 이 세상에서 제일 힘든 일을 시키십시오! 나는 그것을 곧 하겠습니다! 누구도 할 수 없는 그런 일을 하라고 말씀하십시오. 나는 꼭 합니다. 나는 목숨을 바치겠습니다. 바치고말고요. 당신을 위하여 목숨을 바칠 것을 하느님께 맹세합니다.

두브노 도시 안으로 들어간 안드리는 사랑을 위해 부모 형제와 조국을 미련 없이 버린 것이다.

> 아버지가 뭐요, 친구가 뭐요, 그리고 조국이 무엇이란 말이오? … 그래요, 그런 것이 무슨 소용입니까? 나에게는 아무것도 필요 없습니다! 아무도 없습니다! … 나의 조국은 당신이오! 나는 당신을, 나의 조국을 가슴에 안고 일생이 끝날 때까지 가슴속에 간직하고 살아가겠소. … 카자크 중 누구든지 이 조국을 떼어 내려고 해 봐라! … 내 조국을 위하여 나는 목숨을 바치겠소!

위와 같은 안드리의 행동과 맹세는 사랑이 주는 기적적 역설의 힘이라 할 수 있다. 사랑하기 전의 대상과 그 후의 대상은 결코 동일하지 않다는 것이 사랑이 갖는 기적적 역설이다. 사랑은 우선 보잘것없고 우스꽝스러운 어떤 대상을 향한다. 그렇지만 사랑을 받는 순간 그 대상은 어떤 숭고한 차원을 마술처럼 획득한다. 사랑은 실재의 현재화이기는커녕 그 반대, 즉 진부한 현존을 불가해한 실재로 재창조해 내는 작업이다. 이는 또한 정신분석에서 승화 개념이 겨냥하는 것이기도 하다. "평범한 대상을 사물의 존엄으로 고양시키는 것"이라는 승화에 대한 라캉의 정의는 바로 이런 의미에서의 사랑을 말하고 있다. 이처럼 안드리와 폴란드 여인의 사랑은 라캉의 사랑에 대한 정의를 통해 설명할 수 있다.

폴란드 여인을 사랑하게 된 안드리는 조국을 배신한다. 마침내 그는 폴란드군의 지휘관이 되어 버린다. 폴란드군은 구원군의 도움으로 대반격 작전을 펼친다. 안드리가 적군의 선봉장으로 활약하는 광경을 목격한 타라스 불바는 자기 아들을 제 손으로 처단하고자 결심한다. 그는 안드리를 후미진 곳으로 유인하여 생포한 다음, "가만히 서 있어라. 움직여선 안 돼! 내가 너를 낳아 주었으니 이제 너를 죽이겠다!"라고 말하면서 직접 총을 쏘아 죽여 버린다. 헤로도토스는 행복에 대해 정의할 때 아들이 먼저 죽은 아버지는 절대 행복할 수 없다고 말했다. 어느 사람이 행복하냐, 그렇지 않느냐는 그가 죽기 전까지는 절대로 알 수 없다. 아들을 죽인 아버지가 오랫동안 그 자리에 서서 숨이 끊어진 아들의 시체를 바라보는 광경은 카자크 민족에게 명예가 얼마나 중요한 가치인가를 생각하게 만든다. 사실 이는 명예 이전에 광기이다. 어느 시대를 막론하고 광기가 번뜩이지 않은 때는 드물다. 역사서에 있는 역사 기록은 어쩌면 시간 속에 새겨진 광기의 흔적인지도 모른다. 큰아들 오스타프는 대전투 끝에 폴란드 군대의 포로로 잡히고 타라스 불바 역시 큰 부상을 당하게 된다. 부상에서 회복한 타라스 불바는 폴란드로 잡혀간 큰아들을 구하기 위해 유대인의 도움을 받아 수도 바르샤바로 잠입한다. 최선을 다해 보았으나 그를 구하기에는 너무 늦었다. 불바가 도착한 다음 날 광장에서 오스타프를 비롯한 카자크 포로들의 사형이 집행된다.

큰아들 오스타프는 온갖 고문과 고통을 태연하게 참아 내며 의연하게 죽음을 맞는다. 군중 속에서 아들의 죽음을 지켜보며 불바는 그의 장렬한 전사를 찬양한다. 화형을 당하는 큰아들이 고통에 못 이겨 아버지를 부른다. 참기 힘든 고통 속에서 오스타프가 소리친다. "아버지, 어디 계시나요? 이 모든 것을 지켜보고 계시나요?" 아들의 외침에 타라스가 적들의 한가운데 있음을 잊고 "암, 내가 여기서 보고 있다!"라고 절규하는 처절한 장면은 참으로 감동적인 대목이 아닐 수 없다. 그 후 타라스 불바는 또다시 12만 명으로 조직된 카자크 군대에서 가장 용감한 아타만으로 활약하면서 폴란드인들에게 전보다 더 잔인한 복수의 칼을 휘두른다. 그에게 폴란드인들이란 영원히 믿지 못할, 믿어서는 안 될 이교도이다. 그러던 어느 날 그는 전투 중에 애장품인 담뱃대를 떨어뜨리고 그것을 찾으려다가 그만 생포되어 현장에서 화형을 당한다. 장렬한 최후를 맞이하는 그의 불굴의 정신과 전우애는 카자크의 위대한 신화로 남아 있다.

민족 서사시 이 작품은 카자크의 비극적 몰락을 생생한 필치로 그려 내고 있는 서사시이다. 서사시에 대한 정의는 문학비평가들에 따라 약간씩 다르나, 위대한 서사시에서 몇 가지 공통적 성격을 추출해 볼 수 있다. 첫째로 서사시는 역사적으로나 전설적으로 중대한 의의가 있는 사건을 다룬다. 특히 전쟁과 같은 격렬한 행위로부터 나오는 장엄하고 중대한 사건들을 그려낸다. 이 작품의 기본 주제인 폴란드와 카자크족의 투쟁은 다른 역사소설의 주제보다도 더욱더 서사적이다. 고골은 역사적 현실 자체 내에서 이처럼 거대하고 서사적인 형상화의 가능성을 발견했다. 둘째로 서사시의 주인공은 이상적인 영웅으로서 국가적으로 매우 중요한 인물이다. 그러므로 대다수의 서사시가 영웅서사시이다. 주인공 타라스 불바는 공명심과 용맹의 화신이며, 죽음을 두려워하지 않고 명예를 추구한다. 여기서 고골이 그려 내는 카자크인들은 모두 두려움을 모르며 무모하기까지 한 민족의 투혼들이다. 그들의 영웅적인 행동, 대담한 전투, 뛰어난 공적, 긴장감 넘치는 극적인 사건 그리고 고양된 감정과 열정은 서사시에 낭만적 매력을 더해 준다. 또한, 이 작품 속에 그려진 남부 지역의 아름다운 경치 역시 러시아 젊은이들에게 낭만적 매력을 주고 있다.

고골은 우크라이나(변방에 있는 지역이라는 함축의미를 지님) 역사를 다루는 방대한 작품을 구상하고 각종 문서, 전설, 민담 등을 수집했다. 이 소설은 학문적이고 객관적인 역사 연구가 아니라, 자포로제 카자크의 영광스러운 과거에 대한 영감 어린 서정적 서사시인 것이다. 다시 말해 이 서사시는 역사가의 방대한 서술이 아니라 조국과 신앙을 지키기 위해 싸운 영웅들에 대한 찬가라고 할 수 있다. 고골은 우크라이나인의 정서를 통해 과거 카자크인들의 세계를 세심하게 관찰하여 이 서사시를 완성했다.

카자크의 몰락 이 비극적 서사시에서 고골은 카자크 세계의 비극적이고 필연적인 몰락을 완벽하게 이해하고, 이러한 필연성을 독특한 방식으로 형상화해 내고 있다. 즉 그는 폴란드 귀족의 딸과 사랑에 빠져 자기 민족의 배반자가 되어 버린 주인공 아들의 비극을 전체의 웅장한 서사적 구성 속에 위치시켜 극적으로 형상화한다. 그들의 사랑은 말 그대로 국경과 이데올로기를 초월한 사랑이었다. 이미 벨린스키가 지적한 대로 안드리의 비극은 극적이고 절묘하다. 그렇지만 이와 같은 극적인 요소의 증대가 전체의 웅대한 서사시적 기본 성격을 해체하는 것은 아니다. 고골은 대가답게 간결한 필치로 이러한 비극적 삽화를 전체 속에 유기적으로 통합시켰다.

우리는 이 작품에서 문화의 충돌과 종속의 문제를 감지할 수 있다. 예리한 독자는 주인공 개인의 경우가 아니라, 원시적인 사회가 주변의 더 발전된 사회와 문화에 의해 감염된다는 근본 문제에 주목하지 않을 수 없다. 독자는 원시적이며 야만적인 카자크 세계가 거대한 역사 속에서 필연적인 몰락의 길을 가고 있다는 비극적 상황을 깨달을 것이다. 타라스는 처음부터 카자크 민족문화 이외의 다른 문화들, 즉 폴란드, 타타르, 튀르키예 문화에 대해 강한 거부감을 표시한다. 그 당시 폴란드의 영향이 러시아 귀족층에 나타나기 시작하면서 많은 사람이 폴란드 풍속을 본받아 사치와 화려한 생활을 즐겼다. 그러나 타라스는 순박한 카자크 생활을 사랑하였고, 바르샤바 쪽으로 기울어진 동료들을 폴란드 귀족의 노예라고 조롱했다. 종교문화에서도 정교의 올바른 옹호자임을 자처했다. 그에게는 나름대로 원칙이 있었다. 연로자에게 경의를 표하지 않는 자, 정교를 비웃고 조상의 관례를 준수하지 않는 자, 이교도인(마호메트교도와 튀르키예인들)에게 무기를 드는 것을 자기의 임무라고 생각했다. 이와 동시에 폭음과 난행을 카자크의 미덕으로 생각했다.

기병대장 불바의 두 아들 오스타프와 안드리는 불바의 소원대로 여러 전투에 참여하여 용맹을 떨치고 훌륭한 카자크 전사로 성장하였지만, 대조적인 성격의 인물들이다. 오스타프가 전형적인 카자크 전사라면, 안드리는 예민하고 풍부한 감성의 소유자이다. 그리하여 오스타프는 포로로 잡혀 장렬한 최후를 맞이하지만, 안드리는 낭만적인 사랑 때문에 비극적 최후를 맞는다. 서로 적이 될 수밖에 없었던 아버지 불바와 아들 안드리의 피할 수 없는 운명은 잔혹한 것이었다. 타라스 불바는 영원히 변하지 않는 영웅으로서 구세대의 상징이라 할 수 있다. 그는 협상도 모르고 오직 조국을 위해서 적과 싸우다 장렬히 전사하는 것이 가장 큰 명예라고 생각한다. 그는 조국의 배반자인 아들을 죽임으로써 변화를 거부한다. 명예는 모든 전사의 윤리이며, 다시 한번 사랑보다 우위에 선다. 타라스는 명예의 정점에 서 있다. 반면에 그의 아들 안드리는 변화를 상징하는 인물이다. 안드리의 몰락은 어떤 점에서 카자크의 몰락을 예고하는 것이다. 그의 죽음은 폴란드 문화에 흡수되는 카자크 문화를 상징한다고 할 수 있다.

죽음의 시간 자고로 영웅은 죽어야 한다. 고대부터 현대에 이르기까지 대다수의 이야기가 영웅의 필멸성을 보여 준다. 죽어야만 비로소 전설의 노래 속에서 영생을 누릴 수 있다는 역설이다. 고대 그리스 시인 호메로스의 『일리아드』에서 영웅 아킬레스가 말한다. "싸움을 계속한다면 살아서 고향에 돌아갈 수 없겠지만, 불멸의 영광을 얻게 될 것이다." 그리스인들은 영웅의 정체성을 클레오스(kleos, 영광)와 호라(hora, 시간)로 설명한다. 인간에겐 영광과 함께 죽음의 시간이 반드시 오기 때문이다. 주인공의 이름 '타라스'는 고대 그리스어의 기원을 갖는다. '불안한', '반란자(бунтарь)', '혼란(смутьян)'이라는 의미를 지니며 '고집 세고', '활동적이며', '직선적이고', '화를 잘 내는' 성격을 나타내는 함축의미도 있다. 역사소설 『타라스 불바』에서도 전설적인 영웅 타라스 불바와 아들 오스타프는 카자크의 영광과 함께 죽는다. 그들의 역사는 '단어들의 끊임없는 비명소리'이기도 하다. 타라스는 죽었지만 자기 종족의 영예를 전설로 만들었다. 타라스는 전설적인 이야기로 시간을 극복한 영웅이다. 타라스의 이야기처럼 역사란 많은 사람이 동의한 전설이다.

팩션예술 사실(fact)과 허구(fiction)를 합성한 신조어인 팩션(faction)은 실제 사건을 바탕으로 상상력을 가미하여 새롭게 재구성한 이야기를 뜻한다. 좀 더 구체적으로 말하자면 팩션이란 역사적 사실이나 실존 인물의 이야기에 작가의 상상력을 덧붙여 새로운 사실을 재창조하는 예술 장르를 가리킨다. 주로 소설 쓰기의 한 기법으로 사용되었지만, 영화, 텔레비전 드라마, 연극 등으로도 확대되는 추세이며 문화계 전체에 큰 영향을 미치고 있다. 상술하였듯이 역사란 많은 사람이 동의한 전설이다. 고골의 역사소설 『타라스 불바』는 팩션예술에 해당한다. 기존의 고전 소설 중에도 역사나 실존 인물을 기초로 이야기가 전개되는 팩션에 속한 작품들이 많다. 푸시킨의 『대위의 딸』과 『보리스 고두노프』, 『모차르트와 살리에리』, 톨스토이의 『전쟁과 평화』와 『안나 카레니나』, 도스토옙스키의 『악령』과 『카라마조프가의 형제들』,

고골의 『검찰관』 등도 역시 그러하다.

사실이라는 솔깃한 소재에 창작물의 고유 영역인 상상력을 가미한 팩션은 최근 일반 독자에게 흥미로운 장르로 사랑받고 있다. 팩션예술에는 나름대로 장단점이 있다. 우선 독자에게 사실이 주는 현실적 긴장감과 소설이 만드는 극적 요소를 동시에 경험할 수 있게 한다는 장점이 있다. 둘째로 대중적 흥미에다 폭넓은 인문학적 교양까지 충족할 수 있어 두 마리 토끼를 잡는 소설 읽기라 할 수 있다. 셋째로 역사적 사건이라는 토대에 작가의 상상력을 결합하여 새로운 시각으로 역사를 재해석함으로써, 사실과 허구의 장점인 역사성과 오락성을 함께 구현한다. 넷째로 획일화된 일상에서 벗어나고픈 욕구와 실체적 정보에 다가서려는 시대의 반동적 욕망을 해소해 줄 수 있다. 그러나 팩션은 화제를 만들기 위해 오락성만 좇아 역사와 사실, 인물을 왜곡한다는 비판도 받을 수 있다. 팩션으로 인해 역사가 과거의 사실이 아니라 개인의 창작이나 소수의 왜곡된 기억의 재생산이 될 수 있다.

이 시점에서 팩션이라는 개념을 넘어서 역사소설이 안고 있는 문제점에 대해서도 다양하게 이야기해 보자. 먼저 역사가들이 주장하는 역사에 대한 정의를 다양하게 분류해 볼 필요가 있다. 역사란 무엇인가. 아널드 토인비는 "역사란 끝없는 도전에 대한 응전"이라고 했고, E. H. 카는 역사를 "과거와 현재의 부단한 대화"라 했으며, 단재 신채호는 "역사란 아(我)와 비아(非我)의 투쟁"이라고 보았다. 『타라스 불바』에서 고골은 아와 비아를 구분하여 이야기를 전개하고 있다. 고골은 역사를 바라보는 주체와 이에 반하는 힘의 상호작용을 이야기로 풀어낸다. 카자크는 주체로서 이에 반하는 세력인 폴란드와의 투쟁을 정당화하고 있다. 카자크의 문화와 정교 신앙은 절대적으로 정당하고 옳은 것이기 때문에 배신을 허용치 않는다. 카자크의 모든 행동은 정당성을 부여받고, 반면에 적인 폴란드는 신앙에서부터 모든 삶에 이르기까지 적대적 힘으로 간주된다. 그리하여 타라스 불바는 정교 신앙을 배신한 둘째 아들 안드리를 카자크의 이름으로 처단한다. 그는 아들의 도전을 허락하지 않는다. 여기에서 역사란 '끝없는 도전에 대한 응전'임을 다시 한 번 생각하게 된다.

고골의 『타라스 불바』에 나타난 역사란 '역사가와 과거와의 대화'가 아니라 '소설가 고골과 카자크의 과거와의 대화'라 할 수 있다. 이 소설은 역사적 사실이 작가의 상상력에 의해 재창조된다는 점에서 흥미로운 역사 이야기이다. 한편 역사적 사실도 역사가의 사관에 따라 해석이 달라질 수 있다. 그런 점에서 역사도 생각하기에 따라 객관적 사실이라기보다는 역사가의 역사적 상상력에 의해 재창조된 예술텍스트로 간주할 수 있다.

카를 마르크스는 로마의 희곡 작가 테렌티우스가 남긴 "인간에 관한 어떤 문제도 남의 일이 아니다"라는 말을 평생의 좌우명으로 삼았다고 한다. 우리는 인간의 행위물인 역사를 어떻게 이해할 것인가. 『타라스 불바』에 나타난 카자크의 비극적 역사를 우리는 어떻게 이해해야 할까. 발터 베냐민은 "모든 문명의 역사는 야만의 역사"라는 형용모순의 어법으로 날카롭게 지적했다. 인간의 역사가 야만의 역사가 될 수밖에 없는 비극적 상황은 계속해서 반복된다. 이러한 역사의 비극에서 벗어날 수 있는 길은 없을까. 『타라스 불바』에서 아버지가 아들을 반역자로 몰아 죽여야 하는 비극은 카자크족이 갖는 야만의 역사에 나타난 한 장면이라 할 수 있다.

역사와 문학의 근접성은 소설이 안고 있는 과제와 방식을 역사의 표현이 공유하고 있다는 점에 있다. 이 두 분야는 다 같이 이야기의 기능을 갖는다. 그러면 역사 이야기와 소설 이야기는 다른 점이 없는가? 이 점에서 역사소설은 미묘한 자리에 놓이게 된다. 왜냐하면, 역사소설은 소설이 갖는 허구적 상상이 작용할 여지가 있으면서도 전체적 구성에서는 역사적 사실의 입증을 바탕으로 하고 있기 때문이다. 역사의 경우 소설과 달리 줄거리를 이루는 사건들이 사상의 소산이 될 수 없고 그 대신 사료의 검증을 받아야 하거나 적어도 사료가 명백히 말하고 있는 것으로부터 그럴듯하게 추리되는 것이어야 한다. 역사와 소설의 중간에 있는 역사소설은 추적 불능 또는 연결 불능의 사건들에 대해서 문학적 상상력이 최대한 발휘될 수 있다는 매력이 있다.

18. 웃음과 공포의 드라마: 고골의 『검찰관』

드라마 장르는 다른 어느 나라보다 러시아에서 발달하였다. 러시아인들은 드라마가 지닌 심오한 시민의식과 관객들에 대한 호소력에서 그 중요성을 찾고 있다. 그만큼 이 장르에 대한 러시아 국민의 관심도 크다고 할 수 있다. 극작가 오스트롭스키의 말에 따르면 “드라마는 다른 문학예술 장르보다 시민에 더 가깝다고 할 수 있다. 잡지는 수천 명이 보는 정도에 그치나 드라마는 수십만이 본다”라는 것이다. 연극을 인간의 도덕성 함양에 효과적인 교육 매체로 생각한 고골은 희곡 『검찰관(또는 감찰관이나 감사관)』(1836)을 창작하여 러시아 연극의 새로운 장을 열었다. 이 작품은 탁월한 성격 묘사와 대화뿐만 아니라 시종일관 완벽한 기법을 보여 준다. 『검찰관』은 최고의 완성도를 보여 주는 고골의 대표적인 희극작품으로서 세계 드라마 역사에서 불후의 명작으로 자리매김되어 있다. 지금도 고골의 드라마 『검찰관』은 전 세계 수백만의 독자와 연극 관객의 마음속에 살아 있다.

고골은 『작가의 고백』에서 자신의 창작 시기를 ‘『검찰관』 이전 시기, 『검찰관』 시기, 『검찰관』 이후 시기’로 구분하였다. 고골은 『검찰관』이 모든 작품의 중심에 있을 정도로 중요한 걸작임을 강조한 것이다. 물론 『검찰관』 이외에 다른 희곡작품들도 있다. 고골은 1832년에 두 개의 희곡 『블라디미르 3등 훈장』과 『구혼자들』의 창작을 시작하였다. 그러나 검열에 대한 두려움과 복잡한 문제들 때문에 첫 희곡 『블라디미르 3등 훈장』은 미완성으로 끝났고, 『구혼자들』은 수차례의 개작을 거쳐 1842년에 『결혼』이라는 제목으로 출판되었다. 그리고 1835년 미완성 희곡 『알프레드』를, 1842년 『도박꾼들』을 발표했다. 그 밖에도 『블라디미르 3등 훈장』에서 개작한 단편들로 「사무원의 아침」(1836), 「소송」(1842), 「하녀」(1842)와 「단편」(1842)이 있다.

작품의 창작 과정 고골의 아버지는 아마추어 극작가로서 희곡 대본을 쓰고 연출까지 시도할 정도로 연극적 재능이 있는 사람이었다. 아버지의 재능을 물려받은 고골은 어린 시절부터 연극에 남다른 관심을 보였다. 네진고등학교 시절부터 동료들과 함께 학교 연극을 만들어 몇 차례 공연에서 작은 성공을 거두었다. 학교 연극에서 우스꽝스러운 노인이나 여자 역을 맡아 연기하기도 하였다. 그 후 고골은 알렉산드리아 황실 극단의 배우 모집에 응시하였으나 불합격되었다. 당시 시험 담당 공무원은 젊은 고골의 열정을 높이 평가하였고, 대사가 없는 수위 역을 제안하여 그를 위로했다는 이야기도 전해진다. 어쨌든 배우가 되기를 포기한 이후에도 연극에 대한 열정을 그대로 간직한 고골은 언제나 자기 작품들을 낭송하기를 좋아하였다. 고골은 언제나 한 편의 순수한 국민 희곡을 쓰고 싶었으나 막상 좋은 아이디어가 떠오르지 않았다. 그리하여 새로운 아이디어가 풍부한 푸시킨에게 도움을 청했다. 고골은 『작가의 고백』에서 그러한 사연을 밝히고 있다. 1835년 10월 7일 고골이 푸시킨에게 보낸 편지에 다음의 내용이 있다. “유머든 아니든 제발 아무 주제나 하나 주시오. 그러나 러시아적인 순수한 에피소드이어야만 합니다. 그동안 희곡을 쓰고 싶어 미칠 정도였습니다. 내 손이 떨고 있습니다.” 이런 부탁을 받은 푸시킨은 고골에게 자신이 경험했던 에피소드를 이야기해 주었다. 푸시킨은 몇 해 전에 노브고로드 지방을 여행하던 중 그곳의 지방 유지들이 자신을 검찰관으로 오인하여 일어난 작은 소동을 희곡의 소재로 추천하였다. 처음부터 희극을 염두에 두고 작품을 구상해 오던 고골은 그 에피소드를 『검찰관』의 모티프로 삼았다.

여기서 고골은 황당한 사기꾼 기질의 건달을 주인공으로 내세워 관객을 즐겁게 하였다. 지방 소도시에서 가짜 검찰관이 출현했다는 에피소드는 사실 당시에 아주 흔한 이야기였다. 이처럼 오해를 테마로 한 이야기는 희극의 변형으로서 자주 사용되었다. 이 점에 대해 평론가 린드스트롬은 고골의 『검찰관』과 G. 크비트카의 희극 『수도에서 온 손님』(1827) 사이의 유사점을 지적하였다. 그의 연구에 의하면 고골은 크비트카의 작품과 유사한 주제를 사용했고 세부묘사에서 상당 부분을 차용한 흔적이 보인다는 것이다. 그러나 비평가 해리슨은 이 작품 모방설을 반박했다. 해리슨은 고골이 푸시킨에게서 받은 에피소드를 재창작하는 과정에서 지방관리의 부패와 무능을 풍자하고 발전시켰다고 주장하였다. 고골의 희극은 본인의 의도와는 상관없이 사람들에 의해 사회풍자로 받아들여졌다는 것이다.

작품이 발표된 후 고골은 주콥스키에게 보내는 편지(1847년 12월)에서 자신의 의도를 설명하였다. "『검찰관』은 사회에 올바른 영향을 주기 위해 쓴 최초의 작품이다. 이 희극에서 나는 당시 러시아에 존재하는 모든 추악한 것과 정의가 요구되는 장소나 업무에서 저질러지는 모든 종류의 불의(부정부패)를 한데 엮어서, 모든 사람이 한바탕 크게 웃음을 터뜨리게 해 보자고 결심하였다." 사회풍자든 도덕풍자든 고골은 관객들이 포복절도할 수 있는 웃음을 선사하고 싶었던 것이다.

공연과 반응 『검찰관』은 1836년 4월 19일 페테르부르크의 알렉산드르 황실극장에서 초연되었다. 공연에는 니콜라이 1세와 상류 귀족들이 대거 참석하였다. 당시 고골 작품의 상연은 커다란 사회적 반응을 불러일으켰다. 관객들과 비평가들의 상당한 관심을 끌었고, 동시에 매우 특별한 작품으로 받아들여졌다. 당시 공연을 관람한 관객들은 정말로 웃기고 재미있는 연극이지만 뭔가 이상하다는 반응을 보였다. 정부관리를 비롯한 보수 인사들은 고골의 작품이 러시아 관료체제의 존엄성을 송두리째 흔드는 저열한 풍자라고 말하며 화를 냈다. 그와 반대로 진보적인 사상가나 지식인들은 러시아의 현실과 관료체제를 신랄하게 비판한 작품이라고 환영하였다. 자유주의적 지식인들은 『검찰관』을 관료주의 세계의 가면을 폭로한 통쾌한 작품이라고 평가했다. 곧이어 5월에 모스크바 말리극장(Малый театр) 공연을 계기로 보수주의자와 진보주의자의 상반된 주장은 첨예하게 대립되었다. 보수주의자들은 체제에 대한 중상모략이라고 비난하였고, 진보주의자들은 제국의 진실이라고 주장하였다. 독자와 관중들의 대립적이고 극단적인 평가에 크게 실망한 고골은 로마로 피신하여 1842년까지 그곳에 머무르게 된다.

그리고 우리가 간과해서는 안 될 20세기의 두 연출가 스타니슬랍스키와 메이예르홀트가 있다. 스타니슬랍스키는 『검찰관』을 1908년과 1921년 두 번에 걸쳐 무대에 올렸다. 그는 배우들의 내면적 연기를 강조하였다. 고골의 등장인물들은 너무나 연극적이기 때문에 연기하기가 쉽지만은 않았다. 등장인물들은 아는 체를 많이 하지만 어리석고, 아름답지만 천하고, 가까운 사이이면서 싫어지고, 용감하다가도 비겁해진다. 그들의 성격을 분석하면 할수록 모두 똑같은 본성을 갖기 때문에 내면의 연기를 보여 주어야 한다는 것이었다. 메이예르홀트는 1926년에 『검찰관』을 무대에 올렸다. 그는 이 희곡을 리얼리즘과 과장법, 그리고 환상 등이 독특하게 결합된 작품으로 보았다. 고골의 표현 방법이 희극적이기는 하지만 전체적인 효과는 슬픈 것이며, 희비극으로 연출해야 한다고 생각했다.

제목의 시학 고골의 작품 『검찰관』의 진정한 의미는 무엇인가? 고골 풍자의 성격은 무엇인가? 『검찰관』에서 진짜 주인공은 누구일까? 이러한 문제는 사실 고골 시대 이래로 계속되어 온 논쟁의 테마였다. 『검찰관』의 진짜 주인공은 흘레스타코프인가 아니면 시장인가? 물론 우리는 누구나 흘레스타코프를 주인공으로 알고 있다. 로트만의 말대로 흘레스타코프는 동시대를 대표하는 역사적, 문화적 인물로서 참주인공이라 할 수 있다. 그러나 작가와 연출가들은 흘레스타코프보다는 시장의 배역에 더 큰 비중을 두고 있다. 그 이유는 무엇일까? 작품 이해에 대한 연출가들의 새로운 접근 방향은 희곡의 기본적인 의미가 관료주의 세계의 가면을 폭로하는 것에 있다는 생각에서 나왔기 때문이다. 그러한 관점에서 본다면 14등관의 하급관리 흘레스타코프는 이차 서열의 인물, 즉 보조적 인물이다. 사실 이 해석의 기초는 벨린스키의 견해이다. 작품의 기본적인 주제를 관료주의 세계의 폭로로 간주한 벨린스키는 시장을 작품의 주인공으로 간주하였다. 그는 이 작품의 사상을 "망령된 인간은 모름지기 어떤 망령이나 허깨비, 아니 차라리 죄의식에서 오는 공포의 그림자라고 해야 할 어떤 존재에 의해 처벌받아 마땅하다"라는 것으로 보았다. 벨린스키의 견해에 따르면 흘레스타코프는 '시장 죄의식의 환영'일 뿐이다. 벨린스키는 다음과 같이 구체적으로 해석하고 있다. "사람들은 흘레스타코프를 이 희극의 주인공으로, 작품의 주된 등장인물로 생각하고 있다. 그것은 잘못된 것이다. 흘레스타코프는 이 코미디에서 그 자신의 고유한 인물형으로 등장하는 것이 아니라, 순전히 지나가는 과정 중의 사건 속에 나타나고 있다. … 이 희극의 주인공은 망령된 인간의 세계를 대표하는 인물인 시장이다." 이 글은 벨린스키의 논문 「지혜의 슬픔」(1839)에 나온 것이다. 실제로 그 논문에 실린 해석과 평가는 러시아 비평계와 19세기 관객들에 의해 『검찰관』의 전통적인 이해 기초가 되었다. 제목의 정당성을 논하는 비평가들 가운데 고골의 친구인 악사코프는 자신의 회상록에서 "고골은 '검찰관'보다는 '시장'이 더 나은 제목 같다고 불평했다"라고 했다. 어쨌든 이 희곡에서 중심인물은 시장과 가짜 검찰관으로 압축된다. 그들을 중심으로 사건이 전개되기 때문이다.

『검찰관』에서는 '오해받은 정체성'과 '공포'에 대한 문제가 심도 있게 다루어지고 있다. 『검찰관』의 이야기는 작은 지방 도시의 탐관오리가 며칠 전부터 낯선 사람이 그 지방에 머물고 있다는 소문을 듣고 그를 검찰관이라고 오해하는 데에서 출발한다. 검찰관의 정체성을 파악하기 위한 그들의 다양한 행동은 타락한 관리들의 자화상을 보여 준다. 그리고 『검찰관』의 지배소는

'공포'라 할 수 있다. 뱌젬스키의 말처럼 이 희극에 묘사된 것은 글자 그대로의 진실이 아니라 심리적 진실이다. 심리적 진실에서 중요한 것은 등장인물의 반응이 전체적으로 '공포'의 지배적 분위기에서 결정되고 있다는 사실이다. 여기서 공포는 시장이나 관리들의 죄의식에서 나온 심리일 뿐만 아니라 니콜라이 1세의 공포정치에 자동으로 수반되어 나타난 것이기도 하다. 특히 시장은 공포에 짓눌려 흘레스타코프의 모든 말을 시종일관 반대로 생각한다. 사실 흘레스타코프는 단순한 사실을 이야기했지만, 시장은 자기 상상력을 동원하여 마음대로 왜곡되게 해석한다. 흘레스타코프가 보여 주는 초기의 단순함과 솔직함이 시장과 관리들의 교묘한 말놀이를 부추기는 결과를 낳았다.

시대적 배경 흘레스타코프의 황당한 거짓말이 통하고 시장의 부정행위가 공공연하게 허용될 수 있었던 세계는 과연 어떤 세계일까. 『검찰관』의 시대적 배경은 니콜라이 1세의 통치 시기(1825-1855)이다. 1825년 12월 14일 데카브리스트 난이 일어나자 차르 니콜라이는 공포정치로 국민을 다스리게 된다. 그는 30년 동안 철의 군주로 러시아인들을 철두철미하게 억압하고 통제했다. 니콜라이는 군인 훈련을 받으면서 엄격한 규율과 그 정신을 익혔고, 공식 석상에서는 항상 군복을 착용했다. 퍼레이드나 사열식에 자주 참석했고, 직접 경비대원을 훈련시켰다. 시민보다는 군대를 더 좋아한 차르는 부하들에게 무조건 복종만을 강요했다. 당시 러시아는 하나의 거대한 군대조직과 같았다. 일반적으로 처벌은 가혹하고 잔인하게 행해졌다. 범죄자들의 얼굴에는 달구어진 쇠로 '도둑'이라는 의미의 러시아어 '보르(вор)'가 새겨졌다. 군대에선 수백 명 군인들이 늘어서서 사병들에게 태형을 가하였다. 태형을 여러 번 받은 사병들은 죽기까지 하였다.

모반과 국가전복을 두려워한 니콜라이 1세는 악명 높은 검열제도를 도입하였다. 원래 러시아에서 검열제도는 알렉산드르 1세 집정 초기인 1804년에 최초의 포괄적인 검열법 제정으로 시작되었다. 교육부의 중앙 학교 행정국은 출판감독권을 부여받고 '정교와 차르 체제의 질서에 반하는 저서'의 출판을 금하였다. 알렉산드르 1세 통치 초기에는 검열이 비교적 유화적이었으나 갈수록 엄격해졌다. 러시아 제2의 검열법은 니콜라이 1세의 즉위 후 1826년에 발표된 이른바 '철의 법규'로, 수많은 사소한 제한과 함께 저술 자체까지도 금지할 수 있는 권리를 검열관에게 부여하였다. 2년 후 1828년에 발표된 새로운 법규는 니콜라이 1세의 허락 없이는 어떠한 새로운 정기간행물도 발행할 수 없다고 규정하였다. 출판에 대한 감독권은 교육부 중앙검열국에 맡겨졌고, 그 아래 지방 검열위원회가 소속되어 있었으나 실제로 검열권을 행사하는 것은 황제 관방의 '제3부'였다. 모든 검열관은 자유 사상을 고취한 저술과 그 저자에 대해서 황제 관방의 '제3부'에 보고하도록 되어 있었다.

『검찰관』에서 지방 관료들이 가짜 검찰관인 흘레스타코프에게 공포에 가까운 두려움을 느끼며 복종하는 것은 당시 니콜라이의 공포정치와 밀접한 관계가 있다. 엄격한 철의 군주 니콜라이의 특명으로 파견된 검찰관은 그 이름 하나만으로도 위협적인 존재이며 공포의 대상이었다. 그러므로 지방 관리들은 흘레스타코프의 언행을 자의적으로 해석하고 자가당착에 빠져 버린 것이다. 관료사회의 경직성은 진짜 검찰관이 나타났다는 헌병의 말 한마디에 모든 등장인물이 화석처럼 움직이지 못하는 '무언(침묵)의 마지막 장면'에 잘 나타나 있다.

참칭(사칭)의 문제 당시 러시아의 사칭 문제를 역사적, 사회적으로 통찰해 볼 필요가 있다. 흘레스타코프의 거짓말을 자세히 분석해 보면 몇 가지 속성이 있다. 첫째로 그의 거짓말은 현실과 가능한 한 멀리 동떨어진 세계로의 무한한 비약에서 출발한다. 둘째로 기이한 성격의 소유자인 흘레스타코프는 순수한 창작의 소산이 아니라, 당시 러시아 사회에 존재한 사회적 성격의 하나다. 이것을 작가 자신이 직접 밝히고 있는 것이 흥미롭다. 문학비평가 로트만은 흘레스타코프가 추상적 존재가 아니라 역사적, 사회문화적으로 구체적인 형상이라고 주장하였다. 구체적으로 조형된 인물로서 흘레스타코프는 문학의 실제성을 논증해 주는 인물이기도 하다.

로트만에 따르면 니콜라이 1세의 통치 시대는 무엇보다도 역동적인 문화 발전의 추진력이 결여된 채 국가 관료주의만이 팽배하던 시대였다. 그런데 국가 관료주의란 본질적으로 위선적인 성격을 지니므로 진실을 은폐하기 위한 거짓을 쉽사리 허용하는 경향이 있었다. 이러한 상황에서 어느 문화집단에 역사적 심리 상태로서 거짓말하는 습관이 유포되기 시작하면, 그것은 유아적 성격의 인물들을 활성화하는 계기가 된다. 이러한 위선과 거짓의 습성이 어떤 개인의 심리에 이식되었을 때 나타나는 것이 바로 흘레스타코프와 그와 비슷한 부류의 인간형이라는 것이다. 따라서 그와 같은 인간형이 존재한다는 것은 다른 말로 그 사회와 문화 안에 엄청난 전제적 권위주의가 팽배해 있으며, 또한 사회적 소외현상이 뚜렷하다는 것을 시사한다. 그것은 다양한 유형의 사회적 소외가 존재하는 곳에서만 행위가 결과로부터 분리되는 것이 가능하며, 이러한 소외가 전제될 때 자신을 속이거나 다른 사람을 기만하는 일이 일어날 수 있기 때문이다. 실제로 니콜라이 1세는 국가를 전제와 임의적 지배의 형태로 통치했기에 '제3부'와 같은 정보기관을 발달시켰다. 그러나 그 부작용으로 국가 내부에서는 입신출세를 꿈꾸는 권력 지향적 모험가와 멍청하고 어리석은 자들이 대표적인 사회적 유형으로 대량 생산되었다. 크릴로프가 지적하였듯이 그들은 "명석한 인간들을 두려워하였기 때문에 더욱더 자진하여 자기들이 바보들에게 당하고" 있었다. 그러므로 흘레스타코프와 같이 허황되기 짝이 없는 자가 『검찰관』의 시장처럼 노련하고 교활한 관리를 손쉽게 기만하고 우롱하는 일이 가능했다. 참칭의 문제가 고골의 문학에 반영되어 나타났다는 사실은 사칭이 그에게 있어 단순한 역사적, 사회적 현상 이상이었다는 것이다. 고골의 사칭에 대한 생각은 작가적 정체성의 문제와도 연관된다. 『검찰관』에서 일어난 사건의 전모는 사칭자 흘레스타코프의 이야기이다. 텍스트 안에서의 내부 작가는 사실 사칭자이다. 작가 사칭자 흘레스타코프는 자신이 친구로 알고 지내는 다른 작가에게 자신의 이야기를 써서 편지로 보낸다. 흘레스타코프는 검찰관을 사칭하기도 하지만 작가를 사칭하기도 한다.

고골의 많은 작품에서 이야기의 화자가 자주 바뀌는 것을 볼 수 있다. 그러한 글쓰기의 행위는 '자기 자신을 새롭게 이름 짓는' 행위이다. 소설가였던 고골이 『검찰관』을 통해 희곡 작가로서 새로운 글쓰기로 변신을 한다. 고골은 소설 장르에서 희곡 장르로 옮겨 가며 사칭의 문제를 천착했다고 할 수 있다. 고골의 사칭은 새로운 장르에서 새로운 인물형을 창출하기 위한 특별한 방법이었다. 고골은 사칭자를 통해 가변적이고 비정형적인 인물형을 창조했으며, 그와 같은 사칭자 인물형은 작가적 형상의 대립체가 되어 작가의 절대적이고 신성한 권위를 사칭한 것이다. 그러므로 고골에게서 사칭 문제는 시대가 만들어 준 것이기도 하지만 자기 정체성의 변주라고도 할 수 있다.

『검찰관』에 나타난 세계는 반(反)세계이다. 반세계는 모든 것이 거꾸로 된 세계로서 정상적 세계가 아닌 가치가 전도된 세계이다. 반세계에서는 진실이 거짓으로, 거짓이 진실로 바뀌어 버린다. 숙박비와 식비를 내지 않은 채 여관을 떠나지 못하는 나그네. 이것이 흘레스타코프를 암행하는 검찰관이라고 믿게 하는 이유다. 굶주린 배를 안고 손님의 연어 요리를 탐스럽게 들여다본 그의 행위는 주도면밀한 검찰관의 감찰 행위가 되고, 겁에 질려 동정을 살피고 주위를 탐색하는 눈은 사람들을 공포로 몰아넣는 맹수의 날카로운 눈초리가 된다. 당황하여 더듬거리는 말투는 일부러 위엄을 부려 더디게 말하는 것으로 받아들여지고, 무전취식이라는 죄명으로 잡혀가지 않으려는 마지막 발악은 시장의 부정부패에 대한 분노로 오해된다. 반세계는 모든 것이 의도와는 달리 반대로 행해지는 사회인 것이다.

희곡의 슈제트 작가는 주제를 효과적으로 표현하기 위하여 사건과 사건을 동기로 연결하고 배열해 전체적으로 일정한 갈등의 틀 속에 조직화한다. 이야기는 보통 두 가지로 진행된다. 하나는 파불라이고 다른 하나는 슈제트이다. 파불라는 사건이 시간적 순서로 진행되는 서술이고, 슈제트는 주로 인과관계에 따른 사건의 서술이다. 좀 더 쉽게 말하면 파불라가 '어떤 사건이 일어나는가?'라는 문제에 관심을 둔다면, 슈제트는 '어떻게 사건이 일어나는가?'라는 문제에 초점을 둔다. 『검찰관』은 파불라와 슈제트가 명백하게 구분되는 작품이 아니다.

이 작품은 부패한 관리들에 대한 도덕적 풍자가 봉건적인 전제질서와 부패한 사회조직에 대한 비판으로 발전되어 가는 것을 보여 준다. 그 이야기는 다음과 같다. 주인공 흘레스타코프는 어느 작은 지방 도시에 불쑥 나타나 예기치 않은 계기로 중앙의 고위관리인 검찰관을 사칭하게 된다. 그 도시의 주요 인사들은 흘레스타코프를 수도에서 파견된 대단한 권력의 소유자라고 생각한다. 흘레스타코프에게 현혹된 사람들은 온갖 종류의 파격적인 위선과 아첨, 선량한 인간으로서의 위장을 자행한다. 그가 시장 부인과 딸을 현혹하여 만들어 내는 사건은 사기의 절정이다. 관리들이 벌이는 상식을 뛰어넘는 일련의 행위는 흘레스타코프의 허황되기 이를 데 없는 엄청난 사기행각과 더불어 한 편의 완벽한 이중주를 만들고 작품의 성격을 날카로운 사회 비판을 지향하는 희극으로 만든다.

『검찰관』의 슈제트를 검토하면 하나의 조그만 사건이 어떻게 확대되어 거대 사건으로 발전하는가를 알 수 있다. 고골은 외면상 단순한 플롯을 활용한다. 배경과 상황이 안정되어 보이지만 갑자기 예기치 않은 외부 요소가 끼어들면서 불안해진다. 『검찰관』에서 지방 소도시의 주민들은 속물성에 젖어 있고 이런저런 형태로 부패했지만, 겉보기에는 조화로운 공동체를 형성하여 살아가는 사람들이다. 하지만 그러한 삶이 뜻밖의 인물 흘레스타코프가 도착하면서 혼란에 빠진다. 그는 정부에서 보낸 검찰관으로 오인되는 청년이다. 이 청년 때문에 지역 사회의 조화는 부조화로 바뀌고 타협은 혼란이 된다. 궁극적으로 주민들의 삶 자체가 멎어 버린다.

『검찰관』은 총 5막으로 구성된 희극작품으로 신분의 오해로 일어나는 사건을 익살스럽게 전개하고 있다. 제1막에서 중대한 소식을 전하기 위해 시장의 명령에 따라 관련 부서의 관리들이 밀실로 소집된다. 관리들이 모인 가운데 정보 제공자로부터 온 편지가 공개된다. 그 편지는 수도 페테르부르크로부터 비밀 사찰 명령을 받은 검찰관이 그 지방으로 파견되었다는 소식을 담고 있었다. 시장과 관리들은 대책을 강구하기 위해 고심한다. 제2막에서 주인공 흘레스타코프는 여관에서 밀린 숙박비를 내지 못한 채 끼니를 굶으며 전전긍긍하고 있다. 그러다가 그를 수도에서 온 검찰관으로 오인한 지방 지주가 시장에게 연락을 하고, 달려온 시장과 흘레스타코프와의 첫 상면이 이루어진다. 제3막에서 시장의 간곡한 권유로 흘레스타코프는 시장 집으로 숙소를 옮긴다. 그는 시장 집에서 환대를 받으며 순간순간을 임기응변과 속임수로 대처해 간다.

제4막에서 부패한 지방관리들은 돈이면 뭐든지 할 수 있다고 생각한다. 그들은 가짜 검찰관에게 자신들의 허물과 과실을 감추려고 돈을 건네준다. 또한, 그 도시의 상인들과 아낙네들은 흘레스타코프가 머물고 있는 방으로 몰려와 시장의 비리를 탄원한다. 제5막에서 가짜 검찰관과 시장 딸의 전격적인 결혼 준비에 들뜬 분위기가 묘사된다. 흘레스타코프가 도망가기 전에 수도의 한 친구에게 보낸 편지를 몰래 뜯어 본 우체국장이 그의 정체를 폭로하고 모든 사실이 밝혀진다. 이에 시장은 분노하며 거의 미칠 듯이 발작을 한다. 그 광기가 희극을 대단원으로 몰고 간다. 마지막 대단원에서 헌병이 등장하여 진짜 검찰관의 도착 소식을 알릴 때, 모든 등장인물이 경악한 채 굳어 버리는 무언의 장면으로 막을 내린다.

속물성의 시학 『검찰관』은 고골의 성숙한 사고와 희극 구성의 완성도가 돋보이는 작품이라 할 수 있다. 고골은 우선 전통적인 희극에 고유한, 복잡하게 얽힌 사랑이나 결혼으로 맺어지는 사건 전개에서 탈피하였다. 고골은 한결같이 사랑에 골몰해 있는 주인공들과 그들의 행복한 결혼으로 끝나는 희극을 현실과 동떨어진 것으로 생각했다. 그리하여 고골은 시작부터 한두 주인공이 아닌 등장인물 전체를 끌어들이고 흥분시킬 수 있는 사건을 선택하였다. 또한, 그의 인물들은 이전의 전통적인 희극 배역들과 달리 러시아 어디에서나 볼 수 있는 러시아적인 인물, 즉 러시아의 사기꾼과 괴짜들이다. 물론 고골이 선택한 사건이나 주인공들은 그 생생한 사실성에도 불구하고 어딘가 모르게 과장되고 희화화되어 있다. 이는 고골 창작 전반에서 나타나는 특징으로 지극히 세태적이고 그럴듯한 심리를 지닌 인물들이 기이하고 전혀 있을 법하지 않은 사건의 환영 속으로 끌려들어 간다. 환영을 등장시키는 고골의 미학은 그로테스크 리얼리즘으로 설명할 수 있을 것이다.

고골의 주요 희극작품에서 강조되는 세 가지 테마는 돈, 지위, 그리고 결혼이다. 고골은 「새로운 희극의 공연 후 극장을 떠나며」라는 글에서 "연극의 플롯에서 가장 중요한 테마는 좋은 지위를 얻고, 자신의 번뜩이는 기지로 적수를 무색하게 만드는 것이다. 또한 조소당하거나 웃음거리가 되는 데 대한 복수심이다. 지위와 돈, 그리고 훌륭한 결혼이 오늘날 우리에게 사랑보다 더 의미가 크지 않은가?"라고 말하였다. 고골은 『검찰관』에서 타산적인 결혼, 돈의 위력, 지위나 관등의 상승을 바라는 사회의 도덕적 부패와 타락을 국민 눈앞에 펼쳐 보이고자 했다.

고골이 강조한 세 가지 테마는 다시 말해 인간의 속물성, 허위성, 그리고 망상이다. 고골의 모든 작품에 공통적으로 흐르는 것은 혼돈과 무질서의 세계에서 살아가는 인간들의 속물성과 탐욕이다. 속물들은 추상적이거나 형이상학적인 주제에 대해서는 철저하게 무관심하다. 특히 『검찰관』의 관리들에게 나타나는 속물성은 어떠한 창조성도 결여한 채 그 사회의 가장 저열한 정신만을 모방하고 있는 자들의 속성이다. 관리들의 직권남용과 거짓말과 자기기만은 현실에서 자주 접하게 되는 속물적 현상이다.

고골은 인간의 약점을 날카롭게 지적하고 있다. 인간의 약점 가운데 가장 대표적인 것이 바로 속물성이다. 등장인물들이 보여 주는 속물성에 대해 고찰해 보자. 속물성은 자주 웃음과 혐오를 유발한다. 고골은 자기 인물들의 속물성을 곧 그들의 도덕적 결점으로 인정하였다. 속물성은 상투적 생각, 즉 자신의 독자적인 내면적 지향을 지니지 못한 인물들의 특징이다. 그것은 창조성과 무관하며 일반적이고 상투적인 생각의 집합일 뿐만 아니라 진부한 표현과 속물적 언어의 사용으로 나타난다. 속물은 중간계급의 보편적 산물이며 순응주의자들의 속성이다. 그것은 집단적 성격을 반영하고 있으며 모든 것이 가짜다. 물욕에만 관심을 두고 진부한 표현과 속물적 언어를 구사하는 시장과 지방 관료, 그리고 흘레스타코프는 대표적인 속물들이라 할 수 있다. 지방 행정기관의 우두머리인 시장은 거대한 상징성과 함축성을 지닌 풍자적인 인물이다. 고골이 시장을 통해 자기 자신의 모든 속물적인 요소를 외면화하고 있다면, 흘레스타코프에게서 고골은 바로 자기 인격의 특징인 무책임성, 천박한 마음, 절제 감각의 부재를 상징하고 있다. 흘레스타코프는 매우 생기발랄하다. 그러나 이 생기는 조용하고 야심만만한 열등감에 기초하여 구현된 무의미한 움직임이며 소동이다. 이 작품의 누구도 속물로부터 자유로울 수 없다. 우리 인간도 욕망이 있는 한 속물성에서 벗어나지 못한다. 고골은 도덕적인 목적을 가지고 생활 속에서 추악하고 우스꽝스러운 것들을 확대하여 우리 인간의 속물성을 보여 주고자 했다.

도덕풍자냐 사회풍자냐 예나 지금이나 러시아에서 풍자에 대한 담론은 활발하게 전개되어 왔다. 러시아 문학사에서 풍자문학은 시인 칸테미르에 의해 본격적으로 수용되었고, 1769년 예카테리나 여제에 의해 창간된 풍자 저널 『잡동사니(Всякая всячина)』에서 절정을 이루었다. 외국의 풍자 저널을 모방한 그 저널은 격렬한 사회제도나 정치 문제를 회피한 채 보편적인 인간의 문제와 약점만을 풍자하는 데 치중했으며, 웃음을 통해 사람들의 태도와 행동 양식을 교정해 보겠다는 목적이 있었다. 그러나 당대의 최고 저널리스트인 노비코프는 그러한 저널의 성격에 크게 반발하여 자신의 풍자 저널『수벌(Трутень)』을 창간하였다. 노비코프는 처음부터 보편적 인간의 약점보다는 당시 러시아의 사회제도(농노제도)와 관료제도의 구체적인 악과 부패상을 풍자하고자 하였다. 예카테리나와 노비코프는 풍자의 기본 개념에 대한 인식의 차이가 너무 컸으며, 풍자의 성격과 과제라는 명제에서 서로 대립하였다. 그러나 그들의 논쟁적 담론은 러시아에서 논쟁문학을 발전시키는 계기가 되었다. 풍자문학은 희곡의 발전에도 큰 영향을 주었다. 풍자에는 역설, 아이러니, 과장, 축소 등 모든 '웃기는' 방법이나 해학과 기지 같은 웃음을 유발하는 말투가 동원된다. 그런 까닭에 풍자는 희극과 잘 어울린다. 그럼에도 불구하고 순수한 희극은 웃음을 위한 웃음을 목적으로 하고 웃음의 대상이 희극 자체에 포함되어 있다. 반면에 풍자는 도덕적 그리고 지적 열등생들을 경멸적 웃음의 대상으로 삼고 있다. 그 열등생들은 작품 속이라기보다는 현실 사회에 존재하는 부류로 인식된다.

풍자에 대한 논쟁은 보편적인 인간의 약점에 대한 조소나 빈정거림인가 아니면 사회제도에 대한 비판인가로 수렴되는 경향이 있다. 『검찰관』 역시 작품에 대한 고골의 생각과 비평가들의 의견에는 상당한 차이가 있었다. 이 작품에서 고골은 타락한 인간을 도덕적으로 비난하고자 했으나, 비평가들은 그의 작품을 도덕풍자가 아닌 사회풍자로 간주했다. 사실 요즘 풍자가 장르개념인지 아니면 하나의 문학기법인지 정의 내리기가 쉽지 않다. 어떤 평자들은 개인·사회·정치 등의 악덕·모순·부조리·허세 등을 비판하거나, 또는 조소하며 빈정대는 표현 기법을 풍자라 간주한다. 어떤 평자들은 풍자를 하나의 장르로 취급한다. 물론 로마 시대에는 풍자가 한 장르의 이름이었으나, 18세기 이후에는 모든 장르에 나타날 수 있는 특수한 태도 또는 어조를 뜻하게 되었다. 풍자의 어원은 일반적으로 '가득히 담긴 접시'라는 뜻의 라틴어 '란스 사투라(lanx satura)'이다. 이 말은 뒤에 '혼합물'이나 '인간의 어리석은 행위를 조롱하기 위해 각각 다른 주제를 잡다하게 다룬 것'을 뜻하게 되었다. 문학·음악·미술·무용·영화 등 예술 분야뿐 아니라 인간이 나타낼 수 있는 표현 형식 대부분은 풍자의 수단이 된다고 할 수 있다.

풍자는 특성상 언제나 현실에 대한 부정적·비평적 태도를 보이므로 아이러니와 비슷하지만, 아이러니보다는 날카롭고 노골적인 공격 의도를 지닌다. 또한, 대상의 약점을 폭로하고 비판하는 데 있어 직접적인 공격을 피하고 간접적으로 빈정거리거나 유머의 수단을 이용한다. 그러나 냉소주의처럼 소극적인 태도로 인생을 백안시하고 냉소하는 행위, 파괴를 위한 파괴 또는 단순한 비난에 그치지 않고 공격 뒤에 교정과 개량의 목적을 가진다. 이밖에 풍자가 자아내는 웃음은 소박한 웃음에 비해 내적으로 공격하는 음험성과 복잡성을 띠고 첨예화하는 특징이 있다. 러시아의 대표적인 풍자가로는 고골과 M. E. 살티코프-셰드린 등이 있다. 풍자는 운문이나 산문처럼 딱딱한 전달형식이 아니라 평소의 자연스러운 말투로 발달하여 시와 일상 언어, 우화와 기록문학, 대화와 독백에서 모두 가능하게 되었다. 교훈주의 문학 중에서도 가장 현실적이라 할 수 있는 풍자문학은 인류의 보편적 약점에 대한 비판으로 승화되기도 한다. 더 나아가 풍자는 시대적 제한을 벗어나 인류 전체로 하여금 인류 공통의 약점을 함께 웃게 하는 상상적 문학으로 받아들여지고 있다.

고골의 『검찰관』에 대한 담론을 풍자와 연결하여 당대 비평가들의 반응을 살펴보면 흥미롭다. 대표적인 급진주의 비평가들인 벨린스키와 뱌젬스키는 이 작품을 전제주의 체제의 모순을 그려 낸 사회풍자 작품으로 평가했다. 뱌젬스키는 이 희극이 "희극을 가장하여 사회에 정치적인 폭탄을 내던진 자유 선언서"라고 했다. 보수주의자들 가운데 불가린과 센콥스키 같은 비평가들 역시 관료주의를 고발하는 사회풍자 작품으로 생각했다. 사회풍자로 볼 때 시장, 판사, 병원장, 교육감, 경찰, 그리고 우체국장은 정부 각 부처를 대표하는 사람들의 직책을 압축적으로 상징한다. 그리고 그들이 보여 주는 부패한 모습들은 러시아 지배계층 각 분야의 부정부패를 담고 있다. 비평가 안드로소프는 이 작품을 부패한 관리들에 대한 도덕적 풍자로 간주했다. 안드로소프는 "희극으로부터 외적 진실만을 찾는 데 익숙한 동시대인들의 요구는 잘못된 것"이라 지적했다. 시장이나 판사를 보고 웃는 것은 권력이나 재판을 보고 웃는 것이 아니라 그들의 배임 행위를 비웃은 것이라는 고골의 입장을 옹호하는 것이었다. 안드로소프의 견해는 고골이 「새로운 희극의 공연 후 극장을 떠나며」라는 에필로그에서 토로한 고골 자신의 미학 사상과 유사하다. 남을 공격하기 위한 풍자가 아니라 어리석고 부족한 인간들의 모습을 드러내는 도덕풍자에 대한 담론은 시장의 말 속에 나온다. 제1막 1장에서 시장은 "털끝만 한 잘못이 없는 놈이 세상에 어디 있어. 이건 말하자면 하느님께서 처음부터 그렇게 만들어 놓으신 거니까"라고 말한다. 이 말을 염두에 두면 풍자의 대상은 특정 인물들이 아니라 태초부터 인간에게 내재되어 있던 거짓과 허위, 기만, 악이 숨어 있는 삶 자체가 되는 것이다. 정리하면 고골의 『검찰관』은 풍자 코미디로서 인간의 약점뿐만 아니라 사회제도를 신랄하게 비판한 풍자 작품이다.

비평가들의 견해 고골의 『검찰관』에 대한 비평가들의 담론을 살펴보면 크게 두 방향으로 수렴된다. 하나는 벨린스키를 중심으로 한 시민비평가(공리주의 비평가)들의 담론이고, 또 다른 하나는 미학비평가들의 담론이다. 벨린스키는 『검찰관』의 기본적 의미를 관료 세계의 가면을 폭로하는 것으로 생각하였다. 벨린스키의 비평은 도브롤류보프, 게르첸, 체르니셉스키 같은 시민비평가들의 담론으로 계승, 발전되고 궁극적으로는 사회주의 비평으로 이어진다. 그리하여 소비에트 비평가들은 『검찰관』을 차르 니콜라이 통치하에서 발생한 부정부패를 그린 사회적 기록으로 해석하였다. 소비에트 비평은 흘레스타코프를 관료 세계의 허위를 폭로하고자 공포의 감정을 유발하는 허깨비, 즉 망령으로 해석하고 있다.

반면에 서구 평론가들은 일반적으로 연극에 나타난 환상적이면서 그로테스크한 요소와 비현실적인 분위기를 강조한다. 일찍이 니체는 고골을 현대 퇴폐주의의 전형이라고 했고, 메레지콥스키는 고골을 러시아적 반동의 전조라 하였다. 메레지콥스키는 연극의 종교적인 요소를 강조하고, 윌리엄 우디 로우는 흘레스타코프를 인간을 현혹하는 악마로, 최후의 심판에 즈음하여 나타난 적그리스도로 해석하고 있다. 도널드 팽거는 흘레스타코프의 특성을 '공허(vacuity)'로 규정짓고 있다. 그는 흘레스타코프를 심신이 모두 비어 있는, 그리하여 그 실체조차 파악하기 어려운 무(無)와 공(空)의 화신으로 파악하였다. 루돌프 카스너와 그의 후계자들은 현대의 심층심리학을 고골에게 적용하였다. 어떤 학자들은 고골을 프란츠 카프카와 동일 선상에 놓았다. 형식주의자들은 고골의 희곡을 언어 조직이라는 측면에서 연구, 분석하고 있다. 유리 로트만은 흘레스타코프가 허구적 인물이지만 역사적 인물 유형과 관계가 있다는 가정하에 당시 러시아 사회에 실재했던 문화적, 역사적 맥락을 살피고 있다. 그의 설명에 따르면 흘레스타코프의 의식세계를 가득 채운 자기 비하의 감정과 동시에 현실 세계의 자신으로부터 탈출하고 싶은 욕망이 엄청난 거짓말을 낳는다는 것이다. 『검찰관』은 나보코프가 가장 위대한 러시아 희곡이라고 칭찬할 만큼 그 문학적 우수성이 뛰어나다. 그러나 지금까지 『검찰관』에 대한 연구는 여전히 많은 수수께끼를 남겨 놓았다. 벨리의 말처럼 "우리는 아직도 고골이 무엇인지 알지 못한다."

이 작품의 장르에 관한 연구도 있다. 러시아 비평가 기피우스는 고골의 『검찰관』에 나타나는 보드빌(vaudeville) 요소를 연구하였다. 특히 흘레스타코프의 사랑 이야기는 보드빌적 요소가 강하게 나타난다는 것이다. 보드빌이란 서로 관련이 없는 노래들, 무용들, 촌극, 곡예, 요술, 팬터마임, 인형극 및 다양한 묘기들의 연속적인 공연들로 구성된 오락물을 말한다. 이 단어는 노르망디에 있는 한 마을의 이름인 보-드-비르에서 유래했다. 오늘날에는 보드빌로 알려진 '버라이어티 쇼'가 생겨났다. 벨린스키는 보드빌을 다음과 같이 정의하고 있다. "다양한 민족의 가정에서 일어난 생활의 특징을 그 사소하고 이상스러운 일과 함께 묘사할 때, 그것은 예술작품이 될 수 있다. … 보드빌은 하층 생활, 즉 개인과 사회의 가족생활을 풍자적으로 말하고 고급드라마의 식탁에서 떨어진 파편들을 주워 모은다. 그것은 경구가 풍자성을 띠듯이 풍자와 관련이 있다. 그것은 삶에 대해 격렬하게 소리 내어 웃지 않지만, 삶에 얼굴을 찌푸린다. … 결국 그것은 어떤 일상 사건에 대한 즉흥시와 같다." 그러나 고골은 보드빌로 익살을 보여 주는 몰리에르의 전통을 극복했다. 고골은 유럽 희극의 전통보다는 순수 러시아 희극 전통을 창조적으로 계발시켰다. 즉 코넬리나 몰리에르 같은 외국 작가들의 영향보다는 러시아 희극의 토양이라 할 수 있는 폰비진의 『미성년』, 카프니스트의 『야베다』, 그리보예도프의 『지혜의 슬픔』과 같은 풍자 희극의 전통을 계승, 발전시켰다.

흘레스타코프는 누구인가 주인공 흘레스타코프는 페테르부르크 관청에서 14등관의 말단 서기로 근무하는 23살의 하급관리이다. 그는 변화무쌍한 환영 같은 인물일 뿐만 아니라, 속임수가 의인화된 것이라 할 수 있다. 그는 거짓말의 천재로서 황당한 거짓말을 하는 데 천부적인 재능을 보인다. 숨소리만 정상이지 입만 뻥끗하면 모든 것이 거짓말이다. 그가 문인을 이야기하면 푸시킨과 친구이고, 사회적 신분을 말할 경우 공작이나 백작의 칭호를 가진 고관대작들과 대등한 신분이며, 관료로서는 이미 대신을 지낸 바 있고, 조만간에 총사령관에 임명될 것이라는 거짓말을 거침없이 한다. 그의 말은 항상 극대화된 과장과 허풍으로 넘쳐 난다.

흘레스타코프의 말이 통할 수 있는 당시 러시아 문화에 대한 심층적 분석이 필요하다. 그의 선조를 찾아서 이야기해 볼 필요가 있다. 고골은 흘레스타코프라는 인물을 가리켜 "속임수가 의인화된 인물, 변화무쌍한 환영과 같은 인물"이라고 했다. 이것은 그의 놀라운 변신 능력을 말한다. 즉 흘레스타코프는 마음만 먹으면 즉시 의도한 대로 완전히 변화된 인물로 전환이 가능하다. 달리 말하면 그는 가장 자연적인 상태에서 천재적인 모방의 재능을 발휘하여 자기 자신이 아닌 다른 제3의 인물로서 자유자재로 변신을 실행하는 것이다. 고골은 흘레스타코프를 러시아의 다양한 인물들 가운데 산재한 하나의 유형으로 보았다.

유리 로트만은 문학상의 흘레스타코프라는 인물이 역사적이며 심리적인 유형과 연관되어 있다는 심증을 굳히고 구체적으로 규명작업을 시도하였다. 고찰 대상은 위대한 거짓말쟁이로 잘 알려진 드미트리 자발리신과 그의 동생 이폴리트 자발리신, 로만 매독스, 그리고 레페틸로프를 선정하였다. 당시에 드미트리 자발리신은 교육 수준이 매우 높고 자만심과 허영심이 많은 모험가였다. 이미 20살의 나이에 범우주적인 야망을 실현할 구체적인 계획을 세우고 있었다. 그러나 그는 현실적으로 아직 지위가 낮은 해군 장교로서 원대한 꿈과 포부를 이룰 수 없는 여건이었다. 물론 '12월당 운동'에도 관여하였지만, 그의 나이나 직책으로 보아 비밀 결사 운동에서도 주도자가 될 수 없었다. 이에 그는 돈키호테적 환상으로 현실을 왜곡하고 자신의 꿈을 상상 속에서 정정해 나가기 시작한다. 그는 자기 자신을 탁월한 재능과 능력 그리고 천재성이 있는 인물로 자찬하며 미화한다. 이러한 자기기만은 그의 『회고록』에서 절정을 이룬다. 이것은 왜곡되고 오류투성이였던 자신의 현실 삶이 아닌, 누리고 싶었던 빛나는 삶을 기술하고 있다.

흘레스타코프시나란 무엇인가 고골의 희곡 『검찰관』의 주인공 흘레스타코프는 첫째로 거짓말쟁이로서, 둘째로 골 빈 사람으로서, 셋째로 전형적인 속물로서, 넷째로 변신의 천재로서, 다섯째로 사칭자로서 행동한다. 그는 거짓말을 하는 데 전혀 부끄러움을 느끼지 않는 성격이다. 거짓말을 창조적 예술로 변형시키는 허풍쟁이이지만 그의 거짓말은 낭만적인 면도 있다. 다른 한편으로 순진하며 진실한 면도 있지만 자기 과시적인 성격으로 잘난 척하기를 좋아한다. 그리하여 유명한 사람이나 주요 인사를 사칭하기 좋아한다. 습관적으로 말 바꾸기를 잘하고 바람둥이 기질에 성격이 경솔하다. 뇌물 받기를 좋아하면서도 겉으로는 안 그런 척하는 전형적인 속물이기도 하다. 사실 그의 성격을 어느 하나로 정확히 말하기가 쉽지 않다. 그의 정체성을 규정하기가 쉽지 않으나 흘레스타코프와 같은 인물의 성격이나 행동 양식을 규정해 주는 용어가 있다. 그의 '과장된 거짓말'이나 '그와 같은 행동 양식'을 우리는 '흘레스타코프시나(Хлестаковщина, 흘레스타코프주의)'라고 말한다. '흘레스타코프시나'는 거짓 사상의 화신인 흘레스타코프가 만든 하나의 특이한 담론이다. 지금까지 연구가들이 그의 정체성을 연구해 왔으나 만족할 만한 해답을 찾을 수 없었다. 어쨌든 흘레스타코프시나의 본질을 이해하려면 텍스트 안과 밖 양쪽에서 러시아인의 실제적인 행동 규범을 분석하는 것으로부터 시작하는 것이 타당하다.

문학상 흘레스타코프라는 인물은 명확하게 역사적, 심리학적 유형과 연관되어 있다. 그렇다면 그러한 유형이 등장할 수 있는 역사적 상황과 조건이란 대체 어떤 것일까.

첫째로 흘레스타코프시나는 낭만주의적 성격에서 나온다. 그와 같은 인물은 고도로 발전된 낭만주의적 행동의 모형에서 나온다. 그러나 흘레스타코프시나는 낭만주의의 발생에서 나오는 것이 아니라 낭만주의의 소비자에게서 나온다. 고도로 발달한 문화에 기생충같이 빌붙어 살아가면서 그 문화를 단순화하는 흘레스타코프시나는 특수한 환경을 필요로 한다. 흘레스타코프 같은 유형의 인물들은 주관적인 자의식이 넘치는 낭만주의자들이다. 일반적으로 사실주의 계열의 예술은 예술이 삶을 모방하는 데 비해, 낭만주의에서는 삶이 예술을 모방하는 경향이 있다. 이러한 낭만주의적 배경 아래 기묘한 형태를 띠고 탄생한 것이 흘레스타코프와 같은 부류의 허황되고 상상과 현실의 세계가 일체화되지 않는 사람들의 집단인 것이다. 연극에 종사하는 사람들뿐만 아니라 문학이나 영화에 광적인 사람들이 저지르기 쉬운 행동 양식이다. 그리고 낭만주의 시대에 언어의 발달은 예술가에게는 창조적 상상력을 일깨우는 반면 평범한 사람들에게는 '위대한 거짓말의 재능'을 촉진하는 결과를 초래하였다. 낭만주의는 야망의 심리학에도 변화를 주었다. 그 직접적인 동기는 프랑스 혁명과 나폴레옹이었다. 푸시킨의 "우리는 모두 나폴레옹과 같은 인물이 되려고 분투한다"라는 구절은 결코 농담이 아니었다. 그리하여 러시아 낭만주의 시대의 인간들은 자신을 나폴레옹 같은 인물로 평가하려 했다.

둘째로 흘레스타코프시나는 관료주의의 경직성에서 나온다. 러시아 사회와 문화적 배경은 니콜라이 1세의 집권과 더불어 경색되기 시작했다. 표트르 대제 시대에 역동적 추진력을 받았던 러시아의 사회적 발전은 니콜라이 1세의 통치 시기에 얼어붙었다. 그 시대의 문화에는 뿌리 깊은 전통이 부재했기 때문에 특정한 관료주의 분야에서 '예외적일 정도의 사고의 경박성'과 '모든 것이 허용된다'라는 관념과, '기회는 무한하다'라는 신념이 창출되었다. 이러한 것들이 개인의 심리에 이식되었을 때, 그 결과로 나타난 것이 흘레스타코프시나이다.

셋째로 흘레스타코프시나는 권위적인 전제주의에서 나온다. 전제주의는 언론을 억압하고, 통계자료를 왜곡하고, 모든 종류의 공적 책임을 의례적인 거짓으로 변형시킨다. 그리하여 니콜라이 1세의 전제정치는 자신에게 하나의 유일한 정보 원천인 비밀경찰만을 남겨 놓았다. 그러나 이것은 전제정치를 특수한 소극 같은 비극적 상황으로 몰아넣었다. 상술하였듯 니콜라이 1세는 자신의 국가를 전제와 임의적 지배의 형태로 통치하려 했으므로 '제3부'와 같은 정보기관을 발달시켰다. 그러나 그 정보기관의 부작용으로 국가 내부에는 모험가와 멍청한 얼간이들이 대표적인 인물형으로 남게 되었다. 교활한 시장이 어떻게 하여 그처럼 어리석은 흘레스타코프에게 기만당하는가를 설명해 줄 수 있을 것이다.

넷째로 흘레스타코프시나는 연극성이 강한 인간의 유형에서 나온다. 흘레스타코프 같은 인물이 공통으로 지닌 특징을 살펴볼 수 있다. 그것은 그들에게 있어서 '행위'란 인격과의 통일체가 아니라, 연극 무대에서의 주어진 '배역'이나 갈아입는 '옷'처럼 인격에 선택되어 원하는 대로 '입혀질 수 있다'는 사실이다. 그들의 고유한 인격과 그들의 행위는 분리되어 있으므로 필요하다면 언제든지 이전의 행위는 마치 기억상실에 걸린 듯이 완벽하게 잊은 채, 요구되는 다른 행위로의 순간적이고 민첩한 변환이 가능한 것이다. 흘레스타코프와 가장 많이 닮은 사람은 시장이다. 그들은 서로서로 전염시키는 존재들이다. 흘레스타코프는 어쩔 수 없는 상황에서 상상력으로 자기 사정의 심각함을 가볍게 하고, 상상 세계를 자기 현실이라 착각하면서 만족을 누린다. 그러다가 관리들의 오해와 맞물려 동시에 연극성이 발휘된다. 관리들의 연극성에 전염된 흘레스타코프는 자신도 모르는 사이에 상상의 세계에서 연극의 세계로 이동한다. 반면에 시장은 그 반대의 수순을 밟는다. 시장은 전적으로 연극의 세계에 속하는 사람이었다. 그러다가 흘레스타코프가 불어넣어 준 환상에 의해서 상상의 세계로 옮겨 간다. 마침내 그는 장군이 된 자기 모습을 상상한다.

다섯째로 흘레스타코프시나는 자기 비하와 자기 경멸에서 나온다. 흘레스타코프는 전혀 다른 유형의 인간이다. 그가 하는 거짓말의 기초는 자신의 인품에 대한 무한한 경멸이다. 거짓말하는 행동은 그를 술 취하게 만든다. 그 이유를 정확히 말한다면, 그는 상상의 세계에서 자기 자신이기를 그만둘 수 있기 때문이며, 자기 자신을 제거하고 다른 사람이 될 수 있기 때문이고, 단수 1인칭을 단수 3인칭으로 변화시킬 수 있기 때문이다. 흘레스타코프 자신은 '나'가 아니라 '그'만이 정말로 흥미로울 수 있다는 사실에 대단한 확신이 있다. 이것은 흘레스타코프의 자만심에다가 자기 주장이라는 불건전한 그림자를 덧붙인다. 그는 내심 자기 비하로 꽉 차 있기 때문에 반대로 자신을 하늘 끝까지 찬미한다.

웃음과 공포 『검찰관』에는 긍정적인 인물이 한 명도 없이 부정적인 인물들만 등장한다. 그러므로 선과 악의 투쟁이 없다. 등장인물 모두가 속물이거나 악의 무리이기 때문에 여기서는 싸울 대상이 없다. 선은 찾아볼 수가 없다. "단 하나 긍정적인 것이 있다면 그것은 웃음이다"라고 고골은 말했다.

학자들은 『검찰관』의 웃음을 다양하게 정의한다. 첫째로 악을 응징하고 인간을 정화하는 무기로서의 웃음, 둘째로 웃음을 위한 웃음, 셋째로 공식화된 지배계급의 문화에 조소를 보내며 세상을 거꾸로 보는 민중들의 카니발 웃음, 넷째로 전 인류를 화해의 장으로 이끄는 조화와 화합의 웃음이다. 다섯째로 웃음 뒤에 나타나는 공포도 있다. 제5막 마지막 장면은 웃음과 공포를 유발하는 유명한 장면이다. 주인공 흘레스타코프가 도망가고 난 뒤에야 자신들이 속았다는 사실을 알게 된 시장과 지역 유지들은 분통을 터뜨린다. 바로 이때 진짜 검찰관이 나타났다는 전갈을 듣는다. 무대 위의 모든 인물이 경악하고 몸이 화석처럼 굳어 버리며 관객은 폭소를 터트리고 막이 내린다. 고골은 지문에서 이 장면을 '정지 화면(1분 30초)'으로 처리하라고 요구한다. 여섯째로 학자들이 공통으로 인정하는 것으로서, 『검찰관』에서 보여준 웃음은 '눈물로 가려진 웃음'이라는 것이다. 그리고 고골의 웃음에는 언제나 '누굴 비웃는 것은 자신을 비웃는 것이다'라는 메시지가 담겨 있다. 그리하여 고골은 『검찰관』의 부제로 "제 낯짝 비뚤어진 줄 모르고 거울만 탓한다"라는 속담을 선정하고 있다. 이 부제는 마지막 장에서 시장이 관객을 향해 "뭘 보고 웃는 거요? 자기 자신을 보고 웃으세요!"라고 하는 말과 더불어 작가의 주제의식을 잘 드러낸다.

관객들은 무대 위에서 펼쳐지는 속물적인 등장인물들의 모습을 보고 웃어 대고 조롱한다. 여기서 무대가 '거울'이라고 상상해 보자. 무대가 거울이라면 그들의 모습이 바로 관객들의 자기 모습인 것이다. 웃음은 순식간에 공포로 변한다. 관객들은 무대 위에서 펼쳐지는 우스꽝스러운 소동을 보면서 웃음과 무서움을 동시에 느끼게 된다. 고골은 실제로 관객들이 그러한 깨달음을 얻어 가기를 기대했다. 제5막의 마지막 정지 화면은 처음에는 웃음을 유발하지만, 차츰 그 웃음은 자신도 무대의 타락한 인물들과 다를 게 없는 속물이라는 생각과 더불어 공포로 바뀐다. 웃음에서 공포로 변해 가는 것이 고골의 의도였다. 고골은 공포를 통해서 관객들을 도덕적으로 정화하고자 한 것이다. 특히 서열 관계를 중요시하는 권위주의적 문화에서 웃음은 혁명이기도 하다. 물론 이런 웃음은 풍자의 날카로운 힘으로 러시아 사회의 허위를 드러낸다. 얼핏 상반되는 것처럼 보이는 웃음과 공포의 조화는 고골 문학의 핵심적인 요소이다. 그의 이야기들은 기본적으로 우스운 이야기이지만 동시에 무서운 이야기이다.

고골의 캐릭토님 고골이 즐겨 사용한 캐릭토님 기법을 살펴보면 희곡을 좀 더 재미있게 읽을 수 있다. 그는 풍자 희극 『검찰관』에서 캐릭토님을 광활하게 이용하고 있다. 다른 작가들과는 달리 고골은 부정적인 인물과 대비시키기 위한 긍정적인 인물들을 내세우지 않는다. 『검찰관』은 도덕적인 메시지를 전달하는 긍정적인 인물이 전혀 없다는 것이 특징이다. 고골의 등장인물들이 이야기할 때, 그들은 자기들의 우스운 성격을 강조하기 위해 종종 체계가 전혀 서지 않는 무의미한 폭언을 일삼는다. 고골은 역시 코믹하고 극적인 기법으로써 그로테스크 효과를 극대화하는데, 이 방면에 당할 자가 없다. 그로테스크는 그의 캐릭토님 기법에서 분명하게 나타나는 특징이기도 하다. 고골의 풍부한 캐릭토님 기법을 이해하기 위해서는 『검찰관』에 나오는 인물들과 그들의 이름을 검토해 보는 것이 가장 좋다.

시장인 안톤 안토노비치 스크보즈니크-드무하놉스키는 거리낌 없이 뇌물을 요구하며 도시를 가혹하게 통치하는 중년의 타락한 공무원이다. 그는 자신의 위치와 권력의 한계를 알고 적절히 아부하고 겸손을 부리기도 하는 처신의 대가이기도 하다. 그의 이름은 자기 아버지의 이름과 같다. 이는 그 역시 그의 가족 전통으로 남아 있는 모든 특성을 지니며, 그의 아버지와 같은 인물이라는 사실을 알려 준다. 스크보즈니크는 '통하여'라는 의미의 러시아어 전치사 '스크보즈(сквозь)'에서 유래한 말이다. 문학비평가 운베가운의 말에 따르면 드무하놉스키는 '한바탕 휙 부는 바람'이라는 의미의 우크라이나어에서 유래한다. 복합어로 된 이 성 스크보즈니크-드무하놉스키는 '틈으로 들어오고 빠져나가는 바람'이라는 의미로서 곤경을 빠져나가는 솜씨가 보통이 넘는 이상의 행동을 함축적으로 나타낸다. 더욱이 이 작품이 끝날 때까지 그는 줄곧 교활한 악당으로서 세력가의 역할을 하게 된다. 좀 더 의미를 확대 해석하면 성은 지금 아무리 세력이 강하다 할지라도 결국에는 그의 세력도 한바탕 바람과 같을 뿐임을 암시한다.

교육감으로 나오는 루카 루키치 흘로포프는 소심하고 비굴하며 노예근성이 강한 인물이다. 그의 이름 '루카(Лука)' 역시 '교활하다'라는 의미의 러시아어 '루카비트(лукавить)'에서 나왔다. 아마도 그는 시장의 추천으로 학교장에 임명되었기 때문에 시장의 권력에 기생하는 인물이라 할 수 있다. 자기 아버지와 똑같은 이름을 갖고 사는 것으로 보아 그도 역시 세대를 이어 아버지의 유전적 특징을 전수받았음을 쉽게 상상할 수 있다. 그의 가문을 나타내는 성은 아주 다양한 해석의 가능성을 제공한다. 음성적 측면에서는 '빈대'를 의미하는 '클롭(клоп)'과 아주 가까운 연관이 있다. 러시아어에서 'г[g], к[k], х[kh]'는 기식음으로 동일한 성격을 갖는 자음들이다. 운베가운은 '농부'를 뜻하는 폴란드어인 '흘롭(chlop)'과 연결된 러시아어 '흘롭(хлоп)'과 지소형 '흘롭코(хлопко)'에서 파생된 유형이라고 해석한다. 그리고 러시아어 '흘로포타치(хлопотать)'는 '배려하다, 분주하다, 도와주다, 보살펴 주다, 바쁘게 일하다' 등의 의미가 있다. 아주 사소한 일에도 어쩔 줄 모르고 신경을 쓰는 소심한 교육감의 성격을 나타낸다. 어느 해석이나 그 인물에 어울리는 그럴듯한 해석이라고 할 수 있다.

고골은 종종 등장인물의 우스운 성격을 강조하기 위해 이름의 음성적 특징을 잘 활용한다. 『검찰관』에서 세 명의 작중인물이 이러한 음성적 기법을 반영한다. 판사 암모스 페도로비치 랴프킨-탸프킨, 쌍둥이 지주 표트르 이바노비치 도브친스키와 표트르 이바노비치 보브친스키의 이름이 그러한 장치이다. 판사의 혼합된 성의 운율 맞추기, 두 쌍둥이 지주의 성에서 나오는 소리의 리듬은 이러한 인물들을 우습게 만드는 요인이 되기도 한다. 판사의 이름에서는 의미론적으로 '부주의한, 단정치 못한'을 의미하는 '탸프 다 랴프(тяп да ляп)'라는 표현이 연상된다. 운베가운의 말에 의하면 '탸프 다 랴프'는 개가 물을 마실 때 나는 소리를 암시한다고 한다. 이는 판사가 뇌물로 받은 사냥개를 특히 좋아하는 것과 내적으로 연관되기도 한다. 날림으로 눈 깜짝할 사이에 해치우는 일에 대하여 그러한 말을 쓰기도 하는데 사무를 처리하는 판사의 태도를 말해 준다. 도브친스키와 보브친스키라는 이름을 의미론이나 음성적 효과와 연관시키는 일도 가능하다. 두 이름에 공통으로 나오는 '친(чин)'은 귀족의 '관등'을 가리키는 말이고, '도브(доб)'와 '보브(боб)'는 각각 '좋은(добро)'과 '콩(боб)'을 의미한다. 두 쌍둥이의 모습을 구별하기 어려운 것처럼, 이름도 역시 음운 'д'와 'б'의 차이밖에 없기 때문에 구분하기가 쉽지 않다. 사실 도브친스키와 보브친스키 형제는 없어서는 안 될 얼간이 역을 담당하는 중요 인물이며, 당시의 수많은 지주와 유사한 인물 유형에서 유래한 것이라 할 수 있다.

젊은 방탕아 이반 알렉산드로비치 흘레스타코프의 캐릭토님 분석은 아주 흥미로운 해석을 유발한다. '채찍으로 치다'라는 의미의 단어 '흘레스타티(хлестать)'는 '흘러나오다, 세차게 내뿜다, 함부로 말을 지껄이다'라는 부수적인 의미가 있다. 러시아의 종파들 가운데 하나인 신비파 '흘레스티'의 신도들은 자신의 몸을 채찍으로 때리며 고행의 길을 택한다. 민중 사이에 나타났던 특유의 어두운 경향을 보여 준다. 이 신비파는 불가리아의 성직자 보고밀(Bogomil)로부터 시작된 신비주의 종파로 약 1400년경에 유행했다. 그들의 종교적인 춤은 회교의 고행과 같다. 그들은 극도의 음란성 때문에 비난을 받기도 했다. 그리고 흘레스타코프는 머리가 산만한 건달에 대한 적절한 메타포이다. 작가의 말대로 그 건달의 입에서는 예기치 못한 말들이 마구 튀어나온다. 그의 언사는 되는대로 막 지껄이는 것이 특징이다. 작가의 노트에서 흘레스타코프라는 이름은 역시 텅 비고 쓸모없음을 내포하고 있는 '총각'이라는 의미의 단어 '홀로스탸크(холостяк)'를 암시한다. 『검찰관』 속 흘레스타코프의 거짓말과 행동은 러시아 문학사에서 새로운 용어를 낳았다. '과장된 거짓말'을 의미하는 '흘레스타코프시나'는 고골 희곡의 주인공 이름에서 생겨난 재미있는 용어이다.

아르테미 필립포비치 제믈랴니카라는 병원장의 이름도 역시 흥미롭다. 이 인물의 성은 '딸기'를 의미한다. 이름으로부터 연상해 낼 수 있는 다른 의미는 아무것도 없다. 이 이름이 갖는 외적 이미지는 먼저 우리가 인물에게 호감을 갖도록 한다. 그러나 캐릭토님의 아이러니한 성격은 작품의 전개 과정에서 명백해진다. 제믈랴니카가 승진의 기회를 노리고 동료들을 염탐하고 그들의 잘못된 행위를 당국에 보고하는 습관을 고려해 볼 때, 제믈랴니카는 그 도시에서 가장 위험한 인물이다. 그는 우리가 생각하는 것처럼 그렇게 순진한 딸기가 아니라, 그를 둘러싸고 있는 사람들과 아무런 차이가 없는 해로운 인물이다. 고골은 외국인에 대한 자기 나름의 견해가 있다. 독일인 의사 흐리스티안 이바노비치 기브네르의 성은 독일어 '휘브너(Hübner)'에서 유래한 것으로 간주된다. 그러나 '사라지다, 파괴하다'라는 의미의 러시아어 '기브누티(гибнуть)'에는 훌륭한 의사는 환자들의 회복보다는 사망을 더 빠르게 만드는 것일는지 모른다는 암시가 있다. 고골은 학식 있는 외국인에 대해 은밀하게 빈정거리고 있다.

『검찰관』의 등장인물들 가운데는 역시 캐릭토님을 통해 자기들의 성격을 노출하는 이차적 인물들이 있다. 악명 높은 경찰서장 우호베르토프와 세 명의 경찰 스비스투노프, 푸고비친, 그리고 데르지모르다이다. '우호베르트카(уховевртка)'는 '집게벌레'나 '살짝 고자질하는 사람'을 가리킨다. 경찰서장이 곤충들과 깊은 관계가 있는 것처럼 보인다. '데르지모르다(Держморда)'의 이름은 '데르자티(держать, 잡다)'와 '모르다(морда, 낯짝이나 동물의 주둥이)'를 결합한 이미지를 연상시킨다. '낯짝을 찌푸리다'에서 유래한 말로 볼 수 있다. 이 이름은 경찰의 기본적인 임무인 범법자를 잡는 일과 연관되고 특히 함부로 지껄여 대는 인물을 잡는 일과 연결해 볼 수 있다. 다른 경찰관의 이름인 '스비스투노프(Свистунов)'는 '휘파람'이나 '호각을 불다(свистнуть)'에서 나온 말이고, '푸고비친(Пуговицын)'은 '단추(пуговица)'에서 유래한 이름이며, 이들은 환유적인 캐릭토님으로 간주할 수 있다.

우리는 고골의 작품에서 작가의 언어적 재능의 다양성을 볼 수 있다. 고골의 미묘하고도 풍자적인 캐릭토님의 활용은 다른 작가들의 기법보다도 더 세련되다고 할 수 있다. 고골은 특히 부정의 논리를 통해 인물들을 독창적으로 창조하고 있다. 그는 긍정적인 유형의 인간보다는 부정적인 유형의 인간을 창조하는 데 자신감이 있다. 인간의 악과 결점을 과장해 보이고 그의 선한 기질을 무의미한 것으로 감소시킨다. 여기에 그의 부정의 논리가 있다. 이 희극에서 선이 존재하지 않는다는 사실은 대부분 권선징악의 희곡에 익숙해 있던 관객들을 매우 당황케 하였다. 물론 인간 군상들이 당시의 관리들과 그들의 속성을 보여 주지만, 고골은 전제정치의 대변자로서 관리들을 묘사함으로써 사회제도를 고발하여 개혁을 꾀하려는 의도보다는 결국 인간성의 본질에다 그 초점을 맞추고 있다. 이 희극을 비난한 보수파 비평가인 센콥스키는 시장을 중심으로 한 주변의 인물 가운데 단 한 사람도 진실한 사람이 없다는 사실이 과연 있을 수 있는 일인가라는 의문을 제기한다. 센콥스키는 고골이 도덕적인 희극을 창작했지만 등장인물들은 모두 사기꾼이나 멍청이들뿐이며, 선인과 악인이 한데 어울려 사는 현실과 달리 정직한 사람이 한 사람도 없는 일화적인 작품을 썼다고 비난하였다.

관등과 계급 문제 러시아 관료 세계의 지배구조가 만들어 낸 허구적인 인물이 바로 흘레스타코프이다. 그는 경직된 관료사회가 만들어 낸 허상이다.

『검찰관』 속 등장인물들의 실제 관등은 어떠한가. 흘레스타코프는 14등관이고, 판사 랴프킨-탸프킨은 8등관이며, 병원장 제믈랴니카는 7등관이고, 우체국장 시페킨도 7등관이고, 교육감 흘로포프는 9등관이다. 그 지방관리들은 사실 정부 각 부처의 장들에 대한 패러디라고 할 수 있다. 고골의 다른 작품에서 자주 등장하는 관리들의 등급과 비교해 볼 필요가 있다. 「외투」의 주인공 아카키는 14등관 공무원이고, 「코」의 주인공 코발료프는 8등관이며, 「광인일기」의 주인공 포프리신은 9등관이고, 「넵스키 거리」의 주인공 피로고프 중위는 10등관이다.

데우스 엑스 마키나로서의 편지 '데우스 엑스 마키나(deus ex machina)'는 라틴어로 '기계에서 내려온 신'이라는 뜻이다. 이것은 일부 그리스 극작가들이 기계장치로 무대에 신을 내려 등장인물들의 문제를 해결해 주면서 드라마를 끝내던 관행을 가리킨다. 오늘날 이 문구는 궁지에 빠진 작가가 궁여지책으로 플롯을 해결하는 기법을 모두 지칭하는 말로 사용된다. 그러한 기법들로는 내막을 폭로하는 증거가 되는 예기치 않던 상속, 잃었던 유언장이나 편지의 발견 같은 것들이 있다. 『검찰관』에서는 두 번의 편지 모티프가 나온다. 하나는 시장 친구의 편지요, 다른 하나는 흘레스타코프가 작가인 글쟁이 친구에게 보내는 편지이다. 시장은 친구로부터 편지를 받고 검찰관의 암행을 미리 알게 되고, 이후 몰래 뜯어 본 흘레스타코프의 편지를 통하여 그가 가짜 검찰관이라는 사실을 알게 된다. 모든 사건이 편지로부터 시작되고 편지로 끝난다. 이 작품에서 편지는 그만큼 중요한 모티프 가운데 하나이다. 부분적으로 편지는 고대의 데우스 엑스 마키나와 유사한 연극 기법 가운데 하나라고 할 수 있다.

우리가 편지를 통하여 알 수 있는 재미난 사실이 있다. 사기꾼 흘레스타코프는 작가인 친구에게 자기가 어느 도시에서 겪게 된 일을 편지에 써 보내면서 작가가 되겠다고 밝히는데 여기서 우리는 결국 지금까지 읽은 이야기가 흘레스타코프의 이야기였음을 알게 된다. 고골은 흘레스타코프라는 인물 속에 허구를 만들어 내는 작가의 모습까지 투영하였다. 거짓말(허구)을 지어 낸다는 점에서 흘레스타코프가 보여 주는 검찰관의 연기와 작가의 모습에는 공통점이 숨어 있다. 또한, 흘레스타코프가 푸시킨과의 친분을 이야기하는 부분이나 자신의 구상에 별로 힘을 들이지 않는다는 이야기에서는 창작 과정에 다분히 고골 개인의 이야기가 섞여 있음을 알 수 있다. 고골에게 흘레스타코프는 자기동일성을 보여 주는 인물이라 할 수 있다.

맺는 말 작가를 도덕적 지도자로 인정하는 것은 러시아의 오랜 전통이다. 정부의 온갖 검열에도 불구하고 작가들은 진실한 말을 꾸준히 해 왔다. 그러므로 러시아인의 귀에 작가라는 단어는 자랑스럽게 들리는 말이었다. 특히 작가 고골은 러시아인들이 갖는 시대의 아픔과 고통을 산문이나 드라마를 통해 호소하였고, 후배 작가들에게 작가의 의무가 무엇인가를 생각하게 만들었다. 그는 『검찰관』을 통해 당대 러시아의 현실을 폭로하면서 새롭고 진실한 세계를 구축하고자 하였다.

현실에 대한 도덕적 비판으로 사회악을 제거하겠다는 고골의 목적은 실제로 실현되지는 않았으나, 그의 작품이 러시아 사회에 준 영향과 충격은 너무 큰 것이었다. 고골의 작품은 19세기 러시아 사회를 비판하여 교정한다는 목적을 넘어 현재에도 우리 인류에게 주는 메시지가 너무나 크다. 고골의 작품에서는 언제나 인류 전체가 풍자의 대상이 되는 셈이나, 독자는 그 순간만은 풍자의 대상에서 제외된다는 기이한 착각에 사로잡혀 풍자가와 더불어 자기 자신이 소속된 인류를 비웃는 것이다. 사회에 대한 자기 인식과 자기반성을 통해 자기 성찰과 자기 통찰을 할 때에만 비로소 우리와 사회는 건전해지고 더 발전할 수 있다. 우리는 자기의 정체성을 반성적으로 인식함으로써 비로소 자신이 누구인지를 알게 된다. 자기 정체성과 자기동일성에 대한 반성적 인식 없이 타자의 부정과 소멸에서 자기 존립의 의의를 찾는 것은 모두 무의미하다. 『검찰관』의 부정적인 등장인물들 모두 우리의 초상이며 자기동일성의 변주임을 잊어서는 안 된다.

19. 논쟁문학: 투르게네프의 『아버지와 아들』

러시아의 19세기는 낡은 봉건 질서의 몰락과 서구 사상의 소용돌이 속에서 신음하던 시기였다. 새로운 이념에 빠지게 된 지성인들은 자연적으로 사상 논쟁에 깊숙이 관여하게 되면서 결국은 사상의 노예로 전락한다. 사상에 물든 사람은 맹목적 광신자가 되고 타인의 사상과 삶에 대한 겸허한 의견을 무시하게 된다. 사상이란 원래 치밀하게 체계화된 논리이며 사유 활동이다. 따라서 사상은 의식화된 지식인의 무기로 전락하는 수가 많다. 이론 위주의 추상적 사상은 지성의 산물로서 종종 논리적으로 설명하기 어려운 구체적인 삶의 의미를 무시하거나 밀쳐 낼 때가 많다. 다시 말하면 이론에 빠진 사람은 삶의 실제 경험에서 나온 진리를 왜곡시킬 수 있다는 것이다. 이반 투르게네프의 작품 『아버지와 아들』은 니힐리즘[27]이라는 사상의 노예로 전락하여 삶의 진실한 의미를 저버리고 점진적으로 비극적인 죽음의 길로 들어선 젊은 지성인에 관한 이야기이다. 『아버지와 아들』은 서구주의자와 슬라브주의자, 1840년대의 자유주의적 이상주의자와 1860년대의 니힐리스트 사

27 니힐리즘(nihilism, 허무주의)은 기존의 정치적, 종교적, 도덕적 권위와 사회질서 이데올로기를 부정하는 사상적 입장을 뜻한다. 엄밀한 의미로 어떠한 실재(實在)나 진리도 인정하지 않고, 그것에 대한 인식 가능성과 가치까지 부정하는 무(無, nothingness)의 사상이다. 니힐리즘이라는 용어는 원래 '니르바나(nirvana)'라는 철학적 개념을 어떤 식의 평가도 하지 않고 번역한 프랑스의 동양연구가 부르누에 의해 만들어진 것이다. 나중에 투르게네프가 이 표현을 전혀 다른 의미로 사용했다. 러시아 내에서든 밖에서든 그는 니힐리즘이라는 말을 테러주의나 극단적인 지적 급진주의를 뜻하는 의미로 사용했다.

이의 논쟁에서 주목할 만한 소설이다.

논쟁의 시대 이반 세르게예비치 투르게네프(1818-1883)는 러시아 중부 지방 오룔주 스파스코예에 있는 어머니의 영지에서 태어났다. 아버지는 기병 장교로서 방탕한 행실과 도박으로 신세를 망치고는 재산이 탐이 나 1,000여 명의 농노를 거느린 부유한 여자 지주와 결혼했다. 그 여지주는 기병 장교보다도 여섯 살이나 연상이었다. 추한 용모에 포악한 전제군주적 성격의 어머니와 방탕한 아버지와의 분쟁은 그치지 않았다. 투르게네프는 어머니 영지의 농노들을 통해 가혹한 농노제도의 참상을 직접 목격할 수 있었다. 그는 평생 러시아 초원과 숲을 사랑한 자연인이고, 러시아 사회의 발전과 농노들의 인간다운 삶을 파괴하는 농노제를 거부하고 러시아 사회의 모순을 날카롭게 감지한 작가였다. 자연에 대한 무한 사랑과 농노제도에 대한 증오의 감정은 언제나 그의 예술작품에 반영되어 나타났다. 투르게네프는 모스크바대학을 거쳐 페테르부르크대학을 졸업하고 베를린대학에 유학하면서 서구주의자가 되었고, 당시 지성계를 대표하는 게르첸, 바쿠닌, 벨린스키, 스탄케비치 등과 교류했다. 그는 계몽과 교육의 힘을 믿고 문명의 가치를 중시하면서 민중 계몽에 앞장선 서구주의자요, 진보적인 정치 사회 사상을 이해한 점진적 개혁주의자였다. 흥미로운 사실로 투르게네프는 마르크스와 같은 해에 태어나 같은 해에 죽었다. 테어도르 데일림플은 "투르게네프가 인간을 본 곳에서 마르크스는 계급을

투르게네프

보았다"라고 마르크스를 비판했다.

투르게네프에게는 다양한 평가가 따라다닌다. 소설가 모파상은 "투르게네프는 금세기 가장 탁월한 작가 중 한 사람이며, 동시에 가장 정직하고 직설적이며 모든 일에 성실하고 다정다감한 사람이다"라고 말했고, 헨리 제임스는 "투르게네프는 아름다운 천재이며 소설가의 귀감이 되는 소설가이다"라고 말했다. 러시아 풍자소설가 살티코프-셰드린은 "투르게네프의 작품을 읽으면 숨결이 가벼워지고 믿음이 생기며 따스함을 느끼고 우리 마음의 도덕적 수준이 고양된다. 그리고 어느새 그를 사랑하게 된다"라고 말했다. 나보코프는 후기로 갈수록 예술성보다는 정치 시각이 투영된 작품을 집필한 투르게네프는 위대한 작가가 아니라 읽기가 편한 작가일 뿐이라고 주장했다. 투르게네프의 최악이 고리키를 통해 완벽하게 재현되었고, 투르게네프의 최상이 체호프에서 아름답게 승화되었다.

투르게네프의 삶에서 자주 언급되는 중요한 사건은 스페인 혈통의 프랑스 오페라 가수 폴리나 비아르도와의 운명적인 만남과 사랑이다. 투르게네프는 이미 22살에 결혼하여 유부녀가 된 그녀의 주변을 평생 맴돌면서 보통 사람들이 이해하기 어려운 이상한 우정과 사랑을 나누었다. 투르게네프는 폴리나의 음악적 재능의 포로이자 숭배자가 되었다. 그들은 서로의 예술에 대한 믿음과 칭찬을 아끼지 않았다. 여가수 비아르도와의 친교를 통해 그는 사랑하는 사람들의 모순된 심리와, 사랑이라는 감정의 덧없음과 이중성, 비극성을 섬세하게 파악하여 묘사하는 사랑의 시인이 되었다. 1860년 이후 가혹한 검열로 자유로운 창작 활동이 어려워진 데다 이념적 줄서기를 강요하는 러시아 지식인들의 행태에 환멸을 느낀 투르게네프는 비아르도를 따라 프랑스로 건너가 여생을 유럽에서 보냈다. 거기서 그는 '러시아 인텔리겐치아의 대사'로 불릴 정도로 유명한 서구작가들(모파상, 플로베르, 에밀 졸라, 빅토르 위고, 조르주 상드, 헨리 제임스 등)과 교류하였고, 푸시킨과 고골 같은 러시아 작가들의 작품을 번역하여 유럽에 소개했다. 그는 파리 교외의 작은 마을 부기발에 있는 별장에서 폴리나 비아르도가 지켜보는 가운데 행복한 죽음을 맞이했다. 그는 척추암으로 죽었다. 투르게네프의 작품에 자주 등장하는 '이루어지지 않은 사랑'이라는 주제 역시 개인적인 연애 경험이 바탕이 된 것이다. 유언에 따라 그의 주검은 페테르부르크의 볼코보 공동묘지에 있는 벨린스키의 무덤 옆에 안장되었다.

러시아가 안고 있는 사회적, 정치적 상황에 깊은 관심을 두고 작가 활동을 시작한 투르게네프는 1840년대부터 1870년대까지 러시아 지식인 사회에서 행해진 다양한 논쟁들, 즉 서구주의와 슬라브주의, 잉여인간, 니힐리즘, 아나키즘, 인민주의(나로드니키) 운동 등을 다루었다. 아버지와 아들 세대의 갈등을 다룬 『아버지와 아들』(1862)은 러시아 문학과 세계문학사에서 가장 열띤 논쟁을 불러일으켰던 투르게네프의 대표적인 소설이다. 이 소설의 주인공 바자로프는 혁명가이며 선구적인 아나키스트였던 바쿠닌이나 시민비평가 벨린스키를 연상시킨다. 사실 이 작품은 19세기 초 시민비평가이자 사상가인 벨린스키에게 바친 작품이기도 하다. 벨린스키는 대표적인 서구주의자로서 농노제와 차르 체제를 증오했다. 투르게네프는 벨린스키를 통해 서구 사상을 배울 수 있었다. 그리하여 벨린스키는 작가에게 친구이자 선배이며 스승이었다. 이 두 사람의 관계는 소설 속 아르카디와 바자로프의 관계와 유사하다. 더욱이 의사 바자로프가 그랬던 것처럼 벨린스키도 군의관의 아들로서 잡계급 출신이었다. 의사 바자로프도 38살에 요절한 벨린스키처럼 젊은 나이로 세상을 떠났다.

『아버지와 아들』은 19세기의 시대적 상황을 총체적으로 보여 주는 대표적인 리얼리즘 소설이다. 엥겔스의 말에 따르면 "전형적인 인물과 전형적인 상황이 진정한 리얼리즘의 전제조건"이라 할 수 있다. 여기서 전형적인 인물이란 한 시대나 사회의 집단적 성격을 대표한다. 반면에 개성적인 인물은 이러한 집단적 성격과 변별되는 예외적인 기질을 보여 준다. 『아버지와 아들』이라는 제목에서부터 암시되는 세대 간의 대립과 갈등은 러시아 문학뿐만 아니라 러시아 지성사에 뿌리박혀 있다. 헤겔은 『역사철학』에서 '어느 시대에나 그 시대를 이끄는 정신'을 '시대정신(Zeitgeist)'이라고 말한다. 이 소설은 슬라브주의와 서구주의, 40년대의 이상주의(자유주의)와 60년대의 허무주의(무정부주의)의 대립으로 나타나는 러시아 사회의 '시대정신'을 반영하고 있다. 이 소설의 구체적인 시대적 상황은 기존의 모든 가치와 권위를 경멸하는 허무주의자들이 신세대로 등장하는 1860년대의 러시아 사회이다. 잡계급 출신 바자로프[28]는 그 시대의 전형적인 인물로서 기존의 관습과 제도에 냉소적인 러시아 특유의 니힐리즘을 구현하고 있다. 작가는 바자로프를 신세대의 대표적인 인물로 설정하여 그의 삶의 태도와 인생관을 강도 높게 비판한다. 그리하여 이 소설은 당시 신세대와 구세대의 사회사상과 삶의 태도를 보여 주는 역사적 기록이기도 하다.

투르게네프는 한 소년의 비정상적인 첫사랑을 묘사한 중편 『첫사랑』(1860), 서구주의와 슬라브주의의 문제를 다룬 몰락하는 귀족계급의 엘레지 『귀족의 둥지』(1859), 농노해방 전야를 배경으로 혁명적인 청년들을 그린 『전날 밤』(1860), 망명 혁명가들의 퇴폐를 고발한 『연기』(1867), 1870년대 인민주의 운동을 섬세하게 반영하고 나로드니키의 약점을 찌른 『처녀지』(1877) 등 많은 작품을 발표했고, 1882년에는 조국 러시아와 러시아어의 아름다움을 찬미한 『산문시』를 발표했다.

인텔리겐치아 1860년대 러시아의 숨결과 시대의 모든 특성이 인물들의 형상과 사건 속에 잘 반영되어 있는 소설 『아버지와 아들』은 신세대와 구세대의 사상적 갈등이라는 영원한 주제를 다루고 있다. 주인공 바자로프는 당

28 연구가들은 바쿠닌을 바자로프의 모델로 간주한다. 바쿠닌은 '행동적 아나키스트'로 마르크스주의적-권위주의적 사회주의를 비판했다. 바쿠닌의 인간적 매력은 체 게바라의 경우처럼 많은 사람을 감동시키기도 한다.

시 러시아 역사에 등장하기 시작한 니힐리즘과 이 사상에 물든 새로운 유형의 인텔리겐치아[29]들의 운명을 보여 주고 있다. 잡계급 출신 바자로프는 현

29 러시아 차르 시대에 하층민 출신의, 다른 계급에서 거부된 사람들에 의해 만들어진 지식인 계층이 탄생했다. 그 계층의 기능은 문화적이라기보다는 정치적이었다. 게르첸은 그런 계층을 가리키기 위해 '인텔리겐치아(интеллигенция)'라는 용어를 만들어 냈다. 게르첸이 고안한 이 용어에 대해 영국의 유명한 역사학자 아널드 토인비는 '후진국의 하층계급으로부터 나오는 지식 관료주의'라는 독자적인 의미를 부여하기도 한다. 러시아에서 인텔리겐치아라는 용어는 계급적이라기보다는 사회적인 것이었다. 그 정확한 번역은 아마도 '지식의 노동자' 내지 '문화의 프롤레타리아'인 것이다. 미하일롭스키는 인텔리겐치아 대신에 '비(非)귀족계급 출신의 지식인'을 가리키는 '라즈노치네츠(разночинец)'라는 용어를 채택했다. 러시아의 인텔리겐치아는 종종 서구의 지식인(intellectuals)과 비슷한 의미로 사용되기도 하지만, 엄밀한 의미에서 지식인과 인텔리겐치아는 성격상 구별된다. 먼저 지식인이라는 단어가 진정으로 내포한 의미는 무엇일까? 사전적 정의에 따르면, 지식인은 '일정한 수준의 지식과 교양을 갖춘 사람 또는 지식층에 속하는 사람'이다. (서구와 달리 우리 한국사회는 지식인의 역할을 기대한다. 우리나라에서 지식인의 개념에는 사회를 선도해 주길 바라는 사회적 기대가 내재되어 있다.) 인텔리겐치아는 19세기 초 러시아에 나타난 말로 알려져 있으며, 19세기 후반에는 서유럽 사상의 영향을 받은 러시아의 진보적 인물들을 가리키는 용어로 사용되었다. 인텔리겐치아는 단순하게 지적 노동이나 창조에 종사하는 지식인이 아니라 이데올로기에 의해서 집결된 사람들을 의미한다. 그들은 처음에 교양 있는 귀족층에서 나왔으나, 후에는 사제, 말단 관리, 중산층의 자제들로 구성되고 농노해방 후에는 농민 가운데서도 나왔다. 이들이 인텔리겐치아이며, 주로 사상에 물들어 행동하는 사람들이다. 러시아 인텔리겐치아는 일반적으로 극단적인 혁명사상에 고취되어 있었다. 영국의 정치학자 이사야 벌린은 『러시아 사상가』에서 새로운 사상의 조류가 19세기 전반기 러시아에서 탄생했다고 말하면서, 대표적인 인물로 비평가 벨린스키를 꼽는다. 벨린스키의 '사회비평'이라는 개념이 인텔리겐치아의 특성을 잘 설명해 준다. 사회비평이란 문학을 사회와 관련지어 이해하는 것으로, 예를 들면 문학작품의 주인공을 분석하면서 그 속의 윤리적 목적을 찾는 것이다. 벌린에 따르면 바로 여기서 19세기 러시아의 급진적 지식인, 곧 인텔리겐치아가 태어났다. 벌린은 그들이 스스로 특정한 생활 태도를 전파하기 위해 헌신하는 환속한 사제나 종파의 지도자에 가까운 존재로 자처했으며, 이후 그들은 허무주의자, 인민주의자를 비롯한 온갖 종류의 혁명가들로 이어졌다고 하였다. 러시아 철학자 니콜라이 베르댜예프는 『러시아 지성사』에서 러시아의 인텔리겐치아를 서구의 지식인과 동일시해서는 안 된다고 말한다. 그가 보기에 지식인은 지적 노동 또는 지적 창조에 종사하는 학자, 작가, 예술가, 교수, 교사 등을 말한다. 이에 반해 러시아 인텔리겐치아는 공통된 직업이나 경제적 입장이 아니라 진보적 이데올로기에 의해서 결집된 집단이다. 베르댜예프는 인텔리겐치아가 아무리 서구적인 이론을 강조할지라도 그들은 어디까지나 비서구적 지식인이었다고 강조한다. 예를 들어 도스토옙스키는 혁명사상을 좋아하지 않았지만, 인텔리겐치아에 속한 혁명가의 진정한 러시아적 성격을 훌륭하게 이해

실에 적응하지 못한 이론가이자 따분하고 추상적인 이론의 희생자이다. 이 소설은 다른 리얼리즘 소설과 마찬가지로 당시 러시아 사회의 특수한 상황을 알지 못하고는 이해하기가 힘들다. 60년대는 초기 실증주의와 유물론의 시대였다. 실증주의는 과학으로 얻어지는 지식의 총체만이 참된 지식이라는 주장이고, 유물론은 영혼이나 정신 따위의 실재를 부정하고, 우주 만물의 궁극적인 실재는 물질뿐이라고 보는 이론이다. 과학적 실증주의를 신봉한 러시아의 젊은 니힐리스트들은 과학을 사회 문제를 치료해 주는 새로운 약으로 믿었다. 이 소설에서 아들 세대로 등장하는 젊은 니힐리스트들은 모든 도덕적 개념이나 미학적 개념뿐만 아니라 과학적 논리에 맞지 않는 진리와 이론을 모두 거부했다. 그들은 무신론자들로서 유물론과 실증주의라는 확고한 신념을 갖고 기존의 차르 체제와 기독교적 가르침에 정면으로 도전했다. 또 그들에게 과학은 사회비평가와 혁명가를 양성하는 최고의 학문이었다. 과학적 실증주의는 러시아 니힐리즘의 주된 특징이라 할 수 있다. 러시아 인텔리겐치아의 니힐리즘은 사회적, 정치적 성격이 강했다. 그 목적은 차르 정치체제의 타도와 착취당하는 민중을 해방하는 데 있었다. 60년대 러시아 니힐리스트들은 행동하지 못하는 전 시대의 선배 이론가나 인텔리겐치아를 혐오했다. 니힐리스트들은 예술의 효용성을 강조하고 시, 음악, 회화의 예찬을 조롱했다. 그들은 사랑과 같은 미묘한 감정뿐만 아니라 쓸모없는 감정의 사치와 자기 탐닉을 배척했다. 니힐리스트라는 말을 러시아에 정착시킨 『아버지와 아들』의 주인공 바자로프는 당시의 혁명사상에 푹 빠진 인물로 묘사된다. 그가 작품에서 내뱉는 "인간은 좋지만, 상황이 나쁘다"라는 대사가 바로 '희망의 철학'의 본질을 대변해 주는 것으로 이야기된다. 19세기 러시아 문학은 그러한 '나쁜 상황'으로부터의 탈출에 관한 이야기를

하고 있었으며 이것을 "러시아 국토의 위대한 방랑자"라고 불렀다는 것이다. 이성재, 『지식인』, 책세상, 2012, 26-27쪽 참조.

반복하고 있다.

구성의 시학 이 소설은 바자로프라는 한 주인공의 진면목을 보여 주기 위한 직선적 구조로 되어 있다. 총 28장으로 되어 있는 이 작품에서 1-11장은 바자로프와 파벨의 논쟁을, 12-15장은 바자로프와 오딘초바의 만남을, 16-19장은 바자로프의 사랑 고백을, 23-24장은 바자로프와 파벨의 결투를, 27장은 바자로프의 죽음을 다루고 있다. 이러한 구성 가운데 흥미로운 것은 중요 사건이 바자로프가 이동하는 공간을 중심으로 잘 대응되고 있다는 것이다. 신구세대의 논쟁은 마리노에서, 남녀의 만남은 ○○○ 도시에서, 사랑 고백은 니콜스코예에서, 결투는 마리노에서, 바자로프의 죽음은 그의 영지에서 일어났다. 독자는 바자로프가 이동하며 사건을 만들어 내는 과정에서 그의 성격과 사상을 파악할 수 있다.

투르게네프는 바자로프와 파벨이라는 대칭구조를 사용한다. 그들은 첫눈에 서로를 싫어한다. 두 사람은 각각 대칭적으로 친구에게 감정을 털어놓는다. 파벨은 동생에게 바자로프의 헝클어진 외모에 대해 불평하고, 저녁 식사 후 바자로프는 아르카디에게 파벨의 손질된 손톱에 대해 비난한다. 단순한 대칭구조가 유독 눈에 띄는 것은 전통구조에 붙어 있는 장식이 그 전통보다 예술적으로 우월하기 때문이다.

19세기 비평가들은 『아버지와 아들』을 사회·정치 소설로 규정하고 이념의 잣대로 소설을 마음껏 재단한다. 시민비평가인 피사레프는 바자로프 같은 등장인물들의 현실적 중요성과 사회적 의미를 강조했다. 그는 "바자로프는 실제적이고 유익한 일에 복무하는 활동가이자 자연과학도로 우리 주변에서 쉽게 볼 수 있는 사람"이라고 지적하면서 바자로프의 전형성과 투르게네프의 객관적인 현실 인식을 높이 평가했다. 물론 이념은 허구이지만 당시 사회를 지배하던 강력한 아버지였다. 그런데 강력한 아버지가 텅 빈 허구일 때, 사회적 질서와 개인의 윤리는 어떻게 지속될까 생각해 보아야 한다. 러시아 문학사에서 『아버지와 아들』은 이념비평의 최대 희생물이라고 할 수 있다. 왜냐하면, 이 소설은 가족소설, 세태풍속소설, 연애소설, 심리소설 등 다양한 장르의 소설로서 읽힐 수 있기 때문이다. 이 소설은 사랑과 인생에 대한 니콜라이의 철학적 사색, 그의 가족 사랑, 사랑과 행복에 대한 젊은이들의 생각 차이, 점점 사라져 가는 귀족문화에 대한 애잔함, 사랑하는 아들을 먼저 보내고 아들의 무덤을 찾는 노부부의 슬픈 삶 등 다양한 주제들이 이념소설 그 이상을 말해 주고 있다. 등장인물들의 미묘한 심리가 잘 표현되어 있으며 바자로프의 희생(죽음)을 대가로 성취된 살아남은 타자들의 기쁨은 심리주의 관점에서 조망해 볼 필요가 있다. 소설 장르에 대한 해석의 지평을 확대하면 소설 텍스트는 새로운 의미를 창출해 낸다.

논쟁문학 『아버지와 아들』은 19세기 러시아의 '시대정신'이 잘 반영된 대표적인 논쟁문학이다. 수도에서 멀리 떨어진 귀족들의 영지를 배경으로 이야기가 전개되지만, 소설의 주제는 서구적 원천에서 유래한 사상을 특징으로 한다. 40년대 어른들로 불리는 늙은 구세대들은 낭만주의적 이상주의에 대한 자유주의 사상을 갖는다. 그들은 오늘날 개념으로 보수주의 성향의 세대이다. 60년대 아이들로 불리는 젊은 신세대들은 급진적인 사회적 견해를 갖는다. 그들은 오늘날 개념으로 진보주의 성향의 세대이다. 이전에 '니힐리즘'이라는 영어는 관념론에 반대되는 유물론을 지칭하는 데 사용되었다. 그러나 이제 그 용어는 객관적, 과학적 정당성이 부족한 모든 제도와 관행에 대한 비난과 파괴를 정당화하는 데 쓰이게 되었다. 따라서 소설의 주인공 바자로프가 슬라브주의자들이 내세우는 마을공동체와 농민가정을 절대적으로 거부한 것은 그가 서구주의자들의 신념 체계를 갖고 있음을 보여 준다.

비록 바자로프는 자신의 급진적인 사상 가운데 어느 것도 실행하지 못하고 죽지만, 소설에 대한 독자들의 반응은 그 가지에 놓인 논쟁의 복잡함을 말해 준다. 서구주의자들 대다수는 바자로프가 패러디라고 간주했지만, 적어도 주요 활동가 중 한 명인 드미트리 피사레프는 이 인물에게 칭찬할 만한 점이 많다는 것을 알아내었다. 마찬가지로 서구화를 반대하는 이들도 소설 속 아버지 세대의 표현에 대해 의견이 갈라졌다. 그렇지만 양쪽 모두 사회적 영향력의 형성이라는 문학작품의 중요성에 대해서는 동의했다.[30]

구세대와 신세대의 논쟁 구세대와 신세대는 어떤 방식으로든 서로 영향을 주고받는다. 하지만 때로 어떤 이의 영향력은 절대적이라고 부를 만큼 막강하고 일방적이다. 이 작품에서 영향력의 원천이 되는 바자로프는 재능이 특별나다. 페테르부르크대학에서 학업을 마친 아르카디가 젊은 니힐리스트 바자로프와 함께 고향으로 돌아와 구세대인 아버지 세대와 사상적 갈등을 일으킨다. 물론 세대 간의 갈등이란 심각한 요소라기보다는 어느 사회에서나 존재하는 보편적인 정서일 수도 있다. 젊은이들은 상대적으로 기득권에 대한 반발이 거세고 진보적이며, 과거에 대한 청산 의지가 많다. 반면에 중장년층은 보수적이고 과거에 대한 경험과 질서를 소중히 하는 태도를 지닌다. 아르카디는 바자로프의 니힐리즘 사상에 매료되어 그를 숭배하고 있는 선량한 청년이다. 바자로프는 문학과 예술을 포함해서 일체의 권위와 전통을 부정하는 냉소적이며 자존심이 강한 인물이다. 아르카디는 바자로프보다 친절하고 단순하며 일상적이고 평범하다. 의학도인 바자로프는 아르카디의 집에 온 후 개구리를 해부하는 것으로 시간을 보내면서 구세대와 사상적 갈등을 겪는다. 아르카디의 아버지 니콜라이 페트로비치는 200명 정도의 농노를 가진 소박한 러시아인 기질의 지주이다. 그는 일부 농노들을 해방하고, 그들에게 토지를 분배해 줄 정도로 인도주의적 사상을 가진 선량한 사람이다. 또한, 그는 시와 예술을 사랑하는 구시대의 낭만주의자이기도 하다. 니콜라이는 페네치카라는 조용하고 부드러우며 매력적인 여인을 사랑

30 니콜라스 르제프스키 엮음, 『러시아 문화사 강의』, 최진석 외 옮김, 그린비, 2011, 165쪽.

한다. 페네치카는 투르게네프의 전형적인 여성상 중 수동적인 유형으로, 농노의 딸이라는 비천한 신분이다. 페네치카의 주변에는 세 명의 남자가 있다. 니콜라이, 니콜라이의 형 파벨, 바자로프가 그들이다. 니콜라이는 페네치카와 동거하여 사내아이를 낳고 살면서도, 신분에 대한 형 파벨 페트로비치의 귀족주의적 감정을 고려하여 그녀와의 결혼을 미루고 있다.

아르카디의 큰아버지 파벨은 퇴역 장교로서 잘생긴 호남형이며 자존심이 강한 건달이다. 그는 귀족의 신분적 가치를 높게 생각하고 언제나 과거의 귀족적 원칙을 강조하는 구시대의 인물이다. 그는 페테르부르크의 사교계에서 사귀게 된 어느 귀부인과의 추억만을 반추하며 살아가는데, 실연으로 끝난 그 여성과의 열애 때문에 일생을 독신으로 보내며 동생인 니콜라이의 집에 얹혀살고 있다. 니콜라이는 아들 아르카디가 허무주의자 바자로프의 사상에 빠지자 걱정하게 된다. 파벨은 바자로프와 논쟁을 하고, 예술과 문학뿐만 아니라 모든 것을 부정하는 그의 태도에 분개하여 그를 극도로 증오하게 된다. 구세대인 니콜라이와 파벨 형제는 아들 세대인 아르카디, 바자로프와 상당한 거리가 있음을 느낀다.

바자로프는 영향력이 큰 재능 있는 젊은이다. 영향력이 큰 사람이란 성공한 사람이며, 성공의 가장 흔한 부작용은 지나친 자기 확신이다. 사회적으로 인정받았다는 사실 자체가 '내가 하는 행동은 뭐든 옳은 것'이라는 확신으로 번지기 때문이다. 그러나 이러한 부작용을 겪는 사람들을 자세히 들여다보면 그들의 자기 확신이 줄곧 탄탄대로를 내달려 왔기 때문이 아니고, 성공적이지 않았던 자신의 경험들에 대해서는 선택적으로 부주의했기 때문에 생겨났다는 것을 발견하게 된다. 실패의 경험을 내면화시키지 못한 사람들은 자신을 '성공만 해 온 사람'으로 인식하며 그에 잘 맞는 자기 확신을 한다. 바자로프는 사랑도 논리로 풀어 설명하려 한다.

신세대와 구세대는 표현 방식에서 상당한 차이를 보인다. 젊은 급진주의자들은 원칙이라는 말을 '프린칩(принцип)'이라 발음하나, 나이 든 보수주의

자들은 부드럽게 프랑스식으로 '프린시페(принципе)'라고 발음한다. 자음들 사이의 이 조그만 차이에는 독일의 과학주의를 지향하는 세대와 여전히 프랑스식 낭만적 세계관을 신봉하는 세대 간의 철학과 정치관의 차이들이 숨어 있다. 한 단어를 발음하는 두 가지 방식은 1860년대 러시아에 있었던 정치적이고 지적인 충돌이 무엇인지를 잘 보여 준다.

말은 언제나 문맥을 통해 의미를 생성해 내는 특성이 있다. 어떤 사람이 대화할 때, 그가 사용하는 말에는 화자의 모든 것이 깊게 숨어 있다. 말 속에는 세대 차이, 사회적 지위, 교양 수준, 정치적 입장, 철학적 세계관, 지방색, 이데올로기 등이 침윤되어 있기 때문에, 대화는 참여자들의 의식과 무의식 세계를 은연중에 나타내고 있다. 그리하여 말은 다양한 이데올로기가 서로 부딪히며 충돌하거나 갈등을 일으키는 격전장이라 할 수 있다. 즉 말은 서로 다른 것을 지향하는 사회적 억양들이 부딪치고 엇갈리는 작은 전쟁터이다. 투르게네프의 소설에서도 말의 모든 현상이 잘 나타나 있다.

투르게네프의 소설에 등장하는 구세대와 신세대는 실제로 어떠한 사람들이었을까? 여기서 구세대란 1840년대의 철학 논쟁을 주도하던 인텔리겐치아로 관념론자로 불린다. 신세대란 1860년대 인텔리겐치아로 유물론자이자 허무주의자로 불리는 사람들이다. 구세대와 신세대가 대화하는 한 장면을 살펴보자.

> 니콜라이 페트로비치가 다시 입을 열었다. "그러나 실례지만, 당신은 모든 것을 부정하고 있소. 아니 더 정확히 표현하면 모든 것을 파괴하고 있소. … 그러나, 건설도 해야 하지 않겠소?" "그건 우리가 할 일이 아닙니다. … 우선 완전히 파괴해 버리는 게 먼저지요."

구세대(낭만주의와 자유주의)를 대표하는 파벨 페트로비치와 신세대(혁명주의와 니힐리즘)를 대표하는 바자로프의 사이의 대화이다. 여기서 투르게네프는

19세기 중반 러시아 사회가 직면한 이념논쟁을 보여 준다. 1840년대를 대표하는 아버지 세대의 질문에 1860년대를 대표하는 아들 세대인 바자로프가 냉정하게 러시아 귀족계급이 형성한 모든 문화를 부정해야 한다고 주장한다. 바자로프의 말은 러시아 최초의 직업 혁명가이며 아나키스트(무정부주의자)인 바쿠닌의 말을 생각나게 한다. 바쿠닌은 "파괴는 건설의 어머니"라 했다. 그는 모든 국가를 악의 근원으로 보았다. 개인의 자유와 창의성을 방해하는 국가나 종교, 모든 조직에 반대했으며, 사회가 완전히 재건되기 위해서는 모든 국가가 파괴되어야 한다고 주장했다. 이 때문에 바쿠닌은 종교와 국가의 파괴를 위한 모든 형태의 혁명, 즉 테러리즘과 봉기를 찬양했다. 바자로프는 바쿠닌처럼 새로운 건설을 위해 기존의 모든 것을 파괴해야 한다고 주장한다. 바자로프는 끊임없이 자기 부정과 자기 확신을 바탕으로 과격해진다. 니콜라이와 바자로프의 대립은 투르게네프의 소설에서 부자의 대립 관계로 묘사되었지만, 도스토옙스키의 소설 『악령』에서는 부자의 계승 관계로 묘사되었다. 흥미롭게도 도스토옙스키는 바자로프를 현실에 적응하지 못한 이론가이며 따분하고 추상적인 이론의 희생자로 간주했다. 즉 바자로프를 『죄와 벌』의 주인공 라스콜니코프와 동일시한 셈이다.

사랑과 논리 투르게네프는 사랑에 관한 심리학의 대가로서 남녀 사이에 일어나는 사랑의 감정과 행동 양상을 누구보다도 섬세하게 파악한 사랑의 관찰자였다. 그의 소설 『첫사랑』이나 『아샤』뿐만 아니라 『아버지와 아들』에서도 다양한 유형의 사랑이 묘사된다. 오딘초바를 향한 바자로프의 모순적인 사랑, 카챠를 향한 아르카디의 순수한 사랑, 페네치카를 향한 니콜라이의 연민 어린 사랑, R 공작부인에 대한 파벨의 낭만적인 사랑이 관찰된다.

바자로프의 모순적인 사랑에 관해 이야기할 필요가 있다. 즉 사랑의 감정을 조소하고 배척하는 바자로프의 사랑관에 대한 심층적 분석이 필요하다. 니힐리스트 바자로프는 모든 것을 맹렬히 부정한다. 그에게 사랑은 위선적이고 쓸데없는 낭만주의에 불과하며 동물적인 감정일 뿐이다. 바자로프는 안나 오딘초바와의 사랑에서 자신의 신념과 행동의 불일치를 보여 준다. 그러나 사랑은 인간의 생물학적 취미를 넘어서는 그 이상의 것이었다. 사랑의 낭만적 불꽃은 그의 영혼을 휘감아 버렸고, 허무주의자의 논리를 압도해 버렸다. 강인한 니힐리스트 바자로프는 귀족 부인인 안나에게 미친 듯이 빠져든다.

> 아르카디는 바자로프를 그녀에게 소개했다. 오딘초바는 어제와 마찬가지로 아주 침착했다. 반면에 바자로프는 당황스러워했다. 아르카디는 속으로 놀랐다. 바자로프 자신도 자기가 당황하는 걸 느끼고 마음이 언짢았다. '이것 봐라! 여자를 두려워하다니!' 이렇게 생각한 바자로프는 시트니코프를 흉내 내어 안락의자에 몸을 쭉 펴고 앉아서 지나치게 허물없는 태도로 이야기하기 시작했다. 오딘초바는 바자로프에게서 눈을 떼지 않았다.

사실 원초적 욕망에 해당하는 사랑은 이성과 논리로 풀 수 있는 방정식이 아니다. 사랑이란 다가가면 저 멀리 달아나는 '불멸의 지평선'과 같아 쉽지 않다. 아무리 지적인 남자라 해도 사랑을 지식이나 논리로 풀 수는 없다. 지식과 논리의 장점이 사랑에는 아무런 도움이 되지 못할 때가 많기 때문이다. 게다가 사랑의 화살은 사람을 가리지 않고 시도 때도 없이 날아오기 때문에 피할 길이 없다. 감정은 피하려 하면 오히려 더 커지는 법이다. 가눌 수 없는 감정 때문에 생긴 증상이라면 힘겹게 감정을 억누르기보다는 차라리 터뜨려 버리는 게 낫다. 모든 감정은 한 번 두 번 일어났다가 시간이 흐르면 서서히 스러지기 마련이다. 사랑, 분노, 또는 슬픔 같은 감정이 그러하다. 사실 사랑의 감정에서 자유로운 자는 아무도 없다.

바자로프의 실패한 사랑 이야기를 읽으면 "가치가 있기 때문에 사랑에 빠지는 것이 아니라 사랑에 빠지는 것 자체가 가치 있는 것"이라는 철학자 야스퍼스의 말이 생각난다. 니힐리스트 바자로프는 사랑의 진정한 가치를 몰랐다. 바자로프는 니힐리즘 사상의 노예로서 자기가 그토록 부정했던 사랑이라는 주체할 수 없는 감정을 느끼고 자기모순에 빠지게 된다. 시골에 머물던 젊은 두 친구 바자로프와 아르카디는 근처의 니콜스코예 마을을 방문하게 되고, 거기서 돈 많고 아름다운 젊은 미망인 오딘초바와 그녀의 여동생 카챠를 만난다. 오딘초바는 29살로 침착하고 냉정한 성품을 지녔고, 관습에 얽매이지 않는 진보적인 사상의 여성으로서 토론을 좋아한다. 그녀는 이 두 청년을 초대하여 대화와 논쟁을 즐긴다. 바자로프는 그녀의 커다란 저택에 머무르면서 아름답고 지적인 오딘초바의 묘한 매력에 빠져 그녀를 사랑하게 된다. 오딘초바는 사랑을 갈구하면서도 사랑에 빠지지 않는 유형의 여성이다. 오딘초바라는 이름의 '오딘(один)'은 '하나'라는 뜻이다. 이름만 들어도 혼자 살 수 있는 여자임을 알게 된다. 바자로프의 열정적 구애에 마음이 약간 흔들렸으나 빠져들지는 않았다. 그녀는 바자로프로부터 사랑의 고백을 이끌어 내고, 그에게 격렬한 사랑의 감정을 일으킨다. 그러나 오딘초바 자신은 그런 연애 관계에서 슬며시 물러난다. 바자로프는 그녀를 생각할 때마다 사랑의 감정 때문에 피가 끓어올라 자신을 주체할 수 없게 된다. 그러한 사랑의 감정은 그 자신이 지금까지 냉소해 오던 것으로서 그의 자존심을 상하게 한다. 사실 그는 언제나 사랑이란 난센스요 얼빠진 잠꼬대라고 말하며, 사랑은 자신의 니힐리즘 사상에 위배된다는 신념과 원칙을 갖고 있었다. 그러나 이념으로 무장한 혁명투사(지식인) 바자로프가 그토록 혐오하던, 가진 자의 사치이자 환상일 뿐이라고 외쳐 대던 사랑의 감정은 자신도 모르게 애타는 사랑의 갈망으로 변해 있었다. 아르카디 역시 처음에는 오딘초바에게 매력을 느꼈으나 곧 자기에게 잘 맞는 카챠를 사랑하게 된다.

실연당한 바자로프는 이후 시골에서 조용히 사는 부모를 찾아간다. 바자로프의 아버지는 퇴역 군의관이고, 어머니는 소박한 구세대 여성이다. 그들은 자기 자식을 자랑스럽게 여긴다. 그곳에서 함께 머물고 있던 아르카디는 점점 바자로프와 사이가 멀어짐을 느낀다. 아르카디는 내면 깊숙이 진정한 니힐리스트가 될 수 없었다. 아르카디는 바자로프가 큰아버지 파벨을 조롱하는 바람에 화가 나 주먹다짐을 할 뻔했으나, 함께 아르카디의 집으로 돌아온다. 집으로 되돌아온 바자로프는 니콜라이와 동거하는 내연의 처 페네치카에게 마음이 끌린다. 그녀를 마음속으로 사랑하고 감시하던 파벨은 바자로프가 강제로 그녀에게 키스하는 장면을 목격하고 화가 나서 그에게 결투를 신청한다. 결투에서 파벨만 허벅지에 상처를 입게 되고, 병상에서 그는 자신을 몹시 무서워하는 페네치카의 간호를 받는다. 파벨은 페네치카에게 치료를 받으면서 젊은 시절 그가 사랑했던 한 여인에 대한 추억이 되살아난다. 파벨은 페네치카의 순수성과 자기 동생에 대한 그녀의 사랑을 확인한다. 그는 동생 니콜라이에게 진심으로 사랑한다면 페네치카와 결혼할 것을 권한다. 다른 한편으로 아르카디의 카챠에 대한 사랑은 무르익어 가고 그는 정식으로 결혼을 신청해 수락을 받는다. 아르카디의 그러한 행동은 바자로프와 그의 니힐리즘 사상에 대한 결별을 의미한다. 결국, 아르카디는 성실한 지주이자 남편으로서, 그리고 계몽된 사상을 가졌으나 혁명적이 아닌 선량한 시민으로 살아가는 아버지 세대의 행동 양식을 답습하게 된다.

바자로프는 아르카디, 오딘초바와 작별인사를 나눈 후 그의 고향으로 돌아간다. 그는 서재에 앉아 책을 읽으며 지내나 마음이 들떠 있어 이내 권태감에 빠진다. 그는 아버지의 의료 활동을 도와주는 것을 자기의 할 일로 삼는다. 어느 날 장티푸스로 죽은 한 환자의 시체를 해부하다가 해부용 칼에 손가락을 베어 감염된다. 며칠 뒤 바자로프는 실연의 아픔을 극복하지 못한 채 외롭게 죽는다. 바자로프의 비극적인 죽음에도 불구하고 페트로비치의 집안은 아버지와 아들의 결혼식을 각각 치르게 된다. 니콜라이 페트로비치는 페네치카와 정식으로 결혼한 후 농노해방의 지지자가 되어 열심히 살아가고, 아르카디는 카챠와 결혼한 후 성실한 농업 경영자로 수익을 올린다. 니콜라이와 아르카디는 사상이나 이론에 주목하기보다는 삶을 있는 그대로 받아들이며 살아가는 사람들이다. 오딘초바도 매우 총명하고 성실한 법률가와 결혼하게 된다. 그녀는 연애에서 마음의 평안을 선택한 현명한 여성이기도 하다. 파벨 페트로비치는 독일로 이주한 후 영국이나 러시아 여자들과 교제하면서 여생을 보낸다. 도시에서 멀리 떨어진 러시아 벽지에 사는 바자로프의 늙은 부모는 아들의 황량하고 쓸쓸한 무덤을 찾아 통곡한다.

니힐리스트의 죽음 니힐리스트이자 유물론자인 바자로프의 비극은 어디에서 연유하는 걸까? 무엇보다도 먼저 그의 비극은 니힐리즘이라는 사상의 비극일 뿐만 아니라, 레르몬토프 소설을 토대로 정립한 잉여성의 전통을 이어받은 잉여인간의 비극이기도 하다. 그의 니힐리즘 사상은 부정적 세계관을 기초로 하고 있다. 시와 예술과 사랑을 부정한 바자로프는 스스로 사랑에 빠져 버리는 모순을 범한다. 그는 자신의 니힐리즘 사상과 이론 때문에 진실한 사랑 대신 비극적 사랑을 경험하게 된다. 사실 그는 사랑의 방정식이 논리나 이론으로 풀 수 있는 것이 아님을 몰랐다. 더 나아가 바자로프는 억압받는 민중의 더 나은 삶을 구축하기 위해 투쟁하는 니힐리스트도 아니었다. 그는 민중의 지혜나 농민공동체의 이상에 대해서도 불신하는 극단으로 나아간다. 그리하여 그는 민중들 사이에서도 외롭기만 하다. 그는 민중의 후진성, 미신과 무지를 타파하기 위해 노력하지만 그런 노력은 이론과 말뿐이다. 바자로프는 농민들을 거짓말 잘하는 사기꾼으로 간주한다. 실제로 신분이 낮은 사람들과 함부로 어울리지 않고 그들의 응석을 받아 주지도 않는다. 바자로프는 인간 삶의 조화롭고 긍정적인 진실한 모습을 보지 못하고, 인간의 삶을 오직 이론과 사상으로만 설명하고자 했다. 행복에 도움이 되지 않는 이데올로기가 무슨 쓸모가 있을까. 그가 자신이 그토록 자신하고 믿었던 자연과학의 하나인 의료 활동으로 인해 죽게 된다는 것이 더욱 아이러니하다. '인간은 사회적 동물'이라는 아리스토텔레스의 말을 상기하지 않아도 사람[人]은 사람들 사이[間]에서 존재의 의미를 찾을 수 있다. 삶이란 관계의 망이다. 아무리 개인이라 해도 그는 존재의 관계망 속에서 의미를 지니게 된다. 바자로프는 인간의 삶을 올바르게 이해하지 못하고 개체의 개성과 독립성만을 강조하며 외로운 삶을 살아가다가 죽게 된다.

발표 당시 많은 논쟁을 일으킨 바자로프의 죽음에는 투르게네프의 모든 예술을 관통하는 특징이 나타나 있다. 그의 대다수 주인공의 죽음에는 운명에 대한 굴복과 잘 어울리는 체념의 요소가 깃들어 있다. 바자로프 역시 어쩔 수 없는 운명의 희생자인 것이다. 작가는 바자로프의 죽음을 '우연적'이라고 생각하는 젊은 세대의 견해를 부정한다. 그는 '파멸할 운명을 타고난 인물', 즉 '비극적 인물'로 구상되었다는 것이다. 우연적 죽음이든 의도된 죽음이든 투르게네프의 소설 세계에서 바자로프는 사라져 주어야 할 잡계급 출신 니힐리스트이다. 그의 운명은 이념의 운명이기도 하다. 벤저민 프랭클린은 "행복은 아주 드물게 찾아오는 거창한 행운보다는 하루하루 일어나는 자잘한 편리함과 기쁨에 깃들어 있다"라고 했다. 잘 알려진 사실로 삶은 이념의 장이 아니다. 바자로프는 이념에서 해방되지 못하고 노예가 되어 삶의 의미를 잃어버린다.

갈등구조 세대 간의 갈등은 지금도 우리 사회에서 계속되고 있다. 신세대와 구세대의 갈등은 영원한 주제이다. 신구세대의 싸움은 진보와 보수라는 원칙의 싸움이기도 하다. 구세대는 과거에 연연하여 새로운 변화를 싫어하지만, 신세대는 새로운 사상으로 보수주의를 타파하고자 한다. 그러나 분명한 것은 삶의 진실성을 무시한 이론이나 사상은 언제나 비극적 운명의 길을 걷지 않을 수 없다는 것이다. 이 소설의 형식구조로 나타난 신구세대의 갈등 이외에 사랑을 중심으로 대립되는 내적 구조를 간과할 수 없다. 내적 구조는 주로 자기중심적 성격이냐 아니냐에 따라 대비되지만, 이는 사랑을 잃은 자들이냐 아니냐에 따라 대비되기도 한다. 모든 것을 자기중심적으로 해석하는 인물들은 신구세대의 대표자들이라 할 수 있는 바자로프와 파벨이다. 그들은 시대의 사상을 대표하는 것 같지만 개인적인 사랑의 문제에서는 낙오자들이다. 결국, 그들은 사랑에 실패한 후 내적 모순에 빠진다. 반면에 자기중심적이지 않고 타인을 이해하고 도와주는 아르카디와 그의 아버지 니콜라이는 사랑뿐만 아니라 삶에서도 성공한다. 그들은 커다란 사상을 따르기보다는 진실한 삶을 살아가는 사람들이다.

삶과 자연의 진리 투르게네프는 언제나 에필로그를 통해 자신의 속마음을 드러낸다. 그는 바자로프의 무덤에서 피어나는 꽃들을 "영원한 화해와 무궁한 생명"이라고 예찬했다. 젊은 나이로 요절한 바자로프가 목적을 이루지 못하고 세상을 하직했다고 하더라도, 그의 노력은 헛되지 않음을 은유적으로 표현하고 있다.

> 아무리 정열적이고 죄 많은 반역의 심장이 그 무덤 속에 숨어 있을지라도 무덤 위에 자란 꽃들은 순진무구한 눈으로 평온하게 우리를 바라보고 있다. 이 꽃들은 우리에게 영원한 안식이나 무심한 자연의 위대한 평온만을 말해 주는 것은 아니다. 그것들은 영원한 화해와 무궁한 생명에 대해서도 말하고 있다.

인간은 언제나 죽음의 문턱에서 삶의 진리를 깨닫게 된다. 죽음은 인간을 화해시키고, 삶을 의미 있게 만들어 준다. 무덤 위의 꽃들처럼 자연은 우리가 인위적인 이론과 이념에 무심해지게 만든다. 에필로그에서 인용한 위의 글은 혁명, 투쟁, 원칙, 권위, 신념, 이념 등과 같은 추상적 이론이 영원한 자연 앞에서 얼마나 의미 없이 사라지는 추상명사인가를 증명해 주고 있다. 지상에서 원칙과 권위에 평생을 바친 젊은 바자로프에게 던지는 작가의 레퀴엠은 자연과의 영원한 화해와 무한한 생명의 조화를 보여 준다. 투르게네프에게 있어 인간의 삶은 주변을 둘러싼 자연에서 분리되어 존재할 수 없다.

20. 오블로모프 기질이란 무엇인가: 곤차로프의 『오블로모프』

사실주의를 논할 때 제일 먼저 거론되는 장르는 소설이다. 다른 장르보다 소설이 사회적 소통의 장르로서 중요한 역할을 하기 때문이다. 실제로 19세기 러시아 소설은 지식인들의 지적·정서적 욕구를 충족시키는 데 크게 공헌했다. 소설은 사회 현실을 객관적으로 반영해 주는 사실주의 문학의 대표적인 장르가 되었다. 19세기의 사실주의자 곤차로프는 당시 귀족계급이 몰락할 수밖에 없는 역사적 필연성을 사실주의 정신에 기초하여 냉혹하게 그릴 수 있었다. 그는 러시아의 사회 상황을 사실적으로 표현했을 뿐만 아니라 러시아 문학에서 자주 거론되는 전형적인 인물을 만들어 냈다. 그의 소설 『오블로모프』에 등장하는 주인공은 농노제 아래 방향을 찾지 못한 러시아 귀족의 전형인 것이다. 곤차로프는 오블로모프라는 인물을 통해 인간이 상상할 수 있는 가장 게으른 인간의 전형을 창조했다.

작가의 삶 이반 알렉산드로비치 곤차로프(1812-1891)는 심비르스크시에서 부유한 상인의 아들로 태어나 모스크바 상업학교를 거쳐 1831년부터 1834년까지 모스크바대학을 다녔다. 졸업한 후 30년 가까이 재무관리자와 검열관으로 일했다. 1852년부터 1855년까지 러시아 해군 제독의 비서로 여러 나라를 순회하고 일본까지 항해한 일은 평온한 그의 삶에서 매우 특별한 경험이었다. 그때 목격한 선상 생활과 아시아, 유럽 국가들의 풍습이 『전함 팔라다』(1858)에 잘 묘사되어 있다. 그의 대표작으로는 3편의 소설을 들 수 있다. 그는 첫 소설 『평범한 이야기』(1847)로 영향력 있는 비평가 비사리온 벨린스키의 호평을 받아 유명해졌다. 이보다는 더 완숙하고 러시아의 주요 소설로 꼽히는 『오블로모프(Обломов)』(1859)는 러시아 귀족계급과 상인계급을 강하게 대조하면서 농노제에 바탕을 둔 생활양식을 비난하고 있다. 주인공 오블로모프는 관대하지만 우유부단한 귀족 청년으로, 박력 있고 실무적인 친구 시톨츠와 대비된다. 작가의 뛰어난 성격 묘사는 나태하고 무기력하며 시대에 뒤떨어진 19세기 러시아 귀족들을 묘사하는 대명사로 '오블로모프 기질(Обломовщина)'이라는 용어를 낳게 했다. 세 번째 소설 『절벽』(1869)은 통일성의 결여와 보수적 경향의 내용 때문에 작품성이 떨어진다는 평가를 받았다. 그는 세 편의 소설에서 러시아의 귀족주의 전통과 함께 막 발달하기 시작한 자본주의와 산업화가 서로 불안하게 공존하는 당시 사회 상황을 조명했다. 또한 무기력한 몽상적 인물과 재빠른 실리적 인물의 전형을 대조했다. 죽을 때까지 독신으로 지낸 곤차로프의 말년은 외로웠다. 그의 저술들 가운데 알렉산드르 그리보예도프의 희곡 『지혜의 슬픔』에 관한 평론 「비참한 괴로움」(1872)이 가장 뛰어난 것으로 꼽힌다. 그는 주로 문학작품에 나타난 주인공들의 사회적 유형에 관한 뛰어난 논문을 남기고 있다.

곤차로프

소설가 곤차로프의 실제 성격에 대해 좀 더 알아볼 필요가 있다. 곤차로프는 대단히 염세적인 사람으로 심각한 신경증 환자였다. 다음과 같은 기록도 있다. "질병과 권태와 대인기피증으로 그는 점차 정서적인 불안 증세를 보이기 시작했다. 그의 부친과 형, 그리고 누이들 역시 신경증을 앓은 것으로 보면, 그의 병은 어느 정도 유전적인 것이라 할 수 있다." 마침내 곤차로프는 피해망상증에 걸려 세상과의 접촉을 거부했다.

게으름의 전형 『오블로모프』에서 청년 지주 귀족 오블로모프는 관청근무를 그만두고 집에서 무위도식하며 게으른 생활을 한다. 어릴 적부터 오랜 친구인 시톨츠는 그와는 대조적으로 규모가 큰 사업을 왕성하게 하는 행동파 사업가이다. 정반대의 기질을 가진 두 친구이지만, 오블로모프는 시톨츠에게 의지하고, 시톨츠 역시 오블로모프의 순수성을 사랑한다. 그러나 시톨츠는 친구인 오블로모프가 아무런 변화 없이 계속해서 나태한 생활을 하는 것을 그냥 보고 있을 수가 없다. 그를 구해 줄 역할을 젊은 여자 친구 올가에게 맡기고, 시톨츠는 유럽으로 여행을 떠난다. 올가와 오블로모프는 서로에게 끌리게 되고, 오블로모프의 삶에 변화가 일어날 것 같았다. 그러나 그에게 실질적인 변화는 일어나지 않았다. 올가와의 사랑은 결실 없이 끝나고, 오블로모프는 미망인 아가피아의 셋집에 안주할 곳을 구한다. 결국, 그는 인생에서 아무런 발전 없이 젊은 나이에 뇌졸중으로 죽는다. 이처럼 『오블로모프』는 화려한 플롯 전개나 주인공의 내적 발전이 없는 소설이다.

구성의 시학 소설 『오블로모프』는 모두 4부로 나뉘어 있고, 각 부는 11장(제1, 3, 4부)이나 12장(제2부)으로 구성되어 있다. 이 소설이 출판되기 이전에 제1부의 9장은 「오블로모프의 꿈」이라는 제목으로 발표되었다. 이반 곤차로프는 제1부를 1846년 말에 시작하여 1849년에 끝냈으나 만족하지 못하여 발표하지 않았다. 그 후 수정을 거쳐 1859년에 가서야 『조국일기』 4월호에 연재를 끝냈다. 당시 시민비평가로 활동하던 N. A. 도브롤류보프는 『동시대인』이라는 잡지에 잉여인간의 계보에 관한 「오블로모프시나란 무엇인가?」(1859-1860)라는 유명한 논문을 발표하여 오블로모프 현상을 해설하고 이 작품의 사회적 의의를 강조했다. 예술작품을 사회 현실과 연결하는 실제 비평으로 인기 있는 비평가답게 도브롤류보프는 '잉여인간'을 러시아의 특수한 문제이자 농노제의 부산물로 분석했다. 그러한 실제비평은 벨린스키로부터 시작되어 체르니솁스키로 이어져 19세기 문학비평의 주류를 이루었다. 도브롤류보프의 논문은 예술이 현실 속에서 의미를 갖고 예술적 가치가 곧 사회적, 역사적 가치라는 기본 원칙을 고수하는 시민비평가들에게 고전적인 평론으로 간주되었다. 그의 논문 이후 게으른 귀족으로서 당시 사회의 전형이었던 오블로모프는 러시아 후진성의 상징으로 자주 거론되어 왔다.

지금까지 우리는 평론가들이 주장하는 것처럼 오블로모프의 삶에 나타난 사회적 메시지를 중심으로 이 작품을 해석해 왔다. 평론가들 대다수는 오블로모프가 러시아의 낙후성과 잉여인간의 문제, 즉 전제정치하에서의 지식인 계급의 좌절과 절망 등을 보여 준다고 해석했다. 그러나 작가의 생각은 달랐다. 곤차로프는 자신의 소설이 사회적 메시지를 함축한다는 평가에 놀랐다. 곤차로프는 오블로모프에 대한 이념적 해석을 경계하여 "오블로모프는 무엇보다도 나(작가) 자신의 모습을 보여 준다"라고 말했다. 곤차로프의 말대로 오블로모프는 작가의 개인 심리를 반영한 것으로 해석할 수 있다. 염세적인 신경증 환자였던 곤차로프는 허무주의적인 세계관을 갖고 있었다. 그에게 삶의 의미는 허무였다. 그는 이 허무한 세상에서 무엇인가를 계획하고, 목표를 위해 적극적으로 행동하는 것이 과연 어떤 의미가 있을까에 대하여 많은 고민을 했다. 사실 그의 소설에서는 적극적인 인물들인 시톨츠나 올가의 삶 역시 긍정적으로 묘사되지 않는다. 그들의 삶이 오블로모프의 삶보다 멋있는 것은 아니기 때문이다. 곤차로프는 오블로모프의 정체된 삶을 통해 자신이 앓고 있는 질병이나 염세적인 세계관을 보여 주고 싶었는지도 모른다.

환경과 인성의 문제 오블로모프는 러시아 문학이 낳은 가장 심각한 게으름뱅이의 전형이다. 소설의 제1부는 상황 묘사로서 주인공의 게으른 성격을 소개하고 있다. 인간의 성격 형성에 사회 환경이 얼마나 중요한가를 예시해주는 묘사가 주를 이룬다. 오블로모프의 방, 의복, 어린 시절, 대학 시절, 직장생활이 그의 주변 현실로 묘사된다. 오블로모프는 32살가량의 독신 귀족 청년으로 중간 키에 짙은 잿빛 눈을 가진 호감이 가는 인물이다. 그러나 그는 게으름과 나태의 화신이다. 다른 사람들이 활동하는 아침 시간에도 동양식 잠옷을 입고 침대에 누워 일어나기를 싫어한다. 골치 아픈 문제들로 개인의 수면과 편안함이 방해받는 것을 제일 싫어한다. 당장 처리해야 할 일이 많음에도 불구하고 하인 자하르와 말다툼하며 침대에서 일어나는 일을 지연시킨다. 여러 명의 방문객이 차례로 그의 집을 방문한다. 사교계의 건달 볼코프, 관료주의자 수드빈스키, 원칙 없는 저널리스트 펜킨, 아무에게나 동조하는 아첨꾼 알렉세예프가 차례로 나타나 오블로모프를 침대에서 불러내려 하나 실패한다. 그의 방문객 중에는 파렴치하고 교활한 성격의 동향인 타란티예프가 있다. 그는 오블로모프의 게으름을 비난하며 치사한 계산 속으로 그를 자기 대모의 집으로 이사시키고자 한다. 오블로모프가 게을러진 데에는 그 나름대로 이유가 있다. 오블로모프는 냉혹한 관료사회에 실망하고 게으름과 무력함 때문에 일을 해내지 못하자 결국 사표를 냈다. 그러다 점점 사람들 사이에서 살아가는 것이 싫어 방에 틀어박혀 있게 되었다. 그의 교육 과정에 관한 이야기를 들어 보면 그의 성격이 어떤가를 짐작할 수 있다. 그는 학교생활에서도 소극적이었으며 아무 일에도 정열을 갖지 못했다. 대학생활에서도 강의는 그에게 아무런 도움을 주지 못했다. 그가 관심 갖는 것은 문학뿐이었다. 그에게 문학은 삶의 욕구를 깨우쳐 주고 감정의 섬세함과 윤리적 순결을 가르쳤다. 사회생활을 포기하고 공상 속에서 시간을 보내지만 그는 다른 누구보다도 인간적인 마음의 소유자였다. 한편 하인의 도움 없는 일상생활을 그는 생각할 수 없다. 하인 자하르 역시 게으른 자이지만 어쨌든 투덜거리며 주인에게 애정과 충성을 바친다. 침대에 누워서 목가적인 생활만을 꿈꾸며 잠들어 버리는 오블로모프는 일체의 변화를 싫어한다. 여행과 운동도 싫고 이사 가는 것도 싫으며 모든 일을 미루기만 한다. 오블로모프는 잠자며 긴 꿈을 꾸다가 그의 친구 시톨츠가 나타나자 겨우 깨어나게 된다. 그는 어느 내방객들보다 시톨츠를 구원자로 믿고 있다. 시톨츠는 그의 마지막 희망이다.

오블로모프의 게으름은 어린 시절로 거슬러 올라간다. 그가 성장한 영지 '오블로모프카' 마을은 굶주림도 괴로움도 생활의 변화조차도 없이 그저 졸릴 만큼 평안한 유토피아이다. 그의 고향 오블로모프카는 자연 풍경에서 주민에 이르기까지 모든 것이 정지되어 고요함 속에 묻혀 있다. 오블로모프카의 죽은 듯한 평온함이 다음과 같이 묘사된다.

> 정말 이곳에는 바다도 험한 산도 절벽도 벼랑도 울창한 숲도 하나 보이지 않는다. 웅장하다거나 거창하다거나 무시무시한 장관은 없다. … 시골 마을에선 모든 게 고요하고 꿈만 같다. 무언의 초가집들은 대문이 활짝 열린 채이다. 쥐새끼 한 마리 보이지 않는다. 한 무리의 파리 떼가 구름처럼 날아올라 무더위 속에서 윙윙거린다. … 그런 극도의 정적과 평화는 들녘에서도 마찬가지다. … 이 지방 사람들의 정신 속엔 고요와 무관심한 평온이 만연해 있다. 도둑질이나 살인 따위의 그 어떤 무시무시하고 우연한 사건도 여기선 찾아볼 수 없다. 강한 열정이나 대담한 계획이 그들을 자극한 적도 없다.

모든 것이 정지된 것 같은 오블로모프카에서 어린 시절을 보낸 오블로모프는 먹고 자는 삶에서 자신의 천국을 발견한다. 그리하여 그는 아무런 야망도 욕망도 없이 세월을 죽인다. 그는 변화를 거부하고 정지된 일상성에서 벗어나지 못한다. 환경을 바꾼다는 것은 그에게 죽음이다. 그리하여 그는 변화를 거부하고 일상성 속에 침잠하여 하루하루를 의미 없이 살아간다.

오블로모프의 사랑 이 소설의 제2부는 시톨츠라는 인물의 과거 이야기로 시작한다. 그는 러시아로 이주해 온 독일인의 아들로서 오블로모프와는 달리 부지런하고 독립심이 강하다. 일찍부터 사업을 하여 돈을 버는 데 익숙해져 있고 항상 자립심을 갖도록 교육받았다. 그는 오블로모프와 대립적인 성격으로 감정을 조절할 줄 아는 실질적인 인간으로 나타난다. 목표를 향해 노력하는 적극적인 인물로서 활동적이며 사업 수단이 있다. 오블로모프의 방에서 만난 두 사람은 농지 문제에 관해 대화를 나눈다. 시톨츠는 농촌 문제에 진보적인 견해를 갖고 있는데 반해 오블로모프는 보수적인 태도로 과거의 농촌체제를 고수하고자 한다. 시톨츠는 오블로모프에게 게으르게 살지 말고 농지를 관리하거나 일하라고 권한다. 그리고 타란티예프 같은 파렴치한 인간과는 사귀지 말라고 충고까지 해 준다. 시톨츠의 재촉으로 오블로모프는 마침내 침대에서 일어나 옷을 갈아입는다. 며칠 동안 시톨츠를 따라다니며 다른 사람들과 어울려 보나 이내 싫증을 느낀다. 사람들의 거짓 생활에 환멸을 느낀 오블로모프는 번잡한 사회를 떠나 성실한 부인과 아이들과 함께 음악을 감상하며 조용하고 안락하게 살고 싶다고 말한다. 시톨츠는 그것이 바로 '오블로모프시나'라고 말하며 여행을 제안해 본다. 오블로모프는 친구의 말대로 자신의 생활 태도를 바꾸기 위해 영지에 내려가 문제를 해결하고 외국 여행 계획을 세운다. 여권을 만들고 여행준비를 완전히 마쳤으나 떠나기 전날 입술이 부르텄다는 핑계로 출발을 연기한다. 여기서 오블로모프는 새로운 생활을 시작해 본다. 그는 생활과 일에 정열을 품게 되고, 시를 읽으며 눈물을 흘리는 등 새로운 모습을 보여 준다. 삶에 대한 권태를 극복한 듯이 보였는데, 그 이유는 시톨츠의 소개로 알게 된 올가를 사랑하게 되었기 때문이었다. 자존심이 강하고 이지적인 여인으로서 매사에 적극적인 올가는 노래도 잘 부르고 현실적이다. 그는 올가 집 근처로 이사를 한다. 둘은 공원에서 만나고, 오블로모프는 사랑의 고백을 되풀이할 뿐이다. 올가도 오블로모프를 사랑한다. 그런데 그는 자신의 정열이 두려워 올가를 피하고자 한다. 그녀를 사랑하고 결혼한다는 것은 오블로모프에게 너무나 큰 변화이다. 지금까지 익숙해진 삶의 방식을 깨뜨리고 안일한 일상성에서 탈출한다는 것이 오블로모프에게는 감당하기 어려운 변화인 것이다. 그리하여 그는 도망가기로 결심한다. 사랑에 빠진 오블로모프는 자신의 행복을 믿을 수 없어 하면서도 자신이 올가를 사랑할 자격이 없다고 생각하여 이별의 편지를 쓴다. 그러나 편지를 받고 절망 속에서 우는 올가를 만나고는 다시 한번 사랑을 다짐한다. 올가는 좀 더 가까워지기를 본능적으로 원하지만, 오블로모프는 도덕적 순수성을 지키고자 한다. 그는 청혼하고자 결심하나 자신이 없어, 올가에게 다른 사람이 나타나면 물러나겠다는 말을 해 본다. 올가는 그에게 정열적인 키스를 하며, 그의 마음을 받아들인다. 오블로모프의 올가에 대한 사랑은 나태와 낭만적인 사랑의 욕구 사이에서 일어나는 갈등의 과정이라 할 수 있다.

사랑의 움직임 이 소설의 제3부에서 새로운 활기찬 모습의 오블로모프는 그를 위해 집을 빌려 놓았다고 집세를 요구하러 온 타란티예프와 대화를 하게 된다. 올가는 오블로모프에게 결혼하기 전에 타란티예프가 빌려 놓은 방을 내놓고 관청의 일을 마무리한 다음 시골 영지로 내려가서 문제를 해결해야 한다고 주장한다. 이에 오블로모프가 관청을 찾아갔으나 시간만 낭비했고, 방의 처분 문제 역시 결말을 보지 못하고 돌아오게 된다. 그는 올가의 집 근처에 있는 시골집에서 다시 페테르부르크로 돌아와서 타란티예프가 빌려 놓은 방으로 이사한다. 올가는 결혼을 위해 오블로모프에게 일 처리를 재촉하지만, 그는 다시 예전의 게으른 상태로 돌아간다. 새로 얻은 방의 주인은 과부였는데 그 과부의 동생과 타란티예프가 전세 계약을 하면서 사기를 치지만 오블로모프는 이에 대처하지 못한다. 그 과부는 요리를 잘하고 열심히 집안일을 돌보며 남자를 편하게 해 주는 여자이다. 올가는 오블로모프를 개조할 희망을 안고 그를 방문하나 오블로모프는 불편함을 느낄 뿐이다. 타란티예프와 과부의 동생은 과부와 오블로모프를 결혼시킬 흉계를 꾸미고, 올가와의 결혼은 연기된다. 올가의 사랑도 오블로모프의 게으름을 고칠 수 없었다. 그는 병으로 앓아눕는다. 사랑은 명사가 아니라 동사이다. 말이 아니라 행동으로 보여 주어야 한다. 제2부에서 발전된 사랑이 제3부에서는 붕괴한다.

오블로모프의 결혼과 죽음 이 소설의 제4부에서 병으로부터 회복한 오블로모프는 사랑의 상처를 잊고 다시 나태한 생활에 빠지게 된다. 과부가 그의 집안 관리를 맡게 되면서 그들 둘 사이가 점점 가까워진다. 오블로모프의 명명일에 시톨츠가 방문하고 둘은 올가에 관해 이야기한다. 시톨츠는 오블로모프의 무능을 탓하고 같이 영지로 내려갈 것을 권유하나 헛수고였다. 시톨츠가 인생의 의미는 노동과 삶이지 여자가 아니라는 말을 한다. 이 시기 오블로모프를 등쳐 먹은 사람이 다시 그에게 사기 칠 궁리를 한다. 한편 시톨츠는 파리에서 올가를 만나 그녀를 사랑하게 된다. 시톨츠는 초라해진 오블로모프의 집을 방문하여 자신이 올가와 결혼하였음을 알린다. 그는 오블로모프의 집에서 사기꾼들을 쫓아내 준다. 오블로모프가 결혼을 위해 선택한 과부는 무식한 하숙집 안주인이다. 그는 그녀가 만들어 주는 식사와 가정적인 평안에 만족한다. 그는 완전히 만족하여 배불리 먹고 자는 단조로운 생활을 반복하며 아이를 낳게 된다. 5년의 세월이 흐른 뒤 오블로모프는 쇠약해져 심장병으로 죽는다. 오블로모프의 죽음은 역시 극적인 사건 없이 아주 조용하고 평화롭게 이루어진다.

> 영원한 평온, 영원한 정적, 게으른 하루하루의 연속이 조용히 삶의 엔진을 멈추게 했다. 오블로모프는 그렇게 삶을 마감했다. 고통도 괴로움도 없었던 듯했다. 깜박 잊고 태엽을 감아 주지 않은 시계가 움직임을 멈추듯 그는 생을 끝냈다.

시톨츠는 오블로모프의 아들을 맡아 기르게 된다. 오블로모프의 아내는 다시 자기 동생에게 사기를 당하고, 어렵게 사는 가운데서도 그를 추모하며 지낸다. 모든 사람이 순수한 인간이었던 오블로모프를 그리워하게 된다. 시톨츠와 그의 친구인 작가는 거리에서 술주정뱅이 거지가 된 자하르를 만난다. 시톨츠가 오블로모프를 고상하고 부드럽고 순수했지만 '오블로모프시나' 때문에 망한 사람이라고 회상하며 소설이 끝난다.

오블로모프시나 '오블로모프시나'는 주인공 오블로모프를 통해 나타나는 제반 현상을 말하며, 종종 '오블로모프주의', '오블로모프 기질'이나 '오블로모프 현상'으로 번역되기도 한다. 즉 게으른 귀족 오블로모프가 하나의 사회적 전형으로 나타나 러시아 사회의 후진성을 상징하게 된 현상을 말한다. 도브롤류보프는 러시아 귀족계급의 모든 부정적 측면이 집결되어 의인화된 것이 바로 오블로모프라고 해석했다. 오블로모프는 당시 러시아 사회가 안고 있었던 고질적인 병폐인 무기력의 대명사였다. 오블로모프 유형의 '잉여인간'은 우유부단, 허약성, 수동성, 무력성, 무기력, 무위, 나태, 경직, 그리고 정체를 상징하는 말로 자리매김되었다. 이때부터 '오블로모프시나'란 말은 러시아인의 삶과 문학에서 극복되어야 할 부정적 형상인 '잉여인간'의 대명사로 자리를 잡았다. 잉여인간의 특성들 가운데 하나는 '현상 유지'이다. 이러한 인물이 나타나게 된 환경은 제1부 9장에 상세히 묘사되어 나온다. 오블로모프는 귀족 집안에서 태어나 한평생을 아무런 생산적인 일도 안 하고, 빈둥거리며 살다가 조용히 죽는 대단히 독특한 인물이다. 오블로모프의 어린 시절은 꿈의 묘사 방법으로 제시된다. 그의 영지는 평화와 안정만이 지배하는 영원한 휴식처와도 같은 곳으로 다른 세상과 고립되어 아무런 변화를 모른다. 외부 사람이 나타나면 그것이 하나의 커다란 사건이 될 정도로 이곳 사람들은 폐쇄적으로 생활한다. 이곳에서의 일상은 단지 먹고 자는 일밖에 없다. 이러한 자극 없는 환경 속에서 어머니는 아이의 의지와 상관없이 모든 것을 대신 결정해 주었다. 아이가 원하기만 하면 모든 사람이 미리 다 보살펴 주는 바람에 오블로모프는 게으르고 수동적인 인간이 될 수밖에 없었다. 자연환경조차도 아무런 변화를 제공해 주지 못했다. 산도 없이 무한히 펼쳐지는 숲은 고요 속에 잠든 죽음의 늪과도 같은 존재이다. 이 소설은 한 인간의 운명이 환경에 의해 어떻게 파괴되어 가는가를 사실적인 필치로 보여 준 대표적인 사실주의 작품이다.

러시아어 개념 가운데 우리말로 '일상성' 또는 '일상의 삶'으로 번역되는 '비트(быт)'라는 말이 있다. 매일매일 반복되는 삶, 어제가 오늘 같고 오늘이 내일 같은 삶이란 의미이다. 오블로모프는 19세기 러시아 귀족의 일상성의 전형인 것이다. 사실 '오블로모프시나'란 러시아 귀족의 일상성을 상징하는 말이기도 하다. 게으른 삶의 일상성에서 빠져나오지 못하는 오블로모프의 게으름은 인간이 이 정도까지 무기력하고 나태해질 수 있음을 경고한다. 소설의 첫 페이지부터 잠에서 깨어난 오블로모프가 침대에서 빠져나오기까지의 힘든 과정을 묘사하고 있다. 그는 언제나 집에 있고, 거의 누워 있다. 그가 침대에 누워 있는 것은 일상의 습관인 것이다. 그가 유일하게 할 수 있는 일은 잠을 자고 맛있는 음식을 먹는 일이다. 이 세상에서 그보다 더 무위로 일관된 삶을 살아가는 사람은 없을 것이다. 그야말로 그는 게으름의 황제이다.

두 인물 헤겔의 '주인과 노예의 변증법'에서 주인과 노예의 위치가 뒤바뀌게 되는 이유는 바로 자기반성 능력의 상실 때문이다. 노예는 주인의 칭찬과 인정을 받기 위해 끊임없이 자신의 행위를 판단하고, 주인의 시선을 통해 자신의 능력을 판단한다. 반면 주인은 자신을 객관화시킬 대상이 없고 타인의 인정을 받기 위해 노력할 필요가 없다. 결국, 자신의 존재를 재확인시켜 줄 준거의 대상 자체가 사라진 것이다. 오블로모프와 시톨츠의 관계에도 헤겔의 '주인과 노예의 변증법'이 그대로 적용된다. 오블로모프는 자기반성의 능력을 상실하였고, 시톨츠는 끊임없이 자기 발전을 도모하여 주위로부터 인정을 받게 된다.

이 소설에서 보여 주는 대립적인 두 인물 오블로모프와 시톨츠는 아주 흥미로운 대상이다. 오블로모프는 농노제하의 지주 생활 속에서 편안하게 자라나 서른 살이 넘은 나이에도 안일한 꿈에 빠져 모든 활동 의욕을 잃어버렸다. 지주 아들로서 어렸을 적부터 양말조차 혼자서 신지 못하는 환경에서 자라난 탓으로 게으르다. 모든 것이 이미 갖추어진 환경에서 주인공은 노동의 필연성과 신성함을 무시하고 아무런 일도 하려 하지 않는다. 그는 세상 사람들이 인생의 최대 목표로 삼는 지상의 행복을 얻기 위한 적극적이고 진취적인 행동을 할 줄도 모르고 또 원치도 않는다. 그는 아무 곳에도 가려 하지 않고 어떤 새로운 것도 알 필요가 없다고 생각하며, 단지 자신의 평안함만을 원한다. 반면 어릴 적부터 친구인 시톨츠는 감성적인 면이 약간 모자라기는 하나 활동적인 중류계급의 사업가로서 능동적이고 적극적인 삶의 태도를 지니고 있다. 또한, 일의 창조와 실천만이 러시아를 재생시킬 수 있으며, 러시아가 필요로 하는 물질적 향상을 가져오리라 믿고 있다. 그는 경험과 사실에 의존하여 합리적이고 이성적인 사고를 지향한다. 올가는 사랑과 믿음을 가지고 오블로모프를 정신적으로 변혁시키려고 온갖 노력을 해 보는 인물이다. 그러나 두 사람은 성격 차이로 결혼할 수 없었다. 능동적인 올가는 올가대로 수동적인 오블로모프는 그 나름대로 자기 성격을 강조할 뿐 타협을 하지 못하기 때문에 서로 피곤하게만 느껴진다. 그들은 가까워질 수는 있었으나 서로의 차이를 극복하지 못하고 자신의 길을 따르게 된다.

작가는 일방적으로 오블로모프를 혐오스러운 인물로 비판하지 않는다. 시톨츠가 강조하는 것처럼 오블로모프는 '수정처럼 순수한 영혼'을 지닌 선량한 인물로 다른 사람을 속이거나 상처 주지 않는다. 그리하여 친구 시톨츠도 연인 올가도 모두 오블로모프를 고매한 이상과 보통 사람 이상의 지성을 가진 사랑받을 만한 존재로 간주했다. 오블로모프를 바라보는 작가의 시선은 따뜻하다. 오블로모프의 유복자가 시톨츠와 올가 부부에게 맡겨진다는 결말에서 주인공에 대한 작가의 순수한 애정이 느껴진다.

수동적인 사랑의 한계 우리는 사랑을 능동적인 사랑과 수동적인 사랑으로 나누어 이야기할 수 있다. 능동적인 사랑과 수동적인 사랑의 차이는 무엇인가? 이 소설에서 오블로모프와 시톨츠는 사랑하는 방식에서도 대비된다. 오블로모프의 사랑은 느낌에 관심이 있는 반면에 시톨츠의 사랑은 행동에 관심이 있다. 오블로모프는 올가의 사랑을 받는다. 오블로모프의 사랑은 애정이라는 따뜻한 정을 수반하지만, 행동으로 취해지지는 않는다. 그는 주변의 모든 사람으로부터 사랑과 보호를 받는다. 그의 사랑은 수동적이며 느낌만이 강조되는 명사적 사랑이다. 시톨츠의 사랑은 구체적인 행동으로 나타나는 사랑이다. 그에게 사랑은 명사라기보다는 동사이다. 사랑은 계속 움직이는 것이다. 결국, 올가는 오블로모프 대신에 시톨츠를 선택하게 된다. 올가의 희생적인 행동도 오블로모프에겐 별 소용이 없었다. 행동이 결여된 수동적인 사랑은 정체된 사랑으로 늘 그 자리에 남아 있을 뿐이다. 수동적인 사랑은 죽은 사랑이다. 그것은 사랑이 아니라 따뜻한 느낌의 도취일 뿐이다. 수동적인 것이 능동적으로 바뀔 때, 즉 사랑하는 마음이 사랑하는 사람을 향해 움직이는 발걸음으로 바뀔 때, 감정이 행동이 될 때 비로소 사랑은 이루어지는 것이다. 오블로모프의 사랑은 수동적인 '잉여인간의 사랑'이다.

잉여인간의 계보 러시아 문학사에서 잉여인간은 하나의 계보를 이루고 있을 정도다. 잉여인간의 상은 푸시킨의 예브게니 오네긴, 레르몬토프의 페초린, 투르게네프의 루딘, 곤차로프의 오블로모프로 이어지면서 그들 나름대로 시대적 특징을 보여 주기도 한다. 잉여인간들의 공통된 특징이라면, 그들은 어느 곳에도 소속감을 느끼지 못하고 누구에게도 절실히 필요한 존재가 되지 못한다는 점이다. 그들은 한결같이 귀족이나 지주 집안 출신으로서 높은 수준의 교양을 갖추고 있으며 세련된 취미를 갖고 있다. 그러나 그 모든 것은 행동으로 이끄는 의지와는 무관한 것이다. 특히 오블로모프에게는 선악의 개념을 적용하기가 어렵다. 선과 악은 인간관계가 서로 성립할 때에 이야기되는 것이나, 그는 그러한 능력이 부족하다. 물론 실제 러시아에서 오블로모프 같은 잉여인간상은 흔히 볼 수 있는 모습은 아니었다. 오블로모프같이 생활 전부가 침실의 영역을 벗어나지 못하는 인간이 존재하지 않았다 해도 독자들은 주변 현실과 그의 성격적 취약성에서 어떤 현실성을 느낄 수 있었을 것이다. 잉여인간상의 사실성 여부와 관계없이 오늘날에도 그런 유형의 인간은 존재 가능하다. 현실로부터 인간이 소외되어 비인간화되는 문제는 19세기 러시아의 현상만은 아니다. 20세기 초 우리나라 문학에서도 잉여인간이란 말은 자주 들을 수 있는 친숙한 말이었다.

21. 어둠의 왕국: 오스트롭스키의 『뇌우』

오스트롭스키의 『뇌우』(1859)는 민족적인 소재로 만들어진 최고의 걸작 희곡이다. 이 작품은 '어둠의 왕국'에 대한 사회적·이념적 드라마라는 비평을 받아 왔다. 그의 작품에 묘사되는 출구가 없는 현실 세계가 바로 '어둠의 왕국'이다. 이 어둠의 세계에서는 늙은이와 젊은이, 부자와 가난한 자, 폭군과 항변하지 못하는 자들의 갈등이 일어난다. 이 연극은 러시아인들이 처한 시대적 상황 속에서 언제나 자유와 희망을 노래한 인물들의 목소리를 모아 놓은 드라마라 할 수도 있다. 이 드라마에서 우리는 당대의 러시아인들이 개혁하고자 했던 파국적인 상황을 읽을 수 있을 뿐만 아니라, 그 속에서 개개인의 생명력 넘치는 삶과 희망을 발견하기도 한다. 연극이라는 분야가 대중화되지 않았던 시절에 오스트롭스키는 자신의 작품에 민중의 삶을 적극적으로 반영하고자 했다. 자기 작품을 읽는 독자에게 민중의 삶을 얼마든지 자유롭게 사유할 수 있는 다양성의 공간을 마련해 준 것이다. 러시아 연극 전통의 창시자 오스트롭스키의 다른 어떤 작품들보다도 엇갈린 평가와 관심을 불러일으켰던 드라마 『뇌우』는 우리에게 다양한 정보를 제공해 준다.

극장의 인간 알렉산드르 니콜라예비치 오스트롭스키(1823-1886)는 러시아 연극의 전통을 세운 극작가일 뿐만 아니라 러시아 연극사에서 가장 성공한 극작가라 할 수 있다. D. P. 미르스키는 19세기 러시아 사실주의 연극사를 주요 활동가를 중심으로 세 단계로 구분했다. 첫 단계(1830-1850)는 최고

배우인 M. S. 셉킨(1788-1863)에 의해 주도되었다. 그는 모스크바 말리극장에서 40년 동안 심리적 사실주의 연기로 인기를 끌었다. 두 번째 단계(1850-1895)는 위대한 극작가 A. N. 오스트롭스키가 주도한 지역적·시대적 삶의 일면을 다룬 세태풍속의 사실주의이다. 세 번째 단계는 '무대 사실주의'의 최고 연출가 K. S. 스타니슬랍스키에 의해 주도되었다. '메소드 연기(method acting)'라는 스타니슬랍스키의 연기론은 배우들이 그들의 생각과 감정을 배역에 완전히 몰입시켜 실물과 같이 연기하는 기법을 말한다. 다시 말해 무대 위에서 배우는 자연스럽게 연기하여 연극을 관람하는 관객이 마치 실제 현실이 눈앞에서 펼쳐지는 것처럼 느껴야 한다는 것이다. 연극사에서 오스트롭스키는 그 이름만으로도 러시아 민족의 연극을 대표하는 세계적인 극문학 작가들 가운데 한 사람이었다.

오스트롭스키

오스트롭스키는 모스크바강의 오른쪽 상업 지구에서 태어났다. 부친은 관리였으나, 퇴직 후에는 상인들 사이의 문제를 다루는 일종의 법률가로 활동했다. 오스트롭스키는 모스크바대학을 중퇴한 후 재판소의 서기관으로 지냈는데 8년 동안의 법원 생활은 모스크바 상인 사회를 이해하는 소중한 경험이 되었다. 이것은 후에 그가 모스크바 상인 사회의 세태풍속을 다루는 데 밑거름이 되었다. 이런 이유 때문인지 그의 대표 희곡들은 주로 모스크바 상인계층을 다루고 있다. 어린 시절부터 문학과 연극의 세계를 가까이했던 오스트롭스키는 1840년대 말부터는 자기 체험을 소재로 한 희곡을 발표하기 시작했다. 거의 40년에 걸쳐 작품 활동을 하면서 총 55편의 희곡을 남겼다. 그의 첫 작품은 1847년에 발표된 미완성 희극 『파산자』로서 1849년에 완성되었다. 그의 희곡들 가운데 무대에 올려진 첫 작품은 『가련한 신부』(1853)였다.

오스트롭스키는 러시아 극문학의 한 유파를 창조하고 서구의 연극과 어깨를 나란히 할 수 있는 러시아 국민연극을 창조했다. 이와 같은 결실은 오스트롭스키 희곡의 상연과 관객의 수로도 확인된다. 오스트롭스키의 희곡은 그가 사망한 1886년부터 31년간 연간 평균 1,358회 상연되었고, 1939년에는 11,000회가 넘게 상연되었다. 그의 연극을 보러 온 관객의 수만 해도 1903년에는 130만 명 정도였으나, 1939년에는 640만 명으로 늘어났다. 소비에트 연방의 관객 수를 모두 합산하면 3,650만 명 이상의 사람들이 오스트롭스키의 연극을 보았다고 할 수 있다.

러시아에서 오늘날까지 이어지는 오스트롭스키의 인기는 주목할 만하다. 그의 작품은 지난 세기의 1840년대에서 1880년대에 이르기까지의 러시아 중산층의 삶을 다루어 '시대에 뒤떨어진 구식'이라는 평가를 받기도 했다. 그럼에도 작가 오스트롭스키가 오늘날까지 누리고 있는 인기의 비결은 무엇일까? 우선 그의 위대한 창조적 능력을 들 수 있을 것이다. 그의 작품 속 인물들에 대해 존슨은 "그들은 평범한 인간의 진짜 후계자들이다. 그들은 모든 정신을 동요시키는 격정, 그리고 행동으로서 지속하는 전체 삶 체계의 원칙의 영향 아래 행동하고 말한다"라고 평가했다. 오스트롭스키의 인기를 가능하게 한 두 번째 요인으로는 '민중 극장'의 현실화를 생각해 볼 수 있다. 오스트롭스키가 정의한 '민중 극장'은 '비싼 무대장치와 삼류 극단의 극장이 아닌, 일류 극단과 싼 좌석의 극장'이었다. 1882년 『모스크바 국립극장의 설립에 관한 기록』에서 오스트롭스키는 "'희곡으로 표현한 시'는 다른 문학 장르들과는 달리 평범한 민중들에게 더 가깝다. 다른 문학작품들은 모두 교육받은 사람들을 위해 쓰인 것이지만 비극과 희극은 모든 민중을 위해 쓰인 것들이다. 그러나 평범한 민중에 가깝다고 해서 희곡의 시학이 품위를 잃는 것은 아니다. 반대로 그 가까움은 힘을 실어 주고 희곡이 저속하고 평범해지지 않게 한다"라고 썼다. 그는 다음과 같이 의미심장한 결론을 내리고 있다. "모국에서 진정한 인기를 얻는 시험에 통과한 문학작품만이 언젠가는 다른 국가, 나아가 세계에서 지적이고 가치 있는 작품이 될 수 있다."

오스트롭스키는 무엇보다도 '극장의 인간'이었다. 그는 삶을 오로지 희곡의 언어로 이해하고자 했다. 그의 희곡은 관념으로 이루어진 것이 아니며, 희곡 속 캐릭터들은 작가의 생각과 변덕을 담아내는 대리자에 가깝다. 오스트롭스키가 관념적인 것에 흥미가 없었다고 말할 수는 없다. 그는 관념이 희곡의 형식으로 표현될 필요가 있을 때만, 그것에 흥미를 갖고 접근했다. 그의 대표작으로는 『파산자』, 『가련한 신부』, 『뇌우』, 『숲』, 『늑대와 양』, 『지참금이 없는 신부』, 『광대들』, 『소용돌이』, 『노동으로 얻은 빵』, 『자유를 빼앗긴 여인들』 등이 있다.

작은 도시의 이야기 이 작품의 무대는 볼가강 지역의 작은 도시 칼리노프이다. 나약한 남편 티혼과 폭군과 같은 시어머니 카바노바 사이에 끼여 지쳐 버린 젊은 아내 카테리나가 남편의 출타 중에 막연한 동경의 대상이었던 청년 보리스와 만나게 되면서 갈등이 일어난다. 티혼의 누이동생 바르바라는 카테리나의 조력자가 된다. 카테리나는 보리스를 연모하는 마음을 가졌지만, 그것이 죄임을 알고 자신의 마음을 절제했다. 하지만 그 마음을 간파한 바르바라는 카테리나의 진정한 행복과 사랑을 위해 오빠의 부인인 카테리나가 보리스와 밀회할 수 있도록 상황을 제공한다. 카테리나는 시누이 바르바라의 유혹과 도움으로 연모하던 청년 보리스를 잠깐 만나는 기쁨을 맛보지만, 남편이 돌아오자 외간 남자를 만난 것에 대한 죄의식으로 고통을 겪는다. 마침내 위협적인 '뇌우'에 겁을 먹은 카테리나는 자신의 죄를 고백하게 된다. 여기서 '뇌우'는 죄악의 심판관으로 나타난다. 보리스는 시베리아로 쫓겨 가고, 그녀는 볼가강에 투신하여 자살한다. 이러한 줄거리에 지방 도시의 독재자이며 폭군인 디코이, 독학의 과학자 쿨리긴, 민중의 자연관을 대변하는 여자 순례자 페클루샤, 두 명의 하인을 데리고 다니는 70세가량의 반미치광이 여지주에 대한 이야기가 덧붙여져 작은 도시에서 일어나는 어두운 삶에 관한 이야기가 흥미롭게 전개된다. 뇌우의 상징적인 효과와 주인공의 운명을 예언하는 반미치광이 노파의 등장은 흥미를 더한다. 디코이는 쿨리긴에게 "뇌우라는 것은 우리가 죄를 깨닫도록 벌로 내려지는 것인데, 네놈이 긴 막대기에 무슨 말뚝을 만들어서 그걸 막겠다고? 주여, 용서하소서"라고 말한다.

『도모스트로이』와 사모두르스트보 『뇌우』는 러시아 가정에 남겨진 나쁜 전통적 유산에 대한 풍자이다. 그 유산이란 『도모스트로이(Домострой)』와 '사모두르스트보(самодурство)'이다. 『도모스트로이』는 일상적 생활규범과 올바른 종교적, 윤리적 행실을 서술해 놓은 '가정 규범'이라 할 수 있다. 이것은 16세기 초 노브고로드의 귀족과 상인계층에서 나타나 전파되다가 모스크바의 사제장인 실베스테르에 의해 정리되었다. 『도모스트로이』는 전체 3부로 구성되었고 종교와 국가에 대한 문제, 가정교육, 가정생활, 가정 경제 운용에 대한 실질적이며 상세한 조언이 담겨 있다. 이 규범집은 러시아 사회사상을 담고 있는 교훈서로 중세 러시아 공식문화를 대변한다. '완고, 고루, 편협'이라는 뜻의 '사모두르스트보'는 '횡포를 일삼는 완고한 인물이나 폭군'을 뜻하는 '사모두르(самодур)'에서 기인한다. 이러한 유산의 대표자는 『뇌우』에 등장하는 마르파 카바노바와 사볼 디코이이다. 그들은 대표적인 어둠의 세력이다.

카바노바가 강조하는 생활규범은 16세기 문헌인 『도모스트로이』에 근거하고 있다. 그녀는 『도모스트로이』에 근거하여 가정의 법도와 질서를 규정하고, 이를 위협하는 모든 것은 엄격하게 처벌되어야 함을 주장한다. 무엇보다도 부모에 대한 공경을 절대시하는 카바노바는 언제나 순종과 존경의 외적인 표현을 강조한다. 또 이것은 부부관계에서도 적용되어야 한다고 주장하면서 아내는 남편에게 순종해야 하고, 남편의 권위를 받아들여야 한다고 말한다. 『뇌우』에 등장하는 '사모두르'는 오스트롭스키가 새롭게 창조한 인물 유형이라고 할 수 있다. '사모두르'는 비평가 도브롤류보프가 오스트롭스키의 작품을 분석하며 처음으로 사용한 이후, 그의 작품 속 인물들을 설명하는 중요한 개념 중 하나로 자리매김한다. 카바노바와 『도모스트로이』의 관계를 P. I. 멜리니코프-페테르스키는 다음과 같이 설명하고 있다. "사모두르들이 젊은이들을 통치하는 가부장적인 가정의 법전은 『도모스트로이』이다. 물론 인간성을 상실한 채 순응하고 학대받는 젊은이들이 이것을 책으로 읽지는 않았지만 『도모스트로이』의 규칙 하나하나, 한 마디 한 마디가 14-15세기 사모두르들의 뼈와 살에 녹아들어 갔고, 그때부터 어떤 성스럽고 침해하지 못할 성전처럼 한 세대에서 세대로 구전되고 보존되어 일반인의 가정에서 삶의 성전으로 보존되었다."

디코이는 사모두르의 전형으로, 사람들에게 횡포를 부리며 칼리노프시를 장악한다. 경제적으로 예속된 시민들은 디코이에게 늘 굽실거린다. 경제적 권위가 관료나 성직의 권리보다 크다는 것을 암시한다. 그는 '거친', '조잡한'이라는 뜻을 가진 디코이(Дикой)라는 이름 그대로 사납고 난폭한 성격의 소유자이다. 그는 주변 사람들에게 폭력을 행사하고 욕설을 내뱉는 것으로 유명하다. 칼리노프의 사람들은 모두 디코이의 욕설과 횡포를 고스란히 받아들인다. 그는 욕을 하지 않고는 하루도 숨을 쉴 수가 없을 정도이다. 그의 생애는 모두 욕설에 의존하고 있다. 카테리나의 시어머니 카바노바는 부유한 상인이자 미망인으로 디코이와 함께 칼리노프를 지배하는 봉건적 구질서의 대표자이다. 그녀의 이름은 '멧돼지'라는 의미의 러시아어 '카반(кабан)'에서 유래한다. 그녀의 횡포는 디코이처럼 온 도시에 광범위하게 행해지지 않고 가정에 국한된다. 이것은 가부장제도에서 여자가 갖는 한계이다. 카바노바는 아주 사소한 것에 이르기까지 전통적인 생활규범을 따를 것을 강조한다.

그녀의 말과 행동은 가족들에게 도저히 견디기 어려운 것으로 다가온다.

구성에 대한 소고 오스트롭스키의 희곡은 두 가지 측면에서 주목할 만하다. 그것은 첫째, 필연적으로 행복하지도 불행하지도 않은 결말로 이끌어 가는 서사적 특징이며, 둘째는 그러한 최후를 끝까지 유보하는 능력 있는 작가이다. 오스트롭스키는 자신의 편지 속에서 희곡을 판단하는 주된 기준으로 이와 같은 측면들을 자주 이야기했다. 그래서 오스트롭스키의 희곡은 그 끝을 가늠하는 것이 매우 어렵다. 관객이 희곡의 대략적인 내용을 알고 있다 하더라도 결말은 언제나 놀라움으로 다가온다. 오스트롭스키의 희곡에는 어떠한 인공적인 행위의 전개도, '데우스 엑스 마키나'도 존재하지 않는다. 그는 잘 다듬어진 탄탄한 플롯을 통해 사건과 사건을 유기적으로 잘 연결하여 핍진성 있는 결말로 관객들에게 놀라움을 선사한다.

오스트롭스키의 연극은 열린 결말로 유명하다. 오스트롭스키의 연극 기술을 이야기할 때, 그의 커튼(막) 사용, 그중에서도 마지막 커튼의 사용에 주목해 볼 필요가 있다. 오스트롭스키의 마지막 커튼은 그 어떠한 종결된 분위기도 갖고 있지 않다. 가령 『뇌우』의 마지막 장면에서 카테리나의 자살을 맞이하며 "당신은 이제 편하겠지. 그러나 나는?" 하고 말하는 티혼 카바노프의 절규는 마지막 커튼이 내려지고 나서도 관객의 머릿속에서 떠나지 않는다. 오스트롭스키의 기법이 가진 위대함은 희곡 내의 인물들이 볼 수 없는 자신들의 미래를 관객은 볼 수 있다는 점에 있다. 우리는 그러한 결말을 그의 후기 작품인 『현명한 자도 실수를 한다』에서도 찾아볼 수 있다. 표면상 불만족스러운 결말이라도, 마지막 커튼 이후 희곡의 등장인물들이 삶을 어떻게 펼칠 것인가에 대해 관객들이 어떠한 의심도 하지 않는 한, 그 작품은 예술적으로 정당화될 수 있다. 이것은 다른 희곡들보다 플롯 전개에 더욱 중점을 둔 그의 후기 희곡 『공짜 돈』에서도 마찬가지이다. 오스트롭스키의 희곡은 관객들에게 작품의 마지막 커튼이 극작가의 마지막 말을 의미하지 않는다는 느낌을 풍긴다.

장르 규정에 대한 문제 오스트롭스키가 문학 활동을 시작할 당시에는 문학이라는 장르와 연극은 서로 동떨어져 있었다. 그 이후 얼마간 시간이 지나 자본을 토대로 한 사회관계의 발전과 해방운동으로 인한 사회적 기반의 붕괴와 같은 역사적인 과정들을 거치면서 연극을 즐기는 관객의 저변이 확대되었다. 바로 그때 오스트롭스키는 평범한 민중을 위한 연극문화를 만들어야 할 필요성을 느끼게 되었다. 그는 항상 연극이 사람들의 성품을 형성하는 데 기여해야 하고 특히 관객들의 도덕성에 영향을 주어야 한다는 생각을 지니고 있었다. 문학 활동의 첫걸음을 뗄 당시부터 오스트롭스키는 작가라면 그 민족의 삶에 대해서 또 그 자신의 예술에 대해서 독창적인 시각을 가지고 있어야만 하며, 이러한 작업을 위해서 끊임없이 주위에서 일어나는 일들을 관찰하고 이해하는 노력을 해야만 한다는 것을 깊이 인식하고 있었다.

오스트롭스키는 희곡을 썼을 뿐만 아니라 세계적인 고전 희극들을 번역하였으며, 여러 배우와 우정을 나누었고, 자신의 작품을 무대에 올리는 과정에 직접 참여했다. 그는 또한 예술인 그룹과 러시아 극작가 그룹의 창설자 중 한 사람이기도 했다. 오스트롭스키는 러시아의 민족적 특색이 담긴 연극을 자신의 생애에 꼭 이루어야 할 과제라고 생각했다. 그 시대의 관점에서 볼 때 오스트롭스키가 가졌던 태도는 민주적 계몽을 지향하는 태도라 할 수 있다. 그는 삶을 혁명적으로 개조해야만 한다는 사상에는 동조하지 않았으나, 봉건적인 잔재가 나타나는 모든 현상, 사람을 억압하는 다양한 기형적 형식들에 대해서는 줄곧 반대했다. 동시에 그는 새롭게 형성되는 부르주아적인 관계들을 이상화시키지도 않았다. 다시 말하면 오스트롭스키는 항상 노력하는 사람들, 그리고 민중적인 관심을 기본으로 하는 도덕적 이상을 지닌 사람들의 편에서 삶을 재조명하고자 했다.

이 작품의 장르 문제는 두 가지 방향으로 수렴된다. 첫째는 『뇌우』를 '사회풍자 드라마'로 보는 것이다. 이는 세태풍습을 상세하게 전달하려는 작가의 노력이 돋보이고, 관객이나 독자의 관심이 특정 인물에 집중되지 않도록 모든 인물이 동등한 역할로 사건에 참여하고 있다는 점에서 사회풍자적 요소가 강하기 때문이다. 둘째로 『뇌우』를 '비극'으로 해석하는 것이다. 이는 극 장르 구분을 작품에 나타나는 갈등의 성격으로 규정한다는 정의에 따른 것이다. 이 작품에서 나타나는 개인의 꿈과 초월적 삶의 법칙 사이의 갈등은 '민중 비극'으로 규정된다. 한편 오스트롭스키 스스로는 『뇌우』를 '드라마'라는 장르로 규정하고 있다. 이는 18세기 독일 시민극의 영향을 받은 전통적 극 장르 구별(비극, 희극, 드라마)에 따른 것이다.

논쟁과 평가 오스트롭스키가 『뇌우』를 발표하게 되면서 러시아 비평계에서는 중요한 논쟁이 시작된다. 모스크바 극장에서 초연이 끝난 후 A. 팔호프스키는 『뇌우』가 가정 폭력과 미신이라는 어두운 두 세계를 보여 주는 단순한 풍자라 해석했다. 이에 대해 M. 다라간은 이 작품을 단순한 풍자로 보기 어려우며, 작품이 기초하는 비극성에 더 주목할 필요가 있음을 주장했다. 1859년 도브롤류보프는 오스트롭스키의 희곡전집에 대한 비평문 「어둠의 왕국에 비치는 한 줄기 빛」에서 그의 작품이 묘사하고 있는 현실을 '어둠의 왕국'이라 규정했다. 작품에서는 그런 어둠에서 벗어날 수 있는 출구가 명백하게 드러나지 않지만, 도브롤류보프는 어둠의 왕국으로부터의 출구를 여주인공 카테리나에게서 발견했다. 또한, 도브롤류보프는 1850년대 러시아 문학이 인텔리겐치아들과 대립하는 민중계층의 주인공을 요구했는데, 오스트롭스키는 그러한 요구를 해결하기 위해 노력한 작가라고 평가했다. 도브롤류보프는 단순히 극의 갈등구조를 분석하는 것이 아니라 『뇌우』를 통해서 러시아 삶의 본질적인 경향을 이해하고자 했다. 그가 발표한 「어둠의 왕국에 비치는 한 줄기 빛」은 당시 『뇌우』의 해석에 대한 최고의 논문으로 간주되었다. 그의 비평은 문단에서 상당한 호응을 얻게 된다. 하지만, 1865년 D. 피사레프는 『뇌우』에 대한 논쟁에 다시 한번 불을 붙인다. 피사레프는 논문 「러시아 드라마의 모티프」에서 『뇌우』가 러시아 가정을 '어둠의 왕국'으로 묘사하고 있다는 점에는 동의하나, 그에 대한 한 줄기의 빛이 카테리나에게 있지는 않다고 주장했다. 카테리나를 발달 미숙아로 규정한 피사레프는 그녀에게서 진보주의적인 모습을 발견할 수 없다고 말했다. 그의 논문은 도브롤류보프의 견해를 지지하는 게르첸이나 안토노비치의 논문들에 의해 다시금 반박되었다. A. 그리고리예프도 오스트롭스키의 극작품에 대한 도브롤류보프의 견해를 반박하면서 그의 희곡에 나타나는 세계를 '어둠의 왕국'이 아닌 '민중 삶의 왕국'으로 규정짓고, 작품 속의 문제 상황을 해결하기 위한 열쇠가 '민중성'에 있음을 주장했다. 그는 오스트롭스키의 극작품에 대한 해석의 열쇠는 '사모두르스트보'가 아니라 '민중성'이라고 주장했다. 그리고리예프는 오스트롭스키가 러시아 중산층의 전통적인 생활과 성격을 가장 잘 표현했을 뿐만 아니라 사랑과 죽음 그리고 자유와 속박의 문제를 작품에 잘 담아냈다고 평가했다. 멜리니코프-페테르스키는 이전의 비평가들이 시도하지 않은 새로운 시점으로 작품에 접근하여 『뇌우』에 나타난 '어둠의 왕국'의 역사적 근원을 밝혔다. 작품 외적으로 그는 분리파 신도의 색조를 지적하면서, 카테리나가 아닌 쿨리긴에게서 '어둠의 왕국'의 희망을 찾고자 했다.

1882년 곤차로프는 오스트롭스키의 연극 활동 35년을 기념하면서 깊은 의미가 담긴 찬사를 전했다. "당신은 문학이라는 장르에 문학작품의 완벽한 도서관을 기증했으며, 연극 무대에서는 당신의 고유한 세계를 창조했다. 폰비진, 그리보예도프, 고골이 주춧돌을 놓은 건물을 당신은 혼자서 완성한 것이다. 그리하여 우리 러시아인들은 당신의 업적 이후에야 비로소 자부심과 긍지를 갖고 '우리에게도 고유의 러시아 민족극이 있다'라고 말할 수 있게 되었으며, 그 연극은 '오스트롭스키의 연극'이라고 불려야 마땅하다." 마르크 슬로님은 오스트롭스키의 극작품들이 철저하게 러시아적이기 때문에 외국인들이 그의 작품을 정확하게 이해하고 평가하는 데 한계성을 갖는다고 했다. 오스트롭스키는 러시아 드라마트루기에 자연주의와 사실주의를 도입하여 이전 작가들과는 달리 소수 귀족 신분의 사람이 아닌 평범한 러시아 민중들, 지방의 지주나 하급관리, 소상인과 소시민의 모습을 묘사했다. 그는 부패한 귀족들의 화려한 모습 뒤에서 열심히 일하며 살아가는, 눈에 잘 띄지 않는 수백만 러시아인들의 생활과 관습을 묘사했다. "러시아의 참된 정서를 알고자 한다면 오스트롭스키의 극작품들을 연구해야 한다. 그의 극작품들은 그 형식과 정신, 언어에 있어서 전형적으로 러시아적이며 완전히 모국의 맛을 지니고 있다." 이러한 논쟁과 평가에서 중요한 것은 비평가들 모두 러시아 연극사에서 오스트롭스키의 중요성을 한결같이 강조한다는 점이다.

어둠의 왕국에 사는 사람들 러시아 극문학에 자연주의와 사실주의를 도입한 극작가 오스트롭스키는 『뇌우』를 비롯한 그의 다양한 작품에서 고귀한 신분을 가진 소수의 삶이 아닌 평범한 러시아 민중들의 삶을 묘사하고자 했다. 그것은 기존의 러시아 문학에서 긍정적 주인공으로 평가되던 귀족 인텔리겐치아인 '잉여인간'에 대항하여, 러시아의 민중들을 문학의 새로운 주인공으로 내세우고자 한 것이다. 작가는 『뇌우』 속의 민중을 구세대와 신세대, 부유한 자와 가난한 자, 지배하는 자와 순종하는 자로 나누어 그들 간의 갈등을 사실적으로 그려 내고 있다.

희곡의 배경이 되는 볼가강의 소도시 칼리노프는 낡은 도덕관념과 풍습이 지배하는 '어둠의 왕국'이다. 이 작품은 기존 러시아 문학의 주요 배경이 되었던 모스크바나 페테르부르크가 아닌 칼리노프를 배경으로 하고 있다. 작가는 도시의 폐쇄성과 고립성을 통해 '어둠의 왕국'으로서의 성격을 더욱 크게 부각시킨다. 보리스는 쿨리긴에게 자신의 심정을 솔직히 말한다. "쿨리긴, 저는 이곳이 너무 힘들어요. 도무지 적응할 수가 없어요. 모두가 나를 곱지 않은 눈으로만 봐요. 내가 이곳에는 필요 없는, 그들을 방해하는 사람이라도 되는 것처럼 말이에요. 이곳의 풍습을 이해할 수가 없어요. 이것도 다 우리 러시아의, 조국의 것이라는 건 나도 알고 있어요. 하지만 도무지 익숙해질 수가 없어요"(제3막 22장). 칼리노프 시민들은 외부세계와 단절되어 있다. 그들이 외부의 정보를 알 수 있는 유일한 방법은 페클루샤와 같은 사이비 순례자들의 이야기를 듣는 것이다. 하지만, 타락한 순례자 페클루샤는 외부에서 일어나는 변화에 대해 정확하게 알지 못하면서도 사람들에게 왜곡된 정보를 전달한다. 그 순례자로부터 잘못된 정보를 듣는 사람들은 자신들의 삶을 변화시킬 어떠한 욕구도 얻지 못한다.

칼리노프의 사람들은 디코이에게 농산물이나 수공품을 제공하고 그에 대한 대가를 받으며 살아간다. 그러나 조금이라도 더 많은 돈을 벌어들이고자 디코이는 그들에게 제값을 지불하지 않는다. 그들이 디코이에게 제값을 요구할 때면, 디코이는 도리어 그들에게 구타를 가하고 욕설을 퍼붓는다. 사람들은 그의 태도가 부당하고 잘못되었다는 걸 알고 있지만, 그가 아니면 돈을 벌 수 없기에 그의 횡포에 순응한다. 모스크바에서 인텔리겐치아로 성장한 보리스 또한 디코이에게서 할머니의 유산을 받아야 하기에 그에게 저항할 수 없다. '돈'이 디코이의 횡포를 유지해 주는 근거가 되는 셈이다.

가부장적 위계질서 속에 있을 때만 안도감을 느끼는 카바노바에게 무엇보다 위협이 되는 것은 자식들이 자유로운 감정을 갖는 것이다. 그녀는 자신의 권위를 유지하기 위해 아들인 카바노프의 자유의지를 완전히 빼앗으려 한다. 그렇지만 이야기가 진행되면서 카바노프와 바르바라, 며느리 카테리나를 비롯한 신세대는 구시대의 봉건적인 질서로부터 이탈하는 모습을 보인다. 구시대를 상징하는 카바노바에게 그녀가 즐기던 시대가 붕괴하고 있다는 사실은 그녀 스스로를 더욱 포악하게 만드는 원인이라고 할 수 있다.

어둠의 왕국에서 대표적으로 무력한 인물은 티혼 이바니치 카바노프와 보리스 그리고리예비치이다. 티혼 카바노프는 어머니 카바노바의 횡포에 짓눌려 살아가는 나약하고 수동적인 인물로서, 불구가 되어 버린 나약하고 쓸모없는 인간이다. 어머니의 공포 속에서 성장한 인물인 카바노프는 어떤 경우에도 어머니의 말에 복종하는 모습을 보인다. '말이 없는', 또는 '조용한' 이란 뜻의 러시아어에서 유래한 이름 티혼(Тихон)에서도 알 수 있듯 그의 모든 행동은 어머니 카바노바의 의지에 따라 결정된다. 카바노프의 묵묵하고 순종적인 태도는『도모스트로이』로 대표되는 전통적인 가정 규범 교육의 결과로도 생각할 수 있다. 그가 알고 있는 자유는 어머니의 눈을 피해 술을 마시는 자유, 칼리노프를 떠나 방탕을 즐기는 방종뿐이다. 또한, 어머니의 규범 강제와 카테리나와의 갈등은 카바노프에게 무척 고통스러운 것이었다. 무능력한 그는 어머니에게도 아내에게도 인정받거나 사랑받지 못하였다. 그의 최대 목표는 이러한 고통스러운 상태에서 도피하는 것이다. 그리하여 카테리나는 극한 내적 갈등의 상황에서 그의 도움이 절실했지만, 카바노프는 이를 들어주지 않는다. 그는 카테리나의 내적 갈등을 전혀 이해하지 못한다.

카바노프는 어머니에 의해 자유의지를 박탈당했지만, 아내인 카테리나가 어머니 카바노바에게 구박받는 것을 안타깝게 여긴다. 그래서 그는 카바노바의 말에 미약하게나마 반박하는 모습을 보이기도 한다. 그러나 그는 카바노바가 요구하는 가정 규범을 완벽하게 따르지도 못하고, 아내를 어머니의 횡포로부터 보호해 주지도 못한다. 그러한 모습은 카바노바와 카테리나 모두에게 그에 대한 부정적인 인상을 심어 준다. 카바노프는 본래 선량하고 진솔한 사람이라고 할 수 있지만, 결과적으로는 언제나 카바노바의 횡포와 권위에 굴복하여 카테리나가 파멸하는 순간까지도 사태를 방관했던 나약한 인물이라 할 수 있다.

보리스는 모스크바에서 고등교육을 받으며 자라난 인물로서, 조모의 유산을 받기 위해 칼리노프로 오게 되었다. 출생과 교육에 있어 작중에서 유일하게 칼리노프에 속하지 않은 인물인 보리스는 칼리노프의 풍습에 쉽게 적응하지 못하는 모습을 보인다.

조모의 유언에 따라 숙부인 디코이에게 유산을 받아야 하는 처지에 놓인 보리스는 칼리노프 풍습의 부당함이나 숙부의 비인간적인 대우를 인식하고 있으면서도 그것에 저항하지 못한 채 순응하며 살아간다. 상속분을 받아 내기 어렵다는 것을 알고 있으면서도 칼리노프를 떠나지 못한 채 막연한 희망에 매달려 있는 보리스는 칼리노프를 지배하고 있는 법칙, 즉 '사모두르스트보'에 예속되어 있다고 할 수 있다. 한편, 카테리나와의 밀회가 폭로되자 보리스는 디코이의 명령에 따라 시베리아로 쫓겨 가게 된다. 카테리나는 그에게 자신을 함께 데려가 달라고 부탁하지만, 그는 숙부의 명령을 따라야만 한다며 그녀의 부탁을 거절한다. 그에게서 발견할 수 있는 것은 무력함과 나약함뿐이다. 그는 숙부로 대표되는 '사모두르스트보'에 속박되어 있는 존재이자, 카테리나를 파멸로 이끈 인물 중의 하나이다.

유부녀에게 반한 남자인 보리스는 무모한 낭만주의자로서 철새와 같은 이방인의 특성을 소유하고 있다. 그는 외모와 행동 양식도 칼리노프 사람들과 다르다. 작가는 등장인물의 설명에서부터 그를 칼리노프의 사람들과 구별하고 있다. "보리스를 제외한 모든 사람이 러시아식으로 옷을 입고 있다." 당시 상인들은 턱수염을 덥수룩하게 기르고 머리는 중앙에서 양쪽으로 가르마를 타고 다녔다. 그리고 전통적인 러시아식으로 만들어진, 허리 밑에 단추를 채우는 구식의 긴 검은색 재킷을 늘 입고 다녔다. 반면에 대도시에서는 유럽식으로 옷을 입고 다녔다.

카테리나의 두 남자, 보리스와 카바노프는 모두 나약한 남성상이다. 보리스 역시 칼리노프를 지배하고 있는 거대한 법칙인 사모두르스트보에 예속되어 있다. 이러한 그에게 카테리나의 사랑은 과분한 것이다. 그는 교육을 받았음에도 불구하고 합리적으로 사고할 줄 모르고, 가치 있는 것, 자신이 소중하게 여기는 것에 대해서 책임 있는 행동을 할 줄도 모른다. 보리스는 카테리나의 사랑 상대이지만, 그녀와 동등한 위치에 설 수는 없다. 그에게서는 어떤 희망이나 강한 성격을 발견할 수 없다. 도브롤류보프는 논문 「어둠의 왕국에 비치는 한 줄기 빛」에서 보리스에 대해 다음과 같이 말한다. "숙부로부터 유산을 상속받기를 기다리고 있는 사람은 그 숙부의 속박을 벗어던지기가 어렵다. 따라서 그들이 아무리 교육을 받았다 할지라도 유산을 기다리는 조카들에게 과도한 희망을 걸어서는 안 된다." 보리스는 카테리나를 죽음으로 내모는 환경에 불과하다. 디코이의 관점에서도 그는 희생물, 기생충, 진드기, 예수회, 물귀신으로 표현된다.

카테리나의 갈등구조 주인공 카테리나의 갈등은 어린 시절부터 시작된다. 그녀의 이름 카테리나(Катерина)는 그리스어로 '순수한', '오점이 없는'이라는 뜻을 가진다. 그녀는 봉건 러시아의 가부장적 질서 속에서 성장한 인물이라고 할 수 있다. 카테리나가 기억하는 어린 시절은 그녀 스스로가 가부장적 세계에 생기와 의미를 부여함으로써 탄생한 상상 속의 시간이라고 할 수 있다. "정말이지 난 행복했어요! 아무 걱정 없이 새처럼 자유롭게 살았지요. 어머니는 저를 무척 사랑하셨어요. 제게 인형처럼 예쁜 옷을 입혀 주시곤 했죠. 어떤 일도 강요하지 않으셨어요. 내가 하고 싶은 일이 있으면 그걸 하면 되는 거였죠. … 우리 집은 항상 순례자들과 성지 참배자들로 가득했거든요. … 그러면 순례자들은 이야기를 시작하는 거예요. 그들이 갔던 곳, 보았던 것들, 여러 성자의 이야기들, 그리고 시를 읊기도 했어요"(제1막 7장). 자신의 어린 시절과 마찬가지로 카테리나는 카바노바의 집에서 기도문과 성서를 낭송하거나 벨벳을 짜는 일을 하게 되지만, 점진적으로 그것이 '강제로 이루어지고 있는 것' 같은 느낌으로 바뀐다. 카테리나는 자신이 가지고 있는 이상적인 가부장적 세계관에 따라 카바노바를 공경하려 하지만, 카바노바는 이것을 자신의 권위를 가로채려는 카테리나의 위선으로 간주하고 받아들이지 않는다. 카테리나는 남편인 카바노프에게서도 진정한 의미의 사랑을 발견하지 못한다. 어머니에 의해 모든 자유의지를 박탈당한 카바노프는 그녀에게 어떠한 희망도 제시하지 못하는 것이다. 이상과 현실의 괴리를 점점 뚜렷하게 인식하는 카테리나는 자신에게서 전과 다른 감정이 생겨나는 것을 느낀다.

카테리나의 내적 갈등은 어렸을 적부터 자신에게 내면화된 가부장적인 세계관과, 그것을 거스르려는 자유와 사랑에 대한 본능적인 열정 사이에서 비롯된다고 할 수 있다. 현실의 모순을 인식한 카테리나가 스스로 이상적이라고 여겼던 어린 시절을 계속해서 회상하는 모습에서도 알 수 있듯, 그녀는 점진적으로 어떠한 강제나 규범에도 얽매이지 않은 자연스러운 감정들을 찾기 시작한다. 그렇지만 카테리나는 자신의 마음속에서 자라나는 새로운 감정들을 불순한 것으로 받아들이고 이성을 통해 떨쳐 내려고 한다. "아무리 애를 써도 머리에서 떠나질 않아요. 무슨 생각을 하고 있어도, 그 사람이 내내 눈앞에 서 있는 것만 같아요. 이러면 안 된다는 생각을 하면서도 어쩔 수가 없어요. 아가씨는 모르실 거예요"(제2막 2장). 남편만을 사랑해야 한다는 전통적인 가치관과 남편이 아닌 다른 사람을 사랑하는 감정 사이에서 갈등하던 카테리나에게 남편 카바노프의 모스크바 여행은 그녀가 '죄'를 범하게 되는 중요한 계기가 된다. 전통적인 도덕적 규범의 수행과 자신이 가진 열정 사이에서 갈등하던 카테리나는 결국 보리스를 만나러 간다. 이것은 그동안 카테리나가 가지고 있던 관념에 위배되는 것이었으며, 이성이 아닌 감정의 독자적인 선택에 의한 최초의 행동이라는 점에서 주목할 필요가 있다.

카테리나의 갈등은 죄의 고백과 죽음으로 해소된다. 탈출구가 없이 학대받는 주인공은 자신의 미래를 처음부터 끝까지 예언하고 있다. "나는 곧 죽게 될 거예요." 카테리나는 자신의 죄를 고백하고 참회한다. 그녀는 관념과 열정 사이의 지난한 갈등 속에서 자신의 감정을 따라 보리스와 사랑을 나누었지만, 자신의 행동이 이상적인 규범에 위배되었음을 느끼면서 다시금 혼란에 빠지게 된다. 카바노프가 예정보다 일찍 돌아오자 그녀의 혼란이 걷잡을 수 없이 커지는데, 카바노프의 가족들에게 직접 인사를 하러 온 보리스를 발견한 카테리나는 결국 극도의 죄책감을 느끼게 된다. 반미치광이 여지주의 저주와 더불어 하늘의 징벌로 여겨지는 뇌우가 울리자 카테리나는 자신의 감정을 더 이상 억제하지 못하고 카바노바와 카바노프, 그리고 칼리노프시의 사람들에게 자신의 죄를 고백한다. 그러한 고백은 자신의 결백과 정당함을 모든 사람 앞에서 드러내는 진실의 표출이자 내적 투쟁의 결과라고 할 수 있을 것이다.

공개적인 참회 이후, 카바노바는 카테리나에게 혹독한 처벌을 내린다. 그녀는 카테리나를 방에 가두어 두고 이전보다 더 심하게 그녀를 구박한다. 카바노프는 카테리나의 고통에 연민을 느끼지만, 전과 마찬가지로 어머니의 명령만을 따르며 그녀를 방관한다. 집 안에서 카테리나와 유일하게 이야기를 나누었던 바르바라 역시 카바노바의 횡포를 참지 못하고 집을 나간다. 보리스는 자신을 데려가 달라는 카테리나의 부탁을 거절하고 디코이의 명령에 따라 시베리아로 떠난다. 주변인에게 어떠한 희망도 발견하지 못한 카테리나는 죽음 이외에는 이 같은 고통으로부터 탈출구가 없음을 깨닫는다. 그녀는 죽음을 통해 '어둠의 왕국'에 마지막으로 저항한다.

공간의 의미와 해석 문학작품에서 성공적인 공간의 묘사는 사회적 공감대를 넓히는 중요한 원동력이다. 『뇌우』에서 도시는 타락한 '대(大)공간'이며, 집은 억압과 폭력의 '소(小)공간'이다. 도시와 집 모두 고립성과 폐쇄성을 근간으로 하는 '어둠의 왕국'이다. 도시의 발전을 꾀하는 사람은 쿨리긴 혼자일 뿐 아무도 관심이 없다. 소도시 칼리노프에서의 삶은 아직도 봉건적인 중세 러시아의 모습을 유지하고 있다. 돈 많은 상인 디코이는 도시의 사모두르로서 대공간을 지배하는 폭군이다. 반면에 카바노바는 가정을 중심으로 횡포를 일삼으며 소공간의 독재자로 군림한다.

① **카바노프가의 집**: 카바노프가의 집은 칼리노프시에서 일종의 중심적인 위치를 차지한다. 다시 말해 카바노프가라는 소공간이 가정 내 등장인물들

의 개인적인 관계를 보여 준다면, 여기서 확장된 칼리노프시라는 대공간은 등장인물들의 사회적인 관계를 보여 주는 것이다. 이러한 대소 관계에 따른 구분은 그것을 다스리는 인물 유형에 따라 다시 '남성의 공간'과 '여성의 공간'으로 구분할 수 있다. 즉 디코이에게 경제적으로 예속된 칼리노프시는 그의 성격이 투사된 '남성적 공간'이고, 카바노바의 지배 아래에 놓인 카바노프가의 집은 그녀의 의지가 투영된 '여성적 공간'이라 할 수 있다.

디코이와 카바노바는 각각 '돈'과 '관습'을 통해 상인 사회와 가정의 지배자로 군림하고 있다. 다른 등장인물들은 그들을 지배하는 체계를 형식적인 면에만 치중하는 경직되고 부당한 관습으로 인식하고 있다. 풍습이나 관습은 그것의 본래 기능을 상실한 채 두 지배자의 권위와 힘을 유지하는 데에만 사용되고 있다.

② **안티돔**: '안티돔(антидом)'은 로트만이 『거장과 마르가리타』 속 집을 두고 이야기했던, '자신의 공간, 안전한 공간, 문화적 공간, 신의 비호를 받는 공간'의 의미를 지니는 '돔(дом)'에 반대되는 개념으로서 '타인의 공간, 위험한 공간, 악마의 공간'의 의미를 지닌다. 이 개념은 『뇌우』 속 카바노프가의 집이나 디코이의 집을 의미하는 개념으로도 사용될 수 있다. 여기서 '결혼'은 '안티돔'으로서 카테리나의 집에서 그녀의 자유를 억압하는 것이자 이야기의 주된 갈등을 일으키는 소재로 작용하고 있음을 알 수 있다. 결혼 이후 카테리나는 '아내'와 '며느리'로서 『도모스트로이』가 규정하고 있는 제한된 자유만을 누릴 뿐, 어린 시절의 이상적인 공간(дом)에서 누렸던 인간으로서의 자유는 박탈당한다.

③ **집의 이중적 의미**: 카바노프가의 집이 각각의 인물들에 의해 인식되는 상반되는 이미지에 주목할 필요가 있다. 즉 '자물쇠, 빗장, 사나운 개'로 표상되는 카바노프가의 집이 카바노바에게는 외부세계로부터 자신의 권력을 보호해 주는 방어막으로 인식되는 반면, 카테리나와 카바노프, 바르바라에게는 자신들을 구속하는, '벽'으로 둘러싸인 갑갑한 공간으로 인식된다. 그들

에게 집은 '회귀의 공간'이 아닌 '이탈의 공간'으로 작용하고 있다는 점에서 '안티돔'이라 말할 수 있다. 결국, 바르바라는 쿠드랴쉬와 함께 집을 떠나고, 카테리나는 죽음을 통해 집의 구속에서 벗어난다. 유사한 행동으로 디코이가 자신의 집으로 들어가는 것을 꺼리는 모습, 보리스가 시베리아로 떠나가며 디코이의 집을 이탈하는 모습 등을 확인할 수 있다.

④ **쪽문과 골짜기**: 『뇌우』의 공간을 '집'과 '볼가강'이라는 이원적인 공간으로 분할할 때, 그 경계에 있는 '쪽문'이나 '골짜기'가 현실과 이상을 매개하고 있음을 발견할 수 있다. 즉 카바노바의 집과 볼가강의 중간에 있는 쪽문과 그 너머의 골짜기는 '어둠의 왕국'과 '자연'의 상징적인 경계이자, 카테리나와 보리스, 바르바라와 쿠드랴쉬의 밀회가 이루어지는 이별의 공간이 된다. 여기서 쪽문은 한편으로 카바노바의 집이 가지는 구속성을 의미하지만, 다른 한편으로 그것이 오솔길과 골짜기를 향해 열릴 수 있다는 점에서 또한 자유로움을 의미하고 있다.

⑤ **볼가강**: 볼가강은 『뇌우』의 자연을 대표하는 공간인 동시에 카테리나의 의식 속에 자리하는 이상적인 공간으로서 이중적인 의미가 있다. 볼가강이 보이는 벤치에 앉아 자연을 예찬하는 쿨리긴이나, 밤마다 밀회를 즐기는 바르바라와 쿠드랴쉬에게 있어 볼가강은 구체적인 공간으로서의 의미가 있다. 카테리나에게 볼가강은 자신이 꼭 찾아야 할 자유와 열망의 추상적인 공간으로서 자리하고 있다. 그녀는 볼가강에 몸을 던져 '어둠의 왕국'을 탈출함으로써 진정한 자유를 얻는다. 그녀에게 볼가강은 어린 시절의 기억을 떠올리게 하는 매개체이자, 그녀를 이상세계로 연결해 주는 '구원의 공간'으로서 기능한다.

맺는 말 오스트롭스키는 여주인공을 자살로 몰아넣은 러시아 사회의 위선과 모순을 가차 없이 폭로하고, 그 폭력적인 가부장제도가 젊은 세대를 질식시키는 양상을 강렬하게 묘사하고 있다. 1859년에 쓰인 작품임에도 불구하고 현대 사회 문제를 고스란히 그려 냈다는 느낌이 든다. 우리가 이 작품을 통해 받아들이는 문제의식은 160년 전 오스트롭스키의 작품을 마주한 관객과 동일하다고 생각한다. 지금 우리도 고부갈등이나 전통적 풍습과 윤리의 문제에서 가볍게 벗어나지는 못한다. 인간 삶의 문제는 시공간을 막론하고 영원한 숙제이지 않을 수 없다.

22. 인간 존재의 수수께끼: 도스토옙스키의 『지하에서 쓴 수기』

인간이란 무엇인가? 인간은 이미 오래전부터 자신의 존재에 대해 이러한 질문을 수없이 해 왔다. 그동안 인간을 설명하려는 다양한 시도는 주로 철학적, 종교적, 문학적 측면에서 해답을 찾아 왔다. 인간에 대한 이해는 당대의 과학적 지식수준에 따라 변하기도 했지만 일반적으로 인간을 합리적이며 이성적인 동물로 간주해 왔다. 인간이 합리적 동물이라는 통상적인 대답은 사고하고 계산하는 인간 능력에 주목한 것이다. 그러나 도스토옙스키는 과거와는 전혀 다른 대답으로 우리를 사로잡는다. 인간은 합리적인 동물일 뿐만 아니라 비합리적인 동물이라는 것이다. 그의 중편소설 『지하에서 쓴 수기』는 인간의 본성에 대한 새로운 이해의 패러다임을 제공한다. 오늘날 도스토옙스키는 새로운 사유의 모델로 부활하고 있다. 그는 '21세기가 가장 필요로 하는 작가'가 틀림없다. 도스토옙스키는 시대의 사상적 도약을 마련한 소설가로서 21세기에도 사유의 다양한 주제들 속에 계속 살아 있다.

열쇠가 되는 작품 1864년에 발표된 『지하에서 쓴 수기』는 표도르 미하일로비치 도스토옙스키(1821-1881)의 모든 작품을 놓고 볼 때 분기점이 된다. 비평가들은 이 작품을 기준으로 그의 활동 시기를 전기와 후기로 나눈다. 마르크스주의자들은 전기를 '좋은 도스토옙스키'로, 후기를 '나쁜 도스토옙스키'로 평했으나 이는 그들의 예술이론에 따른 주관적인 평가일 뿐이다. 앙드레 지드는 이 작품을 가리켜 "도스토옙스키의 전 작품을 이해할 수 있는 열쇠"라고 했고, 로자노프와 니체는 이 작품이 "도스토옙스키의 작품들 가운데 가장 중심적인 위치를 차지한다"라고 했다. 특히 니체는 이 소설을 읽고서 프란츠 오베르크에게 다음과 같이 편지를 보냈다. "난 어떤 책방에서 도스토옙스키의 『지하에서 쓴 수기』를 보았다. 그것은 내가 21살 때 스탕달을 발견했던 것과 똑같이 아주 우연한 기회였다. 나는 당장 혈연의 본능을 자극하는 소리를 듣고, 나의 가슴은 환희로 벅찼다." 프랑스 철학자 장 폴 사르트르 역시 자신의 실존철학은 이성의 횡포에 대한 도스토옙스키의 비난에서 영감을 얻었다고 말했다. 어쨌든 많은 사람이 이 작품을 도스토옙스키의 철학적 세계관을 확실하게 정립하여 보여 주는 가장 독창적인 것으로 간주하고 있다. 나보코프의 말대로 이 작품은 도스토옙스키의 주제와 형식을 가장 잘 보여 주는 최고의 그림이자 도스토옙스키적인 것의 결집체이다.

도스토옙스키

"섬을 떠나야 섬이 보인다"라는 말이 있다. 우리가 서 있는 위치가 어디인지 우리는 스스로 인식하지 못하고 있다는 말이기도 하다. 우리는 일상 속에서 서구합리주의와 권력의 성에 갇혀 있다. 서구합리주의의 근간이 되는 이성의 힘과 권력에 대해 다시 한번 생각해 볼 필요가 있다. 우리는 일상 속 이성의 권력 구조를 너무나 당연한 듯 받아들이고 있다. 그러나 도스토옙스키는 이성의 폭력을 다시 한번 새롭게 사유하고 재해석했다.

어떻게 읽을 것인가 이 작품은 일인칭 화자의 독백 형식을 취하고 있는 것이 특징이다. 소설 전체가 두 부분으로 나뉘어 있다. 제1부와 제2부는 언뜻 볼 때 서로 다른 두 가지 이야기인 것 같으나 내적으로 긴밀하게 연결된다. 총 11개의 작은 장으로 이루어진 제1부가 인간의 본질에 대한 독백인 데 반해서, 약간 긴 10개의 장으로 이루어진 제2부는 제1부를 받쳐 주는 이야기로서 주인공의 경험담이다. 소설을 시간의 흐름에 따라 자연스럽게 구성한 것이 아니라, 반대로 이론과 주장을 먼저 말하고 나중에 그것들을 증명하는 순서로 이야기가 전개된다. 제1부가 1860년대의 이야기라면, 제2부는 1840년대의 이야기이다. 1860년대 중반의 시사 문제가 언급되지만, 사건들의 시사성은 모호할 뿐이다. 제1부에서 주인공은 마흔 살의 나이로 인간의 본질에 대한 문제를 언급하며 독창적인 인간론을 늘어놓고 있다. 제2부는 주인공의 24살 때 체험으로, 앞에서 언급한 인간론을 증명하는 수사적 설명(경험담)이라 할 수 있다. 좀 더 구체적으로 말해서 작품의 중요 부분인 제1부는 작가 자신의 내적 세계를 형성하고 있는 철학사상과 감정을 자유분방하게 토로하며, 소설 형식보다는 논쟁적인 담론으로 일관하고 있다. 사실 이 작품은 당시 러시아의 혁명사상가인 체르니셉스키의 소설 『무엇을 할 것인가』에 대한 반박으로 쓰였다. 그 당시 도스토옙스키는 모든 사회주의 사상을 증오하였을 뿐만 아니라 사회주의 이론에 의한 합리적 사회통제를 개인의 노예화나 개성의 유린이라고 주장한 것이다. 이 작품은 서술 순서대로 읽어도 무방하지만, 제2부를 먼저 읽으면 제1부에 대한 이해가 더 쉬워질 수도 있다. 여기서 흥미로운 것은 40살의 지하인간(지하생활자)이 비록 16년 전보다 더 지각 있는 사람이라 할지라도 24살 때와 동일한 문제를 가진 똑같은 사람이라는 것이다. 자기의 과거에 대한 분석은 현재의 자기 개성과 상황에 대한 분석과 똑같으며, 그러한 의미에서 인간의 본질과 조건은 역시 크게 변하는 것이 아니다. 이 소설의 제1부는 무엇이 표현되고 서술되었는가가 아니라 어떻게 표현되고 서술되었는가, 그 서술 방식이 중요한 의미를 갖는다. 이러한 서술 방식을 통해 작가는 신경질적이고 분노에 차서 좌절하며 지독하게 불행한 인간의 타성, 불결한 고백의 향연을 보여 주고자 한다.

지하인간의 독백 제1부는 일정한 플롯을 가진 어떤 사건이나 에피소드가 없이 처음부터 끝까지 40살 먹은 지하인간의 독백으로 되어 있다. 제1부는 상상 속 독자의 존재를 가정하고 있다. 이름 없는 '나'가 화자 겸 주인공으로 등장한다. '나'라는 주인공은 자신이 알고 판단하고 경험한 것만을 이야기한다. '나'는 한때 가난한 하급관리로 근무한 적이 있었고, 변변찮은 외모를 가졌지만 자의식이 강할 뿐만 아니라 상당한 수준의 지적 능력을 바탕으로 삶과 존재의 문제를 끊임없이 사유하는 자이다. 그의 고백은 처음부터 심각하다.

> 난 병든 인간이다. 난 나쁜 인간이다. 난 매력 없는 인간이다. … 나는 의학이나 의사를 존경하지만, 치료를 받지 않는다. 여태까지 받아 본 적이 없다. … 오기를 부려서라도 의사의 치료를 받지 않을 작정이다. … 나는 나쁜 관리였다. 남에게 난폭하게 대했고 그것으로 쾌감을 느꼈다. … 내가 치료를 받지 않는 건 역시 고집 때문이다.

그는 자신의 간장병에 허세를 부리고, 모든 일에 변덕을 부려 보기로 한다. 지하인간이 여기서 가장 두려워하는 것은 타인의 의식과 견해이다. 다른 사람 앞에서 참회하거나 용서를 빌기도 하고, 다른 사람의 평가나 판단에 머리를 숙이다가 갑자기 화를 내기도 한다. 자신의 병을 지상에서 가장 인위적이며 추상적인 도시 페테르부르크의 기후 탓으로 돌리기도 한다. 그의 담론은 종잡을 수 없을 정도로 사방으로 튄다. 자부심이 너무 강한 지하인간은 남에게 화를 내면서 쾌감을 느끼는 마조히즘 환자이기도 하다. 그는 고통의 찬양자로서 치통에 쾌감을 느낀다. 굴욕적인 고통 속에도 쾌감은 있다. 그에게는 기존의 '2×2=4'라는 구구단식 수학 공식의 세계가 필요 없다. 그는 진정으로 자유를 추구하는 존재이다. 인간은 어디까지나 인간일 뿐이지 피아노 건반의 키가 아니다. 자기를 주장하고 싶을 땐 수단과 방법을 가리지 않고 주장한다. 인간은 온 세상을 향해 저주하고, 저주 하나만으로 자기 목적을 달성한다. 그리하여 자기가 피아노 건반이 아니라는 것을 입증하고자 한다. 인간은 개미와 달리 모든 것이 보장되는 개미집을 원하지 않는다. 장기를 두는 사람처럼 목적에 이르는 과정을 사랑할 뿐 목적 자체에는 관심이 없다. 목적이란 단지 '2×2=4'라는 공식 이외에 아무것도 아니다. 그 공식은 삶이 아니라 죽음의 시작일 뿐이다. 인간은 목적을 세우지만, 그 달성을 달가워하지 않는다. 말도 안 되는 우스운 이야기 같지만, 인간 자체가 우스운 동물이기 때문이다. '2×2=4'도 훌륭하지만, '2×2=5'는 더 훌륭하다. 자의식은 전자와 같은 것이 아니라 후자와 같다. 지하인간은 이 모든 것을 마음속으로만 생각하려다가 종이에 적으면 뭔가 아주 그럴듯해 보일 것 같아 수기를 쓰기로 했다. 수기를 쓰다 보니 옛 기억이 되살아나고 「진눈깨비의 연상」이라는 이야기가 생각난다.

비하의 쾌락 지하인간은 비열한 짓을 하고 난 후 항상 지하실로 들어가 굴욕의 저주받은 달콤함, 회한, 불결한 자신이 주는 즐거움, 비하의 쾌락을 반복적으로 맛본다. 비하의 쾌락은 도스토옙스키가 좋아하는 주제들 가운데 하나이다. 이 이야기 속에서 추상적 주제, 혐오스러운 행위에 대한 추상적 묘사, 그리고 그 뒤를 잇는 비하는 무시할 수 없는 힘으로 지하인간을 반영하는 방식을 보여 준다. 제1부의 2장 끝에서 지하인간이 비하의 쾌락을 설명하기 위해 수기를 쓰기 시작했다는 것을 알 수 있다.

기억의 시학 제2부는 지하인간의 기억 속에 남아 있는 추억담으로, 「진눈깨비의 연상」이라는 제목이 붙어 있다. 그의 추억 속에는 크게 두 가지 사건이 나타난다. 하나는 지하인간이 자기 자신과 타인에게 불쾌감과 고통을 초래할 뿐인 송별회에 참석하는 행위이고, 다른 하나는 불행한 윤락 여성에 대한 무의미하고 잔인한 행위이다. 이러한 행위는 인간에게 내재된 폭력성의 발현이다. 여기서 작가가 논증하고자 하는 것은 인간의 욕망이 아무리 비이성적이고 비합리적인 형태로 나타난다 하더라도 인간 의식의 힘으로 그것을 저지할 수 없다는 것이다. 즉 이성적, 합리적 행동이 비이성적, 비합리적 행동을 억제하거나 통제할 수 없다는 말이다. 사람한테는 동물로부터 이어받은 폭력에 대한 잠재적인 능력이 있다.

추억 속에서 주인공 '나'는 동료들로부터 괴짜 취급을 받는 24살의 고독한 인간이었다. 못생긴 고아로 자라나 대학을 나온 후 독신으로 쓸쓸한 은거 생활을 하고 있었다. 관청의 말단직에 근무하면서 동료들을 증오하고 두려워하면서 살았다. 될 수 있으면 사람들을 피하고 남들과 말도 하지 않았으며 집에서 무질서한 생활을 했다. 고약한 성격에 괴짜로 남들을 경멸하면서도 자기 열등감이 심한 복잡한 성격이었다. 사실 병적으로 자의식이 강한 사람이었다. 사무실에서 동료들을 경멸하는 태도를 보이면서 위신을 세워 보려고 하지만 자신이 동료들보다 열등하다는 생각을 억제할 수 없었다. 그는 자신이 남들과 다르며, 누구도 그와 같은 사람이 없다는 것을 알게 되면서 자신이 걱정되었다. "많은 사람이 있는데도 나는 정말 외톨이구나!" 하고 중얼거렸다. 집에서 기쁨과 고통을 주는 독서를 해 보지만, 이내 지치고 밤이면 무섭고 추악한 생각에 파묻혔다. 어느 날 술집 앞을 지나가다가 당구대 앞에서 싸움하는 사람들을 마주쳤다. 그들 틈에 끼어들고 싶어 우물쭈물하고 있을 때, 장교 한 명이 어깨를 말 한마디 없이 밀쳐 내었다. 그 장교는 마치 '나'라는 '사람'이 존재하지도 않는 것처럼 취급하고 지나갔다. 장교에게 모욕을 당한 그는 언젠가는 복수하겠다는 마음뿐이었다. 어느 날 계획적으로 그 장교가 지나가는 길목에서 기다리고 있다가 길을 양보하지 않고 부딪치고 말았다. 이로써 그는 그 장교와 동등하다는 느낌을 갖게 되었다.

그는 항상 열등감에서 벗어나지 못하고 고통을 받았다. 그리고 그 고통의 해결을 현실이 아니라 꿈속에서 찾으려 했다. 공상으로 숭고함과 아름다움 속에 피신하기도 했다. "가령 나는 모든 사람 위에 서서 내려다보게 되고, 모든 사람은 먼지 속에서 내가 우월함을 인정한다. 나는 모든 것을 용서하는 관용을 베풀고, 위대한 시인이 되고, 궁정 대신이 되고, 사랑에 빠진다. 나는 수백만 루블의 재산을 갖게 되지만 그것을 복지재단에 기증해 버린다. … 모든 사람이 울면서 나에게 키스해 준다." 그는 공상과 꿈에서 벗어나 현실에서 사람들의 목을 껴안고 싶어졌다. 그래서 대학 동창인 시모노프를 생각하게 되었다. 그가 반가워할지 어떨지도 모르고 그를 찾아갔다. 그러나 외로움과 고통을 달래기 위해 찾아간 친구에게서 더 큰 모욕을 당하고 소외감을 느끼게 되었다. 시모노프의 아파트에는 옛날 동창생들이 둘이나 와 있었다. 그 자리는 동창생 즈베르코프가 장교로 승진하여 지방으로 전출 가게 된 것을 축하하는 송별회 자리였다. 우여곡절 끝에 송별회에 참석하기는 했지만, 친구들과 말다툼을 하게 되고 그들로부터 왕따를 당한다. 사실 그의 모든 행동은 그들과 동등하다는 것을 입증하고자 한 짓이었다. 그들은 주인공 몰래 홍등가로 가기로 합의했다. 주인공도 그들의 행동에 상관없이 홍등가로 갔다. 홍등가에서는 젊은 창녀 리자가 그를 반겨 주었다. 리자는 실연을 당하고 집에 있기가 답답하여 도망쳐 나온 20살의 창녀였다. 그는 리자에게 연민의 정을 느끼며 창녀 생활보다는 죽는 게 낫다는 말을 한다. 그는 그녀에게서 자신의 그림자를 보고 동질성을 느끼며 사랑하게 되었다. 리자에게 집 주소를 가르쳐 준 그는 리자가 정작 집을 찾아오자 그녀를 모독했다. 나약하고 힘없는 사람에게 모욕을 가함으로써 동창생들에게 당한 분풀이를 하고 싶었던 것이었다. 둘 다 고독하고 서로 사랑하는 감정이 있었으나, 그는 값싼 행복보다는 고귀한 고통을 택했다. 그에게 고통의 선택은 아무나 하는 것이 아니라 고상한 감정을 지닌 사람들만이 할 수 있는 최고의 선택이었다.

문학과 철학의 차이 문학과 철학이 같을 순 없지만, 그들 사이에는 깊은 관계가 있다. 철학 없는 인생을 생각하기 어려운 것처럼 인생의 서술 아닌 문학을 상상하기 어렵다. 인생은 그 나름대로 철학적 세계관을 갖고 있기 때문에 문학에서 철학을 완전히 떼어 놓을 수는 없다. 그동안 많은 비평가는 도스토옙스키의 문학 속에 심오한 철학적 담론이 있는 것처럼 이야기해 왔다. 그리하여 그의 문학작품에 내재된 철학적 담론은 작품의 문학적 의미와 가치를 평가하는 데 큰 도움이 될 수 있었다. 물론 그의 철학적 담론이 전체적으로 일관된 철학적 논리로 발전하는 것은 아니지만 그럼에도 흥미로운 것들이 많다. 그의 철학적 세계관은 숨어 있는 진실에 다가가려는 새로운 시도였다.

실존주의 세계관 『지하에서 쓴 수기』는 실존주의 철학과 깊은 관계를 맺고 있다. 물론 실존주의는 다른 철학에 비해 용의주도한 논리 체계를 세우지 못하였다. 그리하여 대다수 실존주의자의 주장은 일반적으로 소설이나 수필 형식으로 표현되었고, 철학 저서로 나타난 경우에도, 그 표현이나 주장이 막연하고 논리가 정연하지 못했다. 문학 형식으로 나타낸 도스토옙스키의 실존주의 사상 역시 논리가 정연한 이론이라기보다는 실존주의적 분위기의 담론 수준이다. 실존주의의 철학적 명제는 '실존은 본질에 앞선다'는 것이다. 즉 실존주의 철학은 인간이 살아가면서 겪게 되는 있는 그대로의 경험을 정리한 것이요 체계화한 것에 지나지 않는다.

앞에서 이야기했듯이 도스토옙스키는 의식적으로 실존주의를 주장한 것도 아니요, 실존주의 철학자도 아니었다. 그러나 그의 작품들 대다수가 실존주의 세계관을 함축하고 있다. 그는 19세기 러시아 사회를 지배하고 있었던 과학적 인간관, 결정론적 형이상학을 부정하고 있다. 19세기는 과학이 종교를 대신할 수 있다는 신념의 세기였다. 모든 인간은 과학, 지식, 이성의 힘으로 유토피아가 가능하며 행복해질 수 있다는 믿음이 있었다. 과학적 인간관의 기초는 만물이 인과관계로 연관되어 있고, 인간도 만물 가운데 한 현상에 불과하다는 것이다. 따라서 인간이라는 모든 현상도 결정론을 전제로 한 합리적인 해석을 받아들일 수 있다고 보았다. 이성이야말로 물리적 세계에 관한 모든 지식의 진정한 원천이라고 주장하는 견해를 합리론이라고 한다. 합리론에 따르면 이성은 인간에게 보편적으로 주어진 능력이며, 개념과 판단을 형성하는 능력을 말한다. 합리론은 이처럼 이성을 감각 경험에서 독립된 확실한 인식수단으로 보는 견해이다. 이러한 사상은 헤겔의 절대적 합리주의로 나타났고, 러시아 사회사상가 체르니솁스키의 『무엇을 할 것인가』에서 사회주의적 합리주의로 발전한다. 도스토옙스키는 헤겔 철학에서 절정을 이루는 합리주의에 반기를 들었을 뿐만 아니라 체르니솁스키의 소설에서 구체화된 수정궁 이론(유토피아론)에 반기를 든 것이다. 도스토옙스키의 철학적 세계관은 결정론에 대한 새로운 해석을 바탕으로 정립되었다.

과학적 논리는 인간의 구체적 경험 세계를 언제나 가설 이론으로 해석하고자 한다. 체험을 기초로 현실을 파악하는 것이 아니라 이론을 앞세운다. 인간의 경험보다는 이론이 먼저인 셈이다. 이론적 결정론을 주장하는 합리주의자, 과학주의자, 형이상학자들은 과학과 이성을 기초로 하면 모든 문제를 수학 공식처럼 논리적으로 해결할 수 있다고 생각한다. 이성은 완전한 조화와 행복이 보장되는 이상사회인 유토피아를 건설할 수 있다는 것이다. 그러나 도스토옙스키의 주인공 지하인간은 과학적인 법칙이나 논리로도 설명할 수 없는 비합리적이고 부조리한 존재이다. 그는 '값싼 행복이 아니라 고귀한 고통'을 원한다. 그에게 중요한 것은 피아노의 키가 되는 것이 아니라 인간의 개성을 지키는 것이기 때문이다. "인간은 자기가 뻔히 알고 있으면서도 의식적으로 자기에게 해롭고 어리석고 정말 완전히 바보 같은 행동을 하는 수가 있다. 그 까닭은 인간은 가장 바보 같은 것을 바랄 수 있고, 오직 합리적인 것만을 바라지 않는다는 자신의 권리를 입증하기 위해서이다." 인간의 욕망은 사실 끝없는 자유와 자의식을 기초로 한다. 의식을 가진 인간이란 존재는 단순히 인과법칙으로만 설명될 수 없다. 그리하여 지하인간의 행동과 말에는 이성으로서는 도저히 이해할 수 없는 불합리하고 부조리한 것들이 많다. 인간은 어떤 목적을 달성하는 데 만족하는 것이 아니라, 그 목적을 향해 노력하는 그 자체를 목적으로 삼는다. 결국, 인간의 목적과 인간의 노력은 서로 부조리한 관계에 있다. 수평선이나 지평선이 인간이 이르고자 하는 마지막 최후의 선(목표)인 줄 알고 그 선에 다가가면 새로운 수평선이 나타나듯이, 인간의 욕망 또한 목적이 달성되면 새로운 목적을 바라는 것이다. 인간의 욕망을 기초로 생각해 보면 영원히 목표에 다가가고자 하는 인간의 노력만 있을 뿐이다. 어쨌든 이성은 이성대로 합리적이고, 비합리성 역시 그 나름대로 존재의 가치가 있다.

실존주의에서 자주 거론되는 문제는 인간의 불안, 소외, 부조리 그리고 비합리성이다. 도스토옙스키는 지하인간을 통해 인간의 소외와 부조리가 무엇인지를 보여 주고 있다. 도스토옙스키는 지하인간의 지하실이라는 공간 체험으로부터 존재와 세계의 관계에 대해 끝없는 질문을 던지고 있다. 그는 불안과 고독과 두려움의 감정 없이는 '세계 내 존재'로서의 인간의 의미를 파악할 수 없다는 깊은 통찰을 했다. '고독한 실존의 자각'만이 지하인간의 의식이다. 지하인간의 모든 행동은 치유하기 어려운 고독 속에 있다. 특히 제2부에서 그의 모든 행동의 증표가 나타난다. 여기서 우리는 '고독한 실존의 자각'과 '연대 감정'을 한꺼번에 깨닫는 명증한 자기 인식을 엿볼 수 있다. 사실 인간의 실존에 대한 문제는 비합리성의 문제와 연결된다. 도스토옙스키가 지하인간을 통해 나타내고자 한 사상을 다음처럼 정리해 볼 수 있다. 첫째로 인간은 결정론적인 사상이나 유물론적 해석을 원하는 것이 아니라 체험하는 그대로를 의식하는 존재이다. 둘째로 인간의 욕망은 이성으로는 이해할 수 없기에 인간은 근본적으로 불합리하다. 오늘날의 세계는 뉴턴의 물리학과 유클리드 기하학이 새로운 것, 즉 양자역학과 비유클리드 기하학으로 대체되었다. 결국, 도스토옙스키가 통찰한 인간의 비합리성은 오늘날 세계에 더 뚜렷하게 제시되는 부정할 수 없는 인간의 본질이며 성격이다.

비(非)유클리드의 세계와 자유의지 현대철학의 쟁점들 가운데 가장 근본적이며 핵심적인 것은 이성과 합리성에 대한 담론이다. 전통적으로 이성은 하나의 보편적 원리로 간주되었다. 따라서 이성을 원리로 하는 시도들, 즉 인간, 사회, 역사에 대한 이해는 각기 하나의 이념과 보편성을 지향했다. 하지만 도스토옙스키는 하나의 이성을 불신하고 합리성 자체에 새로운 문제를 제기했다. 그는 철학에세이를 사용하지 않고 독특한 장르를 사용하여 이성을 부정하고, 그 대안으로서 감성, 생명, 비합리성, 열정 등을 긍정적으로 검토하면서 인간과 사회를 이해할 수 있는 원리를 제시했다.

도스토옙스키는 수학을 인간 이성의 정점으로 간주했다. 지하인간의 주장은 세계는 반드시 수학 공식인 '2×2=4'라는 법칙만 있는 것이 아니라 '2×2=5'가 되는 세계가 있다는 것이다. 전자는 이성을 바탕으로 한 합리주의의 세계요, 후자는 이성의 세계를 넘어선 비합리주의의 세계이다. 은유적으로 전자는 유클리드 기하학의 세계요, 후자는 비유클리드 기하학의 세계인 것이다.[31] 유클리드는 항상 '제한적인 이성', '유클리드적 이성', '지상적인 유클리드적 지혜'라는 말들과 공존한다. 도스토옙스키의 세계관에서 '지상적·유럽적·유클리드적'이라는 말은 동의어이다. 여기서 유클리드적 이성이란 무엇인가? 이를 이해하기 위해서는 유클리드 기하학의 평행선 공준(공리)을 알아야 한다. 두 평행선은 만나지 않는다는 공준이다. 그러나 비유클리드 기하학에서는 두 평행선이 만난다. 즉 기하학이란 유클리드 기하학과 비유클

31 플라톤이 세운 아카데미아(Academia)의 출입문에는 "기하학을 모르는 자, 이 문 안에 들이지 말라"라는 말이 새겨져 있었다고 한다. 요컨대 이는 기하학을 지성의 척도로 보았다는 이야기라 할 수 있다. 2,500여 년이 지난 요즘 세상이라면 어떤 학문이 그 자리를 차지하게 될지 궁금하다.

리드 기하학을 합친 것이 된다. 다른 말로 두 기하학이 공존하는 것이다.

도스토옙스키는 유클리드 기하학을 유럽적 세계로 본다. 유럽적 이성을 대표하는 사람은 평행선이 만나는 것을 이해하지 못한다. 당시 유럽은 기하학에 비유클리드 기하학이 더 있음을 몰랐기 때문이다. 도스토옙스키는 유럽의 한계를 지적하고자 했다. 비유클리드 기하학을 포함한 더 넓은 세계가 러시아적 세계라는 말이다. 실제로 로바쳅스키라는 러시아 수학자가 유럽 기하학의 허점을 지적하고 새로운 기하학인 비유클리드 기하학 체계를 세웠다. 이를 알게 된 도스토옙스키는 '유럽 대 러시아'를 '유클리드 기하학 대 비유클리드 기하학'으로 변주하여 사용한다. 그에게 있어 유럽은 이성의 부분(작은 이성)만을 대변하지만, 러시아는 폭넓은 이성(큰 이성)을 대변한다. "유럽은 러시아를 이해할 수 없지만, 러시아는 유럽을 이해할 수 있다"라고 한 도스토옙스키의 말은 가능한 담론이다.

유클리드의 세계에서는 행복이 보장되는 수정궁의 세계를 상상할 수 있다. 그러나 인간 세계는 유클리드의 세계가 아니다. 인간 세계는 유클리드 세계와 비유클리드 세계가 공존하는 장이다. 인간은 행복만을 보장하는 유토피아의 세계를 원하는 것이 아니다. 인간의 욕망이 그러한 수학적 진리를 거절하기 때문이다. 비유클리드의 세계는 고통이 수반되는 디스토피아의 세계이다. 인간은 어리석게도 고통 없는 행복을 원하지 않는다. 인간의 자유의식은 가장 큰 고통을 겪으면서도, 그 고통을 가장 값지게 여기기 때문이다.

도스토옙스키는 체르니솁스키를 위시한 당대 주류 사상가들이 주장한 합리주의와 결정론을 통렬하게 반박했다. 그 반박의 중심에는 지하인간을 통해 개진되는 인간의 자유의지가 있다. 자유의지는 인간 생명의 본질로서 소설의 핵심이다. 합리주의자들의 지식모델은 자명한 공리를 토대로 이루어지는 연역이다. 그렇다면 연역적 지식체계에서 공리와 같이 자명한 진리의 역할을 하는 지식이 어떤 것인가가 중요한 문제가 된다. 수학 공식처럼 자명한 이론이 체르니솁스키의 『무엇을 할 것인가』에 나타나며, 그 이론은 공산주의나 사회주의의 이상과 동일시된다. 지하인간은 이상사회를 수정궁으로 부르면서 냉소를 퍼붓는다. 만약에 수정궁이 건설되면 인간은 수학의 대수표처럼 논리적으로 행동할 수밖에 없다. 그는 이러한 공리주의적 이론을 믿지 않을 뿐만 아니라 그 이론에 대해 거칠게 항거한다. 그에 따르면 그러한 수정궁이 실현된다 하더라도 인간의 자유 본능은 수정궁을 받아들이지 않을 것이다. 또 그런 합리적인 생활 속에 갇히게 되면, 인간은 권태를 감당하지 못하고, 자유의지에 따라 살고 싶어 대수표를 찢어 버리거나 수정궁을 벗어나고자 할 것이다. 결국, 인간의 개성을 무시하는 제도는 무슨 제도이건 스스로 붕괴할 것이다. '2×2=4'는 기존 체제가 물들어 있는 기성질서를 상징하고, 지하인간은 기성질서에 대해 변화와 개혁을 주창하는 사람들을 대변한다.

오늘날 도스토옙스키는 전 세계적으로 가장 널리 알려진 19세기 소설가이다. 다양한 이유가 있겠지만 현대인들을 괴롭히는 도덕적, 종교적, 정치적 문제들을 효과적으로 극화했기 때문일 것이다. 독일의 한 비평가는 마르틴 루터 다음으로 독일에 가장 큰 정신적 영향을 끼친 인물은 도스토옙스키라고 했다. 그가 서구 지성사에 끼친 영향은 지대하다. 독일의 철학자 니체, 프랑스의 소설가 앙드레 말로와 철학자 장 폴 사르트르 등 무수히 많은 지성인이 그를 경배했다. 손창섭, 이문열, 최수철, 박영한, 김춘수 등 한국 작가들 역시 도스토옙스키의 영향 아래 상호텍스트성의 문제와 관련해 자주 거론된다. 자신의 이상을 독자들에게 전달하고 독자들의 체험을 변형시키는 능력이 작가의 위대성을 가늠하는 척도가 된다면 도스토옙스키는 세계문학에서 타의 추종을 불허한다. 그의 작품은 늘 독자에게 예지(insight)와 무지(blindness)를 동시에 느끼게 해 준다.

23. 죄와 벌의 경계선: 도스토옙스키의 『죄와 벌』

도스토옙스키는 삶과 철학의 문제를 절묘하게 극화시킨 위대한 예술가이며 사상가이다. 또한, 러시아의 천부적인 변증론자인 동시에 사실주의자다. 그의 소설은 '행위 속의 철학'이라 할 수 있다. 그의 소설 미학은 문학의 철학화, 철학의 문학화이기도 하다. 철학자는 자기가 옳다고 믿는 이론이나 사상을 논리적으로 전달하면 자족한다. 그런데 작가는 자기가 발견한 사상을 독자들에게 감동적으로 전달할 수 있는 창의적인 방법을 모색한다. 그의 작품 속에서 사상은 언제나 중심 주제가 되어 중요한 역할을 하고 있다. 사상은 인간의 운명을 결정할 수 있다. 더 나아가 신의 존재 문제 역시 사상과 깊게 연관되어 있다. 사상은 언제나 불길처럼 일어나 인간에게 새로운 활력을 주기도 하나 인간을 파멸시키기도 한다. 그리하여 인간은 사상의 창조자인 동시에 노예이다. 도스토옙스키는 사상의 향연이라고 할 수 있는 소설 『죄와 벌』(1866)을 통해 초인사상을 신봉하는 대학생이 자신의 신념에 의해 어떻게 파멸해 가는가를 보여 준다.

가혹한 운명과 형벌 도스토옙스키는 모스크바 자선병원의 의사였던 아버지와 상인 가문 출신의 독실한 신자였던 어머니 사이에서 태어났다. 그는 보통 사람이 경험하기 힘든 세 가지 운명적 사건을 경험한다. 첫 사건은 아버지의 죽음이다. 어렸을 때 아버지가 모스크바 근교의 영지에서 농노들에게 살해되었다. 두 번째 사건은 사형선고이다. 도스토옙스키는 27살 때 페

포크롭스키, 〈세묘놉스키 연병장의 사형 집행〉

트라솁스키가 이끄는 비밀 모임에 참가했다는 죄명으로 체포되어 사형선고를 받았으나 처형 직전에 황제의 특사로 감형되었다. 그 후 그는 시베리아로 유배를 가서 8년 동안 중노동을 하게 된다. 세 번째 사건은 그의 뇌전증(간질병)이다. 이런 식으로 도스토옙스키의 삶 자체가 하나의 흥미진진한 드라마라 할 수 있다. 참혹한 상황을 경험한 도스토옙스키는 인간의 '죄와 벌'에 대한 문제를 평생의 화두로 삼고 살았으며, 삶과 죽음에 대한 다양한 경험을 토대로 극적 긴장감이 넘치는 소설들을 썼다.

도스토옙스키의 소설에는 강력 범죄인 살인 사건이 자주 등장하기 때문에 그에 대한 처벌 문제가 따라 나온다. 관련된 대표적인 소설로 『죄와 벌』, 『백치』, 『카라마조프가의 형제들』이 있다. 『죄와 벌』의 주인공 라스콜니코프는 8년 형기의 제2급 징역형을, 『백치』의 로고진은 15년의 시베리아 유형을, 『카라마조프가의 형제들』의 드미트리는 20년의 시베리아 유형을 선고받는다. 도스토옙스키는 정식으로 법학을 공부한 적이 없다. 그러나 그의 소설 『죄와 벌』은 범죄심리학의 교과서라는 평가를 들었는데 이는 그의 경험에서 비롯되었다. 아버지의 피살과 자신의 시베리아 유형은 형벌에 대한 도스토옙스키의 관심을 불러일으켰다. 가난에 허덕이던 도스토옙스키는 1865년 1월 모스크바에서 27세의 청년이 두 여성을 죽인 사건을 소재로 하여 『죄와 벌』을 썼다. 이 소설은 범죄로 들끓는 도시의 사회상을 잘 반영하고 있다. 도스토옙스키는 당대 최고의 지성으로서 사법개혁에도 깊은 관심을 기울였다.[32] 그가 창간한 잡지에 당대의 유력한 법학자들이 쓴 사법개혁에 대한 논문을 게재했다. 『죄와 벌』에도 사법개혁에 대한 기대와 비판을 말하는 대목이 자주 등장한다. 도스토옙스키는 근대 형법 사상의 기초를 마련한 이탈리아 법학자 체사레 베카리아가 집필한 『범죄와 형벌』(1764)을 읽고 범죄소설을 쓰게 되었다고 한다.

지식인의 신념과 좌절 도스토옙스키 소설의 예술성은 무엇보다 등장인물에 대한 탁월한 심리(범죄심리) 묘사뿐만 아니라 다양한 차원이 융합된 독특한 구성에 있다. 『죄와 벌』은 돈과 살인이라는 지극히 세속적이며 물질적인 모티프가 철학적, 종교적 차원에서 극화되어 있는 작품이다. 여기서 작가는 윤리적, 사상적, 사회적 문제를 자기 나름의 독특한 방법으로 풀어 간다. 이 소설은 낡은 봉건 질서가 몰락하고 서구의 새로운 자유 사상이 물밀듯이 들어오던 1860년대 러시아 사회를 배경으로 전개된다. 주인공 라스콜니코프는 지적이고 자의식이 강한 가난한 법과대 학생이다. 그는 페테르부르크의 5층 건물 지붕 아래에 있는 작은 다락방에서 하숙하고 있다. 밀린 하숙비 때

32 사법개혁은 러시아의 개혁 군주로 불리는 알렉산드르 2세가 1861년부터 1874년까지 사회 전방위에 걸쳐 단행한 대개혁의 일환이다. 1864년에 도입된 새로운 사법제도는 근대화와 민주화를 특징으로 한다. 사법개혁에서 가장 눈에 띄는 것은 배심원제도의 도입이다.

문에 몇 달째 주인으로부터 하숙비 독촉을 받고 있을 정도로 가난하다. 무더운 여름날 저녁, 거리를 방황하다가 우연히 들른 술집에서 실패한 인생을 살아가는 술주정뱅이 말단 공무원 마르멜라도프를 만난다. 그는 가난이 죄가 아니라며 신세타령을 늘어놓는다. 그는 자기 딸 소냐가 가족을 위해 사창가에서 몸을 판다고 라스콜니코프에게 고백한다. 라스콜니코프는 어머니로부터 누이동생의 결혼 문제에 얽힌 복잡한 사연을 담은 장문의 편지를 받는다. 누이동생 두냐가 오빠의 학자금 마련을 위해 사랑하지도 않는 장사꾼 루진과 결혼하기로 했다는 것이다. 오빠를 위해 자신을 희생하려는 두냐와 가족을 위해 몸을 파는 소냐는 본질적으로 큰 차이가 없다. 어머니의 편지는 오히려 라스콜니코프에게 더 큰 고통만을 안겨 주었다. 마침내 라스콜니코프는 평소 자신이 갖고 있던 초인사상을 입증하기 위해 가난한 사람들의 피를 빨아먹는 사회의 기생충과 같은 전당포 노파를 살해하기로 한다. 그는 전당포 답사를 마친 후 마침내 도끼로 전당포 노파를 살해한다. 살해 현장에 갑자기 뛰어든 그녀의 여동생 리자베타도 함께 살해된다. 라스콜니코프는 악덕 고리대금업자와 죄 없는 착한 처녀를 동시에 죽이는 이중살인을 하게 된 것이다. 살인 후 그는 자기가 훔친 돈과 보석을 사용할 수 없게 되자 그것들을 숨긴다. 이 범죄에 그를 연결시킬 증거를 없애 버린 것이다. 처음에 그는 사회의 해충인 노파를 제거하고 그녀의 돈을 다수의 이익을 위해 사용한다면 그의 행동은 도덕적으로 정당화될 수 있다고 생각했다. 그러나 살인 후 그는 심각한 혼란을 겪게 된다. 세상을 변화시키려던 위대한 사상가가 정신적 고통의 지옥으로 떨어진 것이다. 마음이 산란해진 그는 기이한 행동을 하게 된다. 마침내 라스콜니코프는 이 사건을 담당한 예리한 형사 포르피리로부터 혐의를 받게 된다. 그리고 라스콜니코프의 범죄에 대한 논문은 포르피리의 관심을 끈다. 라스콜니코프는 인간을 범인과 비범인(초인)으로 나누고 초인의 권리를 신봉했다. 그는 점진적으로 자신이 시저나 나폴레옹 같은 초인이 아니라 한갓 벌레에 불과할 뿐이라는 사실을 깨닫는다.

그는 자신을 진실하게 이해해 줄 수 있는 소냐를 찾아가 자신이 살인 사건의 진범임을 고백한다. 소냐는 그에게 "당신이 더럽힌 땅에 키스하라"라고 요구하고 자수할 것을 권유한다. 종교적 구원의 화신이라고 할 수 있는 소냐는 진실한 사랑으로 그의 마음에 양심의 메아리가 된다. 마침내 라스콜니코프는 광장에 나와 군중들 앞에서 자신의 죄를 고백하고 형사 포르피리를 찾아가 자수한다. 라스콜니코프는 시베리아의 유형지에서 소냐의 도움을 받아 가며 비로소 지적 오만을 버리고 새로운 윤리적 이상에 눈뜨게 된다. 그것은 거룩한 창녀 소냐의 삶이 보여 준 수난을 통한 구원과 부활이라는 이상 덕분이었다.

경계선의 시학 도스토옙스키는 작품 전체의 주제를 아우르는 제목을 선호한다. 『죄와 벌』은 현실을 뛰어넘고자 열망하는 주인공 라스콜니코프의 망령된 집념을 그려 낸 작품이다. 그래서 이 소설 제목은 작가가 의도한 함축의미를 내포하고 있다. 『죄와 벌(Преступление и наказание)』의 러시아어 제목이 갖는 함축의미는 아주 흥미로운데, 그 제목은 일종의 '경계(선) 넘기'에 대한 독특한 담론을 보여 준다. 주인공이 '첫걸음을 내디딘다'라는 표현이 소설에 자주 나온다. '한 걸음 내딛다'라는 경계선 넘기 담론은 죄의 어원적 의미와 연관되어 있다. '죄'에 해당하는 러시아어 'преступление'(작품 속에서의 빈도수 46회)의 동사형은 'переступить, преступить(넘다, 뛰어넘다, 위반하다, 벗어나다)'으로, 목적어에 따라 '(문지방을) 넘다(переступить порог)' 혹은 '(법을) 어기다(переступить закон)'라는 의미로 사용된다. 도스토옙스키는 친구인 마이코프에게 보낸 편지(1867)에서 제목과 관련하여 흥미로운 사실을 밝히고 있다. "모든 곳에서, 모든 것에서, 나는 마지막 경계까지 간다. 평생토록 나는 늘 선을 넘어섰다." 그리하여 『죄와 벌』의 '선 넘기'는 간단히 말해 '죄짓기'라고 할 수 있다. 이 소설에서 가장 빈번하게 접할 수 있는 선들 가운데 하나는 문지방이다. 러시아인들에게 문지방은 특별한 의미가 있다. 문지방은 항상 경계선을 상징한다. 그들은 관습적으로 문지방을 사이에 두고 악수를 하면 불행이 온다고 믿는다. 주인공 라스콜니코프는 노파를 살해하기 전에 전당포의 문지방 앞에서 갈등한다. 문지방을 넘을지 말지 망설이던 그는 마침내 문지방이라는 선을 넘고 이중살인이라는 죄를 짓게 된다. 그의 '비범인 사상'은 경계선을 넘어가는 사상이다. "역사 속에서 마치 찬란한 횃불처럼 등장하여 시대의 암흑을 몰아내고 미래를 밝혀 주는 비범한 인간들"은 '모든 윤리와 도덕을 초월하는' 인물들이다. 그들에게는 살인뿐만 아니라 대량학살까지 '모든 것이 허용된다'. 그들이 바로 경계선을 넘은 '초인'이다. 그런 식으로 초인사상이라는 이론을 위해 라스콜니코프는 살인을 범하여 사회의 법률을 어기고, 이교도적 인신(人神) 사상으로 종교적인 선을 넘어 버린 것이다. 결국, 주인공은 도덕적 경계선뿐만 아니라 종교적 경계선까지 뛰어넘은 죄인이 된다. 이러한 해석은 죄란 '특히 의식적인 행위에 의한 신적인 혹은 도덕적인 법의 위반'이라는 옥스퍼드 사전의 개념 정의에 잘 부합한다.

작가는 '경계선을 넘은 자'인 라스콜니코프에게 '8년 형기의 제2급 징역형'을 가하나, 그 벌은 설득력 있는 논리적인 벌이 되지 못한다. 『죄와 벌』은 여섯 개의 부와 에필로그로 되어 있다. 이 중 제1부에서만 주인공의 전당포 노파 살해 행위, 즉 '죄'를 다루고, 나머지 다섯 부와 에필로그는 '벌'을 다룬다. 이 소설에서 죄와 벌은 단순히 살인이라는 형법상의 죄와 그에 따른 시베리아 유형이라는 제도적 처벌을 의미하는 것은 아니다. 즉 '벌'은 법적 처벌이나 제도상의 형벌을 뜻하지 않는다. 이 소설을 통해 작가가 말하고자 하는 진정한 '벌'은 주인공에 대한 외적 형량이 아니라 '마음의 고통'이다. 라스콜니코프가 범한 살인이 결국 자기 자신을 죽였다는 게 핵심이다. 살인에 대한 '벌'은 양심을 저버린 인류에게 내리는 벌이며 고통이다. 에필로그에서 라스콜니코프는 자신에게 내려진 벌이었던 고통으로부터 해방된다. 재판 후 시베리아 유형지에서 그는 "내 양심은 편안하다"라고 말한다. 법적 처벌은 오히려 그의 양심의 가책을 덜어 주어, 벌이라기보다는 일종의 보상으로 작용한다. 형사상의 벌이 오히려 그를 마음의 고통에서 벗어나게 해 주는 것이다. 즉 양심의 고통이 진정한 벌이라는 의미이다. '경계선 넘기'를 시도한 자들은 더 있다. 아내를 죽였다는 살인 혐의를 받는 스비드리가일로프와 매춘부인 소냐가 그들이다.

라스콜니코프가 인간으로서 초인사상을 품은 것 자체가 '범죄 이전의 죄', 즉 '원죄'이다. 도스토옙스키는 '원죄'를 러시아 정교회 사상에서 찾았다. 구약성서에서 아담은 '선악과를 따 먹으면 하느님같이 된다'라는 뱀의 말에 넘어가 그것을 먹고 죄인이 되어 낙원에서 추방되었다. 아담이 추방당한 원인은 그가 신이 되고자 했기 때문이다. 기독교에서 신이 되고자 자신의 경계선을 넘는 것을 '오만, 자만'이라고 한다. 이 자만과 오만이 바로 '범죄 이전의 죄'이다.

주제와 동기 E. H. 카의 말대로 이 소설의 주제는 '살인의 동기와 살인자의 반응에 대한 분석'이라고 할 수 있다. 이 주제를 중심으로 작가는 개인과 사회, 자아와 외부세계 간의 관계라는 전체적인 문제를 형상화시켰다. 그런데 이 소설에서 흥미로운 점은 주인공 라스콜니코프의 살인 동기가 하나의 목소리로 나타나지 않는다는 것이다. 누구보다도 권력의지가 강한 라스콜니코프는 자신의 살인 동기를 계속해서 부정하기 때문에 우리는 그의 살인 동기를 철학사상인 초인사상에만 맞추어 이야기할 수 없다. 사실 작가는 살인 동기를 여러 가지로 설정하고 있다. 여러 가지 복잡한 동기들이 대립하고 충돌하면서 상호 반영된다. 그러나 라스콜니코프의 범죄 동기를 크게 두 가지로 나누어 생각해 볼 수 있다. 하나는 환경 요인에서 나타나는 외적 동기요, 다른 하나는 사상적, 철학적, 종교적 요인으로 나타나는 내적 동기이다.

① **외적 동기**: 주인공의 외적 범죄 동기로 먼저 범죄적 환경을 들 수 있다. 이 소설은 1860년대 러시아의 사회적 환경을 잘 반영하고 있다. 제1부의 전편에 걸쳐서 주인공 주변의 범죄적 환경이 상세하게 드러난다. 페테르부르

크 빈민굴을 배경으로 가난한 사람들의 극빈 상황과 소외현상이 생생하게 묘사되어 있다. 가난은 개인의 존엄성과 권리를 인정하지 않는다. 상대적인 가난이 아니라 절대적 가난으로 지독한 궁핍에 떨고 있는 사람들인 라스콜니코프, 마르멜라도프, 그의 아내 카테리나 이바노브나, 그리고 소냐가 등장한다. 여기에는 가난한 자들의 출구 없는 한계성이 잘 표현되어 있다. 가난으로 인간의 존엄성과 권리를 인정받지 못하는 사람들은 도스토옙스키 작품에서 하나의 계보를 이루고 있다. 『가난한 사람들』의 주인공 데부시킨은 "나는 사람인가 구두창인가"라고 질문하고, 『분신』의 골랴드킨은 "나는 사생아인가 쓰레기인가"라고 절규한다. 가난에 찌든 마르멜라도프와 라스콜니코프 역시 가난과 사회적 관습에 도전하고자 반기를 든다.

가난으로 학업을 중단한 라스콜니코프는 하숙비를 내지 못하고 며칠 동안을 굶고 지냈다. 그는 밀린 하숙비 때문에 가정부를 피하게 되는 등 정신적, 물질적으로 쫓기는 긴박한 상황에 있었다. 주인공은 환경이 인간을 만든다고 주장한다. 그는 "모든 것은 사회적 환경과 관습에 뿌리박고 있는 거요"라는 말로 자기변명을 한다. 그의 논문 역시 범죄는 범죄적 환경에 기인한다는 주제로 되어 있다. 범죄적 환경 문제를 첫 번째 범죄 동기로 간주하는 라스콜니코프는 "열악한 생활 조건을 제거하고 안락한 환경을 만들어 준다면 범죄는 발생하지 않는다"라고 주장한다.

우리는 이 소설에서 절대적 가난이라는 환경이 만들어 낸 여러 유형의 학대받는 사람들을 볼 수 있다. 특히 술주정꾼으로 주변의 웃음거리인 마르멜라도프는 구제 불능이며 탈출구가 없는 인간의 한 유형이라고 할 수 있다. 그는 자기의 딸 소냐가 창녀 생활을 해서 벌어 오는 돈으로 술을 마신다. 그리고 술집에서 라스콜니코프에게 "학생, 어디에도 갈 곳이 없다는 것이 무엇을 뜻하는지 알겠나?"라고 하면서 탈출구가 없는 인간의 현실을 생생하게 보여 주고 있다. 가야 할 곳이 없으며, 더욱이 자기가 설 땅이 없는 사람들은 어디에서 구원을 찾을 수 있을까. 절대 가난 속에서 헤어 나오지 못하는 소냐의 이야기에서 우리는 한 인간이 어떻게 침식되어 가는가를 느낄 수 있다. 제1부에서 라스콜니코프는 지나가다가 우연히 매춘 소녀를 만나고, 그녀를 유혹하는 신사의 행동을 직접 목격한다. 이러한 주변 환경을 직접 보고 경험한 주인공은 문제의식을 느끼게 되고 결국 범죄까지 저지른다. 가난은 인간 생존의 문제와 직결된다. 주변 환경은 라스콜니코프가 저지르는 범죄 행위의 직접적인 촉매제이다.

가난을 극복할 수 있는 가장 빠른 길은 돈을 버는 일이다. 이 소설에서 돈의 문제는 상당히 심각하다. 모든 범죄 중에서 돈이 개입되지 않는 것이 없다. 돈은 소설의 모든 주제를 연결해 주는 주요 모티프이다. 라스콜니코프는 돈을 새로운 출세의 길을 열 수 있는 밑천으로, 독립된 길을 개척할 수 있는 중요한 매체로 생각하고 있다. 이 소설에서 흥미로운 것은 살인자 라스콜니코프와 피해자 전당포 노파가 돈의 기본 가치에 대해 서로 다른 생각을 한다는 점이다. 돈은 두 사람 모두에게 미래의 희망이었다. 그러나 라스콜니코프는 전당포 노파를 살해하고 훔친 돈으로 수많은 가난한 사람들을 구원하겠다는 계획을 세웠고, 반면에 노파는 돈으로 영생을 얻기 위해 수전노처럼 열심히 돈을 벌었다. 결국, 두 사람은 돈으로 인해 불행한 결과를 맞게 된다.

② **내적 동기**: 한편 라스콜니코프의 범죄 동기를 내적 동기, 즉 철학적, 종교적, 사상적 동기에서 찾아볼 수 있다. 철학적 동기 중의 하나는 '모든 것이 허용된다'라는 사상을 기초로 한 초인사상이다. 그의 초인사상은 주관적 이상주의의 자연스러운 산물로서 예술에서 낭만주의의 형이상학과 맥을 같이 한다. 그는 스스로가 초인임을 입증하고 도덕적 관습을 뛰어넘는 자기 권리를 주장하려 했다.

> 소냐, 난 말이오, 궤변 없이 그냥 죽이고 싶었소. 나 자신을 위해, 오로지 나 한 사람을 위해! 이 점에 대해서 나 자신에게까지 거짓말하고 싶지 않소! 어

머니를 돕기 위해 죽인 게 아니오. 그건 헛소리요! 재산과 권력을 얻어서 인류의 은인이 되기 위해 죽인 것도 아니오. 그건 거짓말이오! 난 그냥 죽였소. 나 자신, 나 한 사람을 위해 죽인 거요. … 내가 그녀를 죽였을 때, 필요했던 것은 돈이 아니었다는 거요. … 난 그때 알고 싶었소. 그것도 빨리 알고 싶었소. 다른 사람들처럼 나도 이[蝨]인지, 아니면 인간인지? 내가 모든 것을 넘어설 수 있는가, 아니면 없는가? 나는 벌벌 떠는 시시한 피조물인가, 아니면 권리를 가졌는가?

라스콜니코프는 인간을 범인과 초인, 열등한 자와 우등한 자로 나눈다. 이러한 이분법적 사고방식은 독일 헤겔 철학의 영향 아래 생겨난 사상이기도 하다. 도스토옙스키는 역사의 주체와 객체에 대한 헤겔의 역사이론을 인간 본성의 이론으로 전환했다. 헤겔에 의하면 세계사에서 위대한 인물로 등장하는 창조적인 소수자는 역사의 주체로서 엄청난 과제를 수행할 수 있다. 세계의 역사는 인간의 도덕률을 무시한 채 더 높은 수준에서 움직이기 때문이다. 좀 더 구체적으로 말해서 알렉산더 대왕, 나폴레옹, 그리고 시저 같은 역사적 영웅들은 다른 약자들을 죽일 수 있는 권리가 있다. 그들은 도덕적인 비난을 두려워하지 않는 강한 인물들로서 그들의 길을 막는 것은 무엇이든지 쳐부술 수 있다. 라스콜니코프의 사상은 점점 대담해진다. "누가 나폴레옹의 살인죄를 물었던가. 나폴레옹은 사상 최대의 살인자임에도 불구하고 사람들은 그를 영웅으로 존경하고 있지 아니한가. 그것은 나폴레옹이 범인이 아니었기 때문이다." 역사에서는 피를 뿌릴 권리를 주장하고, 그렇게 실행한 사람이 인류의 구원자이자 교사가 된다. 이러한 초인사상에 사로잡힌 라스콜니코프는 가난한 사람의 피를 빨아먹는 것 이외에 아무런 가치가 없는 전당포 노파를 살해한다. 그는 초인이기에 사회의 기생충과도 같은 전당포 노파를 살해할 권리가 있으며, 이러한 권리행사는 정당하다고 생각한다. 그에 따르면 성경에 나오는 무저항의 인간이나 도덕적인 인간들은 수동적인 인간으로서 세계를 개선해 나갈 수 없다. 소냐의 신앙은 투쟁으로 얻어진 것이 아니다. 그녀는 언제나 유순과 겸손의 화신이며, 비극적인 인간이라 할 수 있다. 그러나 살인을 정당화하는 이론은 라스콜니코프가 만들어낸 허구일 뿐이다. 우리는 그의 이론에서 인간의 본질에 모순되는 신념을 유지하려는 강력한 지성의 비극과 보람 없는 투쟁을 본다. 사실 라스콜니코프의 초인사상은 인류와 세계를 구원하겠다는 메시아 사상과 유사하다. 메시아 사상에 빠진 사람들의 공통적인 특징은 자신이 보통 사람들과 달리 선택받은 자라며 교만을 부린다는 것이다. 교만은 인간의 이성을 마비시키는 죄이다. 라스콜니코프의 구원사상은 교만으로 생겨난 하나의 단순한 폭력사상일 뿐이다. 그는 단지 '메시아 콤플렉스'에 빠진 병자이다.

인신론의 문제 종교철학에 대한 담론의 지평을 확대할 필요가 있다. 작가는 주인공들을 통해 신의 존재 유무에 대한 문제를 부각한다. 신의 존재를 인정하는 유신론은 신앙(믿음)을 기초로 이루어진 관념이다. 소설에서 유신론은 신인(神人, богочеловек)의 문제로 부각되고 삶과 선(善)의 기본적인 관념으로 간주된다. 신인은 그리스도가 인간에게 부여한 원초적인 자유 속에서 신의 자유에 도달하고 사랑을 실천하는 최고의 선을 선택하게 된다. 반면에 신의 존재를 부정하는 무신론은 불신을 기초로 이루어진 이념으로 삶보다는 논리를 내세운다. 이는 악의 관념으로 발전하며 궁극적으로 인신(人神, человекобог)의 문제를 불러일으킨다.

신인론이란 신이자 인간인 그리스도에 대한 믿음에서 오는 기독교적 세계관을 의미하고, 반면에 인신론이란 신의 죽음을 상정하고 인간이 신임을 선포하는 완전히 인간 중심적인 세계관을 의미한다. 인신은 반(反)그리스도처럼 자유로운 선택이 아니라, 권위 속에서 스스로가 신이 될 수 있다고 생각한다. 인신은 자유를 부정하고 최상의 선을 부정한다. 인신은 인간을 도구로 전락시키는 합리주의의 산물이자 무신론적 이기주의의 극단이다. 인신은 단지 공리주의와 사회주의에서 내세우는 평등이라는 지상의 행복만을 추구한다. 이것은 이 세상에서 명성을 얻기를 원하고, 사람들의 존경을 받기 위하여 자신의 재능을 발휘하며, 그 재능이 인정받게 되면 공개적으로 예수 그리스도에게 대항하여 자기 스스로 신이 될 수 있음을 보여 주려고 한다. 라스콜니코프의 초인사상은 인신론과 맥을 같이한다. 인신론자 라스콜니코프는 신의 이름으로 또는 민족의 이름으로 대량살인을 저지르는 테러리스트와 별 차이가 없다. 작가는 신의 의지와 인간의 의지를 대립시키고, 죄와 악의 시발점을 신의 판단에 대한 인간 의지의 개입으로 보고 있다. 그러한 인간은 신의 절대성에 대항하는 인신의 관념을 부각한다.

기독교적 세계관, 즉 신인론의 대표적인 인물은 선과 겸손의 화신 소냐이다. 작가는 소냐를 통해서 종교적 신념을 구현시키고 '고난을 통한 구원과 정화'라는 메시지를 전한다. 소냐는 진실한 신앙과 '어머니-대지' 사상에 뿌리를 둔 인물이다. 그녀는 살인자에게 오만한 정죄의 돌을 던지지 않고, 살인자의 고뇌를 이해하고 긍휼하게 여긴다. 소냐는 자신의 삶에서 십자가를 짊어지고 라스콜니코프를 구원의 길로 인도한다. 소냐가 보여 주는 종교적 진실의 의미는 희망이다. 철학은 인간 이성의 한계와 인간 행위의 의미, 인간 존재의 의미를 규정하는 가운데 진실을 추구한다. 이 주장은 인간의 존재와 행위는 완전히 의미가 없다는 입장의 철학자에게도 그대로 해당한다. 소냐는 죄인이 양심에 따라 자신의 죄를 인정하고, 모든 사람에게 죄를 지었다는 사실을 깨달으며, 자기 자신뿐만 아니라 다른 사람들과도 화해할 때 부활의 기쁨을 맛볼 수 있다고 믿는다.

정의란 무엇인가 정의(正義)의 사전적 의미는 '기본 원칙에 맞는 옳고 바른 도리(道理)'이다. 개인 간의 올바른 도리뿐만 아니라 사회를 구성하고 유지하는 공정한 도리가 바로 정의다. 정의는 인간들이 모여 공동체를 형성하면서부터 인류가 지향해 온 중요한 목표다. 그리하여 정의는 사람들이 더불어 살아가는 사회생활에서 중요한 가치로 간주된다. 『죄와 벌』은 제목 자체가 웅변하듯이 법과 정의의 문제를 다룬다. 가난한 법대생 라스콜니코프는 정의를 위하여 도끼를 들었다. 그가 휘두른 도끼는 과연 누구를 위한 어떤 정의일까.

라스콜니코프는 가난한 자들을 위하여 정의로운 행동을 하고자 한다. 정의 실현을 위해 그가 계획한 첫 단계는 노파 살해로, 마르멜라도프 가족 같은 가난한 사람들을 위해 사회의 해로운 기생충인 전당포 노파를 죽이는 일이다. 그는 가난한 사람들의 고혈을 빨며 살아가는 노파의 돈으로 다수를 구제할 수 있다는 생각에 빠져 있다. 그의 생각은 앞에서 언급한 것처럼 공리주의 사상과 맥을 같이한다. '최대 다수의 최대 행복'을 절대적 진리로 굳게 믿는 공리주의는 '트롤리의 딜레마(trolley dilemma)'를 낳는다. 이 딜레마는 '다수를 구하기 위해 소수를 희생하는 것이 도덕적으로 허용되는가'라는 사고 실험이다. 즉 트롤리 열차가 5명의 인부를 덮치기 전에 레일 변환기를 당겨 1명의 인부 쪽으로 가도록 방향을 트는 것이 허용되는가 하는 문제이다.

'트롤리의 딜레마'가 바로 라스콜니코프의 딜레마이다. 라스콜니코프의 주장은 가난한 다수의 이익을 위해 개인(소수)의 이익을 제한하거나 소수를

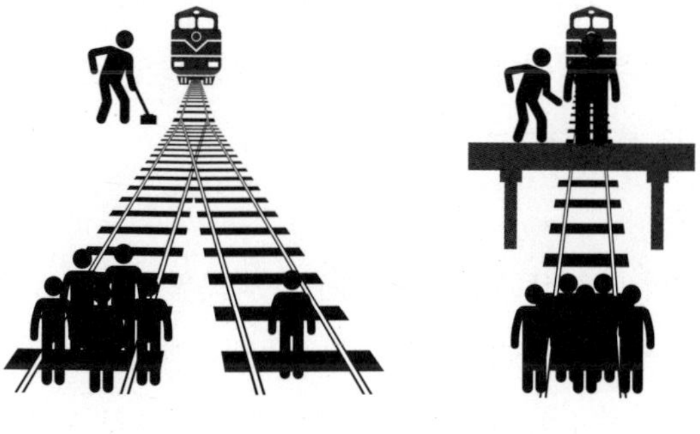

트롤리 딜레마의 개념도

희생시켜야 한다는 것이다. "한 마리의 벌레 같은 전당포 노파를 죽이고 돈을 빼앗아 빈곤에 처한 백 명, 천 명의 사람들에게 나누어 주어 그들을 구해 줄 수 있다면 그 살인은 정당화될 수 있지 않을까." 그가 주장하는 정의 실현은 공리주의가 내세우는 정당성인 것이다. 라스콜니코프는 노파 살해를 '공동의 행복, 보편적인 행복, 전 인류의 행복'을 위하여 벽돌 하나를 올리는 것으로 생각한다. 그의 정의론은 개인보다는 다수에게 이익을 제공하는 것이다. 부의 공정한 분배와 공동의 행복을 위해 라스콜니코프는 정의 실현의 도끼를 들었지만, 그의 선택은 정의를 위한 것이 아니었다. 그가 강탈한 돈은 분배도 행복도 보장해 주지 못했다. 양심도 정의도 돈의 바다에 빠지면 떠오르지 않는다. 그가 주장한 정의는 인간의 존엄성을 무시한 분배 이론일 뿐이다.

정의의 개념을 잘못 해석한 라스콜니코프는 선택의 딜레마에 빠진다. 정의 실현을 위하여 그가 선택한 도끼는 살인 도구일 뿐이다. 그의 도끼는 전당포 노파뿐만 아니라 그녀의 동생 리자베타까지 살해한다. 과연 누가 이중 살인자인 라스콜니코프에게 도덕성과 공정성을 대표하는 정의의 사도라고 하겠는가? 초인사상이라는 이론을 내세워 현실에서 직접 살인을 실험해 본 라스콜니코프가 생각한 정의는 '선택적 정의'로, 강자의 권리를 대변하는 논리일 뿐이다. 불의에 분노한 라스콜니코프의 '초인사상과 선택적 정의'는 오히려 정의를 죽이는 결과를 낳는다. 그는 만민이 평등한 정의사회의 실현이라는 목적을 갖고 좋은 결과를 얻기 위해 도끼를 들었지만, 살인 후 윤리적(도덕적) 딜레마에 빠져 고통에 시달린다.

어리석음의 미학 도스토옙스키는 성서를 최고의 책이라 말한다. "얼마나 굉장한 책인가. 얼마나 굉장한 교훈이 담겨 있는가! 성서는 정말로 굉장한 책이고, 굉장한 기적이며, 그것이 인간에게 주는 힘 또한 굉장하다." 그의 소설에는 성경에 나오는 말들이 상당히 많은 편이다. 그가 창조한 인물들 역시 성경에서나 볼 수 있는 인물이 많다. 사도들이 예수를 닮아 가듯이, 소냐는 예수 그리스도의 데칼코마니이다. 즉 그녀는 그리스도에 대한 믿음의 데칼코마니이다. 소냐는 그리스도의 미덕을 가진 인물로, 매춘부로 부당하게 고통을 받았지만 결코 피해자라고 불평하지 않았다. 오히려 반대로 그녀는 자신을 '큰 죄인'이라 했다. 그녀의 몸 전체에는 그리스도적 사랑이 침윤되어 있다. 라스콜니코프는 소냐를 '위대한 죄인'이라 불렀다. 실제로 소냐는 위대한 고통을 경험한 '위대한 죄인'이다. 그녀가 성자에 가깝다는 인상은 그녀의 모든 언행으로 충분히 뒷받침된다. 그녀의 성스러움은 에필로그에서 죄인들이 '치료받기 위해서 그녀에게 갔다'고 할 때 더 명백해진다. 소냐는 소설의 다른 캐릭터들과 마찬가지로 상징적 의미의 이름을 갖고 있다. 소피아는 그리스도교와 낭만적 전통에서 '신성한 지혜'라는 의미이다.

소냐의 행동은 너무나 순수해서 바보스럽기까지 하다. 그녀의 지혜는 어리석음을 먹고 자란다. 소냐의 행동을 살펴보면, 절망적 상황이 소냐를 바보처럼 행동하게 했는지, 아니면 천성적으로 바보인지 구별이 되지 않을 정도다. 자기희생으로 남을 구원하고자 하는 성스러운 바보 소냐의 행동을 우리는 어떻게 이해할 수 있을까. 그녀의 행동은 인류를 구원하기 위해 십자가의 무거운 짐을 진 예수 그리스도의 행위와 다르지 않다. 절망 속에서 그녀가 위대한 행동을 할 수 있도록 만든 원초적 힘은 종교적 믿음뿐이었다. 그리스도에 대한 깊은 믿음을 가진 소냐에게 절망은 항상 또 다른 이름의 희망이었다. 소냐는 이론이 아니라 행동으로 자신의 실천적 지혜를 보여 준다. 소냐의 바보스러운 행동의 기원을 우리는 정교회의 핵심이라 할 수 있는 '유로디비'의 전통에서 찾을 수 있다.

'바보 성자, 성스러운 바보, 또는 성(聖)바보'로 번역되는 '유로디비'란 중세 러시아의 정교 전통에서 '세상 속에서는 바보스러우나 영적으로는 가장 지혜로운 하느님의 사람'을 가리킨다. 그는 고행자로서 방랑하며 미친 짓을 한다. 그러한 미치광이 행동은 굴욕을 통해 자신을 낮추는 행위로 간주된다.

미치광이 행위는 완전한 고독 속에서 그리스도를 완전히 사랑하기 위한 행동이다. 유로디비는 어둡고 타락한 세상에서 바보스럽다 못해 때로는 미친 듯한 행동을 통해 세속적인 삶에 찌든 사람들에게 오히려 숨겨진 삶의 진리를 밝혀 주는 사람이다. 바보스러움으로 사람들의 놀림과 경멸의 대상이 되기도 했지만, 유로디비는 내면의 아름다움과 성스러움으로 존경을 받았다. 일반적으로 러시아인들은 그들을 신앙심과 영성이 깊고 투시력과 예언적 능력이 있는 사람으로 받아들이고, 더 나아가 성자로 숭배했다.

소냐는 타락한 세상 속에서 가장 비참한 삶을 살아가지만, 묵묵히 자신의 길을 가고, 순종과 믿음으로 하느님의 섭리에 따른다. 그녀는 자기희생을 통해 타락한 사람들을 구원의 길로 인도한다. 라스콜니코프는 소냐와의 대화에서 냉소적이고 회의적인 자신의 논리를 늘어놓으며 그녀를 혼란스럽게 만든다. 그럼에도 소냐는 중심을 잃지 않고 하느님에 대한 믿음을 간직한다. "왠지 이상한, 병적인 듯하면서도 준엄하고 강렬한 감정으로 불타오를 수 있는" 그녀의 모습을 통해 라스콜니코프는 그녀가 '유로디비'라고 단언한다.

> 그는 새롭고 이상한, 거의 병적이라 할 느낌을 품으면서, 창백하고 여위고 윤곽이 고르지 못한 각진 작은 얼굴을, 단호하고 힘찬 감정이 불꽃처럼 빛나면서도 선량한 푸른 눈을, 아직도 분노와 설움에 떨고 있는 그 작은 몸을 바라보고 있었다. 그러자 그 모습이 점점 이상하고 불가사의하게 여겨졌다. '유로디비! 유로디비다!' 그는 마음속으로 단호하게 이 말을 되풀이했다.

소냐는 가족을 위해 몸을 버린 존재이다. 그리스도가 인류를 위해 자기 몸을 바쳐 십자가에 못 박혀 죽었듯이, 소냐는 자신의 육체를 버리고 타인들을 위해 살아간다. 소냐는 자기희생의 화신으로서 자신을 죽여 타인을 구원해 주는, 타인을 위한 존재이다. 소설에서 소냐는 창녀이지만 성적인 측면에서 여성성은 배제되었으며, 라스콜니코프와의 관계에서도 남녀 간 이성애의 기미가 전혀 보이지 않는다. 애인이라기보다는 영혼의 짝이요, 고통의 동반자이다. 소냐는 술주정뱅이 아버지와 병든 의붓어머니, 그리고 어린 의붓동생들을 부양하기 위해 '지상의 몸'을 희생하는 천사이다. 소냐에게 부과된 고난과 희생의 무게는 너무 무거웠다. 깊은 신앙심과 형제애 그리고 타인의 무거운 짐을 기꺼이 함께 지려는 갸륵한 마음의 소냐는 유로디비의 전형이라 할 수 있다. 아무리 이성과 과학이 지배하는 시대라 해도 어리석은 자들의 맑은 영혼은 감동을 준다. 이성과 과학이 정의하는 개념·공식·법칙만으로는 유로디비 같은 어리석은 사람들이 품고 있는 내면의 가치나 영혼의 세계를 평가할 수 없다.

분노하는 인간 인간이 지닌 다양한 감정들 가운데 분노(indignatio)가 일어나는 이유는 무엇일까. 도스토옙스키는 어릴 때부터 화를 잘 내는 아버지를 통해 '분노'의 감정을 체득했다. 더욱이 그의 아버지가 분노한 농노들에게 살해당하자, 자연스럽게 도스토옙스키는 최악의 폭력으로까지 치닫는 분노라는 감정을 평생 잊을 수 없게 되었다. '감정의 격정'에서 나오는 분노는 위험하다. 그래서 이때부터 그는 분노라는 감정의 수수께끼를 풀고자 했다. 이러한 관점에서 보면 도스토옙스키의 문학은 인간의 분노를 주제로 한 '분노의 문학'이라 할 수 있다. 라스콜니코프는 '분노하는 인간(homo iracundus)'이다. 그는 시종일관 분노하는 행동을 보여 준다. 그는 실제로 모든 사람에게 분노한다. 그의 행동은 때로 분노조절 장애 환자처럼 보이기도 한다. 에필로그에서는 살인의 원인 중 하나를 그의 분노하는 성격에서 찾고 있다. "어쩌다가 살인을 저지르게 되었고, 무엇이 그가 도둑질하도록 부추겼느냐는 결정적인 질문에 대해 로쟈는 대단히 명확하고, 그리고 정확하게 모든 것은 그의 처참했던 상황, 가난하고 오갈 데 없는 처지에서 기인했다고 설명했다. 즉, 죽은 노파에게서 훔칠 수 있다고 판단한 3천 루블의 돈으로 인생에서 출세의 첫걸음을 내디뎌 보려고 했던 것이라고 대답했다. 그가 살인을 결심한 것은 경솔하고 소심하며 쉽게 분노하는 자기 성격과 더 나아가 자신이 겪은 궁색한 삶과 좌절 때문이라고 말했다." 라스콜니코프는 성격적으로 결함이 있는, 정말로 불행한 인물이라 할 수 있다. 그는 어머니와 누이동생에게 화를 내며 만나기를 꺼린다. 가족들은 그가 분노하는 이유를 알지 못한다. 여기서 분노는 친밀한 가족관계나 인간관계를 위협하는 중심적인 요소가 된다. 한편 라스콜니코프는 두냐에게 청혼한 속물적인 인간 루진에게도 분노한다. 그의 속물근성에 진저리를 치던 라스콜니코프는 상견례 자리에서 끝내 루진을 향한 분노를 폭발시킨다. 쓰레기 같은 루진을 향한 분노는 일리가 있어 보인다. 상대방을 상대적으로 낮춤으로써 나 자신을 상대적으로 높일 수 있다는 점에서 그러하다. 라스콜니코프는 비열한 행인에게도 분노한다. 그는 술 취한 소녀에게 치근덕거리는 거리의 위선적인 멋쟁이 남성(치한)에게 분노한다. 정의감에 사로잡혀 만인에게 분노하고 투쟁하는 그는 몹시 자아도취적이다. 그는 두냐에게 치근덕거리는 스비드리가일로프의 행동에도 분노한다. 라스콜니코프의 일상은 분노로 점철되어 있다. 그는 일종의 분노조절 장애가 있는 것 같다. 한마디로 그는 분노로 병들어 있는 비극적인 인물이라 할 수 있다. 그가 '감정의 격동'에 사로잡혀 분노하는 이유는 무엇일까? 여기서 우리는 라스콜니코프가 분노하는 이유를 몇 가지로 정리해 볼 필요가 있다.

첫째로 라스콜니코프는 정의가 사라진 사회 현실에 분노한다. 그는 전당포 노파, 스비드리가일로프, 그리고 루진과 같은 부도덕한 인간들이 판을 치는 정의롭지 못한 현실에 분노한다. 그리하여 그는 타락한 사회를 정의로운 사회로 만들고자 스스로 정의의 사도가 되려 한다. 물론 불의가 넘쳐 나는 사회에 침묵한다는 것은 그 사회가 병들었다는 증거다. 분노라는 감정이 없으면, 살인자를 처벌해야 한다는 공통의 명제도 성립하기가 쉽지 않기 때문이다. 정의로운 분노가 부정되는 사회는 노예의 사회이다.

둘째로 라스콜니코프는 냉혹한 자본주의에 대해 분노한다. 자본주의 사회에서는 돈이 모든 가치의 중심이 되기 때문이다. 그처럼 가난한 사람은 인간으로서 최소한의 자존감조차 유지하기가 쉽지 않다. 소설의 제1부는 '가난의 사회학'이라고 할 정도로 가난한 사람들에 관한 이야기를 구구절절하게 늘어놓는다. 법대생 라스콜니코프는 돈이 없어 대학을 중퇴한다. 하숙비조차 없어 하루하루 두려움에 떨며 살아간다. 지독한 가난으로 그는 자존심에 큰 상처를 입게 된다. 라스콜니코프뿐 아니라 소설에는 가난으로 상처를 입고 사는 사람들이 많이 등장한다. 딸 소냐를 창녀로 보낼 수밖에 없었던 퇴역관리나, 오빠를 위해 가정교사 일을 하다 봉변을 당하는 두냐는 지독한 가난 때문에 그러한 일을 겪게 된다. 사회적 현상이 개인적 현상으로 전이되어 나타난 것이다. 이를 통해 이야기는 점점 자본주의 사회에 대한 분노로부터 개인에 대한 분노로 바뀐다.

셋째로 라스콜니코프는 전당포 노파 알료나 이바노브나에게 분노한다. 소설에서 그녀는 자본주의를 상징하는 대표적인 인물이다. 결국, 분노하는 인간 라스콜니코프는 가난하고 불쌍한 이웃을 등쳐 먹고 사는 그녀를 죽이고 만다. 그는 자신의 소중한 물건을 전당 잡히면서 수치심을 느꼈고, 그녀를 미워했으며, 그 미움은 증오와 혐오감으로 발전하였다. 혐오는 불결한 타자에게 느끼는 감정이다. 스피노자는 분노를 "타인에게 해악을 끼치는 어떤 사람에 대한 미움"이라고 했다. 라스콜니코프는 이복 여동생을 노예처럼 부려 먹는 전당포 노파의 행동에 분노한다. 스피노자의 말처럼 라스콜니코프는 그와 비슷한 처지에 있는 사람들에게 불행을 준 사람에 대해 분노한 것이다. 그는 가난한 사람과 불행한 인간의 운명에 대한 분노를 자주 나타낸다. 하지만 라스콜니코프는 체제에 돌려야 할 분노를 인간 개개인에게 돌리고는 전전긍긍한다. 즉 그의 분노는 자신에 대한 긍정이자 상대에 대한 파괴이다.

넷째로 라스콜니코프는 수치심을 분노로 폭발시킨다. 그는 여러 가지로 수치심을 느낀다. 그가 느낀 수치심의 진정한 원인은 가난 해결을 돈으로 환산하는 자신의 무의식적인 자본주의 근성이다. 자본가들은 노동 착취 등을 통해 남의 돈을 합리적으로 빼앗는다. 그 역시 그들처럼 강제로 빼앗은 돈을 강제적으로 분배함으로써 문제를 해결하고자 한다. 이런 면에서 그도 자본가들과 똑같은 속물이다. 그가 가치 있다고 생각한 행동은 궁극적으로 전당포 노파가 행한 행동의 변형이기 때문이다. 한편 수치심은 심리학적 차원에서도 파악할 수 있다. 오만한 라스콜니코프는 가난 때문에 저급한 신분의 전당포 노파에게 무시당하고, 그의 자존심은 치명적인 상처를 입게 된다. 자신의 신분이 하락하고 사회적 평판이 내려간 것에 대해 불안해하는 의식을 가진 인텔리겐치아 라스콜니코프는 더 나은 세계의 가치와 규범을 받아들이면서 훈육(공부)을 통해 그것들을 내면화한다.

다섯째로 정신적 질병으로서의 분노이다. 분노 자체는 감정 반응의 일종이지만, 분노조절 장애는 병이다. 독자들은 그가 분노조절을 잘하지 못하는 장면을 자주 보게 된다. 그래서 라스콜니코프의 분노는 병적인 행동으로 취급된다. 이러한 유형의 대표적인 사례는 미콜카이다. 라스콜니코프의 꿈속에서 분노에 가득 찬 미콜카는 말을 채찍질하여 잔인하게 죽이는데, 그의 충동적인 분노는 광기와 다름없다. 분노조절 장애가 곧 파괴적인 광기로 직결되는 것이다. 푸코의 말처럼 "광기는 이미 생산된 죽음의 현존"이다. 미콜카의 분노 앞에서 말의 죽음은 예견된 것이다. 도스토옙스키는 『죄와 벌』 이후에도 계속해서 분노라는 바이러스에 감염된 인물들을 등장시켜 '분노의 문학'을 강화한다.

지성에서 영성으로 이 소설은 지성에서 영성으로의 길을 강조한다. 의문은 지성을 낳지만, 믿음은 영성을 낳는다. 라스콜니코프는 의문과 끝없는 회의 속에서 지성을 키우지만, 소냐는 신의 섭리를 믿고 영성을 키운다. 전자의 지성은 오만으로 이어지지만, 후자의 영성은 무한 사랑으로 이어진다.

구성적인 측면에서 라스콜니코프는 니힐리스트로서 파괴적인 지성(지식)의 세계를 상징한다. 법대생으로 재기발랄한 논문을 발표한 그는 니힐리즘(허무주의적 테러리즘)의 관점에서 초인사상을 대변하는 주인공이다. 지성과 이성의 세계를 대표하는 합리주의자 라스콜니코프는 소냐와는 다른 삶을 살아간다. 그는 갈릴레이의 물리학에 기초하여 생겨난 데카르트 철학에서 가장 유명한 명제, '나는 생각한다. 고로 존재한다(cogito, ergo sum)'에 해당하는 인물이다. 라스콜니코프는 '회의와 분석의 용광로'를 거친 인물이다. 그의 의문은 지성을 낳는다. 끝없는 의심 속에서 지성은 커진다. 그 명제의 저변에는 의심할 수 있는 것을 모두 의심했으나 내가 생각한다는 것 하나는 의심할 수 없었으며, 그에 따라 내가 존재한다는 것 역시 의심할 수 없다는 논리의 과정이 숨어 있다. 이성에 대한 굳은 믿음을 갖는 라스콜니코프는 세계를 논리적이며 수학적인 방법으로 이해한다. 지식의 함정에 걸려든 사람은 '논리 차단실'을 세워 자신을 스스로 가두는 경향이 있다. 자기만의 세계에 갇힌 사람은 결론이 처음부터 자기가 정한 목적과 맞는 경우에만 자기방어적으로 두뇌를 가동하기 때문에, 타인의 허점은 잘 발견하면서 자기 논리의 편견과 오류는 외면하는 성향을 띠게 된다. 라스콜니코프를 보면 지식에 감금된 인간의 비극을 보는 것 같다. 작가는 라스콜니코프가 논리적 이성으로 자신의 주장을 증명하려는 시도를 어리석은 행동으로 간주한다.

라스콜니코프가 논리와 지적인 삶에 의미를 두고 살아가는 데 반해 소냐는 삶 그 자체를 사랑한다. 소냐는 등장인물 가운데 누구보다도 신앙심이 깊은 종교적인 인물이다. 하느님에 대한 그녀의 믿음은 지성으로 얻을 수 없는 영성의 선물이다. 파스칼은 『팡세』에서 '나는 믿는다. 고로 존재한다(credo, ergo sum)'라는 유명한 말을 남긴다. 소냐는 파스칼의 말에 잘 어울리는 인물이기도 하다. 소냐의 믿음은 상대방에게 끝없는 신뢰를 주기 때문에 주변 사람들도 항상 그녀를 믿는다. 소설의 에필로그에서 소냐는 수형인들에게 최고의 도우미였다. 그녀는 수형인들의 편지를 대신 써서 우편으로 보내

주었다. 도시에서 온 면회객들은 소냐에게 수형인들을 위한 물건과 돈을 맡겼다. 성탄절에는 수형인들을 위해 만두와 흰 빵을 선물로 가져왔다. 그녀가 라스콜니코프를 찾아 작업장에 나타나거나, 작업장으로 가는 수형인들을 마주치게 되면, 그들은 모두 모자를 벗고 인사를 하는 것이었다. "소피야 세묘노브나, 당신은 우리의 어머니예요. 상냥하고 사랑스러운 우리의 어머니요!" 소냐는 절대적 가난에서 벗어나지 못하는 가족을 위해 자신을 희생할 뿐만 아니라 끝없는 사랑으로 라스콜니코프를 구원한다. 말 그대로 소냐는 '가진 것을 아낌없이 나눠 주며 죽을 때까지 함께하는 관계'를 뜻하는 '코이노니아(koinonia)'의 여성이라 할 수 있다. 러시아 문학사에서 소냐는 자주 언급되는 '구원의 여성상'이다. 작가에게 진리는 사상의 증명이 아니라 존재의 믿음이다.

위기의 시공간 『죄와 벌』에는 '위기의 공간'과 '위기의 시간'이 묘사되어 있다. 도스토옙스키는 평화와 안정이 보장되는 안락한 내부의 공간을 묘사하기보다는 문지방(문턱)과 같은 '위기의 공간'을 묘사한다. 문지방으로부터 멀리 떨어진 안락한 내부 공간의 사람들은 전기적 시간 속의 전기적 삶을 산다. 전기적 삶이란 세상에 태어나서 어린 시절과 청년 시절을 보내고 결혼하여 아이를 낳고 나이가 들어 죽는 식의 삶을 뜻한다. 그러나 소설의 활동무대인 페테르부르크는 상징적으로 문지방의 공간이다. 그 도시는 존재와 비존재, 현실과 환영의 경계에 있으며 언제든지 안개처럼 소멸해서 사라질 수 있는 공간이라는 특징을 지닌다. 가난에 찌든 청년 라스콜니코프는 백야의 도시 페테르부르크를 유령처럼 배회한다. 페테르부르크는 가난한 학생, 알코올 중독자, 실직자, 폐결핵 환자, 창녀, 고리대금업자 등 '작은 인간'이라 불리는 서민들이 살아가는 불안한 공간이다. 시골에서 페테르부르크로 상경한 스비드리가일로프 역시 그 도시의 특성을 간파한다. "페테르부르크에는 걸어 다니며 혼잣말을 하는 사람이 너무 많더군요. 여긴 반미치광이들의 도시입니다. 페테르부르크만큼 인간의 정신에 음울하고 파괴적이며 기괴한 영향을 주는 도시를 찾기란 어려운 일이지요." 페테르부르크는 안정을 보장하는 내적 기반을 상실한 공간이다. 『죄와 벌』에서 등장인물들은 모두 페테르부르크와 불가분의 관계를 갖는다.

라스콜니코프는 실질적으로 문지방의 공간에 살고 있다. 관처럼 생긴 좁은 방에서 전기적 삶을 산다는 것은 불가능하다. 이런 공간에는 오로지 위기를 체험하고 최후의 결정을 내리고, 죽거나 아니면 부활하는 일밖에 없다. 마르멜라도프의 가족도 문턱, 즉 계단으로 향한 통로의 작은 방에 살고 있다. 라스콜니코프가 술에 취한 마르멜라도프를 데려다주었을 때, 그는 이곳 문지방에서 그의 가족을 만난다. 라스콜니코프는 그가 살해한 고리대금업자 노파의 방 문턱에서, 맞은편 계단의 층계참에서 그녀를 보러 온 사람들이 초인종을 누르는 무서운 순간을 체험한다. 그는 노파를 살해한 후에도 당시의 긴장된 순간을 체험하기 위해 또다시 살해 현장으로 가서 직접 초인종을 눌러 본다. 라스콜니코프는 문지방에 서서 소냐와 대화한다. 문의 반대편에서는 스비드리가일로프가 그들의 말을 엿듣고 있다. 이 소설의 모든 사건이 문지방에서 아니면 그 주변에서 벌어진다. 현관, 문지방, 복도, 층계참, 계단, 대문, 거리, 광장, 선술집, 밀실, 운하 다리 같은 소설의 공간은 '위기의 공간'인 것이다.

소설에는 '위기의 시간' 개념 또한 잘 묘사되어 있다. 소설은 13일간의 짧은 시간에 일어나는 사건들을 보여 준다. 하지만 소설에서 중요한 것은 외적으로 일어나는 사건의 연대기가 아니라, 라스콜니코프가 체험하는 심리적 시간으로 순간순간의 감각과 다양한 감정들이 교차하는 과정이다. 시간이란 누구에게나 공평하게 제공된다. 시간의 양과 질은 누구에게나 일정하게 주어진다. 그러나 라스콜니코프는 빨리 성공해야 한다는 강박관념에 시달리며 항상 시간이 부족하다고 느낀다. 그는 절대적 시간의 신 크로노스에게 쫓기는 사람처럼 항상 '위기의 시간'에 처한다. 하숙집 하녀와의 대화에서 그의 시간 개념을 느낄 수 있다. "'아이들을 가르치는 것은 푼돈 벌이일 뿐이야. 코페이카 가지고 뭘 할 수 있겠어?' 그는 내켜 하지 않으며 자문자답하듯이 말을 덧붙였다. '당신은 그럼 단번에 큰돈을 벌어 보겠다는 거예요?' 그는 이상한 눈빛으로 그녀를 쳐다보았다. '그래, 단번에 한밑천을 잡아야지.'" 단번에 큰돈을 벌어 보겠다는 라스콜니코프는 항상 초조해하며 서두른다. 주인공은 언제나 '빨리 끝났으면' 하는 초조한 심리적 시간을 체험한다. "주여, 일이 빨리 끝나게 해 주소서", "일이 빨리만 끝나 주었으면", "어쨌든 이 모든 일이 끝나야 한다", "나는 빨리 가 봐야 할 곳이 있습니다. 시간이 없어요", "저는 시간이 없어요. 볼일이 있으니까", "나는 참을 수가 없어요, 싫어요!" 등등이 있다.

소설에서는 시간의 질이 시간의 양보다 더 중시된다. 라스콜니코프와 마르멜라도프는 시간의 무거운 짐을 진 자들이다. 참을 수 없는 현존재의 영원한 반복은 슬픔의 반복이다. 딸자식을 착취한다는 도덕적 부담감을 안고 연명하는 마르멜라도프의 심리적 무게는 너무나 무겁다. 경제적으로 탈출구가 없는 현실에서는 구원의 시간과 공간이 없다. 위기의 시간과 공간만 있을 뿐이다. 소설에서는 전기적 시간 개념이 묘사되는 것이 아니라 아주 짧은 시간, 즉 분과 초에 관심이 집중된다. 이 때문에 '갑자기(вдруг)'가 564번, '별안간(внезапно)'이 11번, '느닷없이(неожданно)'가 7번이나 반복된다. 도스토옙스키가 '갑자기'라는 어휘를 그렇게 많이 사용하는 이유는 무엇일까? '갑자기'는 순수한 의미의 지금으로서, 단 한 번의 기회, 시간의 흐름 밖에 존재하는 극대화된 순간을 강조하기 위한 것이다.

다른 등장인물들도 위기의 공간에서 위기의 순간을 맞는다. 그들은 언제나 선택해야 하는 순간에 부닥친다. 두냐는 가족들 앞에서 약혼자 루진의 강요에 따라 오빠 아니면 약혼자를 선택해야만 했다. "만일 두 분이 화해하지 않는다면, 저는 당신과 오빠, 두 사람 중에서 한 사람을 선택해야만 해요. 오빠도 당신도 문제를 그렇게 만들어 버렸어요." 그리고 두냐는 스비드리가

일로프의 구애 장면에서도 선택해야만 하는 운명의 순간에 놓이게 된다. 스비드리가일로프는 그녀에게 선택을 강요한다. "당신 오빠와 어머니의 운명이 당신의 손에 달려 있다는 걸 생각해 보시오." 성폭행의 위기에 봉착한 두냐는 권총을 들고 스비드리가일로프를 향해 발사한다. 두냐는 자기방어에 성공하고, 스비드리가일로프는 그녀를 놓아준다. 그런 식으로 작중인물들은 선택의 기로에 서서 계속 고민한다. 인생은 선택의 연속이다. 인간은 선택해야 하는 존재이기 때문이다.

노란색의 상징 『죄와 벌』에서 소냐는 매춘부의 신분증에 해당하는 '노란 딱지'로 살아간다. 러시아에서 볼셰비키 혁명 전에 매춘부들은 노란색 종이로 된 신분증을 가지고 다녀야 했다. 소설에서 노란색은 전당포 노파 방의 노란 벽지, 노란색 나무로 만들어진 가구, 노란색 액자, 꿈속 노파의 방에 있는 노란색 소파, 꿈에서 노파가 입고 있는 노란색 재킷 등에서 자주 등장한다. 라스콜니코프의 방 역시 노란 벽지가 발라져 있고, 경찰서에서 건네주는 것마저도 노란 물이 든 노란색의 잔이다. 아프고 난 후 주인공의 얼굴색은 창백한 노란색으로 변한다. 마르멜라도프 역시 노란 얼굴을 하고 있다. 소냐 방의 벽지도 노란색이고, 포르피리 사무실의 사무용 가구도 어두운 노란색이다.

도스토옙스키에게 색이란 사람들 각자가 다르게 인식하는 감정 경험이다. 그는 우리의 뇌가 시각 정보를 처리하는 방식과, 색채가 우리 몸에 미치는 생리학적 영향에 흥미를 느꼈다. 그래서 그는 특정한 색이 특정한 감정을 유발한다고 생각했다. 노란색은 라스콜니코프의 내적 세계를 특성화시킨다. 소설에서 두 단어가 중요하게 병립되어 나타난다. '노란색'을 나타내는 러시아어 '졸티(жёлтый)'는 '신경질적인'이라는 의미의 단어 '졸치니(желчный)'와 함께 반복된다. 두 단어의 병치는 내적 외적 요소들의 상호작용을 포함하고 있다. 그리고 노란색은 도시의 이미지와도 연관된다. 소설의 배경 도시 페테르부르크의 이미지는 노란색과 아주 밀접하게 연관되어 있다. 스비드리가일로프가 자살하기 위한 장소를 찾아가면서 둘러본 주변의 환경 역시 노란색과 연관되어 있다. “거리에는 단 한 명의 행인도, 마차도 찾아볼 수 없었다. 덧문이 닫힌 선명한 노란색 목조 가옥들은 음울하고 더러운 모습으로 그를 바라보고 있었다.” 소설에서 도스토옙스키는 의도적으로 노란색에 부정적인 의미를 부여한다. 그래서 『죄와 벌』에서 노란색은 ‘범죄의 색깔’이며 범죄가 잉태된 세계를 상징한다. 즉 노란색은 이 소설의 기본적인 컬러이다. 러시아 작가들의 색채 스펙트럼을 살펴보면 고골의 작품에서는 노란색이 5%를, 톨스토이 작품에서는 7.9%를, 그리고 도스토옙스키 작품에서는 10.6%를 차지한다. 도스토옙스키는 19세기 러시아 작가들 가운데 노란색을 가장 선호한 작가라 할 수 있다.

대지주의 도스토옙스키의 비평가들은 그의 종교사상을 주로 기독교적 관점에서 이야기해 왔다. 그러나 그의 작품에 등장하는 고통받는 인물들이 의지하는 최후의 믿음은 사실상 기독교 사상이라기보다는 민중 지혜의 원천인 민속신앙(기독교 관점에서는 이교신앙)이다. 특히 인간 구원의 메시지라 할 수 있는 도스토옙스키의 대지주의(大地主義, 토양주의, почвенничество)는 러시아인들의 토속신앙이라 할 수 있는 대지숭배 사상[地母思想]과 깊은 관계를 맺고 있다. 러시아 민속에 나타나는 ‘어머니-대지’의 대지숭배 사상은 정교회의 성모 마리아 숭배 사상과 융화되어 ‘이중신앙(двоеверие)’ 체계라는 독특한 종교문화를 형성한다.

이 소설에서 라스콜니코프의 살인 고백을 들은 소냐는 그에게 말한다. “빨리 가세요. 가서 즉시 십자로에서 허리를 굽혀 당신이 더럽힌 땅에 대고 먼저 입을 맞춰요. 그다음 사방을 향해서 허리를 굽혀 ‘나는 살인자요!’ 하고 온 세상 앞에 소리치세요.” 소냐의 말에 무거운 양심의 가책을 받은 라스콜니코프는 “넓은 광장 한가운데 무릎을 꿇고 머리가 땅에 닿도록 절을 하고는 달콤한 행복감을 느끼면서 더러운 땅에 입을 맞추었다. 그는 일어나서 또 한 번 절했다." 라스콜니코프가 센나야 광장의 대지에 엎드려 죄를 고백하는 것은 대지의 상징적 의미와 내적으로 깊게 관련되어 있다. 바흐친의 말에 의하면 '건초 광장'이라는 의미를 지닌 센나야 광장은 자연스럽게 형성된 민중의 광장이다. 이 광장은 하나의 정신적 공간으로서 라스콜니코프에게 '전 민중의 상징'이다. 그가 보여 주는 내면적인 변화는 큰절을 하며 땅바닥에 키스하는 행동에 상징적으로 나타나 있다. 사실 이것은 대지숭배 사상에서 나온 것이다. 이 사상에 숨겨진 대지의 상징적 의미를 열거하면 다음과 같다. 첫째로 대지는 '인간 생명의 근원'이다. 둘째로 대지는 '성스러운 존재'이다. 셋째로 성스러운 대지는 언제나 '민중의 올바른 심판관'이다. 넷째로 어머니-대지는 '치유하는 힘'이 있다. 다섯째로 대지는 '인간의 고해를 들어 주는 존재'일 뿐만 아니라 '모든 죄를 용서하는 주체'이다.

어둠의 길에서 빛의 길로 작가가 지식인들에게 경계한 것은 이념이나 사상에 의한 폭력과 살인이다. 이념과 사상에 의한 살인은 범죄를 범죄로 인식하지 못하게 만들고, 인간의 양심을 어둡게 할 수 있다. 라스콜니코프는 인간의 본질에 모순되는 사상을 유지하려는 지식인으로서 비극적이며 보람 없는 지식인의 투쟁을 보여 주었다. 그의 비극은 프로메테우스처럼 신화적 인물이 되고 싶었던 인간의 비극이기도 하다. 실험적 사유와 극단적 사상으로 무장한 라스콜니코프는 자신의 범죄에 대해 죄의식을 느끼지 못한다. 하지만 이념에 의한 살인이든 그렇지 않은 살인이든 살인은 살인이다. 일반적으로 범인들은 항상 정신병(또는 심신미약)이나 가난한 환경 때문에 범죄의 길로 들어섰다고 자기변명이나 자기변호를 하는 경우가 많다. 그러나 어떠한 변명도 범죄를 정당화시켜 줄 수는 없다. 라스콜니코프는 범죄를 저지르고 조금은 양심의 가책으로 괴로워한다. 인간의 양심은 죄를 죄라고 인정할 수 있도록 해 주는 최후의 조명탄이다.

『죄와 벌』의 에필로그에서는 가난 속에서 이념에 시달리며 어둠의 길을 걸어온 라스콜니코프가 그보다 더 극심한 가난을 겪으면서도 희망의 신앙을 버리지 않았던 소냐를 만나 빛의 길로 인도된다. 그에게 소냐는 절망과 좌절을 이기게 하는 희망이며 힘이다. 라스콜니코프보다 더 열악한 환경과 고통 속에서도 하느님에 대한 마음의 빛을 간직한 채 살아온 소냐는 그에게 마지막 희망이 되어 주었다. 희망을 잃은 자는 이미 삶 자체를 잃은 자이다. 소냐는 라스콜니코프가 희망을 잃지 않고 의연하게 유배 생활을 마칠 수 있도록 몸과 마음으로 최선을 다해 도와준다. 소냐는 진심으로 라스콜니코프와 함께 빛이 주는 찬란한 삶과 기쁨을 나누고 싶었다. 어둠은 작은 빛에 의해서도 산산이 흩어져 버리고 사라지게 된다. 여기서 빛은 바로 삶(생명)의 에너지[氣]이다. 라스콜니코프는 소냐와 생활하면서 삶의 에너지를 얻게 된 것이다. 사랑으로 가득한 소냐는 '살아 있는 영혼' 그 자체로서 세상을 지탱해 주는 힘이다. 소냐의 사랑은 '어리석음의 아름다움'에서 나온 행동이다. 인간이 삶을 영위하고 인류의 역사가 발전하는 데에는 소냐가 보여 준 그 어리석음이 원동력이 된다. 이 소설에서 작가는 삶의 아름다움은 지식인들이 생산해 내는 이론이 아닌 인간의 양심(마음 빛)과 윤리적인 삶에서 나온다는 것을 강조하고 있다.

24. 예언적 사상의 소설: 도스토옙스키의 『악령』

도스토옙스키는 『죄와 벌』을 쓴 이후부터 러시아를 구원할 수 있을 만큼 신앙심이 강한 인물의 생애를 묘사하고자 했다. 이에 가칭 『위대한 죄인의 생애』라는 제목의 대작을 구상하고 있었다. 이 작품의 구상은 세월이 지나면서 상당한 변화를 겪게 된다. 작품 속 광범위한 주제와 모티프들이 시간이 흐르면서 조금씩 다른 작품에 할애되어 나타났는데 그러한 과정에서 태어난 것이 바로 『악령』이다. 위대한 죄인의 일대기가 이 작품의 주인공에게 그대로 전이되어 그가 여러 가지 사상적 변환을 거치는 과정에서 서술된다. 주인공 스타브로긴은 여러 사상적 변화를 거치면서 소설의 중심인물로 등장한다. 사실 이 소설 전체는 스타브로긴의 운명에 관한 이야기이며, 모든 것, 모든 사람이 그를 위해서 그의 주변을 맴돈다. 스타브로긴은 이 작품에 나타나는 여러 가지 사상의 동심원 중앙에 서 있다. 그의 탄생과 죽음은 오늘날 종교나 공산주의 사상의 탄생과 파멸에 대해 많은 것을 시사해 준다.

네차예프 사건 도스토옙스키는 1869년 겨울에 구상을 시작하여 1870년 4월 『악령』의 초반부를 완성했다. 초반부는 1869년 초에 발생한 '네차예프 사건'을 모티프로 한 것이기 때문에 '정치적 팸플릿' 소설이라고 할 수 있다. 허무주의와 무정부주의에 대한 소설을 쓰고자 했던 작가에게 네차예프 사건은 좋은 소재였다. 네차예프 사건이란 1860-70년대 러시아의 학생운동 과정에서 생겨난 살인 사건이다. 1869년 11월 21일 모스크바에서 이바노프

네차예프

라는 대학생이 살해되었다. 범인은 학생운동의 주동자였던 세르게이 네차예프(1847-1882)라는 젊은이였다. 네차예프는 '유럽 혁명가 동맹 중앙위원회'라는 가공 단체를 만들어, 스위스에 망명 중인 바쿠닌을 대표자로 추대하고 자신은 국내 대표자 행세를 했다. 또한 그는 다른 대학생들과 '인민재판'이라는 조직을 만들었다. 그들은 모스크바 농과대학생 이바노프를 배신자로 낙인찍어 숲에서 살해하고 그 시체를 학교 연못에 돌로 묶어 던져 버렸다. 밝혀진 바로는 학생 다섯 명이 혁명조직의 한 그룹을 구성했는데, 이바노프의 열의가 점차 식어 가자 그의 동지들이 고발과 배신을 걱정하여, 네차예프의 사주와 지휘 아래 그를 죽여 버린 것이었다. 여기에 참여한 대학생들은 체포되었고, 네차예프는 사건이 일어난 후 스위스에 망명해 있다가 붙잡혀 러시아로 송환되었다. 1871년 네차예프는 재판에 회부되어 징역 20년 형을 선고받았다.

도스토옙스키는 이러한 네차예프 사건에서 힌트를 얻었다. 문학적 형식을 통해 시사적인 문제에 대한 자신의 관심을 표현하는 것이 이 작품의 최초 의도였다. 그러나 집필 도중에 작품의 구도를 여러 차례 변경하면서 궁극적으로 그의 세 번째 장편 『악령』(1872)이 나오게 되었다. 좀 더 구체적으로 설명하자면, 1867년부터 해외에 거주하고 있던 도스토옙스키는 러시아의 정세에 대해서 끊임없이 관심을 가지고 주의 깊게 지켜보고 있었다. 외국에서의 거주는 신을 저버리고 부패한 유럽에 대한 환멸과 증오를 더욱 강렬하게 만들었다. 새로운 구원은 러시아에서 이루어질 것이라는 믿음이 확고했던 그에게 모스크바의 네차예프 사건은 서구의 급진주의가 러시아에서 혁명적 분위기를 고조시키고 있다는 점을 상기시켰다. 이에 그는 경각심을 일깨우기 위해 당시의 혁명적 움직임에 반대하는 정치 팸플릿을 쓰게 되었다. 어쨌든 『악령』은 경향성이 짙은 정치적 팸플릿으로 다른 작품에 비해 예술성이 떨어진다. 작가는 예기치 못한 놀라운 사건을 보도하는 기자처럼 폭로를 위해 예술성을 희생할 필요가 있었다. 『악령』은 이러한 당시의 사회적 배경에서 정치적 사건의 플롯을 가지게 되었고, 정치적 성향의 두 인물 스테판과 표트르가 주인공으로 창조되었다. 그러나 그들의 지위는 새로운 인물 스타브로긴의 출현으로 부차적인 인물로 떨어진다. 이와 더불어 철학적, 예술적 중요성이 강조되기 시작했고, 정치적 구도가 형이상학적 구도로 대치되었다.

스타브로긴의 삶과 죽음 스테판 베르호벤스키는 귀부인 바르바라와 이상한 관계를 맺으며 살아간다. 그들은 사랑하면서 경멸하는 관계이기 때문에 자주 충돌한다. 미학주의를 신봉하는 스테판은 능력 있고 교양 있으나 행동력이 부족한 인물로서 40년대 러시아 이상주의자들의 총체적인 모습이다. 그는 한때 바르바라의 외아들 스타브로긴의 가정교사 노릇을 한 적이 있다. 스테판은 바르바라의 집에서 그녀의 보호를 받으며 신세를 지고 있었지만 자주 언쟁을 벌였다. 어느 날 바르바라는 스테판에게 양녀 다리야와 결혼해 달라고 한다. 사실 다리야는 전에 스위스에서 스타브로긴과 깊은 관계가 있었던 여자였다. 다리야는 스타브로긴이 유일하게 마음을 토로할 수 있는 상대였다. 스테판은 순교자처럼 스타브로긴의 모든 죄를 다 뒤집어쓰겠다는 생각에서 그 결혼을 허락했다. 바로 그때 스타브로긴이 고향으로 돌아왔다. 그는 매력적이고 잘생긴 29세의 미남자였다. 그는 장교 시절 결투를 하다가 졸병으로 강등되었고 어머니의 엽관 운동으로 장교에 다시 복직된 경력이 있었다. 그는 복직하자마자 곧 제대했다. 페테르부르크에 있는 동안 그는 장난삼아 한쪽 다리를 저는 실성한 여자 마리아와 몰래 결혼하기도 했다. 이후 3년 동안 이집트, 예루살렘, 아일랜드, 스위스 등지를 방랑하다가 돌아온 것이었다. 러시아로 돌아온 스타브로긴은 사상의 방랑을 끝내고 모든 것에 대한 의욕을 상실한 상태였다. 3년간의 외유에서 그가 얻어 낸 결론은 부정에서조차 아무런 의미를 찾지 못하는 권태 그 자체일 뿐이었다. 스타브로긴은 일종의 허무주의적 생활을 즐기며 상류사회와 등을 돌리고 살았다. 마리아의 오빠 레뱌드킨 대위는 스타브로긴과 누이동생의 결혼 문제를 트집잡아 협박하거나 금품을 뜯어내려고 한다.

동심원 구조 스타브로긴을 중심으로 사람들은 동심원을 그린다. 중심원인 네 명의 남자는 표트르 베르호벤스키, 키릴로프, 샤토프, 그리고 시갈료프이다. 스타브로긴은 그들의 교주이자 우두머리이며 지배자이다. 그들 모두가 스타브로긴 사상의 분신들로서 그에 의해 살아간다. 주인공의 복잡하고 모순적인 개성이 정교도이며 민족주의자인 샤토프, 인신(人神)인 키릴로프, 혁명가인 표트르, 광신자 시갈료프를 탄생시킨다. 스타브로긴에게 심취한 젊은이 가운데에는 스테판의 아들이자 혁명가인 표트르가 있다. 그는 자신을 지하조직 5인조를 조종하는 보스라고 말하면서 패거리를 모아 도처에서 소란을 피운다. 그는 스타브로긴을 이반 황태자의 부활자라고 떠받들면서 민중을 끌어모으려고 했다. 한편 다리야의 오빠 샤토프도 그 조직의 구성원이었으나 스타브로긴의 말에 따라 조직에서 벗어나려다가 표트르 일당에게 잡혀 살해된다.

키릴로프는 기술자로서 아침마다 건강을 지키려고 규칙적으로 체조를 했다. 그는 다른 집 아이들과 놀아 줄 줄도 아는 선량한 사람이었다. 키릴로프도 스타브로긴의 영향을 깊이 받았으며 인간이 신이 될 수 있느냐는 문제로 고민하다가 결국 스스로 목숨을 끊게 된다.

나는 이해할 수가 없어. 무신론자가 지금까지 신이 없다는 걸 알면서도 어떻게 당장 자살하지 않을 수 있었는지 말이야. 신이 없다는 것은 인정하면서도, 동시에 자신이 신이 되었다는 걸 깨닫지 못한다? 이것도 터무니없는 일이야. 그렇지 않으면 반드시 자살하게 되거든.

표트르는 이미 자살해 버린 키릴로프를 샤토프의 살해범으로 위장하고자 한다. 표트르는 스타브로긴에게 징역수 페지카를 시켜서 스타브로긴을 괴롭히는 레뱌드킨 대위 남매를 살해하자고 암시했으나 스타브로긴은 이를 강하게 거부한다. 그러나 그날 밤 스타브로긴은 페지카에게 큰돈을 주게 된다. 얼마 후 레뱌드킨의 집이 불에 타 버리고 남매의 시체가 발견되었다. 범인은 스타브로긴이라는 소문이 퍼졌다. 그날 밤 스타브로긴과 하룻밤을 보낸 그의 애인 리자가 불구경을 갔다가 군중에게 맞아 죽었다. 그 무렵 스테판은 바르바라의 집을 나와 방황하다가 병으로 쓰러지고 말았다. 그는 달려온 바르바라의 품에 안겨 눈을 감았다. 스타브로긴은 마침내 다리야에게 유서를 남긴 채 목을 매어 자살한다.

주인공의 파괴성 장편소설 『악령』은 주인공 니콜라이 스타브로긴의 파괴성에 초점을 맞춘 작품이다. 그는 뛰어난 지적 능력과 준수한 외모를 가진 남성으로서 많은 사람에게 매력과 충격을 동시에 줄 수 있는 카리스마가 강한 인물이다. 악마는 괴물의 모습을 하고 나타나지 않는다. 악마는 미남 스타브로긴과 같은 아름다운 모습으로 나타날 수 있다. 그의 모습에 매력을 느끼는 주변 사람들이 많으나 그들은 스타브로긴을 따르다가 결국 파멸되고 만다.

『악령』에는 스타브로긴을 비롯하여 표트르, 샤토프, 키릴로프 등 여러 인간상이 등장한다. 앞에서 이미 언급한 것처럼 스타브로긴은 사상의 교주로서 여러 사람에게 자신의 사상을 전염시키는 위험인물이다. 그는 자신의 분신들에게 자신의 사상을 억지로 강요하거나 주입하지 않는다. 그러나 그의 사상은 타인들에게 폭발적인 파괴력을 갖는 사상으로 돌변한다. 표트르는 그의 영향 아래 혁명적 선동가로 활동하고 샤토프를 살해하게 된다. 키릴로프도 그의 영향 아래 자살을 결행한다. 스타브로긴은 키릴로프에게 자살이 삶과 죽음의 고통과 두려움을 초월하는 길이라고 믿게끔 했다. 허무주의자 스타브로긴도 자살로 삶을 마감한다. 그가 만약 사상적으로 여러 사람에게 강한 영향력을 보이는 대신 인간적인 소박한 사랑을 베풀었다면 주변의 많은 사람은 파멸하지 않았을 것이며, 자신도 자살을 선택할 필요가 없었을 것이다. 그러나 그는 누구도 사랑할 줄 모르는 사람이었으며, 자기 자신까지도 파멸시킬 수 있는 니힐리스트였다.

사상 부재의 인물 주인공 스타브로긴은 악마적인 인물의 형상이지만 한마디로 정의하기 어려운 인물이다. 그는 계속해서 사상적 변신을 꾀하는 인물로서 단 하나의 신념과 사상에 사로잡히지 않고 다양한 사상 편력을 갖는다. 무신론, 허무주의, 공리주의 등의 사상 편력을 거치지만 실제로는 신념과 사상이 없는 행동으로 일관한다. 여기서 중요한 것은 삶의 지도적 원리로서의 사상이 부재한다는 사실이다. 그러나 그의 주변 사람들은 그가 마치 위대한 사상이나 철학을 가진 것처럼 간주한다. 그에 대한 소문은 끝없이 꼬리를 물고 이어진다. 그는 이전에 잠깐씩 자신의 사상이나 신념을 실험해 보기도 했으나 지금은 모두 포기해 버린 상태다. 그의 행동들은 사상의 부재에서 나오는 일탈의 스캔들뿐이었다. 그는 가가노프 노인의 코를 끌고 다녔으며 현지사의 귀를 깨무는가 하면 리푸틴의 아내를 성희롱했다. 모든 사람이 감탄할 정도로 잘생겼지만, 그의 아름다움은 혐오감을 불러일으켰다. 작품 내에서 그의 위치는 외면적으로 볼 때 구심적이다. 즉 모든 사람이 그의 일거수일투족에 관심을 쏟고 그것이 소문으로 온 마을에 퍼진다. 그러나 그의 막강한 영향력에도 불구하고, 그가 실제로 작품에 등장하여 활동하는 영역은 극히 제한되어 있다. 스타브로긴의 장점은 모든 종교의 신이나 교주들처럼 끝까지 모호하고 신비한 인물로 독자나 여타의 등장인물들에게 비춰진다는 사실이다. 궁극적으로 그는 사상과 믿음이 부재한 사칭자이지만, 과대망상에 빠져 버린 타인들에 의해 신기루처럼 신의 존재로 부상한다.

사상의 분신들 『악령』을 읽으면 '인간은 태어나는 것이 아니라 만들어진다'라는 생각이 든다. 이 소설은 시대의 흔적을 고스란히 담고 있다. 작중인물들은 시대가 만들어 낸 인간상을 집약하고 있다. 스타브로긴의 사상적 분신들인 샤토프, 키릴로프, 표트르는 그를 이념의 교주로 여기고 그의 강인함을 믿고 있었다. 그러나 그의 사상은 확정된 것이 아니라 과도기적인 것이었다. 또한 일종의 대화적인 것이지 불변의 것이 아니었다. 그러나 그의 분신들은 그것을 최종적이고 확정된 것으로 수용했다. 즉 스타브로긴의 경우 사상은 항상 일종의 대화성을 띠고 언제든 변화 가능한 열린 상태에 있었지만, 그의 분신들은 그 사상을 전수받는 과정에서 그것을 독백화시킨 것이었다. 스타브로긴의 사상을 이어받는 세 명의 분신들, 그를 이상적 남성으로 흠모하는 세 여인은 모두 그를 위대한 신으로 간주한다. 그들은 모두 신성(神性)이라도 발견한 것처럼 그를 우상화했다.

신인론과 인신론 키릴로프는 스타브로긴의 인신론적 분신이다. 인신론의 조명은 키릴로프가 탐독한 포이어바흐의 사상에 잘 나타나 있다. 그의 사상은 반(反)신론에 가깝다. 키릴로프 역시 세계 질서에 인간들이 이해할 수 없는 혼란을 제공한 신에게 반기를 든다. 그의 견해에 의하면 인간이 신을 무조건 추종하는 원인은 죽음의 공포라는 것이다. 그리하여 그는 그러한 공포를 없앤다면 신에 대한 무의미한 종속을 없앨 수 있다고 생각한다.

만일 신이 존재한다면 모든 것은 신의 의지이다. 따라서 나도 신의 의지에서 벗어날 수 없다. 그러나 만약 신이 없다면 모든 것은 나의 의지이고 따라서 나의 자의지를 주장할 의무가 있다.

키릴로프는 신이 존재하지 않는다는 것을 보여 주기 위해, 즉 죽음의 공포는 극복될 수 있다는 것을 보여 주기 위해 자살을 시도한다. 그는 인신론의 문제점을 간파한 다음 신에 대한 믿음을 자연에 대한 믿음으로 바꾸어 버렸다. 자연이야말로 인간에게서 공포를 무의미하게 만들어 주는 유일한 것이라 생각했기 때문이다. 그리하여 그는 떨어지는 나뭇잎 하나에서도 행복감을 느낄 수 있는 것이 인간이라고 여긴다. 인간과 자연의 영원한 조화를 해치는 것이 있다면 그것이 바로 신인 것이다. 그 영원한 조화의 순간을 지상에서 표현해 주는 것은 아이들뿐이다. 그가 아이들을 사랑하는 장면은 여러 번 반복되어 나온다. 그는 아이들 속에서 무궁한 순진성을 발견하고, 궁극적으로 이를 통해 죽음의 공포를 극복할 수 있다고 믿는다.

샤토프의 사상은 키릴로프와는 대조적으로 형식상 신인론이라 할 수 있다. 그러나 궁극적으로는 인신론의 변형일 뿐이다. 그의 신은 인간 위에 존재하는 절대정신의 존재가 아니라 '러시아적 정신의 총화'라고 할 수 있다. 그는 자신의 러시아적 신에 대해 다음과 같이 설명하고 있다. "신들이 모든 민족에게 보편적인 관념이 될수록 그 신들은 죽게 되고 그 신들에 대한 믿음도 민족들과 함께 사멸하게 됩니다. 민족이 강하면 강할수록 그 신도 개별적이 되는 것이지요. … 유일한 신의 담지자인 민족은 러시아 민족입니다." 스타브로긴이 그의 신인론은 신을 단순히 민족의 속성으로 격하시킨 것이라고 비판하자 화가 난 샤토프는 다음과 같이 대답한다. "내가 신을 민족의 속성으로 격하시키다니? … 그 반대로 나는 민족을 신의 위치로까지 끌어올리는 겁니다. … 민족이란 바로 신이 체현된 것이란 말입니다. 모든 민족은 지금까지도 자신들의 특별한 신을 가질 때에만 민족이었고 세상의 나머지 신들은 어떠한 타협도 없이 배제해 버렸던 겁니다." 샤토프의 사상에는 작가의 슬라브주의 사상이 침윤되어 있다. 슬라브주의는 신에 대한 신앙의 초석으로 민중을 상정한 사상이다. 작가는 샤토프를 자기를 대신해서 희생자가 되는 가련한 예수로 상정한 것이다. 더 나아가 샤토프의 신은 소명의식과 의지력을 갖는 민족만이 세계를 구원할 수 있다는 러시아 메시아주의의 원초적 발상이다. 그러나 여기서 문제는 샤토프의 주장과 당사자의 믿음이 다르다는 사실이다. 그 자신은 신에 대한 믿음을 갖고 있지 않다. "당신 자신은 신을 믿으시오?"라는 스타브로긴의 물음에 그는 현재의 자신은 무신론자임을 인정하면서 앞으로 믿겠다고 대답했다. 이러한 그의 태도로 볼 때 그의 신인론은 사실상 민족을 신의 위치에 자리매김한 무신론의 변형일 뿐이다. 스타브로긴이 샤토프에게 신인론을 전수한 것은 강한 감수성과 도취감에 젖어 한 일이었다. 즉 그는 샤토프와 같은 유형의 인간을 신앙의 어떤 단계에까지 끌어올릴 수 있는지를 알고 싶었다. 그러나 스타브로긴의 기대와는 달리 샤토프는 진정한 종교적 감각이 형성되지 않은 무신론자였다. 이렇듯 분신들의 사상에는 모순이 너무 많았다. 키릴로프의 인신론은 반신론이었고 그 기저에는 신에 의해 족쇄가 채워진 인간에 대한 사랑이 있었다. 결국, 스타브로긴은 신앙을 가진 키릴로프에게는 인신론을, 신을 믿지 않는 샤토프에게는 신인론을 전수한 것이다.

주인공의 자의지 스타브로긴은 스스로 주장했던 거대한 종교사상인 신인론과 인신론 모두를 부정하는, 자의지가 강한 인물이다. 그의 자의지는 자신의 힘을 실험해 보는 도구일 뿐이다. 그는 자신의 우월한 지적 능력을 시험해 보기 위해 이기적이고 자기중심적인 세계관을 발아시킨다. 그는 이러한 부정적인 자의지를 표트르에게 전수한다. 표트르는 스타브로긴 자의지의 속물적 패러디이며 어릿광대이다. 그는 일체의 기존 제도를 부정하고 무정부주의적인 토대 위에 새로운 사회를 건설하려는 혁명주의를 이상으로 알고 있었다. 이러한 이상은 무엇보다도 모든 것을 파괴할 수 있는 권력(힘)

을 필요로 한다. 표트르는 이것을 스타브로긴에게 요구한다. 키릴로프와 샤토프의 죽음은 표트르와 연관되는데 이것은 그들의 사상이 결국은 표트르 자의지의 희생물임을 의미한다. 또한, 이러한 상황에서 키릴로프의 사상은 표트르의 자의지에 눌려 왜곡되는 모습을 보인다. 그는 표트르에게 타인을 죽이는 것은 가장 낮은 차원의 자의지라고 비난하면서도 자신은 샤토프의 죽음의 원인이 밝혀지지 않도록 유서를 쓰는 모순을 범한다. 더군다나 그는 표트르가 부르는 대로, 한 자도 틀리지 않고 그의 말을 베껴 쓴다. 이것은 그가 외치는 고상한 자살 동기와는 완전히 모순되는 꼭두각시의 행동이다.

권력과 폭력 권력은 어디서 오는가. 그것은 인간의 가장 사적인 영역인 생각 그 자체로부터 나온다. 인간은 유한한 삶을 사는 존재이며 그에 따르는 육체적 혹은 정신적 한계는 개인에게 두려움을 느끼게 하는 경향이 강하다. 즉 권력은 삶에 대한 막연한 두려움에서 오는 것이다. 권력을 획득하려는 욕구는 외부로부터 자신을 보호하려는 자연스러운 본능이며 동시에 삶에 대한 공포를 잠시나마 진정시키는 좋은 항생제이다. 그러나 무한한 권력을 행사할 때 그것은 권력 구조를 지닌 사건으로 떠오른다. 『악령』에서는 폭력(살인)이 권력의 수단으로 이용되면서 그 행위가 어느 정도 이데올로기로 미화되기까지 한다. 스타브로긴과 표트르는 폭력적 이데올로기의 상징이라 할 수 있다. 그들의 폭력 이데올로기는 공산주의 세계에서 실제로 다시 재현된다.

예언적 사상서 『악령』은 소비에트 공산주의의 출현을 예언한 정치사상서라 할 수 있다. 세르게이 불가코프는 『악령』을 '상징적 비극', 즉 러시아인들의 운명을 보여 주는 비극이자 특히 러시아 인텔리겐치아의 비극이라고 했다. 『이방인』으로 유명한 노벨 문학상 수상자 알베르 카뮈는 20세기의 가장 위대한 예언자는 카를 마르크스가 아니라, 『악령』을 쓴 도스토옙스키라고 말한 적이 있다. 카를 마르크스가 혁명 이후 유토피아의 건설을 예언했다면, 도스토옙스키는 『악령』으로 혁명 후 그 반대의 사회, 즉 디스토피아의 출현을 예언했다. 이 소설에는 정치이념과 종교적 신념이 생겨나고 커져 가는 과정이 은유적으로 잘 나타나 있다. 스타브로긴의 운명은 공산주의나 이교의 탄생과정에 관한 은유라 할 수 있다. 스타브로긴은 공산주의 사상가인 마르크스나 레닌, 스탈린에 비유될 수 있고, 그 일당들은 그들을 추종하는 세력이라 할 수 있다. 공산주의자들은 「누가복음」에 나오는 돼지의 몸에 들어가 버린 악령들이었다. 자기 민족과 민족성을 상실한 사람은 선조들의 신앙과 신까지도 상실하게 된다. 고유의 신앙을 상실한 사람들이 바로 공산주의자들이다. 공산주의자들의 파멸은 이미 예견된 것처럼 페레스트로이카 이후에 악령들이 돼지의 몸속으로 들어가듯이 사라졌다.

25. 아름다움과 구원의 문제: 도스토옙스키의 『백치』

미(美)에 대한 담론은 언제나 많은 사람의 흥미를 끌어 왔다. 인간은 아름다움을 추구하는 동물이기 때문에 미의 문제는 영원한 화두이기도 하다. 과연 절대미는 존재하는 걸까? 형식미는 내용미와 어떤 상호관계가 있을까? 도스토옙스키의 중심적인 예술관 중 하나는 이상적인 미 개념의 문제이다. 그는 『백치』를 통해 '아름다움이 세계를 구할 수 있을까!'[33]라는 중요한 화두를 독자에게 던지고 있다. '절대적으로 가장 아름답고 선량한 인간'이 이 세상을 어떻게 구원할 수 있는가 하는 문제는 인간들의 대화에 부쳐진 고뇌의 화두이다.

누가 아름다운 세상을 만들 수 있을까 『백치』의 이야기는 열차에서부터 시

33 '아름다움이 세계를 구할 수 있을까!'라는 말은 소설 속에 두 번 등장한다. 소설의 주인공 미시킨이 직접 한 말이 아니라 주변 사람들이 미시킨과 연관시키는 말이다. 첫 번째로 어느 모임에서 이폴리트가 말한다. "공작님, '아름다움이' 세상을 구할 거라고 말한 적이 있죠? 여러분! 공작이 아름다움이 이 세상을 구원할 거라고 확신한답니다!" 두 번째로 아글라야가 사교계 인사들에게 미시킨을 소개할 때, 그에게 경고하는 말이다. "잘 들어요. 딱 한 번만 말할 거니까. 만일 당신이 사형이나 러시아의 경제 상황, '아름다움이 세상을 구원한다'는 등의 말을 꺼내면, 그럼 난 기쁘게 웃어 주겠어요. 그렇지만, 미리 경고하겠는데 그런 후에 내 눈앞에 나타날 생각 말아요." 물론 미시킨도 아름다움이라는 말을 두 번 직접 언급한다. "아름다움은 수수께끼입니다", "아름다움은 평가하기 어렵습니다." 여기서 '아름다움'을 의미하는 러시아어 'красота'는 시각적 아름다움에 국한하여 사용된다. 주로 형식미를 강조하는 말이다.

작한다. 열차에 두 사람이 앉아 있었다. 하나는 미시킨 공작이고 다른 하나는 로고진이었다. 미시킨은 뇌전증(간질병)과 백치 증세의 환자로서 스위스에서 4년 동안 요양한 후에 거의 완치되어 조국의 고향으로 돌아오는 길이었다. 로고진은 장사꾼 아버지로부터 막대한 유산을 상속받은 사람이었다. 두 사람은 서로 인사를 나누게 되었다. 페테르부르크에 도착한 미시킨 공작은 장군의 신분으로 사업을 크게 하는 에판친 공작의 집을 방문하게 되었다. 거기서 그는 우연히 나스타샤라는 여자의 사진을 보게 되고, 그녀의 모습에서 비극적인 운명의 표정을 읽는다. 로고진은 이전부터 나스타샤를 사모한 나머지 그녀를 자기 아내로 만들고 싶어 온갖 수단을 다 동원한다. 나스타샤는 지주 토츠키의 집에서 자라난 고아 출신의 여성이다. 사실 그녀는 토츠키의 정부이자 노리개로 살아왔다. 에판친 장군의 딸과 결혼하고 싶은 토츠키는 다 큰 나스타샤를 장군의 비서인 가냐에게 지참금 7만 5천 루블을 주어 시집보내고자 한다. 가냐 역시 내심 그 돈을 밑천으로 사업을 해 보겠다는 욕심을 갖고 있었다. 미시킨 공작은 나스타샤를 둘러싼 그와 같은 복잡한 이야기를 듣게 된다. 미시킨이 도시에 도착한 날은 나스타샤의 25번째 생일이었다. 그날 밤 모든 일이 이루어지기로 되어 있었다. 나스타샤는 여러 사람이 모인 자리에서 미시킨에게 자신의 딱한 사정을 의논했다. 바로 그때 로고진이 10만 루블의 돈을 가지고 나타나 나스타샤를 데려가겠다고 하자 미시킨은 그를 가로막으며 자기도 막대한 유산을 상속받기로 한 사람으로서 그녀를 자기가 직접 맡겠다고 한다. 그러자 나스타샤는 갑자기 로고진의 돈뭉치를 난로에 던지더니 가냐에게 그 돈을 가지라고 떠들어 댄다. 나스타샤는 로고진과 함께 그 자리를 피하고자 했다. 미시킨이 이들을 막아서자 로고진은 비수를 꺼내 휘두른다. 격분한 미시킨은 간질 발작으로 쓰러졌으나 목숨은 건졌다. 이런 사건이 일어난 후 에판친 댁의 막내딸 아글라야가 미시킨의 순수한 마음에 끌려 그에게 접근하고, 미시킨도 아글라야에게 호감을 느끼게 된다. 에판친의 허락을 받아 두 사람은 약혼한다. 아글라야에게 미시킨과 결혼하도록 권하던 나스타샤는 막상 아글라야를 만나자 도리어 그 결혼에 트집을 잡았다. 마침내 아글라야는 화를 내며 나스타샤와 싸움을 하게 된다. 이 광경을 목격한 미시킨은 나스타샤 쪽으로 마음을 기울이게 된다. 이러한 상황을 눈치챈 로고진은 질투로 화가 나고 아글라야는 실신할 지경에 이른다. 미시킨은 나스타샤에 대한 연민의 정을 억제할 방법이 없었고, 두 사람은 결혼식을 올리게 된다. 두 사람의 결혼식 날 여러 면에서 어울리지 않는 결혼이라는 사실을 깨달은 나스타샤는 신부 예복 차림으로 달려 나가 군중 속에서 로고진의 팔에 안긴다. 이튿날 미시킨은 두 사람을 찾아 나섰다가 로고진을 만난다. 로고진의 집에 들른 미시킨은 나스타샤가 이미 죽었음을 알게 된다. 로고진이 질투 끝에 미시킨을 죽이려다 나스타샤를 죽이게 된 것이었다. 두 사람은 나스타샤의 시신 앞에서 하룻밤을 보낸다. 여기서 로고진은 완전히 미쳐 버리고 미시킨은 다시 백치가 된다.

두 가지 절대가치 이 작품에서 작가는 두 가지의 절대가치를 비교하고 있다. 하나는 미, 다른 하나는 선이다. 선과 미가 중요한 상관관계를 갖고 있다. 절대미와 절대선은 두 개의 서로 다른 특성의 개념이 아니라 때로는 하나가 될 수 있다. 여기서 가장 착한 사람은 가장 아름다운 사람이 될 수 있다는 논리가 성립된다. 그리하여 작가는 가장 선량한 사람이 현실 세계의 악과 직면하여 어떤 행동을 하게 될지 이야기하고 있다. 이 세상에서 가장 아름다운 인간에 대한 작가의 구상은 그의 편지에서 드러난다.

> 이 소설의 주요 사상은 절대적으로 아름다운 인간을 그리는 것이다. 특히 오늘날의 세상에 이보다 더 어려운 것은 없다. 세상에는 단 하나의 절대적으로 아름다운 인물인 그리스도가 있을 뿐인데 이러한 한없이 아름다운 인물이 나타난다는 것은 물론 기적일 뿐이다. 기독교 문학의 아름다운 인물 가운데 가장 완벽한 것은 돈키호테이지만 그는 우습다는 이유로 아름답다.

장발장도 있지만, 그는 자신의 불행과 그에게 가해지는 사회의 부당함 때문에 공감을 산다.

도스토옙스키에게 '아름다움'이란 최고의 도덕적인 힘을 가진 존재 예수 그리스도를 일컫는다. 그는 그리스도를 '완전하게 아름다운 인간'이나 '진실로 아름다운 인간'으로 묘사한다. 『백치』에서 선한 의지로 충만한 미시킨은 예수 그리스도의 데칼코마니로 등장한다. 그는 믿음의 데칼코마니이다. 2,000년 전 인류의 구원을 위해 온 예수는 '데칼코마니 믿음'을 주었다. "내가 주와 선생이 되어 너희 발을 씻겼으니, 너희도 서로 발을 씻기는 것이 옳으니라. 내가 너희에게 행한 것같이 너희도 행하게 하려 하여 본을 보였노라"(요한 13:14-5). "내가 그리스도를 본받는 자 된 것같이 너희는 나를 본받는 자가 되어라"(고전 11:1). 주인공 미시킨은 외모와 행동에서 아름답거나 세련된 것은 아니나 그만의 독특한 내적 아름다움을 갖고 있다. 그는 더없이 솔직하고 순결한 사람이다. 그의 정신적 순결은 백치의 속성을 연상시킨다. 그의 모습과 행동은 때때로 그리스도가 부활한 것 같다. 선량한 미시킨이 진실 하나로 온 세상에 대항해 서 있는 모습은 마치 외로운 선이 거대한 현실 세계의 악에 둘러싸여 있는 것 같다. 미시킨은 지상의 인간적인 속성이 부족한 선의 이미지를 갖는다. 그리하여 그의 선은 언제나 개혁자와 능동적 행동가의 선이 아니라 수동적인 선일 뿐이다. 자신의 선을 세상에 접목하지 못하는 미시킨의 선은 비극적이기까지 하다. 현실 세계에서 그 선의 부적절성은 화가 날 만큼 저주스러운 성(聖)일 뿐이다.

아름다움의 본성 '아름다움'이라는 단어는 정의하기가 어려운 말이다. 고대 유럽에서 미는 인간이 추구해야 할 중요한 가치 가운데 하나였다. 특히 선과 밀접한 의미로 쓰였다. 세계적인 기호학자인 움베르토 에코는 자신의 저서 『미의 역사』에서 "아름다움은 우리가 좋아하는 것을 표현하는 말에서 우리가 소유하고 싶은 것을 표현하는 말로 변해 왔다"라고 전한다. 그러나 도스토옙스키가 말하는 진정한 아름다움은 소유의 개념을 넘어선다. 예를 들어 미시킨은 다른 사람을 구하기 위해 자신의 욕망을 버리는 '아름다운 사람'이다. 고대 유럽에서나 도스토옙스키의 작품에서나 진정한 아름다움은 선을 동반해야 한다. 미시킨의 아름다움은 그의 본성 속에 깊이 박혀 있는 선의 본질적인 미덕에서 기인한다. 그의 미덕을 유형화시켜 볼 수 있다.

첫 번째 미시킨의 미덕은 '겸손'이다. 그는 타인들 앞에서 언제나 자신을 무한히 낮추며 상대방의 인격적 결함을 들추어내지 않고 오히려 자신을 탓한다. 겸손은 미시킨의 힘인 동시에 타인과 구별시켜 주는 그만의 속성이다. 그의 겸손은 타인의 마음의 문을 열고 자존심을 보호해 주는 최고의 무기인 것이다. 실제로 나스타샤는 그의 겸손함에 굳게 닫았던 마음의 문을 열게 되고, 강한 자존심의 소유자인 아글라야는 그를 사랑하게 되며, 가장 폐쇄적인 로고진조차 그에게 형제애를 느끼게 된다. 이폴리트가 지적한 것처럼 미시킨에게 겸손은 무서운 힘이며 그 자신의 고유 덕목이다. 윤리적 이상으로서의 겸손은 본질적으로 수동적인 덕성일 뿐만 아니라 고난과 굴욕을 통해 달성되는 능동적인 덕성이기도 하다.

두 번째 미시킨의 미덕은 '믿음'이다. 인간에 대한 무한한 믿음과 신뢰는 언제나 타인을 감화시킨다. 그는 인간의 타락을 그 사람의 문제로만 보지 않으려고 노력하며, 인간에게는 누구나 순결하고 고결한 성품이 있음을 간과하지 않는다. 소설에서 모든 사건은 미시킨과 직간접적으로 연관되어 있으며, 대부분 그가 있는 데서 일어난다. 이렇게 미시킨이 중심적인 위치를 차지하는 것은 그가 다른 사람들의 말을 진지하게 듣고 솔직하게 답하며 그들을 믿기 때문이다. 미시킨은 로고진의 영적인 고결함을 끝까지 믿으려 하고 나스타샤에게 순결한 영혼이 있음을 믿고 있다. 또한, 자신을 모함하는 부르도프스키 패거리들을 불한당으로 취급하지 않고, 허무주의자 이폴리트의 인간적인 면에 큰 공감을 표한다. 이러한 인간에 대한 믿음은 그를 불신하거나 모함했던 사람들이 그를 따르는 힘이 되었다. 아글라야는 미시킨의 인간에 대한 무한한 믿음 때문에 그를 사랑하게 되었다고 고백한다.

세 번째 미시킨의 미덕은 '유로디비'의 행동이다. 그는 타인에게 선을 설교하려 들거나 윤리적 행동을 강요하지 않는다. 유로디비는 12세기경부터 나타나기 시작하여 16세기까지 독특한 행동으로 종교 활동을 하던 성자들이다. 그들은 교회가 아닌 세속에서 종교적 이상을 실현하려고 했던 특이한 존재들이었다. 그들은 그리스도의 덕목을 실천하기 위하여 그들이 갖추어야 할 내적인 덕성을 현실 세계에서 보여 주었다. 즉 고행으로서 자기 비하, 육욕에 대한 경멸과 억제, 그리고 미친 척하는 행동을 선택했다. 자기 고행자는 타인의 경멸과 박해에 상처받거나 모욕을 느끼지 않는다. 로고진과 레베제프는 열차 안에서 그의 외국인 같은 옷차림을 비웃지만, 그는 웃음으로 받아넘길 뿐이다. 에판친 백작의 하인과 대화할 때도 그는 무례한 대접에 화내지 않고 지극히 성실하게 상대한다. 백작이 갈 곳 없는 그의 처지에 노골적으로 경멸을 표시하고 문전 박대할 때, 미시킨은 그러한 대접을 당연한 것으로 받아들인다. 전혀 불쾌감 없이 미소 지으며 나가려 하자 에판친 백작은 그를 불러들인다. 미시킨은 자신에게 가해지는 모욕을 모욕으로 느끼지 않기 때문에 그에게 모욕을 가한 사람을 오히려 자기반성으로 이끌고 그를 근본적으로 변화시킨다.

네 번째 미시킨의 미덕은 어린아이의 순진성과 순수성이다. 어린아이 같은 그의 깨끗한 영혼은 그에게 놀라운 통찰력을 부여한다. 그의 통찰력은 영혼의 빛일 뿐만 아니라 그를 둘러싼 혼란과 추한 세계까지 보게 한다. 그는 처음 만난 로고진의 불같은 정욕을 직감하고 나스타샤의 불행한 삶을 꿰뚫어 본다. 그는 이러한 인간들의 부정적인 특성을 직관으로 알아차렸음에도 불구하고 그것들에 대해 부정하거나 회의하지 않고 아이처럼 순수한 마음으로 인간의 모순을 지적한다.

아이들이란 모든 것을 다 알고 있습니다. 부모들이 자기들을 아주 어린애로 취급하면서 아직 아무것도 모르려니 생각하고 있다는 것까지도 알아채고 있으니 얼마나 놀라운 일입니까! 가장 어려운 일에서도 어린아이가 지극히 중요한 충고를 해 줄 수 있다는 것을 어른들은 모르고 있어요.

도스토옙스키가 보여 주고자 하는 아름다움이 반드시 절대선을 동반한 절대미에 대한 것만은 아니다. 그가 미의 문제를 논하면서 간과하지 않는 것은 사랑의 슈제트에 나타나는 형식미와 에로스에 대한 문제이다. 그는 사랑의 슈제트에서 두 명의 미의 화신을 등장시킨다. 하나는 완성미의 전형으로 나타나는 나스타샤[34]이고, 다른 하나는 미의 이상인 아글라야이다. 미를 대표하는 두 여인은 미시킨의 파멸과 내적으로 깊이 연관되어 있다. 미시킨을 둘러싸고 벌어지는 사랑싸움은 미와 선의 갈등과 싸움이다. 사람들은 일반적으로 입으로는 진정한 아름다움은 내면에 있는 것이고, 외모보다는 성격이 더 중요하다고 말한다. 정말로 그럴까. 아름다움이란 본능적으로 눈을 충족시키며, 아름다움에 대한 집착에서 조금이라도 자유로웠던 시대는 없었다. 요즈음 아름다움이라는 단어는 곧 성적 매력을 의미하는 말처럼 변질되어 버렸다. 그러나 아름다움의 본래 의미는 매우 진지한 선에서 출발했다. 『백치』에서 작가는 조롱받는 선과 부조리한 미의 문제를 심도 있게 논하고 있다.

다섯 번째 미시킨의 미덕은 아름다움의 힘으로 우리 자신을 행복하게 하고 나아가서 남에게 행복을 준다는 것이다. 아름다움에는 중력이 있다. 중

34 나스타샤라는 이름의 원형인 '아나스타샤'는 그리스어로 '부활'을 의미한다. 그녀는 미시킨에 의해 부활되어야 할 영혼으로 나온다. 그녀의 성인 '바라슈코바' 또한 러시아어의 어원상 '어린양'을 의미한다. 그녀의 부칭 '필립포브나'는 17세기 러시아 정교에서 나온 가장 극단적인 이단 종파인 '흘리스티(хлысты)'의 창시자 다니엘 필립의 이름에서 유래된 것이다. 나스타샤 필립포브나는 부칭을 통해 다니엘 필립의 딸이 된다.

력은 물체를 지구의 중심 방향으로 끌어당기는 힘이다. 즉 아름다움은 주변 사람들을 끌어당긴다. 미시킨과 나스타샤의 주변에는 언제나 사람들이 모인다. 미시킨은 타자의 이야기를 들어 주며 공감하는 능력이 있다. 그는 인의와 사랑의 힘을 직접 보여 준다. 나스타샤의 아름다움은 인간을 끌어당기는 관능적인 아름다움이다. 그녀의 아름다움은 주변 남성들을 끌어당겨 파괴하는 권력으로 변한다. 미인은 남성들을 카오스 세계로 끌어들여 광분시키고, 결국에는 스스로 파괴된다. 지상의 물체가 중력으로 추락하듯이 아름다움의 권력도 그 중력을 못 이겨 추락하게 된다.

나스타샤의 아름다움에 대해 로고진과 미시킨은 서로 다른 태도를 보인다. 미시킨은 에판친 댁에서 그녀의 사진을 처음 보았을 때 그녀의 비극적 아름다움을 직관적으로 감지한다. 이 작품에 등장하는 남성들은 거의 모두 그녀의 살인적인 아름다움에 정신을 못 차린다. 그녀는 자신의 미모 때문에 남성들의 성적 노리개로 거래 대상이 되고 토츠키의 정부로, 로고진의 애인으로 전전하게 된다. 로고진의 광적인 열정은 미시킨의 선을 무력화시키고 나스타샤를 죽음으로 몰아간다. 나스타샤의 아름다움에 대한 로고진의 태도는 충동적이며 감각적이다. 그에게는 아름다움이 불러일으키는 본능적 쾌감과 충동만이 중요하다. 그는 나스타샤의 미가 수치, 굴욕, 자학 등에 의해 분열된 아름다움이라는 사실을 눈치채지 못한다. 그가 가진 것은 뜨거운 정열과 소유욕뿐이었다. 나스타샤의 아름다움에는 표현하기 어려운 수수께끼가 있다.

> 그는 이 얼굴에 숨어서 지금까지 그에게 충격을 준 무엇인가를 어떻게든 추측해 보고 싶었다. … 한없어 보이는 긍지와 혐오에 가까운 경멸의 빛이 이 얼굴에 있었으며 동시에 놀랄 만큼 순진한 그 무엇도 있었다. 이 두 대조는 그 얼굴을 쳐다볼 때 어떤 연민까지 불러일으키는 것이었다. 눈이 멀 것 같은 이 아름다움은 참을 수가 없을 지경이었다. 그것은 거의 꺼져 들어간 두

볼이며 불타는 듯한 두 눈동자로 이루어진 창백한 얼굴의 아름다움이었다. 그것은 이상한 아름다움이었다.

나스타샤의 미는 불균형과 부조화의 아름다움이다. 미시킨이 그녀에게서 원했던 것은 형식미와 내용미가 조화와 균형을 이루는 완전한 아름다움이었다. 그녀의 외적인 아름다움과 내적인 아름다움의 불균형은 일종의 미의 파격이었다. 즉 그녀의 아름다움은 선이 빠져 버린 불균형의 것이었다. 그녀의 아름다움에 연민을 느낀 미시킨은 그녀에게 구원의 손길을 내민다.

미시킨은 나스타샤에 대한 구원의 욕구와는 또 다른, 미에 대한 다른 유형의 감각을 갖고 있다. 나스타샤와는 다른 아름다움의 소유자는 아글라야이다. 이 작품에서 비극의 탄생은 두 여성 사이 미시킨의 갈등에 기인한다. 미시킨은 아글라야에게 에로스 감정을 느낀다. 에로스와 아름다움은 많은 사람의 관심거리이지만 도스토옙스키의 작품에서 그러한 주제는 일반적인 포르노그래피에서 묘사되는 호색적 탐닉의 추한 성적 모티프를 동반하지 않는다. 도스토옙스키의 에로스는 아름다움을 숭배하는 남녀 간의 정신적인 측면에 할애된다. 그의 에로스 미학은 대단히 탐미적이고 때로는 형이상학적이기까지 하다. 미시킨의 에로스를 이야기할 때 많은 연구가가 그를 성적 무능력의 대표적인 인물로 간주한다. 그러나 그 역시 다른 사람들과 마찬가지로 육체적으로 정상이며 성적 욕구를 느끼는 사람이다. 나스타샤의 아름다움에 대한 그의 태도가 궁극적으로 연민으로 귀착되는 것은 구원의 욕구가 에로스의 감정을 앞서기 때문이다. 그러나 귀족 가문에서 정신적 고뇌 없이 자라난 아글라야에 대한 그의 감정은 구원의 욕구라기보다는 자연스러운 에로스의 발로이다. 미시킨은 그녀에게 인간적 에로스의 감정을 느낀다. "'굉장한 미인이시군요!' — 공작은 빨려 들어가듯 아글라야를 쳐다보며 열띤 목소리로 대답했다. '나스타샤 필립포브나와 거의 똑같네요. 비록 얼굴 모습은 전혀 다르지만.'" 미시킨은 나스타샤에게서는 부조화와 분열의 아름다움을, 아글라야에게서는 이상적인 아름다움을 발견했다. 한편 아글라야는 미시킨의 순수한 동기를 이해하는 몇 안 되는 인물 중의 하나이지만 그녀의 독점욕은 미시킨을 궁지에 몰아넣는다. 미시킨은 아글라야가 자신을 사랑한다는 사실을 분명히 감지했지만 그런 사랑의 감정을 부정하고 구원의 사랑 쪽으로 가고자 한다.

미시킨의 에로스는 이성과 감성 사이를 오간다. 반면에, 로고진의 에로스는 일방적이며 광적이다. 로고진의 에로스는 유전적 형질의 문제로, 그의 아버지가 지녔던 물질에 대한 엄청난 소유욕이 그에게서 육욕으로 변하여 이제는 나스타샤에 대한 광적인 소유욕과 무절제한 충동으로 나타난다. 표피적이고 감각적으로 체현된 로고진의 에로스는 부정적인 에로스의 정체이다. 그의 충동적 욕구는 아름다움이 불러일으키는 충동적 희열감에서 나오는 에로스이다. 로고진에게 중요한 것은 나스타샤가 그에게 일으키는 충동이며, 그는 그 충동을 영원히 소유하기 위해 살인을 저지른다. 그의 에로스는 정상적인 에로스가 아니라 정신적 불구자의 에로스이다. 소유 충동은 결국 이기적 열망의 연장이며 궁극적으로 자기는 물론 상대방을 파괴하기에 이른다.

이 작품의 중심인물 4인이 만들어 내는 사랑의 갈등구조에서는 모두가 비극적인 패배자들이다. 미시킨은 사랑의 망설임으로 두 여인을 모두 다 잃게 되는 비극적인 인물이다. 자신의 우유부단한 성격과 사랑의 감정은 끝내 나스타샤를 죽음으로 몰고 갔고 본인 역시 처음의 백치 상태로 다시 돌아갔다. 나스타샤는 자신의 순결한 모습을 되찾지 못하고 로고진의 칼 아래 파멸한다. 로고진은 살인죄로 10여 년의 시베리아 유형을 선고받는다. 반면에 아글라야만은 파멸에서 탈출하여 자신의 새로운 길을 간다.

이 작품에서 작가가 사랑의 갈등구조를 통해 말하고 싶은 것은 무엇일까? '아름다움이 세계를 구할 것'이라는 화두에는 긍정과 부정이라는 대비되는 두 가지 의미가 함축되어 있다. 부정적인 의미에서 선과 미 하나만으로 세계를 구원한다는 것은 공허한 외침일 뿐이다. 긍정적인 의미에서 선과 미의 통일은 사랑이며 이는 구원의 가능성을 제시한다. 이 작품에서 백치는 더없이 순결하고 아름답고 선량한 사람을 연상시킨다. 윤리적 이상으로서의 백치는 절대적으로 착한 인간의 화신인 것이다. 그러나 이러한 인간이 살아가는 현실 세계는 너무나 타락하고 오염된 악의 세계이다. 미시킨은 파멸해 가는 사람들을 아무도 구원해 주지 못했다. 순수한 관념의 추상 세계의 인간이 구체적인 현실 세계의 인간을 구원하는 문제는 이론에서 가능한 문제가 현실에서는 불가능한 문제로 남는 것과 같다. 추상적 관념은 언제나 아름다우나 구체적인 현실 세계에서 그 개념은 항상 빛이 바랜다. 선이나 미 어느 하나로는 아무도 구원해 주지 못한다. 선과 미가 합쳐진 아름다움은 구원의 가능성을 제공한다. 작가가 이야기하고자 하는 것은 절대미와 절대선이 합쳐진 아름다움은 끝없는 희생정신을 바탕으로 한 사랑뿐이라는 것이다. '아름다움이 세계를 구할 것'이라는 화두는 순수한 사랑만이 세계를 구할 것이라는 메시지이다.

오늘날 각박한 세상에서 때로는 바보가 아름답다. 즉 바보가 세상을 구원한다. 일반적으로 행동이 느리고 잘 웃으며, 생각이 단순하고 물질적 욕심이 없는 데다, 순수하고 누구에게 해를 끼칠 줄 모르며 변함이 없는 것이 바보의 특징이다. 바보에게는 자신보다 남을 먼저 배려하고, 궁극적으로는 사람들을 감동케 하는 힘이 있다. 세속적인 가치의 기준으로 볼 때 순전히 바보인 사람이 성스러운 가치의 기준으로 보면 궁극적으로 이상적인 인물이 된다. 속도주의와 물질주의 시대에 놓쳐 버린 아름다운 삶의 지표를 찾고, 숨쉬기조차 어려운 세상에서 편안하게 숨을 쉴 수 있게 만들어 가는 사람이 진정한 바보이다. 정말로 큰 지혜를 가졌거나 시대를 앞서가는 사람들은 오히려 바보의 특징을 지닌 사람들이다. 백치 미시킨이야말로 개인주의와 물질주의에 빠진 사회를 초월해 꾸준히, 천천히, 열심히 새로운 시대를 열고자 노력하는 인간형을 대표하는 인물이다. 미시킨은 신성하고 고독한 그리스도의 슬픈 패러디이다.

육체적 아름다움에서 영혼과 생명의 아름다움으로 소크라테스는 『향연』에서 아름다움 자체의 본성을 말한다. 그에게 있어 아름다움이란 변하지 않고 순수하며, 시간, 장소, 관점에 상관없이 아름다운 것, 곧 아름다움의 이데아를 가리킨다. 인간은 '에로스의 사다리'를 이용하여 아름다움의 이데아에 도달할 수 있다. 에로스의 사다리는 어떻게 오를까? 우선 아름다운 육체를 사랑해야 한다. 온전히 사랑한다면, 한 육체의 아름다움은 다른 육체의 아름다움과 비슷하다는 사실을 깨닫게 될 것이다. 모든 아름다운 육체를 사랑하게 된 사람은 어느 한 육체만 격렬하게 사랑하는 걸 하찮게 여기게 된다. 그러고 나면 제각기 다른 모든 육체의 아름다움에 빠짐없이 존재하는 것, 곧 영혼의 아름다움을 만나는 데 이른다. 영혼의 아름다움을 만나게 되면 육체의 아름다움보다 이것이 더욱 소중하다는 것을 알게 된다. 이렇게 인간은 육체에서 정신으로, 개별에서 보편으로 넘어간다. 인간이 거쳐 가는 사랑의 단계, 곧 에로스 사다리를 오르면 그곳에서 아름다움 그 자체, 곧 아름다움의 이데아를 만나게 되는 것이다. 미시킨은 육체의 아름다움을 가진 나스타샤와 아글라야를 통해 에로스의 모든 것을 알게 된다. 아름다운 몸의 소유자들은 정신적 아름다움의 소유자 미시킨을 만나 아름다움 그 자체가 무엇인지 깨닫는다.

아름다움의 본질은 '생명'이다. 생명이 없으면 아름다움도 없다. 생명과 아름다움은 둘 다 보편적 가치이다. 미시킨은 생명을 가장 고귀한 아름다움으로 생각한다. 그는 파멸해 가는 비극적인 여성들을 만난다. 나스타샤 필립포브나의 사진에서 그녀의 비극적인 운명을 직감한 미시킨은 그녀의 삶과 운명에 대해 고뇌한다. 그는 그녀의 생명을 구하기 위해 최선을 다하지만 그의 모든 노력은 실패로 끝난다. 결국, 그는 그녀의 생명을 구하지 못한다. 그녀는 육체적 아름다움 때문에 자신의 생명까지 잃게 된 것이다. 생명은 부드러움이지만, 죽음은 딱딱함이다. 죽음으로 이끄는 아름다움은 진정한 아름다움이 아니다. 아무도 죽은 나스타샤를 아름답다고 하지 않는다. 아름다움이 곧 생명임을 알지 못하는 로고진은 그녀의 목숨을 앗아 간 추악한 악당으로 전락한다. 작가는 미시킨을 통해 생명존중과 인간성의 회복이 아름다움임을 피력하고자 했다. 그러나 그의 의도는 실패로 끝난다. 미시킨이 다시 백치로 돌아가기 때문이다.

감성과 이성의 조화 미에 대한 담론을 미학과 연결하여 전문화할 수 있다. 미학에서 아름다움이란 무엇일까. '아름답다'라는 판단은 감성적 판단이다. 즉 동서양과 고금을 막론하고 '아름답다'라는 것은 인간의 정서에 어떤 대상이 왠지 모르게 기쁘고 만족스럽게 느껴질 때 내려지는 판단이다. 그런데 미적 판단은 감성적인 동시에 이성이 개입된다는 점이 독특하다. 감정이란 원래 학력이나 빈부에 상관없이 모든 인간의 외부세계에 대한 지각과 반응을 담아낸다. 이성은 그렇게 수용된 감각의 내용을 이성의 구조로 포섭한다. 감정이 개방적인 외부지향성을 추구한다면, 이성은 폐쇄적이고 내부 구조적이며 합목적성의 논리를 항상 준비한다.

이처럼 감성과 이성의 조화 문제를 고민하고 이를 인식과 실천의 문제와 결합해 철학적 체계들로 표현해 보고자 했던 것이 미학의 역사다. 미의 인식과 실천에 대한 문제는 칸트와 헤겔 같은 철학자들의 미학 사상의 주요 관심사였다. 미학이란 어찌 됐든 인간의 이성적 삶과 조율 문제로 다루어졌던 것이고, 이성은 미학적 개념 범주들 전체를 관찰하는 일종의 지배 의지로 작용한다. 미를 감정의 문제로만 볼 때, 미는 자연스럽게 누구에게나 느끼기 나름의 문제가 된다. 미의 문제가 대중성을 획득하기 위해 다른 장치를 필요로 하지는 않게 되는 것이다. 하지만 감정과 이성의 조화가 미의 문제로 인식되면, 미는 일정한 인식능력 수준의 문제가 된다. 사실상 어느 시대든간에 공론화된 미의 문제는 누구나 느끼는 감정의 문제가 아니라 특수한 사람들이 느끼는 감정의 문제로 거론됐고 한 사회는 미를 선택된 현실 혹은 대상, 실천, 이미지의 문제로만 거론했다. 총체적 미학화란 한 인간에게서 감정과 이성의 총체적 조화를 추구한다는 의미이다. 이렇게 조화된 인간만이 올바른 주체이고, 이와 같은 주체적 인간이 곧 교양과 문화를 갖춘 인텔리겐치아라 할 수 있다.

26. 만인에 대한 만인의 죄: 도스토엡스키의 『카라마조프가의 형제들』

인간의 정신세계는 우주만큼이나 넓고 깊다. 그 정신세계의 비밀을 파헤치는 일은 우주의 비밀을 연구하는 일만큼 어렵고 신비스럽다고 할 수 있다. 인간은 선한 존재일까 아니면 악한 존재일까. 선과 악이라는 이분법으로 인간을 재판할 수 있을까. 악인에게서 천사와 같은 마음을 보게 되고, 선한 인간에게서 악한 마음을 보게 될 때 선악이라는 개념이 얼마나 무의미한지 느끼게 된다. 이 세상에서 가장 무서운 악은 살인이다. 그중에서도 아버지 살해는 인류의 범죄 가운데 금기시되어 있는 최악의 범죄로, 궁극적으로는 신의 살해를 상징하기도 한다. 도스토엡스키의 소설 『카라마조프가의 형제들』은 아버지 죽이기라는 반인륜적 범죄에 연루된 인간들의 정신세계와 종교 세계를 다루며 죄인들이 어떻게 벌받고 구원되는가를 보여 준다.

평가 『카라마조프가의 형제들』은 도스토엡스키에게 불후의 명성을 가져다준 작품으로서 인생의 복음서, 예술적 병리학서, 그리고 현대의 묵시록이라는 평가를 받고 있다. 그리하여 도스토엡스키는 잔인한 천재, 광기의 시인, 종교적 신비주의자, 인간의 신성과 악마성을 투시한 작가 등 다양한 칭호를 얻을 수 있었고, 세계문학사에서 최고의 작가로 자리매김할 수 있었다. 오늘날 도스토엡스키에 관한 연구는 문예 비평뿐만 아니라 철학적, 사회학적, 사상적, 정신분석학적, 종교적 비평 분야에서도 활발한 논쟁으로 이어지고 있다.

가족의 비밀 이 소설은 1860년대 어느 지방 도시 스코토프리곤옙스크('가축우리'라는 뜻)의 몰락해 가는 지주 가족을 둘러싸고 전개된다. 카라마조프 가족은 늙은 아버지 표도르, 장남 드미트리, 차남 이반, 막내 알료샤, 그리고 사생아 스메르댜코프로 구성되어 있다. 장남 드미트리는 첫 번째 아내의 소생이고, 이반과 알료샤는 두 번째 아내의 소생이다. 사생아는 거지 여인의 소생이다. 이 배다른 형제들이 성장하여 한데 모이면서 문제가 발생한다. 문제의 발단은 유산상속이다. 아버지와 장남은 재산 문제로 다투고, 그루셴카라는 여성을 두고 연적이 되어 싸운다. 그 과정에서 아버지 표도르가 살해당한다. 사실상 아버지를 죽인 살인범은 사생아 스메르댜코프이지만, 장남 드미트리가 용의자로 체포되어 아버지 살해혐의로 유죄 판결을 받게 된다. 드미트리는 실제로 아버지를 죽이지 않았지만, 모든 책임을 지고 유형의 길을 떠난다.

제목의 시학 소설에서 이야기의 내용 이외에 중요한 것이 있다면 제목이다. 소설은 제목에서부터 시작된다. 소설의 제목은 책의 일부인 동시에 전체를 가리킨다는 의미에서 일종의 환유요 메타언어이다. 도스토옙스키는 작품의 주제를 아우르는 제목을 선호한다. 그의 소설 제목은 의도된 함축의미를 내포하고 있다. 『카라마조프가의 형제들』의 제목에는 중요한 비밀이 숨어 있다. 피와 연관된 성(姓)의 상징성이다. 피의 색깔은 농담에 따라 '선홍색, 검붉은 색, 다갈색, 검은색' 등으로 보인다. '카라마조프(Карамазов)'라는 성은 '검다'의 튀르키예어 '카라(kara)'[35]와 '도배하다, 얼룩지다, 더럽히다'라

35 튀르키예어로 흑해는 '카라 데니즈(Kara Deniz)'이다. 흑해는 산소가 부족하고 유화수소가 고도로 농축되어 있어 흑색을 띤다. 러시아어로 흑해는 '초르노예 모레(Чёрное море)'이다. 사

는 러시아어 동사 '마자티(мазать)'의 합성어로 결국 '검은 피로써 더럽히거나 도배하다'라는 의미가 있다. 러시아어 '카라(кара)'는 사전에서 '벌, 복수, 징벌, 보복'을 뜻한다. '천벌(божеская кара)을 받은 집안'이라는 의미도 놓칠 수 없다. 일설에 의하면 이 성은 '검다'의 튀르키예어 '카라(kara)'와 '기름'을 의미하는 러시아어 '마즈(мазь)'의 합성어이기도 하다. 또 다른 설에 따르면 '카라마조프'는 러시아어로 '악에 문드러진'이라는 뜻도 된다. 종합적으로 '카라마조프'라는 성은 '검붉은 피로 더럽혀진' 가족이라는 의미가 된다. 가문의 이름으로 된 제목은 이미 무서운 피 냄새를 풍기고 있다. 이는 가족의 비극, 즉 친부살해와 가족의 붕괴를 예고해 주는 제목이라 할 수 있다.

도스토옙스키의 장편소설에는 '피'와 관련된 이야기들이 많다. 『죄와 벌』에는 살인범죄를 예시하는 꿈속에서 말이 농부의 쇠 지렛대에 맞아 흘리는 '피'뿐만 아니라, 주인공에 의해 살해당한 전당포 노파와 여동생 리자베타의 '피'에 관한 이야기가 나온다. 『카라마조프가의 형제들』에는 살해당한 아버지 표도르와 양육의 아버지 그리고리의 '피'뿐만 아니라, 조시마 장로의 전기 속 살해당한 여인이 흘린 '피'에 관한 이야기가 소개된다. 카라마조프가의 형제들 모두 표도르의 '피(혈연)'로 연결되어 있다.

도스토옙스키의 소설에 자주 등장하는 '피'의 상징성을 어원적으로 해석해 볼 필요가 있다. 어원적으로 'bless(축복)'라는 단어는 'blood(피)'에서 왔다고 한다. 즉 '피를 흘린다'라는 의미의 영어단어 'bleed/blood'와 '축복하다'라는 의미의 영어단어 'bless/bliss'는 어원이 같다. 제사장이 피를 공양으로 제물을 바칠 때 신은 축복을 내리기 때문이다. 성경에서의 축복은 '하느님께 바친다'라는 의미를 지닌다. 구약 시대에는 짐승을 잡아 그 피로 하느님께

실 역사적으로 흑해는 러시아와 튀르키예의 경계선(국경선)이라 할 수 있다. 두 나라는 흑해를 차지하기 위해 역사적으로 싸움을 많이 했다. 가장 대표적인 전쟁이 크림전쟁이다. 크림전쟁은 러시아의 남하 정책에 반대하여 튀르키예가 영국과 프랑스와 연합하여 싸운 전쟁이다.

제사(공양)를 드리곤 했다. 그래서 목숨을 다하여 하느님께 바치는 것을 축복으로 여겼다. 기독교에서는 예수의 피-죽음을 통하여 축복(blessing)이 시작되었다고 한다. 진정한 축복이란 피 흘리는 과정을 통과하여 얻어지는 것이라는 역설이 이 단어의 어원에서 발견된다. 피와 연관된 성인 카라마조프 역시 축복의 가능성을 예측할 수 있다. 아버지의 이름 표도르가 '신의 선물'을 의미한다는 것은 시사하는 바가 크다. 표도르 카라마조프는 희생양으로서 '피'와 '축복'이라는 함축의미가 있다. 역설이지만, 피 흘림의 고통을 통해 카라마조프 가족은 구원을 받을 수 있다.

소설의 구성 『카라마조프가의 형제들』은 '성스러운 것'과 '세속적인 것'에 대한 이야기가 반복되는 소설이다. 즉 성(聖)과 속(俗)의 반복이다. 카라마조프 가족에 대한 세속적인 이야기가 한 번 나오면, 다음에는 수도원에 관한 이야기가 나오면서 성과 속이 반복된다. 물론 성스러운 수도원에 관한 이야기는 알료샤와 조시마 장로를 중심으로 전개되고, 세속적인 이야기는 드미트리를 중심으로 전개된다.

소설에서 작가는 알료샤를 주인공으로 지정하나, 사실 그는 사건의 중심이라기보다는 관찰자에 가깝다. 사건의 중심에는 늘 드미트리가 자리하고 있다. 그는 사건을 일으키고 발전시킨다. 큰 사건에서부터 작은 사건들까지 모두 그를 둘러싸고 일어난다. 소설의 구성 역시 드미트리를 중심으로 동심원을 그리며 끝없이 확장되거나 좁혀 들어오는 방사형 구조를 보여 주고 있다. 소설에서 알료샤는 다른 등장인물들의 사랑을 받는 이상적인 인물상으로 그려진다. 다른 모든 인물이 순수한 마음의 알료샤와 대화하기를 좋아한다. 피라미드의 꼭짓점으로 선과 면이 모이고 기(氣)가 모이듯 가족들은 알료샤에게 다가온다. 드미트리와 이반은 알료샤를 만나 많은 것을 고백한다.

사건 중심으로 볼 때 소설의 구성은 동심원이나 방사형 모형을 취하나, 좀 더 거시적으로 볼 때는 십자가 모형을 취하고 있다. 이 소설에서 십자가의 수직축은 추상적, 이념적 이야기로 신과 인간의 종교적 관계를 상징하고, 수평축은 구체적인 인간 삶의 이야기로 인간들 사이의 상호관계를 상징한다고 할 수 있다. 종교 세계는 수도원을 중심으로 조시마 장로와 알료샤에 관한 이야기가 전개되다가 이반의 서사시 「대심문관(종교재판장)」에서 정점을 이룬다. 우주의 조화는 머리가 아닌 가슴과 감성 그리고 믿음으로 이해할 수 있다는 조시마 장로의 설교가 제시되어 있다. 반면에 인간 세계의 이야기는 아버지와 아들의 갈등과 치정 문제로 전개되다가 아버지 살해로 정점을 이룬다. 아버지 죽이기에 관한 이야기가 심오한 심리적, 정신적 애증의 갈등을 도입하면서 냉혹하게 전개되는 반면에 신과 믿음에 대한 추구는 소설 전체를 통해 끈질기게 이어지는 중심축이라 할 수 있다. 더 나아가 종교 세계와 인간 세계의 조화와 부조화의 문제는 철학의 차원으로까지 발전된다.

미완성 소설 『카라마조프가의 형제들』은 미완성 소설이다. 약 40만 단어로 된 소설이 미완성 소설이라니 믿기지 않을 것이다. 도스토옙스키는 원래 총 2부로 된 대하소설을 계획했으나, 제1부만 쓴 후 죽음을 맞이한다. 이 소설의 미완성 문제를 다룰 때에는 주로 주인공 알료샤에게 초점이 맞추어진다. 서문에서 작가는 알료샤를 주인공으로 설정하고 있다. 애초에 작가는 성자전 형식을 빌려 '알렉세이 카라마조프의 생애전'을 쓰고자 했다. 생애전의 제1부는 알료샤가 13년 전에 경험한 에피소드이다. 작가의 메모에 의하면 제2부에서 알료샤는 수도원을 떠나 혁명가가 된다고 한다. 이 소설은 작가가 계획했던 전체의 딱 절반에 해당하는 제1부의 이야기인 것이다. 그래서 『카라마조프가의 형제들』은 '완성으로서의 미완성(non finito)' 소설이라고 한다.

도스토옙스키의 인간론은 미완결성, 미정성, 비최종화성을 특징으로 한다. 그에게 인간은 언제나 '완성되지 않은 존재', '최종화되지 않은 존재', '종결되어 닫힌 존재가 아니라 언제나 열려 있는 존재'였다. 즉 인간이란 완성된 존재가 아니라, 완전한 이상을 추구하며 끝없이 변화하는 미완의 존재인 것이다. 인간으로서의 한계성과 인생의 미완성을 직시한 도스토옙스키는 소설을 쓸 때 '미완성의 완성' 기법을 택하였다고 할 수 있다. 그는 미완성의 소설 자체를 또 다른 완성으로 제시한 것이다.

카라마조프시나: 『카라마조프가의 형제들』이 세계 명작이 될 수 있었던 이유는 표면적인 플롯 자체가 아니라 그 인물들의 성격과 사상이 서로 부딪치고 공명하는 데 있다. 카라마조프 가족들이 지닌 위험한 본능과 생명력을 '카라마조프시나(Карамазовщина)'라고 한다. 아버지와 자식들을 엮어 주는 핵심어 '카라마조프시나'를 우리말로 번역하면 '카라마조프적인 기질'이라 할 수 있다. 아버지 표도르는 '카라마조프시나'를 자식들에게 나누어 준다. 표도르의 세 아들은 좋은 점, 나쁜 점을 포함해서 아버지의 유전적 성격을 골고루 물려받았다. 세 아들 드미트리, 이반, 알료샤는 인간성의 세 가지 측면이라 할 수 있는 감성(열정), 지성(이성), 신성(영성)의 세계를 각각 상징한다. 그들은 모두 친부살해라는 공동의 죄에 묶여 있다.

① **감성 세계:** 장남 드미트리(미차, 28살)는 카라마조프가의 감성 세계를 상징한다. 여기서 감성 세계란 육체와 감정을 포괄하는 개념이다. 드미트리는 언제나 이상과 관능 사이에서 괴로워한다. 전처 소생인 그는 아버지처럼 강렬한 정욕의 소유자로서 그루셴카의 아름다움에 반한다. 비록 방탕한 생활을 할지라도 나름대로 고결한 것과 순수한 것을 동경하는 인물이다. 즉 타오르는 정열과 야성적인 생명력을 갖고 있으면서도 한편으로는 명예와 진리를 존중하는 고상한 일면도 있다. 그는 아버지와 비슷한 정열을 갖고 있지만, 선악의 경계선을 완전히 벗어난 아버지의 짐승 같은 정열에는 미치지 못한다. 그는 친어머니의 유산을 상속받을 권리를 가졌으나 아버지 표도르의 농간으로 빚까지 지는 신세가 되었다. 이에 그는 자신의 유산을 가로챘다는 생각에 아버지를 죽도록 미워한다. 그러나 여러 면에서 그는 그 시대

의 가장 인간적이며 순수한 러시아적 인물이다. 삶을 사랑하지만, 삶의 의미는 찾지 못하는 인물이기도 하다.

② **지성 세계**: 차남 이반(24살)은 지성(이성)의 세계를 상징한다. 이반의 경우 카라마조프가의 탐욕스러운 피가 지적인 탐구로 구현되었다고 할 수 있다. 태어날 때부터 내성적이었던 이반은 인간의 이중성과 신의 존재에 대한 문제에 남다르게 집착한다. 모스크바 최고 학부에서 교육받고 재기발랄한 논문을 발표한 그는 니힐리즘(허무주의)의 관점에서 신과 종교를 부정하는 무신론자이다. 이반은 자신의 회의론에 대해서조차 회의적일 정도로 지적이다. 그는 존재의 궁극적인 문제에 대해 단순한 오성의 영역에서 해답을 얻을 수 없다는 것을 잘 알면서도 해답을 찾아 헤매는 탐구자이다. 이반의 이중성은 인간과 신의 끝없는 투쟁에 집중되어 있다. 그는 반역 행위로 시작하여 신의 세계에 대한 형이상학적 반란으로 끝을 맺는다. 인간의 죄와 고통에 대한 문제를 신의 존재 문제와 연결시켜 논쟁한다. 신의 세계를 거부하는 이반의 논쟁은 「대심문관」에 밀도 있게 극화되어 있다. 그는 형 드미트리의 약혼녀 카테리나를 사모하면서 아버지에게는 증오심을 갖고 있다. 알료샤가 삶 자체를 사랑하는 데 반하여, 이반은 삶 자체보다는 삶의 의미나 본질에 더 많은 관심이 있다.

③ **영성 세계**: 막내인 알료샤(21살)는 영성의 세계를 대표하는 유일한 긍정적 인물이다. 알료샤는 인간 사랑을 강조하는 조시마 장로 밑에서 '고난을 통한 구원'이 종교적 계몽의 자연스러운 단계라는 것을 배우는 수도사이다. 그는 신앙심이 깊고 누구에게나 사랑과 동정을 베푸는 선하고 어진 성격의 인물이다. 하느님을 진실로 믿고 있는 알료샤는 늘 천진한 어린아이들과 함께 등장하며 러시아의 미래를 밝혀 줄 만한 건강한 인물로 성장해 나간다. 그는 니힐리즘과 무신론이 팽배했던 당시 러시아에서 러시아 정교의 구도자적 방향을 제시하고 있다. 또한 아버지의 사랑을 받는 유일한 아들이기도 하다. 이 소설의 주인공으로 미래 세계를 대표하는 알료샤는 신과 인간이라

는 수직적인 관계를 수평적인 관계로 펼쳐 보이며 살아 있는 신앙의 모범을 보인다. 그는 신과 인간의 관계를 주인과 노예가 아니라 대화의 관계로 풀어 간다. 수직적인 올바른 관계가 인간들의 수평적인 만남의 관계를 통하여 드러나게 되는데 이는 진리를 살아 있는 참신앙으로 만들어 수직으로 올라가게 한다. 알료샤의 삶은 수직과 수평의 조화로 생겨난 것이다. 그는 현실과 동떨어진 세계로 치닫는 종교성을 철저하게 현실 위에 세우고 있다. 기독교의 이상을 구현하는 존재로서 삶의 의미보다는 오히려 삶 그 자체를 사랑한다.

소설에서 '감성, 이성, 영성' 같은 관념(이데올로기)은 추상적 개념으로 남아 있지 않고, 어디까지나 작중인물들의 성격과 행동을 통하여 예술적으로 구현된다. 바꾸어 말하면 도스토옙스키의 작품에 등장하는 관념은 단순한 관념이 아니라 관념의 이미지이다. 이 작품에서 사건은 간단하지만, 관념으로 형상화된 인물들의 사상과 심리는 복잡하다. 카라마조프 가족은 인간 세계의 모든 내적 모순이 반영된 하나의 소우주라고도 할 수 있다.

분신의 세계 스메르댜코프는 백치와 다름없는 거지 여인에게서 태어난 표도르의 사생아이다. 그는 동네에서 소문난 더럽고 못생긴 바보 처녀를 표도르가 겁탈하여 태어난 인물이다. 교활하고 퇴폐적인 성격을 지닌 뇌전증(간질병) 환자인 스메르댜코프는 표도르의 집에서 하인 겸 요리사로 일하고 있다. 그 집의 하인처럼 생활하지만, 자신이 표도르의 자식임을 내비치려 하지 않는다. 자신의 출생 자체를 혐오하고 저주하기에 자신의 존재에 대하여 의미를 부여하려는 모든 시도를 거부한다. 그는 자신의 저주스러운 출생에 복수를 하기 위해 기회를 노리며 세상을 적대시할 뿐이다. 그는 백구두와 하얀 양복을 즐겨 걸치고 서구의 것을 동경한다. 그의 깨끗함에 대한 추구는 어머니의 흉한 모습에 대한 거부의 몸짓이라 할 수 있다. 그러나 그의 하얀색과 청결에 대한 추구는 건강하지 못하다. 자기 존재의 근원인 어머니와 아버지 모두를 부정하고 싶은 마음의 발로이기 때문이다. 드미트리가 금욕주의의 광신적 이교도 같다고 조롱하는 스메르댜코프의 비육욕적 측면은 아버지의 지나친 육욕에 대한 거부이기도 하다. 이와 함께 그는 자신으로부터 모든 생명의 가능성을 스스로 박탈한다. 그가 입는 흰 셔츠, 흰 스타킹이 바로 당시 유행하던 비둘기파, 즉 거세 종파의 상징이었다. 그가 세 들어 살던 집 역시 흰 벽돌집이었다. 거세는 곧 생산 불능을 의미하며 이것은 다시는 자신과 같은 생명의 존재를 허락하지 않겠다는 상징적 메시지의 전달이다. 표도르의 저주받은 산물로서 스메르댜코프는 스스로 자신이 정상적 인간임을 부정하면서 자신에게 가해지는 선악의 판단을 의도적으로 거부하고 있다. 모든 사람에게 소외되고 멸시받는 스메르댜코프는 이반과 접촉하면서 '모든 것이 허용된다'라는 무서운 사상에 오염된다. 그는 이반의 분신으로서 행동한다. 표도르를 증오하며 기회를 엿보던 스메르댜코프는 마침내 그를 살해하고 자살하게 된다.

표도르의 복잡한 성격의 일면을 물려받은 형제들과 연루된 여성들은 그루센카(17살)와 카테리나(20살)이다. 그루센카는 아버지와 아들을 동시에 성적 대상으로 삼으며 수단 방법을 가리지 않고 돈을 버는 데 심혈을 기울인다. 반면에 카테리나는 지적 자만심이 강한 여성이다. 작품에는 아버지와 아들들, 여성들이 복잡하게 얽혀 전개하는 애증의 싸움이 그려진다.

악마와의 대화 스메르댜코프는 이반의 사고방식을 흉내 내며, 그의 원칙을 실천에 옮긴다. 그는 '신이 없으면 모든 것이 허용된다'라는 이반의 말을 실천하기 위해 표도르를 살해하고 간질을 핑계로 혐의 선상에서 벗어났다. 스메르댜코프는 이반이 아버지를 죽인 것이나 마찬가지라는 말을 남기고 자살한다. 그 후 이반은 정신착란 상태에 빠져 자신의 분신이라고 할 수 있는 악마와 이상스러운 대화를 나누며 악마의 조소를 받는다. 드미트리의 소송이 진행되고 있을 때, 이반은 법정에 나타나 자기가 죽였다고 고백하면서 드미트리의 무죄를 주장하지만, 정신착란 상태에서 그가 한 진술은 인정되지 않는다. 이반은 자신의 본원적인 죄를 의식하고는 미쳐 버린다. 이반의 증언에 충격을 받은 사람은 그를 사랑하는 카테리나였다. 그녀는 이반을 살리기 위해 드미트리의 범행을 입증하는 편지를 재판정에 제출한다. 그루셴카는 드미트리에게 이 모든 것이 음모임을 알려 주지만, 드미트리는 카테리나를 용서하자고 제안한다. 드미트리는 평소 마음속으로 아버지를 죽이고 싶었기에 자기에게도 죄가 있음을 시인하고 속죄하고 싶은 마음뿐이었다. 드미트리의 생각은 말이 되었고, 말은 행동이 되었으며, 행동은 습관이 되었다. 그의 습관은 인격이 되었고, 그 인격은 바로 그의 비극적 운명이 되었다고 할 수 있다. 아버지의 죽음에 대한 모든 책임은 그 자신이 짊어져야 했다. 결국, 드미트리는 법정에서 20년의 징역형을 선고받지만, 마음의 평정을 찾을 수 있었다.

친부살해의 의미 지평 친부살해는 도스토옙스키가 평생 관심을 쏟았던 주제이다. 이것은 작가의 경험에서 비롯된다. 아버지가 자신의 농노들에게 살해당한 사건은 평생 그의 마음을 짓누르는 트라우마였다. 그리고 작가는 유형지에서 친아버지를 죽인 혐의로 10년간 유형수로 복역하다가 진범이 잡혀 석방된 육군소위 일린스키를 알게 된다. 이러한 작가의 경험이 바로『카라마조프가의 형제들』탄생에 중추적 역할을 하게 된다. 최악의 패륜범죄인 친부살해에 대해 심리적·정치적·종교적 차원에서 해석해 볼 필요가 있다.

첫째로 심리적 차원의 해석이다. 작가는 친부살해라는 용서받지 못할 살인 사건을 다루면서 아버지와 아들을 계속해서 대립시키고 있다. 아버지와 자식들, 그리고 형제들 상호 간의 의식 내지는 무의식적인 행동 양상에 대한 도스토옙스키의 심리 분석은 프로이트에게 지대한 영향을 주기도 했다. 프로이트는 자신의 논문「도스토옙스키와 부친살해(Dostoevsky and Parricide)」(1928)에서 친부살해의 욕망을 오이디푸스 콤플렉스로 설명했다.

도스토옙스키는 심리 실험의 기초를 혈연 문제, 즉 유전 현상에 두면서 천성적으로 모든 카라마조프 가족이 지닌 위험한 본능에 초점을 맞추고 있다. 실제로 살인을 하는 것은 사생아 스메르댜코프이지만, 세 아들은 사주와 묵인으로 범죄에 가담한다. 드미트리와 이반은 방탕한 아버지의 죽음을 은근히 기대해 왔다. 알료샤 역시 친부살해에 대한 죄의식에서 벗어날 수 없다. 알료샤는 평소 아버지와 형 드미트리의 갈등을 잘 알면서도 적극적으로 개입하여 미래의 살인 사건을 미리 예방하려는 의지가 없었다. 알료샤는 아버지의 죽음에 책임을 지기 위해 소극적 방관자가 아니라 적극적인 참여자로 살아야 한다는 것을 깨닫는다. 이 작품에서 친부살해는 어느 한 개인의 죄라기보다 아버지의 죽음에 연루된 카라마조프 집안 전체의 죄가 된다.

둘째로 정치적 차원의 해석이다. 정치적 차원에서 아버지는 차르(황제)를 상징하기도 한다. 러시아 국민은 차르를 '아버지'라 불렀다. 또한 아버지에 대한 자식들의 반란은 황제에 대한 반역과 혁명이라는 상징적 의미가 있다. 그런 의미에서 아버지 살해는 상징적으로 황제 살해를 의미한다. 당시 러시아의 정치 상황은 그런 해석을 가능하게 해 준다. 황제 알렉산드르 2세는 1861년에 농노해방령을 선포했지만, 테러로 암살을 당한다. 도스토옙스키는 미완성 소설 『카라마조프가의 형제들』의 제2부에서 주인공 알료샤를 테러에 가담시켜 미래의 혁명투사로 만들 계획을 짜기도 했다.

셋째로 종교적 차원의 해석이다. 알료샤에겐 육신의 아버지 표도르와 영혼의 아버지 조시마 장로가 있다. 자식들을 돌보지 않고 완전히 무시하는 표도르가 비록 아버지의 역할을 제대로 하지 못했다 할지라도, 아버지 살해는 천상에 대한 반역이다. 종교적 차원에서 친부살해는 신에 대한 반역을 상징한다. 독실한 정교회 신자인 도스토옙스키에게 친부살해는 신의 죽음과 같다. 친부살해는 신에 대한 반역을 꾀하는 무신론자 이반의 사상과도 긴밀하게 연관된다. 이반이 대표하는 사상은 공리주의, 사회주의, 허무주의, 즉 유럽의 무신론이다. 이반은 '모든 것이 허용된다'라는 자신의 신념을 밝히기도 하고, '신이 만든 세계를 받아들이지 않겠다'라는 요지의 신앙 고백도 한다. 이러한 이반의 무신론은 조시마 장로가 대표하는 러시아 정교 사상과 대결하게 된다. 이를테면 유럽의 무신론 대 러시아 신앙(정신)의 대결이라 할 수 있다.

사실과 진실의 문제 『카라마조프가의 형제들』에서 작가는 좀 더 현실적인 문제를 들추어낸다. 아버지와 자식들 간의 재산 다툼이 범죄의 주요 모티프로 등장한다. 돈, 살인, 치정의 세 가지 모티프는 긴밀하게 얽혀 주인공들의 운명을 이끄는 주도적 역할을 한다. 그들은 돈으로 연결되고 돈으로 맺어진다. 이 가족에게는 '피가 물보다 진한 것'이 아니라, '돈이 피보다 더 진하다'고 할 수 있다. 특히 드미트리와 이반은 돈에 집착한다. 드미트리는 '돈 없이는 아무것도 할 수 없다'라고 솔직하게 말한다. 『카라마조프가의 형제들』은 3,000루블(한화 6천만 원)에 의한, 3,000루블에 관한, 3,000루블을 기초로 만들어진 소설이다. 즉 이 소설은 3,000루블로 시작해서 3,000루블로 끝난다고 할 수 있다. 소설에서 3,000루블은 약 190번 이상 언급되고, 돈 이야기는 약 300번 이상 나온다. 이 3,000루블이라는 돈 때문에 드미트리의 운명은 소용돌이친다.

도스토옙스키는 언제나 '사실(fact)과 진실(truth)의 차이'를 강조한다. 그의 소설에서 눈에 보이는 사실은 눈에 보이지 않는 진실과 각축을 벌인다. '사실 대 진실'의 대립은 3,000루블과 연관되어 가장 첨예하게 드러난다. '사실 대 진실'이라는 형이상학적인 문제를 소설화하는 데 돈이 촉매가 된다. 3,000루블이라는 사실로서의 돈은 범죄의 진실을 가리는 허구로 드러난다. 드미트리의 일시적인 파멸과 영원한 구원은 이 돈에 의해 결정된다고 할 수 있다. 당대 귀족 작가들과는 달리 요즘 말로 생계형 작가였던 도스토옙스키는 자본주의 사회에서 돈이 갖는 위력을 정확하게 파악한 것이다. 그는 돈을 향한 그 시대의 욕망과 광기를 실증적 재현을 통해 보여 주었다. 돈 없는 사람이 명예를 구하기 위해 돈을 절실하게 필요로 할 때 느끼는 절망의 고통에 대한 묘사는 정말로 감동적이다. 그의 소설에서 돈은 권력(힘)이고 자유이며, 자존심이고 고통이며, 소통이 되기도 한다. 그래서 작가는 소설에서 "돈이 말을 한다"라고 표현한다.

이반은 '모든 것이 허용된다'라는 '무한 자유 사상'으로 아버지 살해를 교사하고, 스메르댜코프는 이반의 하수인이 되어 살인을 대행한다. 스메르댜코프는 자기가 숭배하는 이반이 아버지를 증오한다는 것을 알아채고, 오랫동안 치밀하게 범행 계획을 세워 이반을 위해 살인을 저지른다. 이반의 무신론이 스메르댜코프의 교활한 머릿속에서 살인을 정당화한다. 살인자 스메르댜코프는 살인 동기를 묻는 이반에게 솔직하게 말한다. 아버지 표도르가 그루센카와 결혼하면 유산이 그녀에게 돌아가지만, 아버지가 죽으면 삼형제 모두 3만 루블씩 유산을 상속받게 된다는 것이었다. 스메르댜코프는 이반에게 자신의 범행을 고백하면서 숨겨 두었던 3,000루블을 건네주며 말한다. "이반 도련님도 돈을 무척 좋아하시죠? 도련님은 다른 형제보다도 아버지 표도르 파블로비치를 제일 많이 닮았어요. 같은 영혼을 갖고 있어요." 이러한 스메르댜코프의 고백은 이반의 경우 상대적으로 돈에 집착하지 않는 것처럼 보였지만, 그 역시 아버지나 드미트리와 다름없는 속물임을 보여준다. 이반은 자신의 욕망 속에 감추어져 있던 진실이 폭로되자 괴로워한다. 돈이 지배하는 세상에서 이반의 내면에 웅크리고 있는 추악함과 비열함이 밝혀진 것이다. 이런 식으로 작가는 돈의 숨겨진 진실을 보여 준다.

모든 것이 허용된다 도스토옙스키는 성서의 「고린도전서」에 나오는 "신과 함께라면 모든 것이 가능하다"라는 말을 변용하여 이반의 입을 통해 "(신이 없으면) 모든 것이 허용된다"라고 말한다. 이반의 말은 성서의 저속한 패러디로서 일종의 '성스러움의 패러디(parodia sacra)'라 할 수 있다. '모든 것이 허용된다'라는 자신의 이론에도 불구하고 이반은 자신이 도덕적으로 죄가 있음을 부인하지 못한다. 이반은 자신의 저속한 패러디(나쁜 모방)인 스메르댜코프가 마음 놓고 범행을 할 수 있도록 범행 전날 밤에 재빨리 집을 떠나 의도적으로 아버지 살해를 돕는다. 사실, 살인자 스메르댜코프는 이반의 분신이다. 그는 이반의 사고방식을 흉내 내며 그의 원칙을 실천으로 옮긴다. 카라마조프 노인을 살해한 것은 스메르댜코프의 손이지만 그 사상적 원칙에서는 이반이 살인자이다. 이반은 스메르댜코프에게 자신의 사상을 주입시켜, 그가 사상의 대행자로서 범죄를 저지르게 만든 것이다. 스메르댜코프가 목매달아 자살하고 드미트리가 자신이 저지르지 않은 살인 때문에 시베리아 유형을 선고받자 이반은 자신의 본원적인 죄를 의식하고 미쳐 버린다. 더욱이 이반은 형 드미트리의 약혼녀 카테리나와 서로 사랑하는 사이로 발전한다. 두 사람은 겉으로는 자존심과 명예 때문에 감정 표현을 하지 않지만, 서로가 내면적으로 깊이 사랑하고 있다는 것을 알게 된다. 이반은 형과 아버지 모두에게 죄인이다. 가부장제도 사회에서 아버지는 신이다. 신의 역할을 떠맡은 아버지는 자식들에게 절대적인 존재로 군림하고자 한다. 그리하여 '아버지의 죽음'은 '신의 죽음'을 상징한다고 할 수 있다. 이반의 '모든 것이 허용된다'라는 사상은 '아버지 살해'로 이어지며 궁극적으로는 '신의 죽음'을 선포한 것이 된다.

엄청난 불행을 막기 위해 동분서주하는 알료샤도 아버지와 형 드미트리의 갈수록 심화되는 대립 속에서 자신의 무능함을 느끼게 된다. 그는 집안에서 가장 냉철한 이성을 가진 형 이반에게 마지막 희망을 걸고 해결사의 역할을 부탁한다. 그러나 이반은 아버지와 표도르의 싸움을 독사와 독사의 싸움으로 무시해 버린다. 아버지의 죽음을 막지 못한 알료샤 역시 정신적인 죄를 면하기 어렵다. 그러나 알료샤에게는 비정한 육친의 아버지 대신에 정신적인 아버지 조시마 장로가 있고, 다른 아들들은 관심조차 없는 어머니의 형상을 기억하는 긍정적인 면이 있다.

가해자와 희생자의 전위(轉位)관계 도스토옙스키의 소설에서 흥미로운 것은 폭력의 가해자와 희생자의 관계가 궁극적으로는 뒤집힌다는 사실이다. 그리하여 작가는 궁극적으로 선악의 개념을 자리바꿈시킨다. 『죄와 벌』에서 살해자인 라스콜니코프와 희생자 전당포 노파의 위치가 바뀌게 되는 것처럼, 살인자 스메르댜코프도 표도르와 마찬가지로 결국 희생자의 위치에 서 있게 된다. 표도르와 스메르댜코프는 이 세상에 그들을 구원해 줄 사람이 아무도 없다고 믿는 점에서 공통점을 보인다. 특히 표도르는 세계 내 삶의 모든 기준을 거부한다. 그는 일부러 자기 자신을 어릿광대로 만들어 타인들의 비웃음을 사는 행동을 즐긴다. 타인들의 일상적인 말을 변형하여 괴상한 말로 바꾸고 이를 통해 자신을 어릿광대로 만드는 것이다. 또한, 그는 아름다운 것에 민감한 반응을 보이며 정상적이고 아름다운 것을 자신에게 맞게 추한 것으로 바꾸는 특이한 능력을 지녔다. 물론 그는 이에 대해 가해지는 어떠한 윤리적 비난도 아랑곳하지 않는다. 어떤 면에서 표도르는 『죄와 벌』의 스비드리가일로프의 극단적 인간형으로 간주할 수 있다. 그러나 스비드리가일로프가 삶에 대한 허무를 육욕으로 보상받으려 하면서도 여전히 낭만적인 면이나 인간적인 삶에 대한 갈구가 남아 있었던 반면에 표도르에게는 일말의 인간적 감정도 없다. 그는 두 명의 부인이 떠나거나 죽은 후에도 별다른 변화를 보이지 않았으며 오히려 스스로 버림받은 남편이라고 칭하며 자신을 비하하고 이를 통해 쾌감을 느낀다. 그는 청순미에 반해 결혼했다고 말한 두 번째 부인과의 결혼 첫날밤에도 윤락녀들을 집 안에 불러들임으로써 자신의 타락을 적나라하게 노출한다. 이러한 행동이 비윤리적임을 의식하면서도 오히려 그 과정에서 쾌감을 느끼는 것은 결국 그가 선악의 개념을 고의로 무시한다는 의미이다.

대심문관의 전설 「대심문관(종교재판장)」은 『카라마조프가의 형제들』에 액자처럼 들어가 있는 서사시(또는 극시)이다. 술집에서 이반이 알료샤에게 들려주는 짧은 이야기 「대심문관」은 '도스토옙스키 창작의 절정'으로 평가된다. 프로이트는 "『카라마조프가의 형제들』은 지금까지 나온 소설들 가운데 가장 장엄한 소설이고, 「대심문관」은 세계문학의 압권이다"라고 했다. 그 이유는 서구합리주의를 대변하는 이반의 핵심 사상이 바로 「대심문관」에 집약되어 있기 때문이다.

이반의 서사시 「대심문관」은 어떤 이야기일까? 이 작품의 무대는 16세기 스페인의 남부 지방 세비야 광장이다. 16세기는 신의 이름으로 매일 종교재판과 잔인한 화형식이 자행되던 시기이다. 대심문관인 추기경이 광장의 화형대에서 100여 명에 달하는 이단자들을 처형하던 날 밤, 갑자기 예수 그리스도가 재림하여 나타난다. 예수는 1,600년 전 갈릴리에서 그랬던 것처럼 사랑이 넘치는 손길로 군중을 축복하고 병자를 치유하며 심지어는 죽은 여자아이를 살려 내기도 한다. 그러나 이 광경을 지켜보던 교회 당국자들은 불편한 심기를 감추지 못한다. 예수의 행동은 자칫 교회의 권위와 위계질서를 해칠 수 있기 때문이었다. 그리하여 예수는 1,600년 전 예루살렘에서 선고받은 것과 비슷한 죄로 다시 교회 당국자들에게 체포된다. 그날 밤 감옥에 갇힌 예수에게 90세의 늙은 대심문관이 몰래 찾아와 심문한다. "내일 당신을 이단자로 몰아 화형에 처할 거다. 왜 다시 왔는가? 교회에 모든 권한을 맡기지 않았던가? 당신이 이미 이전에 말한 것으로 우리는 만족한다. 이제 다시 와서 새로운 말을 덧붙일 권한이 당신에겐 없다." 사실 대심문관의 독백은 이성적 논리에 입각한 인간적 공격이며, 예수에 대한 냉소적 비난이다. 심문이 끝나자 대심문관은 예수에게 떠나라고 명령한다. 그리스도는 대심문관에게 키스를 한 후 말없이 떠난다. 짧은 이야기이지만 메시지는 크다고 할 수 있다. 「대심문관」은 해석자의 관점에 따라 다양한 해석이 가능하기에 하나로 수렴되지 않는다. 이 서사시에 관한 해석을 네 가지로 정리해 본다.

첫째로 「대심문관」은 가톨릭주의(catholicism)에 대한 비판서이다. 신앙 조직체인 가톨릭이 행하는 종교재판은 일종의 마녀재판이다. 가톨릭에서 교회의 권위는 절대적이며, 교회의 위계질서가 엄격하게 강조된다. 정교회 국가인 러시아는 교리·사상·전례·윤리를 달리하는 가톨릭교회를 인정하지 않고 적대시해 왔다. 여기서 이반은 가톨릭을 교회 중심주의라고 비판한다. 그래서 「대심문관」은 종교 비판서라 할 수 있다.

둘째로 「대심문관」은 전체주의에 대한 예언서이다. 정치적으로 대심문관의 사상은 전체주의자들의 사상과 똑같다. '국가가 개인에 대해 절대적 권력을 행사하는 체제'인 전체주의의 미래 청사진을 보여 주는 대심문관은 근대적 이성의 오만이 만들어 낸 이단의 상징이다. 전체주의 정권은 개인을 쓸모없는 '잉여 존재'로 만들 뿐만 아니라, 인간 개개인을 무용지물로 만들어 각각의 개성을 말살한다. 20세기에 나타난 전체주의는 그 이데올로기적 속성에 따라 좌익(소련의 스탈린주의)과 우익(이탈리아의 파시즘, 독일의 나치즘)으로 양분될 수 있다. 지상에 유토피아를 건설하고자 했던 공산국가 소련은 76년 만에 역사의 뒤안길로 사라졌고, 파시즘과 나치즘도 같은 길을 걸었다.

셋째로 「대심문관」은 진리 사건으로 진리의 재구성에 관한 이야기이다. 여기서 진리의 재구성은 범죄의 재구성이다. 우리가 알고 있는 기독교는 구원의 종교이기 이전에 진리의 종교이다. 예수 그리스도는 그 자체로 진리이며, 그의 가르침 역시 진리이다. 「대심문관」은 그리스도의 재림에 관한 이야기로서 진리 사건이라 할 수 있다. 예수의 재림은 지상에서 일어난 최대의 사건이다. 여기서 작가의 문학적 상상력은 「대심문관」을 통해 하나의 조직체계가 진리와 진실을 어떻게 억압하고 밀어내는가를 잘 보여 준다. 여기서 조직체계란 교회도, 국가도, 공동체도 될 수 있다. 도스토옙스키는 교회가 대형화되고 체계화, 조직화되면, 자신들이 믿던 신조차도 밀어낼 수 있다는 것을 아주 잘 보여 주고 있다. 예수 그리스도가 지금 지상에 나타난다 해도 1,600년 전 갈릴리에서 그랬던 것처럼 그는 희생양이 될 수밖에 없다. 대심문관이 예수 그리스도의 이름으로 신의 왕국을 건설하려 했던 것처럼, 불온한 성직자들에게 필요한 것은 그의 이름뿐이다. 그들은 그리스도의 이름으로 진리를 재구성하는 범죄자들이다.

넷째로 「대심문관」은 '자유'에 대한 문제 제기이다. 대심문관은 부활하여 재림한 예수 그리스도를 심문한다. 대심문관은 그리스도가 세 가지 힘, 즉 기적과 신비와 권위를 거부하고, 인간에게 지상의 빵 대신 자유를 부여함으로써 그들을 영원히 불행하게 만들었다고 비난한다. 대심문관은 인간에게 자유의지를 선물로 준 예수에게 묻고 대답한다. "당신이 인간에게 자유의지를 준 것은 책임을 묻기 위한" 방법이라고 말이다. 한마디로 인간의 자유의지는 바로 책임 추궁을 위한 술수로, 나약한 인간에게는 고통만 유발할 뿐이라는 것이다. 대심문관 자신은 자유의지와 책임의 고통에 아파하는 나약한 인간들에게 빵과 평등을 주는 대신에 자유를 빼앗았다고 말한다. 모두 인간을 위해서 그랬다는 것이다. 대심문관은 자유를 담보로 인간들을 불안으로부터 해방시켰다고 주장한다. 예수 그리스도의 자유는 인간에게 여러 가지 선택이 가능하다는 것, 즉 아무것도 결정되어 있지 않다는 것이다. 그래서 인간은 선을 택할 수도 있고, 악을 택할 수도 있다. 인간은 그 선택에 책임을 지거나 대가를 지불해야 한다. 대심문관의 생각에 그것은 나약한 인간에게는 지나치게 큰 부담이다. 인간에게는 선택의 자유, 즉 양심의 자유만큼 무거운 짐이 없다. 인간은 나약하기에 자신을 이끌어 줄 강력한 힘을 갈망하게 된다. 대심문관은 그리스도가 이런 요구를 무시했다고 말한다.

그리스도의 침묵 대심문관 앞에서 그리스도의 침묵은 무엇을 의미할까. 「대심문관」에서 대심문관은 그리스도의 부활과 강림의 부당성을 온갖 수사를 동원하여 증명하고자 한다. 그는 인간의 약점을 정확하게 꿰뚫고 있다. 추상적 인간이 아닌 보통 사람들은 기적, 신비, 권위라는 세 가지 힘에서 벗어날 수 없다. 다만 선택된 소수만이 인간 본성에 대한 요약이라고 할 수 있는 그 세 가지 힘에서 자유로울 수 있다. 보통 사람들은 하늘의 양식은 말할 것도 없고, 지상의 양식조차도 공평히 분배할 능력이 없다. 그리스도는 인간에게 무한의 자유를 주었지만, 인간은 그 자유를 감당할 능력이 없는 셈이다. 그리하여 대심문관은 능력에 있어서 제한되어 있고 유한한 인간 그 자체를 불쌍히 여기고 사랑하는 것이다. 어쨌든 대심문관은 종교적 언어의 홍수 속에 빠지고 교만해져 그리스도 말씀의 진정한 의미와 내용을 간과한다. 어떤 의미에서 그는 메시아 콤플렉스에 빠진 자이다. 그리스도는 침묵으로 일관하다가 대심문관에게 키스를 한 다음 홀연히 떠난다. 그리스도의 이러한 행위는 진리의 포기일까 아니면 대심문관의 승리를 인정하는 것일까.

바흐친은 자신의 저서 『언어예술의 미학』에서 도스토옙스키가 보여 주는 '침묵의 진리'에 대해 언급한다. 도스토옙스키는 언제나 추상적인 진리와 구체적인 진리를 대비시킨다. 추상적인 진리는 이론 중심의 '관념'이나 '신념'의 철학과 사상의 진리를 의미하고, 반면에 구체적인 진리는 삶의 진리를 말한다. 도스토옙스키는 그가 쓰기를 포기한 『위대한 죄인의 생애』라는 소설의 창작 노트에 다음과 같이 적고 있다. "그러나 삶의 지배적인 사상은 가시적이어야 한다. 즉 비록 전체적인 지배적 사상은 말로 표현할 수 없고 항상 수수께끼로 남겠지만, 독자는 그래도 그의 사상이 경건하다는 것을 인식해야 한다." 마찬가지로 삶의 진리란 추상적인 말의 유희가 아니라 육화된 진리를 말한다. 육화된 진리란 실천행위를 의미한다. 즉 진리라는 이름으로 반복되는 종교적인 말보다는 감동을 줄 수 있는 종교적 행동(자기희생)이 더 깊은 감화를 준다. 대심문관 앞 그리스도의 침묵은 진리의 포기가 아니라 진리가 말을 통해서는 더 이상 전달될 수 없음을 의미한다. 진리는 육화되어야 하며 간접적이어야 한다. 이 모든 것에서 한 가지 분명한 것은 도스토옙스키에게 있어 진리는 존재한다는 것이다. 그리스도는 언제나 도스토옙스키가 생각한 도덕적 이상의 모델이었다. 작가는 정직과 도덕을 구분한다. 드미트리는 정직하지만, 도덕적인 사람은 아니다. 도스토옙스키는 인간적 진리는 추상적으로 남아 있기보다는 육화되어야 한다고 말한다. 육화된 진리가 바로 예수의 이미지이다. 즉 인간화되고 육화된 진리는 다른 추상적 진리보다 더 가치가 있다. 그리스도의 침묵은 인간에 대한 사랑이고 이해이며, 존경이고 인정이다. 침묵은 대심문관이 사랑과 자비로 고통에서 거듭나고 구원되기를 바라는 영혼의 대화인 것이다. 침묵은 종종 종교적 논리가 아니라 종교적 행동이며 감동이다. 소리가 우주의 침묵에 침윤되어 사라지듯이, 대심문관의 목소리는 그리스도의 침묵에 그 힘을 잃는다.

만인유죄와 죄의식의 공동체 도스토옙스키가 언제나 강조하는 말이 있다. "사람들이 죄를 지으면 너도 역시 거기에 책임을 느껴야만 한다. 그러다 보면 너도 모든 사람과의 관계에서 누가 지은 죄든 간에 함께 책임을 져야 한다는 것을 스스로 알게 될 것이다." 이는 곧 조시마 장로가 일관되게 강조하는 '만인에 대한 만인의 죄[萬人有罪]'로서, '만인은 만인에 대한 책임'이 있다는 것이다. 우리는 '죄의식의 공동체'이며 '책임의 윤리'도 함께 진다. 그리하여 조시마는 누구도 다른 사람을 심판할 수 없다고 주장한다.

드미트리가 실제로 살인을 저지르지 않았음에도 유죄를 선고받은 후 시베리아로 유형을 가는 것은 도스토옙스키의 '책임의 공동체 사상', 즉 '죄의 연대 의식' 때문이다. 이반은 정신적으로 병들어 있지 않고 범죄를 직접 저지르지 않았다. 그는 오만과 자만에 빠져 자신을 다른 사람들의 심판자로 생각한다. 그의 말에 따르면 그의 아버지와 형 드미트리는 독사들이며, 그들의 싸움은 독사들의 싸움이었다. 그의 아버지는 죽어 마땅한 인간이었으며 드미트리는 살인자였다. 이반의 오만은 '이성의 오만'으로서 합리주의 사상에서 나온 것이다. 그의 길은 알료샤가 가는 신앙의 길도 아니고 드미트리가 택한 고통의 길도 아니다. 그의 길은 광기와 파멸의 길이요 성격분열의 길이다. 이반은 스메르댜코프, 악마와 있는 곳에서 성격분열을 나타낸다. 그것은 어떤 의미에서 이반의 분신들이다. 그래서 계몽된 합리주의, 자부심, 경멸, 고독, 자기만족 등은 그들의 공통적 특성이다. 여기서 가장 주목해 볼 것은 그들의 신념이다. 이반은 '모든 것이 허용된다'라고 주장하고, 스메르댜코프는 도덕적 죄악에 대한 인간의 권리를 증명하고자 한다. 그들 사이의 내적 연결 고리는 이반이 자신을 아버지 살해의 공범자로 인정하는 대화 속에서 특히 잘 드러난다. 살인 사건이 일어난 후 이반의 영혼 속에 일말의 양심이 살아난다. 이반은 그 자신이 스메르댜코프와 함께 있다는 사실, 즉 그들의 유사성 때문에, 그리고 스메르댜코프가 그의 영혼 속에 자리 잡고 있기에 죄가 있다는 사실을 자각하게 된다. 이반은 스메르댜코프를 부끄러워하게 되고 그 자신의 죄의식은 '만인유죄'라는 소설의 주된 주제와 조화되어 이반의 마음에 파고든다.

죄의식과 수치심 죄의식과 수치심은 인간을 파멸로 이끄는 감정이다. 수치심이란 도덕적으로 떳떳하지 못하여 느끼는 부끄러움이다. 수치심에서 벗어나지 못한 사람들은 죄의식을 갖고 살 수밖에 없다. 그러한 감정에서 해방될 때 진정한 자유인이 될 수 있다. 이반의 죄의식과 수치심은 그의 전 존재를 위기로 몰아간다. 그리하여 알료샤는 형제들의 죄의식과 수치심을 씻어 주기 위해 최선을 다한다. 이반의 도덕적 위기는 분신이 나타나는 악몽에서 잘 드러나는데, 악몽으로 인해 이반은 수치심과 죄의식을 동시에 느끼게 된다. 그루셴카와 카테리나 역시 수치심에 얽매여 사는 사람들이다. 그들은 자신들의 출신과 행동에 대한 부끄러움 때문에 타인의 시선을 과장하여 느끼고 늘 긴장감에 싸여 있다. 그들은 부끄러움을 의식적으로 없애려 시도하나 실패한다. 부끄러움을 혐오하다가 결국 자기 혐오의 감정에 사로잡힌다. 수치라는 감정은 고통스럽지만, 인생의 일부라고 받아들여야 한다. 자신의 부끄러움에 익숙해지고 친해지고, 그것을 존경할 수 있어야 비로소 자기를 존중하고 사랑하는 마음이 생긴다. 부끄러움을 통해 양심의 재가를 받으면서 살아가는 것은 인간의 조건이다. 부끄러움을 신호로 삼아 자신의 삶을 사랑하고 선하게 이끌 수 있는 자는 진정으로 용기 있는 자이다. 자신의 부끄러움을 건전하게 승화시킬 줄 아는 사람만이 신의 구원을 받을 수 있다. 인간은 신과 인간의 잃어버린 간격을 회복할 때만이 가장 아름답고 자연스러운 삶을 살 수 있다.

고통을 통한 구원 『카라마조프가의 형제들』은 '고통을 통한 구원'이라는 메시지를 전하고 있다. 인간의 '삶-고통-구원'은 도스토옙스키 특유의 변증법이라 할 수 있다. 한마디로 '고통(고난) 없이는 구원도 없다'는 말이다. 살다 보면 죄를 짓게 되고, 고통을 받아야 그다음에 구원을 받을 수 있다는 것이 도스토옙스키의 생각이다. 카라마조프 집안의 비극은 자식들이 속죄를 위해 수난과 고통을 받아들이는 것으로 끝난다. 장남 드미트리는 친부살해라는 죄를 뒤집어쓰고 시베리아로 유형의 길을 떠나고, 이반은 정신분열로 미치고, 알료샤는 인간 세계의 현실을 좀 더 경험하기 위해 수도원에서 나온다. 이 소설에서도 삼 형제 모두 고통을 통해 성장하고 구원을 받게 된다. 특히 다른 형제들의 죄를 대신하여 고통의 길을 택한 드미트리의 행보는 '위대한 행동'이라 할 수 있다.

도스토옙스키는 우리 인간 영혼의 심연에 잠재된 죄의식을 솔직하게 고백하고 인간성의 부활을 모색하고 있다. 작가는 죄의식과 영혼의 분열로 고통을 당해 본 사람만이 구원을 받을 수 있다는 것을 강조한다. 특히 눈물을 통한 구원을 강조한다. 세계문학사에서 『카라마조프가의 형제들』처럼 작중인물들이 눈물을 쏟아 내는 장면이 많은 작품은 없다. 여기서 눈물은 고통의 눈물, 감동의 눈물, 사랑의 눈물, 기쁨의 눈물 등 다양하다. 눈에 눈물이 없으면 영혼의 아름다운 무지개를 볼 수 없다고 생각하는 작가가 바로 도스토옙스키이다.

인간의 화해를 종교에서 찾는 작가는 지성과 양심의 화해를 추구했다. 인간의 비극은 극단적인 지성의 산물이다. 도스토옙스키가 궁극적으로 강조하는 것은 사랑의 비밀스러운 힘이다. "죄를 지은 사람일지라도 사랑하시

글라주노프, 〈타임리스 러시아(Timeless Russia)〉
Attribution: Mos.ru (CC BY 4.0)
https://commons.wikimedia.org/wiki/File:Photo_of_Ilia_Glazuov%27s_paint_%22Timeless_Russia%22_.jpg

오. 왜냐하면, 그 사랑이 하느님의 사랑과 같기 때문이며, 이 세상에서 가장 고귀한 사랑이기 때문입니다. 하느님의 창조물을 모두 사랑하시오. 모래알 하나하나에 이르기까지 사랑하시오. 나뭇잎과 하느님의 빛줄기를 사랑하시오. 동물을 사랑하고, 식물을 사랑하고, 만물을 사랑하시오. 만물을 사랑하면 사물 속에 깃든 하느님의 신비를 알게 될 겁니다." 정의를 완성하는 힘은 인간 사랑[人間愛]뿐이다. 인간은 사랑을 통해서만 하느님의 세계를 이해할 수 있다. 이것은 우리가 사는 세계의 사물뿐만이 아니라, 다른 세계 및 전 우주의 비밀에까지 미치는 것이다.

형제애와 실천적 사랑 이 작품에서 도스토옙스키는 형제애라는 공동체 의식을 강조한다. 그는 형제애를 통해 인간 구원의 희망을 찾는다. 작품에서 카라마조프 집안의 세 형제에 혼외자까지 합친 네 형제가 서로 반목하며 싸우다가 화해하게 된다. 가족의 불행에 대한 책임은 자식들을 완전히 내팽개친 아버지에게 있지만, 어른이 된 자식들 역시 책임에서 자유로운 것은 아니다.

아버지와 화해하려는 노력 없이 비난만 일삼았던 자식들의 행동 역시 가족의 불행에 일조한 것이다. 가족 구성원 '모두가 모두에게 죄인'이라 할 수 있다.

인류 공동체의 최소 단위는 가족이다. 조시마 장로가 주장하는 실천적 사랑은 가족애로부터 시작되어야 한다. 여기서 가족애는 형제애를 포함한다. 카라마조프 가족의 경우 가족애가 전혀 없는 집안의 불행을 가장 잘 보여 준다고 할 수 있다. 가족의 불행은 사회의 불행이 될 수 있고, 더 나아가 인류의 불행이 될 수도 있다. 작가는 형제애와 인류애를 동일시한다. 카라마조프 가족의 형제들은 아버지가 내버린 가정에서 형제애를 실현하기 위해 최선을 다한다. 작가는 수직적인 부자 관계에서 실패한 가정을 수평적인 형제애를 통해 회복시키고자 한다. 카라마조프 형제들은 아버지 표도르와 이복형제 스메르댜코프의 죽음을 딛고 각성하며 형제애로 뭉친다. 살아남은 세 형제의 삶은 아버지의 희생을 보상할 수 있는 유일한 길이다. 드미트리를 혐오했던 이반은 자신의 책임을 통감하고 형을 구하기 위해 법정에서 진실을 밝힌다. 드미트리를 구하기 위해 의기투합하는 형제들의 모습은 형제애를 보여 주는 아름다운 모습이라 할 수 있다. 도스토옙스키는 형제애를 아이들 사랑으로까지 확대한다. 아이들은 러시아 미래의 상징이다. 일류샤의 장례식에 참석한 알료샤와 열두 명의 아이들은 그리스도와 열두 명의 사도를 연상시킨다. 이들 역시 형제애를 바탕으로 러시아뿐만 아니라 인류라는 공동체에 희망이 된다. 작가가 강조하는 것은 막연한 형제애나 인류애가 아니라 실천적인 형제애이다. 형제애를 통한 '실천적 사랑'은 도스토옙스키의 삶과 예술의 핵심적 사상이라 할 수 있다.

카라마조프 만세 이 소설에서 다루고 있는 '만인에 대한 만인의 죄'는 소설의 에필로그에서 용서와 사랑으로 귀결된다. 에필로그에서 알료샤와 열두 명의 소년들(예수 그리스도의 12 사도를 상징)은 어린 친구 일류샤의 죽음을 애도하기 위해 장례식에 참석한다. 알료샤와 소년들은 모두 일류샤가 묻힌 바윗돌 옆에서 서로를 용서하고 사랑했던 기억을 잊지 말자고 맹세한다. 어린 일류샤의 죽음을 계기로 그들은 서로 공동체임을 알게 되고 미래를 기약한다. 화해와 용서의 구호, "카라마조프 만세!"를 외치는 것으로 이야기는 끝난다. 그들의 만세 소리는 인간에 대한 희망의 소리이기도 하다.

27. 역사에 대한 대서사시: 톨스토이의 『전쟁과 평화』

역사소설이란 무엇인가? 역사는 사실을 기록하고 과거에 '일어난' 일을 다루지만, 소설은 허구를 서술하고 '있을 수 있는' 가능한 세계를 이야기한다. 그리하여 역사가는 일어난 사실에 대한 있는 그대로의 기술에 전념하는 반면에 작가는 개연성과 필연성의 연속성 속에서 일어날 법한 일들을 재구성하고 이야기를 짓는다. 역사는 민족이나 집단의 운명을 추적하고 소설은 가공인물의 개체적 운명을 추적한다. 역사와 소설의 보편적 특성을 살려 정의해 보면 역사소설은 객관적 사실과 주관적 상상력의 종합이라 할 수 있다. 시련과 고난의 역사를 경험한 러시아인들에게 역사는 무엇보다도 개인의 의지로 좌우할 수 없는 객관적 사실이었다. 어쨌든 러시아 민족적 차원에서건 개인적 차원에서건 역사는 인간의 삶을 제약하는 외적 조건이요 불가항력의 힘이다. 좋은 미래를 내다보려 한다면 역사를 기억하라는 말이 있다. 레프 니콜라예비치 톨스토이(1828-1910)는 『전쟁과 평화』에서 역사의 흐름을 이해하고 설명하며 앞으로 이어질 역사의 밑그림을 그린다. 이 소설은 역사의 기억에 관한 이야기이다. 톨스토이의 역사의식과 인간의 다양한 삶을 서사시적으로 그린 러시아 최대의 역사소설이라고 할 수 있다.

대서사시 『전쟁과 평화』는 양과 질에 있어서 세계 최대의 걸작으로 세계 문학사의 기념비적인 작품이다. 톨스토이는 약 7년에 걸친 시간과 노력을 들여 『전쟁과 평화』를 완성했다. 이 작품은 1805년 제1차 나폴레옹 전쟁 직전부터 러시아 건국 이래로 최대의 역사적 사건이라 할 수 있는 1812년 대(對)나폴레옹 조국 전쟁을 거쳐 1820년까지 15년 동안의 러시아 역사를 재현한 것이다. 이 소설에서 전쟁 이야기는 나폴레옹에 대항하기 위해 동맹을 맺었던 러시아와 오스트리아의 군대가 1805년 12월 아우스테를리츠에서 참패를 당하는 데에서부터 시작한다. 나폴레옹은 60만 대군을 이끌고 선전포고도 없이 러시아에 침입하여 모스크바를 점령했으나 러시아의 항복을 받아 내지 못한다. 그들은 불타 버린 모스크바에서 5주 동안 머뭇거리다가 결국 추위와 기근, 러시아 군대와 빨치산의 공세에 후퇴를 한다. 전쟁 이야기는 역사적 시간의 흐름에 따라 자연스럽게 진행된다.

『전쟁과 평화』는 조국 전쟁 당시 양 대군의 보로디노 벌판 대전투, 나폴레옹의 모스크바 점령, 모스크바 대화재, 그리고 프랑스군의 후퇴를 중심으로 펼쳐지는 대서사시라 할 수 있다. 작가 자신의 모친 가계와 부친 가계를 각각 모델로 한 볼콘스키 가문과 로스토프 가문을 축으로 러시아 국민의 일대 파노라마가 펼쳐진다.[36] 그리고 상트페테르부르크의 명문 귀족인 셰레메테프 가문에 관한 이야기는 귀족문화의 진수를 보여 준다. 사실 이 작품에 필적할 만한 웅대한 규모의 문학은 세계문학 가운데서도 찾아보기 힘들다. 광대한 공간, 수많은 등장인물, 변화무쌍한 장면, 그리고 모든 사건과 인물들의 긴밀하고 필연적인 상호 관련성은 개인의 기록이 아니라 러시아 사회를 진솔하게 표현한 기록이라 할 수 있다. 이 작품은 그 당시의 모든 사회계층, 즉 귀족에서 평민에 이르기까지 모든 계층의 삶을 펼쳐 보인다. 인간의 삶이 살아 숨 쉬는 역사의 현장에서 베일에 싸인 비밀이 속속들이 드러난다.

36 『전쟁과 평화』의 늙은 볼콘스키 공작은 예카테리나 여제 때의 공신으로 1812년에 사망한 외조부 니콜라이 볼콘스키가 모델이다. 톨스토이의 어머니는 공작의 딸 마리아와 닮았다. 톨스토이의 친조부와 아버지를 함께 모델로 하여 절충한 것이 니콜라이 로스토프 백작이다. 나타샤의 모델이 된 것은 톨스토이의 아내 소냐와 그와 가까웠던 처제 타냐 베르스였다.

이 소설은 종래의 장편소설이라는 형식적인 장르개념을 깬, 역사소설과 가정소설의 혼합으로 이루어진 대하소설이라 할 수 있다. 톨스토이의 대하 역사소설에는 민족의식이 식별될 수 있는 일상생활의 다양한 일화가 나타나 있다. 러시아인들의 어린 시절, 결혼, 종교 생활, 음식문화, 자연환경, 죽음에 대한 태도 등이다. 또, 귀족의 낙관주의적 삶의 모습이 지배적이어서, 메레지콥스키는 이 작품을 목가적이라고 지적하기도 한다. 『전쟁과 평화』는 삶과 죽음에 대한 톨스토이의 사상을 엿볼 수 있는 철학소설로도 읽히고, 러시아 사회에 대한 날카로운 풍자와 삶의 윤리적 문제를 제시한 윤리소설로도 읽힌다. 이 작품은 19세기 유럽 소설을 넘어서며 소설의 영역과 지평을 확장하였다.

제목의 시학 톨스토이의 『전쟁과 평화(Война и мир)』에서 '평화'로 번역된 러시아어 '미르(мир)'에 대한 해석의 다양한 지평을 이해할 필요가 있다. 원래 이 단어는 '평화, 세계, 우주, 민중, 농민공동체, 현세, 속계, -계(界)' 등 다양한 의미를 지닌다. 톨스토이가 살아 있을 당시 처음 제시한 '미르'의 참의미는 '평화'보다는 '민중'에 가까웠다. 톨스토이 연구가들 사이에서는 톨스토이가 첫 탈고에 직접 쓴 표제는 혁명 전 철자법에 따른 '평화'나 '세계'란 의미의 'мир'가 아니라, 혁명 후 철자법에 따른 '모든 사람, 세상 전체, 민중 전체'란 의미의 'міp'라고 본다. 따라서 이 작품의 표제는 『전쟁과 평화』가 아니라 『전쟁과 민중』이라야 옳다는 것이다. 톨스토이는 민중의 힘을 믿었고, 민중의 운명과 생활에 중점을 두었다. 미르는 역사적으로 13세기부터 20세기까지 존재했던 농민공동체를 의미하기도 한다. 촌락공동체 정신을 바탕으로 생겨난 미르에는 토지 공유제의 개념이 들어가 있다. 그러므로 미르는 농민사회주의의 한 형태라 할 수 있다.

러시아에는 '사보르노스치(соборность, 공동체 정신)'라는 뿌리 깊은 전통이 있다. 선사시대부터 러시아인들은 숲에서 벌목하거나 땅을 경작하여 곡식을 수확했으며, 침략자로부터 자신을 지키기 위해 무리를 지어 함께 행동했다. 그들은 함께 일하고 살아가는 집단생활을 통해 어려움을 극복하면서 생존할 수 있었다. 부족사회의 핵심은 '자두르가(задруга)'라는 씨족 또는 대가족 공동체였다. 세월이 흐르면서 가족공동체는 영토와 상호이익을 바탕으로 더 큰 규모의 조직인 미르로 발달하였다. 미르는 다른 말로 '오브시나(община)'로 알려진 농업촌락공동체이다. 공동체 구성원들은 자기들의 오두막을 지어 모여 살았고, 그 주변 땅은 미르의 공동 소유로 울타리가 없었다. 토지 이용이 촌락공동체의 기본 목표이며 생존의 기초였다. 미르는 개별 가정의 크기와 필요에 따라 어느 정도의 공동 토지에서 일을 할 것인지, 어떤 작물을 재배할 것인지를 결정했다. 미르는 세금을 징수했고, 지역의 분쟁을 조정했다. 미르의 권위는 토지에 대한 것을 초월하여, 구성원을 훈련시키고 가족 사이의 분쟁 및 공동체 자체 내의 모든 문제를 조정했다. 공동체의 구성원에게 미르는 촌락공동체일 뿐만 아니라 세계이며 평화를 상징하는 것이었다. 미르에서는 법의 지배에 한계가 있었다. 미르에서 의사결정은 가장들의 모임인 마을 회의에서 이루어졌다. 누구든지 의견을 이야기할 수 있었고, 활기찬 토론이 이루어지나 투표는 하지 않았다. 그 목적은 공동의 뜻을 결정하는 것으로, 하나의 의제가 논의를 거치면서 합의가 되면 그것은 모두에게 구속력을 가졌다. 이것이 공동선에 적합하고 유용한 것처럼 보였다. 러시아인들의 공동체 생활 양식은 오랫동안 남아 20세기에도 유지되었다. 제정시대에는 그것이 농민통제, 세금징수, 군사징집에 유용하다는 이유로 권장되었다. 이처럼 오랜 시간 지속된 미르는 러시아인의 성격에도 커다란 영향을 미쳤다. 이에 대해 레프 티호미로프도 다음과 같이 언급했다. "러시아인들은 그 사회와 미르 밖의 생활을 상상할 수 없다. 그들은 말한다. '미르는 훌륭한 동지이며, 우리는 미르를 버리지 않을 것이다. 공동체 안에서라면 죽음도 아름답다.'"

톨스토이의 소설에서 전쟁과 평화의 이야기는 계속해서 반복된다. 전쟁

이야기는 러시아와 프랑스의 국가 간 전쟁에 대한 것뿐만 아니라 작중인물들 사이의 사랑싸움으로도 전개된다. 소설의 제목을 '사랑과 전쟁'이라고 붙여도 될 정도로 많은 작중인물들이 사랑싸움에 투입된다. '피에르-아내 엘렌-돌로호프'의 삼각관계, '안드레이-나타샤-아나톨리 쿠라긴'의 삼각관계가 대표적이다.

전쟁이라는 혼란과 격동을 거쳐 다시 평화가 찾아와도 사람들은 자신의 삶을 산다. 세월이 흐르고 사람들은 나이를 먹어 가면서 삶을 경험할 뿐이다. 그러한 자연스러운 변화를 우리는 전쟁이 끝난 7년 뒤의 나타샤와 피에르에게서 엿볼 수 있다. 나폴레옹의 침략이라는 무서운 경험을 통해 러시아인들은 더 현명해졌을까? 찬과 반이 있을 수 있지만, 인류가 더 지혜롭게 행동하는 것 같지 않다. 분명한 것은 삶도 역사도 계속된다는 사실이다. 인류 역사의 흐름은 시작도 끝도 없다. 『전쟁과 평화』는 삶의 한 단면이 아니라 삶의 흐름 전체를 담고 있는 위대한 역사소설로서 영원한 생명력을 갖는다.

전쟁과 민중 『전쟁과 평화』는 전쟁과 평화 시 러시아인들의 생활이 대비되면서 전개된다. 유럽을 평정한 프랑스 군대가 나폴레옹의 통솔하에 러시아를 침공해 오자, 젊은 안드레이 볼콘스키 공작은 시골 영지에 은둔하고 있는 아버지와 누이에게 만삭인 아내를 맡기고 전선으로 나간다. 한편 모스크바의 로스토프 백작의 집에서는 둘째 딸 나타샤의 생일축하 연회가 열리는데 외국 유학에서 돌아온 피에르 베주호프가 단연 화제의 중심인물이 된다. 피에르는 부유한 베주호프 백작의 사생아로, 백작의 유언에 따라 막대한 유산을 상속받음으로써 귀족 처녀들이 선망하는 대상이 된다. 특히 그의 후견인 행세를 하는 음흉한 쿠라긴 공작은 품행이 문란한 자기의 딸 엘렌을 시켜 피에르를 유혹하게 만든다. 엘렌과 피에르를 결혼시키려는 쿠라긴의 계획은 결국 성사된다. 1805년 아우스테를리츠의 대전투가 시작되고 안드레이 공작은 중상을 입고 쓰러진다. 후방 사교계에서는 피에르의 아내 엘렌과 돌로호프와의 염문설이 퍼지는데, 이에 분개한 피에르는 돌로호프와 결투를 벌이게 되고 돌로호프는 부상을 당한다. 아내 문제로 늘 고통을 겪는 피에르는 로스토프 백작의 딸 나타샤와 우연한 기회에 가까워진다. 한편 부상을 입은 안드레이는 자기 집으로 돌아오지만, 아내는 아들을 낳은 후 산후통으로 이내 숨을 거두고 만다. 안드레이는 로스토프 백작의 집을 방문하여 나타샤를 만나고 서로 마음에 끌려 약혼을 하게 되지만 그의 아버지의 완강한 반대에 부딪히게 된다. 군인으로서 본연의 의무에 충실한 안드레이는 어린 약혼녀의 불안한 감정을 이해하고 마음이 변할 때는 언제든지 떠나라고 말해 주고 전쟁터로 복귀한다. 그 후 나타샤는 외로움을 견디지 못하고 상류층 사교계의 미남이며 탕아인 아나톨리 쿠라긴의 유혹에 이끌려 함께 도망치기로 결심한다. 그러나 나타샤는 사랑의 도피에 실패하고, 피에르를 통해 아나톨리 쿠라긴이 이미 결혼한 남자라는 사실을 알게 된다. 바람둥이 유부남인 쿠라긴의 정체를 알게 되고 자살을 시도한 나타샤는 피에르의 설득으로 마음을 돌린다. 그녀는 고통의 나날을 보내다가 삶의 진실을 점점 깨달으며 거듭나기 시작한다.

1812년 다시 프랑스 군대와의 전쟁이 벌어지고 안드레이 볼콘스키 공작은 또 중상을 입는다. 러시아군의 총사령관 쿠투조프가 후퇴작전을 결행하자 모스크바에서는 모든 사람이 피난 준비로 대혼란을 겪게 된다. 피에르는 자진하여 참전하고, 로스토프 가족은 피난을 떠난다. 나타샤는 부상으로 죽어 가는 안드레이 공작을 발견하고, 필사적으로 간호하면서 그와 화해를 하게 된다. 하지만 나타샤의 정성스러운 간호에도 불구하고 그는 결국 죽는다. 피에르는 농민을 가장하여 모스크바에 남아 나폴레옹의 암살을 계획하지만 실패한다. 프랑스군의 만행에 대항하다가 포로가 된 피에르는 감옥에서 농민 병사 플라톤 카라타예프를 만난다. 그는 플라톤의 인생 철학에 감화를 받고 삶의 의미를 깨닫게 된다. 피에르의 아내 엘렌은 전쟁의 혼란 속에서도 계속해서 추문을 일으키다가 낙태약을 잘못 먹고 죽는다. 마침내 전쟁은 러시아군의 승리로 끝난다. 나타샤는 어릴 때부터 믿고 따르던 피에르의 끝없는 이해심과 바다처럼 넓은 마음에 이끌려 그와 결혼하게 된다. 안드레이 볼콘스키 공작의 여동생 마리아도 나타샤의 오빠 니콜라이와 결혼하여 가정을 이룬다. 나타샤는 피에르와 결혼한 후 소녀 시절의 시적이고 가녀린 아름다움을 버리고 튼튼하고 다산할 수 있는 여성으로 변한다. 피에르는 나타샤에게서 이상적인 아내상을 찾아낸다. 그에게 나타샤는 네 아이의 현명한 어머니요, 사교계에 얼굴 내밀기를 꺼리며 오직 가족만을 위해 살려고 하는 훌륭한 아내이다. 이제 그녀는 행복이란 자기희생을 바탕으로 이루어진다는 사실을 경험으로 체득한 여성이 되었다. 그녀에게 삶이란 그렇게 슬픈 것도 허무한 것도 아니다. 그녀는 슬픔의 날을 참고 견디면 기쁨의 날이 온다는 것을 자신의 삶을 통해 보여 주고 있다. 이것은 '끝이 좋으면 모든 것이 좋다'라는 소설의 원래 표제가 갖는 함축의미를 나타낸다.

역사철학 근대 역사철학자들에게 역사, 즉 히스토리(history)란 서술자(he)의 스토리(story)였다. 역사의 주체, 그것은 철학자 헤겔이 말하는 절대정신일 수도 있고, 민족주의자들이 말하는 실체로서의 민족일 수도 있다. 역사학자 토인비는 영웅과 같은 창조적인 소수자에게서 역사를 움직이는 힘을 보았다. 그러나 톨스토이는 역사를 절대정신의 수행자나 창조적인 소수자인 영웅에 관한 이야기로 보지 않는다. 그는 영웅사관이 아니라 민중사관에 가까운 역사철학을 갖고 있다. 톨스토이는 역사에 대한 '그만의 이야기(his story)'를 전개한다.

무엇보다도 먼저 톨스토이의 손끝에서 부활하고 재탄생한 역사는 자신의 독특한 역사철학을 보여 주고 있다. 역사와 인간을 통찰하는 작가의 문제의식이 장대한 물결로 나타난다. 역사가의 영역을 침범한 톨스토이는 예술가로서 역사가 이상으로 역사의 진실을 더 생동감 넘치게 보여 준다. 위인이나 영웅 중심으로 기록된 역사 문헌의 한계성을 깨달은 톨스토이는 역사의 참된 원동력은 어떤 특정의 개인이 아니라, 다수인 민중에게 있다고 보았다. 그의 역사관은 개인의 힘으로는 역사의 운명을 좌우할 수 없다는 것이다. 톨스토이는 "인간 자유의지의 총화는 절대로 일개 역사적인 인물의 행동으로 표현되는 것은 아니다"라는 탈영웅주의 역사관을 주장한다. 그는 어떤 역사가 못지않게 독자적이고 주관적인 역사관을 갖고 전쟁이라는 역사적 사실을 묘사하고 있다.

역사의 힘을 설명하기 위해 톨스토이는 두 역사적인 인물 나폴레옹과 러시아 총사령관 쿠투조프를 대비시킨다. 작가는 나폴레옹 한 사람이 역사를 움직이는 원동력이라고 생각하지 않는다. 나폴레옹은 개인의 의지로 인간의 역사를 변화시키고자 하나 실패하고 만다. 반면에 쿠투조프는 작가가 말하는 것처럼 역사의 참된 원동력은 개인이 아니라 다수인 민중의 정신에 있다는 사실을 이해하는 인물이다. 작가는 역사상의 영웅을 명성과 명예의 공허한 꼭두각시이자 거짓 욕망과 목적이 지배하는 가련한 불구자로 보고 있다. 수백만의 인간이 서로 싸우고 수십만의 인간이 죽게 되는 것이 어느 한 인간의 의지로 이루어지는 것은 결코 아니다. 역사상의 대사건은 모두 한결같이 포착하기 어려운 어떤 힘에 의해 지배된다. 이를 섭리라고 말하는 자도 있고, 역사의 법칙이라 말하는 자도 있다. 권력을 가진 개인이나 소수가 모든 것을 지배한다고 생각하는 자들은 역사를 이끄는 힘의 원동력이 무엇인지를 모른다. 자신을 힘 있는 강자라고 생각하는 사람은 어리석은 존재이다. 자신을 역사의 심판자라 생각한 나폴레옹은 조국 전쟁에서 참패하고 역사의 뒤안길로 사라진다. 반면에 나폴레옹의 대군을 무찌른 러시아 총사령관 쿠투조프는 역사의 법칙을 깊이 이해한 인물로서 역사에 순종하며 민중의 소리에 귀를 기울였으므로 더욱 위대해졌다.

역사소설은 역사적 인물들의 전기적 요소에 작가의 창조적 재해석을 가미하여 사료(史料)를 더욱 풍요롭게 하는 흥미로운 작업이다. 따라서 역사소설은 역사로부터 빌려 온 사실과 소설적 진실성을 지니는 허구를 접합하여 역사적 인간의 경험을 보편적 인간의 경험으로 전환하는 문학 양식이다. 톨스토이의 역사소설은 사료의 틀에서 벗어나지 않는 범주 내에서 사실(fact)과 허구(fiction)를 적절하게 가공하였고, 그 형상화된 가공의 요소 위에서 깊은 철학적, 문학적 승화의 길을 모색하였다. 『전쟁과 평화』를 쓰기 위해 톨스토이는 역사 문헌들을 많이 읽고 참조했다. 나폴레옹 전쟁에 대한 역사책을 섭렵했을 뿐만 아니라 '보로디노 전투' 장소를 직접 답사하기도 했다. 보로디노 전투 장면은 소설의 중심이자 정점으로 이를 전후로 소설 속 인물들의 운명이 바뀐다. 그 전투는 전쟁의 변곡점이자 나폴레옹의 권세가 드디어 기울기 시작하는 분기점이기도 하다. 나폴레옹의 침입과 후퇴 과정은 역사가들의 서술과 일치한다. 소설에는 허구적인 인물들도 많이 등장하지만, 실존했던 역사적 인물들도 많다. 알렉산드르 1세, 나폴레옹, 쿠투조프, 스페란스키, 아락체예프, 바그라시온 장군, 바클레 드 톨리 장군 등 수많은 인물은 역사가들의 연구 대상이 되기도 한다.

전쟁이란 일반적으로 정치적 목적에 부합하는 경우가 대다수다. 또한 전쟁은 개인의 욕망을 극대화하기 위한 수단이거나, 개인의 죄악을 은폐하기 위한 방편이다. 한 사람의 죄악 때문에 다수가 희생된다. 그런데 다수가 그 한 사람을 자신의 지도자로 추대하는 아이러니는 인류사의 코미디이다. 역사는 본시 우행(愚行)의 반복일 수 있다. 나폴레옹은 전쟁을 일으킨 인류사의 죄인임에도 불구하고 위대한 영웅으로 칭송된다. 특히 나폴레옹을 위대한 영웅으로 간주하는 역사가들이나 지식인들은 결국 살인자 라스콜니코프 같은 인간과 다르지 않다.

1812년 6월 12일, 약 50만(또는 40만이나 60만으로 추산) 명에 이르는 나폴레옹 군대가 러시아를 침입했으나, 퇴각하여 프랑스로 돌아온 병사는 5만 명 정도였다. 진군했던 군대의 1/10에도 못 미치는 숫자였다. 나폴레옹은 자신의 야망을 위해 약 40만 명 이상의 병사를 죽인 것이다. 그러한 나폴레옹의 러시아 원정(1812-1813)을 구체적으로 알려 주는 통계학 도표가 있다. 다음 도표는 통계학의 진수를 보여 주는 그림으로 평가받는다. 전쟁 초기에 투입된 병력의 수(42만 200명)와 전쟁 후 살아 돌아온 병력의 수(1만)의 추이가 한눈에 포착된다. 모스크바에서 철군하는 병력의 도표(검은색)는 당시 기온의 변화(영하 20도에서 30도 사이)까지 상세히 보여 준다. 한파가 내습할 때 "동장군이 쳐들어왔다"라고 말한다. 이는 '강추위(мороз)'와 나폴레옹의 패배가 연관되어 나온 말이다. 1812년 9월, 50만 명의 병력으로 러시아를 공격한 나폴레옹 군대는 한파가 닥친 데다 러시아군의 맹공을 받아 패배했는데, 이런 역사적 사실에 따라 강추위를 종종 '동장군'이라고 부른다. 나폴레옹 대군의 패배를 '동장군'에 무릎을 꿇은 사건으로 회자하기도 한다. 인간의 힘으로는 좀처럼 저항할 수 없는 심한 한파의 위력을 비유한 표현이다. 러시아에는 "영하 20도는 추위도 아니다"라는 말이 있다.

나폴레옹의 러시아 원정에 대한 통계학 도표

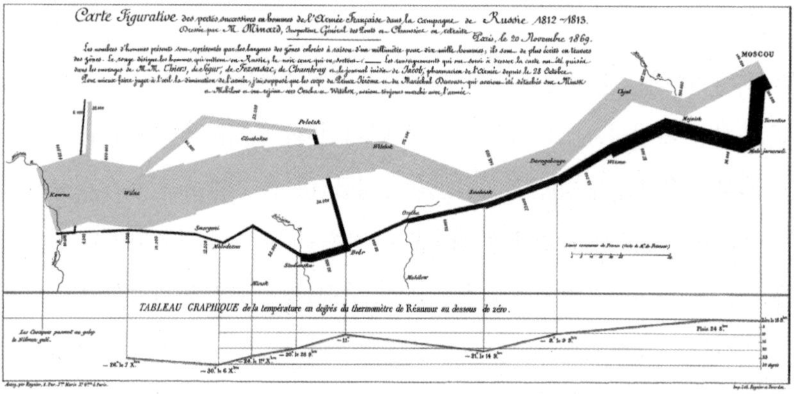

삶의 의미를 찾아서 『전쟁과 평화』라는 민족 서사시는 단순한 역사의 기록물에 그치는 것이 아니라, 삶의 의미를 추구하는 심오한 이야기이기도 하

다. 작가는 역사적 사건에 가정의 여러 가지 이야기를 삽입하여 다양한 인간의 운명을 다루고 있다. 이 서사시에서 러시아 사회의 절망, 희망, 고뇌와 기쁨 등이 생생하게 그려진다. 작품의 중심을 형성하는 것은 전쟁이라는 역사적 사건이 아니라 어디까지나 볼콘스키 공작과 로스토프 백작 두 가정의 파란만장한 삶이며 피에르의 사생활이다. 그들의 삶에서 인간 마음의 전쟁과 진정한 평화가 흥미롭게 나타난다. 작가는 559명에 이르는 등장인물들이 경험하는 삶의 기쁨과 슬픔과 괴로움을 통해 삶의 의미가 무엇인가를 생각하게 한다. 특히 주인공들이 겪는 희로애락은 그대로 작품의 예술적·사상적 의미가 된다.

우리는 대비되는 성격의 두 인물 안드레이 공작과 피에르 베주호프를 통해 인간 삶의 다양성을 엿볼 수 있다. 안드레이는 냉철한 이성주의자이며 회의가로서 아폴론적인 유형의 인간이요, 반면에 피에르는 소박한 공상가이며 이상주의자로서 디오니소스적 인물이다. 안드레이가 이성적 판단력을 가진 오만한 귀족이라면, 피에르는 감성이 풍부한 인물로서 일반 민중에 대한 특별한 애정과 친근감이 있다. 좀 더 자세히 살펴보자면, 안드레이 공작은 태어나면서부터 명예욕과 세속적인 욕망이 강한 에고이스트이다. 그는 야심적이고 냉정한 귀족으로서 본능보다는 이성에 의존하는 합리주의적 비판 정신의 소유자이다. 그의 지나친 지성과 의지는 삶의 진실을 놓치게 하는 요소가 되기도 한다. 가문, 지위, 용기, 사랑, 부 등 모든 것을 부여받은 안드레이가 인생에서 실패하는 것은 자기중심적 사고에서 벗어나지 못했기 때문이다. 안드레이는 진실의 가장자리를 맴돌며 냉소와 회의주의만을 보여 주다 결국에는 전쟁에서 중상을 입고 죽고 만다. 피에르는 이성보다는 오히려 감성을 중시하는 인물이라 할 수 있다. 즉흥적이고 비합리적인 성격으로서 자신의 신분에 구속받지 않는다. 그는 사교계의 삶에 회의를 느낀 나머지 민간인 신분으로 전쟁터에 뛰어들어, 그곳에서 죽어 가는 사람들을 보면서 많은 것을 배운다. 피에르는 세상을 향해 끊임없이 질문을 던지며 공부한다. "크게 의심하는 바가 없으면, 큰 깨달음이 없다"라는 홍대용의 말처럼, 피에르는 질문을 통해 통찰력을 기른다. 두 사람의 공통적인 성격이라면 삶에 대한 진실성과 진지성이다. 그들은 언제나 삶의 의미를 찾아 헤매는 탐구자이다. 안드레이는 회의와 고뇌를 거쳐 자기 적들을 사랑하고 용서하는 데에서 삶의 의미를 발견한다. 굽히지 않는 진리 탐구자요 구도자로서 생활하는 피에르는 고통을 통한 수양과정을 경험한다. 오랜 고통의 과정을 거친 후에 그는 결국 삶의 의미는 일상의 삶을 받아들이는 데 있다는 것을 알게 된다. 이는 바로 일상생활에서 오는 의무와 거기에 따르는 즐거움, 또한 가족 그리고 인류의 존속을 받아들이는 것이다.

러시아 여성의 생명력 소설 전개에 중심 역할을 하는 여주인공 나타샤는 작가가 이상으로 삼은 민중의 소박함과 생명력을 갖고 태어난 가장 매력적인 인물이다. 그녀의 발랄한 모습은 러시아 민중의 생동하는 생명력을 느끼게 한다. 그녀는 로스토프 가문의 딸로서 언제나 활달하고 사랑이 넘치는 귀여운 아가씨이다. 그녀가 성장해 가는 과정은 한 인간의 성장과정을 나타내는 것으로 사랑스럽고 애정이 간다. 그리하여 비평가들은 이 소설을 나타샤의 성장과정을 그린 성장소설이라고도 부른다. 그녀 삶의 과정은 삶 자체로서 아름답다. 아름다운 달빛이 흐르는 어느 봄날 밤 위층 창가에서 들려오는 몽상에 잠긴 나타샤의 독백을 아래층에서 듣게 되는 안드레이 공작, 처음으로 맛보는 무도회의 기쁨과 사랑, 그 사랑에 대한 예감과 기대, 걷잡을 수 없는 욕망과 몽상, 환상적인 신비의 세계로 이끄는 크리스마스 밤 풍경, 언제나 애정으로 인간을 포옹하는 자연, 오페라 극장에서의 밤, 이성을 마비시키는 예술의 불가사의한 세계, 환희와 사랑에 몸부림치는 육체의 열광, 영혼의 괴로움, 이 모든 것은 나타샤와 함께하는 인간 삶의 희로애락인 것이다. 나타샤에게는 언제나 강한 생명력이 요동친다. 그녀는 좌절과 고통 속에서도 굳건히 일어설 수 있는 의지와 용기가 있다. 이처럼 작가는 나타샤에게서 최고의 진선미라 할 수 있는 삶의 생명력을 보고 있다. 나타샤의 인생에서 우리는 러시아 여성의 일생을 엿볼 수 있다. 꿈 많고 순수하며 감성이 풍부한 소녀 시절을 거쳐 사랑에 눈뜨기 시작하면서 나타샤는 감정의 폭풍을 경험해야 했다. 그녀가 아니더라도 처녀 시절의 스캔들은 누구에게나 공감이 가는 젊은 날의 초상이다. 이 모든 것은 결국 아내로서, 어머니로서 자연으로부터 명받은 신성하고 위대한 의무를 수행하기 위한 과정으로, 위대한 생명력을 보여 주는 삶의 일부인 것이다.

진정한 자연인의 삶 이 작품에서 톨스토이는 귀족들의 삶만을 그린 것이 아니다. 그는 허위의식이 강한 인위적인 귀족들과는 다른 농민들을 가장 진실한 사람으로 보고 있다. 그리하여 작가는 교양 있는 귀족들 대신에 플라톤 카라타예프라는 농민 병사를 칭송한다. 농부인 플라톤은 소박하고 진실한 정신의 영원한 화신이며, 이상적인 자연인이라 할 수 있다. 그의 철학은 낙천적이다. 그는 삶의 힘을 믿고 있으며 인간이 할 수 있는 최선의 행동은 선택하는 것이 아니라 사람과 사물을 믿는 것이라고 생각한다. 그의 삶의 철학은 강요와 억압으로 타인의 자유를 속박하는 것이 아니라 물이 흐르듯 자연의 법칙에 순응하는 것이다.

톨스토이 연구가들은 자연인 플라톤 카라타예프의 철학과 노자 사상의 유사성을 주장한다.[37] 플라톤의 심리 묘사와 성격 묘사, 도덕관의 이면에는 노자의 통찰과 매우 비슷한 점이 있다는 것이다. 피에르는 감옥에서 만난 이 농민 병사가 가진 삶의 철학에 커다란 감화를 받게 된다. 피에르에게

37 톨스토이는 1878년 노자의 『도덕경』을 처음 접한 이래로 도교에 푹 빠졌다. 도가(道家) 사상이 톨스토이의 후기 이데올로기와 사고방식에 중요한 역할을 했다는 것은 잘 알려져 있다. 노자 사상은 플라톤 카라타예프, 피에르, 니콜라이의 성격 묘사, 쿠투조프의 성격과 군사이론, 그리고 『전쟁과 평화』의 총체적인 세계관 등에서 나타난다. 톨스토이와 노자의 관련성에 대한 다수의 연구논문들이 일본, 한국, 그리고 미국 학자들에 의해 발표되었다.

새로운 인생을 환기하는 플라톤의 행동은 무위(無爲)이며, 불필요한 것을 하지 않는 노자의 삶 원리와도 일치한다. 여기서 우리는 노자 철학의 대명사인 무위자연(無爲自然)의 뜻에 주목할 필요가 있다. 무위자연이란 '억지로 무엇을 하지 않고, 순수하게 자연의 순리에 따르는 삶을 산다'라는 의미이다. 여기서 무위는 인위(人爲)의 반대 개념이다. 그리고 인위란 의도적으로 무언가를 만들고 강요하며 그것을 지키려고 한다는 것이다. 따라서 노자가 말한 무위는 '아무것도 하지 않는 것'이 아니고, '억지로 하지 않음'을 의미함을 알 수 있다. 이러한 점에서 볼 때, 플라톤은 도가 사상적인 방식과 매우 유사한 삶의 방식을 나타내면서 극화되고 있다. 플라톤이 말하는 "나리, 낙심하지 마세요. 주어진 수명의 시간과 삶을 묵묵히 견뎌 내세요"와 같은 경구들은 "만족할 줄 아는 이는 넉넉하고, 죽어도 없어지지 않는 이는 장수하리라"와 같은 노자의 표현과 일치한다. 노자가 말한 행복한 사람들, 즉 "채식(음식)을 맛있게 먹는 사람들"처럼, 플라톤은 감자를 '위대한 음식'이라고 여긴다. 플라톤이 그의 단순한 진리를 별생각 없이 말하는 장면에서 우리는 노자의 말을 떠올릴 수 있다. "진실한 말은 아름답지 아니하고, 아름다운 말은 진실하지 아니하다. 도를 아는 자는 떠벌리지 아니하고, 떠벌리는 자는 도를 알지 못한다." 플라톤은 도가적 의미에서 '지혜로운 사람'이다.

톨스토이는 플라톤을 '모든 러시아인의 전형'으로 유형화한다. 플라톤은 외모와 행동에서 도가적 이상형에도 가깝다. 플라톤은 노자의 비유를 글자 그대로 공유한다. 즉 그는 '원만하고 둥글둥글한' 사람이고, 강하기보다는 유하며, 부드러운 눈빛과 '거의 여성적인' 목소리를 지니고 있다. 전체적인 상황은 『도덕경』의 핵심 구절들을 강하게 연상시킨다. 플라톤은 노자가 말한 세 가지 가치에 따라 살아간다. "나에게 세 가지 보배가 있어 그것을 간직하고 보존하나니, 첫째는 자애요, 둘째는 검소요, 셋째는 감히 천하 사람들보다 앞서려 하지 않는 것이다." 플라톤은 노자처럼 사람을 구원해 주는 일에 능하다. 그리하여 플라톤이 구원한 사람인 피에르는 신(神)을 도(道)와 흡사하게, 도가 사상의 덕(德)과 비슷한 윤리(도덕률)로 정의한다.

플라톤이 보여 주는 자연인 철학은 일반적으로 귀족들보다는 농민들에게서 쉽게 발견할 수 있는 순리의 철학이라 할 수 있다. 한편 귀족 가운데 특히 수동적이며 결정론적이었던 총사령관 쿠투조프가 나폴레옹과의 싸움에서 이길 수 있었던 것은 자연인의 철학이 있었기 때문이다. 그는 무엇보다도 민중의 집단정신 속에 침윤해 있는 자연인 사상을 통찰한 점에서 위대하다. 적나라하게 드러나는 전쟁의 공포와 끈질기게 폭로되는 궤변적이고 무익한 문명의 부조리에도 불구하고, 이 소설에서는 자연인 철학의 낙관적 특성이 지배적이다. 이 소설의 전체적인 메시지는 '세계는 아름답다'는 것이고, 이러한 세계를 파괴하려는 것은 오직 의식적인 이성의 궤변뿐이다.

이 작품의 형식상 주인공은 피에르와 나타샤라 할 수 있으나 실질적 주인공은 민중이다. '민중은 불멸'이라는 테제는 플라톤 카라타예프의 형상에도 잘 나타나 있다. 톨스토이는 귀족과 민중이라는 두 계급을 계속해서 대비시키면서 그 특징을 잘 묘사하고 있다. 안드레이와 피에르는 1812년 보로디노 전쟁터에서 러시아 민중의 활약에 깊은 감동을 받는다. 작가에게 끊임없이 사랑을 받는 민중은 위선과 허위에 찬 귀족들과는 대조적으로 소박하나 강인한 성격의 인간미를 지닌 인물들로 등장한다. 자연과 대지를 사랑하며 삶의 원리를 이해하고 있는 민중은 극한 상황 속에서도 국가와 민족을 위해 온갖 시련과 어려움을 온몸으로 감수하여 애국심을 발휘한다. 1812년 조국 전쟁의 승리 이후 특히 농민의 영혼, 농민의 비이기주의와 자기희생의 관념은 러시아를 서구의 구원자로 보는 견해와 결부되기 시작한다.

톨스토이의 『전쟁과 평화』는 러시아 민중의 일상적 삶을 역사적 차원으로 승화시킨 작품이다. 민중이 역사를 창조해 나가는 과정이 바로 민중의 삶의 과정이다. 19세기 러시아 민중의 생활에 깊이 뿌리내린 인간의 심리, 다시 말하면 러시아 역사가 민중에게 각인시킨 독특한 인간 심리가 작품 곳곳에 침윤되어 있다. 톨스토이는 역사의 관찰자가 아니라 역사의 적극적인 참여자로서 민중을 현실의 구체적인 모습 속에서 묘사하고 있기 때문에, 그의 작품은 지금까지도 세계문학에서 보편성을 잃지 않고 위대한 예술로 추앙받고 있다.

형성소설(성장소설) 『전쟁과 평화』를 반드시 역사소설로만 읽을 필요는 없다. 이 소설은 주인공 나타샤의 자아가 사회 속에 눈떠 가는 과정을 그린 '형성소설(Bildungsroman)'이라 할 수 있다. 형성소설은 어린 주인공이 자아를 의식하고 외부세계와 점진적으로 대결해 나가는 가운데 그의 자아가 인간 세상이 돌아가는 법칙을 깨우쳐 세상 속에서 성숙한 인간으로 성장하는 과정을 그린 소설을 말한다. 좀 더 쉽게 설명하면 형성소설은 한 인간이 성장하는 과정에서 겪게 되는 꿈과 희망, 부분적인 성취와 좌절을 통해 개인의 보편적 교양, 곧 자기실현을 위한 길을 제시하는 소설이다. 형성소설의 원산지는 독일 문학이며 다른 말로 성장소설, 교양소설, 발전소설, 교육소설이라고도 한다. 원래 '교양, 형성, 자기 형성, 발전' 등 다양한 의미를 지닌 독일어 'Bildung'은 동사 '형성하다(bilden)'의 명사형으로서, 한 인간의 '자아(자기) 형성'을 뜻한다. 따라서 형성소설은 한 인간이 유년 시절부터 청년기를 거쳐 장년기, 또는 노년기에 이르기까지 한 인격체로서 성숙해 가는 과정을 그린 성장소설을 말한다. 러시아 문학사에서는 톨스토이의 삼부작 『어린 시절』(1852), 『소년 시절』(1854), 그리고 『청년 시절』(1857)이 그 전범으로 꼽힌다.

『전쟁과 평화』 역시 형성소설의 하나로 간주할 수 있다. 주인공 나타샤는 꿈 많은 어린 시절의 자아를 보여 주다가 커 가면서 점진적으로 인간 세계에 눈떠 간다. 그녀는 거대하고 낯선 세계 속에서 살아가기 위해 스스로를 교육하고 또 재교육한다. 주변 세계를 길들여 자신의 것으로 만들어 가는 과정이 놀랍다. 부모의 보살핌 속에서 철없이 뛰어놀다가 사교계의 무대에 등장하여 새로운 세계를 살아가던 그녀는 볼콘스키 공작의 약혼녀로, 쿠라긴의 애인으로, 그리고 피에르의 아내로 살아가면서 인간 사회를 알아 간다.

그녀를 강하게 만든 것은 우연히 이룬 결혼이 아니라 역경이다. 역경은 그녀의 가치를 낮추거나 박탈하지 못했다. 중요한 건 삶에 대한 관점이다. 역경을 두려워하고 피하기만 했다면 결국에는 역경이 그녀를 집어삼켰을 것이다. 그러나 그녀는 언제나 다시 시작할 수 있다는 긍정적인 마음가짐으로 역경을 받아들였기 때문에 강한 사람이 될 수 있었다. 역경은 그녀를 성장시킨 원동력이었다. 나타샤는 자신의 자아에 눈을 뜨고, 주변 세계와 접촉하면서 사회와 갈등과 화해를 반복하며 자신의 길을 찾아간다. 그것은 곧 세상 속에서 인간의 길을 찾아가는 것과 다르지 않다. 나타샤의 성장과 더불어 우리 독자도 성장해 간다. 톨스토이의 형성소설은 투르게네프의 『첫사랑』, 곤차로프의 『오블로모프』, 악사코프의 『손자 바그노프의 유년 시절』, 도스토옙스키의 『미성년』과 고리키의 『유년 시절』로 이어진다.

28. 비극의 원인을 찾아서: 톨스토이의 『안나 카레니나』

사랑이란 무엇일까? 왜 사람들은 사랑이라는 바람에 흔들리는 걸까? 이러한 물음에 한마디로 답하기란 어려운 일이다. 사랑은 인류 역사와 더불어 존재해 온 오래된 감정이지만 그것을 경험하는 사람에게는 언제나 새롭기 때문이다. 우리는 누구나 인간의 감정 중에서 가장 복잡한 것이 사랑임을 알고 있다. 사랑은 창조적인 동시에 파괴적이고 아름다우면서도 무섭다. 사랑은 우리를 행복으로 이끌 수도 있고, 가장 가까운 것들을 잃게 할 수도 있으며, 슬픔과 고통이 될 수도 있다. 모든 사랑은 저마다 비밀의 언어를 갖고 있다. 있을 수 없는 사랑은 없다. 단지 이룰 수 없는 사랑이 있을 뿐이다. 어느 시대 어느 나라에나 사랑의 희로애락에 대한 이야기들이 넘쳐 난다. 예술적 완성도가 최고라는 『안나 카레니나』(1877)에서 보여 주는 사랑과 행복은 어떤 것일까.

예술의 신 톨스토이는 1877년에 러시아 상류사회를 무대로 한 『안나 카레니나』를 발표했다. 도스토옙스키는 이 소설을 읽고 너무나 흥분한 나머지 뛰어다니며 톨스토이를 '예술의 신'이라고 극찬했다. 그는 "『안나 카레니나』는 시의적절하게 나온 완성도 높은 예술작품으로 현대 유럽 문학 가운데 어떤 작품도 이것과 비교할 수 없다"라고 말했다. 또 이 작품은 톨스토이가 친구인 비평가 니콜라이 스트라호프에게 보낸 편지에서 자신의 "(진정한 의미로)

첫 번째 소설"이라고 일컬었을 만큼 모든 것을 쏟아부은 작가의 '인생 소설'이기도 하다. 당시에 이 작품은 소설이 아니라 인생 그 자체라는 평가를 받았다. 『안나 카레니나』는 '여자의 일생'을 다룬 소설이다.

톨스토이

미국·영국·호주의 유명 작가 125명에게 좋아하는 최고의 문학작품 10권을 선정해 달라고 요청한 결과 러시아의 문호 톨스토이의 장편 『안나 카레니나』가 1위를, 그의 역사소설 『전쟁과 평화』가 2위를, 블라디미르 나보코프의 『롤리타』가 4위를 차지했다. 이 설문에 참여한 하버드대학 교수 스벤 버거츠는 "작가들이 꼽은 최고작은 감각적 문장과 함께 사랑과 죽음의 드라마를 이끌고 가는 강렬한 등장인물들이 나온다는 공통점이 있다"라고 분석했다. 세계문학작품들 가운데 『안나 카레니나』가 최고의 작품으로 선정되었다는 것은 그 작품이 21세기 작가나 독자들에게도 새로운 메시지를 전해 주는 명작임을 입증한다. 21세기의 창으로 『안나 카레니나』를 분석하면 새로운 지평의 해석이 가능할 것이다.

안나의 이야기 안나 카레니나는 세계문학사에서 가장 매력적인 여주인공이다. 오빠 오블론스키가 가정교사와 바람피운 게 들통나자 집안이 엉망이 되어 버린다. 오빠 부부를 화해시키기 위해 안나가 오빠 집으로 가는 게 소설의 첫 대목이다. 모스크바 여행길에서 안나는 브론스키를 만나고 그를 사랑하게 된다. 이 사랑은 그녀 주변의 모든 것을 변화시킨다. 이후 그녀는 눈에 보이는 모든 것이 이전과는 다르게 느껴진다. 안나는 모스크바에서 돌아온 그녀를 마중 나온 남편 카레닌을 보며 그의 귀가 크고 볼품없이 두루뭉술하다는 사실을 새삼스럽게 깨닫는다. 전에는 한 번도 남편의 귀가 눈에 들어온 적이 없었다. 남편을 비판적인 눈으로 본 적이 없기 때문이다. 그녀에게 남편은 이미 정해진 삶 속에 있는 주어진 것들 가운데 하나였다. 하지만 이제 모든 것이 달라졌다. 브론스키에 대한 열정이 환한 빛을 발하면서 이전의 삶은 죽은 행성 위의 죽은 풍경처럼 보였다.

안나의 캐릭터와 관련된 모든 것이 의미심장하고 매력적이다. 이는 그녀의 사랑에도 적용된다. 안나의 진지하고 열정적인 성격은 진심을 가장하지도 숨기지도 못한다. 그래서 안나는 브론스키에게 인생 전부를 건다. 아들을 만나지 못하는 것이 그녀에게는 너무나 큰 고통이었다. 하지만 브론스키와 함께 살기 위해 사랑하는 어린 아들 곁을 떠나 처음에는 이탈리아로 떠났다가, 그다음에는 유럽 러시아 지역에 있는 브론스키의 영지로 떠난다. 이 '공공연한' 불륜으로 인해 그녀의 주변인들은 자신들의 부도덕함에도 불구하고 그녀만을 가장 부도덕한 여인이라 낙인찍는다. 안나와 브론스키가 마침내 페테르부르크로 돌아왔을 때, 그녀는 위선적 사회에 물의를 일으키지만, 그것은 그녀의 애정행각 때문이 아니라 사회의 관습에 대한 그녀의 공공연한 도전 때문이었다.

안나가 사회적 지탄의 대상이 되어 모멸과 질시, 모욕과 단절을 경험하는 반면, 브론스키는 남자라는 이유로, 그것도 그다지 진중하지도 재능이 뛰어나지도 않지만 단지 사교계의 세련된 남자라는 이유 하나로 비난을 비껴간다. 그는 사람들의 초대를 받고 여기저기 마음대로 돌아다니며 옛 친구들도 자유롭게 만난다. 명예를 더럽힌 여자라며 안나와는 한 공간에 머무르는 것조차 거부하는 교양 있어 보이는 여자들도 그에게는 관대하다. 브론스키는 여전히 안나를 사랑하지만, 때때로 즐겁고 화려한 세계로 기꺼이 돌아가려 한다. 그리고 가끔 그 세계의 즐거움을 만끽한다. 안나는 그의 사소한 부정을 사랑의 열정이 식은 것이라 오해한다. 그녀는 자신의 사랑만으로는 그를 잡아 둘 수 없다고 여기고 어쩌면 그를 잃을지도 모른다고 생각한다. 브론스키는 우둔한 남자다. 사려 깊지 못한 그는 안나의 질투가 지겨워지고, 결국 그녀의 의심을 사실로 확인해 준다. 혼란과 절망으로 그녀의 열정은 갈피를 잡지 못하고, 결국 5월 어느 일요일 저녁 안나는 화물 열차 아래로 몸을 던진다. 브론스키는 자신이 무엇을 잃었는지 깨닫지만 이미 늦어 버린 뒤다. 때마침 불거진 튀르키예와의 전쟁은 브론스키에게나 톨스토이에게나 편리한 빌미를 제공한다. 브론스키는 1876년 의용군 대대와 함께 전쟁터로 떠난다. 이 부분이 소설 속에서 유일하게 수긍하기 힘든 장치일 것이다. 너무 단순하고 너무 진부하기 때문이다.

사랑의 얼굴과 법칙 사랑은 많은 신비와 여러 개의 얼굴을 가지고 있다. 오블론스키 부부, 레빈과 키티, 안나와 브론스키가 그러하듯 모든 사람이 사랑한다. 그러나 그들의 사랑은 똑같지 않다. 그들은 저마다 자신만의 사연과 사랑의 코드를 갖고 있다. 누구의 사랑은 아름답고 누구의 사랑은 추하다고 구분할 수는 없다. 사랑하는 사람들은 나름대로 고통의 용광로를 거치면서 성숙해지고 사랑의 빛과 그림자를 이해하게 된다. 인간의 마음에 마법의 힘을 불어넣는 것 역시 사랑이다. 안나가 처음으로 느낀 사랑은 자기 영혼의 구원자였으나 시간이 흐르면서 사랑은 죽음에 이르는 병으로 바뀌었다. 사랑이 깊어질수록 아픔도 함께 자라나며 커진다. 안나는 운명적으로 다가온 사랑에 솔직했으나, 그녀의 사랑은 금지된 사랑이었다. 금지된 사랑은 언제나 매혹적이고도 치명적이다. 금지된 불륜은 파멸과 죽음을 경고하는데, 그럴수록 매혹의 힘은 강해진다. 사랑은 죽음을 불 지피고, 죽음은 사랑을 완성시킨다. 안나는 자신이 선택한 사랑의 무게를 견디지 못하고 자살로 생을 마감한 비극적인 여성이다.

사랑에는 중요한 법칙이 있다. 프랑스 소설가 스탕달은 "사랑에는 한 가지 법칙밖에 없다. 그것은 사랑하는 사람을 행복하게 만드는 것이다"라고 말했다. 그의 말대로 사랑의 법칙에는 여러 개가 있을 수 없다. 그리스인들은 철학적 사유를 좋아하는 민족으로서 사랑도 몇 가지로 구분하여 생각했다. 에로스, 스토르게, 필리아, 아가페 등등…. 그러나 사랑의 법칙은 하나이다. 즉 상대방을 행복하게 만들어 주는 것이다. 이것을 모르고서 사랑한다고 말하는 경우가 많다. 이런 사람들은 모두 자기를 사랑해 달라고만 한다. 사랑은 상대방을 위하여 자신을 내어 주는 것이다. 사랑은 두 사람의 본능적인 욕망만이 아니다. 사랑에는 그것을 능가하는 무엇이 있어야 한다. 연애란 완벽한 이상형을 발견해서 시작되는 게 아니라, 불완전한 사람을 완벽하게 보는 것에서 시작한다. 삶에서 무슨 일을 하기 위한 완벽한 조건은 없다. 그러나 안나와 브론스키의 사랑은 점점 조건적인 사랑으로 변한다. 상대방이 해 주는 것만큼 나도 한다는 그런 식이다. 미국 코넬대학 인간 행동 연구소의 연구 보고를 보면, 남녀 사랑의 유효 기간은 18개월에서 30개월이라고 한다. 연구소에서는 2년에 걸쳐 다양한 문화집단에 속한 남녀 5,000명을 대상으로 조사했는데, 결과적으로 남녀 간 가슴 뛰는 사랑의 유효 기간은 30개월 이내였다. 우리나라에서도 어른들의 말에 따르면 달콤한 사랑은 3개월, 싸우며 3년, 참으며 30년이라고 했다. 이러한 사례들은 '사랑의 법칙'을 무시한 사랑은 오래가기 어려우며 궁극적으로는 파멸에 이를 뿐이라는 것을 보여 준다. 안나와 브론스키의 사랑은 서로를 행복하게 해 주는 사랑이 아니었기에 결국 파멸의 나락으로 떨어지고 만다.

행복과 불행의 차이 『안나 카레니나』는 가정의 행복과 불행을 다룬 소설이다. 처음부터 작가는 소설의 전체 내용을 요약해 주는 예언적인 화두로 시작한다. "행복한 가정은 서로 닮았지만, 불행한 가정은 모두 저마다의 이유로 불행하다." 이 말은 행복한 가정과 불행한 가정을 몇 마디 말로 압축하여 정의해 주고 있다. 사전적 정의로 행복이란 '만족감에서 오는 강렬한 기뿜에 이르는 모든 감정 상태를 특징짓는 안녕의 상태'를 말한다. 즉 행복은 인간이 잘 먹고 잘 사는 생활에서 가장 중요한 감정적 상태를 의미한다. 여기에는 사랑, 기쁨, 환희, 희열, 황홀감과 같은 감정이 혼재되어 있다. 영어에서 행복을 뜻하는 'happy'는 고대 스칸디나비아 말인 'happ'에서 유래했는데, 원래 이 단어의 뜻은 '행운'이라고 한다. 행복이란 쾌락의 상태와 고통의 부재를 의미하고, 불행이란 고통의 상태와 쾌락의 상실을 의미한다. 오래전부터 철학자들은 행복의 정확한 정의를 내리기 위해 고심해 왔지만, 서로 다른 다양한 개성을 가진 모든 인간을 만족시킬 수 있는 정의를 쉽게 확립하지는 못했다. 『안나 카레니나』에는 행복한 가정보다는 불행한 가정들이 더 많다. 오블론스키와 돌리의 가정은 기만적인 생활로, 카레닌과 안나의 가정은 사랑 없는 생활로, 브론스키와 안나의 가정은 타락한 생활로 고통을 받는다. 이들 모든 가정이 '제각기 불행한 가정'으로 등장한다. 정말로 불행한 이유는 저마다 다르다. 이 작품에서 톨스토이는 행복과 불행에 대해 어떤 의미를 부여하고 정의를 내리는지 살펴보자.

안나의 오빠 오블론스키(스티바)의 가정은 실로 불행한 가정의 대표적인 예이다. 오블론스키는 가정교사로 있던 프랑스 여자와 간통한 사실을 아내 돌리에게 들키자 누이동생인 안나에게 부부싸움을 해결해 달라고 요청했다. 기차역으로 안나를 마중 나온 오블론스키는 역시 어머니를 마중 나온 친구인 젊은 장교 브론스키를 만나게 된다. 안나와 브론스키의 어머니는 같은 기차를 타고 온 것이다. 브론스키는 러시아 정부의 고관으로 일하는 남편과 8살 된 아들이 있는 유부녀 안나의 모습으로부터 강한 인상을 받는다. 바로 그때, 후퇴하는 기차에 철도원이 깔려 죽는 사건이 일어나고, 브론스키는 그 자리에서 200루블이라는 거금을 위로금으로 내놓는다. 브론스키의 행동에 묘한 느낌을 받은 안나는 죽은 사람을 떠올리며 불길한 생각을 한다. 오빠의 집에 도착한 안나는 올케 돌리에게 그동안의 사정 이야기를 다 전해 듣는다. 안나는 올케를 위로하면서 오빠를 용서하고 화해하기를 바란다. 오빠네 집에서 어린 조카들과 놀아 주며 시간을 보내는 동안 안나는 돌리의 동생 키티를 만나 친해진다. 키티는 브론스키와 사랑하는 사이였으나 안나의 등장으로 둘의 관계는 서서히 적대적으로 바뀐다. 무도회에서 키티는 브론스키에게 무시를 당하고 모욕감과 배신감을 느낀다. 사실 키티는 형부의 친구인 레빈의 청혼을 거절하면서까지 브론스키를 사랑하고 있었다. 안나는 결과적으로 그런 키티에게 상처를 입힌 셈이었고, 키티는 질투로 괴로워한다. 결국, 안나는 집으로 돌아가기로 마음먹지만, 눈보라가 휘몰아치는 보로고보 역에서 같은 기차를 타고 있던 뜨거운 눈빛의 브론스키를 만나고 만다. 안나와 그는 둘 다 주체하기 힘든 마음으로 기차여행을 해야 했다. 아침에 기차가 페테르부르크 역에 도착하자 안나는 마중 나온 남편을 만난다. 브론스키는 그들의 만남을 몰래 지켜보다가 안나와 남편 카레닌 사이에 끼어들어 방문 허가를 받는다. 안나가 페테르부르크로 돌아간 뒤 돌리는 딸을 낳는다. 한편 키티는 브론스키의 배신으로 인한 정신적 고통에서 헤어나지 못한다. 돌리는 브론스키 같은 사람은 사랑할 만한 가치가 없는 인간이라고 키티를 달래지만 키티는 흥분을 자제하지 못하고 이성을 잃어버린다. 끝내 키티는 몸과 마음이 아파 건강 회복을 위해 외국에서 전지 요양을 하는 처지에 놓인다.

인간이 행복에 이르는 방법에는 두 가지가 있다. 첫째로 늘어나는 욕망을 채우기 위해 열심히 일하여 계속해서 생산성을 향상하는 것이다. 그러나 이 방법은 인간의 무한한 욕망을 채우기에 한계가 있어 결국 파멸을 자초하는 경우가 많다. 둘째로 욕구와 욕망 자체를 최소화시켜 적은 물질이나 작은 행복에도 만족할 방법을 찾는 것이다. 요즘 유행하는 '소확행(小確幸)', 즉 '작지만 확실한 행복'이 이에 해당한다. 안나와 브론스키는 무한 욕망의 메타포로 나타난다. 인간 사회의 관계망 속에서 그들의 욕망은 충족되기 어려울 뿐만 아니라, 사회가 요구하는 도덕과 양심의 경계선을 벗어난 것이었다. 그러니 안나는 자살로, 브론스키는 전쟁 참여로 파멸할 수밖에 없었다. 반면에 키티와 레빈은 욕망을 축소시켜 행복의 길을 찾아간다. 『전쟁과 평화』에서 플라톤 카라타예프는 행복을 윤택한 삶과 물질의 풍요에서 찾는 것이 아니라 무욕무결(無慾無缺, want not, lack not)에서 찾는다.

미국 호프칼리지의 행복 전문가인 데이비드 마이어스에 따르면 행복한 사람들은 몇 가지 공통된 성격을 갖고 있다. 첫째로 행복한 사람들은 자존심이 강하고 자신이 남들보다 윤리적이며, 지적이고 편견이 적으며, 남과 잘 어울리고 건강하다고 스스로 믿는 경향이 있다. 이를테면 행복한 사람들은 자신을 매우 사랑하는 사람들이다. 둘째로 행복한 사람들은 낙천적이다. 삶을 적극적으로 영위하고 가까운 친구나 가족에게 항상 따듯하며 자주 미소 짓고, 남을 헐뜯거나 적대적인 행동을 취하지 않는다. 셋째로 행복한 사람들은 대부분 외향적이다. 내성적인 사람이 삶을 관조하고 스트레스를 적게 받아 마음의 평정을 유지하기 쉽기 때문에 외향성이 강한 사람보다 행복하다고 생각하기 쉽다. 그러나 실제로는 도리어 사교적이고 개방적인 사람들이 짝을 빨리 찾고 좋은 친구가 많으며 직장에서 인기가 높아 행복감을 훨씬 더 많이 느낀다.

세계가치 조사집단(World Value Survey Group)의 보고서에 따르면 인간의 행복을 결정하는 요소는 ① 가족관계, ② 재정 상황, ③ 일, ④ 공동체와 친구, ⑤ 건강, ⑥ 개인의 정치적 자유, ⑦ 개인적 신앙이나 신념이다. 행복은 주관적 감정이며 경험론적인 측면이 강하게 작용한다. 톨스토이의 주인공들은 대다수가 이성을 통해 행복해지고자 노력한다. 그들은 개인의 동물적 욕망을 극복하는 데 이성을 이용한다. 그들의 이성은 인류 전체의 행복을 찾는 데도 사용된다. 그러나 그들은 사실상 이성을 통한 행복 추구 과정에서 행복을 구하지 못한다. 그들의 행복한 경험은 자신의 이기적인 행복을 포기할 때 비로소 생겨난다. 톨스토이 작품에서 행복은 이성의 노력으로 얻어지는 것이 아니라, 오히려 개인의 행복을 멀리할 때 가능해진다. 여기서 도덕적인 삶과 행복한 삶은 별개다. 이성을 기초로 한 도덕적인 삶이 반드시 행복한 삶으로 이어지는 것은 아니다. 행복은 개인적인 경험의 소산이기 때문에 행복의 원리는 보편성을 가질 수 없다.

행복한 가정을 바라지 않는 사람은 없을 테지만 현대 사회는 옛날보다 갈수록 이혼 가정이 늘어나는 추세이다. 따라서 가정마다 부부관계를 행복한 상태로 유지하는 방법에 관한 관심이 점점 높아지고 있다. 일반적으로 사건에 대한 심리가 긍정이냐 부정이냐에 따라 행복과 불행이 결정된다.

행복한 가정은 긍정심리학(positive psychology)을 기초로 한다. 1998년 미국 펜실베이니아대학의 심리학자 마틴 셀리그먼이 창시한 긍정심리학은 진정한 행복이란 무엇이며 행복은 어떻게 만들어지는지를 연구한다. 미국 캘리포니아대학 심리학자 셸리 게이블은 사랑하는 남녀를 대상으로 긍정적인 사건과 부정적인 사건에 대처하는 모습을 관찰했다. 2006년 『인성과 사회심리학 저널(JPSP)』 5월호에 발표한 논문에서 게이블은 부정적인 사건보다 긍정적인 사건에 반응을 나타내는 남녀일수록 상대방을 신뢰하고 행복감을 공유하는 것으로 나타났다고 보고했다. 다시 말해 행복한 부부들은 공통으로 가급적 즐거웠던 순간만을 기억하는 것이다. 이처럼 행복을 위해서는 어려운 일에 부딪혔을 때 부부가 서로 의지하는 것 못지않게 삶을 긍정적으로 꾸려 나가는 능력이 중요하다. 행복하고 좋았던 순간을 한껏 즐길 줄 아는 부부는 정신적으로나 사회적으로 성공적인 삶을 영위한다는 연구 결과도 나왔다. 미국 노스캐롤라이나대학의 긍정심리학자 바바라 프레드릭슨은 긍정적 정서가 세상을 바라보는 시야의 폭을 넓혀 주고 타인과의 관계를 좀 더 원활하게 해 준다고 주장했다. 2009년 1월 펴낸 『적극성(*Positivity*)』에서 프레드릭슨은 즐거움, 감사, 희망, 자긍심, 관심 등 긍정적 정서 열 가지를 열거하고 대인관계에서 가장 중요한 것은 감사할 줄 아는 마음가짐이라고 강조했다. 친구 또는 부부 사이에 거의 습관적으로 상대방에게 감사의 뜻을 표현하면 서로를 인정하고 존중하게 되어 관계가 돈독해진다는 것이다. 감사와 마찬가지로 다른 긍정적 정서도 물론 부부의 관계를 강화하는 데 도움이 된다.

『안나 카레니나』 속 레빈과 키티의 부부관계는 이러한 긍정심리학에서 출발한다고 할 수 있다. 레빈과 키티는 서로에게 긍정적 정서를 표현한다. 무엇보다 중요한 것은 아내 또는 남편이 사랑을 표현할 때 적극적으로 맞장구를 칠 줄 알아야 한다는 점이다. 레빈은 청혼할 때 카드 테이블 위에다가 백묵으로 자신의 감정을 표시하고, 키티 역시 적극적으로 자신의 마음을 전달한다. 물론 그들은 신혼 때 자주 다투기도 하지만, 그럼에도 언제나 긍정적으로 사태를 풀어 나간다. 부부싸움은 불행으로 이끄는 단초가 되기도 하지만 더 행복해질 수 있는 삶의 동기가 되기도 한다. 레빈은 부부싸움을 매혹적인 것으로 변하게 한다. "키티의 자질구레한 걱정은 레빈이 처음에 품고 있던 숭고한 행복의 이상에는 어긋나는 것이어서 그는 그것에 적잖이 환멸을 느꼈다. 그러나 그것은 그가 의미를 알지 못했지만, 또한 사랑하지 않을 수 없는 새로운 매력의 하나이기도 했다." 레빈은 자신과 키티 사이의 애정에서 벗어나는 것을 상상하지 않고 모든 것을 긍정적으로만 생각한다. 물론 그들도 남들처럼 수시로 아무것도 아닌 일에 말싸움을 벌이게 된다. 레빈은 종종 마음 깊은 곳에서부터 아내 키티에 대한 불만을 느끼기도 하고, 아내에게 가부장적인 태도를 보이기도 한다. 그러나 그들은 곧 화해하고 남편은 아내의 의견을 따른다. 레빈은 이기적인 생각과 불평불만이 싹틀 때마다 각성과 자기 성찰을 통해 위기를 극복해 나간다. 그는 상대방에게 자신의 관심이나 열렬한 감정을 보여 줄 기회를 열심히 찾는다. 동시에 삶의 의미를 찾아 고민하고 미래의 행복과 평화를 위해 노력한다. 그들은 자신보다 상대방이 기뻐할 만한 것을 먼저 생각하고, 언제나 대화로 이야기를 풀어 나가며 화해와 용서를 통해 상대방을 더욱더 사랑하게 된다. 그들 부부 사이의 대화는 늘 솔직하고 상대방에게 신뢰를 준다. 레빈은 결혼을 통해 인간적으로 점점 더 성숙해진다. 우리의 삶은 긍정적 사건이 부정적 사건보다 3배는 더 자주 발생한다고 한다. 부부가 날마다 겪는 긍정적인 일을 상대방과 공유하려고 노력한다면 누구나 감사하는 마음으로 행복한 삶을 누리게 될 것이다.

복수는 나의 것이니 내가 갚으리라 『안나 카레니나』의 주제 가운데 하나는 '복수'이다. "복수는 나의 것이니, 내가 갚으리라"라는 성경의 「로마서」 12장 19절 문 구는 작품의 에피그라프(epigraph, 題詞)[38]로서 전체 줄거리의 라이트 모티프이기도 하다. 이 바울의 경구는 무슨 의미일까? 소설에서는 성서적인 복수가 불행한 안나 카레니나에게 가해지며, 그녀는 남편과 헤어지며 자살함으로써 자신의 고통을 끝낸다. 물론 러시아 비평가들은 톨스토이의 견해에 전적으로 동의하지 않는다. 안나의 경우 '복수'의 문제가 될 수 없다는 것이다. 이처럼 소설은 누구의 시점으로 해석하느냐에 따라 의미의 다양한 지평이 열린다.

첫째로 신의 주체적 시점에서 해석해 볼 수 있다. '복수'의 주체는 우주 만물을 관장하는 신이다. 복수는 신의 일이지 인간의 몫이 아니라는 것이다. 인간은 신(천상)의 문법에 따라야지 인간(지상)의 문법을 따르면 안 된다. 톨스토이는 하느님이 도덕률의 제재를 주재한다고 믿는다. 여기에는 '인간들이여! 너희들 멋대로 해석하여 함부로 복수하지 마라'라는 준엄한 도덕적 명령이 담겨 있다. 사랑, 전쟁, 자살, 죽음 등 모든 것이 신의 일이다. 이 복잡한 사건에 인간이나 사회가 개입할 수 있는 여지는 거의 없다. 『안나 카레니나』에서 사회는 안나를 심판할 권리가 없고, 안나 역시 앙심을 품고 자살함으로써 브론스키를 벌할 권리가 없다. 복수는 하느님 외에 아무도 할 수 없다는 말이다. 소설에서 레빈은 구원을 받고, 안나는 죽음을 맞는다. 이는 인간들의 판결이 아니라 하느님의 판결이다. 톨스토이는 사교계 사람들이 안나의 일을 신이 나서 떠들어 대는 것을 질책한다. 성경의 말씀은 옛 그리스

38 에피그라프는 책의 각 장의 서문에 붙이는 제명(서언, 경구)을 말한다. '어떤 사상이나 진리 따위를 예리하고 간결하게 표현한 어구'를 뜻하기도 한다.

의 지혜와도 잘 통한다. "너 자신을 알라." 델포이 신전 입구에 새겨져 있는 말이다. 이 말은 자기 주제와 분수를 알지 못하고 날뛰는 인간들이 세상에 끼치는 폐해를 우려하여 경고해 준다. 성경의 말이나 델포이 신전의 말 모두 지혜의 깊이와 가치를 보여 준다. 성경에서 따온 소설의 에피그라프는 "너희는 악에 대항하지 말라"라는 메시지를 담고 있다. 이 말 속에는 그리스도의 모든 메시지가 포함되어 있다. 이 '무저항주의'는 사람이 사회의 인위적 순화를 거부하고 자연에 따라 살아야 한다는 '톨스토이주의(Tolstoyism)'의 토대가 되었다.

둘째로 인간의 시점에서 안나의 자살을 해석해 볼 수 있다. 이때 복수의 주체는 안나나 러시아 사회가 될 수 있다. 안나의 자살은 앙심을 품은 개인의 복수에 해당한다. 안나는 변심한 브론스키에 대해 자살로 복수하는 것이다. 또 다른 해석은 당시 러시아 사회의 사교계가 불륜에 빠진 안나와 브론스키의 사랑에 복수하고 있다고 보는 것이다. 그들이 안나를 죽음으로 몰아가는 것은 그녀가 도덕률을 깨뜨렸기 때문이라기보다는 그녀가 속한 위선적인 상류사회가 불륜의 관계를 거부했기 때문이다. 브론스키에 대한 안나의 사랑은 깊고 인간적인 열정이었다. 안나는 위선을 싫어했기에 과감하게 진실한 사랑으로 상류사회에 맞서 보지만, 상류사회의 비난을 견디지 못하고 비극적인 자살을 결행한다.

셋째로 작가의 시점에서 복수를 해석해 볼 수 있다. 에피그라프를 작가의 논평으로 인용하여 해석하는 것이다. '복수에 대해서 너희는 심판할 권리가 없다.' 여기서 '너희'에는 안나도 사교계도 독자들도 포함된다. 안나는 브론스키와 사교계를 동시에 심판하려 했고, 사교계는 안나와 브론스키를 심판하려 했으며, 독자들은 안나의 불륜을 비판하고 또 심판하려 했다. 그러나 작가는 '너희'에게는 복수할 자격과 권한이 없다고 말한다. 복수는 작가인 '내'가 하겠다는 것이다. 여기서 복수의 주체인 '나'는 작가 톨스토이다. 예나 지금이나 톨스토이는 신적인 존재로 숭배된다. 단성악 소설의 작가로서 톨스토이의 목소리는 제우스의 목소리와 동급으로 해석된다.

실화에서 소설로 톨스토이는 원래 '상류계층 출신으로 죄 없이 파멸한 가엾은 결혼한 여성'에 대한 장편소설을 쓰고자 구상했다. 그는 1872년 지주 A. N. 비비코프의 정부인 안나 스테파노브나 피로고바가 철도에서 자살한 사건을 모델로 택했다. 이를 계기로 그는 상류계층뿐 아니라 사회 각 계층을 묘사하기 시작했고, 가정생활의 묘사에서 사회 전체의 생활 묘사로 넘어갔다.

작품의 배경이 된 1860년대 러시아 사회는 농노해방과 산업 발달로 인해 과거와는 다른 새로운 인간관계가 형성되고 있었다. 특히 산업 발달은 남녀 관계의 새로운 풍속을 만들었다. 기차역을 중심으로 도시를 넘나드는 새로운 불륜 사건이 많아진 것도 그 때문이었다. 불륜의 광역화와 가속화가 일어난 것이다. 『안나 카레니나』 속 주인공들의 불륜 역시 모스크바와 상트페테르부르크라는 두 대도시를 넘나들며 이루어진다. 1860년대는 농노가 해방된 지 얼마 안 된 시기로 작가는 농노해방의 결과로 빚어진 새로운 사회 상황과 사법제도의 문제, 슬라브 민족의 해방운동 등을 비롯해 그 당시의 경제, 교육, 예술 전반을 소설 속에서 두루 살펴보고 있다. 그런 점에서 이 소설은 단순한 간통소설이 아니라 본격적인 사회사상 소설이라고도 할 수 있다.

『안나 카레니나』는 1872년 2월부터 1876년 7월까지 총 4년 반 동안의 이야기이다. 이 장편은 모스크바와 페테르부르크를 주요 무대로 하며 4곳의 시골 영지를 오가며 진행된다. 모스크바와 페테르부르크의 사회적 분위기는 다르다. 모스크바는 배려가 있고, 가정의 따뜻함과 부드러움이 있으며, 가부장적인 옛 도시의 분위기가 느껴진다. 반면에 페테르부르크는 세련되고 차가우며 형식을 중시하고, 멋이 있으며 상대적으로 젊은 수도이다. 오블론스키는 모스크바가 가정적인 도시인 반면 페테르부르크는 "남성을 느끼게 해 주는 도시"라고 말한다. 모스크바에서는 가족들과 함께 지내야 하기 때문에 아이들의 건강과 교육, 재정적인 문제로 고민할 수밖에 없었지만, 페테르부르크에서는 이런 모든 것에서 벗어나 남성으로서의 쾌락을 만끽할 수 있었다는 것이다. 공간에 대한 톨스토이의 세계관은 '거주민(resident)과 이방인(stranger)'이라는 이원론적 대비에서 벗어나지 않는다. 거주민의 특성은 사랑과 우애를 통해 조화로운 공동체를 구현하고자 하는 소망이다. 반면에 이방인은 규범이나 도그마에서 벗어나 나름대로 개인의 자유를 추구하는 경향이 있다. 모스크바는 텃새의 분위기가 나며, 페테르부르크는 철새의 분위기가 난다. 텃새는 철새처럼 여행하지 않고 언제나 한 지역에 살면서 번식하는 새를 말한다. 철새는 철에 따라서 번식지와 월동지를 오가는 새를 말한다. 모스크바와 페테르부르크의 이러한 대비되는 분위기를 흥미롭게 표현한 말이 있다.

> 페테르부르크는 머리요, 모스크바는 심장이다.
> 페테르부르크는 장가가고, 모스크바는 시집간다.
> 모스크바는 세월의 흐름 위에 세워진 도시다.
> 페테르부르크는 많은 사람이 세운 도시다.

모스크바와 페테르부르크라는 공간의 대비는 톨스토이의 전형적인 이원론적 세계관 중 하나이다. 공간 대비는 나아가 유럽과 러시아라는 대비로도 나타난다. 톨스토이는 근대 유럽을 삶의 진정성이 상실된 인공도시의 공간으로 묘사하고, 반면에 러시아는 삶의 의미를 되찾게 해 주는 갱생과 부활의 공간으로 그렸다. 특히 러시아의 전원은 주인공들에게 의미 있는 활동을 제공해 주는 공간이다.

죽음의 상징적 지표들 『안나 카레니나』에서 유일하게 제목이 붙은 장이 있다. '죽음'이라는 장이다. 이 장은 레빈의 형 니콜라이의 죽음을 다루고 있다. 사실 '죽음'이라는 주제는 톨스토이의 전 작품에 흐르는 암류이기도 하다. 평생 죽음에 대한 공포에서 벗어나지 못했던 톨스토이는 자기 나름대로 독특한 지표(指標, marker)를 사용하여 죽음을 예고한다. 지표란 방향을 가리키는 표지, 또는 사물의 가늠이 되는 표지를 말한다. 작가는 안나의 피할 수 없는 죽음을 암시하는 복선을 소설 곳곳에 깔아 놓았다. 작가가 의도적으로 배치한 죽음의 지표들로는 기차, 말, 정사 장면 등이 있다.

① **기차의 상징**: 톨스토이는 작품에 기차와 철도를 많이 등장시킨다. 기차는 단순한 교통수단을 넘어 근대문명의 상징이자 근대자본주의 체제로의 급격한 전환을 의미한다. 기차의 등장은 인류 사회의 모든 분야에 커다란 영향을 끼쳤으며 인간의 정신세계뿐만 아니라 물질세계에도 지대한 영향을 미쳤다. 기차는 러시아인의 의식구조와 삶에 큰 변화를 가져다주었다. 1843년 파리에서 루앙과 오를레앙 노선의 열차를 처음 타 본 시인 하이네는 다음과 같이 언급했다. "철도(기차)가 공간을 죽였다! 무시무시한 전율과 전례 없는 공포감이 엄습했다. 철도는 화약과 인쇄술 이래로 인류에게 커다란 변화를 가져오고, 삶의 색채와 형식을 바꾸어 놓은 숙명적인 사건이다." 폴 망투 역시 "산업혁명의 최종적이고 가장 결정적인 단계가 증기기관의 발명과 더불어 열렸다"라고 했다. 기차가 등장하는 톨스토이의 대표적인 소설로는 『안나 카레니나』, 『크로이체르 소나타』, 『부활』 등이 있다. 『안나 카레니나』에서 안나의 기차 자살과 아들 세료자의 장난감 기차놀이 등은 모두 기차의 내포적 의미와 긴밀하게 연관된다. 이 작품 속에서 기차가 갖는 상징적 의미를 깊게 생각해 볼 필요가 있다.

첫째로 기차는 산업사회의 반(反)인간애적인 가치를 상징한다. 러시아의 19세기 후반은 산업 발달과 기계문명의 도입으로 러시아 사회의 전통 가치와 새로운 가치가 충돌하는 시기였다. 산업 발달은 문명과 문화 발전이라는 이름으로 기존의 가치를 허물어뜨리면서 사회의 혼란을 일으켰다. 기차는 원래 산업혁명과 더불어 등장하는 기계문명의 상징이다. 움직이는 거대한 괴물로서의 기차는 휴머니즘과 충돌하는 상징물로 해석될 수 있다. 기차는 인간의 가치를 파괴하는 물체의 상징이다. 안나는 기차에 의해 처절하게 파괴된다. 안나의 자살 장면은 인간이 물체로 분해되는 장면이다.

둘째로 기차는 '직선의 강박'이라는 이데올로기를 창출한다. 자연 상태에 유클리드 기하학적 직선은 존재하지 않는다. 기차가 더 빨리 달리기 위해서는 철도가 있어야 하고, 철도는 여러 역을 연결하는 가장 짧은 직선상에 놓여야 한다. 기차는 하나의 주어진 철도로만 달리는 쇠뭉치로서 인정사정 봐주지 않는 가혹한 기계이다. 기차는 삶의 다양한 선택지를 허락하지 않는다. 기차는 오직 한길만을 요구할 뿐이다. 그리하여 기차의 탈선은 대형 사고로 이어진다. '직선의 강박'은 '직선의 사고'를 만들어 낸다. 기차는 쉬어 가거나 돌아갈 줄 모른다. 『안나 카레니나』에서 안나와 브론스키는 기차를 타면서 불행해진 경우로, 그들은 직선의 강박에 사로잡혀 여유 있는 사고를 하지 못한다.

셋째로 기차는 낭만과 음란의 상징이다. 한때 기차는 사랑을 실어 나르는 낭만적인 교통수단으로 이야기되었다. 이 때문에 많은 소설과 영화 속 밀회의 시작은 기차역이다. 20세기까지만 해도 기차는 로맨스 멜로드라마에서 자주 사용되는 유용한 도구였다. 기차역은 묘하게도 마음을 설레게 만드는 장소이다. 기차역에서 만나 사랑에 빠지고 걷잡을 수 없는 감정에 고민하는 사람들에 관한 이야기는 너무나 흔할 정도다. 기차에서 우연히 다가온 사랑에 많은 사람들이 설렌다. 정신분석학자 프로이트는 기차를 타면 음란해진다고 주장했다. 덜컹거리는 기차의 울림에 성적으로 흥분하게 된다는 것이다. 프로이트의 동료 카를 아브라함은 아예 "기차를 타면, 다음 날 몽정을 하게 된다"라며 경고까지 했다. 기차역은 만남과 이별의 공간이다. 기차역의 플랫폼은 타는 것과 내리는 것이 호환적인지라 출발지이면서 도착지이고 안이면서 또 밖이기도 하다. 『안나 카레니나』의 로맨스는 기차역의 플랫폼에서 뜨겁게 시작하여 플랫폼에서의 자살로 차갑게 끝난다. 안나와 브론스키의 사랑이 시작되는 모스크바 기차역 플랫폼에서 그들은 처음으로 눈을 마주치게 되지만 끔찍한 사고가 발생한다. 역무원이 후진하는 열차에 치여 죽은 것이다. 안나 역시 자기의 종말을 예언이라도 하듯이 말한다. "이건 불길한 징조예요." 열차에 치여 죽은 역무원의 환영은 그 뒤에도 여러 차례 그녀의 꿈에 나타난다. 소설의 대단원에서 안나가 기차에 몸을 던지는 순간 마지막으로 본 것 역시 무시무시한 역무원의 모습이었다.

② **말[馬]의 상징**: 도스토옙스키는 『죄와 벌』에서 주인공 라스콜니코프의 매 맞는 말에 관한 이야기를 통해 말[馬]의 예시적 기능을 설명했다. 여기서 피를 흘리며 죽은 말은 미래 전당포 노파의 죽음을 예시한다. 암말은 희생당하는 여성들을 상징하기도 한다. 톨스토이도 말을 통해 이야기를 상징적으로 풀어내고 있다.

『안나 카레니나』의 제2부에 등장하는 경마 장면은 의도된 상징적 의미가 있다. 먼저 이 장면은 카레닌의 시각을 드러낸다. 경마장의 관람석에서 사회적으로 높은 직위에 있는 군 관계자, 즉 고위급 장교이거나 왕족인 누군가가 카레닌에게 농담을 건다. "그런데 자네는 경주에 참가하지 않나?" 이에 카레닌은 무심한 태도로 대답한다. "제가 참가하고 있는 경주가 더 어렵습니다." 이 문장은 이중적 의미가 있다. 정치가의 임무가 경주마 프루프루를 모는 것보다 더 힘들다는 의미이자, 아내로부터 배신당한 자신의 곤란한 상황을 숨기고 결혼 생활과 공직자로서의 진로 가운데 타협해야 하는 미묘한 입장을 암시하기도 한다. 여기서 주목해야 할 것은 말의 허리가 부러지는 사건과 안나가 자신의 불륜을 남편에게 밝히는 사건이 동시에 일어난다는 점이다.

경마 장면에서 브론스키가 보여 준 행동은 안나와의 관계를 상징하는 것이기도 하다. 브론스키의 애마 프루프루는 경기 도중 허리가 부러진다. 말에 비유되는 안나의 인생도 파괴되기 시작한다. 두 장면 모두에서 브론스키는 '아래턱을 떠는' 행동을 반복한다. 브론스키가 죽어 가는 말을 내려다보며 서 있는 장면은 그가 부정을 저지른 유부녀 안나의 몸을 내려다보면서 서 있는 장면을 연상시킨다. 아름답고 섬세한 암말에 대한 분노의 폭발 역시 안나에 대한 그의 감정을 연상시킨다.

> 프루프루는 그의 눈앞에 가쁜 숨을 몰아쉬며 쓰러져 있었다. 그 말은 머리를 뒤로 젖히고 매력적인 눈으로 그를 보고 있었다. 무슨 일이 벌어졌는지 아직 깨닫지 못한 브론스키는 고삐를 잡아당겼다. 말은 다시 한번 물고기처럼 몸부림쳤고, 안장이 듣기 싫은 소리를 내며 펄럭였다. 말은 앞발을 내딛었지만 엉덩이를 들지 못했고, 온몸을 부르르 떨더니 다시 옆으로 쓰러졌다. 격해진 감정으로 얼굴은 보기 싫게 일그러졌고, 아래턱은 떨렸고, 뺨은 창백해진 채, 브론스키는 뒤꿈치로 말의 배를 걷어찼고 다시 몸을 숙여 고삐를 당겼다. 말은 움직이지 않았고 코를 땅에 박은 채 호소하는 눈으로 주인을 바라볼 뿐이었다.

여기서 브론스키는 머리를 움켜쥐며 자신이 한 짓을 원망한다. “아! 내가 무슨 짓을 한 거야! 경주에 졌어! 그것도 내 잘못으로! 수치스럽고, 용서할 수 없어! 그리고 이 불쌍한, 사랑스러운 동물을 내 손으로 죽였어!” 브론스키 스스로 자신의 사랑스러운 애마를 죽인 것처럼, 안나 역시 그의 희생물인 것이다.

③ **정사 장면의 상징**: 톨스토이는 안나와 브론스키가 첫 성관계를 갖는 것을 살인자와 시체의 관계에 비유하여 불륜의 부도덕성을 드러낸다. 안나는 자기가 너무 큰 죄를 저질렀다고 생각하여 울었고, 브론스키는 살인자가 된 기분으로 서 있었다.

> 한편 브론스키는 살인자가 자신이 죽인 시체를 보고 느끼는 것과 같은 감정을 느끼고 있었다. 그가 죽인 시체야말로 그들의 사랑이었고, 그들 사랑의

첫 단계였다. 수치심이라는 무서운 대가를 치르고 얻은 것은 회상해 보니 거기에 뭔가 무섭고 더러운 것이 있었다.

브론스키는 육체적 관계 후 안나를 살인자가 희생자를 바라보듯이 보았다. 의사이자 철학자인 갈레노스 클라우디오스는 “모든 동물은 성교 후에 우울하다(post coitum omne animal triste est)”라고 말했다. 이 라틴어 구문은 ‘열정적으로 고대하던 순간이 격렬하게 지나가고 나면, 인간은 자기 능력 밖에 있는 더 큰 무엇을 놓치고 말았다는 허무감을 느낀다’라는 의미이다.

작품 구성의 통일성 『안나 카레니나』는 안나의 이야기와 레빈의 이야기가 번갈아 나오는 이원적 구성의 소설이다. 소설 전체가 8부로 구성되어 있으며, 제7부에서 안나가 죽는다. 그다음 제8부는 레빈의 이야기로 끝난다. 톨스토이는 왜 만나는 장면도 거의 없는 두 사람의 이야기를 묶어 한 편의 소설로 만들었을까?

톨스토이 연구가들이 『안나 카레니나』에 대해 자주 거론하는 담론 가운데 하나는 작품의 ‘통일성(единство)’에 대한 문제이다. 동시대의 작가들 가운데 투르게네프, 스탄케비치, 라친스키 등은 『안나 카레니나』에 ‘통일성’이 없다고 비판했다. 투르게네프에게 『안나 카레니나』는 ‘전혀 소설 같지 않고’ 혼란스러우며 구성과 슈제트의 통일성이 부족한 이상한 작품으로 보였다. 자유주의적, 절충주의적 성격의 잡지인 『유럽 통보』의 편집장 스탄케비치는 투르게네프의 영향을 받아 『안나 카레니나』를 필연적인 통일성과 선명성이 부족한 기괴한 소설이자, ‘하나의 소설이 아니고 두 개의 소설’이라고 평했다. 라친스키 교수 또한 『안나 카레니나』에는 통일성이 없다고 지적하며, 그 이유는 작품에 건축술이 부재하기 때문이라는 비판적인 내용의 편지를 톨스토이에게 보냈다.

작품의 통일성을 부정하는 의견에 반대하여 페트는 『안나 카레니나』는 무엇보다도 예술적 통일성을 갖추었다고 평가하면서, 레빈과 안나는 '내적 유사성'이 있는 '예술적 쌍둥이'라고 주장했다. 톨스토이에게 호의적인 비평가 스트라호프도 『안나 카레니나』는 내적으로 긴밀한 연관을 지닌 작품이라고 평가했다. 톨스토이는 라친스키 교수의 편지에 답하면서 『안나 카레니나』가 구성적 통일성을 지니고 있음을 주장했다.

> 나는 『안나 카레니나』에 대한 당신의 견해가 옳지 않다고 생각됩니다. 반대로 나는 건축술에 자부심을 느낍니다. 종석이 어디에 놓여 있는지 깨닫지 못할 정도로 아치들이 서로 이어져 있으니까요…. 건축물의 연관은 파불라나 인물들의 관계를 통해서가 아니라 내적 연관들로 만들어져 있습니다.

러시아 기호학자 로트만 역시 작가의 사상과 예술적 구조의 분리가 불가능함을 설명하는 과정에서 이 소설의 구성에 대한 톨스토이의 진술을 인용하고 있다. 톨스토이는 작품의 통일성에 대해 '연결의 미로(лабиринт цепление)'라는 말을 사용하여 "이 작품은 이렇게밖에는 구성될 수 없다"라고 확고하게 말했다. 톨스토이의 말대로 로트만은 '연결의 미로'라는 말로 구성의 통일성을 다시 강조했다. 현대의 대다수 비평가는 『안나 카레니나』의 구성적 통일성을 인정하고 있다.

평행기법과 연결의 미로 『안나 카레니나』의 구성은 기본적으로 '평행기법(parallelism)'을 이용하여 두 개의 스토리가 병렬 발전하는 구조로 되어 있다. 평행기법은 톨스토이가 즐겨 사용하는 구성법 가운데 하나로, 유사성이나 차이점을 근거로 하여 사람이나 사물, 상태의 서로 다른 두 가지 요소를 병치시키는 방법이다. 즉 하나의 작품에서 줄거리의 구성, 인물, 대사 따위를 서로 조응(照應)시켜 항상 평행적으로 전개하는 방법이다. 소설에서는 주제나 주인공을 병렬시키는 기법이 많이 사용되며, 시에서는 구문론상의 평행

혹은 음성상으로 유사한 단어를 병치시키는 기법 등이 주로 사용된다. 이원적 구성으로 되어 있는 『안나 카레니나』는 안나 이야기와 레빈 이야기를 평행하게 반복한다. 제목이 '안나와 레빈'이라면 더 직설적으로 다가올 수는 있을 것이다.

이 소설에서는 다양한 사랑 이야기를 제시하고 있으나 크게 보아 두 가지 유형의 사랑 이야기가 서로 대조되며 전개된다. 하나는 안나와 브론스키의 사랑 이야기이고, 다른 하나는 톨스토이 자신의 결혼 생활을 바탕으로 기술한 키티와 레빈의 행복한 사랑과 결혼에 관한 이야기이다. 전자가 사랑의 비극을 보여 주었다면, 후자는 구원의 사랑을 보여 주었다. 전자는 에로스(사랑)에서 타나토스(죽음)로 이어지는 불행한 로맨스이다. 반면 후자에서 사랑은 아름다운 기억으로 한 편의 시가 되며 건전한 사랑의 모델이 된다. 두 사랑 이야기가 서로 연관되지 않고 대칭축을 이루며 전개된다는 비평가들의 비난에 작가는 '연결의 미로'라는 말로 대응했다. 이 소설을 상세히 읽어 보면 예리한 독자는 내적인 사건이 미로처럼 연결되어 있음을 알아챌 수 있다는 것이다. 『안나 카레니나』는 총 8부로 이루어져 있고, 각각은 약 30개 정도의 장들을 포함한다. 내용은 앞에서 말한 것처럼 브론스키-안나와 레빈-키티가 이끌어 가는 두 개의 주요한 이야기로 전개된다. 여기에 주요 인물을 서로 연결해 주는 오블론스키-돌리의 이야기는 소설에서 아주 특별한 역할을 담당한다. 이 부부의 이야기는 관련이 없을 것만 같은 안나와 레빈의 이야기를 엮는 메신저 역할을 한다.

캐릭토님 기법 카레닌은 '이성'을 의미하는 그리스어 '카레논(karênon)'에서 유래된 이름으로, 그는 감성 없는 이성적 성격을 드러낸다. 이름과 성격이 잘 조화되고 있다. 브론스키는 '까마귀'를 의미하는 러시아어 '보론(ворон)'이나 '보론나(ворона)'에서 유래한다. 레빈은 '새끼 사자'를 의미하는 '레프(лев)'에서 유래된 이름으로 레프 톨스토이의 이름이기도 하다. 레빈은 톨스토이를 모델로 하고 있으며, 그의 사상을 전달해 주는 인물이기도 하다. 그는 톨스토이처럼 종교 탐구에 많은 관심을 보인다. 소설에 나오는 몇 가지 사건은 톨스토이가 실제로 경험한 것을 똑같이 표현하고 있다. 청혼이나 웨딩셔츠를 찾는 장면, 결혼식은 자신의 경험을 비슷하게 묘사한 것이다. 키티는 톨스토이의 아내와 많은 공통점이 있으며, 오블론스키는 톨스토이의 친구 V. S. 페르필리예프를 생각나게 한다. 재미있는 것은 안나라는 이름은 러시아 문학작품에서 불륜이나 간통 문제에 등장하는 여자 이름으로 자주 사용된다는 점이다. 또 오블론스키라는 이름은 러시아 첫 왕조의 지배자 류리크의 후손 중 '오볼렌스키'란 사람의 이름에 약간 헤픈 이미지를 가미하여 만든 것이다.

톨스토이나 도스토옙스키는 이성을 도덕과 연관하여 형상화했다. 그러나 이성에 대한 두 작가의 이해는 상반된다. 도스토옙스키는 라주미힌을 긍정적인 인물로 그리고 있으나, 톨스토이는 카레닌을 부정적인 인물로 묘사하고 있다. 이성과 감성이 윤리적 판단에 미치는 영향을 분석하여 두 작가의 도덕적 인식을 살펴보자. 인류가 만물의 영장이 될 수 있었던 것은 도덕적 본성 덕분이다. 인간은 일반적으로 선과 악, 옳고 그름을 판별하는 능력 덕분에 동물과는 다른 생활을 영위할 수 있었다. 철학자들은 윤리적 판단이 이성과 감성 중 어느 쪽에 의해 가능한 것인지를 놓고 오랫동안 논쟁해 왔으나 결론을 얻지는 못했다. 관념론자인 이마누엘 칸트는 옳고 그름이 합리적으로 판단된다고 주장한다. 반면에 경험론자인 데이비드 흄은 '도덕은 판단되기보다는 느껴지는 것'이라고 주장했다. 2001년『사이언스』저널에 발표한 논문에서 J. D. 그린은 이성이 윤리적 판단을 좌우한다는 대다수 철학자의 주장과 달리, 감정이 중요한 역할을 한다고 말했다. 이것은 정서가 예상 외로 윤리적 문제에 지대한 영향을 미친다는 사실을 과학적으로 밝혀낸 최초의 연구로 평가된다. 현대의 심리학자들은 감정도 윤리적 판단에 중요한 역할을 한다는 것에 이의를 달지 않는다. M. 쾨니그스 또한『네이처』저널에 발표한 논문에서 도덕적 딜레마에 처한 사람들은 소수보다 다수에게 이익이 되는 쪽을 선호하는 것으로 나타난다고 밝혔다. 요컨대 그는 윤리적 판단은 도덕 감정의 영향을 받고 있음을 증명한 것이다.

귀족들의 삶 수도 페테르부르크 귀족들의 생활은 사교계를 중심으로 이루어진다. 그 당시 수도의 사교계는 세 개의 그룹으로 나뉘어 있었다. 첫째 그룹은 안나의 남편 카레닌이 속해 있는 관료들의 모임이고, 두 번째 그룹은 백작 리다 이바노브나를 중심으로 형성된 신앙과 학문과 명예를 중요시하는 사람들의 모임이며, 세 번째 그룹은 브론스키의 사촌인 공작부인 베시라는 여자를 중심으로 화려한 옷과 춤과 연회를 즐기는 사람들의 모임이었다. 베시는 비밀연애를 적당히 즐기는 인물이다. 안나는 처음에 첫 번째 그룹에 관심을 보이다가 얼마 지나자 두 번째 그룹에 적극적으로 참여했다. 모스크바를 다녀온 후에는 세 번째 그룹에 자주 드나들면서 사람들을 사귀었다. 브론스키 역시 안나가 가는 곳이라면 아무 곳이나 닥치는 대로 따라다녔다. 두 사람은 달콤한 밀월관계를 즐겼다. 베시의 집에서 손님들은 안나와 브론스키의 관계를 화제로 삼아 두 사람에 관해 이야기하길 좋아했다. 거기서 카레닌은 유능한 정치가이며 마음이 넓고 훌륭한 인물이지만 바보 같은 면이 있는 남자로 평가되었고, 안나에 대한 브론스키의 뜨거운 정열은 낭만적인 사랑으로 평가되었다.

카레닌은 처음에 아내의 사생활을 인정하면서 아내를 질투한다는 것은 아내를 모욕하는 것이라 여겼다. 그는 안나와 브론스키의 관계를 의심하지 않다가 점점 주위 사람들의 시선이 곱지 않음을 눈치채고 아내에게 남편의 두 가지 입장을 설명하게 된다. 그는 세상 사람들의 평판과 예의범절의 중요성을 설명하고, 결혼의 참뜻을 종교적으로 설명한다. 그러나 남편의 충고에도 불구하고 안나는 사교계를 드나들면서 브론스키를 계속 만난다. 두 사람에 대한 소문은 페테르부르크 사교계에 널리 알려져 모르는 사람이 없게 된다. 안나는 애인 브론스키에게 임신한 사실을 고백하고, 충격을 받은 브론스키는 안나에게 결혼을 제안한다. 브론스키가 즐기는 스포츠는 승마였다. 귀족들이 참석하는 경마대회에서 브론스키는 경기 도중에 말에서 떨어지는 사고를 당한다. 그 순간 안나는 비명을 지르며 카레닌의 아내로서 품위를 잃은 행동을 하고 만다. 아내에게 배신당한 남편으로서 카레닌은 결혼을 후회하고 결투나 이혼을 생각해 보지만, 결투는 겁이 났고, 이혼은 두 사람의 결혼을 도와주는 꼴이었다. 카레닌은 안나에게 일어난 사건을 비밀에 부쳐 둔 채 그녀에게 아내의 도리를 강조하면서 브론스키와의 관계를 조용히 매듭짓도록 하는 것이 가장 좋은 방법이라 느꼈다. 그러나 정부를 집에까지 불러들이는 아내의 행동에 화가 난 카레닌은 끝내 아내 안나와의 이혼 절차를 밟고 아들 세료자를 누이에게 맡기기로 한다.

한편 레빈과 키티의 이야기는 새로운 국면으로 시작된다. 지난날 키티에게 청혼했다가 거절당한 레빈은 오블론스키의 만찬에 초청을 받는다. 그동안 레빈은 키티의 가족들을 피해 사냥을 하거나 여행을 다녔다. 여러 친지의 집을 찾아다니면서 농업을 발전시킬 수 있는 조합을 생각하기도 했다. 농민에게 땅이나 가축을 빌려주고 거기서 나오는 수익을 지주와 농민이 반씩 나눈다는 방안이었다. 한동안 시행착오가 있었으나 그는 결국 조합을 이용한 농업 경영이 효과적이라는 사실을 깨달았다. 레빈의 농업에 대한 열정은 농노해방의 결과로 빚어진 새로운 사회적 상황에 대처할 수 있게 했다. 레빈은 오블론스키의 집에서 열린 만찬회에서 오랜만에 키티를 만나게 되고, 기회를 엿보아 키티에게 다시 옛날의 청혼을 상기시킨다. 그로써 두 사람은 다시 맺어진다.

한편 안나는 아이를 낳은 후 산통으로 위험한 상태에 처하게 된다. 카레닌은 자신의 잘못을 후회하는 아내와 브론스키를 용서하기로 마음먹고 그들을 부둥켜안고 눈물을 흘린다. 이에 감동한 브론스키는 집에 돌아가 권총을 들고 왼쪽 가슴에 방아쇠를 당기나, 총알이 심장을 벗어나는 바람에 자살하는 데 실패한다. 그 후 건강을 회복한 브론스키는 수치심과 굴욕감에서 벗어나고자 타슈켄트로 전근을 가려 한다. 카레닌은 안나가 낳은 브론스키의 딸을 자신의 친딸처럼 정성껏 보살핀다. 오블론스키는 카레닌의 관대함에 대한 안나의 고통을 이해하고 이혼을 성사시키고자 노력한다. 카레닌은 이혼을 체면 문제, 종교적인 문제와 결부시켜 옳지 않게 여겼으나 결국 승낙하고야 만다.

모스크바에서 결혼식을 마친 레빈과 키티가 시골로 돌아갔을 무렵 브론스키와 안나는 유럽을 여행하고 있었다. 안나는 여행하면서 지난 일들이 악몽처럼 느껴졌고, 무엇보다도 소중히 여긴 자식과 명예를 잃었으니 앞으로의 인생이 행복할 수 없을 것 같다고 느낀다. 안나와 브론스키는 곧 외국 생활에 권태를 느끼기 시작한다. 레빈과 키티는 신혼의 단꿈을 꾼 지 얼마 안 되어 레빈의 형 니콜라이의 죽음을 지켜보게 된다. 키티는 니콜라이를 며칠 동안이나마 헌신적으로 간호하였으나 그의 죽음으로 간호는 허사가 되고 만다. 페테르부르크로 돌아온 안나는 다시 사교계를 출입하기 시작하고 주위 사람들로부터 모욕을 당한다. 안나는 식어 가는 사랑 때문에 브론스키와 자주 싸움을 하게 된다. 브론스키는 농촌에 머물면서 여러 가지 사업 때문에 바빠져 안나에 대한 배려가 전과 같지 않아진다. 만사에 싫증을 잘 내는 브론스키와 안나는 서로 상대편의 사랑이 식었다고 생각한다. 이때 안나는 이혼이 불가하다는 전보를 받게 된다. 브론스키에 대한 안나의 의심이 증폭되고, 그녀는 자살을 결심하고 모르핀을 복용한다. 그리고 마침내 기차 바퀴에 뛰어들어 자살로 생을 마감한다.

안나 카레니나의 법칙(비극의 원인) 대다수 사람들은 성공의 이유를 한 가지 요소에서 찾으려 하는 경향이 있다. 하지만 실제 어떤 일에서 성공을 거두기 위해선 수없이 많은 실패 원인을 피해야 한다. 이를 일러 안나 카레니나 법칙이라고 한다. 이 법칙은 진화생물학자 제러드 다이아몬드가 『총·균·

쇠』에서 언급한 것으로, 톨스토이의 소설 『안나 카레니나』의 첫 문장에서 힌트를 얻어 명명한 것이다. 『안나 카레니나』의 첫 문장은 다음과 같다. "행복한 가정은 서로 닮았지만, 불행한 가정은 모두 저마다의 이유로 불행하다." 다시 말해 행복한 가정은 다 비슷비슷한데, 불행한 가정은 제각각 불행하다는 것이다. 행복의 공식보다 불행의 공식이 더 복잡하며 행복의 원인보다 불행의 원인이 더 많다.

성공이나 행복은 여러 가지 부분들이 유기적으로 조화로워야 가능한 것이라 생각된다. 그렇다면 이 작품의 안나는 왜 '불행한 가정'에 편입될 수밖에 없었을까. 역사상 가장 유명한 여성 주인공이자 오랜 세월 다양한 해석을 낳은 캐릭터 안나 카레니나를 새롭게 해석해 보자. 안나는 왜 죽음을 택했을까. 시대를 달리하면서 많은 사람이 다양한 이유를 들어 안나의 죄를 열거하거나 주변 환경 문제를 탓해 왔다. 그러나 그녀의 죽음을 이해하기 위해서는 긍정적인 요소와 부정적인 요소 모두를 참작하여 담론의 지평을 확대해 볼 필요가 있다. 긍정과 부정에는 심리적인 요소, 현실적인 요소, 사회적인 요소, 육체적인 요소가 제각기 비중을 달리하며 복잡하게 상호관계를 맺고 있다. 안나의 죽음은 나이 차이, 애정 결핍, 고도의 정직성, 과잉 정열, 서류 세계, 모성애 상실, 부정적인 성격과 행동, 사회의 허위와 기만 등 다양한 원인을 갖고 있다.

첫째로 주인공의 죽음은 애정 없는 결혼 생활에서 비롯된 것이라고 할 수 있다. 한마디로 애정 결핍의 비극이다. 젊은 처녀인 안나는 나이 들고 매력 없는 남자에게 시집을 갔다. 자기보다 20살이나 나이가 많은 남편과 사랑 없이 결혼한 것이다. 그때 그녀는 자신이 저지른 행위의 심각성을 미처 깨닫지 못했으며, 아무도 그녀에게 그런 사실을 설명해 주지 않았다. 나이 차이를 무시한 불합리한 결혼, 사랑이 없는 타산적인 결혼이 비극의 출발점이라 할 수 있다. 카레닌과의 결혼 생활은 '죽어 있는 삶'과 같았다.

안나는 진정한 사랑이 무언지 몰랐다가 브론스키를 만나면서 비로소 사랑을 알게 되었다. 그녀는 상냥하고 우아하고 아름다운 젊은 귀부인으로서 그녀의 내부에는 활기에 넘치는 정열과 자유를 갈망하는 감정이 넘쳐흘렀다. 그녀는 정직한 여성으로 자신의 본성을 숨길 수 없었고 거짓을 생각할 수 없었다. 브론스키는 모스크바 기차역에서 우연히 만난 안나의 온몸에 넘쳐흐르는 생기와 정열을 간파하고 매혹을 느낀다.

> 이 응시의 순간에 브론스키는 그녀의 얼굴에서 약동하는 정숙하고 생생한 표정을 읽었다. 빛나는 두 눈과 보일락 말락 한 미소로 일그러진 빨간 입술 사이에서 과잉된 그 무엇이 그녀의 온몸으로 넘쳐흘러 그녀의 의사와는 상관없이 눈의 반짝임과 미소로 나타나는 것 같았다.

안나는 넘쳐흐르도록 과잉된 정열과 감정을 포기할 수 없었다. 그녀는 "나는 마치 먹을 것을 받은 굶주린 사람 같아요"라고 난생처음 진정한 사랑의 행복을 토로했다. 안나의 성(性) 담론은 자유로운 관능이라기보다는 세련되고 자유로운 성 의식과 본능에 솔직한 사고에서 나온 것이다. 브론스키와 만난 이후에 안나는 '도덕적이지만 죽어 있는 삶(결혼)'보다는 '부도덕하지만 살아 있는 삶(불륜)'[39]을 택한다.

가정에 불만인 사람들만이 밀회와 불륜을 저지르지는 않는다. 밀회는 그러한 욕구불만 속에서만 벌어지는 탈선이 아니다. 상대방에 대한 벅찬 감정이 가슴으로부터 우러날 때 일어날 수도 있다. 인간은 자신의 의지와는 상관없이 가슴속에 자연스레 감정이 생겨나도록 창조되었다. 자신이 바라는 방향이나 도덕적 관념과는 무관한 감정, 이것 때문에 많은 사람이 가슴 아파하고 번민한다. 물론 다행스럽게도 인간에게는 그것을 억제하고 조절할 수 있는 이성도 주어져 있다. 인간의 감정 중 사랑이라는 감정만큼 이성으

39 이현우, 『로쟈의 러시아 문학 강의: 19세기』, 현암사, 2014, 264쪽.

로 조절하기 어려운 것도 없을 것이다. 아마도 많은 사람이 밀회의 주인공이 되었던 기억이나 추억이 있을 것이다. 사랑의 기억이 가슴속에 살아남아 있으나 평생 배우자에게 말 못 하고 살아가는 사람들이 어디 한둘이겠는가. 이는 우리 사회가 전반적으로 부정적인 것에 집착하는 경향이 있음을 말해준다. 심리학자들의 말처럼 나쁜 것은 좋은 것보다 강력하다. 결혼 문제를 다뤄 유명해진 소설가는 많이 있지만, 행복한 결혼 생활을 성공적으로 다룬 소설은 거의 없는 편이다.

둘째로 안나의 죽음은 '서류 세계(paper world)'에 묻혀 사는 남편 때문에 초래된 것이다. '서류 세계'는 인간적인 감정이 부족한 위선의 세계를 말하며 모든 것을 서류처럼 기계적으로 처리하고자 하는 세계를 상징한다. 카레닌은 풍부한 감정이나 충동적인 열정이 없는 인물이다. 안나는 부부 생활 8년 만에 "그 사람은 남자가 아니에요. 인간이 아니에요. 그 사람은 인형이에요! … 그 사람은 인간이 아니라 기계예요"라고 남편을 평가한다. 카레닌은 무정하고 냉정한 인간으로서 인간적인 감정을 상실하고 자기만족에 빠져 있는 어리석은 사람이다. 기계적으로밖에 생각할 줄 모르는 카레닌은 전형적인 서류 세계의 인물이라 할 수 있다. 그는 관료답게 사회적인 관습을 중시하고 체면을 존중했으며, 부부관계를 감정보다는 이성에 의지해야 한다고 생각했다. 결혼을 사무적인 거래 관계와 같이 보았던 카레닌의 결혼관은 안나에게 참기 힘든 것이었다.

이것과 관련해 '서류 세계'를 대표하는 카레닌의 매너리즘(mannerism) 역시 언급하지 않을 수 없다. 수단과 방법을 의미하는 매너(manner)라는 단어는 형식의 그물 안에 갇혀 살아가는 카레닌의 지루하고 반복적인 행동 양식을 연상시킨다. 매너리즘의 사전적 정의는 '일정한 기법이나 형식의 되풀이로 독창성과 신선함을 잃어버린 상태'이다. 매너리즘은 문제의식을 배제한 과거의 무조건적인 답습과 현재에 안주하려는 안일한 의식이 결국에는 존재마저도 박제, 부패시킬 수 있음을 경고하는 말이기도 하다. 매너리즘의 원인은 다양하지만, 그중 무엇보다도 경계해야 할 것은 '변화를 거부하는 존재의 관성'일 것이다. 카레닌은 현재의 직위를 잃지 않기 위해서 기존의 공존 방식이 최선이라 여기고, 무언가 변화가 필요하긴 하지만 그 변화의 시점이 바로 지금이 아니었으면 좋겠다고 생각한다. 카레닌의 매너리즘은 변화를 싫어하는 그의 초상화였다. 그는 현재를 극복하려는 노력을 보여 주기보다는 변화를 거부하는 존재의 관성에 이끌려 갈 뿐이었다.

카레닌은 법과 질서를 존중하는 이성적인 인물이다. 그래서 아내의 불륜이 공공연하게 소문이 났을 때도 심리적 충격 없이 침착하게 사태 해결 방안을 모색한다. "우리 생활은 인간이 아닌 신에 의해 맺어지고 있는 거요. 이 결합을 파괴할 수 있는 것은 오직 죄악일 뿐이며, 더욱이 그런 종류의 죄악은 반드시 형벌을 수반하는 거요." 배신당한 보통 남편들의 말이라기보다는 준엄한 신부나 법관의 말처럼 들린다. 카레닌에게 불륜이란 책임과 의무, 죄와 벌의 차원에서 논의돼야 할 성격의 사건이다.

나아가 카레닌은 허위의식이 강한 위선적인 인물이다. 그는 당면한 아내의 불륜 문제에 이기적 생각으로 대처하며 여러 가지로 머리를 굴려 본다. 브론스키에게 결투를 신청하자니 잘못하다간 자신이 죽을 수도 있다고 생각한 카레닌은 자신의 명예를 손상시키지 않고 사건을 원만하게 처리하는 쪽으로 생각을 굳힌다. "지금 그의 마음을 사로잡고 있는 단 한 가지는 그녀의 타락이 그에게 튀긴 더러운 흙탕물을 털어 내고 활동적이고 명예롭고 유익한 자기 생활의 길을 계속 걸어 나가기 위해 어떻게 하는 것이 자기 자신에게 가장 좋고 가장 예의 바르고 가장 편리하며, 따라서 가장 정당한 것인가 하는 문제였다." 카레닌은 아내의 간통으로 자신의 모든 존재가 망가지는 것을 원하지 않았다. 그리하여 그는 나름대로 최상의 출구를 찾아 나선다. "하찮은 계집이 죄를 지었다고 해서 내가 불행해질 수는 없다. 나는 다만 그 여자가 벌여 놓은 이 난처한 상황에서 빠져나갈 최상의 출구를 찾아내기만 하면 되는 것이다." 카레닌은 이혼을 생각해 본다. 공식적인 이혼은 사회적으로 높은 지위에 있는 자신을 중상하고 비방하려는 적들에게 빌미를 제공할 우려가 있다. 더욱이 아내가 자유를 얻어 아무런 방해도 받지 않고 브론스키와 결혼한다면 자기만 억울하다는 생각도 들었다. 카레닌에게 중요한 것은 무의미한 결혼 생활의 청산이 아니라 불륜 남녀의 불행이다. "그 여자는 당연히 불행하지 않으면 안 된다. 그러나 내게는 아무런 죄도 없으므로 나는 불행해서는 안 된다." 간통을 저지른 아내는 당연히 죄에 대한 대가를 치러야 하고, 자신은 절대 불행해서는 안 되는 것이다. 카레닌은 독실한 기독교 신자로서 아내의 불륜을 비밀에 부치고 그녀를 종교적으로 유도하여 참회시키면 사건이 잘 마무리될 것으로도 생각해 보지만, 아내는 남편의 허위와 위선을 잘 알기에 그의 의견에 따르지 않는다. 그는 체면을 손상시키지 않고 조용히 이혼하는 것이 불가능하다는 점을 인지하게 된다.

셋째로 안나의 죽음은 모성애의 상실에 대한 죄책감에 기인한다. 남편과의 의미 없는 결혼 생활에서 유일한 낙은 아들 세료자의 존재였다. 그녀는 모든 아이를 사랑했다. 돌리의 아이들 하나하나에 대해서도 언제 태어났으며 어떤 병을 앓았는지, 각각의 성격이 어떤지를 너무나 잘 파악하고 있었다. 가정은 사랑 없이 존재할 수 없다. 안나의 비극은 남편에 대한 자신의 죄를 의식하고 고뇌한 부정한 아내의 비극이 아니었다. 다만 애인에 대한 그녀의 감정은 어머니로서의 감정과 의무와 날카롭게 대립했다. 아들과 애인에 대한 사랑이 공존할 수 없음을 잘 알고 있는 안나는 브론스키와 새로운 생활을 하면서 아들 세료자를 멀리하게 되었다. 이때 안나에게는 자기 생활의 흐름을 바꿀 만한 힘이 없었다.

톨스토이는 사랑의 심리학에 일가견이 있었다. 그는 사랑에 전력투구하는 사람들의 심리를 적나라하게 해부한다. "이제 모든 것이 끝났어요. 나에게는 당신 이외에 아무도 없어요. 그것을 잊지 말아 주세요." 남편과 자식을 버리기로 작정한 안나는 사랑에 모든 것을 걸게 된다. 욕망의 끝이 늘 파멸로 끝나듯이, 안나의 사랑 선언 역시 두 사람 모두의 파멸을 가져온다. 사랑,

욕망, 미움, 환멸 등 긍정적인 정서에서부터 부정적인 정서에 이르기까지 모두 인간 삶의 한 부분일 뿐이다. 삶의 일부에 인생 전부를 거는 것은 도박에 지나지 않는다. 안나와 브론스키는 사랑이 전부인 양 자신을 속이는 위선적인 삶을 살아야 했다. 그들은 사랑과 현실 사이에서 고민할 때가 되어서야 이미 돌이키기엔 늦었다는 것을 깨닫는다.

넷째로 우리는 욕망만을 추구하는 브론스키의 부정적인 성격과 행동에서 비극을 유추해 볼 수 있다. 욕망이란 굶주림처럼 육체적으로 만족되면 사라질 수 있다. 안나의 넘쳐흐르는 성적 욕망과 브론스키의 끼가 그들의 욕망을 최대한도로 증폭시켰다. 브론스키는 그 당시 페테르부르크의 전형적인 청년이었다. 명예를 존중하는 젊은 독신 장교로서 부유하고 늠름한 미남인 동시에 한편으로는 이기적이며 냉혹한 인간이었다. 남자에게 도덕적 의무를 부과하는 가정생활이란 그와 무관한 것이었다. 귀족 사교계의 대표적인 청년 브론스키에게 정신적 욕구란 여자와 말[馬]에 대한 관심뿐이었다. 그에게 사랑이란 정욕이었으며, 정욕은 그의 생활의 의미였고 또 목적이었다. 순진한 소녀 키티와의 사랑을 경쟁자들에 대한 승리라는 허영심의 만족으로 끝맺음한 그는 다시금 새로운 애인인 유부녀 안나에게 정욕을 느낀다. 브론스키의 지적 능력도 한계가 뚜렷한 그의 정신적 욕구와 일치하는 것이었다. 그는 강신술의 기적을 믿고, 오페라 공연장에서는 잠을 자며 카페에서는 쇼를 끝까지 즐기는 천박한 초보적 예술애호가일 뿐이었다. 그의 그림은 예술을 이해하는 사람들의 조소와 화를 돋우는 것이었으나 안나는 그를 천재로 생각한다. 고상함의 화신으로 스스로를 포장하는 브론스키의 천박함은 철도원 가족에게 200루블을 희사하는 행동에서도 나타난다. 그의 기만성과 허위성은 외국 여행뿐만 아니라 시골 생활에서도 드러난다. 결국, 그는 사랑을 위해 모든 것을 포기할 만한 인물은 아니었다. 안나와 브론스키 모두 욕망의 희생물이었을 뿐이다.

육체적 욕망에 대한 톨스토이의 반응은 항상 부정적이다. 그는 항상 에로스를 타나토스와 연결한다. 안나와 브론스키가 만나 첫 정사를 벌이는 장면은 잘 알려진 대로 장차 안나의 죽음을 예고하는 부분이기도 하다.

> 한편 브론스키는 살인자가 자신이 죽인 시체를 보고 느끼는 것과 같은 감정을 느끼고 있었다. 그가 죽인 시체야말로 그들의 사랑이었고, 그들 사랑의 첫 단계였다. 수치심이라는 무서운 대가를 치르고 얻은 것은 회상해 보니 거기에 뭔가 무섭고 더러운 것이 있었다. 벌거숭이가 된 자신에 대한 수치심이 그녀를 압도하고, 그것은 곧 그에게로 전달됐다. 그러나 살인자는 자신이 죽인 시체에 대해 이루 말할 수 없는 공포를 느끼면서도 그 시체를 감추기 위해서 난도질을 해야 하며, 또한 살인 행위로 얻은 것을 끝까지 이용하지 않으면 안 된다. 그래서 살인자는 정열이라 할 수 있는 분노를 안고 그 시체에 덤벼들어 끌고 다니거나 난도질을 하는 것이다. 마찬가지로 그도 그녀의 얼굴과 어깨 위에 키스를 퍼부었다. 그녀는 그의 손을 잡은 채 꼼짝도 하지 않았다. '그렇다, 이 키스, 이거야말로 수치심의 대가인 것이다. 이 손, 영원히 나의 것이 될 이 손은 내 공범자의 손이다.' 그녀는 그 손을 들어 거기에 키스했다. 그는 무릎을 꿇고 그녀의 얼굴을 보려 했으나, 그녀는 얼굴을 감추고 아무 말도 하지 않았다.

다섯째로 안나를 둘러싼 사교계(사회)의 허위와 기만이 안나가 죽은 원인이었다. 그 당시 사교계는 안나를 이해하려는 것이 아니라 그녀의 부정적인 면을 강조하여 그녀를 죽음으로 몰아가는 괴물 같은 존재였다. 여기서 문제는 위선적인 사회의 관습에 대한 안나의 공공연한 도전이다. 사랑 때문에 죽어야 했던 안나는 개인의 욕망을 좌절시키는 강고한 사회적 관습에 저항하는 반항아이다. 사교계의 여성들은 위선과 자기기만에 빠져 여성의 존엄성과 권리를 추구하기보다는 서로를 비난하기만 했다. 사회의 후진성은 성 담론 역시도 위선적이며 진보적이지 못한 것으로 만든다. 사교계는 변화를 거부하는 귀족사회의 관성과 매너리즘을 보여 주는 집단이었다. 안나는 시대를 앞서간 여자로서 매너리즘에 빠져 있는 사회의 거짓과 기만에 당당히 맞서 스스로 비극적 자살을 택한 것이다. 안나는 자신의 감정에 따라 열렬히 사랑하고 그 사랑에 깊이 고민한 여성이다. 그녀는 자신의 실존적 자유의지에 따라 사랑과 자살을 선택했다. 안나는 주체적인 삶에 대한 열망과 온전한 자유를 위한 열정을 사랑과 자살로 불태운 인간이었던 것이다. 결국, 안나는 휴머니즘을 상실한 산업사회와 늘 같은 철길만을 오감으로써 매너리즘을 상징하는 기차에 의해 무참하게 난도질당한다. 이로써 톨스토이는 창작 의도대로 안나를 '죄인으로서가 아니라, 동정받을 만한 여인으로 형상화'한다.

당시 상트페테르부르크 사교계는 두 가지 부류의 인간들로 나뉘었다. 하나는 구태의연한 도덕을 내세우는 속물적인 인간들로 톨스토이는 그들을 "야비하고 우둔하며, 특히 우스꽝스러운 인간들"로 표현하고 있다. 그들은 "남편이라는 것은 일단 결혼하면 한 아내만을 지켜야 하고, 처녀는 순결해야 하며, 여자는 수줍어야 하고, 남자는 남자답게 정조를 지키고 단호해야 하며, 또한 자녀들을 양육해야 하고 자기 노동으로 빵을 얻어야 하며, 부채는 지불해야 한다는 따위의 모든 어리석은 것을 믿고 있는, 말하자면 구태의연하고 우스꽝스러운 부류의 인간들이었다." 다른 하나는 남성 우월주의에 빠진 마초 같은 사내들로서 이른바 '진짜 인간들로 구성된 세계'의 인간들이다. 대표적인 인물로 브론스키가 있다. 그들은 우아하고 대담한 남자들로 무릇 남자란 "얼굴을 붉히지 않고 모든 정욕에 몸을 맡겨야 하며, 그 밖의 것은 모조리 비웃어야 한다고 믿었다."

여섯째로 전통사회의 관습과 가족을 해체시켜 버린 부정한 여자에 대한 작가의 단죄가 안나를 자살로 몰아갔다. 19세기까지 러시아 귀족사회는 정략결혼이 일반적이었다. 이러한 정략결혼에 반기를 들고 나타난 것이 연애결혼이다. 카레닌과 안나의 결혼은 정략결혼이다. 반면에 브론스키와 안나의 결혼은 일종의 연애결혼이다. 정략결혼이 대세였던 시대에 혼외정사에 동의하고 이를 따른 여자들은 전통적인 사회의 관습과 윤리 규범을 어긴 여자들로 멸시받았다. 혼외정사(나쁜 섹스)를 통해 얻은 쾌락은 두 파트너를 결속시켜 주는 것이 아니라 오히려 개인화하고 분리하며 서로 대립하게 한다. 톨스토이는 19세기 중반부터 유럽 중산층의 결혼 방식으로 꾸준히 인기를 얻어 온 연애결혼의 쓴맛을 『안나 카레니나』에서 보여 주고 있다. 이 소설은 연애결혼의 맹점을 지적한다. 톨스토이의 견해에 따르면 "당사자의 진실한 감정에만 의존하고, 사회의 지지를 받지 못한 애정 관계는 힘이 달려 사라질 수밖에 없다. 사회는 이 결합을 거부하고 연인의 운명에는 전혀 관심을 두지 않는다. 결국, 연인을 밀실에 가두어 버린다. 그 밀실 속에서 열정은 서서히 식어 간다. 연인이 열정에 사로잡혀 함께 있다는 느낌을 받아도, 연인은 끝내 헤어질 수밖에 없다. 의지할 곳 없이 외롭게 된 연인은 사회의 공격에서 스스로를 보호할 방법이 없다." 『안나 카레니나』는 연애결혼의 한계를 보여 준 작품이다. 톨스토이는 어느 작가보다 더 도덕적 인간을 선호한다. 주인공들은 의식적으로 타인을 사랑하고자 하지만 성공하지 못하는 경우가 많다.

위기와 기회의 의미 이 소설에서 새로운 이야기 축을 형성하고 있는 콘스탄틴 레빈은 행복한 삶을 보여 주는 전형적인 인물로 등장한다. 그의 사상은 작가의 사회사상이나 다름없다. 레빈은 현실에 불만을 품고 인생의 새로운 길을 탐구하면서 위기에 처하고 고난을 겪는 주인공이다. '위기는 곧 새로운 기회'라고 한다. 사실 위기(영: crisis, 독: Krise)의 어원은 그리스어 'krinein(분리하다)' 혹은 'krisis(결정, 결정적 전환)'로 소급된다. 따라서 레빈의 위기는 어떤 '결정적 전환'을 통해 새로운 기회를 맞게 된다. 안나가 상류계층의 기만적이고 허위적인 도덕의 장벽에 부딪혔다면, 레빈은 사회의 경제적·정치적·철학적 장벽에 부닥치게 된다. 작가는 레빈을 통하여 새로 조직되어 가는 사회적 관계에 신랄하게 비난을 퍼붓는다. 그는 진실과 진보의 편에 서서 가부장제도를 옹호하는 인물이다. 레빈은 상류사회, 즉 도시의 관리나 지주 또는 귀족들의 환경과는 동떨어진 존재였다. 그는 도시의 귀족들을 무식하고 나태한 인간들로 생각했다. 또한 종교적인 인간이지만 공공교회를 싫어하기도 했다. 무위도식하고 기생하는 귀족들의 생활을 증오하는 레빈은 "더욱 많이 일하고 더 적게 사치를 허용하자"라고 스스로 결심한다. 농업 경영을 하면서 그는 자신의 신조에 따라 농민들이나 일하는 사람들에게 공정하려고 노력한다. 그러나 지주로서의 한계성을 인식하고 실망하게 된다. 자살 욕구가 이는 비극적 상황에 이르렀을 때 레빈은 철학적 탐구에 몰두했다. 신앙 속에서 선행의 참뜻을 이해하고 인간의 사명이 무엇인지를 깨달은 후에야 그는 비로소 영혼의 안정을 얻을 수 있었다. 삶의 의미에 대한 레빈의 고통스러운 의문, 뇌리를 떠나지 않는 자살 생각, 농부들과 어울리고자 하는 욕망 등은 당시 톨스토이가 겪고 있던 갈등이 뚜렷이 반영된 것이다.

톨스토이의 주인공들 가운데 레빈은 특히 '삶의 의미'를 추구하는 작가의 분신이다. 톨스토이는 삶의 의미가 '내재된 선(善)'을 따라 사는 데 있다고 결론지었다. 그리고 오직 정서적·종교적 몰입을 통해서만 사람은 이 진리를 발견할 수 있다고 보았다. 톨스토이는 욕구를 충족시키려는 욕망이 인간에게 내재된 선을 왜곡시킨다고 믿었다. 그는 신념에 따라 1881년 이후로는 모든 작품에 대한 저작권을 포기했고, 채식주의와 금욕주의를 선언했으며 육체노동에 종사했다. 창작 예술 또한 인간을 부패시키는 문명의 수단이라고 거부한 톨스토이는 논문이나 자신의 새로운 신념을 구체화한 단편적인 글만을 썼다. 『안나 카레니나』에서 삶의 의미를 탐구한 레빈은 삶의 진리, 금욕주의, 육체노동, 그리고 가족의 행복을 위해 최선을 다한다. 레빈은 노동에 특별한 가치를 부여한다. 그에게 노동은 인간 존재의 본질이자 역사와 문명을 만들어 온 원동력이다. 특히 산업화 이후 자본주의적 역사 발전의 과정에서 노동은 사회를 움직이는 주요한 요소로 등장했다. 귀족들은 노동보다는 사교와 파티를 하며 그저 삶을 즐길 뿐이었다. 레빈에게 노동은 정신을 유토피아의 세계로 인도하는 힘이었다. 그는 노동을 통해 농민들을 이해하고, 가족의 중요성을 알아 간다.

개인주의와 자유의 문제 톨스토이는 개인주의와 자유의 문제에 관심이 있다. 자유의 문제는 그의 작중인물들을 이해하는 열쇠가 된다. 무엇보다도 레빈은 전적으로 이 문제의 대표적인 인물로 설정되었고, 그의 내면적 갈등의 맹렬함은 톨스토이가 소외의 개념, 그리고 자기 혼자 힘에 내맡겨진 개인이라는 유령과 얼마나 심각하게 씨름했는가를 보여 준다. 안나의 이야기와 레빈의 이야기를 이어 주는 주제는 사회로부터 개인의 분리와 고향 상실의 위험성이다. 레빈은 그의 개인주의와 개성적인 인생관 및 특이한 문제와 의문 때문에, 안나는 간통의 결과로서 무서운 운명에 맞닥뜨릴 위협에 놓여 있다. 두 사람 다 정상적이고 점잖은 사람들의 사회로부터 추방될 위험 아래 놓인 것이다. 단지 안나가 처음부터 사회의 동의를 얻기를 포기하는 데 반하여 레빈은 그가 가진 사회와의 유대를 잃지 않으려고 온갖 노력을 다한다. 그는 결혼의 멍에를 견뎌 내고 이웃들과 똑같이 그의 농장을 관리하면서 주위의 인습과 편견에 굴복하며, 뿌리 뽑힌 추방자나 괴짜가 되지 않기 위해 무슨 일이든 하려 한다. 톨스토이는 반개인주의자로 순전히 합리적이고 행복론적인 이유로 개인주의를 배격했다. 사회로부터 개인적으로 분리되는 것은 인간에게 아무런 행복이나 만족을 가져올 수 없고, 오직 자기를 버리고 남을 위해 헌신함으로써 평안과 만족을 얻을 수 있다는 것이다.

잉여쾌락과 욕망의 문제 19세기에 발표된 가장 탁월한 불륜소설로서 톨스토이의 『안나 카레니나』와 귀스타브 플로베르의 『보바리 부인』이 있다. 그런데 톨스토이의 소설은 플로베르의 소설 『보바리 부인』과는 질적으로 다르다. 보바리 부인 엠마는 촌스러운 시골 의사와 결혼한 후 곧바로 후회한다. 엠마는 특별한 성격과 천성적으로 과도한 욕망을 가진 끼 넘치는 여인이다. 사춘기 시절에 읽었던 삼류 연애소설에 나오는 열정적인 삶을 원하지만, 현실은 지루하기만 하다. 그녀는 권태로운 삶을 벗어나기 위해 지나친 사치를 시작하고 남자들과 불륜에 빠진다. 그러던 어느 날 빚 때문에 압류장이 날아들자 약을 먹고 자살한다. 어떤 일이든 너무 지나치면 삶은 균형을 잃고 넘어진다.

카레닌의 부인 안나는 보통 사람과 별반 다를 것이 없는 여자로서 귀족 관료와 결혼한다. 나이 차이가 크게 나는 따분한 성격의 남편이지만 그녀는 별 후회 없이 결혼 생활을 유지한다. 우연한 기회에 젊은 브론스키를 만나 사랑에 빠져들지만, 엠마처럼 다른 남성들과 무분별하게 불륜을 즐기는 여인이 아니다. 안나는 성적으로 과도한 여성이 아니다. 남성 비평가들은 일반적으로 여성들을 잘 모르는 것 같다. 그들은 안나와 엠마가 마치 오늘날 모든 여성의 성적 욕망을 대변하는 것처럼 말한다. 남성들의 성적 욕망과 여성들의 성적 욕망은 차이가 크다. 비평가들은 다수의 남성에 비해 소수의 여성, 특히 극소수자의 성적 욕망을 과대 포장하고 있다.

안나의 성적 욕망은 과도한 욕망으로서의 '잉여쾌락'일까. 프랑스 문학평론가 르네 지라르는 『낭만적 거짓과 소설적 진실』에서 이른바 '욕망의 삼각형' 이론을 주장한다. 그에 따르면 인간의 욕망은 언제나 '주체-중개자-대상'이라는 삼각형 구조를 갖는다. 주체인 '나'는 항상 중개자가 욕망하는 것을 욕망한다. 중개자의 욕망에 영향을 받은 '나'라는 주체는 대상에 다가간다. 이는 돈키호테가 기사소설을 읽고 전설적인 기사 아마디스의 삶을 욕망하는 것과 같다. 파리의 사교계를 열망하는 엠마 역시 연애소설에 등장하는 여주인공들의 삶을 욕망한 나머지 그 여자들의 모든 것을 모방한다. '엠마-여주인공들-파리 사교계'라는 욕망의 삼각형이 형성된 것이다. 그러나 안나의 경우 중개자가 필요 없다. 안나는 연애소설을 읽지도 않았고, 상트페테르부르크 사교계 여성들의 욕망을 모방하지도 않는다. 문제가 되는 것은 굳이 따지자면 안나 개인의 넘치는 젊음이다. 잉여적인 에너지를 발산하지 못하는 여인이었던 안나는 적절한 대상이 나타나자 몸과 영혼으로 진실한 소통을 원했던 것이다. 인간의 모든 욕망을 단지 '타인의 욕망에 따라 모방하는 욕망'으로 간주하고 사회적 산물로 보는 것은 지나친 해석이 될 수 있다.

타인의 욕망에 대한 모방이든 개인의 욕망 실현이든 욕망은 인간을 파멸로 몰아가는 폭군이다. 그리하여 철학자들은 인간의 요구를 욕구와 욕망으로 구분했다. 예컨대 배가 고파서 음식을 먹는 것은 욕구이지만, 잉여적인 사치를 즐기기 위해 음식을 찾는 것은 욕망이다. 음식이나 옷 같은 생필품에 대한 욕구는 생리적 요구라 할 수 있다. 그러나 욕망은 욕구와 차원이 다르다. 욕망은 생리적 요구를 넘어선 육체의 '잉여쾌락'이나 정신적 요구로서 아무리 채워도 만족에 이르지 못한다. 육신의 욕망이건 정신적 욕망이건 욕망은 수평선과 같아서 다가가면 새로운 수평선이 나타나기 때문이다. 에너지가 고갈되지 않는 한 인간의 욕망은 끝이 없다. 안나는 욕망을 채우려 했으나 헛된 에너지만 소비했을 뿐 욕망에서 정신을 자유롭게 하지 못하고 파멸했다.

생사학(生死學) 죽음학(thanatology)이라고도 하는 생사학은 삶과 죽음의 문제를 영혼의 성숙이라는 관점에서 파악해 보도록 도와준다. 현재의 삶에 주어진 고통은 죽어서까지 이어질 영혼의 성숙을 위해 세상이 주는 축복일 수 있다. 그러나 사람들은 삶과 죽음에 대한 심각한 오해로 자살을 택하는 경우가 있다. 그들은 나름대로 자신의 특별한 사연을 이유로 내세운다. 그들의 이유는 대개 네 가지로 요약된다. 첫째로 '왜 나만 고통을 당하는가'라는 이유다. 그러나 사실 알고 보면 살아가는 동안 크고 작은 고통을 겪지 않는 사람은 없다. 오히려 삶의 고통과 고난은 인간의 인격을 성숙시키는 경우가 더 많다. 둘째로 사람들은 '자살하면 현재의 고통에서 단숨에 벗어날 수 있다'라는 착각을 한다. 그러나 자살은 고통을 덜기는커녕 오히려 키우는 일이다. 셋째로 '이 세상과 사회가 나를 자살하게 만든다'라는 주장이다. 우리 주변을 돌아보면 똑같은 고통을 겪으면서도 삶을 아름답게 성숙시키는 사람들이 존재한다. 더 큰 고통을 경험한 사람들의 입장으로 생각해 보면 이는 변명이거나 억지 주장일 수 있다. 넷째는 '자살하면 세상과 완전히 결별할 수 있다'라고 생각하는 경우다. 이는 죽음을 삶과 완전히 단절된 것으로 보는 경우다. 죽음은 삶과의 결별이 아니라 삶의 연장임을 알아야 한다.

우리는 생사학의 관점에서 안나의 자살을 생각해 볼 수 있다. '자살'을 거꾸로 읽으면 '살자'가 된다. 자살은 살고자 하는 마지막 몸부림일 수 있다. 그녀의 자살에 대해서는 자기모순적인 해석이 가능하다. 안나의 고통은 그녀만이 겪는 고통이 아니다. 브론스키와의 애정 문제에서 나타나는 불화는 오블론스키와 돌리의 관계에서 보듯이 어느 가정에서나 흔히 볼 수 있는 문제이다. 세상에는 사회적인 측면을 강조하는 이론도, 불륜에 초연한 소설 속 등장인물도 많다. 안나의 오빠 오블론스키 역시 불륜에 초연한 자로 등장한다. 자살은 세상과의 결별이 아니라 살아생전의 주변 사람들을 더 큰 고통으로 이끄는 일이다. 또한 이것은 어떠하든 결국 개인의 선택에 따른 행위이므로 고통을 겪는 개인들의 인식 전환이 필요하다. 웰다잉(well-dying)은 자살 예방을 위한 새로운 선택이며 아름다운 삶을 살아가고자 하는 사람들의 최고의 선택이다.

거짓과 진실 예술이란 무엇인가? 예술은 인간의 상호 교류 수단 가운데 하나이다. 그런데 역사적으로 볼 때 문학을 부정적으로 생각한 사람이 있었다. 바로 플라톤이다. 플라톤은 자신의 저서 『국가』의 제10권에서 이상적인 국가라면 시인을 추방해야 한다고 주장했다. 여기서 플라톤은 아리스토텔레스와 대립하는 생각을 펼친다. 그는 이상 국가를 건설하는 데 가장 중요한 요소로 교육을 꼽았다. 교육을 정의하면서 플라톤은 정신을 위한 문예(mousike) 교육과 신체를 위한 체육(gymnastike) 교육을 강조했다. 체육 교육에 앞서 문예 교육을 해야 하는데, 문예에는 문학(logoi)이 포함된다. 플라톤은 이야기, 전설, 동화, 신화, 시, 산문 등을 포함하는 문학에는 참된 것과 허구적인 것이 있다고 보았다. 그런데 중요한 것은 교육이 허구적인 것으로부터 시작되어야 한다는 것이다. 즉 이야기에는 사실적인 것뿐만 아니라 허구적인 것이 있기에 시인(문학자)은 검열을 받아야 한다는 것이 플라톤의 생각이었다. 예술은 인간의 정신에 영향을 미치고, 그럼으로써 한 인간을 올바른 길에서 벗어나게 할 수 있기 때문이다. 즉 '젊은이들의 마음에 나쁜 성향을 배태시키는' 시를 비롯한 문학 일반은 교육되지 말아야 한다는 것이다. 나아가 예술은 이처럼 인간 정신에 깊은 영향을 미치기 때문에, 올바른 예술과 그렇지 못한 예술을 구별해야 한다는 것이 플라톤의 기본적 생각이었다. 플라톤은 예술이 우리의 감정을 흥분시키고 우리의 도덕적 생활의 질서와 조화를 교란한다면 당연히 제거되어야 한다고 보았다. 그는 예술을 결코 정치적 생활과 별개의 것으로 간주하지 않았다. 플라톤에 의하면 시적 상상은 우리의 번뇌와 분노, 욕망과 고통의 경험을 배양하여, 이것들이 없어져야 할 순간에 부지불식간에 성장하게 만든다. 플라톤이 생각한 예술의 '전염 기능'에 대한 문제는 톨스토이로 이어져 하나의 전통이 되었다. 플라톤의 전통을 이어받은 톨스토이 역시 예술 속에서 전염의 원칙을 보았다. "전염은 비단 예술의 징후에 그치는 것이 아니라, 전염력(감염성)의 정도는 또한 예술의 우수성을 결정하는 유일한 척도이다."

톨스토이가 생각하는 예술이란 무엇인가? 그에 의하면 예술이란 형이상학자들이 말하는 것처럼 미(美)라든지 신(神)이라든지 하는 어떤 신비적인 관념의 표현도 아니고, 생리학자나 미학자가 말하는 인간 에너지를 발산시키는 유희도 아니며, 쾌락의 수단도 아니다. 예술의 가치 평가는 인간 삶의 의미와 깊게 연결되어 있다. 일반적으로 인생의 선악은 종교에 의해 결정된다. 어느 민족이든 민족 공동의 종교적 자각에서 흘러나온 감정을 전달하는 예술은 좋은 예술이며 참예술이다. 반면 개인의 감정을 혼돈으로 이끄는 예술은 좋은 예술이 아니라 거짓 예술이며 위선의 예술이다. 거짓 예술은 ① 보수, ② 표절, ③ 모방, ④ 속임수가 담긴 예술이다. 예술가들의 지나친 보수는 예술가의 직업화를 요구하며 궁극적으로는 가장 중요한 덕목인 성실성을 상실하게 한다. 예술의 직업화는 예술을 가르치는 직업학교를 만들게 하고, 모방을 최우선시하여 참예술을 이해하는 능력을 빼앗는다. 진정한 예술은 예술가가 체험한 진실한 감정을 타인에게 전달하기 때문에 비평가의 설명이 필요 없다. 일반 민중이 이해할 수 없는 예술은 예술이 아니라는 것이다. 톨스토이는 특히 '예술을 위한 예술'이나 오페라 또는 모더니즘 계통의 예술을 싫어했다. 그러한 예술은 아무나 이해할 수 없는 예술로서 비평가의 설명을 요구하기 때문이다. 그의 주장에 따르면 예술은 단순해야 한다. 톨스토이가 주장하는 예술의 단순성은 소통 가능성에 주안점을 두고 있다. "할머니에게 연구 결과를 설명하지 못하면 그것은 소용없는 것"이라고 한 아인슈타인의 말처럼, 톨스토이는 농노들이 이해할 수 없는 예술은 소용없는 것이라고 했다. 예술은 감정의 독창성, 표현 방식, 단순성, 성실성에 따라 감염성(전염성)의 크기가 달라진다. 감염성이 가장 큰 예술은 단순성과 성실성을 기본으로 한 민중예술과 종교예술이다.

톨스토이의 예술은 인간 사회에서 일어나는 온갖 거짓을 밝혀내는 작업이었다. 그는 일생 동안 모든 거짓을 증오했다. 그는 예술뿐만 아니라 남녀 관계, 사회생활 모든 것에서 거짓이 없어야 한다고 보았다. 더욱이 부부에게는 거짓말이 용납되지 않았다. 그리하여 톨스토이는 자신의 일기장을 아내에게 보여 준다. 그의 일기장은 과거에 저지른 방탕의 기록물이라 할 수 있다. 『안나 카레니나』에서 레빈도 톨스토이처럼 키티에게 방탕한 과거의 기록물인 일기장을 보여 준다.

레빈이 마음의 갈등 없이 그녀에게 자기 일기장을 넘겨준 것은 아니었다.

그는 자신과 그녀 사이에는 비밀이 있을 수 없고, 또 있어서도 안 된다고 생각했기 때문에 그렇게 결심했다. 그러나 그 일이 그녀에게 어떤 영향을 미칠 것인지에 대해서는 생각해 보지 않았다. 이를테면 그녀의 입장이 되어 생각해 보지 않았던 거다. … 레빈은 고개를 숙인 채 잠자코 있었다. 그는 아무 말도 할 수 없었다. "당신이 나를 용서하지 못할 거요." 그는 속삭이듯 말했다. "아니에요, 전 이미 용서했어요. 그렇지만 이건 무서운 일이에요!" 그러나 레빈의 행복은 너무 컸기 때문에 이 고백도 그것을 파괴할 수 없었을뿐더러 새로운 뉘앙스를 더해 주었다. 그녀는 그를 용서했다. 그러나 그때부터 그는 더욱더 자신을 아내보다 못한 존재로 느꼈고, 그녀 앞에서 도덕적으로 더욱더 고개를 숙이게 되었으며, 또 자기 분에 넘치는 행복을 더 높이 평가하게 되었다.

톨스토이의 예술론 예술이란 무엇인가? 예술에 대한 문제의식과 사유 방식은 시대를 달리하면서 발전해 왔다. 가장 대표적인 예술론은 모방론, 표현론, 도구론이라 할 수 있다. 모방으로서의 예술의 개념은 작품을 세계에 비추어 논하는 가장 오래된 전통적 예술 개념이다. 예술은 우주의 한 측면 또는 본질을 모방(흉내, 재현)한다는 것이다. 모방 개념이 성립하기 위해서는 모방하는 행위와 모방되는 것의 존재가 필수적이다. 예술의 본성을 모방이라고 본 서양 철학자로는 플라톤과 아리스토텔레스가 있다. 표현으로서의 예술은 작품을 개인의 주관적 감정

니콜라이 게, 〈레오 톨스토이의 초상〉

의 표현으로 본다. 예술작품은 어떤 방식으로든 예술가의 정서를 표현하거나 체현하고 전달한다는 것이다. 한마디로 예술을 '감정의 표현'이라고 정의한다. 예술의 본성을 '감정의 표현'이라고 보는 표현론의 대표적인 이론가는 톨스토이다. 도구로서의 예술은 인간의 감성적 조건과 이성적 조건을 매개하는 유희 본능, 혹은 심미적 충동에서 비롯되는 것으로서, 실용적 목적에서 비롯되는 것은 아니다.

이 글에서 우리의 관심은 톨스토이의 예술론이다. 그의 예술론은 사실 『예술이란 무엇인가』에 잘 정리되어 있다. 그는 예술을 '인간과 인간 사이 의사소통의 한 수단'으로 간주한다. 인간은 언어로 자기 생각을 다른 사람에게 전달하듯이, 예술을 통해 자신의 감정을 전달한다는 것이다. 톨스토이는 예술이 '감정의 전이'라는 수단을 통해 인류를 통합할 수 있다고 생각했다. 다만 여기서 감정은 '가치 있는 감정'이어야 한다. 톨스토이는 모방이 아닌 '표현'예술 작품만이 진정한 예술이라 주장한다. 그의 예술론에는 종교적 신념이 크게 반영되어 있다. 사실 그는 금욕주의적 성향의 기독교인으로서 육체의 쾌락을 경멸했으며, 인간들 사이의 형제애를 강조했다. 그리하여 예술은 계급 간의 차이를 없애 주는 일을 해야 한다고 여겼다.

톨스토이는 예술을 참예술과 거짓 예술로 구분한다. 참예술이란 어린이들과 교육을 받지 못한 사람들도 쉽게 이해할 수 있는 것이다. 그리하여 그가 주장하는 참예술은 비교적 단순해야 한다. 그는 언제나 '진리는 단순하다(simplex signum veri)'라는 생각을 견지한다. 그의 예술론은 단순함에서 나오는 힘과 명징함에서 오는 원숙함을 특징으로 한다. 서양예술은 대부분 오직 세 가지 감정, 즉 '오만, 성적 욕망, 그리고 세상 걱정'만을 전달하는 예술이었으며, 나태하고 권태로운 귀족이나 부자들을 흥분시키는 흥미 위주의 예술이었다. 그러한 감정들은 인류 통합에는 전혀 가치가 없었다. 그는 당시의 보들레르, 말라르메, 베를렌 같은 프랑스 시인들의 시를 비난했다. 그 시인들은 불명료성, 암시성, 상징성, 그리고 난해성을 보여 주는 대표적인 인물들이라는 것이었다. 회화에서도 그는 상징주의, 인상주의, 그리고 신인상파 화가들을 비난했다. 음악에서는 바그너, 리스트, 베를리오즈, 브람스, 그리고 리하르트 슈트라우스의 음악을 어렵다는 이유로 비난했다. 그가 칭찬한 예술은 어떤 것들일까? 그는 기독교 예술을 최고의 예술로 간주했다. 그리하여 실러, 빅토르 위고, 디킨스의 작품을 칭찬했고, 모차르트, 슈베르트, 하이든과 쇼팽의 음악을 칭찬했다. 최고의 찬사를 받은 작품들은 「창세기」, 성경의 비유들, 민속설화, 요정 이야기, 그리고 전래 동화들이었다. 하지만, 톨스토이 예술론의 취약점은 그가 미적 기준과 도덕적 기준을 혼동했다는 데에 있다. 그러한 혼동의 주요 원인은 예술작품의 주제가 작품의 미적 장단점을 결정짓는다고 본 것이다.

『안나 카레니나』의 제5부 7-9장에는 예술에 대한 흥미로운 이야기가 나온다. 안나와 브론스키는 3개월 정도의 유럽 여행 중 이탈리아의 조그만 도시에 머물게 된다. 여기서 브론스키는 귀족 견습 사관학교 시절의 친구인 골레니셰프를 만난다. 그들은 여러 가지 화제를 꺼내다가 그림 이야기를 하게 되었고, 러시아에서 이주해 온 화가 미하일로프의 그림에 대해 논평을 주고받는다. 미술에 대한 세 사람의 생각과 평가는 '예술이란 무엇인가'를 다시 생각하게 한다.

첫째로 브론스키는 미술에서 기교를 강조한다. "저 인물은 꼭 배경에서 튀어나오는 것 같잖아! 이게 바로 기교라는 거야." 브론스키의 말에 안나와 골레니셰프가 맞장구를 친다. 이 말은 화가 미하일로프의 마음을 아프게 했다. 그는 사람들이 사용하는 기교라는 말이 내용과는 전혀 무관한 것을 쓰거나 묘사하는 기계적인 능력을 의미한다는 것을 알고 있었다. 사람들은 기교라는 것을 마치 나쁜 것을 잘 그릴 수 있는 능력이나 내적인 가치에 배반하는 무언가로 생각하고 있었다. 브론스키는 안나의 초상화를 그렸으나, 나중에 미하일로프가 완성한 안나의 초상화에서 그녀의 정신적 아름다움을 보고 놀란다. 그것을 본 그는 그림 그리는 취미를 포기했다. 그들의 미술 감상은 기본적으로 화가의 재능과 기교를 기초로 한 것이다. 브론스키는 예술가가 진정으로 표현하고자 한 주제가 무엇인가를 올바르게 파악하지 못하는 인물이다.

둘째로 골레니셰프는 예술가가 추구하는 진리가 무엇인지를 알지 못하고, 그림에 대한 자신의 현학적인 지식만을 자랑하는 예술 설교자이다. 그는 원래 글쟁이로서 「두 원리」의 제2편을 준비하고 있는 평론가였다. 여기서 '두 원리'는 1870년대 첨예한 논쟁의 대상이 되었던 주제로 가톨릭과 정교를 말한다. 가톨릭과 정교의 원리는 합리적인 것과 정신적인 것, 서방적인 것과 동방적인 것으로 설명된다. 그의 기본 사상은 슬라브주의 철학과 연관되어 있다. 그는 화가 미하일로프의 그림 〈빌라도 앞의 그리스도〉[40]에 대해 논평한다.

> 물론 그가 재능이 없는 것은 아니지만, 그는 완전히 그릇된 길을 가고 있단 말이야. 그의 그리스도와 종교화에 대한 태도는 이바노프식, 슈트라우스식, 르낭식이라고 할 수 있어. 〈빌라도 앞의 그리스도〉라는 건데 말이야, 어디까지나 신파의 사실주의를 가지고 그리스도가 일개의 유대인으로 그려져 있는 거지. … 그들은 도대체 어째서 그런 난폭한 실수를 저지를 수 있는지 모르겠어. 그리스도는 위대한 거장들의 예술작품 속에서 이미 훌륭하고 일정한 표현으로 나타나고 있어. 그러니까 만일 그들이 신이 아닌 혁명가

40 1858년 페테르부르크에서 A. A. 이바노프의 그림 〈민중에게 나타난 그리스도〉가 전시되었다. 이때부터 '역사적 인물'로서 그리스도를 그리려는 시도가 시작되었다. I. N. 크람스코이가 〈황야의 그리스도〉, M. M. 안토콜리스키가 〈그리스도〉를 가지고 이바노프의 뒤를 따랐다. 이렇게 하여 전통적 교회와 종교적 슈제트(화자 재구성)를 새롭게 보며, 천상의 그리스도보다는 오히려 인간 그리스도의 이데아를 최초로 제공했던 '역사파'가 생겨났다. 톨스토이는 『예수의 생애』의 저자인 독일의 신학자 다비트 슈트라우스와, 『그리스도교 기원사』의 저자인 프랑스 철학자 에르네스트 르낭도 철학과 역사에 있어서 '역사파'의 사람들로 보았다. 1870년대에 톨스토이는 '이바노프식, 슈트라우스식, 르낭식' 경향을 부정적으로 대했다.

나 성현을 그려 보고 싶다면 역사 속에서 소크라테스나 프랭클린이나 샤를로트 코르테 같은 사람들을 택하면 된단 말야. 말하자면 그리스도만 아니면 된단 말이지. 그들은 정말 미술을 위해서 택해서는 안 될 바로 그 인물을 선택하고 있어. … 말하자면, 그는 요즘 흔히 눈에 띄는 그 새로운 야만인 중의 하나야. 무신앙이니 부정이니 유물주의니 하는 사상에 빠져 외곬으로 교육을 받은 자유 사상가 중 하나지.

애호가 수준을 넘어선 골레니셰프의 미술 비평은 진실한 예술가가 추구하는 독창성과 진리가 무엇인지를 알지 못하고서 자신의 현학적인 지식을 자랑하는 것에 지나지 않는다. 골레니셰프는 자신의 그림 비평을 기다리고 있는 미하일로프에게 말한다.

당신 그림은 요전에 내가 보았을 때보다 아주 많이 진척되었습니다. 특히 나를 움직이는 것은, 그때도 그랬습니다만, 지금도 역시 저 빌라도의 모습이에요. 사람들은 누구나 이 인물이 착하고 훌륭하기는 하지만 자기가 하는 일을 이해하지 못하는, 영혼의 속속들이까지 관료적인 인간이라고 해석하고 있어요.

화가 미하일로프는 골레니셰프의 평가를 듣고, 그의 안목에 어느 정도는 공감했다. 그러나 그는 미하일로프 그림의 중심인 그리스도에 대한 제대로 된 평가를 하지 못했다. 물론 빌라도는 관능적 생활의 권화이고 그리스도는 정신적 생활의 권화이기 때문에, 빌라도에게 관료적인 표정이 있고 그리스도에게 연민의 표정이 있는 것은 당연하다. 골레니셰프의 미술평은 예술에 대한 올바른 평론이 아니라 일종의 설교였다. 그리하여 안나와 브론스키는 똑똑한 체하는 그의 요설을 싫어했다.

셋째로 미하일로프는 예민하고 자존심이 강한 화가로서 참된 예술가의 전형이다. 그는 그림을 통해 진리와 진실을 구현하고자 하며, 예술이 진실을 담는 것이지 단지 화려한 기교로 진실을 덮는 행위가 아님을 강조한다. 어려운 삶 속에서도 그는 돈 때문에 그림을 그려 판매하는 일을 하지 않는다. 브론스키가 가난한 화가를 동정하여 안나의 초상화를 그려 달라고 부탁할 때, 미하일로프는 그 제안을 불쾌하게 생각했다. 미하일로프가 안나의 초상을 그리게 된 것은 돈보다도 안나에게서 풍부한 표정을 발견했기 때문이다. 미하일로프는 예술 비평에서 흔히 언급되는 기교나 재능이라는 개념에 거부감을 보인다. 골레니셰프가 "당신의 그리스도는 신인(神人)이 아니고 인신(人神)이라는 겁니다. 그것이 당신이 노리신 거라는 건 알고 있습니다"라고 말하고 '인상의 통일'을 강조하며 미하일로프의 주장을 논박할 때, 미하일로프는 자신만의 그리스도를 강조한다. 미하일로프는 자신의 그림을 온전히 화가인 자신의 눈으로 보았으며, 자신의 그림이 완전한 것임을, 따라서 훌륭한 의미가 있음을 믿고 있었다. 그의 그림 〈빌라도 앞의 그리스도〉에 나타난 빌라도, 그리스도, 빌라도의 부하들, 요한의 얼굴에는 이전의 화가들이 그려 내지 못한 각자의 개성이 훌륭하게 표현되어 있었다. 문맥으로 보아 미하일로프는 이동파에 속한 가상의 화가라 할 수 있다. 이동파는 1870년 이반 크람스코이에 의해 시작된 미술운동 그룹이다. 이 운동은 1863년 가을 14명의 상트페테르부르크 미술 아카데미 학생들이 아카데미의 획일적이고 보수적인 교육에 반발하여 창작의 자유를 요구하며 아카데미를 집단 탈퇴한 것에서 시작되었다. 이동파란 국립 미술 아카데미가 보장하는 안정된 붙박이 생활을 거부하고, 러시아 지방 곳곳을 다니며 그림을 그리고 전시회를 개최한다는 의미에서 붙여진 이름이다.

회화는 종종 진실을 전해 주는 기호로도 사용된다. 소설에서 오블론스키는 레빈에게 자기 누이 안나가 그를 보면 반가워할 것이라고 하면서 한번 만날 것을 권한다. 레빈은 안나를 만나기 전 서재에 걸려 있는 그녀의 초상화를 먼저 본다. 그는 거의 완벽할 정도로 아름다운 그림 속의 여인에게 매료된다. 안나를 본 레빈은 화가가 그녀의 특징을 제대로 포착했다고 생각한다. 비록 그림 속의 안나가 더 눈부시기는 해도 실물이 더 신선하고 매혹적이라 느낀다. 안나에게 완전히 매료된 레빈은 그녀의 매력과 교양, 지성에 감탄할 뿐만 아니라 빈틈없는 성실성에도 깊은 인상을 받는다. 레빈을 매혹하는 안나의 행동은 그녀의 궁극적인 파멸을 예시하기도 한다. 레빈이 안나를 동정하는 것은 그들이 유사한 본성을 가지고 있음을 부각시킨다. 두 사람은 모두 사회적 환경이 제시하는 것보다 더 심오한 삶의 의미를 추구한다. 이 짧은 만남 이후 두 사람은 서로 다른 길을 간다. 안나의 길은 죽음으로 끝난 반면에 레빈은 삶의 비밀을 발견한다.

몸의 기호학 톨스토이는 '몸은 거짓말을 하지 않는다'라는 몸 기호학의 실례를 『안나 카레니나』에 반영하였다. 『안나 카레니나』에서 인간의 몸과 성격은 밀접한 관계를 맺고 있다. 톨스토이는 몸의 유형을 달리해 성격의 차이를 나타낸다. 인간은 십인십색의 모양을 하고 있지만, 체질과 성격에 따라 크게 영양질, 근육질, 그리고 심성질 세 가지로 분류된다.[41] 톨스토이의 작품에 나오는 등장인물을 이 세 가지 유형으로 분류해 보면 흥미로운 결과가 도출된다.

첫째 유형은 영양질의 인물이다. 이는 문자 그대로 영양이 골고루 퍼져 있는 듯한 사람으로 복스럽고 둥글둥글한 유형의 인물이다. 얼굴도 원형이거나 봉긋하게 살이 두껍다. 이런 유형의 인물은 쾌활한 성격에 남과 어울리기를 좋아하고 인정이 풍부한 편이나 우유부단한 데가 있다. 한 가지에 정력을 갖는다기보다는 다정한 팔방미인형이다. 무엇이든 흥미를 갖지만, 곧

41 체질과 성격의 상관관계를 파악하기 위하여 다음 서적을 참고했다. 설혜심의 『서양의 관상학 그 긴 그림자』(한길사, 2002), 조성태의 『생긴 대로 병이 온다』(명상, 1998), 이시다 히데미의 『기(氣) 흐르는 신체』(이동철 옮김, 열린책들, 1996).

싫증을 낸다. 그러므로 인생을 투쟁으로 간주하기보다는 향락을 즐기려는 사람으로, 음식을 좋아하고 성욕의 본능에 따라 자유로운 생활을 하는 자가 많다. 안나의 오빠 스테판 오블론스키 공작은 이 유형의 대표적인 사람이다. 그는 향수를 뿌리며 살찐 몸뚱이를 잘 관리할 뿐만 아니라 자질구레한 일에 얽매이지 않는 포용력을 보여 준다. 그러나 미소가 아름다운 검은 눈의 프랑스어 가정교사와 간통한 일이 결국 아내에게 들켜 이혼당할 위기에 몰린다. 오블론스키는 항상 '어리석게 보이는 미소'를 지으며 자신의 잘못을 슬쩍 넘기고자 한다. "스테판 아르카디치는 선량하고 쾌활한 성격과 의심하지 않는 성질 때문에 그를 아는 모든 사람으로부터 사랑을 받았다. 그뿐만 아니라 빛나는 눈동자, 검은 눈썹과 머리칼, 그리고 희고 불그레한 얼굴빛 등 수려하고 맑은 용모 속에는 그와 만나는 사람들에게 생리적으로 친근감과 즐거움을 느끼게 하는 무엇인가가 있었다." 오블론스키는 특별히 그 모양을 설명하기가 힘든 부드러운 음식인 굴을 좋아한다. 그는 소화기관이 튼튼한 사람으로서 영양질의 대표적인 인물이라 할 수 있다. 둘째 유형은 근육질의 인물이다. 이런 유형의 인물은 의욕과 용기가 남다르게 강하고 자신감 있는 적극적 행동을 좋아한다. 정력이 좋아 목표를 정하면 밀고 나가는 인물이다. 남한테 지기를 싫어하고 무모한 행동을 하곤 한다. 근육질 유형의 대표적인 인물은 브론스키이다. "그는 키가 그다지 크지 않지만 탄탄한 체격을 가진 흑발의 사나이로서 아름다운 용모는 매우 침착하고 선량하며 꿋꿋한 느낌을 주었다." 브론스키는 안나를 만나 간통 사건에 뛰어들어 사회의 이목에 상관없이 자신의 정열을 불태운다. 브론스키는 안나와의 육체적 관계에서 살인자의 이미지로 변신한다. 셋째 유형은 심성질의 인물이다. 영양질과 근육질이 육체적인 데 반하여 이런 유형은 정신적이며 신경질적이다. 얼굴은 역삼각형으로 두부가 발달하고 아래로 내려감에 따라 턱이 뾰쪽한 편이다. 명예를 추구하고 행동력이 약하다. 우아한 신경의 소유자로서 행동보다는 사고가 주를 이루기 때문에 실천력이 없는 편이다. 초년에는 순조로워도 말년은 내리막길의 운수다. 왕성한 의욕이나 명랑함이 없고 음성적 일면을 가졌으며 사교성도 없다. 안나의 남편 카레닌이 대표적인 인물이다. 안나는 그의 뾰쪽한 귀를 제일 싫어할 뿐만 아니라, 그의 모든 신체적 특성을 싫어한다.

톨스토이는 누구보다도 몸의 기호를 중시했다. 그는 언어만으로는 진실을 전달할 수 없음을 깨달았다. 그리하여 그는 말의 어조뿐만 아니라 눈빛, 몸짓, 분위기, 뉘앙스를 통해 말로 꼬집어 고정할 수 없는, 미묘하게 변화해 가는 것들을 잘 표현하였다. 미국 캘리포니아대학 UCLA의 심리학과 명예교수인 앨버트 메라비언은 1971년 『침묵의 메시지(*Silent Messages*)』라는 저서를 통해 한 사람이 상대방으로부터 받는 이미지는 시각(몸짓) 55%, 청각(음색, 억양) 38%, 언어(내용) 7%라는 커뮤니케이션 이론을 제시했다. 이것이 바로 '행동의 소리가 말의 소리보다 크다'라는 명언을 탄생시킨 '메라비언의 법칙(the law of Mehrabian)'이다. 즉 효과적인 의사소통에 있어서 말투나 표정, 눈빛과 제스처 같은 비언어적 요소가 차지하는 비율이 무려 93%라는 것이다. 그렇다고 내용을 전달하는 말이 중요하지 않다는 것은 아니다. 7%의 언어의 중요성이 100%의 중요성을 지니고 잘 전달되기 위해서는 비언어적인 침묵의 메시지를 잘 살려야 한다는 뜻이다. 톨스토이는 언어보다는 몸의 언어가 더 효과적인 의사소통의 기호가 될 수 있음을 증명한 작가이다. 그의 몸 기호학은 일종의 '메라비언의 법칙'이라 할 수 있다. 그는 '육체의 비밀을 보는 자(тайновидец плоти)'이다. 등장인물들의 몸에 대한 디테일은 그의 묘사 기법으로 자주 회자된다. 그는 몸에 대한 수식어구를 반복적으로 사용하여 작중인물들을 구별한다. 안나를 묘사할 때는 '검은 곱슬머리'와 '가벼운 발걸음'이 자주 나온다. 오블론스키의 '잘생기고 붉은 얼굴', 키티의 '진실한 눈', 카레닌의 '신중하고 높은 목소리'도 반복되는 표현이다. 이러한 몸의 특징에 대한 반복적인 표현은 어떤 연상을 불러일으킬 뿐만 아니라 독자들에게 등장인물의 외모와 성격에 대해 지울 수 없는 인상을 심어 준다. 몸의 특징적인 기호는 등장인물들 각각을 대표하는 환유이자 그들의 정신적인 힘을 가리킨다.

폴리아모리 결혼은 자유를 억압하는 제도이다. 사랑하는 사람들의 만남으로 이루어진 결혼이라 해도 아내는 남편의 자유를, 남편은 아내의 자유를 완전히 보장하지 못한다. 사랑은 서로의 자유가 보장될 때 완벽해질 수 있지만, 결혼은 자유가 아니라 속박이 될 수 있다. 그래서인지 결혼문화에 대한 다양한 담론이 사회적인 문제로 제기된다. '폴리아모리(polyamory)'란 '두 사람 이상을 동시에 사랑하는 것'을 뜻한다. 즉 일 대 다(一對多)의 연애 형태를 말한다. 결혼문화에서 '모노가미(monogamy)'는 '일부일처제'를 말하고, '폴리가미(polygamy)'는 '일부다처제'를 뜻한다. 이슬람 사회에서는 폴리가미가 합법이지만, 대다수 국가에서는 모노가미가 합법이다. 모노가미는 인류가 생각해 낸 가장 훌륭한 제도일 수 있다. 그런데 『안나 카레니나』에는 모노가미를 부정하는 인물들이 등장한다. 바로 오블론스키와 안나이다.

오블론스키 공작은 자신의 외도로 가정이 파탄 났지만, 아내와 정부에 대한 그의 태도는 당당하다. 친구인 레빈에게 아내에 대한 자기 생각을 솔직하게 털어놓는다. 생기로 충만한 서른두 살의 남자가 늙은 아내를 사랑하는 것은 불가능하다고 말한다. 아내 돌리는 8년의 결혼 생활, 일곱 번의 출산, 육아와 살림으로 여자의 매력을 이미 상실했다. 애인인 프랑스어 가정교사는 사랑을 베풀면서 아무것도 요구하지 않는다. 오블론스키는 그녀와의 불륜을 당연하다고 생각한다. 작품 속에서 그의 생각과 행동이 파렴치함에도 그를 비난하는 사람은 그리 많지 않다. 오블론스키는 인간으로서의 매력이 있고 성격도 좋은 남자이기 때문이다. 아내와 가정교사를 동시에 사랑하는 오블론스키는 폴리아모리 결혼 제도를 찬성하는 자유주의자이다.

안나는 오빠 부부를 화해시키기 위해 오빠 집을 방문하게 된다. 하지만 정작 불을 끄러 온 본인이 새로운 불을 지핀다. 안나는 브론스키와의 관계로 오빠와 다르지 않은 상황에 이른다. 남매인 오블론스키와 안나는 선천적으로 바람둥이 유전자를 가진 듯하다. 안나는 매일 밤 자기 생각을 통제하지 못하는 꿈속에서 폴리아모리를 체험한다. 안나는 애를 낳다가 산고로 거의 죽을 뻔했다. 이때 안나와 두 남성과의 관계는 일종의 폴리아모리 현실이라고 할 수 있다. "두 남자 모두 자신의 남편이었고, 둘 다 그녀를 열정적으로 애무하는 것이었다. 알렉세이 카레닌은 울었고, 그녀의 손에 입 맞추며 말했다. '지금이 정말 좋구려!' 그리고 알렉세이 브론스키도 그 자리에 있었는데 역시 자신의 남편이었다. 안나는 전에는 그런 일이 불가능하다고 여겼는데, 이젠 깔깔대며 그들에게 설명하고 있었다. 이게 훨씬 간단하고, 당신들 둘 다 이제 만족하고 행복하지 않냐는 것이었다. 그러나 이 꿈은 악몽처럼 안나를 짓눌렀고 그녀는 공포에 떨며 잠에서 깨어났다." 카레닌과 브론스키는 둘 다 알렉세이라는 동일한 이름의 소유자이다. 안나와 오블론스키의 경우에서처럼 결혼이라는 제도가 가정의 행복을 보장해 주는 것은 아니다. 제도적 결혼과 육체적 열정은 양립되기 어렵기 때문이다. 결혼 제도가 열정을 막을 수 없다면 가정은 비극적인 파국으로 갈 수밖에 없다.

시대에 따라 차이는 있지만, 우리 인간은 사실상 늘 불륜의 제국에 살고 있다. 또한 어느 나라에서나 불륜을 주제로 한 소설이나 영화가 쏟아져 나오고, 불륜으로 인한 살인 사건이 보도된다. 그러한 불륜이 어제오늘 일은 아니지만, 이제는 어둠 속에 묻혀 있던 이 남녀 관계가 노골적으로 공론화되어 간다. 성의 해방과 자유는 어디까지 인정되어야 할지 아무도 모른다. 사실 몸의 본능은 일종의 자유이며 해방이기도 하다. 우리 사회는 몸의 본능을 어디까지 허락할까 궁금하다.

맺는 말 일반적으로 선행과 미덕은 모래 위에 새겨지고, 악행은 바위에 새겨진다고 한다. 즉 좋은 일은 금방 잊히고, 좋지 않은 일은 오랫동안 기억되는 경향이 있다. 특히 사회적으로 지탄받는 사안에 대해서는 많은 사람이

다양하게 자신의 견해를 밝히며 논의하기를 좋아한다. 즉 여러 사람의 입에 오르내리는 일은 그다지 좋은 일이 아니라는 말이다. 좋은 일보다는 좋지 않은 일에 더 관심을 보이는 것이 세상의 인심이다. 이 역시 '안나 카레니나의 법칙'에 해당한다.

행복한 가정과 불행한 가정으로 시작된 소설은 안나의 자살로 끝난다. 좋은 결혼과 나쁜 결혼에 관한 이야기는 끝이 없다. 사랑으로 시작한 결혼이 파국을 맞는 것은 왜일까. 좋은 결혼의 예로 소개되는 레빈과 키티의 결혼은 과연 이상적인 것인가. 이상적인 가정, 이상적인 남자와 여자는 과연 있는가. 좋지 않은 일이 생겼을 때 남성보다 여성이 더 지탄의 대상이 되는 것은 왜일까. 결혼이라는 제도가 인간의 욕망을 충족시킬 수 있을까. 이러한 모든 담론을 제기하는 소설이 바로 『안나 카레니나』이다. 작가는 가정의 행복과 불행이라는 이름으로 불완전한 인간과 제도의 문제점을 들추어낸다. 가정이란 현실적인 요소, 심리적인 요소, 육체적인 요소 등 다양한 요소들이 복잡한 상호관계를 이루며 유지되는 공동체이다. 개인의 욕망과 공동체의 욕망이 일치하기는 쉽지 않다. 안나의 죽음을 통해 우리는 인간의 육체적 욕망과 제도적 결혼은 양립하기 어렵다는 사실을 알게 된다.

29.

삶과 죽음의 의미: 톨스토이의 『이반 일리치의 죽음』

누구든지 죽음에 대한 문제를 한 번도 고민해 보지 않은 사람은 없을 것이다. 그러나 죽음을 직접 경험해 본 사람은 없다. 단지 인간은 살아가면서 수많은 계기를 통해 간접적으로 죽음을 경험하게 된다. 그러한 경험을 통해서 인간은 누구든지 반드시 죽을 수밖에 없는 필멸의 존재라는 사실을 자연스럽게 확인하게 될 것이다. 문학은 죽음을 간접 체험하는 장이다. 문학은 죽음에 대한 상상에 큰 빚을 지고 있다.

문학작품에 나타나는 인간 존재의 근본 문제 가운데 하나가 죽음이다. 많은 작가들이 죽음에 대한 소설을 썼으나 그 주제의식은 다양하다. 죽음에 반응하는 작가들의 의식에 따라 죽음의 문제가 다양하게 부각된다. 죽음이란 삶의 비극이 될 수도 있고, 종말을 의미할 수도 있으며, 삶을 예찬하는 계기가 될 수도 있다. 톨스토이의 중편소설 『이반 일리치의 죽음』(1884-1886)은 죽음을 주제로 한 문학작품 가운데 최고의 걸작으로 평가된다.

장례식장의 손님들 톨스토이는 『이반 일리치의 죽음』에서 불치병에 걸린 주인공이 죽음 앞에서 보여 주는 공포, 불안, 고독, 절망 등의 부정적인 심리 상태를 사실적으로 묘사하고, 최후의 순간에 죽음에 대한 두려움을 극복하는 과정을 보여 준다. 그는 임종 시에 삶을 되돌아보면서 자신에 대한 진실을 깨닫게 된다. 이 소설에서 죽음에 임한 이반을 대하는 친구, 동료, 가족(아내와 딸)의 반응은 정말로 놀랄 만하다.

어느 날 법원의 판사인 이반 일리치 골로빈이 45살의 나이로 사망했다는 소식이 사람들의 관심을 끌었다. 동료 판사들은 인사이동과 보직 변경에, 아내는 연금에 관심이 쏠려 있었다. 문상객들에게는 장례식에 참석하여 미망인을 위로하고 예절을 지켜야 하는 우울한 의무감만이 남아 있을 뿐이었다. 친구 표트르는 표정만 침통할 뿐 심야에 벌어질 노름판에 좀 더 신경을 썼다. 조문객들 아무도 깊이 애도하지 않았다. 조문하기 위해 장례식장에 모여든 직장 동료들은 각자 마음속에서 이반의 죽음으로 생긴 빈자리와 자신의 승진을 저울질했다. 승진과 더불어 생겨나는 봉급 인상, 친인척들의 취직 문제가 주요 관심거리였다.

동료의 죽음은 슬픔보다는 새로운 희망과 기쁨의 감정을 불러일으켰다. 법률학교 시절부터 이반의 친구였던 표도르 바실리예비치와 표트르 이바노비치 역시 친구의 죽음을 진정으로 슬퍼하는 것은 아니었다. 문상객 중에는 고인의 동료 슈바르츠(독일어로 검다는 의미) 같은 전형적인 속물도 있었다. 영국풍의 구레나룻을 기른 얼굴에 야윈 몸매를 지닌 슈바르츠는 항상 우아하고 엄숙한 자세를 취하고 있었으나 성격은 외모와 대조적으로 명랑한 편이었다. 슈바르츠의 명랑하고 단정하며 우아한 모습은 악마 메피스토펠레스를 연상시켰다. 장례식 날 그는 온통 즐거운 카드놀이 생각뿐이었고, 실제로 표도르 바실리예비치의 집에 모여 카드놀이를 하자고 제안했다. 그는 말보다는 눈짓으로 더 많은 뜻을 전달했다.

장례식에서 망자는 썩는 냄새를 풍기는 하나의 무거운 물체일 뿐이었다. 죽은 자의 얼굴은 살아 있는 사람들을 꾸짖는 듯했을 뿐만 아니라 살아생전에 한 일들이 무엇이었는지 알려 주는 표정이었다. 고인의 아내 프라스코비야 표도로브나 골로비나는 응접실에서 남편의 친구 표트르 이바노비치를 잡고 죽기 전 남편의 고통을 이야기해 주었다. 그러나 그는 그녀로부터 해방되고 싶어 죽을 지경이었다. 그 미망인은 남편의 죽음을 슬퍼한다기보다는 연금을 어떻게 하면 더 받아 낼 수 있을까에 대해 남편 친구의 조언을 듣고 싶었을 뿐이었다. 그녀의 관심은 오로지 손에 거머쥘 퇴직금과 유족위로금에 있었으며, 묘지의 홍정에 거짓 눈물이 끊기곤 했다. 이반 일리치의 죽음과 더불어 비도덕적 사회 구조가 교묘하게 드러난다. 이반 일리치는 주변의 이기적 욕심이 쏟아 낸 막중한 고독을 감내할 수 없어 죽은 것이다.

사랑과 일의 안과 밖 이 소설의 주인공인 이반 일리치의 일생은 단순하고 평온무사했지만 아주 고통스럽기도 했다. 평범한 인물 이반은 관료 세계에서 개인의 출세와 영달을 위해 열심히 살아왔다. 관료 생활과 안일한 사생활에서 자기의 성공에 만족을 느끼며 살아온 것이다. 그는 자기 의무에 충실하였고, 욕망과 허영에 따라 삶을 즐겼다. 상류사회의 귀족들과 사귀며 문화시민의 자세를 조금도 소홀히 하지 않았다. 그는 매혹적이고 위트가 풍부하며 영리한 처녀 프라스코비야 표도로브나 미헬을 만나 결혼했다. 그녀는 양갓집 출신으로 교육을 잘 받은 처녀였으나 임신 후 이반의 삶을 점점 힘들게 했다. 아내가 예민해지고 질투가 심해지자 그는 점점 더 자기 관직을 사랑하게 되었다. 가정 밖에서의 삶을 즐기려는 욕구가 강해진 것이다. 그는 공적인 일에서만 인간관계의 명분을 찾았다. 적절한 대인관계를 통해 능력을 인정받은 이반은 이제 어느 한 사람을 파멸시킬 수도 있는 권한을 갖게 되었다.

이반은 나름대로 성공한 관료였다. 성공이란 것은 천박한 세계관을 필연적으로 수반한다. 성공한 것과 인정받는 것을 뽐내려는 사람들은 금세 알아볼 수 있다. 사람은 누구나 남들이 자신을 알아봐 주길 원한다. 남들이 알아봐 주는 것 자체가 권력이다. 그들은 자기만족에 차 있다. 이반은 허영의 힘으로 스스로를 부풀렸다. 이반은 세 가지에서 쾌락을 느꼈다. 공무에서 느끼는 쾌락은 순전히 자기만족의 쾌락이요, 사교계에서 느끼는 쾌락은 허영의 쾌락이요, 빈트 게임에서 느끼는 쾌락은 진정한 게임의 쾌락이었다. 페테르부르크의 많은 사람이 자신의 자리를 부러워할 정도로 출세한 그는 직장의 삶이 언제나 자신의 손안에 있다고 생각했다.

그러나 직장에서와 달리 가정에서의 생활은 그 반대였다. 결혼한 지 채 일 년도 못 되어 이반은 결혼 생활이란 이익도 주지만 현실적으로는 매우 복잡하고 부담스러운 일이라고 생각하게 되었다. 아이들이 죽고 가정은 점점 진절머리가 나는 곳일 뿐이었다. 아내는 가정에 닥쳐온 불운을 모두 남편 탓으로 돌렸다. 가정불화와 부부싸움은 날로 늘어나고 그들은 증오의 바닷속으로 밀려들어 갔다.

그러던 어느 날 이반은 우연한 사고로 불치의 병을 얻게 되었다. 이사한 집에 커튼을 달려고 사다리를 오르다가 그만 낙상하였는데 시간이 흐르면서 점점 입맛이 없어지고 왼쪽 배가 불편했다. 통증이 점점 심해지자 신경질과 불만이 더 커졌다. 아내는 아내대로 남편이 죽었으면 좋겠다고 생각하였으나, 그의 봉급 때문에 그에 대한 증오심을 마음속으로 감추고 있었다. 병세가 악화되자 병원에 찾아갔으나 병원은 법정과 다를 바가 하나도 없었다. 의사와 판사는 꾸물거리고 거만하고 권위적인 존재들이었다. 이반은 점점 자신에 대한 연민의 감정을 느끼고, 의사에게는 분노의 감정을 느꼈다. 화가 나는 일이 잦아졌다. 사교계의 쾌락에 빠진 아내와 딸은 그의 심정과 입장을 전혀 이해하지 못했다. 병색이 완연한 자신의 외모를 보자 그는 자신이 죽어 가고 있음을 깨닫게 되었다. 그는 끝없는 절망에 빠졌다. 인간은 절망하고 슬픔에 빠지게 되면, 비참할 정도로 작아지는 법이다. 그리고 점점 더 많은 사소한 일들이 물밀듯이 밀려와 그를 파묻어 버린다. 죽음의 공포가 현실로 점점 다가오고 그의 고통은 더 커져 갔다. 죽음이 숨어 있던 곳으로부터 어렴풋이 나타나자, 그는 죽음의 실체를 인정하기 시작했다.

> 그는 '그것'을 보았다. '그것'은 빛을 번득였다. 그는 지레 '그것'이 사라지기를 바라고 있었다. 그러나 무의식적으로 자기 옆구리의 통증에 생각이 미쳤

다. 그 통증은 옆구리에서 내내 진전되고 있었다. 그 때문에 '그것'을 망각할 수 없었다. '그것'은 분명히 꽃 속에서 그를 응시하고 있었다. 도대체 '그것'의 목적은 무엇이란 말인가?

삶의 진실 육체적인 고통과 죽음의 고통에서 해방되지 못한 이반은 아편 주사를 맞아 가며 고통을 이겨 내려고 했다. 대소변을 볼 때마다 불결하고 추한 자신의 모습에 더 고통스러워했던 이반은 집사인 농부 게라심에게서 위안을 얻었다. 항상 명랑하면서도 평온한 표정을 잃지 않는 게라심은 깨끗하고 혈색이 좋은 농부로서 자기 일을 잘 수행하는 인물이었다. 다른 사람들은 이반을 불쾌한 냄새를 풍기는 사람으로 여겨 피했으나, 게라심은 정성을 다해 이반을 모셨다. 이 소설에서 유일하게 긍정적인 인물이라고 할 수 있다. "자신만을 생각하는 삶은 진실한 삶이 아니다"라는 게라심의 말은 그의 삶의 태도를 잘 보여 주고 있다.

이반은 게라심 외에 모든 인간에게서 가식과 위선을 느꼈다. 그는 주변 사람들과 자신의 내부에 존재하는 가식과 위선을 보았다. 게라심만이 거짓말을 할 줄 몰랐고, 오직 신의 섭리에 따라서 행동했다. 병든 주인을 헌신적으로 간호하는 그의 모습에서 남을 위해 살아가는 긍정적인 면을 볼 수 있다. 아내와 딸은 파티에 나가기 위해 화장하고 몸단장을 하면서도 병든 남편 이반에게 동정심이나 연민의 정을 느끼지 못했다. 이제 그는 귀찮은 존재일 뿐이었다. 이반은 희망 없는 자신의 신세에 어린아이처럼 울어 보기도 하면서 인간들과 하느님의 잔인성을 원망했다. 부질없는 짓이었다. 이제 영혼의 목소리를 들을 수 있었다.

삶과 죽음의 문제란 절대로 해답이 없는 것이었다. 법정에서는 이반 자신이 심판자로서 행세할 수 있었으나, 이제 죽음 앞에서 자신이 피고가 되어서 있었다. 어린 시절을 회고하면서 인생의 황금기를 반추해 보나 아름다운 추억이 죽음의 현실을 해결해 주는 것은 아니었다. 이반에게 육체적 고통보다 더 무서운 것은 도덕적 고통이었다. 여기에 진정한 고뇌가 존재했던 것이다. 자신의 삶을 회상해 보면 도덕적으로 올바르지 못하게 처신한 무수한 사건이 있었다. 그의 일생은 그것을 감추려고만 했던 어리석은 기만의 세월이었다.

농노들의 죽음관 『이반 일리치의 죽음』은 사법부 공직자로 있던 톨스토이의 친구 이반 일리치 메치니코프의 죽음에 기초한 소설이다. 그의 형제가 공직자의 죽음에 대해 상세하게 설명한 것을 바탕으로 썼기에 더욱 실감이 난다. 일반적으로 러시아 상류계급들은 임종 시에 하인(농노)의 보살핌에서 위안을 찾았다. 일기와 회고록들을 보면 고해를 듣고 마지막 의식을 주재하는 성직자들 이상으로 하인들의 역할이 컸는데, 그들은 소박한 농민 신앙으로 죽어 가는 사람들이 죽음에 직면하여 두려움을 이겨 내도록 도와주었다.

19세기 러시아 문학에서 죽음에 대한 농민들의 두려움 없는 태도는 진부한 주제이기도 하다. 투르게네프는 『사냥꾼의 수기』에서 러시아 농민의 죽음에 대해 묘사하고 있다. "죽음 앞에서 농민의 마음 상태는 무관심한 것도 어리석은 것도 아니다. 농민은 마치 의식적 행위를 냉정하고 단순하게 수행하고 있는 것처럼 죽는다." 톨스토이의 『세 죽음』과 레스코프의 『매혹된 나그네』에도 농민의 죽음을 맞는 태도가 기록되어 있다. 이것은 19세기와 20세기의 다양한 자료, 의학 보고서, 민속학적 연구에도 기록되어 있다.

죽음을 대하는 농노들의 태도를 정리하면 두 가지가 있다. 하나는 '운명론'이고, 다른 하나는 '보상론'이다. 운명론은 죽음을 고통에서 벗어나는 것으로 간주하는 그들의 체념에 근거한 것이다. 농노들은 자신의 운명에 관해 이야기할 때 종종 내세를 조상들이 '하느님의 자유' 속에서 살았던 '자유의 왕국'으로 언급한다. 농노들의 운명론은 일종의 자기방어이기도 하다. 마을 생활에서 죽음은 일상적이어서 그들은 어느 정도 죽음에 둔감해져 있다. 5살도 되기 전에 거의 절반이 사망하는 사회에서는 슬픔을 이겨 내는 방법이 필요했다. 종종 마을 아이의 부모들은 아이의 죽음에 감정적으로 반응하지 않았으며, 부양가족이 많은 극빈층 지역에서 여자들은 아이를 데리고 간 하느님에게 감사하기까지 했다는 의사의 기록이 있다. 보상론은 농노들이 하늘에서 고통에 대한 보상을 받게 된다고 믿는 것이다. 죽음을 받아들이는 농노들의 태도는 게라심을 이해하는 데 도움이 된다.

단성악 소설 러시아 사회학자 바흐친은 자신의 대화이론을 중심으로 '단성악 소설(monophonic novel)'과 '다성악 소설(polyphonic novel)'을 구분하고 있다. 단성악 소설은 '독백적인 소설'이라고도 한다. 단성악 소설에서 작중인물들의 목소리나 의식은 작가의 목적이나 의도에 따라 엄격히 통제된다. 즉 작가의 목소리 하나만 존재한다. 작가가 신적인 위치에서 작품의 모든 것을 지배하고 관장한다. 작가는 제우스 신과 같은 존재이고 작중인물은 그의 노예와 같다. 그리하여 작가는 작중인물들을 인형처럼 조종한다. 당연히 작품의 주제는 항상 작가의 사상이나 이념으로 수렴된다.

단성악 소설의 대표적인 작가는 톨스토이이다. 그의 작품에는 오로지 작가의 단일한 의식이나 목소리만 존재할 뿐이며 작중인물들은 작가의 사상을 전달하는 노예에 지나지 않는다. 작가의 독백적 목소리가 가장 잘 나타난 대표적인 소설로는 『이반 일리치의 죽음』과 『세 죽음』이 있다. 특히 죽음에 대한 묘사에서 독백적 목소리가 가장 잘 나타난다. 톨스토이는 죽음에 임한 주인공의 마지막 상념, 의식의 마지막 깜박임과 그 최후의 말을 작가의 말로 슬며시 대체한다. 톨스토이의 세계는 하나의 기둥으로만 지어진 독백적인 세계이다. 주인공의 말은 작가의 말 속에 갇혀 있다. 주인공의 마지막 말조차도 작가의 말이라는 외피에 갇혀 있다. 죽음 직전에 있는 한 인간의 의식이 작가의 의식에 종속되어 있기 때문에 『이반 일리치의 죽음』은 작가의 말로 통일되어 있는 셈이다.

사물과 몸 언어의 기호학 톨스토이는 '말'이 모든 것을 다 전달해 주는 최고의 코드라고 생각하지 않았다. 그는 누구보다도 말의 불완전성을 잘 알고 있었다. 그리하여 그는 몸과 사물의 일부에 대한 독특한 묘사를 통해 진실한 의미를 창출한다. 즉 그는 작중인물들의 미소, 눈빛, 몸짓, 입술, 손 등의 이미지뿐만 아니라 그 움직임을 놓치지 않고 상세히 묘사하고 있다. 몸 기호를 언어 기호의 보충적인 코드로 사용한 것이다. 톨스토이의 사물에 대한 묘사는 독특한 효과를 나타낸다. 인간의 마음이 사물 묘사를 통해 잘 표현되고 있으므로 사물은 인간과 대화를 나누는 듯하다. 『이반 일리치의 죽음』에 나타난 사물과의 대화를 살펴보면 쉽게 이해할 수 있다.

> 미망인이 소파에 앉기 위해 테이블 옆을 지나가다가 (응접실은 온갖 소품들과 가구들로 가득했다) 검은 케이프 망토의 검은 레이스가 테이블의 장식 조각에 걸리고 말았다. 표트르 이바노비치가 그녀를 돕기 위해 자리에서 조금 몸을 일으키자 깔고 앉았던 간이 소파의 스프링이 부르르 떨며 그를 밀쳐 냈다. 미망인이 직접 레이스를 떼어 내기 시작하자 표트르 이바노비치는 조금 전 자기를 밀쳐 낸 소파를 다시 깔고 앉았다. 그러나 미망인이 레이스를 제대로 떼어 내지 못하는 모습을 보고 표트르 이바노비치가 다시 일어나자 눌려 있던 소파의 스프링이 삐걱 소리를 내며 다시 튀어 올랐다.

고인의 아내로부터 가급적이면 빨리 달아나고 싶은 고인의 친구 표트르의 마음 상태를 의자가 알고 있으며, 그리하여 의자는 그를 밀쳐 내고 있다. 그러나 다음 이야기에서 의자의 스프링은 다른 태도를 취한다. "표트르 이바노비치는 정중하게 고개를 숙였다. 그러나 이번에는 의자의 스프링이 꿈틀대며 아까처럼 들고일어나도록 허락하지 않았다."

죽음학 수사학에서 상반되는 두 가지 토포이(늘 사용되는 주제, 개념, 표현)는 라틴어 '카르페 디엠'과 '메멘토 모리'이다. 현실주의자들이나 쾌락주의자들은 주로 '현재를 즐겨라' 또는 '노세 노세, 젊어서 노세'라는 말로 번역되는 라틴어 '카르페 디엠'을 주제로 들고나와 자기들만의 논리를 전개한다. 시간이란 '한번 가면 두 번 다시 오지 않는다'라는 생각에 사로잡힌 사람들이나, '개똥밭에 굴러도 이승이 최고다'라는 현실주의적 사고를 지닌 사람들에게 자주 회자되는 말이 '카르페 디엠'이다. 반면에 '죽음을 기억하라'라는 의미의 '메멘토 모리'는 주로 수도원에서 성직자들이 '카르페 디엠'을 반박하기 위해 애용하는 말이다. 쾌락주의자들이나 현실주의자들이 죽음을 부정적인 의미나 삶의 단절로 보는 데 반하여, 성직자들은 죽음을 과거와 미래의 통과의례로 본다. '메멘토 모리'의 진정한 의미는 죽음에 대해 제대로 눈을 뜬다면 삶이 비로소 제값을 찾을 수 있다는 것이다. '메멘토 모리'의 가장 대표적인 작품으로 알려진 『이반 일리치의 죽음』은 게라심의 말대로 '우리는 모두 언젠가는 죽는다'라는 사실을 깨우쳐 주는 작품이다.

『이반 일리치의 죽음』은 인간의 죽음을 연구하는 죽음학을 다룬 최고의 소설이라 할 수 있다. 이반은 죽음을 두려워했다. 죽음은 보편적 영혼을 가진 개인이 소멸하는 신비한 현상일 수도 있고, 정신적 해방이 될 수도 있다. 실제적인 죽음의 순간을 톨스토이만큼 풍부한 상상력으로 묘사한 작가도 드물다. 대표적인 예로 『전쟁과 평화』 속 안드레이 공작의 죽음에 대한 묘사는 문학사에서 가장 탁월한 것으로 정평이 나 있다. 그것은 단순한 죽음이 아니라 죽어 가는 인간이 삶의 의미를 재평가하고 정신적 진리 속에서 구원 혹은 어떤 해답을 발견하는 순간인 것이다. 톨스토이는 『이반 일리치의 죽음』에서 임종 시에 삶을 되돌아보며 자신에 대한 진실을 깨닫는 판사의 모습을 보여 주고 있다. 이반 일리치는 자신이 자신만을 위해 살았으며, 따라서 자신의 삶이 낭비였다는 사실을 알게 된다. 판사로 살아온 그는 의사가 지금 자신을 치료하는 데 무관심한 것처럼 자기의 판결을 기다리는 사람들에 대해 무관심했음을 깨닫는다. 가족 위주로 산다고 생각했으나 가족을 사랑하지 않았으며, 가족 역시 자신을 사랑하지 않았다. 가족들 가운데 자신이 죽어 가고 있다는 사실을 알아보고 위로하려고 하는 사람은 없었기 때문이다. 이반 일리치와 관계를 맺고 있는 유일한 사람은 밤새도록 옆에서 다리를 주물러 편안하게 해 주며 자신을 돌보는 하인 게라심뿐이었다.

톨스토이는 이반의 죽음을 통해 허깨비 같은 삶을 고발하고 죽음 앞에 오만을 부리고 건방을 떠는 사람들에게 경고하고 있다. 이반은 죽음을 삶의 막다른 골목이자 위기요, 파국으로 간주한다. 반면에 게라심은 죽음을 통과의례로 간주하고 새것과 묵은 것의 교환처럼 자연스럽게 받아들인다. 게라심은 이반에게 죽음을 '전체로서의 하나'로 받아들이도록 권한다. 작가는 삶과 죽음에 관해 정교하게 성찰하고 있다. 인간은 다만 없어지거나 사라지는 것뿐인 생물학적 죽음이 아니라 인간적인 죽음을 거치는 존재이다. 작가는 생물학적 죽음에서 자유롭게 해방될 수 있는 인간의 죽음학을 독자들에게 강의하고 있다. 인간은 죽음을 생각함으로써 정신 및 영혼 앞에 나아갈 수 있다. 그때 사람들은 죽음을 긍정적으로 받아들일 수 있다. "자기 한 사람을 위해 사는 것은 곧 죽음"이라는 톨스토이의 말은 죽음에 대한 그의 태도를 보여 준다.

종교적 죽음관은 일반적 죽음관과 차이가 있다. 삶과 죽음이 불가분의 것이라며 부활이나 영생 또는 윤회를 굳게 믿고, 죽음 앞에서 그 신념에 의탁할 수 있는 것은 소수의 선택받은 종교인만이 누리는 특권이다. 일반인들에게 죽음은 너무도 두렵고 곤혹스러운 것이다. 성경은 죽음을 세 가지 형태로 구분한다. 첫째로 영적인 죽음이다. 이것은 하느님과의 친밀한 교제로부터 단절되는 것을 가리킨다. 둘째로 육체적 죽음이다. 이것은 육체와 영혼이 분리되어 육체가 흙으로 돌아가는 것을 의미한다. 셋째로 영원한 죽음이다. 이것은 생명의 원천이 되는 하느님으로부터 영원히 분리됨을 의미한다.

우리나라에서도 생사학을 본격적으로 연구하는 '한국죽음학회'가 창립됐다. 「근사(近死) 체험이란 무엇인가」라는 논문에서 한 연구자는 19세기 말 이후 서양의 보고 사례를 들어 "죽음은 혼령의 체외 이탈, 깜깜한 터널 통과, 빛과 만남, 지나온 생에 대한 회고의 순으로 체험되며, 근사체험자는 일반적으로 삶에 대한 인식이 높아지고 반물질주의, 반경쟁주의 성향을 보인다"라면서 "진정한 웰빙(well-being)은 그 반대 개념이자 보완 개념이기도 한 웰다잉(well-dying)에 대한 생각이나 실천이 함께 있어야 가능하다"라고 지적한다. 웰다잉을 통해 삶의 마지막 순간에 존엄성을 잃지 않고 세상을 하직하는 방법을 모색할 필요가 있다. '좋은 죽음'이 곧 '좋은 인생'이기 때문이다.

계몽으로서의 죽음 사상가로서 톨스토이의 관심사는 죽음의 문제이다. 그는 죽음을 세 가지로 나누어 생각한다. 첫째로 벌로서의 죽음이다. 그의 『크로이체르 소나타』에 잘 나타나 있다. 둘째로 계몽으로서의 죽음이며 그의 『이반 일리치의 죽음』에 잘 나타나 있다. 셋째로 위협으로서의 죽음은 『안나 카레니나』에 잘 나타나 있다. 여기서 우리의 관심은 계몽으로서의 죽음이다. 톨스토이는 이반의 삶을 통해 독자들에게 미리 죽음을 교육시키고 있다. 죽음은 인생의 스승인 셈이다. 인생에 있어서 성(性)·사랑·직업·윤리 교육이 필요한 것처럼 죽음에 대한 계몽도 필요하다. 원래 죽음은 태어날 때부터 늘 우리 곁에 가까이 존재하며 삶의 한 부분을 구성하고 있음에도 불구하고, 우리는 일부러 외면하고 살아간다. 그러나 우리가 죽음을 보지 않고 외면한다 해도 죽음은 우리를 향해 오고 있다. 모든 죽음은 이미 예고된 것이며 언젠가는 반드시 찾아오는 손님이다. 죽음을 추상적으로 이야기할 때와 죽음을 직접 경험할 때의 느낌은 하늘과 땅 차이만큼 크다. 우리는 누구나 실제 죽음 앞에서 당혹감을 느끼고 실제로 당황한다. 이반 일리치는 우리를 대표하는 보통 인간이다. 그는 죽음을 정면으로 바라보지 못하고 외면하며 피하려 했기에 결국 당황했다. 도망치면서 죽음을 보면, 누구나 죽음을 두려워할 수밖에 없다. 무엇이든지 등을 보이면서 쫓길 때는 더욱 무섭게 느껴진다. 도망칠 필요 없이 정면으로 응시하면 죽음의 공포에서 벗어날 수 있다. 죽음에 대한 응시는 사실 죽음에 대한 준비이다. 이반이 죽음을 미리 생각하면서 준비했더라면, 삶의 마지막을 더 현명하게 맞을 수 있었을 것이다. 즉 그의 삶은 더욱 인간답고 풍성하였을 것이다.

이반의 죽음을 통해 우리가 배울 수 있는 것은 무엇일까. 죽음은 깨달음[覺醒]이라는 사실이다. 죽음은 주어진 순간과 주변 사람들을 사랑하라는 깨달음으로 이어진다. 이반의 죽음은 우리에게 부여된 시간의 소중함을 일깨워 주며, 우리에게 맡겨진 일과 사람들의 소중함도 가르쳐 준다. 또한, 죽음은 인간들에게 삶의 새로운 감각을 소생시켜 주며, 동시에 은혜에 대한 의식을 회복시킴으로써 우리의 삶을 새롭게 해 준다. 무엇보다도 죽음은 우리 인생의 참의미에 대한 질문을 던짐으로써 인간이 쌓는 물질의 허무를 넘어서 영혼의 문제까지도 진지하게 고려하도록 돕는다.

더 나아가 죽음은 소유의 무상함을 가르쳐 준다. 인간들은 누구나 돈과 명예, 권력과 지식을 소유하고자 하는 욕망이 있다. 그것들을 소유한 사람들은 자랑하고 전시하거나 제시하고 싶은 마음이 있다. 이반 일리치 역시 소유에 대한 욕망이 누구보다도 강한 인물이었다. 그러나 죽음의 문턱에 서 있는 자신을 보고 인생을 새롭게 생각한다. 죽음은 인생에서 더 이상 소유할 수 없는 한계를 뜻한다. 인간이 죽으면 이 세상의 어떤 것도 저승으로 가져갈 수 없다. 인간은 모든 소유를 다 버리고 죽음의 문턱을 넘어서야 한다. 죽음은 인간 삶의 무상을 절감하게 해 준다. 그리하여 죽음은 소유의 탐욕을 철저하게 고칠 수 있는 존재의 약이며, 모든 것을 소유할 수 없게 하는 한계상황이다. 이러한 맥락에서 톨스토이는 인간의 이기주의와 에고를 문제 삼는다. 이 에고에서 벗어나는 것만이 죽음의 공포에서 벗어나는 길이다. 톨스토이의 작품들 가운데 『이반 일리치의 죽음』이 계몽으로서의 죽음을 보여 준다면, 『크로이체르 소나타』는 벌로서의 죽음을, 그리고 『안나 카레니나』는 협박과 위협으로서의 죽음을 보여 주고 있다.

죽음의 블랙홀 우리는 우주에서 중력이 너무 커서 심지어 빛조차도 빠져나갈 수 없는 가설적인 천체를 블랙홀(black hole)이라 부른다. 블랙홀, 즉 검은 구멍은 질량이 매우 큰 별의 진화 마지막 단계에서 만들어질 수 있다. 이러한 별들은 내부 열핵반응에 필요한 연료가 모두 소모된 마지막 순간에 불안정해져서 자체 중력에 의해 스스로 붕괴한다. 즉 사멸해 가는 별은 구성 물질이 사방에서 붕괴되기 때문에 '특이점(singularity)'이라고 하는 부피가 0이고 밀도가 무한대인 한 점으로 압축된다. 검은 구멍의 자세한 구조는 아인슈타인의 일반상대성이론으로 계산된다. 우리가 이해할 수 있는 원리나 기준이 전혀 적용되지 않는 지점인 특이점은 검은 구멍의 중심을 이루고 있으며 '사건의 지평선'이라는 검은 구멍의 표면으로 가려져 있다. 사건의 지평선 안에서는 탈출속도(천체의 중력장에서 벗어나기 위한 물체의 속도)가 빛의 속도보다 빨라서 빛조차 우주 공간으로 벗어날 수 없다. 태양 질량의 3배가 넘는 무거운 별들만이 진화의 마지막 단계에서 검은 구멍이 된다.

우주 과학에서 사용되는 용어인 블랙홀이라는 말을 우리는 문학에서 죽음이라는 말과 등가로 사용할 수 있다. 삶을 무력화시키는 죽음은 어떤 의미에서 블랙홀과 동일시될 수 있다. 특히 톨스토이는 『이반 일리치의 죽음』에서 블랙홀을 연상시키는 이야기를 많이 제시한다. 톨스토이는 이 텍스트에서 죽음을 '검은 자루(black hole)'로 표현한다.

> 그는 그들이 자기를 좁고 어둡고 깊은 자루 속에 억지로 처넣으려 한다고 생각했다. 그들은 그를 밀어 넣으려 했지만 그는 억지로 집어넣어지지 않았다. 그 뒤에 심한 고민이 뒤따랐다. 이반 일리치에게 그것은 무서운 일이었고 두려운 일이기도 했다.

> 사흘 내내 그에게는 시간이 존재하지 않았다. 그는 검은 자루 속에서 허우적거렸다. 보이지 않고 항거할 수 없는 어떤 힘이 그를 그 자루 속으로 밀어

> 넣었다. 그는 마치 사형선고를 받은 죄수가 사형 집행인의 손에서 몸부림치는 것처럼 싸웠다. 아무리 버둥거려도 살아날 수 없음을 뻔히 알면서도 사형수가 희망을 버리지 않듯이 그도 그렇게 행동했다. 그러나 그는 아무리 몸부림쳐 보아도 점점 자신이 무서운 곳을 향하여 가고 있음을 느꼈다. 그는 이 고통들이 검은 구멍 속에 처박혀 있기 때문에 생겨난 것임을 알았으며 더군다나 자기 자신이 그 구멍을 벗어나지 못하리라는 것을 알았다. 그 구멍을 빠져나가지 못하도록 하는 것은 자기의 생애가 훌륭하다는 고해였다. 자기 생애에 대한 이러한 정당화가 그를 붙잡고 앞으로 나가지 못하게 하였으며 오로지 그를 고문할 따름이었다.

지금까지 작가들은 상상력을 동원하여 생성과 사멸에 대한 많은 이야기를 만들어 왔다. 인간의 죽음을 다양하게 표현한 작가들이 있지만, 톨스토이만큼 자신이 직접 죽음을 경험이라도 한 것처럼 묘사한 작가는 드물다. 톨스토이의 죽음에 대한 상상이 현대 과학에서 이야기하는 블랙홀의 개념과 몹시 유사한 것을 볼 때, 현상을 직시하고 예견하는 그의 능력에 다시 한 번 놀라게 된다. 죽음을 삶의 단절이 아니라 타나토스(블랙홀)를 향한 여행이라 생각한다면 우리의 사후세계관은 새로워질 수 있다.

인간은 어떤 존재인가 죽음의 문제를 떠나 철학적인 사유가 가능할까? 철학적인 표현을 사용한다면 인간은 필연적인 존재가 아니라 우연적인 존재이다. 필연적인 존재란 자신의 존재 근거를 자신 안에 가진 존재이고, 우연적인 존재란 자신의 존재 이유를 자신 안에 가지고 있지 않은 존재이다. 이반은 자신의 존재 이유와 원인이 어디에 있는지 모르고 있다. 우연적인 존재로서 그를 있게 만든 원인은 그 안에 있지 않았다. 그 원인은 그의 의지와 관계없이 저 바깥에서 그에게 영향을 미친 것이다. 그의 인생은 실존하겠다고 하는 그의 의지로부터 시작된 것이 아니다. 그는 존재하게 된 인간이다.

인간은 우연에 의해 우주의 시간과 공간에 던져진 존재이다. 파스칼이 『팡세』에서 던졌던 질문을 이반과 우리 자신에게 던져 볼 필요가 있다.

> 앞뒤로 영원에 삼켜져 있는 내 인생, 내가 차지하고 있는 그 조그마한 공간, 내가 알지 못하고 나를 알지 못하는 우주의 무한한 광대함 속에 던져져 있음을 생각할 때, 내가 다른 곳이 아닌 이곳에 존재한다는 사실에 두렵고 놀라운 충격을 받는다. 왜냐하면, 하필 다른 곳이 아닌 이곳, 다른 때가 아닌 지금 존재할 이유가 없기 때문이다. 누가 나를 여기에 두었는가? 누구의 명령과 지시로 이 장소와 시간이 나에게 배정되어 있는가?

이반은 죽음의 상황에 있다. 철학에서는 이러한 상황을 한계상황이라는 말로 표현한다. 보통 사람들은 한계상황에서 두 가지 현상으로 반응한다. 하나는 절망이요, 다른 하나는 비약이다. 절망하는 경우는 자신의 삶을 포기하게 되고, 비약하는 경우는 그 상황을 뛰어넘게 된다. 한계는 자기 안에서부터 오는 것도 있고, 외부로부터 오는 것도 있다. 안팎으로 닥치는 한계 앞에 대부분의 경우 좌절하게 된다. 인간으로서 더 어쩔 수 없는 상태에 이르는 한계는 평범한 보통 사람들에게만 오는 것이 아니다. 한계상황은 위대한 왕에게도, 판관에게도 온다.

시간의 진실 모든 문학이나 사상은 시간과 사랑하는 이야기이다. 시간은 인간이 남과 더불어 사는 세상에 들어온 그 순간부터 우리를 지배한다. 인간은 어느 공간에 배정되어 살든 간에 시간의 제재를 받는 가변적인 존재이다. 가변적인 존재로서 인간은 탄생과 성장의 과정을 거쳐 쇠퇴의 길을 걷게 된다. 인간이 죽는다는 사실은 인간이 피존적 존재이며 유한한 존재이고 또 가변적인 존재임을 증명한다. 인간은 시간 안에서 누군가에 의해 탄생하였고, 유한한 시간을 살다가 시간 안에서 쇠퇴하여 소멸해 간다. 시간은 어떤 순간의 시각과 다른 순간의 시각 사이의 간격을 말한다. 우리가 현재 과거로부터 미래로 이어지는 일직선 위의 어느 한 지점(시각)에 있다고 상상한다면, 어떤 지점과 다른 지점과의 길이(시간)를 가지고 시간이 얼마나 긴지를 구할 수 있다. 시간은 과거로 흐르지 않고 미래로만 흐른다. 지난 시간은 절대로 다시 돌아오지 않는다는 것이 시간의 진실이다. 시간이 흐르면서 만물이 쇠락하듯이, 인간 역시 쇠락의 길을 걷게 된다. 지금 정상에 있는 것 같은 느낌이 들수록 이제 곧 하산할 시간이 가까워진 것이다. 그러나 이반과 그의 친구들은 시간의 진실을 잃어버리고 산다. 알고 있으면서도 모른 척 산다. 그들도 이반처럼 결국 죽음의 길로 들어설 것이다. 죽음 앞에 놓일 때 깨닫는 것은 시간의 소중함이다. 이반이 죽음의 필연성을 깨달았을 때, 그는 순간을 사랑하는 사람이 된다. 그에게 더 이상 미래는 없다. 그런 의미에서 미래는 그의 소유가 아니다. 그가 소유했던 것은 후회되는 삶의 과거뿐이다. 이반은 죽어 가면서 주변 가족에 대한 사랑의 섬광을 느끼게 되나 시간이 없다.

이반의 죽음과 관련된 인간학적 사실이란 약한 사람이나 강한 사람 모두 죽는다는 사실이다. 다시 말해 인간은 시간의 지배를 받는 유한한 존재이다. "오늘 우리가 의미 없이 보낸 하루는 어제 죽은 자들이 그렇게도 살고 싶었던 하루였다"라는 소포클레스의 말은 시간의 중요성을 일깨워 주는 좋은 표현이다. 원래 시간이란 손가락 사이로 모래가 빠져나가듯 빠르게 빠져나간다. 시간의 빠름은 온갖 토포이로 이미 세상에 표현되어 있다. 세상에 죽음과 비교할 수 있는 것이 어디 있겠는가. 그러므로 우리에게 죽음은 새로운 삶의 의미 창출자이다.

죽음에 대한 반응 인간은 자신의 죽음을 아는 유일한 생명체이다. 인간은 누구나 반드시 한 번은 죽는다는 사실을 잘 알고 있다. 그러면서도 죽음 앞에서 두려움을 느끼지 않는 사람은 드물다. 스위스 정신과 의사 엘리자베스 퀴블러 로스는 죽음의 과정을 설명한 저서 『사망과 임종에 대하여』를 출간했다. 이 책에서 그는 말기 환자를 대상으로 임종의 정신 상태를 분석한 5단계 모형을 제시했다. 5단계의 영어 첫 글자를 따서 '다브다(DABDA)' 모델이라고 불린다. 인간이 죽음 앞에 섰을 때 보이는 반응의 5단계를 보여 주는 '다브다' 모형을 이반 일리치의 죽음에 적용하여 살펴볼 필요가 있다. 주인공 이반이 죽음의 병을 선고받고 보여 주는 반응은 ① 부인(denial), ② 분노(anger), ③ 타협(거래, bargaining), ④ 체념(우울, depression), ⑤ 수용(acceptance)의 단계를 거친다.

① **부인**: 이 소설 텍스트에서 대부분의 사람은 마침내 죽게 될 존재임을 습관적으로 부인하며, 애써 죽음으로부터 도피한다. 주인공 이반 역시 죽음에 관한 소식을 접하게 되었을 때, 제일 먼저 보인 반응은 부인이었다. 그는 자신이 죽게 된다는 사실을 부정했다. 모든 것이 그대로 있는데, 그 모든 것을 소유한 그가 이 자리에서 사라진다는 사실을 받아들일 수 없었던 것이다. 이반은 "아니야, 나는 아니야"라고 불치병에 걸린 사실을 부인함과 동시에 고립되는 듯한 감정을 느끼게 된다. 죽음에 대한 부인은 사실 키르케고르 등 실존주의 철학자들이 연구한 단골 주제이기도 하다.

② **분노**: 죽음에 대한 이반의 두 번째 단계는 분노와 원망이다. 자신이 죽어야 한다는 사실에 화가 나는 것이다. 분노의 이면에는 정서적 불안과 속았다는 느낌이 있다. "왜 하필 내가 죽어야 하나? 왜 하필이면 지금 죽어야 하나? 왜 이렇게 재수가 없지?" 이반의 죽음을 향한 분노는 주변의 가족이나 의사에게로 향한다. 인생에서 자기에게 적당한 대우를 해 주지 않았던 가족을 향한 분노이기도 하지만, 이러한 분노는 사실상 죽음 자체를 향한 것이다.

③ **타협**: 이반이 경험하는 죽음의 세 번째 단계는 타협과 거래이다. 그는 죽음을 지연시키는 방법을 찾으려고 온갖 궁리를 한다. 거래는 모든 사람에게 나타나는 단계는 아니지만 죽음을 앞둔 환자의 절박한 심정을 보여 준

다. 종교 신자들은 신에게 자신의 생명을 연장해 달라고 애원하게 된다. 이반은 자신이 죽는다는 것을 알게 되었을 때, 지나가 버린 많은 기회에 대해서 깊은 후회가 생긴다. 이런 타협의 단계 속에서도 죽음의 그림자는 다가온다. 이때는 미래의 희망을 상실한다. 모든 가능성이 사라진다. 이제 더 이상의 미래가 없음을 직감하면서 우울증과 체념의 단계에 빠진다.

④ **체념과 우울**: 죽음의 네 번째 단계는 체념과 우울이다. 병세가 갈수록 악화되고 있음을 깨닫고 절망 상태에 빠진 환자는 우울증에 시달린다. 우울증의 빌미는 다양하다. 죽은 뒤 남겨질 배우자나 자식에 대한 걱정, 죽기 전에 하고 싶은 일을 마무리하지 못하는 상실감 등을 들 수 있다.

⑤ **수용**: 마지막 단계는 죽음에 임박하여 이 세상과 결별하는 순간이다. 마침내 죽음이 피할 수 없는 자연현상임을 인정하고 자신의 죽음 역시 마음으로 깨끗이 받아들이게 된다. 이반 역시 이승의 모든 굴레를 벗어던지고 긴 여행을 떠나기 전 마지막 휴식을 즐기는 것처럼 평온한 마음으로 죽음을 기꺼이 수용한다.

여기서 우리는 '공포관리이론(terror management)'을 살펴볼 필요가 있다. 미국의 문화인류학자 어네스트 베커가 쓴 『죽음의 부인(*The Denial of Death*)』(1973)은 사회심리학자들에게 커다란 영향을 미쳤다. 베커의 주장을 지지하는 심리학자들은 '공포관리이론'을 만들었다. 공포관리이론은 인간이 죽음의 문제에 대처하는 심리 상태를 분석하는 이론이다. 이를테면 인간이 결국 죽게 된다는 사실을 알고 있는 상황에서 피할 수 없는 공포에 직면했을 때 표출하는 정서적 반응을 이론적으로 설명하고 있다. 죽음에 대한 정서 반응은 의식적인 상태와 무의식적인 상태에서 다르게 나타난다. 의식적인 상태에서 사람들의 정서 반응은 모두 똑같이 부정적으로 나타났지만, 무의식 상태에서는 뜻밖에도 행복감 등 긍정적인 반응이 나타났다. 자신의 죽음에 대해 숙고하면서 사람들은 슬퍼하기는커녕 행복을 느낀다는 놀라운 결과가 나온 것이다. 이 실험 결과는 사람들이 늙어 가면서 죽을 때가 가까워짐에도 불구하고 긍정적인 생각을 하는 이유를 설명해 준다. 사회심리학자들은 이러한 정서 반응을 일종의 심리적 면역 반응이라고 설명했다. 면역은 사람 몸 안에 병원균이 침입할 때 이를 물리치는 저항력이다. 이들은 몸뿐만 아니라 마음에도 면역 기능이 있다고 주장했다. 그리하여 우리가 자신의 죽음에 대해 생각할 때 뇌가 무의식적으로 행복한 느낌을 촉발하여 자동으로 의식적인 공포의 느낌에 대처한다는 것이다. 건강한 사람들이 불행한 사건, 가령 승진 탈락, 부부 갈등, 사업 실패 등을 감당하는 것도 심리적 면역계 덕분이다. 그리하여 『이반 일리치의 죽음』 속 주인공도 죽음에 대한 막연한 공포에서 벗어나 즐거운 마음으로 죽음을 맞이한다.

죽음의 친구 철학자 몽테뉴의 말에 따르면 "철학은 죽는 법을 배우는 것"이다. 죽음을 공부해야 삶이 그만큼 깊어진다는 이야기이다. 대다수 사람이 죽음에 대한 교육 없이 생을 마감하곤 한다. 이반 일리치 역시 죽음을 적극적으로 맞이하지 못하고 끌려다니는 모습을 보인다. 그는 하인 게라심을 통해 죽음의 실체를 교육받는다. 게라심은 "죽음과 친구가 되려고 노력하라"라고 조언한다. 고대 서양에는 '아미쿠스 모르티스(amicus mortis)'라는 개념이 있었다. 우리말로 '죽음의 친구'라는 의미인데, '죽음이라는 냉혹한 진실을 말해 주고 죽음의 순간까지 함께 있어 줄 친구'를 뜻한다. 소설 속의 이반과 게라심은 일종의 '아미쿠스 모르티스'의 운명을 부여받은 인물들이다. 누군가의 죽음을 알려 주고 바라봐야 하는 것이 게라심의 운명이다.

게라심의 행동은 오늘날의 호스피스 활동과 유사하다. 호스피스(hospice)란 죽음의 과정을 인간화하려는 노력 가운데 생겨난 움직임이다. 죽어 가는 환자에게도 편안하게 생을 마칠 권리가 있다는 깨달음이 호스피스의 출발이다. 호스피스는 소생 가능성이 희박한 말기 환자들의 삶을 지원하기 위하여 전문적인 돌봄을 제공하는 시설, 프로그램 또는 사역(使役)을 총칭해서 말한다. 호스피스는 환자에게 죽음의 참의미를 알려 정리할 시간을 주고, 쓸데없는 치료를 피하게 하고, 죽음과 친구하며 남은 시간을 행복하고 뜻깊게 보낼 수 있도록 도와준다. 게라심은 자연적인 죽음의 과정을 따르게 하는 '호스피스 의료'를 제시하고 있다.

이 소설에서 하인 게라심만이 죽음이 무엇인가를 알고 있다. 게라심은 이반이 넘어야 할 죽음의 문턱에서 그의 삶을 완성해 주는 인물이다. 말기 환자인 이반이 죽음을 앞두고 가장 진실한 인간인 게라심의 보살핌을 받는다. 게라심은 이반의 육체적, 정신적 아픔을 경감시키기 위해서 헌신한다. 그는 이반에게 죽음이 자연스러운 삶의 과정임을 인식시키며 이를 바탕으로 환자의 고통을 완화해 준다. 환자가 삶의 마지막 과정을 가능한 한 편안하게 받아들이고 자신에게 허락된 삶을 긍정적으로 마무리하며, 죽음을 삶의 자연스러운 부분으로 인정하도록 돕는다. 마침내 이반은 게라심의 도움으로 죽음을 편안하게 받아들인다. 게라심은 이반의 임종을 지키는 진실한 호스피스 활동가라 할 수 있다. 죽음을 자연의 순환처럼 편안하게 받아들이는 게라심의 죽음관은 『전쟁과 평화』에 나오는 농민 병사 플라톤 카라타예프의 죽음관과 유사하다. 게라심과 플라톤에게 웰빙은 웰다잉이다. 그들이야말로 이 세상의 진정한 소금이라 할 수 있다.

일상성과 구원 죽음의 시간을 속절없이 기다리는 이반 일리치에게 삶이란 무엇이었을까? 선택의 여지 없이 죽음만을 기다리며 사는 삶이란 더 이상 나쁠 수 없다. 그는 아직 도래하지 않은 죽음 앞에 미리 철저히 노출되어 있는 시간을 보내야 한다. 삶과 아니고 죽음도 아니지만, 여전히 지상의 시곗바늘이 흘러 가는 저주받은 시간에 이반은 무엇을 했는가? 그에게 삶은 이미 종결되었다. 그래서 그는 일체의 삶을 떠나 자기에게 유일하게 허용된 검은 공간, 저 죽음의 공간에서 철학적 사유나 종교적 명상으로 삶을 관조하였는가? 아니다. 소중하고 낭비할 수 없는 삶이라도 철학이나 종교가 가져다준 궁극적인 진리에 대한 깨달음으로 빛나는 법은 없다. 삶은 완성되는 법을 모르기 때문이다. 그는 지금까지 그래 왔듯이 일상적 삶을 살았을 뿐이다.

하이데거가 말한 것처럼 일상은 분명 탄생과 죽음 사이에 존재한다. 그 외에 탄생과 죽음 사이에는 아무것도 없다. 생물학 교과서적 표현에 따르면 인간이란 살아가면서 먹고 자고 놀다가 사랑하고 자손을 퍼뜨리는 일 외에는 따로 할 일이 없는 존재들이다. 임종의 자리에서도 문지방을 넘을 힘이 있다면 여전히 한 번의 성교나 기적을 꿈꾸는 존재들 말이다. 단순하지만 사람이 사는 원초적 원리이다. 그러한 일상성에서 헤어 나오지 못하는 존재가 바로 인간이다. "일상성은 현존재의 가장 가까운 존재 양식이다"라는 하이데거의 말이 이해된다.

그런데 일상성에 매몰된 인간은 구원받을 수 있을까? 진정한 삶은 부재한다. 일상은 삶의 피할 수 없는 주어진 조건이다. 일상은 부재가 아니라 현존재이며, 구원받아야 할 것이 아니다. 구원은 신들이 사는 천상에 있는 것이 아니다. 구원은 일상 안에 존재해 있다. 구원은 일상의 변주된 모습일 뿐이다. 일상의 위기나 일상의 무의미 역시 일상에 속한다. 일상에의 몰두가 바로 구원이다. 일상성의 수용은 게라심의 삶의 태도에 잘 나타나 있다. 진정한 삶의 실재란 단순한 삶 그 자체이다. 언어의 조각으로 구축한 이론이나 파편적인 추상적 단어들을 나열해 가며 도저한 사상으로 인생을 설명하거나 분석해도 결국 인간은 일상성에서 해방되지 못한다. 죽음이 부재가 아니라 실존이듯이, 일상성도 인간에게 주어진 실존이며 구원이다.

죽음에 대한 메시지 톨스토이는 평생 누구보다도 '인생과 죽음의 의미'에 집착했다. 그는 일평생 화두였던 그 말에 대한 해답을 『이반 일리치의 죽음』에 담았다. 러시아인들에게 흔한 이름인 이반은 그 이름처럼 우리 주변에서 흔히 볼 수 있는 사람이다. 관료사회에서 출세한 이반은 사교계의 영예와 물질적 쾌락을 삶의 목적으로 삼고 살았다. 아내도 자식들도 친구도 오로지 자기 욕망을 만족시키기 위한 수단이요 도구에 불과했다. 죽음에 직면한 이반의 삶은 어떤 설교보다도 뛰어난 가르침이다. 이 작품에서 작가가 전달하고자 하는 메시지를 다음과 같이 요약해 볼 수 있다.

첫째로 죽음은 보편적이며 필연적 현상이다. 보편적이라는 말은 모든 사람에게 다 적용될 때 사용하는 표현이다. 죽음에서 제외되는 사람은 아무도 없다. 죽음 앞에 모든 사람은 평등하다. 죽음은 빈부, 학력, 인종, 나이 등을 차별하지 않는다. 이반의 상황은 시대와 장소를 떠나 보편적인 인간 상황이다. 또한 죽음은 모든 인간에게 필연적이다. 필연적이란 반드시 죽을 수밖에 없는 필멸성을 뜻한다. 그리하여 사람이 죽는다는 것은 분명하고 필연적인 현상이다. 이반은 죽기 직전에 삶이란 매 순간 죽음을 향해 나아가는 과정임을 깨닫는다. 소설의 핵심 문제는 '인간의 필멸성과 죽음'에 대한 이반의 자각이다.

생명의 유한성을 의식하면 죽음의 보편성과 필연성이 쉽게 받아들여진다. 인간 존재의 피할 수 없는 유한성 앞에서 우리가 취할 수 있는 태도는 둘 중 하나다. 하나는 가능한 한 죽음에 대한 생각을 피하며, 세상의 모든 것을 누릴 시간이 충분하다는 환상에 매달리는 태도이다. 다른 하나는 죽음을 인정하고 수용하며 그에 대한 생각을 긍정적이고 능동적인 어떤 것으로 전환하는 태도이다. 죽음에 대한 두려움을 떨쳐 낼 수 있을 때 우리는 비로소 사소한 것과 중요한 것을 구별할 수 있게 된다.

둘째로 죽음은 인간의 운명을 예측하지 못하게 한다. 우리가 언제 죽을 것인가는 예측하기 거의 불가능하다. 죽음은 우리가 생각하는 것보다 좀 더 일찍 찾아오곤 한다. 이 세상에 올 때는 나름대로 순서가 있었을지 모르지만 갈 때는 순서가 없다. 이반도 역시 원치 않는 시간에 예상치 못한 방식으로 이 세상을 떠난 것이다. 사람이 지혜로운 것 같지만 동물보다 지혜롭지 못한 면도 있다. 코끼리는 자기의 죽음을 인지하고 조상들이 묻혀 있는 무덤으로 가서 생을 마감한다고 한다. 그래서 하나의 상아를 발견하면 주변에 큰 무더기 상아가 있다고 한다. 그런데 만물의 영장이라고 하는 인간은 자신의 죽음을 잘 모르고 살고 있다.

셋째로 죽음은 고독(외로움)이며 개별적으로 찾아온다. 죽음은 주변의 가족들조차 남남으로 만든다. 쌍둥이라도 함께 세상을 떠날 수 없는 것처럼, 죽음은 개별적 현상이며 체험이다. 그리하여 죽음 앞에서 우리는 철저히 고독한 존재가 된다. 이반은 죽음의 체험을 가족 누구와도 공유하지 못한다. 그는 아내와 딸로부터 철저하게 소외되고 고독감에 시달린다.

이반의 죽음은 고독사라 할 수 있다. 이반은 그 나름대로 고독에 저항해 보나 소용없다. 사실 고독은 철학사에 개인이 처음 등장했을 때부터 함께 나타난 현상이다. 철학자 데카르트가 "나는 생각한다, 고로 존재한다"라는 말을 했을 때부터 '나'가 강조되었다. 주체인 나의 존재 방식을 사유로 규정한 데카르트는 외로운 개인의 탄생을 예고한 것이다. 데카르트가 말하는 '나'는 고립을 전제로 한다. 세계와 타자로부터 독립된 '나(자아)'의 확인으로부터 주체가 성립되기 때문이다. 데카르트의 말을 패러디하면, 존재의 기본이 외로움임을 알 수 있다. '나는 외롭다, 고로 존재한다!' 물론 외로움과 고독을 구분하기도 한다. 외로움은 사회적 인간관계 속에서 형성되는 것이고, 고독은 인간이라는 존재적 실존성에서 형성되는 것이라고 한다. 따지고 보면 그 말이 그 말이다. 시인 정호승의 시 「수선화에게」는 인간의 외로움을 맛깔나게 표현하고 있다. "울지 마라 / 외로우니까 사람이다 / 살아간다는 것은 외로움을 견디는 일이다 / 공연히 오지 않는 전화를 기다리지 마라." 외로운 사람은 희망을 갖고 기다린다. 개인 존재 자체가 고독이며, 고독에 몸부림치다가 죽는 게 자기 운명인 줄 모른다는 이야기다. 고독은 존재의 근거이다.

고독한 개인의 구원은 개인 내면에 대한 더 깊은 성찰로 가능하다. 고독에 지쳐 더 이상 고독을 느끼지 못할 때 개인은 더 깊은 자아 성찰의 순간을 맞는다. 서구의 존재론은 개인(individual)에서 시작된다. 개인이란 한 집단을 구성하는 개체로서 한 사람을 의미한다. '개인'을 의미하는 영어 'individual'은 '나눌 수 없는'이라는 의미의 'indivisible'에서 파생된 말이다. 개인이란 용어는 15세기 서양에서 처음 사용하기 시작하여 17세기에 이르러 사회를 설명하는 중요 개념으로 부상했다. 개인에 대한 해석은 17세기 이후 문학과 철학 등 각 분야에서 그 지평을 넓혀 왔다. 이반은 자신이 가족이나 주변 사회와의 관계성을 떠나 더 이상 나눌 수 없는 개인이라는 것을, 죽음까지도 개인의 죽음이라는 것을 알고 나서야 비로소 삶의 의미를 성찰하게 된다.

넷째로 죽음은 탄생과 마찬가지로 삶의 한 부분이다. 죽음을 삶에서 떼어 놓고 생각할 수 없다. 죽음은 삶을 마무리하는 부분으로서 생로병사의 마지막 과정에 있다. 삶에는 올바른 끝마무리가 필요하다. 그렇기에 죽음은 지금까지의 삶을 완성하는 시간이다. 우리는 늘 끝을 생각하면서 살아갈 필요가 있다. 그리고 잘못 살아온 사람들에게 죽음은 치유와 용서의 시간이 될 수 있다. 이반은 게라심을 통해 죽음이 삶의 한 부분이라는 사실을 배우게 된다. 게라심은 "철학은 죽는 법을 배우는 것이다"라고 말한 몽테뉴와도 생각을 같이한다. 몽테뉴는 죽음에 무관심해질 수 있을 때, 눈을 감고 싶다 했다. 죽음에 무관심해지는 방법 중 하나는 죽음을 알고 죽음에 익숙해지는 것이다. 죽음의 의미를 알면, 삶의 의미도 알 수 있다는 말이다.

다섯째로 작가는 인성(人性)보다는 인간의 사회적 기능을 더 중시하는 사회를 패러디하고 있다. 욕망의 수단화와 도구화는 인간 사회를 황폐화시킨다. 황폐화된 사회에서 이반의 인성은 철저히 무시되고 그의 사회적 지위만 고려된다. 지위란 철두철미하게 직업적 기능이나 사회적 위계에서 생겨난 것이다. 고골의 소설작품에 자주 나타나는 관료제도 주제에서 인간에 대한 평가는 오로지 관직의 계급에 따른다. 사람의 이름보다는 몇 등관이라는 계급이 중요하다. 이반에 대한 타자의 시선 역시 이반이라는 인간이 아니라 법조계의 인사라는 직위를 향한다. 주변의 인간들은 모두 자신들의 욕망과 이익을 대변할 뿐이다.

위에서 언급한 것처럼 이반의 경우는 우리 주변에서 늘 볼 수 있는 보편적인 인간의 상황이다. 소설에서는 예기치 않고 준비되지 않은 인간 운명의 변화 속 자연스럽게 나타나는 주인공의 인생무상을 그리고 있다. 좀 더 현학적으로 표현하자면 주체의 상실 혹은 주체성의 위기라 할 수 있다. 주체성이란 이반을 이반이라고 부를 수 있는 속성을 가리키는데, 기능적 인간으로 살아가야 하는 오늘날의 사회에서는 정말 무엇이 인간으로서의 이반인지 알 수 없다는 것이다. 이반은 주체성을 잃고, 자기 상실이란 심리적 위기를 경험하게 된다. 타자의 시선만을 의식하고 자기 성찰의 기회를 상실한 이반은 주체적 인간으로서 상실감에서 벗어날 수 없다. 사회적 지위만이 그의 정체성을 확보해 주는 기반이었다. 병든 사회적 상황 속에서 이반의 육체적 병은 그 추락을 가속화시킨다. 죽음을 앞에 둔 이반은 사회에서뿐만 아니라 가정에서도 소외되어 정신적 위기를 겪는다. 이반의 아픔은 진실한 자아를 발견하기까지의 과정이었다. 이반의 죽음을 바라보는 주변 인물들의 시선은 동정적이 아니다. 이반 스스로 생각하는 판사로서의 자기 존재에도 의미가 없다. 주체가 죽은 후 타자의 시선만이 남는다는 사실이 이반의 삶을 슬픈 것으로 만든다.

죽음과 삶에 대한 사유 우리는 삶과 죽음을 하나로 보지 않는다. 일반적으로 삶에는 집착하지만 죽음은 거부한다. 그러나 인간은 누구나 죽는다. 우리가 세상에 살다가 언젠가 죽는다는 것은 확실한 사실이다. 『말테의 수기』에서 릴케가 "임신한 여인의 태 속에 죽음이 싹트고 있다"라고 말한 것처럼 인간은 태어나는 순간부터 예고된 죽음을 살아간다. 즉 이미 태어날 때부터 정해진 죽음이다. 대다수 인간은 죽음을 삶과는 별개의 것으로 외면하고 살아간다. 그러나 죽음은 삶의 일부이기 때문에 삶과 죽음은 분리될 수 없다. 삶이 하나의 전체로서 나타나기 시작하는 것은 죽음이라는 삶의 한계성을 떠올릴 때이다. 참된 삶을 살려면 죽음을 잊지 말아야 한다. 죽음을 용납하는 참된 삶을 살아야 한다. 죽음과 삶은 결코 반대말이 아니며, 빛과 그림자처럼 밀접한 상관관계를 맺고 있다. 악(惡)이라는 개념 때문에 선(善)이 의미를 가질 수 있는 것처럼 삶은 죽음 때문에 의미가 있다. 그리하여 우리는 죽음을 두렵게 생각하여 회피하거나 억지로 무시하면서 살 것이 아니라 죽음과 친숙할 수 있는 방법을 찾아야 한다. 죽음을 애써 무시하려는 현대인들은 사고가 정지되어 있는 셈이다. 사실 죽음을 피하는 것은 삶을 피하는 것과 같다는 생각을 할 필요가 있다. 무모하게 죽음으로 다가갈 필요도 없지만 자연스럽게 다가오는 죽음을 피하지도 말라는 것이다. 죽음은 그 자체로 자연이기 때문이다.

사상가로서 톨스토이의 관심사는 언제나 삶과 죽음의 문제였다. 톨스토이가 소개하는 이반의 이야기는 죽음이야말로 삶의 마지막 모습임을 말해준다. 그리고 삶과 죽음이 과연 무엇인지, 그러므로 어떻게 살아야 하는지를 생각하게 만든다. 톨스토이가 이반의 죽음을 통해 이야기하고자 하는 궁극적인 것은 죽음과의 화해이다. 노상강도같이 찾아드는 죽음에 기습당한 이반이나, 그의 죽음을 무심하게 바라보는 주변 사람들 모두 죽음을 자기와는 상관없는 별개의 것으로 간주한다. 죽음에 대한 무관심과 회피는 삶에 대한 불안을 더욱 짙게 만든다. 그러나 그럴수록 사람들은 불안을 감추기 위해 죽음을 억누르고 보이지 않게 한다. 죽음의 공포에서 벗어나려고 애쓰는 것이다. 삶은 죽음 위에 군림하는 척하지만 오만일 뿐이다. 죽음의 공포를 몰아내기 위해서는 죽음에 정을 붙이고 벗해야 한다. 죽음을 삶의 반대쪽이 아니라 안쪽에 놓고 살면 삶과 죽음의 가파른 경계는 허물어진다. 죽음을 사유하고 기억하는 자들만이 참된 삶을 살아갈 수 있다.

죽음의 인식은 우리 자신이 죽음으로 인한 고통 속의 타자들을 깊이 만나고 배울 수 있는 근원적 삶의 시작이다. 죽음을 깊이 인식하고 받아들일수록 지나온 삶뿐만 아니라 지금부터 앞으로 살아가야 할 삶에 좀 더 진지해질 것이다. 비록 소설을 통한 만남이지만 죽음과의 진정한 만남은 또 다른 새로운 삶의 밑거름 역할을 할 것이다.

사물에 대한 유머와 철학 『이반 일리치의 죽음』에서 톨스토이는 사물에 대한 유머와 철학적 사유를 보여 준다. 사물에 대한 작가의 문학적 상상력이 흥미롭다. 여기서 작가가 보여 주는 사물들은 일상생활에서 분리할 수 없는 것들이다. 다양한 사물 기호들로는 사다리, 신문, 프록코트, 검은 옷, 소파, 성상, 실크해트, 양초, 카드, 레이스, 램프, 브리지 게임, 의자, 스프링, 앨범, 재떨이, 손수건, 담배, 시계, 횡목, 액자틀 모서리, 가구, 커튼, 일본산 접시 등이 있다. 이러한 사물 기호들 가운데 특히 레이스와 의자에 대한 흥미로운 상상을 작가는 특유의 유머로 표현한다.

> 표트르 이바노비치는 좀 전보다 더 깊고 슬프게 한숨을 내쉬었고 프라스코비야 표도로브나는 그의 팔을 꼭 잡으며 고마움을 표시했다. 그들은 램프 불빛이 은은하고 분홍색 크레톤 천으로 장식된 미망인의 응접실로 가서 테이블에 앉았다. 그녀는 소파에 앉았고, 표트르 이바노비치는 등받이가 없는 낮은 간이 소파에 앉았다. 그런데 간이 소파의 스프링이 망가져서 앉은 자리가 움직이는 바람에 표트르 이바노비치는 몹시 불편했다. 프라스코비야 표도로브나는 다른 의자에 앉도록 그의 주의를 환기하고 싶었지만, 지금 자기 처지에 그런 배려는 부적절하다고 생각하여 그냥 두었다. 이 소파에 앉으며 표트르 이바노비치는 이반 일리치가 생전에 이 응접실을 꾸미면서 그에게 초록색 잎이 들어간 이 분홍색 크레톤 천을 쓰면 어떻겠냐고 조언을 구하던 일이 떠올랐다. 미망인이 소파에 앉기 위해 테이블 옆을 지나가다가 (응접실은 온갖 소품들과 가구들로 가득했다) 검은 케이프 망토의 검은 레이스가 테이블의 장식 조각에 걸리고 말았다. 표트르 이바노비치가 그녀를 돕기 위해 자리에서 조금 몸을 일으키자 깔고 앉았던 간이 소파의 스프링이 부르르 떨며 그를 밀쳐 냈다. 미망인이 직접 레이스를 떼어 내기 시작하자 표트르 이

> 바노비치는 조금 전 자기를 밀쳐 낸 소파를 다시 깔고 앉았다. 그러나 미망인이 레이스를 제대로 떼어 내지 못하는 모습을 보고 표트르 이바노비치가 다시 일어나자 눌려 있던 소파의 스프링이 삐걱 소리를 내며 다시 튀어 올랐다. 그러다 마침내 이 모든 소동이 끝나자 그녀는 얇고 깨끗한 면 손수건을 꺼내 흐르는 눈물을 훔치기 시작했다. 그러나 레이스가 테이블 장식에 걸리고 간이 소파가 삐걱댄 탓에 기분이 식어 버린 표트르 이바노비치는 얼굴을 찡그리며 앉아 있었다.

이반 일리치의 집은 온갖 소품과 가구들로 채워져 있었다. 여기서 의자는 사람의 마음을 읽는 사물 기호이다. 미망인의 마음은 레이스가 알아서 처리해 주고, 의자는 표트르 이바노비치의 마음을 읽는다. 그녀는 테이블에 레이스가 걸려 움직이지 못하게 되었고, 표트르 이바노비치는 그가 앉은 의자의 스프링이 그를 계속해서 밀쳐 낸다. 사물 자체가 언어처럼 상황의 수수께끼를 감추거나 드러낸다. 표트르 이바노비치와 의자의 대결은 작가의 독특한 유머이기도 하다. "그러나 이번에는 의자의 스프링이 꿈틀대자 아까처럼 들고일어나도록 허락하지 않았다." 이런 식으로 톨스토이는 사물 기호의 세계를 잘 이용한 유머 작가이기도 하다.

톨스토이는 왜 사물들을 열거할까? 궁극적으로 그 사물에 종속되거나 매혹당하는, 혹은 사물을 이용하거나 착취하는 인간들의 욕망에 대해 말하기 위해서이다. 더 나아가 저자는 사물 기호들을 통해 인간의 사유와 일상, 삶과 죽음, 기쁨과 슬픔, 욕망과 무의식, 꿈과 환상에 대해서 말한다. 식당에는 이반 일리치가 만물상에서 구입하여 무척 아끼던 시계가 있다. 시계는 시간의 구속에서 해방되고자 하는 사람들의 마음을 읽고 있다. 정부로부터 큰 보상을 기대하던 미망인은 조문객 표트르에게서 벗어나고자 한다. "그러자 그녀는 한숨을 내쉬었는데 이제 어떻게 하면 이 조문객에게서 벗어날 수 있을까 궁리하는 눈치였다. 그는 그녀의 마음을 알아차리고 담배를 끈 후 자리에서 일어나 악수를 하고 옆방으로 갔다." 시계는 장례식장을 가급적 빨리 빠져나가고 싶어 하는 사람들, 억지로 슬퍼하는 사람들의 위선된 행동 등을 주시하고 있다. 작가는 상류계층을 나타내는 사물 기호들의 세계를 보여준다.

> 사실 대단한 부자는 아니지만, 부자를 흉내 내고 싶은 이들에게 공통으로 나타나는 게 있다. 비단, 흑단, 꽃, 카펫, 청동 조각 등 어두운 색조와 광채가 조화를 이루는 것, 이 모든 것은 특정한 계층의 사람들이 특정 계층의 사람들을 닮고 싶어 선호하는 것이었다. 이반 일리치 또한 예외가 아니어서 그의 집에 있는 것 중 특별히 사람들의 관심을 끌 만한 것은 없었다. 그러나 그 자신에게는 집 안의 모든 게 저마다 대단한 것처럼 여겨졌다.

이반이 죽게 된 동기도 사다리에 올라갔다가 발을 헛디뎌 미끄러졌기 때문이다. 이때 다행히 굴러떨어지지는 않았지만, 옆구리를 액자틀 모서리에 부딪혔다. 사다리 오르기나 상승은 절대적으로 현실을 향한 길을 상징한다. 이 소설의 등장인물들은 모두 신분과 계층의 사다리에 몰입되어 있다. 사다리의 사회심리학은 연구해 볼 필요가 있다. 이 소설에서는 관료들의 생각 속 일종의 사다리 걷어차기의 모습을 보여 주기도 한다. 정신분석 문헌에도 사다리의 상징은 많이 나온다. 이것은 인간 심성의 원초적 행동과 관계있다고 심리학자들은 말한다. 추락하는 것은 날개가 있는 것처럼, 사다리 역시 추락의 가능성을 보여 준다. 이반이 사다리에서 떨어지면서 그의 삶은 몰락의 길로 간다.

작가는 사물의 현실을 독자들에게 보여 주고 있다. 일상의 사물은 증식하고, 욕구는 증대한다. 사물은 욕구의 탄생과 죽음을 가속화한다. 인간은 사물의 종이 될 수 있다. 그는 사물이 어떻게 존속하게 되는지, 사물이 기능적인 욕구 이외에 어떤 다른 욕구에 따르게 되는지, 어떤 정신적 구조가 기능적 구조와 뒤얽히고 어긋나는지, 사물의 일상성이 어떤 문화 체계 위에서 이루어지는지에 대한 문제를 제기한다.

톨스토이는 인간들의 삶에서 영혼의 움직임과 사물의 존재가 자연스럽게 조화를 이루는 분위기가 사라지고 있음을 경고한다. 즉 실내 사물의 외면화된 분위기와 대조를 이루는 내면화된 분위기가 사라짐을 경고하고 있다. 집안 도처에서 사물은 장식의 새로운 유행을 강조하고 조장한다. 소유에 집착하는 사례 중에 수집이 있다. 수집 취향을 나쁘다고만 볼 수는 없지만, 작가가 보여 주는 사물의 사유는 사물에 대한 사유 지평의 확대이다. 작가는 모든 사물은 두 가지 기능을 갖는다고 한다. 하나는 흔히 쓰이는 것(실용적)이고, 다른 하나는 소유되는 것이다. 전자는 주체에 의한 세계의 실제 총계의 영역에 속하고, 후자는 세계를 벗어나 자기 자신에 의한 주체의 추상적 총계에 속한다. 이 두 가지 기능은 서로 반비례한다. 극단적인 경우, 실용적인 사물은 엄밀히 사회적 지위를 갖는다. 예를 들면 '일본산 접시'가 있다. 반대로 기능이 없거나 그 사용이 모호한 순수한 사물은 엄밀히 주관적 지위를 갖는다. 바로 그것이 수집의 대상이 된다.

사물은 행해진 일의 구체적인 표현이라 할 수 있다. 집을 포함해서 우리의 입으로 들어가는 것, 몸에 걸치는 것, 탈것, 당장 필요는 없으나 사 두는 것 등등 모든 것이 그 대상이다. 당연한 이야기지만, 사람들은 장차 획득할 것을 꿈꾸면서 일을 한다. 즉 삶은 노력과 보상이라는 엄격한 방식으로 체험된다. 그리고 마침내 획득된 사물은 과거에 대한 보상과 미래에 대한 보장을 나타낸다. 요컨대 사물이 자본이 되는 것이다.

맺는 말 죽음을 사건으로 인지하는 사람들과 과정으로 인지하는 사람들의 차이는 너무나 크다. 사건으로 생각하는 사람들은 죽음을 두려움이나 공포의 대상으로 받아들인다. 그들은 죽음에 대한 공포를 악으로 간주하는데 마치 악마에 잡혀가지 않겠다고 악을 쓰는 것과 같다. 과정으로 생각하는 사람들은 그것을 한순간에 이루어지는 사건이 아니라 긴 여정이라 여긴다. 이반은 죽음을 하나의 대사건으로 인지하고 두려움에 떨며 살았다. 반면에 게라심은 죽음을 생의 과정으로 인지하는 존재로서 그것을 우주 만물의 생성 과정으로 받아들인다. 게라심은 피할 수 없는 죽음을 왜 수용해야 하는가를 몸소 보여 주며 죽음의 과정을 교육하는 위대한 스승이 되었다.

죽음의 강박관념에서 벗어나지 못하는 이반의 삶을 보면서 우리는 '어떻게 살아야 할 것인가'를 다시 한번 생각하게 된다. 인간은 죽음에 직면해서야 비로소 내면에 있는 믿음과 사랑의 불빛을 발견한다는 톨스토이의 생각은 삶과 죽음의 참된 의미를 다시 깨우쳐 준다. 우리는 죽음의 지점에서 삶을 응시하는 이반의 시선을 통해 삶의 의미를 더 깊이 천착해 볼 수 있다. 반복적으로 말하지만 죽음은 깨달음이다. 이 예술작품의 참된 목적은 인간이 자기 죽음을 의연히 준비하게 하고, 죽음을 자신의 가장 깊숙한 내면에서 만나게 해 주는 데 있다.

30. 질투의 심리학: 톨스토이의 『크로이체르 소나타』

사랑은 언제나 우리의 내부에 숨어 있는 어두운 감정들의 도전을 받는다. 질투는 누구나 경멸하지만, 정열을 경험할 때 가장 흔히 마주치게 되는 감정으로서 사랑의 그림자라 할 수 있다. "질투하지 않는 자는 사랑할 수 없다"라는 말은 우리가 천박하며 파괴적인 감정으로 인식하는 질투에 대한 역설적인 긍정이다. 질투의 화신을 대표하는 셰익스피어의 주인공 오델로의 질투는 사랑보다 더 맹목적인 감정이었다. 톨스토이 역시 중편 『크로이체르 소나타』에서 한 인간의 파괴적인 욕망과 질투를 흥미롭게 해부하고 있다.

베토벤의 음악 톨스토이의 『크로이체르 소나타』는 원래 1886년에 구상되었으나 약 3년이 지난 1889년 여름에 완성되어 1891년에 발표한 중편소설이다. 톨스토이는 아들 세르게이가 바이올리니스트 율라 라소타와 베토벤의 '크로이체르 소나타'를 합주한 것에 감명을 받고 이 작품을 썼다. 톨스토이는 이 작품의 제목으로 '크로이체르 소나타'와 '아내를 살해한 어느 남편의 이야기'를 두고 고민하다가 전자를 택했다. 『크로이체르 소나타』는 화자인 한 여행객이 기차 안에서 다른 여행객의 인생 고백을 듣는 형식을 취하고 있다. 두 사람 모두 일인칭 화법을 사용하여 이야기를 전달하기 때문에 독자에게 세심한 주의가 요구된다. 열차 안에서 주인공 포즈드니셰프는 아내를 살해하게 된 이유를 고백한다.

사랑과 결혼 이 작품은 여행객들의 이야기로 시작된다. 기차 객실에서 우연히 만난 여행객들의 인생 이야기는 사랑, 결혼, 이혼, 교육 등 사회 전반적인 내용을 담고 있다. 승객들 가운데 호기심 많은 화자, 변호사 부부, 중년 신사, 노인, 상점 점원이 있었다. 화자는 다른 승객들과의 대화나 사귐을 피하는 희끗희끗한 곱슬머리의 중년 신사에게 호기심을 느끼고, 결국 그의 고백을 듣고 나서 이야기로 엮어 전달한다. 변호사와 그 부인의 활기 넘치는 대화에 흥미를 느낀 노인과 중년 신사가 끼어든다. 대화가 사랑과 결혼의 문제에 이르자 마침내 중년 신사는 신분을 밝히고 아내를 칼로 살해한 자신의 에피소드를 이야기하게 된다. 그의 이름은 포즈드니셰프이다. 사람들은 결혼이 진정한 사랑을 바탕으로 이루어진다고 생각한다. 애정이 없는 결혼은 결혼이 아니며, 오직 사랑만이 결혼을 성스럽게 만든다는 것이다. 그러나 포즈드니셰프는 자기 이야기를 통해 그러한 결혼관이 허위와 가식으로 아름답게 치장된 것이라고 주장한다. 그의 말에 따르면 사랑은 영원히 지속되는 감정이 아니며 오로지 육체적 욕망에 의존하는 감정일 뿐이다. 이론적으로 사랑은 이상적이고 고상하나 현실적으로는 그렇지 않다는 것이다. 그는 이상의 일치, 정신적 동질성, 성스러운 의무를 운운하며 이야기되는 결혼은 사기극일 뿐만 아니라 인생의 덫에 지나지 않으며 대부분의 결혼이 성교 이상의 의미가 없다고 말한다. 일종의 남녀 매매행위임에도 불구하고 결혼은 익히 알려진 허례허식으로 포장된다는 것이다. 그의 이야기는 사춘기 때부터 시작된다. 그 시절에 여자는 막연한 존재가 아니라 달콤한 존재였고 여자의 나신은 늘 고통을 안겨 주었다. 그러나 여자와의 첫 관계에서 여자에 대한 환상이 영원히 깨진 그는 바람둥이 생활을 거치면서 부정적인 여성관을 갖게 된다. 그의 여성관은 아주 기초적인 생물학적 차원의 견해이다. 남성의 권리에 비해 여성의 권리가 박탈당한 상태에 있지만, 성생활에서는 남자와 평등하다는 것이다. 그에 따르면 여자들에게는 남자를 이용하고 선택할 수 있는 권리가 있다. 또한 박탈당한 권리를 보상받기 위해 여자들은 남자의 성욕을 자극하고 섹스를 통해서 남자를 유순하게 만들고 있다. 성욕의 노예인 남성들은 여자에게 다가가기만 하면 마취되어 멍텅구리가 되고 그물에 갇히는 신세가 된다. 욕망 중에서 가장 강하고 가장 악하며 가장 끈질긴 게 성욕이고 육체적인 사랑이다. 동물들은 단지 종족 번식을 위해서 교접하지만, 만물의 영장인 인간은 아무 때나 그 짓을 하면서, 섹스를 창조를 위한 위대한 행위니, 사랑이니 말하면서 승화시킨다. 여자를 보고 음란한 생각을 품는 사람은 벌써 마음으로 그 여자를 범했다는 복음서(마태오 5:28)의 말은 분명 성욕을 악으로 표현하고 있다. 어쨌든 그는 사랑은 육체적인 것이지 정신적인 것이 아니라고 생각하고 상류층의 교육받은 양갓집 규수와 결혼했다. 그러나 아내는 시간이 흐르면서 서서히 달라졌다. 남편과 아내는 완벽한 이기주의자가 되어 서로 속이며 앙심을 품게 되었다. 여자의 임신과 양육은 남자의 욕망 충족을 방해하는 요소이다. 아이들이 신의 축복이라는 말 역시 거짓말일 뿐이다. 여자의 이상이 선택의 폭을 넓히기 위해 가능한 한 많은 수컷을 끌어들인다고 생각한 주인공은 강도 높은 질투심을 갖게 된다. 그는 결혼 생활 내내 질투의 괴로움에서 헤어나지 못했다. 그는 인간의 타락, 특히 여자의 타락에 분개하고 있었다. 그러던 어느 날 트루하쳅스키라는 바이올리니스트가 주인공의 집에 찾아오면서 불행은 더 커진다. 아내는 그에게 첫눈에 반하고 그와 함께 크로이체르 소나타를 연주하게 된다. 질투심에 사로잡힌 그는 아내와 바이올리니스트와의 관계를 의심한 나머지 칼로 아내를 살해하기에 이른다. 관 속에 누운 아내의 시신을 보고 용서를 빌었으나 이미 때늦은 후회일 뿐이었다.

기차 객실에서는 몇 사람이 당시 사회의 전반적인 문제에 관해 이야기했다. 특히 사랑과 결혼에 대한 문제가 화두로 등장하자 이야기가 활력을 띠면서 무르익어 간다. 진정한 사랑, 결혼의 신성함, 사랑의 한계성, 권태, 육체적인 사랑, 결혼의 사기극, 혼외정사, 일부다처제 등 다양한 이야기가 거론된다. 주인공 포즈드니셰프는 결혼에 대해 부정적인 견해를 갖고 있다.

그는 결혼을 인생의 덫으로 생각한다. 특히 그는 상류사회의 삶을 창녀의 삶과 동일시한다. 결혼한 후 그의 심장은 온통 질투의 화염에 휩싸인다. 왜곡된 결혼관을 가진 그에게 결혼은 단지 인간의 육체적 욕망을 해소해 주는 제도일 뿐이다. 육체적인 사랑은 이기심을 동반하고, 이기적이지 않은 사랑이란 육체적 극치를 필요로 하지 않으며, 정신적 사랑이나 결혼의 신성함 따위는 감정과 진실을 왜곡시키는 인간의 허위이며 기만이라는 것이다. 그는 아내를 과소평가했으나 어느 날 경쟁자의 출현은 그의 정신을 놀랍도록 집중시켜 준다.

질투의 심리학 심리학자들은 질투를 세 가지 유형으로 나누어 설명한다. 경쟁적인 질투, 투사된 질투, 그리고 망상적인 질투가 그것들이다. 경쟁적인 질투는 종종 정당화되는 경우가 많다. 투사된 질투는 해로우며 그것 역시 사랑을 파괴할 수 있다. 이런 유형의 질투는 남녀 간의 악의 없는 희롱이나 우정을 배신행위로 인식한다. 소유욕이 강한 사람은 연인의 주의를 흐트러뜨리는 사람을 누구든지 두려워한다. 그리고 상대방의 자유를 제한하려 하거나 상대의 생활 중에서 자신의 통제가 미치지 못하는 부분을 염탐하기까지 한다. 질투 중에서 가장 위험하고 부당한 것이 망상적인 것이다. 『오델로』에서 극화된 질투가 대표적이다. 이 작품에서 이아고는 오델로의 불안을 심고 키운다. "공기처럼 가벼운 사소한 물건도 질투하는 자에게는 성경의 증거만큼이나 강한 증거가 된다"라는 이아고의 말은 비이성적인 질투의 속성을 꿰뚫는다. 훔친 손수건 하나와 오해를 불러일으키는 몇 번의 대화만으로 이아고는 오델로가 데스데모나의 부정을 믿고 그녀를 죽이게끔 만든다. 오델로와는 약간 다르지만 포즈드니셰프 역시 망상적인 질투의 화신이다. 그는 바이올리니스트 트루하쳅스키의 등장 이후 아내의 부정을 확신하여 그녀를 죽이게 된다. 손수건이 오델로의 질투를 야기한 사소한 증거라면, 크로이체르 소나타는 포즈드니셰프의 질투를 불러일으킨 증거이다. 질투는 복수로 이어진다. 모든 남편은 당연히 질투하게 되어 있고, 모든 아내들은 당연히 부정하게 되어 있으며, 모든 악의 가능성은 악으로 끝난다는 것이 그의 생각이다. 여기서 선의 가능성은 고려되지 않는다. 크로이체르 소나타의 프레스토(presto) 부분은 그 자체로서 만족될 수 없는 감정을 유발하기 때문에 잠재적으로 악이다. 질투를 유발하는 섹스에 대한 열정이 바로 악의 근원인 것이다.

죽음의 유형 톨스토이는 여러 작품을 통해 삶과 죽음의 문제를 깊게 성찰하고 있다. 비평가들은 죽음에 대한 그의 날카로운 통찰을 다양하게 분석한다. 그는 죽음을 다양하게 인식하고 있다. 죽음에 대한 그의 의식을 좀 더 세분하면 다음과 같다.

첫째로 위협으로서의 죽음이다. 현존을 협박하는 죽음의 인식은 『어린 시절』 속 할머니의 죽음을 마주한 주인공 니콜라이의 모습에 잘 나타나 있다. 그를 억압하는 '죽음의 공포'는 슬픔과는 구별되는 다른 감정이다. 그 아이는 "언젠가는 나도 죽어야만 할 거야"라고 말하며 죽음을 두려워한다. 『전쟁과 평화』에서 쿠라긴 공작은 늙은 베주호프 공작의 죽음을 보면서 피에르에게 "모든 것은 죽음으로 끝날 거야"라고 말하며 두려움을 피력한다. 『안나 카레니나』에서 레빈은 형의 죽음을 지켜보며 죽음은 모든 것의 끝이자 어쩔 수 없는 힘이라고 느꼈다. 그 뒤 그는 종종 죽음을 떨쳐 버릴 수 없다는 공포에 시달린다.

둘째로 영감(靈感)으로서의 죽음이다. 톨스토이는 농부들의 소박한 삶을 선호한다. 특히 그들의 죽음을 서술한 부분은 감동을 준다. 『어린 시절』에서 농사꾼 아내인 나탈리야 사비시나는 "살아생전에 훌륭한 일과 위대한 행동을 한 다음 후회나 두려움 없이 죽었다." 작가는 『고백』에서 귀족들과는 달리 일반 농부들은 "조용하고 즐거운 마음으로 죽음을 맞는다"라고 설명하고 있다. 여기서 그는 죽음이란 '가장 큰 행복'이라고 역설한다. 부지런하고 이

타적이며 자연스러운 삶은 다음 세상에서 보답을 받는다는 것이다. 『세 가지 죽음』에서도 나무의 죽음과 농부의 죽음을 가장 아름다운 죽음으로 찬양했다.

셋째로 계몽으로서의 죽음이다. 『이반 일리치의 죽음』에서 주인공 이반은 죽기 바로 직전에 죽음의 진실을 깨닫는다. 이반은 자기가 살아온 삶의 무가치와 무의미를 깨달은 후, 가족들의 어리석은 삶을 불쌍히 여긴다. 이반의 죽음은 이기적이고 자기중심적인 삶을 살아가는 사람들에 대한 경고의 메시지이고 죽음에 대한 계몽이며 교육이다. 버나드 쇼의 비문에는 "우물쭈물하다 이렇게 될 줄 알았다"라고 쓰여 있다. 당하는 죽음보다 맞이하는 죽음을 생각하라는 뜻이며, 죽음을 준비하는 개개인의 마음가짐을 강조하고 있다. 이 비문 역시 죽음에 대한 계몽이다. 사람들은 죽음이라는 위기를 맞으면 평생 외부에서 주입된 사유를 떨치고 자기 내면 깊은 곳에서 울리는 목소리에 귀를 기울이며 그에 따라 행동한다. 언제 어떤 사고나 질병으로 갑자기 죽음을 맞이할지 모르는 삶의 한가운데에서 죽음의 순간을 상상해 보고 나는 그 시점에서 어떤 사람들과 어떤 모습으로 죽어 가고 싶은지 미리 고민해 볼 필요가 있다.

넷째로 벌과 업으로서의 죽음이다. 톨스토이의 도덕 세계에서 잘못 살아온 삶은 종종 고통스러운 죽음으로 끝난다. 그는 죄를 범한 사람은 그 죄로 인해 고통에 시달린다고 역설한다. 그가 강조하는 것은 일종의 카르마(업)이다. 선업을 쌓은 자는 복을 받고, 악업을 쌓은 자는 벌을 받는다는 것이다. 죽음은 죄를 지은 자가 받아야 하는 벌이다. 『안나 카레니나』의 주인공 안나의 자살이나 브론스키의 전쟁 참여 역시 불륜의 벌로서의 죽음과 관계가 있다. 『인간은 얼마의 땅이 필요한가』라는 소설에서 농부 파홈은 탐욕으로 죽게 된다. 그의 죽음은 탐욕에 대한 벌이다. 『크로이체르 소나타』에서 톨스토이는 죽음의 씨앗을 잉태하는 성(性)과 결혼에 대한 상류층의 태도를 비난하고 있다. 주인공 포즈드니셰프는 자기 아내를 죽인 이유를 설명하면서 결혼은 기만이며 폭력이라고 주장한다. 아내의 죽음은 상류사회의 결혼에서 생겨나는 죄에 대한 벌인 것이다.

인생의 의미와 진리 톨스토이의 창작세계는 『안나 카레니나』가 발표된 1878년을 전후해서 두 시기, 즉 전기와 후기로 나누어진다. 이 무렵 톨스토이는 정신적 위기를 맞게 된다. 그는 이후 예술가로서의 삶을 부정하고 설교자이자 사상가로 활동한다. 톨스토이는 『참회록』(1882)에서 인생의 의미와 진리를 탐구한다. 『참회록』에는 불교 경전에 나오는 설화가 소개된다. 그 설화는 부처님의 말씀인 『빈두설경(賓頭設經)』에 나오는 「안수정등(岸樹井藤)」이다. 그 이야기는 우리나라 사찰의 벽에 벽화로 남겨져 있기도 하다. 나그네가 길을 가다가 들판에서 미쳐 날뛰는 큰 코끼리를 만난다. 이야기에 따라 코끼리는 사자나 늑대로 바뀌기도 한다. 나그네는 놀라 뒤돌아볼 새도 없이 막 도망치다가 발을 헛디뎌서 우물에 빠진다. 그는 우물 안의 등나무 넝쿨을 붙잡고 간신히 목숨을 건진다. 그런데 그 우물 밑에는 독사와 독룡이 입을 벌리고 독기를 내뿜고 있다. 위에서는 미친 코끼리가 발을 둥둥 구르고, 밑에서는 용과 뱀이 혀를 날름거린다. 그 사람은 유일한 생명줄인 등나무 넝쿨에만 몸을 의지하고 있다. 이때 낮과 밤을 상징하는 흰 쥐와 검은 쥐가 나타나서 서로 번갈아 등나무 줄기를 갉기 시작한다. 나그네는 멍하니 하늘을 쳐다볼 뿐인데 그때 머리 위 나뭇가지에서는 몇 마리 꿀벌이 집을 짓느라고 움직이고, 그때마다 꿀이 떨어져 입에 들어온다. 절체절명의 상황인데도 나그네는 모든 위험을 잊고 꿀의 단맛에 취한다. 톨스토이는 이것이 인생이라고 생각한다. 이야기의 핵심은 죽을 수밖에 없는 인간의 필멸성이다. 이 죽음이라는 인생의 진리를 잠시나마 잊게 해 주는 것이 기만이다. 꿀이 바로 기만을 상징한다. 「안수정등」은 기만의 꿀에 사로잡혀 살아가는 인간 삶의 진정한 모습을 보여 주고 있다. 『크로이체르 소나타』 역시 결혼의 기만을 잘 보여 주는 작품이라 할 수 있다. 톨스토이는 『크로이체르 소나타』뿐만 아니라 『안나 카레니나』와 『이반 일리치의 죽음』에서도 결혼을 부정적으로 묘사한다.

톨스토이는 평생 지칠 줄 모르고 진리를 탐구했다. 불완전한 지식과 불완전한 인간 세계에서 절대적인 진리를 찾고자 했다. 그러나 그의 비타협적인 태도와 완벽하고 합리적으로 설명하려는 강박관념, 의무감 때문에 그의 이론은 항상 우스꽝스러운 설교가 되어 버렸다. 무저항주의, 역사관, 교육관, 여성관, 예술관에 대해 논할 때도 비슷했다. 그의 사상은 19세기 자유사상에서 나온 것이었다. 톨스토이의 견해에 따르면 지금까지의 역사는 근본적으로 개인의 도덕적 성장과 정부의 도덕적 타락으로 점철되어 왔다. 그는 소수에 의한 다수의 억압이 전 세계적인 현상이라고 생각하였으며, 궁극적인 해결 방법은 인간의 도덕적 성장이라고 확신했다. 그는 계급과 국가가 없는 상태를 향한 진보적 운동은 폭력적인 계급투쟁이 아닌 모든 개인이 도덕적으로 완벽해지는 것에 달려 있다고 믿었다. 이 도덕적 완성은 사랑을 기초로 어떤 형태의 폭력도 거부함으로써 가능한 것이었다. 톨스토이는 이상주의를 극단주의로 밀고 나간 도덕 사상가이다.

31. 어떻게 살 것인가: 톨스토이의 『어둠의 힘』

톨스토이는 교훈주의 소설가로 유명하다. 교훈주의란 문학이나 예술은 독자에게 쾌락보다는 교훈을 주어야 한다는 견해이다. 일반적으로 교훈주의 문학은 독자에게 철학적, 종교적 진리나 도덕을 가르칠 의도로 창작되는 경우가 많다. 문학의 가치를 주로 사회적 효용에서 찾는 사람들은 대체로 교훈주의 문학관을 가졌다고 할 수 있다. 여기서 교훈이란 말을 좀 더 넓게 해석하면 지식의 전달과 도덕적 가르침이란 뜻을 동시에 포함하게 된다. 물론 현실적 효용성을 지나치게 강조할 경우 문학은 선전물이 될 수도 있다. 교훈주의 작가는 사회의 실질적 변동을 가져오기 위하여 독자에게 일정한 행동을 요구하게 된다. 도덕에 미친 작가 톨스토이는 언제나 교훈적인 메시지를 인류에게 전하고자 했다. 그는 거짓된 삶을 비판하면서 민중을 계몽하고 교화하기 위해 작품을 썼다. 그러한 작품들 가운데 하나가 유명한 교훈극 『어둠의 힘』(1887)이다. 사실주의 비극으로 평가되는 『어둠의 힘』은 탐욕에 사로잡힌 사람들이 자신의 삶 전체를 어떻게 스스로 망치는지 그려 내고 있다.

작가인가 스승인가 살아서나 죽어서나 신화가 되어 버린 러시아 문호 톨스토이에게는 언제나 위대한 작가이며 인류의 스승이라는 찬사가 따라다닌다. 그의 삶은 50세를 전후하여 크게 전기와 후기로 구분된다. 전기는 많은 소설을 집필한 위대한 작가의 시대로, 후기는 인생의 참의미를 찾아 눈물로 거짓된 삶을 비판하고 민중을 교화하는 일에 전념한 위대한 스승의 시대로 간주된다. 젊은 시절 귀족으로서 호사스럽고 방탕한 생활을 즐기던 톨스토이는 회심의 나이라 할 수 있는 50세를 넘기면서 새로운 삶을 살았다. 후기에는 교회와 정부, 예술을 비판하는 글을 쓰면서 인간이 어떻게 살아야 할 것인가를 심오하게 고민했다. 덕분에 그는 '인류의 양심'이나 '세기의 현자'로 칭송받는다.

톨스토이에게는 여러 가지 재미있는 에피소드가 있다. 첫째로 노벨 문학상과 관련된 사건이다. 1901년 제1회 노벨 문학상이 발표되기에 앞서 가장 유력한 후보는 톨스토이였다. 심사위원회는 "가장 탁월한 이상주의적 작품에 문학상을 주어야 한다"라는 노벨의 유언을 중시했다. 인간의 정신을 고양하고 인류 향상에 이바지하는 작품이어야 한다는 의미였다. 그러나 이 기준은 너무 모호해서 수상작 선정 기준으로서의 의미가 없었다. 여기서 심사위원들은 노벨이 말한 '이상주의'를 '관념론'으로 잘못 해석했다. 말년의 톨스토이는 사유재산을 부정하고 교회 공동체 운동을 펼쳤기 때문에 심사위원들은 톨스토이를 유물론자로 간주하였고, 그를 수상 대상에서 제외했다. 그리하여 제1회 노벨 문학상은 당시 별로 알려지지 않았던 프랑스 시인 쉴리 프뤼돔에게 돌아갔다.

둘째로 정교회로부터 파문당한 사건이다. 톨스토이의 무교회주의와 무저항주의는 너무나 잘 알려져 있다. 무교회주의는 교회에 가지 않고도 성경을 통해 도덕적인 자기완성에 도달할 수 있음을 강조하는 톨스토이의 신앙관이다. 일반적으로 신앙 경험은 주관적이며 신비주의적 경향이 있다. 성경을 읽고 감격하여 생겨나는 개인적 영성은 주관적 신비 경험일 뿐이다. 그러한 경험을 교회를 통해 검증받지 않는다면 교주들의 행동과 다를 바가 없다. 사실 나이가 들면서 톨스토이는 가족과 함께 여생을 너무 편하게 보낸다는 것이 괴로웠다. 그는 소유욕에서 벗어나 은둔하여 종교적 활동을 하면서 남을 위해 살고 싶었다. 실제로 그는 여러 글에서 교회가 위선적이고 교조적이라고 비난했다. 『부활』에서는 종교·사회·법률·재판·감옥·교육·토지·혁명 등 당시 러시아의 모든 문제를 다루었는데, 특히 교회 제도에 대해 부정적인 태도를 보여 주었다. 그는 교회에서 과거의 관습에 따라 아무 의미 없이 행해지는 일체의 의식과 비합리적인 신앙을 사회악으로 표현했다. 사제가 감옥에서 죄수들에게 베푸는 미사 장면을 길고 시시콜콜하게 묘사해 비꼬았다. 그리하여 러시아 정교회는 1901년 톨스토이가 신성을 모독했다며 파문했다. 무교회주의를 주장한 톨스토이는 지금까지도 파문이 철회되지 않았다. 톨스토이를 사모하는 사람들은 그를 숭배하는 종교를 창립하여 모임을 갖기도 했다.

셋째로 톨스토이의 객사(客死)이다. 아내 소피아는 재산과 저작권을 사회에 헌납하려는 남편 톨스토이와 끊임없이 다투었다. 아내는 남편의 뜻에 반대하여 대다수 작품의 저작권을 자기 것으로 만들었다. 시달리다 못한 톨스토이는 1910년 11월 하느님을 모시며 조용히 지낼 피난처를 찾아 나섰다. 11월 20일 그는 모스크바에서 남부로 약 250마일 정도 떨어진 시골의 작은 역 아스타포보(지금은 '톨스토이역')에서 폐렴으로 숨을 거두었다. 집을 떠난 지 9일째 되는 날이었다. 시계의 바늘이 아침 6시 5분을 가리키고 있을 때, 톨스토이는 역사에서 최후의 생을 마감했다. 수천의 전보들이 그의 죽음을 전 세계로 알렸다. 이 작은 철로의 교착지가 톨스토이 백작의 마지막 행보가 되었다. 러시아 전역의 교회에서 종을 울렸고, 사람들은 누가 죽었는지 금방 알고서 가던 길을 멈추어 섰다고 한다.

집필 동기 1887년에 발표된 톨스토이의 희곡 『어둠의 힘』은 툴라주의 지방재판소 검사인 지인에게서 들은 실화를 바탕으로 한다. 1879년에서 1880년 사이 어느 농촌에서 이른바 '콜로스코프 사건'이 일어난다. 툴라주에 거주하는 농민 콜로스코프(37세)는 집주인이었던 과부 지주 마르파(50세)와 결혼해서 살다가 의붓딸 옐레나(16세)를 강간했고, 이후 계속된 성관계로 아이가 생겼다. 이 사실을 아내에게 고백한 콜로스코프는 소문날 것이 두려워 아이가 태어나면 지하실에 숨기자고 했다. 아이가 태어나자 아내 마르파는 남편의 지시에 따라 아이를 지하실에 숨겼다. 남편은 나무판자로 신생아를 눌러 죽여 버린 후, 그 시체를 뒷마당에 묻었다. 아이를 잃은 옐레나는 그 사실을 당국에 신고하고자 했으나, 의붓아버지의 협박으로 포기할 수밖에 없었다. 그 후 콜로스코프의 집에서 옐레나의 결혼식이 있었다. 콜로스코프가 신부 아버지의 자격으로 신랑과 신부를 축복해야 할 차례가 되었다. 아버지로서 축복할 염치가 없었던 콜로스코프는 곳간에 숨어 버렸다. 콜로스코프의 누이가 그를 곳간에서 결혼식 자리로 데려왔다. 거기에 모여 있던 사람들 앞에서 그는 무릎을 꿇고 자신의 죄를 고백했다. 그 자리에서 붙잡힌 콜로스코프는 경찰서로 인계되었다. 이 사건의 담당 검사이자 가까운 지인인 다비도프 바실리예비치로부터 직접 사건의 전모를 들은 톨스토이는 농민들을 계몽하기 위해 희곡 『어둠의 힘』을 썼다. 당시 러시아 인구의 절대다수를 차지하고 있던 농민들은 거의 문맹이었다. 19세기 중반의 통계에 따르면 국민의 95%가 문맹이었다. 톨스토이는 농민들을 위해 분량이 짧은 드라마를 창작하게 되었다.

5막의 희곡 『어둠의 힘』은 5막으로 구성된 희곡이다. 이 희곡은 작품의 검열 단계에서 제4막이 지나치게 잔혹하고 사실적이어서 연극 무대 상연에 부적절하다는 평가를 받아 상연을 금지당했다. 우여곡절 끝에 영아 살해 장면이 있는 제4막을 암시적으로 처리함으로써 문제는 해결되었다. 등장인물들은 아무런 죄의식 없이 간통, 근친상간, 독살, 영아 살해를 저지른다. 이 모든 것은 어둠의 힘으로 벌어진 잔혹한 행위이다. 힘이 세고 잘생긴 일꾼 니키타가 부농인 여주인과 불륜을 시작하면서부터 사악한 범죄가 발생한다. 니키타는 타락하여 살인을 저지르지만, 마지막에는 마음의 변화를 일으켜 범행을 자백함으로써 어둠 속에 한 줄기 희망의 빛이 비치게 된다는 내용이다.

이 희곡에서는 의지가 약한 주인공 니키타가 어머니 마트료나의 부추김에 이끌려 범행을 저지른다. 마트료나는 아니시야를 사주하여 늙고 병약한 남편 표트르를 독살한다. 어둠의 힘의 상징이라 할 수 있는 마트료나가 구한 독약으로 아니시야는 남편을 죽여 재산을 가로채고 니키타와 결혼하려고 한다. 니키타는 어머니와 아니시야의 부추김을 받아 애인 마리나를 버리고 아니시야와 결혼한다. 그러나 니키타는 아내 아니시야의 딸인 아쿨리나를 임신시킨다. 이 사실을 알게 된 아니시야는 니키타를 부추겨 아기를 죽이게 한다. 어머니 마트료나의 사주는 계속된다. 니키타는 의붓딸 아쿨리나에게서 태어난 아이를 살해한 후 헛간의 구덩이에 매장한다. 유아 살해, 매장 이야기는 셰익스피어의 희곡인 『맥베스』에 나오는 몽유병 장면과 흡사하다. 겁에 질린 니키타는 아니시야와 자기 어머니를 죽여 버리겠다고 말하면서 죄책감에 흐느껴 운다. 그는 자신이 죽인 갓난아기의 울음소리가 들리는 환청에 괴로워한다. 의붓딸의 결혼식장에서 니키타는 아버지 아킴에게 용서를 구한다. 그리고 니키타는 모든 이들 앞에 무릎을 꿇고 자발적으로 자신의 모든 죄를 고백하고 참회한다. 아버지는 그를 격려하고 경찰에 잡혀가는 아들을 비통한 얼굴로 지켜본다. 니키타의 갑작스러운 고해와 참회를 보는 독자는 '권선징악'이라는 불멸의 교훈을 다시 한번 되새긴다.

어둠의 힘들 이 작품의 제목은 성경에서 차용한 것이다. '어둠의 힘'은 「누가복음」 22장 53절, "그러나 이제는 너의 때요, 어둠의 권세로다"에 나온다. 가롯 유다가 예수를 팔아넘기는 순간 예수가 한 말이다. 죽음을 직감한 예수는 어둠의 힘이 창궐할 것이라고 예언한다. 톨스토이의 작품에서 어둠의 힘은 인간의 욕망을 지배하는 힘이다. 인간의 욕망 가운데 '육욕'과 '돈 욕망'은 어둠의 힘으로서 가장 근원적인 것이다.

희곡에서는 두 건의 살인, 즉 표트르의 독살과 영아 살해가 일어난다. 이 두 살인 사건의 공통점은 인간의 육욕에 의해 빚어졌다는 것이다. 인간의 육욕은 어둠의 힘이다. 첫 번째 살인은 아니시야가 남편 표트르를 독살하는 것이다. 이 살인은 표트르의 좋지 못한 건강 상태, 니키타와 아니시야의 부적절한 관계, 마지막으로 마트료나의 사주가 복합적으로 작용하여 이루어진다. 두 번째 살인은 아니시야, 니키타, 아쿨리나, 마트료나의 합작으로 완성된다. 니키타와 아쿨리나의 정욕과 니키타에 대한 아니시야의 소유욕, 마트료나의 악랄한 욕망이 복합적으로 결합하여 영아 살해가 일어난다. 마트료나는 아니시야와 니키타의 모든 악행을 종용하고 강요하는 이중살인의 주동자이다. 그녀 자체가 어둠의 힘인 것이다.

육체적 욕망뿐만 아니라 돈에 대한 욕망 역시 인간을 타락시키는 어둠의 힘이다. 이 작품에서 모든 죄악의 시초는 '돈'이다. '돈'은 마트료나에게 있어 삶의 행복을 결정하는 잣대다. '돈'을 위해 마트료나는 어떠한 수단과 방법도 서슴지 않는다. 그녀의 가치관은 '돈=행복'이라는 삶의 공식이 지배한다. 그녀의 가치 시스템 속 최고의 가치는 오로지 '돈'뿐이다. 돈 때문에 그녀는 모든 살인을 사주한다. 돈에 대한 그녀의 탐욕은 살인마저도 암묵적으로 용인한다. 그녀는 아들 니키타의 행복이 지주 표트르의 돈을 소유하느냐, 그렇지 못하느냐에 따라 결정된다고 생각했다. 표트르는 늙고 병들었고, 재혼한 그의 젊은 부인 아니시야는 니키타에게 푹 빠져 있었다. 니키타는 젊고 미남이었으므로 아니시야의 마음을 붙들기에 별다른 어려움이 없었다. 표트르가 죽은 이후에 그의 돈이 쉽게 니키타의 몫으로 돌아올 수 있다는 것이었다. 마트료나는 아니시야가 직접 남편 표트르를 죽이도록 사주한다. 마트료나는 아니시야에게 표트르를 죽일 수 있는 약을 건네면서 다음과 같이 말한다. "아무도 그 돈을 받지 못하게 되면 어떡하냐는 말이에요. 그게 과연 잘하는 일일까요? 그렇게 큰돈이 그냥 헛되게 사라져 버려도 좋은가요? 그건 죄가 안 되냐는 말예요." 표트르 살해 제의를 받고 순간 두려움에 사로잡혀 그것을 거절한 아니시야를 향해 마트료나는 '돈을 그냥 헛되이 사라지도록 내버려 두는 것은 죄'라고 일갈한다. 마트료나의 가치관에서 무엇보다 중요한 것은 '돈' 그 자체였다. 이 작품은 탐욕과 죄악이 인간들을 어떻게 파멸시켜 가는지를 교훈적으로 잘 보여 준다.

카르마의 힘 러시아 문학사가 D. P. 미르스키는 톨스토이가 가장 좋아하는 개념 중의 하나를 '카르마'로 간주한다. 산스크리트어 카르마(karma)는 인과관계의 법칙으로 우리말로 '업(業)'에 해당한다. 죄의 기계적 보상을 카르마라고 한다. 불교에서는 미래에 선악의 결과를 가져오는 원인이 되는 몸과 입과 마음으로 짓는 선악의 소행을 의미한다. 카르마의 법칙에 따르면 모든 행동은 대가 또는 결과를 수반하며, 그 결과들은 그에 상응하는 원인이 있을 때만 일어날 수 있다. 이것은 내가 현재 어떤 상황 아래 있더라도, 그것은 나 자신이 이전에 한 어떤 생각, 결정, 행동의 결과임을 의미한다. 카르마의 법칙을 이해하면 책임이나 정의와 같은 개념들의 깊은 의미를 알게 된다. 카르마는 생각이라는 씨앗에서 시작되어, 시간이 지나면서 감정, 태도, 말, 행동, 인간관계로 발전되고 확대된다. 카르마는 결국 기질로서 영혼 안에 자리 잡게 되는데, 그런 다음에는 그것이 새로운 생각의 형태로 다시 나온다. 종종 카르마는 영적 세계에 적용되는 뉴턴의 운동 제3법칙이라고도 한다. 즉 만일 행복을 주면 행복이 그 대가로 경험되고, 만일 불행을 주면 그와 같은 크기의 불행이 경험된다는 것을 의미한다. 달리 말하자면, 내가 다른 사람에게 어떤 감정을 경험케 하더라도 궁극적으로는 나 자신이 그것을 경험하게 된다는 것이다.

카르마의 법칙은 종종 건성으로 이해되는 때가 있다. 어떤 사람은 '만일 지금 나에게 일어나는 일은 무엇이든 과거의 내 행동 때문이라면, 내가 그에 대해 할 수 있는 일은 아무것도 없다'라고 무기력하게 생각할 수 있다. 그러나 만일 과거가 현재를 만들었다면, 현재는 또한 미래를 창조한다. 카르마의 법칙에 대한 이해는 과거의 노예가 되지 않고, 자신의 운명을 창조하는 데 적극적으로 참여하도록 우리를 고취한다.

카르마의 법칙에서 생각은 씨앗이며, 행동은 그 열매다. 열매의 질은 씨앗의 질에 의해 결정된다. 좋은 생각은 자기 자신뿐 아니라 남들에게도 유익한 좋은 행동으로 이어진다. 내가 해로운 습관들을 그만두고, 과거에 행한 행동들의 결과를 긍정적으로 해결하려는 책임의식을 가지며, 이 순간부터 긍정적인 행동을 하도록 주의를 기울일 때 카르마의 법칙은 나에게 유리하게 작용하기 시작한다. 카르마의 법칙은 절대적인 정의의 법이며, 그 팔이 길어서 한 생에서 다음 생으로 쉽게 뻗어지므로 영혼이 어떤 씨앗을 뿌리더라도 그 열매를 거두고 자기가 원하는 운명을 창조할 수 있게 해 준다.

『어둠의 힘』의 부제, "만약 발톱이 붙잡히면 새는 목숨을 잃는다"라는 표현 속에 카르마의 법칙이 잘 나타나 있다. 이 작품에 등장하는 어둠의 힘들은 모두 스스로의 악업에 따라 처벌을 받는다. 사실 이 부제는 니키타의 제5막 대사에서 인용한 것이다. 인간이 죄를 짓기 시작하면 그 악업에서 빠져나오기가 불가능함을 설명하고 있다. 건실한 농부이자 신앙심이 충만한 아버지 아킴은 정신적으로 타락한 주인공을 구원하고자 한다. 아킴의 말과 행동에서 톨스토이 특유의 종교적 경건함이 엿보인다.

상반된 평가 러시아인들은 "우리에겐 차르가 두 명 있다. 하나는 니콜라이 2세이고 다른 하나는 톨스토이다"라고 했다. 고리키는 "톨스토이는 세계적인 전체"라고 했다. 톨스토이의 사상과 가르침은 일반적으로 톨스토이주의(Толстовство, Tolstoyism)라는 개념으로 요약된다. 톨스토이주의는 '악에 대한 비폭력 저항'과 '도덕적 자기완성'이라 할 수 있다. 그의 비폭력주의와 도덕주의는 간디와 마틴 루서 킹에게까지 이어졌다. 『뉴스위크』는 2009년 세계 100대 명저 1위에 『전쟁과 평화』를 선정했다. 정작 러시아에서는 지난 2010년 11월 20일에 맞은 톨스토이 사후 100주년을 조용히 지냈다. 정부의 행사도, 기념전도, TV 특집도 없었다. 러시아에서 톨스토이 100주년에 대한 공식적인 행사가 없었던 것을 두고 "1세기 전이나 지금이나 톨스토이는 러시아에서 불편한 존재"라는 분석도 나왔다. 러시아 정부와 사회가 그를 별로 반기지 않는다는 이야기이다. 러시아 정교회도 그에게 화해의 손을 내밀지 않고 있다. 옛말에 "선지자는 고향에서 환영받지 못한다"라고 했다. 고향 러시아에서 큰 환영을 받지 못하는 톨스토이는 여전히 침묵으로 러시아 사회에 경고를 보내고 있는 것인지도 모른다. 예나 지금이나 톨스토이는 후대의 여러 작가들로부터도 극단적으로 상반된 평가를 받는다. 독일의 희극작가 하인리히 하웁트만은 그를 "가장 위대한 기독교인"이라 칭송했다. 반면 벨기에의 작가 머리스 매털링크는 "가장 위대한 무신론자"란 치욕적인 평가를 남겼다. 어떤 평가가 존재하든 간에 톨스토이가 꺼지지 않는 인류의 횃불로서 세계를 밝혀 주는 세계적인 문호라는 사실은 부정할 수 없다.

32. 참된 삶과 거짓된 삶: 톨스토이의 『부활』

인간의 삶은 크게 참된 삶과 거짓된 삶으로 나눌 수 있다. 누구나 참된 삶을 살기를 원하지 거짓 삶을 원하지 않는다. 그러나 우리는 자신도 모르는 사이에 거짓되고 위선된 삶을 살 때가 많다. 더구나 건강한 사회가 아닌 타락한 사회에서 참된 삶을 산다는 것은 어려운 일이며 참된 용기가 요구되는 일이다. 참된 삶이란 자기 양심에 한 점의 부끄러움 없이 사는 삶이다. 톨스토이의 작품에는 참된 삶의 의미와 진실을 찾아 헤매는 사람들에 관한 이야기가 많다. 그의 장편소설 『부활』은 참된 삶의 진실을 찾아 고행의 길을 택한 어느 참회자의 인생 고백을 흥미롭게 그리고 있다.

집필 동기 톨스토이는 1877년 『안나 카레니나』 출판을 마지막으로 소설가로서의 삶을 청산하고 구도적 삶을 살기 시작했다. 1890년대에 톨스토이는 창작 소설보다는 사회 현실의 모순에 대한 글을 쓰면서 주로 빈민구제 활동을 했다. 그는 인도의 간디처럼 정치적, 사회적 압박에 비폭력으로 저항하는 무저항주의를 기치로 내걸고 활동했다. 그에 의하면 모든 정부는 부자 귀족들을 위해 가난한 민중을 억압하는 부도덕한 기관이었다. 그는 재판소와 군대를 유지하기 위해 걷는 세금도 죄악으로 보았다. 군대를 악으로 보는 톨스토이의 견해는 분리파 교도의 일파인 '두호보르 신자들(духоборцы)'[42]

42 이 종파는 당시 기독교적 형제애에 기반한 최초의 공동체로서 확립되었다. 그들은 교회와

사이에 공감을 불러일으켰다. 두호보르 교도들은 톨스토이에 앞선 톨스토이주의자들이다. 그들은 집단으로 병역을 거부하여 정부의 탄압을 받게 된다. 『부활』은 1899년 당국의 탄압을 받던 두호보르 교도들이 캐나다로 이주할 경비를 마련하기 위해 쓴 소설이다. 톨스토이는 『부활』로 벌어들인 돈 모두를 두호보르에 기부했다. 톨스토이는 자신의 분파를 창시한, 세계문학사상 그 유례가 없는 매우 독특한 작가였다. 톨스토이주의 그 자체가 일종의 종파였다. 톨스토이는 러시아 분리파주의뿐만 아니라 러시아 정교에 속해 있는 신비주의적이고 영적인 요소를 모두 부정했다. 그는 이성적이면서도 윤리적, 도덕적인 측면이 강조된 자기 나름의 분파교를 창설하고 다른 분리파 교도들, 특히 두호보르 형제들에게 영향을 미쳤다. 이 작품이 발표되고 2년 뒤 1901년 톨스토이는 러시아 정교로부터 파문당한다. 공산주의 해체 이후에는 톨스토이 복권 운동이 일어났다. 러시아 정교회 측에 톨스토이의 파문을 철회해 달라는 탄원이 있었다. 그러나 정교에서 내린 최종 판단은 '불가'였다. 톨스토이가 러시아의 위대한 작가인 것은 맞지만 정교도는 아니라는 게 최종 결론이었다. 실제로 톨스토이는 이교도 성향의 작가이다.

톨스토이가 이 작품을 쓰게 된 또 다른 동기는 사회 활동가이며 검사인 친구 A. F. 코니가 들려준 이야기 때문이다. 어느 날 낯선 사람이 찾아와 자신이 배심원으로 법정에 참석하여 겪은 일화를 코니에게 들려주었다. 톨스토이는 친구 코니가 전한 이야기에 커다란 감명을 받고 소설 『부활』을 쓰기로 한다. 여기서 부활은 그리스도의 부활이라기보다는 '타락한 인간 영혼의 부

국가의 권위주의를 거부한 평화주의자들로서 러시아에서 그들이 존재하기 시작한 때부터 박해를 받았으며 1840년대에 강제로 캅카스에 거주하게 되었다. 톨스토이는 1880년대 초 처음으로 두호보르(또는 두호보르츠)에 관심을 두게 된다. 톨스토이의 저술에는 그들 사상의 영향이 명백하다. 이 종파는 1895년 징병에 반대해 일련의 데모를 주도한다. 수천 명의 톨스토이주의자가 캅카스에서의 항의에 참여하기 위해 모여들었고, 그들 중 상당수는 두호보르에 합류했다. 톨스토이는 언론에 수백 통의 편지를 보내 그들의 대의를 공표했다. 그는 결국 그들이 캐나다에서 재정착할 수 있도록 보장하고 비용의 상당 부분을 지원했다.

활'이라는 함축의미가 있다. 이 작품은 도덕적으로 거듭나는 두 주인공 네흘류도프와 카튜샤의 슬픈 사랑과 삶에 관한 이야기를 중심으로 펼쳐진다. 작가는 더 나아가 이 작품의 배경이 되는 19세기 말엽 러시아 사회의 타락한 현실을 폭넓고 날카롭게 폭로하고 있다. 톨스토이의 일생은 감각적인 기질과 양심 간의 투쟁으로 점철되었다. 그의 내면에는 도시의 육체적 쾌락을 추구하는 방탕한 탕아와, 조용히 고행의 길을 따르는 수행자가 함께 공존하고 있었다. 작가 톨스토이는 사랑을 받았지만, 설교자 톨스토이는 지루한 사람일 뿐이었다. 예술작품을 통해서건 설교를 통해서건, 톨스토이는 수많은 장애물에도 불구하고 진실에 도달하기를 갈망했다. 『부활』은 설교자 톨스토이와 작가 톨스토이를 분리해서 생각할 수 없는 작품이다.

두호보르파와 톨스토이파 제정러시아 시대에 관제화된 정교회는 다양한 분파교를 이단으로 간주하고 소외시켰다. 정교회 사제들은 분파교를 신비주의파와 합리주의파로 분류했다. 그러나 그러한 양분법은 분파교에 대한 올바른 구분법이 아니다. 원래 종교에는 신비주의 요소와 합리주의 요소가 독립적으로 또는 혼합적으로 또는 적대적으로 모습을 나타내기 때문이다. 밀류코프는 분파교를 영지주의파(духовное сектантство)와 복음주의파(евангельское сектантство)로 구분했다. 다시 말해 러시아 내에서 발생하여 이원론적 가치관에 기초한 종파들을 영지주의파로, 프로테스탄트 성격을 가지고 있는 종파를 복음주의파로 구분했다. 이 분류법에 따르면 전자의 경우에는 흘리스트이, 스코프츠이, 두호보르치 등을 예로 들 수 있고, 후자의 경우에는 몰라칸네, 슈툰디스트이, 파슈코프츠이 등을 들 수 있다. 이러한 종파들은 러시아에 실제로 존재했던 여러 종파 가운데 가장 대표적인 것들이라고 할 수 있다. 러시아 역사 속에 소외되어 온 분파교를 통해 러시아 종교의 일반적 성격을 알아볼 필요가 있다. 우리의 관심은 영지주의파에 속한 두호보르치와, 복음주의파에 속한 톨스토이파에 집중될 것이다.

첫째로 영지주의파에 속한 두호보르치(духоборцы)의 발생 시기는 대체로 18세기 후반으로 추정된다. 두호보르체스트바라는 명칭은 암브로시 대주교가 예카테리나슬라브주에 있는 이 종파의 추종자들에게 처음 붙인 것이다. 성령의 존재를 거부한다는 뜻에서 붙여진 명칭이지만 두호보르치들은 성령이 아니라 이콘 숭배를 거부했다. 두호보르체스트바의 설립자는 예카테리나슬라브주 니콜 마을의 박식한 실루안 코레스니코프였다. 그러나 본격적인 확산은 18세기 말 탐보프주의 거상 일라린 파비로힌이 등장하면서부터였다. 그는 자신을 하느님의 아들로 명명하고 세상을 심판할 권세를 위임하기 위해 12사도를 택했다. 그의 열렬한 추종자는 퇴역 장교 출신인 사벨리 카푸스틴으로 탐보프주에서 이 종파의 교리를 전파했다. 그는 큰 키와 화려한 언변, 성경에 대한 깊은 조예로 교세를 확장해 나갔다. 이들은 종교의 자유 시대라 말할 수 있는 알렉산드르 1세 때 집단이주가 허용되자 그들만의 공동체를 건설하려는 열망으로 몰로치강 유역의 스텝 지역으로 4천 명가량이 이주했다. 이교도에 대한 정부의 관대한 정책, 두호보르치들의 근면성과 조화로운 삶의 결과로 이주지역에 삶의 터전이 마련되었다. 그러나 니콜라이 1세의 등극과 더불어 이교도 탄압이 시작되면서 두호보르치들은 비정교회 종파 가운데 가장 악한 이단으로 규정되었다. 그들은 "살인하지 말라"라는 성경의 계명에 기초하여 군 복무를 거부하였는데 정부에서는 이를 국가의 권세에 대한 불복종으로 간주했기 때문이다.

19세기 말 톨스토이파의 영향력이 두호보르체스트바에 미치게 되었다. 전쟁 금지, 모든 계층의 평등, 개인의 토지 소유 반대 등의 이론이 첨가된 교리가 두호보르체스트바에 전수되면서 이들 내부에 분열이 일어나게 되었다. 톨스토이파가 전해 준 신앙 교리는 당시 존재하던 사회와 국가 질서에 위배되어 1898-1900년 사이에 두호보르치들은 다시 한번 캅카스에서 캐나다로 강제 집단이주를 하게 되었다. 당시 이주민은 약 7,400명 정도로 추정된다. 두호보르체스트바의 교리문답서와 생명의 책에 의하면 그들은 성상

숭배, 성찬, 세례식, 교회 내의 계급적 구조, 성자전, 십자 성호, 금식, 나아가 교회 출석 등 정교회의 모든 외적인 의식을 거부했다. 나아가 신자에게 가장 중요한 것은 외적인 행위나 금욕주의적인 생활이 아니라 회개를 통한 내면의 거룩함, 즉 이웃에 대한 사랑과 내적인 순결함, 도덕적 절제임을 강조했다. 두호보르체스트바의 교리에서 하느님은 유일신이며 창조주요, 구원주, 심판자로서 인식되었다. 그들은 하느님을 능력과 지혜와 의지의 신으로 묘사했다.

둘째로 복음주의파에 속한 '톨스토이종파(Толстовцы)'는 종교적 색채보다는 사회정치적 색채로 규정된다. 러시아 이단 종파에 이를 포함하는 것은 톨스토이의 윤리적, 도덕적 교훈들이 신약성경에 나타난 예수 그리스도의 산상수훈에 기초하기 때문이다. 그러나 예수를 신으로서가 아니라 위대한 한 인간으로 봄으로써 신약에 나타난 모든 신비적인 요소들을 제외하고 새로운 계명을 만들어 전파했다. "악에 대해 힘으로 대항하지 말라, 남을 판단하지 말라, 분노하지 말라, 이혼하지 말라, 맹세하지 말라, 전쟁하지 말라." 이 여섯 가지가 톨스토이가 주장하는 윤리적, 도덕적 계명이었다.

톨스토이의 중심 사상은 사회나 국가 혹은 역사 속에서 이미 형성된 틀에 의한 강제나 강요로부터의 해방이다. 그는 사유재산의 소유, 특히 토지 소유에 대한 회의와 모든 형태의 국가나 권위의 악과 부정에 대한 회의, 전쟁이나 폭력에 대한 회의를 가지고 있었다. 이는 바로 조직화된 세계 속에서 한 계층이나 한 민족이 다른 계층이나 다른 민족을 억압하는 것을 정당화하는 것에 대한 거부에서 기인한 것이다. 그가 정교회를 비판한 이유 중의 하나도 사랑의 공동체가 되어야 할 교회가 참된 교회의 모습은 상실하고 교회의 이름으로 타 종교에 대한 심한 억압과 핍박의 모습을 보였기 때문이다. 이런 톨스토이 사상의 뿌리를 프로롭스키는 허무주의라고 주장했다. 그런데 이 허무주의는 존재해 온 역사와 문화, 국가와 사회에 대한 부정에서 끝나는 것이 아니었다. 그 토대 위에 온 인류가 계층과 계급 간 갈등이 없는 유토피아를 건설하고자 하는 내면의 깊은 동기가 자리 잡고 있는 것이었다. 이런 그의 사상은 당시 인텔리겐치아들에게 깊은 공감을 불러일으켰다. 톨스토이파의 계속된 확장과 그의 끊임없는 정교회 비판으로 인해 1901년 2월 20일 정교회에서는 공식적으로 톨스토이에게 출교 명령을 내렸다. 톨스토이의 파문은 당시 인텔리겐치아들에게 정교회에 대한 심한 회의와 반발을 가져다주었다.

거듭나기 이 작품의 주인공은 네흘류도프 공작과 창녀 카튜샤 마슬로바라 할 수 있다. 카튜샤 마슬로바는 원래 평민 출신의 고아로서 네흘류도프 공작의 고모가 되는 두 자매 여지주의 집에서 하녀 반 양녀 반의 모호한 신분으로 자란다. 카튜샤는 16살이 되던 해 그 집에 놀러 온 네흘류도프를 만나 부지불식간에 사랑에 빠진다. 3년 후 고모 집을 다시 찾은 그는 방탕한 생활에 익숙해진 젊은이로서 부활절인 일요일[43] 밤에 카튜샤를 유혹하여 순결을 빼앗은 다음 100루블을 주고 떠나간다. 그가 떠난 지 다섯 달이 지나서야 카튜샤는 자기가 임신했다는 사실을 알게 된다. 임신한 카튜샤는 주인집에서 쫓겨나 이 집 저 집의 하녀로 들어간다. 그러나 가는 곳마다 주인 남자들의 성적 학대 때문에 오래 있지 못한다. 자포자기에 빠진 카튜샤는 결국 사창가로 가게 된다. 8년 동안 매춘 생활을 하던 카튜샤에게 갑자기 불행이 닥친다. 그녀는 어느 독살 사건에 휘말려 혐의를 받아 구속되고 법정에 서게 된다. 이때 마침 네흘류도프는 그 재판의 배심원으로 참석한다. 법정에서 카튜샤의 이름을 듣는 순간 네흘류도프는 그녀가 지난날 고모 집에서 자

43 러시아어 'воскресение'는 '부활'과 '일요일'이라는 이중의미가 있다. 네흘류도프는 카튜샤를 일요일 밤에 유혹했다. 그날 저녁 두 사람이 만나 서로 나누는 인사말은 부활을 예고해 준다. 카튜샤가 "그리스도가 부활하셨네"라는 전통적인 인사를 건네자, 네흘류도프는 "진실로 부활하셨네"라는 말로 받는다. 이런 말과 연관 지어 볼 때 제목은 처음부터 두 사람의 도덕적 부활을 암시하고 있다.

기가 유린한 그 소녀라는 사실을 알아차린다. 여기서 그녀를 사창가로 내몬 장본인이 바로 자신이라 생각한 네흘류도프는 자기 죄가 얼마나 큰가를 깨닫게 된다.

카튜샤는 죄가 없음에도 불구하고 4년 징역형을 받고 시베리아로 유형을 가게 된다. 양심의 가책을 느낀 네흘류도프는 백방으로 구명운동을 벌이며 이제까지의 거짓된 생활을 청산하고 카튜샤와 결혼하겠다고 결심한다. 처음에 카튜샤는 네흘류도프의 갑작스러운 출현과 뒤이은 청혼에 놀라 격하게 반발한다. “당신은 나를 이용해서 구원을 받으려는 거죠? 당신은 이 세상에서 나를 농락하고 저세상에서 또 날 미끼로 자신을 구원하려는 거죠? 보기도 싫어요, 그 안경도, 기름진 더러운 상판도 다 보기 싫어요. 가요, 가!” 그러나 그녀는 점점 태도가 달라지고, 상고 결과를 기다리는 동안 네흘류도프가 주선해 준 병원의 간호보조원으로 일하는 데 동의한다. 그녀와 네흘류도프와의 관계도 많이 진전된다. 상고가 기각되자 네흘류도프는 애초의 결심을 굳히고 카튜샤를 따라 시베리아로 떠난다. 시베리아의 어느 도시에 왔을 때 그의 구명운동은 성공하여 카튜샤는 황제의 특사로 풀려나게 된다. 그동안 카튜샤는 정치범들과 한방에서 지냈으며 그곳에서 아주 인간적인 죄수들을 만난다. 그곳에서 만난 정치범 시몬슨은 카튜샤를 사랑으로 갱생시킨다. 시몬슨은 그녀를 사랑하여 결혼을 원한다. 시몬슨은 카튜샤가 그저 아름다운 여인이 아니라 평등을 사랑하는 여성임을 알게 된다. 카튜샤 자신은 네흘류도프를 다시 사랑하게 되었지만 시몬슨을 위해서 네흘류도프의 청혼을 거절한다. 석방이 결정된 카튜샤는 시몬슨을 따라가겠다고 말한다. 이제 네흘류도프는 일종의 해방감을 느끼며 그녀와 작별하고 돌아온다. 그는 숙소에 돌아와 복음서를 읽으며 그 가르침에 따라 살기로 결심한다.

이 작품에서 톨스토이는 인간 탐구와 사회 탐구라는 두 가지 주제를 동시에 추구한다. 작가는 인간 탐구를 통하여 주요 인물들의 정신세계를 관찰하고 인간이 피상적으로가 아니라 실질적으로 정신적 부활을 할 수 있는지 묻고 있다. 그리고 사회 탐구를 통해서는 사회 전반에 만연한 비열하고 추악한 행위들을 폭로하고 있다. 즉 작가는 인간 정신과 사회 현실에 관한 탐구를 통해 삶의 거짓과 위선을 날카롭게 비판하고 있다.

인간 탐구 무엇보다도 먼저 작가는 인간의 삶을 '정신적 자아'와 '동물적 자아'의 대립으로 파악한다. "네흘류도프의 마음속에도 보통 사람과 같이 두 가지의 자아가 있었다. 하나는 딴 사람에게 있어서도 행복이 될 수 있는 자아를 찾는 정신적인 자아였다. 또 하나는 자기 행복만을 찾고 이를 위해서 만인의 행복을 희생시키려는 동물적인 자아였다." 네흘류도프가 카튜샤를 유혹한 것은 '동물적 자아'가 시킨 짓으로, 순간적인 이기주의의 발작이었다. 그러나 회개한 귀족 네흘류도프가 카튜샤와 결혼하여 속죄하겠다는 결심은 참다운 자아의 성취를 향한 첫걸음이다. '정신적 자아'의 양심적, 도덕적 요구로 이루어지는 희생은 고상한 영혼의 기쁨을 가져온다. 순수한 마음으로 카튜샤를 사랑하고 타락에서 구원해 주는 일은 결국 네흘류도프 자신의 구원이기도 하다. 네흘류도프의 삶은 '동물적인 자아'에서 '정신적 자아'로 돌아가는 과정, 다시 말하면 그의 영혼 부활의 과정인 것이다. 막연한 동정이나 연민이 아닌 행동하는 양심은 영혼의 거듭남 없이는 이루어지지 않는다.

거짓된 삶에서 참된 삶으로의 전환은 제1부 38장에 상세하게 묘사되어 있다. "그렇다. 카튜샤를 만나서 사과하자. 그래, 어린애가 하듯이 빌자." 또 이런 구절이 있다. "주여, 저를 도와주소서. 저를 도와주소서. 저의 마음속에 들어오셔서 모든 더러움을 깨끗이 씻어 주소서!" 이런 말을 하면서 네흘류도프는 눈물을 흘린다. 이 눈물은 거짓된 삶을 회개하는 눈물이며 그의 마음속에 잠자던 선(善)의 눈물인 것이다. 이와 같은 사상은 톨스토이의 『인생론』에서도 볼 수 있다. 톨스토이는 선에 대한 희구가 인생이라고 생각한다. 말하자면 인생의 참의미는 선을 쌓으려고 노력하는 과정에 있다는 것이다. 선이 인생의 목적이기 때문에 사람은 모두 이 목적을 향해 나아가야 한다. 그리고 이 목적을 달성하려면 사랑이 있어야 한다. 톨스토이는 사람들이 누구나 자기 속에 간직하고 있는 아가페 사랑으로 지고의 선을 향해 노력하는 과정을 인생이라고 부른다. 이 목적에서 벗어난 것은 조금의 가치도 없다고 단정한 톨스토이는 인생의 참의미를 그릇되게 하는 허위의 과학과 사이비 종교를 모질게 꾸짖는다. 그는 동물적인 생존과 합리적인 삶의 차이를 밝히고 참사랑의 구체적 의미를 역설한다. 사랑으로 충만한 거짓 없는 삶만이 참된 행복을 가져온다는 것이 작가의 인생관이다.

카튜샤 역시 궁극적으로 타락한 삶에서 벗어나 참된 삶을 찾게 된다. 그녀의 정신적 부활 과정은 네흘류도프의 부활 과정보다 더 험난하다. 카튜샤는 어쩔 수 없는 운명 때문에 고통과 고난의 길을 걸은 후에 구원된다. 8년 동안 카튜샤는 술, 담배, 싸움, 매음으로 이어지는 창녀 생활을 했다. 감옥에서도 그녀의 생활은 변하지 않았다. 카튜샤는 자신을 구원하려는 네흘류도프의 모든 시도를 위선과 거짓으로 보았다. 그러나 점진적으로 그의 사랑이 참사랑임을 알게 된다. 카튜샤의 정신적 부활은 누구보다도 정치범들의 공이 크다. 카튜샤는 정치범들과 함께 지내면서 그들로부터 커다란 감화를 받아 참된 삶에 눈뜨고 인간적으로 성장하게 된다. 작가가 특별한 애착을 보이는 정치범은 민중 사랑에 남다른 열정을 보이는 사람들이다. 정치범들은 한결같이 훌륭한 인품을 보여 준다. 대다수가 귀족 출신임에도 불구하고 그들은 자신들의 특권이나 자유를 포기한 채 민중을 위해서 일한다. 정치범들을 하나의 집단으로 볼 때 이들은 감옥 바깥 세계보다 훨씬 인간다운 사회를 형성하고 있다. 아름답고 헌신적이며 성에 대해서는 혐오감을 품고 있는 처녀 마리아 파블로브나는 돈 많은 장군의 딸로 태어났으면서도 여성 노동운동가로 일한다. 정치범 시몬슨은 사회악의 근원이 민중의 무지라고 생각하여 민중운동에 나선 초등학교 교사이다. 그 혁명가는 카튜샤가 아름다운 한 여인으로 평등을 사랑하고 불평등에 적의와 증오감을 가졌다는 것을 알게 된다. 그리하여 사랑에 빠져 청혼을 한다. 카튜샤는 정치범 시몬슨의 청혼을 받아들여 새로운 삶을 시작하고자 한다. 카튜샤는 정신적으로 갱생한 인물로서 새로운 눈으로 사물과 현실을 파악하게 된 동시에 각성한 민중의 한 사람이 된 것이다.

사회 탐구 톨스토이는 소설가로서보다는 사회비평가이자 종교적 반대자로 더 잘 알려져 있었다. 『부활』을 베스트셀러로 만든 것은 차르의 국가 제도에 대한 공격이었다. 여기서 국가 제도란 교회, 정부, 사법상의 유형 제도, 사유재산권과 귀족의 사회적 관습 등을 말한다. 국가 제도에 대한 공격에 열광한 비평가 스타소프는 톨스토이에게 다음처럼 말했다. "러시아의 모든 사람이 이 책으로 살아가고 있습니다. 선생님께선 이 책이 불러일으킨 대화와 논쟁을 상상할 수 없으실 겁니다. … 이 사건은 19세기 문학사에 전례 없던 일입니다." 이 작품에서 네흘류도프는 러시아 사회의 다양한 측면을 보여 주기 위한 인물이다. 사회 모든 분야에서 그는 거짓과 위선이 어떻게 나타나는가를 알게 된다. 민중과 대비되는 대다수 귀족의 삶은 위선적이고 거짓된 것이었다. 작가는 그를 통해 사회·법률·재판·감옥·교육·종교·토지·혁명 등 러시아가 안고 있던 당시의 모든 문제를 다루었다. 당시의 사회 제도와 인습은 악의 근원이었다. 제도와 인습은 인간이 인간에게 비인간적인 행동을 서슴없이 자행하도록 만들었다. 작가는 당대 사회 현실의 탐구를 통해 거짓된 삶의 무수한 예를 보여 준다.

제1부에서는 재판소와 감옥을 중심으로 사법제도와 행정제도의 세계가 다루어진다. 무엇보다도 먼저 인간 사회제도에 대한 준엄한 비판은 사법제도를 비판하는 데서부터 시작된다. 한 인간의 운명이 걸려 있는 재판이 엉터리 재판이라는 것이다. 죄 없는 카튜샤에게 4년의 징역이 내려지는 과정은 엉터리 재판의 전형적인 모습이다. 재판장을 비롯하여 판사나 검사 누구도 사건의 진위에는 관심이 없다. 재판장은 정부와 밀회 약속을 해 놓고 재판이 빨리 끝나기만을 기다린다. 배심원 중 한 사람은 아침에 아내와 싸우

고 나왔는데 아내가 저녁상을 안 차려 놓겠다고 말한 것이 생각나 전전긍긍한다. 성직자는 성경에 따라 맹세를 요구하며 구태의연하게 의미 없는 의식만을 반복할 뿐이었다. 판사는 위장병 때문에 재판 도중에 재판장에게 약을 먹고 오겠다고 휴정을 요구하고, 재판장은 이를 받아들인다. 그는 무슨 문제가 생기면 눈에 띄는 숫자를 3으로 나누고, 나누어떨어지면 청신호로 받아들여 결정한다. 카튜샤가 유죄냐 무죄냐 하는 중대한 문제도 서류번호를 더한 숫자의 합이 3으로 나누어지냐에 따라 결정한다. 배심원들은 그들 나름대로 카튜샤의 무죄를 확신하면서도 엉뚱한 부주의로 유죄 판결을 내린다. 카튜샤의 구명운동을 위해 감옥에 드나드는 동안 네흘류도프는 사법제도의 불합리한 점을 목격한다. 그는 도움을 청하는 죄수들을 통해 죄 없이 부당하게 투옥된 사람들이 많음을 알게 된다. 페테르부르크에 가서 유력자를 찾아다니는 동안에는 귀족사회의 경박성과 부패상을 보기도 한다. 그리고 법정에서의 재판 과정을 목격한 그는 사회를 비판하고 현대문명을 규탄하기에 이른다. 사법제도의 현실을 고발하는 작가는 "사람이 사람을 재판하고 벌줄 권리가 있는가? 재판소와 감옥을 보유하는 것이 합리적인가?"라며 독자의 가슴을 향해 외친다.

제2부에서는 소유지의 농민과 페테르부르크 상류사회를 묘사하고 죄수 호송대의 출발 전후 사건을 다룬다. 작가는 귀족들의 삶과 민중의 삶을 대비시켜 귀족들의 무위도식을 비난한다. 모든 제도가 귀족들에게는 유리하게 되어 있고, 일반 평민들에게는 불리하게 되어 있었다. 네흘류도프는 자신의 재산을 정리하기 위해서 두 군데의 자기 영지에 방문했을 때 농촌의 궁핍을 직접 보게 된다. 토지 문제와 농민들의 현실을 목격한 그는 귀족의 생활 태도에 죄의식을 느끼고, 타인의 노동으로 포식하는 토지 소유 제도에 회의를 갖게 된다.

제3부에서는 시베리아의 죄수 호송길에 관한 이야기가 다루어지고 있다. 여행 도중에 네흘류도프는 수많은 죄수와 시골 사람들, 호송 장교, 간

수, 지방 감옥이나 수용소의 관리들, 정치범들을 만난다. 작가는 교회 제도에 대해서도 부정적인 태도를 갖는다. 그는 교회에서 관습적으로 행해지는 일체의 의식과 비합리적인 신앙을 사회악으로 표현하고 있다. 카튜샤가 참석한 예배의식의 묘사는 종교 비판의 좋은 예가 된다. 신의 성체와 성혈로 만들어진 빵과 포도주를 강조하는 의식은 일종의 카니발리즘의 형식을 띠며 그리스도의 신성을 모독하는 행위를 암시한다. 성직자들처럼 의사들 역시 빤히 들여다보이는 속물적인 행동만을 반복할 뿐이다. 작가는 창녀들을 정규적으로 검진하는 관료의사들의 행위를 비난한다. 인간의 가장 수치스러운 부분을 검진하며 장난질하는 의사들의 행위는 인간 이하의 행동이다. 여성 죄수를 수색하는 시베리아 교도관들의 올바르지 못한 행위 역시 비판 대상이다. 그 외에도 작가는 제정러시아의 귀족사회, 관료제도, 궁핍한 농민, 노동자, 범죄자 무리, 혁명가 등 여러 소재를 통하여 제정러시아의 모든 사회 현실을 비판하고 있다. 더 나아가 톨스토이는 국가를 탐욕스럽고 사악한 욕망을 보호하려는 조직적인 탄압체라고 간주했다. 그는 애국심을 '혐오스럽고 비참한' 그 무엇이라고 규정했다. 그리하여 그는 도덕 이외의 모든 종교적 도그마와 의식을 단호하게 거부했다.

톨스토이주의 19세기 말에 형성된 '톨스토이주의(Толстовство)'는 인본주의적이고 이성적인 관점을 기초로 만들어진 것이다. 사실 1880년대 이후 톨스토이는 소설가로서보다 사상가이자 철학자로서 큰 목소리를 냈고, 이를 따르는 사람들은 '톨스토이주의'의 기치 아래 그의 종교적, 윤리적 가르침을 실천하고자 노력했다. 톨스토이주의의 핵심적 요소들은 다음과 같다. 첫째로 하느님의 나라는 자기 안에 있다는 관념, 둘째로 기성 교회의 교의와 의식들에 대한 거부, 셋째로 농민의 생활 방식과 공동체의 기독교적 원리이다. 톨스토이주의자들은 하나의 거대한 세력을 형성한 것이다. 이들은 신약성서의 산상수훈에 기초해 톨스토이가 설파한 교리를 따랐는데, 예수의 핵심적인 도덕적 계명은 받아들였으나 예수의 신성은 인정하지 않았고, 지옥의 존재도 인정하지 않는 등 기독교의 영성과 관련된 많은 교리들을 받아들이지 않았다. 그리고 더 나아가 톨스토이는 정교의 교리가 성서를 왜곡한다고 비판했으며, 그 자신이 직접 성서를 번역하고 복음서 텍스트를 개조했다. 그렇게 해서 만들어진 톨스토이 종교는 기독교의 모든 신비적이고 비밀스러운 요소가 배제된, 신앙이라기보다는 합리적이고 이성적이며 도덕적인 행동을 위한 지침이 되었다.

기독교적 맥락에서 볼 때 톨스토이는 정통 기독교인과는 다른 신앙적 태도를 보인다. 톨스토이의 생각에 신은 자기 안에 있는 것이다. 자기 안에 신성이 있고, '나'가 곧 신이다. 그의 신관은 절대적 타자로서의 신을 숭배하는 유대교도, 신이면서 동시에 인간인 그리스도를 숭배하는 기독교도 아니다. 오히려 자기 안에 신성이 내재하는 불교와 가깝다. 동양사상에 매우 친화적인 톨스토이는 신성을 자기 안에서 찾고 있다. 이러한 특성들 때문에 그의 종교사상은 정교 신앙인들에게 여러 가지 측면에서 비판을 받았다. 이후 톨스토이는 비폭력 무저항주의를 주장한다. 그는 국가 폭력을 비판하고, 더 나아가 국가조차도 부정한다. 이를 톨스토이의 '아나키즘'이라 한다. 이러한 주장들이 모두 바로 '톨스토이주의'에 포함된다. 톨스토이의 사상은 당시의 인텔리겐치아들에게 깊은 공감을 불러일으켰다. 톨스토이의 사후에도 그의 종교적인 가르침은 지속적인 추종자들을 가졌으며 종종 문학 텍스트 속에 변형되어 나타나기도 했다.

『부활』에서 주인공 네흘류도프는 분리파 교도로서 민중의 수호자이자 조력자 역할을 하는 계몽주의적인 인물로 그려지고 있다. 네흘류도프는 현실적으로 톨스토이가 실행하는 데 실패했던 일, 즉 자신의 토지를 농민들에게 분배하는 일에 성공한다. 실제로 이 소설의 영향을 받아 자신의 토지를 농민들에게 나누어 준 사례들도 적지 않았다. 톨스토이의 마지막 소설에는 민중에 의한 모든 국가 기구 체제의 거부 장면이 그려진다. 시베리아에서 네흘류도프가 만난 '자유로운 노인'은 국가의 '충실한 신민들'을, 선을 창조하는 데 필요한 도덕적 가능성을 제거하는 '적그리스도의 군대'라 부른다. 합법화된 폭력과 현존 질서에 대한 거부는 톨스토이가 추구하는 도덕성의 수준을 잘 보여 준다. 적그리스도적인 지배계층의 도덕적 한계를 넘어설 것을 요구하는 것이다. 정치적 문제의 첨예성과 사회적인 방향성은 소설 속에서 악에 대한 무저항 사상을 사회 개혁의 주된 수단으로 긍정하는 것과 결부되어 있다. 그 사상이야말로 각 개인이 권력과 일반적인 수준의 윤리를 극복하도록 돕는 것이다. 이 소설의 대단원은 작가의 신앙 고백과 「하느님의 나라는 네 안에 있다」(1893)에 서술된 새로운 삶에 대한 인식을 최대한 압축된 형태로 재현한 것이다. 네흘류도프에게 갑자기 계시된 다섯 가지 계율은 정부와 교회 권력의 폭력성을 강조한다. 결국, 소설은 모든 국가적, 계급적 폭력을 부정하는 의식의 혁명으로서 민중혁명의 불가피성을 긍정하고 있다.

종교관 톨스토이의 종교관은 독특하다. 그는 합리주의자 내지 이성주의자로서 온전한 신앙인이 되기에는 많은 문제가 있었다. 그의 신앙은 기독교 교리에 상당히 어긋난다고 할 수 있다. 신은 우리의 마음 안에 있으므로 각자의 마음에 신이 있다는 것이다. 기독교보다는 오히려 각자의 마음에 불성이 있다는 불교와 상통하는 측면이 있다. 그는 특히 제도로서의 종교나 사제 계급을 비판하며 무교회주의를 주장했다.

톨스토이의 종교관에는 기독교 사회주의 사상이 들어 있다. 그는 교회에서 주장하는 삼위일체와 부활 같은 교리를 거부하고 대신에 살아 있는 실질적인 종교를 원했다. 그가 주장하는 기독교는 어떤 교회도 수용하기 어려운 것이었다. 그것은 기독교인이라면 모른 척하고 넘어갈 수 없는 가난과 불평등, 잔인성과 억압 같은 중요한 사회 문제에 직접 개입할 것을 요구했다. 1870년대 말부터 시작된 톨스토이의 도덕적 위기와 사회를 부정하는 종교적 기초는 여기에서 발로한다.

33. 톨스토이냐 도스토옙스키냐

위대한 예술작품은 거대한 폭풍처럼 우리 마음의 문을 열고 기존의 신념 체계를 무너뜨릴 뿐만 아니라 우리의 정신세계에 새로운 질서를 부여한다. 톨스토이와 도스토옙스키의 작품들이 그러하다. E. M. 포스터는 "어떤 영국 소설가도 톨스토이만큼 위대하지 않다. 다시 말해 인간의 삶을 가정적인 면이든 영웅적인 면이든, 그처럼 완벽하게 그린 사람은 없다. 또한, 어떤 영국 소설가도 도스토옙스키만큼 인간의 영혼을 깊이 파헤친 사람은 없다"라고 말한다. 동서고금의 작가치고 톨스토이와 도스토옙스키만큼 새로운 문제를 제시하고 다양한 평가를 받는 작가도 드물다. 러시아 문학의 줄기세포라 할 수 있는 톨스토이와 도스토옙스키를 과연 어떻게 평가하고 비교할 수 있을까? 루카치는 "고독한 개인과 민중의 삶 사이의 단절이 19세기 후반 부르주아 문학의 중요한 주제인데, 이 문제를 온전한 폭과 깊이에서 다룬 작가는 톨스토이와 도스토옙스키밖에 없다"라고 평가한다. 장편소설의 황금기인 19세기를 빛낸 톨스토이와 도스토옙스키의 창작세계를 대비해 보자.

창작 활동의 배경 톨스토이와 도스토옙스키는 같은 시대, 같은 나라에 살았지만 한 번도 서로 만난 적이 없다. 그들은 자존심과 경쟁심이 강한 천재적인 작가로서 생전에 서로에게 관심이 많았지만 직접 만나지는 못했다. 그들은 완전히 다른 환경에서 태어나고 자랐다. 도시를 싫어한 톨스토이는 부유한 귀족 가문으로서 거대한 영지 야스나야 폴랴나에서 생활했다. 그는 건장한 체질로 떡갈나무처럼 러시아 대지에 뿌리를 박고 있었다. 농촌과 도시를 배경으로 귀족이나 민중의 삶을 그린 작품을 많이 썼다. 예술가·도덕주의자·구도자·사상가로서 톨스토이는 원기 왕성한 체력을 자랑하며 창작 활동을 했다. 그는 우리가 평생 지켜 부족함이 없을 정도로 많은 교훈을 남겼다. 그의 교훈을 따라 행한다면 현명하고 지혜로운 삶을 살 수 있을 것 같은 느낌이다. 그는 늘 적절한 교훈으로 삶의 길을 제시해 주었다. 반면에 도스토옙스키는 가난한 의사의 아들로 태어나 파란만장한 생활을 했다. 그는 사형선고, 유형, 간질, 지독한 가난으로 점철된 인생을 살아온 생계형 작가이다. 이러한 내력 때문에 그는 병적인 성격을 가진 잔인한 천재로 인식된다. 톨스토이가 삶을 쉽게 공식화하여 말한다면, 도스토옙스키에게 삶은 어려움 그 자체이다. 그에게 쉬운 것은 아무것도 없으며, 오히려 그는 쉬운 문제도 어렵게 만든다. 그래서 언제나 참을 수 없는 존재의 어려움에 봉착한다.

도스토옙스키는 도시를 배경으로 주로 가난한 사람들의 삶을 분석하고 묘사한 도시의 작가라 할 수 있다. 톨스토이가 빛 속에서 어둠의 그림자를 찾는 작가라면, 도스토옙스키는 어둠 속에서 빛을 찾는 작가라 할 수 있다. 이렇게 다른 조건에서 생활한 두 사람이지만 그들은 모두 위대한 창조력을 가진 거장이었다. 그들의 작품에서 제시되는 장르 전통의 문제, 시간과 공간 의식, 언어와 대화의 사용법, 주인공의 역할과 사상을 논의하다 보면 그들의 예술적 특성과 차이가 자연적으로 부각된다.

서사시 대 비극 동시대를 살아가면서도 두 작가의 예술 활동은 전혀 다른 전통을 따르고 너무나 판이한 세계를 형성하였다. 톨스토이가 거대한 서사 장르에 맞는 인물이라면, 도스토옙스키는 비극 장르에 어울리는 인물이다. 또한 톨스토이가 호메로스에서 시작된 서사시 전통의 정점에 서 있는 작가라면, 도스토옙스키는 그리스 희곡에서 나온 비극 정신을 대표하는 작가다.

유럽 문학 전통의 양대 갈래를 계승한 두 사람은 각기 다른 세계관을 작품 속에 쏟아부었다. 왜 그들은 서사시 작가와 비극작가로 분류되는가?

서사시와 비극에 대한 정의는 문학비평가들에 따라 약간씩 다르다. 서사시는 아리스토텔레스에 의해서 비극에 버금가는 장르로 평가되었으며, 르네상스 비평가들에 의해서는 모든 장르 가운데 최고의 것으로 간주되었다. 서사시는 대규모, 웅장함, 다양성을 지탱할 수 있는 작가의 지식, 창의력, 기량을 요구하기 때문이다. 거의 3천 년이 지난 지금까지도 누구나 인정하는 위대한 서사시에서 유래한 몇 가지 공통적 성격을 정리하여 톨스토이의 작품에 적용할 수 있다. 우리가 톨스토이를 '서사시의 작가'로 부를 때에는 그의 작품 속 서사시적 특성을 주목하기 때문이다. 특히 그의 작품이 갖는 광활함과 진지함, 현세적인 고매함과 영웅주의, 평온함과 서술의 솔직함 등이 그 초점이라 할 수 있다. 첫째로 그의 서사시는 역사적으로 중대한 의의가 있는 사건을 다룬다. 둘째로 그의 서사시의 주인공은 이상적인 영웅으로서 국가적으로 매우 중요한 인물이다. 이 주인공은 공명심과 용감성의 화신이며 죽음을 두려워하지 않고 명예를 추구한다. 그는 인간적 성취의 가치를 고양하고 인간의 존엄성과 위엄을 지킨다. 셋째로 그의 서사시의 공간은 그 규모가 크고 방대하다. 넷째로 그의 서사시의 시간은 과거 지향적이며, 역사의 흐름에서 어느 한 시대를 절단하여 만들어진 시간이다. 현대의 어떤 산문 작품도 『전쟁과 평화』처럼 찬란하고 명백하게 서사 전통을 이어받으면서 많은 독자에게 감명을 준 것은 없다. 이 작품은 일반적으로 러시아의 민족 서사시로 불린다. 톨스토이 역시 자신의 예술을 고찰할 때 의도적으로 서사시, 특히 그리스 작가 호메로스의 『일리아드』나 『오디세이』와 비교하였다. '산문 서사시'라 불리는 그의 대표적인 작품으로는 『전쟁과 평화』, 『안나 카레니나』, 『부활』, 『카자크』 등이 있다.

일찍이 그리스 작가들은 불가사의한 운명에 지배당한 인간이 겪는 시련과 고난을 비극에 담았다. 그들은 인간 스스로가 불행을 초래하는 약점이 있긴 하지만, 궁극적으로는 운명이 인간의 행복과 불행을 결정한다고 보았다. 그리스 작가들이 생각하는 인간의 삶은 운명이라는 바람 앞에 흔들리는 촛불일 뿐이었다. 그러나 도스토옙스키의 비극은 다르다. 인간의 파멸과 몰락이 무자비한 운명의 여신 탓만은 아니다. 오히려 인간을 타락으로 이끄는 주요 원인은 인간 자신에게 있다. 그래서 도스토옙스키의 비극을 '성격 비극'이라 한다. 인간은 자신이 만든 파도와 폭풍에 휩쓸려 희생당한다. 한마디로 '성격이 운명을 좌우'한다.

도스토옙스키의 감수성, 상상력, 언어 사용법 등은 연극성, 특히 비극에 접목되었다고 할 수 있다. 비극은 열정과 욕망을 지닌 인간이 그것을 충족시키기 위해 행동하고, 다른 사람과 갈등을 일으키며 투쟁하는 모습을 재현하는 문학 장르이다. 서사시 다음에 나타난 비극은 본질과 일상적 삶이 서로 분리된 상태에서 비극적 삶의 위기를 깨닫게 해 준다. 비극의 주인공은 분열 상태에서 벗어나려고 노력하지만 결국 비극적 몰락을 경험한다. "독이 든 속옷을 입고 불타는 장작더미 위로 올라가는 헤라클레스, 바쿠스 신을 경배하는 여신도들에 의해서 갈가리 찢기는 오르페우스, 신적인 존재이면서도 삼위일체의 세계에서 소외되어 십자가에 못 박혀 죽어 가는 그리스도의 이야기"가 그것이다. 도스토옙스키와 비극의 관계는 전체적으로 보아 톨스토이와 서사시의 관계와 유사하다. 즉 그의 천재성이 희곡적 특성으로 나타나 발휘되는 것은 톨스토이의 천재성이 서사시적 특성으로 나타나는 것과 같다. 토마스 만은 도스토옙스키의 소설이 "거대한 희곡으로, 거의 모든 구조가 연극적이며, 그 속에는 깊숙한 인간 영혼을 혼란케 하는, 대개 며칠간에 벌어지는 행위가 초현실적이고 격앙된 대화를 통해 나타나 있다"라고 말했다. 앙드레 지드 역시 『카라마조프가의 형제들』을 언급하면서 "모든 상상적 작품 가운데, 그리고 역사상 모든 주인공 가운데, 누구도 이들보다 더 훌륭하게 무대에 올려질 만한 것은 없었다"라고 했다.

도스토옙스키는 소재 선택에서도 연극적 경향을 드러낸다. 다른 소설가들이 인물의 성격 묘사에 치중하는 데 반하여 도스토옙스키 창작의 뿌리에서는 갈등, 즉 극적 사건이 우선한다. 항상 순식간에 일어나는 행동이나 격변을 중심으로 사건이 펼쳐지고, 살인과 같은 '극적인 사건'이 창작의 근원이 된다. 도스토옙스키의 4대 장편 『죄와 벌』, 『백치』, 『악령』, 『카라마조프가의 형제들』은 모두 살인 행위를 중심으로 이야기가 전개된다. 살인과 비극 형식은 옛날부터 서로 잘 부합되어 왔다. 그의 작품에서 살인은 단지 우발적인 폭력의 결과가 아니라 좀 더 차원 높은 사상과 철학의 문제를 동반한다. 그리하여 살인은 종종 '순수 살인'이라는 용어로 치환되기도 한다. 도스토옙스키는 사상을 극적으로 표현하는 방법을 알고 있었다. 그의 작품에서 사상은 정열의 불에 녹아서 살아 움직이고, 충돌하고 싸우며, 폭발하고, 죽이거나 살리는 막강한 에너지로 변한다. 톨스토이가 종래 문학을 집대성한 거장이라면, 도스토옙스키는 그 절정에서 문학의 새로운 기원을 창시한 거장이다.

시공간 의식 바흐친은 시공간 개념을 설명하기 위해 흐로노토프(хронотоп)라는 용어를 사용하고 있다. 인간은 시간과 공간으로 설명될 수 있는 존재이다. 그러나 시공간 개념은 다시 객관적·주관적, 물리적·심리적, 거시적·미시적, 사실적·환상적, 희곡적·서사시적 시공간에 따라 의미가 서로 다를 수 있다. 일반적으로 도스토옙스키는 주관적·미시적·환상적 시간 개념을 좋아한다. 반면에, 톨스토이는 전기적·서사시적·거시적·사실적 시간 개념을 즐겨 쓴다. 도스토옙스키의 시공간 개념은 창작기법과도 연관되어 있다. 그의 창작기법은 희곡 형식을 따른 데서 나타난다. 아리스토텔레스는 신고전주의 이론에서 '시간·장소·행동의 일치', 즉 '삼일치법칙'을 주장했다. 도스토옙스키의 소설은 대다수가 어느 정도 아리스토텔레스의 삼일치 법칙에 따른다. 그의 소설은 다양한 사건이 아니라 하나의 커다란 사건, 주로 살인 사건을 다루기 때문에 행동의 일치라는 법칙에 따른다고 할 수 있다. 그의 소설 속 사건 역시 일정한 한 장소에서 일어나는 것이 특징이다. 장소의 일치가 준수된다고 할 수 있다. 아리스토텔레스의 이론에 따르면 "비극은 가능한 한 하루, 혹은 그 정도를 전후한 시간 내에 이루어진다."

톨스토이가 시간을 서사시적 전통에 따라 적용하는 소설가라면, 도스토옙스키는 시간을 극적 양식에 따라 인식하는 소설가이다. 도스토옙스키는 극작가의 관점에서 시간을 의식했다. 톨스토이의 시간은 파도처럼 서서히 움직이는 데 비해, 도스토옙스키는 시간을 응축시켜 협소하고 꼬이게 만든다. 그의 소설 『백치』의 주요 사건은 24시간 안에 벌어지고, 『악령』의 주요 사건 대부분은 단 48시간에 걸쳐 일어난다. 『카라마조프가의 형제들』의 사건은 재판 부분의 이야기를 빼면 불과 5일 안에 벌어지며, 『죄와 벌』 역시 2주 동안 벌어진 사건을 다룬다. 도스토옙스키의 대화는 그 에너지가 직접적이고도 넘쳐흘러 난다는 점에서 연극적 전통을 따르고, 연극적 감수성과 일치한다. 도스토옙스키가 연극적 수법 구사에 정통하다는 점에서 학자들은 그를 셰익스피어와 비교하기도 한다. 이러한 도스토옙스키 문학의 특성은 최소한의 시간과 공간에서 최대한의 에너지를 발산하여 극적인 효과를 최대한으로 살리는 것이다.

톨스토이의 시간 개념은 '물리적 시간' 또는 '역사적 시간'의 순서에 따라 흐른다. 그의 작품에서 사건은 시간의 순서에 따라 일어나고, 작중인물들은 시간의 강박관념에 시달리지 않는다. 이러한 양상은 그의 삶에서 비롯된다고 할 수 있다. 그는 귀족의 신분으로 커다란 굴곡 없이 지위, 명예, 건강, 부를 누리면서 82세까지 살았다. 인류의 교사, 위대한 지도자, 탁월한 예술가로서 영광의 절정에서 죽었다. 그의 영광과 명예는 지금까지도 식지 않고 있다. 톨스토이의 시간은 무심한 듯 역사의 강물처럼 흘러간다. 그 시간은 시작도 없고, 끝도 없다. 메레지콥스키의 표현대로 톨스토이의 소설에서는 "모든 것은 태어나서 살다가 죽고, 다시 태어난다. 즉 끝도 없고, 시작도 없다." 그러나 도스토옙스키의 시간 개념은 '심리적 시간'이라 할 수 있다. '심리적 시간'은 물리적 시간과 달리 과거·현재·미래가 순서에 따라 흐르는 것이 아니라 동시성이 강하다. 과거·현재·미래가 동시에 느껴지거나, 시간의 기점이 과거도 미래도 아닌 무한 속의 어떤 점이기도 하다. 점은 정지된 시간을 가리킨다. 그의 시간은 긴장감을 자아내는 '위기의 시간'이라 할 수 있다. 도스토옙스키가 '위기의 시간', 즉 극적인 순간에 드러나는 인간의 본성을 포착하는 작가라면, 톨스토이는 '전기적 시간', 즉 일상의 시간 속에 인간의 진수가 있다고 생각하는 작가이다.

두 작가의 시간 의식과 공간 의식을 좀 더 대비시켜 설명할 필요가 있다. 그들의 시공간 의식의 차이점은 결국 서사시적 세계관과 드라마적 세계관의 차이점과 맥을 같이한다. 그들의 시간 의식을 다시 한번 설명한다면, 톨스토이는 서사적 시간 개념을 사용하기 때문에 거시적 시간 개념을 좋아한다. 즉 역사적 사건의 전 과정이나 한 개인의 전 인생을 그리는 경우가 많다. 예를 들면 『전쟁과 평화』, 『부활』, 『안나 카레니나』, 『이반 일리치의 죽음』 등이 그러하다. 이들 작품에는 나타샤, 네흘류도프, 안나, 그리고 이반의 생애가 잘 드러나 있다. 반면에 도스토옙스키는 극적 시간을 따르기 때문에 미시적 시간 의식을 더 좋아한다. 우리는 도스토옙스키 작품 속 주인공의 순간적 시간만을 목격할 수 있다. 하지만 그의 시간 철학에서도 미시적 시간 개념이 궁극적으로는 거시적 시간 개념으로 이어진다. 순간이나 찰나는 영원으로 이어지는 개념이지 영원과 대립적인 개념이 아니라는 것이다. 그러므로 순간에 대한 설명만으로도 우주의 시간을 논할 수 있다.

톨스토이와 도스토옙스키의 공간 의식도 시간 의식과 마찬가지로 거시와 미시 또는 열림과 닫힘으로 대립한다. 톨스토이의 소설이 독자에게 주는 지배적인 인상은 열린 공간감인 데 반하여, 도스토옙스키의 소설은 폐쇄적인 공간감을 보여 준다. 톨스토이는 드넓은 자연의 공간을 보여 주고, 반면에 도스토옙스키는 대도시의 협소한 공간을 보여 준다. 도스토옙스키의 공간은 늘 닫힌 방 안에서 닫힌 사상을 대변하는 인간의 유형을 창출하게 된다.

톨스토이는 시골, 지방 도시, 모스크바와 페테르부르크, 유럽의 도시들까지 총망라하면서 다양한 공간을 보여 주지만, 도스토옙스키는 항상 도시의 뒷골목이나 골방 같은 작은 공간을 주요 무대로 삼는다.

아폴론 대 디오니소스 러시아 예술의 발전은 톨스토이와 도스토옙스키의 예술관과도 연관되어 있다. 톨스토이는 아폴론적 꿈의 예술가이다. 반면에 도스토옙스키는 디오니소스적 도취의 예술가이다. 아폴론적 세계관과 디오니소스적 세계관으로 구분되는 두 작가의 예술적 세계관(Weltanschauung) 속 변별적 특성을 살펴볼 필요가 있다. 니체는 삶과 예술의 두 근원적인 힘을 아폴론과 디오니소스에서 찾는다. 예술의 발전은 아폴론적인 것과 디오니소스적인 것과 관련되어 있다. 두 가지 용어는 그리스인들에게서 빌린 것이다. 이폴론적인 예술은 어떤 형태나 형상을 만드는 조형예술에 비유할 수 있다. 눈으로 보이는 형태와 거리가 있는 음악예술은 디오니소스적인 예술로 볼 수 있다. 이처럼 기원과 목적이 다른 두 예술은 대립하면서도 상대를 자극해 새로운 것을 낳도록 이끌었다.

많은 문학비평가들이 대립적인 두 힘의 특성을 이용하여 인간 유형이나 세계관을 설명하려고 한다. 니체의 말에 따르면 모든 존재의 근본은 디오니소스적인 것이고 이것이 생명의 추진력이다. 삶은 도취 상태의 현실이며, 이 현실은 카오스이자 모순투성이고 열락(悅樂)과 고뇌, 영원히 반복되는 생성과 소멸의 원리로 이루어져 있다. 디오니소스적인 힘은 디오니소스적 도취를 통해 개체와 존재의 경계선을 파괴하여 인간과 인간의 일치와 평등, 인간과 자연의 일치까지도 가능하게 한다. 디오니소스적인 힘은 존재의 원초적인 열락 안에 고통과 파괴를 수반한다. 그리하여 각 개체를 파괴하는 데서 창조와 파괴의 영원한 반복이라는 일반적인 삶의 원리가 나타난다.

단성악 소설 대 다성악 소설 톨스토이와 도스토옙스키의 세계관과 더불어 이야기될 수 있는 것이 소설의 구조이다. 우리는 소설의 구조에 따라 작가의 독백적 목소리에 융합하는 단성악 소설과 작가의 목소리에 융합하지 않고 그 자신의 세계관에 따라 개성적이고 독립된 목소리를 내는 다성악 소설로 나눌 수 있다. 톨스토이는 대표적인 단성악 소설가요, 도스토옙스키는 다성악 소설가이다.

톨스토이의 작중인물들은 서로 다른 스타일에도 불구하고 작가의 통제를 많이 받는다. 그의 소설들은 작가의 권위적인 목소리에 의해 지배되는 단성적인 특징을 지닌다. 단성악은 독백성의 범주에 들어간다. 단성악적 문학에서는 작품에 나타나는 여러 목소리나 의식들이 작가의 목적이나 의도에 의해 엄격히 통제된다. 다시 말해 작품에는 오직 하나의 진리, 즉 작가의 의도만이 존재한다. "독백성은 극단의 경우 그 자체 이외로 존재하는 동등한 권리와 동등한 책임을 지닌 또 다른 의식, 즉 동등한 권리를 가진 또 다른 나의 존재를 인정하지 않는다." 그러므로 톨스토이의 소설에서 작가는 전지전능한 제우스 신으로 군림하면서 작중인물들을 노예로 만들어 버린다. 그의 작중인물들은 작가를 거역하여 자기의 개성적인 말을 할 수 있는 인물들이 못 된다. 그래서 단성악 소설의 특성은 인물들의 사고의 '닫힘성'과 '종결성'이다.

그러나 도스토옙스키는 톨스토이와는 달리 근본적으로 새로운 소설 양식이라고 할 수 있는 다성악 소설을 창조했다. 여기서 다성악 소설이란 다양한 여러 목소리가 존재하지만, 그중 어느 하나의 목소리도 작가의 권위적인 통제를 받지 않는 소설을 말한다. 각각의 목소리는 자의적이어서 작가의 단일한 지배적인 위치로 융합되지 않고, 자신의 고유 세계관을 고수한다. 도스토옙스키 소설은 독립적이며 융합하지 않는 다수의 목소리와 의식들, 그리고 각기 완전한 가치를 띤 목소리들이 만들어 낸 다성악이다. 그의 작품에서는 한 작가의 의식에 비추어진 단일한 세계에서의 여러 성격과 운명이 아니라, 각자 동등한 권리와 자신의 세계를 가진 다수의 의식이 각자 융합되지 않은 채로 어떤 통일된 사건으로 결합된다. 도스토옙스키의 주요 주인공들은 예술가의 창조적 구상 속에서 작가가 하는 말의 객체가 될뿐더러 독자적이고 직접적인 말의 주체가 되기도 한다. 인물들 하나하나가 모두 이데올로기의 담지자이다. 결코 합일될 수 없는 자신의 목소리, 이데올로기를 가진 인물들이 동등한 권리를 소유한 것이다. 주인공의 의식은 타인의 의식으로 나타나 있으나, 동시에 그 의식은 대상화되어 있지 않고, 닫혀 있지 않다. 그의 소설에서 작중인물들은 완전히 동등하고 그 자체로 주체가 되며, 작가의 이념적 입장에 충실하지 못한 독립적인 목소리들로 구성되어 있다. 그들의 대화는 '열림성'과 '비종결성'이 특징이다. 도스토옙스키는 다양한 인물들 사이의 대화, 담론, 토론과 주장의 장면을 중심으로 그의 소설을 구축하고 있어서, 갈등하는 목소리들에서 풍요성, 조밀성, 복잡성의 인상을 부인할 수 없다. 그의 다성악 소설은 어떤 면에서 '작가의 부재나 죽음'을 의미한다.

다(多)사건 대 단일사건 톨스토이와 도스토옙스키를 단성악 소설과 다성악 소설의 대표자로 구분하는 것은 등장인물들의 의식과 목소리를 중심으로 본 것이다. 소설의 사건 중심으로 분류하면, 톨스토이는 다사건의 작가라 할 수 있고, 반면에 도스토옙스키는 단일 사건의 작가라 할 수 있다. 도스토옙스키의 경우 단일 사건이라고 주장하기에는 용어 선택의 미숙함이 있지만, 톨스토이에 비하여 상대적으로 하나의 커다란 사건 아니면 한두 가지의 사건을 중심으로 이야기를 전개한다. 즉 도스토옙스키의 장편소설에서 주로 하나의 살인 사건을 중심으로 작중인물들의 다양한 의식과 목소리가 표현되는 데 반하여, 톨스토이의 장편소설에서는 하나의 사건이 아니라 수많은 사건이 벌어진다. 도스토옙스키가 단독 주인공을 내세워 이야기를 이끌어 가는 반면에 톨스토이는 다수 주인공이나 집단을 내세워 이야기를 전개한다. 톨스토이의 소설에서는 인물의 무게 중심이 한 명에게 쏠리지 않고 여러 명에게 골고루 실린다.

『죄와 벌』에서는 전당포 노파 살인 사건을 중심으로, 『악령』에서는 주로 동료 살인 사건을 중심으로, 『카라마조프가의 형제들』에서는 아버지 살해 사건을 중심으로 다양한 의식들의 대화가 오가면서 다성악을 이루어 낸다. 반면에 『안나 카레니나』에서는 오블론스키 가정의 불화 사건, 철도 자살 사건, 브론스키와 키티의 연애와 결별 사건, 안나와 브론스키의 간통 사건, 카레닌 가정의 불화 사건, 레빈과 키티의 연애 사건 등 다양한 사건을 보여 준다. 『전쟁과 평화』는 다양한 역사적 사건뿐만 아니라 500명 이상의 등장인물들이 펼치는 크고 작은 사건들로 구성되어 있다. 전쟁 시기와 평화 시기의 국가 문제, 존망 위기에 처한 국가의 문제, 다양한 전투에 관한 전쟁 문제, 가족과 개인에게서 일어나는 전쟁과 평화의 문제가 다양하게 소개되어 있다.

말의 구심력과 원심력 말의 사용에서도 두 작가는 다르다. 말의 성격과 힘을 크게 두 가지로 나누어 생각해 볼 수 있다. 하나는 말의 구심적 성격이요, 다른 하나는 말의 원심적 성격이다. 구심력을 갖는 말은 '공식 언어'요, 원심력을 갖는 말은 '민중 언어', 즉 카니발의 언어라 할 수 있다. 톨스토이의 말은 구심력을 강조하는 말이라고 할 수 있다. 구심적 말이란 계급 조직적 특성과 동질성을 강조하는 말이다. 지배계층은 자신의 기득권과 현상 유지를 위해 언어를 획일화시키고 중앙 집권화를 시도한다. 그의 단성악 소설에서도 나타나는 것처럼 작가는 항상 자기 말을 비평의 기준으로 삼고 타자의 말을 종속시키고자 한다. 그리하여 톨스토이가 사용하는 언어는 주로 '절대어(absolute language)'에 가깝다고 할 수 있다. '절대어'란 시간과 공간의 지배를 받지 않고 존재하는 언어로서 익명성이 특징이다. 예를 들면, 성경 구절이나 속담, 격언, 경구, 논리적 명제(삼단논법), 수학 공식 등이 절대어의 범주에 해당한다고 할 수 있다. 대표적인 예로 다음과 같은 것들이 있다.

원수 갚는 것이 내게 있으니 내가 갚으리라.

신은 진실을 알지만 기다린다.

행복한 가정은 서로 닮았지만, 불행한 가정은 모두 저마다의 이유로 불행하다.

성경의 구절은 소설이 묘사하는 사회나 역사의 흐름을 초월해 존재한다. 신의 말은 절대적이고 비조건적이며 역사의 밖에 존재한다. 진리를 말하는 문장의 절대성은 소설을 도덕적 텍스트로 전락시킨다. 작가는 절대어의 범주에 든 말(주로 성경 구절)로서 자신의 말을 지나치게 강조하기 때문에 작중인물의 언어를 종속시키거나 교훈주의에 빠지게 된다. 작가는 타자의 언어를 비판하고 재판하는 판관의 역할을 한다. 삼단논법식의 절대어는 『이반 일리치의 죽음』에 잘 나타나 있다. 원심적 언어는 주로 피지배계층에 의해 사용되는 언어로서 언어의 구심력을 파괴하고 지방 분권화하고자 한다. 원심적 언어는 언어를 단일화하려는 모든 시도를 패러디하고 비판하며 파괴한다. 도스토옙스키는 주로 원심적 언어를 강조하는 경향이 있다. 그의 작중인물들이 토해 내는 말은 작가 중심의 교훈적인 말에서 벗어난다. 말을 개인주의화로 끌어 나가는 것이 바로 원심력이다. 그리하여 그는 절대어를 사용하기보다는 대화를 통해 열린 세계관을 지향한다. 지하생활자를 위시하여 개성이 강한 주인공들은 '절대어'에 대항하여 새로운 대화의 세계를 구축하고자 한다. 그들은 끝을 보는 닫힌 결론보다는 끝을 유보하여 열린 상태로 놔두는 것을 더 좋아한다.

묘사예술 대 표현예술 톨스토이의 예술은 도스토옙스키의 예술과 대립한다. 두 작가가 사용한 서술형식과 기법도 상당한 차이가 난다. 톨스토이가 묘사예술의 대가라면, 도스토옙스키는 표현예술의 거장이다. 톨스토이가 즐겨 사용한 서술기법은 첫째로 내적 독백, 둘째로 '낯설게하기', 셋째로 몸 언어, 넷째로 세부묘사(디테일)이다.

'내적 독백'은 주로 불완전한 사상이나 삶 같은 변덕스러운 생각을 위해 사용된다. 우리는 『전쟁과 평화』, 『안나 카레니나』, 『이반 일리치의 죽음』에서 주인공들의 무수한 모놀로그를 들을 수 있다. '낯설게하기'는 사물을 처음 보듯이 서술하는 기법을 말한다. 가장 대표적인 예로서 『홀스토메르』 속 말[馬]의 입장에서 인간 사회를 보며 낯설게 이야기하는 부분이 있다. 여기서 작가는 '낯설게하기'를 통해 인간의 문명 세계와 사유재산 제도를 비판하고 있다. 『전쟁과 평화』에서는 전투 장면들을 낯설게 묘사하여, 일상의 존재들을 필연적으로 침식시키는 전쟁의 두려움을 독자로 하여금 새롭게 재설정하도록 만든다. 단편 『수치』에서는 태형 장면을 낯설게 묘사하여 폭력의 문제를 폭로하고, 인간의 야만성을 고발하고 있다. 톨스토이는 몸 기호를 언어 기호의 보충적인 코드로 사용한다. 톨스토이는 말을 모든 것을 다 전달해 주는 최고의 코드로 생각하지 않았다. 그는 누구보다도 말의 불완전성을 잘 알고 있었다. 그리하여 그는 미소, 눈빛, 입술, 손 등의 이미지뿐만 아니라 그 움직임을 놓치지 않고 상세히 묘사한다. 세부묘사에 강한 톨스토이는 등장인물의 행동, 표정, 몸짓 어느 하나도 놓치지 않는다. 대표적인 예로, 기차역으로 마중 나온 남편 카레닌의 귀를 본 안나의 심정을 드러낸 유명한 세부묘사가 있다. "기차가 상트페테르부르크역의 플랫폼에 멈췄을 때, 그녀의 주의를 끈 최초의 얼굴은 남편의 얼굴이었다. '어쩌면 좋아! 어째서 저이의 귀는 저렇게 생겼을까?' 남편의 냉랭하고 당당한 풍채를 보고, 특히 지금 새삼스럽게 그녀를 놀라게 한 귀 — 둥근 모자의 차양을 떠받치고 있는 귀의 연골 부분을 바라보면서 그녀는 이렇게 생각했다." 남편과 함께 집으로 돌아와서도 안나는 그의 귀에 신경을 쓴다. "저이의 귀는 어쩌면 저렇게 툭 튀어나왔을까! 혹시 머리를 짧게 깎은 탓일까?" 귀 다음으로 자주 언급되는 것은 손마디를 꺾는 카레닌의 습관이다. 카레닌은 긴장하거나 걱정거리가 있을 때면 무심코 손가락 마디를 꺾는 나쁜 습관이 있다. 안나는 남편의 그 습관에 화를 낸다. "아이, 제발 손가락 좀 꺾지 마세요. 전 질색이에요." 그런 식으로 톨스토이는 '육체의 비밀을 보는 자'로서 인간의 육체를 훌륭하게 묘사한다. 그는 몸의 세부묘사로 숨겨져 있는 실체를 들추어낸다. 이러한 묘사 기법을 통해 톨스토이는 보이는 것에서 안 보이는 것으로, 외면에서 내면으로, 그리고 육체에서 정신으로 이동한다.

도스토옙스키의 예술은 톨스토이의 시학과 대립된다. 그가 즐겨 사용한 표현 기법은 첫째로 주인공의 개성과 사건 중심의 표현, 둘째로 연극적 효과, 셋째로 수수께끼 기법, 넷째로 '대화주의'이다. 그는 배경 묘사나 생활환경 묘사보다는 사건, 즉 움직임, 행동, 역동성에 관심이 더 많다. 그에게는 단어로 그림을 그리거나 풍습을 서사시풍으로 서술할 여유가 없다. 그의 예술은 시사성과 사건성을 특징으로 한다. 이 때문에 그는 스스로 격동의 소용돌이에 휘말려 다양한 사건들의 역동적인 흐름과 함께 달려간다. 톨스토이가 묘사성의 원칙을 제시하는 예술가라면, 도스토옙스키는 표현성의 원칙을 보여 주는 예술가이다. 묘사성의 원칙을 지키는 서사예술은 객관적 실재를 재생산한다. 이 예술은 균형감각과 조화 그리고 인간의 이성적 원칙을 향하고 있다. 반면 표현예술은 자연에서 유리되어 인간에 대한 신화를 창조한다. 이것은 인간의 의지에 호소하며, 인간의 자유를 문제 삼는다. 묘사예술이 소극적이고 자연적이며 정적이고 필연성을 파악하는 데 반해, 표현 예술은 적극적이고 개인적이며 역동적인 자유를 확신한다. 도스토옙스키의 표현 기법 가운데 하나인 수수께끼는 하나의 비밀을 파헤치면 또 다른 비밀이 나타나는 것을 의미한다. 그는 '정신의 비밀을 보는 자'로서 인간 영혼의 심연을 들여다본다. 그러한 비밀을 끊임없이 파헤쳐도 여전히 혼돈의 숲을 빠져나오지 못한다. 마치 양파 껍질을 벗기는 것과 같다. 독자는 복잡한 여러 가지 사건들의 그물 속에 빠져 어쩔 수 없이 탐구자나 탐정이 된다. 도스토엡스키의 경우 묘사나 서술보다는 소크라테스의 산파술에 해당하는 대화를 더 선호한다. 상대적으로 외모 묘사가 필요하지 않다고 생각한 도스토엡스키는 대화에 집중한다. 그리하여 그의 예술은 대화를 기초로 하는 연극성에 더 많은 관심을 보인다.

비판적 리얼리즘과 환상적 리얼리즘 리얼리즘(사실주의)은 인간을 둘러싼 현실을 있는 그대로 묘사하는 문학사조나 기법을 말한다. 그리하여 리얼리즘의 기본 정신은 현실을 객관적으로 반영하는 데 있다. 현실 반영이란 관점은 문학이 단순히 상상력의 산물이 아니라 구체적인 현실에서 출발한다는 것이고, 그러한 점에서 문학작품의 이해는 현실의 여러 모습이나 시대, 더 나아가서는 역사에 대한 이해를 넓힐 수 있다.

톨스토이의 리얼리즘은 기존의 일반적 정의에서 크게 벗어나지 않는다. 그는 무엇보다도 현실의 올바른 재현 여부를 예술성의 주된 판단 기준으로 삼고 있다. 그가 특별히 관심을 두고 있는 현실의 세부묘사는 외부 사물에 대한 세부묘사일 뿐만 아니라 한 인물의 모습과 행동에 대한 세부묘사이다. 그의 세부묘사는 생생한 현실성을 가지고 문학적 주인공을 현실의 인간처럼 이야기한다. 세부묘사의 진실성은 인물과 대상의 상세하고 뚜렷한 묘사, 사건이 일어나는 구체적인 장소의 묘사, 역사적이고 시대적인 사실에 관한 서술, 생활 습관과 세태풍속, 방언의 특징, 그리고 특정 직업에 종사하는 사람들의 특징을 확실하게 담는 데 있다. 특히 그는 귀족이었음에도 현실 사회에 대한 편견 없는 묘사로 리얼리즘의 승리에 커다란 영향을 주었다.

그러나 도스토엡스키의 리얼리즘은 기존의 리얼리즘과 다르다. 그 스스로 자신의 리얼리즘을 '고차원의 리얼리즘'이라 했듯이 그에게 현실은 환상보다도 더 환상적일 수 있다. 그리하여 그의 리얼리즘은 현실 묘사에서 환상의 기법을 빌리지 않고서는 현실을 진실하게 표현할 수 없다. 즉 과거의 리얼리즘 방식으로는 진실한 현실을 표현할 수 없다는 것이다. 인간의 정신세계에 얽힌 미묘하고 복잡한 문제를 표현하기 위한 그의 리얼리즘은 '환상적 리얼리즘'이라고 할 수 있다. 요즈음 우리나라 작가 황석영이 『손님』에서 도스토옙스키와 비슷한 리얼리즘 기법을 사용하였다.

니힐리즘 대 에고이즘 도스토옙스키가 평생 '니힐리즘'과 대결했다면, 톨스토이는 '에고이즘'과 싸웠다. 니힐리즘이란 기성의 가치체계와 이에 근거를 둔 일체의 권위를 부인하는 철학적 견해이다. 니힐리즘을 '허무주의'로 번역하기도 하지만, 이 말은 상당히 문제가 있다. 세상의 모든 권위를 부정하는 니힐리스트는 상당히 과격한 사람들이고, 여기서 부정은 파괴성을 내포한다. 19세기 후반 러시아 니힐리스트는 테러리스트처럼 과격한 파괴주의자였다. 그러므로 단순히 인생의 허무를 말하는 허무주의자와는 상당한 거리가 있다. 니힐리즘이란 말은 투르게네프가 『아버지와 아들』에서 처음 사용한 이후 러시아에서 유행어가 되었다. 이 소설에서 니힐리스트는 '아무것도 인정하지 않는 사람', 또는 '아무도 존경하지 않는 사람', 또는 '모든 것을 비판적인 관점에서 보는 사람'을 뜻했다. 주인공 바자로프가 바로 니힐리스트이다. 이러한 의미와 더불어 도스토옙스키에게 니힐리스트는 무신론자와도 동일시되는 개념이었다. 도스토옙스키의 『악령』에는 바자로프보다 더 강한 니힐리스트들이 등장한다. 대표적인 인물로 급진적 혁명분자인 표트르 베르호벤스키가 있다.

도스토옙스키는 '나'와 '타자' 사이에서 경계의 문제를 사유하면서 타자의 말에 민감하게 반응한다. 그는 유럽을 '타자'로 간주하고, 러시아를 '자아'로 간주하여 민족의식을 강조한다. 그에게 '자아'와 '타자'는 '러시아' 대 '유럽'으로 확장되어 대립한다. 그래서 나보코프는 그를 가장 러시아적인 작가이면서 동시에 가장 유럽적인 작가라고 말했다. 도스토옙스키에게 있어 러시아의 정체성은 유럽이라는 타자와의 대비 속에서 규정되기 때문이다. 가장 러시아적인 작가가 되려면 가장 유럽적인 작가가 되어야 한다는 논리다. '서양'이 '동양' 없이 존재할 수 없는 것처럼, '러시아'에 대한 관념은 '서구' 없이는 존재할 수 없다. 게르첸은 "우리는 이상, 비난의 대상, 본보기로서 유럽이 필요하다. 유럽이 그렇지 않다면, 우리는 그런 유럽을 창조할 필요가 있을 것이다"라고 했다. 도스토옙스키에 대한 나보코프의 평가는 게르첸의 말을 생각나게 한다.

에고이즘은 '이기주의'로 번역되는 말로서 오로지 '나' 자신의 욕망 충족이나 이익 추구만을 염두에 두고 행동하는 것을 말한다. 에고이즘은 개인주의라는 말과 동일한 의미로 사용되기도 한다. 톨스토이는 처음부터 끝까지 자신에 관한 이야기를 하는 작가이다. 그는 타자보다 '나'의 세계에 더 관심이 많았다. 그래서 톨스토이의 작품은 자전적인 소설들이 많다. '나'의 정체성이 파악되면, 자연스레 러시아라는 국가의 정체성과 통일성의 문제가 제기된다. 평생 '에고이즘'과 싸웠던 톨스토이는 '자아 성찰'뿐만 아니라 '참회'를 촉구한다.

성격 대 개성 그들은 작중인물에 대한 평가도 다르다. 인물을 설명하고 평가하는 데 필요한 두 가지 용어가 있다. 하나는 '성격(character)'이고, 다른 하나는 '개성(individuality)'이다. 여기서 성격은 보편적인 인물이 가진 성질이나 품성을 가리키는 말로 고전주의 시대부터 현대에 이르기까지 많은 작가가 사용하는 일반화된 개념이다. 신과 인간이라는 대립적인 개념에서 출발한 성격이라는 말은 종교로부터 완전히 해방되지 않은 전근대적인 의미를 띠고 있다. 물론 우리나라에서 성격은 종래에 개성적 인물이라는 의미로 통용되어 왔기 때문에 기존의 의미에 집착하면 개성과 성격의 차이를 이해하기 어렵게 된다. 성격이라는 말은 일정한 규범에서 해방되지 못한 고전주의 문학이나 사회주의 리얼리즘 문학에서 유용하다. 사실 사회주의 리얼리즘 문학에서는 성격이라는 용어 대신에 사회적 의미가 함축된 전형이라는 용어를 사용한다. 그러나 그 의미를 천착해 보면 성격이나 전형은 유사한 용어이다. 자율성과 독립성을 인정하지 않는 인물들에게서 공통으로 발견되는 개념이라 할 수 있다. 우리는 톨스토이의 작중인물들에게 성격이라는 말을 사용할 수 있다. 그리하여 톨스토이의 소설에서는 성격의 유형들이 마치 계통수처럼 잘 대조되어 묘사된다. 그는 대립적인 성격의 계통이나 혈통을 좋아한다. 『전쟁과 평화』에서는 로스토프 가문, 볼콘스키 가문, 쿠라긴 가문 등이 평행선을 이루고, 『안나 카레니나』에서는 브론스키와 안나의 결혼 생활 그리고 레빈과 키티의 결혼 생활이 대조를 이루고 있다. 유사 성격을 보여 주는 가족들의 삶이 평행선을 이루며 묘사된다.

그러나 개성이라는 말은 도스토옙스키의 작중인물들에게 더 잘 어울린다. 개성은 종교로부터 자유로워진 개인의 자율성과 독립성을 강조한 말로서 더 이상 나누어질 수 없다는 의미에서 영어로 'individuality'라고 할 수 있다. 전근대성에서 탈피한 말로서 바흐친과 리하초프가 즐겨 사용했다. 바흐친은 개성과 성격(인물)을 구별하여 사용한다. "개성의 진정한 생명은 그 개성에 대한 대화적 침투를 통해서만 접근 가능하며, 그동안 그 개성은 자유롭게 그리고 서로서로 자신을 드러낸다." 반면에 성격은 진정한 내적 자유의 차원이 없다. 개성은 일종의 '양도할 수 없는 중핵'인 것이다. 도스토옙스키의 주요 인물들은 자신의 개성의 자유를 제한하거나 제약하는 모든 시도에 대해 반발한다. 인간 개성의 무한한 자유를 주장한 작가가 바로 도스토옙스키이다. 그는 인간과 세계, 그리고 그 운명에 대해서만 알고 있다. 주인공의 개성이 작품 구성의 중심축이 된다. 이 축을 중심으로 등장인물들이 분배되고, 플롯이 구성된다. 『죄와 벌』의 중심에는 라스콜니코프가 서 있고 『백치』에는 미시킨이, 『악령』에는 스타브로긴이, 『카라마조프가의 형제들』에는 알료샤가 중심축으로 서 있다.

유토피아 대 디스토피아 종교적 세계관에서도 톨스토이와 도스토옙스키는 서로 대비된다. 그들은 둘 다 전 생애를 통해 그리스도의 모습과 기독교의 가치관에 몰두해 있었다. 그러므로 그들의 예술작품은 종교적 주제를 자주 다루었다. 러시아인들은 독특한 믿음을 갖고 있다. 러시아가 성령의 국가로서 최후의 종교적 중심지가 된다는 믿음이다. 그러므로 신의 존재에 관한 문제는 언제나 러시아 사상의 최종적이고 결정적인 초점이 되었다. 몰락하는 인간의 왕국 대신에 신의 왕국은 새로운 유토피아를 약속해 주는 것이었다. 러시아 정신은 문자 그대로 신에 홀려 있었다. 이는 러시아가 묵시록의 세계에서 지도적 역할을 하도록 운명 지워졌다는 믿음에서 나온 것이다. 그러나 두 사람 모두 교회를 부정했다. 즉 이 말은 교회화된 진리와 도그마를 거절했다는 것이다. 지상 유토피아의 실현이라는 측면에서 그들은 현격한 차이를 보인다.

톨스토이는 '신은 생명이다', 그리고 '신을 아는 것이 바로 사는 것이다'라고 선언했다. 신의 왕국은 인간의 손에 의해 지금 이곳, 이 지구상에서 우리가 부여받은 실제의 삶 위에 세워져야 한다고 주장했다. 도스토옙스키 역시 "모든 부분을 꿰뚫는 기본 개념은 알게 모르게 내가 일생 동안 괴로워하던 문제, 즉 신의 존재 문제입니다"라고 고백하고 있다. 도스토옙스키의 소설들은 '신의 존재 문제'를 핵심으로 신의 존재를 탐구해 가는 일련의 단계이다. 그러나 그들의 종교적 세계관은 궁극적으로 조금씩 차이가 난다. 톨스토이는 '정신적인 그리스도의 세계를 지상의 왕국으로 만들려고' 노력했다. 그러나 도스토옙스키는 『악령』과 『카라마조프가의 형제들』에서 '이(지상왕국)는 불가능하다'라고 주장했다. 그의 욕망이론에 의하면 인간의 무한한 욕망은 지상의 유토피아를 거절할 수밖에 없다는 것이다. 유토피아는 궁극적으로 행복이 보장되는 최후의 경계선을 요구한다. 인간이 천신만고 끝에 어떤 목표를 달성했다고 해도 그의 욕망은 거기서 머무르지 않는다. 새로운 욕망이 생겨나고 현재의 결과에 만족하지 못하게 된다. 인간의 욕망도 궁극적으로 끝없이 이동하는 수평선이나 지평선과 같다고 할 수 있다. 인간이 다가가면 옛날의 선은 없어지고, 새로운 선이 나타난다. 도스토옙스키의 종교관이 가장 잘 나타난 이야기는 「대심문관」이다. 여기서 이반은 대심문관의 지상왕국을 날카롭게 비판하고 있다. 비록 신이 창조했더라도 사랑이 전제되지 않은 세계라면 그는 자신의 티켓을 반납하겠다고 말한다. 상당히 의미 있는 말이다. 도스토옙스키의 종교관에는 디스토피아 사상이 함축되어 있다.

이 두 사람의 종교 의식에는 흥미로운 차이점이 하나 더 있다. 톨스토이는 1901년 러시아 정교회로부터 파문당했고, 오늘날까지도 용서받지 못했다. 톨스토이는 이단적인 종교관의 소유자로 그의 신앙이 정교회의 교리와 일치하지 않는다는 것이었다. 반면에 도스토옙스키는 열렬한 정교회 신봉자였을 뿐만 아니라 슬라브주의자였다.

34. 전환기의 사람들: 체호프의 『벚꽃 동산』

인간은 살아가면서 시대의 흐름을 느끼지 않을 수 없다. 특히 전환기를 살아가는 사람들은 시대의 인질이 되어 불안하고 고통스럽다. 전통 가치를 고수하느냐 혹은 새로운 가치를 추구하느냐에 따라 사람들의 인생행로는 커다란 변화를 겪게 마련이다. 구질서의 붕괴를 슬퍼하는 사람들은 자신들을 역사의 희생자로 생각하는 반면에, 그 붕괴를 오히려 다행스러운 것으로 보는 사람들은 자신들을 새로운 역사의 창조자로 생각한다. 전자는 주로 기득권을 가진 자들로서 구시대의 향수에서 벗어나지 못하는 자들이며, 후자는 주로 기득권을 인정하고 싶지 않은 자들로 새로운 시대의 가능성과 약속을 믿는 자들이다. 후자는 전환기를 보다 나은 삶의 풍부한 가능성을 제공할 수 있는 시대로 본다. 그들은 전통의 죽음을 축하하면서 자신들을 삶의 부활자요, 새로운 시대의 창조자로 간주한다. 이처럼 전환기, 즉 과도기 시대가 만들어 낸 역사적 환경은 인간들에게 많은 것을 생각하게 한다. 안톤 체호프의 희곡 『벚꽃 동산』은 등장인물들의 가치체계와 세계관을 구시대와 신시대로 구분하여 전환 시대를 살아가는 다양한 사람들의 형상을 보여 준다. 더불어 삶의 희극성과 비극성을 과장 없이 진실하게 객관적으로 그리고 있다.

자유로운 예술가 과도기의 대표적인 작가 안톤 파블로비치 체호프(1860-1904)는 남러시아의 항구 도시 타간로그에서 태어났다. 그의 조부는 농노 신분이었으나 지주로부터 권리를 사서 자유를 얻었고, 부친은 식료 잡화상으

체호프

로 일하다가 파산하여 모스크바로 도망을 갔다. 부친을 따라 모스크바로 간 체호프는 모스크바대학 의학부에 입학하면서 문학 활동을 시작했다. 그는 고학생으로 의학을 공부하면서 신문과 잡지에 희곡 소품을 게재하며 가족까지 부양했다. 체호프는 스스로 "의학은 나의 아내, 문학은 나의 애인[情婦]"이라고 말했다. 그의 좌우명 중 하나는 "의사는 질병을 치료하는 것이 아니라 사람을 치료하는 것이다"였다. 의사로서 그의 봉사활동과 빈민구호 활동은 잘 알려져 있다. 1890년에는 유배지로 악명 높은 사할린섬에 들어가 고아들과 매춘 여성들을 위해 헌신적으로 의료봉사를 했다. 1904년 7월 체호프는 독일의 한 휴양지에서 의사가 권하는 마지막 샴페인을 마신 후 43년의 삶을 폐결핵으로 마감했다. 마지막 순간까지도 그는 죽음 앞에서 영웅처럼 평정을 잃지 않고 평안한 모습을 보였다.

체호프가 살아생전에 생활비를 벌기 위해 당시 유행하던 유머 잡지에 투고를 시작한 1880년대 초는 러시아 문학의 전환기로서, 19세기의 대문호인 투르게네프, 도스토옙스키 등이 세상을 뜨고 새로운 작가의 출현을 기대하던 시기였다. 유머 잡지 속 신진 작가의 출현은 아무도 기대하지 못한 뜻밖의 일로서 문단에 신선한 충격을 주었다. 그러나 비평가들은 체호프의 재능을 인정하면서도 뚜렷한 경향성과 사상성이 없는 그의 작품을 비판했다. 이러한 무(無)경향성에 대한 비판을 체호프는 "나는 자유로운 예술가가 되고 싶다"라는 말로 무시했다. '사상과 원칙이 없는 작가'라는 평을 들으면서도 체호프는 삶을 있는 그대로 묘사하고자 했다. 그의 생각에 연극 무대는 삶의 실제 모습을 최대한 보여 주어야 했기에, 그는 극도로 사실적인 무대를 만들고자 했다. 체호프는 정밀함 속에서 중심의 해체를 구현한 작가였다. 체호프의 등장과 더불어 근대적인 단편소설의 형식이 완성되었으며, 예리한 묘사와 의외의 결말을 특징으로 하는 모파상형과 평범한 인생의 한 단면을 그려 깊은 여운을 남기는 체호프형이 성립되었다. 어쨌든 체호프는 19세기 러시아 사실주의 문학의 전통을 마무리하는 작가로서 '황혼의 작가'라고도 불렸다. 오늘날 체호프는 가장 인기 있는 작가이면서도 잘 이해되지 않는 작가로 알려져 있다.

극작가로서 체호프는 7편의 장막극과 11편의 단막극을 썼다. 대표적인 작품으로는 그에게 명성을 안겨 준 4대 희극 『갈매기』, 『세 자매』, 『바냐 아저씨』, 『벚꽃 동산』이 있다. 『갈매기』는 전 세계에서 셰익스피어의 『햄릿』 다음으로 무대에 자주 올려지는 작품이지만 중요성으로는 마지막 작품인 『벚꽃 동산』이 단연 선두이다. 체호프의 『벚꽃 동산』은 4막의 희곡으로 주제는 농노해방으로 인한 지주계급의 몰락과 새로운 시민 부르주아 계급의 출현이라 할 수 있다. 『벚꽃 동산』에는 등장인물들이 처한 상황의 비극성과 행동의 희극성이 잘 나타나 있다. 이 희곡은 1903년에 발표되어 20세기에 속하지만 19세기와 작별을 고하는 작품이다.

벚꽃 동산 이야기 이 작품의 주요 사건은 벚꽃 동산의 경매이다. 현실 감각이 없는 귀족계급의 지주 라넵스카야 부인이 그녀의 유일한 영지인 벚꽃 동산을 경매로 잃게 되고, 상인 로파힌이 그 동산의 새로운 주인이 된다. 여지주는 부채를 감당하지 못해 벚꽃 동산이 경매로 넘어가게 생겼는데도 아무런 실질적인 조치를 취하지 못한다. 새로운 주인 로파힌은 할아버지와 아버지가 농노였지만 자신은 성공한 사업가가 되었다. 벚꽃 동산의 문제는 작품 전체에 걸쳐 최대의 사건으로 발전하며 극의 통일성을 유지해 주고 있다. 희곡의 전체적 구조는 '도착과 떠남'이라는 형식을 바탕으로 이루어진다. 발단이라 할 수 있는 제1막에서 등장인물들이 도착하고, 이후 대단원인 제4막에서는 그들이 떠난다. 벚꽃 동산에 왔다가 희로애락을 겪은 다음 동산을 떠나가는 주인공들의 삶은 인생의 과정을 상징하기도 한다.

제1막에서 라넵스카야 부인과 그녀의 딸 아냐, 가정교사 샤를로타 일행이 도착하고 상인 로파힌은 벚꽃 동산이 빚 때문에 경매에 들어가게 된다는 소식을 전한다. "이곳 벚꽃 동산은 빚 때문에 팔리게 되어, 오는 8월 22일이 경매일로 정해졌습니다. 하지만 마님, 조금도 걱정하실 건 없습니다. 안심하고 주무세요. 방법은 있으니까요. 그래서 제 복안입니다만! 이곳 영지는 거리에서 20킬로밖에 떨어져 있지 않고, 옆으로 철도가 나 있어요. 그러므로 만일 이 벚꽃 동산과 강가의 토지를 조그만 별장지로 만들어 빌려준다면, 아무리 못 받아도 일 년에 25,000루블은 벌 겁니다." 로파힌은 낡은 벚나무를 벌목해 버리고 거기에다 별장을 지어 임대 사업을 벌이면 상당한 수입이 생길 거라는 아주 사업가다운 현실적인 제안을 한다. 그 길만이 영지를 구할 수 있는 유일한 방법이라는 것이다. 그러나 영지의 주인 라넵스카야 부인과 그녀의 오빠 가예프는 로파힌의 제안을 저속하고 말도 안 되는 헛소리라고 일축한다. 그들은 일의 해결과는 전혀 상관없이 벚꽃 동산의 아름다움에 대한 찬미만을 늘어놓는다.

제2막에서 다시 로파힌은 라넵스카야 부인에게 경매에 들어가기 전에 결정을 내릴 것을 재촉하지만 그녀는 이를 외면한다. 그리고 하루 동안 저택에서 등장인물들 사이 복잡한 삶의 관계가 묘사된다. 그들의 운명적 불행이 산발적으로 일어나지만 어떤 극적인 전환 없이 평범한 전개가 이루어진다.

제3막에서는 감추어졌던 극적 상황이 분명해지고 긴장감을 느낄 수 있다. 주인공들의 마음을 억압하고 괴롭혔던 모든 것들이 표면으로 드러난다. 마침내 벚꽃 동산의 경매가 이루어지고 영지는 로파힌에게 넘어간다. 무도회가 열리고 로파힌은 승리감에 도취하며, 라넵스카야 부인은 참을 수 없는 슬픔에 잠긴다.

제4막에서는 모든 행위가 조용하게 정리된다. 발단에서 시끌벅적거리며 도착했던 사람들이 떠난다. 영지를 잃은 라넵스카야 부인과 그녀의 가족들은 각각 파리와 모스크바로 떠난다. 이 작품은 한 시대의 종말과 한 사회 계급의 종말을 그린 작품이다.

벚꽃 동산의 상징적 의미 우리는 무엇보다도 먼저 벚꽃 동산의 상징적 의미를 알 필요가 있다. 이 작품에서 벚꽃 동산은 구시대의 화려했던 귀족문화를 상징한다. 옛날에 벚꽃 동산은 지주인 귀족의 경제를 유지해 주던 중요한 재산이었다. 그러나 이제 전성기는 지나고 새로운 시대의 요구에 맞춰 별장으로 개조될 상황에 이르게 되었다. 상인 로파힌을 제외한 모든 사람에게 벚꽃 동산은 화려했던 옛 추억의 고향일 뿐이다. 사실 그들에게 벚꽃 동산은 상실된 유토피아이다. 한편 귀족에게는 아름다운 추억의 '벚꽃 동산'일지 모르지만, 새로운 상인계급의 로파힌에게는 개발 가능한 매매대상의 '벚나무밭'일 뿐이다. 사업가에게는 벚나무를 다 베어 내고 별장부지로 분양하면 채무를 탕감하고 돈도 벌 수 있다는 계산이 나온다. 오늘날 부동산업자들의 사업 방식과 똑같다. 러시아어 제목 'Вишнёвый сад'은 '벚꽃'과 '벚나무'라는 의미를 동시에 갖고 있으나, 작중인물들에게 그것의 함축의미는 미묘한 차이가 있다. 그리고 구시대의 사회질서와 가치체계, 윤리 규범이 벚나무처럼 그 아름다움을 상실해 가는 과정은 전환기 시대의 황혼을 보는 듯하다. 『벚꽃 동산』은 20세기를 시작하는 작품이라기보다는 19세기를 마감하는 작품이다. 좀 더 정확하게 말해 그 경계를 표시해 주는 작품이다.

구시대와 신시대 벚꽃 동산을 중심으로 펼쳐지는 다양한 사건들에 연루된 등장인물들은 계급적 성분과 시대의 가치관에 따라 크게 구시대의 인물과 새로운 시대의 인물로 나눌 수 있다. 구시대의 대표적인 인물로는 지주 귀족계급에 속하는 라넵스카야 부인과 그녀의 오빠 가예프, 그리고 천민인 농노계급에 속하는 하인 피르스가 있다. 계급을 초월하여 구시대 인물들이 갖는 공통적인 특징은 과거의 향수에서 벗어나지 못한다는 것이다. 지주 피시치크 역시 하는 일마다 잘 안된다는, 자칭 운명적으로 불행한 인물이다. 이들은 모두 새로운 현실에 속수무책인 무능력한 사람들이다. 반면에 다가오는 새로운 시대를 대표하는 인물로는 상인 로파힌이 있다. 농노 출신의 조부를 가진 로파힌은 적극적인 사고방식으로 새로운 변화에 대처하는 능력 있는 젊은이로 등장한다. 모든 일의 성패는 그 일을 하는 사람의 사고와 자세에 달려 있다. 로파힌은 모든 일에 긍정적인 사고와 태도로 임하기 때문에 그의 미래는 긍정적이라고 할 수 있다. 젊은 세대의 인물로는 여지주의 딸인 아냐와 수양딸 바랴가 있고, 만년 대학생 트로피모프, 그리고 젊은 하인 야샤와 두냐샤가 있다.

여지주 라넵스카야 부인은 삶의 에너지를 상실하고 자족적인 슬픔에 젖은 채, 벚꽃 동산이 얼마나 아름답고 훌륭한지를 자랑하는 이야기만 늘어놓는다. 그녀는 자신의 운명을 결정하게 될 중대한 사건을 해결하기 위한 아무런 대책도 세우지 않는다. 낭비가 심하고 허구한 날 무도회를 열 정도로 대책 없는 인물인 라넵스카야 부인은 식구들을 데리고 도시에 있는 고급 레스토랑에서 식사를 즐긴다. 그리고 '데카당스', 혹은 '긍지 있는 인간' 등에 관한 이야기를 한다. 그녀는 자신의 영지가 넘어가는 경매 당일에도 유명한 유대인 악사들을 초청하여 무도회를 연다. 그녀의 낭비벽은 취미를 넘어서 병적이라 할 수 있다. 그녀의 오빠 가예프 역시 현실 대처 능력이 없는 인물이다. 가예프는 백 년이 넘은 책장에 존경을 표하고, 무도회와 당구를 즐기며, 현실을 강력하게 움직여 나가는 거대한 변화의 힘을 인식하지 못한다.

떠나는 자와 남는 자 이 작품에서 구세대는 사라지고 잊히는 인물로 부각되고 있다. 마지막 장면에서는 구시대의 주인공들이 자신들의 슬픔을 조용히 드러낸다. 라넵스카야 부인과 그녀의 오빠 가예프는 서로 목을 부둥켜안고 남이 들을세라 숨을 죽여 가며 조용히 흐느낀다. 그들의 슬픔은 자기 연민의 감미로움과 체념의 평화로 서로를 위로해 준다. 라넵스카야 부인은 파리로, 그녀의 오빠 가예프와 식구들은 모스크바로 떠난다. 벚꽃 동산이 사라지는 것을 막을 수 없었던 두 사람의 절망적인 목소리가 들린다. "오오, 사랑하는 나의 동산, 정답고 아름다운 나의 동산! 나의 생활, 나의 청춘, 나의 행동이여, 안녕히! 안녕!" 제4막의 마지막 장면에 등장하는 피르스의 독백 역시 시대의 힘이 사라지고 있음을 단적으로 보여 준다. "문이 잠겼군, 모두가 버렸어… 나를 잊었군그래. 아무려면 어때, 나는 여기 앉아 있으면 되는 거야. 아아, 한평생이 지나갔구나, 그런데도 도무지 산 것 같지가 않아. 조금 누워 있을까… 기운이 하나도 없군. 아무것도 남은 게 없어, 아무것도…. 에잇, 이 등신 같은 놈아!" 구시대 인물들은 한결같이 사라져 가는 과거에 대한 향수에서 벗어나지 못하고 있다. 그들은 현실을 망각하고 과거 전성시대의 따스하고 부드러운 기억만을 반추하며 살아간다. 작품의 처음부터 끝까지 자기 생각을 바꾸는 사람이 없다. 그들은 자기 생각만 주장할 뿐, 다른 사람들, 특히 신세대하고는 말이 통하지 않는다는 이유로 진지한 대화를 나누지 못한다. 작중인물들 대다수가 서로 의사소통이 안 된다는 것이 특징이다. 가치체계가 다른 사람들의 대화는 언제나 의사소통이 아니라 의사 단절로 이어진다. 이 희곡의 끝에 나오는 지문은 소리로써 구세대의 사라짐을 상징하고 있다.

> 마치 하늘에서 떨어진 것과도 같은, 마치 줄이라도 끊어진 것 같은 슬픈 음향이 멀리서 아련히 들려오며 서서히 사라진다. 이윽고 정적이 깃들고, 먼 동산에서 도끼로 나무를 찍는 소리만이 은은히 울려 퍼진다.

구시대의 상징이며 귀족문화를 꽃피운 한 시대의 상징인 벚나무가 벌목되는 소리는 사라져 가는 구시대를 상징하는 배음(背音)이다. 마지막 막이 내리기 전의 도끼 소리는 낡은 생활에 고별하는 만가(挽歌)이며, 새로운 삶을 맞이하는 환희의 소리이기도 하다.

87세의 늙은 하인 피르스는 구세계의 실질적 주인공으로서 벚꽃 동산과 더불어 사라질 운명에 처한다. 구세계 농노계급의 대표자인 피르스는 농노해방 후에도 자유를 거절하고 주인을 충성스럽게 섬기며 살아온 가장 진지한 인물이다. 어떤 면에서는 무사태평한 지주들보다 피르스가 구세대의 노화 현상을 더 순수하게 구현하고 있다고 할 수 있다. "자신이 없으면 집안일을 관리할 사람이 없다"라고 말하는 피르스는 과거에는 모두에게 필요한 사람이었다. 그러나 지금 그의 신세는 벚나무와 같다. 과거에 그토록 아름답던 벚꽃 동산이 이제 아무 쓸모 없이 베어져야 할 운명에 처해 있듯이 피르스 역시 너무 늙어 떠나야 할 운명에 처해 있다. 새로운 꿈의 동산을 찾아 도시로 떠나는 사람들에게는 잊힌 채, 잠긴 집에 홀로 남아 외롭게 죽어 간다.

작가는 벚꽃 동산의 새로운 소유자 로파힌을 통해 젊음이 넘치고 건전한 새로운 생활이 도래하고 있음을 알린다. 로파힌은 여주인 라넵스카야 부인에게 그녀의 영지 벚꽃 동산을 위한 새로운 경영 방식을 상세하게 알려 주면서 경매에 들어가기 전에 조치하도록 충고해 준다. 그러나 벚꽃 동산은 경매에 넘겨져 최후에 로파힌에게로 넘어간다. "내가 샀습니다! 자, 여러분, 기다려 주십시오. 부탁합니다…. 저당액 위에 9만 루블을 불렀더니, 결국 내게로 낙찰이 된 겁니다. 벚꽃 동산은 이제 내 것입니다! 내 것이 됐어요! 오오, 하느님, 벚꽃 동산은 이제 내 것입니다! 여러분 나보고 술에 취했다, 미쳐 버렸다, 꿈을 꾸고 있다고 말해도 좋습니다…. 그러나 제발 나를 비웃지는 말아 주십시오! 만약에 내 아버지와 할아버지가 무덤에서 나와 오늘의 일을 보셨다면 마음이 어땠을까요. 노상 매나 맞고 공부도 제대로 하지 못한 저 예르몰라이, 추운 겨울에도 맨발로 뛰어다녀야 했던 저 예르몰라이, 바로 그 예르몰라이가 세계에서 둘도 없이 아름다운 영지를 손에 넣은 겁니다. 나는 할아버지와 아버지가 농노로 있었고 부엌조차도 들어갈 수 없었던 그 농지를 산 겁니다. 아니, 이건 생시가 아닙니다. 나는 환각에 도취되어 꿈을 꾸고 있는 겁니다. 이건 신비의 어둠에 둘러싸인 상상의 산물입니다…. 예르몰라이 로파힌이 벚꽃 동산에 도끼질하여 나무가 땅 위에 쓰러져 가는 꼴을! 우린 여기에다 별장을 세우는 거야. 그러면 우리의 손자와 증손자들은 여기에서 새로운 생활을 하게 되는 거지." 로파힌은 미래의 희망을 노동에 두고 있다. 일하지 않고 놀고먹는 낭비적인 생활은 결국 파멸에 이를 수밖에 없다. 로파힌의 세계는 노동을 기초로 새로운 희망과 가능성을 암시한다.

시대의식 러시아에서 체호프 연극은 시대의 정신적 희망이었다. 그의 『벚꽃 동산』은 종래의 다른 희곡들에 비해 시대의식이 강하게 나타난다. 전환기 시대를 살아가는 사람들이 직면한 가장 중요한 문제 가운데 하나는 시대의 변화를 어떻게 수용하는가였다. 『벚꽃 동산』은 상술하였듯 19세기와 작별을 고하는 작품이다. 작중인물들은 모두 다 시대의 변화를 불가피한 것으로 받아들인다. 구귀족들은 시대의 변화를 하나의 운명적인 조건으로 여기고 개인적 노력으로는 그것을 어떻게 할 수 없다는 태도를 보여 준다. 새로운 신세대는 변화를 역사 발전의 불가피한 진통으로 받아들이고 있다. 짙은 절망의 빛을 배경으로 한 다른 희곡작품들에서 더 좋은 미래에 대한 희망은 단지 예감에 그치거나 공중에 떠도는 메아리일 뿐이었다. 그러나 이 작품은 사라져 가는 과거에 대한 애정을 넘어 새로운 삶이 가까이 다가오고 있음을 알린다. 출구 없는 우수와 권태가 아니라 밝은 희망과 기대가 나타난다.

역사의 흐름에서 살펴본 작가의 시대의식과는 별도로, 작가는 미시적 관점에서 시간 의식을 계속해서 텍스트에 나타내고 있다. 작품에는 시간의 흐름에 대한 강박관념이 은밀하게 제시된다. 작가는 지문을 통해 연월일시를 나타내거나 지주가 도착하는 시간, 떠나는 시간 등 구체적인 시간 기호들을 명시한다. 시간을 나타내는 기호들이 텍스트 전반에 산재해 있다. 그러나 작중인물들은 작가가 암시하는 시간의 흐름을 감지하지 못하고 시간의 중요성도 알지 못한다. 독자들만이 그 시간을 나름대로 연결하여 생각할 뿐이다. 그리고 작가의 시간 의식은 그의 실제 삶과 무관하지 않다. 이 작품을 쓰고 있을 때 체호프는 의사로서 자신의 생이 막바지에 이르렀다는 사실을 잘 알고 있었다. 폐결핵에 걸려 기침과 각혈로 고생하고 있었기 때문이다. 그는 이 『벚꽃 동산』을 1904년 죽기 한 달 전에 완성할 수 있었다. 그러므로 작가의 실제 삶의 체험에서 온 시간 의식이 수많은 시간 기호로 반영되어 있음을 간과해서는 안 된다.

유토피아적 사유 체호프 사유의 근저에는 언제나 유토피아적 동기가 깔려 있다. 유토피아에 대한 희망은 체호프적 사유의 핵심 요소로 작용한다. 그의 희곡작품에 등장하는 주인공들은 대부분 더 나은 시간과 공간에 대한 희망을 버리지 못한다. 그러나 그러한 희망은 출구 없는 희망일 뿐이다. 희망은 삶의 동력이지만, 동시에 늘 절망을 내포하고 있다. 인간이 상상한 유토피아가 늘 디스토피아의 그림자를 잉태하고 있듯이 말이다. 유토피아는 작가의 상상력 소산이지만 그러한 상상력 속에는 작가가 살았던 당대의 현실이 일정 정도 반영되기 마련이다. 19세기 후반의 러시아 시골은 농노해방과 더불어 구시대의 농촌 경제구조가 해체되기 시작하면서 더 이상 가부장적 농노제의 위엄과 풍요로움을 보여 주는 공간이 아니었다. 농촌은 근대로의 이행이라는 역사의 대열에서 뒤처진 채 정체된, 고립되어 가는 공간이었다. 역사의 전환기에서 지주계급은 시골을 견딜 수 없는 유폐의 공간으로 간주한다. 지주들은 고립된 공간에서 희망 없는 삶을 살아가기보다는 공간 이동을 통해 새로운 희망을 품어 본다. 그들은 모두 도시를 희망의 공간으로 간주하고 떠나나 누구나 보장된 미래가 없다는 사실을 쉽게 알 수 있다. 무엇이 그들을 기다리고 있는지 모르나 그들의 과거 삶의 양식에 준하여 판단하면 상황은 절망적이다. 체호프는 실질적 의미로서의 유토피아를 보여 주는 것이 아니라, 보여 줄 수 없는 유토피아에 대한 희망만을 나타낸다. 그런 의미에서 체호프는 누구보다도 '존재하지 않는 곳'이라는 유토피아의 원래 의미를 잘 통찰하고 있는 작가이다.

현대 드라마의 창시자 러시아 드라마사(史)뿐만 아니라 세계 드라마사에서 안톤 체호프는 현대 드라마의 창시자라 불린다. 체호프는 과거의 고전적인 드라마와는 구별되는 새로운 드라마를 만들어 세계적인 극작가로 인정받은 것이다. 체호프의 연극 시학에 나타난 특징을 알면, 그가 왜 연극사에서 하나의 커다란 획을 긋는 극작가인가를 알 수 있다.

첫째로 체호프는 새로운 유형의 드라마를 만들었다. 그는 지난 2,000여 년 동안 지켜 온 아리스토텔레스적 드라마 시학에 일대 변혁을 가져온 극작가이다. 체호프의 희곡은 시학에서 필수적인 삼일치법칙에 기초한 전통적인 극 장르와 완전히 다르다. 그의 드라마는 당대 익숙한 모든 극 형식에 위배되는 하나의 새로운 현상이었다. 극적인 사건이 없고, 갈등구조가 없으며, 거대한 사상이나 행동으로 주의를 끄는 주인공이 없었다. 극적 긴장과 흥미를 일으키지 않고, 교훈적인 주제도 없는 낯설고 새로운 형식의 드라마를 만든 것이다. 체호프의 희곡 형식은 아마도 세계문학사에서 가장 연극적이지 않은, '극적인 고비'라든가 돌발 사건이나 긴장이 가장 미미한 역할을 하는 형식일 것이다. 그의 연극처럼 사건이 적고 극적인 갈등이 적은 연극은 없다. 등장인물들은 싸우지도 않고 자신을 방어하지도 않으며 누구에게 정복되지도 않는다. 그냥 자기들 스스로 몰락하고 서서히 망해 가며 사건도 희망도 없는 삶의 일상성 속에 휩쓸려 가고 만다. 그들은 자신들의 운명에 인생을 고스란히 내맡기는데, 이 운명은 파국을 통해서가 아니라 환멸을 통해 완성된다. 그의 드라마에 등장하는 인물들은 한결같이 어딘가 뒤틀린 인생, 잘 풀리지 않는 인생의 주체들이다. 그는 새로운 형식의 드라마를 통해 세기의 전환기 속 근본적인 변화들, 전통 가치에 대한 재평가, 사람들의 불안정한 삶을 그려 내고 있다.

둘째로 체호프가 추구하는 새로운 희곡의 성격은 '일상의 시학'이다. 로트만은 체호프 극의 '새로운 성격'을 다음과 같이 규정하고 있다. "체호프 드라마의 주인공은 무대에서 비일상적인 행위를 하지 않고 일상적이고 평범한 삶을 살아간다. 이것은 당연한 일상에 대한 우리의 개념과 완전히 일치하지만, 연극성의 규범에 대한 관념과는 날카롭게 대립한다." 체호프는 인간의 평범한 일상에 관심을 두고 거기서 인간 존재의 비밀을 파헤치고자 했다. 그는 평범한 주인공들을 무대에 등장시켜 일상적이고 사소한 삶의 모습을 통해 '일상의 아픈 희극성', '웃음 속의 눈물'을 그리고 있다. 일상에는 인간 삶의 본질과 인간의 참모습이 잘 드러난다. 그는 등장인물들의 일상적인 대화, 웃음, 눈물, 연민, 비판, 기쁨, 노여움, 애증을 통해 삶의 진정성을 잘 표현한다. 여기서 우리는 일상의 개념이 체호프의 연극에서 어떻게 새롭게 표현되는가를 알아볼 필요가 있다. 체호프는 일상의 삶을 예술텍스트에 그대로 반영하는 것이 아니라, 고도로 농축된 연극적 언어로 표현한다. 다시 말해 일상의 삶은 연극의 메커니즘에 따라 '가장(假裝)된 일상의 삶'으로 나타난다. 체호프의 주요 극들은 일상적인 삶을 가장한 예술적인 삶을 그린다. 그리하여 그의 희곡은 전통극의 형식을 '가장'하고 '새로운' 극적 구성을 내포한다.

셋째로 체호프는 서정적 표현의 연극을 만들었다. 그의 연극에서는 외부적 사건이 무의미하고 사소하며 단편적이다. 이는 희곡의 창작에 있어 플롯을 최소한으로 줄였기 때문이다. 그는 '잘 만들어진 각본'의 중요한 특색이던 여러 효과를 포기하기에 이른다. 무대에 잘 맞는 희곡이란 결국 플롯의 통일성, 완결성, 균형성이라는 고전적 형식원리를 따름으로써 성공한다. 그러나 그의 시적인 희곡은 서정적 표현의 직접성을 위해 이러한 고전적 구조에 의존한 효과를 버린 것이다.

넷째로 체호프의 연극은 인상주의적이다. 러시아는 유럽의 인상주의를 받아들여, 인상주의 운동의 가장 순수한 대표자라 할 수 있는 작가 체호프를 낳았다. 기술 발달과 사상의 급속한 전파 그리고 서구의 산업화 경제 형태의 영향으로 러시아에도 서구의 지식인층에 해당하는 사회층과, 권태 비슷한 생활 감정을 낳는 여건이 조성되었다. 고리키는 체호프가 러시아 문학에서 행사하게 될 결정적인 영향력을 처음부터 간파했다. 체호프와 더불어 한 시대가 완전히 끝났고, 체호프의 스타일은 새로운 세대가 도저히 단념할 수 없는 매력을 가졌음을 고리키는 알아차렸다.

체호프는 인생에 있어 무능과 실패의 변호자였다. 체호프의 세계관에 이르러 비로소 인상주의 특유의 체험, 즉 인간 상호 간의 근본적인 단절의 체험, 인간들을 갈라놓는 최종적 심연을 메울 수 없다는 체험, 또는 어쩌다가 메우는 데 성공한다 하더라도 인간과 인간의 격의 없는 유대를 보존할 수는 없다는 체험이 중심적 문제로 등장하는 것이다. 체호프의 작중인물들은 한편으로는 절대적인 무력감과 절망감 및 불치의 의지력 마비 증세, 다른 한편으로는 노력해 봤자 아무 소용 없다는 느낌으로 가득 차 있다. 이러한 수동성과 나태의 세계관, 인생에서 목표라든가 종국에 도달하는 일은 하나도 없다는 느낌은 작품의 형식적인 면에도 상당한 영향을 미친다. 그러한 세계관은 흔히 모든 외면적 사건의 삽화적, 비핵심적 성격을 강조하고, 작품의 격식에 맞춘 구성이나 집중 및 통합을 포기하여 주어진 틀을 경시하거나 무시한다. 즉 중심 없는 작품 형식을 통해 스스로를 표현한다. 체호프는 소설과 희곡을 발단에서 끝맺음으로써 작품이 끝나지 않고 중단되었다는 인상, 우연히 아무렇게나 끝맺었다는 인상을 주고자 한다. 그는 모든 면에서 정공법과는 정반대되는 형식원리, 즉 무엇을 묘사하든 마치 그것이 우연히 엿들었거나, 우연히 손에 잡혔거나, 우연히 일어난 일처럼 여겨지도록 하려는 형식원리를 따르고 있다.

35. 메타연극의 시학: 체호프의 『갈매기』

안톤 체호프의 예술작품에는 리얼리즘 연극, 심리극, 상징주의 연극, 인상주의 연극 등의 다양한 평가가 따라붙는다. 연출가들은 저마다 자신만의 체호프를 이야기하며 그의 작품을 다양하게 해석하여 무대에 올린다. 러시아 연출가 메이예르홀트는 『갈매기』를 차이콥스키의 교향곡처럼 추상적 작품으로 평가하는 데 반해, 스타니슬랍스키는 『갈매기』를 "부분적으로는 인상주의적이고, 부분적으로는 상징주의적이고, 필요에 따라서는 사실주의적인" 작품이라고 말한다. 왠지 모르게 하나의 사조로 평가하기 어려운 것이 체호프의 예술작품이다. 그리하여 그의 연극은 비밀스러운 연극, 수수께끼 같은 연극, 모호한 연극 등 다양한 수사와 평가가 따라다닌다.

『갈매기』는 극 자체에서 예술에 대한 주제를 논의하는 '메타연극(meta-drama)'이라고도 할 수 있다. 이 작품에는 다양한 예술가들의 인생관과 예술관이 나타나 있다. 주요 등장인물들은 예술과 삶에 대한 다양한 시각을 제시한다. 메타연극으로 많은 정보를 내포하고 있는 『갈매기』는 엔트로피(정보량)가 아주 높은 텍스트라 할 수 있다. 체호프의 작품은 마치 러시아 인형 마트료시카처럼 뚜껑을 열면 열수록 새로운 것이 나오고 또 나온다. 작품을 보면 볼수록, 읽으면 읽을수록 새로운 맛과 멋이 드러난다. 체호프의 희곡은 전통적인 희곡들과는 달리 새로운 예술세계를 구축하고 있다. 보통 사람들의 일상을 통해 그들의 내면세계를 객관적으로 표현하는 체호프의 예술은 세계 드라마 역사에 새로운 이정표가 되었다.

공연예술 『갈매기』는 안톤 체호프의 4대 희곡작품 중 하나이다. 1896년 상트페테르부르크 알렉산드린스키 황실극장에서 열린 첫 공연의 실패는 극작가 체호프에게는 큰 고통이었다. 그의 희곡들 가운데 단 한 편도 첫 공연에서 성공을 거둔 적이 없다는 사실은 유명한 이야기이다. 마치 『갈매기』에서 공연을 시도한 트레플료프의 운명처럼 첫 공연을 본 동시대인들 대다수는 드라마에 대한 체호프의 무능을 질책했다. 당시 너무나 희극적으로 공연을 해서 작자 자신도 공연 중 나왔다고도 한다. 이 『갈매기』 공연으로 커다란 상처를 입은 체호프는 다시는 희곡을 쓰지 않겠다고 다짐했다. 모스크바 예술극장[44] 창립 공연으로 『갈매기』를 생각한 연출가 네미로비치-단첸코가 체호프에게 다음과 같은 편지를 보냈다. "만일 당신이 희곡을 주지 않는다면, 당신이 날 죽이는 거와 같소. 왜냐하면 『갈매기』는 연출가인 나를 사로잡은 유일한 현대 희극이란 말이오." 체호프는 불안한 마음에 상당히 망설이다가 상연에 동의하고 만다. 배우이자 연출가인 콘스탄틴 스타니슬랍스키와 네미로비치-단첸코의 공동 연출로 1898년 12월 17일 모스크바 예술극단이 이 작품을 공연했다. 공연이 끝나자마자 네미로비치-단첸코는 체호프에게 전보를 쳤다. "방금 전에 『갈매기』 공연이 끝났소. 대성공이오. 1막부터 관객을 사로잡더니 계속해서 성공을 거두었소. 끝없는 앙코르. 3막이 끝나고 난 다음 극작가가 극장에 없다고 말하자 관객들은 자기들 이름으로 당

44 모스크바 예술극장(약칭 MXAT)은 1898년 스타니슬랍스키와 네미로비치-단첸코에 의해 창립되었다. 그 탄생이 세계의 현대극 운동에 끼친 영향은 연극사상 그 유례를 찾아볼 수 없을 정도다. 예술극장이라면 우선 『세 자매』나 『밑바닥』의 무대가 생각나는 것처럼, 그것은 안톤 체호프와 고리키에 의해 성장한 극단이었다. 그러나 오늘날 예술극장의 상연 목록은 그러한 제정시대의 고전에만 국한된 것은 아니다. 러시아 연극사의 한 시기를 이룬 프세볼로트 이바노프의 『장갑열차』, 포고진의 『크레믈린의 큰 시계』를 비롯하여 수많은 현대극이 상연되고 있다. 이것은 무대의 진실을 지향하는 리얼리즘 연극을 향한 이 극장의 전통을 말해 준다. 이 극장은 모스크바 도시의 북쪽, 일반 주택지의 그리 눈에 띄지 않는 곳에 있으며 내부도 요란스러운 장식이 전혀 없이 간소하다. 객석 수는 1,183개이며 3층 좌석의 제일 뒤 객석에서도 무대가 잘 보여서 드라마 극장으로서는 아주 이상적인 규모이다.

스타니슬랍스키
Attribution: Bundesarchiv, Bild 183-18073-0003 (CC BY-SA 3.0 DE)
https://commons.wikimedia.org/wiki/File:Bundesarchiv_Bild_183-18073-0003,_Konstantin_Sergejewitsch_Stanislawski.jpg

단첸코

신에게 전보를 쳐 달라고 부탁했소. 우린 너무 행복해 미쳐 버리는 줄 알았소." 이 공연으로 체호프와 모스크바 예술극단은 최고의 명성을 얻게 되었다. 단첸코는 『갈매기』에 생명을 부여한 위대한 연출가였다. 이후 체호프는 이 극단을 위해 그의 또 다른 희곡작품 『세 자매』, 『벚꽃 동산』을 썼다.

지금까지 많은 연출가가 다투어 체호프의 『갈매기』를 무대에 올렸고, 그 때마다 새로운 버전이 나왔다. 체호프의 『갈매기』는 여러 가지 버전을 생각할 수 있다. 첫째로 체호프 원작의 『갈매기』가 있고, 둘째로 스타니슬랍스키와 네미로비치-단첸코의 『갈매기』가 있으며, 셋째로 보리스 아쿠닌의 『갈매기』가 있고, 넷째로 알렉산드르 주르빈의 오페레타 버전 『갈매기』가 있다. 스타니슬랍스키는 배우들의 사실적인 연기를 위한 프로그램을 개발하여 사실주의 연극의 모델을 만들었다. 아쿠닌의 버전은 트레플료프가 자살에 실패하고 나중에 누군가에게 타살당하는 것으로 이야기를 다시 쓴다. 주르빈은 1990년부터 12년간 미국에서 살다 러시아로 돌아오는데, 그의 버전은 미국에서 먼저 오페라 형식으로 무대에 오른 뒤 러시아에서 다시 상연된 것이 특징이다. 위에서 언급한 세 가지 버전을 나란히 무대에 올리는 극단 '슈콜리 사브레멘노이 피에스이'도 있다.

평가의 다양성 체호프의 연극은 다양하게 평가되어 왔다. 사람들은 첫째로 체호프의 연극을 사실주의 극으로 평가한다. 사실주의 극으로 평가하는 사람들은 체호프의 극이 인텔리겐치아의 몰락이나 당시 러시아 시골 영지의 일상생활을 사실적으로 그려 낸다고 평가한다. 체호프 극의 사실성은 사회적 현실의 반영이 아니라 잘 짜인 허구로서의 현실을 말한다. 둘째로 체호프의 연극을 심리극으로 평가하기도 한다. 셋째로 인상주의 극, 넷째로 자연주의 극, 다섯째로 상징주의 극으로 간주하는 경우도 있다. 여섯째로 서정적인 흐름의 연극으로 평가하기도 하며, 일곱째로 메이예르홀트는 그의 연극을 '분위기 극(театр натсроения)'으로 평가한다. 여덟 번째로 체호프의 연극은 아름답고 감동적이나 극적인 구조나 장치가 부족하다는 평도 있다.

『갈매기』에 대한 평가 역시 다양하다. 평론가들은 『갈매기』가 드라마 규칙과 무대 조건에 반하는 이상한 희곡이라는 데 대부분 동의한다. 흥미로운 점은 이 작품이 무엇을 이야기하는 건지, 뛰어난 것이 무엇인지 정확하게 찾아낼 수 없다는 것이다. 체호프 작품 중에서 가장 수수께끼 같은 이 희곡의 비밀을 하나하나 풀어 갈 필요가 있다.

체호프 드라마의 특징 체호프 드라마의 특징은 다음과 같다. 첫째로 대단원을 향해 나가는 기존의 연극 문법에서 벗어나 있다. 둘째로 구체적이고 사실적인 일상을 반영하고자 한다. 셋째로 비극적 현실과 이에 대처하는 인간의 잠재력을 객관적이고 절제된 표현을 통해 나타낸다. 넷째로 그의 작품들은 사실성과 실험성을 동시에 내포하고 있다. 그리하여 사실주의 극과 부조리극의 단초가 되기도 한다. 다섯째로 체호프의 드라마는 이후 사회주의 리얼리즘과 전위적 모더니즘이라는 두 경향에 의해 새롭게 조명된다.

체호프 이후 러시아 문학에 커다란 변화가 온다. 첫째로 모더니즘의 등장이다. 19세기 말, 사회가 급격히 변해 가면서 가치관의 혼돈이 발생했다. 따라서 종래의 세계관과 가치관에서 탈피하려는 모더니즘 운동이 일어났다. 둘째로 상징주의의 등장이다. 모더니즘의 등장과 맞물려 상징주의(신낭만주의)가 생겨났다. 상징주의자들은 현실 도피적, 반사회적, 개인주의적 특성을 보인다. 시인이나 극작가들도 은유와 상징을 자주 사용하며, 언어의 메타포 기능을 강화시키는 경향이 있다. 셋째로 미래주의의 등장이다. 미래주의는 언어의 실험과 신조어의 창조에 열중한다. 그리고 형식의 파괴를 통해 발생하는 새로움을 끊임없이 추구한다.

드라마투르기 드라마투르기(Dramaturgie)라는 용어는 연극이론, 극작술, 또는 희곡 연출법이란 뜻으로 사용된다. 러시아의 연출가이며 배우인 스타니슬랍스키는 모스크바 예술극장에서 체호프의 『갈매기』, 『세 자매』, 『벚꽃 동산』을 연출하면서 자신만의 독특한 연출법을 창안하였다. 그것이 '스타니슬랍스키 연출법(Stanislavsky system)'이다. 스타니슬랍스키는 순수한 외적 연출법을 배격하고, 배우가 자기 자신의 심리적 반응을 이용하여 자신의 역과 동일화하는, 즉 그 역을 실제로 체험하는 사실주의적 연출법을 주장하였다.

메타연극 라이오넬 에이블이 희곡 형식의 새로운 관점을 지칭하기 위해 만들어 낸 용어 '메타연극'은 한마디로 '연극에 대한 연극'이다. 다시 말해서 드라마라는 장르 자체를 주제로 삼거나 언급하는 연극이다. 작품의 주제가 결국 드라마 자체일 때 이르는데, 드라마의 자기 반영적(self-reflexive) 성격을 살피고 강조하는 개념이다. 메타연극은 희곡작품에 묘사된 내용에 이미 연극적 요소들이 포함된다. 이 연극적 요소들은 '극 속의 극(극중극)'처럼 본래의 연극 속에 포함된 하나의 내적 작품을 형성할 필요가 없다. 묘사한 현실이 이미 연극화된 것처럼 나타나기만 하면 된다. 그것은 인생 자체가 하나의 연극이라는 은유가 작품의 주제를 이루고 있는 모든 희곡작품에 해당한다. 사실 메타연극은 두 가지 가설을 토대로 하고 있다. 하나는 세계가 하나의 무대라는 것이고, 다른 하나는 인생은 꿈이라는 것이다.

『갈매기』는 연극과 문학에 대한 예술적 주제를 담고 있다. 1895년 체호프는 『신시대』의 편집장 수보린에게 장막극 『갈매기』를 집필하고 있다는 편지를 보낸다. "11월 말경에 마무리할 희곡을 쓰고 있습니다. 상당히 만족합니다. 무대 조건에 반대하여 상당히 바보스러운 이야기를 하고 있지요. 희극, 2개의 여성 배역, 6개의 남성 배역, 4막, 호수가 보이는 풍경, 문학에 대한 많은 대화, 많지 않은 사건들, 5푸드의 사랑에 대한 것입니다." 이 편지는 『갈매기』의 장르, 배경, 테마 등 다양한 정보를 제공한다. 호수를 배경으로 한 4막의 희극으로 문학과 사랑이 주요 담론임을 예시하고 있다.

『갈매기』는 '어긋난 사랑'과 '새로운 연극의 형식'에 관한 이야기가 주를 이룬다. 형식에 대한 문제는 전통적인 사실주의와 새로 등장하기 시작한 문예사조인 상징주의의 대립을 다루고 있다. 결국, 전통을 추구하는 구세대와 새로운 것을 추구하는 신세대의 갈등이 증폭된다. 구세대와 신세대의 연극예술에 대한 논쟁은 사랑 문제와 더불어 날카롭게 부딪힌다. 또한 이 작품에는 새로운 예술과 형식에 대한 실험과 토론이 등장한다. 그리하여 『갈매기』는 '메타연극'이라는 독특한 성격을 갖는다. 『갈매기』에서 등장인물들은 예술에 대해 논쟁한다. 그 논쟁은 새로운 형식과 상징주의에 대한 견해의 차이로 나타난다. '극중극' 형식으로 트레플료프가 무대에 올리는 20만 년 후 세계에 대한 연극은 아르카지나와 트리고린으로 대표되는 기존의 사실주의에 대한 트레플료프의 문제 제기이다. 그의 어머니 아르카지나는 즉각적으로 반대 의견을 말하며 반박하고, 트리고린 역시 불쾌한 표정을 짓는다. 반면에 의사인 도른은 트레플료프의 연극에서 무엇인가 새롭고 강력한 것을 포착한다. 새로운 문예사조와 연극 형식 추구에 많은 시간을 투여한 다음 트레플료프가 도달한 결론은 아주 간단하다. 제4막에서 트레플료프는 다음과 같이 중얼거린다. “문제는 낡은 형식이나 새로운 형식에 있는 것이 아니라, 인간이 쓴다는 것에 있어.” 어떤 의미에서 『갈매기』는 작가의 다른 희곡들에 대한 예술적 성명서이다. 작가 체호프는 등장인물의 입을 통해 연극과 소설에 관해 이야기하고 있다. 작가 스스로 자신의 예술관을 밝히는 셈이다.

줄거리 『갈매기』는 어긋난 사랑과 예술에 관한 이야기이다. 트레플료프와 니나가 주인공으로 설정된다. 극작가 지망생 트레플료프는 외삼촌 소린과 함께 도시에서 떨어진 어느 영지에 살고 있다. 은퇴한 여배우 아르카지나는 내연관계의 유명 작가 트리고린을 데리고 오빠 소린의 집으로 내려온다. 한편 학교 교사인 메드베젠코는 마샤를 좋아하지만, 마샤의 마음은 아르카지나의 아들인 트레플료프에게 가 있다. 트레플료프는 어머니의 사랑을 기대하지만, 어머니는 아들에게 무관심으로 일관한다. 트레플료프는 새로운 형식의 연극을 꿈꾸며, 자신의 연인인 니나를 주연으로 세워 연극을 시도한다. 어머니 아르카지나는 아들의 연극이 못마땅해서 공연 중에 계속 조소와 비난을 던지며 훼방을 놓는다. 화가 난 트레플료프는 공연을 중단한다. 아르카지나는 니나의 연기를 칭찬하고, 작가 트리고린을 소개한다. 여배우 지망생인 니나는 트리고린에게 완전히 매혹된다. 이로 인해 니나와 트레플료프의 사이가 벌어진다. 트레플료프는 호수에서 총으로 갈매기를 잡아 니나에게 가져온다. 그것을 본 니나는 두려움과 혼란을 느낀다. 니나는 그의 속마음을 이해하지 못하고 당황한다. 트레플료프는 권총 자살을 시도하지만, 실패하고 상처만 입는다. 아르카지나는 트리고린과 니나의 사이를 눈치채고 그곳을 떠나려 한다. 트레플료프는 니나를 사랑하지만, 니나는 작가 트리고린을 사랑한다. 한편 마샤는 트레플료프를 포기하고, 메드베젠코와 결혼하겠다는 뜻을 밝힌다. 니나는 곧 떠날 트리고린에게 작은 선물을 하고, 트리고린은 더 남아 있기를 원하지만 아르카지나의 설득에 함께 소린의 영지를 떠난다. 니나 역시 트리고린을 따라 집을 나선다. 2년이 흐른 후 마샤와 메드베젠코는 결혼했지만, 마샤는 여전히 트레플료프를 잊지 못한다. 트레플료프는 작가 생활을 하게 되고, 아르카지나와 트리고린은 다시 영지를 방문한다. 그리고 뒤이어 니나가 돌아오는데 그녀는 모스크바에서 트리고린과 동거하다 그에게 버림을 받고 지방 순회극단을 따라다니는 배우가 되어 있었다. 니나에 대한 사랑이 식지 않은 트레플료프는 다시 자신의 사랑을 고백하지만, 니나는 받아들이지 않는다. 결국, 트레플료프는 권총으로 자살하게 된다.

갈매기의 상징 상징은 은유와 달라서 끝내 심상의 틀을 명쾌하게 드러내지 않는다는 것이 가장 중요한 특성이다. 어떻게 보면 상징은 확장된 은유이며 그 반복 형태라고 할 수 있다. 그리고 다른 한편으로 그것은 의사 주체이다. 여기서 의사 주체란 두 사물 간의 연결이 어떤 유사성에 기초하지 않음을 뜻한다. 상징에 있어서 두 사물의 연결은 아주 원시적이며 마술적인 상태에서 이루어진다. 그리하여 실제에 있어서 상징 자체는 의사 주체일 뿐, 말의 참뜻에서 주체, 곧 객관적 실체가 되지는 못한다. 넓은 의미로 자기 이외의 것을 가리키는 것은 그 어느 것이나 다 상징이다. 그러나 문학에서의 상징은 어떤 대상이나 사건을 의미하면서도 동시에 그것을 넘어서 다른 어떤 것을 의미하거나, 일정한 범위의 지시 내용을 갖는 단어나 어구를 가리키기 위해 사용되는 용어이다. 작가의 추상적 사상이나 감정을 표현하기 위해 감각을 통해 정신에 작용할 수 있는 구체적 이미지나 사물을 이용하는 것을 상징이라 부를 수 있다.

상징은 문학의 다른 요소들과 마찬가지로 작품 속에서 그 기능을 발휘하도록 쓰였을 때만 상징의 구실을 한다. 체호프는 상징을 통해 또 다른 것을 보게 하고, 느끼게 하며, 이해하게 하고, 그리고 행동하도록 한다. 체호프의 모든 작품은 상징적이다. 그러나 그의 다수 이야기에서 상징은 구체성이 떨어지고 막연할 정도로 암시적이다. 비록 러시아의 사실주의자와 벨기에의 신비주의자 사이 문체상의 차이가 있지만, 체호프의 상징은 마테를링크의 상징과 유사하다. 체호프의 사실적이며 암시적인 상징들은 어떤 것들일까.

희곡 『갈매기』와 관련된 재미있는 일화가 있다. 희곡을 전혀 이해하지 못한 것이 원인이었던 1896년 10월 페테르부르크 알렉산드린스키 극장의 실패에서부터 1898년 모스크바 예술극장에서의 성공까지가 운명이라고 할 수 있을 정도로 극적이다. 그때 이후 모스크바 예술극장의 커튼 위에는 극장에 대한 사랑과 배우라는 직업에 대한 애착과 헌신의 상징으로 하늘을 나는 갈매기가 마치 마스코트처럼 그려졌다. 모든 예술은 상징적인 의미를 지닌다. 희곡 『갈매기』 역시 수세대에 걸쳐 배우들과 관객을 흥분시키기에 충분한 상징성을 갖는다. 도대체 갈매기는 무엇을 상징할까?

우선 갈매기는 '이상'을 상징한다. 이 작품에서 젊은 세대를 대표하는 트레플료프와 니나는 이상과 현실에 고민한다. 트레플료프의 두 가지 이상 중 하나는 새로운 형식의 예술을 탄생시키는 작가가 되는 것이고, 다른 하나는 니나와의 사랑을 실현하는 것이다. 니나의 이상은 유명 여배우가 되는 것이다. 그들의 이상은 살아 비상하는 갈매기로 나타난다. 새는 일반적으로 숭고한 인간 영혼을 상징하므로 상징적으로 그들 모두 갈매기이다. 그러나 그들은 현실에서 버림받은 갈매기라 할 수 있다. 트레플료프가 갈매기를 쏴 죽인 것은 아무리 노력하고 갈망해도 이루어지지 않는 자신의 '이상'에 좌절을 표시한 것이다. 두 가지 이상 중 아무것도 실현되지 않자 트레플료프는 자살로 생을 마감한다. 죽음과 연결된 '트레플료프-갈매기'에서 갈매기는 좌절과 파멸을 의미한다. 그가 갈매기를 죽인 것은 자신을 죽이는 결과가 된다. 결국, 그가 직접 자신의 이상을 죽인 것이다.

희곡의 여주인공 니나는 "나는 갈매기다"라고 말한다. 이 말로 '니나-갈매기(희생자)'의 형상이 이루어진다. 니나가 자신의 모습을 갈매기에 비유한 것도 이상을 이루려는 열망이 자신과 닮아 있었기 때문이다. 니나는 배우로서의 어렵고 험난한 삶을 살고자 한다. "나는 배우다. 그래, 맞아! 우리가 무대에서 연기하든지 글을 쓰든지 간에, 우리가 하는 일에 있어 중요한 것은 영광도 아니고, 찬란함도 아닌, 인내할 수 있는 능력이라는 것을 난 이제야 알게 되었고 이해하게 되었어. 자신의 십자가를 지고 나갈 수 있어야 해. 그리고 믿어야 하는 거야." 예술가는 인내와 고통을 통해 창조적 힘을 기르고 새로운 예술을 탄생시켜야 한다. 천재적 능력보다는 진실한 삶의 용광로를 거쳐야만 위대한 예술작품을 만들 수 있다. 예술가의 혼은 고통과 희생정신을 필요로 한다. 예술가에게는 영광과 명예 대신 십자가를 질 수 있는 희생정신과 용기, 결단이 필요하다. 그런 면에서 니나의 삶 자체가 예술이다. 니나는 도시 모스크바로 나가 대중예술가 트리고린과 동거하며 인생의 진정성을 경험하게 된다. 한 송이의 예술 꽃을 피우기 위해 니나는 젊어서부터 도시로 나가 그렇게 울었다는 생각이 든다. 위대한 배우가 되기 위해 무명인들이 겪어야 하는 파란만장한 길이 바로 니나가 경험한 길이요 예술가의 길이라고 할 수 있다.

니나에게 갈매기는 희망과 좌절을 동시에 상징한다. 처음에 갈매기는 희망과 꿈의 상징이다. 니나는 늘 희망과 꿈에 젖어 산다. 그녀는 유명 배우가 되고자 하는 열망으로 갈매기처럼 자유롭게 예술가의 삶을 택한다. 그녀가 이상적이라고 생각했던 예술은 생각보다 통속적이고 대중적이었다. 그리하여 그녀의 이상은 가혹한 현실 앞에 무너진다. 예술가의 속물성을 경험한 것이다. 그러나 그녀는 좌절하지 않고 비상하는 갈매기처럼 희망을 버리지 않는다. 세속적인 예술에 빠져 버린 니나는 고통스러운 경험을 통해 예술가의 이상이 무엇인가를 알아 간다. 재미있는 것은 트레플료프가 갈매기를 총으로 사살한 후 그것을 박제로 만든다는 사실이다. 갈매기의 죽음은 이상의 좌절을 상징한다. 궁극적으로 그는 니나를 박제로 만든 것이라 할 수 있다. 추락하는 것은 날개가 있다고 한다. 추락한 갈매기는 추락한 꿈과 동일시된다.

갈매기는 예술가가 되고자 하는 니나의 순수한 욕망이기도 하다. 배우로서 성공하고 싶다는 니나의 욕망은 사실 그녀의 소박한 희망이며 꿈이다. 아이를 잃고, 사랑하는 연인과 헤어진 채 지방에 사는 여주인공 니나의 말을 통해 알 수 있는 것은, 당신이 인생을 살아가며 무엇을 하건 또 어떤 길을 선택하건 간에, 당신의 등 뒤에서 날개가 점점 자라고 있다는 사실이다. 그 사실을 알게 되었을 때, 당신 속에는 갈매기가 살아 있다. 중요한 것은, 자기 자신 안에 갈매기가 살고 있다고 믿는 것이다. 실제로 욕망의 날개가 니나의 마음속에 자라고 있었다. 니나는 유명한 여배우가 되고 싶다는 욕망이 있었다. 배우로서의 주체할 수 없는 끼를 그녀의 말 속에서 느낄 수 있다. "아 우리의 이 아름다운 시골보다 더 지루한 곳은 없을 거예요! 무덥고, 조용하고, 모두 아무것도 안 하고, 철학적인 말만 늘어놓고…. 여러분과 함께하는 것이 좋고, 이야기 듣는 것도 즐겁지만, 호텔 방에 앉아서 대사를 외우는 편이 훨씬 더 나아요!"

트레플료프가 쏘아 죽인 하얀 갈매기와 사랑스러운 니나가 자기 자신을 부르던 말 '갈매기'에는 등가의 상징적인 의미가 숨겨져 있다. 호수 위 하늘을 평화롭게 유영하다가 갑자기 총에 맞아 한순간에 추락하는 갈매기는 트레플료프와 니나의 젊음과 순수한 욕망의 상징체이다. 그래서 트레플료프가 세월이 지나도 자신의 중심을 찾지 못하고 방황하는 것, 그리고 젊고 순수하고 아름다웠던 니나가 트리고린과의 사랑으로 옛날의 순수함을 잃은 것 자체가 바로 꺾여 버린 갈매기로 상징된다고 할 수 있다. 하얀 갈매기의 하얀색 역시 순수함을 강조하는 수식어이다.

또한 갈매기는 자유를 상징한다. 이 작품에서 자유, 사랑, 죽음, 파괴 등의 주제는 상징을 통해 하나의 갈매기와 연결된다. 갈매기는 특히 영적 자유의 상징이다. 자유는 모든 생명체의 본능이다. 지상에 뿌리를 내리고 있는 존재는 하늘을 자유롭게 날아다니는 새들을 부러워한다. 니나는 갈매기처럼 자유롭게 세상을 날고 싶다. 니나에게 자유란 누구에게도 소속되지 않고 궁극적으로 스스로 진정한 주인이 되는 것이다. 그것은 자유롭게 배우의 길로 가는 것을 의미한다. 그래서 니나는 집을 감옥으로 간주한다. 더 나아가 그녀는 지방이라는 답답한 공간에서 해방되기를 원하고, 트레플료프에게 얽매여 살기를 원하지 않는다. 그녀의 선택은 자유로운 예술가의 길이다. 그리하여 니나는 외롭고 고통스러운 운명의, 쉴 곳 없는 방랑자가 된다. 트레플료프 역시 어머니의 구속으로부터 자유로워지기를 원한다. 그들은 최고 가치로서의 자유를 원하는 것이 아니라 자유를 지향하는 삶을 꿈꾼다. 자유를 지향하는 삶이란 의식적으로 노력하는 삶이며 자기 자신을 다스리는 삶이다. 트레플료프나 니나 모두 예술을 사랑하는 인물이다. 니나는 "전 갈매기처럼 호수가 그리워요"라고 말하다가 "전 갈매기예요…. 아, 그게 아니라 전 배우예요"라고 한다. 그들의 자유와 사랑은 갈매기라는 형상 속에서 하나로 융합한다.

호수의 상징 『갈매기』에서 정원과 호수는 표면적인 자연의 아름다움을 나타낸다. 여기서 호수는 예술의 상징이라 할 수 있다. 등장인물들은 아름다운 호수를 떠나지 못한다. 틀레플료프는 호수를 배경으로 새로운 연극을 시도하고, 니나는 호수가 그리워 다시 돌아오며, 아르카지나 역시 호수로 돌아온다. 호수는 예술의 바다와 같다. 이 작품에서 호수라는 공간은 등장인물들에게 각각 조금씩 다른 의미로 나타난다. 트레플료프에게 호수는 그의 꿈을 비추어 볼 수 있는 환상적 깊이를 지닌 마법의 호수이다. 그러나 아르카지나에게 그 빛나는 호수는 표면에 자신의 아름다운 모습을 비추어 볼 수 있는 표면적인 반영의 세계이다. 아들과 어머니 사이인 트레플료프와 아르카지나의 호수는 시간적으로도 다르게 표현된다. 트레플료프의 달빛이 은은한 밤의 호수는 그의 정적이고 사색적인 세계를 표현한다. 그에 비해 제2막에 나타나는 정오의 태양 아래 아름다운 반영으로 잔잔하게 일렁이는 낮의 호수는 시각적이고 화려한 아르카지나의 모습과 대응된다. 아르카지나는 그녀가 삶에 대해 지니는 피상성처럼, 호수 속의 밑바닥이나 깊은 호수의 실제는 보지 않고 그 빛나는 햇살에만 도취된다. 이러한 빛나는 수면의 이미지는 그녀 삶의 화려함을 설명해 준다. 그리고 아르카지나는 제4막에서 니나가 영지에 나타날 때 배경으로 등장한 일렁이는 거친 호수나 무서운 깊이의 호수를 거부한다. 빛나는 호수의 수면이 아르카지나라면, 그 물 위에서 빛나는 태양은 트리고린이다. 실제로 트리고린은 작품 속에서 화려한 아르카지나처럼 빛과 태양의 이미지로 나타난다. 트리고린의 명성은 태양 빛처럼 강렬하다.

갈등구조 각 세대를 대표하는 등장인물은 대단한 사건에 직면하지도 않고, 별다른 행동도 하지 않는다. 그저 쉼 없는 말, 말, 말들을 주고받는다. 이 말들은 누가 누구에게 하는지, 어떤 맥락인지도 명확하지 않다. 그런데 조용한 교외 별장에서 주고받는 이 일상적인 대화 속에 기성세대와 젊은 세대의 갈등, 희망과 고통, 권태와 끓어오르는 욕망, 늙음과 젊음, 현실과 이상, 사랑과 배신, 예술에 대한 열정, 삶과 죽음이 어지럽게 섞여 있다. 이들은 그 누구도 주인공이 아니며, 그 누구도 절대적으로 옳거나 그르지 않다.

그리하여 체호프의 작품은 극적 효과나 갈등구조가 미약하다는 말들을 한다. 체호프는 희곡의 중심 요소인 강력한 사건과 갈등을 의도적으로 분산시키거나 은폐하기 때문에 갈등구조가 명확하게 드러나지 않는 것처럼 보인다. 예를 들어 『갈매기』의 가장 큰 사건 중 하나인 주인공 트레플료프의 자살이 그러하다. 가장 강력한 연극적 효과를 야기하는 사건들이 무대 뒤에서 벌어지기 때문에 물밑을 흐르는 등장인물들의 미묘한 심리적 갈등구조를 파악하기가 쉽지 않다. 일상에서 일어날 수 있는 작은 감정들의 갈등을 분석하면 다음과 같다.

첫째로 사랑에 대한 갈등이 있다. 그러나 니나를 두고 일어나는 트레플료프-니나-트리고린의 삼각관계나 아르카지나-니나-트리고린의 삼각관계에서 치명적인 갈등과 충돌은 일어나지 않는다. 아르카지나와 니나는 사랑에 상처를 입지만 자신의 길을 잘 헤쳐 나간다. 문제는 니나에 대한 트레플료프의 짝사랑이다. 그는 자신의 존재 가치를 니나와의 사랑에서 찾는다. 구애에 실패하자 트레플료프는 자신의 존재 가치를 상실한 것으로 생각한다. 결국, 그는 사랑이 이루어지지 않자 자살을 택한다.

둘째로 예술에 대한 갈등이 있다. 예술을 중심으로 한 갈등은 관습적 예술과 창조적 예술의 대립, 재능 있는 작가와 재능 없는 작가에 대한 논쟁으로 나타난다. 그러한 갈등을 보여 주는 대표적인 등장인물은 트레플료프와 트리고린이다. 트레플료프는 새로운 형식의 예술을 갈망하나 인정받지 못하고, 트리고린은 기존 장르의 인기 작가로 인정받고 있다. 아르카지나와 니나는 모두 트리고린의 인정을 받고 싶은 배우요 연인이다.

셋째로 신구세대의 갈등이 존재한다. 신구세대의 갈등은 사랑과 예술에 대한 문제에서 날카롭게 대립된다. 신구세대의 갈등에는 이상과 현실이라는 삶의 논리가 문제로 대두된다. 20대부터 60대에 이르기까지 각 세대를 대표하는 등장인물들이 그 세대만의 희망과 고통을 호소한다. 체호프의 희곡에서 형상화된, 각 세대의 아픔과 희망을 표현하는 보통 사람들의 이야기는 등장인물들 모두를 훌륭하게 만든다. 그의 작품에는 현실에 잘 적응하는 인물들과 과거와 미래의 이상향에 젖어 있는 인물들의 대립이 있다. 모스크바 예술극장은 어떤 스타도 만들지 않고 배우들 모두를 똑같이 훌륭하게 만드는 배역을 창조하고자 했다. 체호프의 예술관과 모스크바 예술극장이 추구하는 예술관이 잘 부합된 것이다.

넷째로 어머니와 아들의 갈등이다. 아들 트레플료프는 여배우인 어머니 아르카지나의 인정을 받고 싶어 한다. 누구에게나 인정욕구는 있다. 그러나 자기중심적인 어머니는 아들의 실험적인 연극을 보고 빈정거린다. 아들의 연극관이 마음에 들지 않은 것이다. 일상에서 일어날 수 있는 순간순간의 작은 감정 사건이 그들의 충돌로 이어진다.

체호프가 제시하는 갈등의 새로운 구조는 등장인물들 상호 간의 새로운 관계라는 원칙과 맞물려 구성된다. 주인공도 조연도 존재하지 않는 그의 작품에는 모든 등장인물이 각자 자신만의 전기를 소유하며 심리적, 외형적으로 구체성과 사실성을 확보하고 있다. 체호프는 일상의 비극과 일상의 희망 사이를 방황하는 인물들의 모습을 미화하지도 비난하지도 않은 채 객관적으로 그리며 그 판단을 독자나 관객에게 맡기고 있다.

트레플료프와 니나의 차이 첫째로 삶에 대한 태도에서 두 주인공은 차이가 난다. 트레플료프가 삶에 부정적이고 소극적인 모습을 보여 주는 데 반해 니나는 긍정적이고 능동적인 모습을 보여 준다. 초기에 그녀는 감상주의 소설에나 등장하는 여주인공처럼 감상적인 이미지를 벗어날 수 없었으나 나중에는 적극적인 삶을 살아간다. 사실 니나가 경험한 삶은 거칠고 냉혹하다. 니나는 다른 사람의 도움을 받지 않고 스스로 삶에 책임을 진다. 자신의 삶을 스스로 선택하고 책임지는 모습은 아름답다. 니나는 미래에 대한 희망과 믿음을 갖고 산다. 비록 삶에 대한 낭만적 이상화는 허구이지만, 그녀는 삶의 이상에 대한 믿음을 버릴 수 없다. 트레플료프는 자신의 실패와 고통에 스스로 책임을 지지 않고 다른 사람을 비난한다. 그는 연극과 사랑의 실패를 어머니 아르카지나와 트리고린의 탓으로 돌리고 죄 없는 갈매기를 쏘아 죽인다. 그는 니나의 애정에 의지해서 자신의 고통을 위로받고자 한다.

니나가 보여 주는 의지와 행동은 적극적이나 트레플료프의 의지와 행동은 소극적이다. 의지의 적극성 문제에서 두 사람은 대조된다. 니나는 가정과 부모로부터 독립하여 스스로 인생을 선택하고 자신의 의지에 따라 행동한다. 트레플료프는 소심한 성격으로 의타적이다. 그는 어머니에게 애정 문제에 있어서나 경제적으로나 종속되어 있다. 그는 스스로 행동하지도 못하지만, 삶을 책임질 용기도 없다.

둘째로 예술에 대한 태도에서도 두 주인공은 차이가 난다. 트레플료프와 니나는 모두 예술을 통해 불만스럽고 고통스러운 현실을 벗어나고자 한다. 그러나 트레플료프의 예술관은 니나의 예술관과 차이가 날 뿐만 아니라 연극배우 아르카지나와 작가 트리고린의 것과도 대비된다. 그는 낭만적 예술관을 구체적 현실에서 실현하고자 노력하지만 실패한다. 배우가 되고자 하는 니나에게 예술세계는 고통스러운 현실을 잊게 해 주는 꿈같은 세계이다. 그녀는 작가 트리고린에게 반하여 모스크바로 간다. 소녀다운 감상에 젖어 여배우 활동을 하게 되나 실패한 니나는 자신의 연기 부족을 예술적 재능의 부족으로 생각한다. 니나는 꿈과 희망을 품고 모스크바로 갔지만, 그 도시는 그녀의 꿈을 실현시켜 주지 않았다. 모스크바에서 니나의 연기는 빛을 잃고, 트리고린에게 버림받는 가슴 아픈 사건을 겪는다. 비록 현실에서 자신의 재능을 인정받지 못하지만 그녀는 좌절하지 않는다. 그녀는 미래에 대한 꿈과 이상을 예술을 통해 실현하고자 한다. 니나에게 예술은 가혹한 현실을 헤쳐 나가게 하는 힘이다. 예술은 언제나 이상을 먹고 살기 때문이다. 여배우 니나의 이미지는 『바냐 아저씨』에 등장하는 소냐, 『세 자매』에 나오는 올가, 마샤, 이리나에게로 이어진다. 그들은 모두 니나처럼 꿈과 희망이 없는 현실이라도 고통을 참고 견디면 출구가 있다는 희망을 보여 준다.

셋째로 인내의 문제에서도 두 사람은 현격한 차이를 보인다. 트레플료프는 자신의 연극공연을 앞두고 계속해서 분주하게 소리치고 초조하게 움직인다. 그의 초조한 모습은 스타니슬랍스키의 연출 노트에도 잘 지적되어 있다. 그는 끝내 참지 못하고 연극공연의 막을 내려 버린다. 그리고 마지막 제4막에서는 절망을 참지 못하고 자살로 생을 마감한다. 그에 비해 니나는 어머니의 죽음, 계모의 박해, 연극 무대에서의 실패, 실연과 자식의 죽음 등 모든 시련에도 굴복하지 않고 견디어 낸다.

구세대와 신세대의 차이 연극배우 아르카지나와 작가 트리고린은 구세대를 대표하는 인물들로서 신세대인 트레플료프, 니나, 그리고 마샤와 대비된다. 신세대는 불만스러운 현실에서 해방되고자 하나 고통이 따르고, 구세대는 현실에 잘 적응하며 삶을 즐긴다. 구세대는 예술가들이면서도 삶과 예술에 대해 진지하게 사유하지 않는다. 그들은 꿈도 이상도 없이 살아간다. 구세대는 예술의 오락적 기능과 통속적인 관객들의 취미를 잘 알고 있으며 그들의 비위를 맞추며 사는 데 만족한다. 또한 새로운 예술을 창작하고자 하는 젊은이들의 의지를 낮게 평가하고 자기 과시적이다. 그들은 통속적인 예술가들로서 예술에 대한 평가 역시 통속적이다. 그들에게 예술이란 창작이 아니라 기존 관습의 재생산일 뿐이다. 그리하여 트레플료프는 그들을 참예술가가 아닌 재능 없는 사람들이라 비난한다.

아르카지나의 예술은 예술인 체하는 속 빈 강정이다. 겉은 달콤하나 속이 빈 껍데기의 예술이다. 그녀는 인간 삶과 내면의 깊은 진실을 파헤치는 예술을 의도적으로 회피한다. 그녀는 진실한 예술에 의해 자신의 진실이 발가벗겨지는 것을 두려워한다. 진정한 예술의 힘을 두려워하기 때문에 아르카지나는 트레플료프의 연극과 소설을 거부한다. 그리하여 그녀는 기만의 예술을 추구하고 찬양한다. 아르카지나는 연극을 위해 여기저기를 유랑한다. 여배우는 무대에서 통속극으로 관객에게 오락을 제공하고, 무대 밖에서도 연극과 유사한 즐거움을 주는 존재이다. 아르카지나는 배우로서 연극에서나 실제 생활에서나 별 차이가 나지 않는다. 그녀의 예술관은 연극의 오락성을 기초로 한다. 아르카지나는 자신의 아름다움을 과시하고 관객의 갈채에 도취한다. 관객들은 그녀의 아름다운 모습과 과장된 연기에 도취한다. 배우와 관객 모두 현실을 잊고 연극예술의 허상에 빠진다. 권선징악의 교훈적인 결말을 그려 내는 통속적 연극은 그녀에게 삶의 위안이며 현실을 잊게 하는 유토피아이다. 그녀의 이름 역시 이와 맥락을 같이한다. 아르카지나라는 이름은 '낙원'을 의미하는 '아카디아'에서 유래하며, 아카디아는 당시 페테르부르크에 있는 오락공원의 이름이기도 했다. 그녀의 연극은 삶의 진정성을 반영하는 것이 아니라 가장되고 극화된 연극이다. 그녀의 무대는 사실적인 모습을 취하나 화려한 의상과 분장, 가식적인 표정 연기로 꾸며진 허구의 세계였다. 고통스러운 과거를 기억하는 대신 즐거운 현재의 일상성과 오락성에 묻힌 아르카지나는 도취와 망각의 삶과 예술을 즐기며 살아간다. 트리고린이 아르카지나에게 묶여 창조력이 거세된 작가라고 한다면, 트레플료프는 자기 고집으로 창조력을 상실한 작가라 할 수 있다.

신세대인 마샤는 구세대 아르카지나와 대비되는 인물로 등장한다. 22살의 처녀 마샤는 자신의 삶을 스스로 비극으로 만들어 버릴 정도로 비관적인 인물이다. 아르카지나는 비록 43세이지만 언제나 외모와 옷차림에 신경을 써서 마샤보다 더 젊어 보인다. 그녀는 자신의 외모에 도취되어 젊음을 유지하는 비결을 자랑스레 설명한다. 그녀는 삶이나 죽음에 대해서, 나이나 미래에 대해서 생각하지 않는다. 다만 삶의 표면적 아름다움이나 즐거움만을 추구한다. 그녀는 늙어 가는 자신의 삶과 진실을 외면하고 감추려 한다. 그녀가 빠져드는 멜로드라마의 세계는 자신을 잊게 하는 세계일 뿐이다. 그녀는 늙은 자신의 모습을 감추기 위해 화장과 화려한 의상으로 스스로를 포장한다. 그녀가 하는 연기 역시 과장된 멜로드라마의 주인공에서 벗어나지 못한다. 현실 생활에서도 아르카지나는 트리고린의 정부로서 살아간다.

구세대 트리고린은 통속적인 대중소설을 쓰는 작가이다. 그는 아르카지나의 정부 역할을 하면서 통속적인 삶을 즐긴다. 작가로서 명성을 누리고 있지만, 대중의 취미와 기호에 영합하는 속물적인 글을 쓸 뿐이다. 그는 진정한 예술과 허구적 예술 간의 차이를 인식하지 못하고 미사여구의 글을 쓰는 작가일 뿐이다.

트레플료프의 예술 『갈매기』에서 젊은 트레플료프는 옛것은 버리고 새로운 것을 추구하는 예술가이다. 그가 겪는 창작의 고통, 한 여인에 대한 뜨거운 사랑, 자신의 재능에 대한 고민 등이 드라마를 더욱 진지하게 만든다. 트레플료프의 예술론은 아방가르드 예술론과 유사하다. 그리하여 종종 트레플료프의 예술은 메이예르홀트의 예술과 유사하다고 평가된다.

트레플료프의 '극중극'은 비록 아르카지나에 의해 의도적으로 중단되었지만, '세계혼'과 물질의 아버지인 악마가 처절하게 싸워서 모든 적이 소멸된 이후에 조화를 이룬다는, 시작과 끝의 테두리를 가지고 있는 하나의 완결된 작품이다. 이 극중극은 상징주의 극의 형태를 띤다. 꿈에 대한 언급, 무대장치 없이 자연의 효과를 이용하여 달을 띄우는 것, 호수를 배경으로 공연되는 점 등은 상징주의 극의 제의적 성격과 연결된다. 그러나 트레플료프의 희곡을 상징주의에만 연계시켜 해석하는 것은 도식적이다. 체호프의 상징은 전적으로 작품의 대상 세계에 용해된 일종의 자연스러운 상징이기 때문이다. '극중극'에서 대립하는 두 세계의 영혼과 영원한 물질의 아버지인 악마는 집요하고 가혹한 투쟁을 벌인다. 그런데 물질의 아버지인 악마는 인간을 필요로 한다. 악마는 인간이 없으면 권태롭다. 그러나 인간들은 점차 물질에 의해 생명력을 잃는다.

트레플료프의 대사는 그의 예술론 일부를 보여 준다. "인간도, 사자도, 독수리도, 뇌조도, 뿔 달린 사슴도, 거위도, 거미도, 물속에 사는 말 없는 물고기도, 바다에 사는 불가사리도, 사람 눈으로는 볼 수 없던 것들도, 한마디로 말해서 모든 생물, 모든 생명, 생명이라는 생명은 모두 슬픈 순환을 마치고 사라져 버렸다." 이것은 제1막에서 20만 년 후의 이 지상의 모습을 그리고 있는 것인데, 이 미래의 시점에서 보자면 현재의 삶이라는 것은 너무나도 미미해서 거의 무가치할 지경에 이른다. 그런데 이 페시미즘을 니나는 제4막에서 '정답고 산뜻한 꽃과 같은 감정'으로 다시 암송한다. 즉 그녀는 제1막에서 보여 준 페시미즘을 제4막에서 새롭게 긍정적으로 해석한다. 이렇듯 달라진 그녀의 모습은 제4막에서 다시 반복되는 트레플료프의 대사를 전혀 다른 각도에서 이해할 수 있도록 해 준다. 트레플료프와 니나는 둘 다 이상주의자이다. 그들이 삶에서 추구하는 각각의 예술은 일반적인 삶에서 볼 수 있는 다양한 예술관과 다르지 않다.

소외와 단절 체호프가 선호했던 가장 특징적인 주제들 가운데 하나가 소외와 단절이다. 그는 인간들 사이의 상호 이해의 결핍, 어떤 사람이 다른 사람들과 사이좋게 지낼 수 없는 상태를 잘 표현하고 있다. 상호 소외라는 라이트모티프가 『갈매기』에도 나타난다. 『갈매기』에서 가정과 사회를 벗어나 자신만의 행복을 찾으려는 트레플료프는 절망과 비극에 이른다. 그는 고통스러운 사회와 어머니의 멸시를 피해 멀리 떠나 고립된 상태에서 자신의 자유와 행복을 찾으려 한다. 그러나 사회와 가정이라는 연결을 부정하고 자신만을 고집하는 세계는 자유가 아닌 구속의 세계이다. 자신을 넘어선 진정한 자유는 타인과 소통하는 것이 불가하다는 점에 체호프는 동의하고 있지만, 그 가능성마저 완전히 포기하지는 않는다. 니나는 어머니의 죽음과 아버지와 계모의 학대, 실연과 아이의 죽음 등 절망과 단절을 경험하지만 좌절하지 않고 두려워하지도 않는다. 니나는 유명한 여배우가 되겠다는 환상을 품고 모스크바로 갔으나 현실은 환멸 그 자체였다. 그러나 니나는 환상에 휩쓸리지 않고 현실적 상황을 잘 직시한다. 『갈매기』에 등장하는 사람들은 모두 자신을 위해 타인의 희생을 요구하는 이기적인 사랑을 하고 있다. 진정한 사랑이 아닌 의존과 소유의 애정 관계는 진정한 이해와 소통을 불가능하게 한다. 그들의 사랑은 의존적 사랑으로서 서로를 소유하려는 감정의 감옥과 같다. 누구도 그러한 사랑의 감옥에서 해방되지 못한다. 『갈매기』는 성숙한 시기의 작가 체호프가 그린 삶과 예술에 대한 깊은 성찰이다. 유한한 삶 속에서 순간순간이라도 제 목소리와 빛을 뽐내는 사소한 즐거움이 있는 것이고, 작가 체호프는 이러한 즐거움에의 권리는 충분히 존중되어야 한다고 말하는 듯하다. 그것이 바로 자신의 불행한 경험에 유폐되지 않고, 더 적극적인 삶의 의지로 승화시키는 니나와 같은 여주인공의 형상으로 나타난다고 할 수 있다.

36. 일상성과 기만의 시학: 체호프의 『세 자매』

체호프 희곡의 형식은 세계연극사에서 가장 연극적이지 않다고 이야기된다. 왜냐하면 극적 상황이라든가 돌발 사건, 긴장이 거의 없기 때문이다. 여러 가지 사건이 있다 해도 그 사건은 아주 미미한 역할을 한다. 체호프는 인간의 평범한 일상에 관심을 기울이고 거기서 인간 존재의 답을 구하려고 했다.

체호프의 4대 희곡작품 중 하나인 『세 자매』는 지방 도시에 사는 군인 유가족의 일상을 무대로 세 자매의 삶과 꿈을 보여 준다. 세 자매는 새로운 생활을 꿈꾸면서도 지금 있는 공간에서 빠져나가지 못하는 사람들이다. 한 가정의 일상성과 인간 존재의 무의미성이 잘 드러난다. 모스크바를 동경하여 그곳에 가고 싶다는 세 자매의 소박한 욕망이 비속한 일상의 현실 속에서 점진적으로 위축되고 시들어 간다. 세 자매는 자신들의 운명에 인생을 고스란히 내맡기는데, 그들의 운명은 파국을 통해서가 아니라 환멸과 권태를 통해 완성된다.

말리극장의 공연예술 『세 자매』는 체호프의 4막 희곡이다. 1899년에 구상되어, 이듬해인 1900년에 완성되었다. 1901년 1월 31일에 모스크바 예술극장에서 첫 공연이 이루어지나 체호프는 건강이 좋지 않아 휴양지에 머무르고 있었기 때문에 초연에 참석하지 못했다. 그 공연에서 마샤는 올가 크니베르, 베르시닌은 스타니슬랍스키, 투젠바흐는 메이예르홀트, 나타샤는 스

말리극장
Author: Kopchiowski O.P. (CC BY-SA 3.0) https://commons.wikimedia.org/wiki/File:Maly_Theatr.jpg

타니슬랍스키의 부인 릴리나가 연기했다. 『세 자매』는 초연 이래로 이 극장의 중요한 레퍼토리가 되었다.

러시아 국립 모스크바 말리극장은 전통연극의 요람으로서 영국의 셰익스피어 컴퍼니, 프랑스의 코미디 프랑세즈와 함께 세계 3대 극장으로 거론된다. 말리극장은 250년의 역사를 자랑하는 러시아에서 가장 유서 깊은 극장이다. 극장의 레퍼토리는 러시아와 세계의 고전들로 구성되어 있는데, 체호프의 『세 자매』는 말리극장이 자랑하는 주요 레퍼토리 가운데 하나이다. 『세 자매』를 비롯한 여러 작품들은 오랫동안 말리극장의 공연무대에 올려지고 있으며, 현대 연극들 사이에서도 변하지 않는 고전 그대로의 모습을 유지하고 있다. 러시아 최고의 배우라면 반드시 말리극장을 거쳐 갈 만큼 말리극장이 공연예술계에서 지니는 영향력은 막강하다. 말리극장의 극단원은 120명이 넘으며, 그 외에 700명 이상의 직원들이 상주하고 있다.

동경과 현실 작은 지방 도시에 사는 프로조로프 집안의 세 자매 올가, 마샤, 이리나는 현실 생활에 만족하지 못한다. 모스크바에서 자란 교양 있는 여성들이지만 살아생전에 장교였던 아버지의 직장을 따라 지난 11년 동안 작은 지방 마을에서 살아왔다. 그들은 지방 생활에 불만을 품고 늘 답답해 하며 모스크바를 동경한다. 세 자매의 인생의 꿈과 희망은 전에 살았던 모스크바로 돌아가는 것이었다. 독신이며 학교 선생인 올가는 학교 때문에 늘 두통에 시달리며 나이에 비해 늙어 버렸음을 한탄한다. 올가의 남동생 안드레이는 무관이었던 아버지와는 달리 모스크바대학의 교수를 꿈꾸는 학자이다. 세 자매는 안드레이가 모스크바대학의 교수가 되면 함께 떠날 수 있을 거라는 희망을 버리지 않는다. 하지만 그는 집안의 기대를 저버린 채 오랫동안 흠모하던 마을 처녀 나타샤와 결혼하고 시의회 회장의 비서직을 맡게 된다. 결혼 후 그는 점점 별 볼 일 없는 하찮은 사내가 되어 간다. 둘째인 마샤는 18살에 학교 선생과 결혼해 살고 있지만, 삶의 재미를 모르고 살아간다. 일찍 결혼하여 지루하고 권태로운 생활을 이어 나갈 뿐이다. 이 마을에 주둔한 연대 장교들이 매일 세 자매의 집을 드나들었다. 세월이 흐르면서 지루해진 일상생활 속에 일탈을 꿈꾸던 나타샤는 남편의 상사와 불륜에 빠진다. 마샤는 남편이 있는 몸이나 모스크바에서 새로 부임해 온 포병 장교(중령) 베르시닌과 사랑에 빠진다. 그러나 그들의 사랑은 유부녀와 유부남의 희비극으로 끝난다. 막내 여동생 이리나는 오로지 모스크바에 가고 싶은 마음에서 사랑하지도 않는 투젠바흐 남작(육군 중위)의 청혼을 받아들이고 현실에 정착하려 한다. 그러나 약혼자인 남작은 이리나를 남몰래 사랑하는 연적 숄료니와의 결투 끝에 피살된다. 약혼자를 잃은 이리나의 앞날은 불투명해진다. 맏딸 올가는 마지못해 학교 교장이 되고, 나타샤는 마침내 저택의 안주인이 되어 모든 권력을 갖는다. 안드레이는 나타샤의 그늘에서 벗어나지 못하고 초라한 삶을 살아간다. 마침내 연대가 마을을 떠나자, 세 자매는 사랑도 꿈도 모두 잃고 만다. 그래도 세 자매는 한데 모여 서로 격려하면서 살아가고자 한다. 세 자매 중 누구도 자신들 뜻대로 살지 못한다. 그들에게 달라진 건 아무것도 없다. 그냥 주어진 삶을 살아갈 뿐이다.

장르 시학 체호프는 자신의 단막극에서처럼 장막극에서도 장르를 스스로 규정하고 있다. 작품의 내용과 형식적인 특징을 함축적으로 드러내고 있는 체호프의 장르 규정은 지금까지도 계속해서 장르 논쟁을 불러일으키고 있다. 체호프는 『세 자매』의 장르를 드라마로 규정하고 있지만, 희극이나 보드빌로 해석되길 원했다. 그는 스타니슬랍스키와 네미로비치-단첸코가 『세 자매』를 비극으로 해석하는 것에 반대했다. 그리하여 모스크바 예술극장에서 배우들과 함께 희곡작품을 처음 강독했을 때, 모두가 그 작품을 비극으로 해석하고 눈물을 흘리자, 체호프는 자신의 희곡을 제대로 이해하지 못했다고 생각했다. 그러한 해석의 공연은 실패할 거라며 불안해하던 체호프는 마샤 역을 연기한 약혼녀 크니베르에게 다음과 같이 요구했다. "아, 내 말 좀 들어 봐! 어떤 장면에서도 슬픈 표정을 하지 마. 슬픈 표정이 아니라, 그래, 화난 표정이야. 오랫동안 슬픔에 빠져 그것에 익숙한 사람들은 휘파람을 불고 자주 생각에 빠져 있어." 스타니슬랍스키와 체호프의 장르에 대한 의견 차이는 이후 『벚꽃 동산』에서 더욱더 첨예하게 드러난다. 체호프는 4대 장막극의 장르를 모두 코미디로 규정했다. 그러나 연출가의 의도에 따라 그의 희곡작품은 희극, 비극, 또는 희비극으로 다르게 연출된다. 『세 자매』의 공연 역시 희극적으로 또는 비극적으로 다르게 연출될 수 있다. 일반적으

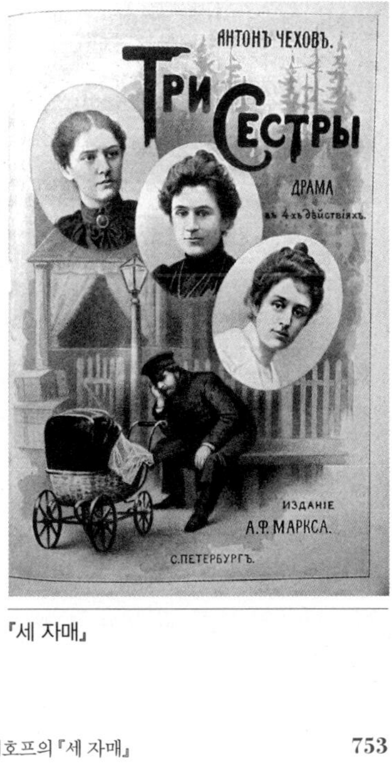

『세 자매』

로 『세 자매』는 희극적으로 유머러스하게 공연되는 경우가 많다.

체호프는 『세 자매』의 배경이 되는 지방의 삶과 군인들의 모습이 과장되거나 희화되지 않기를 요구했다. 자신의 희곡 속에 이들이 객관적으로 그려져 있듯이, 공연에서도 있는 그대로 그렇게 형상화되길 원했다. 그는 무엇보다도 일상적인 삶을 사실적으로 표현하길 강하게 요구했다. 이를 위해 체호프는 자신이 잘 아는 한 장교를 극장에 초대해 군인들의 생활, 몸가짐, 태도, 언해, 군복 등에 대해 자문받았다.

팩션예술 체호프는 1899년부터 『세 자매』를 구상하다가 1900년 8월 본격적으로 집필에 들어갔다. 이 예술작품에는 체호프가 직접 체험한 삶이 잘 반영되어 있다. 그는 1884년 포병부대가 주둔하던 모스크바 근교에 잠시 머무른 적이 있었다. 그때 포병부대의 지휘관인 마옙스키의 저택에서는 근처 마을의 지식인들과 장교들이 모여 토론을 하거나 오락을 즐겼다. 체호프는 자기가 직접 경험한 마옙스키 저택의 분위기를 『세 자매』의 배경으로 이용했다. 그리고 실제 투젠바흐라는 인물이 있었고, 그는 장교로 복무하면서 항상 일하고 싶다고 외치며 다녔다고 한다. 작품 속 투젠바흐는 퇴역한 그 친구를 모델로 하여 창조한 인물이다. 솔료니와 투젠바흐의 결투 역시 체호프의 고향에서 벌어진 실제 장교와 공작의 결투에서 소재를 따왔다. 인간의 있는 그대로의 모습을 진실하게 보여 주고자 했던 체호프는 자신의 주변 현실에서 소재를 찾았다.

일상성의 시학 체호프는 사회적, 시민적 주제에 강한 관심을 보여 주었던 러시아 문학의 전통과는 전혀 무관한 데서 자신의 주제를 개발했다. 그는 줄곧 동시대의 지배적인 조류에 합류한 적이 없다. 그리하여 그는 종종 '주의와 원칙을 갖지 않는 작가'라는 비난을 감수해야 했다. 『세 자매』의 배경은 러시아의 본질 및 도덕적 가치관, 사유의 붕괴가 일어나는 시대이다. 그러한 시대적 배경 속에서 시대성, 사상성, 역사성, 경향성 등 커다란 이념 문제를 다루는 게 아니라 보통 사람들의 일상성의 문제를 다룬다는 것은 드라마의 새로운 이정표를 세우는 것이었다. 사회질서, 가치체계, 윤리 규범이 그 의미를 상실해 가는 시대에서 인간의 일상성은 새로운 의미체계로 부각된다. 의사이자 유머 작가로서 체호프는 인간의 삶 속에 내재 된 인간의 우둔함과 무의미함을 아프도록 표현해 내고자 했다.

체호프는 항상 '체호프적 분위기(Чеховское натсроение)'를 보여 준다. 그것은 삶의 괴로운 분위기에 대한 전기적 사실인데, 실제로는 심각한 생리적 혹은 심리적 이유에서 비롯된다. 그 분위기는 주인공의 증대되는 환멸, 신념의 점진적인 상실 그리고 주변 인물들로부터의 소외에 의해서 형성된다. 안드레이, 이리나, 올가 모두 분위기(기분)에 휩쓸려 헤어 나오지 못한다. 그들은 자신들을 에워싸고 있는 사람들의 권태와 무능을 깨닫는다. 또, 그들은 모두 적극적으로 자신의 문제를 해결하고자 나서지 않는다. 그들은 자신의 현재 상황에서 벗어나고자 하는 희망만 있을 뿐, 실질적 행동에서는 소극적이거나 수동적이다. 체호프의 작품은 지루한 사람들의 지루한 이야기들이다. 이 체호프적 분위기는 모든 이야기에서 반복되며 그의 작품 기조가 된다.

체호프의 등장인물들은 이상할 정도로 개인적 성격이 결여되어 있다. 개성은 그의 이야기들 속에서 찾아볼 수 없다. 그의 등장인물들은 모두 똑같은 언어로 이야기하는데, 이 언어가 체호프의 언어이기도 하다. 톨스토이와 도스토옙스키의 등장인물들은 목소리만으로도 구별할 수 있지만, 체호프의 등장인물들은 식별이 불가하다. 그들은 동일한 재료로 만들어져 모두 비슷비슷하다. 그 재료란 다름 아닌 휴머니티이다. 그런 의미에서 체호프는 보편성을 추구하는 민주적인 작가라 할 수 있다. 그가 창조한 남성과 여성도 성적 개성 없이 공통의 질료인 휴머니티를 벗어나지 못한다. 남성, 여성 관계없이 인간의 동질적인 삶은 개성이 침투할 수 없다는 체호프의 세계관은 삶에 대한 그의 직관인 것이다. 체호프는 보통 사람들의 소소한 일상에 집중한다. 체호프의 심리학은 정신생활의 중요하고 의식적이며 창조적인 것들을 추적하는 것이 아니라, 정신의 작은 차이들, 즉 정신의 부차적이고 무의식적이며 우연적인 힘들에 관심을 둔다. 그는 알갱이처럼 무한한 작은 것들이 파괴적인 힘을 갖는 양상을 집중적으로 관찰한다. 체호프의 방식은 기법으로서 효과적이다. 체호프는 그 효과를 높이기 위해 재료의 선택과 배치에서 더 엄격하고 의식적이다. 그는 선택된 재료를 작품에 복잡하고 정교하게 배치한다. 그러나 그의 세계관이나 철학은 수동적이고 무저항적이다. 체호프의 전체 작품이 자아내는 전반적인 인상은 그가 무능력과 유약함을 예찬하고 있다는 것이다.

『세 자매』의 등장인물들은 사건도 희망도 없는 삶의 일상성 속에 휩쓸려 들어가 헤어 나오지 못한다. 체호프 희곡의 특징 가운데 하나는 사건이 무대 위에서 일어나지 않는다는 것이다. 『갈매기』의 주인공 트레플료프의 권총 자살, 『바냐 아저씨』에서 아저씨의 실패로 끝난 발포, 『세 자매』에서의 결투, 그리고 『벚꽃 동산』에서의 경매 등 줄거리를 반전시키는 커다란 사건은 모두 무대 뒤에서 이루어졌다. 그러나 오히려 이것은 체호프의 연극에서 독특하게 '정적'과 '긴장감'을 유발한다. 『세 자매』에서 이리나를 사랑하는 두 명의 남자 투젠바흐 남작과 질투자 숄료니가 결투를 한다. 그러나 그들의 결투는 장면의 제시가 없이 이야기로만 전해진다.

희망과 절망의 문제 판도라의 마지막 상자에 남은 것이 희망이듯이, 인간은 살아가면서 막연한 희망을 품게 된다. 세 자매는 모두 두 가지 희망을 품고 살아간다. 하나는 공간이동에 대한 희망으로 전에 살았던 이상향 모스크바로 돌아가는 일이고, 다른 하나는 집안의 유일한 남자 형제인 안드레이가 대학교수가 되어 주는 꿈이다. 그러나 안드레이는 대학교수에 대한 미련을 접고 지방의회 의원이 되어 지방에 정착한다. 그리고 도박에 빠져 유산을 다 까먹는다. 특히 모스크바에서의 진정한 사랑을 꿈꾸며 살아가는 막내 이리나는 결혼을 통해 공간이동을 하고자 한다. 그리하여 사랑하지도 않는 남작 투젠바흐와 약혼을 하나, 그 남작은 질투자 숄료니와의 결투로 죽는다. 올가는 집안에서 유일하게 직업을 갖고 있다. 그녀는 학교 선생으로 일하지만, 자신의 직업에 만족하지 못하고 있다. 올가 역시 마지못해 원하지 않는 교장 선생이 되어 지방에 정착하게 된다. 세 자매 모두 공간이동을 통한 새로운 삶에 기대가 컸으나 그들의 꿈과 희망은 하나도 이루어지지 않는다. 체호프의 작품에서 삶은 언제나 일반적인 희망이나 염원과는 반대 방향으로 아등바등 흘러가고, 꿈과는 점점 멀어진다. "삶이 그대를 속일지라도 / 노여워하거나 슬퍼하지 말라"라는 푸시킨의 시구가 그들의 상황을 잘 대변해 준다.

『세 자매』에 나타난 희망에 대한 문제는 사실 19세기 러시아 문학의 기조이다. 현실에 대한 회의와 불만, 비판은 언제나 미래에 대한 막연한 희망으로 발전한다. 미래로의 지향은 러시아 문학의 에토스인 것이다. 러시아 문학의 이러한 기조를 현대 작가 빅토르 에로페예프는 '희망의 철학(философия надежды)'이라 불렀다. 체호프의 『세 자매』는 당대 러시아 현실에서 벗어나려는 사람들의 희망을 절묘하게 표현한 작품이다.

기만의 시학 체호프는 심리극의 대가로 알려져 있다. 그의 예술은 심리적이라고 일컬어지지만, 그것은 톨스토이나 도스토옙스키의 심리적 예술과는 아주 다르다. 어떤 작가도 사람들 사이의 어찌할 수 없는 소외와, 서로를 이해할 수 없다는 사실을 전달하는 데 있어서 체호프를 능가하지 못한다. 상호 소외와 상호 이해의 결핍은 그의 모든 이야기에서 핵심을 이룬다.

체호프 드라마의 대표적인 특징 가운데 하나가 소통의 부재와 단절이다. 가족이나 사랑하는 사람들 사이에서도 소통의 부재와 단절이 일어난다. 체호프는 근본적으로 인간을 소통 부재의 존재로 간주하고 있다. 여자들은 남자들을 속이고, 남자들은 거짓말로 살아간다. 프로조로프 가족들 사이 소통 부재는 심각한 수준이다. 첫째로 안드레이와 누이동생들 간의 소통 부재이다. 세 자매는 집안의 희망인 안드레이가 대학교수가 되어 새로운 공간에서 살 수 있는 기반을 마련해 주기 바란다. 그러나 그는 시의회 의원에 만족하고 더 이상 자신의 삶에 간섭하지 말 것을 요구한다. 둘째로 안드레이는 아내 나타샤와 서로 어긋난 사랑을 하게 된다. 자기 상사와 놀아나는 아내의 불륜을 알면서도 그는 모르는 체 거짓말을 하다가 마침내 군의관에게 고백한다. 아내의 불륜을 눈치챘으면서도 여전히 그녀를 사랑하는 자신의 못남과 비천함을 탄식한다. 셋째로 올케 나타샤와 시누이들인 세 자매와의 소통 부재이다. 그들 사이의 갈등은 공간으로부터 나타난다. 나타샤는 아들의 양육공간을 명분으로 그들의 방을 빼앗는다. 그녀는 서서히 시누이들을 내보내고자 수단과 방법을 가리지 않는다. 나타샤는 마침내 저택의 안주인이 되어 모든 권력을 갖는다. 넷째로 사랑하는 사람들 사이에서도 거짓과 기만이 판을 친다. 우아한 사랑을 꿈꾸는 마샤는 고등학교 선생인 남편 표도르 일리치 쿨리긴과 18살에 결혼하지만, 삶의 지루한 일상성에서 벗어나지 못하고 권태에 빠져 있다가 베르시닌을 사랑하게 된다. 남편 쿨리긴은 아내의 부정을 알면서도 모르는 체한다. 다섯째로 막내 이리나 역시 사랑하지도 않는 투젠바흐 남작의 청혼을 받아들인다. 결국, 그들의 약혼도 남작의 갑작스러운 죽음으로 없었던 일이 된다.

새로 부임한 포병 장교와 사랑에 빠진 마샤, 지긋지긋한 현실을 벗어나려고 사랑하지도 않는 사람과 결혼을 결심하는 이리나, 동생인 마샤의 남편과 결혼했더라면 행복했을지도 모르겠다고 생각하는 올가, 아내에게 사랑을 느끼지 못하는 안드레이, 이들 가족의 현실은 너무 많이 꼬여 있다. 올가는 자신이 원하지는 않았지만 학교의 교장으로 선출되고, 마샤가 사랑한 사람은 다른 지역으로 발령이 나서 떠나며, 이리나를 모스크바로 데려다줄 유일한 사람이었던 약혼자는 결투에서 죽어 버린다. 누구도 자기 뜻대로 살지 못하는 것이다.

시간의 시학 연극『세 자매』를 지배하는 것은 시간이다. 체호프의 드라마에는 시간의 흐름이 잘 표현되어 있다. 인간은 시간과 공간의 존재로, 시간과 공간에서 의미를 도출하는 다의미적 존재이다. 일정한 공간에서 의미 없이 삶을 살다가 시간이 되면 사라지는 것이 삶의 공식이다. 체호프의 커다란 패러다임에는 늘 인간 존재의 무의미가 드러난다. 사랑의 무의미성, 희망과 꿈의 무의미성, 결투의 무의미성, 더 나아가 존재 자체의 무의미성이 부각된다. 사랑의 무의미성은 불륜으로 증명되고, 희망과 꿈의 무의미성은 모스크바 입성의 무산으로 증명된다. 안드레이는 자신의 힘으로 가족을 이끌고 모스크바로 다시 돌아가 새로운 생활을 이루길 바라지만 도박에 정신이 팔려 유산을 잃고 만다. 여기서 모스크바는 희망을 나타내는 상징적 공간으로 등장한다. 결투의 무의미성은 인간 생명의 무가치성과 더불어 죽고 사는 문제가 우주적 큰 틀 속에서 의미 없는 사건으로 전락하는 데에서 부각된다. 인간은 살아 있는 존재의 의미를 강조하지만 결국은 지상을 스쳐 지나가 아무도 기억하지 못하는 찰나적인 존재로 추락한다는 것이다. 그는 인간의 삶에서 참을 수 없는 존재의 가벼움만을 볼 뿐이다. 삶 그 자체는 죽음으로 가는 하나의 여정일 뿐이다. 과연 누가 우리의 삶을 기억할까. 기억의 문제와 더불어 인간 삶의 비극적인 모습이 드러난다. 드라마 마지막에는 회자정리의 메시지가 분명하게 나타난다. 안드레이의 저택에 모여들던 군인들은 떠난다. 그러나 다시 만날 기약은 없다.

유토피아적 사유 체호프의 유토피아적 사유를 러시아 역사와 연관시켜 생각해 볼 필요가 있다. 18세기에 표트르 대제가 서구화를 추진했음에도 불구하고 중세의 낡은 제도인 농노제는 19세기까지 그대로 유지되었다. 19세기가 끝날 때까지 러시아 사회는 중세와 근대의 공존이라는 모순을 안고 있었다. 그리하여 각성한 지식인들은 러시아 현실이 항상 위기 상태임을 의식하고 있었다. 도스토옙스키가 "영원한 공사 중인 러시아"라고 하고, 게르첸이 “러시아에서는 모든 것이 질척질척한 상태에 있으며, 미완성 상태다”라고 한 것도 그 때문이다.

현상에 대한 불만과 현실에 대한 부정적인 태도는 그만큼 미래에 대한 동경을 불러일으켰다. 현실에 대한 불만이 더 나은 미래라는 이데올로기로 발전하는 것은 당연하다. 현실을 쉽게 초월하여 관념이나 형이상학으로 나아가는 인물이 도스토옙스키나 톨스토이의 작품에만 등장하는 것은 아니다. 현실에 대해 아주 냉철한 작가였던 체호프조차도 치열하게 미래를 지향하는 인물들을 작품에 등장시켰다.

『세 자매』의 등장인물들은 출구가 보이지 않는 현실에 갇혀 있었기 때문에 미래로의 지향이 오히려 강렬했다. 이 작품에는 베르시닌이라는 군인이 등장한다. 시골에 사는 세 자매의 집에 예전에 모스크바에 살았던 군인 베르시닌이 갑자기 나타나 이미 결혼한 차녀 마샤와 사랑에 빠진다. 베르시닌은 정신착란에 빠진 아내와 어린 자녀가 딸린, 말 그대로 진흙탕 같은 현실에 발목이 빠진 인물이다. 그런 남자가 할 수 있는 일이란 200년 후, 300년 후의 세계를 꿈꾸는 일뿐이다.

> (생각에 잠겨) 어떻게 말해야 할까요? 전 지구상의 모든 게 조금씩 변해야만 한다고 생각하는데, 이미 우리 눈앞에 있는 모든 게 변화하고 있습니다. 2, 3백 년 후, 그리고 천 년 후엔 —기간이 문제는 아니지만,— 행복하고 새로운 삶이 올 겁니다. 물론, 우리는 그런 삶에 동참할 수 없지만, 그런 삶을 위해 우리는 지금 생활하고, 일하고, 네, 고통을 받고 있습니다. 그런 삶을 창조하는 것, — 바로 이 하나에 우리 존재의 목적도, 그리고 원한다면 우리 행복도 있는 겁니다.

구조 시학 체호프가 사용하는 구조는 서사적이 아니다. 그 구조는 오히려 음악적이라고 불릴 수 있다. 그러나 이 말은 산문의 선율이 아름답다는 의미가 아니다. 그의 선율은 아름답지 않다. 그러나 이야기를 엮어 가는 그의 방법은 음악에서 사용하는 방법과 유사하다. 그의 이야기들은 유동적이면서 정확하다. 그가 엮은 이야기들의 선은 매우 복잡한 커브이다. 그러나 그 커브는 아주 정확하게 계산되어 있다. 체호프의 이야기는 뒤엉킨 의식의 거미줄에서 그가 식별한 선들을 정확하게 표시하는 일련의 점들이다. 체호프는 감정적인 과정의 첫 단계를 추적하는 기술이 탁월하다. 다시 말해 체호프는 이탈의 징후를 지적해 내는 데 있어서 탁월하다. 얼핏 보아 독자의 관심을 거의 끌지 못하는 미세한 필치는 앞으로 이야기가 취하게 될 방향을 암시해 준다. 그것은 라이트모티프로 반복되며, 매번 반복될 때마다 커브의 오차는 더욱 명백해지고, 원래의 직선 방향과는 전혀 다른 방향으로 끝이 난다.

맺는 말 체호프의 극작법은 매우 독특해서 당시에 큰 논란이 되었다. 이전의 러시아 희곡과는 달리 그의 작품에는 분명히 드러나는 심각한 갈등이나 직접적이고 극적인 사건이 없다. 『세 자매』에서는 단지 일상적인 대화와 행동을 통해 등장인물들 내면의 미묘한 갈등과 개인적인 세계를 보여 주고 있다.

세 자매에게 모스크바는 이상적 고향일 뿐만 아니라 꿈의 도시이다. 이 작품에서 등장인물들은 환경이 주는 고통보다는 현실과 이상 사이의 괴리가 주는 고뇌와 번민에 시달린다. 주요 인물들의 갈등도 두드러지지는 않는다. 극적 사건들도 무대 뒤에 숨겨져 관객들도 별다른 극적 경험을 얻지 못한 채 극을 감상한다. 그가 이 작품을 통해 세 자매와 같은 보통의 사람들에게 주는 메시지는 보다 철학적이다.

존재의 의미와 고통의 해결책을 끊임없이 고민해 온 올가는 모든 것이 실패한 것처럼 보이는 시점에서야 비로소 새로운 인생을 시작할 힘을 얻는다. 이 대목에서 희망을 전하는 체호프의 목소리가 드러난다. 그전의 세 자매는 꿈꾸기만 할 뿐 아무것도 하지 않았다. 행복을 바라고만 있고 아무 행동도 하지 않는 사람에게 행복은 오지 않는다. 체호프는 작품에서 처음부터 마지막 장면까지 노동과 행동을 강조한다. 투젠바흐는 자신의 명예를 포기하고 일하는 사람이 된다. 그리고 이리나 역시 일을 해야 한다고 말한다. 그녀가 드디어 모스크바로 가게 되었을 때는 투젠바흐와 함께 일하기로 결심했을 때였다. 즉 그녀가 힘을 내었던 것은 그녀가 행동할 때였다. 마지막 장면에서도 역시 체호프는 이리나의 말을 통해 그녀가 찾는 이상향은 모스크바로 돌아가는 것이 아니라 일을 하는 데 있다고 말한다. 사람들은 시간이 지날수록 좋은 기억을 더 좋은 기억으로 왜곡해, 현재의 삶에서 벗어나 그 시절로 돌아가고 싶어 한다. 하지만 체호프는 사람들이 기억하는 그 시절은 생각만큼 그렇게 아름다운 것이 아니라고 말하고자 했다. 과거를 좇는 것은 현실에 대한 냉정한 인식을 피하려 해서이다. 불만의 해결책을 근본적인 데에서 찾지 않고 늘 불행하다고만 생각하는 삶은 결코 더 나아지기 어렵다. 체호프는 베르시닌의 입을 통해 자기 생각을 비추고 있다. "우리에게 행복은 없고, 오지도 않지만, 그래도 우리는 행복을 바라고 있을 뿐입니다." 세 자매의 꿈을 좌절시키는 사건들이 일어나서 결국 그들은 모스크바에 갈 수 없었지만, 체호프는 작품의 마지막 부분에서 그들이 새롭게 찾은 삶의 의미를 보여 준다. 남작의 사망 소식을 전해 들은 세 자매는 서로 기대며 함께 살아가야 한다고 거듭 다짐한다. 우리는 군대가 떠나면서 흐르는 음악을 들으며 그들이 새로운 꿈을 가지는 것을 볼 수 있다.

37. 인생은 연극: 체호프의 『바냐 아저씨』

인생이란 무엇인가. 찰리 채플린은 “인생이란 가까이서 보면 비극이지만 멀리서 보면 희극이다”라고 말했다. 누구의 인생이든 깊이 들여다보면, 우리가 모르는 그들만의 아픔이 있다. 다른 사람의 인생을 멀리서 보고 섣불리 판단하면 안 된다. 그들만의 아픔과 비극을 모르고 공감 없는 말로 그들을 더 아프게 해서는 안 된다. 체호프의 희곡을 읽으면 인생이 보인다고 한다. 그의 작중인물들은 늘 자신의 의지로 선택해야 하는 순간을 맞이한다. 좋은 선택이든 나쁜 선택이든 인간은 각자 삶의 조건에 맞추어 살아가야만 한다. 체호프는 삶 자체를 연극으로 생각한다. 연극 자체가 인간의 학문, 인생의 학문이기 때문이다. 연극은 인간 자신을 알아 가는, 삶을 배워 가는 과정이라 할 수 있다. 그의 『바냐 아저씨』는 인생에 대한 성찰의 기회를 제공한다.

작품의 창작 과정 체호프의 『바냐 아저씨』는 시골 생활을 다룬 4막 희곡이다. 이 희곡에는 ‘전원생활의 풍경’이라는 부제가 붙어 있다. 말 그대로 당시 러시아 전원의 모습을 읽어 볼 수 있다. 이 희곡은 1897년 출판된 희곡집에 수록되어 있고, 1899년 10월 모스크바 예술극장에서 스타니슬랍스키 연출로 초연되어 호평을 받았다. 고리키는 “당신의 『바냐 아저씨』는 완전히 새로운 극예술 형태입니다”라고 했다. 본래 이 작품은 초기작 『숲속 정령(숲의 수호신)』을 각색한 것이다. 그다지 큰 반응을 거두지 못한 이 작품을 그는 10여

년 만에 새로운 희곡으로 창조해 냈다. 후에 체호프는 이 초기작의 공연을 금하게 되는데, 클라이맥스인 '숲속 정령'이 자살하는 부분을 바냐 아저씨의 살인 미수로 다루며 본래의 행복한 결말에 여운을 남겼다. 도널드 레이필드, 리처드 길만, 그리고 에릭 벤트리와 같은 비평가들은 1890년대 체호프의 이러한 독특한 극작 기법 변화를 도표화했다. 『바냐 아저씨』는 1899년에 출판되었지만, 사실 이 작품이 언제 정확히 집필되었는지, 그리고 언제 수정되었는지는 지금까지 확실히 알려진 바가 없다. 최근에 도널드 레이필드는 안톤 체호프가 1891년 러시아 동부의 사할린섬을 여행하는 동안 『숲속 정령』을 각색했다고 주장했다.

삶의 풍경 『바냐 아저씨』는 시골 생활을 다루고 있다. 주인공 바냐(47세)는 누나의 딸 소냐와 함께 시골 영지를 지키며 살아간다. 그들은 평생 영지를 관리하다 죽은 누나의 남편 세레브랴코프 교수를 경제적으로 지원해 왔다. 초가을 어느 날 퇴직한 교수가 후처 옐레나(27세)를 데리고 시골 저택으로 돌아온다. 교수 세레브랴코프와 젊고 아름다운 후처 옐레나가 시골로 내려오면서 조용하던 시골의 일상에 균열이 생기기 시작한다. 바냐는 자기 인생을 후회하고 절망에 빠진다. 또한 바냐는 존경해 왔던 교수가 한낱 평범하고 자만심만 강한 이기적인 속물에 지나지 않음을 알게 된다. 게다가 그의 고뇌는 옐레나에 대한 연정이 싹트면서 점점 심각해진다. 부지런히 일만 해 온 바냐의 인생이 파괴되기 시작한다. 한편 소냐는 의사 아스트로프(30대)를 사랑하지만, 그는 옐레나에게 마음이 쏠려 소냐의 사랑을 거절한다. 바냐의 친구인 의사 아스트로프는 바쁜 진료 생활 가운데서도 산 가꾸기에 정열을 기울이는 몽상가이다. 남몰래 그를 사랑해 온 소냐의 진심에도 아랑곳하지 않고, 의사는 옐레나의 매력에 빠져 헤어 나오지 못한다. 사랑 때문에 그들의 관계는 꼬이기 시작한다. 옐레나를 짝사랑하는 바냐, 자신의 남편을 놔두고 의사 아스트로프에게 점차 마음이 끌리는 옐레나, 아스트로프를 짝

사랑하는 소냐, 옐레나에게 연정의 마음을 품는 아스트로프 사이에 미묘한 긴장감이 생긴다. 옐레나의 등장과 함께 평화롭던 시골에는 서로에게 상처를 주는 질투와 증오가 가득하게 된다. 이때 교수는 시골 영지를 팔고 도시로 나가겠다고 선언한다. 바냐가 평생을 바쳐 일구어 온 땅을 팔자고 선언하면서부터 갈등은 더욱 고조된다. 시골 영지에서 쫓겨나게 된 바냐는 절망과 분노 때문에 매형을 총으로 쏴 버린다. 다행히 총알은 빗나간다. 이후 매형과 옐레나는 사태를 간신히 봉합한 채 서로 화해한 다음 그곳을 황급히 떠난다. 그리고 바냐와 소냐는 전처럼 조용한 전원생활로 돌아간다. 상처받은 소냐는 외삼촌 바냐를 위로하고, 둘은 새로운 마음으로 살아갈 것을 다짐한다. 희곡의 결말은 힘겨운 삶을 견디며 내세에서 위로와 휴식을 구하는 것으로 끝난다.

제목의 이해 『바냐 아저씨(Дядя Ваня)』라는 제목에 대한 설명이 필요하다. 여기서 '바냐'는 소냐의 외삼촌인 '이반 페트로비치 보이니츠키'이다. '바냐'는 러시아 이름들 가운데 가장 흔한 이름인 '이반'의 애칭이다. 러시아 이름 '이반'은 성서의 '요한'에서 유래한 것으로 영어로는 '존(John)'이다. 바냐의 모친(마리야 바실리예브나 보이니츠카야)이 바냐를 '존'이라 부르는 것은 러시아어의 '이반'과 영어의 '존'이 동일한 어원을 갖기 때문이다. '바냐 아저씨(더 정확한 호칭으로 바냐 외삼촌)'는 소냐의 입장에서 부르는 호칭이다. 체호프 장막극의 특징 중 하나는 중심인물의 부재라 할 수 있다. 이 작품의 바냐와 소냐 역시 중심인물이라고 할 수 없다. 그러나 시골 영지에서의 그들의 역할과 결말의 대사를 염두에 둘 때, 바냐와 소냐가 작품의 중심이라는 사실을 부인할 수는 없다. 또한, '바냐 아저씨(삼촌)'라는 제목에 초점을 맞춰 생각해 볼 때, 이 작품에는 바냐의 삶과 고뇌가 잘 드러났다고 할 수 있다.

희곡에서 바냐는 47세의 독신자로 퇴임 교수 세레브랴코프의 처남이다. 문학 전공 교수인 매형을 진심으로 존경했던 바냐는 25년 동안 조카인 소냐와 함께 시골 영지를 관리하며 그를 경제적으로 지원해 왔다. "25년 동안 난 어머니와 함께 두더지처럼 4면 벽 속에서만 살았어…. 우리 생각과 감정은 오직 매형에게만 쏠려 있었지. 낮이면 우리는 매형과 매형 논문에 관해 이야기했고, 매형을 자랑스러워했으며, 매형 이름을 경건하게 불렀어"(제3막). 그러나 바냐는 자신의 인생을 후회하고 절망하는 인물로 변한다. 그의 비판은 우선 자신이 존경했던 교수 세레브랴코프에게 집중된다. 특히 바냐는 매형의 문학 전공 교수로서의 삶과 업적을 부정한다. "그 인간이 예술을 전혀 이해하지 못하면서 25년이나 예술에 대해 강의하고 저술했다는 사실을 알아야 해. 그 인간은 25년 동안 사실주의, 자연주의, 그 외의 다른 헛소리에 대해 남의 사상을 되풀이하면서 똑똑한 사람들은 이미 너무나 잘 알고 어리석은 사람들은 흥미 없는 것을 강의하고 저술했으니, 이건 25년간 전혀 쓸모없는 일만 했다는 걸 의미하지"(제1막). 이러한 바냐의 말은 사실 교수의 학문에 열광했던 자신의 과거를 부정하는 것이다. 바냐는 우상이었던 교수에게 자신의 인생을 바친 것을 후회한다. 바냐는 매형의 두 번째 부인 옐레나를 사랑한다. 이 사랑은 처음부터 실패할 운명이었다. 37살로 젊었을 때 바냐는 17살의 옐레나를 알았지만 청혼하지 못했다. 이제 바냐는 노총각이고 옐레나는 교수의 아내가 되었다. 바냐의 눈에 옐레나는 매혹적이면서도 게으르고 나태하며 혐오스러운 인물이다. 그리고 바냐의 사랑 고백에 옐레나는 무시하거나 핀잔으로 응한다. 바냐는 교수를 위해 헌신했던 자신의 과거뿐만 아니라 옐레나를 사랑하는 현재의 삶에도 후회하고 절망한다. "오, 그래요! 난 개인적으로 빛나는 개성의 소유자지만, 다른 사람을 아무도 빛나게 해 주지 못했죠…. (사이) 개인적으로는 빛났지만…. 그런 독설로 비꼬시면 안 되죠! 이제 저도 47살입니다. 작년까지는 저도 진짜 인생을 보지 않고, 일부러 어머니처럼 스콜라철학으로 두 눈을 흐리게 하려고 애쓰면서 난 잘하고 있다고 생각했어요. 하지만 이제는, 아니, 어머니는 모르실 거예요! 이제는 늙어서 이룰 수 없지만, 그 모든 것을 가질 수 있었던 때가 있었는데, 그

때를 바보같이 허비한 게 화가 나고 억울해서, 밤이면 난 증오심과 울분 때문에 잠을 못 이뤄요"(제1막). 이러한 바냐의 독백은 삶의 고뇌가 가장 잘 드러난, 실패한 인생에 대한 고백이다. 바냐의 언행은 제목의 의미를 은연중에 잘 보여 주고 있다.

장르 시학 안톤 체호프의 『바냐 아저씨』는 연극을 위한 대본으로서의 희곡이다. 희곡은 다시 하위 장르인 희극, 비극, 희비극으로 나누어진다. 재미있는 것은 안톤 체호프가 스스로 『바냐 아저씨』를 희극(comedy)이라 명했음에도 불구하고, 작품이 언제나 연구가나 연출가에 의해 비극이나 희비극으로 다양하게 해석된다는 것이다. 그러면 우리는 『바냐 아저씨』의 장르를 어떻게 이해해야 할까. 사실 하나의 작품은 독자와 관객이 실제로 경험하기 전에는 올바르게 파악될 수 없다. 작가의 의도와 상관없이 독자나 관객은 자기 나름대로 텍스트를 해석하고 평가할 수 있다. 연구가나 연출가 역시 작품의 독자로서 자신만의 해석이 가능하다.

작가의 의도, 독자의 반응, 그리고 텍스트의 내용에 따라 『바냐 아저씨』의 본질적 성격과 그 가치를 규명하여 장르를 설정할 필요가 있다. 비트겐슈타인의 '토끼냐 오리냐' 또는 '카니자의 삼각형'처럼 관찰자의 시각에 따라 『바냐 아저씨』는 코미디도 될 수 있고 비극도 될 수 있다. 일반적으로 인생 자체를 코미디로 보는 사람들은 이보다 더 웃기는 작품은 없다고 생각할 수 있다. 반면 인생 자체를 비극으로 보는 사람들은 이보다 삶의 비극을 격조 있게 표현한 작품은 없다고 생각할 수 있다. 사실 작중인물들 모두 희극적 상황과 희극적 일상성에서 벗어나지 못한다. 인생의 의미를 심각하게 고려하지 않고 작품을 감상하면 그들의 말과 행동 자체가 코미디라 할 수 있다. 특히 교수 세레브랴코프와 의사 아스트로프, 교수 부인 옐레나의 말과 행동에는 참을 수 없는 존재의 가벼움이 묻어나고 웃음이 난다. 이 작품에는 희극(웃음)을 향한 작가의 집요한 의도가 배어 있다.

'삶의 의미'에 좀 더 심각하게 접근해 보면 『바냐 아저씨』는 비극이라 할 수 있다. 시간의 흐름에 맹목적으로 얽매여 의미 없이 파괴되어 가는 등장인물들의 삶을 보면 왠지 모르게 가슴이 시리고 눈물이 난다. 극 중 모든 인물이 탈출구 부재의 상황에 놓여 있다. 그들은 모두 일상 세계에 대한 무력한 굴복만을 보여 준다. 그들의 삶 속에서 시간의 파괴성이 보인다. 시간은 희망을 빼앗아 가는 괴물과 같은 존재다. 희망을 상실한 바냐 아저씨와 소냐의 삶 속에 드리운 절망은 우리를 슬프게 한다. 백 년 후를 논하는 의사의 말은 인간 삶의 의미를 다시 한번 생각하게 한다. 인간 기억의 한계성과 소통의 단절 역시 삶 자체를 슬프게 한다. 우리의 삶은 관찰자의 시각에 따라 희극이 될 수도, 비극이 될 수도 있다. 양극단의 시각을 융합하면 희비극이라고도 할 수 있다.

지식인과 농부 체호프의 4대 걸작 희곡 중 하나인 『바냐 아저씨』는 도시와 시골, 근대와 전근대, 지식인과 농민을 대비시키며 다양한 인간 군상의 욕망을 깊이 있게 파헤쳤다. 19세기 말 러시아의 농업 문제는 사회적 긴장감을 유발시켰다. 1861년 농노해방 이후 영지를 수익성 있는 땅으로 변모시키기 위해 지주들에게는 새로운 농지 경영 기술이 필요했고, 이 모든 것을 담당하는 숙련된 관리인이 요구되었다. 그러나 모든 지주가 다 새로운 경영 방식으로 재편할 수 없었기 때문에 그들 가운데 다수는 자신들의 영지를 대부기관에 담보나 재담보로 잡히거나 매각해야만 했다. 바냐는 교수로 활동하는 매형이자 지주 세레브랴코프의 영지를 11년 동안 관리해 주었다. 그런데 교수는 은퇴한 후 영지를 팔아 그 돈으로 핀란드에 별장을 마련하고자 한다. 결국, 토지 관리인과 지주의 분쟁이 일어날 수밖에 없다. 그러나 사실 영지는 바냐의 죽은 누이의 것으로, 딸 소냐에게 유산으로 남겨 준 것이었다. 처음부터 바냐와 소냐에게 영지는 생명과 같았으므로 은퇴한 교수의 사치 행락을 위한 거래 대상이 될 수 있는 것은 아니었다.

『바냐 아저씨』는 나약한 지식인(교수 매형)과 힘없는 농민(바냐)의 모습을 효과적으로 대비시켜 약자의 희생으로 강자가 안일하게 살아가는 현실을 암시적으로 비판하고 있다. 매형의 실상을 알게 된 바냐는 화를 내며 강자가 아닌 자신을 위한 삶을 살아가고자 한다. 하지만 이 작품은 바냐가 매형의 뒷바라지를 계속하는 모습으로 극을 마무리 짓는다. 그래서 체호프의 작품이 더 현실적으로 다가오는 것도 사실이다. 『바냐 아저씨』는 바냐가 새로운 모습을 보이면서 뭔가 희망을 줄 것처럼 전개된다. 그러나 작가는 자신의 목소리를 직접 설파하지 않는다. 드라마는 관객이나 독자의 몫을 남겨 둔 채로 막을 내린다. 관객들은 자신이 살아온 인생과 인간과 인간이 주고받는 영향력에 대해서 생각하게 될 것이다. 매형 교수와 옐레나가 등장하면서 바냐의 가족들과 의사 아스트로프의 일상이 흐트러지고, 자신의 본분을 망각한 채 나태해진다. 어느 한 사람이 다른 한 사람, 더 크게는 다른 한 가정이나 사회를 혼란에 빠뜨릴 수도 있는 것이다. 이 작품을 통해 우리는 삶의 진실에 대해서 깊게 생각해 보게 된다.

속물성 체호프의 인물들이 보여 주는 속물성에 대해 고찰해 보자. 인간의 속물성을 도덕적 범주에서 파악할 필요가 있다. 속물성은 자주 비웃음과 혐오를 유발하지만, 그 비웃음과 혐오는 그들이 윤리적으로 떳떳하지 못하기 때문에 나타나는 것이다. 그래서 체호프는 자기 인물들의 속물성을 그들의 도덕적인 악과 똑같이 간주하지는 않았다. 『바냐 아저씨』에서 속물성을 보여 주는 대표적인 인물은 교수 세레브랴코프이다. 물욕에 빠져 있으며 자신을 진정으로 사랑했던 사람들을 무식하다고 무시하는 문학 전공 교수 세레브랴코프는 대표적인 속물성의 소유자라 할 수 있다. 더욱이 그는 자신을 존경하고 반평생 시골 영지를 경영하며 경제적 도움을 준 바냐에게 조금의 감사한 마음도 없다.

갈등과 사건 『바냐 아저씨』에는 특별히 갈등과 사건이라 할 것이 없다. '바냐-옐레나-아스트로프', '소냐-옐레나-아스트로프'로 이루어진 옐레나 중심의 삼각관계가 있으나, 이들 사이의 갈등은 치열하지도 않고, 파국에 이르는 사건도 없다. 그들의 삼각관계는 변죽만 울리다 흐지부지되는 형국이다. 따라서 어떤 비극적 죽음이나 행복한 결말도 부재한다. 제3막의 재산분배 과정에서 총격 사건이 일어나 극의 결말을 촉진하지만, 총격 사건은 제1막부터 준비된 것이 아니라 우연히 발생한다. 즉 극의 처음부터 인물들의 갈등을 통해 단계적으로 준비된 것이 아니라, 극의 종결을 위해 불쑥 튀어나온 일종의 사고에 지나지 않는다. 아스트로프와 관련된 자연보호의 모티프도 파편적이다. 변변한 갈등이 없으므로 인물들의 대사도 중심을 잃고 지리멸렬하다. 전체적으로 희곡의 이야기들은 파편적이다. 그러나 바로 이 파편성이 체호프 연극 시학의 중요한 특징 중 하나가 된다.

만일 사건이 없다면, 대신 무엇이 사건을 대체할까? 『바냐 아저씨』에서 등장인물들은 많은 말을 한다. 여기서 사건을 대체하는 것은 바로 상황이다. 특히 사건이 사라진 자리에 인물들의 심리적 상황이 들어선다. 등장인물들은 모두 자신의 문제를 말하고, 이렇게 해서 그들은 독자들에게 자신들의 심리적 상황을 전달하며, 독자들은 사건 대신 인물들의 심리적 상황을 알게 된다. 다시 말해 연극은 사건에 의해서가 아니라, 상황의 분위기에 따라 진전된다. 그 심리적 상황이 체호프의 '분위기 극'을 이끌어 간다.

출구 부재 이 작품에서 작중인물들 대다수가 '출구 부재'나 '희망 부재'의 상황에서 헤어나지 못한다. 그들은 모두 일상으로부터 탈출을 원하고 정신적으로 안주할 곳을 찾는다. 그러나 그들에게 출구는 보이지 않는다. 바냐는 탈출구 없는 자신의 인생을 고백한다. "이제 곧 비가 오면, 자연의 모든 것은 원기를 되찾고 가볍게 숨을 쉴 테죠. 오직 나만 폭풍우로도 원기를 되찾지 못해요. 내 인생이 완전히 끝났다는 생각이 집귀신처럼 밤낮으로 나를 숨 막히게 해요. 과거는 쓸모없는 일들로 어리석게 사라지고, 현재는 불합리한 나 자신 때문에 끔찍하죠. 이게 바로 나의 사랑과 인생입니다. 이러니 어떻게 해야 하죠? 뭘 해야 합니까? 내 감정은 동굴 속에 떨어지는 햇빛처럼 헛되이 소멸하며, 나도 죽어 가고 있어요"(제2막). 한때 우상이었던 교수에게 바쳐진 바냐의 인생뿐만 아니라 옐레나에게 한 사랑 고백 역시 모두 실패로 돌아간다. 인생과 사랑에서 실패한 바냐에게 남은 생애는 아무런 희망 없이 죽음을 기다리는 일일 뿐이다. 의사 아스트로프 역시 소냐와의 대화에서 희망 없는 자신의 인생에 불만을 토로한다. "대체로 난 인생을 사랑하지만, 러시아 시골의 이런 속된 삶을 참을 수가 없어요. 온 힘을 다해 경멸합니다. 내 개인적인 인생도, 이런 세상에 좋은 건 아무것도 없어요. 어두운 밤에 숲을 지날 때, 멀리서 불빛이 반짝이면 피곤하다는 것도 어둡다는 것도 얼굴을 찌르는 나뭇가지도 느끼지 못하죠. … 나한테는 저 멀리서 반짝이는 불빛이 없어요"(제2막). 옐레나 역시 소냐에게 희망 부재의 삶에 대해 말한다. 그녀는 "이 세상에 나한테 주어진 행복은 없어"(제2막)라고 말한다. 희망 부재의 상황은 바냐와 의사 아스트로프의 대화에서 절정을 이룬다. "바냐: 만일 남은 일생을 새롭게 살 수 있다면, 청명하고 조용한 아침에 일어나, 과거는 모두 잊고 연기처럼 사라지고, 새롭게 다시 살 수 있다는 걸 느낄 수 있다면 좋겠어. (운다) 새 인생을 시작하는 거야. 어떻게 시작해야 하는지… 어디서부터 시작해야 하는지, 가르쳐 줘." "아스트로프: (화를 내며) 에이 참, 정말! 거기 무슨 새로운 인생이 있어요! 우리 처지는, 당신이나 나나 희망이 없어요"(제4막). 마지막 장에서 바냐 아저씨와 소냐는 일에만 몰두하기로 하고, 일상에서 벗어나지 못하는 자신들의 불쌍한 신세를 한탄한다. 그리고 이 작품은 결국 일만 하다 생을 마감하는 그들의 가혹한 운명만 확인시킨다.

아름다움의 권력 도대체 아름다움이란 무엇일까? 일반적으로 아름다움이란 인간이 이성과 오관의 감각으로 느낄 수 있는 조화롭고 보기 좋은 것을 말한다. 다르게 표현하면 아름다움이란 사람의 마음에 기쁨과 환희 혹은 충만한 감정을 만들어 주는 것으로, 악이나 혐오스럽고 추한 것을 배제한 것이다. 사람의 매력이 단지 겉모습에서만 나오는 것이 아니라는 사실은 물론 누구나 알고 있다. 그러나 쉽게 말해 아름다움이란 눈으로 볼 수 있는 예쁜 것 혹은 보기 좋은 것을 말한다. 그리고 무엇보다도 먼저 외적 아름다움은 권력이 된다. 아름다움은 새로운 권력은 아니나 불변의 권력이다. 시대와 장소를 초월하여 예나 지금이나 미인 불패이기 때문이다.

"예쁘면 다 착하다!" 참으로 참기 힘든 발칙한 말이지만, 기원전 600년경에 살았던 그리스 여성 시인 사포가 한 말이다. 또 플라톤은 "아름다움은 사랑의 첫 번째 이유이자 마지막 이유"라고도 했다. 프랑스 시인 보들레르는 "아름다움이란 두렵고 무서운 것의 시작이자 거대하고 순진한 괴물"이라 했다. 괴테 이후 최고의 천재 시인이라는 칭송을 받은 호프만슈탈은 "언어로 표현할 수 없는 그 무엇"이라고 했다. 릴케는 "우리가 그토록 아름다움을 숭배하는 것은 아름다움이 우리를 멸시하기 때문이다"라고 말했다. 독일 의사 울리히 렌츠는 "아름다움은 스캔들"이라고 하며 "아름다움이라는 감옥"을 이야기했다. 아름다움은 구속력을 갖기 때문이다. 현대에 와서 아름다움은 고정불변의 것이 아니고 무상의 성질을 띠고 있는 것으로 설명된다. 아름다운 외모에 대한 부러움과 존경심은 우리가 생각하는 것보다 훨씬 일찍부터 이야기되어 왔고, 그 후로 인류는 아름다움을 추구하는 것을 한순간도 멈춰본 적이 없다. 우리를 행복하게도 하고 고통스럽게도 하는 아름다움에 대해 체호프는 『바냐 아저씨』에서 어떻게 이야기하고 있을까?

『바냐 아저씨』에서 아름다움의 평가 대상은 교수 부인 옐레나와 교수의 딸 소냐이다. 미인 옐레나가 영지에 도착한 이후 바냐와 의사는 그녀의 매력에 빠져 버린다. 옐레나의 아름다움은 남성들을 사로잡는 힘으로, 더 나아가 권력으로 변한다. 주변 남성들이 그녀의 아름다움을 칭송하고 그녀와의 대화를 즐기며 좀 더 많은 시간을 보내고자 한다. 고상하게 표현하면 그녀의 아름다움은 고요한 질서 속에 안주하는 것이 아닌 동적 생명력의 발로로, 관능의 도취를 느끼게 하는 생명의 연소이자 소멸이다. 옐레나는 노동(일)을 최고의 덕으로 알고 살아온 바냐를 한순간에 사로잡고, 소냐의 끈질긴 구애에도 눈길 한 번 주지 않던 의사를 자기 주변에 맴돌게 한다. 옐레나가 영지에 온 후부터 사람들은 자기가 하던 일을 게을리하거나, 전혀 하지 않는다. 그녀의 아름다움은 주변 사람들을 파괴하는 힘으로 작용하고 스캔들로 변한다.

아름다움이란 일정하게 정해진 것이 아니고 사람의 이성과 감성에 다가와 부딪혀 뭔가 가슴을 뭉클하게 하는 대상이다. 바냐와 의사는 옐레나를 바라보면서 가슴이 뭉클해지는 경험을 하게 된다. 늙은 교수와의 무료하고 권태로운 삶 속에서 아름다움의 감옥에 갇혀 있던 옐레나도 의사에게 매력을 느낀다. 도스토옙스키는 "아름다움이 세계를 구할 것이다"라고 했다. 체호프는 이에 '아름다움이 주변 세계를 파괴할 것이다'라고 패러디하는 것 같다. 아름다움은 우리를 속이고 또 우리는 그것에 속아 넘어간다.

소냐의 성실성과 아름다운 마음을 보면 외적 아름다움만을 추구하는 인간의 이기적 유전자에 돌을 던지고 싶다. 모든 사람은 삶을 동등하게 시작하지만, 아름다움은 성실과 근면 등 성스러운 가치들을 모욕한다. 우리는 아름다움이라는 것에 이성적 판단력이나 세상 인심을 모두 던져 넣는다. 한때 페미니스트들은 외모에 대한 편견은 사회가 여성을 구속하기 위해 만들어 놓은 장치라고 비판했었다. 따라서 예쁘다거나 그렇지 않다고 하는 것은 사회가 만들어 낸 편견일 뿐이라고 했다. 그러나 태어난 지 얼마 되지도 않아, 사회의 영향을 전혀 받지 않은 아기마저도 예쁜 얼굴을 더 오래 더 유심히 쳐다본다는 사실을 과연 어떻게 설명할 수 있을까? 의사 아스트로프 역시 편견 없이 솔직하게 옐레나의 아름다움에 빠진다. "인간은 모든 게 아름다워야 합니다. 얼굴도, 옷도, 마음도, 생각도요. 그분이 아름답다는 데는 전적으로 동의하지만… 그분은 단지 먹고, 잠자고, 산책하고 자신의 아름다움으로 우리 모두를 매혹하고 있을 뿐, 그 외에는 아무것도 하지 않아요" (제2막). 그녀의 아름다움은 종종 게으름까지도 용인되게 한다. 모든 것을 포용하는 아름다움의 힘이다. 의사는 계속해서 아름다움에 대해 자신의 견해를 밝힌다. "아직 나를 사로잡은 건 아름다움이에요. 그것에 끌리죠. 만일 옐레나 안드레예브나가 원하신다면, 하루 만에 나를 정신 못 차리게 만들 수 있을 거예요. 하지만 그건 사랑도 아니고 애착도 아니죠"(제2막).

젊은 옐레나의 아름다움을 보면서 우리를 슬프게 하는 것들이 생각난다. 파릇한 젊음도, 활짝 핀 꽃도 언젠가는 시들어 가기에 그토록 아름다운 것이다. 하늘에서 내리는 눈은 지상의 흙먼지에 더럽혀지기 전 공중에서 흩날릴 때가 가장 아름답다. 그렇기에 젊음의 순수가 사라지기 전 청춘의 빛나는 웃음이 서럽도록 아름다운 것이리라. 물론 이제는 돌아와 거울 앞에 선 여인처럼 성숙한 아름다움도 있기는 하다. 그러나 그것도 관능의 아름다움이 스러지기 전 마지막 모습이기에 더욱 애처롭게 아름다운 것이라 여겨진다. 곧 사라지는 것은 우리를 슬프게 한다. 찬란하고 아름다운 것은 지상에서 오래 견디지 못한다. 그리하여 아름다움은 혹시 슬픔 속에 존재하는 어떤 것이 아닐까 생각해 본다. 옐레나는 정작 자신이 행복하지 않다고 고백한다. 그녀는 자신이 게으른 인간으로서 늙은 남편을 모시고 사는 외롭고 불행한 젊은 여자임을 밝히면서 "숲도, 새도, 여자도, 서로에 대해 동정심"(제1막)을 가져 주기를 바란다. 의사 아스트로프의 말에 의하면 옐레나는 전원생활을 하는 사람들에게 나태함을 전염시킨 장본인일 뿐만 아니라 이상의 파괴자이다.

환경 시학 체호프의 환경 시학은 자연과 인간의 관계에 대한 문학적 성찰로 나타난다. 의사 아스트로프는 숲을 사랑하는 환경주의자이다. 그는 자연의 아름다움을 진심으로 즐긴다. 인간의 아름다움은 순간적이지만, 자연의 아름다움은 영원하다. 특히 숲은 나무가 모여 만든 가장 고귀한 공동체이며 생명의 보고이다. 사람과 숲은 벗이 되어 함께 살아야 한다. 제1막에서 의사는 파괴되어 사라지는 숲을 보호하기 위해 열변을 토한다.

> 왜 숲을 파괴하려는 거죠? 러시아 숲은 도끼로 신음하고, 수백만 그루의 나무들이 사라지고, 동물과 새들의 보금자리는 황폐해지고, 강들은 얕아져 마르고, 아름다운 풍경은 이제 되돌릴 수 없을 정도로 사라져 버리고 있어요. 이건 전부 게으른 인간이 몸을 숙여 땅에서 연료를 주우려 하지 않기 때문입니다. (옐레나에게) 그렇지 않습니까, 부인? 이렇게 아름다운 걸 난로에 태우다니. 우리가 창조할 수 없는 걸 파괴하는 건 무분별한 야만인이나 하는 짓입니다. 인간은 주어진 걸 증식하기 위해 이성과 창조력을 부여받았지만, 지금까지 창조는커녕 파괴만 하고 있습니다. 숲은 점점 줄어들고, 강은 마르고, 들짐승은 사라지고 기후는 나빠져 땅은 나날이 더 못 쓰게 돼 가고 있어요. … 난 내가 벌목을 금지해 구한 시골 숲을 지나거나, 이 두 손으로 나무를 심어 만든 어린 숲의 소리를 들을 때면, 나도 풍토를 조금은 제어할 수 있다는 생각이 듭니다. 만일 몇천 년 후 인간이 행복하게 된다면, 나도 그 일에 조금은 도움이 되었을 테지요. 내가 심은 어린 자작나무가 나중에 푸르게 자라 바람에 흔들거리는 걸 보면, 내 가슴은 자부심으로 충만하게 될 겁니다.

숲에 대한 아스트로프의 철학이 잘 나타나 있다. 무분별한 벌채로 인한 환경 악화 문제를 제기하는 아스트로프는 30대 중반의 시골 의사로서 10년 넘게 농촌 생활을 하고 있다. 그는 바냐 집안 사람들과 아주 친밀하게 지내면서 소냐의 사랑을 받고 있지만, 정작 본인은 옐레나를 사랑한다. 그는 옐레나에게 사랑을 고백하며 밀회의 약속을 받아 내려 하지만 거절당한다. 아스트로프는 자기 삶에 환멸을 느끼고 절망하면서 술을 통해 위로를 찾는다. 술은 절망적인 현실로부터의 도피이자 탈출이며, 존재의 의미를 확인하는 수단이다. 자기 비하에 빠져 버린 아스트로프는 스스로 괴짜라고 말한다. 희망의 부재에 절망하지만, 미래에 대한 계획을 세우고 타인에게 우월감을 느끼기도 한다. 아스트로프는 사랑과 애착은 자신에게 불가능하다고 말하지만, 그의 숲에 대한 태도는 사랑과 애착이 아닐 수 없다. 옐레나 역시 의사의 자연보호 활동과 노력을 인정한다. "용기 있고 자유로운 사고로 행동하는 폭넓은 활동이지. 작은 나무를 심으며 천 년 후에 그 나무에서 무엇이 이루어질지 미리 알고, 거기서 이미 인류의 행복을 보는 거지"(제2막). 소냐 역시 숲에 대한 의사의 철학에 완전히 공감한다. "그분의 말씀에 따르면, 숲은 땅을 가꾸고 인간에게 아름다움을 이해하는 걸 가르치며, 위대한 감정을 불어넣어 굉장한 기분이 들게 만든다고요. 숲은 혹독한 기후를 부드럽게 해요. 기후가 온화한 나라는 자연과 싸우는 데 힘을 덜 소모해, 그곳 사람들은 더 부드럽고 온화하대요. 그곳 사람들은 더 아름답고 융통성 있고 감정도 더 풍부하고, 언어도 우아하고 행동도 품위가 있게 되죠. 그곳은 학문과 예술이 번창하고 철학은 음울하지 않으며 여성을 대하는 태도도 아주 우아하죠"(제1막). 숲을 지키기 위해 노력하는 의사는 시대를 앞서가는 통찰력의 소유자이다. 의사의 자연보호론은 인류의 미래와 행복을 위한 순수한 철학이다. 의사 아스트로프를 통해 체호프는 인류의 삶에서 지구의 생태 문제를 공개적으로 다룬다. 이로써 체호프는 오늘날 생태학적 위기에 처한 지구의 가장 중요한 문제를 최초로 제시한 러시아 작가가 되었다.

삶의 의미를 찾아서 체호프 희곡의 주인공들은 의지가 박약하고 체념과 절망에 빠지지만, 동시에 삶을 긍정한다. 『바냐 아저씨』는 삶의 의미뿐만 아니라, 사랑과 존재의 의미를 다시 생각하게 해 준다. 이 작품은 푸시킨의 시 「삶이 그대를 속일지라도」를 연상시킨다. "삶이 그대를 속일지라도 / 노여워하거나 슬퍼하지 말라. / 슬픔의 날 참고 견디면 / 기쁨의 날 오리라 믿어라. // 마음은 미래에 사는 것 / 오늘은 언제나 슬프다. / 모든 것 순간에 지나

가고 / 지나간 일은 사랑스러우리라." 희곡의 등장인물들 모두 시에 나타난 감정을 비슷비슷하게 느끼며 살고 있다. 또, 이 희곡은 각각의 세대별 감정을 잘 반영하고 있다. 바냐는 존경하던 교수의 삶과 자신의 삶에 분노하고 슬퍼한다. 늙은 교수는 세월의 빠름과 자신의 늙음에 후회한다. 의사는 시골 생활의 답답한 심정을 사랑의 감정과 술로 달랜다. 소냐는 의사를 짝사랑하며 삶의 괴로움을 고백한다. 그들은 모두 사랑의 감정에 휩쓸리며 자기 삶에 만족하지 못한다. 특히 드라마의 중심인물인 바냐와 소냐는 교수 부부의 방문으로 삶이 힘들고 괴로워진다. 그러나 그들은 삶의 힘겨운 현실을 견디며 계속해서 시골에 남아 살아가야 한다고 생각한다. 교수 부부의 방문으로 시골의 일상성이 잠시 깨졌지만, 다시 시골 삶은 예전처럼 계속된다. 모든 것은 순간이고, 지난 일들은 아름답게 기억될 것이다. 절망에서 희망으로 가는 삶은 아름답다. 이것이 인생이다.

작가의 믿음과 희망 체호프는 미래에 대한 희망을 한 번도 저버린 적이 없었다. 더 나은 세상을 기대할 수 없다면 러시아에서의 삶을 견딜 수 없었기 때문이다. 러시아인의 삶 한가운데 믿음의 필요성이 자리하고 있는 것처럼, 체호프의 예술세계에서도 믿음의 필요성은 중요한 주제였다. 체호프의 연극에는 체호프 자신처럼 인간의 삶을 개선할 노동과 과학의 능력을 믿는 인물들이 있다. 『바냐 아저씨』의 의사 아스트로프, 『세 자매』의 베르시닌, 『벚꽃 동산』의 트로피모프 등이 그러한 인물이다. 그리고 미래에 대한 기독교적인 소망으로 고통을 감수하고 인내하는 인물들도 많다. 『바냐 아저씨』에서 소냐는 마지막으로 다음처럼 말한다. "때가 오면 기꺼이 죽음을 받아들이고, 그곳 저승에서 우리가 고통을 받고 슬피 울며 고통스러운 삶을 살았다고 말하게 되면 하느님께서 우리를 불쌍히 여기시겠지"(제4막). 체호프는 노동의 아름다움을 강조했다. 그는 정신적 노동을 일삼는 예술가 역시 고통받는 동료로 간주했다. 교수 부부가 떠나자 의사도 떠나고, 바냐와 소냐 둘만이 시골 영지에 남게 된다. 소냐와 바냐는 미래의 희망을 노동에 두고 있다. 작가는 시골 영지에 남아 일하는 바냐와 소냐가 새로운 희망과 가능성의 세계를 열어 줄 것이라고 암시한다.

III

20세기 러시아 문학

1. 사회주의 리얼리즘과 호모 소비에티쿠스

러시아인들에게 20세기는 특별한 시대였다. 그들은 인류 역사에서 최초로 사회주의 혁명을 실현했다. 1917년 볼셰비키 혁명 후 이론으로는 가능하지만, 지상에 없었던 공산주의라는 새로운 정치제도를 도입하여 정치·경제·문화·예술 등 모든 분야에서 새로운 실험을 시도했다. 20세기 러시아 문학은 1917년(사회주의 혁명)부터 1991년(공산주의 몰락)까지 70여 년의 기간을 포함한다. 이 기간의 공산주의는 20세기 가장 강력했던 세력 중 하나이자, 세계에 희망과 절망을 동시에 안겨 준 운동이다. 정치적으로는 세계 역사 발전의 선두에 서서 전 세계 프롤레타리아를 해방하고, 만인 평등이라는 기치 아래 공산주의의 이념과 가치를 세계에 선전하고 전파한다는 자부심이 있었다. 공산주의자들은 서구 자본주의 체제를 비판한 마르크스 이론을 기초로 소비에트 문화의 우월성 선전에 전력투구했다. 궁극적으로는 새로운 예술·철학·사상으로 새로운 사회를 만들어 내고자 했다. 20세기를 이끌어 갈 새로운 이념과 정치제도로 러시아는 세계무대의 새로운 강자로 부상하였고 자신들의 문화와 가치관을 세계에 선전했다.

러시아 문학과 예술의 블랙홀 소비에트 연방은 세계 최초의 사회주의 공화국이다. 소비에트가 내세운 사회주의 리얼리즘을 우주 과학에서 말하는 블랙홀의 개념을 빌려 설명할 수 있다. 블랙홀은 우주 공간에 존재한다고 생각되는 '부재'이며, 거대한 질량의 별이 그 질량에 의해서 무의 형태로 붕괴하며 생겨난다. 사회주의 리얼리즘을 러시아 문학의 블랙홀로 보는 것은 하나의 메타포로서 정치적 힘을 바탕으로 주변의 순수 예술을 모두 다 탐식하여 그 스스로 파괴의 길을 걸었기 때문이다. 전체주의나 사회주의 체제 아래서는 창의력과 상상력이 뿌리내려 자라지 못한다. 자유로운 영혼들만이 창의력과 상상력을 키워 나갈 수 있다. 그리하여 자유가 억압된 소비에트 시대의 문학과 예술은 블랙홀에 빠져 버린 것이다. 사회주의 리얼리즘의 등장으로 예술적 자유와 진실은 모두 사라졌다. 모든 문인과 예술가들은 '소비에트 작가 동맹'으로 편입되어 공산주의의 이상을 찬양하는 데 동원되었다. 문학과 예술은 사회적 소통 수단으로서의 기능을 잃고 정권의 선전 수단으로 전락했다.

정치학과 미학의 혼합물 러시아 문학사에서 19세기는 비판적 리얼리즘의 시대요, 20세기는 사회주의 리얼리즘의 시대라 불린다. 리얼리즘의 수사가 '비판적'에서 '사회주의'로 바뀐 것이다. 19세기에는 '잡계급 지식인(разночинцы)'들의 차르 정권과 사회제도에 대한 비판이 주요 쟁점이었으나, 20세기에는 스탈린이 중심이 된 소비에트 정권의 찬양과 새로운 문화 창조가 쟁점으로 부상했다.

1917년 10월 혁명을 승리로 이끈 레닌과 볼셰비키는 차르 정부를 무너뜨리고 소비에트 공산주의 국가를 탄생시킨다. 공산주의 사회의 주도자인 프롤레타리아는 낡은 제도와 과거 문화를 거부하고 새로운 프롤레타리아 문학을 창조했다. 특히 스탈린은 기존의 모든 문학 단체를 해산하고 '소비에트 작가 동맹'을 만들어 문학 정책을 당의 통제하에 두었다. 1934년 공산주의 정권은 예술 창작과 비평의 공식적인 방법론을 '사회주의 리얼리즘'이라고 선언했다.[1] '작가란 인간 영혼을 다루는 기술자여야 한다'라는 스탈린의 명

1 문학 박사 볼레프는 '우리는 사회주의 리얼리즘을 거부해야 하는가'라는 주제로 『문학신문』

제는 사회주의 리얼리즘의 기능을 잘 설명해 주고 있다. 그 말은 1930년대의 문학은 사회경제적 관계에 대한 변형된 스탈린적 의미에서 소비에트 시민의 의식을 변화시키는 데 영향을 끼쳐야 한다는 것이다.

사회주의 리얼리즘의 공식적인 출발은 1934년 5월 6일 소비에트 공산당 기관지 『프라브다』지에 소비에트 작가 동맹 정관의 초안이 게재되면서부터이다. 사회주의 리얼리즘은 '창조적 원칙'으로서 작가 동맹의 정관에 정식으로 명문화되었다. 이 정관의 일부를 발췌하여 소개하면 다음과 같다.

> 우리는 사회주의 리얼리즘을 소비에트 문학비평의 기본 방법으로 삼아 역사적으로 혁명적 발전 속에서 현실을 진실하게 묘사하도록 예술가에게 요구한다. 그리고 예술 묘사의 진실성과 역사적 구체성은 반드시 사회주의 정신사상으로 노동 인민을 개조하고 교육하는 임무와 결합해야 한다. 작가는 예술 활동을 통해 사회주의 건설에 적극적으로 참여하며, 노동자 계급의 투쟁 역사를 진실하게 표현함으로써 노동자 계급의 이익을 위해 투쟁하고 소련을 부강하게 한다. 작가는 노동 대중을 사회주의 정신 속에서 교육함으로써 사회주의 건설에 이바지한다.

같은 해 8월 이 문제가 다시 제1차 소비에트 작가 대회에서 작가 막심 고

이 개최한 좌담회에서 다음과 같이 말한 바 있다. "우리의 예술 방법을 두고 글라드코프와 리베진스키는 '프롤레타리아 리얼리즘', 마야콥스키는 '경향적 리얼리즘', 톨스토이는 '기념비적 리얼리즘', 루나차르스키는 '사회주의 리얼리즘', 클리크는 '혁명적 사회주의 리얼리즘', 스타프스키는 '사회주의적 내용을 지닌 리얼리즘', 그론스키와 1932년 5월 29일 자 『문학신문』의 논설은 '사회주의 리얼리즘'이라 부를 것을 각각 제안했다. 고리키의 집에서 작가들과 회견할 때(1932년 10월 26일) 스탈린이 거론한 것은 마지막 명칭이었다. 그리하여 속류 사회학적 켄타우로스(반은 사람이고, 반은 짐승인 괴수)가 생겨난 것이었다. 즉 '사회주의'라는 정치 용어가 '리얼리즘'이라는 미학 용어와 결합하게 된 것이다. 엥겔스는 리얼리즘의 승리라는 용어를 사용하여 리얼리즘을 강조했다."

리키와 당의 문학 관계 담당자인 즈다노프 등에 의해 재론되어 이른바 사회주의 리얼리즘의 교의를 채택하게 된다.

사회주의 리얼리즘 이론 속에는 1920년대의 문학 정치적 담론 속에서 논의되었던 다양한 이데올로기적, 미학적 명제들이 용해되어 있다. 1932년 당의 포고문으로 지시된 작가협회의 해체와 작가 동맹의 구성 사이에서 사회주의 리얼리즘의 윤곽이 점점 더 뚜렷하게 드러났다. 이 개념은 1932년 5월 20일 『이스베스티야(Известия)』지의 편집장 그론스키의 말에서 처음으로 떠올랐고, 나중에 1932년 10월 26일 고리키와의 대담에서 스탈린에 의하여 '사회주의 예술은 사회주의 리얼리즘의 예술'이라는 말로 승인받게 되었다. 사회주의 리얼리즘은 상당 부분 레닌의 반영 존재론에서 유래했는데, 그 이론에 따르면 예술은 '특정한 발전 국면 속에서 현실을 반영해 주는 특정한 형태로서' 나타나며, 이때 '객관적 현실의 변화 양상들을 내포하고' 있어야 한다. 이와 동시에 레닌의 이데올로기에 반대하는 플레하노프의 '개방적' 그리고 '객관적' 리얼리즘 개념은 배제되었다. 리얼리즘 방법의 정치적 도구화는 레닌에게서 시작된 당성에 대한 요청과 더불어 수행되었다.

사회주의 리얼리즘은 '사회주의'와 '리얼리즘'이라는 두 용어가 결합하여 생겨난 합성어로, 전자는 정치학의 산물이고 후자는 미학의 산물이다. 즉 정치 이데올로기와 미학 사이에서 생겨난 일종의 혼합물이라 할 수 있다. 그리하여 사회주의 리얼리즘은 사회주의라는 정치적 이데올로기 관점에서 삶의 현실을 문학과 예술로 형상화할 것을 요구한다.

사회주의 리얼리즘의 강령 예술 창작과 비평에 대한 공식적인 방법을 규범화한 사회주의 리얼리즘은 예술가에게 역사적 현실을 혁명적 발전 속에서 진실하게 묘사하도록 요구한다. 사회주의 리얼리즘은 당성(黨性), 민중성(民衆性), 계급성(階級性), 이념성(理念性), 전형성(典型性)의 관점에서 문학과 예술의 역할을 강조한다.

첫째로 당성은 작가들에게 당이 채택한 정치 노선이나 정책에 절대적으로 순응하여 그것을 작품으로 형상화할 것을 요구하는 원칙이다. 당성은 레닌의 논문 「당조직과 당문학」(1905)을 기초로 만들어졌다. 레닌은 모든 작가는 원하는 것을 자유롭게 쓸 수 있지만, 당의 노선에 따르지 않는다면 그들의 작품은 당의 간행물인 신문이나 잡지에 실을 수 없다고 주장했다. 그러므로 당이 모든 예술의 주체인 것이다. 사회주의 리얼리즘에서 당은 신과 같은 절대적인 존재이고, 당성은 신성에 해당한다고 할 수 있다. 당은 오류가 없는 무오류의 존재이다.

둘째로 민중성은 사회주의 리얼리즘의 미학과 정치학에 중심이 되는 원칙이다. 여기서 민중이란 레닌이 '조국의 꽃'으로 표현한 프롤레타리아를 말한다. 지금까지의 문학은 주로 지배계층인 부르주아를 작품의 주요 소재로 다루었으나, 사회주의 리얼리즘의 문학은 프롤레타리아 계층을 작품의 주요 소재로 취급해야 한다는 것이다. 즉 사회주의 리얼리즘 문학은 프롤레타리아의 삶과 투쟁을 취급하고, 사회주의적 윤리와 도덕을 강조하며, 계급의식을 가진 프롤레타리아의 관점에서 세계를 관찰하고 평가해야 한다. 사회주의 국가의 진정한 민중예술만이 다수의 민중에게 접근할 수 있고, 민중의 잃어버린 존재의 총체성을 회복시켜 줄 수 있다. 그리하여 작가 글라드코프나 유리 리제진스키는 '사회주의 리얼리즘'보다는 오히려 '프롤레타리아 리얼리즘'이라는 용어를 사용할 것을 주장했다. 사회주의 리얼리즘은 프롤레타리아의 어떤 점을 강조하는지 밝힐 필요가 있다. 첫째로 사회주의 리얼리즘 문학은 프롤레타리아의 삶과 투쟁을 취급하고, 둘째로 더 많은 프롤레타리아 독자층을 대상으로 글을 쓰며, 셋째로 사회주의적 윤리와 도덕을 강조하고, 그리고 넷째로 계급의식을 가진 프롤레타리아의 관점에서 세계를 관찰하고 평가해야 한다.

좀 더 부연하여 민중성은 단순성, 명확성, 그리고 간결성을 요구한다. 이 말은 작가들이 교육을 많이 받지 못한 프롤레타리아들이 쉽게 이해할 수 있도록 가능한 한 단순하고 간결한 문장과 스타일을 사용해야 한다는 것이다. 이것은 그 이전까지 문학을 풍미했던 모더니즘이나 형식주의에 대한 의식적인 비판이기도 하다. 모더니즘과 형식주의의 난해성, 기교성, 실험성을 거부한다는 함축의미도 담고 있다.

셋째로 계급성은 문학과 예술에서 계급의식을 강조해야 한다는 것이다. 인류의 모든 역사는 계급투쟁의 역사이다. 즉 마르크스와 엥겔스가 말한 것처럼 인류 역사는 착취자와 피착취자, 지배계층과 피지배계층 사이에서 생겨나는 갈등과 투쟁의 역사이다. 그리하여 사회주의 리얼리즘은 문학을 통해 이러한 계급의식을 고취하여 사회주의 혁명 과업을 이룩하는 데 기여한다. 작가는 정치적 입장이나 편견을 초월하여 계급의식을 고취해야 한다.

넷째로 이념성은 사회주의 이데올로기를 강조하는 태도를 말한다. 사회주의는 프롤레타리아 계층을 억압과 착취로부터 해방한다는 명백한 이데올로기를 갖고 있다. 작가는 그러한 이데올로기를 실천하는 수단으로 문학을 사용해야 한다. 문학은 사회주의 국가를 건설하는 데 필요한 하나의 이념만을 추구한다. 사회주의 리얼리즘 문학은 노동자들의 투쟁에 필요한 이념을 제공해야 하며 사회주의자들은 이념을 삶의 나침판으로 삼고 이를 실행에 옮겨야 한다.

다섯째로 전형성이란 미래 사회적 발전의 법칙과 안목을 기초로 하여 작중인물과 사건을 창조하는 것을 말한다. 전형성은 문학이 한 개인이나 사회에 나타나는 가장 특징적인 인간 경험을 다룰 때 가능하다. 전형성은 제반 현상의 특수성이 드러나는 곳에서 획득된다. 전형적인 것에는 가장 개성적이고 독창적인 요소가 들어 있다. 가장 개성적이며 가장 보편적인 것이 전형적인 것이다. 전형성은 엥겔스가 규정한 리얼리즘의 정의, 즉 '전형적인 상황에 놓인 전형적인 인물을 묘사하는 것'에 가까운 개념이다. 그는 전형적 인물과 전형적 상황이 진정한 리얼리즘의 전제조건이라고 주장한 최초의 인물이다. 엥겔스의 말은 19세기적 리얼리즘을 설명하는 데 유효한 수단이다. 그의 전형성은 다수를 대표하는 평균치나 중간치를 의미하는 것이 아니다. 그가 말하는 '전형'이란 현세적 공간의 수평선과 역사적 시간의 수직성이 교차하는, 역사적 발전 과정을 제 몸으로 체현하는 존재를 말한다.

비판적 리얼리즘과 사회주의 리얼리즘의 차이 앞에서 언급한 것처럼 19세기는 비판적 리얼리즘의 시대요, 반면에 20세기는 사회주의 리얼리즘의 시대라 불린다. 러시아 문학에서 비판적 리얼리즘의 시대는 1880년경에 끝난다고 볼 수 있다. 대표적인 작가들로는 투르게네프, 곤차로프, 살티코프-셰드린, 톨스토이, 도스토옙스키가 있다. 사회주의 리얼리즘 시대는 1917년부터 1991년까지로 볼 수 있다. 작가 기준으로 볼 때 고리키에서 시작하여 솔제니친으로 끝난다. 루카치는 "러시아 문학은 오직 1917년의 시점에서만 파악할 수 있다"라고 말했다. 러시아 문학사는 1917년 혁명을 전후로 시대를 구분한다. 19세기 비판적 리얼리즘은 '있는 그대로의 현실'을 그리지만, 사회주의 리얼리즘에서는 '당위적 현실'을 중시한다. 사회주의 국가에서도 부족으로 인한 배고픔이 있을 수 있지만, 그러한 현실을 있는 그대로 그리는 것은 사회주의 리얼리즘이 아니다. 그렇게 그리면 당성이 부족한 것이다. 당성, 민중성, 계급성, 이념성을 강조한 사회주의 리얼리즘의 실상은 고전주의와도 같다는 비판이 나온다. 고전주의는 현실을 모방하는 것이 아니라, 하나의 전범을 갖고 규범에다 짜 맞춘다. 고전주의 속성을 공유하는 것이 사회주의 리얼리즘이다. 이들의 차이를 도식화하면 〈표 2〉와 같다.

무갈등 이론 스탈린주의로 획일화된 사회에서 생겨난 소비에트 문예창작 이론은 '무갈등 이론'을 기초로 한 것이다. '무갈등 이론'이란 사회주의 리얼리즘이 공고화되면서 확산된 문예창작 이론으로, 노동해방이 성취된 사회주의 국가에서는 더 이상 부르주아 시대와 같은 개인과 공동체 사이의 갈등이 존재할 수 없다는 주장이다. 19세기의 비판적 리얼리즘은 억압적인 사회

〈표 2〉 비판적 리얼리즘과 사회주의 리얼리즘의 차이

	비판적 리얼리즘	사회주의 리얼리즘
전형적 인물	문제적 주인공(중도적 주인공)	긍정적 주인공(완성된 인물)
전형적 환경	자본주의(러시아 제국)	자본주의 혹은 사회주의
인물의 행동	개인의 자기 인식	민중들의 집단적 행동
현실	있는 그대로의 현실	당위적 현실(규범에 맞는 현실)
실상	현실의 세부묘사	고전주의나 성자전의 속성 (규범에 짜 맞추기)
전망	유토피아적 환상 제시 (구체성 결여)	자본주의 대안으로 사회주의 전망 제시 (낙관적 전망과 구체성 확보)

와 해방을 꿈꾸는 개인의 대립을 보여 주어야 했지만, 사회주의 리얼리즘은 그처럼 존재하지 않는 대립을 묘사해서는 안 된다. 그리하여 소비에트 소설은 무조건 사회 찬양이나 일상적인 마찰, 충돌만을 소재로 택할 수밖에 없었다. 이러한 무갈등 이론을 내세운 사회주의 문학은 천편일률적인 내용으로 인해 결국 자연적으로 쇠퇴의 길로 들어선다. 스탈린 이후 창작의 자유가 어느 정도 허용되었지만, 소련이 망할 때까지 사회 비판을 금지하는 풍조는 유지되었다.

긍정적 주인공과 호모 소비에티쿠스 사회주의 리얼리즘이 강조하는 다섯 가지 규범을 충족시키는 문학은 특별한 주인공을 요구한다. 주인공은 낙관적 전망을 지닌 긍정적 주인공이어야 한다. 긍정적 주인공은 저항을 통해 부정적 환경을 바로잡으려는 인물을 말한다. 그의 실천적 행동은 잘못된 환경을 개조함으로써 올바른 역사를 창조하는 방향으로 나아간다. 긍정적인 주인공은 부정적 세계관을 지양하고 낙관적 세계관을 가져야 한다. 소설의 결말에 가서 주인공은 민중과 함께 승리의 신념을 확신한다. 미래의 승리는 기정사실화된 것으로서 민중들의 낙관적 신념을 기초로 해야 한다. 그리하여 사회주의 리얼리즘은 미래의 사회주의 국가를 유토피아의 세계로 만든다는 미래 지향적 세계관을 나타낸다. 긍정적인 주인공들의 최대 목표는 궁극적으로 미래의 유토피아인 사회주의 국가 건설이다. 긍정성을 강조하는 사회주의 리얼리즘은 낙관주의 미학이다. 그리하여 사회주의 리얼리즘의 낙관주의 미학은 서사시적 체계로 소비에트 문학의 이상을 창조한다. 노동자의 영웅 스타하노프는 긍정적 영웅주의의 모델이 된다.

소비에트는 '새로운 인간'을 강조했다. 그 '새로운 인간'으로 탄생한 것이 '호모 소비에티쿠스(homo sovieticus)'이다. '호모 소비에티쿠스'는 소비에트 시절 '체제 순응적인 인간'을 지칭했다. 다시 말해 약 70년 이상의 마르크스·레닌주의 실험의 결과로 소비에트식의 발상·사고·행동을 하게 된 사람들을 가리켰다. 특히 스탈린 시대에 모든 인민은 공산주의적 인간으로 새로 태어나야 했다. 사회주의 리얼리즘이 강조하는 긍정적인 인물도 일종의 호모 소비에티쿠스이다. 대표적인 소비에트 반체제 인사이자 작가였던 시냡스키에 의하면, 새로운 인간형은 ① 이상사회 건설에 대한 무한한 헌신과 신념으로 무장해 있고, ② 말을 행동으로 단호히 옮기는 능력이 있으며, ③ 홀로 있더라도 항상 집단(계급)의 대표자를 자임하여 공동의 목적에 복무해야 한다. '새로운 인간'은 고독하게 사고하며 말과 행동 사이에서 망설이는 부정적 인간이 아니라, 공동체의 미래를 위해 온전히 투신하기로 결의한 '긍정적 영웅'으로서 '공산주의적 인간'과 같다.

사회주의 리얼리즘과 중세 문학 사회주의 리얼리즘의 문학은 고대(중세) 러시아 문학과 여러 가지 점에서 공통된다고 말할 수 있다. 특히 문학과 예술의 원칙에서 그들은 공통된 방법론과 원칙을 고수한다. 사회주의 리얼리즘 문학의 전체적인 패러다임은 '성자전'과 '빌리나(영웅서사시)'를 통합한 것처럼 보여 다시 고대 문학의 전통으로 회귀한 느낌이다. 두 문학의 공통점을 추적해 볼 필요가 있다.

첫째로 '성자전'과 '빌리나'에서나 사회주의 리얼리즘에서나 둘 다 긍정적 이미지의 주인공을 제시했다. 양쪽 모두에서 주인공은 종종 성자의 이미지를 갖거나, 다른 경우 빌리나의 주인공인 보가티르(전사, 투사)로 출현하는 예가 많다.

둘째로 주인공들은 낙관주의적 세계관을 가져야 했다. 그들은 미래 지향적이며 궁극적으로는 유토피아를 건설하고자 했다. 교회가 그리스도의 가르침으로 기독교적 유토피아를 건설하고자 하는 것처럼, 소비에트 역시 당파성의 원칙으로 사회주의 유토피아를 건설하고자 했다. 기독교 세계는 성자들이 꿈꾸는 세계이며, 사회주의는 스탈린이 꿈꾸는 무갈등의 세계인 것이다. 그들이 추구하는 세계는 갈등이 없는 유토피아의 세계이다.

셋째로 주종의 모델을 기초로 한다. 주종의 모델은 정신적 지주(mentor)와 제자(mentee)의 관계가 성립된다고 할 수 있다. 그리하여 성자전 속 신과 사도라는 주종의 모델이, 사회주의 리얼리즘 문학에서는 스탈린과 작가 또는 혁명가와 운동원이라는 모델로 변주되어 나타난다.

넷째로 양쪽 다 일정한 구조적 모델을 제시한다. 성자전이나 사회주의 리얼리즘 소설은 가족의 기원, 어린 시절, 청소년기, 교육, 직업, 행위, 죽음, 기

〈표 3〉 성자전과 사회주의 리얼리즘 소설의 구조적 모델

	성자전(11-17세기)	사회주의 리얼리즘 소설(20세기)
가족의 기원	기독교 문화의 부모	프롤레타리아 문화의 가족
어린 시절	성경에 대한 문제의식	당 의식(계급의식)
직업	수도사(수도원 생활)	공장 직공(노동자 생활)
행위	신의 교리에 따른 행동	사회주의 강령에 따른 행동
죽음	성스러운 죽음	주인공의 체포, 구금, 죽음
기적	유품의 기적	혁명의 기적

적이라는 구조적 모델을 제시한다. 좀 더 구체적으로 도표로 만들어 보면 〈표 3〉과 같다.

다섯째로 창작의 제한성을 강요한다. 그러므로 틀에 짜인 문학이 창조된다. 교회는 성자전을 통해 교리를 강요하고, 소비에트는 소설을 통해 사회주의 리얼리즘 강령을 강요한다. 결국, 양쪽 모두 객관성 결여의 주관적 문학, 규범성과 제한성을 요구하는 문학으로 전락한다. 당성, 계급성, 민중성, 전형성, 이념성은 모두 당의 주관성을 강조하는 말이다. 실제 작품에서도 이분법적인 사고방식에서 벗어나지 못한다. 성자전에서 항상 성자와 악마의 갈등이 도출되는 것처럼, 사회주의 리얼리즘 문학에서도 의식하는 자와 유혹자(회유자)의 적대 관계를 기초로 선악의 틀을 도출한다.

사회주의 리얼리즘이 창조한 새로운 인간은 합리적이며 금욕적인 인간으로서 새로운 시대의 성자들이다. 사회주의 성자들은 자신의 모든 것을 희생하고 헌신하는 인간이다. 사회주의자가 자신의 욕망을 극도로 제압하지 못하면 정신 나간 위선자가 되며 자신을 순교자처럼 다스리지 못하면 비판의 대상이 된다. 궁극적으로 개인의 욕망이 없는 성자들은 나중에 기계처럼 자동화된 인간으로 산다. 공산주의가 창조한 노동 영웅들이 여기에 해당한다. 새로운 인간은 성자와 영웅으로서 실수하지 않는 완벽한 인간이라 할 수 있다.

가톨릭주의와 스탈린주의 제정러시아에서는 하나의 교회와 진리가 있었고 이교도를 용인하지 않았다. 소련 시대에는, 아니 적어도 1985년 이전에는 공산주의가 교회를 대신했고, 당의 이데올로기가 종교적 진리를 대체했으며, 반체제자를 더더욱 허용하지 않았다. 스탈린은 기독교의 패러다임을 교묘하게 이용했다. 기독교(가톨릭)와 스탈린주의와의 유사성은 사실 최인훈의 소설 『광장』에도 아주 잘 나타나 있다. 여기서 작가는 공산주의와 가톨릭의 공통점을 흥미롭게 추상하고 있다.

〈표 4〉 최인훈의 『광장』에 나타난 가톨릭주의와 스탈린주의의 유사성

	가톨릭주의	스탈린주의
1	에덴 시대	원시 공산 사회
2	타락	사유 제도의 발생
3	원죄 가운데 있는 인류	계급사회 속의 인류
4	구약 시대 여러 민족의 역사	노예 봉건 자본주의 사회의 역사
5	예수 그리스도의 출현	카를 마르크스의 출현
6	십자가	낫과 망치
7	고해성사	자아비판 제도
8	법왕	스탈린
9	바티칸궁	크렘린궁
10	천년왕국	문명 공산 사회

작가 최인훈이 스탈린주의와 가톨릭교를 한 가지 정신의 소산으로 본 것처럼 많은 문학비평가들이 스탈린에 의해 만들어진 사회주의 리얼리즘을 고대(중세) 문학의 성자전이나 빌리나와 대비시키고 있다. 에덴동산에서 법왕제에 이르는 기독교의 걸음걸이는 그대로 코뮤니즘의 탄생과 걸음에 신비스럽게 들어맞는다. 그들은 쌍둥이 그림이다. 둘 다 튼튼한 권위와 도그마를 바탕으로 이루어진 것이다. 크렘린과 스탈린주의의 정치적 서슬에 맞선 사람은 이단 심문소에서 화형당할 뿐이다. 하느님의 재림이 2천 년 동안 미루어져 온 것처럼, 공산주의 낙원의 재현은 80년 동안 미루어져 오다가 벼랑에서 떨어져 버렸다. 20세기의 소비에트 공산주의는 국가 폭력과 제노사이드(대량학살)의 주도자였다. 한마디로 소비에트 정권은 한 줌의 소수(중심부)에게는 진보였지만, 압도적 다수(주변부)에게는 야만이었다. 공산당은 교회를 대신해서 소비에트의 창시자이며 아버지인 레닌과 스탈린에 대한 숭배를 정착시켰고, 그들의 초상화와 흉상이 새로운 종교의 성상이 되었다.

1953년 3월 스탈린이 죽은 후 소련에서도 소비에트 문학의 현실 미화와 현실 기만(V. 포메란체프), 천편일률성과 개연성의 결여(I. 에렌부르크)에 대한 비판이 시작되었다. 다음 시대에 동유럽 국가들의 문학은 주제와 표현 형식에서 즈다노프 시대의 속박으로부터 신속하고도 명시적으로 벗어나게 되었다. 따라서 그 예술적 결산과 이데올로기적, 미학적 기능에서 이전의 사회주의 리얼리즘과는 상당히 거리가 먼 1960년대의 젊은 산문과 같은 구성이나, 심지어 70년대의 '새로운 산문'(비토프와 라스푸틴)의 열린 구조를 여전히 사회주의 리얼리즘이라는 공통분모에 적용하는 것은 거의 불가능할 뿐만 아니라 의미 없는 일이다. 사회주의 리얼리즘 개념의 교조적 성격을 무디게 하거나 '사회주의 문학'이라는 더 일반화된 개념으로 대치시키려는 노력은 1970년대 이후 곳곳에서 관찰되었다.

마르크스 자신도 의문을 가졌던 공산주의는 약 70년간 자본주의와 경쟁하다가 1990년대 유럽에서 패배한다. 혁명에 대한 열정의 상징이었지만 이제는 철 지난 유물이 되어 버린 레닌과 스탈린 동상은 역사의 뒤안길로 사라져 간 사회주의 리얼리즘의 운명을 그대로 보여 주고 있다. 공산주의 정권이 붕괴하여 오늘날 사회주의 리얼리즘은 흘러간 옛 노래처럼 역사의 흔적으로만 남아 있을 뿐이다. 예술 창작의 자유를 박탈하고 당의 이데올로기만을 강조한 사회주의 리얼리즘은 더 이상 존재할 이유와 가치가 없어졌다. 문학이 특정 이데올로기에 봉사하는 것은 문학의 자기 파괴 행위라 할 수 있다. 그렇지만 사회주의 리얼리즘이 동시대 많은 지식인의 열광적 지지를 받았다는 사실을 간과해서는 안 된다. 인류 역사상 최대의 유토피아 실험실이었던 소비에트 체제가 갖는 의미를 근원으로부터 다시 고찰할 필요가 있다.

오늘날 러시아 문학에서는 그동안 소외되었던 작가들이 새로운 문학적 각광을 받게 되었다. 이제는 러시아 문학사의 방향이 정치에 굴절되지 않고 올바른 길로 가고 있다. 1990년대에 들어와 새로운 러시아 문화 속에서 망명 작가들의 작품과 소비에트 국가 시대에 숙청당했던 작가들의 작품이 부활하기 시작했다. 소비에트 체제라는 거대한 정치구조 속에서 억압받았던 창작 활동이 이제 본연의 모습을 찾아가고 있다고 할 수 있다. 앞으로 러시아 문학의 방향을 쉽게 예견하기는 어렵지만 분명한 사실은 러시아 문학이 정치체제의 옹호나 이념의 선전장이 될 수 없다는 것이다. 미래의 러시아 예술가들은 정치로부터 창작의 자유를 지켜 나갈 것이다.

사회주의 리얼리즘과 성장소설 사회주의 리얼리즘 소설은 일반적으로 성장소설의 플롯을 모방한다. 괴테의 『빌헬름 마이스터의 수업 시대』 같은 성장소설은 일반적으로 로맨틱한 사유의 인간에서 현실적 인간으로의 성장과 발전을 보여 준다. 반면에, 사회주의 리얼리즘 소설들은 의식적 미각성 상태에서 프롤레타리아 의식으로 무장해 가는 과정을 보여 준다. 예를 들면 고리키의 『어머니』와 오스트롭스키의 『강철은 어떻게 뜨거워졌는가』는 성장소설 플롯의 좋은 전범을 보여 준다. 이들 소설에서 주인공들은 바깥 세계와의 갈등을 통해 그리고 각성과 의식 개혁을 통해 성장한다. 좀 더 구체적으로 말하면 사회주의 리얼리즘 소설들은 일차원적 현실성에 고착된 인물이 사회주의 이상을 획득해 가는 과정을 보여 준다. 『어머니』의 파벨과 그의 어머니 닐로브나, 『강철은 어떻게 뜨거워졌는가』의 파벨 코르차긴이 꿈꾸는 이상적 사회상은 현실 인식과 각성을 통한 의식 개혁의 산물인 것이다. 이들 소설은 이념적 이상을 향한 이데올로기적 성장을 그려 냈다고 할 수 있다.

사회주의 리얼리즘과 건신론 사회주의 리얼리즘 문학작품에는 종교 중심의 중세 문학적 요소뿐만 아니라 건신론(богостроительство, God-building)의 개념도 스며들어 있다. 건신론은 러시아 볼셰비키에서 몇몇 저명한 초기 마르크스주의자들이 제안한 아이디어이다. 루트비히 포이어바흐의 '인류의 종교'에서 영감을 받은 건신론 개념은 종교의 폐지 대신에 종교가 지닌 기존의 의식·신화·상징성·사회적 효과를 최대한 이용하여 새로운 의식과 상징성을 가진 신의 종교를 창조하는 것이다. 러시아의 대표적인 건신론자로는 루나차르스키, 막심 고리키, 알렉산드르 보그다노프 등이 있다.

건신론자들은 레닌의 무신론과는 대조적으로 신의 문제에 관해 불가지론을 취했다. 루나차르스키는 『종교와 사회주의』(1908-1911)라는 두 권짜리 저서에서 '건신론'을 주장했다. 그의 말에 따르면 "과학적 사회주의는 모든 종교 중에서 가장 종교적이며, 진정한 사회민주당은 모든 인간 사회 중에서 가장 종교적이다." 그는 어떤 초자연적인 믿음에 기초하지 않고 과학과 양립할 수 있는 종교를 창조함으로써 공산주의 세계관에 부응하는 새로운 종교를 제안했다. 루나차르스키는 전통적인 종교가 거짓이고 착취의 목적으로 사용되었지만, 그것은 여전히 인간 사회에 중요한 감정, 도덕적 가치, 욕망, 그리고 다른 삶의 측면들을 배양했다고 주장했다. 이러한 측면이 수백만 명의 사람들에게 심리적, 도덕적 기초가 되었다면, 종교를 완전히 파괴하는 대신 새로운 공산주의 도덕을 창출할 필요가 있었다. 그는 종교적 가치가 공산주의 도덕의 긍정적인 가치로 변화되어야 한다고 믿었다. 그의 생각에서, 신은 점차 새로운 인류의 비전으로 대체될 것이고, 그리하여 사회주의는 큰 성공을 거둘 것이었다. 루나차르스키와 그의 지지자들은 마르크스주의가 인간에 관해 너무 기계적인 결정론이었고, 그것만으로는 많은 사람에게 영감을 줄 수 없을 것이라고 주장했다. 그들은 그것이 상징성과 의식이 필요한 부분에서 사회적, 심리적 역할을 했다고 주장했다. 볼셰비키 혁명이 성공한 후 소비에트 정부는 모든 종교 활동을 금지했다. 사실 공산주의와 종교는 양립이 불가능하기 때문이다. 하지만 건신론자들은 생각이 달랐다. 그들은 기존의 신을 부정하는 대신 그 자리에 새로운 신성한 이념이나 인격체를 갖다 놓고자 했다. 레닌이나 스탈린은 이러한 건신론을 공식적으로 반대하였으나 사회주의 리얼리즘 문학작품에 나타난 건신론의 요소를 부정할 수는 없다. 건신론의 일면이 사회주의 리얼리즘의 대표작인 고리키의 『어머니』에도 잘 반영되어 있다. 이 소설에서 어머니는 원래 독실한 러시아 정교 신자였지만, 나중에 그 신앙의 내용이 바뀐다. 어머니는 처음에 아들 파벨과 동지들이 만나는 모임에 참석해 보지만, 토론의 내용을 이해할 수 없었다. 그리하여 어머니는 자기만의 방식으로 사회주의 사상을 기독교 교리에 맞춰 이해하고 수용하게 된다. 신앙공동체에서 교인들이 서로 형제애를 강조하듯이, 어머니는 노동자들의 형제애를 강조한다. 노동자들은 모두 국적을 초월해 하나의 형제가 될 수 있다는 것이다.

2. 노동운동의 성서: 고리키의 『어머니』

일반적으로 잘못된 현실에 대처하는 두 가지 유형의 사람들이 있다. 하나는 현실에 순종하며 사는 사람들이고, 다른 하나는 현실과 맞서 투쟁하는 사람들이다. 현실과 타협하는 사람들에게는 발전을 기대할 수 없다. 그러나 현실의 모순과 악을 묵인하지 않고 그것에 적극적으로 저항하는 사람들에게는 언젠가 새로운 미래가 기대된다. 정치적 억압과 노동자에 대한 착취가 공공연하게 이루어지는 사회 현실에서 노동자들은 미래에 대한 어떤 꿈도 희망도 가질 수 없다. 그래서 더 나은 미래의 삶에 대한 꿈을 저버리지 않는 의식 있는 노동자들은 현실 타협보다는 오히려 현실 저항의 길을 택한다. 막심 고리키의 『어머니』는 어머니 닐로브나가 노동운동에 투신한 아들 파벨과 그 동지들을 통해 새로운 지식과 사상을 배우고 터득하며 삶의 진정한 의미를 깨닫게 되는 과정을 아주 흥미롭게 그리고 있다. 아울러 이 소설은 러시아 전제정치 시대를 살아가는 노동자들의 삶을 통해 체제의 모순과 문제점을 지적하고 있다.

고난의 생애 막심 고리키(1868-1936)의 본명은 알렉세이 막시모비치 페시코프였으나 자신의 삶을 상징적으로 대변해 주는 '쓰라린 고통'을 나타내는 러시아어 '고리키(горький)'를 필명으로 사용했다. 그는 니즈니노브고로드에서 가난한 집안의 아들로 태어났다. 일찍이 부모를 여의고 11살 때부터 외조부 밑에서 생활하며 스스로 생계를 위해 일해야 했다. 어린 시절부터 접

고리키

시닦이, 심부름꾼, 부두 노동자, 점원, 건설공사장 인부, 성상 제작소의 도제, 소극장의 단역 배우 등 온갖 궂은일을 하며 자라났다. 고리키는 많은 독서를 통해 왕성한 지적 욕구를 채워 나갔다. 처음에는 낭만주의풍 소설을 발표하다가 나중에는 노동운동을 주제로 한 작품을 주로 발표했다. 그는 민중이 처한 현실을 경험하기 위해 조국을 순례한다. 1905년 러시아 제1차 혁명에 가담한 혐의로 체포당해 감옥에 수감된 그는 그해 말 레닌과 만나 평생의 동지로 사귀게 된다.

러시아 혁명 후 1934년, 고리키는 소비에트 작가 동맹을 결성하고 의장으로 선출되어 문학과 예술에서 새로운 창작 방법인 '사회주의 리얼리즘' 강령을 선포한다. 작가와 혁명가로서 고리키의 전설적인 삶은 오늘날까지도 자주 회자된다. 레닌이 '무산계급 예술의 권위'라고 격찬한 고리키는 세계 프롤레타리아 문학의 대부였다. 그러나 고리키가 위대한 것은 혁명 지향성이라는 이념의 측면에서뿐만 아니라 사회주의 리얼리즘 미학 형성에서 탁월한 작품을 남겼기 때문이다. 구소련의 붕괴에도 불구하고 여전히 그 가치를 인정받는 소수의 작가들 중 고리키는 단연 그 선두에 서 있다. 한국의 근대문학사에서 고리키만큼 우리 문학사에 깊숙이 영향을 끼친 외국 작가도 드물다. 유미주의자 이효석까지도 "진실로 진보적인 문학, 일원적인 문학, 우리를 울리는 문학, 그것을 나는 여기(고리키)에서 찾아낸 것이다"[2]라고 말했

2 한설야 외, 『고리끼와 조선문학』, 김송본 엮음, 좋은책, 1990, 183쪽.

을 정도다. 고리키는 20세기 소비에트 문학의 상징적인 존재요, 러시아 문학의 중심적인 인물로 자리매김되고 있다.

고리키가 일생 내내 충직한 볼셰비키로서 혁명문학의 선봉장이었느냐는 문제에 대해서는 처음부터 많은 논란이 있었다. 각종 혁명사나 공식 문건들은 레닌과 고리키의 굳건한 동지애와 우정을 강조하고 있지만, 사실 그들 사이에는 많은 갈등이 있었다. 러시아 제1차 혁명 실패 후 레닌은 고리키가 심취했던 '건신론'에 대하여 충고했다. 고리키는 이후 1917년 혁명 때 노골적으로 폭력혁명에 반대했고, 내전 때는 자의 반 타의 반으로 폐결핵 요양을 구실 삼아 나라 밖으로 가 버렸다. 물론 이런 갈등은 대부분 레닌의 노력으로 해소되어 다시 우정을 회복했다. 레닌의 사망 이후 스탈린 시대의 고리키는 공산주의의 대표 작가로 활동하기보다는 문학적 전통의 보호자 역할을 했다. 스탈린의 숙청 시기에 고리키는 여러 작가의 목숨을 건져 주었다. 그러나 그의 본성은 스탈린 체제와 마찰을 빚을 수밖에 없었다. 1936년 고리키는 마침내 수수께끼의 죽음을 맞이한다. 오늘날 학계에서 고리키의 죽음은 스탈린의 지시에 따른 살해라는 설이 유력하다.

의식의 혁명 고리키의 『어머니』는 '사회주의 리얼리즘'의 효시가 되는 소설로서 실제 사건을 배경으로 이루어진 작품이다. 이 작품은 당시 민중 속으로 급속히 확산해 가던 프롤레타리아 운동의 전개 과정을 구체적으로 보여 준다. 계급의식이 투철한 혁명적 노동자로 변신하는 아들의 모습을 바라보면서 자신도 의식화되어 혁명운동에 동참하게 되는 어머니 닐로브나가 등장한다. 노동운동을 통한 새로운 인간의 탄생을 알리는 소설로서 어머니는 여러 가지 상징적 의미가 있다.

이 소설에서 작가는 어머니 닐로브나의 사상적 변화를 단계적으로 추적한다. 주인공 닐로브나는 정치사상이나 노동운동에 전혀 무관심한, 아주 소박하게 하루하루를 살아가는 가난한 노동자의 아내였으나 아들의 노동운동을 통해 사회 현실을 점진적으로 알게 된다. 소설에서 파벨의 의식화 과정이 자세하게 설명되지는 않지만, 어머니의 의식화 과정은 아들의 말에서 잘 나타난다.

> 전 금서들을 읽고 있어요. 그것들은 우리 노동자들의 삶에 관해 얘기하고 있다고 해서 금지된 책들이에요…. 그것들은 조심조심 몰래 인쇄된 것이어서 만약에 제가 갖고 있다는 게 발각되면 전 감옥에 가게 돼요. 제가 진실을 알고 싶어 한다는 이유로 감옥에 간단 말입니다. 이해하시겠어요? … 우리 같은 노동자들은 배워야만 해요. 우리는 알고 이해해야만 합니다. 우리의 삶이 어째서 그렇듯 고통스러운가를 말이에요.

공장 노동자인 파벨은 계급의식으로 무장한 혁명적 노동자로 성장한 것이다. 어머니 닐로브나는 아들이 변해 가는 모습에 두려움과 자랑스러움을 동시에 느낀다. 어머니는 아들의 의식화 과정을 보면서 자신도 서서히 문맹에서 벗어나고, 노동운동의 필요성을 의식하게 된다.

현상의 악순환 작가는 러시아 노동자들의 전형적인 삶을 이야기하면서 소설을 시작한다. 매일 술과 도박과 싸움으로 인생을 허비하는 미하일 블라소프는 습관적으로 아내 닐로브나를 구타하며 사회에 대한 불만과 적의를 무의식중에 폭력으로 표출하는 가난한 노동자이다. 힘든 노동으로 인한 육체의 피로를 씻기 위해 마신 술은 가정과 인생을 파멸로 몰아간다. 노동, 술, 싸움, 도박으로 반복되는 생활은 러시아 노동자들의 삶의 현실인 것이다. 반복되는 힘든 생활로 피로가 누적된 노동자는 결국 병들어 죽게 된다. 블라소프는 러시아 공장촌 어디에서나 흔히 볼 수 있는 노동자의 전형으로서 비참한 삶을 살다가 죽는 인물이다. 닐로브나의 삶 역시 인간의 존엄성과 가치를 가진 삶이 아니라 고통의 연속이다. 그녀는 남편과 아들에 의해 좌우되는 완전히 전근대적인 삶을 살아간다. 자신의 의지와는 무관하게 남편 블라소프에게 시집와서 아들 파벨을 낳고, 남편이 죽기까지 아내와 어머니로만 살아온 그녀의 삶은 이해하지 못할 폭력과 인간적인 모욕으로 가득 찬 것이었다. 말하자면 지옥 같은 현실을 벗어날 수 있는 다른 선택의 여지가 없는 상황이었다. 이 소설에서는 반복되는 삶의 고통스러운 현실이 묘사된다. 즉 가진 자가 가난한 자를 억압하고 착취하는 사회 구조와, 그러한 사회에서 경제적 파탄과 육체적으로 고달픈 삶에 지쳐 정신적으로도 황폐해져 가는 노동자들, 그리고 고달픈 삶의 화풀이 대상으로 손쉽게 이용당하는 여성들, 이러한 환경 속에서 자라나 어른이 되면 다시 자기 부모의 전철을 밟는 아이들의 악순환이 그려져 있다. 노동계급에서 되풀이되는 이와 같은 악순환의 구조를 닐로브나에게 상기시켜 주는 사람은 아들 파벨이다. 파벨 역시 처음에는 아버지처럼 술을 마시며 거칠게 행동하는 등 전형적인 노동자의 삶을 산다.

현실 인식 그러나 파벨은 악순환하는 노동자의 현실을 빨리 깨닫게 된다. 어느 날 갑자기 그는 생활 태도를 바꾼다. 파벨은 술을 끊고 몰래 독서를 하며 과거와는 다르게 시간을 보낸다. 당시 사회를 개혁하고자 하는 사회주의 사상가들과 사귀면서 노동의 현실에 눈을 뜨게 된 것이다. 파벨의 집에서 매주 토요일마다 우크라이나인 안드레이, 베소프시코프, 나타샤 등이 열띤 토론을 벌인다. 파벨의 어머니 닐로브나는 처음에 그들의 말을 이해하지 못하고, 그 모임에 거부감이 있었다. 그러나 어느 날 러시아 노동자들의 현실을 알리는 불법 전단이 공장에 뿌려지면서 어머니 닐로브나는 노동의 현실을 알게 되고 점점 동조하게 된다. 어머니는 점진적으로 아들 파벨이 그러한 노동운동의 실체라는 것을 알게 된다. 파벨이 공장촌의 일상적인 생활방식을 파기하고 혁명가가 되었을 때 어머니는 아들의 길을 돕기로 마음먹는다. 처음에 노동자들은 자신들의 권리를 찾고자 공장주의 비리를 파헤치려 한다. 당국의 주목을 받은 파벨은 감옥에 잡혀가고 사람들은 전단 배포의 주동자가 파벨임을 알게 된다. 어머니 역시 공장에서 음식을 팔면서 전단을 공장 안으로 운반한다. 공장 안으로 들어가는 검문은 강화되나 전단은 계속해서 공장 안에 유포된다. 그러던 중 파벨과 함께 수감되었던 우크라이나인이 먼저 출옥하여 어머니의 집에서 생활하게 된다. 어머니는 우크라이나인을 아들처럼 생각하게 되고 사회 현실을 점점 더 많이 알게 된다. 이 작품에서 어머니 닐로브나의 형상은 노동자들의 어머니라는 상징적 의미가 있다. 파벨의 동지들은 모두 닐로브나를 어머니라고 부른다. 이들 노동혁명가들이 서로 진정한 형제애를 느끼는 것은 닐로브나의 사랑을 통해서였다. 아들의 가장 친한 친구이자 동지인 안드레이는 이렇게 말했다. "우리는 모두 한 어머니의 자식들입니다. 이 세상 모든 노동자는 한 형제예요."

한편 공장의 화부로 일하는 중년의 농촌계몽운동가 리빈은 도시에서 노동자의 삶을 청산하고 농촌으로 들어가 농민들을 계몽하고자 한다. 출옥하게 된 파벨은 사회 개혁 운동을 계속해서 벌인다. 파벨은 모든 노동자의 시위를 계획한다. 마침내 메이데이에 광장 앞에서 민중들은 구호를 외치며 시위를 벌인다. 메이데이의 시위는 군대의 진압으로 실패했으나 그 성과는 컸다. 이 광경을 본 어머니는 아들 파벨을 자랑스럽게 생각하게 되었고 그날의 사건을 마음속에 간직한다. 아들이 구속된 후 어머니는 시내에 있는 니콜라이의 집으로 거처를 옮긴다. 거기서 어머니는 니콜라이의 누나인 소피아를 알게 된다. 소피아의 남편은 시베리아 유형에서 죽었고 그녀는 노동운동가로 활동한다. 어머니 닐로브나는 리빈에게 책과 신문을 전하기 위해 소피아와 함께 농촌을 방문한다. 이후 니콜라이는 전과는 달리 적극적으로 노동운동에 투신하고 어머니 또한 그를 진심으로 좋아하게 된다. 이제 어머니는 사회주의 운동에 적극적으로 참여하며 아들의 재판을 기다린다. 어머니가 자청하여 리빈에게 전단을 가져가던 도중에 리빈이 시골 광장에서 농민들을 선동하다가 체포당하는 것을 목격하게 된다. 어머니는 그 지역의 농민들에게 전단을 몰래 전해 주고 집으로 돌아온다. 집에 돌아왔을 때 니콜라이의 집은 경찰의 수색을 당한 뒤였고 얼마 후 베소프시코프가 탈옥하여 돌아온다. 그 후 어머니는 이바노비치의 장례식에서 사회주의자들의 시위를 목격하나 침착하게 행동하여 위기를 모면한다. 전부터 논의해 온 파벨의 탈옥 계획은 파벨의 거부로 실행되지 못하고 대신에 리빈이 탈옥에 성공한다.

마침내 재판이 열리고 파벨은 법정에서 자신의 사상을 말하며 사회의 부조리를 고발하나 파벨 등은 유형을 받게 된다. 닐로브나는 부당하게 일방적으로 처리되는 재판 과정을 지켜보며 아들의 사상에 더욱 동조하게 된다. 재판 도중에 그녀는 자신이 감시받고 있다는 사실을 눈치챈다. 집에 돌아온 닐로브나는 니콜라이의 부탁으로 거처를 류드밀라의 집으로 옮긴다. 그리고 니콜라이가 경찰에 잡혀갔음을 알게 되나 이제는 그녀도 눈물에 강해져 있었다. 어머니는 재판 도중 아들이 말한 연설문을 유포하러 역으로 나간다. 그 역에서 어머니는 재판 중에 만났던 미행자를 보게 되고 그 순간 전단을 뿌리며 진심 어린 연설을 한다. 그때 헌병들이 그녀에게 달려들어 무자비한 폭행을 가하고 그녀를 끌고 간다.

노동자의 어머니 원래 어머니라는 말은 사랑과 희생의 다른 이름이다. 어머니의 사랑은 자식의 생명을 존속시키고, 세상의 평화를 유지하는 힘을 갖는다. 세상에 나갔다가 지치고 상처 입은 자식들은 어머니의 품에서 위안과 힘을 얻는다. 어머니의 거룩하고 끝없는 사랑에 필적할 만한 것은 없다. 고리키의 소설에서 여자는 약하지만, 어머니는 강하다. 그 어머니는 용기 있는 여성으로 운명을 바꾸고 세상을 바꾼다. 어머니 닐로브나는 처음에 폭력적인 사내의 아내요 한 청년의 어머니였으나, 결국 개인의 어머니가 아니라 모든 노동자의 어머니로 다시 태어난다.

우리에게는 민족도 종교도 없고 오직 동지 아니면 적이 있을 뿐이다. 노동자들은 모두 우리의 동지들이고 배부른 자들, 권력자들은 모두 우리의 적이다.

어머니는 자본가와 노동자를 화해의 여지가 없는 적대적 관계로 주장한다. 그녀의 주장은 선명한 계급사상을 보여 준다. 노동자들은 국적을 초월해 하나의 형제가 될 수 있고 연대할 수 있다. 남편 블라소프의 온갖 학대에 시달리며 무의미하고 무가치한 인생을 살아온 어머니가 노동혁명에 동참하는 것은 무지하고 순박한 노동자가 자본가인 지배계층에게 착취당하기를 거부하고 새로운 세계를 건설하기 위해 혁명에 동참하는 것을 의미한다. 이제 그녀는 학대받는 여자 노동자에서 민중의 자유를 위해 투쟁하는 투사요 지도자로 변신한다. 혁명사상에 대한 민중의 인식 과정은 어머니와 파벨의 의식화 과정과 같다. 고리키는 노동자를 상징적으로 대표하는 어머니 닐로브나의 개인적 형상을 통해 민중의 의식화 과정을 보여 주는 데 성공했다. 현실에 무지했던 초기의 어머니는 신음하고 억압당하는 러시아 전체의 상징으로서 황제의 전제적 횡포와 부유한 지주계급의 착취와 수탈로 파멸해 가는 러시아 민중을 의미했다. 그러나 이제 노동 현실의 악순환을 깨달은 어머니는 날로 변해 가고 깨어나는 미래의 러시아 민중을 대표한다고 할 수 있다.

분노의 문학 『어머니』는 인간의 분노를 주제로 한 '분노의 문학'으로서 감동보다는 '분노'를 느끼게 하는 작품이다. 독자에게 분노와 함께 투쟁 의지를 북돋아 주는 노동운동서라 할 수 있다. 분노에 대해 대체로 '분노'란 그것을 일으킨 대상에 보복하고 공격을 가하고자 하는 충동을 일으키므로 위험하다는 부정적인 시각도 있고, 오히려 분노는 목표 달성에 필요한 에너지나 행동의 강도를 증가시키고 또 개인적 목표 달성을 촉진하는 힘도 부여한다는 긍정적 시각도 있다. 서구에서는 중세 이후 대체로 부정적인 시각이 지배해 왔으나, 최근에 와서 분노는 인류 초기부터 함께해 온 감정이며 심지어 서구문화는 '분노'에서부터 시작되었고, 그것은 인간의 삶을 매우 활기 있게 만들어 주었다고 해석하면서 분노의 의미와 그 표출을 강하게 인정하는 시각이 생겨났다. 실제로 그리스 신화에서 특히 신들과 영웅들의 분노는 그들의 속성에 속하는 당연한 것으로 여겨졌고 '분노의 여신'이라는 존재도 중요하게 다루어졌다. 이 여신은 원래 '네메시스(Nemesis)'라 불렸는데 이는 '의당 받을 몫의 분배'라는 뜻으로 '정의로운 분노의 여신'을 이르기도 했다. 그녀는 악한 행동을 벌하는 의로운 보복의 신으로서 특히 거만한 자와 불손한 자들에 대하여 분노하고 복수하는 역할을 했다.

『어머니』에서 '분노의 여신' 이미지는 어머니 닐로브나의 이미지로 표현되고 있다. 소설의 주인공인 어머니와 아들은 '분노하는 인간(homo iracundus)'이다. 플라톤은 "분노는 건강한 사회의 바로미터"라고 했고, 시인 네크라소프는 "슬픔도 분노도 없이 살아가는 자는 조국을 사랑하고 있지 않다"[3]라고 말했다. 어머니와 아들은 가정의 폭력뿐만 아니라 자본가의 폭력에 분노하며 일어선다. 열네 살이 된 파벨은 아버지의 폭력에 "건드리지 마세요. 참을 만큼 참았어요!"라며 당당하게 맞선다. 아버지가 사망하자 가난 속에서 남편에게 늘 순종하고 희생하는 삶을 살아야 했던 어머니 닐로브나 역시 자본가와 권력자의 폭력에 대항한다. 늘 종속적인 삶을 살았던 어머니가 아들의 의식화 과정을 통해 주체적 인간으로 변화하는 모습은 감동적이다.

러시아 혁명 속의 여성 러시아에서 여성은 어떤 존재였는가? 19세기 중반까지 봉건적 농노제도를 유지하던 러시아에서는 20세기 초 사회주의 혁명이 일어나고서야 차르의 전제정치가 종말을 맞게 된다. 19세기 러시아 문학작품에서 여성들은 남성들과 비교하여 긍정적인 이미지로 부각되었다. 주

3 니콜라이 네크라소프의 풍자시 「신문열람실」(1863-1865)에서 인용한 구절이다.

인공으로 등장하는 많은 여성이 깊이 있는 긍정적 영혼을 보여 주었다. 그들은 19세기 러시아의 모순적 상황에서도 여성으로서의 다양한 존재 방식과 자기 인식, 그리고 사랑의 형태를 제시해 주었다. 하지만 1917년의 혁명은 많은 것을 바꾸어 놓았다. 혁명은 가부장제도의 사회에서 종속적인 삶을 살아가던 여성들에게 사회 활동의 기회를 주었다. 사회의 타자로 존재했던 여성들, 특히 하층계급의 여성들은 혁명 과정에서 주체로 참여하게 되었다. 1905년 혁명이나 1917년 혁명 당시 모스크바와 페테르부르크 공장의 여성 노동자들은 혁명에 적극적으로 참여했다. 고리키의 『어머니』는 소외되었던 무지한 여성 노동자가 혁명에 자발적으로 참여하는 과정을 잘 보여 주고 있다. 소비에트 이후 여성 해방은 성의 해방이라는 극단적인 주장으로 발전하여 가정과 직장에서 평등을 강조하는 방향으로 나타났다. 그러나 외면적인 현상의 평등 뒤에는 여성 노동력을 착취하려는 스탈린의 유토피아 기획이 숨어 있었다. 성의 해방은 사회주의 건설을 위한 새로운 인력 '호모 소비에티쿠스'를 생산하기 위한 도구적 개념일 뿐이었다. 즉 다산한 어머니에게 주어졌던 '어머니 영웅'이라는 칭호는 소비에트의 '노동 영웅'을 낳아 주는 생산자로서의 여성의 역할을 강조한 것이다. 고리키의 『어머니』에서처럼 사회주의 혁명의 주체로 참여했던 많은 평범한 여성들, 여성 노동자들은 혁명이 완수된 후 여전히 억압받는 타자의 위치에 존재했다. 여성 해방이 완벽하게 실현되고 있다는 정치적 프로파간다와는 반대로 문학작품에서는 살아 있는 해방된 여성들을 찾아보기가 어렵다. 19세기 러시아 제국에서부터 소비에트 시대를 거쳐 오늘날까지도 러시아는 여성과 성, 가족의 문제에 있어서 과거의 가부장적인 관념을 그대로 존속시킨 채 외적 평등만을 외쳐 댈 뿐이다.

노동운동의 성서 러시아 문학사상 최초의 노동자 소설 『어머니』는 일종의 역사적 기록물로서 전 세계 사회주의 리얼리즘 문학의 발전과 확산에 커다란 영향을 주었다. 고리키의 창작은 언제나 높은 사상성을 담고 있을 뿐만 아니라 인간의 이상에 대한 확고한 신념을 보여 준다. 『어머니』는 세계문학사에 최초로 등장한 영웅적 노동자상을 주인공 파벨을 통해 제시했다. 고리키의 노동자는 러시아 노동자들의 운명뿐만 아니라 전 세계 노동자들의 운명을 걱정하는 인간이다. 노동자들의 인간다운 삶을 위해 투쟁의 고삐를 늦추지 않았던 실천적인 작가 고리키는 러시아의 더 나은 미래를 위한 투쟁 계급이 노동자 계급임을 확인해 주었다. 고리키는 언제나 과거와 미래를 잇는 구름다리로 존재한다. 고리키의 『어머니』는 80-90년대 우리나라에서도 대학생이나 노동운동가들의 필독서였으며 노동운동의 성서로 알려졌다. 아직도 열악한 환경 속에서 일하며 살아가는 노동자들에게 고리키의 작품은 여러 가지 혜안을 주고 있다.

이 소설의 가장 커다란 가치는 계급과 성(gender)의 해방에 대한 작가의 관심이다. 그는 계급과 성에 관한 관심을 창조적으로 결합하여 더욱 풍부한 역사적 인식에 도달했다. 계급은 끊임없이 변화하는 동적인 관계 속에서 형성된다. 그 관계는 인간과 구조 사이의 관계도 아니고 바로 인간들 사이의 관계이다. 이 작품에서 특히 노동계급은 단순히 자본주의 체제의 산물 내지는 희생물이 아니라 주어진 조건에서 자신들의 가치와 전통, 문화를 지키고자 싸우는 능동적인 존재로 다시 태어난다.

3. 러시아 빈민의 초상: 고리키의 『밑바닥』

문학작품은 한 시대의 상황을 반영하는 거울이다. 이런 의미에서 19세기 말 러시아 문학작품들은 당시의 상황을 잘 보여 주는 생생한 자료라고 할 수 있다. 그것은 작품에 그려진 현실의 구체적인 모습에서도 확인된다. 당시 대다수 러시아인은 경제 공황과 기근으로 비참한 삶을 살아가야 했고, 밑바닥 생활로 전락한 부랑자들도 급증했다. 고리키는 초기의 단편에서 그러한 부랑자를 많이 등장시켰다. 작가의 말에 의하면 희곡 『밑바닥』은 "지난날 인간으로 불리던 사람들의 세계에 대한 12년에 가까운 관찰의 총체"라고 한다. 정확하게 1890년부터 작품이 출판되던 1902년까지 약 12년간의 러시아 빈민가 현실을 폭로했다. 악취로 가득 찬 지하실의 싸구려 여인숙(합숙소)에서 생활하는 사람들은 하루하루를 근근이 살아가는 부랑자들이다. 여인숙에 갑자기 나타난 순례자 노인 루카의 '위로하는 거짓말'에 그들은 한때 희망을 품지만, 그것은 당시 사회 현실을 변혁시키기에는 너무나도 무력할 뿐이다. 여기에 대조적으로 야바위 도박사 사틴의 인간에 대한 찬가가 드높이 울려 퍼진다. 작가는 부랑자들의 생활을 매우 생생하게 묘사하는 동시에 심오한 인간 철학의 문제를 전개한다. 『밑바닥』은 그렇게 하나의 주인공을 내세우지 않고 빈민들의 초상을 보여 준다.

제목의 시학 제목의 시학이란 제목이 어떻게 만들어지고 붙여졌는가에 대한 문제뿐만 아니라 제목이 갖는 다양한 함축의미를 연구, 분석해 보는 일이다. 특히 이 드라마의 제목 『밑바닥(На дне)』은 가난하고 굶주린 민중의 고통스러운 삶을 있는 그대로 보여 주는 담론에 대한 많은 정보를 함축하고 있다. 사실 고리키는 제목을 정하는 데 많이 고심했다고 한다. '태양 없이', '집단 합숙소', '삶의 밑바닥에서', '밑바닥' 등의 제목들 가운데 어느 것으로 할까 고민하다가 결국 작품의 배경이 되는 지하합숙소(여인숙)의 이미지와 하류 생활자들의 삶을 함축적으로 표현할 수 있는 '밑바닥'을 제목으로 선정한다. 이 희곡작품은 우리나라에서 1949년 함대훈에 의해 최초로 번역되어 『밤주막』이라는 제목으로 소개되었다.

고리키의 『밑바닥』은 1902년 모스크바 예술극장에서 초연이 성공을 거둔 이후 그 극장의 주요 레퍼토리가 되었으며 세계 각국에서 상연되었다. 국내에서는 스타니슬랍스키가 정한 배역들의 멋진 연기가 인기의 결정적 요인이었다. 해외에서의 대성공은 이런 유형의 희곡이 갖는 극도의 참신성으로 설명될 수밖에 없다. 배경의 사실성과 철학적 대화의 참신성이 러시아적이다. 방랑자, 도둑, 그리고 매춘부의 심오한 대화는 소설적 재미를 주기도 한다. 1936년에는 J. 르누아르 감독, 장 가뱅·루이 쥬베 주연의 프랑스 영화로, 1957년에는 구로사와 아키라 감독의 일본 영화로 각색되기도 했다. 우리나라에서도 『밑바닥』은 장기 공연되는 작품으로 언론과 평단, 관객의 호평을 받았다. 장기 공연에 앙코르 공연까지 할 정도로 대학로 뮤지컬의 수작으로 평가된다.

부랑자 합숙소 이야기 『밑바닥』에 등장하는 밑바닥 생활자들은 당시 러시아 사회에서 흔히 볼 수 있는 인물들이었다. 작품의 배경이 된 도시 니즈니노브고로드의 경우 1901년 문서에 따르면 약 4,000명의 부랑자가 있었다고 전해진다. 19세기 말과 20세기 초는 경제와 사회제도의 심각한 변화로 사회 전반이 혼란하던 시대였다. 작가는 싸구려 합숙소를 무대로 오랫동안 관찰해 온 여러 부랑자의 삶을 소개한다. 여기서 합숙소는 이른 봄의 아침에 햇살도 비치지 않는 동굴과 같은 밑바닥 생활자들의 집합소이다.

등장인물들이 벌이는 사건들이 전개되고, 주요 인물들의 이념적 대립이 나타난다. 동굴 같은 지하실인 빈민 합숙소에는 다양한 부랑자들이 함께 살고 있다. 사람들은 서로 욕하고 싸우며 아무런 희망도 없이 하루하루를 보낸다. 이러한 싸움 속에서 서로에 대한 미움만 커져 간다. 이때 순례자 루카 노인(60세)이 새롭게 합숙인으로 등장한다. 루카는 죽음 이후에는 영혼의 휴식이 존재한다며 고통을 호소하며 죽어 가는 열쇠공의 아내 안나(30세)를 따뜻하게 위로한다. 그날 밤 남작과 사틴은 타타르인과 조프를 상대로 사기도박을 하면서 알코올 중독자 배우(40세)에게 자선병원이 생겼으니 알코올 중독을 고치고 새 생활을 시작하라고 권고한다. 배우는 믿음을 가지고 새 삶을 준비한다. 루카는 주인집 바실리사(26세)의 여동생 나타샤(20세)와 그녀와 사랑에 빠진 도둑 페펠(28)에게 황금의 시베리아로 같이 도망가서 살라고 충고한다. 그리고 어떤 대학생이 자신을 사랑했지만, 아버지의 반대 때문에 권총으로 자살하려 했다는 매춘부 나스탸(24세)의 이야기를 사람들이 비웃고 놀려 대자, 루카는 만일 나스탸가 진실이라고 믿는다면 그것은 진실이라고 말하며 그녀를 위로한다. 그러나 루카의 이러한 노력에도 불구하고 안나는 폐병으로 고통 속에서 죽어 가고, 페펠은 한때 자신의 정부였던 바실리사의 모함으로 살인죄를 뒤집어쓰고 감옥에 끌려간다. 그리고 배우는 공연의 끝에 가서 목을 매 자살하고 만다. 진눈깨비가 내리는 밤, 지하실 합숙소가 혼란한 틈을 타서 루카는 사라지지만, 루카의 말과 행동이 여기 밑바닥 사람들의 마음을 미묘하게 흔들어 놓는다. 등장인물들이 가진 소박한 꿈마저 좌절로 끝나면서 드라마는 밑바닥 인생의 비루함을 전달한다.

예술사조 『밑바닥』을 이해하기 위해서는 막심 고리키의 작품 속에 일관적으로 제시되는 문학사조인 사실주의와 자연주의에 대한 이해가 우선되어야 한다. 사실주의란 객관적 사물을 있는 그대로 정확하게 재현하려는 태도의 문학사조를 말한다. 사실주의는 콩트가 주창한 실증주의의 영향과 함께 이상주의적 계몽주의와 환상적 낭만주의에 대한 반작용으로서 19세기 중엽부터 발달하기 시작한 예술운동에 근거를 두고 있다. 자연주의란 프랑스를 주축으로 하여 19세기 사실주의를 이어받아 세기말에 융성했던 문학사조를 말하는데, 인간의 생태를 자연현상으로 보려는 사고방식을 뜻한다. 자연현상으로 본 인간은 당연히 본능이나 생리의 필연성에 강력하게 지배되는 존재이다. 즉 인간이 자신의 처지를 개척하기보다는 숙명적으로 받아들이는 태도를 말한다.

이 연극은 제정 말기 러시아 사회의 저변을 사실적으로 묘사하고 있다. 그러나 『밑바닥』은 단순한 풍속극이나 사실극은 아니다. 자유롭게 생각하고 본심을 털어놓는 사람들, 밑바닥 상황으로까지 내몰렸기 때문에 오히려 인간 존재의 '실존', 인간의 자유를 근원적으로 추구하는 사람들에 의한 철학적인 '토론 드라마'라는 성격도 있다. 루카가 주장하는 위안과 거짓의 철학도 제법 설득력이 있지만, '거짓은 노예와 주인의 종교다'라는 사틴의 입장도 설득력이 있다. 작가 고리키도 만년에는 '직업적 위안자'인 루카를 부정한다.

장르 이 작품은 외형적으로 '4막 극'으로서 작가의 20여 년에 걸친 '부랑자' 체험을 바탕으로 삶의 밑바닥을 살아가는 사람들에 관해 이야기하고 있다. 첫 3막은 루카의 철학과 이데올로기, 성격을 묘사한 반면에, 마지막 제4막은 사틴과 봉기에 대해 언급한다. 극적 구성에서 이질적인 장르들이 혼재되어 있다. 서로 다른 장르적 요소가 공연예술이라는 관점에서 서로 약하게 연관되어 있음이 보인다.

이 희곡은 해석의 어려움과 동시에 공연의 어려움도 따른다. 전통적 희곡의 규범에 비추어 보면, 행위의 주제적 통일성과 일관성이 부재한다. 임의적 해석을 가능하게 해 주는 중심적 사건이나 갈등이 부족하기 때문이다.

더 나아가 해석의 다양성을 가능케 하는 사건들이 산재되어 있기 때문이기도 하다. 등장인물들의 서로 충돌하는 논리가 불확정적으로 전개되기도 한다. 그들의 이념적 아포리즘으로 가득 찬 대화를 이해하기가 쉽지만은 않다. 궁극적으로는 루카의 이념이냐, 사틴의 이념이냐에 대한 논쟁이 일어나 단일한 이념의 틀로 해석하기가 어렵다. 이것이 본질적인 문제의식에 대한 의문을 낳는다. 결국 작가의 명백한 이념적 주장이 무엇이냐는 것이다. 작가는 명료한 이념적 체계를 보여 주기보다는 미해결의 문제의식을 보여준다.

구성 이 작품에서 등장인물들의 행위와 에피소드는 서로 인과적 연관을 맺고 있지 않다. 즉 통일적 사건이 없다. 극적 발전도 거의 없고, 구조도 없으며, 중심축도 없다. 중요한 것은 파편적인 외적 행위들 사이에 전개되는 논쟁적 대화이다. 불행에 빠져 있고 아무런 희망도 없는 밑바닥 사람들을 위로하고 희망을 안겨 주고자 하는 루카와 그에 대해 조롱하고 냉소적으로 대하는 여러 인물의 다면적인 대화가 이 작품의 이념적 긴장을 형성하고 있다. 전통적인 극작법을 기준으로 갈등과 긴장을 구별한다면 다음과 같다. 다면적 슈제트와 갈등의 병렬성으로 중심축 없는 구조라 할 수 있다.

첫째 갈등은 사랑의 갈등이다. 합숙소 주인 코스틸레프와 그의 아내 바실리사, 바실리사의 정부 페펠, 그리고 바실리사의 여동생 나타샤 사이에 전개된다. 그들의 갈등은 인과적으로 묶을 수 있는 하나의 통일된 갈등이다. 둘째 갈등은 독자적 성격의 갈등이다. 예로서 노동자 클레시치와 죽어 가는 그의 아내 안나 사이의 관계는 독자적인 갈등구조를 형성한다. 퇴락한 남작과 몽상 속에서 자신의 사랑을 꿈꾸는 나스탸 역시 독자적인 성격의 갈등을 일으킨다. 배우와 부브노프, 알료시카 등의 개인적 운명도 나름대로 독자적 성격의 갈등이다. 루카와 사틴 역시 독립적인 성격의 갈등을 형성하고 있다. 고리키는 희곡의 복잡한 내용을 표현하기 위해 새로운, 예기치 않은 가능성을 만들어 주는 특수한 다음성적 대화를 창조하고 있다.

『밑바닥』에는 정해진 주인공이 없다. 등장인물 모두가 주인공이다. 고리키가 처음에 『밑바닥』에 '태양 없이'라는 제목을 붙이고, 모스크바 예술극장의 배우이자 연출가인 스타니슬랍스키에게 '주인공은 태양입니다'라고 한 말을 곱씹어 볼 만하다. 순례자, 부랑자, 간이 숙박소의 숙박인들, 즉 룸펜 프롤레타리아트(lumpen proletariat, 부랑자), 무법자 인간들이 이 연극의 주인공이다. 고리키의 말에 따라, '생활하다가 실패하고, 모멸당하고 비웃음을 산' 인텔리겐치아도 이 작품의 주인공이다.

해석의 다양성 이 희곡의 중심에는 서로 이념과 견해를 달리하는 루카와 사틴이라는 등장인물이 있다. 의견의 대립에도 불구하고 두 인물은 고리키와 닮은 점이 있다. 현실을 미화하는 루카는 낭만주의 경향을 추구하던 초기의 고리키를 연상시키고, 현실을 있는 그대로 전달하고자 하는 사틴은 사실주의 경향의 고리키를 연상시킨다. 작가는 루카와 사틴을 통해 진실과 거짓의 문제를 심층적으로 분석한다. 또한, 작가는 인간에게 진정으로 필요한 것이 무엇인가에 대한 철학적 문제를 제시하고 있다. 루카는 설령 거짓말일지라도 사람들에게 희망을 주고 위로가 될 수 있다면, 그것은 필요하다고 주장한다. 반면에 사틴은 사람들에게 진실로 필요한 것은 위로가 아니라 사실을 직관할 수 있는 진실이라고 주장한다. 작품 속에서 작가는 거짓과 진실의 문제에 해답을 제시하지는 않는다. 이것이 오히려 이 작품의 해석 지평을 폭넓게 한다.

① **전통적 해석**: 고리키는 자기 삶의 밑바닥 체험을 바탕으로 러시아 사회의 혁명 필요성을 강조하고 있다. 루카의 거짓된 위로는 밑바닥 사람들을 그 밑바닥에서 끌어내 주지 못하기 때문에, 고리키는 사람들에게 가차 없는 삶의 진실을 깨닫고 인간 자신의 힘으로 그것을 극복하기 위하여 봉기할 것을 촉구한다. 이러한 해석은 모스크바 극장의 초연 이후 소비에트에 이르기

까지 이어져 온 오래된 전통이다. 이렇게 바라보면, 사틴은 루카의 논리에 대립하는 긍정적인 인물이 되고, 제4막에서 전개되는 사틴의 주장은 극의 이념적, 철학적 아포리즘을 가장 완벽하게 표현하고 있는 것이 된다. 이러한 견해가 고리키의 일관된 이념을 대변한다고 보는 것이 일반적이다. 여기에 작가 자신의 분명한 논평 등이 이러한 해석의 정당성을 보장하는 것으로 제시된다. 그러나 고리키 자신은 한 번도 이들의 편에 선 적이 없다고 직접 언급했다.

루카는 자신의 말이 진실이 아니라 '사람을 위로해 주는 거짓말'이라는 비판을 받게 되자 두 가지 일화를 통해 자기 견해를 밝힌다. 루카 이념의 원형은 사람을 위로해 주는 거짓말을 정당화하는 것이다. 하나는 자신이 직접 겪은 체험적 에피소드라고 밝힌 것인데, 단순히 굶주림에 지쳐 도둑이 된 두 농부를 잡았는데, 그들을 동정하여 먹을 것을 주고 겨울 동안 보살펴 주었더니 착한 사람이 되어 아무도 해치지 않고 고마워하며 돌아갔다는 것이다. 다른 하나는 '진실의 땅'에 대한 우화이다. 어떤 사람이 이 세상 어딘가에 특별한 사람들이 서로 존경하고 도와 가며 사는, 모든 것이 영예롭기만 한 그런 '진실의 땅'이 있다고 굳게 믿으면서 살아가고 있었다. 그는 가난과 역경 속에서 살아가면서도 어려울 때면 언제나 그 땅에 대한 희망을 떠올리며, '괜찮아, 참을 거야! 이제 조금만 더 기다리면 돼. 그러면 난 이따위 생활을 다 내던지고 진실의 땅으로 떠날 거야'라고 생각했다. 그것이 그 사람의 유일한 희망이었다. 그런데 마침 그가 살고 있던 시베리아로 어떤 학자가 추방당해 왔다. 그는 그 학자를 붙잡고 '진실의 땅'이 어디에 있는지 가르쳐 달라고 애원했다. 그 학자는 책과 지도를 펴 놓고 찾기 시작했지만 아무리 찾아보아도 '진실의 땅'이란 곳은 없었다. 루카는 자신의 행동을 '진실의 땅'에 대한 우화를 빌려서 변호하고 있으며, "무엇 때문에 네게 진실이라는 게 그렇게 고통스럽게도 필요한 것인지…. 생각해 보라고! 진실이라는 것은 말이지, 어쩌면 너에게 함정일 수도 있어"라고 말한다. 그리고 "믿는다면 존재하고, 믿지 않는다면 존재하지 않는다. 믿는 것은 바로 존재하는 것이다"라는 등의 논리를 전개한다.

루카의 논리 역시 현실 속에서 패배를 맛보게 된다. 우선 죽음 뒤에는 평화만이 존재하므로 두려워하지 말고 편안히 눈을 감으라는 루카의 위로는 죽음을 앞둔 안나를 평온하게 만들지 못했다. 루카는 안나를 위로해 주지만, 안나는 위로를 받으면서 사실은 조금 더 살고 싶다는 인간적 진실을 토로한다. 그리고 현실은 루카의 위로에도 불구하고 안나가 고통스럽게 죽어가는 것으로 나타난다. 루카는 나타샤와 페벨에게 함께 도망가 시베리아에서 행복하게 살라고 권고하여, 그들은 그러리라 마음을 먹지만, 이것을 엿들은 바실리사의 음모로 페펠은 감옥에 가게 되고, 나타샤는 페펠의 진심을 의심하여 격렬하게 페펠을 증오한다. 이러한 패배는 작품의 종결에 나타난 배우의 자살에서 가장 극적으로 드러난다. 루카의 위로하는 거짓말을 가장 효과적, 가장 적극적인 긍정적 행위로 실현하던 인물인 배우는 왜 갑자기 목을 매게 되었는가? 그것은 루카의 완전한 패배를 의미하는 것으로 해석할 수 있다. 루카의 신념은 톨스토이의 무저항주의, 순종이 미덕이라는 설교에 대한 풍자와 비판으로 이어지기도 한다.

② **새로운 해석**: 고리키가 자신의 작품에서 루카의 위로해 주는 거짓말을 부정적으로 보아 이에 대한 반정립으로 사틴을 설정하여 작가 자신의 사상적 독백을 삽입하고자 했다는 의도만큼은 분명했다고 볼 수 있다. 그러나 고리키가 인정한 것처럼, 작품 속 루카가 그렇게 부정적으로 그려지지 않았다는 사실 또한 분명하다. 루카를 부정적 인물로 묘사하고자 노력했던 많은 공연과 비평은 극단적으로는 루카의 역할을 무대에서 몰아내려고까지 했으나, 어쨌든 많은 관객은 여전히 루카에 대한 긍정적 수용의 경향을 보였다. 그리고 최소한 관객들이 루카와 사틴을 완전히 대립적인 인물로 인식하지 않는다는 사실과, 50년대 이후 점차 루카에 대한 재조명이 이루어지며 루카를 극의 전적인 주인공으로 설정하는 공연이 많이 등장했다는 사실 등은 이

작품이 단순하게 '사틴 이념=작가 이념'이라는 등식으로 설명될 수 없다는 것을 의미한다.

루카의 논리에 대한 사틴의 이념적 반정립은 깊은 반향을 보여 주고 있다. 이러한 반정립과 이념적 긴장은 제4막에서 완전한 형태로 드러난다. 제4막은 코스틸레프가 살해되고 루카가 떠난 다음에 전개된다. 루카가 떠난 다음 여러 인물은 각자 자기 나름대로 루카를 평가한다. 이들의 다양한 평가를 들으면서 사틴은 거의 독백처럼 결론을 내린다. 사틴은 루카가 진실을 혐오하는 사기꾼이 아니라 그들을 불쌍하게 여겨 동정했기 때문에 거짓말을 했다고 한다. 제4막에서 사틴은 이제까지 냉소적으로 대해 왔던 루카의 논리를 가장 적극적으로 수용해 내는 인물로 바뀐다. 그는 진실에 대한 재해석을 통해 루카의 이념을 도덕적으로 정당화한다.

사틴의 논리는 루카의 이념이 새로운 차원에서 변형된 것으로 볼 수 있다. 사틴은 루카의 거짓말이 인간에 대한 동정에서 나온 것이라고 이해하지만, 그런 거짓말은 영혼이 약한 사람에게 필요하고 귀족의 이익을 숨기는 데 이용될 뿐이라고 말한다. 그리하여 인간에게는 거짓말이 아니라 진실이 필요하다고 주장하는데, 그 진실은 인간의 위대함과 자유로움을 의미한다. 사틴의 논리는 루카의 논리를 완벽하게 뒤집는 것이 아니라 한 차원 더 높은 곳으로 추상화시킴으로써 인간의 기대에 찬 믿음과 진실의 논리가 일치되는 추상적 순간을 말하고 있다.

배우의 죽음은 분명히 루카적 이념의 적극적인 실패를 보여 준다. 또한, 사틴의 논리도 배우의 죽음에 무죄일 수가 없다. 근본적으로 사틴의 논리는 루카 이념의 추상적 이상화이기 때문이다. 루카가 주장하는 희망과 위로를 주는 거짓말과 사틴이 주장하는 진실의 말 모두 삶에 대한 정답이 아니다. 고리키는 결말 부분에서 배우의 자살이라는 사건을 통해 두 사람의 주장을 다시 생각해 보는 기회를 갖게 한다. 배우의 자살에 대한 책임은 누구에게 있는 것일까? 거짓으로 위로했던 루카의 잘못인가, 아니면 배우의 희망이 허상이었다는 진실을 알려 준 사틴의 잘못인가?

맺는 말 이 희곡에서 선의 힘은 악의 힘에 대항하기에 너무 무력하다는 지적은 사실이다. 극단적으로 생활과 세태 속에서 악은 승리하고, 루카는 무대에서 떠나야만 했다. 이 희곡에서 전개되는 논쟁은 루카의 도덕적 평가에 관한 것이라기보다는 인간이 당당하게 일어설 수 있도록 밑바닥으로부터 이끌어 주지 못하는 것과 관련되어 있다. 루카가 밑바닥 삶의 현장을 떠날 수밖에 없었다는 것은 인간에 대한 자비나 동정이 밑바닥 사람들을 구해 낼 수 없다는 뜻으로 이해된다. 개혁의 전망이 보이지 않는 사회적, 역사적 현실에 직면하여 사틴과 여러 부랑자가 보여 주는 패배적이고 절망적인 모습에서 삶에 대한 비극의 단초가 작동하고 있다면, 비극적 삶의 억압에서 벗어나기 위해 꿈, 환상, 거짓말도 필요하다는 루카의 이념을 통해 고리키는 또 다른 삶의 태도, 즉 삶에 대한 무한 긍정의 자세를 보여 준다. 또한 배우의 죽음과 관련하여 루카의 이념, 사틴의 이념 그리고 부랑자들의 무정부주의적인 태도는 모두에게 어느 정도 책임이 있음을 확인케 해 준다.

4. 마지막 숫자가 없듯이 마지막 혁명도 없다: 자먀틴의 『우리』

인간은 누구나 한 번쯤 유토피아의 세계를 꿈꾼다. '호모 유토피쿠스'로서의 인간은 영원한 이상세계에 대한 희망을 한 번도 버린 적이 없다. 그 세계는 희망의 세계요 행복이 보장되는 시공간이다. 현재를 살아가는 사람들은 언제나 현재를 고통의 세계로 생각하고 미래를 희망의 세계로 간주하는 경향이 있다. 현재보다는 더 나은 세계가 바로 미래의 세계이며 우리가 생각하는 유토피아의 세계인 것이다. 그러나 온전한 빛만의 세계가 없듯이 빛은 그림자를 언제나 동반한다. 빛이 있으면 그늘이 생기는 것처럼, 행복이 보장되면 자유가 없고, 자유가 보장되면 행복이 없어진다. 이것이 인간 세계의 아이러니인지도 모른다. 자먀틴은 SF식 풍자소설 『우리』라는 작품에서 전체와 개인, 유토피아와 디스토피아의 문제, 자유와 행복의 문제를 밀도 있게 다루고 있다.

비운의 천재 작가 예브게니 이바노비치 자먀틴(1884-1937)은 러시아의 소설가, 극작가, 풍자작가로 혁명 이후 세대 가운데 재능이 뛰어난 인물로 잘 알려져 있다. 그는 중앙아시아의 작은 마을 탐보프 레베단에서 정교회 성직자의 아들로 태어났다. 1908년 상트페테르부르크 종합기술 대학교 조선학과를 졸업하고 기술자로 일하면서 틈틈이 글을 썼다. 가난한 시골 생활을 날카롭게 풍자한 초기 단편소설 『지방 생활』(1913)과 군대 생활을 폭로한 『변경에서』(1914)를 발표하여 큰 반향을 불러일으켰다. 이 작품 때문에 그는 황제의 검열관들에게 군대에 대한 악의적 모독이라는 비난을 받은 후 재판에 회부되었다. 그것을 게재했던 잡지는 폐간되고 작가는 얼마 동안 글을 쓰지 못했다. 하지만 이후 제1차 세계대전 동안에 영국에서 러시아 쇄빙선 알렉산드르 넵스키호의 건조를 감독하면서, 인색하고 감정을 잘 억제하는 영국식 생활과 산업사회로 기계화되어 가는 부르주아 문명을 풍자한 『섬사람들』(1918)을 발표하며 작품 활동을 재개했다.

자먀틴

1917년에 혁명 소식을 전해 들은 자먀틴은 러시아로 돌아왔다. 자먀틴은 원래 혁명에 열광한 친볼셰비키였다. 볼셰비키 혁명을 열렬히 찬양하면서 각종 연설과 강연을 주도했었다. 하지만 혁명 이후에는 볼셰비키와의 관계를 끊었다. 볼셰비키로부터 반동 작가로 낙인찍혀 1920년대 말 이후 작가 활동을 전면 금지당하기도 했다. 그는 지독한 반체제 인사로 활동하여 당국의 호의를 얻지 못한다. 또한 당국의 문학 정책에 풍자적인 비평을 가하고, 어떤 주의(ism)도 표방하지 않는 것을 신조로 삼은 재능 있는 젊은 세대 작가들인 '세라피온 형제들'의 스승으로서 큰 영향을 주었다. 그는 에세이에서 혁명 이후 문학이 처한 상황을 간략하게 요약해 "러시아 문학에서 가능한 단 하나의 미래가 바로 러시아 문학의 과거라는 것이 두렵다"라는 예언적인 선언을 했다. 이 기간에 그는 주로 단편소설에 몰두하였지만, 가장 두드러진 작품인 장편소설 『우리(Мы)』(1924)를 쓰기도 했다. 이 작품은 러시아에서 출판되지는 못하고 필사본으로만 유포되었다. 1924년 영역본이 미국에서 출판되었고, 1927년 러시아어 원본이 프라하에서 출판되었다. 이후에 A. 헉슬리의 『멋진 신세계』(1932)와 G. 오웰의 『1984년』(1949)과 더불어 대표적인 세계 3대 디스토피아 소설이 되었다. 자먀틴은 1923년부터 희곡을 쓰기 시작했고 작품 몇 편이 성공적으로 상연되었다. 그러나 『우리』가 국외에서 출판되면서 작품 활동과 출판이 금지되는 등 자신의 예술 정통성이 박해를 받자, 그는 고국을 떠나기로 마음먹는다. 1931년 고리키의 중재로 스탈린의 허락을 받아 러시아를 떠난 뒤 파리에서 여생을 보냈다. 파리에서도 작품 활동을 계속하여 역사소설 『천벌』을 집필하였으나 완성하지 못했고, 생활고와 병고에 시달리다가 1937년에 사망했다.

많은 비평가가 자먀틴을 현대문학의 새로운 장르라 할 수 있는 디스토피아 소설의 창시자로 평한다. 자먀틴의 사상이 잘 집약되어 있는 『우리』는 두 가지 비평으로 정리될 수 있다. 이 작품의 미학적, 예술적 요소를 강조하는 내재적 비평과 정치성을 강조하는 외재비평이다. 잘 알려진 것처럼 러시아 특유의 문학적 상황은 형식주의와 사회주의 리얼리즘이라는 두 비평적 경향에서 벗어나지 못했지만, 이 소설의 장르는 공상과학 소설, 반유토피아 소설, 디스토피아 소설, 정치풍자 소설, 모더니즘 소설, 경고소설 등으로 다양하게 볼 수 있다. 즉 이 작품은 다양성과 복잡성이 특징이다.

제목의 시학 자먀틴이 『우리』를 쓰면서 염두에 둔 작품은 도스토옙스키의 소설들이다. 『지하에서 쓴 수기』뿐만 아니라 『악령』과 『카라마조프가의 형제들』의 「대심문관」이 연상된다. 자먀틴은 도스토옙스키의 계보를 잇는 소설가이다. 『우리』에서의 합리적 이성에 대한 비판은 『지하에서 쓴 수기』의 주인공이 행하는 이성에 대한 비판과 맥을 같이한다. 유토피아라는 이상사회에 대한 도스토옙스키의 의심과 회의는 단일제국에 대한 자먀틴의 회의로까지 이어진다. 더불어 「대심문관」에서 다루어진 '개인 대 집단'의 문제는 『우리』에서 '나와 우리'의 문제로 재점화된다. '우리'라는 제목은 적어도 부분적으로는 도스토옙스키의 『악령』에서 차용했을 것으로 추측된다. 특히 베르호벤스키는 미래 혁명 독재에 대한 그의 전망을 묘사하면서 스타브로긴에 대해 다음과 같이 말한다. "우리는 석조 건물을 세우는 법을 고려해야 할 것이다…. 우리는 그것을 세우게 될 것이다. 우리, 우리만으로!" 아마도 더 분명한 것은 그 제목이 집단의 혁명적 숭배와 관련 있을 것이라는 점이다.

오늘날 과학 문명의 정점에 도달한 사회에서 모든 비합리적인 것, 감상적인 것, 개인적인 것은 이성과 능률과 집단화로 대치되며 삶의 중심은 결과적으로 '나'의 개념에서 거대한 기계의 동등한 톱니바퀴인 '우리'의 개념으로 옮겨 간다. 기계처럼 돌아가는 단일제국에서는 '실수'가 허용되지 않는다. 기계는 '실수'하지 않기 때문이다. '실수'가 없는 세계가 바로 단일제국이다. 단일제국의 배경이 비록 30세기라고 하는 요원한 미래 사회이긴 하지만 이성과 합리주의가 만들어 낸 최고의 유토피아라 할 수 있다. 단일제국은 개인의 창조적 사고를 말살하면서 유토피아 세계라 선전하지만 실제로 그 세계는 '우리'라는 전체주의의 허상일 뿐이다. 단일제국에서는 모든 행위가 공동체를 위한 것이어야 하고, 개인을 위한 것은 허용되지 않는다. '우리'가 강조되는 사회는 혼란이 무시되고 질서가 존중되지만, 개성('나')이 사라진 사회이다. 단일제국이 창조한 '새로운 인간'은 '진리의 인간'이기도 하다. 또한, 기계처럼 실수하지 않는 '진리의 인간'은 '죽어 있는 인간'이기도 하다. '살아 있는 인간'은 실수하지만, '진리의 인간'은 실수를 하지 않는다. 단일제국은 자신들이 추구하는 모든 것을 '진리'라고 강요한다. 하지만, 그 '진리'는 거짓 진리이다. '진리'의 단일제국이 추구하는 모든 것은 공동체의 안정과 행복, 그리고 통일성으로 귀착된다. 단일제국은 궁극적으로 진리의 허상을 보여주는 세계이다.

이 소설의 제목은 그 자체가 반어적이다. 작가는 '우리'를 강조하는 단일제국의 논리를 옹호하지 않는다. 단일제국이 주장하는 '이성이 승리할 것이다'라는 주장도 믿지 않는다. 자먀틴은 이성과 규율로 통제하는 완벽한 유토피아 건설을 적극적으로 반대한다. 그에게 실수는 진리보다 가치가 있다. 진리는 기계적이지만, 실수는 살아 숨 쉰다. 기계적인 진리는 죽은 것이다. 오늘의 진리는 내일의 거짓이며, 영구불변의 진리는 없다. 마지막 혁명이 없듯이 마지막 진리도 없다.

단일제국에서의 인간의 삶 이 작품은 30세기라는 미래, 인간의 삶에 관한 이야기로 시작한다. '200년 전쟁'에서 살아남은 가장 강하고 뛰어난 인간들이 지구에 유리로 된 '단일제국'을 세웠다. '녹색의 벽'으로 둘러싸인 단일제국에서 모든 국민은 똑같은 청회색의 제복을 입고, 가슴에는 번호가 새겨진 황금빛 번호판을 달고 있다. 그들은 '음악제작소'에서 흘러나오는 행진곡에 맞추어 네 명씩 대오를 지어 걸어 다닌다. 개인성이 완전히 무시된 투명한 유리 건물에 살며, 이름 대신 국민 번호로 불린다. 그들의 생활은 '은혜자'와 '시간 율법표'와 '보안요원'의 통제를 받는다. 만장일치로 영원히 재선출되는 독재자인 '은혜자'는 지상의 신으로 군림한다. 과학기술에 힘입어 사회의 구성원들은 각자 아무런 불만 없이 자기가 맡은 일만 열심히 하면 된다. '200년 전쟁'을 통해 단일제국은 빵 대신 새로운 석유 식품으로 기아를 정복했을 뿐만 아니라 '성법전(性法典, lex sexualis)'을 선포하여 성 문제도 극복했다. 성법전에 따르면 "모든 번호는 다른 어떤 번호라도 성적 대상물로 이용할 권리가 있다." 성규제부의 실험실은 모든 번호를 검진하여 혈액 내 성호르몬을 정확하게 검사한 뒤 각자에게 알맞은 '섹스 일정표'를 산출해 준다. 각각의 번호는 정해진 날에 상대 번호를 이용하고 싶다고 신고하면 적절한 장밋빛 증표를 받게 된다. 단일제국은 개인의 사생활이나 가정생활 같은 것을 일체 배제한다. 이 세계에서는 모든 행위가 공동체 '우리'를 위한 것이어야 한다. 시간표에 따라 모두가 같은 시간에 일어나고 일하고 잠자리에 든다.

똑같은 시간에 산책하고 사랑을 나누는 시간도 같다. 번호가 되어 버린 인간들은 빵 대신 석유 식품을 먹으면서 행복하게 사는 것이 목적이 되었다.

기호와 숫자의 비밀 단일제국에서 남성은 '자음+숫자'로 되어 있고, 여성은 '모음+숫자'로 되어 있다. 소설이 시작되면서 소개되는 주요 인물 D-503은 단일제국에 충실한 번호로서 우주선 인테그랄호를 담당한 조선기사이다. "여호와의 종이자 인간적인 형상의 복제품이며, 에덴동산에서 그의 창조주를 위해 일했던 아담과 같이, 헌신적인 기술자 D-503은 은혜자의 유리 낙원을 향상시키기 위해 일한다." 소설에서 작가는 '아담과 이브'의 신화를 이용한다. D-503은 '아담(Adam)'의 'D'에서 유래된 이름으로 새로운 신(神)인 '은혜자'에게 봉사하는 인물이다. 그는 녹색벽 너머에 사는 야만인들처럼 털이 난 손을 제외하고는 다른 외모적 특징이 없는 번호 인간의 전형이다. D-503의 친구이자 시인인 R-13은 그를 '아담'이나 '탕자'라고 부른다. D-503은 몸 전체가 둥글둥글한 외모의 O-90을 만나 다른 번호 인간들이 하듯이 주어진 시간에 섹스를 즐긴다. O-90은 장밋빛 증표로 연결된 주인공의 합법적인 부인인 셈이다. 어느 날 주인공은 날씬하고 날카로우며 신비스러운 I-330을 만난다. 여주인공 I-330의 이름은 '이브(Eve)'의 첫 알파벳 'E'를 라틴어 'I'로 변형한 것이다. I-330은 몸에 착 달라붙는 검은색 드레스를 입는데 숨 쉴 때마다 출렁이는 가슴과 드러난 어깨가 매력적이다. 이브 I-330은 아담 D-503을 유혹하여 타락의 길로 이끈다. 이단자 I-330의 얼굴에는 방정식으로 풀 수 없는 미지수 X가 나타나 있다. 그럼에도 불구하고 D-503은 그녀를 사랑하게 되면서 심리적 변화를 겪는다. D-503이 I-330에게 느끼는 성적 집착이 심해질수록 그의 감각과 이성은 일상적인 궤도를 이탈하여 생명과 원시적 본능으로 충만하게 된다. 단일제국에서 에로스와 생존본능의 확대는 파멸과 죽음을 의미한다. 단일제국에서 금지된 사랑을 하게 된 D-503은 결국 '은혜자'를 찾아가 수술을 받은 다음 전과 동일한 번호 인간으로 되돌아갔으며, I-330은 잡혀 죽는다. 이들 이외에도 흑인 시인 R-13, 보안요원 S-4711 등도 있다. R-13은 강한 성욕을 지녔으며 시인 푸시킨을 연상케 하는 흑인 입술의 소유자이다. S-4711은 D-503을 감시하는 보안요원인데, 여기서 알파벳 'S'는 사탄(Satan)이나 뱀(snake)을 상징한다. 그의 이름 숫자 4711을 합치면 '13'이 되면서 악과 연결된다.

종합주의 소설 어떤 작가의 소설을 읽을 때, 우리는 두 가지 상이한 독서 체험을 하게 된다. 하나는 전에 읽었던 작품을 염두에 두고 그 작가의 상상력이 동일한 대상을 가지고 어떻게 흥미롭게 이어지는지 살피는 데서 오는 익숙함이고, 다른 하나는 동일 작가의 작품이면서도 기왕의 작품과는 갈라지는 지점을 찾아내는 데서 오는 낯설음이다. 그러나 자먀틴의 『우리』는 익숙함과 낯설음이라는 서로 다른 두 가지 독서 체험이 동시에 부각되기보다는 낯설음이 더 크다. 이 작품은 내용과 형식이 모두 낯설다는 점에서 주목할 만하다.

자먀틴은 20세기의 현대 작가로서 기존의 소설과는 다른 새로운 형식의 소설을 쓰고자 했다. 언제나 동적이고 변화하는 새로운 삶을 창조하고자 한 자먀틴은 새로운 창작 방법이 필요했다. 그에게 사실주의는 너무 단순하고, 상징주의는 너무 모호했다. 그리하여 그가 생각해 낸 것이 새로운 신조어 '종합주의'였다. 종합주의는 종합적 성격의 형식을 실험하고, 상징 속의 이미지를 종합하며, 환상과 관습을 종합하고, 예술과 철학을 종합한다. 사실주의가 테제라면, 상징주의는 안티테제이고, 종합주의는 새로운 합인 것이다. 종합에는 현미경 같은 사실주의와 망원경 같은 상징주의가 동시에 포함된다. 자먀틴의 종합주의는 신(新)사실주의나 표현주의와 같은 개념으로 사용할 수 있다. 이러한 종합주의 소설이 바로 『우리』이다.

자유와 행복의 문제 이 소설은 자유와 행복의 문제를 담론의 장에 끌어들인다. 단일제국은 정의 실현이라는 이름으로 자유를 말살함으로써 행복이란 환상을 창출한다. 단일제국의 순응적인 번호 인간들은 자신들을 불행으로 이끄는 자유보다는 행복을 택한다. 어리석은 자유의지를 택한 사람들은 처형 기계나 가스총, 보안요원에 의해 단호하게 처형된다.

자유와 행복의 문제는 이성과 합리주의가 궁극적으로 초래할 세계의 이미지와 동일한 맥락에서 이해될 수 있다. 그 문제는 체르니솁스키와 도스토옙스키의 작품에서 늘 이야기되었던 이성과 합리주의에 대한 것이다. 『지하에서 쓴 수기』, 「대심문관」, 그리고 『무엇을 할 것인가』의 주제들이 여기서도 반복된다. 도스토옙스키에게 이성과 자연의 기계적인 수학 법칙인 '2×2=4'는 유클리드(합리주의)의 세계요, '2×2=5'는 비유클리드(비합리주의)의 세계이다. 19세기 소설들에서 과학 만능주의와 합리주의의 상징이었던 수정궁이 『우리』에서는 모든 것이 차단되고 투명한 유리로 이루어진 단일제국의 이미지로 전이된다. 단일제국에서 여주인공 I-330은 지하인간의 어리석은 '자유의지'를 가진 자로서 '$\sqrt{-1}$'로 표시된다.

「대심문관」 속 자유와 행복의 문제는 『우리』에서 정체와 균등과 안정으로 정의되는 유클리드적인 엔트로피(entropy)와, 끊임없는 운동과 패러독스를 지향하는 비유클리드적인 에너지(energy)의 대립으로 이어진다. I-330은 D-503에게 힘의 본질을 설명한다. "세계에는 두 개의 힘이 있어요. 엔트로피와 에너지죠. 전자는 축복받은 평온, 행복한 균형을 지향하며, 후자는 평형의 파괴와 고통스러울 정도로 끊임없이 이어지는 운동을 지향하죠." 자먀틴은 세계를 엔트로피와 에너지의 영원한 투쟁의 장으로 인식하고 있다. 엔트로피는 정체와 죽음을, 에너지는 활동과 삶을 지향한다. 인간 사회에서 엔트로피는 관습과 전통을 상징하고, 에너지는 변화와 혁명을 상징한다. 도스토옙스키의 '대심문관'은 『우리』에서 '은혜자'로 등장한다. 『카라마조프가의 형제들』에서 그리스도와 대심문관의 만남은 은혜자와 D-503의 마지막 만남과 비슷하다. 대심문관과 은혜자는 둘 다 개인의 '자유'는 사회와 우주의 '행복'을 위해 희생되어야 한다는 사상을 갖고 있다. 그들은 모두 인류에 대한 넘치는 사랑으로 자유라는 무거운 짐을 대신 짊어졌다고 착각하고 있다. 대심문관과 은혜자는 둘 다 위대한 독재자들의 메타포로 작가는 그들의 폭력성을 고발하고 있다.

에로스의 문제 단일제국에서 사는 사람들은 몸과 번호만 다를 뿐이지 사고방식, 가치관, 욕망 등은 거의 동질적이고 또한 동질적으로 유지되도록 각종 사회적 장치가 마련되어 있다. 그러나 욕망 가운데 에로스 욕망만은 쉽게 통제되지 않는다. 단일제국에서 질서는 바로 이성적인 삶이며, 카오스는 비합리적인 삶이다. 카오스는 본능적인 삶이므로 척결 대상이다. 에로스와 생존본능은 카오스로서 인간으로 하여금 심리적 방황을 야기시키기 때문에 나쁜 것이다. 에로스는 영원한 비유클리드적인 에너지이다. 주인공 D-503은 I-330에게 성애를 느끼면서 심리적 카오스를 경험하게 되고 번호 인간의 현실을 망각하게 된다. 주인공은 사랑이라는 '영혼의 질병'에 걸린 것이다. 단일제국에서 I-330은 사랑의 여신이 아니라 죽음의 신이며, 독사이고 검은 십자가일 뿐이다. 반사회적인 인물인 I-330은 비합법적 섹스가 이단 행위라는 점에서 그 의의를 찾는다. 반면에, D-503은 비합법적 섹스를 통해 사회적 혁명으로 인도된다. 에로스의 이미지와 연결되는 것은 자연의 이미지이다. 자연은 생성의 원칙으로서 물, 꽃, 봄, 태양, 노랑, 빨강 등의 이미지를 통해 에로스의 이미지와 연결된다. 자연은 성적 에로스뿐만 아니라 '어머니-대지'라는 지모(地母)사상과도 연결된다. 단일제국에서 자연은 카오스로서 금단의 열매와 같다. 자연을 정복한 인간의 미래국가가 바로 단일제국이기 때문에 오늘날 우리가 선택한 미래가 어떤 것인가 다시 생각해 볼 수 있다.

시공간 의식 문학작품에서 미래란 늘 장밋빛이거나 잿빛이었다. 터무니없는 낙관주의가 유토피아의 환상을 부풀렸다면, 근거 없는 비관주의는 디스토피아의 절망을 퍼뜨렸다. 일반적으로 유토피아는 과학을 기초로 하고, 디스토피아는 종교를 우군으로 두지만 둘 다 현재에 대한 불안과 불만을 자양분으로 한다는 공통점이 있다. 이 소설에서 미래의 우주선 인테그랄호는 '수학적으로 오류가 없는 행복'을 싣고 날아가 미개한 야만인들을 '강제로 행복하게' 해 줄, 말 그대로 행복의 전령이다. 미래의 과학이 만들어 낸 최고의 공간을 유토피아라 하지만 이는 선전에 불과할 뿐 실은 악몽과 유혹의 공간이다. 오히려 I-330을 비롯한 반란세력은 인테그랄호를 탈취하고 자연과 인간적인 것들을 차단하는 '녹색의 벽'을 허물기 위한 음모를 진행시킨다. 번호 인간들에게 이들은 범죄자나 스파이 또는 유혹자이다. 그들에게 메피(메피스토펠레스)로 불리는 고대 야만인들의 세계는 불행의 공간으로 간주되지만, 작가나 독자에게는 인테그랄호보다는 나은 공간으로 간주된다. 그리고 작가의 시간 의식 속에서는 미래보다는 과거를 유토피아의 시간으로 간주한다. 사람들은 아름다운 유년기의 기억을 생각하며 과거를 황금시대로, 유토피아로 간주하는 경향이 있다. 잃어버린 과거를 지속시키고 현실을 억압하는 조건들에서 벗어나고자 하는 인간들의 꿈은 미래를 지향하지만 그리 밝지만은 않다. 현재의 인간에게 미래는 늘 더 나은 미지의 세계이며 환상이지만 미래의 색깔은 현재의 선택에 달린 것이다. 과학 문명 세계의 비극을 깊이 생각해 본 사람이라면 잃어버린 과거와 신비적 야만성을 더 절실하게 갈구할 것이다.

'반(反)유토피아 문학'의 원조 상술하였듯 자먀틴의 『우리』는 헉슬리의 『멋진 신세계』와 오웰의 『1984년』과 더불어 대표적인 세계 3대 반유토피아 소설로 잘 알려져 있다. 유토피아는 인간의 행복이 완전하게 보장된 시간과 공간을 말한다. 그러나 그러한 시간과 공간을 지상에서는 찾을 수 없다.

사실 유토피아의 세계는 지상에 건설될 수 없다. 그 이유는 두 가지다. 하나는 도스토옙스키가 지적한 대로 인간의 무한한 욕망은 끝이 없기 때문이다. 인간은 자신이 추구하는 행복과 가치의 세계를 찾고자 한다. 그 세계란 욕망이 실현되는 세계이다. 그러한 인간의 욕망은 지평선과 같아 다가가면 새로운 욕망의 지평선이 나타난다. 신기루와 같이 끝없는 변신을 반복할 뿐이다. 사실 성취된 욕망은 더 이상 욕망이 아니고 행복도 아니다. 욕망이 있는 한 인간은 인간답다 할 수 있지만, 그 욕망은 인간을 다시 파멸로 이끌 뿐이다. 그러므로 인간이 욕망을 갖고 있는 한 유토피아는 이루어지지 않는다. 둘째로 신학적인 관점에서 유토피아는 이루어질 수 없다. 인간은 본질적으로 원죄와 같은 죄성을 갖고 있다. 아담과 이브는 타락의 대명사인 동시에 죄인이다. 그러한 죄인들은 근본적으로 유토피아의 세계를 건설할 수 없다. 아무도 죄인들이 건축한 세계를 유토피아의 세계라 부르지 않을 것이다.

> 자먀틴의 SF소설은 소비에트의 기술적 유토피아에 대한 인본주의적 비판을 전개하기 위해 러시아적 전통에 의존하고 있다. 그는 디스토피아 소설 『우리』의 많은 도덕적 주장을 도스토옙스키에서 끌어내고 있다. 합리적인 만능의 첨단 기술 국가와 자유에 대한 비합리적이고 일탈적 요구가 절대주의 국가 권력을 전복시키려 위협하게 되는 아름다운 유혹인 I-330 간의 소설의 중심적 갈등은 안전에 대한 인간의 욕망과 자유 사이의 끊임없는 갈등에 대한 『카라마조프가의 형제들』에서 나오는 종교재판장의 중심에 놓인 담론의 계속이다.[4]

감시와 처벌 영국의 공리주의자 제러미 벤담은 1791년 새로운 형태의 감옥인 '파놉티콘(panopticon)'을 구상했다. 파놉티콘은 그리스어로 '모두(pan) 본

4 올랜도 파이지스, 『러시아문화사: 나타샤 댄스』, 채계병 옮김, 이카루스미디어, 2005, 734쪽.

다(optic)', 즉 '모든 것을 다 본다'라는 뜻을 가진 감시의 집이다. 노출되지 않은 소수의 감시자가 훨씬 많은 수의 재소자를 감시할 수 있다는 것이 특징으로, 간수가 모든 죄수의 방을 다 볼 수 있는 구조의 원형 감옥을 말한다. 불균등한 조명을 이용하여 간수의 방은 항상 어둡게, 죄수들의 방은 항상 밝게 한다. 죄수들의 방은 중앙에 있는 간수의 시선에 항상 노출되어 있고, 간수의 방은 무슨 일이 있는지 파악이 불가하다. 시선의 비대칭성을 이용한 파놉티콘의 죄수들은 항상 간수에 의해 감시를 당하고 있다고 생각한다. 죄수들은 착각에 빠져 감시 여부와 상관없이 자발적으로 굴복한다. 프랑스 철학자 미셸 푸코는 파놉티콘이 고안된 지 2세기가 지난 후 권력의 정체에 관해 탐구한 『감시와 처벌』(1975)이라는 책을 썼다. 그는 이 책에서 '소수에 의한 다수의 감시 및 통제'라는 파놉티콘의 기본 원리가 현대 사회 전체로 확산되어 파놉티시즘(panopticism)이라는 새로운 형태로 자리 잡았다고 보았다. 즉 한 사람의 권력자가 권력의 그물망을 이용해 만인을 지배한다는 것이다.

러시아인들은 항상 중심(중앙)을 바라보는 구심적인 정신세계를 갖고 있다. 이러한 정신은 전제정치를 가능하게 만들어 준 요소이기도 하다. 러시아 인민은 중심을 바라보며 중심이 늘 주변의 나를 바라보고 있다고 착각한다. 중앙의 감시에 익숙한 러시아인들은 전제정치를 받아들였다. 반면에 영국은 절대 왕정 붕괴 후 시민사회가 발전하게 되었고, 자연적으로 자유에 대한 인식 또한 확산되었다. 오늘날 러시아는 거대한 파놉티콘이라 할 수 있다. 『우리』의 단일제국은 투명한 유리 세계일 뿐이지만, 이제는 파놉티콘의 세계나 디지털 독재의 세계로 확장된다.

마지막 혁명 문학의 예언적 역할은 러시아 문학이 지금까지 수행해 온 역할이며, 새로운 시대를 맞는 자먀틴도 이를 잘 인식하고 있었다. 그에게 작가는 언제나 예언자였다. 『우리』는 예언적 소설로서 과학과 논리를 기초로 한 사회주의의 미래에 대한 비판이었다. 마지막 혁명과 지상낙원을 선전하면서 자본주의와 부르주아 계급을 타도했던 공산주의 혁명에 반기를 든 자먀틴은 "마지막 숫자가 없듯이 마지막 혁명도 없다"라고 단언했다. 혁명은 우주의 법칙으로 어디에서나 일어난다. 특히 인간의 마음에서 혁명은 잠자지 않고 언제나 꿈틀거리고 있다. "혁명은 정열적인 젊은 연인, 나는 혁명과 사랑에 빠졌다"라고 한 자먀틴은 혁명의 특성을 잘 파악하고 있다. 혁명은 일종의 사랑과 같은 것으로서 인간을 끊임없이 유혹한다. '마지막 혁명은 없다'라고 한 자먀틴의 언급은 트로츠키의 영구혁명론을 생각나게 한다. 하지만, 트로츠키와는 달리 스탈린은 일국사회주의 노선을 주장했다. 스탈린은 자기 정치 노선에 반대한 트로츠키를 탄압하다가 암살했다. 자먀틴이 트로츠키주의자는 아니지만, 혁명에 대해 비슷한 생각을 가졌다고 할 수 있다.

이 작품은 자먀틴이 전체주의나 사회주의를 예고한 도스토옙스키의 사상을 계승하고 발전시켜 전체주의적 사회주의의 유토피아에 대한 묵시록적 경고로서 만들어 낸 디스토피아 세계이다. 실제로 『우리』는 만장일치의 선거와 국민을 상호 감시하고 종교와 예술을 국가에 예속시키는 전체주의를 예고했다. 우리는 히틀러의 나치 정권과 소비에트 시대의 스탈린 공산주의를 통해 이미 단일제국의 허상을 경험했다. 단일제국의 위협은 끝난 것이 아니라 앞으로도 새로운 형태의 전체주의로 계속 위협이 될 수 있다. 미국도 부분적으로는 단일제국의 논리로 존속하고 있다.

현대 정보통신 기술의 발달은 인간을 통제하는 새로운 시스템 '에셜론(Echelon)'을 탄생시켰다. 전 국가적인 감청망 '에셜론'은 하늘과 땅에 있는 모든 유선, 무선 통신을 도청할 수 있는 시스템이다. 이것은 원래 미국 국가안보국(NSA)의 주도 아래 공산권 국가에 대항하는 국가안보 차원의 정보전 무기로 출발했다. 그러나 냉전 시대 이후 테러 등 국제범죄 저지라는 명분 아래 세계인의 사생활을 침해하게 되었다. 이 사실은 수년간 에셜론을 연구해 온 저널리스트 던킨 켐벨이 유럽 의회에 폭로한 보고서에 의해서 밝혀졌다. 에셜론은 음성을 인식하는 초고성능 컴퓨터를 사용하여 시간당 최고 2백만

건의 통신 내용을 감청하는 것으로 알려졌다. 예를 들어 당신이 러시아 친구와 전화 통화 중 폭탄이라는 심상찮은 단어를 내뱉는다면, 그 통화 내용은 바로 모니터되고 미국으로 전송된다. 요즘 실생활에서도 우리는 단일제국처럼 감시당하고 있다. CCTV, QR 코드, 몰래카메라, 해킹 등으로 우리의 생활은 거의 드러나 있는 상태이다. 이러한 디지털 전체주의의 문제는 특히 오늘날 코로나19 팬데믹 상황에서 여론과 정의 실현의 이름으로 정당화되고 있다. 아주 극소수만이 감시의 심각성을 자각하고 경고할 뿐이다. 구체적으로 드러나지 않는 빅브라더의 감시는 더욱 심각해질 것이다.

바로 이렇게 미래의 단일제국은 디지털과 에셜론을 이용하는 새로운 전체주의 국가일 것으로 예측할 수 있다. 과거 단일제국으로 우리는 히틀러나 스탈린이 통제하던 전체주의 국가나 공산주의 국가를 쉽게 생각할 수 있다. 국가는 항상 정의라는 이름으로 인간의 존엄성과 인권을 유린하는 정책을 수행해 왔다. 국민은 선전 선동에 굴복하여 스스로 인권과 존엄성을 포기한 채 국가의 정책과 이데올로기를 수용했다. 이데올로기가 종언된 오늘날에는 새로운 세계국가의 탄생이 예고된다. 테러리즘과 전쟁을 선언한 미국은 새롭게 세계 속 경찰국가로 급부상하면서 자먀틴이 우려한 길로 달려가고 있다. 오늘날 폭력은 종종 정의의 마스크를 쓰고 행해지지만, 테러리즘이나 정의를 앞세운 전쟁은 모두 새로운 유형의 폭력일 뿐이다. 그리고 고도의 기술 산업사회를 살아가는 현대인들은 진정한 삶의 방향이 무엇인가를 생각해 볼 필요가 있다. 자먀틴의 소설은 인간의 고독과 자아 상실을 부추기는 기술 문명의 허상과 위험을 예리하게 통찰하고 있으며 인류의 미래 삶에 대한 예언적 혜안을 제시해 주고 있다.

유발 하라리는 "인간의 권위가 빅데이터 알고리즘으로 넘어가고, 권위주의 정부가 알고리즘을 이용하여 시민들에게 절대적 통제권을 행사할 수 있는 디지털 독재를 만들어 낼 수 있다"라고 경고했다. 디지털 독재는 군부독재나 경찰국가처럼 물리적 권력으로 통치하는 전통적 독재와는 달리 선거를 통해 선출된 권력이 AI, 온라인, 그리고 소셜미디어 등 디지털 기술을 활용해 정권에 유리하게 여론을 조작, 왜곡시켜 통치하는 것을 말한다. 실제로 디지털 독재는 중국이나 러시아뿐만 아니라 북한 등 국가에서 진행되고 있다. 이 소설은 이처럼 세계 곳곳에서 몰아치는 '디지털 독재'의 거센 유혹을 예견한다.

실험주의와 과학주의 자먀틴 소설의 기본적 특징 가운데 하나는 실험주의라 할 수 있다. 그의 소설은 인간이 과학과 맺는 관계들의 문제를 들추어낸다. 여기서 실험이라는 말은 우리 시대의 과학적 기술주의에서 따온 말이다. 실험주의의 기본 정신은 새로움의 추구이다. 새로움의 이상은 새로운 형식의 필요이다. 자먀틴은 작중인물들의 이름을 문자와 숫자의 결합으로 나타냈다. 남성은 자음+숫자(D-503), 여성은 모음+숫자(I-330, O-90)이다. 인간이 고유의 이름을 상실하고 숫자로 남을 때, 그 새로움은 인간의 존재가치에 대한 인식의 변화를 예고할 수 있다. 오늘날 모든 상품은 문자와 숫자의 결합으로 이루어진 바코드로 처리된다. 인간도 머지않아 상품처럼 바코드로 처리될 가능성이 크다. 주민등록번호, QR 코드, 소셜 시크릿 넘버(SSN), 그리고 크레디트 넘버가 그러한 증거이다.

현실적으로 실험은 창조에 선행하지만, 창조는 실험도 없애 버리고 자체 안으로 흡수한다. 실험은 창조와 혼동되지만, 창조는 실험과 혼동되지 않는다. 창조는 실험을 해결하고 또 초월한다. 그러나 그렇게 되면서도 없어지지 않는 실험은 '전(前)'으로서만 남는 것이 아니라, 창조에 대한 '반(反)'이 되려는 경향을 지니고 있다. 인간 가치에 대한 실험도 반인류적인 행동으로 이어지며 인간 개성의 중요성을 상기시키곤 한다. 작중인물 가운데 I-330은 실험주의, 행동주의, 투쟁주의, 미래주의를 지향하는 인물로 진정한 인간의 대표라 할 수 있다. 반면에 순응적인 D-503은 실험과 창조를 근본적으로 부정하는 순응주의자이다. I-330은 비물질적인 가치를 위해 싸우는 여전사이기도 하다. 과학주의는 과학적 표현을 그저 비유적이고 상징적으로 사용하는 것이다. 과학주의라는 말의 사용은 더 정신적이고 물질적인 모든 힘과 기능을 에너지라는 과학적 개념으로 이름 붙이는 그런 세계관에서 가능하게 되었다. 자먀틴의 과학주의는 기술 찬미의 특이한 표현인 동시에 현대 문화의 우상들을 우주적 신화로 만들려고 했던 전체적 역동성의 표현이기도 하다.

유토피아의 꿈과 이상 지금까지 많은 예술가가 인간 사회의 이상향인 유토피아를 다양하게 묘사해 왔다. 자먀틴은 『우리』에서 역시 인간의 이상향과 유토피아 실현에 대한 문제를 재미있게 다루고 있다. 이상이란 원래 우리가 생각할 수 있는 가장 완전한 상태이지만 동시에 가장 비현실적인 상태이다. 우리의 이상이기도 한 유토피아가 세상에서 가장 좋은 곳이지만 동시에 세상에는 전혀 없는 곳을 뜻하는 것과 같다. 따라서 이상 실현이라는 문제와 연관 지어 생각해 볼 때 이상은 부정적이기도 하고 긍정적이기도 하다. 인간이 꿈꾸는 이상을 비현실적 상태로 보면 그것은 한갓 '관념적 유희'이자 '정신적 아편'에 불과하다는 점에서 부정적이다. 그러나 이상을 완전한 상태라고 해석하면 그것은 변화를 촉구하고 더 나은 가치를 추구하게 한다는 점에서 긍정적이다. 이런 의미에서의 이상은 부단한 개혁의 원리이자 진보의 동력이다.

인류 역사에서 이상의 진자(振子)는 실현의 문제와 연관되어 긍정과 부정을 왔다 갔다 했다. 프랑스 대혁명과 러시아 혁명의 역사적 의의가 크다고 할지라도, 그 결과는 초기 혁명가들의 이상과 거리가 멀었다. 혁명이 완결되어 감에 따라 혁명 정신 안에 들어 있는 유토피아 정신이나 이상주의 정신은 어느새 힘을 잃고 무기력해졌다. 유토피아나 이상주의 모두 우리 사회가 처한 불확실성, 그리고 현실적 불만과 결핍을 채우려는 인간의 부단한 욕구와 충동에 기반을 두고 있다. 따라서 그것에는 처음부터 출발점만 있을 뿐이지

종착점은 없다. 종착점을 확정한 이상주의는 오히려 진정한 이상주의가 아니다. 이상이란 아직은 실현되지 않음으로써 현실에 안주하려는 우리를 부추기고 불편하게 하고 변화하게 한다. 이것이 이상의 본래 가치이며 역할이다.

5. 노벨 문학상 수상 작가들

노벨 문학상은 '이상적인 방향으로 문학 분야에서 가장 눈에 띄게 공헌한 분께' 수여하라는 알프레드 노벨의 유언에 따라 1901년부터 해마다 전 세계의 작가 중 한 사람에게 주는 상이다. 이번에는 누가 노벨 문학상을 받을까. 스웨덴 한림원에서 매년 수상자의 이름이 발표된 후 수상자는 올해의 인물로 세계적인 뉴스가 된다. 노벨 문학상은 작품성도 고려되지만, 당시 시대 상황 등 작품 외적 요소도 많이 고려된다. 20세기 중반 이후 정부를 비판하는 작가들에게 상이 집중되는 경향을 보인다. 이로 인해 수상이 문학적 업적 이전에 정치적 문제와 더 얽혀 있다는 말도 있다. 반대로 해석하자면 보수 성향의 작가들은 아무리 글을 잘 쓰고 세계적으로 유명해도 노벨 문학상을 받기 힘들다는 소리다. 작가의 국적이나 인종, 정치적 성향을 문제 삼아 상을 안 준다는 비판을 받기도 했다. 제1회 노벨 문학상의 최유력 후보였던 톨스토이는 스웨덴과 역사적으로 불편한 관계인 러시아 국적일 뿐만 아니라 기독교적 무정부주의를 표방했다는 이유로 외면받았다. 러시아에는 여러 명의 노벨 문학상 수상자들이 있다. 이반 부닌(1933, 프랑스 망명), 보리스 파스테르나크(1958), 미하일 숄로호프(1965), 알렉산드르 솔제니친(1970), 이오시프 브로드스키(1987, 미국 망명), 스베틀라나 알렉시예비치(2015, 벨라루스)이다. 이들 중 국적을 바꾼 망명 작가들도 있지만, 모두 러시아어로 글을 쓴 작가로 문학적 국적은 러시아이다. 여기서는 노벨 문학상을 받은 작가들 가운데 이반 부닌과 이오시프 브로드스키, 그리고 스베틀라나 알렉시예비치에 대해서만 간단히 언급하고자 한다.

부닌

이반 부닌 이반 알렉세예비치 부닌(1870-1953)은 러시아의 시인이자 소설가로서 1933년 러시아 최초로 노벨 문학상을 받았다. 1891년 첫 번째 시집을 출간했고, 언론인이자 사무원으로 활동하면서 시를 쓰거나 번역했다. 러시아 최고의 명문장가로 꼽힌다. 1900년대부터 부닌은 유럽과 동양을 여행하면서, 식민지 상태에 있던 여러 나라를 접하고 사고의 전환을 맞는다. 동양의 문화를 체험한 후 불교에 관심을 갖게 되었고, 삶과 죽음에 관해 성찰하게 된다. 또한 아시아 식민국가에서 자행되는 반도덕성을 목격하게 된다. 이로 인해 부닌은 자본주의와 제국주의에 대한 인식을 새롭게 한다. 롱펠로의 『하이어워사(Hiawatha)』를 번역해 1903년 러시아 아카데미로부터 푸시킨상을 받았고, 1909년 학술원 명예회원으로 선출되었다. 1911년 중편 『마을』을 발표했다. 1917년 부닌은 반볼셰비키 입장을 명확하게 취한 후 소비에트 러시아를 떠나 파리에서 살았다. 그 후 몇 년 동안 망명 문학계의 주요한 인물이 되었다. 부닌의 작품은 농촌의 몰락한 지주계급을 취급한 것이 많으며, 심리 묘사에 뛰어났고 퇴폐적인 색채가 짙다. 푸시킨 계열의 전통적이고 고답적인 시를 썼으며, 전위적인 모더니즘 경향을 거부했다. 주로 단편소설 작가로서 명성을 떨쳤다. 그의 단편소설집 『수호돌』(1912)과 『샌프란시스코에서 온 신사』(1916)는 걸작으로 평가된다. 1943년에 마지막 단편집 『어두운 거리』가 출판되었다. 장편소설로는 『마을』(1910), 『미티나의 사랑』(1925), 자전적 소설인 『아르세니예프의 생애』(1930), 그 속편인 『리카』(1939), 2권의 회고록 『저주받은 나날들』(1926), 『회상』(1950) 등이 있다. 개인적으로 알고 지냈던 톨스토이와 체호프에 관해서도 각각 『톨스토이의 해방』(1937)과 미완성인 『체호프에 관하여』를 썼다. 『체호프에 관하여』는 그가 죽은 뒤 1955년 출판되었다.

부닌의 대표작 『샌프란시스코에서 온 신사』는 자본주의에 대한 비판과 경고의 메시지를 보낼 뿐만 아니라, 문명 발전과 인류의 영원한 문제들을 화두로 던지고 있다. 이 소설의 주인공은 자본주의가 낳은 전형적인 인물이다. 샌프란시스코에서 온 신사가 그 주인공이다. 그는 부인과 딸을 데리고 세계여행을 떠난다. 2년 동안 인생을 즐길 작정이다. 그와 함께 호화 여객선 대서양호를 타고 나폴리를 거쳐 카프리섬까지 여행했던 승객들 가운데 그의 이름을 기억하는 사람은 하나도 없다. 그 신사는 평생 부의 축적만을 목표로 살아온 사람으로, 이름조차 주어지지 않을 정도로 자본주의 사회를 대표하는 사람들 가운데 한 명일 뿐이다. 신사는 자본주의의 소산인 물신주의를 대표하며 모든 것을 돈으로 해결할 수 있다고 믿는다. 그 신사 일행을 태운 아틀란티스호는 호화의 극치로 자본주의 사회의 축소판이다. 유럽 최고의 호텔에 견줄 만한 시설들, 고급 레스토랑, 술집, 튀르키예식 목욕탕 등을 갖추고 있는 배에서 밤마다 무도회가 열린다. 이 배는 먹고 마시고 즐기며 향락에 빠져 사는 자본주의 사회 상류층의 모습을 보여 준다. 그들은 삶과 죽음, 신의 존재, 죄의 회개 등에 관해 성찰하지 않는다. 그들은 신의 존재를 인정하지 않는다. 작가는 아틀란티스호의 선장을 '이교의 수장'에 비유함으로써 우상을 숭배하는 자본주의의 실상을 보여 준다. 그 우상은 돈이다. 한편 그들이 즐기는 향락은 허영과 가식일 뿐이다. 작가는 매수된 한 쌍의 연인을 강조함으로써 사랑조차도 거짓으로 행하는 자본주의, 물신주의의 '진실의 부재'를 보여 준다.

작가는 아틀란티스호를 양분시켜 묘사하여 이러한 실상을 파헤친다. 배의 호화로운 갑판을 지탱하고 있는 것은 밑바닥에 존재하는 노동이다. 노동은 신성한 것이며 문명의 반대 개념으로 자연의 편에 서 있다. 한편 배와 대치하고 있는 바다의 모습도 자연의 위력을 보여 주는 메타포이다. 이 작품에서 끊임없이 대비되는 자본주의 문명과 자연의 모습은 작가가 궁극적으로 무엇을 말하고자 하는지 알 수 있게 한다. 자연은 신과 동일 선상에 있다. 인간은 신이나 자연 앞에 겸손해야 하며, 그것에 순응하며 살아야 한다. 신사는 결국 죽음이라는 운명을 맞게 되고, 유럽 여행을 시작하던 때와는 정반대의 상황에 처한다. 호화로운 관이 아닌 소다수 박스에 몸을 누이고, 같은 배의 호화로운 갑판이 아닌 밑바닥에 처박힌 채 다시 고국으로 돌아가게 된다. 이것도 역시 자본주의의 단면이다. 이러한 신사의 운명을 통해 작가는 자본주의 사회를 대표하는 인물의 공허하고 무의미한 삶을 보여 준다. 작가가 궁극적으로 지향하는 바는 신을 향해 나아가는 삶이다. 자연과 신의 섭리에 순응하며, 삶과 죽음을 성찰해야 한다는 것이다.

이오시프 브로드스키 이오시프 브로드스키(1940-1996)는 레닌그라드(페테르부르크)의 러시아 유대인 가정에서 태어났다. 그는 저명한 고대 랍비 가문의 후손이었다. 아버지 알렉산드르 브로드스키는 소련 해군의 전문 사진작가였고, 어머니 마리아 브로드스카야는 가족의 생계를 도왔던 전문 통역가였다. 그들은 가난한 유대인 신분으로 소외된 공동 아파트에 살았다. 레닌그라드 공방전 당시 브로드스키의 가족들은 굶어 죽을 뻔했고, 실제로 이모는 굶어 죽었다. 그는 어렸을 때부터 수업 중에 '제멋대로인 아이'로 낙인이 찍혔다. 15살에 학교를 그만두고, 여러 가지 직업을 전전하면서 시를 쓰기 시작했다. 교도소의 영안실에서 시체를 다루고, 바느질도 했다. 그 후 병원, 선박 보일러실, 지질탐사대 등에서 다양한 업무를 수행했다. 레닌그라드 문단에서 명성을 얻기 시작했으나 사회적으로 유용한 노동을 하지 않았다는 이유로 소비에트 당국으로부터 '인민의 피를 빨아먹는 사회의 기생충'이라는 비난을 받았다. 1963년 브로드스키의 시는 레닌그라드 신문에 의해 '포르노적이고 반소비에트적'이라고 비난받았다. 그는 원고를 압수당하고 심문을 받았으며 정신병원에 두 번이나 입원했다. 1964년 건전한 직업 없이 퇴폐적인 시로 젊은이들을 타락시켰다는 죄로 시베리아에 끌려가 5년간 강제노동을 해야 했다. 그러나 예브게니 예브투셴코, 드미트리 쇼스타코비치, 장 폴 사르트르와 같은 소련과 외국의 저명한 문화계 인사들의 항의로 1965년에 사면받았다. 그에게 행해진 재판과 유형은 해빙기의 종말을 알리는 상징적인 사건이었다. 그것은 정치 권력의 의지를 드러내는 재판이기도 했다. 그 당시 브로드스키가 법정에서 판사와 나눈 대화는 유명한 일화로 남아 있다. 재판정에서 그가 시인이라고 자신의 직업을 밝히자, 판사는 "누가 당신을 시인이라고 하던가?"라고 물었다. 브로드스키는 "아무도 나를 인간으로 임명하지 않았듯이, 누구도 나를 시인으로 임명하지 않았다"라고 당당하게 대답했다. '시인은 신이 부여하는 것'이라고 답한 시인의 용기는 대단했다. 무신론을 표방하는 공산주의 국가의 법정에서 판사에게 대놓고 신을 운운한 것은 과감한 행위였다고 회자된다. 당시 재판 회의록의 비밀 기록은 밀반출되어 전체주의 사회에서 예술적 저항의 상징이 되었다. 그는 시베리아로 유형을 갔다가 1972년 조국 러시아를 떠나며 원치 않는 망명길에 올랐다. 그는 아들을 러시아에 남겨 둔 채 망명해야 했다. 소련에서 미국으로 망명한 후 계속 미국에서 살았고, 1977년 미국 시민권을 얻었다. 그에게 망명은 이중의 상실이었다. 그것은 소련으로부터의 추방이었지만, 동시에 시인으로서 자신을 있게 했던 러시아어와 러시

브로드스키

아 문학 전통과의 결별을 의미했다. 브로드스키에게는 종종 '20세기 러시아의 마지막 시인'이라는 수식어가 붙는다. 미국에 정착한 그는 예일, 컬럼비아, 케임브리지, 미시간대학을 포함한 여러 대학에서 문학을 가르쳤고, 미국 시인협회의 회원이 되었다. 브로드스키는 1987년 노벨 문학상을 받았다. 그는 노벨 문학상 수상 연설에서 다음과 같이 말했다. "시를 쓰는 사람은 종종 단 하나의 단어, 단 하나의 음의 도움으로 아무도 도달하지 못한 곳에, 어쩌면 자기가 바라던 곳보다 더 멀리 갈 수 있을 겁니다. 시인이 시를 쓰는 것은 무엇보다 그것이 의식과 사고와 세계관을 발전시키는 원동력이 되기 때문입니다." 소비에트에서 공식적으로 시인으로 인정받지 못한 작가가 노벨 문학상 수상 시인이 된 것이다.

브로드스키의 시에 있어서 '사고의 명료성과 강한 시정(詩情)을 바탕으로 모든 것을 포용할 줄 아는 작가 정신'이 높이 평가된다. 1960년대 말에서 70년대 초 브로드스키의 시 중에는 한 시대의 종말과 새로운 시대의 암울한 시작을 암시하는 것들이 많다. 대표적인 시집으로 『소리 없는 노래』, 『기원 후』, 『우리 시대의 이후』, 『아름다운 시대의 종말』 등이 있다. 그의 시들은 주로 인간의 조건, 존재 이유, 신과 기원, 삶과 죽음의 문제 등 영원히 풀기 어려운 형이상학적인 주제를 다룬다. 그가 작품을 통해 궁극적으로 추구했던 것은 이념의 문제가 아니라 '시간'이라는 추상적인 개념과 '공간'이라는 보편적인 주제였다. 이러한 문제들은 궁극적으로 좌절감을 안기지만 순수하고 생동감 넘치는 언어와 이미지로 일종의 행복한 초월을 보여 주기도 한다. 그의 시는 빛과 생명으로 가득 차 있기에 매혹적이다. 브로드스키는 형용사와 부사를 피하고, 명사와 동사로 이루어진 간결한 문장을 사용하는 경향이 있다. 브로드스키에게 러시아는 현재의 러시아라기보다 그의 기억 속에 존재하는 러시아였다. 그의 시는 사라져 버린 아름다운 시대의 기억을 영원히 보존하는 러시아어와 러시아 문학 전통의 박물관과도 같다. 푸시킨 이래 러시아 시의 공간이라 할 수 있는 상트페테르부르크에 그의 기념비가 세워졌다.

스베틀라나 알렉시예비치 스베틀라나 알렉시예비치(1948-)는 우크라이나에서 태어난 벨라루스 작가이다. 아버지는 벨라루스인, 어머니는 우크라이나인이었다. 스베틀라나는 벨라루스에서 유년기를 보냈으며, 1972년 벨라루스 국립대를 졸업한 후 잡지사의 기자로 첫 근무를 시작했다. 그녀는 기자로 근무하는 틈틈이 글을 쓰기 시작했고, 특히 기자로서의 경력을 살려 경험자들의 구술을 들려주는 방식으로 글을 썼다. 이러한 방식으로 그녀는 제2차 세계대전을 다룬 『전쟁은 여자의 얼굴을 하지 않았다』, 아프간 전쟁을 다룬 『아연 소년들』, 체르노빌 사건을 다룬 『체르노빌의 목소리』를 썼다. 1991년 소련 붕괴 이후 집권한 루카셴코 정권을 활발히 비판했고, 이 때문의 정권의 미움을 샀다. 그녀는 2000년 벨라루스를 떠나 파리에 정착했다. 이후 반체제 작가로 주목받아 2007년 펜(PEN)상을 수상했고, 2015년에는 『체르노빌의 목소리』로 노벨 문학상을 받았다.

스베틀라나
Author: Elke Wetzig (CC BY-SA 3.0)
https://commons.wikimedia.org/wiki/File:Swetlana_Alexijewitsch_2013.jpg

스웨덴 한림원은 우리 시대의 고통과 용기를 기록한 기념비적인 다성적 작품을 써 온 스베틀라나를 수상자로 선정하며 저널리즘 형식을 초월해 새로운 문학 장르를 개척한 것은 진정한 성과라고 평가했다. 그녀는 사회주의 사회에서 전쟁과 자살, 재난을 겪은 수백 명의 사람을 다년간 인터뷰해 그들의 이야기를 써냈다. 이는 '목소리 소설'로 불리는 그녀만의 장르가 됐고, 영혼과 감정의 역사를 담은 산문이라는 평가를 받았다. 허구보다는 실제 육성을 통해서 문학적 진실을 포착하려는 작가의 작업에 한림원이 상을 준 것이다.

소비에트 시대의 문학 소련 공산주의 시대 특히 스탈린 시대는 순수문학이 존재할 수 없었기 때문에 문학의 암흑시대라 부른다. 문학은 정치의 시녀로서 공산당과 공산주의 이념을 선전하는 도구에 지나지 않았다. 모든 예술과 문학 활동은 사회주의 리얼리즘의 강령에 따라 국가와 당의 정책 노선을 선전하는 활동으로 대체된 것이다. 그러나 1953년 스탈린이 사망하자 정치적 영향에서 벗어나지 못했던 소련 문학은 새로운 국면을 맞이했다. 스탈린의 공포정치에 반대하여 예술과 문학의 독립성을 추구하는 자유주의 경향이 점진적으로 나타나기 시작했다.

소련에서 반스탈린주의 운동을 촉진한 두 가지 중요한 사건이 있다. 하나는 정치적 사건인 스탈린 격하 운동이다. 1956년 제20차 전당대회에서 흐루쇼프가 스탈린 개인숭배를 비판하고 나선 것이다. 다른 하나는 1956년 일리야 예렌부르크가 『해빙』이라는 소설을 발표하면서 '해빙'이라는 말이 당시의 시대 분위기를 반영하는 상징적인 용어가 된 것이다. 이 소설은 스탈린의 강제와 억압에서 벗어난 좀 더 새로운 사회 분위기를 요구하고 있다. 해빙기를 맞이하여 많은 작가가 소비에트 사회에 존재하는 모순과 갈등을 폭로하기 시작했다. 대표적인 해빙 문학으로 두진체프의 『빵만으로는 살 수 없다』가 있다. 이후 파스테르나크와 솔제니친의 작품들이 나오면서 소련의 정치체제에 대한 전반적인 의문이 전 세계적인 문제로 부각되었다.

그러나 해빙 분위기가 소련 문학계에 전면적으로 허용된 것은 아니었다. 1957년 보리스 파스테르나크의 소설 『닥터 지바고』가 해외로 몰래 유출되어 이탈리아에서 출판되었다. 그리고 이 작품이 노벨상 수상 작품으로 결정되자 소련 당국은 국가적 차원에서 반파스테르나크 운동을 전개했다. 파스테르나크는 '반소비에트 작가'이며 '퇴폐적 형식주의자'라는 비난을 받으며 해외로 추방될 위기에 몰렸다. 이에 파스테르나크는 노벨상을 거부하고 흐루쇼프에게 사면을 간청하는 탄원서를 내게 된다. 국제적인 반발에 직면한 소련 당국은 파스테르나크를 작가 동맹에서 제명하는 것으로 사건을 종결시켰다.

파스테르나크는 『닥터 지바고』를 통해 독재의 억압 때문에 침묵을 강요당했던 사람들의 슬픔과 희망을 표현했다. 공산주의 소설은 항상 인간을 사회적, 경제적 상황에 의해서 행동과 감정이 결정되는 정치적 동물로 묘사한다. 그러나 『닥터 지바고』에서 인간은 정치적 동물이 아니라 개별적인 독자성을 지닌 인물로 투영되고 있다. 주인공은 자신의 인간성과 개인적 비밀, 존엄성을 간직하고자 한다. 그리하여 주인공은 왜곡되고 파괴적인 정치력의 강요에 대항하면서 인간의 가치를 지켜 나간다. 파스테르나크는 '시대에 소송을 제기한' 이단자로서 집단의 신화가 아니라 개인의 감정을 자유롭게 표현하고자 했다. 그는 자연을 사랑했으며 인간의 사랑과 고독에 대한 작품을 썼다. 존재하는 것, 인간과 우주와의 관계, 만물의 한 유형으로서 인간의 운명이 그의 작품의 주된 주제이다. 그는 자유로운 개성을 방해하는 모든 폭력과 억압의 사슬을 적으로 간주했다. 시대의 위선과 거짓을 싫어한 파스테르나크는 인간의 갈등, 인간의 가슴에서 끝없이 피어나는 감정의 분출과 인간의 마음속에 자리 잡은 희망을 탐구하고자 했다. 파스테르나크의 문학 작품은 힘차고 활력이 넘치며 특별한 생명력과 삶에 대한 강한 확신을 보여준다. 그러므로 그의 문학정신은 낙천적인 힘으로 이루어진다.

1962년 솔제니친의 소설 『이반 데니소비치의 하루』 역시 소련 사회에 커다란 충격을 주었다. 솔제니친은 소비에트 체제에 정면으로 도전하면서 도덕성 회복을 요구하고 나섰고, 세계적인 주목을 받으며 마침내 노벨상 수상자로 결정된다. 솔제니친은 자유를 위한 용기 있는 투쟁을 전개했다. 그는 1972년 노벨상 수상 연설에서 지식인에 대한 박해를 '전 인류에 대한 위협'이라고 비난했다. 소련 당국은 자유와 인간의 존엄성을 위해 불굴의 투쟁을 전개하는 반체제 작가 솔제니친을 그냥 놔둘 수가 없었다. 마침내 국제적인 비난의 여론에도 불구하고 소련 당국은 사회의 어두운 면만을 고발하는 도전자 솔제니친을 국외로 추방하게 된다. 그 후 솔제니친은 미국에서 반체제

작가로 활동하다 지금은 러시아로 돌아가 문학 활동을 계속하고 있다.

솔제니친은 자신의 작품을 통해 소련의 실상을 처음으로 폭로했다. 스탈린 강제수용소의 철조망 뒤에서 일어나는 사건을 낱낱이 폭로한 『이반 데니소비치의 하루』는 일대 사건이었다. 이 작품은 생존을 위한 인간의 투쟁을 다룬 작품이다. 작가는 과장과 분노를 배제하고 비참한 수용소의 실상을 유머 있게 묘사함으로써 충격을 더한다.

솔제니친은 19세기의 위대한 러시아 작가인 도스토옙스키의 문학적 전통을 계승하여 인간 존재의 본질적인 문제를 취급하고 있다. 그의 작품은 현실과 현재의 사건 속에서 일어나는 인간 존재의 문제를 독창적으로 표현한다. 우울한 주제와 비극적인 내용에도 불구하고 그의 소설은 강한 생명력이 있고, 삶의 과정과 밀착해 있기에 결코 우울한 인상을 남기지 않는다. 주요 주제는 감옥과 강제수용소, 전쟁과 병원이며, 주요 등장인물은 비인간적인 국가 기구나 유혈과 테러, 고문과 병, 죽음과 같은 무자비한 괴물과 만난다. 이러한 주제들은 러시아의 운명이란 문제와 연결되어 있다. 감옥과 수용소는 소비에트 체제의 주요 기반이고, 인간의 생명을 갉아먹는 암은 악덕과 부패의 상징이며 국가와 사회를 파괴하려는 전염병이다.

노벨 문학상 수상 작가 파스테르나크와 솔제니친은 인간의 진정한 삶의 가치가 무엇인가를 탐구하여 인류에게 정신적 유산으로 남겨 준다. 아무리 강한 정치적 탄압 속에서도 인간의 문학적 상상력은 계속될 것이고, 작가의 자유를 제한하는 모든 것은 저항에 부닥칠 것이다. 그들은 어두운 역사의 질곡 속에서도 삶과 자유를 사랑한 진실한 작가들이다.

6. 혁명과 사랑의 힘: 파스테르나크의 『닥터 지바고』

혁명이란 무엇인가? 혁명은 인간의 삶을 개혁하는 것일까 아니면 재앙으로 몰고 가는 역사의 회오리일까? 혁명은 언제나 새로운 삶에 대한 희망과 유토피아의 건설을 찬양하며 이야기된다. 1917년 러시아 소비에트 혁명은 러시아인들의 삶을 뒤바꿔 놓은 금세기 최대의 사건이었다. 그 시대를 살았던 러시아인들은 피할 수 없는 혁명의 소용돌이에 휩쓸려 사랑하는 모든 것들을 잃었다. 러시아 혁명은 궁극적으로 차르의 절대 왕정과 레닌의 공산주의, 백군(반혁명군)과 적군(혁명군), 귀족과 평민, 그리고 지주와 노동자의 전쟁이었다. 보리스 파스테르나크의 『닥터 지바고』는 공산주의 혁명의 격변기를 살다 간 러시아 지식인의 비극적인 운명, 즉 그의 파란만장한 삶과 사랑, 죽음에 관한 이야기이다. 혁명과 내전으로 변화된 현실은 개인들의 삶과 사랑의 자유를 불가능하게 만든다. 인간의 삶은 역사적 사건에 의해서 침해를 받을 수 있다. 그러나 인간 영혼은 외적 사건만으로 왜곡되지 않는다. 그것을 가능하게 만든 것은 사랑의 힘이다. 작가는 역사적 사실과 문학적 진실의 문제를 시인 특유의 감성으로 관찰하면서 러시아의 역사, 인간의 삶과 예술에 대한 독특한 세계관을 보여 준다.

노벨상의 슬픔과 고통 시인이며 소설가인 보리스 파스테르나크(1890-1960)는 19세기 말 전환기 시대에 문화와 교양 수준이 높은 가정에서 태어났다.

파스테르나크

그의 아버지는 모스크바 화단의 유명 화가였고, 톨스토이의 소설 『부활』의 삽화를 그린 것으로 유명했다. 어머니는 훌륭한 피아니스트였으며 루빈스타인의 제자로 유명했다. 그는 유명 예술가인 부모 덕분에 어린 시절부터 문화계의 저명인사들을 만나며 음악과 미술과 문학에 남다른 관심을 두고 열중했다. 모스크바대학을 졸업하고 시인으로 문단에 들어와 많은 시를 발표했다. 1913년 첫 시집 『구름 속의 쌍둥이』를 냈고, 1922년 『누이, 나의 삶』을 출간하면서 서정시인으로 주목을 받았다. 그의 시집은 자연과 현실의 교감 속에서 시의 본질을 찾아낸 작품이라는 평가를 받았다. 파스테르나크는 '원심분리기'라는 그룹을 결성하고 미래파 예술운동을 전개했다. 평론가들은 파스테르나크를 새로운 미래지향적 시단의 견인차로 간주했다. 특히 앙드레 말로는 그를 '금세기 최고의 시인 중 한 사람'이라고 극찬했다. 그러나 그의 작품은 높은 수준의 은유를 사용하기 때문에 일반 독자들이 이해하기 어려운 점이 흠이었다. 이로 인해 그는 일반 민중을 위한 시인이라기보다는 오히려 '시인을 위한 시인'이라는 평을 듣는다.

파스테르나크는 젊은 시절 당대의 다른 많은 예술가처럼 혁명 이념에 열광했다. 하지만 시인의 개인주의적 시학과 유럽적 지성을 기반으로 한 자유주의 시학은 사회주의 리얼리즘의 문예이론과는 충돌할 수밖에 없었다. 1930년대 중반에 이르러 소비에트 러시아 문단은 정치적 목적을 강조하는 사회주의 리얼리즘의 시대로 들어간다. 스탈린의 대숙청 시기에는 이념에 동조하지 않는 예술가들은 숙청을 당하거나 작품 활동을 전면적으로 금지 당했다. 그때부터 파스테르나크의 창작 활동은 가혹한 시련기를 맞게 된다. 사회주의 리얼리즘 계통의 작품에서는 인간을 사회와 경제적 조건에 의해 지배되는 정치적 존재로 파악하는 데 반해, 파스테르나크의 작품에서는 인간을 감정과 본능을 중요시하는 개체로서 파악하고 있다. 스탈린의 대숙청과 더불어 그는 '개인주의를 추구하는 반체제 작가'이며 '혁명에 대한 이해가 부족한 작가'라는 비판을 받게 되고 사실상 소련 내에서 작품 활동이 거의 금지되었다. 대다수 작품은 시이며, 한 편의 유일한 장편소설이 『닥터 지바고』이다. 이 작품은 1945년부터 1956년 사이에 쓰인 소설로서 소련 내에서 출판 허가를 받지 못해 1957년 이탈리아 밀라노에서 이탈리아어 번역본으로 초판이 나왔다. 세계적인 반향을 일으킨 이 소설은 파스테르나크가 1958년 노벨 문학상을 받는 데 결정적인 역할을 했다. 그러나 파스테르나크는 노벨상 수상 거부로 서방과 소련 양측에서 일약 유명세를 타게 되었다.

노벨상 수상이 결정된 날 저녁에 파스테르나크는 동료 작가 페딘으로부터 수상을 거절하도록 강요받았고, 4일 후 소비에트 작가 동맹으로부터 제명되었다. 전당대회에서는 파스테르나크를 '저주받을 작가', '돼지보다 못한 작가'라고 원색적으로 비난했다. "돼지도 자기가 먹고 자는 곳에는 배설하지 않는데, 작가는 자신의 조국에 침을 뱉었기에 돼지보다 못하다"라는 비난까지 가했다. 작가는 여기저기서 조국을 떠날 것을 강요받았다. 하지만, 작가는 당시 서기장이었던 흐루쇼프에게 보낸 편지에서 "조국을 떠난다는 것은 저에게는 사형선고와 같습니다. 저는 소비에트 문학을 위해 무엇인가 공헌했고, 앞으로도 보람된 일을 할 수 있다고 자신합니다"라고 말하면서 소련에 남게 되었다. 이후 파스테르나크는 작품을 쓰지 못한 채 1960년 모스크바 근교 페레델키노에서 암으로 운명했다.

이반 톨스토이는 저서 『세탁된 노벨상』에서 미국 중앙정보국(CIA)이 『닥터 지바고』의 노벨상 수상에 결정적인 역할을 했다고 주장했다. 『닥터 지바고』는 당시 소련에서 출판이 금지돼 있었고, 노벨 문학상 규정에 따르면 원어 판본만이 후보작이 될 수 있었다. 그리하여 CIA 요원들은 예술을 탄압하는 소련 정부를 곤혹스럽게 할 목적으로 유럽과 미국에서 러시아어판을 낸 것이었다. 그러한 작전에 힘입어 이 소설은 그해 노벨상 수상작으로 결정됐다. 파스테르나크는 노벨상 수상 소식에 "굉장히 고맙고, 감동받았으며, 자랑스럽고, 놀랍고, 부끄럽다"라고 소감을 밝혔다. 그러나 소련 정부의 압력을 받고 나흘 만에 수상 거부 의사를 밝혔다. 이후 그는 국가보안위원회(KGB)로부터 강제추방 위협을 받기도 했다. 그가 사망한 뒤 소련 정부는 소설의 여주인공 라라의 실존 인물이자 작가의 숨겨진 여인이었던 올가 이빈스카야와 그의 딸을 체포해 각각 8년과 3년의 시베리아 노동형을 선고했다. 해외에서 불법으로 출판된 책의 인세를 받았다는 죄목이었다. 1989년 파스테르나크를 대신해 노벨상을 받은 그의 아들 예브게니는 "아버지는 『닥터 지바고』의 러시아어판 출간에 CIA가 개입된 것을 전혀 몰랐다"라고 말했다. 그는 "아버지는 노벨상을 바라지도 않았는데, 결과적으로 노벨상 때문에 슬픔과 고통만 겪었다"라고 회상했다.

『닥터 지바고』에서 지바고와 라라의 사랑 이야기는 많은 부분이 작가 자신의 이야기로 전해진다. 사실 지바고는 여러 면에서 작가의 분신과 같은 존재이다. 라라 역시 파스테르나크의 실제 연인이었던 올가 이빈스카야를 모델로 하고 있다. 파스테르나크가 올가를 처음 만난 것은 1946년이었다. 그가 34살의 나이로 진보적인 잡지 『신세계』의 편집장을 맡고 있었을 때였다. 당시 두 번째 부인과 평범한 결혼 생활을 하고 있던 파스테르나크는 이미 두 번의 결혼 경험이 있던 지적인 여성 올가와 열렬한 사랑에 빠지게 되었다. 그는 자신의 정신세계와 예술세계를 이해해 주는 올가를 "나의 천사, 나의 삶"이라고 부르며 사랑했다. 그들의 연인 관계는 죽을 때까지 계속되었다. 스탈린 정권은 파스테르나크 대신 올가를 스파이 혐의로 체포했다. 그녀는 감옥에서 파스테르나크의 아이를 유산했고, 온갖 고생을 겪었다. 올가는 스탈린 사후에야 사면되었다. 사면을 받은 후 올가는 암으로 삶을 정리하고 있던 파스테르나크를 만났다. 1960년 작가가 죽고 난 후 올가는 다시 시베리아 유형을 가게 되었다. 그녀의 운명은 순탄하지가 않았다. 소비에트가 무너지고 난 이후에도 올가는 파스테르나크의 아들인 예브게니와 재산권 및 저작권 문제로 불화를 겪게 된다.

시대적 배경 『닥터 지바고』는 앞에서 언급했듯이 작가의 자전적 요소가 강하게 느껴지는 작품이다. 작품의 시대적 배경은 1903년부터 1950년까지이고, 공간적 배경은 러시아 전 지역이다. 러시아 현대사의 중요한 분기점이 되는 역사적 사건들(1905년에 일어난 피의 일요일 사건과 제1차 러시아 혁명, 1914년에 시작된 제1차 세계대전, 1917년의 10월 혁명, 백군과 적군의 내전, 1920년대의 신경제정책, 그리고 제2차 세계대전)을 배경으로 한 시대를 조명했다는 점에서 이 작품은 레프 톨스토이의 『전쟁과 평화』에 비교되기도 한다. 혁명과 내란의 와중에 펼쳐지는 인간들의 삶과 사랑에 대한 서사시인 『닥터 지바고』는 20세기 초 러시아를 살아가는 한 지식인 의사가 혁명과 내전을 겪으면서 살아내는 삶을 중심으로 전개되는 이야기이다. 피할 수 없는 역사의 흐름 속에서 파멸해 가는 한 인간의 운명을 다룬다는 점에서 이 소설은 역사 서사시라고도 할 수 있다. 10여 년에 걸쳐 완성된 소설 『닥터 지바고』는 1956년 당시 소련이 해빙기였음에도 불구하고 출판 허가를 받지 못했다. 이 소설이 소비에트 러시아에서 공식적으로 출판된

피의 일요일

것은 1988년이다.

지바고의 삶과 사랑 주인공 유리 지바고는 시베리아에서 부유한 사업가의 아들로 태어났으나, 어린 시절 어머니를 잃고 이후 아버지마저 기차에서 뛰어내려 자살하게 된다. 10살 때 일찍이 양친을 잃고 천애 고아가 된 것이다. 철학자인 외숙부의 도움으로 지바고는 모스크바의 지식인 그로메코 교수의 집에서 양자로 성장했다. 그는 예술적 재능과 섬세한 감성을 지닌 젊은이였다. 혁명적, 문화적으로 상류계급에 속했던 지바고는 의과대학을 마친 후 그로메코 교수의 딸 토냐와 결혼한다. 그는 철학과 문학을 공부하고 시를 쓰면서 나름대로 인간의 삶에 대한 개인적인 견해를 갖고 있었다. 지바고의 주요 목적은 자신의 정신적 주체성을 지키는 일이었다. 혁명과 전쟁이라는 역사의 소용돌이 속에 휘말렸지만, 인간의 존엄성을 잃지 않고 의사와 시인으로서 최선의 삶을 사는 것이 그의 소망이었다. 자유의 제한과 속박을 싫어하는 지바고는 자연을 가까이하면서 삶을 사랑하고 열심히 살아간다. 사실 러시아어 '지바고(Живаго)'라는 이름은 '살아가다(жить)' 또는 '삶(жизнь)'이라는 단어에서 나온 말로 '살아가는 사람(의사)'이라는 함축의미를 내포하고 있다.[5] 지바고는 1905년 모스크바에서 철도 파업과 대규모 봉기를 목격하게 된다. 혁명 초기에 지바고는 혁명을 환영했고, 세계 정의의 실현이라는 혁명의 꿈과 혁명의 비극적인 아름다움까지 동시에 즐긴다. 제1차 세계대전에 참전한 유리 지바고는 전선에서 군의관으로 근무하다가 종군간호사로 일하는 라라를 알게 된다. 라라는 종종 에로스의 화신으로서 '자연력(стихия)'의 상징으로 묘사된다. 삶의 에너지가 넘치는 라라의 주변에는 세

5 블라디미르 나보코프는 파스테르나크의 소설 『닥터 지바고』의 주인공을 평가절하하며, 'Живаго(산 사람)'를 'Мертваго(죽은 사람)'라는 이름으로 조롱할 정도였다. 특히 그는 유리 지바고의 감상주의적 성격을 비판했다.

명의 남성이 맴돌며 사랑의 카오스에 휘말린다.

여주인공 라라는 지바고와는 전혀 다른 가정환경에서 성장한 여성이다. 일찍이 아버지를 여의고 시베리아에서 모스크바로 이사 온 라라는 오빠와 더불어 가난한 홀어머니 아래에서 성장한다. 그녀의 어머니는 부유하고 처세에 능한 변호사 코마롭스키(리비도의 화신)의 보호와 지배를 받게 된다. 불우한 환경에서 자란 라라는 어머니의 정부이자 가족의 후원자인 코마롭스키와 몰래 성적인 관계를 맺으며, 자신에 대한 혐오감을 느끼며 살아간다. 순진한 어린 소녀였던 라라는 코마롭스키의 마수에 걸려들어 그의 성적 노리개가 된 것이다. 그녀는 파벨 안티포프에게 느끼는 순수한 사랑의 감정과 코마롭스키와의 관계에서 느끼는 관능의 감각 사이에서 갈등하면서 소녀 시절을 보낸다. 제2장에 그녀의 갈등이 다음과 같이 묘사된다.

> 라라는 내내 멍한 상태로 길을 걷다가 집에 도착해서야 자기에게 어떤 일이 일어났는가를 깨달았다. 가족들은 모두 잠들어 있었다. 그녀는 다시 무감각 상태로 빠져들어 갔다. 그녀는 여전히 넋이 나간 채 가장무도회라도 가듯 거의 흰빛에 가까운 연보랏빛의 레이스 장식과 긴 베일이 달린, 하루 저녁 작업장에서 빌려 온 옷을 입고 어머니의 화장대 앞에 주저앉았다. 그녀는 거울 속에 비친 자신의 모습 앞에 앉아 있었지만, 아무것도 볼 수 없었다. 그녀는 화장대 위에 두 손을 겹쳐 올려놓고는 그 위에 엎드렸다.
>
> 만일 어머니가 알게 된다면, 어머니는 그녀를 죽일 것이다. 그녀를 죽이고 나서 어머니도 죽고 말 것이다.
>
> 어떻게 된 일이었을까? 어떻게 그런 일이 일어날 수 있었단 말인가? 이제는 늦었다. 좀 더 일찍 생각했어야 했다.
>
> 이제 그녀는 이른바 타락한 여자라는 것이다. 프랑스 소설에 나오는 여자 같은 사람이라는 것이다. 하지만 내일은 학교에 가서, 그녀와 비교하면 아직 젖먹이에 불과한 소녀들과 의자를 나란히 하고 앉아 있을 것이다. 오 하

느님, 오 하느님, 어쩌다 이런 일이 일어났단 말입니까?

성숙한 라라는 학교를 졸업한 후 코마롭스키와의 부적절한 관계를 청산하고 부유한 집안의 가정교사로 일하게 된다. 그동안 그녀는 진보적인 철도 노동자의 아들인 파벨 안티포프를 만나 사랑에 빠져 결혼한다. 결혼식을 올린 날 파벨(파샤)은 라라의 과거에 대한 고백을 듣고 다른 사람으로 변한다. 마침내 그들은 교사가 되어 시베리아에 있는 도시 유라친에 정착하고 겉으로는 안정된 생활을 한다. 파벨은 독학으로 수학과 각종 학문에 열중하며 주위 사람의 존경을 받지만, 가정적으로는 아내의 과거로 인해 내적인 고통을 겪는다. 그러던 중 파벨은 자신이 처한 상황에서 탈출하기 위해 자진하여 군에 입대한다. 전선에서 파벨은 독일군의 포로가 되고 라라는 아무런 소식이 없는 그를 찾아 간호사로 자원하여 전선에서 일하게 된다.

1917년 볼셰비키 혁명이 일어나자 지바고는 전선에서 가족이 있는 모스크바로 돌아온다. 혁명기의 모스크바는 기아와 전염병으로 최악의 상태를 맞이한다. 시대의 혼란과 궁핍, 사유재산의 몰수와 급격한 사회제도의 변화로 유리 지바고의 가족은 정신적으로나 경제적으로 어려운 상황에 놓인다. 모스크바를 접수한 공산주의자들은 새로운 삶의 방법을 일일이 지시하고 자유로운 생각과 활동을 제한하기 시작한다. 이에 불편을 느낀 지바고는 가족과 함께 모스크바를 떠나 우랄산맥에 있는 외딴 마을로 들어간다. 러시아의 모든 도시와 농촌 마을은 이미 적군(혁명군)에 의해 장악되었으나 내전은 여전히 종식되지 않은 상태였다.

의사 지바고는 우랄 지방에서 잠깐이나마 평온한 삶을 즐긴다. 그는 이웃 도시 유라친에서 젊은 여인 라라와 재회하게 되면서 정열을 불태운다. 과거 전선에서 만난 적이 있던 라라는 남성을 끌어들이는 정열적이고 매력적인 여성이다. 유리 지바고는 노동과 예술로 충만한 삶을 살아가면서 라라와 사랑을 즐긴다. 그러던 어느 날 지바고는 적군 게릴라들에게 납치되어 내전에 참여하게 된다. 숲속의 게릴라들과 생활하면서 지바고는 여러 가지 음모와 처형 그리고 보복 등의 참혹한 광경을 목격한다. 적군 게릴라들과 함께한 시베리아에서의 방황은 그의 삶을 완전히 뒤집어 놓는다. 그가 납치된 후 그의 가족은 모스크바로 다시 돌아가나 소비에트 정부에 의해 국외로 추방된다. 얼마 후 천신만고 끝에 숲속 게릴라들로부터 탈출한 지바고를 기다려 준 사람은 라라였다. 이때 지바고는 열병에 걸려 죽을 뻔했으나, 라라의 헌신적인 간호로 건강을 회복한다. 두 사람은 적군과 백군의 전투가 계속되는 불안과 공포 속에서도 사랑을 나누며 열애에 빠진다. 그때 게릴라들에게 지명 수배된 지바고 앞에 자신의 아버지를 파멸시켰던 코마롭스키가 나타나 라라와 그의 어린 딸의 안전을 위해 백군 지역인 극동 지방으로 피신할 것을 권한다. 그러나 지바고는 사랑하는 사람들의 안전을 위해 그들을 코마롭스키와 함께 극동으로 보내고 홀로 남는다. 얼마 후 지바고가 은신하고 있는 산골 마을로 라라의 남편 파벨이 찾아온다. 파벨 안티포프는 독일군 포로수용소에서 탈출하여 시베리아 적군 부대의 사령관이 되었고, 스트렐리코프(화살이라는 의미)라는 가명으로 적군에서 활동했다. 그는 한때 혁명투사였고, 적군의 선봉장이었으나 이제 공산당으로부터 숙청을 당한 후 반역자라는 오명을 쓴 상태였다. 그는 혁명의 영웅이며 희생자이다. 지바고와 파벨은 우연히 극적으로 만나 라라와 혁명에 대하여 오랜 대화를 나누었으나, 파벨은 권총으로 자살한다. 잠시 혁명가 파벨의 사랑에 대해 생각해 볼 필요가 있다. 아마도 혁명이란 세계에 대한 가장 뜨거운 사랑인지도 모른다. 혁명가는 세상을 너무 사랑했기에 아름답지 않은 세상을 만나면 아름답게 바꾸어 놓으려고 한다. 세상을 조각하려는 것이다. 그러므로 혁명가는 어떤 의미에서는 세상을 아름답게 조각하는 사람이라 할 수 있다. 그런데 혁명가 파벨의 칼은 세상을 아름답게 바꾸는 조각칼이 아니라 분노의 칼로 변해 무자비한 피를 불러일으켰다. 프로이트는 사랑보다도 더 오래된 것이 증오라 했다. 파벨의 분노는 어떤 의미에서 증오를 바탕으로 한 것이었다. 사람이

미치듯이 역사라는 것도 때로는 미친다. 혁명의 원동력인 증오의 춤에 맞춰 역사는 미친 듯 춤을 추기도 한다. 프롤레타리아의 삶을 살아온 파벨의 차르 정권에 대한 증오는 과거의 억압받은 삶에서 유래된다. 발터 베냐민은 그의 글 「역사철학 테제」에서 혁명을 "과거로 향하는 호랑이의 도약"이라 했고, 증오와 희생정신에 불타는 프롤레타리아의 혁명의식은 미래 후손을 억압에서 해방시킨다는 이상에 의해서가 아니라 억압받고 착취당한 선조를 기억하며 자라나는 것이라 했다. 파벨은 '억압받고 착취당한 아버지'인 철도 노동자의 아들이었다. 아버지의 역사를, 즉 고통의 역사를 그대로 받아들일 수 없었으므로 그는 혁명의 대열에 뛰어들었다. 그의 혁명의식은 무엇보다도 '분노'에서 출발한 '증오'에 있었다. 혁명가 파벨은 자신의 운명을 사랑하지 못한 저주받은 인간일 뿐이었다. 사랑의 가장 내적인 본성이 '아모르파티(amor fati)!'에 있음을 모른 채 자살로 생을 마감한 것이다. 내전이라는 동족상잔의 비극을 겪은 희생자인 지바고는 홀로 모스크바로 돌아오게 된다. 폐인이 되어 버린 지바고는 예전 자기 집 하인의 딸을 아내로 맞아 실의와 허탈 속에서 시간을 보내다가 모스크바 거리에서 심장마비로 죽는다. 라라는 수용소에서 죽는다.

혁명의 도덕성 『닥터 지바고』에서 파스테르나크는 주인공 지바고와 라라의 삶을 통해 혁명의 역사적 의미, 혁명의 도덕성, 예술혼, 그리고 사랑에 대한 진실한 해답을 찾고 있다. 파스테르나크는 혁명과 역사의 의미를 묘사하려고 진지하게 고민한 작가였다. 그는 여러 가지 상징 매체를 활용하여 혁명의 실체를 파악하고자 했다. 무엇보다도 먼저 혁명은 인간의 삶과 기존의 모든 질서를 파괴하는 거대한 힘을 가진 폭군과도 같다. 과거보다 더 나은 새로운 세상의 건설을 목표로 선전하는 혁명은 개인의 사랑과 삶을 철저하게 파괴한다. 혁명은 이념에 무관심했던 순수한 러시아인들의 모든 것을 파괴했다. 의사 지바고는 혁명의 와중에서 사랑하는 가족과 소중한 것들을 모두 잃는다. 이상주의자였던 대학생 파벨 역시 혁명의 이데올로기를 위해 사랑하는 라라를 포기해야 했으며, 후에 혁명군 사령관이 되었으나 자살로 한 많은 삶을 마감한다. 파벨은 공산주의라는 정치적 이념의 희생자였다. 이 작품에 등장하는 모든 사람이 혁명의 물결에 희생당한 비극적인 인물이다. 혁명과 관계되는 상징들은 삶을 파괴하는 악마적인 힘을 나타낸다. 이 작품에서 주어진 철로를 따라 달리는 기차는 혁명의 무자비한 저돌성을 상징한다. 지바고는 기차를 타고 혁명으로 불타는 도시와 소요가 일어나 폐허가 된 마을들을 지나가게 된다. 내전으로 기아에 허덕이는 러시아는 하나의 혼란한 세계일 뿐이었다. 혁명을 통해 삶이 개선된 모습은 어느 곳에도 없으며 다만 혁명은 곧 죽음과 연관될 뿐이라고 작가는 주장한다.

이 작품의 주인공들은 역사의 무대에 선 배우가 아니라 역사의 흐름 속에서 우연과 필연에 의해 펼쳐진 예기치 않은 운명에 복종하는 인간으로서 제시된다. 지바고와 라라는 역사를 주도하는 위대한 인물이 아니라 희생자다. 유리 지바고는 혁명이라는 거대한 역사의 흐름에 대항하여 싸우는 투사가 아니다. 그는 역사의 시곗바늘을 거꾸로 돌리기를 원치 않는다. 즉 지바고는 과거 제정러시아 시대로 돌아가고 싶지 않은 사람으로서 혁명이 가져온 사회적, 경제적 변화를 받아들인다. 그러나 그는 혁명의 도덕적인 문제를 받아들일 수 없었다. 즉 혁명이라는 이름으로 행해지는 살육과 파괴를 정당화시키는 혁명가들의 철학과 도덕을 수용할 수 없었다. 고대 그리스 시인 아이스킬로스는 "새로 얻은 권력은 언제나 잔혹하다"라고 했다. 러시아 역사에서 '새로 얻은 권력'은 모두 잔인했다. 이 소설에서도 볼셰비키의 잔인성이 잘 묘사되어 있다. 지바고는 인간을 변화시킬 수 있는 것이 법과 법의 집행뿐이라는 혁명 지도자들의 환상을 거부한다. 그리고 그는 추상적인 말과 공식으로 정당화된 혁명의 이론과 폭력을 부정한다. 왜곡된 혁명사상의 강요는 폭력이다. 지바고는 선(善)을 통해서만 최고의 선에 이를 수 있다고 말한다. 그는 기독교 윤리에서 찬양되는 인간의 미덕을 믿고, 자연과 사랑의 지고한 아름다움을 믿는다. 인간과 신비스럽고 초월적인 세계를 연결해 주는 것이 종교라고 정의한다면, 이 작품은 강한 기독교적인 무게가 담긴 종교 서적이라 할 수 있다. 지바고는 마르크시즘을 "사실로부터 동떨어져 지반이 불확실한 자기중심적 운동"이라고 부른다. 지바고의 생각에 "혁명가나 집권자들은 자기들의 신화를 강조하는 데만 너무 열중하기 때문에 진리를 무시하는 사람들"이다.

혁명에 대한 이론 혁명을 인문학적 이해보다는 사회과학적 입장에서 설명하면 더 알기 쉬울 수 있다. 혁명이란 역사의 발전에 따라 기존 사회 체제를 변혁하기 위해 이제까지 국가 권력을 장악했던 계층을 대신하여, 피지배계층이 그 권력을 비합법적인 방법으로 탈취하는 권력 교체의 형식이다. 혁명은 개념상 정치혁명과 사회혁명으로 구별되기도 한다. 정치학자 H. D. 라스웰에 의하면 정치혁명은 권력 기구의 급격한 변화인 데 비하여, 사회혁명은 지배 실질의 급격한 변화이다. 그런데 정치혁명은 그 전후에 사회혁명을 동반하는 것이 보통이다. C. 브린튼은 혁명의 원인과 혁명이 전개되어 나가는 과정에 대하여 근대국가에서 성공한 4개의 혁명, 즉 영국의 청교도 혁명, 미국의 독립혁명, 프랑스 혁명, 러시아의 공산주의 혁명을 비교 분석한다. 그는 4개 혁명의 공통되는 원인으로 심각한 경제적 위기에서 생기는 대중의 불만 증대, 정부의 적자 재정, 세금에 대한 불만, 특혜 조치, 행정상의 분규와 혼란, 지식인의 이반(離反), 지배계급의 자신감 상실, 사회적 대립의 격화 등을 들고 있다. 일반적으로 혁명 주체 세력의 성격에 따라 혁명의 형태를 위로부터의 혁명, 아래로부터의 혁명, 옆으로부터의 혁명으로 나눌 수 있다. '위로부터의 혁명'은 구지배계급의 계획과 지도 아래 타협적으로 단행되는 혁명을 말한다. 독일에서의 슈타인과 하르덴베르크의 대개혁 등은 그 전형적인 예이다. '아래로부터의 혁명'은 혁명의 가장 전형적인 형태이며 정치적으로 성숙한 계급이 민중의 광범한 지지 아래에서 자주적으로 단행하는 혁명이다. 예컨대 프랑스 혁명과 영국의 청교도 혁명, 러시아의 공산혁명 등과 같은 것이다. '옆으로부터의 혁명'은 위로부터의 혁명이나 아래로부터의 혁명을 단행할 만한 존재가 없을 때, 주로 민중의 지지 아래 지식계층에 의하여 단행되는 혁명이다. 한국의 4·19혁명이 이 유형에 속한다. 또한, 혁명은 그 변혁의 영향이 미치는 범위와 정도에 따라 급진혁명, 온건혁명, 유산(流産)혁명으로 나눌 수 있으며, 사회의 지배 관계의 기초가 되는 계급 관계에 주목하여 부르주아 민주주의 혁명과 프롤레타리아 사회주의 혁명으로 분류된다. 한편 혁명에 대한 반대 운동으로서 반(反)혁명이 있는데, 반혁명은 구지배세력이 무력을 가지고 구체제의 복귀를 기도하는 운동이라 할 수 있다. 이를테면 1660년 영국의 청교도 혁명에 대한 찰스 2세의 왕정복고라든가, 1814년 프랑스 혁명에 대한 부르봉 왕조의 부활, 1917년 러시아 볼셰비키 혁명에 대한 백군의 반발 등이 그 예이다. 러시아 볼셰비키 혁명(10월 혁명)은 세계 최초의 마르크스주의 혁명이다. 러시아 혁명은 전제군주의 농업정책과 귀족 신분의 과도한 농지 점령에 대한 소작농의 반대가 자본주의 체제 붕괴만이 그들의 살길이라는 공산주의 혁명으로 연결된 것이다. 전쟁의 소용돌이 속에서 나라의 안전과 흥망이 전제군주(니콜라이 2세)의 퇴위에 달렸다는 대중심리가 작용하여 혁명으로 발전하였다.

운명적인 사랑 작품 속에서 유리 지바고와 라라의 사랑은 피할 수 없는 숙명적인 사랑으로 제시된다. 두 주인공의 교차하는 운명과 사랑은 드라마틱한 하나의 영화이다. 진정한 사랑은 그들에게 가혹한 상처를 안긴다. 지바고와 라라의 연애 이야기는 우연, 선택, 기쁨, 모험, 절망, 죽음에 대한 낭만적인 이야기이다. 지바고와 라라는 자신들의 인간성과 개인적 비밀, 존엄성을 지키려고 노력한다. 두 주인공은 파멸과 죽음 직전에 가장 순수한 사랑을 나누며 서로의 상처와 마음을 잘 이해한다. 그들의 사랑은 대자연의 섭리에 따른 사랑이다. 이 두 사람은 혁명적 상투어구와 정치적 도그마가 남발되는 러시아 사회에서 유일하게 자신의 주체성을 지켜 가는 사람들이다. 유리 지바고의 라라에 대한 사랑은 고통받는 러시아에 대한 사랑의 표현이며, 라라의 지바고에 대한 사랑은 자신에게 참된 평화를 주는 사람에 대한 사랑이라 할 수 있다. 고통의 해결은 이데올로기와 도그마에 의해서가 아니라, 개성과 자유를 누리면서 자연스레 생겨나는 사랑에 의해서 이루어진다고 말할 수 있다.

주인공 지바고와 라라의 운명적인 사랑의 모티프가 소설의 끝에 시로 표현된다. 라라가 변호사 코마롭스키와의 이율배반적인 생활을 끝내기로 결심하던 날, 지바고는 라라와 우연히 만난다. 이미 의대생이 된 지바고는 지인의 집에서 열리는 크리스마스 파티에 가던 중 어느 골목길 창밖으로 비치는 촛불을 보면서 시 「겨울밤」의 모티프를 생각하게 된다. 이 시는 '교차한 운명의 그림자'라는 말로 그들의 운명을 상징적으로 표현하고 있다. 시의 일부를 아래 소개한다.

> 온 대지 위에 눈보라가 흩날려
> 사방으로 휘몰아쳤다.
> 책상 위에 촛불이 타고
> 촛불이 타고 있었다.
>
> 여름에 날벌레가 떼 지어
> 불꽃을 향해 날아들듯이
> 눈송이들이 마당에서
> 창틀로 날아들었다.
>
> 눈보라는 유리창 액자 위에
> 동그라미와 화살을 그려 놓았다.

책상 위에 촛불이 타고
촛불이 타고 있었다.

촛불 비친 천장에
그림자가 어리고
팔과 다리가 교차되고
운명이 교차된다.

작은 구두 두 개가
쿵 하고 마루 위에 떨어졌다.
밀랍은 침실용 촛대에서
눈물처럼 옷에 방울져 흘렀다.

유리 지바고는 촛불이 비치는 방 안에서 미래의 애인 라라가 오랫동안 사랑해 온 파벨에게 결혼해 달라고 말하는 장면을 목격하게 된다. 파벨에게 결혼 신청을 하고 난 후, 라라는 권총을 감추고 곧바로 크리스마스 파티장으로 코마롭스키를 찾아간다. 라라는 그를 죽임으로써 오랫동안 지속된 고민과 고통을 끝내고자 했다. 파티에 참석한 지바고는 라라가 코마롭스키를 저격하는 장면을 목격하고 그녀로부터 강한 인상을 받는다. 그들의 운명은 촛불을 향해 날아드는 날벌레의 운명과도 같고, 눈보라에 맡겨진 촛불의 운명과도 같다. '눈물처럼 옷에 방울져 흐르는' 촛농은 두 사람의 비극적인 미래의 눈물을 예시한다.

삶과 사랑의 참된 의미 이 작품에서 이야기되는 삶과 사랑의 참된 의미는 무엇일까? 그것은 혁명이 말하는 거대한 이데올로기나 도그마를 위한 삶에 있는 것이 아니라, 자기 일을 사랑하며 살 수 있는 작은 일에 있다. 사랑은 추상적인 이념이나 정치사상에서 나오는 것이 아니라 구체적인 삶에 대한 정열과 순수한 인간성의 동경에서 나온다. 지바고와 라라의 사랑은 순수한 에로스의 발로이자 무한한 자유를 향한 외침이며 구속에 대한 거부이다. 이들은 개인의 자유와 내면의 영원한 가치를 사랑하며 존중한다. 그리하여 이들은 서로의 상처와 아픔을 핥아 줄 수 있는 삶, 사랑으로 충만한 시적인 삶을 동경하면서 순수한 삶의 의미를 추구한 사람들이라 할 수 있다. 누구를 사랑한다는 것은 그 사람의 현재만을 사랑하는 것이 아니라 그 사람의 과거와 미래까지 모두 사랑하는 것이다. 상처투성이인 라라의 모든 삶을 사랑한 지바고의 사랑은 아름다움 그 자체이다. 혁명과 전쟁이라는 역사의 가혹한 상황에서도 사랑의 아름다움과 순수성을 지킨 지바고와 라라는 우리에게 삶이 무엇인가를 다시 한번 생각하게 하는, 영원히 잊혀지지 않는 아름다운 연인들이다.

라라는 두 연인 파벨 안티포프와 유리 지바고에게 코마롭스키와의 부적절한 관계를 고백한다. 라라는 파벨과 결혼한 첫날밤에 자신과 코마롭스키와의 관계를 고백한다. 아직 소년처럼 순수하고 자존심이 강한 파벨은 라라를 이해할 수도, 용서할 수도 없었다. "얼마 전까지 학생이었던 안티포프는 축복의 정상과 절망의 심연을 동시에 경험했다. 그의 의심스러운 추측은 라라의 고백과 교차되었다…. 그는 마치 낭떠러지 밑으로 떨어지는 것 같은 슬픔에 빠져들어 갔다." 파벨은 라라의 과거에 절망하고 냉철한 혁명가로 변신을 꾀한다. 사실 그는 라라를 용서할 수 없는 자신을 더욱더 용서할 수 없었다. 그는 완전히 다른 사람으로 변하게 된다. 모든 것을 잊고자 파벨은 자기만의 세계에 빠진 채 열렬한 혁명론자가 되고, 제1차 세계대전에 자원하여 떠나 버린다. 라라는 자신을 이해하지 못하고 떠나 버린 남편 파벨을 찾아서 종군 간호사로 떠날 만큼 적극적인 성격의 여성이다. 라라는 역시 유리 지바고에게 고해성사하듯이 코마롭스키와의 추악한 과거를 고백한다. "내가 어떤 여자냐고요? 나는 한평생 금이 가 버린 여자, 깨진 인간이에요.

아직 그 시기가 되지 않았을 때 이미 용서할 수 없을 만큼 빨리 여자로 만들어져서, 성의 비밀의 가장 추악한 면이 들추어진 여자예요. '모든 것은 이용하기 위해 존재한다', '자기는 무슨 짓을 해도 괜찮다'고 생각하는 자신에 찬 중년의 남자, 구시대의 기생충이 마치 길거리의 여자처럼 만들어 버린 거예요." 파벨은 그녀의 과거를 용서하기는커녕 이해하지도 못했지만, 유리는 그녀의 고통을 이해했다. 유리는 라라의 고통스러운 과거를 도덕적 실수라 생각하고, 라라가 소녀 시절의 죄책감에서 해방되기를 바랐다. 그는 라라의 아름다움의 본질을 이해하고 사랑했다. 라라는 자신의 감정과 본능에 솔직했으며 과거의 잘못을 인정할 줄 아는 여성이었다. 라라가 처음으로 관능에 눈을 뜬 것은 코마롭스키를 통해서였다. 이후 그녀는 파벨에게 존경심과 정신적 사랑을 느꼈으며, 지바고와의 만남을 통해 진정한 사랑이 무엇인가를 알게 된다. 작가는 라라의 심리 변화를 통해 사랑의 진면목을 보여 준다.

여성적 이상 러시아 작가들은 여성적 이상을 숭배하고 여성에게서 순수의 상징을 찾는다. 여성에게서 발견되는 순수의 상징은 세계의 냉혹성이나 남성들에게서 발견되는 용기와 명예의 결핍과도 현저히 대비된다. 투르게네프를 위시한 19세기 작가들의 소설에서 남성들이 여성을 어떻게 받들었는가를 잘 알 수 있다. 푸시킨은 『대위의 딸』에서 주인공 마샤 미로노바를 가정과 미덕의 모델로 간주했고, 『죄와 벌』의 소냐 마르멜라도바는 참회하는 주인공 라스콜니코프에게 정신적 부활로 가는 올바른 길을 알려 주도록 설정했다. 톨스토이의 『전쟁과 평화』에서 활기차고 역동적인 나타샤 로스토바는 어머니 러시아의 생명력을 상징한다. 나타샤의 오빠 니콜라이와 후에 그녀의 남편이 되는 피에르는 이 어머니 러시아를 위해 나폴레옹에 맞서 싸운다.

러시아 문학에서 남성들이 여성의 미덕에 집착하는 전통이 파스테르나크의 소설에서도 나타난다. 『닥터 지바고』에서 토냐와 라라는 시간이 되면 즉

시는 아니더라도 매우 단호하고 직감적으로 삶의 본질을 파악한다. 소설의 전통을 이어 가는 남성 작가들에게 여성들은 하나의 패러다임이거나 지름길이다. 소설 속에는 다음과 같은 시가 나온다.

> 오, 살아 있다는 것은 얼마나 달콤한가!
> 살아 있고 삶을 사랑한다는 것은 얼마나 좋은가!
> 그녀는 삶에, 존재 자체에 직접 얼굴을 맞대고,
> 사람의 삶에 얼마나 감사하고 싶었던가!
> 이 사람이 바로 라라였다.
> 여러분은 삶과 소통할 수 있었지만,
> 그녀는 삶의 대표이자 삶의 표현이었고,
> 불명료한 존재에 부여된 말과 듣기의 천재였다.

우연성의 미학 『닥터 지바고』는 사건 전개에 있어 인과성이 약하고 우연성의 남발이 심한 소설로 알려져 있다. 이 소설에서 등장인물들은 러시아의 운명을 상징하는 주인공 라라를 둘러싸고 운명적인 만남과 이별을 반복한다. 역사의 소용돌이 속에서 지바고와 라라는 이리저리 휘둘려 함께할 수 없을 것 같지만, 전쟁터에서도 우연히 만나고 시베리아에서도 다시 함께하는 시간을 갖는다. 광대한 러시아의 삶 속에서 우연한 만남을 손쉽게 활용하고 있어 이야기 전개가 다소 부자연스럽게 여겨진다. 이 소설의 인과관계가 의심스러워진다.

우연성(contingency)이란 어떤 존재나 사건의 원인이 확실하지 않은 것을 말한다. 서사(이야기) 속의 모든 사건과 행동들은 인과적 관계로 연결되어 있다. 하나의 사건이 다른 사건의 원인이 되고, 그것은 또다시 다른 사건의 원인이 되는 과정이 소설이 끝날 때까지 계속될 것이라 독자들은 기대한다. 그러나 『닥터 지바고』에는 아무런 설명이나 암시 없이 발생하는 사건들이 너무 남발되고 있다. 가장 대표적인 예가 의사 지바고와 라라의 만남이다. 의사 지바고가 시간과 공간을 초월해 라라를 만나는 것은 우연이 아니고는 설명하기 힘들다. 그들의 극적인 만남이 흔히 일어날 만한 일인가 그렇지 않은가가 문제가 된다.

인과관계는 사건이나 행동을 독자가 수긍하고 이해할 수 있도록 해 준다. 또한 어떤 사건의 전개나 행동에 그럴듯함 또는 개연성을 준다. 아리스토텔레스가 행동의 모방에는 개연성이 있어야 한다고 말한 후, 개연성은 서사의 주요한 조건으로 간주되었다. 폴 굿맨은 개연성을 '이미 제시된 부분들 뒤에 있으며 또 다른 부분들을 이끌어 내는 관계'라고 정의한다. 앞과 뒤가 서로 연관되는 인과성을 개연성이라고 할 수 있다. 모든 이야기는 나름대로 플롯이 있다. 플롯이란 사건들의 배열이다. 그런데 사건들을 배열하는 데도 나름대로 질서가 있다. 질서 없이 멋대로 배열된 행동이나 사건들은 이야기가 되지 못한다.

현실은 필연과 우연이 함께 어우러지는 사건의 세계다. 우연은 예측할 수 없기에 물론 거기에는 위험이 따른다. 그러나 삶 자체가 위험을 동반한 모험이다. 위험을 받아들이는 용기가 바로 삶의 용기이다. 필연에는 논리적인 담론이 요구되지만, 우연에는 논리보다는 감성적 담론이 우선한다. 그렇기에 우연은 운명의 또 다른 등가의 말이다. '아모르파티'는 모든 것을 운명에 맡기라는 숙명론이 아니라, 현실이 인간의 파악 능력을 넘어서는 우연과 함께 만들어진다는 사실을 인정하는 것이다. 작가가 자신의 운명을 받아들이고 즐기듯이, 지바고 역시 자신의 운명을 받아들이고 라라와의 사랑을 즐긴다.

우연성을 생각하니 무엇보다도 먼저 피타 첼솜 감독의 영화 〈세렌디피티〉가 떠오른다. 크리스마스 이브에 조나단과 사라는 각자 사랑하는 연인을 위해 선물을 고르다가 우연히 장갑을 동시에 잡으면서 첫 만남을 갖게 된다. 처음 만난 두 사람은 서로의 매력에 빠져 뉴욕 맨해튼에서 잠시 황홀한 저녁을 보낸다. 서로의 이름도 모른 채 두 사람은 운명의 수수께끼를 가지고 헤어진다. 그들은 서로 다른 삶을 살아가다가 7년 후 결혼하기 직전에 과거의 추억이 새겨진 뉴욕으로 가서 다시 우연히 만나게 된다. 이 영화는 우연이 필연이 된 운명적인 사랑에 관한 이야기이다.

'실수나 우연을 통한 창조성(행운)'을 영어로 세렌디피티(serendipity)라고 한다. 원래 이 말은 1754년에 고딕소설 작가 월폴이 처음 만든 단어였다. 그가 어렸을 때 읽은 동화 『세렌디프의 세 왕자』에서 따온 것으로, 세렌디프는 지금의 스리랑카를 뜻한다. 그가 친구에게 보내는 편지를 보면 세렌디피티라는 말의 유래를 알 수 있다. 편지의 내용은 이렇다. "어릴 적 『세렌디프의 세 왕자』라는 시시한 동화책을 읽은 적이 있는데, 세 명의 왕자들이 여행 중에 우연히 뭔가를 발견해 낸다네. 예를 들면 이런 것들이지. 그들 중 한 명은 노새가 왼쪽의 풀만 먹어 치운 것을 보고 노새의 오른쪽 눈이 멀었다는 것을 알게 되지. 왼쪽 풀은 오른쪽보다 훨씬 상태가 좋지 않은데도 말이야."[6]

의사 지바고와 라라의 운명적인 만남은 세렌디피티의 실제적인 예가 될 수 있다. 남녀가 만나 사랑에 빠진다는 것은 엄청난 확률을 뚫고 일어나는 대사건이다. 그리하여 문학비평가들은 그들의 만남을 우연성의 남발로 간주하지만, 로만 야콥슨의 부인 포모르스카야는 『닥터 지바고』의 우연성을 큐비즘 회화에서 보이는 부분과 전체의 문제로 설명하고 있다. 시인들은 실제로 인과성을 무시한 글들을 많이 쓴다. 시 자체가 인과성을 요구하는 서사가 아니기 때문에 우연성과 우발성은 시 장르의 고유한 특성이라는 것이다. 작가나 소설의 주인공 의사 지바고는 모두 시인으로서 인과성에 집착하지 않는 인물이다.

햄릿형 시인의 운명 『닥터 지바고』는 혁명의 방관자로서 힘을 잃어 가는

6 이어령, 『젊음의 탄생』, 생각의나무, 2008, 75쪽.

엘리트 지식인의 이야기이다. 이 소설은 혁명의 현실을 비판한 역사소설로, 또는 남녀의 연애소설로 읽힐 수 있다. 혁명이나 사랑 모두 러시아의 운명과 관련된 이야기들이다. 그러한 이야기들을 종합적으로 정리해 주는 유리 지바고의 시 25편이 소설의 마지막에 덧붙어 있다. 파스테르나크는 그 시들을 의도적으로 배치해 각 시와 소설이 연관성을 갖게 할 뿐만 아니라 지바고의 삶이 예술작품을 통해 부활한다는 것을 암시한다. 즉 시인의 삶은 그가 남긴 예술작품으로 타인의 기억 속에서 부활할 수 있음을 보여 준다. 첫 번째 시 「햄릿」은 소설의 주인공 지바고의 운명과 고난을 예고한다.

소란이 멎었다. 나는 무대로 나갔다.
문설주에 기대어 먼 메아리 속에서
나의 세기에 무슨 일이 일어나는지
파악해 본다.

한밤의 어둠이
수천의 쌍안경으로 나를 향한다.
하느님 아버지, 할 수만 있다면,
이 잔을 거두어 주옵소서.

저는 주님의 완고한 뜻을 사랑하기에
이 역을 기꺼이 맡겠나이다.
그러나 지금은 다른 연극이 진행되니
이번엔 저를 면하게 하소서.

하지만 막(幕)의 순서는 짜여 있고
길의 끝은 피할 수 없다.

저만 혼자이고, 다들 바리새주의에 빠져 있다.
삶을 사는 것은 들판을 건너는 것이 아니다.

파스테르나크는 윌리엄 셰익스피어의 비극 『햄릿』을 시의 제목으로 썼다. 이 시에서 지바고는 햄릿이면서 동시에 그리스도의 이미지로 나타난다. 그는 지바고를 '세계 극장(theatrum mundi)'의 주인공으로 생각한다. 이는 인생을 한 편의 연극처럼 바라본다는 것을 의미한다. 지바고의 인생길은 예수 그리스도가 걸어간 험난한 가시밭길이기도 하다. "이 잔을 거두어 주옵소서"라는 2연의 4행은 십자가에 못 박히기 바로 전날 예수가 한 말이다. 지바고는 임박한 죽음을 깨달은 것이다. 지바고 역시 그리스도와 햄릿처럼 피할 수 없는 운명의 길을 걸어가야만 한다. 그리스도와 햄릿이 아버지로부터 부여받은 과제와 임무는 이미 알려져 있고, 지바고는 햄릿처럼 거짓에 둘러싸여 있다. 이러한 상황에서 그가 삶을 산다는 것은 들판을 건너는 것처럼 쉬운 일도 아니고, 쌍안경을 든 관객의 구경거리로 치부될 일도 아니다. 관객과 주변인들은 바리새주의(Pharisaism)에 빠져 있는 인물들이다. 여기서 위선자로 치부되는 바리새인의 바리새주의는 거짓으로 유혹하는 공산주의를 은유하기도 한다. 시인은 거짓과 위선의 바다에 둘러싸인 채 홀로 서 있다. '타인의 고통'이 한낱 구경거리로 전락한 혁명의 시대를 살아가는 지바고는 인생이란 무대에서 해내야 하는 햄릿과 그리스도의 연기가 어렵기만 하다. 시인의 삶은 고난과 외로움으로 가득 차 있다. 파스테르나크는 시인의 운명과 시의 이름으로 자기희생을 강조한다.

문학과 예술의 힘 지바고는 혁명의 역사에 굴복하기보다는 시인의 길을 택하여 예술가의 삶을 살았다. 그래서인지 시인이자 소설가인 파스테르나크와 의사이자 시인인 지바고의 삶은 분리되지 않는다. 힘든 역경과 극한 상황에서 지바고를 지탱해 주는 것은 오직 문학과 예술에 대한 그의 정열이다. 햄릿형 주인공 지바고는 시에서 피난처를 구하고 예술을 통해 구원받는다. 그리고 그에게 시적 영감을 제공해 주는 뮤즈는 사랑하는 여인 라라이다. 그지없이 순박한 아내 토냐가 현실 세계를 상징한다면, 정열적인 애인 라라는 자유분방한 예술세계를 상징한다. 그는 라라와 함께 설원에 은거하며 시를 쓰는 행복을 경험하지만, 그러한 행복은 오래가지 못한다. 작가는 결코 사회적, 정치적 영향으로부터 자유롭지 못하며, 예술 역시 역사의 흐름을 외면할 수 없기 때문이다. 라라는 결코 붙잡을 수 없는 '예술혼'의 상징이다. 죽을 때까지 이상향을 찾아 헤매는 지바고의 삶은 모든 예술가의 삶이기도 하다. 혁명에 동조하지 않는 지식인 유리 지바고는 자신의 개성 때문에 파멸하게 되지만, 그의 파멸은 예술로 부활한다. 그가 남긴 시는 지바고 예술의 승리라 할 수 있다. 자연과 사랑에 바쳐진 시들은 시인의 혼불이다. 그는 자연과 현실의 교감 속에서 시의 본질을 찾아낸다. 부연하자면 그의 시학은 인물의 심리 상태를 자연현상에 비유하여 격랑의 세월 속에 자아를 잃은 주인공의 파토스를 그린 것이다. 그는 "진정한 예술이란 「요한 계시록」을 이어 쓴 것"이라고 생각하는 시인이다. 러시아 문학의 전통에서 『닥터 지바고』는 '소설로 쓴 시'일 뿐만 아니라 「요한 계시록」의 연장이라고도 할 수 있다.

7. 역사와 인간의 운명: 숄로호프의 『고요한 돈강』

인간은 살아가면서 부단한 선택을 해야만 하고, 자신의 선택을 운명으로 받아들여야만 한다. 그러나 많은 사람이 선택의 길에서 망설일 뿐만 아니라, 살아가는 동안 자신의 선택을 후회하기도 한다. 국가의 이념과 체제가 변함에 따라 민족이나 개인이 어느 하나를 선택해야만 할 때 그들에게 최고의 선택은 무엇일까? 러시아 돈강 지방의 카자크 민족은 혁명이라는 역사적 현실 앞에서 선택을 강요당하고 신음하는 민족이었다. 숄로호프의 『고요한 돈강』은 돈강 유역의 카자크 촌락을 중심으로 제1차 세계대전 때부터 1922년에 이르기까지 카자크인들이 겪어야 했던 파란만장한 역사적 운명을 예술적으로 생생하게 그린 대서사시이다.

노벨상 수상 작가 미하일 숄로호프(1905-1984)는 돈강 중류 지역의 카자크 마을에서 태어났다. 아버지는 러시아인이었고, 어머니는 절반이 카자크인이었다. 사생아로 태어나 쿠즈네트소프라는 성을 갖고 있다가 1913년부터 친부의 성인 숄로호프를 공식적으로 사용한다. 자식 교육에 각별한 관심을 두었던 아버지는 가정교사를 고용했다. 중학교에 재학하던 1917년에 혁명이 일어나자 숄로호프는 지방 마을에까지 밀어닥친 혁명과 내전으로 학업을 중단하게 된다. 그 후 혁명군사위원회에서 여러 가지 활동을 하던 그는 종전 이후 1922년부터 모스크바에 체재하면서 새로운 인생의 길을 찾아다닌다. 인부와 회계원 등 여러 가지 직업에 종사하면서 삶의 어려움을 체험한 숄로호프는 독학으로 문학을 공부하여 1923년부터 작품을 발표한다. 1926년에 귀향한 숄로호프는 생애 대부분을 고향 보센스카야에서 보낸다. 그는 신예작가로서 단편소설 『돈 지방 이야기』로 문단의 주목을 받게 된다. 23살 때인 1928년에는 『10월』이라는 잡지에 『고요한 돈강』을 발표한다. 이 작품으로 그는 스탈린상까지 받았다. 방대한 분량의 소설이기 때문에 23살의 문학청년이 썼다고 믿지 않는 사람들이 많았다.

숄로호프

노벨상을 받은 후에 솔제니친이 공식적으로 표절 문제를 제기한다. 『고요한 돈강』의 원작자는 내전 때 사망한 반혁명 계열의 작가 표도르 크류코프(1870-1920)이며 이 작가가 쓴 원고를 숄로호프가 표절했다는 주장이었다. 숄로호프는 제2차 세계대전 때 폭격으로 원고가 다 유실됐다고 주장했다. 반체제 인사들이 주장한 표절 문제는 결정적인 증거 부족으로 문학 권력자가 된 숄로호프를 당해 낼 수 없었다. 어쨌든 이 작품은 소비에트 문학에 거대한 영향을 주었다. 1957년에 사회주의 리얼리즘의 대표작이라 할 수 있는 『인간의 운명』을 발표한 숄로호프는 1965년 노벨 문학상 수상의 영예를 차지한다. 그는 그 후 20년 동안 작품 활동을 하지 않았다. 당 최고위원과 학술원 회원으로 문학적 명성과 영광을 누리다가 암으로 사망했다.

카자크의 역사 『고요한 돈강』은 카자크의 슬픈 역사를 다룬 대하소설이다. 제1차 세계대전의 전야로부터 러시아 혁명을 거쳐 내전이 끝나고 소비에트 정권이 확립될 때까지 약 10년간의 러시아 역사를 그리고 있다. 이 작품의 공간적 배경은 남러시아의 변방에 해당하는 돈강 유역이다. 작가는 돈강 유역에서 농사를 지으며 전투에 동원되는 카자크인들의 특수한 사회 전통과 관습을 묘사했다. 카자크 민족의 역사는 15세기경 러시아에서 귀족이나 지주들의 억압과 탄압을 견디다 못한 농노들이 자유를 찾아 남하하여 인적이 드문 남쪽 변방에 촌락을 형성한 데서 시작된다. 그들은 평소에 농사를 짓거나 사냥을 하지만, 타민족이 침입하는 유사시에는 독자적인 군사공동체를 만들어 생활하는 특이한 풍속을 가진 집단이었다. 그들은 종종 러시아 황제를 돕는 대가로 제한적인 자치를 허락받은 특수 변방 집단이라 할 수 있다. 원래 '카자크'라는 말은 '강인하고 자유분방한 모험자'라는 내포적 의미를 지닌다. 실제로 용감하고 군사기술이 상당히 발달한 카자크인들은 러시아의 남쪽 국경을 담당했다. 카자크인들의 자유로운 삶의 방식과 전사로서의 용맹은 고골의 『타라스 불바』와 톨스토이의 『카자크』로 잘 알려져 있다. 카자크 병사들은 영화 〈전함 포템킨〉에 나오는 유명한 오데사 계단의 학살 장면에 동원되었고, 1905년 '피의 일요일' 사건 때도 동원되었다. 파스테르나크의 『닥터 지바고』에도 카자크 용병이 등장한다.

1917년 볼셰비키 혁명은 카자크 민족 간에 분열을 일으킨다. 카자크에는 경제적으로 빈농, 중농, 부농 세 계층이 있었다. 부농이나 중농에 속한 카자크인들은 전통사회를 지키고자 백군 편에 서고, 빈농은 적군 편에 가담하여 피비린내 나는 계급투쟁을 벌인다. 『고요한 돈강』에서 리스트니츠키 집안은 부농이고, 그리고리는 중농, 코셰보이는 빈농이다. 그들은 각자의 계급적 배경과 정치적 견해에 따라 행동한다. 부농인 리스트니츠키는 백군이 되고, 코셰보이는 적군에 가담한다. 반면에 중농인 그리고리는 어느 편에도 소속감을 느끼지 못하고, 양쪽 모두에게 배척을 당한다. 그에게는 자유를 갈망하는 카자크의 피가 흐른다. 그리고리는 카자크 기질의 인물로 전형적인 카자크적 삶을 사는 주인공이다. 그에게 이념이나 혁명을 외치며 벌이는 전쟁은 중요하지 않다. 가장 중요한 것은 '카자크적인 삶의 방식'이다. 자기만의 삶의 방식과 가치를 추구한 그리고리의 의지는 끝내 좌절된다.

사랑과 혁명 『고요한 돈강』은 메레호프라는 성을 가진 카자크 가족이 세계대전과 볼셰비키 혁명, 그리고 뒤이은 10여 년간의 내전에서 체험한 참혹한 전쟁과 비극적인 노정을 그린 작품이다. 숄로호프는 이 작품을 통해 사회적인 대격변이 인간의 운명을 어떻게 변화시키고, 정치적 투쟁이 개인의 행복과 파멸에 어떠한 영향을 주는지 보여 주었다.

이 대하소설은 제1차 세계대전이 일어나기 전 돈강 상류의 카자크 마을에서 시작된다. 주인공 그리고리 메레호프는 이웃집에 사는 스테판의 아내 악시냐에게 매력을 느낀다. 불행한 결혼 생활을 하고 있던 악시냐는 남편이 전선으로 떠난 사이에 그리고리와 연애를 하게 된다. 두 사람의 불륜에 대한 소문이 온 마을에 퍼지자 그리고리의 아버지는 자식을 부농의 딸 나탈리아와 결혼시킨다. 그러나 그리고리가 결혼한 후에도 두 사람의 불륜은 계속된다. 마침내 두 사람은 집에서 도망 나와 대지주 집의 일꾼으로 입주한다. 악시냐는 딸을 낳게 되고, 그리고리는 제1차 세계대전의 발발과 더불어 군대에 징집된다. 제1차 세계대전 중 러시아-독일 전선에서 하사관으로 승진한 그리고리는 카자크 병사로서 두각을 나타낸다. 한편 악시냐는 성홍열로 아이를 잃고, 그때 그녀의 공허한 마음을 비집고 들어온 대지주의 아들 예브게니의 정부가 된다. 그 후 전쟁터에서 부상을 당한 그리고리는 부모와 아내가 기다리는 고향으로 돌아온다. 전선에서는 반전 기운이 확산되나 국내 돈강 유역은 백군과 적군의 치열한 싸움터가 된다. 이런 혼란 속에서 그리고리는 혁명과 국내전의 폭풍에 어쩔 수 없이 휘말려 파멸하게 된다. 강인한 생명력과 정의감을 지닌 그리고리는 직언을 서슴지 않는 강직한 인물일 뿐만 아니라 자신의 감정에 충실한 자유인이다. 혁명이 일어나자 그는 차르 정부의 붕괴에 동정을 느껴 볼셰비키를 혐오하게 되고, 무장집단을 이끌고 그들에 반대한다. 혁명 직후 처음에는 적군에 투신했으나 그들의 폭력과 잔학상에 염증을 느껴 백군으로 소속을 옮긴 그리고리는 백군의 연대장을 거쳐 사단장으로까지 진급할 만큼 혁혁한 무공과 전쟁 경험을 쌓는다. 그는 적군을 증오하나 자신을 무식한 벼락출세꾼으로 생각하는 백군에서도 위안을 얻지 못한다. 백군의 장군들은 제정러시아가 망하고 새로운 시대가 시작되어 민심도 혁명군 쪽으로 기울고 있다는 사실을 직시하지 못한다. 그런 가운데 그리고리는 백군의 우두머리 제니킨 장군과 브란겔 장군에 대한 충성심을 잃어 간다. 더구나 쿠반 지역을 후퇴한 후에는 백군의 대의명분이 사라졌음을 깨닫는다. 적군과 백군의 싸움이 일진일퇴를 거듭하면서 돈강 유역은 황폐해진다. 내부적으로 부패에 찌든 백군은 재기 불능의 상태가 되어 후퇴를 거듭하게 된다. 마침내 백군의 패잔병들은 노보스크에서 콘스탄티노플로 도망가기 위해 배를 탄다. 여기서 그리고리는 생각을 돌려 동료들과 함께 혁명군에 투항한다. 이것을 계기로 그는 커다란 변화를 겪게 된다. 그는 부제니가 이끄는 적군 기병대에 가담하여 폴란드 지역 전투에 참전한다. 그러나 그는 혁명군에 대항한 백군이었다는 과거의 전력 때문에 의심을 받게 되자 곧 제대한다.

그리고리의 고향은 이제 공산주의자들에 의해 통치되고 있었다. 그의 누이동생과 결혼한 옛 친구 미시카 코셰보이는 지방 소비에트 의장으로서 그리고리의 귀향을 달갑게 여기지 않았고, 그를 불신하고 적으로 간주한다. 그리고리는 관료들의 골칫거리가 되고 그에게는 위협과 박해가 뒤따른다. 그는 고향을 탈출하여 적군에 반대하는 활동을 재개한다. 주변과 타협하기 힘든 성격의 그리고리는 자신을 억압하는 모든 것에 저항한다. 그는 증오와 절망 속에서 식량을 징발하기 위해 파견된 적군을 약탈하는 카자크 마적 집단에 가담한다. "소비에트 정권에는 찬성하나, 공산주의 이념에는 반대한다"라는 그들의 슬로건은 농민들 사이에서 호응을 얻는다. 그러나 그들은 적군의 정규군에게 패배한다. 쫓기는 몸이 된 그리고리는 악시냐를 찾아가 그녀를 데리고 탈주를 시도하지만 악시냐는 총에 맞아 죽는다. 그리고리는 다시 외로운 패배자가 된다. 독일군을 죽이고 동료 러시아인들을 죽이며 전쟁을 수행하는 7년 동안 그리고리는 14번이나 부상을 당했다. 그의 희생과 용기와 힘의 낭비는 모두 무의미한 행동처럼 보였다. 자신의 삶에 실망을 느끼고, 무엇이 옳고 그른가를 판단할 수 없게 된 그리고리는 더 이상 투쟁하며 살아갈 육체적, 도덕적 힘이 없었다. 유일하게 남아 있는 꿈은 고요하고 평화롭게 일하는 것뿐이었다. 아내 나탈리아와 부모도 죽었고, 정부인 악시냐도 죽었다. 그리고리는 사막의 한가운데 선 것처럼 폐허가 된 자기 집에 돌아와 어린 아들을 만나게 된다. 그를 세상과 연결해 주는 유일한 줄이요 희망은 그가 안고 있는 아들뿐이다. 그리고리와 그의 아들, 그리고 돈강 지역의 모든 어린이에게는 새로운 삶이 시작된다. 숄로호프 소설의 주인공은 적군과 백군 사이에서 방황했던 수백만 카자크인들이었다.

이념의 과오 숄로호프는 작가로서 이념적 노선이 불분명하다. 『고요한 돈강』에서 이념은 도대체 무엇이길래 국민이 백군과 적군으로 나뉘어 서로 죽이는가? 작가는 이념의 의미에 회의적인 시각을 보인다. 이 소설 역시 작가의 노선이 문제가 됐다. 주인공 그리고리의 이념 역시 회색분자처럼 모호하게 그려졌기 때문이다. 그리고리는 소비에트가 내세우는 사회주의 리얼리즘의 공식 규범에 맞지 않는 인물이다. 계급의식으로 무장하고 노동자 투쟁을 선도하는 긍정적 주인공도 아니다. 사실 그는 소비에트 영웅과는 거리가 멀다. 그래서 구소련 비평계에서는 혁명위원장으로 등장하는 미시카 코셰보이를 더 중요하게 취급했다. 그들은 코셰보이의 활동을 중시하여 이 소설을 사회주의 리얼리즘에 맞는 대표작으로 정당화했다. 『고요한 돈강』은 여러 문제점이 있는 소설로 평가되지만, 소비에트 문학에서 이만한 걸작을 찾아보긴 쉽지 않다.

역사적 대전환기 앞에서 카자크인은 선택의 갈림길에 서서 방황하고 격론을 벌인다. 특히 이념의 선택은 한 인간에게 너무나 무거운 부담이다. 카자크 사회에서 마르크시즘은 친척들과 친구들 사이를 갈라놓고, 사람들은 이념의 차이로 서로를 불신하게 된다. 이데올로기는 언제나 눈에 보이지 않게 사람들의 내부에 자라다가, 어느 날 불쑥 뛰쳐나와 가족들과 동료들, 더 나아가 민족 전체를 위협한다. 그리고리는 이념의 파괴적인 힘으로부터 가정과 고향을 보호하지 못하고 방황하다가 결국 고향으로 돌아간다. 그는 선택의 길이 얼마나 어려운 길인가를 자신의 삶을 통해 보여 준 것이다.

역사를 보는 시각은 다양할 수 있다. 그러나 공산주의 사회에서 역사 인식이란 열린 다양성 대신 이념적으로 획일화된 스테레오 타입에 깊숙이 매몰되어 있었다. 따라서 사회주의 역사가들의 역사 해석은 판에 박은 듯 전형적이고 틀에 맞춘 듯 상투적이다. 말하자면 그들은 역사를 거창한 관점과 거룩한 담론으로 해석하고 강요한다. 하지만 이데올로기적으로 정형화된 역사가 곧 진실은 아니다. 과거와의 대화가 반드시 민족이나 계급 같은 집단적 주체를 통해 이루어질 필요도 없거니와, 개인의 사적 기억도 공적 역사 서술 못지않게 소중하다. 집단의 기억(history)과 개인의 기억(memory) 사이의 괴리는 있을 수 있다. 여기서 우리를 슬프게 하는 것은 이데올로기에 도취된 역사가들이 이념과 목적에 따라 역사를 재구성하는 일이다. 그들은 민족과 계급을 전면에 내세워 개인을 사상(捨象)시키고 각자의 실존적 기억을 증발시킨다. 그 결과 공산주의 세계에서 개인은 당연히 계급의식으로 충만해야 한다. 주인공 그리고리는 이데올로기라는 길고 어두운 터널의 역사를 살아온 사람이다. 그는 역사의 전횡과 독단을 개인의 사적 체험과 직접 경험으로 보았다. 어느 하나의 이데올로기로 주인공 그리고리의 삶을 비판하는 것은 인간에 대한 총체적 모욕이 될 수 있다. 인간의 삶은 추상적, 관념적으로 이해하기보다는 실제적 삶의 진정성을 기초로 이해해야 한다. 증오와 보복이 아닌 용서와 화해를 기초로 한 역사 공유를 모색하는 일이 중요하다.

여자의 운명 이 소설은 총각 그리고리와 유부녀 악시냐의 운명적인 만남으로 시작해서 악시냐의 죽음으로 끝난다. 소설의 초반부터 그리고리는 이웃에 사는 악시냐에게 관심을 둔다. 악시냐의 남편인 스테판은 그리고리의 형과 함께 징집된다. 사실 악시냐는 16살 때 이미 친아버지에게 강제로 겁탈당한 비운의 여성이다. 이를 알게 된 어머니와 오빠는 술에 취해 잠든 아버지를 때려죽이고 이웃 사람들에게는 술에 취해 마차에서 떨어져 죽었다고 말한다. 1년이 지난 뒤 악시냐는 스테판과 결혼한다. 폭력적인 남편 스테판은 어린 아내를 헛간으로 데려가 심하게 구타한다. 이뿐만 아니라 이웃 처녀를 건드리고 바람난 과부를 유혹하느라 밤마다 집을 비운다. 남편한테 오만 정이 다 떨어진 악시냐는 총각 그리고리의 수작을 반긴다. 두 사람의 뜨거운 열정은 계속 진행된다. 그리고리의 가족은 두 사람의 관계를 막으려고 부유한 집안의 딸 나탈리아와 그리고리를 결혼시킨다. 그러나 아내를 놔두고 집을 나간 그리고리는 악시냐와 동거한다. 그리고리가 전선에 나가 있는 동안 악시냐는 그들 사이에 태어난 딸아이를 잃고 혼란에 빠진다. 이때 악시냐는 지주 아들의 유혹에 넘어가 육체 관계를 맺는다. 그 사실을 알게 된 그리고리는 자기 가정으로 돌아간다. 여러 사건을 겪은 악시냐는 적군의 총에 맞아 죽는다. 그에게 가장 중요한 열정의 대상이었던 악시냐의 죽음은 인생의 끝과 같다. 유일한 안식처이자 피난처였던 그녀를 잃어버린다는 것은 모든 걸 잃어버린다는 의미이다. 소설은 두 인간의 비극적인 운명에 관한 이야기라 할 수 있다.

고난과 비극의 역사 역사를 이해하는 방법은 여러 가지가 있다. 역사 속 사건들에 대하여 의미를 두고 볼 줄 아는 것을 역사관이라 한다. 같은 역사적 사실을 가지고도 역사관에 따라 다르게 평가하는 것을 우리는 늘 보게 된다. 시간의 흐름에 따른 역사관은 크게 세 가지로 구분해 볼 수 있다. 첫째로 시간의 흐름을 수평선으로 이해하는 역사관이 있다. 이런 역사관은 역사를 과거, 현재, 미래로 본다. 둘째로 시간의 흐름을 둥근 원으로, 돌고 도는 것으로 보는 역사관이 있다. 셋째로 시간의 흐름을 나선형으로 보는 역사관이 있다. 즉 돌고 돌면서 앞으로 전진해 간다고 보는 것이다. 일찍이 독일의 헤겔은 역사의 발전을 정반합의 이론으로 설명했지만, 현대에 와서는 역사를 보는 눈이 세 번째 역사관에 비중을 두는 경우가 많다. 즉 역사의 흐름은 돌고 돌지만, 제자리로 도는 것이 아니라 전진해 가며 나선형으로 돈다는 말이다. 어느 민족의 역사에서나 고난과 비극은 있다. 어느 민족이든 고난과 비극의 역사를 기억하고 민족의 지혜를 모으면 미래 비전과 희망의 역사가 창출된다.

『고요한 돈강』의 이야기는 민족의 비극이라는 측면에서 '6·25 사변'으로 일컬어지는 우리의 한국전쟁 이야기와 비슷하다. 6·25는 '자유 민주주의냐 공산주의냐'라는 이념과 정치체제의 싸움이 국민들을 동족상잔으로 몰고 간 것이다. 역사적 사실에도 불구하고 학자들은 남침설과 북침설로 대립하고, 민족 해방 전쟁이나 미 제국주의자들의 북침 전쟁으로 호도하는 학자들도 있다. 이론과 입으로 대의명분만을 찾아 싸움을 주도하는 사람들은 자신들이 어느 체제에 안주하여 살아가고 있는가를, 즉 현실을 잘 파악할 필요가 있다. 이상적인 이데올로기라도 현실에서 받아들일 수 없거나 실패한 이념은 역사의 뒤안길로 사라지게 마련이다.

이 모든 싸움의 대의명분은 민족과 민중을 위한다는 것이었다. 그들의 싸움은 언제나 조국의 미래, 민족의 해방과 번영을 위한 것이었다. 그러나 같은 민족끼리 피를 흘리며 싸워 얻은 것은 무엇인가. 동족 간의 골육상쟁은 깊은 원한과 증오만을 쌓았을 뿐이다. 이념의 강요된 선택은 폭력이다. 이때 선택을 강요당한 민족은 불행할 수밖에 없다. 인간의 비극, 혁명의 영광과 비참함을 말없이 지켜보았던 돈강은 마치 인간의 어리석음을 꾸짖기라도 하듯이 오늘도 유유히 흐르며 인간의 운명을 조용히 응시하고 있다.

8. 수용소 문학의 진수: 솔제니친의 『이반 데니소비치의 하루』

구소련 정권은 공산주의라는 체제와 권력을 유지하기 위해 많은 수용소를 만들어 무고한 사람들을 투옥하는 공포정치를 감행했다. 스탈린 시대에 수용소의 현실은 차마 눈 뜨고 볼 수 없을 만큼 비참한 것이었다. 그 시대의 수용소는 인간이 만들어 낸 지옥 그 자체였다. 솔제니친의 『이반 데니소비치의 하루』는 구소련 공산주의 정권이 창출해 낸 악명 높은 강제수용소 생활을 배경으로 극한 상황에 처한 인간의 절규를 기록하고 있다. 이 작품은 인간성을 말살시키는 수용소의 실태를 폭로하는 인간 비극의 묵시록이라 할 수 있다.

노벨 문학상 수상 작가 알렉산드르 이사예비치 솔제니친(1918-2008)은 캅카스 지방에서 태어나 어린 시절과 청년기를 러시아 남부 로스토프시에서 보냈다. 대학에서 물리와 수학을 전공했으나 후에 역사와 철학, 문학을 공부하고 특히 문학에 커다란 관심을 두게 된다. 대학을 졸업한 후 독일과 소련 사이에 전쟁이 일어나자 입대한다. 포병대장으로 근무하던 중 친구에게 보내는 편지에 스탈린을 비난했다는 이유로 체포되었다. 1942년 2월, 10년의 실형을 받아 북극 지방과 중앙아시아 강제수용소에서 징역을 살았다. 그러나 형기 만료 후에도 집에 돌아가지 못하고 유형지 카자흐스탄에서 억류생활을 계속했다. 솔제니친은 1956년 흐루쇼프의 스탈린 격하 운동 덕분

솔제니친

에 석방되었다. 그리고 일 년 후에는 '범죄 사실 없음'이라는 판정을 받고 시민으로서 명예가 회복되었다. 작가로서의 출발은 1962년 소련의 문예지 『신세계』에 스탈린 정책을 대담하게 고발한 『이반 데니소비치의 하루』를 발표하면서 시작되었다. 그는 병든 소련 사회를 신랄하게 비판하여 작가로서 최고의 명성을 얻었지만, 1969년 소련의 '작가 동맹'에서 제명되었다. '작가 동맹'에서의 제명이란 작가의 기본적인 권리, 즉 작품 활동과 작품 발표라는 권리의 박탈을 의미한다. 작가로서 사망선고를 받은 것이다. 그러나 그는 소련 당국의 감시와 탄압에도 불구하고 이에 굴하지 않고 계속해서 창작에 몰두하는 한편 인권의 자유를 위해 투쟁했다. 그의 작품들은 국제적으로 높은 평가를 받아 1970년에 『암병동』으로 노벨 문학상을 받았다. 작가 경력이 10년도 안 된 솔제니친이 노벨 문학상을 받은 것이다. 이는 더 큰 탄압에 직면하는 계기가 되었다. 마침내 1974년 그는 소련 시민권을 박탈당하고 국외로 추방되었다. 미국에 20여 년간 거주하다 페레스트로이카 이후 공산주의 정권이 무너지자 다시 러시아로 귀향했다. 그는 미국에 이주한 뒤에도 스탈린식 공산주의뿐만 아니라 자본주의 체제를 싸잡아 비판했다. 이후 서구 언론의 주목에서 멀어지게 되면서 반체제 작가로서의 존재감이 상실되었다. 반체제 지식인들의 운명이라 할 수 있다. 솔제니친의 문학은 소비에트 체제의 운명과 궤를 같이했다고 볼 수 있다. 귀향 후에는 러시아에서 조용히 지내다 2008년에 사망했다.

솔제니친의 작품으로는 『마트료나의 집』(1963), 『암병동』(1968), 『제1권』

(1968), 『수용소 군도』(1973-1978), 『붉은 수레바퀴』(1975-1993) 등 많은 소설이 있다. 솔제니친은 소비에트 체제에 정면으로 반기를 든 반체제 작가로서 공산주의 독재 정권의 실태를 폭로하여 세계적인 인기와 대중성을 얻은 작가이기도 하다. 솔제니친은 진리에 대한 끝없는 신봉자이자, 자유를 수호하는 지적 노력을 계속하는 투사이며 러시아의 양심이라 할 수 있다.

강제수용소의 하루 솔제니친의 『이반 데니소비치의 하루』는 1951년 1월 어느 하루 시베리아 강제수용소 죄수의 일상생활을 구체적으로 묘사하고 있다. 작가는 수용소의 가장 가혹한 하루를 묘사하는 것이 아니라 '가장 운이 좋은 하루'를 택하여 이야기하기 때문에 역설적으로 수용소의 비참한 실태를 더 객관적으로 전달해 준다. 이 작품은 정체되고 희망 없는 수용소 생활에 대해 반어적 기법을 사용하여 구소련에 실재했던 공포 제도와 그 공포가 실현되는 상징적 장소라 할 수 있는 강제수용소의 일상을 상세하게 폭로한다. 지옥 같은 수용소 생활의 하루를 순박한 농부 출신 주인공의 관점에서 그리고 있다. 절망과 기아, 공포가 지배하는 강제수용소로 상징되는 소련 공산주의 체제의 야만성과 허위를 신랄하게 폭로한 것이다.

주인공 이반 데니소비치 슈호프는 순진한 농부였다. 그는 '반국가죄'라는 죄목으로 10년의 실형을 언도받고 이미 8년간을 수용소에서 생활하고 있지만, 수용소의 모든 죄수가 다 그러하듯이 반국가적인 죄를 지은 기억이 전혀 없는 억울하게 투옥된 평범한 농부였다. 고향 마을에 있는 콜호스(집단농장)의 농부였던 슈호프는 독소전쟁(獨蘇戰爭)이 일어나자 군대에 징집되어 전선으로 배치되었다. 그의 부대는 동부전선에서 독일군에게 포위되었다. 식량이 떨어져 굶주림을 견디지 못한 병사들은 식량을 찾아 헤매다가 독일군에 잡혀 포로가 되었다. 이틀 후 슈호프는 탈출에 성공하여 아군 부대로 귀대했다. 그러나 독일군의 포로가 되었던 사실을 정직하게 진술한 것이 화근이 되어 간첩이라는 누명을 쓰고 10년 형을 받았다. 슈호프는 10년 형기 중 8년을 보낸 상태였으나 여전히 그의 미래는 불투명했다. 2년 후 형기가 끝난다 해도 재심에 회부되어 형기가 연장되고, 다행히 수용소에서 석방된다 해도 유형지로 유배된다는 수용소의 비밀을 슈호프는 잘 알고 있었다. 그리하여 슈호프는 형기를 마쳐도 자유롭지 못한 운명의 소유자였다. 작가는 슈호프를 통해 국가가 개인에게 가하는 폭력이 얼마나 가혹한 것인가를 잘 보여 주고 있다.

인간의 존엄성과 가치 솔제니친은 기본적으로 인간의 존엄성에 대한 강한 믿음을 갖고 있었다. 이반 데니소비치 슈호프는 인간의 존엄성을 보여 주는 주인공이다. 슈호프는 여러 수용소를 전전하면서 온갖 학대와 고초를 다 겪었다. 그는 추위와 질병과 굶주림에 허덕이고 열두 시간의 중노동을 참아가며 목숨을 부지해 왔다. 그러나 남이 먹다 남은 국그릇을 핥거나, 바닥에 떨어진 꽁초를 집어 피운다든가, 남의 물건에 손을 댈 정도로 타락하지는 않았다. 그는 부유한 죄수들의 심부름을 해 주고 장갑과 구두를 수선해 주면서 수용소 생활에 적응해 갔다. 수용소 죄수들의 삶은 오직 먹는 일에만 가치를 두는 동물적 본능의 삶이라 할 수 있다. 수용소의 죄수들은 하루 세끼 식사 시간인 20분을 위해 살 정도이고 그의 생각 역시 언제나 죽 그릇과 빵 조각과 신발 주변에 맴돈다. 식사 때마다 충분한 급식을 받지 못하는 죄수들은 국과 빵을 빼앗기거나 도둑맞지 않을까 걱정하며 극도의 긴장 상태에 들어간다. 작가는 죄수들의 처절한 심정을 다음과 같이 묘사하고 있다. "멀건 야채수프는 뜨거울 때 제맛이 나는데 슈호프는 이미 완전히 차가워진 수프를 받았다. 그러나 그는 수프를 천천히 공들여 먹기 시작했다. 지붕에 불이 났다 해도 서두를 필요가 없다. 수용소 죄수들은 잠자는 시간을 제외하고 아침 식사 시간 10분, 점심 식사 5분, 저녁 식사 5분을 위해 살아간다." 사실 굶주림은 단지 육체적인 고통으로 끝나는 것이 아니라 정신적 고통으로까지 이어진다. 가혹한 수용소 생활에서도 슈호프는 마지막까지 인간성을 상실하지 않는 선량한 사람이다. 슈호프는 먹을 것이 생기면 동료들과 나눠 먹으며 자기보다 약한 죄수들을 도와준다. 슈호프가 지닌 러시아 농부의 전형적인 선량함과 순박성은 횡포와 압제와 굴욕이 지배하는 수용소에서 아름다운 인간애로 승화된다. 비인간적인 극한 상황에서 인간성의 아름다움을 끝까지 지켜 가는 슈호프는 진정한 용기와 정신적 힘을 가진 인물이다. 작가는 슈호프를 통해 부패하고 비인간적인 세상에서도 진실로 존경할 만한 인간이 존재한다는 사실을 보여 주었다.

슈호프는 하루의 고된 수용소 생활을 마치고 자리에 누워 자기의 죄가 무엇인가 생각해 본다. 자기 자신도 모르는 죄 때문에 기약 없는 감옥살이를 해야만 하는 슈호프는 절망감에 빠진다. 슈호프는 이런 절망과 좌절의 하루하루를 10년 동안 보내야 했다. "그렇게 음울하지 않고 오히려 행복스러운 하루가 지났다. 그의 형기 동안 이러한 날들이 3,653일이나 있었다. 윤년 때문에 3일이 더불어 난 것이다." 수용소에서 생존을 위한 하루의 역사는 수세기의 야만적 역사와 같다. 죄수들의 하루하루는 추위와 공포와 굶주림과의 투쟁이며, 이들의 삶은 인간의 생존과 인간성 회복을 위한 투쟁사라 할 수 있다.

이 작품에서 작가는 슈호프와 비슷한 운명을 가진, 무고하게 투옥되어 고통을 당하는 다른 죄수들을 보여 준다. 작가는 권력과 독재에 희생된 수많은 선량한 인간들의 비극과 수용소의 참혹한 실태를 낱낱이 폭로하고 있다. 그러한 사람들로 농민, 군인, 지식인, 종교인 등 다양한 계층에 속하는 사람들이 등장한다. 슈호프의 동료 죄수들 가운데에는 해군대령 부이놉스키, 작업반장 쿠죠민, U-81호 노인, 침례교도 알료샤 등이 있다. 부이놉스키는 조국을 위해 발틱해와 북해를 무대로 용맹을 떨친 유능한 함장이었다. 그는 제2차 세계대전 때 한 달 동안 영국 함대에 파견되어 연락장교로 일한 적이 있었다. 그때 영국 함장으로부터 받은 선물 때문에 간첩죄로 투옥되었다. 수용소에 온 지 얼마 되지 않은 어느 날, 부이놉스키는 작업장으로 끌려 나가기 전 아침 소지품 검사를 위해 옷을 벗기는 간수에게 반항했다는 이유로 특별 독방 신세를 진다. 아무리 건강한 사람이라도 독방에서 10주를 살고 나면 평생 회복할 수 없을 정도로 건강을 망친다. 죄수의 생사여탈권을 쥐고 있는 간수는 인간 권리에 대한 기본적인 보장을 외치는 부이놉스키를 그러한 죽음의 독방으로 보낸다. 작업반장 쿠죠민은 부농의 아들이었다는 죄로 끌려온 사람이다. 그의 형기는 두 번이나 갱신되었다. 21년째 수용소 생활을 하는 중이지만 형기가 언제 끝날지 모르고 있다. 그는 작업반이라는 대가족의 유능한 가장이다. 어쩌다가 반원 문제로 상관과 충돌이 일어나면 목숨을 내걸고 반원의 이익을 옹호하는 강직한 사람이다. 쿠죠민은 수용소 생활에서 살아남기 위해 지켜야 할 몇 가지 원칙을 제시한다. 첫째로 남의 죽 그릇을 핥지 말고, 둘째로 간수를 찾아다니며 밀정 노릇을 하지 말라는 것이다. 첫째 원칙은 인간의 존엄성과 가치를 잃지 말자는 정신적, 도덕적인 자존 원칙이며, 둘째 원칙은 자신의 순간적 행복을 찾기 위해 남을 희생시키지 말자는 원칙이다. 그의 원칙은 인간 자존 행위이며 더 나아가 동료를 희생시키지 않는, 궁극적으로는 생존의 원칙인 것이다. 죄수들에게 가장 두려운 존재는 동료 죄수들이다. 약육강식이 통하는 수용소에서 강한 죄수들은 약한 죄수들을 착취하거나 억압하여 고통을 준다. 쿠죠민은 수용소가 약육강식의 법칙이 지배하고 도덕성이 상실된 죽음의 장소라는 것을 누구보다도 잘 알고 있었다. 그러나 궁극적으로는 정글의 법칙보다는 인간성의 법칙이 승리한다는 것을 확신하고 있었다. 인간으로서 자존과 긍지를 잃은 사람들은 결국 수용소 생활을 견디지 못하고 죽게 된다.

작업반에서 가장 부유한 죄수는 전직 영화감독이었던 쩨자리 마르코비치이다. 그는 처음 연출을 맡았던 영화의 촬영이 끝나기도 전에 불온한 사상 때문에 수용소에 끌려온 청년이다. 능란한 처세로 상관들에게 뇌물을 주어 다른 죄수들처럼 작업장에서 일하지 않고 사무실에서 기록계 조수로 일한다. U-81호 노인은 수용소와 감옥에 얼마나 오래 있었는지 아무도 모른다.

수십 년 동안의 감옥살이 때문에 머리는 홀랑 벗겨져 이발할 필요가 없고, 이는 남아 있는 것이 없다. 그러나 그는 기품을 잃지 않고 어떤 타협도 받아들이지 않는다. 침례교 신자인 알료샤는 고향인 캅카스에서 단지 기도를 했다는 이유로 다른 동료들과 함께 투옥된 청년이다. 그는 언제나 틈만 나면 성경책을 읽는다. 공포와 절망의 수용소 생활도 알료샤의 신앙을 굴복시키지 못한다. 알료샤는 자신에게 주어진 고난을 기꺼이 감수한다.

이들은 모두 다 역사적 운명과 상황의 희생자들이다. 전쟁의 패배로 수용소 생활을 하는 슈호프와 부이놉스키는 조국을 수호하기 위해 국가의 부름에 따라 적군과 싸운 것이 오히려 죄가 되었다. 이들의 비극은 바로 러시아의 비극인 것이다. 육체적 생존뿐만 아니라 정신적 자유를 위해 투쟁하는 수용소 죄수들의 노력은 인간성 회복을 위한 투쟁이라 할 수 있다. 인간의 존엄성을 잃지 않으려는 사람들의 극한적인 정신적 투쟁은 스탈린 체제의 무모하고 가혹한 억압에 대한 항변이다. 비인간적 상황의 강제수용소에서 슈호프가 체험하는 하루는 하루의 비극적인 역사일 뿐만 아니라 거의 한 세기 동안 지배해 온 공산주의 체제의 역사인 것이다. 인민을 위한 지상 최고의 정치체제라던 공산주의의 만행은 인류 역사에서 씻을 수 없는 최악의 만행이었다.

러시아의 양심 작가 솔제니친은 파스테르나크 못지않게 소련의 양심을 대변한 작가였다. 그는 공산당의 통제하에 고통받는 소련 작가들에게 진정한 용기가 무엇인가를 보여 주었으며, 소련 문학이 나아갈 지표를 제시했다. 『이반 데니소비치의 하루』는 진실한 예술가는 환경의 지배를 받거나 독재자의 비위를 맞추기 위해 글을 써서는 안 된다는 평소의 소신을 입증한 작품이다. 우리는 솔제니친의 작품에 등장하는 무고한 희생자들인 수용소의 죄수들에게서 내일의 자유를 위해 투쟁하는 줄기찬 반항 정신을 볼 수 있다. 인간은 어떠한 압제와 고난을 받더라도 인권과 자유를 위한 투쟁을 멈추지 않는다.

소비에트 시대에 수용소가 수백 개 있었고, 수많은 시민이 부당하게 그곳에 수용되어 가혹한 노동을 강요받았다. 수용소에서 희생당한 사람들의 숫자를 정확하게 파악하기란 어렵다. 한 프랑스 연구자에 따르면, 희생자 수는 적어도 2,000만 명이라고 한다. 구소련의 수용소는 오늘날 북한의 정치범 수용소와 유사하다. 조창호 소위를 비롯한 무수한 탈북자들의 증언을 통해 증명된 북한에 실존하는 정치범 수용소는 인간의 기본권을 완전히 박탈하는 지옥이다. 북한과 이데올로기와 체제를 달리하는 우리는 솔제니친의 작품을 통해 자유가 얼마나 값진 것이며 국가 권력이 인간을 어떻게 억압하고 학대하는가를 다시 한번 생각해 보게 된다. 인권을 유린하고 폭력에 의해 유지되는 정치체제나 이데올로기는 이 세상에서 없어져야 할, 아니 타도되어야 할 대상인 것이다.

솔제니친 문학의 의의 수용소 문학의 진수를 보여 주는 『이반 데니소비치의 하루』는 역사의 한 페이지에 대한 증언이다. 작가는 그러한 증언을 기록해 남겨 두어야 할 의무가 있다. 솔제니친은 자기 시대의 증언자 역할을 충실히 한 진정한 작가이다. 그는 국가 폭력의 시대인 스탈린 시대를 고발하고 용기 있게 저항했다. 역사적 증언을 무시하는 국민은 위기를 맞을 수밖에 없다. 역사의 위기는 역사의식의 상실이다. 그리고 과거는 사라지기를 거부하고 있다. 일찍이 윌리엄 포크너가 말한 것처럼 "과거는 죽지 않는다." 철학자 조지 산타야나는 "과거를 떠올리지 않는 자는 똑같은 일을 되풀이할 운명에 놓인다"라고 말했다. 특정한 사건에 대한 기억을 공공의 의식 속에서 말살하고자 하는 움직임은 '말살의 역사학'인 것이다. 솔제니친은 인간의 존엄성을 믿고 증언했던 위대한 작가이다.

9. 새로운 인간의 탄생: 불가코프의 『개의 심장』

불가코프의 소설은 현실과 환상적인 이야기를 교묘하게 융합시켜 현실 세계의 심각한 문제점을 폭로한다. 그는 현실을 직설적으로 비판하는 것이 아니라 환상적이고 그로테스크한 이야기로 비판한다. 그의 소설 『개의 심장』은 인간으로 변신한 개의 이야기를 그려 내고 있다. 이 작품은 공산주의 사회의 어두운 이면과 성격을 폭로하는 풍자소설이자, 오늘날 현실화되고 있는 사이보그 인간의 출현을 경고한 미래소설이기도 하다. 소비에트 사회의 혁명과 이데올로기는 인간의 성격과 삶의 양식을 어느 정도 개조할 수 있을까? 불가코프는 인간으로 변신한 '개-인간'의 습성을 통해 당시 소비에트 사회 체제의 덫에 걸린 러시아인의 내면세계를 풍자하고 있다. 새로운 인간상인 '개-인간'의 탄생과 그 결과는 아주 흥미롭다. 작품은 더 나아가 장기이식의 가능성을 예고하고 미래 사이보그 인간의 출현에 대한 심각한 경고성 메시지를 던지고 있다.

작가의 운명 미하일 아파나시예비치 불가코프(1891-1940)는 키예프에서 신학대학 교수인 아버지 아파나시 이바노비치와 어머니 바르바라 미하일로브나 사이 7남매의 장남으로 태어났다. 불가코프라는 성은 '물결치다'라는 의미의 튀르키예어 '불가크(bulgaq)'에서 파생되었다. 1913년 첫 결혼 이후 두 번 이혼하고 세 번 결혼한다. 불가코프의 가정은 평범한 지방 소도시의 인텔리 가정이었다. 저녁마다 음악과 책 읽는 소리가 끊이지 않고 크리스

불가코프

마스 파티와 가족 공연으로 시끌벅적했던 그 집은 불가코프에게 언제나 따뜻한 세계로 기억되었다. 이 같은 가족 분위기는 이후 그의 소설 『백위군』과 희곡 『투르빈가의 나날들』에도 녹아든다. 진로를 결정할 당시 불가코프는 문학과 예술의 길에 대해 고민했지만 결국 의학의 길을 선택하게 된다. 제1차 세계대전이 터지자 전방의 의무병으로 발령을 받아 전쟁터에서 외과 전문의의 지도 아래 수련받는 기회를 갖는다. 이후 1916년 그는 우수한 성적으로 의대를 졸업하고 스몰렌스크의 작은 시골 마을 보건의로 발령을 받는다. 갓 의대를 졸업한 신출내기 의사가 시골 벽지로 발령을 받아 크고 작은 수술을 집도하고 환자들을 진료했던 이 시절의 이야기들이 그만의 독특한 유머와 쓸쓸한 어조로 단편집 『젊은 의사의 수기』에 잘 그려져 있다. 불가코프는 의과대학을 졸업한 후 야전병원에서도 근무했으며, 혁명과 내전 시기에는 군의관으로 징집되어 의료 활동을 했다. 그는 적군과 백군 사이를 오가며 참혹한 전쟁을 목격하였고, 전쟁을 배경으로 한 소설을 쓰기 시작했다. 내전 후 그는 직접 경험했던 전장을 토대로 한 소설 『백위군』을 썼다.

불가코프는 조국 전쟁 시절을 키예프에서 보내게 된다. 그는 정치에는 전혀 관심이 없었지만, 키예프에서 14번의 정권이 교체되던 시기에 의사라는 이유로 볼셰비키에 의해서, 또 페틀류로프 정권에 의해서 전쟁터의 이곳저곳으로 동원되는 경험을 한다. 희곡 『투르빈가의 나날들』과 『조야의 아파트』, 장편소설 『백위군』을 비롯한 많은 작품을 발표하지만 '반소비에트'라는 비판과 함께 1929년부터 사망할 때까지 모든 작품의 출판과 공연이 금지된다. 계속되는 상연 금지 명령과 출판 금지 등은 불가코프가 오랜 시간 투병해 오던 고혈압 신장경화증의 병세를 악화시키는 요인으로 작용했다. 이미 1939년 중반부터 의사는 불가코프의 상태가 희망이 없음을 이야기했다. 그럼에도 불가코프는 자신의 마지막 작품인 『거장과 마르가리타』 창작을 계속했고 작업은 그가 죽기 3주 전까지 이어졌다고 한다. 1940년 3월 10일 미하일 아파나시예비치 불가코프는 세상을 떠났다. 그는 모스크바의 노보데비치 수도원에 안장되었다.

원고지의 운명 불가코프는 기괴하고 환상적인 이야기를 통해서 현실을 비판하는 작품을 많이 썼다. 그는 1925년에 중편소설 『개의 심장』을 완성하였으나 이 작품이 공식적으로 세상에 나오기까지는 오랜 세월이 걸렸다. 이 작품의 원고는 출판이 금지되었을 뿐만 아니라 압수되었다. 그러나 『거장과 마르가리타』에 나오는 "원고는 불타지 않는다"라는 말처럼, 『개의 심장』의 원고는 다시 빛을 보게 된다. 이 작품은 그의 사후 28년이 지난 1968년 독일에서 처음으로 발간되었고, 러시아에서는 완성된 지 60여 년 후인 1987년 6월 잡지 『깃발』에 정식으로 발표되었다. 그 후 이 작품은 여러 예술극장에서 성공적으로 공연되었다. 불가코프가 활동하던 1920년대는 소비에트의 다른 시기에 비해 비교적 나은 편이었다. 당시 소련 정부의 신경제정책(NEP)에 힘입어 작가들은 작품 활동을 할 수 있었다. 1921년부터 도입된 신경제정책은 문학과 예술 분야에서 급진적인 프롤레타리아 예술운동을 금지하고 다양한 유파의 자유로운 예술 활동을 허가해 주었다. 침체되었던 문학과 예술계에 활기가 일었으며 잡지와 서적 출판이 비교적 자유로웠던 시기였다.

인종 개량의 문제 이 작품이 쓰인 1920년대는 혁명과 내전이 이어진 격변기로서 모든 분야에서 볼셰비키 혁명 이데올로기를 강요하던 시기였다. 이데올로기가 인간의 본성을 어느 정도 개조할 수 있을까. 당시 저널리즘을 통해 유행하던 과학적 화제 가운데 하나는 우생학과 인종 개량에 대한 문제였다. 본래 의사 출신인 불가코프는 과학의 발달이 가져올 수 있는 미래 세계를 문학작품으로 구체화시켰다. 이 작품은 시기적으로 신경제정책의 절정기인 1924-1925년 모스크바에서 일어난 이야기를 다룬다. 『개의 심장』에서 개-인간이 뜻하는 '새로운 인간'은 초기 소비에트 사회와 문학의 핵심 주제이다. 불가코프의 생각에 소비에트 체제가 강요하면서 만들어 낸 '새로운 인간'이 바로 '개-인간'이다. 이 소설에서 불가코프는 소비에트의 새로운 인간상을 강하게 조롱한다.

개-인간의 탄생 이 작품의 줄거리는 다음과 같다. 임자 없는 잡종개 샤릭은 인민경제위원회 식당의 한 요리사가 끼얹은 뜨거운 물에 화상을 입고 눈보라 치는 모스크바의 길가를 떠돌아다닌다. 떠돌이 개 샤릭은 고양이와 수위와 청소부 같은 프롤레타리아를 싫어하며 인간들에게 조롱과 야유를 퍼붓는다. 샤릭은 소시지라는 기본 단어를 파악하고 색깔을 구별할 줄 아는 뇌를 가지고 있다. 추위와 굶주림에 떨다가 우연히 소시지로 개를 유인하는 외과 의사 겸 교수 필립 필립포비치 프레오브라젠스키를 만나 그의 아파트로 오게 된다. 이 개는 그 의사를 신으로 간주한다. 개를 집에 데려온 의사는 한동안 잘 먹여 기르면서 개에게 특권층과 부르주아의 생활 관습을 느끼게 한다. 개는 스스로 자신이 지주 귀족의 개로서 지식 계급에 속한다고 생각한다. 그 개는 의사의 집에 살면서 여러 가지 사고를 저지른다. 부엉이를 물어뜯어 놓거나 그릇을 깨뜨리며 다양한 에피소드를 만든다. 마침내 외과 수술의 세계적인 권위자인 프레오브라젠스키는 개 샤릭을 의학 실험의 대상으로 사용한다. 동물을 인간으로 변신시킬 수 있는 신의 손을 가진 그는 뇌수술과 정자 분비관의 이식을 통하여 잡종개 샤릭을 새로운 개-인간 샤리코프로 변신시킨다. 그 의사는 죽은 지 얼마 안 된 소비에트 청년 클림 추군킨의 뇌하수체와 고환을 개 샤릭에게 이식한 것이다. 추군킨은 두 번의 유죄 판결을 받은 범법자이다. 그는 알코올 중독자로서 털모자와 20루블을 도둑질했고, 인간쓰레기나 돼지라고 불렸다. 뇌를 이식받은 샤리코프는 인간의 속성과 언어를 부여받지만, 거리에서 잡종개로 존재하던 삶의 시기에 축적한 무수히 많은 개념들은 쉽게 교정될 수 있는 것이 아니었다. 그가 처음으로 사용하기 시작한 단어들은 모두 저속한 단어들이었다. 그 단어들은 언젠가 거리에서 들은 적이 있는 것으로, 그것들을 뇌 속에 잘 감추어 두었던 것이다. 그리하여 수술 후에도 샤리코프는 매우 거칠고 저속하며 밉살스러운 개-인간이 되었다. 샤리코프는 인간이 되고 난 후에도 개의 근성과 교활함을 버리지 못하고 도둑질이나 거짓말로 주변을 놀라게 한다. 샤리코프의 여러 가지 뻔뻔스러운 동물적 행동은 그를 아주 높은 수준의 정신적 인격체로 개조하고자 한 의사를 실망시킨다. 샤리코프가 의사의 말을 듣지 않고 계속 말썽을 부리자 둘 사이의 긴장이 심각한 양상을 띠게 된다. 의사의 조수인 보르멘탈리는 샤리코프의 방자한 행동을 참아 내지 못하고 자주 개-인간과 싸움을 벌인다.

샤리코프는 주택관리위원회를 이끄는 권력자 시본제르 밑에서 일하게 된다. 그는 시본제르의 명령에 따라 움직이는 꼭두각시로서 하수인이자 기계적인 복사판이라 할 수 있다. 프레오브라젠스키 교수에 대해 좋지 못한 감정을 품고 있는 시본제르 일당은 그 교수의 아파트 일부를 공용화하겠다고 통보하면서, 협조하지 않으면 교수의 반동적 행위를 상부 기관에 고소하겠다고 위협한다. 그 일당은 교수 집에 나타나 아파트의 평등 분배 원칙을 강조하면서 7개의 방 중에서 2개의 방을 내놓으라고 협박한다. 그러나 교수는 그들의 협박을 잘 막아 낸다. 시본제르는 샤리코프가 자신과 동일한 프롤레타리아 출신임을 강조하고, 교수 프레오브라젠스키를 부르주아로 몰아 맹렬히 공격한다. 의사 교수는 인간 본성을 교정하기 위해 실험실 인간 샤리코프를 창조하였으나, 그것은 실패작이었다. 새로운 인간이 아니라 모양만 바꾼 개-인간을 만들어 낸 것이었다. 개-인간이 자신의 중대한 실수임을 알게 된 의사 교수는 수술을 통해 샤리코프를 다시 원래의 모습인 개로 환원시킨다. 다시 잡종개로 돌아온 샤릭은 머리에 수술 자국이 남아 있지만, 한때 인간이었던 과거를 잊은 채 평화로운 마음으로 교수가 연구에 몰두하는 모습을 지켜본다. 의사의 혁명적인 실험은 실패로 끝났다. 그는 자신의 실패로부터 비관적인 결론을 끌어낸다.

독자는 이 작품을 정치풍자나 아니면 사이보그 인간에 대한 풍자로 읽을 수 있다. 우선 이 작품에서 작가는 개를 인간으로 변신시키는 외과 의사 프레오브라젠스키의 실험을 사회 개조를 원하는 볼셰비키 혁명에 비유하고 있다. 동물을 인간으로 변형시키는 수술은 부자연스럽고 인위적인 개조로 볼셰비키 혁명의 개혁을 풍자한다. 작가에게 혁명의 파괴적인 행위와 부자연성은 동물의 인간 변신과 동일한 것이다. 수술의 실패는 혁명의 실패를 예언한 것이라 할 수 있다. 볼셰비키의 공산혁명은 인간 개조의 이데올로기 혁명이었다. 인간이나 동물은 근본적으로 개조할 수 있는 것들이 못 된다. 이는 자연법칙에 위배되는 것이다. 의사는 개를 인간으로 변신시키는 수술이 성공한 후에도 이러한 수술이 인류의 미래를 위하여 정당한 것인가 아니면 부당한 것인가를 놓고 조수 의사 보르멘탈리와 논의를 한다. 자연법칙이든 인간 법칙이든 둘 다 혁명적인 방법보다는 자연적인 방법이 더 바람직하다. 자연의 법칙을 외면한 인위적인 개혁과 개조는 종종 인간에게 커다란 재앙을 가져올 수 있다. 의사는 프롤레타리아들을 증오하는데 그 이유는 전통적인 예의범절을 무시하는 무질서한 행동 때문이다. 이 작품에서 표출되는 의사의 견해는 반혁명적인 견해라 할 수 있다.

> 과학적인 실험은 좀 더 고상한 인간 형태를 만드는 데 쓸모없으며, 인간의 본성은 단지 자비와 온정에 의해서만 변화될 수 있다. 공포와 압박, 그리고 모든 종류의 폭력은 그것이 빨간색이든 갈색이든 백색이든 간에 완전히 무

모한 짓이다.

인간 본성에 대한 회의론이다. 혁명하는 사람들은 혁명이 새로운 세상을 만들고 혁명에 부응하는 새로운 인간을 탄생시킨다고 주장한다. 볼셰비키 혁명에 성공한 소비에트 정부는 '호모 소비에티쿠스'라는 새로운 인간의 탄생을 강조했다. 그러나 소비에트는 혁명 후 76년 만에 종식되었다. 공산주의 혁명은 실패로 끝난 혁명이라 할 수 있다. 인간에게는 정신적 유전자가 있다. 전통적인 문화가 혁명이라는 이름으로 순식간에 완전히 개조되기 어려운 것은 러시아인들의 핏속을 흐르는 정신적 유전자 때문이다. 인간들의 자연성을 해치는 인위적인 개조와 혁명의 위험성은 러시아인들이 겪어야 하는 새로운 변화의 위험성이었다. 불가코프는 인간의 본성이 폭력적인 방법이나 인위적인 방법으로 변화되는 것이 아니라고 주장한다. '천재 만들기'나 '새로운 인간 만들기' 같은 계획은 그 자체가 무모하고 부조리하다.

사이보그 인간의 문제 다른 한편으로 이 작품은 미래 사이보그 인간 출현의 문제점을 경고하고 있다. 지금까지 SF 작가들은 사람처럼 생각하고 말하는 많은 인조인간을 만들었다. 오늘날 과학과 의학의 발전은 인간의 장기를 기계 부속품 갈듯 초고속으로 갈아 치우게 만들며 인간 복제의 가능성을 현실화시키고 있다. 미래는 늙고 병든 심장이나 장기를 젊고 싱싱한 장기로 바꿔 사이보그 인간, 즉 오시리스 인간을 대량으로 양산할 수 있는 시대이다. 사이보그 인간 출현의 가능성에 관한 이야기는 옛날부터 있었다. 고대 이집트의 『사자문서(死者文書)』에 보면 죽어 저승에 간 자는 이집트 염라대왕인 오시리스 앞에 가서 내장을 따로따로 꺼내어 정의의 저울에 단다. 그 무게로 이승에서 살았을 때의 악행이 드러난다. 응분의 벌을 받고 속죄를 하고 나면 장기 부품 창고에 인도되어 손상된 장기를 신품으로 교체받아 재생하게 된다. 우리나라의 『토끼전』에도 비슷한 이야기가 나온다. 용왕은 별주

부의 꾐에 속아 잡혀 온 토끼에게 병을 고치기 위해 간을 달라고 한다. 죽을 위기에 처한 토끼는 살아남기 위해 간을 산중에 두고 왔다는 거짓말로 용왕을 속인다. 그 거짓말은 오늘날 거짓말이 아니라 현실의 실상을 말해 주는 참말이 되었다. 사이보그 인간을 굳이 우리말로 옮긴다면 토끼-인간이다. 의사는 '오시리스-인간'이나 '토끼-인간'과 유사한 '개-인간' 샤리코프를 만들어 낸 것이다. 피부이식이나 장기이식을 주제로 한 소설로는 메리 셸리의 『프랑켄슈타인』(1818), H. G. 웰즈의 『모로 박사의 섬』(1896) 등이 있다.

오늘날 이식 수술의 발달로 심장에서부터 간에 이르기까지 모든 장기의 이식이 가능해졌다. 사이보그 인간의 출현은 진시황제가 선망하던 불로불사의 시대를 예고하는 듯하다. 하지만 아무리 좋은 일에도 절대선은 없다는 말처럼 여기에도 철학적 어둠이 깃들어 있다. 이 작품에도 회춘에 대한 주제가 나온다. 의사가 내민 소시지를 따라가던 샤릭은 "회춘이 정말 가능한가?"라고 쓰인 아마포 현수막을 바라본다. 개는 "물론 가능하지. 냄새가 나를 젊게 했는걸…"이라고 대답한다. 요리사 다리야 페트로브나 역시 애인에게 회춘에 관해 이야기한다. 또한, 회춘을 위해 병원을 찾은 한 늙은 환자는 의사를 마술사이며 요술쟁이라고 부른다. 그 의사의 회춘 수술은 여전히 개선의 여지가 있다. 이 작품에서 심장과 뇌하수체 이식 수술이 실패로 끝나듯이 시간을 연장한 죽음으로부터의 해방은 의학 발달의 또 다른 위험성이다. 세상의 가치 있는 것이란 모두 시간의 끝맺음이 있는 것들이다. 여기에는 예외가 없다. 유한의 생명을 즐기는 꽃이 그렇고, 지는 석양이 그렇고, 인생이 그러하다. 유한의 시간이 이런 것들에 아름다운 개성을 부여하는 것이다.

캐릭토님 기법 작가는 이 작품에서 주인공들의 이미지를 확실하게 각인하기 위하여 캐릭토님 기법을 사용하고 있다. 주인공 의사의 이름 프레오브라젠스키(Преображенский)는 '변형시키다'라는 의미의 러시아어 동사 '프레오브라지티(преобразить)'에서 나왔다. 그는 실험으로 인간을 변형시키고 개조하는 의사로 등장한다. 클림 추군킨(Клим Чугункин)이라는 이름은 '강철'이라는 의미와 연관된다. 러시아어 '추군(чугун)'은 강철을 의미하며 이는 마찬가지로 강철의 의미를 지닌 '스탈(сталь)'과 연관된다. 20세기 러시아 최대의 독재자 스탈린(Сталин)의 이름이 '스탈'에서 유래되었다는 것은 잘 알려져 있다. 개-인간 샤리코프의 외모가 스탈린과 비슷하게 묘사되었다는 사실도 상당히 인상적이다. 시본제르가 샤리코프에게 지어 준 이름인 폴리그라프 폴리그라포비치는 '복사기'라는 의미의 러시아어 '폴리그라프(полиграф)'에서 유래한다. 샤리코프는 시본제르에 의해서 통제받기 때문에 소비에트의 충견이라 할 수 있는 인간들을 연상시킨다. 샤리코프의 가죽 재킷 복장은 시본제르 일당뿐만 아니라 혁명 시대 국가보안국의 제복과 유사하다. 그가 맡은 직책은 모스크바 시내를 떠도는 모든 유랑동물을 제거(숙청)하는 관리 책임자이다. 개의 심장을 지닌 인간인 샤리코프는 고양이를 잡아 죽이는 데 특별히 관심을 둔다. 그는 고양이 가죽으로 노동자들이 입을 외투를 만들고자 한다. 이런 식으로 등장인물들의 이름은 그들의 개성과 직업을 은밀하게 나타내 주고 있다.

10. 카니발 문학: 불가코프의 『거장과 마르가리타』

오늘날 문학 텍스트 분석에 자주 등장하는 중요한 개념 가운데 하나가 '카니발 문학'이다. 바흐친은 카니발을 문학상의 언어로 변형시켜 '문학의 카니발화'라는 말을 사용했고, 카니발 문학을 '카니발적 세계관'에 젖어 있는 장르로서 '카니발적 민간설화' 장르의 직접적인 문학적 변형으로 간주했다. 무엇보다도 먼저 카니발화의 원천은 카니발 자체이다. 카니발은 원래 가톨릭 국가에서 사순절 직전 3일 내지 8일 동안 여는 축제를 지칭하는 말로 사육제를 의미한다. 카니발이 벌어질 때 광대, 익살, 환락이 허용되고, 여러 가지 가면극 따위가 개최된다. 카니발은 사육제라는 외적 의미와 더불어 제식, 광란, 카오스, 법석 떨기, 바보제, 순회공연 등 각종 유형의 축제라는 부차적인 내포적 의미도 있다. 따라서 오늘날 카니발은 그 의미가 많이 발전되어 카니발 유형의 여러 형식을 총괄하는 말로도 사용되며 다양한 변형과 뉘앙스를 지닌다. 총체적으로 말해서 카니발은 인간 삶의 일부이며, 인간의 원초적 사고와 삶에 깊은 뿌리를 둔 각종 축제, 의식 등을 포함한 통합적인 '구경거리(볼거리)'라 할 수 있다. 불가코프의 소설 『거장과 마르가리타』는 카니발 문학의 전형이라 할 수 있다.

시간과 공간 배경 불가코프의 대표작 『거장과 마르가리타』(1976)의 외적 시간과 공간의 배경은 1920-1930년대 모스크바이다. 메타픽션(액자소설)

의 특징을 지닌 이 작품의 외적 구성은 과거의 시간과 현재의 시간이 평행 구조를 이루어 나간다. 거장의 '빌라도와 예수 이야기'는 과거의 시간 속에서 전개되는 사건으로 2,000년 전 예루살렘을 중심으로 일어나고, '볼란드의 모험'과 '거장과 마르가리타의 사랑'에 대한 이야기는 현재의 사건으로서 1930년대 모스크바를 중심으로 일어난다. 모스크바는 소비에트 정권, 예루살렘은 로마 왕정의 지배를 받는다. 모스크바는 소설의 리얼리티인 반면에, 예루살렘은 거장이 쓴 '소설 속 소설'의 리얼리티이다. 이 소설의 배경이 되는 두 도시의 역할은 거대하며, 그들의 본질적 유사성이 이 소설의 내적 구조 속에 자리를 잡고 있다. 이야기는 현실과 환상의 경계를 수시로 오가면서 전개된다.

원고는 불타지 않는다 이 소설의 이야기는 모스크바에서 시작된다. 어느 봄날의 해 질 무렵 모스크바 시내의 한 연못가에 교수 볼란드가 나타나 작가협회 의장과 시인의 대화에 끼어든다. 모스크바 작가협회 의장과 시인 이반 베즈돔니는 신의 존재 문제에 관해 대화하고 있었다. 갑자기 대화에 끼어든 미지의 교수는 악마와 신의 존재를 주장할 뿐만 아니라 증명하고자 한다. 그 교수의 예언대로 의장이 전차에 깔려 죽고, 그것을 본 시인은 정신착란을 일으킨다. 모스크바에서 많은 사람이 행방불명되는 등 기이한 여러 사건이 끊임없이 일어난다. 극장의 천장에서 지폐가 쏟아져 내리고, 위조지폐가 남발되며, 화재가 발생하기도 한다. 모스크바 이야기와 병치되어 거장이 쓴 작중 소설 '예루살렘의 이야기'가 전개된다. 2,000년 전 로마 왕정이 파견한 총독 빌라도와 예수에 관한 이야기이다. 두 이야기가 시간과 공간의 개념을 파괴하고, 현실과 환상을 교차시키면서 전개된다. 모스크바는 교수 신분으로 위장한 악마 볼란드의 무리에게 놀림과 비웃음을 당하며 광기의 도시로 변한다.

여기서 한때 소설을 썼다가 원고지를 불태워 버렸던 거장은 인생에 환멸을 느끼고 정신병원에서 생활하게 된다. 원래 거장은 모스크바의 박물관에서 일했었다. 어느 날 그는 거리에서 꽃을 들고 있는 한 여인을 보게 되고, 그녀의 아름다움이 아니라 눈빛에 실린 고독에 이끌려 갑자기 사랑에 빠진다. "사랑은 골목길에서 갑자기 살인자가 튀어나오듯이 우리 앞에 나타나 우리 두 사람에게 달려들었습니다. 번개처럼, 단도처럼!" 아르바트 거리의 셋집에서 애인 마르가리타와 은둔 생활을 하던 거장은 예수와 빌라도에 관한 소설을 쓴다.

마르가리타는 그의 소설에 흠뻑 빠져들어 그를 거장이라고 부르기 시작한다. 하지만 그의 작품은 발표하기도 전에 문학계에서 부당한 비난과 혹평의 대상이 된다. 출판을 거부당하고 실의에 빠진 거장은 자신의 원고를 소각한 뒤 제 발로 정신병원을 찾아간다. 볼란드의 도움으로 정신병원에서 빠져나온 거장은 애인 마르가리타를 다시 만나게 된다. "원고는 불타지 않는다"라는 볼란드의 말과 함께 그의 소설도 재 속에서 다시 살아난다. 볼란드의 마법은 거장이 소각한 원고까지도 되살려 놓은 것이다. "원고는 불타지 않는다"라는 말은 이 작품의 주제문일 뿐 아니라 불가코프의 문학적 신념이기도 하다. 불가코프는 생전에 『거장과 마르가리타』의 초고를 불태웠지만, 기억을 되살려 그것을 완성했다.

거장의 소설은 2,000년 전의 예루살렘을 무대로 전개된다. 작가는 예수의 무죄를 알면서도 예수를 처형한 빌라도의 고뇌를 묘사하고 있다. 빌라도의 고통은 정치 권력에 예속되어 있는 자의 괴로움이기도 하다. 부하를 시켜 유다를 암살했으나, 그의 불안과 고통은 없어지지 않고 계속해서 그를 괴롭혔다. 죄 없는 한 인간을 처형했다는 그의 죄의식은 악몽으로 변하고 만월 때마다 다시 살아난다. 거장은 악몽에 시달리는 빌라도에게 "너는 자유롭다, 자유롭다. 그분이 너를 기다리고 계시다" 하고 외친다. 마침내 2,000년 동안 고통에 시달리던 빌라도의 영혼은 자유를 얻게 되었고, 거장도 애인 마르가리타와 함께 자살로 삶을 마감하고 영원의 세계로 떠난다.

작품의 구성 『거장과 마르가리타』는 본디오 빌라도에 관한 거장의 소설과 거장의 운명에 관한 소설로, 2부로 구성되어 있다. 제1부를 이끄는 주요 행위자는 볼란드와 그의 일당이고, 제2부를 이끄는 주역은 마르가리타이다. 『거장과 마르가리타』는 괴테의 『파우스트』를 상기시킨다. 여주인공 마르가리타는 『파우스트』의 마르가레타를 모델로 탄생한 인물이다. 불가코프는 오페라 「파우스트」를 보고 영감을 받았다고 한다. 파우스트의 이야기가 거장의 이야기로 변주, 재현된 것이라 할 수 있다. 거장은 작중인물이면서 작가이기도 하다. 더 나아가 이 거장은 불가코프의 작가적 분신이기도 하다. 마르가리타는 거장의 연인이자 창작의 조력자일 뿐만 아니라 볼란드가 주도한 사탄의 무도회에서 여주인 역할을 담당한다. 이 작품에서 마르가리타는 중요한 역할을 한다. 그녀는 거장을 위해 사탄의 무도회에서 마녀가 되지만 악마와 거래는 할지언정 자신의 영혼과 존엄은 팔지 않으며 사랑의 힘으로 거장을 구해 낸다. 마르가리타는 '분노하는 인간(homo iracundus)'으로서 당시 '소비에트 체제에 순응하는 인간들(homo sovieticus)'에게 복수를 감행한다. 볼란드는 사탄이면서 메피스토펠레스이다. 볼란드는 거장과 마르가리타를 연결해 주는 인물일 뿐만 아니라 모든 이야기를 연결해 준다. 불가코프는 이 소설의 제사로 『파우스트』의 대사를 인용한다. "'그래서 결국 너는 누구란 말이냐?' '나는 영원히 악을 원하면서도, 영원히 선을 행하는 힘의 일부지요.'" 이 소설에서 볼란드는 악역을 담당하지만, 그가 벌이는 소동은 선을 행하는 힘의 일부라는 것을 자신이 잘 알고 있다. 궁극적으로 볼란드는 신의 대행인일 뿐이다. 작가는 신의 존재와 신의 본질(선의 세계)을 입증하기 위해 사탄 볼란드를 이용한다. 마지막 장면에서 볼란드는 신을 대신하여 두 사람에게 영원한 안식을 준다. 그들은 영원한 자유를 찾은 것이다. 불가코프는 악마 볼란드의 존재를 통해 신(진리)의 존재를 증명하고자 한다.

카니발 문학의 흐로노토프(시간과 공간) 지금까지 『거장과 마르가리타』는 여러 각도에서 연구되어 왔다. 이 작품은 환상문학, 풍자문학, 카니발 문학, 메타문학 등으로 다양하게 분류되었다. 사실 이 작품이 갖는 다양한 면모를 어느 한 장르에 국한시켜 체계적으로 설명하기가 쉽지 않다. 『거장과 마르가리타』는 20세기의 어느 현대 소설보다도 카니발의 세계관에 부합되는 특징을 많이 갖는 소설이라고 할 수 있다. 그러므로 카니발 문학이라는 개념을 사용하여 이 소설을 전체적으로 조망해 보는 일은 또 하나의 새로운 시각을 제공해 줄 수 있다.

카니발이란 사회의 구성원 전부가 사회적 제약이나 규율에서 벗어나 자유롭게 말하고 행동할 수 있는 일정한 시공간으로서 모두에게 자유와 창의가 허락되는 일종의 카오스적 시공간이다. 한국의 전통놀이 마당에서 '난장(亂場)'이라고 할 수 있다. 그러한 '난장'이 이루어지는 카니발의 시간과 공간에 관한 연구는 문학 이해의 지평을 더 넓혀 준다. 카니발적 세계관 속에서는 전통적인 시간과 공간의 개념이 파괴되고 외적인 현실 생활의 요구에 아무런 구속도 받지 않는다. 카니발이 행해지는 시간은 일반적으로 거시적이거나 전기적이지 않다. 카니발의 시간은 미시적이고 모험적인 시간이며 주로 위기의 시간이라고 할 수 있다. 그러므로 카니발의 축제는 제한된 짧은 기간에 이루어지는 것이 보통이다. 『거장과 마르가리타』는 4일간 일어나는 사건을 다룬다. 더욱이 시간의 흐름이 역사적 시간처럼 계속 흘러가는 것이 아니다. 시간은 흐를 수도 있고 정지될 수도 있다. 이 소설에서 악마는 무도회를 위해 자정에 시간을 정지시킨다. 불가코프의 시간 개념에서 시간 흐름의 정지는 "원고지는 불타지 않는다"라는 말로 상징되기도 한다. 이는 "날아가는 화살은 순간 정지 상태에 있다"라는 제논의 패러독스와도 비슷하다. 볼란드는 시간의 흐름을 통제하거나 공간을 마음대로 확장하고 축소할 수 있는 초인적 존재이다. 상식적이고 이성적인 공간에서는 시간의 흐름과 정지를 마음대로 할 수 없다. 이런 점에서 카니발적 시간은 객관적 시간이라기보다는 오히려 주관적 시간 개념에 더 가깝다고 할 수 있다. 카니발에 참여하는 자의 시간 의식에 좌우될 수 있기 때문이다.

카니발이 이루어지는 시간은 일반적으로 짧다. 카니발은 인간 내면 깊숙이 잠들어 있는 잠재의식이나 금기된 욕구가 성취되는 시간의 유토피아라고도 할 수 있다. "카니발은 진정한 시간의 축제이며 생성과 변화와 재생의 축제였다. 그것은 불멸의 영원성을 부여받고 완전하게 된 모든 것에 대해 적대적인 입장을 취한다." 카니발은 그 자체로서 특정한 어느 한 흐로노토프나 반흐로노토프로 이루어져 있다. 가능한 모든 규범을 조롱하는 데 있어서 그것은 모든 사회적 정의나 지위에서 벗어난 사람들의 가치를 유토피아적 방법으로 천명한다. 그러므로 카니발에서는 지위나 의복을 유희적으로 도착시키는 행위가 흔히 일어난다. 카니발의 흐로노토프는 곧 유토피아의 흐로노토프이다. 카니발적 유토피아의 시대는 정적인 완전성의 시대가 아닌 유쾌하고 영원한 변화와 실험의 시대, 그 자체만을 위한 창조적 파괴의 시대이다.

카니발 공간으로서의 모스크바 지리적 공간으로 나타나는 1930년대의 모스크바는 소설 속에서 가장 중요한 현실이다. 지리적 공간을 이해하는 일은 작가가 공간을 모델링하는 방법을 이해하는 일이다. 소설의 활동 무대인 모스크바는 존재와 비존재, 현실과 환영의 경계에 있다. 모스크바는 안정을 보장하는 내적 기반을 상실한 공간이자 창조적 파괴가 일어나는 공간이다. 결국, 이 도시도 문턱에 있는 카니발의 공간이다. 도시 공간에 대한 작가의 묘사는 사라져 가는 폐허의 모스크바를 생각나게 한다. 모스크바는 현실과 비현실적 사건이 공존하는 카니발 공간으로 변한다. 이 공간이 소설의 끝에 가서 사원과 돔 양식의 교회가 보여 주는 동화 같은 아름다움 속에 다시 나타난다. 현실과 환상이 공존하는 이 도시에서는 온갖 사건이 일어난다. 내레이터는 서술된 4일간의 시간 동안에 모스크바 여러 집의 문을 열고 들어가 모스크바인들의 불명예스러운 삶의 양식을 폭로한다. 모스크바인들은 소비에트 통치 시대에도 옛날 문화의 습관을 바꾸지 못한다. 그들은 여전히 전처럼 좋은 음식, 주택, 패션과 오락에 관심이 있다. 인간의 카니발적 유토피아에 대한 환상은 아무리 새로운 시대라 하더라도 언제든지 발현되어 나올 수 있는 기호물이다. 그렇기에 카니발적 인물들인 볼란드 일행은 모스크바 곳곳을 누비며 사건을 벌이고 구경거리를 만들며 관객의 참여를 유도한다. 특히 볼란드의 검은 마술은 모스크바 시민들의 비겁함과 속물성, 악을 폭로한다.

모스크바는 지옥의 축소판이자 온갖 악의 장터 혹은 박람회장으로 하나의 총체적인 카니발 공간이다. 지옥의 은유는 모든 시간과 공간에서 악의 존재를 폭로하면서, 존재의 다양한 파편들의 병치를 통해 소설의 모든 층위에 나타난다. 1920년대 초의 문학 연구소인 '게르첸의 집'을 비유한 '그리보예도프 집'에서 마솔리트(Массолит, 모스크바 작가협회) 회원들의 그로테스크한 춤과 볼란드의 자정 무도회는 진짜 지옥을 예시한다. 이러한 카니발 공간 세계는 시간이 일시적으로 멈춘 상태의 공간들이다. '그리보예도프의 집'은 공식화된 예술 원칙을 준수하는 작가나 예술가들이 모이는 악의 공간이다. 소비에트 이데올로기에 기생하는 비겁하고 무능력한 예술가들의 유희 공간이며, 당대의 모든 예술적 악행이 서슴없이 자행되는 악의 본부로서 지옥이라 할 수 있다.

구경거리의 공간 카니발의 공간은 구경거리가 있는 공간이다. 중세에 카니발 극의 주요한 무대는 광장과 광장으로 통하는 길이었다. 중세에는 열린 광장이 주였으나, 20세기의 카니발은 집 안으로까지도 들어갔다. 본질적으로 카니발은 시간상으로만 제한을 받았지 공간상으로는 아무런 제한을 받지 않았다. 『거장과 마르가리타』의 사건들도 공간의 제약이 없다. 구경거리가 있고 민중이 모일 수 있는 공간이면 된다. 카니발 사건은 광장, 길거리, 극장, 묘지, 집, 목욕탕 등 모든 곳에서 일어난다. 이 모든 공간은 카니발 광장의 변형된 형태라고 할 수 있다. 카니발의 기본 이념이 민중적, 보편적이기 때문에 누구나 다 스스럼없이 참가할 수 있는 공간이 주가 되는 것이다. 카니발 광장이란 상징적 의미의 공간이기 때문에 그것을 확장해 주고 심화시켜 주는 상징적 뉘앙스를 추가로 가지고 있다. 카니발 문학에서 광장은 플롯 행위의 무대로서 양면적이고 상호 모순적인 이중성을 띠게 된다. 이러한 공간에서는 자유롭고 거리낌 없는 접촉이 가능한 동시에 민중이 대관식과 박탈 의식을 벌이는 카니발 광장이 보이기 때문이다. 다양한 사람들이 만나고 접촉할 수 있는 공간이라면, 그 장소는 추가로 카니발 공간의 의미를 얻을 수 있다. 불가코프의 소설에서 모든 연극은 구경거리이며 카니발의 성격을 띠고 있다.

『거장과 마르가리타』에서 카니발 공간은 광장, 대로상, 전찻길, 묘지, 극장, 아파트 등 다양하다. 특히 이 소설에서는 진리의 모험들이 대로상이나 극장 또는 광장에서 일어난다. 카니발의 공간은 거장이 쓴 소설의 무대인 예루살렘에서 빌라도가 예수를 처형한 광장이고, 악당 아자젤로가 시신의 머리를 훔쳐 혼란에 빠져 버린 베를리오즈의 장례식이 거행된 길이며, 악마들의 대무도회가 열리는 50호 아파트이기도 하다. 볼란드와 그 일당이 계속해서 구경거리를 제공한다. 그들이 벌이는 여러 가지 사건들도 구경거리이지만, 그들 자체가 가장 큰 구경거리다.

도로고밀로프 지구의 인적이 없는 묘지도 금요일 밤 카니발의 공간으로 등장한다. 코로비요프의 설명에 따르면 이 묘지는 5차원의 공간이다. 그는 5차원에서 공간의 확장과 축소는 아주 쉽다고 설명한다. "5차원이라는 것을 잘 아는 사람에게는 방을 희망하는 극한까지 넓히는 것쯤 아무것도 아닙니다." 이 5차원의 공간에서 봄날 만월의 무도회가 열린다. 무도회가 열리는 묘지는 다름 아닌 홀과 수영장과 오케스트라석이 딸린 50호 아파트이다. 이는 공간의 확장이지만, 공간의 축소도 이루어진다. 볼란드의 지구본은 전세계의 축소라 할 수 있다. 그는 이 축소된 공간인 지구본을 통해 세상의 모든 일을 파악한다.

지옥의 카니발 『거장과 마르가리타』에는 현실과 환상의 경계선이 없다. 특히 확장과 축소가 자유로운 대연회 공간에서 마르가리타는 악마 볼란드의 아내가 되어 카니발에 참석한다. 마르가리타가 황후가 되는 의식은 대관과 박탈이라는 카니발 극의 한 유형이라고 할 수 있다. 신분의 귀천을 무시한 온갖 계급의 카니발적 결혼이 이루어진다. 결혼이야말로 카니발의 시간이다. 심지어 인간과 악마 또는 시체와 시체와의 결합까지 이루어진다. 기존의 위계적 세계관의 와해 속에서 늙음과 젊음이라는 상호 모순적이고 대립적인 세계가 통합된다. 이 카니발의 무도회에는 왕, 공작, 기사, 독살자, 자살자, 교수형 담당자, 뚜쟁이, 옥사쟁이, 사기꾼, 사형 집행인, 밀고자, 배신자, 미치광이, 형사, 창녀, 강간범, 고릴라, 오랑우탄 등 다양한 신분의 사람들과 동물들이 참석했다. 자유롭고 거리낌 없는 이 관계는 모든 가치, 사상, 현상, 사물로 확산된다. 위계적 세계관에 의해 서로서로 분열되고 폐쇄된 모든 것이 카니발적 접촉으로 결합하게 된다. 카니발은 성스러운 것과 속된 것, 높은 것과 낮은 것, 위대한 것과 열등한 것, 현명한 것과 우매한 것 등을 친숙하게 하고 통합시키며, 약혼시키고 결합시킨다. 마르가리타 여왕의 대관식 기저에는 카니발적 세계관의 핵심인 교체와 변화, 죽음과 부활의 파토스가 있다. 이 작품에서는 변신과 변화가 계속 일어난다. 신분의 변화뿐만 아니라 물체의 속성 변화도 일어난다. 마르가리타는 피투성이의 목욕물이 장미 기름으로 바뀐 욕탕에서 목욕하고, 녹색의 나뭇잎으로 살갗을 반짝반짝 빛나게 문지르고, 파리한 장미 꽃잎으로 구두를 만들어 신었다. 그녀의 머리 위에는 다이아몬드 관이 얹힌다. 무도회는 눈부신 불빛과 소리와 향기의 형태로 그녀에게 나타난다. 이러한 카니발 공간에서는 사람과 사람의 접촉이 쉽고, 사람들은 누구도 무시당하지 않고 평등해진다. 여기서 흥미로운 것은 지옥의 철저한 카니발화이다. 지옥은 지상에서 살았던 각계각층의 대표자들을 동등하게 만든다. 지옥은 생전에 왕관을 썼던 자들을 모두 폐위시킨다. 지옥을 묘사하는 데 '거꾸로 된 세계'라는 카니발의 논리가 자주 사용된다. 불가코프의 카니발화된 지옥은 유쾌한 지옥의 묘사이기도 하다.

『거장과 마르가리타』에서 레스토랑 '그리보예도프의 집'은 거짓과 악이 지배하는 현실의 지옥이다. 모스크바 작가협회 회장인 베를리오즈가 전차에 치여 죽던 날, 열두 명의 작가들이 협회 사무실에 모여 그를 기다리고 있었다. 이 장면은 성서 속 에피소드의 불경스러운 패러디로 해석되기도 한다. 열두 명의 작가는 열 명의 사도를 연상시키고, 베를리오즈의 죽음은 예수 그리스도의 처형을 연상시킨다. 베를리오즈가 전차에 치인 장소 이름은 '총대주교'를 의미하는 '파트리아르흐(патриарх)' 연못가이다. 여기서 작가는 소비에트 문학 관료들의 탐욕을 풍자하고 있다. 그는 소비에트 시대의 삼류 작가들을 물질만능주의에 사로잡혀 살아가는 추악한 인간군으로 묘사한다. 그들은 가장 위대한 정신을 통해 문학 활동을 하는 것이 아니라 탐식에 빠져 향락을 즐긴다. 소비에트 문인들의 '그리보예도프 집'은 카오스와 파괴와 죽음이 지배하는 생지옥의 공간인 것이다.

극장의 카니발 『거장과 마르가리타』에서 최고의 카니발은 사도바야 거리에서 가까운 곳에 있는 버라이어티 극장의 안과 밖에서 일어난다. 이 극장은 현대의 연극 흥행장으로서 카니발 광대극을 연출한다. 여기서는 카니발의 자유로운 분위기가 넘쳐흐른다. 극장은 모스크바 전체의 축소판이고, 관객들은 모스크바 시민들이다. 카니발 쇼가 진행되는 이 극장은 유토피아의 공간이다. 현실에서는 상상할 수 없는 비현실적인 사건이 실제처럼 일어난다. 진지한 삶이란 하나도 없이 희극적 공포만 있다. 인간 욕망의 순간적 실현이 이 극장의 공연에서 일어난다. 이곳의 대혼란은 이 작품에서 가장 커다란 스캔들로 간주될 수 있다. 카니발에서는 스캔들 장면이 전형적이다.

불가코프는 도스토옙스키 이래로 누구보다도 스캔들을 더 잘 이용한다. 코로비요프, 베헤모트, 아자젤로에 의해 야기되는 추문들은 카니발 축제의 한 양태로 나타난다.

무엇보다도 가장 큰 스캔들은 버라이어티 극장에서의 대혼란이다. 버라이어티 극장에서 벌어지는 검은 마술사의 쇼는 대스캔들을 일으키는 전형적인 카니발이라고 할 수 있다. 작가는 이러한 스캔들을 통해 모스크바인들의 범속성과 속물성을 들추어낸다. 볼란드의 마술쇼는 관중과의 대화이며, 관중을 상대로 펼치는 장터에서의 마술쇼와 같다. 파고트 코로비요프는 지폐를 만들어 관객들에게 뿌린다. 관객의 요구와 파고트의 명령에 따라 거대한 검정고양이 베헤모트는 사회자 죠르즈 벤갈스키의 머리통을 잘라 낸다. 잘려 나간 머리통이 살아서 관중을 향해 말을 하는 장면은 공포와 웃음을 동시에 자아내는 스캔들 장면이다.

전직 합창대 지휘자라는 파고트 코로비요프는 숙녀들을 위해 그 자리에서 상점을 펼친다. 양탄자 위에 진열장들을 갖다 놓고 그 안에 갖가지 빛깔의 파리에서 지은 숙녀복들과 구두, 장신구와 향수병을 펼쳐 놓는다. 관람객 여인들은 옷을 벗어 던지고 무대에 올라가 스캔들을 벌인다. 버라이어티 극장의 마술쇼가 끝난 후 모스크바 사도바야 거리에서 여러 가지 수치스러운 일이 벌어진다. 관객들을 아우성치도록 만들었던 돈은 휴지 뭉치로 변하고 옷은 사라져 버린다. 모스크바 시민들의 범속성이 일순간에 폭로된다. 군중들의 물욕에 대한 이러한 폭로와 조롱은 파괴와 응징으로 이어진다. 이런 추문들은 소비에트가 선전한 새로운 혁명적 이데올로기가 인간의 본질적인 문제를 하나도 해결해 놓지 못했음을 강조하는 것이다.

반세계 우리는 이제까지 불가코프가 모스크바의 지리적 공간을 어떻게 카니발 공간으로 만들었는지 살펴보았다. 불가코프의 카니발 공간은 결국 '뒤집힌 세계', 즉 '반세계'라고 할 수 있다. 그러면 반세계란 도대체 어떤 것일까? 반세계는 어떤 세계를 모델화한 것일까? 바흐친은 고대 러시아 문학 작품 분석에서 자주 사용되는 우주 구성 도식을 만들어 반세계를 다음과 같이 설명했다.

> 우주는 조직화된 진짜 세계인 문화 세계와 비조직적이고 부정적인 가짜 세계인 '반문화'의 세계로 나누어진다. 전자의 세계는 행복과 기호체계의 질서가 지배하는 반면, 후자는 빈곤과 기아, 주정과 모든 의미의 완전한 혼돈이 지배한다. 후자 세계의 사람들은 헐벗거나 아니면 자작나무 껍질로 된 쓰개에 보리수 껍질로 된 짚신, 거적에 짚단으로 된 관을 걸치고 있으며 일정한 사회적 신분이나 어떠한 안정성도 갖지 못하고 이리저리 헤맨다. 그들에게는 주점이 교회를 대치하고, 감옥이 수도원과 술주정뱅이의 고행과 정진을 대치한다. 모든 기호가 '정상적' 세계에서 의미하는 것과는 반대되는 것을 의미한다.

바흐친의 '반세계' 개념을 불가코프의 소설에 적용해 보면 불가코프는 나름대로 자신의 '반세계'를 건설하고 있다고 볼 수 있다. 그는 조직화된 소비에트 세계를 문화 세계와 비조직적이고 부정적인 가짜 세계, 즉 이교도 문화 세계로 나눈다. 이교도 문화 세계는 소비에트 기호들의 의미와 질서를 파괴하고 그것들을 무의미하게 만들며 정돈되지 않은 세계, 체계적이지 못한 세계, 멍청하고 바보 같은 세계를 창조한다. 더 나아가 이러한 것을 완벽하게, 모든 종별에 걸쳐 수행한다. 즉 기호체계와 기호들의 정돈된 세계를 완전히 파괴하고 무질서의 세계, 모든 점에서 어리석은 반문화의 세계를 건설한다.

우리가 이제까지 카니발의 공간으로 다루면서 이야기해 온 세계가 바로 이러한 '반세계'라고 할 수 있다. 불가코프의 소설에서는 혁명 후 소비에트의 수도인 모스크바가 바로 '반세계'의 중심이다. 이 공간은 극단적인 세계이며 비현실적인 세계이다. 모스크바는 허구성이 강조된 '반세계'인 것이다.

이 작품은 시작에서부터 뒤죽박죽된 난센스의 사건으로 일관된다. 모스크바의 파트리아르흐 공원에서 시작된 비현실적인 사건들과 베를리오즈의 죽음, 이반 베즈돔니의 모험, 볼란드의 모험, 마르가리타의 여행 등 모든 것이 '반세계'의 독특한 특성을 잘 드러내 준다. 이러한 사건들은 허구이다. 하지만 이 허구 속에는 불행한 삶이 있고 사람들은 몽유병자처럼 헤매고 환난에 빠진다. 이러한 허구는 세계 자체 현실을 '뒤집어 버리고', '있을 수 없는 일', '허튼소리', '뒤집힌 세계', 즉 '반세계'를 창조한다. 이 반세계에서는 비현실성, 불가능성, 비논리성이 고의적으로 강조된다. 시간 또한 비현실적이다. 시간이 악마에 의해 마음대로 정지되고 이 무수한 사건들이 4일 동안 이루어진다. 그리하여 이 작품은 시간과 공간에서 뒤틀리고 뒤엎어지고 뒤집혔으며 그 자체로서 우습고 자기 자신을 비웃는 세계를 다룬 소설이라고 할 수 있다. 그러므로 이 작품에 나타난 카니발의 흐로노토프는 '반세계'를 증명해 주는 개념이다.

카니발의 세계관과 웃음 세계 카니발의 세계관은 '웃음문화'와 밀접한 관계를 맺고 있다. 웃음은 무엇을 의미하는가? 웃음의 밑바탕에는 무엇이 있는가? 웃음의 다양한 특성을 우리는 불가코프의 소설 『거장과 마르가리타』에서 찾아볼 수 있다.

불가코프의 소설에서 웃음은 카니발의 모든 현상을 조직하는 가장 기본적인 원칙이다. 웃음의 본질은 물론 어느 시대에나 동일하지만 '웃음문화'의 이런저런 특성은 웃음 속에서 민족적 특색이나 시대적 특색을 구별해 내도록 이끈다. 웃음의 일반적 특징은 친화성, 인화성과 해방감이다. 웃음은 모르는 사람들 사이에서도 친화력을 유발하는 기능이 있다. 웃음은 사람들을 모여들게 만드는 기능을 갖는다. 웃음은 억압적, 공포적 분위기에서 탈출할 수 있는 해방감과 자유를 준다. 이러한 웃음의 일반적 특성 외에 카니발 웃음의 독특한 특성을 찾아볼 수 있다.

첫째로 카니발의 웃음은 축제나 구경거리와 관련되어 있다. 카니발의 웃음은 어느 한 개인의 독자적인 희극적 사건에 대해 보이는 개인적 반응도 아니며, 전형적인 사회적 삶의 현상도 아니다. 바흐친의 말대로 "카니발의 웃음은 모든 사람의 웃음이다." 그 웃음은 공동사회의 모든 구성원에 의해 공유되는 산물이다. 그러므로 카니발의 웃음은 집단적 성격을 띠고 있다. 즉 웃음이란 언제나 어떤 한 집단의 웃음이며 웃음의 기능은 사회적인 기능이다. 웃음은 공동체 삶의 어떤 필요에 대답하는 것으로서 진정 사회적인 의미가 있다. 더 나아가 웃음은 사회적 계층과 배경이 다양한 사람들을 통합하고 단결시킨다. 베르그송은 웃음에 대한 집단적 요구가 악을 반대하는 사회적 힘이라고 주장한다. 바흐친은 웃음이 폐쇄적이고 권위적인 담론에 대한 민중의 반응, 즉 민중의 진실에 관한 삶을 긍정하는 진술이라고 설명한다. 그는 민중의 웃음이 해방의 큰 힘이며, 민속 유머의 생동적 메커니즘으로 미래가 과거에 대해 거두는 승리이자 굳어진 위계질서들의 패배라고 확신한다.

『거장과 마르가리타』에서 카니발의 웃음은 구경거리가 있는 곳에서의 웃음이다. 카니발의 웃음은 보편적이고 포괄적인 범위를 갖는다. 그 웃음은 카니발에 참여하는 사람들은 말할 것도 없거니와 그것에 참여하지 않는 사람들에게까지 마찬가지로 폭넓게 적용된다. '그리보예도프 저택'의 식당에서 참석자들의 웃음과 춤이 소개된다. 볼란드의 검은 마술쇼에서 관객들, 즉 민중들이 보여 준 웃음이 바로 카니발의 웃음이라고 할 수 있다. 여기서는 민중들의 욕구가 즉각적으로 성취되어 나타난다. 볼란드의 쇼에 참석한 모든 관객이 스스로 자기 자신을 비웃고, 타인에게 웃음을 보낸다. 카니발적 광대 역을 담당한 코로비요프와 베헤모트는 자기 자신을 비롯한 모든 사람을 웃음거리로 만든다. 파고트 코로비요프가 권총을 발사한 후 하얀 지폐가 폭포처럼 천장 위에서 객석으로 떨어진다. 지옥을 방불케 하는 웃음소리가 폭발한다. 군중들은 거리에서 보랏빛 팬티 바람의 여인들이 활보하자 웃음을 터뜨리며 밀려든다.

둘째로 카니발의 웃음은 '유쾌한 상대성'의 웃음문화를 기초로 하고 있다. 웃음은 개인이나 집단의 감정을 유쾌하게 표현한다. '유쾌한 상대성'은 카니발 세계관을 지배하는 기본적인 논리이다. 카니발에서는 바보가 현자가 되고 왕이 거지가 되는 등 모든 계급 조직이 거꾸로 뒤바뀌며, 현실과 공상, 천국과 지옥, 그리고 성스러운 것과 더러운 것 등 모든 대립적인 것들이 혼합된다. 권위주의적이고 경직되고 진지한 모든 것들이 바로 이 유쾌한 상대성의 원리에 의해 파괴되고 이완되며 조롱당한다. 이 현상에서 가장 중요한 요소는 바로 '카니발 웃음'과 패러디이다. 이때 웃음을 짓는 장본인조차도 웃음의 대상이 된다. 모든 사람이 카니발의 웃음에서 제외될 수 없다. 악마들의 카니발인 봄날 만월의 무도회에 참석한 자들의 웃음에는 유쾌함이 넘쳐흐른다.

카니발의 웃음은 철학적이고 유토피아적인 성격을 갖는다. 카니발 웃음은 다른 웃음과 달리 삶의 궁극적인 문제를 드러낸다. 그것은 삶에 대한 '유쾌한 진리'를 추구하고자 한다. 한편으로 그것은 삶을 바라보는 일종의 거울이다. 그 웃음에는 일상적인 삶에서는 도저히 볼 수 없는 모습이 잘 반영되어 있다. 그리고 그 웃음을 통해 신비적이고 종교적인 요소가 종종 우습게 묘사된다. 궁극적인 질문이 가장 부조리한 환경 속에서 논의된다. 볼란드와 베를리오즈의 종교 논쟁과 예수아라는 인물의 취급이 카니발 문학이 요구하는 이러한 조건을 충족시킨다. 볼란드가 베헤모트를 보고 장날의 엉터리 약장수처럼 둘러대는 사기꾼이라고 했을 때, 고양이는 자기 말이 쓸데없는 잔소리가 아님을 철학자들의 이름을 거론하며 항변한다.

셋째로 카니발의 웃음은 자유와 밀접하게 관련되어 있다. 이 웃음은 완전히 비공식적인 위치를 차지하고 있으면서도 어느 정도까지는 합법화되어 있다. 카니발의 웃음은 축제나 잔치에 제한되어 있고 시간상의 제약을 받기도 한다. 그러나 카니발이 벌어지는 동안 공식적인 금기 사항들이 일시적으로 해제된다. 사람들은 카니발이 행해지는 시간에는 일상적 삶에서 해방되어 유토피아적 자유를 누린다. 바흐친의 말대로 "웃음은 여러 가지 장벽을 무너뜨리고 자유에 이르는 길을 열어 준다." 웃음은, 특히 비웃음은 지배적 관습이나 이념을 전복시킬 수 있다. 그러므로 웃음은 자유의 위험한 표현이 될 수도 있다. 다시 말해 웃음은 웃음의 대상이 일시적이기 때문에 재미있다는 인식, 더 큰 진리가 존재한다는 인식이 될 수도 있다. 웃음은 사회의 지배 엘리트와 관료들이 옹호하는 가치들을 겨냥한 폭발적이고 풍자적인 예리함을 담고 있다. 여기서도 웃음은 전복적이다. 웃음은 민중의 진실뿐만 아니라, 권위적 담론에 대한 거부와 그로부터의 해방도 긍정하기 때문이다.

아자젤로가 준 크림을 몸에 바르고 마녀가 된 마르가리타는 벌거벗은 몸으로 카니발의 웃음을 즐긴다. 그녀는 이제 젊은 마녀가 되어 하늘을 날면서 완전한 자유를 만끽한다. 마르가리타뿐만 아니라 그녀의 하녀인 나타샤 역시 마녀가 되어 카니발 웃음을 즐긴다. 이들은 모두 카니발 웃음이 있는, 머무르고 싶은 유토피아적 시간을 즐긴다. 여기서 마르가리타와 나타샤가 바른 크림은 일상적 의복에서 일탈하는 축제의 의상이자, 한 세계에서 다른 차원의 세계로 넘어가는 존재 변환의 상징적 의상이라고도 할 수 있다. 크림은 금기를 풀고 카니발적 시공간으로 가기 위한 변신의 장치이기도 하다.

넷째로 카니발의 웃음은 양면 가치의 성격을 갖는다. 드미트리 리하초프에게 웃음은 파괴적인 동시에 창조적이다. 그 웃음은 파괴적인 요소와 창조적이고 생산적인 요소를 동시에 갖는다. 웃음은 억압하고 모욕하는, 몰상식하고 부조리한 사회적 법칙들을 전복시키며, 인간이 내적으로 자유롭고 모든 사람이 평등한 세계의 진실을 재언급한다.

> 웃음의 기능은 진실을 벌거벗겨 드러내는 것이다. 웃음은 특정 사회의 예의, 의식, 인위적 불평등과 기호체계 전체의 겉옷을 현실에서 벗겨 내는 것이다. 이러한 탈의는 사람들을 평등하게 만든다.

웃음은 모든 것을 긍정하면서도 부정하며, 모든 것을 매장하는 힘과 소생시키는 힘을 동시에 소유하고 있다. 카니발에서 가면의 역할을 중요시하는 이유는 그러한 두 가지 힘 때문이다. 이 가면은 삶의 실재와 외견이라는 이중성을 가장 상징적으로 나타내 준다.

볼란드와 그 일행 그리고 마르가리타의 웃음은 파괴적이며 창조적이다. 그녀는 아자젤로가 준 크림을 바르고 마녀가 된다. 여기서 변신용 마술 크림은 바흐친이 말한 가면과 똑같은 기능을 갖는다. 가면이나 크림은 일상적 질서의 도덕적 수치심, 금기의 법칙을 제거해 주는 수단이다. 일체의 사회 도덕 문화의 금기를 제거하여 원시적 본능의 자연세계로 이행하게 만드는 것이다. 그녀는 이 크림을 바른 후 빗자루를 타고 비상해서는 거장을 몰락시킨 자들의 집들, '극작가와 문학인 아파트', 특히 라툰스키의 집을 집중적으로 파괴하고 그 쾌락을 만끽한다. 그녀는 마녀가 된 자신을 보고 웃고, 광란에 빠져 자신의 파괴적 행동을 즐긴다. 거장의 복수를 위하여 마르가리타가 벌이는 파괴적 행동은 '렉스 탈리오니스(lex talionis, 동해보복법)'의 법칙에 따르고 있다. 이는 도덕률을 파괴한 유쾌한 상대성에 더 큰 비중을 두고 있는 것이다.

선과 악을 동시에 수행하는 볼란드 무리는 두 개의 가면을 동시에 쓰고 있다. 하나는 악을 행하는 무리를 처벌하는 정의의 사도의 가면이고, 다른 하나는 마음대로 파괴를 일삼는 악마 본래의 가면이다. 이들 또한 이런 두 가지 가면을 가지고 있음을 끝까지 숨기지 않는다. 우리는 이러한 이중성을 파괴성과 창조성이라는 말로 대신할 수 있다. 그들은 기존 가치관의 부정적인 인물들을 파괴하지만, 반면에 거장과 마르가리타를 도와 무엇이 정의인지를 알게 한다.

카니발의 웃음이 지닌 가장 중요한 특징은 창조적이고 생산적인 힘이다. 20세기 소비에트 시대의 민중은 절대적인 힘을 행사하는 당과 공산주의 제도가 주는 공포와 두려움 속에서 살았다. 불가코프의 작중인물들은 웃음을 통해 인간의 영혼을 억압하는 모든 것을 파괴하고자 했다. 세상이나 운명의 조롱과 맞서 싸우는 데 가장 강력한 무기는 웃음이다. 마르가리타의 용기 있는 웃음은 그녀와 거장의 운명을 바꾸어 놓았다고 할 수 있다. 더욱이 카니발의 웃음은 시간의 흐름이나 죽음과 같은 초자연적인 힘에 대해서도 저항한다. 마르가리타는 웃음을 통해 삶을 위협하는 모든 것을 파괴하고자 했다. 이 모든 것을 파괴하고 난 후 그녀는 새로운 관점에서 삶을 바라보기 시작했다.

카니발의 웃음은 사회적 공포에 대한 승리라고 할 수 있다. 불가코프의 작품에서 그것은 공산주의 이데올로기를 완전히 뒤집어엎는 데 아주 중요한 역할을 한다. 카니발의 웃음은 또한 국가의 횡포에 대한 승리이기도 하다. 그것은 소비에트 국가가 만들어 낸 일체의 폭력과 고통을 파괴시켰다. 소비에트 폭력은 다양한 형태로 나타나는데, 가장 대표적인 것이 증거 제일주의에 입각한 서류문화이다. 모든 것을 증명서로 대처하는 모스크바 사회를 볼란드와 그 무리는 냉소적으로 비웃는다. 이 사회에서 이반 베즈돔니는 마솔리트 회원증을 잃어버려 예술가의 권리를 상실하고 정신병동에 수감된다. 거장의 아파트를 탐내 거장을 당국에 고발한 비겁자 모가르이치는 주민등록증의 상실과 더불어 사라진다. 서류로 증명되지 않는 것들은 소비에트 합리주의 사회에서는 통용이 안 된다. 이러한 소비에트 사회를 우리는 '종이 세계(paper world)'라 부를 수 있다. '종이 세계'는 서류로만 모든 것을 처리하려고 하는 비인간적인 관료사회에 대한 메타포이다. 합리주의라는 이름 아래 심리적으로 의사소통이 단절된 세계이며 거짓과 기만의 세계이다. '종이 세계'의 대표적인 인물들로는 베를리오즈, 림스키, 니카노르 이바노비치 등이 있다. 이들은 자기만족에 빠져 있는 어리석은 인간들로서 관습에 순응하여 기계적으로만 생각하는 비창조적인 인물들이다. 불가코프는 이러한 소비에트의 '종이 세계'를 신랄하게 비판하고 조롱한다.

다섯째로 카니발의 웃음은 인간의 '비겁(трусость)'에 대한 웃음이다. 인간의 비겁은 어느 역사에나 등장한다. 빌라도의 시대에도 사회주의 혁명 이후에도 인간들은 달라지지 않았다. 모스크바 시민들은 물욕에서 벗어나지 못하고 비겁하게 살아간다. 빌라도는 예수에게 "비겁은 가장 무서운 악덕 중 하나이다"라고 말한다. 빌라도와 거장은 '비겁'을 대표하는 인물들이다. 빌라도는 '선량한 사람'인 예수가 죄가 없음을 잘 알면서도 모든 판단을 유대 제사장에게 맡긴다. 제사장이 예수를 사형시키라고 요구하자 골고다 언덕에서 그를 처형하도록 방조한다. 비겁한 행동이다. 그 후 카이사르의 권력과 유대 법정의 강압에 무기력하고 비겁하게 행동했다는 양심의 가책과 죄의식은 빌라도를 따라다니며, 2천 년이 넘는 시간 동안 그를 고통스럽게 한다. 거장 역시 작품에 대한 부당한 탄압에 항거하지 않고 스스로 절필한 후 정신병원에 들어간다. 이 역시 비겁한 행동이다. 거장의 비겁은 불가코프 자신의 것이기도 하다. 불가코프는 자기의 반영인 거장의 비겁을 통해 스스로 비판하고 반성한다. 진실에 침묵하는 자들은 비겁하다. 진실을 말하는 자는 용감한 자이다. 예술가도 예수처럼 진실을 말해야 하나 거장은 진실에 침묵했다. 작가는 비겁을 최고의 죄로 여겼다. 특히 그는 소비에트 시대의 비겁한 예술가들을 작품에 등장시켜 비난했다.

여섯째로 웃음은 인간적인 것을 떠나서는 존재하지 않는다. 사람은 어떤 동물에 관해서 웃음을 터뜨릴 수 있다. 인간은 '웃을 줄 아는 동물'이다. 인간은 또한 남을 웃기는 동물이기도 하다. 어떤 동물이나 정물이 우리를 웃기는 경우, 그것은 인간과의 유사성 때문이다. 특히 이 소설에서 고양이 베헤모트의 생각과 행동은 인간과 똑같으며 마치 광대의 모습처럼 웃음을 제공한다. 카니발이 행해지는 공간에서는 인간과 동물의 구별이 없어지기도 한다. 악마들의 만월 무도회에서는 동물이 인간처럼 재즈 밴드 연주를 담당한다. 여기서는 소리의 카니발이 절정을 이룬다.

불가코프의 소설에서는 죽음마저도 본래의 비극적 색채를 상실하고 즐거운 웃음의 세계 속에 용해되는 변화가 나타난다. 유쾌한 죽음이라는, 정상적인 상황과 전혀 동떨어진 죽음의 모습은 불가코프의 소설에 자주 나타나는 살육 장면에서 예를 찾을 수 있다. 악마들의 카니발에서 베를리오즈의 머리가 접시에 받쳐져 볼란드의 심문을 받는다.

이 소설의 살육 장면에서는 살육 자체가 처참하거나 잔인하게 느껴지지 않는다. 그것은 마술에서나 볼 수 있는 동작의 신속함과 역동적인 움직임 속에 마치 경쾌한 유희와 같이 진행되는 죽음의 모습이 개인적 종말이라는 죽음의 비극적 성격을 탈색시켜 버리기 때문이다. 이 작품에서 살육은 죽음의 이미지를 희석하고 카니발의 대관과 박탈 의식의 하나로 표현될 뿐이다. 죽음의 이미지도 인간의 몸이 해체되는 과정으로서 육화된 죽음의 모습이다. 버라이어티 쇼 도중 벤갈리스키의 죽음과 부활에서 쏟아져 나온 피가 흔적도 없이 사라진다는 표현에서 우리는 죽음의 이미지가 희극적 분위기에 통합되는 모습을 확인할 수 있다.

그로테스크 리얼리즘 소설 불가코프의 『거장과 마르가리타』는 단순한 카니발 문학이 아니다. 이 소설은 당시의 암울한 정치 경제적, 문화적 상황을 풍자하는 일종의 그로테스크 리얼리즘 소설이다. 그로테스크 리얼리즘은 사회적 현상을 문학에 표현하는 심미적 양식이라고 할 수 있으며, 카니발 문학의 서술 양식이다. 미학적 장치로서의 그로테스크란 용어는 카니발 웃음, 해학, 욕설 등의 비공식적인 세계와 융합할 때 그로테스크 리얼리즘으로 변형된다. 『거장과 마르가리타』는 20세기 사회주의 리얼리즘 시대에 나온 어느 문학작품보다도 가장 카니발화된 소설이다. 불가코프의 소설은 사실상 20세기의 가장 축제적인 작품으로서 민중 독자들을 유쾌하게 만들어 주기도 한다. 이 소설에 등장하는 사람들은 모두 '축제를 즐기는 인간(homo festivus)'이라 할 수 있다. 불가코프의 그로테스크 리얼리즘은 사회주의 리얼리즘의 공식적인 이데올로기와 원칙을 뒤엎고 새롭고 독특한 유형의 문학을 만들었다. 이 작품의 사실성과 현실비판성은 낭만주의 시대의 괴기소설을 연상시키는 그로테스크한 이미지와 더불어 소비에트 시대가 만들어 낸 기괴하게 뒤틀린 인간성을 효과적으로 드러낸다.

바흐친은 그로테스크 리얼리즘을 재미있게 해석하고 있다. 그에 따르면 첫째로 그로테스크 리얼리즘은 민중 전체의 축제로서 이상적인 양상을 보여 준다. 둘째로 그로테스크 리얼리즘은 우주적, 사회적, 육체적 요소가 나눌 수 없는 단일한 총체로 나타난다. 그러한 총체는 생동감 넘치며 정겹다. 셋째로 그로테스크 리얼리즘에서 물질적, 육체적인 힘은 전체 민중의 보편적, 긍정적 원리가 된다. 넷째로 그로테스크 리얼리즘은 격하와 하락이다. 고도의 정신적, 이상적, 추상적인 것을 모두 물질적, 육체적 차원으로 이행시킨다. 이때 대지와 육체는 분리될 수 없는 통일체이다. 다섯째로 하락은 탄생을 위해 무덤을 파는 것이다. 그러므로 파괴적인 동시에 적극적이고 재생적인 의미를 지닌다. 여섯째로 하락과 격하는 양면 가치를 갖는 것으로서 부정인 동시에 긍정이다. 떨어지는 것은 파괴를 위해서가 아니라 생식력 있는 하층에서 수태하기 위해서이다. 즉 새롭게 탄생하고 풍성하게 성장하려는 떨어짐이다. 일곱째로 생성에 대한 관계는 그로테스크 이미지의 결정적인 특징이 된다. 여덟째로 그로테스크 리얼리즘은 양면 가치성을 갖는다. 갖가지 형식으로 변화되는 양극, 즉 죽음과 태어남, 변용의 시작과 끝이 표현된다. 바흐친이 정의한 그로테스크 리얼리즘의 다양한 특성을 『거장과 마르가리타』에 적용하면 흥미롭다.

불가코프의 문학을 이야기할 때 나타나는, 바흐친이 말한 그로테스크 리얼리즘의 특징은 ① 물질적, 육체적 원리, ② 격하의 원리, ③ 재생의 원리이다. 무엇보다도 먼저 불가코프는 그로테스크 리얼리즘의 기본 원칙인 '물질적, 육체적 원리'를 받아들인다. 그로테스크 리얼리즘에서는 물질과 육체의 원리가 축제와 유토피아의 보편적 양상 속에서 제시된다. 이는 인간의 육체를 만물의 척도로 삼아 외부 대상을 인식하고 가치를 부여한다는 발상의 전환을 의미한다. 이러한 관점에서 보면 불가코프의 작품 세계는 인간의 육체를 통해서 바라는 육화된 세계의 모습이라고 할 수 있다. 불가코프의 창조적 파괴의 패러디는 다분히 물질적이고 육체적인 세계를 지향하고 있다. 그는 인간의 구체적인 몸과 그 기능에 대한 원칙을 수용한다. 육체에 대한 그로테스크한 이미지는 러시아 형식주의자들이 말하는 '낯설게하기'와도 비슷하다. 그로테스크한 이미지와 '낯설게하기'는 카니발 문학 표현의 기본적인 기법이기도 하다. 불가코프는 인간의 신체에 남다른 관심을 둔다. 그는 인간을 소우주로 간주하여 신체 속에 우주가 축소되어 있다고 보았다. 이에 인간의 신체를 극도로 과장하여 묘사함으로써 소비에트가 선전하는 이상적인 사상적 가치관을 전락시키고자 시도했다. 인간의 신체에 대한 그로테스크한 표현은 정신적이고 이상적인 것, 성스럽고 고상한 것을 물질적이고 구체적인 지상의 차원으로 끌어내리는 구실을 하기 때문이다.

일반적으로 천상의 성스러운 세계는 추상적으로 애매모호하게 표현하고, 지상과 지옥의 차원은 구체적으로 표현하는 것이 전통적인 표현 방법이었다. 더 나아가 선의 개념은 추상적이다. 반면에 악의 개념은 구체적이다. 악마는 일반적으로 정신적인 것을 무시하고 육체적인 것을 지나치게 숭배하는 가치관의 소유자였다. 그러나 불가코프의 소설에서는 악마들이 물질적인 가치를 조롱하고 정신적이고 고상한 가치를 추구하는 것처럼 보인다. 이들은 뒤집힌 가치관을 소유하고 있다. 악마들은 민중들의 경제적, 물리적인 것에 대한 관심을 조롱하고 비웃는다.

인간은 자신의 신체를 통하여 세계와 교통하기 때문에 구체적인 신체 이미지의 분석을 통해서 이와 접하는 대우주와의 교감 관계를 파악할 수 있다. 신체의 카니발적 형상이 희극적인 그로테스크 이미지를 창출한다고 할 때 신체의 불구화 현상은 바로 카니발적 해체에 해당한다. 신체의 불구는 종종 가면의 형태를 띠고 있는 것이 특징이다. 사실 카니발 문학에서 가면은 보편적이다. 가면 묘사는 일반적으로 그로테스크하게 나타난다. 불가코프의 작품에 등장하는 대다수 악마는 가면을 쓰고 다니는 사람들처럼 그 외모 자체가 그로테스크하다. 볼란드, 아자젤로, 코로비요프, 헬라 등 대다수 등장인물은 크로테스크한 외형을 갖는다.

불가코프는 먹고 마시는 인간의 육체적, 물질적 현상을 중요시하면서 그것을 그로테스크하게 표현하고 있다. 그의 소설에는 음식을 먹고 술을 마시는 행위가 일일이 열거할 수 없을 정도로 많이 나온다. 이러한 행위는 입을 통해 이루어진다. 바흐친에 의하면 인간의 신체 중에서 입은 가장 중요한 부분에 속한다. 그는 음식이 지닌 의미를 노동과 관련하여 설명한다. 원시인들은 사냥이 끝나거나 일 년의 추수가 끝났을 때 잔치를 베풀며 음식을 먹었다. 따라서 음식과 관련된 향연은 인간이 자연에 대해 거둔 승리를 축하하는 행사에 해당한다. 음식 이야기는 주로 초호화 레스토랑 '그리보예도프의 집'을 중심으로 전개된다. 이 레스토랑이 수행하는 기능은 소비에트 문인들의 천박한 속물주의를 풍자하는 것이다.

무도회가 끝난 후 마르가리타는 볼란드 일당과 함께 보드카를 마신다. 심한 허기를 느낀 마르가리타는 알젓을 게걸스럽게 들이 삼키기 시작한다. 이들이 먹고 마시는 식사 장면은 유쾌한 장면이다.

카니발적 신체의 이미지는 끊임없이 성장과 변모를 통해서 그 자체를 변화시키며 계속 이어진다. 한편 또 다른 신체를 창조하는 변형 생성의 요소가 있다. 마르가리타와 나타샤가 아자젤로의 크림을 바르고 마녀로 변신하는 것이 그 예이다. 그리고 무도회에서 시체들이 살아 있는 사람들로 변신하여 나타나기도 한다.

카니발의 세계는 육신을 가진 인간을 무시하고 금욕과 고행을 강요하는 정화된 형식의 세계가 아니라, 아무리 추한 것일지라도 인간 본연의 모습을 외면하지 않고 지상에서의 현실적인 삶의 가치를 인정하며 그것을 즐기려는 긍정적 가치관이 지배적인 세계이다. 불가코프는 신체의 이미지를 표현하는 데 유독 알몸을 강조한다. 이반이 헤매다가 들른 아파트에서 바람난 방탕한 가정주부의 알몸이 소개되고, 언제나 벌거벗고 사는 마녀 헬라가 알

몸을 드러낸 채 행동한다. 악마들의 무도회에서 시중드는 흑인들은 모두 알몸이고 참석자들 또한 모두 알몸이다. 이 무도회에서는 육체의 카오스가 나타난다. 마르가리타와 그녀의 시종 나타샤도 역시 알몸의 마녀가 되어 일상에서 해방감을 맛본다. 나타샤는 지옥의 카니발이 끝난 후에도 현실로 돌아가길 거부한다.

불가코프의 소설은 이제까지 풍자소설, 환상소설, 리얼리즘 소설, 메니푸스 풍자소설, 또는 백과사전적 소설 등으로 평가되어 왔다. 문학의 현실 반영에 대한 방어기제적 성격으로 작가가 택한 특이한 서술 방식은 뒤집기의 기능을 잘 보여 주는 카니발 문학의 특징이기도 하다. 현실에 대한 작가의 새로운 태도와 전통 비판, 자유로운 실험 정신은 '거꾸로 된 세상'의 모습을 파악할 수 있는 새로운 문학을 탄생시켰다. 불가코프 소설의 특징이 현실에 대한 카니발적 인식 태도에서 기인한 것임을 우리는 지금까지 알아보았다.

불가코프가 다루고자 한 세계는 '기환(奇幻)의 세계'라 할 수 있다. '기환의 세계'란 정상적이고 공식적인 세계와는 다른, 기이하고[奇] 환상적인[幻] 세계를 말한다. 『거장과 마르가리타』가 표방하고 있는 이야기의 세계는 익숙하기보다는 낯설고, 정상적이기보다는 비정상적이며, 평범하기보다는 특이하고, 사실적이거나 실체적이기보다는 허구적이며, 현실적이기보다는 비현실적이거나 초현실적이고, 일상적이기보다는 일탈적이며, 중심적이기보다는 주변적이고, 설명이 가능하다기보다는 불가사의한 세계다. 『거장과 마르가리타』는 일종의 '기환소설'이라 할 수 있다.

불가코프의 소설에서 핵심으로 나타나는 카니발과 그 형식은 여러 면에서 스탈린주의로 대변되는 소비에트 이데올로기와는 거리가 멀다. 공식 문화라 할 수 있는 소비에트 문화는 비공식 문화인 이교도 문화에 의해 조롱당한다. 이교 문화의 세계는 유쾌한 상대성이 지배한다. 유쾌한 상대성이 지배하는 불가코프의 카니발적 세계관은 그 특유의 시간과 공간을 지니고 있다. 바흐친의 말대로 "카니발 세계관은 공식적 세계에 대항하여 그 자체의 세계를, 공식적 교회에 대항하여 그 자체의 교회를, 공식적 국가에 대항하여 그 자체의 국가를 건설한다." 이런 카니발의 세계는 웃음을 무기로 삼아 권위주의적이고 계급 조직적인 것을 모두 파괴한다. 신성불가침이었던 소비에트의 공식적인 이데올로기를 비웃는 불가코프 소설의 카니발적 웃음은 반세계의 웃음이며 반문화의 가장 중요한 요소라고도 할 수 있다.

두 가지 지향 중세 러시아 문학의 권위자 드미트리 리하초프는 러시아 문학의 에토스를 형성하는 두 가지 지향, 즉 과거로의 지향과 미래로의 지향에 대해 다음과 같이 언급했다. "과거의 숭배와 더불어 처음부터 러시아 문학에는 미래로의 지향이 있었다. … 그것은 더 나은 미래에 대한 몽상이자, 현재에 대한 비판이며, 이상적인 사회의 건설에 관한 탐구였다. 생각해 보라. 러시아 문학에서 지극히 특징적인 것은 노골적인 설교이며, 정신 갱생이고, 그와 동시에 마음속 깊은 회의이며, 탐구이고, 현상에 대한 불만이며, 폭로이고, 풍자이다." 불가코프의 『거장과 마르가리타』는 과거와 현재와 미래에 대한 풍자소설이다. 이 작품은 카니발 문학 형식을 사용하여 소비에트 공식 이데올로기 소설 세계를 비판하고 조롱한 진정한 카니발 소설이라고 할 수 있다. 현대 러시아 비평가인 바흐친이 카니발 문학의 이론가였다면, 현대 러시아 소설가인 불가코프는 카니발 소설이 어떤 것인가를 실제로 보여 준 작가라고 할 수 있다. 카니발에서 나타날 수 있는 온갖 요소가 이 작품 속에 들어 있기 때문에 그의 소설 자체가 카니발인 것이다.

11. 금지된 욕망과 윤리: 나보코프의 『롤리타』

사랑이라는 감정은 소설이나 영화에서 빠질 수 없는 소재이다. 가장 보편적인 동시에 가장 이상적인 소재가 바로 사랑이기 때문이다. 사랑을 그리는 방식은 작가마다 다르다. 사랑은 다양한 감정의 스펙트럼을 만들어 낸다. 달콤한 사랑, 비극적 사랑, 가슴이 미어지는 신파조 사랑, 위험한 사랑, 아픈 사랑, 금지된 사랑, 감동적인 사랑 등 정말로 다양하다. 나보코프의 『롤리타』(1955)는 10대 소녀를 사랑한 어느 중년 남자의 이야기이다. 첫사랑의 아픔을 간직한 중년 남자의 불안한 내면을 묘사하고, 질투와 사랑이라는 욕망의 광기를 솔직하고 섬세하게 표현했다. 중년 남자가 느끼는 욕망에 대한 섬뜩하리만큼 솔직한 표현들이 소설의 흥미를 자아낸다.

금지된 사랑을 다루고 있는 소설 『롤리타』는 새로운 차원의 작품이라 할 수 있다. 도덕적이거나 종교적인 메시지를 거부하는 이 소설은 처음부터 외설이냐 예술이냐의 치열한 논쟁을 일으켰다. 10대 소녀와 40대 교수와의 사랑, 그것도 의붓아버지와 딸과의 애정행각(근친상간)을 다루었기에 작품의 도덕성에 대한 논쟁은 피할 수 없었다. 처음에는 윤리적 금기와 인륜의 한계성을 넘은 부도덕한 포르노 소설로 간주되어 출판을 거부당했으나 지금은 위대한 예술작품으로 자리매김하여 인기를 끌고 있다. '어린 소녀를 향한 성적 동경'의 상징으로 오늘날 '롤리타 콤플렉스'나 '롤리타 신드롬'이라는 용어를 만들어 낸 『롤리타』는 사랑이라는 이름으로 시작되는 인간의 성적 욕망과 광기에 대해 다시 한번 생각하게 만든다.

러시아 작가인가 미국 작가인가 블라디미르 나보코프(1899-1977)는 러시아인으로 태어나 미국과 유럽의 영어권에서 세계적인 명성을 얻은 작가이다. 초기에는 러시아어로 작품을 썼으나, 유럽으로 망명한 후에는 영어로 작품 활동을 했다. 1917년 볼셰비키 혁명 이후 러시아에서 유럽으로 망명한 대표적인 작가로서 특별한 삶의 이력을 갖고 있다. 나보코프의 생애는 일반적으로 4단계로 구분된다. 제1단계(1899-1919)는 러시아에서 보낸 청소년기, 제2단계(1919-1940)는 서유럽에서의 망명 시기, 제3단계(1940-1959)는 미국에서 대학교수로 활동하던 시절,[7] 제4단계(1959-1977)는 스위스에서 창작하며 삶의 여생을 보낸 시기이다. 즉 그는 생애 초기 20년은 러시아에서, 그 후 20년은 서유럽(영국, 독일, 프랑스)에서, 그다음 20년은 미국에서, 나머지 18년은 스위스에서 보낸 독특한 이력의 작가이다. 그는 평생 조국 러시아를 등지고 '아웃사이더'로서 외로운 삶을 살았다. 그가 쓴 작품으로는 16권의 소설, 1권의 자서전, 9편의 희곡, 수 편의 시와 단편소설이 있고, 그 밖에 비평서, 나비에 대한 연구논문, 푸시킨 작품 번역서와 해설서 등이 있다. 작가로서의 나보코프에 관한 관심은 일반적으로 그의 영어소설에 편중되어 온 것이 사실이다. 특히 그의 영어소설에 보이는 형식상의 독특함과 혁신적인 성격은 많은 비평가의 관심을 끌었다. 대체로 그의 작품은 현란한 문체 때문에 심미적인 경향으로 흐른다는 평을 받았다.

나보코프는 러시아 명문 귀족 가문의 장남으로 상트페테르부르크에서 태어났다. 나보코프 가문은 그 조상이 14세기 타타르의 왕자까지 거슬러 올라가며, 독일의 남작 가문과 스웨덴의 백작 가문과도 연관이 있었다. 할아버지는 법무부 장관을 지냈고, 아버지는 입헌민주당 소속 국회의원이었다. 나

7 나보코프는 1941년부터 1948년까지 스탠퍼드대학과 웰즐리대학에서 러시아어를 가르쳤고, 동시에 하버드대학에서 비교동물학 연구소의 연구원으로 일하면서 나비 연구에 많은 공헌을 했다. 1948년부터 1949년까지는 코넬대학에서 문학 강의를 했다.

나보코프

보코프는 자유주의 정치가였던 아버지와 정이 깊고 예술적 감성이 풍부했던 어머니 밑에서 자랐다. 그의 가족은 넵스키 거리의 영국 상점을 이용하고, 50명 이상의 농노가 시중을 들 정도로 부유한 생활을 했다. 영국인 보모가 아이들을 돌보고, 스위스인 가정교사가 교육을 담당했다. 가족들은 집에서 영어, 불어, 러시아어를 함께 사용했다. 그러한 분위기 덕분에 나보코프는 모국어인 러시아어뿐만 아니라 영어와 프랑스어도 완벽하게 익힐 수 있었다. 사실, 어릴 적부터 가정교사에게 배운 영어는 모국어는 아니지만, 러시아어보다 먼저 배운 언어였다.

1917년 레닌이 권력을 장악한 뒤, 나보코프 가족은 크림반도로 피신했다가 서유럽으로 망명한다. 러시아 망명객들이 모여 사는 베를린에 정착하지만, 가족의 삶은 순탄하지 않았다. 혁명 전 자유주의 입헌민주당 지도자였던 아버지 V. D. 나보코프는 정적들에게 살해당하고, 남동생은 나치 수용소에서 죽음을 맞는다. 역사의 흐름 속에서 망명 귀족의 집안은 산산이 파괴될 수밖에 없었다. 나보코프는 혁명의 소용돌이 속에서 아버지의 정치 활동으로 연속적인 불운에 시달리는 집안을 보고 정치에 관심을 두지 않았다. 그는 사회참여를 거부하고 대신에 평생 나비 연구에 몰두하였다. 실제로 그는 하버드대학에서 나비 연구의 권위자로 활동하기도 했다.

영국으로 건너온 나보코프는 주요 망명 러시아인의 자녀에게 주는 장학금을 받으면서 케임브리지대학의 트리니티 칼리지에 다녔다. 대학에서 처음에는 동물학을 공부하다가 곧 프랑스 문학과 러시아 문학으로 전공을 바꾸었다. 1922년 최고의 성적으로 졸업했지만, 뒷날 자신의 학위에 대해 "나 자신의 양심을 어긴 공적인 죄 가운데 하나"라고 밝히며 최선을 다하지 않았음을 고백하기도 했다. 영국에서는 주로 러시아어로 시 창작 활동을 계속하면서 영어로도 작품을 썼다. 그는 케임브리지대학을 졸업한 후에 독일 베를린으로 이주했다. 러시아 망명자 사회에서는 문인으로 이름을 얻었지만, 바깥세상에서는 여전히 무명일 뿐이었다.

1922년부터 1940년까지는 독일과 프랑스에 살면서 시를 계속 썼다. 드라마를 시도하였고, 영화 시나리오 몇 편을 공동집필하기도 했으나 제작되지는 않았다. 그는 1925년경부터는 여러 장르 가운데 산문에 집중하기로 작정했다. 최초의 단편소설은 1924년 베를린에서 출간되었다. 1926년에 나온 첫 장편 『마셴카』(1926)는 자전소설이라고 할 만큼 작가의 가족 상황과 젊은 날의 첫사랑을 자세히 다루고 있다. 그 뒤 『프닌』(1957), 『왕 · 여왕 · 잭』(1928), 『루진의 방어』(1930), 『절망』(1936), 『사형장으로의 초대』(1938), 『재능』(1938), 『사건』(1938), 『창백한 불꽃』(1962), 『아다』(1969) 등을 발표하였다. 주요 비평서로는 『니콜라이 고골』(1944)과 푸시킨의 『예브게니 오네긴』에 대한 2권의 방대한 번역 해설서가 있다. 작가의 관심은 주로 망명자들에게 잃어버린 천국으로서의 러시아가 어떻게 보이는가였다. 그의 작품 세계를 가장 잘 파악한 러시아인 비평가 블라디슬라프 호다세비치는 나보코프를 '형식의 예술가', 또는 '기법의 작가'로 규정한다. 그의 작품에서 형식적인 측면이 강조되는 이유는 그를 러시아 형식주의 문학 전통에서 이해하고자 하는 의도이다. 나보코프 작품의 형식은 많은 비평가에 의해 그의 작품을 이해하는 핵심적인 요소로 간주되어 왔다. 나보코프의 1955년 작 『롤리타』는 제2차 세계대전 이후 가장 중요한 미국 소설 중의 하나로 꼽힌다. 금서였다가 해금되었고, 해금된 후 열광적인 재평가를 받았다.

2014년 소치에서 열린 동계올림픽에서 러시아는 나보코프를 국가의 명예를 빛낸 세계적인 러시아 작가로 추앙했다. 하지만 오늘날 러시아 문학계에서는 일반적으로 나보코프를 부닌이나 솔제니친과 더불어 망명 문학 작가로 취급한다. 말하자면, 나보코프는 '망명 작가' 또는 '러시아계 미국 작가'일 뿐이다. 나보코프 역시 당시의 소비에트 문학을 러시아 문학 전통의 단절로 보았고, 오히려 망명 문학이 러시아 문학의 전통을 계승하고 있다고 생각했다.

엇갈린 평가와 비평 나보코프에 대한 평가는 형식적인 측면에만 국한되지 않는다. 그의 작품에 반복적으로 나타나는 이미지들을 분석하여 이해하려는 비평가들도 있다. 비평가 로우는 나보코프의 모든 작품에서 유령의 이미지가 반복되고 있음을 지적하면서 그 이유를 밝히려고 노력한다. 유령, 그림자 등의 형태로 나타나는 이미지들은 등장인물들이 자아를 기억해 내도록 하는 데 중요한 역할을 한다.

나보코프에 대한 또 다른 이해는 그를 미학적, 형이상학적, 윤리적 작가로 인정한다. 알렉산드로프 같은 러시아 망명 비평가들은 나보코프의 사회적, 정치적, 도덕적, 종교철학적 주제에 대한 무관심을 강조하고, 미국과 유럽 비평가들은 예술가의 자유로운 창조성을 옹호하려는 시도의 일환으로서 나보코프의 인위성을 강조한다. 구소련 비평가들은 그를 반동 작가로 취급했다. 1945년에 미국으로 귀화한 그는 1986년까지 소련에서 '반동적 망명 작가'이자 '문학적 속물주의'에 물든 인물로 규정되었고 출판도 금지되었다. 서구의 비평가들 가운데 사회주의 성향이 강한 비평가들도 그를 박하게 평가했다. 그러나 1919-1939년에 파리와 베를린에 거주한 망명 지식인들 사이에서 V. 시린(당시 나보코프의 필명)은 '당대 유럽 문인들 가운데 정상의 수준이며, 러시아 문학가로서 처음으로 최고의 자리를 차지하였다'라는 인정을 받았다.

나보코프는 1940년 미국으로 이주하여 영어로 작품을 쓰면서 1970년대까지 꾸준히 인기를 누렸다. 이 무렵 한 유명한 비평가는 그를 “현대소설이라 불리는 일그러진 대중사회를 지배하는 왕”이라고 격찬했다. 사람들은 『롤리타』를 소녀 강간 소설로 규정하면서 나보코프식 ‘스타브로긴의 고백’[8]이라고 믿었다. 나보코프라는 러시아 출신 작가가 이 소설을 빌려 자신의 ‘위대한 죄인의 생애’[9]를 썼다고 생각한 것이다.

『롤리타』는 1998년 미국의 출판사 랜덤하우스가 선정한 20세기 100대 영문 소설 중 4위를 차지하였고, 1999년 영국의 BBC 방송은 20세기를 빛낸 가장 중요한 예술가 중 하나로 나보코프를 선정했다. 그리고 스탠리 큐브릭 감독과 에드리언 라인 감독은 각각 이 소설을 영화로 만들어 대중적 성공을 거두었다. 지금까지 그의 문학에 관하여 수많은 연구서, 논문집, 연구논문이 출판되었으며, 이제 나보코프는 전 세계적으로 가장 활발하게 연구되는 작가 중 한 사람이 되었다.

사랑의 기억 소설 『롤리타』의 제1부는 어린 시절 사랑의 기억으로 시작한다. 주인공 험버트는 여러 민족의 혈통을 이어받은 호텔 주인의 아들로 파리에서 태어났다. 그가 세 살 때 어머니는 피크닉을 갔다가 벼락을 맞고 죽지만, 그는 유복한 환경에서 정상적으로 성장하였다. 험버트가 열세 살이 되자, 아버지는 성(性)에 대한 지식을 알려 주었다. 어느 날 소년 험버트는 그보다 몇 달 어린 사랑스러운 혼혈아 애너벨과 고통스럽고 절망적인 첫사랑에 빠졌다. 그들은 서로의 육체와 영혼을 일치시키기 위해 해변에서 몸을

8 도스토옙스키의 『악령』의 주인공인 스타브로긴은 신에 대한 믿음을 잃자 어린 소녀를 강간하는데, 이 행동은 그가 완전히 악에 굴복했음을 상징한다.

9 도스토옙스키는 이 제목으로 5편의 연작을 집필할 계획을 세웠다. 이 소설은 신과 인간에게 몹쓸 죄를 저질렀으나 정신적 순례를 끝낸 뒤 죄를 씻고 구원을 얻는 한 남자를 주인공으로 삼을 예정이었지만 끝내 쓰이지 않았고, 초안만은 지금도 남아 있다. 『악령』은 이 작품의 개요에서 사상과 장면, 등장인물들을 빌려 온 것이다.

접촉하며 탐욕스럽게 서로를 애무했으나 어른들의 방해로 짧은 순간의 기억만을 남기고 끝났다.[10] 몇 달 후에 애너벨이 발진티푸스로 죽고 만다. 이 슬픈 기억이 그의 일생에 커다란 영향을 미쳤다. 그 소녀에 대한 넘치는 욕망은 다시 회고적인 상상력으로 험버트를 자극한다. “어떤 마술적이고 운명적인 손길인지, 롤리타는 분명히 애너벨로부터 시작한다는 것”을 험버트는 확신하였다. 사랑은 애너벨에서 롤리타로 전이된 운명적인 것이었다. 애너벨과의 사랑은 이루어지지 못했기에 더 아름다운 기억으로 남았다. 애너벨의 입술, 숨소리, 다리, 얼굴, 향기, 혀에 대한 기억들이 다른 소녀 롤리타의 모습에서 반추되었다. 대학에서 영문학을 전공하던 험버트는 애너벨과의 사랑을 잊지 못하고 아홉 살에서 열네 살 사이의 소녀들을 ‘님펫(nymphet, 님프소녀)’이라고 부르며 탐하는 광적인 성격 이상자로 변한다. 이 소녀들은 귀여운 님펫이지만, 어른 남자들에게 마술적 힘을 가진 악마로 작용한다. 험버트는 어린 소녀들에 대한 욕망으로 자신만의 환상 속에 묻혀 은밀하게 기쁨을 즐기는 광인이 된다. 그는 관음증(voyeurism) 환자로 환상 속에서 그들을 소유하고 즐기는 환상적 궁지에 빠지기도 한다.

아버지가 돌아가시고 난 후, 험버트는 폴란드 의사의 딸 발레리아와 결혼한다. 그는 첫 번째 아내의 아기 같은 면에 매료되었다. 그러던 중 삼촌의 유산을 상속받아 그 사업을 위해 미국으로 가려는 험버트에게 발레리아는 새로운 남자가 생겼다고 고백한다. 험버트는 아내의 정부인 벨라루스 출신 택시기사에게 살의를 느꼈지만, 그들을 그냥 보내 준다. 후일 험버트는 발레리아가 아이를 낳다가 죽었다는 소문을 듣게 된다. 제2차 세계대전 중에 발

10 나보코프는 기억을 불러내 사라진 시절을 소설로 다시 한번 복원하는 경향이 있다. 실제로 나보코프는 열 살 때 프랑스 휴양지 비아리츠에서 동갑내기 프랑스 소녀 콜레트와 사랑에 빠진다. 금화 한 닢을 밑천으로 두 꼬마는 사랑의 도피를 감행했다. 꼬마들은 극장에서 손을 꼭 잡고 하룻밤을 보낸 뒤 각자 집으로 돌아갔다. 험버트와 애너벨이 해변에서 나눈 번개 같은 입맞춤 속에, 잃어버린 시절에 대한 작가의 향수가 응축되어 다시 나타난다.

레리아와 이혼하고 미국으로 건너간 험버트는 삼촌이 물려준 일을 이어받는 한편 프랑스 비교문학사를 집필한다. 목적 없이 시작한 20개월의 북극 원정을 마친 험버트는 요양원에서 정신치료를 받게 되지만 "정신과 의사들과 장난을 벌이는 것만큼 한없이 강렬한 즐거움의 원천도 없다"라는 생각으로 의사들을 속인다. 여기서 그는 의사들이 자신을 잠재적 호모 섹슈얼이라든가 완전 불능이라고 진단하게 만든다.

요양원을 나온 험버트는 삼촌 회사의 직원이 소개해 준 사촌 동생의 집에 세 들어 살기로 한다. 그는 새로운 님펫을 만날 기대를 하고 램즈데일로 간다. 그러나 원래 머물기로 했던 집에 불이 나 샬로트 헤이즈 부인의 집으로 가게 된다. 거기서 하숙을 정하게 되는데 그 이유는 샬로트의 열두 살짜리 딸 롤리타를 보고 첫눈에 반했기 때문이다. "그때와 똑같은 아이였다. 여전히 가냘프고 노르스름한 어깨, 여전히 보드랍고 나긋나긋하게 드러난 등, 한결같은 밤색 머릿결." 롤리타는 험버트의 마음을 송두리째 빼앗아 버렸다. 롤리타는 전형적인 님펫으로 다음처럼 묘사된다. "아주 어린애 같으면서도 아주 요부 같다." "머리는 붉은 갈색, 입술은 빨간 사탕을 핥고 난 것처럼 빨갛다. 아랫입술은 예쁘고 도톰하다." 롤리타는 "변덕스럽고, 성질 사납고, 명랑하고, 버릇없고, 안하무인이며 10대 소녀의 요부 같은 우아함으로 가득한 아이"로서 하루하루 험버트의 마음을 뒤흔들며 그의 관음증을 자극한다. 험버트는 롤리타의 육체를 훔쳐보며 관음적 환상에 젖는다. 헤이즈 부인의 구애를 받은 험버트는 롤리타의 곁에 있기 위해 그녀와 결혼한다. 의붓아버지로서 롤리타를 가까이할 수 있는 합법적인 기회가 생긴 것이다. 헤이즈 부인은 전형적인 미국 중부 여자로 나름대로 원칙과 도덕성을 가진 여자였다. 어느 날 그녀는 롤리타에 대한 광적인 사랑을 기록한 남편의 일기를 보게 되었고, 이에 충격을 받아 편지를 가지고 달려 나가다 교통사고로 죽는다. 장례식은 결혼식만큼이나 조용히 끝났다.

장례식이 끝나고 법률상 롤리타의 보호자가 된 험버트는 캠프장에서 그녀를 데려온다. 원래 제멋대로 행동하는 롤리타는 12살의 나이에 어울리지 않는 언행을 보인다. "아빠, 우리가 연인인 걸 알면 엄마가 굉장히 화내겠지?", "내게 추근대지 말라고요, 더러운 놈", "근친상간이란 말이죠" 등등이 그녀가 내뱉는 말들이다. 험버트는 롤리타를 "마법에 걸린 사냥꾼"이라는 모텔로 데려간다. 그의 눈에는 롤리타의 행동이 귀엽고 순진하게만 보이고, 모텔에 도착해서는 수면제를 비타민이라 속여 그녀에게 먹인다. 그러면서 롤리타가 잠들기만을 기다린다. 잠에서 깨어난 롤리타는 오히려 험버트를 유혹한다. 험버트도 롤리타의 이러한 유혹을 이상하게 생각하지 않고 기다렸다는 듯이 순순히 받아들인다. 험버트는 롤리타가 캠프에서 겪은 성적 체험에 관한 이야기를 듣는다. 험버트는 롤리타를 어린아이로 생각하지만, 롤리타의 언행은 그런 그의 생각에 반하는 것들이었다. "이 못된 동물, 난 데이지 꽃처럼 상큼한 소녀였어요. 그래, 내게 무슨 짓을 했지? 경찰을 불러서 강간당했다고 말할 거야. 아, 이 더럽고 추악한 늙은이." 이런 말들을 들으면서도 롤리타를 따라다니는 험버트의 사랑은 거의 노예적이라 할 수 있다. 곧 험버트는 롤리타에게 헤이즈 부인의 죽음에 관해 이야기하게 되었다. 모텔에서 그들은 방을 따로 잡았지만, 한밤중에 그녀는 흐느끼며 그의 방으로 왔고 그들은 아주 부드럽게 애정 행위를 나누었다.

롤리타의 여행 제2부는 그들의 여행으로 시작한다. 그들은 각종 모텔과 호텔을 전전하며 여행을 시작했다. 미국을 거의 일주하다시피 한 1년여의 여정을 마치고 두 사람은 동부 비어즐리의 대학촌에 정착했고 롤리타는 다시 학교에 들어갔다. 험버트는 롤리타의 주위에 모이는 남자들에게 질투심을 느꼈으며, 그 질투의 위험도 인식하고 있었다. 그는 정말 눈에 집어넣어도 아프지 않을 정도로 롤리타를 사랑했다. 험버트는 롤리타를 비어즐리 여학교로 보냈다. 그는 "약하고 현명하지도 못했고, 여학생 님펫에게 사로잡힌 노예" 그 자체였다. 롤리타는 바로 그것을 이용했다. 험버트는 롤리타의 남자 문제로 힘겹게 싸웠다. 남자 친구들로부터 그녀를 격리하는 등 그녀를 보호하기 위해 온갖 노력을 하지만, 험버트가 붙잡으려 할수록 그녀는 더욱 포악해지며 비정상이 되었다. 고립된 생활에서 벗어나기 위해 롤리타는 연극에 출연한다. 이후 그들은 또다시 두 번째 여행길에 오르게 된다. 이 여행은 계속 낯선 중년 남자의 추적을 받더니 드디어 어느 병원에서 그녀는 자취를 감춘다. 롤리타가 사라진 후 3년의 세월이 흘렀다. 3년 동안 미친 듯이 그녀를 찾아다니던 험버트는 결국 누군가의 도움이 필요하게 되었고, 리타가 그를 구출한다. 롤리타 찾기를 단념하고 리타와 살던 어느 날 험버트는 뜻밖에 롤리타의 편지를 받게 된다. 편지에는 그녀가 이미 결혼을 해서 곧 아이를 낳을 예정이며 돈이 없으니 돈을 보내 달라는 내용이 들어 있었다. 험버트는 리타를 떠나 편지에 있는 주소대로 롤리타를 찾아 나섰다. 다시 롤리타를 찾은 험버트는 그녀에게 돌아와 줄 것을 간청하지만 거절당한다. 험버트는 롤리타를 납치하여 이용하고 끝내 버린 자가 램즈데일의 극작가 퀼티임을 알아내고는 그를 찾아가 죽이고, 마침내 경찰에 붙잡힌다. 도덕적으로 타락한 험버트는 구속된 상태에서 관상동맥 혈전증으로 죽어 버린다.

작가의 의도 19세기 러시아 작가 푸시킨은 다섯 편의 짧은 이야기를 담은 『벨킨 이야기』를 자신의 작품이 아닌, 벨킨의 작품으로 제시한다. 작가는 겸손하고 몽상가적인 성격의 벨킨이 겪은 일화를 정리하여 소개한다. 작가가 직접 나서지 않고, 제3의 인물을 작가로 등장시켜 소개하는 기법은 노비코프나 고골 같은 작가의 작품에서도 자주 나타난다. 푸시킨이 사용한 이러한 기법을 '사칭기법'이나 '마스크 기법'이라고 한다. 나보코프 역시 마스크 기법을 사용하여 『롤리타』를 썼다. 나보코프는 『롤리타』의 머리말에서 존 레이 주니어 박사라는 가상 인물을 편집자로 등장시킨다.

『롤리타: 어느 백인 홀아비의 고백』. 이것은 필자가 받은 좀 이상한 원고의 제목과 부제이고, 이 글은 그 원고의 머리말이 된다. 원고의 저자 '험버트 험버트'는 본인에 대한 재판이 시작되기 며칠 전인 1952년 11월 16일에 죽었다. 구금 상태에서 관상동맥 혈전증으로 사망한 것이다. 당시 험버트의 변호사였던 클래스턴 초트 클라크가 나에게 이 원고를 편집해 달라고 부탁했다. 그는 내 사촌이자 절친한 친구로 현재 컬럼비아 특별구 변호사 협회 소속이다. 『롤리타』 출간에 대한 모든 권한을 그에게 위임한다고 밝힌 의뢰인의 유언장 내용을 근거로 클라크는 나에게 이 일을 맡겼다. 클라크가 편집자로 나를 선택한 이유는 최근에 내가 괴상한 정신 상태의 병증과 성도착증을 다룬 졸저로 폴링상을 탔기 때문일 것이다.

나보코프는 푸시킨처럼 집필 동기와 그 과정을 상세하게 설명하는 기법을 사용하고 있다. 작가를 모방하거나 변주하여 타자들의 이름을 사용해 자신을 감추는 푸시킨의 기법이 왜 나보코프의 『롤리타』에서 다시 재현될까 생각해 볼 필요가 있다. 그것은 작품에 대한 작가의 의도를 좀 더 구체적으로 확인해 볼 수 있는 기회이다.

첫째로 작가는 『롤리타』를 통해 금기된 주제에 대한 모험을 즐겼다. 당시 미국에서 근친상간이나 미성년자에 대한 성폭력 같은 주제는 철저히 금기였기 때문에 그러한 주제는 작가에게 커다란 부담이었다. 1950년대 미국에서 미성년자 강간죄는 비록 피해자의 동의가 있었다 할지라도 사형을 당할 만큼 큰 범죄였다. 게다가 나보코프는 이 소설에서 독자의 즐거움과 혐오감을 동시에 유발하기 위해 여러 가지 장면과 상황을 연출하고 있다. 그 결과 그는 미국에서 이 소설을 출판할 출판사를 찾지 못했다. 그는 파리의 올랭피아 출판사에서 이 소설을 출판하였다. 이 출판사는 포르노그래피까지는 아니더라도 가볍고 통속적인 문학을 주로 다루는 곳이었다. 그들은 다양한 검열제도가 버티고 있던 시대에 은밀하게 서점에 책을 공급했다. 그리하여 센 강변 책 장수들의 가판대 한 귀퉁이를 외설적이고 터무니없는 책들로 메워 주었다. 그러나 파리에서의 출판은 오히려 나보코프에게 불리하게 작용하여 그는 쏟아지는 비난을 감수해야 했다.

둘째로 당시의 미국 문학 풍토에서 작가는 『롤리타』에 대한 독자와 비평가들의 반응을 확신할 수 없었기 때문에 직접적인 책임을 회피하기 위해 타자의 이름을 사용하고, 문학적 언어유희를 통해 작가의 이름을 변주했다. 『롤리타』가 포르노그래피라는 일부 비난에 대응하면서 동시에 그런 오해를 불식시키기 위한 것이었다. 그는 작가의 말에 다음과 같이 쓰고 있다. "오랜 친구의 조언을 순순히 받아들여 이 책을 가명으로 출판한다는 단서를 달았다. 그러나 곧 마음을 바꿔 『롤리타』에 내 본명을 쓰기로 했다. 가면을 뒤집어쓰는 것은 나 자신을 배반하는 짓이라는 깨달음 때문인데, 내가 이 결정을 후회하는 일은 결코 없으리라 믿는다. 아무튼, 나는 타자기로 작성한 원고지를 미국 출판사 W, X, Y, Z에 차례로 보여 주었고, 『롤리타』를 검토한 사람들은 하나같이 경악을 금치 못했다." 여기서 재미있는 것은 나보코프가 '존 레이'를 사칭하는 것도 모자라서 작가 자신인 '블라디미르 나보코프'까지 사칭한다는 점이다.

셋째로 작가는 일정한 거리를 두고 현실을 객관적으로 파악하기 위해 타자의 이름을 사용하였다. 작가가 문학적 상상력으로 지어낸 작품이 아니라, 다른 사람에게 직접 들은 타자의 고백이라고 할 때 그 이야기의 핍진성이 두드러진다고 할 수 있다. 작가의 말에서 나보코프는 "개인적 상상력의 산물에 조금이나마 일반적 사실성을 가미하기 위해서"라고 말하며 사실성을 강조한다.

넷째로 작가는 주인공과 서술자의 이중화를 통해 다양한 의미 창출을 시도한다. 『롤리타』에서는 "주인공-험버트와 서술자-험버트가 구분될 뿐만 아니라 서술자-험버트의 목소리에 작가 나보코프의 목소리가 교묘하게 겹쳐 있다. 일단 주인공의 이름 험버트 험버트가 그러한 이중화를 반영한다."[11] 이 소설은 험버트 험버트라는 인물의 수기로 되어 있다. 형식상 그가 저자이다. 하지만 그는 실제 저자가 아니라 가짜 저자이다. 이 소설의 진짜 저자는 나보코프이다. 험버트는 작가를 사칭하는 가짜 저자이다.

기억의 시학 이 소설에서 작가가 가장 중요하게 생각하는 것은 기억의 시간과 공간이다. 『롤리타』는 잃어버린 시간과 공간에 대한 향수(nostalgia)를 노래한 소설이다. 소설에는 망명 작가로서 다시 돌아갈 수 없는 고향 러시아에 대한 노스탤지어가 묻어난다. 롤리타에 대한 사랑도 알고 보면 잃어버린 과거에 대한 집착이었다. 덧없이 흘러간 시간에 대한 주인공의 아쉬움이 어린 소녀에 대한 동경과 욕망으로 나타난 것이다. 기억과 상상력에 의존하여 시간의 벽을 초월해 꿈같이 아름다운 과거로 가 보려고 노력하지만, 현재라는 시간의 감옥에 갇힌 채 시간의 벽을 결코 넘지 못하는 주인공의 절규에서 우리는 인간적인 동정을 느낀다.

험버트가 사랑한 것은 롤리타라기보다는 자신의 어린 시절이었다. 첫사랑의 소녀 애너벨은 시간의 흐름 속에 정지된 기억의 유령이었다. 험버트는 늘 님펫이라 불리는 소녀들 주위를 맴돌며 떠나지 못하고, 이름만 달리하는 소녀를 찾아 환상에 빠져든다. 작품 내내 그가 찾아다녔던 것은 롤리타의 실체가 아닌 시간의 환상이었고, 그를 사로잡은 마술적인 힘은 바로 그가 잃어버린 어린 시절, 다시는 되돌릴 수 없는 지나간 시간에 대한 그리움이었다. 시간의 흐름은 무자비하여 롤리타에게서도 어린 시절을 빼앗아 버린다. 이룰 수 없는 꿈인 줄 알면서도 어린 시절에 대한 향수와 그리움으로 자신을 내던진 주인공의 광기는 망명 작가의 고향에 대한 미칠 듯한 그리움과도 연관되어 있다. 그리하여 일부 비평가들은 롤리타를 '잃어버린 시간'의 메타포로 해석한다. 회고록의 끝부분에서 험버트는 경찰을 기다리면서 어린아이들의 목소리를 듣는다. "가냘프면서도 장엄한 소리, 아득히 멀지만 신기할

11 이현우, 「시적 에로티시즘과 심미적 희열의 세계」, 『롤리타』, 문학동네, 2013, 531쪽.

정도로 가깝게 들리는 소리, 진솔하면서도 신비롭고 거룩한 소리"다. 그때 갑자기 험버트는 깨닫게 된다. "무엇보다도 절망적이고 가슴 아픈 것은 내 곁에 롤리타가 없다는 사실이 아니라 이 아름다운 화음 속에 그녀의 목소리가 없다는 사실이다." 마지막 순간까지도 험버트는 다시 돌이킬 수 없는 유년 시절의 회한을 고백하면서 '잃어버린 시간'에 대한 그리움에 젖어 든다.

나보코프의 소설은 신화적 기억(루살카, 릴리트, 나이아스, 사이렌, 보티첼리의 비너스, 애너벨 리 등)을 되살린다. 롤리타의 신화적 이미지는 여러 신화와 관련되어 있다. 먼저 험버트는 롤리타를 성서 속의 릴리트에 비유함으로써 그녀에게 일종의 신성을 부여한다. 나보코프가 러시아어로 쓴 시 「릴리트」에서 묘사하는 릴리트의 모습과 『롤리타』의 여주인공 이미지가 유사하다는 사실은 단지 이 시의 몇 구절만 살펴보아도 확인할 수 있다. "릴리트, 최초의 님펫." 이어서 그는 그리스 신화에 나오는 샘의 요정 나이아스, 전설의 사이렌과 그녀를 겹쳐 놓는다. 롤리타는 보티첼리의 비너스처럼 물에서 태어난 여인이다. 이 비너스는 『롤리타』에서도 3번 등장한다. 포가 애너벨 리를 그녀의 무덤에서 만나는 것과는 달리, 시인은 육체가 생생하게 살아 있는 그녀를 만나고자 한다. 애너벨 리는 험버트의 이야기에서 바탕이 되는 형상이다. 님프소녀로 번역될 수 있는 영어의 님펫은 사실 러시아 동화나 신화에서 자주 언급되는 전설적인 아름다움의 상징인 루살카(요정)를 의미한다. 롤리타는 러시아 민속 요정 루살카에 대한 아름다운 기억을 님프소녀로 반추한 것이라 할 수 있다.

우리는 기억을 귀중한 것들의 저장소로 생각하지만, 아무리 귀중한 것도 그 사람이 죽으면 함께 사라질 뿐이다. 그런 기억의 무상함을 생각하면 침울해지지 않을 도리가 없다. 그리하여 인간은 기억의 소멸에서 오는 무상함에 맞서 기억을 되살리는 예술 장르를 개발했다. 기억의 가장 오래된 보존 수단 가운데 하나가 문학이다. 문학은 예술의 한 장르인 동시에 인공기억의 저장소인 것이다. 그런 의미에서 나보코프는 기억과 망각에 대한 일상 언어를 예술작품으로 재생산했다고 볼 수 있다. 기억의 여신 므네모시네의 딸들인 예술(뮤즈 여신들)은 작가의 기억과 상상력을 통해 독자에게 전달되어 새로운 의미를 창출하게 된다. 사실 『롤리타』에는 기억의 여신이 여러 번 나온다. "아, 기억의 여신이여, 뮤즈들 가운데 가장 달콤하고 가장 장난스럽구나! 내가 「지혜의 샘을 관리하는 거인과 기억」이라는 글을 『캔트립 리뷰』에 싣느라고 여러 기억을 더듬다 보니 이런 이야기들을 늘어놓게 되었다", "기억의 여신을 향한 이 엄청난 이끌림! 나는 무언가를 찾으려는 내 충동의 본질이 어디에 있는지 잘 설명할 수가 없다." 기억과 글쓰기는 언제나 서로 밀접한 관계를 맺고 있다. 라틴어인 '메모리아(memoria)'는 '기억'과 '회고록'이라는 두 가지 의미를 동시에 지니고 있다. 작가란 간단히 말해 종이에 기억을 남기는 자로서 인공기억의 생산자이다. 『롤리타』의 마지막 장면에는 소설이라는 예술 장르를 통해 롤리타에 대한 기억을 보존하고자 하는 작가의 소망이 잘 나타나 있다. "지금 나는 들소와 천사를, 오래도록 변하지 않는 물감의 비밀을, 예언적인 소네트를, 그리고 예술이라는 피난처를 떠올린다. 너와 내가 함께 불멸을 누리는 길은 이것뿐이구나, 나의 롤리타." 나보코프의 표현처럼 문학은 불멸의 기억 보관소가 된다.

사랑의 광기 모든 것을 소모하는 열정으로서의 사랑은 어느 시대에나 나타날 수 있다. 이성이나 관습을 카오스의 도가니에 부어 버리는 극단적인 사랑은 시대에 따라 성스러운 광기로 여겨질 때도 있었다. 특히 낭만주의 시대에는 독특한 사랑을 갈구하는 수많은 초상이 존재했다. 레르몬토프의 『우리 시대의 영웅』에 나오는 주인공 페초린에게도 사랑은 광기와 동일했다. 나보코프의 소설에서 40대 남자가 의붓딸로 인연을 맺은 10대 소녀와 벌이는 애정행각은 누가 보아도 사랑이 아니라 광기이다. 광적인 사랑으로 제정신을 잃어버리는 중년 남자 험버트는 표면적으로 볼 때 분별 있고 이성적인 대학교수이다. 윤리적으로는 당연히 그를 가증스러운 파렴치한이라고 할 수 있으나, 그는 쉽게 단정할 수 있는 인물은 아니다. 소설은 윤리와 도덕 이상의 다른 가치를 찾기 때문이다. 이 소설에서 롤리타는 요정이면서 동시에 조숙한 요부이다. 일찍 성에 눈을 뜬 롤리타는 의붓아버지를 거리낌없이 유혹하고 농락한다. 험버트나 롤리타는 둘 다 성에 관한 한 아웃사이더이다. 심리학자들은 험버트의 사랑을 완전한 이기심의 한 형태로 보고 있다. 사랑이 신의 위치로까지 높아진 것이다. 롤리타에 대한 험버트의 사랑이 너무 높아졌기 때문에 그는 양심의 소리를 듣지 못하게 된다. 프로이트는 "욕망을 충족시키는 유일한 대상은 죽음뿐"이라 말했고, 조르주 바타유는 "사랑은 죽음까지 파고드는 삶"이라고 말했다. 그들의 말을 상기할 때, 험버트의 파멸은 예고된 것이었다. 롤리타는 사랑의 게임을 즐기는 루살카로, 험버트는 루살카의 노예로 전락한다. 사실, 균형을 잃어 서로 공감하지 못하는 사랑은 광기의 또 다른 이름일 뿐이다.

이 소설에서 우리는 사회나 현실의 문제를 발견하기가 쉽지 않다. 샬로트와 퀼티가 죽는 장면에도 현실감이나 긴장감이 전혀 없다. 오직 현실적인 것은 험버트의 감정과 롤리타에 대한 인물 묘사뿐이다. 다시 말해 진실은 사랑이라는 감정뿐이다. 이 소설을 읽고 있으면 도대체 사랑이 무엇일까 하는 생각이 든다. 어쩌면, 진실한 사랑은 험버트의 사랑처럼 운명적이고 격정적이며 자제할 수 없는 광기에 가깝지 않을까 하는 생각이 든다. 그녀를 즐겁게 하기 위해 온갖 노력을 다하던 험버트는 결국 사랑의 노예로 전락한다. 롤리타를 잃어버리지 않을까 두려워하는 마음으로 감시하면 할수록 그녀는 더 포악해진다. 험버트는 사랑에 빠진 불쌍한 괴물과 같은 존재로 변한다. 험버트가 이미 다른 남자의 아내가 되어 임신한 17세의 롤리타에게 다시 돌아와 줄 것을 호소하는 장면은 사랑의 무모함을 재확인케 한다. 롤리타는 험버트를 속이고 이용하고, 그리고 끝내는 도망간다. 그토록 배반을 당하고도 끝까지 그녀에게 사랑을 바치는 험버트의 눈물은 괴물의 눈물일까, 인간의 눈물일까. 사랑 자체가 인간을 광기로 몰아가는 괴물인 것이다.

실제로 사랑의 광기에 대한 예는 많다. 롤리타와 험버트의 관계는 시인 세르게이 예세닌과 세계적인 무용수 이사도라 덩컨의 사랑 이야기를 생각나게 한다. 이사도라는 열일곱 살 연하인 아름다운 금발 머리의 시인 예세닌에게 반하였다. 모스크바의 젊은 시인은 멋쟁이 신사에 주정뱅이요, 뿌리가 뽑힌 방랑 시인이자 도덕적 한계성을 뛰어넘은 자였다. 그의 성격은 어떤 점에서 롤리타와 거의 비슷하다. 자살로 인생을 마감한 예세닌의 에로스와 광기는 험버트의 그것과 서로 공통분모를 갖는다. 사랑의 게임은 종종 운명적이고 마술적이며 환상적일 뿐만 아니라 광기의 전주곡이 된다. 문학 속 성과 사랑에 대한 표현은 어디까지나 작가의 성적 산물일 뿐이다. 하지만 이 작품은 개인의 성적 취향을 자유롭게 욕망하는 것이 죄가 되는지 독자들에게 되묻고 있다.

욕망과 허상 20세기 후반부 세계문화의 흐름 가운데 한 가지 특징은 인간과 사회를 보는 새로운 시각의 출현이다. 욕망, 권력, 지식, 주체의 문제가 대두되면서 그동안 억눌려 온 에로티시즘이 부활한 것이다. 이러한 담론과 더불어 특히 자크 라캉의 '욕망이론'은 눈길을 끈다. '주체는 결핍이요 욕망은 환유다'라는 명제로 험버트의 욕망을 설명하면 아주 흥미롭다. 인간을 살아가게 하는 힘은 무엇일까. 사막을 걷는 나그네는 오아시스를 보고, 바다를 항해하는 사람들은 섬을 보고, 평원을 달리는 기사는 지평선을 보고 다가간다. 그런데 오아시스나 섬이나 지평선은 다가가도 저만큼 물러나 다시 손짓한다. 인간의 희망과 꿈도 오아시스나 섬과 같은 신기루에 지나지 않는다. 그러나 허망할지라도 오아시스를 찾지 않으면, 얻으려는 대상이 없으면 그는 살지 못한다. 아니 살 필요가 없다. 판도라의 상자 속 마지막으로 남은 것이 희망이었듯이 인간에게 꿈과 목적이 없으면 삶에 대한 의욕이 없어진다. 처음에는 누구나 하나만 얻으면 더 이상 욕망이 없으리라 생각한다. 그런데 그것을 이루는 순간 새로운 욕망이 다시 가슴속에서 솟아난다. 불교에서 이야기한 색즉시공(色卽是空) 공즉시색(空卽是色)이다. 성, 돈, 권력, 학문의 추구도 이런 맥락에서 이해될 수 있다.

대상이 욕망을 충족시키지 못하고 거리를 둔 채 물러설수록, 욕망은 새로운 유혹에 빠져들기 마련이다. 우리는 욕망이 인간을 살아가게 하는 힘이라는 것을 안다. 그렇지만 허상을 실재라고 믿고 그것을 얻으려 수단과 방법을 가리지 않을 때, 욕망은 권력자의 눈길처럼 음험해진다. 험버트의 롤리타에 대한 욕망도 그와 다르지 않았다. 그의 무의식 속에 남겨진 첫사랑의 허상을 완성하기 위해 험버트는 롤리타를 찾아다닌다. 그는 사회가 금기하는 억압된 욕망을 채우기 위해 정신병 환자로 위장하기도 한다.

험버트의 욕망은 환유이다. 죽음만이 욕망을 충족시키는 유일한 대상이다. 그리고 욕망은 기표이다. 그것은 완벽한 기의를 갖지 못하고 끝없이 의미를 지연시키는 텅 빈 연쇄 고리이다. 기표의 특성이 은유와 환유이듯이 욕망 역시 언어나 무의식처럼 은유와 환유의 구조로 되어 있다. 주체는 대상에게 욕망을 느낀다. 그것이 자신의 결핍을 완전히 채워 줄 것이라고 믿기 때문이다. 그것만 얻으면 아무것도 욕망하지 않으리라 믿는다. 그러나 그 대상을 얻어도 욕망은 여전히 남는다. 아무것도 욕망하지 않는 것은 곧 죽음이다. 그렇다면 대상은 실재처럼 보였지만 허구가 아닌가. 대상을 실재라고 믿고 다가서는 과정이 '상상계'요, 그 대상을 얻는 순간이 '상징계'요, 여전히 욕망이 남아 그다음 대상을 찾아다니는 게 '실재계'이다. 허구적 대상은 주체로 하여금 끊임없이 욕망을 불러일으키지만, 주체의 욕망을 충족시키지는 못한다. 이것이 실재계에 나타나는 틈새요 구멍이다. 주인공 험버트의 욕망을 충족시킬 것처럼 보이는 대상인 롤리타는 은유나 환유일 뿐이다. 그러므로 그는 결핍 환자요, 롤리타는 허상일 뿐이다. 일부 비평가들은 롤리타에 등장하는 모든 인물을 실제 인물이라기보다는 기호적인(더 정확하게 기표적인) 인물로 간주한다.

험버트의 도덕성 나보코프는 전통적인 메시지 전달을 싫어하고, 프로이트주의(심리주의)나 윤리주의를 거부한 작가로 알려져 있다. 또한, 그는 러시아 작가들 가운데 도스토옙스키를 노골적으로 비판한 작가이기도 하다. 그런데 나보코프는 『롤리타』의 머리말에서 존 레이 주니어 박사라는 가상의 인물을 설정하여 "『롤리타』는 병자의 진술이라는 측면에서 정신병리학 분야의 고전이 될 것이 확실하다. 예술작품으로서도 한낱 속죄 행위 차원을 초월하는데, 우리에게 과학적 의미와 문학적 가치보다 더 중요한 것은 이 책이 독자들에게 안겨 줄 윤리적 충격이다. 이 통렬한 개인적 사연 속에는 보편적 교훈이 숨어 있다"라고 말한다. 서문에서는 심리주의와 윤리에 관해 이야기하고 있다. 작가가 싫어하고 거부하는 개념을 삽입하면서, 이 소설이 정신병리학이나 윤리적 교훈의 고전이 될 것이라고 말한다. 서문 자체가 윤리적 상투성으로 가득하고, 위선적 도덕관에 대한 일종의 야유적 성격도 포함하고 있기 때문에 작가의 평소 말과 상당히 모순된다고 할 수 있다.

나보코프는 전통적, 도덕적이거나 종교적인 메시지를 거부한 작가로도 알려져 있다. 물론 소설이 재현하는 세계를 언제나 도덕적인 평가와 관련시킬 필요는 없다. 그러나 『롤리타』의 경우 작가는 주인공 험버트가 벌이는 행적에 대해 말하며 독자에게 끊임없이 도덕적, 윤리적 질문을 한다. 거듭된 도덕적인 질문은 오히려 그의 정체성을 다시 생각하게 한다. 그는 표면적으로야 죽일 놈이지만 심층적으로는 독자의 공감을 받아 낸다. 그래서 소설의 화자이면서 동시에 주인공인 험버트는 도덕적으로 긍정적인 해석과 부정적인 해석을 동시에 일으키는 인물이다. 보통 사람의 도덕 기준으로 본다면 험버트는 타락한 변태성욕자요 성적 약탈자이다. 롤리타를 곁에 두기 위해 의붓아버지로서 법적, 경제적 권리를 최대한 이용하며, 협박으로 또는 돈으로 그녀를 달래면서 자신의 만족을 채우는 비열한 사내다. 그는 자신의 욕망을 채우기 위해 롤리타를 데리고 미국 전역을 돌아다니고, 육체적, 정신적으로 그녀를 혹사하면서도 이 모두가 사랑을 위한 것이라는 말로 가장한다.

그러나 이러한 인간에게서도 인간적 희망을 찾아볼 수는 있다. 소돔에게서 마돈나의 이상을 발견할 수 있을 때, 우리는 쉽게 선악이라는 도덕률로만 인간을 평가할 수 없다. 소설의 후반부에서 험버트는 자신의 사랑이 타자와 나눈 감정이 아니라 이기적인 감정임을 깨닫는다. 롤리타가 되돌아올 수 없게 멀리 가 버린 다음에야 험버트는 자신이 저지른 죄악의 비극성을 깨닫는다. 경찰이 오기를 기다리며 회상하는 장면에서 그는 롤리타에게서 소녀 시절을 빼앗았음을 고백한다. 물론, 이러한 깨달음이 주인공을 도덕적으로 완전히 개심한 인물로 만드는 것은 아니지만, 그의 인간성에 대해 다시 한번 생각할 기회를 제공한다고 볼 수 있다. 이 작품은 외설적 흥미로 시선을 끄는 것이 사실이지만, 그 속에는 도덕성의 문제에 대한 고민이 들어 있다. 또 험버트는 타락한 짐승과 같은 존재로 드러나지만, 독자에게서 이해와 동정을 받는 인물로 귀결되기도 한다. 그것은 그가 자기 집착의 희생자이기 때문이라고 할 수 있다.

롤리타 콤플렉스 험버트가 님펫이라고 부르는 9-14세 소녀들에 대한 이상성욕을 '롤리타 콤플렉스'라 한다. 콤플렉스라는 개념을 정신분석병리학 용어로 처음 사용한 것은 프로이트의 정신분석요법의 단초를 열었던 J. 브로이어이다. 그는 콤플렉스를 '개념복합체'라 말한다. 그러나 콤플렉스라는 용어를 강조한 것은 C. G. 융이다. 그는 언어 연상 테스트에서, 자극적인 언어에 대한 피검자의 반응 시간의 지연, 연상 불능, 부자연스러운 연상내용이 그가 말하는 '감정이 담긴 복합체(콤플렉스)'에서 유래한다는 것을 분명히 하였다. 융은 어떤 감정에 의해 통합된 심리적 내용의 집합을 단순히 '콤플렉스'라 불렀다. 융에 의하면, 병자든 건강한 사람이든 누구나 콤플렉스를 갖고 있으며, 의식적인 경우와 무의식적인 경우가 있다. 그러나 모두 습관적인 의식상태 혹은 의식적인 태도와는 일치하지 않는다. 콤플렉스는 무의식화되면 될수록 강력한 병리적 성격을 갖게 된다. 융은 다중인격도 콤플렉스

작용에 의한 것으로 보며, 부분 인격과 콤플렉스는 거의 같은 것으로 간주한다. 이같이 융의 콤플렉스 개념은 매우 광범하다.

좀 더 쉽게 말해서 콤플렉스란 열등감이나 마음속의 응어리라 정의할 수 있다. 주로 무슨 무슨 콤플렉스의 형태로 쓰이는 말은 의식 속에 잠재해 있는 강박관념을 말한다. 프로이트가 제창한 오이디푸스 콤플렉스와 거세 콤플렉스는 유명한 말이나, 프로이트와 그 이후의 정신분석학자는 콤플렉스라는 명칭을 좋아하지는 않았다. 프로이트는 콤플렉스란 이론적으로 만족스러운 개념이 되지 못한다고 하며, 함부로 여러 가지 콤플렉스를 끄집어내거나 심리학적 유형화에 빠지게 되면 증상 사례의 특수성을 무시하게 된다고 생각하였다. 오늘날 정통 정신분석학에서 널리 사용되는 것은 위의 두 가지 콤플렉스 개념이다. 각종 콤플렉스는 보통 유년기의 갈등상황에서 발생하는 경우가 많다. 유년기의 갈등상황에서나 그 후의 관념 표상에서 반복 회귀함으로써 일련의 콤플렉스가 노출된다. 롤리타 콤플렉스를 비롯하여 카인 콤플렉스(여성의 오이디푸스 콤플렉스), 열등 콤플렉스, 로트레아몽 콤플렉스, 메시아 콤플렉스 등이 있다. '롤리타 콤플렉스'는 '롤리타 신드롬'이라는 용어와 함께 사용되기도 하는데, 이 용어들은 모두 아동에 성욕을 느끼는 정신 질환을 의미한다.

나보코프의 예술관 나보코프가 말하는 훌륭한 예술이란 항상 어렵고 부자연스러우며 또 낯선 예술이다. 이 예술은 의식적인 삶이 추구하는 높은 열망을 긍정하며 찬양한다. 독특한 양식으로 정렬되는 나보코프의 소설 세계에 들어가면 우리는 다른 시각으로 주변의 세계를 바라보게 된다. 우리 존재의 비전을 확장하고 인간과 자연을 신선한 눈으로 감상하도록 하는 것이 위대한 문학이라면 나보코프의 문학은 이 기준을 충족한다고 할 수 있다.

나보코프는 작가의 역할을 세 가지로 규정하고 있다. 첫째로 작가는 오락적 즐거움이나 단순한 감정적 기쁨을 주는 이야기꾼이 될 수 있으며, 둘째로 도덕가나 예언자와 같은 교사가 될 수 있고, 셋째로 마술사가 될 수 있다. 이 중 나보코프가 추구했던 것은 마술사로서의 작가이다. 독자는 마술사가 보여 주는 환상적인 마술과 기술의 세계에서 즐거움을 맛본다. 독자는 마술 세계의 수수께끼를 풀면서 희열을 만끽하게 된다. 소설 세계는 리얼리티의 묘사가 아니라 허구와 환상 세계의 묘사이다. 그러므로 소설 속에서 진실한 삶을 찾는다는 것은 잘못이며, 소설은 어디까지나 픽션으로 읽어야 한다는 것이다. 그의 생각에 핍진성만을 주장하는 리얼리즘은 예술의 본질을 무시한 것이다. 고골이 주장한 대로 환상과 사실이 융합된 예술만이 진정한 예술인 것이다.

나보코프는 있는 그대로의 현실을 부정하고 예술품만이 영원하다고 주장하는 예술지상주의자라고 볼 수 있다. 현실은 언제나 시간에 의해 파괴된다. 험버트의 이상적 소녀 롤리타도 시간의 흐름에 의해 망가진다. 영원히 변치 않는 예술세계만이 그가 도피할 수 있는 유일한 공간이다. 기억과 상상력으로 시간의 흐름을 부정할 수 있는 것은 예술작품밖에 없다. 예술작품의 가치는 그것의 사회적 중요성이 아니라 예술성에 있다. 따라서 그는 예술의 도덕적 가치보다는 미학적인 형식에 더 관심을 두었고, 언어의 선택에 세심한 주의를 기울였다. 나보코프는 메시지를 거부하는 작가였다. 그리하여 그는 특히 종교적, 정치적 메시지를 즐기는 도스토옙스키를 신랄하게 비판하였다. 나보코프는 예술작품이 도덕적 설교나 교훈, 사회 개혁이나 기타 어떠한 메시지도 전달해서는 안 된다고 생각하였다. "교훈적인 픽션은 읽지도 쓰지도 않는다"라고 말한 나보코프의 예술관은 일종의 '미학주의'라 할 수 있다. 그는 특히 '심미적 희열'을 강조한다.

언어유희 나보코프에게는 언어의 마술사요, 언어의 조각가라는 평가가 늘 따라다닌다. 그래서 나보코프는 고골과 많이 비교되기도 한다. 언어유희와 언어게임을 즐기는 작가로 고골을 당할 자가 없기 때문이다. 나보코프 역시 자신이 가장 좋아하는 작가로 고골을 꼽기도 했으며, 고골에 관한 연구서를 출판하기도 했다. 언어게임을 즐기는 나보코프의 작품에서 선과 악이라는 도덕적 메시지를 찾으려는 시도는 별로 의미가 없다. 메시지를 거부하는 작가에게서 메시지를 찾는다는 것은 우스운 일이다. 그에게 현실은 큰 의미가 없고, 오직 텍스트 속에서 살아 있는 언어가 중요할 뿐이다. 이루어질 수 없는 사랑 때문에 롤리타의 어린 시절을 빼앗은 죄를 참회하며 험버트가 할 수 있는 일이란 오직 늘어놓거나 짝을 맞추는 언어놀이뿐이다. 그는 작중인물들의 이름을 갖고 언어놀이를 즐긴다.

제1부는 롤리타의 이름에 대한 설명으로 시작한다. "롤리타, 내 삶의 빛이요, 내 생명의 불꽃. 나의 죄, 나의 영혼. 로-리-타. 세 번 입천장에서 이빨을 톡톡 치며 세 단계의 여행을 하는 혀끝. 롤. 리. 타. 그녀는 로, 아침에는 한쪽 양말을 신고 서 있는 사 피트 십 인치의 평범한 로. 그녀는 바지를 입으면 롤라였다. 학교에서는 돌리. 서류상으로는 돌로레스. 그러나 내 품 안에서는 언제나 롤리타였다." 이와 같은 소설의 첫 구절은 주인공 험버트의 고백으로, 독자의 가슴을 울리는 가장 인상적인 장면으로 평가받는다. 수없이 모습을 바꾸는 롤리타는 작가가 경험한 언어인 '영어'의 상징일 수도 있고, 작가가 잡을 수 없는 리얼리티에 대한 메타포가 될 수도 있다. "영어로 쓴 내 책의 가치에 대한 평가가 제대로 이루어질 리 없다. 나의 개인적인 비극은 타인의 관심사가 될 수도, 되어서도 안 되겠지만, 그토록 자연스러운 내 말, 자유롭고 풍요로우며 끝없이 온순한 러시아어를 버리고 이류의 영어를 해야 하는 내 설움에 있다"라고 한 고백은 러시아어보다 언어의 규칙성이 떨어지는 영어를 사용해야 했던 작가의 고민을 드러낸다. 언어의 예술가에게 무엇보다도 중요한 모국어라는 도구를 포기하고 러시아어 대신 영어를 사용하여 작품 활동을 해야 했던 작가에게 언어는 남다른 존재였다. 나보코프는 언제나 다의적인 언어 구사로 독자들을 유혹한다. 다양한 언어의 변용은 험버트라는 이름에서도 나타난다. 험버트를 험버드, 험버그, 험머, 험머슨

등으로 헷갈리게 부르는데 이것은 작품 전면에 걸쳐 있는 언어유희의 일부분이다. 나보코프의 소설에서 말장난은 작가와 독자 사이에 진행되는 중요한 게임이다. 단어를 읽고서 그 단어와 관련된 여러 뜻을 포착하지 못하는 독자라면 그대로 읽어 넘어가겠지만 다중의미를 의식하는 독자는 텍스트 속에 숨겨진 보물을 찾는 쾌감을 경험한다.

작가는 왜 수수께끼 같은 배열로 언어게임을 즐길까. 왜 그는 험버트의 입을 통해 가지고 놀 것이 언어밖에 없다고 말할까. 실재(reality)를 알 수 없기 때문이다. 험버트가 잡을 수 없는 리얼리티는 수없이 모양을 바꾸는 롤리타였다. 마찬가지로 작가 나보코프가 잡으려고 애쓴 리얼리티 역시 롤리타였다. 실체가 잡히지 않으니 작가에게 남은 것이라곤 언어게임뿐이었다. 독자 역시 작가가 사용하는 위장과 속임수를 쓰는 언어 퍼즐을 풀기 위해 몰두하게 된다. 이 소설은 다른 어느 소설보다도 독자의 참여를 요구하는 작품이다.

비평가들은 나보코프를 '놀라울 정도로 노래하듯, 곡예하듯 흐르는 전대미문의 영어', '구어체적인 바로크 양식의 영어'를 사용한 작가로 인정하고, 그를 가리켜 '문체의 거장', '공인된 미국 최고의 문체가', 그리고 '언어의 기교와 사치의 작가'로 이야기한다. 그리하여 나보코프의 소설에 대해 형식의 아름다움밖에 없다는 주장과 그의 문학이 본질적으로 내용에 관한 것이라는 주장이 있다. 형식화를 추구하는 강렬한 문체적 독창성 때문에 문체가 이 작가의 전부라는 평가가 있지만, 자의식을 잘 드러내는 문체는 그의 소설세계를 열어 주는 열쇠이기도 하다. 문체가 작가의 참모습을 드러내 주기 때문이다.

나보코프의 언어유희는 프랑스어로도 계속된다. 소설의 원문에 프랑스어로 쓰인 표현이 있다. "그녀는 조심스럽게, 아직도 믿을 수 없다는 듯이, '내 작은 선물'을 받았다." 사실 이 표현은 매음굴에서 매춘부들에게 얹어 주는 팁을 연상시킨다. 앞서 험버트는 이 표현을 매춘부들에게 주는 돈을 암시할 때만 사용했다. 이렇게 세심하게 선택한 표현은 롤리타의 천박한 언어로 구성된 대답과 비교되어 두드러진다. 따라서 작가가 의도한 대로 그러한 표현은 험버트가 롤리타에게 부여하려는 매춘부의 이미지를 강조한다. 롤리타의 천박성은 돌리로 대표되는 미국의 젊은이들이 보여 주는 일상적 천박함이기도 하다. 실제로 험버트는 롤리타가 보여 주는 미국 소녀의 모습을 아주 싫어한다. 미국 소녀들은 오로지 상품 광고에 현혹된 이상적인 소비자일 뿐이기 때문이다.

퀼티가 죽은 후에 험버트는 "퀼티로 가득 찬 모든 것(all covered with Quilty)"을 느끼는데 그 이름 자체가 죄인의 의미를 포함하고 있다. 그 이름에 대한 언어의 유희가 다음과 같이 일어난다. "클레어 퀼티는 명백한 죄인이다(Clare Quilty is clearly guilty)." 롤리타가 여학교에 들어가 참여한 연극의 제목은 "매혹적인 사냥꾼(The Enchanted Hunters)"이었고, 험버트와 묵은 여관 이름도 "매혹적인 사냥꾼 여관(The Enchanted Hunters Inn)"이었다. '사냥꾼(Hunters)'이라는 이름은 제임스 조이스의 『피네건 웨이크』에서 차용된 것이다.

언어유희는 애너그램으로도 나타난다. 나보코프는 누구보다도 '애너그램(anagram)'이 '아르스 마그나(ars magna, 위대한 학문)'임을 잘 알고 있었던 작가이다. 철자 바꾸기를 말하는 애너그램은 '어구전철(語句轉綴)'이라고도 하며 기호학에서 역사가 깊다. 중세 유대교의 신비 철학이나 밀교를 가리키는 카발라 철학에서는 애너그램을 중요하게 여겼다. 히브리어 단어의 철자를 재배치하여 새로운 의미를 끌어냈던 것이다. 르네상스 시대의 프랑스 왕들은 애너그램에 신비한 힘이 있다고 믿었으며, 실제로 왕이 직접 애너그램 전문가들을 임명하기도 했다. 로마 사람들은 애너그램을 '아르스 마그나', 즉 '위대한 예술'이라고 불렀다고 한다.

탐정소설이나 종교소설에서 특수 기호에 감추어진 비밀을 풀어내기 위해 가장 많이 사용되는 기법 가운데 하나가 애너그램 기법이다. 주인공들은 수수께끼 풀듯이 기호에 감추어진 의미를 풀어내기에 사력을 다한다. 댄 브라운의 대중소설 『다빈치 코드』에서도 주인공들은 그림에 담긴 비밀 코드를 애너그램으로 밝혀내려 한다. 마찬가지로 나보코프도 언어 기호에 담긴 함축의미를 알아내기 위해 다양한 방법으로 철자 바꾸기를 시도한다. 애너그램을 즐기는 사람들은 영어단어 '행성들(planets)'의 철자를 조합해 무려 92개의 다른 영어단어를 만든다. 『롤리타』 서문에 등장하는 여성 전기 작가 '비비안 다크블룸(Vivian Darkbloom)'의 이름 철자를 애너그램 기법으로 재배열하면 '블라디미르 나보코프(Vladimir Nabokov)'가 된다.

유희(놀이)는 우리가 문화라고 부르는 것들의 가장 원초적 형태이다. 놀이는 문명의 근원이기도 하지만 생태적 욕망이기도 하다. 그리하여 인간을 호모 루덴스(homo ludens, 놀이하는 인간)라 하였다. "삶의 꽃은 놀이의 화분에서 피어난다"라는 말이 있다. 전통적 놀이의 양식인 연극과 음악에서부터 언어의 유희인 문학, 놀이의 체험인 각종 게임과 도박에 이르기까지 놀이야말로 삶에 있어 가장 중요한 문화활동이라 할 수 있다. 특히 체스 게임을 좋아한 나보코프는 소설을 고도로 계산된 게임이라 생각했다. 『롤리타』 역시 게임의 성격을 갖는 유희적인 소설이다.

캐릭토님 기법 캐릭토님 기법은 작품의 '문체적 하부구조의 일부'로 존재하기 때문에 중요하다. 문학작품 속에 나오는 인물의 이름은 아무렇게나 정해지는 것이 아니다. 나보코프의 작품을 읽을 때 독자는 작품 속의 고유 명사를 의식하게 된다. 고유 명사는 음성적 패턴이나 말장난, 또는 인유의 원리에 의해 만들어진다. 그렇게 작명된 고유 명사는 문화적 또는 문학적 사상(事象)을 암시하기 때문에 작가의 배경이나 경험을 드러낼 수 있다.

나보코프는 인물의 특징을 활용해 기술적으로 작명을 하기도 한다. 『롤리타』에 나오는 샬로트의 집 건너편에 살고 있는 노처녀 반대 양(Old Miss Opposite)의 이름은 그녀의 집이 '맞은편'에 있음을 말하고 있을 뿐만 아니라 나이로는 롤리타, 성(性)으로는 험버트와 정반대임을 나타낸다. 고물 씨(Mr.

Junk)는 고물상을 경영하는 사람으로 롤리타의 이웃집에 사는데, 샬로트가 죽게 되는 자동차 사고는 이 사람의 개 때문에 일어난다.

나보코프는 도시의 지명을 통해 언어유희를 만들어 내기도 한다. 험버트가 롤리타와 비어즐리에 정착했을 때 그 도시 이름은 의미 있는 암시를 하고 있다. 작가에게 비어즐리는 비도덕적, 관능적인 함축의미를 지닌 도시이다. 오브리 비어즐리(Aubrey Beardsley)는 오스카 와일드의 유명한 희곡『살로메(Salome)』의 삽화를 그렸고, 탐미주의 운동의 주역이었다. 그는 19세기 말 영국 데카당파의 삽화가로 유명했다. 그의 삽화는 관능적이고 선정적인 묘사로도 유명하다. 공교롭게도 그의 삽화는『롤리타』와 마찬가지로 올랭피아 출판사에서 출판되었다. 또한, 비어즐리는 롤리타가 극작가 퀼티에게 유혹당하는 도시이다. 그리고 오브리 비어즐리는 험버트가 퀼티를 추적하며 호텔 숙박부에 남겨 놓은 수많은 가짜 이름 가운데 하나이다. 그러나 소설에서 험버트는 그 이름의 함축의미를 파악하지 못한다. 삽화가 오브리 비어즐리의 이름은 롤리타의 친구 이름과도 연결된다. 험버트가 롤리타의 같은 반 친구들의 이름 목록을 시처럼 읽는 장면이 나온다. 친구 이름 가운데 하나가 오브리 맥페이트(Aubrey MacFate)다. 오브리 맥페이트는 오브리와 운명이라는 의미의 'fate'가 결합된 고유 명사이다. 롤리타의 운명은 처음부터 오브리와 같음을 암시한다.

나보코프의 언어유희는 정신분석 의사의 이름에서도 나타난다. 미스 프렛은 험버트에게 롤리타가 학교 정신분석 의사 커틀러 박사에게 상담을 받아 볼 필요가 있다고 말한다. 커틀러라는 이름은 사실 '칼 장수'를 의미하는 '쿠틀리에(coutelier)'에서 유래한 말이다. 그 이름의 철자를 재조합해 보면, 영어로 '잔인한 T'를 의미하는 'cruel T'가 된다. 그 인물의 예리한 칼날은 롤리타를 희생시킨 험버트의 잔인성을 부분적으로 밝히고 있다. 롤리타 남편의 이름은 딕이다. '딕(dick)'은 영어로 '남성의 성기'를 의미한다.

전경화 현상 형식주의 문학 이론에서 볼 수 있었던 '낯설게하기'의 기능에 관한 주목할 만한 변화는 프라하 언어학파와 연결된다. 실제로 이 학파가 자주 언급하는 지배소(dominant), 기능(function), 전경화(foreground) 같은 용어는 형식주의 비평가들이 말하는 자동화 개념을 더욱 심화시킨 것이라고 할 수 있다. 프라하 언어학파의 학자들 가운데 중요한 위치를 차지한 무카르좁스키는 시의 특성을 전경화에서 찾고 있으며, 그에 의하면 미학적으로 보아 규범에서 벗어난 언어 요소, 즉 '전경화'된 언어 요소가 문학에만 독특하게 존재하는 것은 아니지만 문학에서 전경화가 체계적이고 일관되게 응용되고 있다고 한다. 그는 시적 언어를 다음과 같이 설명하고 있다.

> 전경화(前景化)란 자동화의 반대 개념이며 행위의 비자동화라고 말할 수 있다. 행위가 자동화될수록 그 행위는 덜 의식적으로 수행된다. 전경화가 많아질수록 그것을 더 완전하게 의식하게 된다. … 시어(詩語)에서 전경화는 표현 목적의 의사소통을 배경으로 밀어내고, 표현 그 자체를 위해 최대한의 강도로 사용된다. 그것은 의사소통을 위해서 사용되는 것이 아니라, 발화 행위 자체를 전경(前景)에 두기 위해 사용되는 것이다.

'전경'은 독자의 주의를 특히 요구하지 않는 요소, 즉 습관적이며 예측할 수 있는 요소를 '배경'이라고 할 때, 이 말과 대조되는 말이다. 그러니까 '전경화'란 용어는 언어를 독창적으로 사용함으로써 언어 자체에 주의를 끄는 언어의 사용 방식을 지칭한다고 말할 수 있다. 일반적으로 전경화란 예술적 언어 표현에서 흔한 것으로 언어의 일탈 현상, 즉 규칙과 인습에 대한 거스름(의미론적 탈선)이라는 개념 정도로 생각할 수 있다. 말하자면, 시나 산문에서 언어를 무리하게 사용하는 것을 의미한다. 나보코프는 『롤리타』에서 전경화 기법을 통해 자기 나름의 독특한 언어를 사용하고 있다. 그가 사용하는 언어의 독특성은 원문이 아닌 번역본으로는 느끼기 어려울 수 있다.

롤리타의 은유 은유란 '유사성의 원칙'에 의해 한 단어(기호)를 다른 언어(기호)로 대체하는 비유적 표현 기법이다. 아리스토텔레스의 시학에서는 은유를 '어떤 사물에다 다른 사물에 속하는 이름을 전용한 것'으로 파악한다. 은유의 어원은 'meta(초월)+pherein(전하다, 운반하다)'에서 유래되었다. 어원적으로는 사물의 의미를 떠나 새로운 의미를 가져온다는 의미를 함축하고 있다. 부연해서 영어 메타포(metaphor)는 '옮김' 또는 '자리바꿈'이라는 뜻의 고대 희랍어 '메타포라(metaphora)'에 어원을 두고 있다.

주인공 롤리타는 소설 텍스트에서 다양한 의미의 생성체로 활동한다. 첫째로 롤리타는 험버트의 어린 시절, 즉 '잃어버린 시간'에 대한 은유라 할 수 있다. 다시는 돌아갈 수 없는 어린 시절에 대한 그리움이 바로 롤리타이다. 롤리타는 험버트의 여자 친구 애너벨 리를 기억나게 한다. 둘째로 롤리타는 '잃어버린 공간'에 대한 은유이다. 롤리타는 되돌아갈 수 없는 작가의 고향 러시아에 대한 은유이다. 셋째로 롤리타는 낯선 세계에서 경험하는 변화무쌍한 '영어의 은유'로 간주된다. 영어는 롤리타처럼 변덕스러운 언어이다. 영국식 영어와 미국식 영어가 있고, 세계의 지역마다 자기식의 영어가 있다. 넷째로 롤리타는 영원한 이상적인 아름다움에 대한 은유이다. 다섯째로 순수하고 아름다운 롤리타는 예술가가 추구하고 소유하며 완벽하게 보존하려는 예술 그 자체에 대한 은유이다. 여섯째로 롤리타는 작가가 재현해야 할 실재를 말한다. 일곱째로 롤리타는 변신하는 나비와 님펫의 은유이다. 이 소설에서 롤리타는 주로 나비에 비유된다. 님펫에 대한 험버트의 열정과 나비에 대한 나보코프의 열정은 긴밀하게 등가이다. 나비와 님펫의 특징은 변신이다. 나비는 변신을 통해 최고의 아름다움을 뽐내는 성숙한 한 마리의 나비가 되고, 님펫 역시 변신의 대명사이다. 변신은 항상 자기 파괴와 해체의 단계를 거치게 되어 있다. 롤리타 역시 자기 파괴와 해체를 거쳐 소녀에서 성숙한 여인으로 변신한다. 껍질이 깨지는 아픔 없이는 성숙한 여인이 될 수 없다. 험버트는 롤리타 역시 자기 파괴와 해체의 과정을 거칠 것을 알고 있다. "나는 영원히 롤리타를 사랑했음을 알고 있다. 그러나 또한 그녀가 영원히 롤리타가 될 수 없음도 알고 있다. 그녀는 정월 초하루면 열세 살이 된다. 이삼 년 뒤에는 더 이상 님펫이 아닐 것이고, 그 후에는 소녀가 되고 여대생이 될 것이다. 이보다 더 끔찍스러울 수가 있을까." 여덟째로 이 소설은 38세의 남자가 12세의 소녀를 사랑하는 이야기가 아니라, 구세계의 이민자가 신세계의 질서를 받아들이는 과정에 대한 은유이다. 이처럼 은유는 나보코프의 작품을 성적 욕망의 단순한 이야기에서 시간과 기억 그리고 예술의 이야기로 확장시킨다.

참고문헌

고골, 니콜라이, 『뻬쩨르부르그 이야기』, 조주관 옮김, 민음사, 2002.

__________, 『검찰관』, 조주관 옮김, 민음사, 2005.

__________, 『타라스 불바』, 조주관 옮김, 민음사, 2009.

__________, 『죽은 혼』, 이경완 옮김, 을유문화사, 2010.

고리키, 막심, 『밤주막』, 장윤선 옮김, 범우사, 2008.

__________, 『밑바닥에서』, 최윤락 옮김, 지만지, 2008.

__________, 『어머니』, 최윤락 옮김, 열린책들, 2009.

곤차로프, I. A., 『오블로모프』, 최윤락 옮김, 문학과지성사, 2002.

김연경, 『19세기 러시아 문학 산책』, 민음사, 2020.

김진영, 『푸슈킨: 러시아 낭만주의를 읽는 열 가지 방법』, 서울대학교출판부, 2008.

______, 『시베리아의 향수: 근대 한국과 러시아 문학, 1896-1946』, 이숲, 2017.

나보코프, 블라디미르, 『롤리타』, 권택영 옮김, 민음사, 1999.

__________, 『나보코프의 러시아 문학 강의』, 이혜승 옮김, 을유문화사, 2012.

__________, 『롤리타』, 김진준 옮김, 문학동네, 2013.

데르자빈, 가브릴라, 『데르자빈 시선』, 조주관 옮김, 지만지, 2008.

도스토옙스키, 표도르, 『죄와 벌』(상, 중, 하), 홍대화 옮김, 열린책들, 2000.

__________, 『악령』(상, 중, 하), 김연경 옮김, 열린책들, 2002.

__________________, 『백치』(상, 하), 김근식 옮김, 열린책들, 2009.

__________________, 『지하로부터의 수기』, 김연경 옮김, 민음사, 2010.

__________________, 『카라마조프가의 형제들』(1-3), 김희숙 옮김, 문학동네, 2018.

드미트리예프, L. A. 엮음, 『중세 러시아 문학: 11~15세기』, 조주관 옮김, 지만지, 2013.

레르몬토프, 미하일, 『우리 시대의 영웅』, 오정미 옮김, 민음사, 2009.

로스키, N. O., 『러시아인의 민족성』, 임홍수 옮김, 조선대학교출판부, 2004.

로트만, 유리 M., 『러시아 문화에 관한 담론: 러시아 귀족의 일상생활과 전통』, 김성일·방일권 옮김, 나남, 2011.

_____________ 외, 『러시아 기호학의 이해』, 이인영 옮김, 민음사, 1993.

루카치, 게오르그, 『역사소설론』, 이영욱 옮김, 거름, 1987.

______________, 『소설의 이론』, 반성완 옮김, 심설당, 1998.

르블랑, 로널드, 『음식과 성』, 조주관 옮김, 그린비, 2015.

르제프스키, 니콜라스 엮음, 『러시아 문화사 강의』, 최진석 외 옮김, 그린비, 2011.

모슨, 게리 솔 외, 『도스토옙스키』, 조주관 옮김, 우물이있는집, 2018.

모출스키, 콘스탄틴, 『도스토예프스키』(1, 2), 김현택 옮김, 책세상, 2000.

미르스키, D. P., 『러시아 문학사』, 이항재 옮김, 써네스트, 2008.

불가코프, 미하일, 『거장과 마르가리타』, 김혜란 옮김, 문학과지성사, 2008.

______________, 『개의 심장』, 김세일 옮김, 창비, 2013.

브로켓, 오스카 G.·프랭클린 J. 힐디, 『연극의 역사』(I, II), 전준택·홍창수 옮김, 연극과인간, 2005.

석영중, 『도스토옙스키, 돈을 위해 펜을 들다』, 예담, 2008.

______, 『인간 만세!: 도스토옙스키의 《카라마조프가의 형제》 읽기』, 세창출판사, 2018.

______, 『매핑 도스토옙스키』, 열린책들, 2019.

설혜심, 『서양의 관상학 그 긴 그림자』, 한길사, 2002.

솔제니친, 알렉산드르, 『이반 데니소비치, 수용소의 하루』, 이영의 옮김, 민음사, 1998.

숄로호프, 미하일, 『사람의 운명』, 김진욱 옮김, 열음사, 1986.

______________, 『고요한 돈강』(I-III), 맹은빈 옮김, 동서문화사, 2007.

숄긴, 블라지미르 외, 『러시아 문화사』, 김정훈 외 옮김, 후마니타스, 2002.

스타시, R. H., 『러시아 문학 비평사』, 이항재 옮김, 한길사, 1987.

스타이너, 조지, 『톨스토이냐 도스토예프스키냐』, 종로서적, 1983.

슬로님, M., 『소련 현대 문학사』, 임정석 · 백용식 옮김, 열린책들, 1989.

우스펜스키, 보리스, 『소설구성의 시학』, 김경수 옮김, 현대소설사, 1992.

윤새라, 『도스토옙스키와 톨스토이』, 한양대학교출판부, 2019.

윤효윤, 『나보코프의 영어소설: 구조층의 연구』, 한신문화사, 1999.

이강은 · 이병훈, 『러시아문학사 개설』, 한길사, 1989.

이게타 사다요시 외, 『러시아의 문학과 혁명』, 송현아 외 옮김, 웅진지식하우스, 2010.

이명섭, 『세계 문학비평용어 사전』, 을유문화사, 1987.

이병훈, 『아름다움이 세상을 구원할 것이다』, 문학동네, 2012.

이상섭, 『문학비평 용어사전』, 민음사, 2001.

이성재, 『지식인』, 책세상, 2012.

이시다 히데미, 『기(氣) 흐르는 신체』, 이동철 옮김, 열린책들, 1996.

이어령, 『젊음의 탄생』, 생각의나무, 2008.

이장욱, 「고골의 소설과 수사학」, 『러시아어문학 연구논집』(11집), 2002.

이항재, 「러시아 문학사의 시기구분과 구성의 문제」, 『러시아소비에트 문학』(제7권), 1996.

이현우, 『로쟈의 인문학 서재』, 산책자, 2009.

______, 『로쟈의 러시아 문학 강의: 19세기』, 현암사, 2014.

______, 『로쟈의 러시아 문학 강의: 20세기』, 현암사, 2017.

______, 『문학 속의 철학』, 책세상, 2017.

자먀찐, 예브게니, 『우리들』, 석영중 옮김, 열린책들, 2009.

정영미 엮음, 『근원과 풍경에 대한 사유』, 연세대학교출판부, 2011.

정정원, 『러시아 언어문화』, 한국문화사, 2013.

조성태, 『생긴 대로 병이 온다』, 명상, 1998.

조유선, 『도스또예프스끼 읽기 사전』, 열린책들, 2002.

조주관, 『러시아 문학의 하이퍼텍스트』, 평민사, 2002.

______, 『고대 러시아문학의 시학』, 아카넷, 2008.

______, 『죄와 벌의 현대적 해석』, 연세대학교출판부, 2009.

______, 『도스토옙스키의 메타지식: 지하로부터의 수기』, 우물이있는집, 2017.

체르니셉스키, 니콜라이, 『무엇을 할 것인가』, 김정아 옮김, 지만지, 2011.

체호프, 안톤, 『체호프 희곡선』, 박현섭 옮김, 을유문화사, 2012.

치제프스키, 드미트리, 『슬라브 문학사』, 최선 옮김, 민음사, 1984.

카람진, 니콜라이, 『가련한 리자』, 정막래·조미경 옮김, 노벨미디어, 2004.

톨스토이, 레프, 『크로이체르 소나타』, 이기주 옮김, 웅진씽크빅, 2008.

____________, 『안나 카레니나』(1-3), 박형규 옮김, 문학동네, 2010.

____________, 『이반 일리치의 죽음』, 이강은 옮김, 창비, 2012.

____________, 『부활』(1, 2), 백승무 옮김, 문학동네, 2013.

____________, 『전쟁과 평화』(1-4), 박형규 옮김, 문학동네, 2017.

투르게네프, 이반, 『아버지와 아들』, 이항재 옮김, 문학동네, 2011.

______________ 외, 『러시아 희곡』(1, 2), 조주관 외 옮김, 열린책들, 1998.

파스테르나크, 보리스, 『닥터 지바고』(1, 2), 박형규 옮김, 문학동네, 2018.

파이지스, 올랜도, 『러시아문화사: 나타샤 댄스』, 채계병 옮김, 이카루스미디어, 2005.

폰비진, 데니스, 『미성년』, 조주관 옮김, 지만지, 2014.

____________, 『여단장』, 조주관 옮김, 지만지, 2015.

____________ 외, 『러시아 희곡』(1, 2), 조주관 외 옮김, 열린책들, 1998.

푸시킨, 알렉산드르, 『벨킨 이야기·스페이드 여왕』, 최선 옮김, 민음사, 2002.

________________, 『예브게니 오네긴』, 김진영 옮김, 을유문화사, 2009.

________________, 『대위의 딸』, 심지은 옮김, 웅진씽크빅, 2009.

________________, 『보리스 고두노프/모차르트와 살리에리』, 조주관 옮김, 지만지, 2009.

한설야 외, 『고리끼와 조선문학』, 김송본 엮음, 좋은책, 1990.

한용환, 『소설학 사전』, 문예출판사, 2004.

홍대화, 『도스또예프스끼』, 살림, 2005.

헝글리, R., 『러시아의 작가와 사회』, 이항재 옮김, 푸른산, 1989.

Blagoi, D. D., *Ot Kantemira do nashikh dnej*, Moskva: Khudozhestvennaia literatura, 1979.

Bocharov, S. G., *Poetika Pushkina*, Moskva: Nauka, 1974.

Brown, William Edward, *A History of 18th Century Russian Literature*, Ann Arbor: ARDIS, 1980.

Chizhevskii, Dmitrii, *On Romanticism in Slavic Literature*, The Hague: Mouton, 1957.

Clark, Katerina, *The Soviet Novel: History as Ritual*, Third Edition, Bloomington and Indianapolis: Indiana University Press, 2000.

Dobrenko, E. & M. Balina ed., *The Cambridge Companion to Twentieth-Century Russian Literature*, Cambridge: Cambridge University Press, 2011.

Emerson, C., *The Cambridge Introduction to Russian Literature*, Cambridge: Cambridge University Press, 2008.

Fanger, Donald, *Dostoevsky and Romantic Realism: A Study of Dostoevsky in Relation to Balzac, Dickens, and Gogol*, Cambridge: Harvard University Press, 1965.

Greenleaf, Monika, *Pushkin and Romantic Fashion: Fragment, Elegy, Orient, Irony*, Stanford: Stanford University Press, 1994.

Kahn, Andre et al., *A History of Russian Literature*, Oxford: Oxford University Press, 2018.

Karlinsky, Simon, *The Sexual Labyrinth of Nikolai Gogol*, Cambridge: Harvard University press, 1976.

Kropotkin, P. A., *Russian Literature*, New York: McClure, Philips & Co., 1905.

Le Goff, Jacques, "Dreams in the Culture and Collective Psychology of the Medieval West," *Time, Work and Culture in the Middle Ages*, Chicago: University of Chicago Press, 1980.

Leighton, L. G., *Russian Romanticism: Two Essays*, The Hague and Paris: Mouton, 1975.

Lotman, Iu. M., *Karamzin*, Sankt-Peterburg: Iskusstvo-SPB, 1997.

Maguire, Robert A., *Gogol from the Twentieth Century. Eleven Essays*, Princeton: Princeton University Press, 1976.

________________, *Exploring Gogol*, Stanford: Stanford University Press, 1994.

Matlaw, Ralph E. ed., *Belinsky, Chernyshevsky, and Dobrolyubov. Selected Criticism*, Bloomington: Indiana University Press, 1976.

Merezhkovsky, D. S., *Tolstoi as Man and Artist: with and Essay on Dostoevski*, Westminster: Archibald Constable & Co. ltd., 1902.

Mersereau, John Jr., *Russian Romantic Fiction*, Ann Arbor: Ardis, 1983.

Nabokov, Vladimir, *Aleksandr Pushkin Eugene Onegin: A Novel in Verse*, Princeton: Princeton University Press, 1964.

O'Toole, L. Michael, *Structure, Style and Interpretation in the Russian Short Story*, New Haven and London: Yale University Press, 1982.

Proffer, Ellendea, "The Master and Margarita," *Major Soviet Writers: Essays in Criticism*, London: Oxford University Press, 1973.

______________, *Bulgakov: Life and Work*, Ann Arbor: Ardis, 1984.

Teras, Victor, *Belinskij and Russian Literary Criticism: The Heritage of Organic Aethetics*, Madison: The University of Wisconsin press, 1974.

___________ ed., *Handbook of Russian Literature*, New Haven and London: Yale University Press, 1985.

Tschizewskij, Dmitrij, *History of Nineteenth-century Russian Literature*, V.1.2., Nashville: Vanderbilt University Press, 1974.

Vinogradov, V. V., *The History of the Russian Literary Language from the Seventeenth Century to the Nineteenth: A Condensed Adaptation into English*, Introd. Lawrence L. Thomas, Madison: The University of Wisconsin Press, 1969.

찾아보기

◐ 인명 ◑

ⓗ

◐ 작품 ◑

◐ 용어 ◑

◎

ⓧ

ⓚ

ⓣ